Droemer
Knaur®

Edward
Rutherfurd

RUSSKA

Roman

Aus dem Englischen übersetzt
von Susanne Felkau

Droemer Knaur

Titel der Originalausgabe: Russka
Originalverlag: Century, London

Die Deutsche Bibliothek – CIP-Einheitsaufnahme

Rutherfurd, Edward:
Russka: Roman / Edward Rutherfurd. Aus d. Engl. übers. von
Susanne Felkau. – München: Droemer Knaur, 1993
ISBN 3-426-19261-6

Die Folie des Schutzumschlages sowie die Einschweißfolie
sind PE-Folien und biologisch abbaubar.
Das Buch wurde auf chlor- und säurefreiem Papier gedruckt.
Umschlaggestaltung: Agentur ZERO, München
Satz: Ventura Publisher im Verlag
Druck und Bindearbeiten: Mohndruck, Gütersloh
Printed in Germany
ISBN 3-426-19261-6

2 3 5 4 1

Wald und Steppe

180 n. Chr.

Die Steppe lag still in jener Nacht. Auch der Wald war still. Leise strich der Wind übers Land. Hoch am sternklaren Himmel zogen gemächlich blasse Wolken dahin, sanft erglühend im Licht des zunehmenden Mondes auf seiner Wanderung nach Süden. Sie kamen von Osten mit geblähten weißen Segeln, aus endlosen Steppen, glitten majestätisch über die kleine Ansammlung von Hütten am Flußufer hinweg und setzten ihre Reise fort über den dunklen Wald, der auch ohne Ende schien.

Der Weiler lag am Südostufer des Flusses. Hier lichteten sich die Wälder aus Eiche und Linde, aus Kiefer und Birke, öffneten sich breite Streifen Graslandes, die den Rand der mächtigen Steppe bildeten. Auf der anderen Seite des Flüßchens, am Nordwestufer, stand der Wald dicht und dunkel.

Die drei Familien, die hier wohnten, waren vor fünf Sommern gekommen. Sie fanden eine alte, verlassene, von einem Erdwall umgebene und von Gestrüpp überwucherte Einfriedung vor. Sie säuberten sie, errichteten eine hölzerne Palisade auf dem niedrigen Wall und bauten sechs Hütten innerhalb. Daneben schnitten zwei große Felder ungleiche Streifen zwischen den Bäumen hindurch.

Außer dem sanften Rascheln der Blätter war kaum ein Laut zu hören, höchstens von kleineren Tieren oder von einem vorsichtigen Reh, das Blätterrascheln im Weiler und gelegentlich der Wind im langen Gerstenfeld.

Es war das Jahr 180 n. Chr., und doch wieder nicht. Wenn auch zukünftige Zeiten diesem Jahr diese Zahl zuordnen sollten – der christliche Kalender war noch nicht im Gebrauch. In der weit im Süden liegenden römischen Provinz Judäa, wo Jesus von Nazareth gelebt hatte, errechneten weise jüdische Rabbis das Jahr 3940 seit Erschaffung der Welt. Es war auch das hundertundzehnte Jahr seit der Zerstörung Jerusalems. Anderswo im mächtigen römischen Imperium war es das zwanzigste und letzte Jahr der Regierung des Mark Aurel, auch das erste Jahr der Willkürherrschaft des Commodus. In Persien zählte man das Jahr 491 der Seleukiden-Ära.

In jenem Weiler am Waldrand, fernab von den Zentren der politischen und kulturellen Brennpunkte, zählte man die Jahre nicht. Die Zahlen und Daten der zivilisierten Welt, die schriftlich festgehalten waren, kannte man hier nicht. Und selbst wenn sie bekannt gewesen wären – sie hätten keine Bedeutung gehabt.

Dieses Land sollte eines Tages als Rußland bekannt werden.

Lebed lag neben ihrem kleinen Jungen. Im Schlaf waren ihr die bedrükkenden Gedanken des Vortages aus dem Kopf gegangen. Zwölf Menschen schliefen in der Hütte. Fünf, darunter sie und ihr Kind, lagen auf dem breiten Bord, das sich über dem Ofen durch den ganzen Raum zog. In dieser warmen Sommernacht war der Ofen nicht geheizt. Die Luft war schwer von dem süßen, erdigen, nicht unangenehmen Geruch der Menschen, die den ganzen Tag auf dem Feld gearbeitet hatten, und dem Duft frischen Grases, der durch das viereckige offene Fenster hereinwehte.

Sie lag an einem Ende des hölzernen Bords; ein bescheidener Platz, denn sie war die jüngste der Ehefrauen ihres Mannes, wenn auch mit siebenundzwanzig nicht mehr eben jung. Ihr Gesicht war breit, und sie hatte um die Hüften schon mächtig angesetzt.

In der Beuge ihres drallen Arms lag der fünfjährige Junge. Sie hatte vor ihm Kinder gehabt, doch sie waren gestorben, und so war er alles, was sie besaß.

Mit fünfzehn hatte sie geheiratet, und sie hatte immer gewußt, daß ihr Mann, der heute vierzig Jahre war und immer noch gut aussah, sie nur genommen hatte, weil sie kräftig war. Sie war zum Arbeiten da. Dennoch hatte sie wenig Grund zu klagen. Er behandelte sie nicht lieblos. Sein verwittertes Gesicht verriet eine gewisse Sanftheit, ja Nachdenklichkeit, und in seinen hellblauen Augen leuchtete leises Vergnügen auf, wenn er rief: »Da kommt ja meine Mordvinin!«

Für ihn war das ein Ausdruck der Zuneigung, für die übrigen eher das Gegenteil. Lebed galt der Sippe ihres Mannes als Halbblut. Woher stammte ihre Mutter: Aus dem Waldvolk? Von den Mordvinen?

Seit Urzeiten waren die Wälder, die Marschen, die sich Hunderte von Meilen nordwärts erstreckten, von verstreuten Stämmen der Finno-Ugrier bevölkert, wozu auch der Stamm ihrer Mutter gehörte. Diese breitgesichtigen, mongolisch aussehenden Menschen mit gelblicher Haut lebten als Jäger und Fischer in kleinen Hütten und Erdbehausungen in diesen riesigen einsamen Regionen.

In früherer Zeit hatten die hellhäutigen Vorfahren von Lebeds Ehemann, die eine slawische Sprache sprachen, in diesem Wald nach Osten und Norden hin kleine Kolonien errichtet. Einige davon, wie auch die Sippe ihres Mannes, bebauten Felder und trieben Viehzucht. Als diese Slawen und die Ur-Finnen einander in diesen weitläufigen Gebieten begegneten, kam es kaum zu Konflikten. Es gab genügend Land und Jagdbeute für Zehntausende von Menschen. Es wurden Ehen zwischen den Stämmen geschlossen, wie die Ehe von Lebeds Eltern. Die Siedler des Weilers jedoch verachteten das Waldvolk.

Lebeds Mann machte sich einen Spaß daraus, sie nicht beim Namen des kleinen Stammes ihrer Mutter zu rufen, sondern mit dem Namen des großen Stammes der Mordvinen, die hoch im Norden lebten. Das klang noch fremder, obwohl sie väterlicherseits rein slawisch war. Es war wirklich nicht bös gemeint, aber die übrige Sippe, so dachte Lebed traurig, sah sie verächtlich an.

Vor allem ihre Schwiegermutter. Seit nahezu dreizehn Jahren wachte ihre mächtige Gestalt über Lebeds Leben. Es gab Tage, an denen das Löwengesicht dieser Frau mit den schweren Wangen heiter, ja freundlich dreinblickte. Doch ein kleiner Fehler von Lebeds Seite – eine Spindel fiel, Sauerrahm wurde verschüttet – rief einen Zornesausbruch hervor. Die anderen Frauen im Haus schwiegen dazu. Sie waren froh, daß sie gut davongekommen waren und daß sie die Wut an der Fremden ausließ. Danach wurde Lebed wieder an die Arbeit geschickt, und die Schwiegermutter wandte sich achselzuckend den anderen zu.

Das alles war zu ertragen, aber ihr eigener Bruder machte es ihr schwer. Ihre Eltern waren das Jahr zuvor gestorben, nur sie und ihr jüngerer Bruder Mal waren übriggeblieben. Und über ihn hatte sie am vergangenen Tag weinen müssen.

Mal hatte nichts Böses im Sinn, aber immer gab's Schwierigkeiten mit dem Dorfältesten. Für Mal, auf dessen breitem, ein wenig blödem Gesicht ständig ein Lächeln lag, gab es anscheinend nur zwei Dinge im Leben – die Jagd, und seinem kleinen Neffen Freude zu machen. Er hatte überhaupt keine Lust zur Feldarbeit. Tagelang verschwand er ohne Erlaubnis im Wald, dann plötzlich sah seine Schwester ihn mit einem Dutzend Fellen am Gürtel wiederauftauchen. Der Dorfälteste verwünschte ihn, und Lebeds Schwiegermutter warf ihm wieder ärgerliche Blicke zu.

Nun hatte er dem Kind ein besonders verrücktes Versprechen gegeben: »Wenn ich das nächstemal auf die Jagd gehe, Kleiner Kiy, bringe ich dir einen jungen Bären mit. Du kannst ihn vor der Hütte anbinden.«

»Aber Mal«, warnte die Schwester ihn, »der Älteste hat gesagt, du mußt das Dorf verlassen, wenn du wieder ungehorsam bist.« Als Strafe für Mals häufige Abwesenheit hatte der Älteste für dieses Jahr ein Jagdverbot über ihn verhängt. Doch Mal scherte sich nicht darum. Nach wie vor ging er mit den zwei alten Männern, mit denen er in einer kleinen Hütte wohnte, jagen und fischen. »Warum nimmst du dir nicht endlich eine Frau und hörst mit diesem Unsinn auf?« schimpfte Lebed.

»Wie du befiehlst, Schwester Lebed.« Grinsend neigte er den Kopf.

Er nannte sie so, um sie zu ärgern, denn fast niemand im Dorf wurde bei seinem richtigen Namen genannt. Kiy wurde üblicherweise Kleiner Kiy gerufen. Auch Mal hatte einen Namen, den die Leute benützten, wenn sie böse auf ihn waren: Faulpelz.

Lebed war gestern zweimal während der Feldarbeit zu Mal gegangen, das zweitemal in Tränen, um ihn von seinem albernen Plan abzubringen. Denn obwohl er ihr nichts als Schwierigkeiten machte, liebte sie ihn. Es würde einsam werden, wenn man ihn wegschickte. Doch er grinste nur, während er die Heuballen aufeinanderstapelte.

Aus diesem Grund hatte sie abends lange nicht einschlafen können. Nun aber hatte die Nacht alle Gedanken weggewischt. Leise bewegte der Windhauch vom Fenster ihr dichtes Haar und das weiche Haar des Kindes.

Wo lag dieses Dorf an Fluß und Wald? Es lag am Rand der südrussischen Steppe, einige Dutzend Meilen östlich des großen Dnjepr und an die dreihundert Meilen oberhalb der breiten Flußmündung am Nordwestufer des Schwarzen Meeres. So seltsam es auch klingen mag: Hätte ein fremder Reisender damals nach dem Weg dorthin gefragt, hätte ihm kaum jemand Auskunft geben können. Rußland als Staat existierte noch nicht. Die alten Kulturen des Ostens – China, Indien, Persien – lagen weit entfernt. Ihnen galt die leere Ebene als Ödland. Im Westen dehnte sich das machtvolle Imperium Romanum rund um das Mittelmeer bis hinauf nach Britannien. Doch Rom drang nie über die Waldgürtel der großen Eurasischen Ebene vor.

Was wußte Rom von dem Wald? Nur daß östlich des Rheins kriegerische germanische Stämme hausten und daß im Norden, an der Ostsee, primitive Völker lebten: Balten, Letten, Esten, Litauer, von denen man nichts wußte. Über die slawischen Länder wußten sie wenig, von den Finno-Ugriern in den Wäldern jenseits der Wolga so gut wie nichts. Von den türkischen und mongolischen Stämmen im riesigen sibirischen Hinterland drang damals keine Kunde über den Wald nach Westen, kaum ein Laut über die Steppe.

Und was wußte Rom von der Steppe? Zwar war Rom am östlichen Teil bis nach Armenien unterhalb des Kaukasischen Berglandes vorgedrungen, doch das weite Flachland dahinter blieb *terra incognita,* unbekanntes Land voller barbarischer Stämme, gefährlicher Steppe und unpassierbarer Flüsse.

Auch die Dorfbewohner selbst hätten nicht erklären können, wo genau sie lebten. Sie wußten lediglich, daß ihr Flüßchen in einen anderen kleinen Fluß mündete, daß dieser Fluß sich dem mächtigen Dnjepr verband und daß irgendwo hinter der südlichen Steppe der Dnjepr ins Meer floß.

Also können wir nur sagen, daß der Weiler oberhalb des Schwarzen Meeres irgendwo östlich des Dnjepr und westlich des Don lag, etwas östlich des Waldes, etwas westlich der Steppe, an einem von tausend namenlosen Flüssen.

Der kleine Junge lächelte, als er aufwachte. Ein Lüftchen wehte durchs Fenster. Das Sonnenlicht malte ein großes helles Rechteck auf den Boden aus gestampfter Erde.

»Bist du wach, mein Körnchen?« Das breite Gesicht der Mutter neigte sich über das Kindergesicht. Hinter ihr bewegten sich die Menschen im Raum.

Es war ein großer Raum. Die Lehmwände wurden durch Holzrahmen gestützt. Die Hütte war zweigeteilt: Hinter dem Ofen betrat man die Hütte über einen Gang, und der Raum auf der anderen Seite, etwas größer als der Hauptraum, diente als Arbeits- und Vorratsraum. Hier gab es einen Webstuhl, mehrere faßartige Behälter, Hacken, Sicheln, und an der Wand hing eine Axt, die dem Hausherrn gehörte. Das von Eichenpfosten gestützte Gebäude war zu einem Teil in den Boden eingelassen, so daß man vom Gang zur Außentür hinaufsteigen mußte.

Die Mutter wusch das Gesicht des Jungen mit Wasser aus einem braunen irdenen Gefäß. Er sah an ihr vorbei auf den leuchtenden Sonnenflecken auf dem Boden. Seine Gedanken waren weit weg. Er wollte schnell hinauslaufen. Ob der versprochene Bär schon da war?

Die Mutter prüfte rasch seine Zähne. Er hatte zwei Milchzähne verloren, aber die neuen Zähne wuchsen bereits nach. Ein weiterer wackelte, aber alle anderen waren noch fest. Endlich ließ Lebed ihren Sohn los, und er rannte hinaus.

Der Hütte gegenüber lag ein Stück Gemüseland, von dem sie am vergangenen Tag eine große Rübe geholt hatte. Rechts davon lud eben ein Mann Ackergeräte auf einen alten Holzwagen mit stabilen Rädern, von denen jedes aus einem einzigen Holzblock geschnitzt worden war. Zur Linken stand in einiger Entfernung am Fluß ein kleines Badehaus. Es war erst drei Jahre zuvor gebaut worden – nicht für die Dorfbewohner, die ein größeres hatten, sondern für deren Ahnen. Schließlich, das wußte Kiy, wollten die Toten ebenso wie die Lebenden ihr Dampfbad nehmen, auch wenn man sie nicht sehen konnte. Und wie er immer wieder in seinem jungen Leben zu hören bekam, wurden die Ahnen sehr ärgerlich, wenn man sie von etwas ausschloß. Er wußte, daß die Toten da waren und ihn beobachteten, wie er auch wußte, daß im Boden unter einer Ecke der Scheune beim Haus des Dorfältesten die winzige schrumpelige Gestalt des *domovoj* hauste; es war der Großvater seines eigenen Vaters, und sein Geist wachte über allem, was in der Gemeinde geschah.

Kiy trat hinaus. Er sah nach rechts und links. Nichts. Kein Anzeichen des kleinen Bären. Der Junge machte ein langes Gesicht. Er konnte es nicht fassen – hatte er denn nicht gesehen, wie am Abend sein Onkel und der alte Mann vorbeigeschlichen waren? Er fühlte heiße Tränen in sich aufsteigen, doch da er Mal Stillschweigen hatte schwören müssen, unterdrückte er das Weinen. Da sah er Mal.

Der hatte keine gute Nacht hinter sich. Er hatte mit einem der alten Jäger eine Falle für das Bärenjunge im Wald aufgestellt. Fast hätten sie Erfolg gehabt, doch im letzten Augenblick verlor er die Nerven und machte eine falsche Bewegung, worauf ihn die wütende Bärenmutter verjagt hatte. Bei dem bloßen Gedanken daran errötete er. Er hatte vorgehabt, am Tag beim Heueinholen zu helfen, durch großen Fleiß die Aufmerksamkeit des Ältesten zu erregen und peinlichen Gesprächen mit Kiy aus dem Weg zu gehen.

Es kam dem kleinen Jungen nicht in den Sinn, daß sein Onkel so rasch an der Hütte vorbeilief, damit er ihm nicht gegenübertreten mußte. So rannte er auf ihn zu und starrte ihn erwartungsvoll an.

Mal äugte schuldbewußt nach allen Seiten. Glücklicherweise war niemand in der Nähe.

»Hast du ihn mitgebracht? Wo ist er?« rief Kiy.

Mal zögerte. »Er ist noch im Wald.«

»Wann holst du ihn denn? Heute?« Die Augen des Kleinen glänzten vor Erregung.

»Bald. Wenn es Winter wird.«

Der Junge blickte enttäuscht drein. Winter? Der war ja noch ewig weit weg. »Warum denn?«

Mal überlegte einen Augenblick. »Ich hatte ihn schon. Er lief neben mir her mit einem Strick um den Hals, Kleiner Kiy. Aber dann hat ihn der Wind fortgenommen. Ich konnte nichts dagegen machen.«

»Der Wind?« Kiys Gesicht wurde lang. Er wußte, daß der Wind der älteste aller Götter war. Mal hatte ihm das oft erzählt. »Der Sonnengott ist groß, Kiy, aber der Wind ist älter und größer. Der Wind bläst bei Tag und auch bei Nacht, wenn die Sonne fortgegangen ist. Die Schneejungfern bringen ihn«, fuhr der Onkel fort, »du wirst es sehen.«

Warum mußte er lügen? Er sah zu seinem vertrauensvollen kleinen Neffen hinunter und wußte es sehr genau. Es war, weil alle ihn verachteten und, schlimmer noch, weil er sich vor sich selbst schämte. Er konnte dem Kind nicht die Wahrheit sagen. Ich bin dumm und unnütz, dachte er. Ja, und faul auch. Er hatte an diesem Tag wirklich auf dem Feld arbeiten wollen, aber jetzt mußte er wohl wieder in den Wald fliehen, um der häßlichen Wahrheit über seinen Charakter zu entkommen.

»Ich weiß aber, wo der Wind ihn versteckt hält«, sagte er.

»Du weißt es?« Kiy strahlte wieder. »Sage es mir.«

»Tief im Wald, im Land Weißnichtwo.«

»Kann man dorthin kommen?«

»Nur wenn man den Weg kennt.«

»Und du kennst ihn?« Natürlich wußte ein guter Jäger wie sein Onkel sogar den Weg ins Zauberland. »Wo ist der Weg?« fragte Kiy.

Mal grinste. »Weit nach Osten. Aber ich kann in einem Tag hinkommen«, brüstete er sich.

»Wirst du den Bären holen?« bat der Kleine.

»Vielleicht. Irgendwann.« Mal sah ernst drein. »Aber das ist unser Geheimnis. Nicht ein Wort zu irgend jemandem.«

Der Junge nickte.

Mal ging weiter und war froh, aus dieser mißlichen Lage herausgekommen zu sein. Vielleicht konnte er in ein paar Tagen eine neue Falle für das Bärenjunge basteln. Er wollte den kleinen Jungen, der ihm vertraute, nicht enttäuschen. Jetzt fühlte er sich besser. Er würde nun doch auf dem Feld arbeiten.

Kiy sah ihm nach, wie er traurig davonging. Er hatte gehört, wie die Frauen über seinen Onkel lachten und wie die Männer auf ihn fluchten. Er wußte, daß sie ihn Faulpelz nannten. Er dachte nach. Konnte man Mal denn wirklich nicht trauen? Kiy sah hinauf in den leeren Morgenhimmel und überlegte, was zu tun sei.

Die Frauen bildeten die Form eines breiten V auf dem goldenen Gerstenfeld. In der Mitte ging die große Gestalt von Lebeds Schwiegermutter. Die Frau des Ältesten war im vergangenen Winter gestorben, und nun war sie die älteste Frau im Dorf.

Es war ein heißer Sommertag. Nun, gegen Mittag, hatten sie schon einige Stunden gearbeitet. Jede Frau hatte eine Sichel in der Hand.

Langsam machten sie ihren Weg durch das Feld und sangen dabei. Die älteste Frau stimmte eine Weise an, und die übrigen fielen ein.

Lebed war schweißüberströmt, aber sie fühlte sich wohl in dem gleichmäßigen Arbeitsrhythmus. Obwohl sie manchmal geringschätzig behandelt wurde, war doch jede dieser Frauen ihr irgendwie verwandt – eine Ehefrau, die Schwester der Ehefrau, Schwestern ihres Mannes und deren Töchter, Tanten, Nichten dieser Töchter. Das war ihr Volk. Mochten sie sie auch Mordvinin nennen, sie war doch ein Teil von ihnen. Sie besaßen Land und Dorf gemeinsam, nur die Dinge des Hausstandes gehörten dem Mann. Und die Stimme des Ältesten war das Gesetz.

Lebed blickte zufrieden über das Feld. Ein paar hundert Meter entfernt luden ihr Mann und die anderen Männer Heu auf Karren. Auch ihr Bruder war dabei. Neben dem Feld saßen drei der ältesten Frauen. Lebed sah sich nach Kiy um. Gerade noch hatte er bei den Frauen gesessen, aber vielleicht war er zu den Männern gegangen.

Die große Göttin der Slawen hatte in dieser Gegend ihre schönste Gestalt angenommen – der Weiler lag dort, wo es den besten Boden der großen Ebene gab: die schwarze Erde. Oben im Norden, unter der Tundra, war der Boden ein mooriger *gloj,* ungeeignet für Ackerbau. Unter den Wäldern lagen die sandigen Schichten – *podzol* –, grau unter den nördlichen Laubwäldern, braun in den belaubten Wäldern weiter südlich. Auch auf diesen Böden war der Ertrag verhältnismäßig mager. Erst im Steppengürtel gab es völlig anders gearteten Boden: die schwarze Erde, *tschernozem,* glänzend, weich, dick und fruchtbar. Und dieser Boden erstreckte sich Hunderte von Meilen von den Westufern des Schwarzen Meeres nach Osten über die Ebene, über die Wolga und weit nach Sibirien hinein. Die Slawen, die am Rand des großen Waldes lebten, brauchten ein Feld nur abzuräumen und konnten dann ständig ernten. Erst nach vielen Jahren war der Boden erschöpft. Dann ließen sie Gras darauf wachsen und räumten das nächste Feld ab.

Als die Frauen einmal im Singen innehielten, sah Lebed ihren Bruder auf sich zuschlendern.

»Da kommt der Faulpelz und sucht nach neuer Arbeit«, rief eine der Frauen boshaft. Sogar Lebeds Schwiegermutter lachte.

Erstaunt, daß ihr Sohn nicht bei Mal war, fragte Lebed: »Wo ist der Kleine Kiy?«

»Weiß nicht. Hab' ihn den ganzen Morgen nicht gesehen.«

Lebed zog die Stirn in Falten. Wo mochte der Junge nur sein? Sie wandte sich nach ihrer Schwiegermutter um: »Darf ich den Kleinen Kiy suchen gehen? Er ist weg.«

Die große Frau sah Lebed und ihren nichtsnutzigen Bruder unbewegt an. Dann schüttelte sie den Kopf. Es gab noch Arbeit. »Geh und frag die alten Frauen, wohin er gegangen ist«, sagte sie leise zu Mal.

»Na schön.« Mal begab sich gemächlich an den Feldrand.

Es machte Mal Spaß, die verschiedenen Leute im Dorf zu beobachten. Und es war ihm längst aufgefallen, daß die körperliche Entwicklung der Frauen nach einem gewissen Schema ablief. Zuerst waren sie blaßhäutig, schlank und anmutig wie Rehe – das war die Zeit des Erblühens. Dann nahmen sie zu – zuerst um die Hüften wie seine Schwester, später um die Mitte und an den Beinen. Unaufhaltsam wurden sie immer stämmiger. Zuletzt wurden sie immer kleiner, bis sie im hohen Alter gänzlich verschrumpelten. Und so brachte die alte Frau, die *babuschka,* mit ihrem sonnenverbrannten, runzeligen Gesicht und ihren leuchtendblauen Augen ihre letzten Jahre hin, bis sie ins Grab sank. Seiner Schwester Lebed würde es genauso ergehen. Immer wenn Mal eine *babuschka* sah, wurde ihm warm ums Herz.

Drei *babuschkas* saßen am Feldrand beieinander. Mal lächelte sie freundlich an und sprach mit ihnen. Dann kam er grinsend zurück. »Sie sind alt«, erklärte er, »und ein bißchen durcheinander. Eine glaubt, Kiy ist mit den anderen Kindern ins Dorf gegangen; die zweite meint, er ging zum Fluß, und die dritte denkt, er lief in den Wald.«

Lebed seufzte. Warum sollte Kiy in den Wald gegangen sein? Sie glaubte auch nicht, daß er am Fluß war. Die anderen Kinder spielten in der Hütte unter der Aufsicht eines der Mädchen. Wahrscheinlich war Kiy auch dort. »Geh und sieh nach, ob er im Dorf ist«, sagte sie.

Mal war froh, daß er sich entfernen konnte. Als er zurückkam, zeigte er das übliche Lächeln, doch Lebed erkannte seine Unsicherheit. »War Kiy nicht dort?«

»Nein. Sie haben ihn nicht gesehen.«

Seltsam – sie hatte ihn bei den anderen vermutet. Nun fühlte sie Besorgnis. Wieder bat sie ihre Schwiegermutter: »Der Kleine Kiy ist nicht daheim. Ich möchte ihn suchen gehen.«

Doch die ältere Frau sah sie mit leichter Verachtung an. »Kinder verschwinden oft. Er wird schon wiederkommen. Soll dein Bruder nach ihm sehen. Er hat ohnehin nichts zu tun.«

Lebed senkte traurig den Kopf. »Geh an den Fluß und sieh, ob Kiy dort ist«, sagte sie zu ihrem Bruder. Diesmal bewegte er sich rascher. Nach wenigen Minuten kam er zurück. Er sah besorgt drein. »Er ist nicht zum Fluß gegangen.«

»Woher weißt du das?«

Mal hatte einen seiner alten Freunde getroffen, der den ganzen Morgen am Flußufer gewesen war. Er hätte den kleinen Jungen sehen müssen. Lebed spürte jähe Furcht.

»Ich glaube, Kiy ist in den Wald gegangen«, meinte Mal.

Der Wald! Kiy war nie dorthin gegangen, außer mit ihr. Lebed musterte ihren Bruder aus zusammengekniffenen Augen. »Warum sollte er in den Wald gegangen sein?«

»Ich weiß nicht« war die verlegene Antwort.

Offensichtlich log Mal, aber Lebed wußte, daß jetzt nicht der Moment war, ihn ins Verhör zu nehmen. »Welchen Weg könnte er denn genommen haben?«

Mal dachte an die albernen Worte, die er am Morgen zu dem Kleinen gesagt hatte: Weit im Osten. Aber ich kann in einem Tag hinkommen. »Wahrscheinlich ist er nach Osten gegangen.« Er errötete. »Ich weiß nicht, wohin.«

Lebed sah ihren Bruder verächtlich an. »Hier, nimm!« Sie drückte ihm eine Sichel in die Hand. »An die Arbeit!«

»Aber das ist Frauensache«, widersprach er.

»Mach schon, Dummkopf!« schrie sie und lief zur Schwiegermutter. »Laß mich gehen und den Kleinen Kiy suchen, mein Bruder hat ihn in den Wald geschickt.«

Die Schwiegermutter blickte hinüber zur Wiese. Die Männer dort hatten die Arbeit beendet. Einige, darunter Lebeds Mann und der Dorfälteste, kamen auf sie zu. »Zeit zum Ausruhen«, rief die alte Frau, dann sagte sie zu Lebed: »Du kannst gehen.«

Lebed erzählte ihrem Mann und dem Ältesten rasch, was geschehen war. Der Älteste war ein großer graubärtiger Mann mit kleinen ruhelosen Augen. Er zeigte wenig Interesse, doch das milde Gesicht des Ehemannes wurde von einer leichten Besorgnis überschattet. Er blickte den Ältesten an. »Soll ich mitgehen?«

»Der Junge kommt schon wieder. Er ist sicher nicht weit gegangen. Sie soll ihn allein suchen.« Seine Stimme klang gelangweilt.

Lebed sah die Erleichterung, die sich auf dem Gesicht ihres Mannes ausbreitete. Sie verstand. Er hatte sich auch um seine übrigen Ehefrauen und Kinder zu kümmern. »Ich gehe«, sagte sie leise.

Wie angenehm es im Wald war, wie friedlich. Im leuchtendblauen Himmel zogen von Zeit zu Zeit dicke weiße Wolken vorüber, die in der späten Morgensonne glänzten. Sie kamen aus dem Osten über den grünen Wald von den dürren, endlosen Steppen. Am Waldrand, wo der kleine Junge ging, wisperte das hohe Gras im leichten Wind. Ein halbes Dutzend Kühe graste im Schatten.

Es war schon einige Zeit vergangen, seit Kiy sich von den alten Frauen fortgeschlichen hatte. Nun ging er erwartungsvoll den ihm vertrauten Weg in den Wald. Er hatte kein bißchen Angst vor Gefahren. Den ganzen Morgen hatte er über das Bärenjunge nachgedacht. Mal wußte, wo es sich aufhielt: Im Zauberreich weit im Osten. Und hatte er nicht gesagt, er könne in einem Tag dorthin kommen? Kiy fühlte, daß sein Onkel nicht dorthin gehen würde. Und je länger er darüber nachdachte, um so klarer wurde ihm, was er zu tun hatte.

Er kannte ja den Weg. Nach Osten – das bedeutete die Strecke, auf der seine Mutter und die Frauen Pilze sammelten. Zum Ende des Sommers kamen sie auch immer her, um Beeren zu pflücken. Aus dem Osten kamen die weißen Wolken. Kiy wußte nicht, wie weit es war, doch wenn sein Onkel in einem Tag dorthin gelangen konnte, dann konnte er das auch.

Und so war der pummelige kleine Kerl, mit einem weißen Kittel, Stoffgürtel und Bastschuhen bekleidet, unterwegs in die Kiefernwälder. Bis zu den kleinen Schneisen, wo die Frauen Pilze sammelten, war es etwa eine Viertelmeile. Er lachte vor Freude, als er die Stelle erreichte. Er war zwar nie weiter als bis hierher gekommen, aber voller Vertrauen stapfte er vorwärts. Der schmale Pfad führte einen Abhang hinunter, dann wieder hinauf. Kiy fiel auf, daß hier weniger Kiefern zwischen den Eichen und Birken standen, dafür gab es mehr Eschen. Aus den Zweigen wurde er von Eichhörnchen aufmerksam beobachtet. Nach einer Weile lichtete sich das Unterholz. Einige hundert Meter weiter führte der grasbedeckte Pfad nach rechts, dann nach links. Eine Kieferngruppe tauchte auf.

Der Kleine Kiy war begeistert von seinem abenteuerlichen Vorstoß in ein unbekanntes Land und dachte nicht an den Rückweg. Die Bäume standen dicht um ihn. Ein leicht mooriger Geruch wehte ihn an, und plötzlich sah er neben sich einen kleinen dunklen Weiher, ungefähr zehn Meter breit und dreißig Meter lang. Während der Junge ihn betrachtete, kräuselte ein leichter Windstoß die Oberfläche. Wasser schwappte gegen die dunkle Erde und die Farnbüschel am Ufer. Kiy wußte, was das bedeutete: In dem stillen Teich wohnten Dämonen.

Das sagten jedenfalls die Leute in seinem Weiler. Sicher gab es hier auch Wasserjungfern, *rusalki,* und wenn man sich falsch verhielt, kamen sie heraus und kitzelten einen zu Tode.

Der kleine Junge ging leise, den Blick unverwandt aufs Wasser gerichtet, um den gefährlichen Weiher herum und war froh, als der Pfad in eine andere Richtung führte. Bald fand Kiy sich auf einer weiten Lichtung.

Hohe Gräser wiegten sich leise im Wind. Welchen Weg sollte er nun nehmen?

Er wartete einige Minuten, bis eine Wolke am Himmel erschien. Daran orientierte er sich. Osten lag also genau vor ihm. Er machte sich wieder auf. Nun gab es keinen Pfad mehr, weder von Menschen noch von Tieren. Kiy hielt verwirrt inne. Sollte er lieber umkehren? Aber was war mit dem Bären? Nein, er wollte nicht aufgeben. Kiy biß die Zähne zusammen und setzte den Weg fort. Manchmal hatte er das Gefühl, er würde beobachtet. Lauerten nicht stumme Gestalten, braune und graue Schatten? Aber obwohl er nach allen Richtungen blickte, konnte er niemanden entdecken.

Als er wieder einmal stehenblieb und sich umsah, ob sich etwas bewegte, hörte er plötzlich ein lautes Gekreisch, und als er sich erschrocken umwandte, brach etwas Dunkles aus dem hohen Laubwerk.

»Baba Jaga!« schrie der Junge entsetzt. Der Gedanke lag nahe. Jedes Kind fürchtete die Hexe Baba Jaga. Es hieß, daß sie auf ihrem Mörser durch die Luft ritt, ihre langen Füße und krallenartigen Hände weit von sich gestreckt, bereit, kleine Jungen und Mädchen zu packen, nach Hause zu schleppen und zu kochen. Kiy starrte wie vom Schrecken gelähmt nach oben.

Es war jedoch nur ein Vogel gewesen, der bei seinem Flug durch die dichtbelaubten Äste lärmend mit den Flügeln schlug. Doch es war zuviel für den kleinen Kerl. Er brach in Tränen aus, setzte sich auf den Boden und rief wieder und wieder nach seiner Mutter. Natürlich hörte sie ihn nicht. Nach und nach beruhigte er sich und hörte auf zu weinen. Es war ja nur ein Vogel gewesen. Was hatte sein Onkel ihm oft gesagt? Der Jäger hat nichts zu fürchten im Wald, wenn er auf der Hut ist. Nur Frauen und Kinder fürchten sich dort.

Langsam stand Kiy auf. Zögernd setzte er seinen Weg zwischen den dunklen Bäumen fort. Nach kurzer Zeit bemerkte er, daß zur Linken eine andere Gegend zum Vorschein kam, wo der Wald lichter wurde. Dorthin ging Kiy nun. Es war wärmer, die Bäume wuchsen nicht so hoch. Saftiges Gras gab es und auch Büsche. Er spürte das Sonnenlicht warm auf seinem Gesicht und hörte das Summen der Fliegen. Sein Mut kehrte zurück. Er war so erleichtert, daß er eine Zeitlang nicht aufpaßte, in welche Richtung er ging.

Es war genau Mittag. Kiy merkte nicht, daß er hungrig und durstig war und, voller Freude, den dunklen Wäldern entronnen zu sein, auch nicht, wie müde er war. Das Dunkel lag hinter ihm. In der Nähe glänzten Silberbirken in der Sonne auf.

Plötzlich stand er vor einer niedrigen Wand aus Schilf und sah das helle

Licht. Es kam aus dem Boden, aus einem Wurzelgeflecht, so hell, daß Kiy blinzeln mußte. Er trat näher heran. Könnte das, so überlegte er, der Weg in eine andere Welt sein?

Warum nicht? Das slawische Wort, mit dem die Leute aus dem Weiler die andere Welt bezeichneten, klang wie »Licht«. Und Kiy wußte, daß der Ort, wo der *domovoj* und die übrigen Ahnen hausten, irgendwo da unten war.

Er sah nun, daß das Licht von einem kleinen Fluß kam, auf dem die Sonne glänzte. Er schlängelte sich durchs Unterholz. Kiy kam eine neue, noch aufregendere Idee. Ich habe es erreicht, dachte er. Das ist bestimmt der Anfang des geheimnisvollen Reiches, das Land Weißnichtwo. Wie sonst sollte diese Stelle so voller Zauber sein?

Kiy folgte dem schmalen Flußlauf. Der Weg führte ihn etwa fünfzig Meter durch dichtes Grün, bis er an zwei niedrige Felsblöcke kam, zwischen denen ein Haselstrauch wuchs. Hier blieb Kiy stehen. Plötzlich fühlte er seinen Durst. Er kniete am Fluß nieder und schöpfte das Wasser mit den Händen. Wie herrlich frisch es schmeckte!

Um einen besseren Überblick zu bekommen, wollte er auf einen der Felsblöcke klettern. Als er nach oben langte, um Halt zu suchen, spürte er eine Schlange unter seiner Hand.

Blitzschnell sprang er herunter. Er zitterte am ganzen Körper. Überall um sich herum vermutete er jetzt Schlangen, selbst vor einem Grasbüschel, das über seinen Fuß strich, erschrak er. Doch die Schlange auf dem Felsen hatte sich nicht bewegt. Kiy sah ihren Schwanz am Felsrand liegen. Er wartete, immer noch zitternd, zwei lange Minuten. Als sich nichts rührte, kletterte er auf den Stein.

Die Schlange war tot. Sie lag in sich verschlungen am Felsrand. In ihrer ganzen Länge hätte sie die Größe des Jungen um ein Zwei- oder Dreifaches übertroffen. Ihr Kopf war gespalten und ausgehöhlt. Ob das wohl ein Adler getan hatte? Er sah, daß es eine Giftnatter war – es gab verschiedene Arten in der Gegend –, und obwohl sie tot war, schauderte es ihn.

Er bemerkte aber noch etwas, das ihn beruhigte und ihn sogar zum Lächeln brachte: Die Schlange lag im Schatten eines Haselbusches.

»Jetzt also finde ich meinen Bären«, sagte er laut vor sich hin, denn die tote Schlange konnte ihm eines der größten Geheimnisse der Welt verraten: das Geheimnis der Zaubersprache.

Alle Pflanzen sprachen sie, sogar Steine und Flüsse, auch Tiere, manchmal. Menschen konnten die Sprache eigentlich nicht hören. Aber es gab doch Gelegenheiten, sie übermittelt zu bekommen. Seine Großmutter hatte ihm das erzählt. »Es gibt verschiedene Möglichkeiten, die Zaubersprache verstehen zu lernen, Kleiner Kiy. Wenn du eine Schlange aus dem Feuer errettest oder einen Fisch davor bewahrst, gefangen zu werden, können sie dir die Kenntnisse vermitteln. Du kannst auch zur Sonnenwende um Mitternacht im Wald Farnsamen suchen. Wenn du beim Pflügen einen Frosch findest, mußt du ihn in den Mund stecken. Als letztes: Wenn du eine tote Schlange unter einem Haselbusch entdeckst, mußt du sie braten und ihr Herz essen.«

Wenn ich mit den Bäumen und Tieren sprechen könnte, würden sie mir sicher sagen, wo das Bärenkind ist, dachte er. Aber wie sollte er die Schlange braten? Er hatte ja kein Feuer. Vielleicht sollte er sie mit zurück ins Dorf nehmen. Aber nein, er konnte sie nicht allein nach Hause schleppen. Da kam ihm ein ebenso einfacher wie tröstlicher Gedanke: Er würde Onkel Mal holen. Der würde bestimmt kommen und die Schlange für ihn braten.

Erleichtert kletterte Kiy vom Felsen herunter und machte sich auf den Heimweg. Die Umgebung kam ihm nach seinem wundersamen Fund weniger verzaubert und viel vertrauter vor. Doch nach wenigen Minuten merkte er, daß er sich verirrt hatte. Die Bäume ragten nun höher auf und standen dichter zusammen. Es gab vereinzelt Findlinge und Büsche, ganz anders als in den Wäldern, die er bisher gesehen hatte. Wieder sah er nach den Wolken, nach denen er sich zuvor gerichtet hatte. Er wußte nicht, daß der Wind seit dem frühen Nachmittag die Richtung geändert hatte.

Kiy geriet in Panik. Kaltes Entsetzen erfaßte ihn. Er blieb stehen, sah nach allen Seiten und erblickte nichts als die endlosen Reihen der hohen Stämme um sich herum: Er hatte sich hoffnungslos verirrt.

Ein paarmal rief er laut nach seiner Mutter, aber sein Rufen verhallte ungehört. Vielleicht würde er nie wieder nach Hause kommen. Er setzte sich mutlos neben einen umgestürzten Baumstamm. Großer Jammer überkam ihn, und er begann zu weinen. Nach einiger Zeit wurden seine Lider schwer, sein Kinn sank auf die Brust, und er schlief ein.

Zuerst dachte er, er träume, als er den kleinen Bären sah. Offenbar war er von seiner Mutter fortgelaufen und tapste nun eilig dahin, um sie wieder einzuholen.

Kiy rieb seine Augen, rappelte sich hoch und starrte hinter dem Bärenjungen her. War es möglich, daß er es endlich doch gefunden hatte? Er konnte sein Glück kaum fassen. Der kleine Bär war immer noch zu sehen – gerade steuerte er auf eine braune Gestalt in etwa hundert Metern Entfernung zu, die die Mutter sein mußte.

Der kleine Junge lief hinter den beiden her. Eines wußte er: Er mußte sehen, welchen Weg sie nähmen. So schnell er konnte, folgte er ihnen.

Sie führten ihn durch den Wald, über eine Lichtung in den nächsten Wald. Ab und zu erstarrte er bei dem Gedanken, sie könnten ihn entdecken. Meist blieb er außer Sichtweite und folgte nur den Geräuschen, die sie verursachten. Mehrmals wären sie ihm beinahe entwischt. Als er wieder einmal in völliger Stille stand, sah er zu seiner Rechten einen Sonnenflecken hinter einer Birkengruppe, was auf eine Lichtung hindeutete. Vielleicht waren die Bären dort? Da entdeckte er vor sich am Rand der Lichtung ein Aufleuchten in den Bäumen, ein Glitzern in Rot, Silber und Gold. Was mochte das nur sein? Freude durchzuckte Kiy – natürlich, das mußte es sein! Wer sonst lebte auf einem Baum und leuchtete so? Wer sonst hütete die kostbaren Dinge, nach denen die Menschen suchten, und bestimmt hütete er in diesem Augenblick das Bärenjunge. Wer sonst als das seltenste und schönste aller Waldwunder? Das konnte nur der Feuervogel sein.

Der Feuervogel hatte ein vielfarbiges Gefieder, das noch im Dunkeln glitzerte und glänzte. Wer eine seiner langen Schwanzfedern ausriß, könnte alles haben, was er sich wünschte, hieß es. Der Feuervogel bedeutete Wärme und Glück. Sicher würde der kleine Bär jetzt beim Feuervogel warten.

Kiy ging weiter auf den Glanz zu. Der Vogel schien sich nicht zu bewegen, sandte aber immer noch seine Lichtstrahlen aus; er wartete wohl auf ihn. Mit einem Freudenschrei lief der Junge auf die Lichtung.

Das Gesicht des Reiters, der unter seinem metallenen Helm auf den Jungen hinabsah, war ohne jede Bewegung. Die bunten Edelsteine, die den Rand des Helmes schmückten, funkelten in der Sonne. Der Mann hatte eine große Adlernase. Eine schwarze Haarmähne fiel ihm auf die Schultern. Seine dunklen, mandelförmigen Augen blickten kalt. Von seiner Schulter hing ein langer Bogen herab.

Der kleine Junge stand wie gelähmt vor ihm. Die furchterregende Gestalt saß auf einem Rappen, der im Schatten der Bäume graste. Das Lederzaumzeug war reich verziert.

Mit steinernem Gesicht packte der Reiter das Kind.

Von einem hohen blauen Himmel brannte die Sonne an diesem stillen Mittag aufs Land herab. Ein heißer Windhauch streifte Lebed, als sie das goldene Gerstenfeld verließ und sich am Waldrand entlang auf den Weg machte. Vielleicht hatte ihr Sohn nur den Schatten der Bäume gesucht. Beim Gehen rief sie immer wieder zärtlich: »Kiy, mein Körnchen. Kleiner Kiy, mein Täubchen.« Doch Kiy antwortete nicht.

Sie ging zu der Stelle, wo sie sonst Pilze sammelten. Wieder rief sie nach ihm: »Kleiner Kiy. Kiy, mein Entchen.« Aber auch hier war er nicht.

Sie ging weiter zum Weiher. Hoffentlich war Kiy nicht hineingefallen! Doch dafür gab es kein Anzeichen. Laut schallte ihre Stimme durch den Wald. Auch auf der großen Lichtung fand sie ihn nicht. Er konnte doch nicht noch weiter gegangen sein!

Sie setzte ihren Weg nach Osten fort. Sie konnte ja nicht ahnen, daß ihr Kind den Wolken nachgegangen war, die eine andere Richtung genommen hatten. Einmal sah sie zwei Wölfe, die wie blaßgraue Schatten an einem Baum standen und sie beobachteten. Einen Augenblick lang setzte ihr Herz aus. Was wäre, wenn Kiy ihnen begegnet wäre? Aber ihr fiel ein, daß Wölfe im Hochsommer selten Menschen angreifen.

Lebed stellte sich ihr Leben ohne ihr Kind vor, die Stelle über dem Ofen, an ihrer Seite, leer. Wie sollte sie diese entsetzliche Leere je wieder füllen! Vielleicht noch ein Kind? Sie hatte die Ängste einer Mutter oft erlebt, doch niemals eine so tiefe Furcht. Sie spürte einen fast unerträglichen Schmerz.

Auf ihrem weiteren Weg nach Osten überlegte sie zwei Dinge: Der Junge konnte nicht viel weiter gewandert sein, und wenn er noch am Leben war, mußte er sich irgendwo hier im Wald verirrt haben. Ein anderer Gedanke war schrecklicher: Sehr bald würde dieser Teil des Waldes enden und die Steppe beginnen. Und wenn der Junge zwischen den hohen Gräsern ging, würde die Sonne auf ihn herunterbrennen, und sie, die Mutter, könnte ihn nicht sehen. Und was war mit den Tieren? Eine Viper, wilde Hunde, ein Iltis könnten ihm draußen in der Steppe begegnen.

Sie beschloß, weiter durch den Wald und dann am Steppenrand entlangzugehen. Wenig später lag die riesige Fläche vor ihr. Die Stille des sommerlichen Mittags schien weit über den Horizont hinauszureichen. Den Übergang zur Steppe bildeten auf etwa hundert Metern kurze Grasbüschel, zerzaustes, teilweise noch grünes Riedgras. Dahinter breitete sich hohes Federgras aus, und in noch größerer Entfernung sah die Ebene bräunlich aus.

Von dem Jungen war weder etwas zu hören noch zu sehen. Nun ging Lebed nach Nordosten am Wald entlang. Rechts vor ihr, vielleicht zwei Meilen in die Steppe hinein, erhob sich ein kleiner, doch klar erkennbarer Erdwall: ein *kurgan* – ein Grab.

Lebed ging einige Zeit, doch der *kurgan* blieb scheinbar gleich weit entfernt. Die Steppe spielt diesen Streich mit dem Licht oft, das wußte Lebed. Hin und wieder machte sie eine Runde durch den Wald auf der Suche nach dem Kleinen Kiy, bevor sie wieder in die gleißende Helligkeit der Steppe hinaustrat. Endlich schien der *kurgan* näher, und Lebed gelangte in ein lichtes Wäldchen, das sich in die Steppe vorschob. Sie durchquerte es.

Das Lager der Reiter lag auf der anderen Seite des Wäldchens. Sie sah es, nicht einmal hundert Schritte entfernt. Und sie sah sofort, daß sie das Kind in ihrer Gewalt hatten.

Die fünf Wagen hatten Verdecke aus Borke. Sie standen in einem Kreis. Einige Reiter lagen unter den Wagen. Außerhalb des Kreises saßen zwei Männer auf ihren Pferden, der eine hell-, der andere dunkelhaarig. Der dunkle Krieger sprach zum anderen, offenbar dem Anführer der Expedition: »Wir sollten das Dorf ausfindig machen.«

Der hellhaarige Reiter blickte auf das Kind, das sein Blutsbruder vor sich auf dem mächtigen Rappen festhielt. Der blasse Junge sah sich ängstlich nach allen Seiten um. Er war ein hübscher kleiner Kerl.

Das Dorf, aus dem der Junge stammte, konnte nicht allzu weit sein. Gegen den sinnlosen Protest der Dorfbewohner würden sie ein paar der jüngeren Männer und Knaben mit sich nehmen. Man würde sie zu Kriegern heranbilden – nicht als Sklaven, sondern als angenommene Mitglieder der Sippe. Zweifellos würde der kleine Junge seiner Sippe eines Tages alle Ehre machen. An diesem heißen Nachmittag jedoch wollte der Mann kein Dorf überfallen.

»Ich kam aus einem anderen Grund hierher«, sagte der hellhaarige Reiter leise.

Der Dunkle neigte den Kopf. »Dein Großvater ist nicht alt geworden«, erwiderte er ernst.

Das war das höchste Lob, das die Reiter der Steppe einander aussprechen konnten. Für sie hatte ein alter Mann keine Ehre; tapfere Männer fielen im Kampf, ehe sie alt wurden.

Erst kurz zuvor, als die Sonne an jenem Tag den Zenit erreicht hatte, hatte der hellhaarige Krieger auf dem einsamen *kurgan* in der Steppe gestanden und ein langes Schwert hineingestoßen. Es war das Grab seines Großvaters, der in einem Gefecht gefallen war. Dort steckte das Schwert nun, nur der gekreuzte Griff war von den Wagen aus sichtbar, als leuchtende Erinnerung an eine edle Kriegersippe.

Kiy starrte den Reiter an. Er hatte solche Männer nie zuvor gesehen, aber er hatte von ihnen gehört. Er schloß, daß der Mann auf dem Rappen ein Skythe sein müsse.

»Wenn dich mal ein Skythe fängt«, hatte der Vater ihm eines Tages erzählt, »dann zieht er dir bei lebendigem Leib die Haut ab und macht daraus Zaumzeug für sein Pferd.« Kiy betrachtete ängstlich die Zügel. Sein erster Blick in die kalten Augen des dunklen Kriegers ließ ihn das

Schlimmste befürchten, und er nahm an, daß die beiden gerade besprachen, wie sie ihn zerteilen würden. Er zitterte. Doch als er zu dem hellhaarigen Reiter hinsah, schöpfte er ein wenig Hoffnung: Eine so herrliche Gestalt hatte er in seinem Leben noch nicht gesehen!

Im Gegensatz zu seinem skythischen Blutsbruder trug er das Haar kurz. Sein ebenmäßiges Gesicht war schmal und hatte vornehme, fast zarte Züge. Der Ausdruck war offen und heiter, doch wenn die blaßblauen Augen zornig aufflammten, dann wirkte er furchtbarer noch als der dunkle Skythe. So furchtbar war der Blick der Männer dieses Stammes, daß es mehrere Geschichtsschreiber der Antike vermerkten. Er war nämlich ein Alane, ein Angehöriger des größten Stammes der Sarmaten, eine mächtige, stolze Sippe. Sie nannten sich selbst »die Hellen«, »die Strahlenden«.

Seit undenklichen Zeiten waren Reiter von Osten gekommen, aus asiatischen Ländern, die hinter den riesigen Bergketten lagen, die die mächtige Eurasische Ebene nach Süden begrenzte. Über die Pässe von Indien und Persien kamen sie geritten und ergossen sich über das weite Flachland. Aus der Wüste waren sie gekommen, über die Wolga und in die reiche Steppe nördlich des Schwarzen Meeres, in die Gegend des Dnjepr und des Don vorgedrungen. Sie hatten sogar das östliche Mittelmeer und das Balkangebirge oberhalb Griechenlands erreicht.

Zuerst kamen in fernen Zeiten, und zwar in der Eisenzeit, die Kimmerer, ein Reitervolk. Als nächste, um 600 v. Chr., die Skythen, ein indoeuropäischer Volksstamm mit mongolischem Einschlag, die eine iranische Sprache sprachen. Etwa 200 v. Chr. überschwemmte ein weiteres iranisch sprechendes Volk, die Sarmaten, das Land. Sie drängten die Skythen auf ein kleines Gebiet zurück und unterwarfen sie. Sie gaben den Flüssen Don (was »Wasser« bedeutete), Dnjepr und selbst der Donau iranische Namen. Sie waren die Herren der Reiternomaden in der gesamten Steppe. Vom Schwarzen Meer bis zum Waldgürtel fürchteten und bewunderten die Slawen die strahlenden Alanen.

Der Alane sah zum Himmel auf. Bald würden die Männer unter den Wagen ihren Schlaf beenden, es wurde Zeit zum Aufbruch. »Wir kehren heute zurück«, sagte er ruhig. »Du behältst den Jungen.«

Kiy konnte seine Augen nicht von dem großen Krieger wenden. Er trug weiche Lederschuhe und bauschige Seidenhosen. An seiner Seite hingen ein langes Schwert und ein Lasso; ein Dolch, der oben einen Ring hatte, war an seinem Bein befestigt. Sein Kettenhemd und sein spitzer Helm waren auf einem Bündel festgebunden, das, zusammen mit zwei langen Speeren, wie die Alanen sie bei ihren verheerenden Angriffen mit sich führten, bei den Wagen auf dem Boden lag. Um den Hals trug der Mann einen Ring aus Goldfäden, die in goldenen Drachenfiguren endeten. Um die Schultern lag ein wollener Umhang, zusammengehalten von einer großen, juwelenverzierten Spange.

Der Skythe war anders gekleidet. Kiy spürte an seinem Rücken die Gold- und Silberornamente, die auf das lederne Wams des Mannes genäht waren. Um den dunklen Arm, der den Jungen hielt, lag ein Armband, verziert mit phantastischen Göttern und Tieren. Kiy wußte nicht, daß diese wundervolle Arbeit griechisch war. Seine Augen schmerzten von dem Funkeln im Sonnenlicht. An einer Seite trug der Skythe einen Krummsäbel.

Noch großartiger und aufregender fand der zitternde Junge die Pferde. Obwohl er nur wenig von dem tiefschwarzen Pferd unter sich sehen konnte, spürte er doch seine ungeheure Kraft. Und was das Pferd anbetraf, auf dem der Alane saß – es hatte etwas Göttliches. Es war silbergrau, mit schwarzer Mähne, ein schwarzer Streifen zog sich den Rücken entlang bis hin zum schwarzen Schweif. Ein solches Geschöpf, dachte Kiy, wird nicht galoppieren, es wird fliegen.

Damit hatte er im Grunde sogar recht, denn es gab kein schnelleres Pferd im Stamm der Alanen. Das edle Tier hieß Trajan, nach dem römischen Imperator, dessen heldenhafter Ruf bis an die Küsten des Schwarzen Meeres gedrungen war und der selbst von den fernen Sarmaten als Nebengott angenommen worden war. Dreimal hatte das Pferd im Kampf das Leben des Alanen durch seine sichere Gangart gerettet. Als er einmal verwundet war, hatte sich das Pferd, das eingefangen worden war, losgerissen und sich auf die Suche nach seinem Herrn gemacht. Es hieß, der Alane liebe das Tier mehr als seine Frau. Die leichte Brise über der Steppe bewegte die kleinen Goldscheiben, die an Trajans Zügel hingen, und brachte sie zum Klingen. Auf jeder Scheibe war ein *tamga* eingraviert, ein Dreizack, das Emblem der Sippe.

Auch der Skythe sah zu dem Pferd hinüber. Die Väter der beiden Männer hatten als Söldner für Rom gekämpft. Der Skythe und der Alane waren als Kinder Blutsbrüder geworden. Kein Band war heiliger – es durfte nie zerrissen werden. Lange Jahre waren sie zusammen umhergezogen, hatten Seite an Seite gekämpft. Der Skythe hätte sein Leben für seinen Freund gegeben.

Doch immer wenn seine harten Augen auf Trajan ruhten, bekamen sie einen seltsam verträumten Ausdruck. Wenn er nicht mein Bruder wäre, dachte er jetzt, würde ich ihn und hundert andere töten für ein solches Pferd. Laut aber sagte er: »Lasse mich zwei unserer Männer nehmen, mein Bruder, das Dorf überfallen und dir dann folgen. Morgen früh bei Sonnenaufgang habe ich dich eingeholt.«

Der Alane streichelte den Hals seines Pferdes liebevoll. »Erbitte dies jetzt nicht von mir, Bruder«, antwortete er.

Der Skythe schwieg. Beide Männer wußten, daß der Alane seinem Blutsbruder nichts abschlagen konnte – kein Geschenk, kein Gefallen, kein Opfer könnte je zu groß sein. Doch ein Blutsbruder mißbrauchte sein Recht nicht. Er wußte, wann er Fragen stellen durfte. Und so neigte der dunkle Mann den Kopf, und es war, als hätte er den Überfall auf das Dorf nie vorgeschlagen.

Da blickte der Kleine Kiy über die Steppe hin und schrie laut auf: Lebed kam in der Hitze des Tages auf sie zu. Das fahle Gras streifte hart ihre nackten Beine. Sie wußte nicht, ob man sie nun töten würde, aber sie hatte ja nichts zu verlieren. Die beiden Männer sahen ihr unbewegt entgegen.

Kiy versuchte instinktiv, sich loszumachen, doch der Arm des Skythen hielt ihn eisern. Es kam ihm gar nicht in den Sinn, daß ihn diese fremden, schrecklichen Reiter seiner Mutter nicht zurückgeben könnten.

»Kleiner Kiy!« rief sie. Er antwortete ihr. Warum nahmen die Reiter denn gar keine Notiz von ihr?

Lebed sah in die harten Augen der beiden, in die dunklen des einen, in die blauen des anderen. Sie war noch etwa zehn Schritte von ihnen entfernt. Da sah sie, daß auch einige Männer und die Pferde bei den Wagen sie neugierig beobachteten. Lebed blieb breitbeinig stehen, verschränkte die Arme und blickte die beiden Reiter an.

Der Alane kannte einige slawische Wörter. Er fragte: »Was willst du?«

Lebed sah ihren Sohn auf dem Rappen des Skythen an und antwortete nicht.

»Geh zurück in dein Dorf. Der Junge gehört uns.«

Sie sprach immer noch nichts. Schweigen erschien ihr stärker als jedes Wort.

Der Alane ließ den Blick nicht von Lebed. In ein paar Jahren würde dieser Junge ein Krieger sein, vielleicht ein Pferd wie Trajan reiten. Er würde einer von ihnen, den strahlenden Alanen, sein, deren Kampftaktik selbst die Römer kopiert hatten. Hatte nicht kürzlich erst Mark Aurel seine Versuche aufgegeben, sie zu überwältigen? Und waren die Römer nicht froh über ihre Unterstützung gegen die wilden Parther gewesen? »Der Junge gehört uns«, wiederholte er mit fester Stimme.

Kiy sah erst den Alanen, dann seine Mutter an. Ob der Alane vorhatte, ihn zu töten? Wenn es so wäre, dann würde es wohl jetzt geschehen. Und wenn nicht – was würde aus ihm werden? Würde er seine Mutter nie wiedersehen? Heiße Tränen stiegen ihm in die Augen. Bei den Wagen kam Bewegung auf. Die Männer rüsteten zum Aufbruch. Der Alane ließ seinen Blick über die Steppe wandern. Lebed blieb, wo sie war.

Der dunkle Skythe fixierte sie. Das Dorf muß wirklich ganz nah sein, dachte er. Er hatte immer noch große Lust, es zu überfallen. Doch er sagte leise: »Machen wir uns auf den Weg, mein Bruder.«

Der Alane zögerte. Es würde eine lange Reise werden, und der Junge, den sein Blutsbruder gefangen hatte, sollte bald ein neues Leben beginnen. Außerdem wollte er dem Kleinen etwas Liebes tun, um seine Mutter zu beruhigen. So ritt er näher, nahm ein kleines Amulett von seiner Brust und hängte es dem Kind um den Hals. Es war ein Talisman des Zaubervogels Simrug, dessen Augen in verschiedene Richtungen blicken – eines in die Gegenwart, das andere in die Zukunft. Dann nickte der Alane dem Skythen zu, und die beiden wendeten ihre Pferde.

Kiy wand sich heftig im unnachgiebigen Arm des Skythen und blickte zurück. »Mama!«

Lebed bebte am ganzen Körper. Mit jeder Faser wollte sie auf den Reiter zustürzen, aber sie wußte, daß er sie niederschlagen würde. Sie mußte sich vollkommen still verhalten – vielleicht gab es dann noch Hoffnung.

Die Reiter waren schon etwa dreißig Schritte entfernt. »Mama!« rief der Junge wieder.

Lebed bewegte sich noch immer nicht. Nun waren es siebzig, dann hundert Schritte. Sie sah das kleine runde Gesicht mit den übergroßen Augen; es wirkte blaß über dem dunklen Pferd, das ihr Kind mit sich forttrug.

Die Karren kamen nun auch in Bewegung und rumpelten, von den übrigen Reitern begleitet, hinter ihnen her.

Sie hatte still gebetet, seit sie die Männer erblickt hatte, und sie hörte auch jetzt noch nicht auf damit. Sie rief den Gott der Winde an, den Gott von Donner und Blitz, den Sonnengott, den Gott der Rinder, die Mutter Erde. Sie betete zu allen Göttern, die ihr einfielen. Doch der Himmel blieb leer, blau, und gab ihr keine Antwort. Sie senkte den Kopf in schweigendem Nachgeben. Wenn es ihr Schicksal sein sollte, so würde sie sich fügen.

Als die Männer einen kleinen Hügel hinaufritten, wandte der Alane sich noch einmal um: Er betrachtete die winzige Gestalt, die hinter ihnen hersah, und plötzlich empfand er Mitleid mit ihr, denn auch er hatte in diesem Jahr seinen einzigen Sohn verloren.

Als der Skythe hörte, was sein Blutsbruder zu ihm sprach, leuchteten seine Augen. »Zweimal heute, sagtest du, mein Bruder, ich solle nicht fragen, als ich das Dorf überfallen wollte. Doch da du weißt, daß ich dich liebe, kannst du alles von mir verlangen, es sei dein. Haben wir denn nicht gemeinsam die Spitzen unserer Schwerter in den Blutskelch getaucht? Habe ich nicht bei Wind und Krummsäbel geschworen, dein zu sein in Leben und Tod?« Er reichte den Jungen dem Alanen. »Er gehört dir.« Dann wartete er.

Mit einem feinen Lächeln antwortete der Alane: »Mein treuer Bruder, du bist weit gezogen mit mir, um meinen Großvater zu ehren, du hast alles getan, was ich von dir erbat, nicht nur heute, sondern immer. Und nie hast du eine Gegenleistung verlangt. Deshalb bitte ich dich jetzt, verlange ein Geschenk, damit ich dir meine Liebe beweisen kann.« Er wußte, daß es an der Zeit war für eine Gegengabe, und er wußte auch, was es sein würde.

»Mein Bruder«, antwortete der Skythe ernst, »ich bitte dich um Trajan.«

»Er sei dein!« Die Worte schmerzten, doch zugleich spürte der Alane Stolz in sich. Ein solches Pferd wegzugeben – das war in der Tat die Geste eines edlen Mannes.

»Einen letzten Ritt mit ihm«, sagte der Alane fröhlich. Ohne zu warten, wendete er das Tier, und mit dem kleinen Jungen im Arm setzte er zum Galopp über die Steppe an.

Als Kiy verwirrt um sich sah und sich an der Mähne des herrlichen Tieres festklammerte, sagte der Alane zu ihm in slawischer Sprache: »Höre, kleiner Junge, du kehrst in dein Dorf zurück, aber dein Leben lang wirst du erzählen können: Ich bin auf Trajan geritten, dem edelsten aller Pferde der strahlenden Alanen.«

Der kleine Junge hatte nie in seinem Leben eine so freudige Erregung verspürt.

Und Lebed, die ohne Hoffnung über die leere Steppe blickte, sah plötzlich, als wäre Trajan der Gott des Windes selbst, wie das Pferd gleichsam im Flug auf sie zukam. Ohne ein Wort ließ der Alane das Kind vor ihr zu Boden gleiten, wandte sich um und ritt in die schimmernde Steppe hinaus.

Ungläubig drückte Lebed das Kind an sich, das sich fest an sie klammerte. Plötzlich wandte es sich in ihren Armen um, auf die schwindende Gestalt deutend, und rief: »Ich will mit ihnen gehen.«

Lebed zog ihn fester an sich, damit er ihr nicht doch noch genommen würde.

Sie kehrte nicht sofort ins Dorf zurück. Statt dessen ging sie an einen stillen Platz am Fluß. In der Nähe stand eine heilige Eiche. Hier stattete Lebed ihren Dank ab. Sie wollte jetzt allein mit ihrem Kind sein. Nach dem

Gebet setzte sie sich in den Schatten und sah Kiy zu, wie er am Wasser spielte.

Gegen Abend erreichten sie ihren heimatlichen Weiler. Das große Feld war abgeräumt. Die Ernte war eingebracht. An einer Ecke des Feldes stand dem Brauch nach eine Garbe Gerste als Gabe für Volos, den Gott des Wohlstands.

Als ersten sah Lebed ihren Mann. Sein Gesicht leuchtete vor Freude, als er den Jungen hoch über seinen Kopf hob; auch die Schwiegermutter kam aus der Hütte und nickte ihr kurz zu.

»Ich habe ihn gefunden«, erzählte sie. Dann erzählte sie von den Reitern, und vor dem Dorfältesten mußte sie ihren Bericht wiederholen.

»Wenn sie noch einmal kommen sollten«, sagte der Älteste bedächtig, »ziehen wir weiter nach Norden.« Die kleine Gemeinde war von Süden her an diese Stelle gekommen, damit sie den Reitern der Sippe keinen Tribut zu entrichten brauchten.

An diesem Tag jedoch gab es nur noch das Einbringen der Ernte zu feiern. Die Jungen und Mädchen schlugen Purzelbäume im Gras. Vor der Hütte des Ältesten legten Frauen letzte Hand an eine kleine Figur aus Gerstenhalmen. Sie stellte den Gott des Feldes dar und wurde an die Grenze zwischen Feld und Wald getragen.

Erst jetzt, als die Dorfbewohner sich versammelten, trat Mal aus seiner Hütte. Er zögerte, als er Lebed und den Jungen sah.

Doch Kiy lief auf ihn zu. »Ich habe den Bären gesehen«, rief er. »Ich habe ihn gesehen.«

Mal errötete tief.

Als sie alle gemeinsam hinaus aufs Feld zogen, spürte Lebed, daß ihr Mann neben ihr ging. Seine Augen leuchteten voller Begierde wie die eines jungen Mannes, und plötzlich fühlte sie, wie er ihren Arm leicht drückte. Das war das Zeichen. In dieser Nacht würde er zu ihr kommen.

Während die Sonne allmählich hinter den Bäumen verschwand und die Schatten auf dem Feld länger wurden, fingen die Leute an zu singen und zu tanzen. Am Feldrain saßen wieder die drei *babuschkas,* die zu alt zum Tanzen und Singen waren, und sahen dem Treiben gelassen zu.

Nachdem ein Lied verklungen war, ging Lebed zu Kiy hinüber. Er saß auf dem Boden und dachte an sein Abenteuer in der weiten Steppe.

Da stand ihr Mann plötzlich vor ihr, sagte lächelnd und mit eindeutigem Blick über das Kind hinweg: »Heut nacht.«

Nach Anbruch der Dunkelheit begann das Fest in der Hütte des Ältesten. Brennende Kienspäne gaben Licht, und der Pokal, bis zum Rand gefüllt mit schäumendem Met, ging zusammen mit der Schöpfkelle von

Hand zu Hand. Und von jedem Gang – Fisch, Hirsebrot und Fleisch – wurde dem *domovoj,* der, so dachte man, unsichtbar anwesend war, eine Schüssel hingestellt.

Nach dem Essen wurde weiter getrunken und getanzt. Kiy sah, wie seine Mutter ein rotes Tamburin nahm und vor seinem Vater tanzte. Er beobachtete das entzückt, bis sein Kopf schließlich auf die Brust sank und er einschlief. Von ihrem eigenen Tanz erregt, verspürte Lebed plötzlich Begierde nach ihrem Mann, doch noch tanzte und trank sie weiter.

Als die Männer und Frauen schließlich trunken in die Nacht hinaustaumelten, erlaubte Lebed ihrem Mann, den Arm um ihre Taille zu legen und sie hinauszuführen. Zwischen den Hütten und am Feld fanden sich die Paare zusammen. Die beiden gingen hinunter zum Fluß, vorbei am hohen Gras, wo die Glühwürmchen in der Dunkelheit aufleuchteten. Sie sahen den Fluß im Mondlicht schimmern. Die Dorfbewohner hatten ihm den Namen gegeben, den sie von den gefürchteten Reitern der Steppe übernommen hatten. Denn die Slawen wußten wohl, daß die größten Alanen sich in ihrer iranischen Sprache als »Rus« bezeichneten, was »Licht« oder »leuchtend« bedeutete. Und da für das slawische Ohr dieses Wort einen angenehmen Klang hatte und von der Bedeutung her gut zu Fluß paßte, hatten sie den schimmernden Wasserlauf »Rus« genannt. Der Weiler daneben hieß demnach »Russka«.

Die Nacht war still. Das Flüßchen leuchtete, war in Bewegung und bewegte sich doch nicht. Sie legten sich ins Gras. Hoch oben im sommerlichen Sternenhimmel zogen ab und zu blasse Wolken vorüber und warfen das Licht des zunehmenden Mondes zurück; im Wald bewegten sich Bär und Fuchs, Wolf und Feuervogel zwischen den Schatten, und irgendwo in der Weite der Steppe hatten Reiter neben ihrem Feuer ihr Lager aufgeschlagen. Doch das einzige, was Lebed hörte, war das Flüstern im Laub, als der Wind leise übers Land strich.

Der Fluss

1066

Im Monat Januar erschien ein furchtbares Zeichen am Himmel. Es war in ganz Europa zu sehen.

Im angelsächsischen Königreich, das bedroht war von der Invasion Wilhelms, des Herzogs der Normandie, wurde die Erscheinung in den Chroniken mit düsterer Vorahnung festgehalten. Auch in Frankreich, Deutschland, rund ums Mittelmeer, in Osteuropa und in den neugebildeten Staaten Polen und Ungarn beherrschte der schreckliche Komet die Nächte. Selbst im östlichen Grenzland, wo Wald und Steppe zusammentreffen und der breite Dnjepr zum Schwarzen Meer fließt, hing das große rote Mal Nacht für Nacht über der weißen, stummen Landschaft, und die Menschen fragten sich bang, welch neues Übel nun über die Welt kommen werde.

In den neun turbulenten Jahrhunderten seit den Tagen Trajans und Mark Aurels hatte sich die westliche Kultur in einer Reihe folgenschwerer Ereignisse verändert. Das spätere sogenannte Mittelalter war angebrochen. Rom war christlich geworden und bald darauf, nun in einen westlichen und einen östlichen Teil mit den Hauptstädten Rom und Konstantinopel gespalten, unter dem Druck gewaltiger barbarischer Invasionen zusammengebrochen.

Aus der Mongolei oberhalb der Chinesischen Mauer waren die Eindringlinge von Osten her gekommen, hatten die große Bergkette im Süden überwunden und waren hinunter in die Wüste und Steppe der ausgedehnten Eurasischen Ebene vorgedrungen.

Diese Invasoren – manche hellhäutig, andere mit mongolischem Äußeren, die meisten sprachen türkische Dialekte – rannten alles nieder. So kamen Attila mit seinen Hunnen, die Awaren, schließlich die Türken. Es waren jedoch nicht eigentlich diese Invasionen, woran das Römische Reich zerbrach; es war die gewaltige Kettenreaktion der Abwanderungen, die sich durch den Einbruch in die osteuropäischen Stämme auslösten.

Am Ende dieses Prozesses war die alte Welt zerschlagen. Lediglich im östlichen Mittelmeerraum und am Schwarzen Meer blieb etwas von der alten Ordnung bestehen. Denn hier, nördlich Griechenlands und an der schmalen Wasserstraße, die das Schwarze Meer mit dem Mittelmeer verbindet, stand das majestätische Konstantinopel, auch Byzanz genannt. Unbezwungen, Hüterin der antiken Kultur und des östlichen Christentums, mit eher griechischem als lateinischem Charakter, blieb Konstantinopel ungebrochen: eine Stadt, über die während des ganzen Mittelalters ein christlich-römischer Imperator herrschte, wenn auch nur nominell.

Seit dem Jahre 622 begann sich der Islam mit aller Macht auszubreiten. Von Arabien aus überfluteten die moslemischen Armeen den Mittleren Osten, dann Persien und Indien, schließlich drangen sie westwärts über Nordafrika bis nach Spanien vor. Und noch viele Jahrhunderte hindurch sollte das christliche Europa vor dem Namen des Propheten Mohammed erzittern.

Zuletzt kamen, zum Schrecken aller, die Wikinger. Als Piraten, Kaufleute, Siedler, Abenteurer eroberten diese skandinavischen Seefahrer ab etwa 800 einen Großteil Mittelenglands, errichteten Kolonien in Island, Grönland, erreichten selbst die nordamerikanische Küste.

Eine Gruppe schwedischer Wikinger machte sich nach der Gründung von Handelsniederlassungen rund um das Baltische Meer auf den Weg hinunter zu dem Flußsystem des großen östlichen Hinterlandes, des Landes der Slawen.

Waräger wurden diese Nordmänner manchmal genannt. Sie bauten ein riesiges, von Norden nach Süden reichendes Handelsnetz auf, holten Waren im slawischen Novgorod im Norden und fuhren mit ihren Schiffen Dnjepr, Don und Wolga hinunter. An der Schwarzmeerküste errichteten sie in der Nähe der Don-Mündung eine Handelsniederlassung, die als Tmutorokan bekannt wurde. Ob es nun ihr helles Haar oder die Tatsache war, daß sie mit hellhäutigen Alanen in jenen südlichen Regionen Handel trieben oder Seite an Seite kämpften – diese seeräuberischen nordischen Kaufleute wurden in der zivilisierten südlichen Welt bald mit dem alten iranischen Namen »Rus« belegt, der noch heute von einigen Alanen geführt wird und, wie schon erwähnt, »hell« oder »leuchtend« bedeutet. Und so wurde der Staat Rußland geboren.

Der Junge stand hoch oben auf den Palisaden und starrte auf den großen roten Stern. Seine Gedanken gingen wild durcheinander. Tief unter ihm im Dunkel lag der breite Dnjepr. Das Eis am Flußufer spiegelte das blutrote Licht des Gestirns schwach wider. Hinter dem Jungen lag das stille Kiev.

Vor nahezu zwei Jahrhunderten war diese alte slawische Stadt am Dnjepr zur Hauptstadt des Staates der Rus geworden. Es war der Knotenpunkt für den gesamten Handel aus den nördlichen Wäldern, flußabwärts zum fernen Schwarzen Meer und noch weiter.

Was kann der Stern uns ankündigen? Der Junge überlegte. Gewiß war er ein Zeichen Gottes. Denn das Land der Rus war inzwischen christlich geworden. Im Jahr des Herrn 988 wurde Vladimir, der Fürst von Kiev, getauft. Es hieß, zwei seiner Söhne, Boris und Gleb, hätten es ihm gleichgetan.

Kiev war nun eine Kirchenstadt. Die Straßen waren erfüllt vom Gesang der Mönche und Priester aus hundert Kirchen, und das Gold der behäbigen byzantinischen Kuppeln auf den größten Gotteshäusern glänzte warm in der Sonne. »Eines Tages«, so forderte der Adel, »werden wir wie Zargrad selbst sein.« So nämlich nannten sie Konstantinopel oftmals.

Was bedeutete der Stern für ihn, den Jungen? Das kommende Jahr würde vielleicht das wichtigste seines Lebens werden. Er war zwölf Jahre alt. Er wußte, daß der Vater nach einem Fürstenhof Ausschau hielt, in dessen Dienst er treten könnte; außerdem war auch die Rede von seiner Verlobung. Aufregender noch war die Tatsache, daß sein Vater in ebendiesem Sommer eine Karawane durch die Steppe nach Osten senden würde. Seit Wochen bettelte der Junge um die Erlaubnis, dabeisein zu dürfen. Dann wollte er den ganzen Weg bis an den großen Don reiten. Nach seiner Rückkehr wollte er lernen, ein Krieger zu werden, nahm er sich vor. Wie sein edler Vater.

Er war derart in seine Gedanken versponnen, daß er seine zwei Brüder nicht kommen hörte.

»Wach auf, Ivanuschka, du schlägst ja noch Wurzeln!«

Der Junge hieß eigentlich Ivan, doch rief man ihn mit der Verkleinerungsform. Er wandte den Blick nicht von dem Stern. Er wußte, daß seine Brüder ihn necken wollten. Der Jüngere, Boris, war ein blonder, gutmütig aussehender Bursche von sechzehn Jahren, der Ältere, Svjatopolk, hatte ein langes ernstes Gesicht und dunkles Haar. Er war achtzehn und bereits verheiratet. Sie versuchten vergeblich, Ivan zur Heimkehr zu bewegen, und entfernten sich wieder.

Es war bereits die vierte Nacht, in der Ivanuschka den roten Stern beobachtete, und er widersetzte sich allen Versuchen, ihn nach Hause zu holen. Er war ein verträumter Knabe, der oft lange Zeit bewegungslos und gedankenverloren auf eine Stelle starrte und dabei leise lächelte.

»Ivanuschka!« Das war nun Olga, seine Mutter. »Dummer Junge! Deine Hand ist ja eiskalt.« Er spürte, daß sie ihm einen Pelzmantel überstreifte. Während seine Augen auf den Stern gerichtet blieben, fühlte er den Druck ihrer Hand. Schließlich wandte er sich lächelnd nach ihr um.

Zwischen Mutter und Sohn bestand ein starkes Band. Stundenlang konnte er neben ihr am Feuer in ihrem großen Holzhaus sitzen und ihr zuhören, wenn sie die Geschichten der Kriegshelden oder die Märchen von der Hexe Baba Jaga und dem Feuervogel im Wald erzählte. Manchmal lasen Mutter und Sohn die Heiligen Bücher miteinander, beugten sich eifrig über die kühnen Unzialen, entzifferten die slawischen Worte des Neuen Testaments und der Apokryphen. Olga war groß und schlank, hatte ein zartes Gesicht und volles dunkelbraunes Haar. Sie stammte aus der Familie großer Anführer des ehemaligen Slawenstammes der Severjanen.

Die Mutter war also, im Gegensatz zum Vater, slawischer Herkunft. Demnach bin ich ein halber Slawe, dachte Ivan oft. Aber was bedeutet das eigentlich? Er wußte, daß es sich um eine große Völkerschaft handelte. Durch die Jahrhunderte waren die Slawen in viele Länder gewandert. Die Polen im Westen waren Slawen, die Ungarn und Bulgaren zum Teil. Obwohl ihre Sprachen sich von der Ursprache entfernt entwickelt hatten, konnte man Ähnlichkeiten heraushören. Aber waren sie wirklich eine Rasse? Es war schwer zu sagen. Selbst im Land der Rus gab es viele Stämme. Diejenigen im Süden hatten sich längst mit den einströmenden Menschen der Steppe vermischt. Die im Norden waren teils Balten und Litauer; die Stämme im Osten hatten sich allmählich mit den finno-ugrischen Waldbewohnern vermischt.

Seine Mutter ging wieder. Noch einmal blickte Ivanuschka den Stern unverwandt an. Einige Priester meinten, er bedeute das Ende der Welt. Natürlich wußte er, daß das Ende der Welt einmal kommen würde – aber doch noch nicht jetzt!

Er dachte an den Prediger, den er einen Monat zuvor gehört und der ihn tief beeindruckt hatte. »Die Slawen sind zwar erst spät in den Weinberg unseres Herrn zur Arbeit gekommen«, hatte der Priester gesagt, »aber lehrt uns das Gleichnis nicht, daß jene, die als letzte kommen, den gleichen Lohn bekommen wie jene, die vorher da waren? Gott hat Seinem Volk, den Slawen, die ihn zu Recht preisen, ein großes Schicksal bestimmt.«

Diese Worte hatten es ihm angetan. Schicksal. Vielleicht ging ihm dieser Begriff deshalb so häufig durch den Kopf, weil sein Leben vor großen Entscheidungen stand. Ivanuschka betete darum, daß der Tag des Jüngsten Gerichts nicht kommen möge, bevor er die großen Taten vollbringen konnte, zu denen er sich berufen fühlte.

Es war kein guter Tag für Igor gewesen. Das Verlobungsversprechen, das er für Ivanuschka gesichert zu haben glaubte, war geplatzt. Er wußte nicht einmal, warum. Die Familie des Mädchens – eine sehr angesehene – hatte plötzlich einen Rückzieher gemacht. Es war eine herbe Enttäuschung!

Ivanuschkas Vater war eine hohe, beeindruckende Gestalt. Er hatte eine lange, gerade Nase, tiefliegende Augen und einen sinnlichen Mund. Das Fremdländische seiner Erscheinung wurde noch betont durch den Gegensatz zwischen dem tiefschwarzen Haupthaar und dem grauen Spitzbart. An einer Halskette trug er eine kleine Metallplatte, auf der das alte *tamga* seiner Sippe eingeritzt war: der Dreizack. Igor stammte von den strahlenden Alanen ab.

Igors Vater hatte sich einem bedeutenden Kriegerfürsten der Rus in den Feldzügen jenseits des Don angeschlossen, und da er gut gekämpft hatte, wurde er sogar in den Rat des Fürsten, die *druzina,* berufen. Mit jenem Kriegerfürsten kam Igors Vater in das Land der Rus. Hier heiratete er ein adeliges skandinavisches Mädchen, und nun diente Igor, der Sohn der beiden, seinerseits in der *druzina* des Fürsten von Kiev.

Igor war aber nicht nur Krieger, sondern auch Geschäftsmann. In Kiev gab es viel, womit ein Mann Handel treiben konnte. Da war das Korn aus der reichen Erde dieses südlichen Landstrichs, das in die Städte in den großen Wäldern des Nordens geschickt wurde. Da waren die Pelze und Sklaven, die man flußabwärts nach Konstantinopel verfrachtete. Aus Böhmen kam Silber, und aus den fernen Ländern noch weiter im Westen kamen fränkische Schwerter. Aus Polen und den westlichsten Provinzen der Rus stammte das lebenswichtige Salz. Und aus dem Osten, entweder auf dem Wasserweg oder mit Karawanen über die Steppe, gelangten alle Arten kostbarer Waren zu ihnen: Seide, Damast, Juwelen und Gewürze.

Das Handelsimperium des Landes der Rus war gewaltig. Im Norden lag Novgorod, weiter südlich, am Oberlauf des Dnjepr, lag Smolensk und westlich davon Polock. Oberhalb von Kiev lag Tschernigov, und darunter, als letzter Außenposten am Rand der Steppe, Perejaslavl. Jedes dieser Handelszentren, daneben auch andere, hatten eine in die Tausende gehende Bevölkerung. Schätzungsweise dreizehn Prozent der Einwohner waren im Handel und im Handwerk beschäftigt. Auf dem weiten Land lieferte wie eh und je Jagd und einfache Landwirtschaft den Lebensunterhalt.

Nach der geplatzten Verlobung hatte Igor gehofft, die abendliche Zusammenkunft im Haus seines Partners werde seine Laune bessern. Er hatte eine Karawane über die Steppe nach Südosten geplant. Dort, jenseits des großen Don, wo das Kaukasische Bergland sich zum Schwarzen Meer niedersenkt, lag auf der Halbinsel die alte Siedlung der Rus: Tmutorokan.

Gegenüber, auf der breiten Halbinsel Krim, die sich von der Mitte der Nordküste ins Meer vorschob, gab es ausgedehnte Salzflächen. In den vergangenen Jahren hatte ein mächtiger Stamm von Plünderern, die Kumanen, den Handel mit Tmutorokan geschwächt, doch, wie Igor gesagt hatte: »Wenn wir eine große Ladung Salz zurückbringen, können wir ein Vermögen machen.«

Im Frühsommer sollten einige Ladungen zu einem kleinen Handelsposten mit einer Festung namens Russka am Rand der Steppe gebracht werden, wo sein Partner ein Lagerhaus hatte. Von dort sollte sich die Karawane mit einer bewaffneten Eskorte auf den Weg machen. »Ich wünschte, ich könnte selbst mit dir reisen«, meinte Igor. »Doch da dies nicht möglich ist: Könntest du meinen Sohn Ivanuschka mitnehmen?«

Der Mann, der Igor gegenübersaß, zögerte. Er war einige Jahre jünger und etwas kleiner als sein Partner und recht stämmig. Er hatte ein schweres Kinn und eine große gebogene türkische Nase. Seine Lider hingen schwer über den schwarzen Augen. Er hatte dichtes schwarzes Haar und einen schwarzen, keilförmig gestutzten Bart. Auf dem Hinterkopf trug er ein Käppchen.

Zhydovyn, der Chazare, gehörte einem seltsamen Volk an. Es waren türkische Krieger, die jahrhundertelang die Herrschaft über ein Steppenreich ausübten, das sich von der Wüste am Kaspischen Meer bis nach Kiev erstreckte. Als der Islam den Mittleren Osten überschwemmte und über die Kaukasische Bergkette auf die große Eurasische Ebene vordringen wollte, stellten sich ihm die mächtigen Chazaren zusammen mit den Georgiern, Armeniern und Alanen an den Bergpässen entgegen.

Das Imperium der Chazaren war nun untergegangen, aber immer noch durchquerten Kaufleute und Krieger dieses Stammes die Steppe von ihrem fernen Stützpunkt in der Wüste aus, und in Kiev gab es eine große Handelsgemeinschaft der Chazaren. Von allen ihm bekannten Karawanenführern über die Steppe vertraute Igor keinem mehr als Zhydovyn. Nur eines bedauerte er: Zhydovyn war Jude. Alle Chazaren waren Juden.

Igor wurde nervös. Warum zögerte der Chazare so lange mit der Antwort? Er kannte den Jungen doch recht gut! Die Antwort war einfach: Zhydovyn hatte seine Bedenken.

»Ivanuschka ist sehr jung. Wie wäre es mit einem seiner Brüder?«

Igors Augen wurden schmal. »Du lehnst also ab?«

»Natürlich nicht.« Der Chazare sah unschlüssig drein. »Wenn du es unbedingt möchtest ...«

Nun plötzlich war Igor verlegen. Unter normalen Umständen hätte er Zhydovyn gesagt, daß es sein Wunsch sei und deswegen zu geschehen habe. Doch jetzt fand er sich in einer höchst peinlichen Lage. Der Chazare war ein hervorragender Menschenkenner – offenbar traute er Ivanuschka nichts zu. Einen Augenblick lang fühlte Igor Ärger gegen seinen jüngsten Sohn. Er nahm ihm übel, daß man ihn für einen Versager halten konnte. »Du hast recht«, sagte er schließlich und stand auf. »Er ist zu jung.«

Doch das Thema war nicht wirklich abgeschlossen. Als Igor das Haus des Chazaren verließ, wandte er sich noch einmal um: »Sag mir, was hältst du von Ivanuschka – von seinem Charakter?«

Zhydovyn war der Junge keineswegs unsympathisch. »Er ist halt ein Träumer«, meinte er leichthin.

Auf dem Heimritt dachte Igor über Ivanuschka nach. »Ein Träumer«, hatte der Chazare gesagt. Igor wußte, wie die Brüder den Jüngsten nannten. Svjatopolk nennt ihn Dummkopf, dachte er traurig. Was soll man mit einem Dummkopf nur anfangen?

Drei Tage später verschwand der rote Komet, und es gab in jenem Winter kein weiteres Zeichen am Himmel.

Frühling. Zu Beginn eines jeden Jahres überschwemmte der Fluß dieses fruchtbare Land. Kiev, die Stadt am Wasser. Gleich würden sie sie sehen. Das lange Boot bewegte sich gleichmäßig den breiten ruhigen Dnjepr hinab. Vier Mann bedienten das Ruder. Ivanuschka und sein Vater standen am Heck; der Mann hatte den Arm um die Schultern des Jungen gelegt.

Ivanuschkas hellbraunes Haar war nach Pagenart geschnitten. Er trug ein einfaches Leinenhemd und Hosen, darüber einen braunwollenen Kaftan, denn der Morgen war noch kalt. Die Füße steckten in grünen Lederstiefeln.

In der Morgendämmerung hatten sie die Reusen inspiziert. Jetzt kehrten sie zum Frühstück in die Stadt zurück. Und danach ... Ivanuschka spürte eine starke Erregung, denn dies war ein wichtiger Tag.

Er sah zum Vater auf. »Du hast das Blut mächtiger Krieger in deinen Adern«, hatte Igor ihm oft erzählt. »Giganten in der Schlacht, glänzende Reiter wie mein Vater und dessen Vater vor ihm. Unsere Vorfahren waren stark, ehe die Chazaren kamen, in Zeiten, als die Berge noch jung waren. Denke daran: Du bist einer von ihnen; sie sind immer um dich. Und eines Tages wirst du all das weitergeben an deine Söhne und jene, die danach kommen.«

Heute, dessen war Ivanuschka sicher, würde seine Laufbahn beginnen, er würde seinen älteren Brüdern und seinem Vater als Krieger, als *bogatir,* folgen.

Sanft glitt das Boot in der Strömung dahin. Sie hatten nun die Stadt im Blick, und Ivanuschka stieß einen kleinen Seufzer aus: Wie schön ist Kiev!

Die Stadt bestand aus drei Hauptteilen. Da war zunächst, am Nordrand auf einem bescheidenen Hügel, die wehrhafte alte Zitadelle. Innerhalb hoher Holzpalisaden befanden sich der Fürstenpalast und die große Kirche, achtzig Jahre zuvor vom heiligen Vladimir selbst gegründet: die Zehnt-Kirche. Daneben erhob sich, nach Südwesten zu, die neue Zitadelle, erbaut vom großen Sohn Vladimirs, Jaroslav dem Weisen. Außerhalb davon zog sich ein anderes Areal zum Fluß hinunter. In dieser Vorstadt, dem *podol,* lebten die kleineren Kaufleute und Handwerker. Unten am Fluß endlich lagen die Anlegestellen, wo die Mastschiffe vertäut waren.

In den beiden Zitadellen bestanden die größeren Gebäude aus Backstein. Im *podol* war alles, außer ein paar Kirchen, aus Holz errichtet. Die Stadt war umgeben von hübschen dichten Laubwäldern, die selbst an den hohen, steilen Abhängen am Fluß wuchsen.

Überall glitzerte nun die Morgensonne auf goldenen Kreuzen, und die flachen Goldkuppeln leuchteten auf. Die große Stadt lag wie ein riesenhaftes strahlendes Schiff auf den Wassern. Denn der Fluß hatte das niedrige linke Ufer überschwemmt, wie an zahllosen anderen Stellen des ausgedehnten Wassernetzes des Dnjepr. Glitzernd bedeckte er die Felder, versorgte sie mit seinem Wasser und dem fruchtbaren Schlick. Jedes Frühjahr erstand durch diese wunderbare Überflutung alles neu.

Während sie der Stadt näher kamen, konnte der Junge seine Erregung kaum noch verbergen. Erst vor einer Woche hatte Igor zu ihm gesagt: »Es ist an der Zeit, daß wir entscheiden, was mit dir geschehen soll. Ich nehme dich mit zu Vater Lukas.«

Das war eine ungeheure Ehre. Vater Lukas war der geistliche Berater seines Vaters, und Igor traf keine wichtige Entscheidung, ohne sich mit ihm zu besprechen. Er besuchte ihn immer allein. Kein Wunder, daß Ivanuschka sehr aufgeregt war, als sein Vater ihm das sagte. Immer wieder hatte er sich die Szene ausgemalt: Der gütige alte Mann – er stellte sich ihn groß, mit wehendem weißem Bart, einem breiten, engelgleichen Gesicht, Augen wie Sonnen vor – würde sogleich sehen, daß er einen jungen Helden vor sich hatte. Er würde ihm die segnenden Hände auflegen und erklären: »Es ist Gottes Wille, Ivan, daß du ein edler Krieger wirst.«

Igor überlegte. Tat er das Richtige? Er glaubte es, obwohl er dabei war, den Sohn zu hintergehen.

Es erfüllte Ivan immer mit tiefem Glück, wenn er seine Familie zusammen wußte. Jetzt waren sie alle im Hauptraum des großen Holzhauses versammelt. Das Sonnenlicht strömte durch die Fensterscheiben, die nicht aus Glas, sondern aus durchscheinendem Silikat waren.

Auf dem Tisch standen noch die Reste des Frühstücks. An einer Wand befand sich ein großer Ofen. Gegenüber hing eine kleine Ikone mit der Darstellung des heiligen Nikolaus, davor ein irdenes Lämpchen. In der Mitte des Raumes saß auf einem schweren Eichenstuhl die Mutter.

»Nun, Ivanuschka, bist du bereit?« Ihr kostbares, tiefrosa Brokatgewand reichte bis zu den Knöcheln. Der Gürtel war von Goldfäden durchwirkt, die Ärmel waren weit, die schlanken Arme, die daraus hervorsahen, waren von weißer Seide umhüllt. An einem Handgelenk trug sie einen mit Amethysten besetzten Reifen. Die Ohren schmückten perlenbesetzte Ohrgehänge, den schlanken Hals eine Kette, an der ein goldener Halbmond glänzte. So kleideten sich die adligen Damen der Rus, wie die griechischen Damen im kaiserlichen Konstantinopel.

Ihre Hand ruhte graziös auf dem geschnitzten Löwen an der Armlehne. Wie hübsch ihr Gesicht war, wie lieb! Und doch wirkte es ein bißchen traurig. Warum war sie wohl traurig?

Auch seine beiden Brüder waren kostbar gekleidet, in Gewänder mit Gürteln und Zobelkragen. Svjatopolk hatte seine bleiche, hübsche polnische Braut mitgebracht. Ivanuschka bewunderte beide, und er versuchte auch, beide gleichermaßen zu lieben, aber Svjatopolk fürchtete er ein wenig. Es hieß, Svjatopolk sei das Abbild seines Vaters. Stimmte das? Während Igors Augen oft einen entrückten Blick hatten, lag in Svjatopolks Gesicht versteckter Ärger, Bitterkeit. Warum war das wohl so?

Auf Anweisung des Vaters trug Ivanuschka ein langes Leinenhemd über der Hose. Das Hemd wurde von einem Gürtel zusammengehalten. Dazu durfte er seine geliebten grünen Stiefel tragen. Gesicht und Hände waren ihm in der großen Kupferschüssel auf dem Waschtisch gründlich geschrubbt worden.

Igor war ähnlich gekleidet, sein Hemd unterschied sich nur durch die feine Stickerei an den Kanten von dem eines Bauern.

Ivanuschkas Augen glänzten. Vor lauter Aufregung hatte er nur ein Stück Brot und Haferbrei, die *kascha,* essen können. Er küßte seine Mutter und die Brüder zum Abschied, und schon fühlte er die kühle, feuchte Morgenluft auf seinen Wangen, als er auf seinem Pony hinaustrabte.

Ivanuschka blieb respektvoll hinter seinem Vater, der auf seinem besten Pferd, einem Rappen, ritt. Sein kaiserlicher Name hatte im Lauf der Zeit eine leichte Abwandlung ins Slawische erfahren. Das Tier hieß Troyan.

Die einfachen Leute, an denen Vater und Sohn vorbeiritten, legten die Hand aufs Herz und verneigten sich, denn Igor war ein *muts* – ein Adliger. Im Fall seiner Ermordung betrug das Blutgeld vierzig silberne *grivna,* während das Töten eines freien Bauern, eines *smerd,* nur fünf kostete.

Selbst die Namen der herrschenden Klasse waren häufig anders. Die Fürsten und einige ihrer wichtigsten Gefolgsleute hatten oft »königliche« Namen, die auf *-slav* endeten, was »Lobpreis« bedeutete, oder auch auf *-mir,* was »Welt« hieß. So war es, zum Beispiel, bei dem großen Vladimir und seinem Sohn Jaroslav. Bei den Edelleuten waren oft skandinavische Namen wie Rjurik oder Oleg üblich. Ein Bauer dagegen hatte einen einfachen alten slawischen Namen wie Ilja, Schtschek oder Mal.

Und während der Bauer einfach Ilja oder Mal war, fügte der Edelmann seinem Namen noch den seines Vaters an; so hieß der Junge Ivan Igorevitsch, Sohn des Igor. Die drei Brüder waren die Igorevitschi – die Söhne Igors. Denn Igor war auch ein geachtetes Mitglied der *druzina* des Fürsten von Kiev.

Es gab viele Fürsten im Lande der Rus. Zu jener Zeit waren die bedeutendsten Städte dieses weiten Landes in den Händen der Söhne des letzten Fürsten von Kiev, des mächtigen Jaroslav des Weisen. Seine Söhne hatten eine spezielle Erbfolge eingeführt. Der Älteste nahm die größte Stadt, Kiev, die übrigen, je nach Alter, die anderen Städte, wobei jeder dem Ältesten Gehorsam schuldete. Während also Igors Herr der Älteste und somit Großfürst von Kiev war, stand die Stadt Tschernigov unter der Herrschaft seines jüngeren Bruders Svjatoslav; der umsichtige dritte Bruder, Vsevolod, verwaltete das kleinere Perejaslavl im Süden. Im Falle des Todes eines der Brüder folgte ihm nicht sein Sohn, sondern der nächste Bruder, so daß alle jüngeren Brüder nach dieser Rangordnung jeweils in eine größere Stadt aufrückten.

Igor diente dem Fürsten von Kiev unmittelbar. Tatsächlich stand er dem engeren Rat nahe. Ivanuschkas Brüder waren bereits in der weiteren *druzina,* wenn auch Boris nur als Page; Ivanuschka fand den Gedanken aufregend, daß er ihnen bald folgen würde.

Der Weg führte die beiden Reiter südwärts in das kleine Vorgebirge von Berestovo. Über den Baumwipfeln konnte man in der Ferne den Fluß glitzern sehen, und dahinter, jenseits der Überflutung, dehnten sich die Wälder bis in weite Ferne. Nichts unterbrach die morgendliche Stille außer dem sanften Vogelgezwitscher, als Ivanuschka glücklich hinter seinem Vater auf die weite Anhöhe zwei Meilen südwestlich der Stadt zuritt, wo die Mönche lebten.

Igor schwieg, in Gedanken versunken. War es wirklich die richtige

Entscheidung? Er hatte nämlich die Idee, Ivanuschka könnte ins Klosterleben eintreten.

Es war ihm nicht leichtgefallen. Normalerweise wünschte kein Bojar, daß sein Sohn Mönch, nicht einmal Priester würde. Das Leben in Armut war gleichsam ein Makel; und jene von edlem Geblüt, die ein Leben in Frömmigkeit wählten, taten dies fast immer gegen den Wunsch der Familie.

»Ich sage ja nicht, daß Ivanuschka ein Dummkopf ist«, hatte Igor zu seiner Frau gesagt, »aber er ist ein Träumer. Der Junge soll Mönch werden.« Igor selbst hatte hart gearbeitet, bis er ein Geschäftsmann, ein Krieger, ein Mitglied der *druzina* geworden war. Er wußte, was verlangt wurde. »Ich kann mir nicht vorstellen, daß Ivanuschka Erfolg hätte«, meinte er traurig.

»Du bist zu ungeduldig mit ihm«, entgegnete Olga.

War er wirklich ungeduldig? Doch welcher Vater kann die Schwächen eines Sohnes ignorieren, auch wenn – was Igor niemals zugegeben hätte – es sein Liebling ist?

Igor interpretierte das Erscheinen des Kometen auf seine Weise: Es konnte sein, daß Gott den Sohn für seine Dienste beanspruchte. Der Gedanke setzte sich in ihm fest, und er begann, wie es seiner Natur entsprach, Pläne für diese unerwünschte Lösung zu machen. Er führte ein langes Gespräch mit Vater Lukas, dem er all seine Gedanken offenbarte. Er bat den alten Mönch, sich den verträumten Knaben anzusehen und ihn zu ermutigen, falls dieser sich berufen zeigte.

Erst am Tag davor hatte er es seiner Frau erzählt. »Nein! Ich bitte dich, stoße den Jungen nicht von uns«, hatte sie totenbleich gebeten.

»Er wird nur ins Kloster gehen, wenn er selbst es will«, war Igors Antwort gewesen.

Olga war tief bekümmert. Auch sie kannte ihren Jüngsten. Und es konnte tatsächlich sein Wunsch sein, Mönch zu werden – und dann hatte sie ihn für immer verloren.

»Er kann hier in Kiev bleiben«, antwortete Igor. Insgeheim hoffte er in seinem Ehrgeiz, der Junge könnte für eine Weile in eines der berühmten griechischen Klöster auf dem fernen Berg Athos gehen. Dann stünde ihm der Weg zu höheren Kirchenämtern offen.

»Ich kann ihn dann nie sehen.«

»Alle Söhne müssen ihre Mütter verlassen«, fuhr Igor fort, »außerdem müssen wir uns fügen, wenn es Gottes Wille ist.«

Aber wie steht es mit dem Jungen, der noch nie ein Kloster gesehen hat? fragte sich Igor. Er würde Ivanuschka die Wahrheit sagen müssen:

daß er das Zeug zu einem Bojaren einfach nicht hatte. Schließlich standen sie vor der Klosterpforte. Als sie an das schwere Tor klopften, öffnete ein Mönch in einer schwarzen Kutte und verneigte sich vor ihnen. Sie traten ein und Ivanuschka blickte sich neugierig um.

Es gab nicht viel zu sehen. Da standen eine kleine Holzkapelle und eine Gruppe von Wohnhäusern, daneben zwei niedrige, scheunenartige Gebäude; eines davon war das Refektorium, wo die Mönche aßen, das andere ein, Siechenhaus. Eine Kathedrale gab es nicht, und Ivanuschka war ziemlich enttäuscht.

Vor kaum zwanzig Jahren war Antonius der Einsiedler auf seiner Reise vom Berg Athos an diese einsame Stelle gekommen und hatte die Höhlen oberhalb des Dnjepr entdeckt. Bald hatten sich andere dem frommen Mann angeschlossen, und die kleine Gemeinde von etwa zwölf Einsiedlern hatte unter Leitung des Theodosius die Gebäude errichtet und ein Netz aus winzigen Zellen und Gängen unter der Erde geschaffen. Die Zellen befanden sich nun unter den Füßen der Besucher. Für Ivanuschka war es ein seltsamer Gedanke, daß die Mönche da unten waren, wie Kaninchen in ihrem Bau. Antonius lebte abseits von der Gemeinde in einer eigenen Höhle und tauchte nur gelegentlich aus wichtigem Anlaß auf. Ivanuschka und sein Vater stiegen ab. Ein Mönch führte ihre Pferde weg. Nach einigen geflüsterten Worten verschwand ein anderer Mönch in einer kleinen Hütte.

»Von dort führt der Weg hinunter in die Höhlen«, erklärte Igor.

Sie warteten. Nach einigen Minuten gingen zwei ältere Mönche in Begleitung eines jüngeren in die Kapelle. Einer trug eine schwere Kette um den Hals, und das Gehen machte ihm offensichtlich Mühe.

»Warum trägt er diese Kette?« flüsterte Ivanuschka.

»Um sich zu kasteien«, erwiderte der Vater kurz. »Er ist Gott nahe«, fügte er hinzu.

Ivanuschka schwieg.

Da öffnete sich die Tür der gegenüberliegenden Hütte langsam. Ivanuschka hielt den Atem an. Das war der Augenblick! Er sah den Saum eines Gewandes im Türrahmen und erwartete die strahlende Gestalt, die ihm sein Schicksal verkünden würde.

Doch da trat ein kleiner hagerer, alter Mann aus der Tür. Sein graues Haar und sein Bart waren strähnig, und die schwarze Kutte, die von einem schäbigen Ledergürtel gehalten wurde, sah schmutzig aus. Der Alte schlurfte auf sie zu: ein junger Mönch kam hinter ihm her, als wolle er ihn auffangen, falls er stolperte.

Vater Lukas' aschfahles Gesicht war voller Runzeln, die Brauen hingen herab. Als er vor ihnen stand, öffnete er seinen Mund zu einem Lächeln. Ivanuschka sah, daß einige Zähne fehlten. Die Augen waren keineswegs sonnengleich, sondern sie trieften. Doch das schlimmste war der Geruch, der den Mann umwehte. Das kam von dem jahrelangen unterirdischen Leben, ein Geruch nach feuchtem Ton, totem Fleisch und faulendem Laub.

»Dies ist Ivanuschka«, hörte er seinen Vater sagen.

Er neigte sein Haupt. Das also war Vater Lukas – er konnte es nicht fassen. Am liebsten wäre er fortgelaufen. Hoffentlich rührt er mich nicht an, dachte er. Als er hochblickte, sah er den alten Mann und seinen Vater leise miteinander sprechen. Die Augen des Mönches waren nun scharf und forschend auf ihn gerichtet.

Ivanuschka sah, daß sein Vater ihm ein Lächeln zuwarf, das ihm offenbar Sicherheit geben sollte; er sollte wohl einen guten Eindruck machen. Doch wie stets bei solchen Gelegenheiten spürte der Junge, daß etwas in ihm sich verkrampfte, während in seinem Kopf schreckliche Verwirrung entstand.

»Gefällt es dir hier?«

Was sollte er darauf sagen? Tränen stiegen ihm in die Augen, und halb im Zorn gegen seinen Vater, halb in dumpfer Enttäuschung platzte er heraus, ohne die beiden anzusehen: »Nein!«

Igor richtete sich wütend auf: »Ivan!«

Den Mönch schien die Antwort nicht zu berühren. »Was siehst du hier?« fragte er ruhig.

Ohne zu überlegen, antwortete der Junge: »Faule Blätter.«

Er hörte, wie sein Vater einen zornigen Laut ausstieß, dann sah er zu seiner Überraschung, wie der Mönch mit seiner knochigen Hand seinen Vater beim Arm nahm: »Der Junge hat nur die Wahrheit gesagt.« Er seufzte. »Er ist noch zu jung für einen solchen Ort.«

»Andere Jungen sind schon hier gewesen«, sagte der Vater ärgerlich.

Der Mönch nickte: »Andere!« Er wandte sich an Ivanuschka. »Nun, Ivan, du möchtest Priester werden?«

Priester? Wie kam der alte Mann auf die Idee? Er würde ein Held, ein Bojar werden. Mit schreckensweiten Augen starrte er den Mönch an.

Vater Lukas wandte sich an Igor. »Bist du dir in dieser Sache ganz sicher, mein Freund?«

»Ich dachte, es sei das beste.« Igors Augenbrauen bildeten eine Linie.

Ivanuschka sah zu Igor auf. Trotz seiner Verwirrung wurde ihm allmählich klar: Sein Vater meinte offenbar, er solle Priester werden, er hielt ihn also nicht für würdig, ein Bojar zu sein. Sein Vater hatte ihn hintergangen.

Er hatte ihm nie etwas über seine wahren Pläne erzählt – sonst hätte er sich ihm widersetzt.

»Wir in diesem Kloster«, sagte Vater Lukas nun leise, »leben nach der weisen Regel, die Abt Theodosius uns auferlegt hat. Unsere Mönche verbringen viel Zeit in der Kapelle mit Singen und Beten, aber sie wenden sich auch sinnvollen Aufgaben zu wie der Pflege der Kranken. Andere folgen einer strengen Kasteiung und bleiben in völliger Abgeschiedenheit in ihren Zellen oder Höhlen, und das für lange Zeit. Doch das bleibt der Entscheidung jedes einzelnen überlassen.«

»Es ist eine heilige Entscheidung«, sagte Igor voller Ehrfurcht und Hochachtung.

»Nicht von allen«, wandte Vater Lukas ein. »Das Leben eines Mönches ist eine stetig stärker werdende Hinwendung zu Gott. In diesem Prozeß verliert das Fleisch an Bedeutung, doch der Geist wird gespeist und wächst durch die Vereinigung mit Gott.« Er hustete, trocken und krächzend. »Und so stirbt der Körper, damit die Seele lebe.«

Ivanuschka wußte, daß einige Mönche ihre Särge bei sich in ihren Zellen stehen hatten, in dieser langen Vorbereitung auf den Tod. Er sah, daß Vater Lukas ihn beobachtete, aber er konnte seine Enttäuschung nicht verbergen.

»Und doch ist es nicht Tod«, fuhr der Alte fort, »denn Christus hat den Tod überwunden. Das Gras verdorrt, aber das Wort des Herrn nicht. So leben selbst in unserer sterblichen Verfassung unsere Seelen in der Welt des Geistes, demütig vor Gott.«

Dies war für Ivanuschka alles andere als tröstlich.

Während der Mönch den Jungen weiterhin aufmerksam betrachtete, fuhr er fort: »Diese Extreme sind nur für einige möglich. Die meisten Mönche führen ein einfaches Leben, dem Dienst an Gott und dem Nächsten geweiht.«

Auch darin sah Ivanuschka keinen Trost.

»Möchtest du Gott dienen?« fragte der alte Mann plötzlich.

»O ja!« Das Kind war den Tränen nahe. Der Gedanke hatte ihn immer schon fasziniert. Mit aufrechtem mutigen Herzen sah er sich im Dienste Gottes durch das wogende Gras der Steppe reiten, im Kampf gegen die heidnischen Reiter.

Der alte Mann brummte vor sich hin. »Er ist jung. Er liebt seinen Körper.« Das war offenbar sein letztes Wort. Er wandte sich von Ivanuschka ab.

»Du glaubst nicht, daß aus ihm ein Priester werden könnte?« fragte Igor besorgt.

»Gott berührt jeden Menschen zur rechten Zeit. Wir wissen nicht, was aus uns werden soll.«

»Er sollte also nicht auf den geistlichen Stand vorbereitet werden?« Igor wollte Klarheit.

Der Alte wandte sich wieder Ivanuschka zu und legte ihm die Hand aufs Haupt, was als Segnung gedeutet werden konnte. »Ich sehe, daß du auf eine Reise gehst, von der du zurückkehren wirst.« Wieder wandte er sich ab.

Eine Reise? Ivanuschkas Gedanken wirbelten durcheinander. Meinte er damit seinen Plan, an den großen Don zu wandern? Das mußte es sein! Und er hatte nicht gesagt, daß er Priester werden würde. Es gab also immer noch Hoffnung.

Unterdessen betrachtete der alte Mönch Igor mit ernster Miene. »Du fastest zuviel«, sagte er plötzlich.

»Aber Fasten ist doch gestattet?« fragte Igor erstaunt.

»Fasten ist der Zehnte, den wir an Gott bezahlen. Und der Zehnte ist ein Zehntel, mehr nicht. Du solltest dein Fasten einschränken.«

»Und meine Gebete?«

Ivanuschka wußte, daß sein Vater frühmorgens lange Zeit betete, und dann noch vier- oder fünfmal im Lauf des Tages.

»Bete, soviel du willst, solange du deine Geschäfte nicht vernachlässigst«, entgegnete der Mönch scharf. Nach einer Weile fuhr er fort: »Das Fasten kam in unsere Kirche aus dem lateinischen Westen, weißt du, über das Land Mähren. Ich gehöre nicht zu denen, die den Westen verdammen, doch zu viel Fasten unter den Laien ist töricht.«

Seit mehr als zehn Jahren bestand praktisch ein Bruch zwischen den östlichen und westlichen christlichen Kirchen – zwischen Konstantinopel und Rom. Der Unterschied lag hauptsächlich in der Form der Anrede Gottes und der Dreifaltigkeit im Glaubensbekenntnis, und gewisse Abweichungen im Stil und in theologischer Emphase unterstrichen die Differenz. Der Papst beanspruchte höchste Autorität. Die Ostkirche stimmte dem nicht zu. Aber noch war es keine tiefe Spaltung.

»Ich tue, was du sagst«, antwortete Igor. »Was den Jungen angeht: Wenn er nicht Priester wird – was soll er sonst werden?«

Der Mönch sah Ivanuschka nicht mehr an. »Das weiß Gott«, erwiderte er.

1067

Man sprach vom Goldenen Kiev. Aber es gab eine Schwierigkeit im Lande der Rus: Die Herrscher hatten ein politisches System eingeführt, das unter keinen Umständen funktionieren konnte. Das Problem lag in der Nachfolge.

Als man bestimmte, daß die Städte nicht vom Vater auf den Sohn, sondern vom Bruder auf den Bruder übergehen sollten, hatte man die verheerenden Folgen dieser Regelung nicht vorausgesehen.

Wenn also ein Fürst über eine Stadt herrschte, konnte er seine Söhne als Herrscher über die geringeren Städte in seinem Territorium einsetzen. Bei seinem Tode mußten sie normalerweise diese Städte an den nächstfolgenden Fürsten der Linie, vielleicht ohne Ausgleich, abgeben. Schlimmer noch: Falls einer der fürstlichen Brüder starb, bevor ihm die Stadt zugesprochen war, waren seine Kinder für alle Zeit von der Erbfolge ausgeschlossen. Es gab viele solcher besitzloser Fürsten ohne jede Aussicht, und diese wurden als *isgoj* bezeichnet, ebenso wie alle übrigen Besitzlosen oder Abhängigen in der russischen Gesellschaft.

Im Lauf der Generationen wurde es immer schwieriger festzulegen, wer Anspruch hatte und worauf. So verbrachte die herrschende Klasse in Kiev Jahrzehnte damit, provisorische Erbfolgeregelungen innerhalb eines undurchführbaren Systems auszutüfteln. Sie hat das Problem nie gelöst.

Der merkwürdigste unter allen Fürsten des Landes der Rus war der Fürst von Polock. Es hieß, er sei ein Werwolf. Jedenfalls war er furchtbar anzuschauen. Er sei mit einer Klappe über dem Auge geboren worden, hatte man Ivanuschka erzählt.

Der Aufstand des Fürsten von Polock war Folge des Erbfolgesystems. Wenn er auch kein landloser *isgoj* war, blieb dieser Enkel Vladimirs des Heiligen doch von der Haupterbfolge ausgeschlossen. Das bedeutete, daß er, während er über die Stadt Polock herrschte, niemals eine der größten Städte des Landes der Rus erben konnte. Eine Zeitlang, während verschiedene adelige *isgoj* in entfernt gelegenen Territorien Schwierigkeiten machten, hatte der Fürst von Polock sich ruhig verhalten. Dann plötzlich hatte er mitten im Winter einen Schlag gegen die große Stadt Novgorod im Norden geführt. Igor und seine beiden älteren Söhne waren mit dem Fürsten von Kiev und seinen Brüdern nach Norden geritten.

Wenn Ivanuschka nur hätte mitreiten können! Seit dem Gespräch im Kloster hatte er ein schlimmes Jahr hinter sich. Wegen der Überfälle von Kumanen auf die Steppe war die Karawane mit Zhydovyn dem Chazaren vorläufig zurückgestellt worden. Igor hatte verschiedene Versuche unternommen, seinen Sohn in einem fürstlichen Haushalt unterzubringen, doch vergebens. Und nun waren sein Vater und seine Brüder hinter dem Werwolf her.

Drei Wochen waren vergangen. Es hieß, das rebellierende Minsk sei gefallen und die Armeen seien weiter nach Norden gezogen. Danach herrschte wieder Stille.

An einem Nachmittag im frühen März hörte Ivanuschka das Stampfen und die Glöckchen eines Pferdes im Hof und lief hinaus, wo soeben eine hohe, finstere Gestalt aus dem Sattel stieg.

Es war Svjatopolk. Er sah auf Ivanuschka hinunter. »Wir haben gewonnen«, bemerkte er kühl. »Vater ist mit Boris auf dem Rückweg. Er hat mich vorgeschickt, damit ich es Mutter erzähle.«

»Und der Werwolf?«

»Er hat verloren und ist ausgerissen. Er ist erledigt.«

»Was war in Minsk los?«

Svjatopolk lächelte. Warum hatte er nur einen so verbitterten Mund, selbst wenn er lächelte? »Wir haben alle Männer abgeschlachtet; die Frauen und Kinder haben wir als Sklaven verkauft.« Er stieß ein kurzes Lachen aus. »Es gab so viele Sklaven, daß es den Preis auf eine halbe *grivna* pro Kopf gedrückt hat. Übrigens, es gibt gute Neuigkeiten für dich.«

»Für mich?«

»Vater wird es dir sagen.« Es schien, als sei Svjatopolk nicht sonderlich erfreut über diese guten Nachrichten. Er lächelte dünn, wandte sich dann ab. »Du mußt abwarten, bis er kommt«, sagte er und ging ins Haus.

Ivanuschka hörte den Freudenschrei seiner Mutter. Sie liebte Svjatopolk, das wußte Ivanuschka.

Die Nachricht, die der Vater am folgenden Tag brachte, war so herrlich, daß Ivanuschka sie kaum fassen konnte.

Der jüngere Bruder des Fürsten von Kiev, Fürst Vsevolod, herrschte in der südlichen Grenzstadt Perejaslavl. Diese wunderschöne Stadt lag flußabwärts etwa sechzig Meilen von der Hauptstadt. Vsevolods Gattin war eine Prinzessin aus dem Herrscherhaus von Konstantinopel, aus der Familie Monomach, und ihr Sohn Vladimir war nur ein Jahr älter als Ivanuschka.

»Wir brauchen nur noch die beiden Jungen einander vorzustellen«, erzählte Igor stolz seiner Frau. »Vsevolod und ich wurden während des Feldzugs Freunde, und Vsevolod hat im Prinzip zugestimmt, daß Ivan dem jungen Vladimir als Page zugewiesen wird.«

»Das ist eine große Ehre, weißt du«, sagte die Mutter zu Ivanuschka. »Es heißt, daß dieser Vladimir begabt ist und eine große Zukunft vor sich hat.«

Ivanuschka war ganz außer sich. »Wann, wann?« Mehr konnte er nicht fragen.

»Ich nehme dich an Weihnachten mit nach Perejaslavl«, sagte Igor. »Bis dahin solltest du dich vorbereitet haben.« Und damit entließ er ihn.

»Ich werde ihn vermissen«, gestand Olga ihrem Mann.

»Das ist das Los der Frauen«, war Igors kühle Antwort; er wollte nicht zugeben, daß es ihm ebenso erging.

Kurz danach gab es einen kleinen Zwischenfall in den Ställen. Die drei Brüder waren zusammen. Boris hatte dem Jüngeren mit breitem Grinsen einen eher liebevollen Schlag auf den Rücken versetzt und war dann zum *podol* geritten. Ivanuschka und Svjatopolk blieben allein zurück.

»Nun, Bruder, war die Nachricht nicht gut?« fragte Svjatopolk leise, während er sein Pferd musterte. »Du hast dir das durch nichts verdient. Du solltest in die Kirche eintreten.«

»Aber das hat Vater ...«

»Ja, es war Vater. Aber glaube ja nicht, daß du mich täuschen kannst. Jetzt sehe ich, was du wirklich bist, Kleiner. Du bist ehrgeizig. Du willst es besser machen als wir.«

Ivanuschka war so betroffen von diesem unerwarteten Angriff, daß er nicht wußte, was er darauf sagen sollte. Er starrte Svjatopolk verwirrt an.

»Ja«, fuhr der Bruder bissig fort, »die Wahrheit tut weh, nicht wahr? Du bist ein Intrigant, kleiner Ivan, eine kleine Natter.« Er zischte das letzte Wort heraus, daß es Ivanuschka fast wie ein Schlag traf. »Und sicher wartest du darauf, daß Vater stirbt«, fügte er hinzu.

Ivanuschka hatte keine Ahnung, was das heißen sollte.

»Was, glaubst du wohl, kostet es Vater, wenn du Mönch wirst? Ein paar Stiftungen ans Kloster. Aber deine neue Stellung bedeutet, daß du eines Tages das gleiche Erbe bekommst wie wir. Damit nimmst du auch mir etwas fort.«

Ivanuschka lief rot an. Tränen stiegen ihm in die Augen. »Ich will nicht, daß Vater stirbt, und du kannst meinen Anteil haben.«

»Das ist leicht gesagt«, spöttelte sein Bruder. »Natürlich sagst du das jetzt, nachdem du dem Kloster entronnen bist. Aber wir werden ja sehen.«

1068

Zwei Jahre lang kam es dem Jungen so vor, als sei der Einfluß des unheilvollen Gestirns ständig am Werke. Anders konnte er sich sein Pech nicht erklären.

Es war nie zu einem Treffen zwischen ihm und dem jungen Fürsten Vladimir gekommen. Der Grund dafür, so hieß es, sei der Tod der griechischen Prinzessin. »Vladimir und sein Vater trauern um sie«, sagte Igor. »Es ist eine ungute Zeit. Nächstes Jahr wird es besser sein.«

Warum aber hatte Vladimirs Vater, noch bevor das Jahr um war, eine neue Frau genommen, eine Kumanenfürstin?

»Das ist Politik«, erklärte Igor. »Ihr Vater ist ein mächtiger Kumanenführer, und der Fürst möchte Perejaslavl vor Angriffen von der Steppe her schützen.« Doch nur Monate danach waren die Reiter gekommen und hatten das Land der Rus schlimmer als je zuvor niedergebrannt. Und immer noch hörte man nichts von Vladimirs Vater, den Besuch betreffend. Der Fürst hatte es versprochen, aber nun hatte er es anscheinend vergessen, und Ivanuschka verbrachte seine Zeit nutzlos in Kiev.

Vielleicht hatte sein Bruder Svjatopolk die Wahrheit gesagt, als er ihm eines Morgens im Frühjahr ins Ohr zischte: »Du wirst niemals Vladimirs Page. Sie haben erfahren, daß du nichts taugst.« Als Ivanuschka fragte, wer ihnen das wohl gesagt haben könnte, hatte Svjatopolk lächelnd geflüstert: »Vielleicht war ich es.«

Nachdem der Fürst von Polock geschlagen war, boten der Fürst von Kiev und sein Bruder dem Werwolf sicheres Geleit zu einem Familientreffen. Darauf lockten sie ihn schändlich in einen Hinterhalt und warfen ihn in Kiev ins Gefängnis, wo er immer noch saß. Igor hatte Ivanuschka erklärt, daß es ab und zu notwendig sei zu lügen. Aber Ivanuschka konnte das Ganze doch nicht verstehen.

Schließlich kamen die Kumanen mit der Drohung, sie alle zu vernichten. Knapp eine Woche zuvor waren die Männer des Rus mitten in der Nacht ausgezogen, um den Angreifern aus der Steppe einen entscheidenden Schlag zu versetzen, und zwar in der Nähe von Perejaslavl. Sie hatten verloren. Zu ihrer Schande waren Igor und die Fürsten nach Kiev geflohen und hatten sich in der sicheren Befestigung der Zitadelle verschanzt. Tag für Tag hatte Ivanuschka erwartet, daß sein Vater und die Bojaren wieder einen Vorstoß unternehmen würden. Doch nichts geschah. Ob sie Angst hatten?

Und nun, an einem hellen Septembermorgen, war die ganze Stadt in Aufruhr. Entsetzte Boten galoppierten heran mit der Nachricht, die Kumanen seien im Vormarsch. Im *podol* außerhalb der Zitadelle war die Volksversammlung, das berühmte *vetsche,* zusammengetreten. Alle waren da, und es wurde von Revolution gesprochen.

Deshalb hatte er sich, anstatt bei der Familie im Fürstenpalast zu bleiben, hinausgeschlichen, überquerte die Brücke über die Schlucht zwischen der alten und der neuen Zitadelle und ging an der Sophien-Kathedrale zu den Toren des *podol.*

Die neue Zitadelle lag in absoluter Stille. Man sah einige Frauen und Kinder und hin und wieder einen Priester auf der Straße, doch anscheinend waren ansonsten alle männlichen Bewohner zu dem *vetsche* in der Vorstadt gegangen.

Ivanuschka wußte Bescheid über das *vetsche.* Selbst der Fürst von Kiev hatte Respekt davor. Normalerweise verhielt es sich ruhig unter der Aufsicht führender Kaufleute. In Krisenzeiten dagegen hatte jeder freie Mann in der Stadt das Recht, den Versammlungen beizuwohnen und zu wählen. »Wenn das *vetsche* revoltiert, ist es schrecklich«, hatte Igor ihm gesagt, »sogar der Fürst und die *druzina* können es nicht kontrollieren.«

»Sind die Leute jetzt böse?« fragte Ivanuschka.

»Sie sind außer sich. Du darfst nicht hinausgehen.«

Auf seinem Weg durch die Zitadelle war der Junge so erregt, daß er den Ungehorsam gegen seinen Vater fast vergaß. Er lief durch das Tor auf den Marktplatz.

Er hatte nie so viele Menschen auf einmal gesehen. Sie waren sogar aus den umliegenden Städten gekommen: Kaufleute, Handwerker, freie Händler und Arbeiter aus den russischen Stadtstaaten – einige tausend. Aller Augen waren auf die hölzerne Plattform in der Mitte gerichtet. Ein hünenhafter braunbärtiger Kaufmann in einem roten Kaftan stand dort mit einem Stab in der Hand und prangerte die Obrigkeit an. »Warum ist dieser Fürst hier in Kiev?« schrie er. »Warum herrscht seine Familie in anderen Städten? Sie sind hier, weil wir ihre Vorfahren eingeladen haben herzukommen.« Er stieß den Stab auf den Boden. »Die Waräger kamen von Norden zu uns Slawen, weil wir sie hergeholt haben! Und warum haben wir das getan?« Er blickte finster nach allen Seiten. »Damit sie für uns kämpfen. Damit sie unsere Städte verteidigen. Deshalb sind sie hier!«

Daran war etwas Wahres. Selbst jetzt war die Beziehung zwischen Fürsten und Städten undurchsichtig; der Fürst schützte die Stadt, sie war jedoch nicht sein Eigentum, ebensowenig wie das Land, das zum großen Teil noch den freien Bauern oder den Gemeinden gehörte. In der großen nördlichen Stadt Novgorod hatte das *vetsche,* das war bekannt, Fürsten abgelehnt, und sie hatten ihrem gewählten Protektor oder seiner *druzina* niemals gestattet, in ihren Domänen Land zu besitzen.

»Aber sie haben uns nicht verteidigt!« brüllte der Kaufmann. »Sie haben versagt! Die Kumanen verwüsten unser Land, aber der Fürst und seine Generäle tun nichts dagegen!«

»Was sollen wir machen?« schrien mehrere.

»Einen neuen Fürsten suchen«, rief ein anderer.

Der große Kaufmann auf der Plattform klopfte wieder mit dem Stab.

»Die Schwierigkeiten haben mit einem Verrat angefangen«, brüllte er. »Mit einem Verrat, als Jaroslavs Söhne ihr Wort brachen und den Fürsten von Polock ins Gefängnis warfen.« Er deutete auf die Zitadelle. »Ein Unschuldiger sitzt dort oben.«

»Polock!« tobte die Menge. »Gebt uns den Fürsten von Polock!« Gleich darauf wogte die Masse in die Zitadelle hinein; Ivanuschka wurde mitgerissen. Vor der Sophien-Kathedrale teilte sich der Menschenstrom. Die eine Hälfte bewegte sich nach links auf ein massives Backsteingebäude zu, in dem der Fürst festgehalten wurde. Die übrigen strömten über die schmale Brücke auf den Palast zu.

Ivanuschka wollte seine Familie warnen. Er versuchte vor die Menge zu gelangen, doch es war zu spät. Vor dem Fürstenpalast erkannte er seine mißliche Lage. Zur Linken befand sich eine hohe Mauer; rechts führte eine breite Treppe zu einem großen verschlossenen Eichentor.

Die Menge schrie laute Beleidigungen. »Verräter! Feiglinge! Wir werfen euch den Kumanen zum Fraße vor!«

Da sah Ivanuschka hoch oben an einem kleinen Fenster des Palastes ein großes rotes Gesicht auf die Menschen niederstarren – er erkannte es sogleich als das des Fürsten Izjaslav von Kiev. Nun wurde er auch von der Menge entdeckt. Alles drängte mit lautem Wutgeheul vorwärts. Da verschwand das Gesicht.

Es kam Ivanuschka plötzlich zu Bewußtsein, daß er selbst auch in Gefahr war: Schließlich war er der Sohn eines Bojaren. Wenn man ihn erkannte? Es gab nur noch einen Zugang zum Palast: durch den dahinterliegenden Hof. Dazu mußte er um das Gebäude herumgehen und durch eine Seitenstraße zum Tor kommen. Doch die dichte Menge brachte ihn fast zu Fall, als er sich hindurchzudrängen versuchte. Er war noch längst nicht am Ausgang des Platzes, als sich in der Masse ein Raunen erhob: »Sie sind fort! Sie sind weg!« Er sah, wie ein Mann auf den Rücken eines anderen stieg, eines der Fenster erreichte und hineinkletterte. Drei Minuten später öffnete sich eine der Palasttüren, und die Menge, die nicht auf Widerstand traf, drängte hinein.

Der Fürst und die *druzina* hatten den Palast verlassen. Sie mußten durch denselben Hof entkommen sein, durch den Ivanuschka hineingelangen wollte. Also hatte wohl auch seine Familie das Gebäude verlassen. Und ihn hatte man zurückgelassen!

Immer mehr Leute drangen in das leere Gebäude ein. Aus einem Fenster flog ein Pokal in die Menge; gleich darauf folgte ein Zobelmantel – der Palast wurde geplündert.

Ivanuschka wandte sich um. Da fand er sich in einer fast leeren Straße.

»Ivan! Ivan Igorevitsch!« Es war ein Diener seines Vaters, der hinter ihm herlief. »Dein Vater hat mich geschickt, dich zu suchen. Komm!«

»Können wir zu ihm?« rief Ivanuschka hoffnungsvoll.

»Unmöglich. Sie sind fort, alle. Die Straßen sind abgeriegelt.«

Wie zur Bestätigung lief eine Gruppe von Männern die Straße entlang mit dem Ruf: »Der Fürst von Polock ist frei! Da kommt er!« Tatsächlich sah Ivanuschka ein Dutzend Reiter in leichtem Galopp herannahen. Mitten unter ihnen auf einem Rappen, unverkennbar, die furchtbare Gestalt – der Werwolf.

Er war sehr groß, war in einen weiten braunen Umhang gehüllt und hatte breite Backenknochen. Vor allem seine Augen zogen Ivanuschkas Aufmerksamkeit auf sich. Eines war tatsächlich von einer ledernen Kappe verdeckt. Das Gesicht sah aus, als wäre es irgendwie entstellt, verbrannt. Die eine Hälfte wirkte gleichsam entrückt, wie es mitunter bei Blinden der Fall ist. Die andere dagegen war lebhaft, intelligent, energisch – das wache blaue Auge nahm alles um sich herum wahr. Dieses gesunde Auge, das spürte Ivanuschka plötzlich, war auf ihn gerichtet.

»Rasch, hierhin.« Der Diener führte ihn zum *podol.*

Das Haus des Chazaren Zhydovyn, war, wenn auch nicht so groß wie Igors Haus, so doch beeindruckend: ein solides zweistöckiges Gebäude aus Holz mit einem steilen Holzdach, zwei großen Räumen im vorderen Teil und einem Hof nach hinten. Es stand gleich hinter dem Chazarentor nahe der Mauer von Jaroslavs Zitadelle. »Hier kümmern sie sich ein paar Tage um dich«, erklärte ihm der Diener, »bis es sicher genug ist, daß wir dich aus der Stadt schmuggeln können.« Gleich darauf war er verschwunden.

Ivanuschka fühlte sich wohl bei dem Chazaren und seiner Familie. Zhydovyns Frau war dunkelhaarig und stämmig, ähnlich wie ihr Mann. Sie hatten vier Kinder, jünger als Ivanuschka, mit denen er fast den ganzen Tag im Haus spielte.

Am dritten Tag verkündete Zhydovyn, als er von seinem morgendlichen Gang in die Stadt zurückkam: »Der Fürst von Kiev ist nach Polen gereist, um den König um Hilfe zu bitten.«

Ivanuschka sah überrascht auf. »Heißt das, daß auch mein Vater nach Polen unterwegs ist?«

»Ich nehme es an.«

Ivanuschka schwieg. Polen lag weit im Westen. Plötzlich fühlte er sich sehr verlassen.

»Glaubst du, daß die Polen einmarschieren?« fragte Zhydovyns Frau besorgt.

»Wahrscheinlich.« Der Chazar verzog das Gesicht. »Der polnische König und Izjaslav sind Vettern, mußt du wissen.« Dann ging sein Blick zu Ivanuschka. »Es gibt noch ein weiteres Problem.« Er zögerte. »Es geht das Gerücht, jemand verstecke im Chazarenquartier ein Kind aus der *druzina.* Sie durchsuchen gerade die Zitadelle.«

Ivanuschka spürte alle Augen auf sich gerichtet. Offenbar wurde seine Anwesenheit für die Menschen hier gefährlich. Zhydovyns Frau sagte nachdenklich: »Er sieht nicht aus wie ein Chazar. Aber vielleicht können wir das ändern.«

Und kurze Zeit später gab es einen neuen Bewohner im Haus des Chazaren. Sein Haar war sorgfältig schwarz gefärbt. Er trug einen schwarzen Kaftan und ein türkisches Käppchen. Er murmelte sogar ein paar türkische Brocken vor sich hin.

»Das ist euer Vetter David aus Tmutorokan«, erklärte die Mutter ihren Kindern.

Und am nächsten Tag saß der stille, unauffällige Junge bei den anderen Kindern, als die Wachen des Werwolf-Fürsten die Frau des Chazaren befragten. »Es heißt, einer der Igorevitschi befinde sich noch in Kiev«, behaupteten sie, »und dein Mann mache Geschäfte mit Igor.«

»Mein Mann macht Geschäfte mit vielen Leuten.«

»Wir werden das Haus durchsuchen«, erklärte der Anführer der kleinen Gruppe kurz. Während das geschah, blieb der Anführer bei der Frau und den Kindern. »Wer ist das?« fragte er plötzlich und deutete auf Ivanuschka. »Ein junger Vetter aus Tmutorokan«, antwortete sie kühl. »David, komm her«, befahl sie ihm auf türkisch.

Als Ivanuschka aufstand, winkte der Anführer ungeduldig ab. »Schon gut«, sagte er barsch.

1071

Es war Frühling, und in dem kleinen Ort Russka war alles still. Der Fluß war über die Ufer getreten, so daß außerhalb der Siedlung nicht zu erkennen war, wo die Marsch aufhörte und die Felder begannen.

Am Ostufer bestand das Dorf aus zwei kurzen schlammigen Straßen, die von einer dritten, längeren im rechten Winkel geschnitten wurden. Die Hütten waren aus Holz, Lehm und geflochtenen Zweigen. Manche hatten Dächer aus Rasensoden, andere aus Stroh. Um diese Ansammlung von Hütten war eine hölzerne Palisade gezogen, die eher einer Tierhürde glich als einem Schutz gegen Feinde. Im Norden lag ein kleiner Obstgarten mit Kirsch- und Apfelbäumen. Am waldigen Westufer befand sich eine höher gelegene Befestigung mit einer soliden Einfassung aus Eichenholz. Diese etwa achttausend Quadratmeter große Befestigung war fünfzig Jahre zuvor errichtet worden. Sie enthielt außer einigen langen, niedrigen Truppenquartieren und Ställen zwei große Lagerhäuser für die Kaufleute und eine kleine Holzkirche. Dieses Fort gehörte, wie der größte Teil des Landes, dem Fürsten von Perejaslavl. Etwa fünfzig Meter vom Eingang entfernt lag der Friedhof. Daneben standen zwei steinerne Pfeiler, etwa zwei Meter hoch und so behauen, daß sie aussahen, als trügen sie große runde Hüte mit breitem Pelzbesatz. Das waren die Hauptgötter des Ortes: Volos, der Gott des Wohlstands, und Perun, der Gott des Donners. Denn trotz der Bemühungen der christlichen Priester des Fürsten hingen viele der Dörfer insgeheim noch den alten heidnischen Gebräuchen an.

An diesem klaren Frühlingsnachmittag ging eine einsame Gestalt in Gedanken versunken am Friedhof vorbei. Wer Ivanuschka in den vergangenen drei Jahren nicht gesehen hatte, hätte ihn in dieser Gestalt nicht erkannt. Er war nun so groß wie sein Bruder Svjatopolk, dabei aber schmal und blaß. Er sah sorgenvoll drein, hatte dunkle Ringe unter den Augen: In diesen drei Jahren war alles schiefgegangen.

Zunächst hatte ein wichtiges Ereignis ihm nochmals Hoffnung gegeben. Er hatte fast einen Monat in Kiev verbracht, ehe Zhydovyn ihn abschob, weil er nach Polen ging. Da erfuhr er, daß sein Vater, verärgert über die Feigheit und den Verrat des Fürsten von Kiev, von seinem Recht, den Herrn zu wechseln, Gebrauch gemacht hatte: Er war in die *druzina* des jüngeren Bruders Vsevolod übergewechselt, der über Perejaslavl herrschte. Das schien ein Glücksfall. Nicht nur, daß Vsevolod als der beste und weiseste der regierenden Brüder galt – er hatte auch jenen Sohn Vladimir, dem Ivanuschka als Page zugesagt worden war. Sicher würde Vladimir nun, da Igor seinem Vater diente, nach Ivanuschka schicken.

Aber nicht ein Wort kam. Auch Igor war überrascht. »Ich bin erst zu kurz in Vsevolods Diensten, als daß ich ihn darum bitten könnte«, gab er traurig zu. Svjatopolk diente mit seinem Vater. Boris ging an den Hof von Smolensk. Und obwohl der Vater versuchte, für Ivanuschka einen Platz in Tschernigov, Smolensk und sogar im fernen Novgorod zu finden – offenbar wollte ihn niemand.

Ivanuschka glaubte den Grund zu kennen: Es mußte Svjatopolk sein. Wohin er auch kam, die Leute behandelten ihn freundlich, aber distanziert. Sie hielten ihn für einen Einfaltspinsel. Er konnte fast spüren, daß sie es dachten. Einmal hatte er Svjatopolk sogar darauf angesprochen: »Warum machst du mich überall schlecht?«

Doch der Bruder sah ihn nur spöttisch erstaunt an: »Sicher könnte nichts, was meine arme Zunge für oder gegen dich sagt, den Eindruck ändern, den du selbst machst.«

Mit der Zeit baute sich die Meinung der anderen wie ein Wall um Ivanuschka auf. Er begann alberne Dinge zu sagen und zu tun, wie hypnotisiert von der Meinung der anderen. Er fühlte sich wie in einer Falle.

Ein Jahr nach dem Umzug wurde Igor mit der Verteidigung eines Teilstücks der südöstlichen Grenze betraut. Und im Zentrum dieses Gebietes, das nun zu den Besitzungen des Fürsten gehörte, lag das kleine Fort Russka. Es war unbedeutend, eine der Dutzende kleiner Befestigungen in den Grenzländern. Igor hätte Russka sicher nicht mehr als einen flüchtigen Besuch abgestattet, hätte sein Freund Zhydovyn ihn nicht darauf aufmerksam gemacht, daß die dortigen Lagerhäuser als nützliche Depots für die Waren dienen könnten, die sie immer noch mit Karawanen nach Osten zu schicken hofften. Und da Igor nicht wußte, was er sonst mit seinem Sohn anfangen sollte, sandte er ihn von Zeit zu Zeit dorthin, um Zhydovyn beim Eintreffen neuer Fracht zu helfen.

Er hatte an diesem Morgen in Abwesenheit des Chazaren eine Sendung Pelze in Empfang genommen. Irgendwie, ohne daß Ivanuschka es sich erklären konnte, waren zwei Fässer mit Biberpelzen abhanden gekommen. Nun erwartete er den Chazaren in Kürze zurück und wußte nicht, was er sagen sollte. Während er in düsteren Gedanken durchs Dorf ging, erblickte er den Bauern. Schtschek war untersetzt, vierschrötig, hatte ein rundes Gesicht mit breiten Backenknochen, sanfte braune Augen und einen schwarzen Haarkranz. Er trug ein Leinenhemd über der Hose, einen Ledergürtel und Bastschuhe. So plump der Körper auch wirkte, irgend etwas an diesem Mann ließ auf einen sanften, vielleicht auch hartnäckigen Charakter schließen. Er stand an der Ecke des Friedhofes und sah Ivanuschka aufmerksam entgegen.

Schtschek hatte einen sehr schlichten Gedanken: Es heißt, der junge Mann sei ein Dummkopf. Ob er Geld hat? Schtschek stand vor dem Ruin. Er war, wie die meisten seinesgleichen, ein freier Mann. Natürlich war sein Status bescheiden. Er war ein *smerd,* ein Angehöriger der Klasse der »Schmutzigen«. Doch theoretisch konnte er leben und sich verdingen, wo und bei wem er wollte. Er durfte auch Schulden machen.

In Gedanken überschlug er sie. Zuerst das Pferd. Das war nicht seine Schuld gewesen; das Tier hatte gelahmt und war dann gestorben. Und da er verpflichtet war, dem Fürsten für seine Soldaten in Kriegszeiten ein Pferd zu stellen, mußte er ein neues kaufen. Außerdem trank er gern und würfelte um Geld. Und wegen seines schlechten Gewissens kaufte er seiner Frau ein Silberarmband. Wieder lieh er sich Geld, spielte weiter, um es zurückzubekommen. Nun schuldete er als Gemeindemitglied dem Verwalter des Fürsten eine Steuer auf seinen Pflug, und er wußte, daß er sie nicht bezahlen konnte.

Erwartungsvoll sprach er Ivanuschka an.

Als Zhydovyn an jenem Abend zurückkam und den Verlust der Pelze entdeckte, schüttelte er nur den Kopf. Nein, es stand schlecht um Ivanuschkas Aussichten. Und obwohl kein Wort fiel, spürte der Junge, daß man ihn wohl nicht mehr nach Russka schicken würde.

Den Verlust der Felle konnte der Chazar noch verstehen, aber warum fehlten zwei Silber-*grivnas* von dem Geld, das er Ivanuschka dagelassen hatte? Der junge Mann behauptete, er habe sie verloren. Wie zum Teufel konnte das geschehen? Es war unbegreiflich.

Ivanuschka machte das nichts aus. Er hatte nach dem Verlust der Pelze ohnehin nichts mehr zu erwarten. Schtschek hatte ihm leid getan. Wenigstens konnte der nun seine Steuern bezahlen. Ivanuschka dachte kaum noch an diesen Vorfall.

1072

Für Ivanuschka war alles noch schlimmer geworden. Einige Wochen nach dem peinlichen Zwischenfall in Russka hörte er zufällig eine kurze Unterhaltung zwischen seinen Eltern: »Ivanuschka hat so viel gute Seiten«, sagte die Mutter eindringlich. »Eines Tages wird er etwas tun, worauf du stolz sein kannst.«

»Nein«, war die Stimme des Vaters zu vernehmen, »dessen bin ich jetzt sicher. Ich habe es aufgegeben. Ich liebe alle meine Kinder, aber es ist schwer, ein Kind zu lieben, das einen immer enttäuscht.«

Ja, dachte Ivanuschka unglücklich, warum sollte irgend jemand mich lieben? Er war träge geworden, unternahm sowenig wie möglich, aus Angst, wieder zu versagen.

Oft trieb er sich auf dem Marktplatz in Perejaslavl herum. Dort war immer etwas los. Täglich konnte eine Ladung Öl oder Wein aus Konstantinopel oder eine Sendung Eisen aus den Sümpfen am Fluß, für Kiev bestimmt, eintreffen. In den Werkstätten wurde Glas geblasen, so fein wie nirgendwo im Lande der Rus. Es gab Stände, wo Bronzespangen und Schmuck verkauft wurden, und andere mit Lebensmitteln.

Ivanuschka schaute nur und bemerkte nach und nach, daß um ihn herum noch andere Dinge im Gange waren. Ein Verkäufer an einem Stand gab den Kunden immer zuwenig Wechselgeld heraus; ein anderer maß zu knapp. Eine Bande von Jungen stahl Fisch von den Ständen und Geld von den Kunden. Ivanuschka bewunderte die Flinkheit, mit der das alles vor sich ging. Einmal nahm er selbst einen Apfel weg, nur um auszuprobieren, wie einfach das sei. Niemand entdeckte ihn.

Doch die Sinnlosigkeit seines Lebens machte ihn tiefunglücklich. Er spürte immer noch die Sehnsucht seiner Kindheit in sich, seinem Schicksal zu begegnen. Da sich alle anderen Möglichkeiten zerschlagen hatten, erklärte er seinen Eltern schließlich, daß er nun doch Mönch werden wolle.

»Bist du sicher?« fragte der Vater in einem Ton, der seine Hoffnung verriet, der Sohn möge seine Meinung nicht ändern. Selbst seine Mutter hatte keine Einwände mehr.

An jenem Abend machte der Vater Pläne. »Er kann auf den Berg Athos gehen. Ich habe Freunde hier und in Konstantinopel, die ihm helfen können. Von dort aus«, Igor lachte zufrieden, »kann er eine große Karriere machen.«

Am nächsten Tag nahm der Vater Ivanuschka beiseite und versicherte ihm: »Du brauchst dich um deine Reise nicht zu sorgen, Ivan. Ich werde sehen, daß alles gut vorbereitet ist. Und das Kloster bekommt eine Spende.«

Selbst Svjatopolk, der zweifellos froh war, den Bruder loszuwerden, sagte in freundlich klingendem Ton: »Nun, Kleiner, du hast am Ende doch den richtigen Kurs gewählt. Eines Tages werden wir alle stolz auf dich sein.«

Sie waren stolz auf ihn. In zwei Tagen sollte die Abreise sein. Warum aber sah er so bekümmert drein wie eh und je?

Am Morgen glitten die beiden Boote, eines mit Waren beladen, das andere mit einigen Reisenden, still auf dem breiten, fahlen, leicht bewegten Fluß dahin. Über ihnen hing ein verwaschener blauer Himmel.

Ivanuschka war gut ausgerüstet. Der Beutel mit Silber-*grivnas*, den der Vater ihm gegeben hatte, war sicher an seinem Gürtel befestigt. »Da du Mönch wirst, hast du dein Erbe lange vor mir bekommen«, hatte Svjatopolk beim Abschied trocken bemerkt.

Nun trug der große Dnjepr ihn nach Süden auf sein Schicksal zu. Sie waren den ganzen Morgen gefahren, und Ivanuschka wollte gerade seine Augen für ein Mittagsschläfchen schließen, als er durch einen lauten Schrei vom vorderen Boot aus aufgeschreckt wurde: »Kumanen!« Die Reisenden blickten angestrengt nach vorn. Es gab keinen Zweifel – die dunklen türkischen Gesichter in dem langen Boot, das vom rechten Ufer abstieß, gehörten sicher Kumanen.

Die Reisenden hatten alien Grund, überrascht zu sein. Man hatte angenommen, daß die Kumanen um diese Zeit weit entfernt in ihren Lagern in der Steppe sein würden. Man hatte auch kaum je gehört, daß sie auf dem Wasser angriffen. Gewöhnlich warteten sie weiter südlich, wo es Stromschnellen gab, um die Karawanen zu überfallen.

»Sie haben ein paar Slawen gezwungen, sie hinauszurudern«, murmelte jemand, und Ivanuschka sah, daß die Ruderer tatsächlich unselige slawische Bauern waren. Nun nahm einer der Kumanen einen langen geschwungenen Bogen. Ein Pfeil flog übers Wasser, und ein Mann im Lastenboot sank zusammen.

»Wir müssen das linke Ufer erreichen«, schrie der Schiffer vom kleinen Boot.

Das jedoch war noch weit entfernt. Die Ruderer ächzten unter der Anstrengung, und das Boot glitt rasch dahin.

Als Ivanuschka sich umwandte, sah er, daß das Lastenboot bereits verloren war. Er überlegte, ob die Kumanen sich damit zufriedengeben würden. Doch da sah er, daß ein zweites Kumanenboot hinter ihnen herkam.

»Da drüben ist ein kleiner Nebenarm«, rief der Schiffer. »Ein paar Meilen weiter liegt ein Fort. Dorthin fahren wir.«

Ivanuschka merkte, daß er ein Gebet murmelte. Denn er kannte das fragliche Fort sehr wohl.

Es war seltsam, wieder in Russka zu sein. Zhydovyn war nicht da, doch ein halbes Dutzend Soldaten hieß sie willkommen. Die Kumanen hatten die Verfolgung aufgegeben, aber die Reisenden beschlossen, zwei Tage im Fort abzuwarten, bevor sie das Schicksal wieder herausforderten.

Ivanuschka lief um das Fort herum, ging ins Dorf und wanderte auf stillen Pfaden in den Wald; er fühlte sich dabei merkwürdig zufrieden. Er ging sogar an den Rand der Steppe und blickte über das Federgras zu dem alten *kurgan* hinüber.

Am dritten Tag wurde die Reise fortgesetzt. Ivanuschka blieb zurück. Er wußte selbst nicht, warum. Er sagte sich, die Vorsehung habe ihm einen Aufschub gegönnt. Ich kann hier eine Pause einlegen, mir über das Leben klarwerden, mich auf meine Reise vorbereiten, beruhigte er sich. Die Tatsache, daß alle Entscheidungen bereits getroffen waren und er schon unterwegs war, schob er weit von sich. Den ganzen dritten Tag lief er am Fluß auf und ab.

Am folgenden Tag traf er Schtschek wieder. Der Bursche war schmaler geworden. Er begrüßte Ivanuschka herzlich. Als der sich erkundigte, ob die Schulden inzwischen bezahlt seien, grinste Schtschek einfältig. »Ja und nein«, war seine Antwort, »ich bin ein *zakup*.«

Als *zakup* bezeichnete man einen Mann, der seine Gläubiger nicht zufriedenstellen konnte und deshalb für sie wie ein Sklave arbeiten mußte, bis die Schuld getilgt war. Da aber die Schuld während dieser Zeit um die Zinsen anwuchs, kamen die Unseligen selten frei.

»Ich habe den Verwalter des Fürsten dazu gebracht, meine Schulden zu übernehmen«, erklärte Schtschek, »und so arbeite ich jetzt für den Fürsten.«

»Wann wirst du wieder frei?«

Der Bauer lächelte wehmütig. »In dreißig Jahren. Und was machst du, junger Herr?« fragte er.

Ivanuschka erzählte ihm, daß er auf große Reise nach Konstantinopel und Griechenland gehe, um Mönch zu werden. Schtschek nickte verständnisvoll. »Also wirst auch du nie wieder frei sein«, bemerkte er, »genau wie ich.«

Ivanuschka sah dem Bauern aufmerksam ins Gesicht. Diese Ähnlichkeit zwischen ihnen war ihm noch gar nicht aufgefallen. Aber der Mann hatte wohl recht. Er faßte in den Beutel und gab Schtschek einen Silber-*grivna*. Dann ging er weiter. Am folgenden Tag verließ er Russka und machte sich zu Fuß auf den Weg zum Dnjepr.

Nachdem er sich von Ivanuschka verabschiedet hatte, wanderte Schtschek vom Dorf weg auf die Steppe zu. Er war guter Laune. Das unerwartete Geschenk des jungen Edelmannes war ein wirklicher Glücksfall. Für einen Bauern war ein Silber-*grivna* soviel wie der Lohn von drei Monaten.

Er nahm den Weg durch die Wälder und an den Lichtungen vorüber, wo die Frauen Pilze suchten. Er ging am Weiher vorbei, wo, wie die Dorfbewohner sagten, *rusalki* wohnten. Dann kam er an einen Kreuzweg. Der Pfad zur Rechten, das wußte Schtschek, führte zum Besitz des Fürsten. Der linke Pfad führte nach Norden und lief an einer Stelle vorbei, an der ein Dorfbewohner von einem Bären getötet worden war; nur wenige Menschen nahmen diesen Unheilsweg.

Aus einer Laune heraus entschloß sich der Bauer dennoch für diesen Pfad. Dieser Ivanuschka hat mir Glück gebracht, befand er. Ich habe heute nichts zu befürchten.

Nördlich von Russka machte der Fluß eine Biegung um einen niedrigen, bewaldeten Hügel. Dichtes Unterholz bedeckte den Fuß des Hügels, vor allem Brombeere und Weißdorn. Es war keine einladende Stelle, und der Mann hätte nicht angehalten, wäre nicht in einer Entfernung von etwa hundert Metern ein großer Fuchs zwischen den Büschen verschwunden.

Ein Fuchsfell ist wertvoll, dachte Schtschek, arbeitete sich durch die Büsche und stieg auf den Hügel. Minuten später hatte er den Fuchs vergessen und grinste entzückt: Der von Eichen und Kiefern dichtbestandene Hügel, den nie jemand aufsuchte, war eine wahre Schatzkammer – er war von Bienenvölkern übersät. Schtschek zählte über zwanzig. Der Mann konnte den starken, sämigen Geruch des Honigs hoch oben in den Bäumen wahrnehmen. Am Ende lachte er laut vor Vergnügen. Dieser Ivanuschka hat mir mehr Glück gebracht, als er wissen kann, sagte er sich.

Er hatte nicht vor, irgend jemandem davon zu erzählen, und er wußte auch schon, wie er sich die Entdeckung zunutze machen konnte. Vielleicht komme ich damit eines Tages doch frei, frohlockte er.

1075

Nach der allgemeinen Ansicht hatten wenige Männer so viel Glück wie Igor, der Bojar. Sein Herr, Fürst Vsevolod von Perejaslavl, überschüttete ihn geradezu mit Geschenken. Niemandem in des Fürsten *druzina* wurde so viel Ehre zuteil.

Die bedeutendsten Edelleute hatten nun einen neuen Status: Statt des alten Blutgeldes von vierzig *grivna* galt ihr Leben jetzt achtzig. Selbst eine Beleidigung ihrer Person wurde mit einer Strafe geahndet, die viermal so teuer war wie das Leben eines *smerd*.

Igor war dieser hohe Status zuerkannt worden. Mehr als das: Der Fürst von Perejaslavl war so beeindruckt von seinem loyalen Untertan, daß er ihm ein Jahr zuvor die Herrschaft über ausgedehnte Ländereien an der Südostgrenze des Fürstentums, den Weiler von Russka mit einbezogen, übergeben hatte. Mit den Landübereignungen begann der Prozeß, in dem der Begriff des Bojaren, der ursprünglich für einen Gefolgs- oder Edelmann der *druzina* verwendet wurde, schließlich einen Landbesitzer bezeichnete.

Doch bei all seiner überlegenen und rührigen Art war Igor von Trauer erfüllt. Boris war tot. An einem Wintertag war er in einem Gefecht am Rand der Steppe gefallen. Auf einem Schlitten hatte man den Toten zurückgebracht.

Boris' Tod hatte eine Wunde hinterlassen. Auch eine zweite Wunde schmerzte: der Verlust Ivanuschkas.

Wo mochte er wohl sein? Einen Monat nach seiner Abreise nach Konstantinopel hatte er von Zhydoyvn gehört, Ivanuschka sei in Russka gesichtet worden. Wo aber war er danach hingegangen? Russische Kaufleute in Konstantinopel berichteten, er sei dort nie angekommen. Seit drei Jahren hatten seine Eltern keinerlei Nachricht, ob er lebte.

»Er sucht nach irgend etwas«, tröstete sich seine Mutter.

»Er schämt sich«, glaubte der Vater traurig.

»Wie auch immer«, war Svjatopolks Kommentar, »er liebt keinen von uns, wenn er sich so verhält.«

Wie lange Ivanuschka schon unterwegs war! Im ersten Jahr wollte er des öfteren nach Süden aufbrechen, zumindest fand er Kaufleute, die ihn hätten mitnehmen können. Doch jedesmal hielt ihn eine innere Macht zurück. Als das Geld aufgebraucht war, begann er zu spielen. Wenn ich gewinne, überlegte er, heißt das, Gott möchte, daß ich ins Kloster gehe. Aber wenn ich mein ganzes Reisegeld verliere, will er es offensichtlich nicht. Das erschien Ivanuschka als ein gutes Argument – er brauchte nicht lange zu spielen, bevor er verlor.

Die Zeit verging, und er wurde völlig lethargisch. Immer häufiger zechte er nächtelang. Er wanderte ziellos von Stadt zu Stadt. Im zweiten Jahr begann er zu stehlen. Es waren nur kleine Beträge, und er redete sich ein, daß das nicht wirklich Stehlen sei. Was macht es schließlich aus, sagte er sich, wenn ich es von einem Reichen nehme?

Die Wintermonate waren hart; man konnte sie nicht im Freien verbringen. Ivanuschka wanderte als *isgoj* von Kirchen zu Klöstern und nahm jegliche Wohltätigkeit in Anspruch. Mehrmals war er nahe am Erfrieren.

Einmal sah er seinen Vater. Eines Tages im Frühling wanderte er durch die Wälder bei Tschernigov, als er plötzlich das Getrappel herannahender Hufe hörte und eine Reitertruppe in Sicht kam. Er versteckte sich hinter einer Eiche, als Edelleute mit ihrem Gefolge vorbeiritten. Er sah den jungen Fürsten Vladimir unter ihnen und – ganz in seiner Nähe – seinen Vater und den Bruder Svjatopolk.

Ivanuschka war beschämt. Lieber Gott, betete er, laß sie mich nur nicht sehen! War nicht er der Versager, ein Ausgeschlossener aus dieser glitzernden Welt? Er hätte eine Begegnung mit ihnen nicht ertragen. Und doch konnte er seine Augen nicht von ihnen wenden.

Am Ende des Zuges ritten zwei Frauen nebeneinander – eine junge Dame, die andere noch ein Mädchen. Sie waren kostbar gekleidet und saßen mit anmutiger Leichtigkeit zu Pferd. Beide waren blond und blauäugig – blonder als alle Frauen, die Ivanuschka bisher gesehen hatte. Staunend sah er ihnen nach. Die Erinnerung an die beiden verfolgte ihn und erinnerte ihn daran, daß er nicht mehr war als ein Tier des Waldes.

In jenem Frühjahr, als Ivanuschka sich zufällig in der Nähe Russkas befand, machte er einen letzten Versuch, wieder zu sich selbst zu finden. Es kann so nicht weitergehen, beschloß er. Entweder ich mache allem ein Ende, oder ich gehe ins Kloster. Der Gedanke an den Tod erschreckte ihn. Und keine Klosterregel konnte schlimmer sein als das Leben, das er führte. Also war die Entscheidung klar. Doch ein Problem blieb bestehen – er hatte kein Geld mehr.

An einem warmen Frühlingsmorgen blickte Zhydovyn aus dem Lagerhaus in Russka und sah eine schäbige Gestalt herumlungern. In Russka war es an jenem Tag sehr ruhig. Das kleine Fort, zur Zeit unbewacht, war fast leer.

Der Chazare erkannte den Mann sofort, doch er gab kein Zeichen. Erst gegen Mittag kam der Wanderer mit ungelenken Schritten auf ihn zu. »Du weißt, wer ich bin?«

»Ja, Ivan Igorevitsch.« Der Chazare bewegte sich nicht. Ivanuschka nickte langsam. »Du warst einmal gut zu mir. Könnte ich etwas zu essen bekommen?«

»Natürlich.« Zhydovyn lächelte. »Komm herein.« Er überlegte, wie er den jungen Mann aufhalten könnte. Wenn er selbst versuchen würde, ihn zu ergreifen, konnte er ihn wahrscheinlich nicht festhalten. Doch am Nachmittag sollten zwei seiner Männer ins Lagerhaus kommen. Mit ihrer Hilfe könnte er den Jungen in Gewahrsam nehmen und zurück zu seinen Eltern in Perejaslavl schicken. Er ließ Ivanuschka einen Moment allein und ging in den Hinterhof, wo er seine Unterkunft hatte. Wenige Minuten später kam er mit einer Schale Kwaß und einem Stück Hirsekuchen zurück. Ivanuschka aber war verschwunden.

Der Chazare hatte vergessen, daß Ivanuschka sein Geldversteck kannte. Dort war kein großer Betrag gewesen, aber genug für eine Reise flußabwärts und sogar bis Konstantinopel. Jedenfalls bekomme ich die Stadt zu sehen, dachte Ivanuschka.

Er bestahl den Chazaren nicht gern, auch nicht für einen guten Zweck. Aber es war ja kein richtiger Diebstahl – sein Vater konnte das Geld zurückgeben. Der Vater würde froh sein zu erfahren, daß Ivanuschka endlich abgereist war. Während er so durch die Wälder ging, war er fest davon überzeugt, daß seine Reise nun zu den griechischen Klöstern gehen würde. Doch auch diesen festen Vorsatz vergaß er bald wieder.

Zhydovyn hatte sich für seine Dummheit verwünscht, und er überlegte, was er Ivanuschkas Eltern erzählen sollte. Nach längerem Nachdenken beschloß er, den Eltern nichts zu sagen. Was er auch sagen mochte, es würde ihnen Kummer machen.

Ivanuschka saß allein an der Anlegestelle und starrte ausdruckslos aufs

Wasser. Er wußte, daß das Schiff die letzte Gelegenheit gewesen war, die kaiserliche Stadt noch vor Einbruch des Winters zu erreichen.

An diesem Morgen hatte er festgestellt, daß ihm vom gestohlenen Geld nur noch acht Silber-*grivna* geblieben waren. Gerade genug für die Fahrt. Alles andere hatte er seit dem Frühjahr ausgegeben. So schleppte er sich zur Anlegestelle, fest entschlossen, die Reise nun anzutreten. Doch zu seinem Entsetzen war das Schiff schon ausgelaufen.

Jetzt ist alles aus, dachte er. Ich suche mir eine Stelle am Fluß und mache ein Ende.

In diesem Augenblick hörte er ein Geräusch hinter sich, wo eine Reihe Sklaven auf dem Boden saß, die auf dem Marktplatz verkauft werden sollten. Ivanuschka sah sie gleichgültig an. Einer schien über irgend etwas erregt zu sein.

»Ivan! Ivan Igorevitsch!«

Er wandte sich dem Mann zu. Schtschek hatte ihn eine Zeitlang angestarrt. Jetzt war er sicher, daß es sich um den Sohn des Bojaren handelte, den sie den Narren nannten. Schtschek war so aufgeregt, daß er sogar seine gefesselten Hände und seine fatale Lage vergaß: Er sollte verkauft werden.

Nach russischem Recht hätte Schtschek nicht hier sein dürfen. Ein *zakup,* der seine Schulden abarbeitete, konnte nicht wie ein gewöhnlicher Sklave verkauft werden. Doch dieses Gesetz wurde häufig übertreten, und die Behörden drückten seit langem ein Auge zu.

Schtschek hätte diese Entwicklung voraussehen können. Seit zwei Monaten war es klar, daß der Älteste des nächsten Dorfes sich zu Schtscheks Frau hingezogen fühlte – und sie sich zu ihm. Und dennoch hätte Schtschek nicht mit einer solchen Konsequenz gerechnet.

Eine Woche zuvor war der Älteste mit einigen Kaufleuten frühmorgens erschienen und hatte ihn buchstäblich aus dem Bett gezerrt. »Hier ist ein *zakup*«, erklärte der Älteste kurz und bündig. »Ihr könnt ihn haben.« Ehe Schtschek etwas hätte unternehmen können, befand er sich schon auf dem Boot in Richtung Perejaslavl. Fünf der Sklaven an der Anlegestelle waren Schuldner wie er. Innerhalb der nächsten zehn Jahre hätte er seine Schulden abgegolten und wäre ein freier Mann gewesen.

Der Honig im Wald war sein Geheimnis. Seit er diesen verborgenen Schatz entdeckt hatte, nutzte er ihn stillschweigend, indem er an durchreisende Kaufleute eine oder zwei Waben verkaufte, oder er brachte sie auch nach Perejaslavl. Er mußte dabei sehr umsichtig vorgehen, denn er hatte kein Recht an diesen Bäumen. Durch die gelegentlichen Verkäufe hatte er bereits zwei Silber-*grivna* beiseite belegt.

Und nun kam dieser junge Edelmann langsam auf ihn zu.

»Ich bin Schtschek«, schrie er, »erinnerst du dich?« Wie armselig und krank Ivanuschka aussah! Trotz der eigenen miserablen Lage fühlte der Mann Mitleid mit dem Jungen. Und während dieser geistesabwesend vor ihm stand, erzählte Schtschek seine Geschichte.

Als er geendet hatte, starrte Ivan vor sich auf den Boden. »Auch ich habe nichts mehr«, murmelte er. »Sage, wieviel du noch schuldig bist.«

»Heute schulde ich dem Fürsten sieben Silber-*grivna.*«

»Und danach wärest du frei?«

»Natürlich.«

Langsam löste Ivanuschka den Lederbeutel vom Gürtel und befestigte ihn an Schtscheks Gürtel. »Nimm«, sagte er, »es sind acht *grivna.* Ich habe keine Verwendung dafür.«

Und ehe der überraschte Bauer ein Wort sagen konnte, war Ivan verschwunden. Warum soll mein Geld nicht einem anderen nutzen, dachte Ivan, da ich mich ohnehin von dieser Welt verabschieden will?

Der Aufseher über die Sklaven war kein schlechter Kerl, und als er kurz darauf von der Bude zurückkam, wo er etwas getrunken hatte, freute er sich ehrlich über Schtscheks Glück. Er wußte, daß der Mann ein *zakup* war, und er tat ihm leid in seinem Unglück. »Wir müssen es dem Verwalter des Fürsten auf dem Markt sagen«, meinte er. »Da kommt er schon.«

Schtschek hatte den großen dunkelhaarigen Edelmann nie vorher gesehen, der sich nun der Anlegestelle näherte. Der Fremde wirkte nervös. Als er Schtscheks Geschichte hörte, blickte er finster zu ihm und wandte sich dann mit frostiger Miene dem Aufseher zu. »Offenbar hat er das Geld gestohlen«, erklärte er barsch.

»Die anderen Sklaven waren aber doch Zeugen«, versuchte der Aufseher einzulenken.

Der Edelmann blickte die Sklaven verächtlich an. »Ihr Wort zählt nicht.«

»Wie soll ich stehlen können, Herr, mit gebundenen Händen?« fragte Schtschek.

Der edle Herr schien wütend. Es war ihm gleichgültig, ob dieser verschuldete Bauer lebendig oder tot war, aber er hatte gerade einem Kaufmann zwanzig Sklaven zum Kauf angeboten, und nun würde ihm einer fehlen. »Wo ist der Kerl, der dir angeblich das Geld gegeben hat?«

Schtschek blickte um sich. Ivanuschka war verschwunden.

»Nimm seinen Beutel!« befahl der Edelmann dem Aufseher.

Da hörte man einen Schrei.

»Seht nur!« rief ein Sklave. Er deutete aufgeregt zum Flußufer unterhalb der Stadt. In einiger Entfernung kam soeben eine einzelne Gestalt hinter einer Baumgruppe hervor. »Das ist er!«

»Holt ihn!«, befahl der Edelmann.

Und so fand sich kurz darauf Svjatopolk zu seinem größten Erstaunen Auge in Auge mit seinem Bruder Ivanuschka, der ihn in dumpfem Schweigen ansah.

»Laß den Bauern gehen, er hat seine Schulden bezahlt«, sagte Svjatopolk ruhig. »Und zu diesem Vagabunden«, dabei deutete er auf Ivanuschka, »werft ihn ins Gefängnis.«

Die Kerze war angezündet. Die Reste des Mahles auf dem Tisch wurden von den Sklaven abgeräumt.

Igor saß in einem schweren Eichenstuhl. Sein grauer Kopf war nach vorn auf die Brust gesunken. Seine Augen waren offen, aufmerksam, das Gesicht ruhig, doch angespannt. Seine Frau saß auf einem Stuhl neben ihm. Man sah, daß sie geweint hatte. Jetzt aber war, auf Befehl ihres Gemahls, ihr Gesicht unbeweglich.

Svjatopolk sah mit kaum verhohlenem Zorn vor sich hin. Welch unseliger Fluch hatte seinen Vater veranlaßt, zur Stadtmauer zu gehen, als Ivanuschka soeben ins Gefängnis gebracht wurde, wo er aus dem Weg gewesen wäre! Inzwischen wäre er schon ertrunken, dachte Svjatopolk. Er wußte nicht, daß Ivan sich selbst in den Fluß stürzen wollte, und so war seine Absicht gewesen, ihn nachts an den Fluß zu führen und ihn unter Wasser zu drücken.

Doch das Schicksal hatte eingegriffen. Der Vater hatte zwar böse dreingeblickt, als sie einander begegneten. Er hatte seinen Jüngsten wie einen Gefangenen nach Hause geführt. Und nun mußte dieser beim Abendessen Erklärungen abgeben.

Igor hatte Fragen gestellt, während seine Frau stumm danebensaß.

Nun faßte Igor zusammen: »Du hast mich, uns, angelogen. Du hast sogar gestohlen. Mit keinem Wort hast du uns wissen lassen, daß du noch am Leben bist. Du hast deiner Mutter das Herz gebrochen. Und jetzt hast du wieder gestohlen und das Geld einem Fremden gegeben, und von hier aus, wo deine Eltern leben, wolltest du dich heimlich davonmachen.«

Svjatopolk fand, daß die Anklage nicht umfassender sein konnte. Er sah zufrieden drein, während niemand sprach.

Aber Igor vergab seinem Sohn. Und der lange russische Winter, furchtbar in seiner mächtigen Kälte, wurde für Ivanuschka zu einer Zeit der Heilung.

Im Herbst, gleich nach seiner Rückkehr, brach er erst einmal körperlich und seelisch zusammen. Es begann mit einer Erkältung, die sich zu einer schweren Krankheit mit starken Schmerzen ausweitete. Die Mutter war seine Rettung, wahrscheinlich weil sie als einzige ihn verstand. Als der Vater nach einem armenischen oder syrischen Arzt am Fürstenhof schikken wollte, nach einem Mann mit Erfahrung in der Heilkunst der antiken Welt, weigerte sich Olga. »Wir haben alte Hausmittel, die besser sind als die Medizin der Griechen und der Römer«, behauptete sie fest. »Aber benachrichtige das Kloster, wenn du willst, und bitte die Mönche um ihr Gebet.« Dann verschloß sie die Tür des Zimmers, in dem ihr Sohn lag, und ließ niemanden ein.

Während er sich hustend wälzte, war sie stets um ihn, kühlte ihm die Stirn von Zeit zu Zeit. Sie sprach nur, wenn er zu sprechen wünschte.

Draußen fielen die Herbstregen, und die Erde verwandelte sich in dicken schwarzen Morast. Darüber hing schwer der graue Himmel. Dann kam der Schnee. Am ersten Tag fiel er in weichen grauen Wirbeln herab. Am nächsten Tag brauste ein Schneesturm. Am dritten Tag jedoch kam der Schnee sanft vom Himmel, die Flocken waren so groß und weich wie Federn. Ivanuschka wurde langsam gesund.

Eine Woche nach dem ersten Schnee wurde Ivanuschka an einem leuchtenden Sonnentag, in Pelze gehüllt, auf die hohe Mauer von Perejaslavl getragen. Unter dem kristallklaren Himmel glänzten die goldenen Kuppeln der Kirchen im Sonnenlicht. Unten zog der Fluß an einem weißen Ufer vorüber, und am fernen Horizont bildeten die Wälder eine dunkel glitzernde Linie. Die Steppe dehnte sich wie ein endloser weißer Teppich.

In diesem Winter starb Svjatopolks Frau plötzlich nach kurzer Krankheit. Obwohl Ivanuschka sie kaum gekannt hatte, hätte er seinen Bruder gern getröstet, aber das wünschte der nicht.

Endlich ging der Winter vorüber. Ivanuschka war genesen. Im Frühjahr war er wieder bereit für die Welt. »Mit deiner Hilfe«, sagte er zu seiner Mutter, »wurde ich wiedergeboren.«

So tauchte er in das geschäftige Leben von Perejaslavl ein. Während die Fürsten über Kiev im Streit lagen, hatte der umsichtige Fürst Vsevolod seine Hand über Perejaslavl gehalten, dem Angelpunkt der südlichen Grenzbefestigungen, und der Stadt zu neuer Bedeutung verholfen. Im Vergleich zu Kiev natürlich hatte es nur wenige schöne Kirchen, und die meisten Gebäude bestanden aus Holz. Doch die solide massive Festungsstadt stellte eine Macht dar, mit der man zu rechnen hatte.

Eines Tages brachte Igor wundervolle Nachrichten mit. »Ich habe es geschafft«, berichtete er stolz seiner Frau. »Fürst Vsevolod steht mir so nah, daß ich eine Stelle für Ivanuschka erbitten kann.« Seinem Sohn teilte er freudestrahlend mit: »Du wirst nun endlich dem jungen Fürsten Vladimir zur Seite sein. Svjatopolk ist in seiner *druzina* und hat sich bewährt. Jetzt ist es an dir, dich zu beweisen.« Ivanuschka war selig.

Zwei Tage danach bemerkte sein Vater so nebenbei: »Als du krank warst, haben dein Bruder und ich übrigens deine Gläubiger bezahlt. Dein Name ist wieder makellos.«

Ivanuschka nahm an, es gehe dabei um Zyhdovyn und zwei andere. Er bedankte sich bei seinem Vater und vergaß die Angelegenheit. Als jedoch am nächsten Tag seine Mutter eine zögernde Bemerkung über die Schulden machte, verlangte er die Aufstellung zu sehen.

An erster Stelle standen seine Schulden bei Zyhdovyn. Das war in Ordnung. Doch die folgenden Namen ließen ihm den Atem stocken. Menschen, die er nie gesehen, in Städten, die er vielleicht einmal besucht hatte, behaupteten, er habe sie bestohlen oder sie hätten ihm Geld geliehen. Bis auf zwei Fälle waren alle Angaben unwahr. »Wer hat diese Gläubiger ausfindig gemacht?« fragte er.

»Svjatopolk«, war die Antwort des Vaters.

Sein Bruder hatte ganze Arbeit geleistet, und zwar in allen Städten des Landes der Rus. Die Beträge waren nicht hoch – Svjatopolk war klug vorgegangen. Aber die Zahl der Gläubiger war beachtlich. »Du schuldest deinem Bruder großen Dank«, erklärte Igor ernst. »Er hat darauf bestanden, die Hälfte deiner Schulden selbst zu bezahlen.«

»Er fühlt sich für dich verantwortlich«, fügte die Mutter hinzu.

Ivanuschka begriff. Seine Erfahrungen hatten ihn weiser gemacht. »Ich fürchte, daß viele Leute meinen Bruder hintergangen haben«, bemerkte er traurig. Als er jedoch sah, daß man ihm nicht glaubte, schwieg er still.

Am nächsten Tag wurde Ivanuschka endlich dem jungen Fürsten vorgestellt, der wegen seiner griechischen Mutter aus fürstlichem Geblüt Vladimir Monomach genannt wurde.

Es war in der langen hohen Halle des Fürstenpalastes. Die kleinen Fenster waren hoch in die dicken Wände eingelassen, so daß man sich in einer Kirche glaubte. Der junge Fürst stand am einen Ende der Halle, als Ivanuschka mit seinem Vater eintrat. Ihm zur Seite hatte sich in respektvollem Abstand ein halbes Dutzend Edelleute postiert. Vladimir trug ein mit Zobel verbrämtes, juwelenbesetztes langes Gewand. Auf seinem Kopf saß eine mit Hermelin verzierte Kappe. Von der Mutter hatte er zweifellos das hübsche Gesicht mit der langen geraden Nase und die großen dunklen Augen geerbt.

Vater und Sohn machten eine tiefe Verbeugung, gingen ein paar Schritte nach vorn, verbeugten sich erneut. Schließlich kniete Ivanuschka vor dem jungen Fürsten nieder und küßte die juwelengeschmückten Schuhe.

»Willkommen, Ivan Igorevitsch«, sagte Vladimir feierlich.

Die Höfe im Lande der Rus hatten nichts mit den westeuropäischen Höfen gemeinsam. Die russischen Fürsten versuchten nicht, wie etwa die Herrscher in Böhmen oder Polen, sich dem sorgfältig über Europa geknüpften Feudalnetz einzugliedern; auch waren sie nicht interessiert an europäischen Sitten oder den neuen Ideen galanter Ritterlichkeit. Ihre Vorbilder kamen eher aus dem Osten. So lernten die russischen Fürsten orientalischen Luxus, und sie kopierten die juwelenschwere Etikette des östlichen Herrscherhofes. Monomach war seit frühester Jugend damit vertraut.

Er lächelte verbindlich. »Ich höre, daß du weit gereist bist.« Monomach gab Igor und den übrigen Edelleuten einen Wink, sich zu entfernen, und nahm Ivanuschka beiseite. Er plauderte ein wenig, bis er sah, daß Ivanuschkas Nervosität nachließ. Dann erkundigte Vladimir sich nach den Reisen, und Ivanuschka gab bereitwillig Auskunft. Vladimir sah ihn einige Male erstaunt an, schien aber insgesamt zufrieden.

Der junge Fürst war eine beeindruckende Persönlichkeit und sich seiner Verantwortung wohl bewußt. Doch bei einem Thema konnte er seine Rolle vergessen, und sein Gesicht wurde geradezu kindlich. »Liebst du die Jagd?«

Ivanuschka bejahte.

»Das ist gut.« Vladimir lächelte zufrieden. »Vor meinem Tod will ich in allen Wäldern des Landes der Rus gejagt haben. Morgen werde ich dir meine Fallen zeigen«, meinte er heiter.

Sofort wurde er wieder ernst. »Du bist jetzt hier«, sagte er leise, »und vor dir waren andere hier.« Nach einer Pause fügte er hinzu: »Auch dein Bruder.« Was wollte der Fürst damit sagen? So aufmerksam Ivanuschka ihn auch ansah – Monomachs Ausdruck verriet nichts.

»Gehe deinen Pflichten besonnen nach«, erklärte er. »Ich beurteile dich nur nach deinen Taten.«

Die Unterredung war vorüber. Ivanuschka verbeugte sich dankbar. Vladimir wandte sich seinen Höflingen zu.

In diesem Augenblick sah Ivanuschka das Mädchen. Sie ging unmittelbar hinter ihrer Herrin. Beide Frauen waren fast überirdisch zart und fein. Er erinnerte sich sofort, daß er sie zwei Jahre zuvor gesehen hatte, als sie mit seinem Vater und dem Hofstaat durch den Wald ritten, während er sich hinter einem Baum versteckte.

»Wer ist das?« fragte er einen Edelmann.

»Weißt du das nicht? Die ältere ist Monomachs Gemahlin. Die andere ist ihre Zofe.«

»Woher kommen sie?«

»Aus England. Gytha ist die Tochter des angelsächsischen Königs Harold, den die Normannen vor zehn Jahren bei Hastings töteten. Das Mädchen heißt Emma. Sie ist eine Waise, Tochter eines Edelmannes, die die Fürstin mitgebracht hat. Sie ist übrigens noch nicht verlobt.«

Ivanuschka wußte, daß in dem schrecklichen Jahr des roten Kometen viele Exilanten aus England gekommen waren, nachdem es von Wilhelm mit seinen Normannen erobert worden war. Angelsächsische Krieger waren bis nach Konstantinopel gereist und der Elitetruppe der Nordländer im Dienst der Kaisers beigetreten. Andere waren nach Osteuropa gezogen. Diese Fürstin und ihre Begleiterin waren auf verschlungenen Wegen nach Kiev gelangt, und so hatte sich die Linie des angelsächsischen Königshauses von England mit dem Herrscherhaus der Rus verbunden.

An einem strahlenden Morgen fünf Tage später versammelte Igor nach seinem Gebet die Söhne beim Frühstück. Er wirkte heiter.

»Ich habe beschlossen«, verkündete er, »daß euch von nun an das Einkommen von Edelleuten zusteht.« Einige der bedeutendsten Bojaren von Kiev unterhielten sogar einen eigenen kleinen Hofstaat. Die Familienehre schrieb vor, daß Igors Söhne zumindest einen angenehmen Lebensstil haben sollten. »Du, Svjatopolk, hast bereits deinen Haushalt. Ivanuschka, du wirst sicher auch bald heiraten und einen Haushalt brauchen.« Er schwieg eine Weile nachdenklich. »Aus diesen Gründen habe ich folgende Entscheidung getroffen: Von den Einkünften aus den Ländereien, die mir der Fürst gegeben hat, behalte ich die Hälfte für mich. Die andere Hälfte ist für euch bestimmt.« Er seufzte. »Eigentlich sollte natürlich der größere Teil an Svjatopolk und der kleinere an Ivanuschka gehen. Da Svjatopolk jedoch ein gutes Einkommen vom Fürsten Vladimir hat, während Ivanuschka fast nichts erhält, und da die Beträge, die ihr von mir bekommt, begrenzt sind, teile ich euch beiden gleich viel zu.«

Ivanuschka konnte sein Glück kaum fassen. Svjatopolk schwieg zuerst, dann sprach er mit eisiger Stimme: »Ich danke dir, mein Vater, und ich beuge mich deinem Willen. Ich habe meinem Fürsten gedient, und ich habe dieser Familie gedient. Aber ist es recht, so frage ich, daß Ivanuschka, der nichts als Unehre über uns gebracht hat und dessen Schulden wir gerade bezahlt haben, genau das gleiche erhalten soll wie ich?«

Igor antwortete nicht. Ivanuschka kam der Gedanke, daß ihn die gleichen Vorstellungen gequält haben mochten. Er senkte den Kopf:

Svjatopolk sprach wohl die Wahrheit. Er, Ivan, verdiente das nicht. Er konnte den Zorn seines älteren Bruders verstehen.

»Ich habe es so entschieden«, sagte Igor kurz, und damit war das Gespräch beendet.

Beim Hinausgehen warf Svjatopolk seinem Bruder nur einen einzigen haßerfüllten Blick zu. Er bedeutete tödliche Feindschaft.

Am nächsten Tag saß Ivanuschka an der Ecke des Marktplatzes und dachte nach. Das Gespräch vom Vortag und Svjatopolks Blick hatten ihm einen Schock versetzt. Haßt er mich nur wegen des Geldes so sehr? überlegte er. Was nutzt mir das Vermögen, wenn es Haß in der Familie erzeugt? Lieber verzichte ich darauf. Svajatopolk soll es haben. Gott wird schon für alles sorgen. Zufrieden mit dieser vernünftigen Entscheidung überquerte er den Marktplatz. Da fühlte er sich am Ärmel gezupft. Ein stämmiger Bauer stand neben ihm und grinste ihn breit an. »Bist du nicht der Bursche, dem ich zweimal Geld gegeben habe?«

»Stimmt«, antwortete Schtschek fröhlich. »Und darf ich fragen, warum du so traurig dreinschaust, Herr?«

Schtschek selber hatte allen Grund, fröhlich zu sein. Nicht nur, daß er seine Freiheit wiedererlangt hatte, er hoffte auch, dank seinem verborgenen Schatz, Geld auf die hohe Kante legen zu können. Er freute sich, dem seltsamen jungen Mann danken zu können.

Und da ja schon eine gewisse Verbindung zwischen ihnen bestand und Ivanuschka jetzt mit jemandem reden wollte, erzählte er dem Bauern die ganze Geschichte.

Was für ein guter Kerl dieser Edelmann ist, dachte Schtschek. Er hat ein warmes Herz. Und schließlich verdanke ich ihm meine Freiheit. Als Ivanuschka geendet hatte, wußte der Bauer, was er zu tun hatte. »Gib nicht alles auf, Herr«, riet er ihm. »Dein Vater besitzt das Land um Russka, das arm ist. Ich glaube, ich weiß, wie man es reich machen kann. Gib den Anteil ab, den er vorgeschlagen hat, und bitte deinen Vater nur um den Ort Russka, zusammen mit dem Wald im Norden.«

Ivanuschka nickte. Er mochte Russka gern.

Als Svjatopolk an jenem Abend hörte, was sein Bruder ihm und dem Vater zu sagen hatte, wollte er seinen Ohren nicht trauen.

»Russka?« fragte Igor. »Du willst nur die Einkünfte aus diesem elenden kleinen Ort? Wovon willst du denn leben?«

»Ich komme schon durch«, meinte Ivanuschka fröhlich.

»Wie du willst«, seufzte Igor. »Gott weiß, was man mit dir anfangen soll.«

Dem Herrn sei Dank, dachte Svjatopolk, mein Bruder ist ein Narr. Lächelnd ging er auf Ivanuschka zu und küßte ihn auf die Wange.

Zwei Tage danach überraschte Ivanuschka seinen Vater mit einer kühnen Bitte: »Geh zum Fürsten Vladimir, Vater, und bitte ihn an meiner Statt um die Hand des angelsächsischen Mädchens, der Zofe seiner Gemahlin. Er ist ihr Vormund.«

Igor starrte ihn an. Was sollte er nun sagen? Der Junge hatte auf den größten Teil seines Einkommens verzichtet, und er wußte sehr wohl, daß der junge Monomach, der sich wie ein Vater um das angelsächsische Mädchen kümmerte, sie kaum einem mittellosen Mann geben würde. »Mein armer Junge«, antwortete er traurig, »weißt du nicht, daß Svjatopolk gestern um sie angehalten hat?«

Ivanuschka blickte nachdenklich. »Frage ihn trotzdem«, sagte er schließlich.

»Nun gut«, erwiderte Igor. Als Ivanuschka gegangen war, seufzte er tief. »Es ist leider nicht zu leugnen – der Junge ist ein Narr.«

Die Antwort des Monomach wurde innerhalb von zwei Tagen gegeben. Wie üblich war sie freundlich und vernünftig. »Das Mädchen wird an Weihnachten verlobt. Sie soll dann selbst unter den von mir gutgeheißenen Freiern wählen. Hiermit sind mir die beiden Söhne des Bojaren meines Vaters willkommen. Allerdings«, fügte der Fürst hinzu, »wird jeder Freier abgelehnt, der nicht den Beweis erbringen kann, daß er frei von Schulden ist und ein Einkommen von jährlich dreißig Silber-*grivna* hat.«

Als Svjatopolk das hörte, war er siegessicher; sein Einkommen betrug über fünfzig *grivna* – Ivanuschka konnte kaum mehr als zwanzig haben.

Zwei Tage später ritt Ivanuschka, der neue Herr von Russka, in sein Städtchen ein.

Frühling lag in der Luft. Die Kirschblüte wagte einen ersten schüchternen Versuch. Es hatte sich so ergeben, daß Schtschek an diesem Tag an den Fluß gegangen war. Ivanuschka befahl dem Ältesten, mit ihm einen Rundgang durch den Ort zu machen. Die hauptsächliche Einnahme würde erwartungsgemäß der Tribut sein, den jeder Haushalt zu entrichten hatte. Ein Drittel ging an den Fürsten, Ivanuschka konnte zwei Drittel behalten; er mußte jedoch die Ausgaben für das Fort bestreiten. Er konnte zwar brachliegendes Land in der Gegend kultivieren, wenn er Handlanger mieten oder Sklaven kaufen würde, aber das kostete Zeit und Geld, und beides hatte er nicht. Selbst mit etwas Glück sah er keine Möglichkeit, wie sein Einkommen in diesem Jahr zwanzig *grivna* übersteigen könnte.

Dieser Bauer hat mich sicher zum Narren gehalten, dachte Ivanuschka, als er an jenem Nachmittag zum Fort zurückkehrte.

Am nächsten Morgen, als die Sonne noch tief am Himmel stand, entdeckte Ivanuschka mit Schtscheks Hilfe den heimlichen Schatz von Russka.

Den Frühling und Sommer über war Ivanuschka sehr beschäftigt. Er diente Vladimir, wie es verlangt wurde. Weil aber immer ungute Stimmung herrschte, wenn Svjatopolk und Ivanuschka gemeinsam am Hof waren, bedeutete der Fürst dem Jüngeren des öfteren, das er sich die Zeit nehmen solle, seine Besitzungen in Russka zu inspizieren.

Im Frühsommer zog Fürst Vladimir nach Westen, um den Polen in einem Feldzug gegen die Tschechen beizustehen. Er blieb etwa vier Monate in Böhmen und nahm Svjatopolk mit. Berichte über die Tapferkeit seines älteren Bruders erreichten Ivan in Perejaslavl. Während dieser Monate sah er das Mädchen selten. Sie verbrachte die meiste Zeit mit ihrer Herrin, die schwanger war.

Die Arbeit in Russka ging rasch voran. Den Sommer hindurch kümmerten sich Herr und Bauer um den kostbaren Honigwald, der nun tausend Bäume umfaßte: einhundert Eichen und neunhundert Kiefern. Sie beherbergten weit über hundert Völker. Er errichtete auch ein solides Lagerhaus in Russka für das Bienenwachs. Schtschek hatte nun zwei Männer, die ihn bei dieser Arbeit unterstützten.

Ivanuschka war überzeugt, daß der Wald ihm leicht das nötige Einkommen verschaffen werde. Wie aber stand das Mädchen zu ihm? Ob er sie wohl gewinnen konnte? Er hatte bei Hof mehrmals ein paar Worte mit ihr gewechselt, und es sah so aus, als habe sie ihn gern. Allerdings gab es viele Freier, einschließlich Svjatopolk, die viel besser zu ihr paßten als er.

Die Ernte war gut dieses Jahr, der Honigertrag außergewöhnlich hoch. Ivanuschkas Einkommen war gesichert. Im Herbst hatte er öfter die Möglichkeit, mit dem angelsächsischen Mädchen zu sprechen. Doch als Weihnachten näher rückte, wußte er immer noch nicht, wie es um sie beide stand.

Am bezeichneten Tag schließlich hielten vier Bewerber bei Vladimir Monomach um die Hand des Mädchens an. Zwei davon waren Igors Söhne.

Der Hof war überrascht von Ivanuschkas Glück. »Während sein Bruder kämpft, sammelt der schlaue Bursch Honig«, spöttelte einer.

Aber Ivan hatte tatsächlich die Bedingungen des Fürsten erfüllt. Und als Emma, nachdem sie allen vier Männern höflich für die ihr zuteil gewordene Ehre gedankt hatte, dem Fürsten zuflüsterte, sie habe sich für Ivanuschka entschieden, hielt der sich für den glücklichsten Menschen der Welt.

Der Fürst fühlte sich aus Loyalität gegenüber Svjatopolk verpflichtet, zu sagen: »Sein älterer Bruder ist einer meiner besten Männer, weißt du das? Von Ivanuschka dagegen heißt es, er sei ein Narr.«

»Ich weiß«, antwortete sie lächelnd, »aber ich glaube, daß er ein warmes Herz hat.«

Am nächsten Tag wurde Ivanuschka, Igors Sohn, und die Tochter des angelsächsischen Edelmannes miteinander vermählt.

Vladimir richtete ein prunkvolles Fest aus. Eine fröhliche Gesellschaft überschüttete das Paar mit Hopfenblüten, als sie sich zurückzogen. Falls Svjatopolk gegen seinen Bruder noch etwas im Sinn haben sollte, verbarg er es hinter einer würdigen Maske.

Am 27. Dezember starb der Fürst von Kiev, und Vsevolod von Perejaslavl übernahm Kiev. Für Vladimir Monomach bedeuteten diese Ereignisse, daß er an seines Vaters Statt Herr über Perejaslavl wurde. Damit hatten Svjatopolk und Ivanuschka einen reicheren Herrn. Die Freude bei Hof erreichte ihren Höhepunkt, als Gytha einen Sohn zur Welt brachte.

Für Ivanuschka jedoch war all dies von geringer Bedeutung. Er war verheiratet. Und er fühlte eine ihm bisher unbekannte Freude, die mitunter so groß war, daß er es beim Anblick der wundervollen schmalen Gestalt seiner Frau kaum fassen konnte, daß ihm diese Quelle des Glücks nicht versagt war. Endlich hatte Ivanuschka jenes Glück, jene Vollkommenheit gefunden, wonach er so lange gesucht hatte.

»Als Junge wollte ich immer an den großen Don reiten«, erzählte er Emma. »Jetzt aber bin ich lieber bei dir. Du bist alles, was ich mir wünsche.«

Sie fragte ihn lächelnd: »Weißt du das ganz genau, Ivanuschka? Genüge ich allein dir wirklich?«

Er sah sie überrascht an. Natürlich war es so!

Im März sagte sie ihm, daß sie schwanger sei.

Was sonst kann ich mir noch wünschen? dachte Ivan zufrieden.

Alles, das wurde Ivanuschka plötzlich klar, hatte seinen Sinn. Die reiche schwarze Erde, so fruchtbar, daß die Bauern in Russka sie kaum zu pflügen brauchten; die Festung mit ihren soliden Holzwänden; die unterirdische Welt, die die Mönche wie Vater Lukas sich als Ort zum Leben und auch zum Sterben gewählt hatten. Warum das so war, wußte er nicht, doch alles hatte seinen Sinn. So auch der verschlungene Pfad seines eigenen wirren Lebens, dachte er. Vater Lukas hatte dies Jahre zuvor wohl schon vorausgesehen, als er sagte, daß jeder Sterbliche seinen eigenen Weg zu Gott finde.

1111

Langsam zog die mächtige Armee am Waldrand entlang, weiter an den Holzwänden, die mit den kleinen Forts eine Linie bildeten, hinaus auf die offene Steppe, wo sie etwa drei Meilen weit ausschwärmte.

Svjatopolk blickte finster drein. Obwohl er zur *druzina* des Prinzen gehörte, ritt er allein. Ab und zu glitt der Blick seiner dunklen Augen zu seinem Bruder hinüber, der in einigem Abstand ritt. Doch jedesmal wandte er den Blick rasch wieder ab, so als fühle er Angst oder Schuld. Und Schuldgefühl kann einen stolzen Mann gefährlich machen.

Es war jenes Jahr, in dem eine der größten militärischen Unternehmungen sich vom Lande der Rus nach Osten hin in Bewegung setzte. Sie wurde angeführt vom Fürsten von Kiev, zusammen mit seinen Vettern, dem Fürsten von Tschernigov und dem großen Vladimir Monomach, Fürst von Perejaslavl, und sie hatte den Sieg über die Kumanen zum Ziel.

Die Streitmacht hatte nur das warme Wetter und damit festen Boden abgewartet. Die reitenden und marschierenden Männer waren mit langen Schwertern und Krummsäbeln, mit gekrümmten Bogen und langen Speeren ausgerüstet, sie trugen Pelzmützen und Kettenpanzer. Dieser furchterregenden Horde auf ihrem Zug von Kiev nach Osten gingen Musikanten voraus mit Gongs und Trompeten, Holzpfeifen und Kesselpauken, dazu Sänger, Tänzer und Priester mit Ikonen.

Vor Svjatopolk ritten sieben Alanen. Neben ihnen ein Trupp Wolgabulgaren, seltsame Burschen, ferne Nachkommen der schrecklichen Hunnen, mit orientalischen Gesichtszügen und langem schwarzem Haar. Jetzt waren sie zum Islam übergetreten und von ihrer Handelshochburg an der Wolga zu Hilfe gekommen, um das lästige heidnische Steppenvolk aufzureiben.

Wieder blickte Svjatopolk zu seinem Bruder hin, der neben Monomach ritt.

Ivan war nun in den Fünfzigern, ein bißchen stämmig geworden, rotgesichtig, doch immer noch leistungsfähig. Woher kommt es wohl, überlegte Svjatopolk, daß die Augen anderer Männer etwas über ihr Leben verraten: Entweder blicken sie unstet, durchtrieben, stolz oder müde, während Ivanuschkas blaue Augen immer noch so klar und offen sind wie in seinen jungen Jahren? Das ist keine Einfalt. Denn der Mann, der früher »Ivanuschka der Dummkopf« genannt wurde, hieß nun »Ivanuschka der Weise«. Und, verdammt noch mal, dazu ist er auch noch reich, dachte Svjatopolk. Das Glück ist seit langem auf seiner Seite.

Sie sahen sich selten. Zwanzig Jahre zuvor, als der alte Fürst von Kiev gestorben war und wieder eine durch Erbfolge bedingte Umsiedlung der Fürsten stattgefunden hatte, hatte Svjatopolk Monomach verlassen und sich dem Fürsten von Kiev angeschlossen. Ivanuschka war mit Monomach in Perejaslavl geblieben. Nun kämpften sie in derselben Armee.

Aber nur einer von uns, schwor sich Svjatopolk, wird lebendig zurückkehren.

»Endlich werde ich an den Don reiten«, sagte Ivanuschka zu seinen Söhnen. Es war merkwürdig, daß Gott ihm diesen Kindheitswunsch nun, in seinem siebenundfünfzigsten Jahr, erfüllte. Gott hatte ihm schon so viel gegeben.

Russka hatte ihn reich gemacht. Obwohl die Stadt durch kumanische Überfälle einige Male zerstört worden war, blieb der Eichenwald unangetastet, und Ivanuschka hatte inzwischen noch weiteren Besitz angesammelt.

Das Land der Rus weitete sich aus. Während die Fürsten Handel trieben und im Süden kämpften, kolonisierten sie weiterhin die riesigen Regionen im Nordosten, drangen in die dichten Wälder am Oberlauf der mächtigen Wolga vor. Die Rus hatten sich an vielen Stellen angesiedelt, angefangen von wichtigen Städten wie Tver, Suzdal, Rjazan und Murom bis hinunter zu befestigten Weilern wie Moskau.

Der Fürst von Perejaslavl kontrollierte die Gegend um Rostov und Suzdal, und in diesem Hinterland hatte er Ivan einen zweiten großen Besitz zugewiesen. Obwohl der Boden karg war im Vergleich zur schwarzen Erde des Südens, lieferte der Wald im Nordosten Wachs und Honig. Vor allem lag es fern von den wilden Steppenkriegern des Südens. »Denkt daran, daß eure Vorfahren die strahlenden Alanen, die Reiter der Steppe waren«, sagte Ivanuschka zu seinen drei Söhnen, »doch jetzt liegt unser Reichtum im Wald, der uns beschützt.«

Gott hatte ihm auch einen guten Herrn beschert: Vladimir Monomach. Man mußte Monomach einfach verehren. Der Fürst mit dem zur Hälfte griechischen Blut war in allem ein bemerkenswerter Mann: nicht nur ein tapferer Krieger und kühner Jäger, war er auch ein wahrhaft demütiger Christ. Jahrzehntelang hatte Monomach alle Kraft auf die Einheit des Herrscherhauses verwandt.

Möge die Reihe eines Tages an ihm sein, in Kiev zu herrschen, betete Ivanuschka.

Zwei Söhne Ivans dienten Monomach; der dritte diente dem Sohn des Fürsten, der nun über Novgorod herrschte, und seiner englischen Gemahlin.

Ivanuschka hatte ein starkes Truppenkontingent mitgebracht. Aus Russka kam eine Truppe Slawen unter dem alten Schtschek, der, trotz seines Alters, darauf bestanden hatte, seinem Herrn zu folgen. Aus den nördlichen Besitzungen kam eine Gruppe von Bogenschützen, teils zu Pferd, teils zu Fuß, die dem finnischen Stamm der Mordvinen angehörten.

Auch ein hübscher junger Chazare aus Kiev gehörte zu Ivanuschkas Truppe. Ivanuschka hatte ihn eigentlich nicht mitnehmen wollen, obwohl der Vater des Jungen, ein langjähriger Handelspartner, darum gebeten hatte. »Ich habe Angst, daß ihm etwas zustoßen könnte«, gestand Ivanuschka. Erst als der Großvater des Jungen, Zhydovyn, vorstellig geworden war, hatte er sich einverstanden erklärt. »Der junge Chazare soll sich in eurer Nähe halten«, befahl er seinen Söhnen.

Der Zwist mit den Kumanen hatte sich durch Ivanuschkas ganzes Leben gezogen. Zehn Jahre zuvor hatten die Rus einen massiven Angriff über die Steppe geführt, bei dem zwanzig Kumanenfürsten zu Tode kamen. Vier Jahre später hatten die kumanischen Kriegsherren zurückgeschlagen und sogar die Kiever Kirchen niedergebrannt. Nun sollten sie vernichtet werden.

Tagelang ritten sie über die Steppe nach Süden und Osten. Das Gras war grün, der Boden aber ausgedörrt. Ein Stück weiter begann blasses Federgras zu blühen – heller Glanz lag vor ihnen. Pferde und Krieger verursachten ein zischendes Geräusch wie von Schlangenleibern, als sie hindurchzogen. Wo das Gras kurz war, dröhnte der Boden unter den Hufen. Ivanuschka ritt auf seinem schönsten Grauschimmel. Es ging stetig voran.

Nachts, wenn die Feuer niedergebrannt waren und alle Männer außer den Wachposten schliefen, verfiel Ivanuschka in Melancholie – er war sicher, daß er seinen Vater nicht wiedersehen würde. Seit dem vergangenen Jahr war dieser teilweise gelähmt; er konnte nur noch mit einem Mundwinkel lächeln und sprach sehr undeutlich. »Du solltest nicht traurig sein«, meinte Ivanuschkas Mutter. »Igor wird bald sterben und ich auch. Aber sieh doch, wie viele Jahre Gott uns geschenkt hat, und sei dankbar.«

Da war noch Svjatopolk. Wenn er auch in einiger Entfernung mit dem Fürsten von Kiev ritt, war er leicht erkennbar an dem Banner mit dem Dreizack, das vor ihm hergetragen wurde. Seine Züge waren immer schon hart und verbittert gewesen, aber da war etwas Neues in seinen Augen, etwas, das Ivanuschka, dem Verzweiflung in seiner Jugend nicht fremd gewesen war, sofort erkannte. Und auch das kühle Verhältnis zu Ivanuschka war wieder gespannt. Wer ihn gut kannte, sah ein Zeichen von Gefahr darin.

Svjatopolk hat ein gutes Leben in Kiev. Seine Söhne sind erfolgreich. Was mag nur die Ursache sein, überlegte Ivanuschka.

Im Schlaf wurde Svjatopolk von Alpträumen heimgesucht. Er konnte es immer noch nicht fassen, daß er in Schulden hatte geraten können. Wenn ich zum engeren Kreis gehört hätte, dachte er, wäre ich jetzt reich. Das ist das Problem.

In Kiev spekulierte jedermann, auch die meisten Kaufleute und Bojaren, und der größte Spekulant war der Fürst selbst. Salz war der Schlüssel zum Reichtum. Der Fürst von Kiev hatte den Plan, ein Bündnis zu gründen, das den gesamten Salzverkauf im Lande der Rus kontrollieren würde. Diese Kampagne lag ihm mehr am Herzen als der Feldzug gegen die Kumanen.

»Nichts kann ihn aufhalten«, erklärte Svjatopolk oftmals. »Dann treiben sie die Preise hoch und machen ein Vermögen.« Selbst jetzt erfüllte ihn die Perfektion des Plans mit kalter Freude. Er gehörte allerdings nicht zum Bündnis, und obwohl er dem Fürsten von Kiev treu gedient hatte, wurde er nie in den engeren Kreis aufgenommen. Im Lauf der Zeit wurde ihm klar, daß sein Einfluß eher schwand. »Er ist nicht so wie sein Vater«, meinten die Leute. »Oder wie sein Bruder«, fügten andere hinzu. Und besonders die letzte Bemerkung fraß sich in Svjatopolks Seele.

Wenn er nicht durch den Fürsten reich werden konnte, wollte er andere Wege finden. So begann er mit verschiedenen Fehlinvestitionen, wie etwa dem vergeblichen Versuch, Salz vom Schwarzen Meer zu holen. Dann wollte er Eisen aus dem Marschland gewinnen, das ihm gehörte, wobei er nach zwei Jahren feststellte, daß die Eisengewinnung mehr kostete, als der Verkaufspreis einbringen würde. Und nun waren all seine Pläne gescheitert. Mit seinem Leumund und dem guten Namen seines Vaters hatte er Kredite von Kaufleuten selbst aus Konstantinopel bekommen. Und so waren die Schulden zu einem Berg angewachsen, von dessen Höhe weder sein Vater noch sein Bruder, noch seine Kinder etwas ahnten.

Das waren die Alpträume, die Svjatopolk im Schlaf heimsuchten.

Es gibt nur einen Ausweg, sagte er sich. Das Testament Igors war sehr einfach abgefaßt. Sein Reichtum, der zu diesem Zeitpunkt beträchtlich war, sollte zu gleichen Teilen an seine Söhne gehen, die für ihre Mutter bis zu deren Tod zu sorgen hätten. Falls einer der Söhne vor dem Inkrafttreten des Testaments verstarb, würde der andere Sohn beide Anteile erben. Es war das übliche Testament.

Svjatopolk kannte in etwa die Höhe von Igors Vermögen. Die Hälfte würde seine Schulden nicht decken können. Doch wenn er das ganze Erbe bekäme, bliebe ihm sogar ein bescheidener Besitz mit der Aussicht auf neuen Reichtum.

Schtschek war unruhig; er wußte nicht, warum.

An jenem Nachmittag waren die Späher mit guten Nachrichten zurückgekehrt. Sie hatten das Winterquartier der Feinde ausgemacht. Der größte Teil der Kumanen war bereits auf die Sommerwiesen gezogen, wo sie gut in Zelten hausen konnten. Das ständige Winterquartier, eine mit einem Wall umgebene Stadt, lag vor ihnen. »Der Ort ist fast leer«, berichteten die Späher. »Es befindet sich nur noch eine kleine Garnison dort.«

»Wir greifen morgen an«, entschieden die Fürsten. Da gab es glückliche Gesichter im ganzen Lager. Und doch war Schtschek beunruhigt.

Er hatte schlecht geträumt. Als es Nacht wurde über dem Lager, nahm er den Jungen des Chazaren beiseite. »Bleib bei dem Herrn Ivan«, sagte er, »beschütze ihn wohl.«

»Heut nacht, meinst du?«

Schtschek runzelte die Stirn. Was sollte das heißen? »Ja, heut nacht, morgen, immer!«

War die leere Stadt vielleicht eine Falle, ein Hinterhalt? Er haßte die Kumanen. Vier Jahre zuvor hatten sie seine Frau und eines seiner vier Kinder getötet, aus reiner Mordgier. Das war ein weiterer Grund gewesen, Ivan zu bitten, ihn mitzunehmen.

Der Kampf am nächsten Tag dauerte nicht lange. Die Stadt war eine rechteckige Einfriedung mit niedrigen Wällen aus gebrannter Erde und Lehm. Die aufmarschierte Armee mußte ein furchterregender Anblick sein. Die Kumanen erklommen zwar den Wall und kämpften tapfer, doch sie waren machtlos gegen den Pfeilhagel der Rus. Am Nachmittag öffneten sie die Tore, und eine verhandlungsbereite Abordnung brachte Wein und Fisch zum Geschenk. An jenem Abend wurde gefeiert, in der Stadt und auch im Lager, das vor den Wällen aufgeschlagen worden war. Die Rus hatten kaum einen Mann verloren.

Am Himmel stand ein schmaler Mond, doch er wurde häufig von langen Wolken verdunkelt. Eine leichte Brise bewegte das Schilf, das das Flüßchen säumte. Stille lag über der Steppe. Das ganze Lager schien zu schlafen.

Die drei kumanischen Gestalten wateten fast lautlos durch das seichte Wasser. Ein gelegentliches leichtes Platschen wurde durch die bewachsenen Ufer gedämpft. Die Männer trugen Schwerter und Dolche; ihre Gesichter waren geschwärzt.

Als sie die Stelle erreicht hatten, wo sie an Land gehen wollten, schlüpften sie durch das Schilf und kletterten ans Ufer. Und ihr Kommen wäre unbemerkt geblieben, hätte nicht einer, bekannt für seine Imitationskunst, dummerweise dem Quaken eines Frosches geantwortet.

Schtschek erstarrte. Er hatte nicht fest geschlafen. Sein Herz begann wie wild zu klopfen. Es gab kein Tier im Wald oder auf der Steppe, dessen Ruf er nicht gekannt hätte. Er konnte die Nachahmung sofort erkennen. Er setzte sich auf und starrte in der Dunkelheit angestrengt zum Schilf hinüber.

Die drei Männer beobachteten ihn. Ihr Anführer kroch bereits auf dem Bauch durchs Gras und war nur noch ein paar Schritte entfernt.

Schtschek stand auf, weckte den Chazarenjungen leise, nahm den Speer in eine Hand und ein langes Messer in die andere und kroch vorsichtig auf das Riedgras zu. Der Junge wollte hinter ihm her, doch Schtschek winkte ihn ungeduldig zurück. »Bleib beim Herrn«, flüsterte er.

Dieser Laut weckte Ivanuschka. Er stand auf und sah Schtschek davonkriechen. Sein Gehirn arbeitete rasch. »Schtschek, komm zurück«, zischte er und faßte nach seinem Schwert, doch Schtschek war bereits ein Stück entfernt und völlig auf seine Aufgabe konzentriert.

Er sah den Kumanen nicht, spürte nur einen brennenden Schmerz im Magen, als habe eine riesige Schlange plötzlich ihre Giftzähne in die Stelle unter seinem Herzen geschlagen. Er schrie laut auf und stellte zu seinem Erstaunen fest, daß seine Arme ihren Dienst versagten, während unzählige Sterne vom Himmel herab auf ihn niederfielen.

Die beiden anderen Kumanen stürzten vorwärts. Der erste, der Schtschek getötet hatte, sprang wie ein grauer Wolf auf Ivan und den Chazarenjungen zu. Der Junge schlug nach ihm, doch der Kumane wich geschickt aus und schwang sein krummes Schwert gegen Ivanuschka. Dieser wehrte ihn ab. Der Kumane bewegte sich rasch im Kreis und zielte geschickt nach den Beinen des Bojaren.

Der junge Chazare schrie. Zum Glück konnte er das Schwert des einen Kumanen abwehren. Er schrie noch einmal, und zu seiner Überraschung zögerte der Gegner. Und als Stimmen in der Umgebung laut wurden, liefen er und sein Kumpan ins Schilf zurück.

Der Junge wandte sich um. Im Mondlicht sah er Ivanuschka und den ersten Kumanen miteinander kämpfen. Er konnte nicht sehen, wer von beiden die Oberhand hatte. Er packte sein Schwert fester und wollte sich auf den Angreifer stürzen. Zu seiner Verwunderung machte auch dieser kehrt und wollte davonlaufen. Der Chazare stürzte sich auf ihn, faßte ihn am Ärmel, und als der Mann stolperte, packte er ihn bei den Beinen. Da fühlte er sich plötzlich von hinten in einen schraubstockharten Griff genommen. Der Kumane entkam.

Die Arme, die ihn so fest hielten, gehörten Ivan. »Ich hatte ihn schon, Herr«, protestierte der Junge. »Laufen wir ihnen nach!«

»In dieser Dunkelheit?« Ivan ließ ihn nicht los. »Man wird dir die Kehle durchschneiden. Laß sie laufen. Morgen kannst du Kumanen töten.«

Der Junge schwieg. Wahrscheinlich hatte der Herr recht. Langsam lockerte sich der Griff. »Diese Kumanen sind wahrhaftig Feiglinge«, murmelte er.

»Vielleicht«, sagte Ivan leise. »Aber immerhin haben sie meinen armen Schtschek getötet«, fügte er traurig hinzu.

Der Junge blickte auf den stämmigen alten Bauern, der stumm dalag; das Blut bildete einen schwarzen Flecken auf dem mondhellen Gras.

Doch weder jetzt noch später konnte der junge Chazare verstehen, warum Ivan den Kumanen hatte laufenlassen. Und Ivan erzählte ihm auch nie, daß Svjatopolk der Angreifer gewesen war.

Sie stießen einige Tage später auf die Kerntruppe der Kumanen, die am Fluß Aufstellung genommen hatte. Ivanuschka und Vladimir ließen ihre Augen über die lange, bedrohliche Linie schweifen. Sie standen auf einem kleinen Hügel. Zur Rechten waren ihre Karren und leichten Kampfwagen in zwei Kreisen angeordnet, so daß sie sich gegebenenfalls verschanzen konnten.

»Ich zähle mehr als zwanzig Fürsten dort drüben«, bemerkte Vladimir. Er kannte die Kumanen gut.

Schweigend beobachteten die beiden Einheiten einander. Da fiel Ivanuschka auf, daß der Wind sich gedreht hatte. Er berührte den Großfürsten am Arm und deutete mit dem Kopf auf das sich wiegende Gras. »Schau!«

»Gott sei gepriesen«, sagte Monomach.

Nun würde der Wind ihre Pfeile zum Feind hin tragen. Gott wollte offenbar, daß die Heiden bestraft würden.

Die Schlacht, die an diesem Tag stattfand, lebte in der Erinnerung der Rus noch lange weiter.

»Unsere Pfeile wurden vom Wind in Richtung auf die Feinde gelenkt«, erzählte Ivanuschka seiner Frau später.

Es war ein schreckliches Gemetzel. So großherzig Monomach auch in Friedenszeiten war – im Krieg kannte er keine Gnade. Er hatte nichts als Verachtung für die Kumanen, die er bezichtigte, ihre Versprechen zu brechen. Jeder Kumane, der in seine Reichweite kam, wurde grausam niedergemacht. Es war Sieg auf der ganzen Linie.

Doch über *ein* Ereignis sprach Ivanuschka niemals. Es blieb sein Geheimnis.

Während der Schlacht hatte er kaum an seinen Bruder gedacht. Doch gegen Ende, als der Sieg ihnen schon sicher war, sah er zu seiner Linken einen einzelnen russischen Bojaren, umzingelt von drei Kumanen, die ihn mit ihren Krummsäbeln bedrohten. Sofort wußte Ivan: Es war Svjatopolk.

Er sprengte von seinen Söhnen weg auf die Kämpfenden zu. Die Kumanen hatten Svjatopolk zum Fluß hin abgedrängt. Als sein Pferd strauchelte, schlitzte ein Angreifer dem Tier die Nüstern auf. Vor Schmerz bäumte es sich hoch auf und stürzte dann über das Steilufer in das wirbelnde Wasser.

Ivanuschka bekam einen Kumanen von hinten zu fassen und tötete ihn mit einem Streich. Die übrigen flohen. Als Ivanuschka ins Wasser blickte, war Svjatopolk bereits ein Stück abgetrieben. Er kämpfte gegen die reißende Strömung und versuchte das Ufer zu erreichen. Vergeblich. Sein Panzerhemd zog ihn in die Tiefe, und er versank.

Einen Augenblick zögerte Ivanuschka. Das Wasser hier war sehr tief. Sein Kettenhemd würde ihn ebenfalls in die Tiefe ziehen. Soll ich mein Leben riskieren für den Bruder, der mich töten wollte? fragte er sich. Doch dann nahm er den Helm ab und sprang.

Er hatte große Mühe, wieder an die Wasseroberfläche zu kommen um Luft zu holen und wieder zu tauchen. Schließlich fand er Svjatopolk. Sein Gesicht war bereits fahl; er war in Tangfäden verfangen, die sich wie hartnäckige *rusalki* um ihn geschlungen hatten. Es gelang Ivanuschka dennoch, ihn zu befreien und ans Ufer zu ziehen, wo er ihm das Wasser aus den Lungen preßte.

Erschöpft lagen die Brüder nebeneinander am Ufer. Eine Zeitlang schwiegen sie. Der Schlachtenlärm war verstummt.

»Warum hast du mich gerettet?«

»Du bist mein Bruder.«

Ivanuschka spürte, daß Svjatopolk sich die nächste Frage überlegte. »Aber … letzte Nacht. Wußtest du es?«

»Ja, ich wußte es.«

Svjatopolk stöhnte auf. »Und jetzt habe ich die Last deiner Vergebung auch noch zu tragen.« Seine Stimme klang unendlich müde.

»Du vergißt, daß auch ich gesündigt habe«, meinte Ivanuschka ruhig. »Vielleicht mehr als du, als ich auf Wanderschaft und ein Dieb war. Ich kam mittellos zurück, und doch hat mir unser Vater vergeben und mich aufgenommen. Sag mir nur, was dich zu einer solchen Tat getrieben hat?«

Svjatopolk fühlte, daß er nie mehr würde hassen können. Haß und Elend über Jahre hin hatten ihn ausgelaugt. Nun berichtete er von seiner Lage.

»Du hättest mich doch nur um Hilfe zu bitten brauchen«, sagte Ivanuschka, nachdem der Bruder geendet hatte.

»Welcher Mann möchte das schon!«

»Du bist zu stolz«, sagte Ivanuschka lächelnd.

Und in jenem Sommer, als er endlich am großen Don war, beglich er die Schulden seines Bruders.

Sie kehrten im Triumph zurück. Doch in den warmen Herbsttagen jenes Jahres gab der weise Ratgeber des großen Monomach den Rus zum erstenmal Anlaß zu der Vermutung, Ivan sei vielleicht doch ein Narr: Er beschloß nämlich, eine Kirche zu bauen.

Das war für einen reichen Bojaren an sich nichts Ungewöhnliches. Doch Ivans Kirche sollte aus Stein errichtet werden. Auch diese extravagante Lösung hätte man noch akzeptiert, wäre die Kirche in Perejaslavl oder innerhalb der Festung von Russka erbaut worden. Ivan jedoch entschied sich für eine Stelle außerhalb der Befestigungsmauern auf einer kleinen Anhöhe, von der aus man einen Blick über den Fluß auf das Dorf hatte.

»Da ich sehe, daß die Menschheit ohne Hilfe verloren ist«, erklärte er, »weihe ich sie der Mutter Gottes, die um Vergebung unserer Sünden bittet.«

Im Herbst des Jahres 1111 wurde mit dem Bau der kleinen Kirche begonnen, die Raum nur für die Gemeinde bieten sollte. Es war ein bescheidenes Bauwerk. Vier Wände aus Ziegel- und Haustein bildeten in etwa einen Würfel. Über der Mitte erhob sich ein gedrungener achteckiger Tambour mit einer flachen Kuppel, umgeben von einem schmalen Dachrand. Im Innern steckten vier Pfeiler ein Quadrat ab, worauf der Tambour und die Kuppel ruhten. Auf dem Altar standen ein Kreuz und ein siebenarmiger Leuchter wie eine jüdische Menora, zur Linken befand sich der Tisch, auf dem Brot und Wein für die Liturgie vorbereitet wurden. Damit entsprach die Kirche dem byzantinischen Schema – und war doch von einem exzentrischen russischen Bojaren erbaut.

1113

In diesem Jahr fand die erste russische Revolution statt – der erste organisierte Aufstand des Volkes gegen die Zunft ausbeuterischer Kaufleute. Und sie war erfolgreich.

Die Menschen wehrten sich gegen unerträgliche kapitalistische Ausbeutung, gegen weitverbreitete schamlose Korruption, gegen Interessenbündnisse der Besitzenden – und dagegen, daß die Fürsten in all dies verwickelt waren.

Die allgemeine Spekulation, die auch Svjatopolk in Schulden gestürzt hatte, ging weiter und wurde sogar noch schlimmer. Größter Spekulant war der Fürst von Kiev, der mit zunehmendem Alter keineswegs weiser, sondern immer habgieriger wurde.

Überall herrschte Korruption. Verschuldung, häufig zu mörderischen Zinssätzen, war allgemein üblich. Viele kleine Handwerker und *smerdy* wurden so zwangsläufig zu *zakupy.* Und viele Bojaren umgingen die Gesetze, die *zakupy* schützen sollten, und verkauften sie – gesetzeswidrig – als Sklaven.

Der Fürst drückte beide Augen zu. Wegen all dieser Mißstände war das Volk aufgebracht.

Am schlimmsten jedoch waren die Kartelle, von den Kaufleuten in der Absicht organisiert, das Monopol auf Rohstoffe zu erhalten, so die Preise in die Höhe treiben zu können. Das wichtigste war das Salzkartell. Der Großfürst von Kiev hatte Erfolg gehabt mit seinem Projekt, die polnischen Salzlieferungen zu kontrollieren. Die Preise schnellten in die Höhe.

Am 16. April, nach dem Tod des Fürsten, trat ein nie dagewesenes Ereignis ein: Das *vetsche* kam ohne Ankündigung zusammen. Das Treffen verlief stürmisch. »Sie machen Sklaven aus freien Männern!« protestierten die Leute. »Sie verschwören sich zum eigenen Vorteil und zum Verderben des Volkes!«

»Kehren wir dorch wieder zu den Gesetzen Jaroslavs zurück«, verlangten viele.

Das »Prawda russkaja«, das russische Recht, verfaßt von Jaroslav dem Weisen und seinen Söhnen, sollte zwar hauptsächlich die Diener und Bojaren des Fürsten vor Abgaben zu ihren Ungunsten schützen, doch es enthielt auch eine Klausel, die den *zakup* davor bewahrte, zum Sklaven zu werden.

»Wir wollen einen gerechten Fürsten«, schrien sie, »der das Recht achtet.«

Es gab nur einen einzigen solchen Mann unter den Rus: Vladimir Monomach ... Im Jahr 1113 trug das *vetsche* von Kiev ihm den Thron von Kiev an.

Ivanuschka hatte sich gerade in Perejaslavl befunden, als ihn die Nachricht vom Tode des Fürsten von Kiev erreichte. Ohne seine Söhne von ihren Ländereien abzuberufen, ritt er auf schnellstem Weg in die Hauptstadt.

Auch er war seit langem verärgert gewesen über die Regierungsweise des Fürsten. In Russka und auf seinen Besitzungen im Nordosten verlief unter Beachtung der Gesetze alles reibungslos, doch er wußte, daß dies eine Ausnahme war. »Nur Monomach kann die Lage retten«, hatte er oft gesagt. Bei seiner Ankunft in Kiev stellte er zufrieden fest, daß das *vetsche* sich ganz in seinem Sinn entschieden hatte. Er sandte in aller Eile einen Diener zu Monomach mit der Nachricht: »Ivan Igorevitsch erwartet dich in Kiev. Komm und nimm, was das *vetsche* dir rechtens anträgt.«

Ivanuschkas Euphorie wurde gedämpft, als er beim Besuch im Haus seiner Eltern den Bruder in gedrückter Stimmung vorfand.

»Ich kann nicht arbeiten. Ich fühle mich alt und müde«, klagte Svjatopolk, der ganz allein lebte. Seit dem Kampf gegen die Kumanen hatte sich zwischen den beiden eine positive Beziehung entwickelt. Nicht, daß sie Freunde waren, doch es gab nun Vertrauen zwischen ihnen, und Svjatopolk konnte sich jetzt aussprechen.

Ivanuschka wollte den Bruder mit Neuigkeiten aufheitern.

Svjatopolk aber war skeptisch: »Ich sage dir, Monomach kann nicht Großfürst werden.«

Zwei Tage später erwies sich, daß er recht hatte. In Kiev hieß es, Monomach habe abgelehnt. Nach dem Gesetz der Erbfolge war er nicht der nächste in der Reihe – es gab ältere Zweige der Familie, die Vorrang hatten. Und hatte er nicht sein Leben lang für eine ordnungsgemäße und friedliche Erbfolge gesprochen? Konnte er nun seine Prinzipien über Bord werfen, zumal auf Bitten der niederen Klassen hin, die, das wußte er als Fürst wohl, in ihren Grenzen gehalten werden mußten? Also erschien er nicht.

Da brach die Revolution aus. Ivanuschka war an jenem schicksalhaften Morgen in den Wald geritten. Er hatte die gefährliche Situation nicht erkannt. Doch plötzlich sah er mehrere Rauchsäulen über der Stadt aufsteigen. Er gab dem Pferd die Sporen. Bald darauf begegnete ihm ein Kaufmann mit einem Karren. Der Bursche peitschte mit aller Kraft auf seine Pferde ein.

»Was ist denn los?« rief Ivanuschka.

»Die bringen uns um, Herr!« schrie der Mann. »Kaufleute und Edelleute. Kehr um, Herr!« fügte er hinzu, »nur ein Narr würde da hineinreiten!«

Ivanuschka verzog das Gesicht zu einem grimmigen Lächeln und ritt weiter, hinein in den *podol.* Die Straßen waren voller Menschen. Alle strömten auf das Zentrum zu. Aus Jaroslavs Zitadelle schlugen bereits

Flammen. Ivanuschka hatte nur einen Gedanken: Ich muß Svjatopolk retten.

Als er zum Chazarentor kam, erstarrte er: Wenigstens zweihundert Menschen hatten das Haus des alten Zhydovyn umstellt. Diese Aufrührer hatten brutale Gesichter.

»Laßt sie schmoren!« schrie jemand.

Leute brachten brennende Fackeln. Sie waren dabei, Feuer an eine Seite des Hauses zu legen; offensichtlich wollten sie nicht das Haus niederbrennen, sondern die Bewohner ausräuchern.

»Juden!« schrie eine Frau.

Sogleich wurde der Ruf von der Menge aufgenommen: »Kommt raus, Juden! Wir machen euch fertig!«

Fast alle Anführer der ausbeuterischen Kartelle waren slawische oder skandinavische Christen. Doch das hatte man nun offenbar vergessen. In der Hitze des Gefechts erinnerte sich die aufgebrachte Menge nur daran, daß auch einige der Kapitalisten Juden waren.

Ivanuschka entdeckte ein einsames Gesicht am Fenster: Zhydovyn. Er sah verstört aus und schien nicht in der Lage, eine Entscheidung zu treffen. Möglicherweise war der Alte bis auf einige Diener allein im Haus. Ivanuschka trieb sein Pferd durch die Menge.

Ärgerliche Rufe ertönten: »Wer ist das denn?«

»Ein verdammter Edelmann!«

»Runter mit ihm!«

Ivanuschka fühlte, wie jemand nach seinen Füßen griff. Ein Speer verfehlte sein Gesicht nur knapp. Doch unerschütterlich bahnte er sich auf seinem Pferd den Weg durch die Menge. Dann wandte er sich um. Die Leute schwiegen abwartend.

Ein Mann deutete mit einer Pike auf ihn. Wie die meisten trug er einen schmutzigen gefütterten Kittel, darüber einen Ledergürtel. Sein Gesicht war fast völlig bedeckt von einem schwarzen Bart, das Haar fiel ihm auf die Schultern. »Nun, Edelmann, sag uns, was du möchtest, bevor du stirbst«, rief er laut.

»Ich heiße Ivan Igorevitsch«, antwortete er mit fester Stimme. »Ich diene Vladimir Monomach, den ihr sucht. Und ich habe ihm einen Boten gesandt, in meinem Namen und in eurem, mit der Bitte, schnellstens zum *vetsche* in Kiev zu kommen.«

Leises Gemurmel erhob sich. Man wußte nicht, ob man ihm glauben durfte. Dann kam eine Stimme: »Es stimmt. Ich habe ihn gesehen. Er ist einer von Monomachs Leuten.«

Ivanuschka spürte, wie die Welle des Hasses abebbte.

»Willkommen, Mann Monomachs«, begrüßte der Mann mit der Pike ihn grimmig. »Was bedeuten dir diese Juden?«

»Sie stehen unter meinem Schutz. Und unter Monomachs«, fügte Ivan hinzu. »Sie haben nichts Böses getan.«

Der Bursche zuckte die Achseln. »Vielleicht nicht.« Er wandte sich der Menge zu und brüllte: »Für Monomach! Wir suchen ein paar andere Juden, die wir kaltmachen.«

Ivanuschka betrat des Haus. Der alte Chazare war bis auf zwei Dienerinnen allein.

Am Spätnachmittag, als die Stadt ruhiger wurde, ging er zum Haus Svjatopolks. Es war so, wie er gefürchtet hatte. Das Volk hatte das große Holzhaus am Nachmittag erreicht. Soweit Ivanuschka feststellen konnte, hatte Svjatopolk keinen Versuch gemacht zu entkommen. Die wütende Menge hatte den Bojaren, der für viel erfolgreicher galt, als er war, umgebracht, sein Haus geplündert und niedergebrannt.

Ivanuschka stand erschüttert vor den verkohlten Resten seines Bruders und sprach ein Gebet. Dann suchte er Schutz im Haus des Chazaren, wie er es schon einmal getan hatte.

Seltsam, nach so vielen Jahren wieder in diesem Haus zu sein, bei Kerzenschein beim alten Zhydovyn zu sitzen! Sie sprachen kaum während des Essens. Und der Alte schien über die jüngsten Ereignisse nachzugrübeln. »Natürlich wäre dies alles nicht geschehen, wenn das Land ordentlich regiert würde«, sagte er schließlich. »Die Fürsten der Rus sind Dummköpfe. Keiner hat eine Ahnung, wie ein Reich zu organisieren ist. Sie haben keine richtigen Gesetze, kein System.«

»Wir haben Gesetze.«

»Vielleicht. Doch eure Herrscher können keine Ordnung halten. Das kannst du nicht bestreiten.«

Ivan zögerte, dies zuzugeben.

»Wir brauchen nichts als einen weisen, gottesfürchtigen Mann, einen wahren Fürsten, einen strengen Herrscher«, sagte er schließlich. »Gott sei Dank haben wir Monomach.«

Einige Tage später beugten sich die Fürsten dem *vetsche,* und dank der Revolution trat einer der größten Monarchen, die Rußland je hatte, sein Amt an: Vladimir Monomach.

Der Tatar

1237

Es wehte ein eisigkalter Dezemberwind. Der gelbhäutige Reiter zog den dicken Pelz fester um sich und drückte die Fellmütze tiefer in die breite Stirn.

Mengu war erst fünfundzwanzig, doch Wind und Wetter, Kämpfe und das harte Leben in der Steppe hatten seine Haut gegerbt und sein Alter schwer bestimmbar gemacht. Zudem hatte vier Jahre zuvor ein Speer sein linkes Auge nur knapp verfehlt und eine klaffende Wunde vom hohen Jochbein über die Seite des Kopfes gerissen und ein Ohr abgeschlagen – nur noch ein ausgefranster Rest davon war übrig.

Am Gürtel war ein lederner Trinkbeutel befestigt, der Kumyß enthielt, ein alkoholhaltiges Getränk aus vergorener Stutenmilch, das sein Volk sehr schätzte. Am Sattel hing ein Beutel mit Trockenfleisch. Als mongolischer Krieger hatte er immer alles bei sich, was er brauchte. Dazu gehörte auch seine Frau; sie ritt mit dem Baby hinter ihm in dem langen Kamelzug, der das Gepäck beförderte.

Langsam zog das große Heer über die gefrorene Steppe. Wie gewöhnlich war es in fünf etwa gleich große Einheiten aufgeteilt: an jedem Flügel zwei – eine Vorhut und eine Nachhut – und in der Mitte eine einzige Division.

Mengu befehligte den rechten Flügel. Hinter ihm ritten seine hundert Mann. Es war leichte Reiterei, jeder hatte zwei Bogen und zwei Köcher voller Pfeile, die er aus vollem Galopp abschießen konnte – bis zu hundert Meter weit. Zu Mengus Linker befand sich schwere Kavallerie. Die Männer führten Säbel und Lanzen, eine Streitaxt oder Keule, je nach Belieben, und ein Lasso mit sich.

Mengu selbst ritt einen pechschwarzen Rappen, was ihn als Angehörigen der schwarzen Brigade der fürstlichen Wachelite kennzeichnete.

Er freute sich, daß seine Frau und sein Erstgeborener dabei waren: Sie sollten den Triumph miterleben. Es war sein erstes Kommando. Die Mongolenarmee spiegelte in ihrem Aufbau das Dezimalsystem wider. Die kleinste Kommandoeinheit umfaßte zehn Mann, die nächste über hundert. Die älteren Männer befehligten eintausend Mann, die Generäle zehntausend. Mengu führte den Befehl über hundert. »Nach diesem

Kampf werde ich tausend führen«, versprach er seiner Frau. Wie sehr wünschte er sich eine Beförderung! Aber man mußte umsichtig vorgehen.

Wenn auch alle Männer im Dienste des Großen Khan gleich waren und jede Beförderung nach Verdienst erfolgte, waren schnelles Urteilsvermögen und Taktgefühl wohl die angesehensten Eigenschaften. Es war natürlich auch nützlich, für den Aufstieg einem erfolgreichen Clan anzugehören. Ich bin, so überlegte Mengu, vom gleichen Stamm wie zwei Generäle. Das verschaffte ihm den Eintritt in die fürstliche Wache. Ein anderer Faktor konnte ihn vielleicht noch schneller vorwärtsbringen. Bei einer der Schönheitskonkurrenzen, die der Große Khan regelmäßig abhielt und zu der alle prominenten Mongolen ihre Töchter schickten, war Mengus Schwester dem Batu Khan persönlich als erste Konkubine zugewiesen worden.

Sie wird Mittel und Wege finden, ihn auf mich aufmerksam zu machen, dachte er zuversichtlich, während sein Gesicht unbeweglich dem Horizont zugewandt war. Bald würden sie den Waldrand erreichen.

Im zwölfjährigen Tierkalender der Mongolen waren es noch zwei Jahre bis zum Jahr der Ratte. Am Ende jenes Jahres würde das Land der Rus erobert sein – so sicher, wie die Sonne aufgeht und die Sterne scheinen. Denn sie, die Mongolen, würden sich die Welt unterwerfen. Mengu war davon überzeugt.

Tschingis Khan hatte es ihnen gesagt. Tschingis Khan, der 1206, nur dreißig Jahre zuvor, alle mongolischen Stämme unter sich vereinigt und von den alten türkischen Reichen der asiatischen Ebene den Titel »Kagan« oder »Khan« übernommen hatte. »Tschingis« bedeutete »der Allmächtige«.

Aus ihrer Heimat in den Weidegründen oberhalb der Wüste Gobi stießen diese Reiterkrieger südwärts über die Große Mauer nach China vor, dann westwärts gegen die türkischen und moslemischen Staaten von Zentralasien und Persien. Es gab ungeheure Schlachten, und Tschingis zermalmte alles. Innerhalb weniger Jahre war die Stadt Peking gefallen; um 1220 gehörte Tschingis der größte Teil von Persien. Nun überquerten die Mongolen die Berge und ritten hinunter in die weite Ebene Nordeurasiens.

Es war Tschingis Khans Ziel, nicht nur die wichtigen Karawanenstraßen nach Westen zu kontrollieren, sondern einen Staat zu gründen, von dem aus die gesamte Welt zu regieren war.

Sein Ziel – was die Geschichtsschreibung nicht ohne Grund gern übersieht – war der Weltfrieden. Die Gesetze für diese neue Weltordnung waren von Tschingis Khan in seinem Kodex, der großen »Yasa«, festgelegt. »Alle Menschen sind gleich«, hieß es da, »und alle sollen, jeder auf seine Weise, dem Großen Khan dienen.« Das Imperium des Tschingis Khan war eine Art Wohlfahrtsstaat. Er gestattete auch umfassende Religionsfreiheit. Es galt die Losung: »Es gibt einen Gott im Himmel und einen Herrscher auf Erden – den Großen Khan.«

Tschingis starb 1227, doch sein Imperium wankte nicht. Dieses Imperium, das er seinen Söhnen und Enkeln vermachte, war viergeteilt. In der orientalischen Welt war jeder der vier Himmelsrichtungen eine Farbe zugeordnet: dem Norden Schwarz, dem Süden Rot, dem Osten Blau und dem Westen Weiß. Und der herrschenden Mitte war Gold vorbehalten. So wurden die Nachfahren des Tschingis der »Goldene Stamm« genannt.

Seinen Söhnen hatte der Khan den Befehl gegeben, das Reich auszudehnen. Das große Heer, das 1237 in die westliche Welt vordrang, wurde von Batu Khan, einem Unterherrscher und Enkel von Tschingis, angeführt. Ihm zur Seite stand der große Mongolengeneral Sübödäi. Das Heer umfaßte schätzungsweise 150 000 Mann; den Kern bildeten Mongolen, die übrigen waren hauptsächlich Türken aus den eroberten Gebieten Zentralasiens.

Die Geschichtsschreibung hat seither diese Armee und das weite westliche Imperium im allgemeinen als die »Goldene Horde« bezeichnet. Tatsächlich jedoch ist dieser Begriff auf die Fehlinterpretation eines Jahrhunderte später verfaßten Textes zurückzuführen. Die riesigen westlichen Mongolengebiete wurden nicht die goldenen genannt; da sie im Westen lagen, war ihnen die Farbe Weiß zugeordnet. Und die Horde innerhalb dieses großen weißen Teilgebiets hieß die »Große Horde.«

»Es wird kein langer Kampf werden«, hatte Mengu seiner Frau vorausgesagt. Tatsächlich hatte der Mongolenrat die Eroberung des Landes der Rus auf drei Jahre angesetzt.

Um Form und Natur des damaligen russischen Staates zu verstehen, braucht man sich nur die Linien seiner größten Flüsse zu vergegenwärtigen. Sie bildeten zusammen, grob gesagt, ein R.

Zuerst einmal war da das große, von Norden nach Süden reichende Netz der Wasserwege, und zwar von den kalten Gebieten um die Ostsee hinunter zum breiten Dnjepr, weiter durch schönen Wald über die gefährliche südliche Steppe bis hin zum Schwarzen Meer. Das war der senkrechte Balken des R mit Novgorod im Norden, Smolensk in der Mitte und Kiev unmittelbar oberhalb der südlichen Steppe.

Den Schwanz des R – von der Mitte aus nach Südosten, weiter über die Steppe und hinunter bis in die Nähe der Kaspischen Senke und der Siedlung *Tmutorokan* – bildete der große Don.

Die Schleife des R formten zwei Flüsse: den oberen Teil die mächtige Wolga, die ihre Reise mit einem riesigen Bogen durch den dunklen Wald im Nordosten beginnt, bevor sie sich nach Süden wendet, und den unteren Teil die träge Oka, die sich weiter nördlich mit der Wolga vereinigt. Von diesem Punkt aus halbwegs nach oben auf der Schleife fließt die Wolga wieder nach Osten weg und setzt ihre Reise durch die endlose Eurasische Ebene fort.

Innerhalb dieser weitgespannten Schleife – einem Land der Wälder und Marschen, wo die finnische Urbevölkerung seit undenklichen Zeiten ihren Lebensraum hatte – entstanden nach und nach Städte: Suzdal, auch Suzdalj genannt, in der mittleren Region, Rostov weiter im Norden und an der Außenseite der Schleife, an der Oka, die Städte Rjazan und darüber Murom.

Vier Hauptflüsse: Dnjepr, Wolga, Oka und Don. Vom eisigsten Norden zum warmen Schwarzen Meer – an die tausend Meilen. Von West nach Ost, quer durch die Schleife – etwa fünfhundert. Das war das R der russischen Flüsse, die Gestalt des Staates der Rus.

Im Jahrhundert nach der Regierung Vladimir Monomachs in Kiev vollzog sich eine große Wende in diesem Staat. Die Führer zeigten wachsendes Interesse an dem Land innerhalb der Schleife jenes R. Neue Städte wie Jaroslavl und Tver entstanden. Monomach selbst hatte in Suzdal eine wichtige Stadt gegründet und ihr seinen Namen gegeben: Vladimir. Mittlerweile verloren die südlichen Handelswege zum Schwarzen Meer an Bedeutung, und die große Stadt Kiev war im allmählichen Abstieg begriffen.

Als Folge dieser Entwicklungen verlagerte sich der Schwerpunkt im Staate der Rus nach Nordosten in die R-Schleife. Das älteste Mitglied des Herrscherclans nannte sich nun Großfürst von Vladimir; und Kiev wurde zu einem Besitz, mit denen sich reiche und mächtige Fürsten zu brüsten beliebten.

Die Großfürsten von Vladimir hatten normalerweise die Kontrolle über Novgorod und seinen ausgedehnten Handel mit den deutschen Hansestädten und weit darüber hinaus. Sie nahmen die wichtigen Karawanen in Empfang, die über die Steppe und durch die Wälder aus den Ländern der Wolgabulgaren und aus dem Orient kamen.

Um den religiösen Standort der neuen nördlichen Hauptstadt zu bestimmen, brachten die Fürsten eine geweihte Ikone der Gottesmutter aus Griechenland in die neue Kathedrale von Vladimir.

Eine grundsätzliche Schwäche hatte der Staat der Rus: Er war nicht geeint. Obwohl die Gesetze der brüderlichen Erbfolge auf die Position des

Großfürsten noch Anwendung fanden, wurden einzelne Städte mit der Zeit zu Machtzentren verschiedener Zweige zahlreicher Herrscherhäuser. Kein Herrscher in Vladimir brachte sie je zu einer Einheit zusammen. Die Mongolen wußten das sehr wohl.

1239

Yanka erwachte in der Morgendämmerung. Der Himmel färbte sich blaß. Lautlos glitt sie vom warmen Wandbord über dem Ofen und ging zur Tür. Sie hörte ihre Eltern und den Bruder Kiy atmen. Keiner bewegte sich. Sie zog den Pelz und ihre dicken Filzstiefel über, schob den Türriegel zurück und trat hinaus in den knirschenden Schnee.

Das Dorf lag grau im Dämmerlicht. Es war windstill. Yanka nahm nur den angenehmen Geruch der Holzfeuer wahr, der aus den kaminlosen Häusern drang. Kein Mensch war zu sehen, als sie sich auf den Weg machte.

Sie war sieben Jahre alt, ein ruhiges, selbstsicheres kleines Mädchen mit braungesprenkelten blauen Augen und strohblondem Haar. Yankas Mutter hatte eine ansehnliche Mitgift eingebracht, darunter mehrere Bienenstöcke. Sie war eine fröhliche, kluge Frau, hatte von ihren Vorfahren das dichte schwarze Haar und den gedrungenen Körperbau geerbt.

Gleich würde die Sonne aufgehen. Yanka wanderte weiter. Ich will die Sonne über der Steppe aufgehen sehen, dachte sie, bevor ich wieder heimgehe.

Um Russka war es in letzter Zeit einsam geworden. Das Fort gab es zwar noch, aber es war kaum besetzt, da in Perejaslavl kein Fürst saß. Die Familie des Bojaren war dem Dorf seit langem fremd geworden. Ivanuschkas Enkel mit Namen Ivan hatte ein kumanisches Mädchen geheiratet, und ihr Sohn, ein seltsamer hellhaariger Bursche namens Milej hatte kein Interesse an Russka. Die Familie des Bojaren besaß auch große Ländereien im Nordosten, jenseits der Oka. Der Bojar selbst lebte in Murom. Sein Verwalter inspizierte den Ort von Zeit und Zeit und kassierte, was seinem Herrn vom Honigertrag zustand. Die Familie unterhielt außerdem auch die kleine Kirche.

Während Yankas kurzem Leben hatte sich in Russka sorglose Apathie breitgemacht. Die Bewohner holten die Ernte ein und sammelten den Honig, betrogen den abwesenden Bojaren und sangen an den warmen Abenden am Rand der südlichen Steppe.

Es gab nur Gefahr am Horizont. Im Norden hatte sich im vergangenen Jahr ein schlimmer Überfall ereignet. Die Kumanen, oder wer es gewesen sein mochte, hatten großen Schaden angerichtet. Und im Herbst war der Verwalter des Bojaren nicht erschienen.

Als Yanka zum Waldrand kam, war die Sonne eben über dem Horizont aufgetaucht. Vor ihr schienen sich die Schneefelder endlos nach Osten auszudehnen. Etwa eine Meile entfernt bezeichnete eine kleine Erhebung die Stelle des ehemaligen ***kurgan.***

Yanka trat zwischen den Bäumen hervor. Lächelnd atmete sie die eisige Luft ein. Jetzt konnte sie wieder nach Hause gehen. Als sie sich eben umwenden wollte, entdeckten ihre scharfen Augen fern am Horizont einen winzigen Punkt. Sie blickte unverwandt hin, schirmte die Augen gegen die Sonne ab. Der Punkt schien sich nicht zu bewegen. Wurde er größer? Yanka war nicht der Meinung. Sie machte sich auf den Heimweg, während die Sonne vom Tag Besitz ergriff.

Mengu beobachtete das Mädchen. Im ersten Licht war er vom Lager fortgeritten und bald auf eine kleine Erhebung gelangt, von der aus er einen guten Überblick hatte. Jenseits der offenen Steppe konnte er etwa zehn Meilen entfernt den Waldrand sehen und auch die kleine Gestalt, die zwischen den Bäumen hervortrat.

Yankas Augen waren zwar scharf, doch die des Mannes aus der Steppe waren schärfer. An einem klaren Morgen, ehe Staub oder Dunst sich erheben, konnte er einen Menschen auf eine Entfernung von fünfzehn Meilen oder mehr ausmachen.

Mengu lächelte. Wie einfach es doch gewesen war! Die Städte im Norden – Rjazan, Murom, Vladimir – hatten sie im Handstreich genommen. Der Großfürst und seine Armee waren geschlagen. Es war schade, daß das Frühlingswetter sie zum Rückzug gezwungen hatte, bevor sie Novgorod erreichten.

Nun waren sie im Winter zurückgekommen, um den Süden zu erobern. Und auch dabei hatte sich ihre Umsicht gezeigt. Der Winter war die beste Zeit, Rußland anzugreifen. Im Frühling und Herbst machte der Schlamm das Land unpassierbar, und im Sommer mußten breite Flüsse überquert werden. Im Winter jedoch waren die Flüsse fest zugefroren – man muß sich nur auf die Kälte einrichten und wissen, wie man sich auf Schnee bewegt. Die Mongolen mochten die strengen Winter gern.

Der Feldzug war recht zufriedenstellend verlaufen. Nur daß er bisher die Aufmerksamkeit des Generals nicht hatte erregen können, ärgerte Mengu.

Seine Schwester hatte bei Batu Khan für ihren Bruder gesprochen. Doch der große Mann hatte lediglich geantwortet: »Soll er sich hervortun!«

Mengu brauchte endlich eine Chance – selbst ein kleines Geplänkel würde genügen, wenn es sich nur unter den Augen des Generals abspielte! Wieder ging sein Blick aufmerksam über die Wälder hin. Das Mädchen war am Waldrand entlanggegangen, also mußte sich ein Dorf in der Nähe befinden. Gegen Mittag würden sie es erreichen.

Als Yanka erwachte, wurde ihr Gesicht schreckensbleich. Sie waren überall, und sie, Yanka, war allein. Sie stand, zitternd am ganzen Körper, am Fenster. Sie konnte den Geruch der schweißnassen Pferdeflanken wahrnehmen, die Tiere fast berühren, als die Reiter in dicken Pelzen, große Bogen auf dem Rücken, vorbeizogen und dabei die Dachtraufen streiften. Einige trugen brennende Fackeln.

Sie wandte sich um. Die Hütte war leer. Sie versuchte sich zu beruhigen. Sie erinnerte sich, daß ihr Vater die Mähre angeschirrt hatte und mit dem Schlitten auf dem zugefrorenen Fluß zum nächsten Ort gefahren war. Der klare Himmel der Dämmerung war verschwunden. Als ihr Vater losfuhr, lag das Dorf in rötlichbraunem Licht. Ihre Mutter hatte beschlossen, zum Fort hinüberzugehen. Yanka war zu Hause geblieben und eingeschlafen.

Sie hatte das Geschrei nicht gehört. Nun war sie aufgewacht und fühlte sich wie in einem Alptraum.

Yanka wußte es nicht, aber seit die Dorfbewohner geflohen waren, war erst eine Minute vergangen. Alles war so schnell gegangen. Plötzlich war am anderen Ende des großen Feldes ein Reiter aufgetaucht, dann waren es drei; als die Leute zu schreien begannen, einhundert. Lautlos sickerte die Mongolenarmee durch die Wälder, fünf riesige Trupps auf einer Breite von drei Meilen.

Die Bewohner waren auf den Überfall nicht vorbereitet, ihnen blieb nichts übrig als fortzulaufen. Drei Leute hatten an Yankas Tür gehämmert, bevor sie losstürmten. Als keine Antwort kam, dachten sie wohl, die Hütte sei leer. Sie liefen über den zugefrorenen Fluß und suchten nach einem Unterschlupf. Einige nahmen Zuflucht in der Kirche, andere im Fort oder in den Wäldern.

Als sie den Lärm hörte, schaute Yankas Mutter aus dem Tor des kleinen Forts. Ihr Herz klopfte wie wild, als sie die Bewohner aus dem Dorf strömen sah. Gleich darauf sah sie die Linie der mongolischen Krieger am Fluß. Yanka konnte sie unter den Fliehenden nicht entdecken.

Sie lief den Hügel hinunter zum Fluß, auf den mongolischen Reiter zu, der das gegenüberliegende Ufer bereits erreicht hatte. Sie merkte nicht, daß die Dorfbewohner gedankenlos das Tor der Festung hinter ihr schlossen.

Mengu konnte sein Glück kaum fassen, als der General auf ihn zuritt.

Er war ein stämmiger, sehr bestimmender, wortkarger Mann. Mit seiner Peitsche deutete er über den Fluß: »Nimm das Fort!«

Das war seine Chance! Sofort wandte er sein Pferd und ließ die am nächsten stehenden Schwadronen in zwei Linien ausscheren. Sie ritten über das Eis, um Fort und Kirche einzukreisen. Mengu winkte den Anführer einer Abteilung herbei. »Eine Belagerungsmaschine! Einen Katapult!«

Die Leute brachten die Maschinen weiter nördlich in Stellung, wo der Wald nicht so dicht war. Mengu betrachtete das armselige kleine Fort aus Holz. Wie dumm von den Leuten, die Tore zu schließen! Die Soldaten wären nie auf die Idee gekommen, das Fort niederzubrennen, wären die Tore offen gewesen.

Yanka zögerte. Die Reiter verließen das Dorf. Sie hatten zwei Hütten angezündet, sich jedoch nicht weiter aufgehalten. Auf einen lauten Befehl hin kamen sie eiligst zum Fluß. Plötzlich war es still.

Vielleicht war Yankas Familie irgendwo dort draußen. Was sollte sie machen? Sie fürchtete sich vor den Reitern, aber noch mehr vor dem Alleinsein. Sie ging hinaus. Die Reiter waren am Fluß angekommen. Yanka sah, wie die zwei Kavallerieabteilungen über das Eis ritten, um das Fort zu umzingeln. Zu ihrer Linken war eine Infanterieeinheit von etwa dreihundert Mann. Rechts warteten sechs Reiter ungeduldig am Ufer, und unmittelbar am Rand des Eises gab ein einzelner Reiter Befehle.

Der neunjährige Kiy und sein Vater Savva waren auf dem Heimweg und nahmen gerade die letzte Biegung auf dem zugefrorenen Fluß, als der Vater plötzlich fluchte: »Hol's der Teufel! Ein Überfall der Kumanen!« Er riß an den Zügeln. Der Schlitten schwenkte herum. »Was ist hinter uns los?«

Kiy blickte sich um. »Auch Soldaten. Sie überqueren den Fluß. Was ist wohl mit Mutter und Yanka?«

Savva schlug wie wild mit den Zügeln auf die Mähre ein. Sie rasten auf die Biegung zu. »Gott bewahre, daß sie nicht auch vor uns sind!« murmelte der Bauer. Doch da standen sie vor den mongolischen Kriegern.

Die Reiter überquerten vor ihnen das Eis. Kiy sah seine Mutter nirgends, doch als Savva den Schlitten herumriß und auf den Wald zur Rechten losfuhr, schrie der Junge: »Schau, dort ist Yanka! Am Ufer! Sie hat uns gesehen!«

Das Mädchen lief auf die Mongolen zu. Sie hatte nicht nur die Soldaten gesehen, sondern auch ihre Mutter, die zwischen den Linien der Reiter über das Eis kam. Yanka wollte schreien, doch nur ein Flüstern kam über ihre Lippen. Da entdeckte auch die Mutter ihre Tochter, und das kleine

Mädchen fühlte eine ungeheure Erleichterung. Es lief geradewegs auf die Mutter zu, ohne auf den Reiter zu achten, der ihnen im Weg stand.

Mengu konnte es kaum erwarten, bis die Belagerungsmaschine in Position gebracht wurde. Er ließ seinen Blick über seine Truppe wandern. Die Umzingelung des Forts war fast geschlossen. Das würde sein großer Tag werden. Mengu fühlte Erregung in sich aufsteigen. Aber was kam denn da für eine Bäuerin auf ihn zu?

Es fiel ihm die Geschichte ein, die er einige Monate zuvor gehört hatte. Eine Bäuerin hatte einen jungen Hauptmann angegriffen, als die Stadt Rjazan niedergebrannt wurde, und ihn mit einem Messer getötet. Mengu runzelte ärgerlich die Stirn. Er würde sich seine Karriere nicht von einer russischen Bäuerin zerstören lassen! Die Frau war schon ganz nah. Auf Mengus Schenkeldruck stampfte das Pferd vorwärts, und der Mongole schlitzte der Frau mit seinem Säbel die Brust auf. Sie strauchelte und schlitterte übers Eis. Mengu drehte sich zur Belagerungsmaschine um. »Mama!« Bei diesem Schrei wirbelte Mengu herum. Ein blasses kleines Mädchen kniete neben der Frau, aus deren Wunde Blut spritzte. Die Frau blickte das Kind an, wollte etwas sagen. Einen Augenblick lang vergaß Mengu alles andere. Er sah nur die Gesichter von Mutter und Kind.

»Yanka!« Dieser Ruf kam von einem Jungen neben einem Bauern auf einem Schlitten, etwa zweihundert Meter entfernt. Die beiden wußten offenbar nicht, was sie tun sollten angesichts einiger hundert Bogenschützen, die sie in Sekundenschnelle hätten töten können.

Die Augen der Frau wurden starr. Es war vorbei. Das Eis auf dem Fluß knackte, als der Mongole das kleine Mädchen an einem Arm hochzog. Das Pferd stürmte auf den Schlitten zu, wo der Mann das Kind achtlos zu Boden ließ. Mit einer verächtlichen Handbewegung scheuchte der Mongole die drei weg, und gleich darauf verschwand ihr Schlitten zwischen den Bäumen. Es war nicht Taktik der Mongolen, die Bauern einer eroberten Region zu töten. Die Bauern bebauten das Land, zahlten Tribut und stellten Rekruten. Getötet wurden nur jene, die so töricht waren, sich ihnen zu widersetzen.

Mengu machte kehrt. Der Zwischenfall hatte kaum eine Minute gedauert. Die Truppen waren alle an Ort und Stelle. Der Katapult wurde herangeschafft, und ein Mechaniker erwartete Mengus Anweisungen. Mit einem kurzen Nicken erklärte Mengu den Katapult für einsatzbereit.

Die Bewohner Russkas hatten nie vorher einen solches Gerät gesehen. Es konnte mit einem Stein geladen werden, den vier Männer tragen mußten, und dann schleuderte es ihn mit todbringender Genauigkeit eine Viertelmeile weit.

Der erste Stein brachte die Brustwehr über dem Tor zum Einsturz. Der zweite zertrümmerte das Tor. Auf Mengus Befehl stürmten die Mongolen ins Fort. Jede Tür wurde aufgestoßen, jeder Raum, jeder Winkel durchsucht. Alle, Männer, Frauen, Kinder, wurden niedergemetzelt.

Innerhalb des Forts fanden die Krieger tonnenweise Getreidevorrat, die in Karren aus dem Dorf transportiert wurden. Die Toten ließ man liegen, und Gebäude wie auch die hölzernen Wälle wurden niedergebrannt. Bald darauf stand das ganze Fort in Flammen. Mengu wandte sich an einen Anführer: »Zwanzig Bogenschützen mit Feuerpfeilen umstellen die Kirche«, befahl er. Die Mongolen umzingelten die Kirche und entzündeten ihre langen, schweren Pfeile, deren dicke, mit Tuch umwickelte Spitzen in Pech getaucht waren. Auf den Feuerbefehl hin krachten die Pfeile durch die schmalen Kirchenfenster. Zuerst stieg Rauch auf, dann schlugen Flammen heraus.

Mengu wartete, ob Menschen herauskämen. Doch obwohl der Feuersturm drinnen die Tür zum Erzittern brachte, blieb sie geschlossen. Schon fiel die kleine Kuppel in sich zusammen und stürzte krachend ins Innere. Niemand kann das überlebt haben, dachte Mengu. Die Hitze war glühend wie in einem Schmelzofen. Eine Mauer nach der anderen fiel. So war es gut. Falls der General ihn im Fall des Mädchens für zu weich gehalten haben sollte, wollte Mengu ihm nun beweisen, daß er auch hart sein konnte.

An jenem Abend fanden ein paar Überlebende, die aus dem Wald gekrochen kamen, anstelle des Forts und der kleinen Kirche nur noch rauchgeschwärzte Ruinen vor.

Der Bericht des Generals an den mächtigen Batu Khan war klar und deutlich: »Er verlor den Kopf, als eine Frau auf ihn zulief. Er hätte seinen Männern Befehl geben sollen, sie niederzumachen. Aber er wartete, bis sie vor ihm stand, dann tötete er sie. Er war nicht auf seine eigentliche Arbeit konzentriert.«

»Und dann?«

»Da war ein kleines Mädchen. Er hob sie auf, warf sie dann wieder auf den Boden.«

»Zeitverschwendung. Und dann?«

»Er stürmte das Fort. Brannte es nieder.«

»Sehr gut. Sonst noch etwas?«

»Er brannte die Kirche nieder.«

»Wurde sie verteidigt?«

»Nein.«

»Das ist schlecht. Der Große Khan respektiert alles Religiöse.«

»Ich glaube nicht, daß er einen kühlen Kopf bewahren kann«, schloß der General.

In jener Nacht änderte der mächtige Batu Khan seine Meinung und schlief nicht mit Mengus Schwester.

In derselben Nacht erinnerte sich Yanka, die sich in dem Unterschlupf, den ihr Vater und der Bruder im Bienenwald vorbereitet hatten, in den Schlaf wiegte, an eine Besonderheit des Mongolen, der ihre Mutter getötet hatte: Er hatte eine häßliche Narbe im Gesicht, und ein Ohr fehlte ihm. Sie würde das nie vergessen, niemals.

1246

Leise glitt das Floß durch den Morgennebel des Augusttages. Noch im letzten Monat waren sie aus Furcht vor Entdeckung nur nachts flußaufwärts gefahren, hatten jedes Dorf auf Patrouillen hin beobachtet. Auf diese Weise hatten sie in drei Monaten an die fünfhundert Meilen zurückgelegt.

Vor Wochen hatten sie das erste Flußnetz verlassen und waren über Land zum nächsten gezogen. Der ausgehöhlte Baumstamm, in dem sie bis dahin gereist waren, war zu schwer zum Tragen. So ließen sie ihn zurück und bauten sich am nächsten Fluß ein Floß. Ihre Stimmung besserte sich. Jetzt konnten sie bei Tag fahren. Aber sie blieben vorsichtig: Yanka, ihr Vater Savva und einige Begleiter waren auf der Flucht vor den Tataren.

Die Tataren. Noch immer verstanden die meisten Russen nicht so recht die Natur des Reiches, dessen Teil sie gerade geworden waren. Da sie das Wesen und die Bedeutung der mongolischen Elite nicht einzuschätzen vermochten, setzten sie sie gleich mit den unterworfenen Türken, die unter den Mongolen kämpften, und gaben folglich der Horde auch einen türkischen Namen, der sich über die Zeiten hinweg erhalten hat: Tataren.

Die Schätzung des mongolischen Kriegsrates traf genau zu: Innerhalb von drei Jahren war Rußland überwältigt worden. Die große Armee, die durch Russka gezogen war, hatte auf dem weiteren Feldzug Perejaslavl vollständig zerstört. In den folgenden zwölf Monaten fiel Tschernigov, Kiev wurde zur Geisterstadt. Das ehemalige Land Rus lag darnieder. Der Einfachheit halber teilten die Mongolen es in zwei Teile auf; der südliche – das Gebiet um Kiev und die südliche Steppe – wurde der mongolischen Herrschaft direkt unterstellt, der nördliche – das Land in der großen R-Schleife und die weiten Wälder dahinter – blieb unter der nominellen

Kontrolle der russischen Fürsten. Die regierten seither aber lediglich als Repräsentanten des Großen Khan.

Der Großfürst wurde in die Mongolei zitiert, um die Urkunde seiner Gnade entgegenzunehmen: Er verdankte sein Amt nur einer Laune des Khan. Den Fürsten wurde eingeschärft, nie zu vergessen, daß sie nun zu den Mongolen gehörten. Ungehorsam wurde nicht geduldet. Wenn ein waghalsiger Fürst aus dem Südwesten sich vor einem Idol des Großen Khan nicht beugen wollte, wurde er unverzüglich hingerichtet.

Vielleicht wäre ganz Europa zu diesem Zeitpunkt den Mongolen zugefallen, hätten sie nicht nach der Wahl eines neuen Großen Khan eine Zeitlang Ruhe eintreten lassen. Der neue Khan nämlich beschloß, sein Reich zunächst nach Westen zu festigen: Er ließ eine neue Hauptstadt, Sarai, an der südlichen Wolga errichten. Die Heerführer hatten den Befehl, abzuwarten.

Auch hierin zeigte sich die politische Intelligenz der Mongolen. Sie hatten schnell die Bedeutung der Tatsache erkannt, daß Rußland orthodox war, der Westen aber katholisch.

In den Tagen des Monomach hatte die Differenz zwischen Rom und der Ostkirche in liturgischen Feinheiten bestanden. Seither jedoch hatte sich die Kluft vertieft. Nun spielten Fragen der Autorität eine Hauptrolle. Waren der Patriarch von Konstantinopel oder seine Kollegen im Osten willens, sich der Autorität des Papstes zu beugen? Hatte die Ostkirche gebührendes Interesse an den Kreuzzügen des Papstes gezeigt? Als die Russen verzweifelte Appelle an ihre christlichen Brüder im Westen um Unterstützung gegen die heidnischen Mongolen richteten, herrschte dort Schweigen. So kam es, daß die Russen dem Westen zunehmend mißtrauten. Und die mongolische Führerschaft wägte klug ab, Rußland zuerst zu vereinnahmen und sicheren Bestandteil Asiens werden zu lassen. Der Westen konnte noch warten.

Savva war ein gutaussehender Mann, von etwas überdurchschnittlicher Größe, hellhäutig, Bart- und Haupthaar waren schütter. Aus dem schmalen, regelmäßigen Gesicht blickten die blaßblauen Augen meist freundlich.

Manchmal schlug er Yanka, wenn sie nicht pariert hatte. Dann war er streng, und sie hatte Angst vor ihm. Immerhin war er, das wußte sie, weniger streng als andere Väter im Dorf.

Er selbst meinte, daß er sich in früheren Jahren weniger um sie als um seinen Sohn Kiy gekümmert habe. Doch seit den schrecklichen Ereignissen während der Tatareninvasion hatte sich das geändert, und im Verlauf ihrer Wanderung wurde ihm bewußt, daß er sie hauptsächlich Yankas wegen unternommen hatte.

Zuerst war, nach der schlimmen Zerstörung, eine seltsame Stille über das Dorf gekommen. Die Nachrichten vom Fall Perejaslavls und Kievs kamen, dann hörten sie nichts mehr. Auch vom Bojaren im Norden kein Wort. Es vergingen Saatzeit und Ernte in dem zerstörten Ort. Savva tat sich mit einer handfesten, dunkelhaarigen Frau zusammen, doch er heiratete sie nicht. Sie brachte Yanka das Sticken bei. Kiy wurde ein geschickter Holzschnitzer.

Und dann kam im vergangenen Herbst der große Schlag. Ein kleiner Tatarentrupp unter Führung eines Funktionärs des neuernannten Gouverneurs der Region, des *baskak,* marschierte im Dorf ein. Die Bewohner mußten sich in einer Reihe aufstellen und wurden gezählt, was bislang nie geschehen war. »Das ist eine Erhebung«, erfuhren sie. »Der *baskak* zählt jeden Kopf.« Man befand auch, daß dem Ort eine neue Bedeutung zukomme.

Der Postdienst verband alle Teile des großen Khan-Reiches. Jeweils im Abstand von fünfundzwanzig Meilen befand sich eine Station, wo Pferde und Schafe für Kumyß und Fleisch gehalten wurden, ebenso auch eine Anzahl Ersatzpferde. Der *baskak* befand, daß sich das zerstörte Fort sehr gut als *yam,* als Poststation, eigne. Ein dort stationierter Beamter würde auch das Dorf überwachen.

Zuletzt fragte der Gesandte den Dorfältesten, wer die besten Holzschnitzer am Ort seien. Er ließ sie der Reihe nach aufrufen und nahm Kiy, mit fünfzehn Jahren der Jüngste, mit. Der Große Khan hatte nach Handwerkern verlangt. Noch lange starrte Yanka an jenem Abend traurig und verzweifelt hinter der Gruppe her, die sich allmählich am Steppenhorizont verlor.

Danach führten Savva und seine Tochter ein elendes Dasein. Die Frau hatte ihn verlassen. Einige Male hatte er versucht, seine Trauer im Alkohol zu ertränken. Das hatte dem Mädchen Angst und Schrecken eingejagt. Yanka wurde in ihrem Unglück immer dünner in jenem Winter, aß wenig, sprach kaum.

Als sich auch im Frühjahr keine Anzeichen von Besserung zeigten, wußte der Vater sich nicht mehr zu helfen. Da hörte er von einer Familie aus dem Nachbardorf, die in die nördliche Taiga ziehen wollte. Sie hatten vor, die Wolga zu überqueren und dort zu leben, wo die Menschen frei waren, ohne einen Gebieter über sich.

Das war das sogenannte Schwarze Land. Es lag zwar auf dem Territorium des Fürsten, und die Siedler zahlten eine kleine Pacht, doch je weiter man nach Norden und Osten kam, desto mehr weigerten sich die Siedler, eine Obrigkeit anzuerkennen.

»Wir ziehen mit«, beschloß Yankas Vater.

Zuerst fuhren sie langsam den Dnjepr hinauf, dann wandten sie sich ostwärts, bis sie nach kurzer Überlandwanderung auf einen kleinen Fluß trafen, der sie zur träge dahinfließenden Oka brachte. Hier befanden sie sich auf dem Territorium des Großfürsten.

Wie angenehm sie nun endlich auf der Oka dahintrieben! Fisch gab es zur Genüge. Endlich vergaß Yanka ihren Kummer um den Bruder und begann wieder zu essen.

Ein allmählicher Wandel in der Vegetation zeichnete sich ab. »Wir erreichen jetzt das Land der alten finnischen Stämme«, erläuterte ihr Anführer, »wie etwa der Mordvinen. Die Orte haben auch finnische Bezeichnungen.« Die Oka selbst war dafür ein Beispiel, ebenso die Städte Rjazan und Murom.

Savva war sehr angetan von dem Gedanken an diese fernen freien Länder, aber er wußte auch, daß das Siedlerleben sehr hart sein konnte. Daher hatte er den ansehnlichen Geldbetrag, den er bei sich trug, wohl verwahrt. Und vielleicht, wer weiß, konnte er ja noch mehr aus einem Grundbesitzer herausholen, der einen Pächter brauchte. »Wenn wir in Murom sind«, beschloß er, »suche ich den Bojaren Milej. Vielleicht hilft er uns. Wenn nicht, versuchen wir es im Norden.«

Milej war ein großer Mann, stark und schlau. Als acht Jahre zuvor die Nachricht vom Mongolenangriff auf Rjazan flußaufwärts drang, hatte er nicht abgewartet, bis er zum Kampf gerufen wurde. »Der Großfürst von Vladimir wird uns auffordern, mit ihm ins Feld zu ziehen, wenn es um seine Sache geht«, erklärte er. »Aber wird er etwas für uns tun, wenn die Plünderer nach Murom kommen? Nein, bestimmt nicht!«

Und damit hatte er recht. Das kleine Fürstentum Murom lag an der östlichen Kante der R-Schleife. Westlich davon erstreckte sich das weite Gebiet von Suzdal, das der Großfürst von Vladimir beherrschte.

Einst war Murom eine bedeutendere Stadt gewesen, aber nun taten die Fürsten von Murom ohne Murren alles, was der Großfürst von ihnen forderte. Deshalb hatte sich Milej mit seiner Familie heimlich aus dem Staub gemacht, und zwar zu den entferntesten und unbekanntesten seiner Ländereien, wo er klugerweise bis zum folgenden Jahr blieb.

Die große Schleife des R wird von einem hübschen kleinen Fluß, der nach Osten fließt, horizontal in zwei Hälften geteilt: der Kljasma. Zwischen ihr und der Oka lag der Besitz des Bojaren Milej. Seinem Großvater, dem man dieses Stück Land übergeben hatte, gefiel der barbarische finnische Name nicht, und so gab er dem kleinen Fluß und der Siedlung Namen aus der Region im Süden, der er sich verbunden fühlte: Das Flüßchen hieß nun Rus und der Ort Russka.

In jenem Winter, den Milej hier verbrachte, entdeckte er, daß man da wirklich etwas erwirtschaften konnte. Er brauchte nur mehr Leute.

Im nächsten Frühjahr fand er bei seiner Rückkehr nach Murom sein Haus, das außerhalb der Mauern gestanden hatte, niedergebrannt, doch das Versteck mit den Münzen tief unter dem Fußboden war unangetastet.

Fürs erste gab es eine Menge zu tun, denn die Mongolen hatten vieles zerstört. Doch das Dörfchen Russka ging Milej nicht mehr aus dem Sinn. Im Spätsommer des Jahres 1246 standen plötzlich zu seiner Freude zwei Bauern von seinem Besitz im Süden vor ihm. Bisher hatte er nur drei Familien der Mordvinen in die Siedlung holen können.

Als Yanka nun zu diesem großen Mann mit dem leicht ergrauten Bart und dem breiten Türkengesicht hochsah, entdeckte sie darin große Freundlichkeit. Seine stahlblauen Augen leuchteten. »Ich habe den richtigen Platz für euch«, versprach er. »Das Russka des Nordens.«

»Ich habe aber kein Geld«, log Savva.

Der Bojar musterte ihn, ließ sich keine Sekunde täuschen. »Ich habe mehr davon, wenn ich dir Land gebe, das du bearbeitest, als daß ich gar nichts bekomme«, war die Antwort. »Du kannst dir ein Haus bauen – die Leute hier werden dir helfen. Mein Verwalter wird dich mit allem Nötigen versorgen. Im Lauf der Zeit zahlst du deine Schulden an mich zurück.«

Er machte auch der anderen Familie ein Angebot. Doch die lehnte ab. »Das Angebot ist gut«, meinte der Reisebegleiter zu Yankas Vater, »aber ich will keinen Grundeigentümer über mir. Komm doch mit uns«, drängte er.

»Nein.« Savva schüttelte den Kopf. »Wir bleiben lieber hier. Aber viel Glück euch!«

Dieses nördliche Russka war sehr verschieden von dem Dorf im Süden, das sie hinter sich gelassen hatten. Es lag aber, wie die meisten russischen Dörfer, an einem Fluß, der an dieser Stelle eine langgezogene S-Kurve machte. Das Westufer war höher als das östliche, und so bildete es eine schützende Anhöhe und stand wie ein Wall um das Grasland, das angelegt worden war. Früher hatte sich dort eine Siedlung befunden, doch mit der Zeit hatte man sie aus Gründen der Sicherheit auf die Anhöhe verlegt, wo nun ein Dutzend Holzhütten standen, umgeben von einem starken Zaun. Ein paar Gemüsefelder lagen abgeerntet daneben, und durch die Bäume hindurch sah man auf zwei armselige Äcker. Eine Kirche gab es nicht.

Der nächste Ort lag einige Meilen entfernt im Südosten, ebenfalls am Flüßchen Rus. Hinter diesem Ort erhob sich ein niedriger bewaldeter Hügel, und unterhalb war Marschland. Daher nannten die ersten slawischen Siedler diese Gegend Sumpfloch, und der Name blieb. Von hier aus waren es noch einmal sieben Meilen bis zur nächsten Ansiedlung.

Die Häuser bestanden aus Holz. Lehmwände und strohgedeckte Dächer, wie Yanka sie aus dem Süden kannte, gab es hier nicht. Aber vor allem die Menschen waren ganz anders. »So still sind sie«, flüsterte sie ihrem Vater zu, als sie am ersten Morgen durch den Ort gingen. »Als wären sie erfroren.«

Die Bewohner waren von unterschiedlicher Abstammung. Bevor die Familie des Bojaren den Ort erwarb, gehörten die meisten Leute zu den Slawen des Vjatitschen-Stammes. Jetzt gab es noch sechs Familien dieser Herkunft. Außerdem lebten hier drei Familien, die eine Generation zuvor aus dem Süden gekommen waren, und schließlich die drei Mordvinen-Familien, die der Bojar hergebracht hatte.

Auf Anordnung des Verwalters erschienen am Mittag sechs Männer mit Äxten. »Wir bauen euch eine Hütte.« Zusammen gingen sie ans südliche Ende des Weilers und machten sich an die Arbeit. Kleine kräftige Pferde zogen Baumstämme herbei, aus denen man fast hätte Boote fertigen können. Für das Fundament wurden dicke Eichenbohlen verwendet, für das übrige das weiche, leicht zu verarbeitende Kiefernholz.

Die Hütte wurde ähnlich der im Süden angelegt: ein Eingangskorridor in der Mitte, viel Platz zur Aufbewahrung der Gerätschaften auf der einen Seite, ein Raum auf der anderen. Der Ofen wurde aus Lehm geschichtet.

Yanka war nicht nur überrascht von der sauberen Arbeit, sondern auch von der Schnelligkeit der Leute. Sie arbeiteten ohne Unterbrechung bis in die Dämmerung. Dann brachten die Frauen Fackeln und entfachten Feuer zur besseren Sicht. Nachts war alles fertig, nur der Ofen und das Dach fehlten noch. Yanka und ihr Vater fanden in dieser Nacht Unterschlupf beim Verwalter. Am nächsten Mittag war das Werk vollendet.

So sah die Hütte des Nordens aus – die russische *isba*. Der überdimensionale Ofen und die festgefügten Wände brachten die Bewohner wohlig warm durch den kältesten Winter – deshalb auch die Bezeichnung *isba*, was soviel bedeutet wie »heißer Raum«.

Nachdem sich die beiden bei den Männern bedankt hatten, führte der Verwalter sie hinaus zu dem Stück Land, das er für sie bestimmt hatte. Das Land, das zu beiden Seiten des Flüßchens lag, war von mittlerer Größe, wie der Verwalter ihnen erklärte: etwa vierhundert *dessjatina*, das sind ungefähr vierhundert Hektar. Nur ein Teil davon war bearbeitet.

»Milej will noch mehr Leute herbringen und etwas aus diesem Ort machen«, fuhr der Verwalter fort. »Und einen Teil des Landes will er selbst übernehmen. Wenn auch jetzt alles noch klein ist – das wird sich bald ändern.«

Sosehr ihr alles gefiel, eines störte Yanka. »Wir sind Christen. Sind denn alle Menschen hier Heiden?«

»Die Slawen aus dem Süden sind Christen«, sagte der Verwalter. »Die Mordvinen sind eben Mordvinen.« Er lachte. »Und die Vjatitschen sind zwar Slawen, aber auch Heiden.«

»Wird einmal eine Kirche gebaut?«

»Der Bojar hat es vor.«

Danach kehrte Yanka in die Hütte zurück, während Savva und der Verwalter das Land begutachteten. Es war die übliche Parzelle des Bauern, die rund vierzehn Hektar umfaßte. Aber es war karges Waldland, das gerodet werden mußte. Dafür würde Yankas Vater nur eine kleine Pacht zu zahlen haben, im ersten Jahr überhaupt nichts. Der Verwalter wollte ihm eine geringe Summe vorstrecken, dafür, daß er leichte Arbeit für den Bojaren verrichten sollte.

Für Yanka kam nun eine Zeit der Entdeckungen. Es war ein langer Sommer, die warmen Tage dauerten bis weit in den Herbst hinein, in den Altweibersommer, den die Russen »Sommer der Großmutter« nennen. Yanka wanderte viel in der Gegend umher, manchmal allein, manchmal auch mit der Frau des Verwalters. Diese zeigte ihr, wo Kräuter zu finden waren und wo heilkräftige Farne wuchsen. In einem Kiefernwäldchen oberhalb des Flusses fanden sie auf moosigem Grund Blaubeeren und Preiselbeeren.

Auch sonst war es eine Zeit der Veränderungen: Yanka wurde eine Frau. Eine Zeitlang zeigte ihre Haut Flecken und Pickel, das Haar fühlte sich strähnig an. Da wurde ihr Mund noch schmaler, sie legte die Stirn in Falten und blieb am liebsten zu Hause.

Doch nicht lang, und sie hatte auch ihren wundervollen blassen Teint wieder und die lockigen Haare. Und mit ihrem Körper war sie zufrieden. Sie hatte im Sommer zugenommen, und sie hoffte, daß eines Tages ein Mann sich an den sanften Rundungen erfreuen würde.

Als der Winter näher rückte, bemühte sie sich, ihrem Vater ein gemütliches Heim zu schaffen. Sie webte, legte einen Vorrat an Lebensmitteln an, räucherte Fisch und machte sich überall nützlich. Manchmal sagte der Vater bei seiner Heimkehr am Abend: »Was für ein schönes Nest du uns baust, mein Vögelchen.«

Er war jetzt besser gelaunt. Die harte Arbeit, das neue Leben waren eine

Herausforderung für ihn. Neue Kräfte erwachten in ihm, und Yanka war froh darüber. Wenn sie ihn heimkommen sah, dachte sie: Das ist mein Vater, auf den ich stolz sein kann.

Sie hatte keine Augen für einen anderen Mann im Dorf. Das hatte aber seinen Grund. Ihr Vater war nach dem ersten Rundgang nach Hause gekommen, hatte sich gegen den warmen Ofen gelehnt und gerufen: »Hast du ihre Felder gesehen? Sie schlagen darauf herum und brennen sie ab. Mordvinen! Heiden! Sie haben nicht mal einen ordentlichen Pflug.«

»Keinen Pflug?«

Seine Antwort war nur ein verächtliches Schnauben. »Bei diesem Boden nutzt er sowieso nichts.«

Yankas Vater hatte eines der Hauptprobleme entdeckt, Rußlands Geißel durch alle Zeiten hindurch. Das Land im Norden ist sehr karg, der Boden ist ausgelaugt. Es kommt daher, daß das Wasser in diesen Böden nicht schnell genug versickert und wichtige Salze auswäscht, wodurch eine magere, säurehaltige Oberschicht von geringem Nutzungswert entsteht. Dieser Boden heißt im Russischen *podzol* – wörtlich »Aschenboden«.

Während die tiefschwarze Erde des Südens, der *tschernozem,* sehr gehaltvoll und landwirtschaftlich nutzbar ist, ist der Boden in der großen R-Schleife, nordwärts bis in die Bereiche des torfigen, mit Wasser vollgesogenen Bodens der Tundra, wenig ertragreicher *podzol* – die Ursache für die mindere Landwirtschaft Nordrußlands.

Diesen Boden bearbeiteten die Bauern im Norden mit dem *soka,* einem leichten Holzpflug mit einem einfachen Metallstück am Ende, mit dem die unfruchtbare Erde nur an der Oberfläche aufgekratzt wurde. Dieser armselige Pflug auf dieser unergiebigen Erde – darüber hatte Yankas Vater sich empört. Schlimmer war jedoch die Methode, mit der die Bauern ihre Felder bestellten. Anstatt im Wechsel zwei oder drei große Felder abzuernten, wendeten sie immer noch das alte Verfahren des Abholzens und Abbrennens von Waldland an, kultivierten dann den verkohlten Boden einige Jahre lang, ehe sie ein neues Stück Land auf diese Weise bearbeiteten und das alte dem Wildwuchs überließen. Dies war eine althergebrachte Form des Ackerbaus für den Eigenbedarf.

»Heiden!« urteilte Savva über die Dorfbewohner – und damit hatte Yanka jegliches Interesse an ihnen verloren. Wen ich auch einmal heirate – von hier wird er nicht kommen, war ihre Überzeugung.

Bald machte Savva eine Entdeckung, die ihn erneut in Rage brachte. »Es gibt doch guten Boden, *tschernozem.* Aber ich darf ihn nicht bearbeiten.«

»Wo?«

»In der Nähe des Dorfes, das sie Sumpfloch nennen. Ich war heute mit diesen verdammten Mordvinen dort.«

Denn die Natur oder, genauer gesagt, die sich nach der letzten Eiszeit zurückziehenden Gletscher hatten hier und da in dem Gebiet des sandigen *podzol* schmale Streifen guten grauen Bodens zurückgelassen. Beispielsweise östlich von Russka. Das Stück war dreigeteilt, das nördlich gelegene gehörte dem Großfürsten selbst. Der Teil nach Osten hin war »Schwarzes Land«, nominell im Besitz des Fürsten von Murom, doch an freie Bauern vergeben. Und das am nächsten liegende kleine Stück gehörte dem Bojaren Milej.

Bei Milejs Begegnung mit Yanka und Savva war davon nicht die Rede gewesen. Ein einzelner Mann und ein Mädchen waren kaum erwünschte Pächter für das beste Land. Inzwischen bearbeitete er einen Teil des guten Landes mit einigen Sklaven, die er irgendwo aufgetrieben hatte.

Das warme Wetter dauerte in diesem Jahr bis Mitte Oktober an. Yanka gewöhnte sich allmählich an den ruhigen Rhythmus des Ortes. Sie ging mit den anderen Frauen in den Wald zum Nüssesammeln; und als die Männer eines Tages einen Elch erlegten, half sie den Frauen bei den Vorbereitungen für ein großes Fest. Und doch fand Yanka die trübe Jahreszeit bedrückend. Es war besonders schlimm, als sie einmal, nachdem es aufgehört hatte zu regnen, in das nahe gelegene Dorf Sumpfloch ging. Was war das nur für ein Nest! Ein paar Hütten standen am Flußufer eng beieinander. Das hier war Schwarzes Land wie das nördliche Territorium, und so waren die Bauern praktisch frei. Besser noch: Das zum Ort gehörige Land lag unmittelbar auf dem *tschernozem*. Trotzdem war es trostlos. Das Flußufer war ganz flach. Der Boden war morastig, die Luft roch modrig.

Yanka war froh, als sie wieder zu Hause war, und gleich legte sie Holz nach. An diesem Abend kam Savva mit einem wunderschönen Mantel zurück, den eine Mordvinin aus dem Fell eines Bären gefertigt hatte, den er eigens für seine Tochter erlegt hatte. Er hatte es bis dahin als Geheimnis bewahrt. Nun übergab er ihr den Mantel und lächelte.

»Du hast einen Bären getötet – für mich?« Yanka war halb entzückt, halb betroffen. »Er hätte dich zerreißen können.«

»Der Mantel wird dich warm halten hier im kalten Norden«, sagte der Vater nur. Da küßte sie ihn.

Drei Tage später setzten die Schneefälle ein. Es war sehr kalt; im Haus aber war es wunderbar warm.

Wie nun der Winter das Dörfchen völlig abgeriegelt hatte, langweilte sich Yanka doch sehr. Sie hatte keine Freunde. Sie traf nicht oft mit den

Nachbarn zusammen, und manchmal sprachen sie und ihr Vater tagelang mit keiner Seele. Nicht einmal eine Kirche gab es, in der man sich hätte versammeln können.

Zum Zeitvertreib begann sie mit einer Handarbeit. Auf weißen Grund stickte sie in leuchtendem Rot Vögel in der Art, wie sie es in ihrer Kindheit von den Dorffrauen gelernt hatte.

Der November verstrich ohne bemerkenswerte Ereignisse. Doch in der ersten Dezemberhälfte veränderte sich Yankas Leben ganz plötzlich. Savva war in letzter Zeit sehr liebevoll zu ihr gewesen. Er wußte, daß sie sich vor ihm fürchtete, wenn er zuviel trank, und so hatte er seit dem Herbst kaum einen Becher Met angerührt. Eines Abends jedoch sah sie wieder die verräterische leichte Rötung auf seinem Nacken. Sie blickte ihn unruhig an.

Dann passierte ihr ein Mißgeschick. Sie hatte rotes Färbemittel für den Faden erhitzt. Es war kochend heiß, als sie es nahm und an ihrem Vater vorbeiging, der schweigend am Tisch saß. In diesem Augenblick stolperte Yanka, und dabei wurde ein Teil der brühendheißen Flüssigkeit auf dem Tisch verschüttet.

»Hol's der Teufel!« Der Vater sprang zurück, und die Bank stürzte um.

Sie starrte ihn entsetzt an. »Deine Hände?«

»Du willst mich wohl bei lebendigem Leib verbrühen?« Er verzog schmerzlich das Gesicht.

Yanka stellte den Topf zurück. »Laß sehen. Ich verbinde sie.«

»Du unachtsame Idiotin!« Savva schrie. »Warte nur ab«, sagte er plötzlich sehr leise.

Sie fühlte Kälte in sich aufsteigen. Sie kannte diesen Ton aus ihrer Kindheit und wußte, daß das Schläge bedeutete.

Sie zitterte. In einem einzigen Augenblick war die schöne Beziehung der vergangenen Monate zerstört. Sie war wieder das kleine Mädchen. Und das war demütigend für sie. Ihre Knie bebten. Andererseits war sie fassungslos, daß sie ihm weh getan hatte. Sie hatte es wohl verdient, bestraft zu werden.

»Geh zur Bank!«

Sie legte sich darauf, hörte, wie er seinen Gürtel löste, spürte, wie er ihr Hemd hochschob. Sie erwartete den Schmerz. Doch nichts geschah.

Yanka schloß die Augen, wartete. Dann fühlte sie zu ihrer Überraschung seine Hände, seinen Atem neben ihrem Ohr. »Diesmal werde ich dich nicht bestrafen, mein Frauchen«, sagte Savva sanft. »Aber du kannst etwas für mich tun.« Seine Hände strichen an ihren Beinen nach oben.

Sie überlegte. Was wollte er nur?

»Ganz still!« Er atmete schwer. »Ich tu dir nicht weh.«

Sie begriff nicht, was vor sich ging. Seine Hände tasteten sich vor. Sie fühlte sich nackt wie nie zuvor. Sie wollte schreien, fortlaufen, doch ein Gefühl heißer Scham lähmte sie. Und plötzlich bäumte sich ihr Körper auf, und sie hörte Savva keuchen.

»Ja, so ist's gut, meine kleine Frau.« Augenblicke später empfand sie einen heftigen Schmerz, der Vater stöhnte: »Ach, mein Vögelchen, du hast es gewußt. Du hast es immer schon gewußt.«

Hatte sie es wirklich gewußt? Hatte eine leise Stimme in ihr vorausgesagt, daß sie einmal ein solches Geheimnis mit ihm teilen sollte? Sie wollte weinen, aber sie konnte nicht. Sie konnte ihn nicht einmal hassen. Sie mußte ihn lieben. Er war ja alles, was sie hatte.

Einige Tage später geschah es noch einmal, dann wieder und wieder.

Yanka war über sich selbst erstaunt. Anfangs hatte sie versucht, sich zu widersetzen, aber er war ja viel stärker als sie. Und er tat ihr niemals weh, er hielt einfach ihre Arme so fest, daß sie sie nicht bewegen konnte. Da war Widerstand sinnlos. Und ob sie wollte oder nicht – ihr Körper reagierte auf die Zärtlichkeiten.

Savva nannte sie nicht mehr »kleine Frau«. Er legte auch in der Öffentlichkeit nicht mehr den Arm um sie wie früher. Sie aber sah ihn nun so, wie eine Frau ihren Ehemann sieht. Sie liebte ihn. Auf eine neue Art wurde sie sich der Bewegungen seines Körpers bewußt. Wenn sie seinen angespannten Nacken oder seine ineinander verschränkten Hände sah, tat er ihr leid, aber anders als früher.

Während der Wintermonate spann sich ein neues Band zwischen ihnen. Wenn die Tür zu ihrer *isba* offenstand, waren sie nichts als Vater und Tochter. Falls man im Dorf etwas vermutete – keiner verlor ein Wort darüber.

Dann trat ein, was sie insgeheim befürchtet hatte: Sie gab sich ihm mehrmals mit Vergnügen hin. Seit langem hatte sie mit keinem Priester gesprochen, aber sie wußte, daß der Teufel sie in seiner Gewalt hatte. Sie hatte nicht nur gesündigt, sie hatte es sogar mit Freuden getan. Sie empfand Abscheu vor sich selbst.

Wenn sie allein war, wandte sie sich in ihrem Elend an die traurige Maria auf der Ikone in der Ecke und betete: »Errette mich, Mutter Gottes, von meinen Sünden. Zeige mir den Weg aus dieser Dunkelheit.«

Milej der Bojar war mißtrauisch und schlau. Und wenn er auch der fürstlichen Familie des kleinen östlichen Territoriums von Murom diente, er hatte doch seine eigenen Gedanken. Er gedachte seine drei Töchter und zwei Söhne reich zu machen.

Die bedeutenden Bojaren gingen seit langer Zeit, obwohl sie dem Gesetz nach ihrem Fürsten in allen Fällen zur Verfügung zu stehen hatten, auch eigene Wege. Vor allem in dem größeren Territorium um Rjazan waren sie dafür bekannt. Anders als in Kievs großer Zeit, als jeder Fürst über ausgedehnte Ländereien herrschte, hatten manche von ihnen nur noch kleinere Städte, ihre Kinder und Enkel vielleicht sogar weniger Land als die einflußreichen Bojaren. Dies führte dazu, daß ein Bojar wie Milej seinen Status möglicherweise für höher ansah als den solcher Fürsten. Was die Fürsten in der alten Stadt Murom anlangte, so waren sie seiner Meinung nach Marionetten des Großfürsten, dem nicht zu trauen war. Wo also lagen seine Möglichkeiten? Wie konnte er zu Reichtum gelangen? Milej war nicht entgangen, daß der Tataren-Khan, anders als die russischen Fürsten, seine eigenen Münzen prägte. »Von jetzt ab haben die Tataren ihre Hand auf dem Geldsack«, erklärte er seinen Söhnen. »Sie werden nicht den gesamten Handel ruinieren – warum sollten sie auch –, aber sie stecken die großen Gewinne ein.«

Seit der Invasion lag die Provinz darnieder. Wenn auch Milejs Sklaven Waren herstellten, die er verkaufen konnte, wenn er auch aus seinen Dörfern feingewebtes Tuch und zahlreiche Felle erhielt – er sah zu der Zeit keine Möglichkeit zur Expansion.

»Wir müssen uns mehr um unser Land kümmern«, beschloß er im Kreis seiner Getreuen.

Einige Bojaren hatten, wie er wußte, Monate auf ihren Ländereien verbracht. »Weißt du«, sagte einer von ihnen, »es sind zwar keine Silbermünzen, aber wenn einer meiner Bauern mit zwei Sack Getreide, einem riesigen Laib Käse, fünfzig Eiern und einer Wagenladung von Brennholz als Pacht ankommt, erfreut mich dieser Anblick. Wenn ich draußen auf dem Land bin, sehe ich vielleicht auch aus wie ein Bauer, aber ich lebe gut«, lachte er.

Daraufhin machte Milej sich ernsthaft Gedanken über Russka. Wie groß war sein Grund überhaupt? Das konnte er nur schätzen, denn wie die meisten solcher Dokumente in diesem riesigen, nicht registrierten Land legten die Eigentumsurkunden keine genauen Grenzen fest. Aber im Grunde war Milej nur an dem östlichen Teil jenseits des Flusses interessiert, wo der *tschernozem* reiche Erträge brachte. Da der Fürst von Murom im Augenblick keinen Anlaß sah, Milej das Land zu übergeben, hatte dieser einige Male angeboten, Sumpfloch zu kaufen, doch damit war er bisher nicht weitergekommen. Von seinem Verwalter erfuhr er allerdings, daß der in seinem Besitz befindliche *tschernozem* erst teilweise kultiviert war.

»Schicke mir noch Sklaven«, sagte der Verwalter, »dann kann ich dir mehr herauswirtschaften.«

Solche Gedanken gingen Milej durch den Kopf, als er Ende August jenes Jahres Russka einen Besuch abstattete. Er sah das Heu schon stapelförmig aufgeschichtet, als er in die Siedlung einritt. Milej hatte sich gebührend angekündigt, und eine solide neue Hütte mit einem hohen, steilen Dach und einem eingefriedeten Stück Land darum herum erwartete ihn. Er hatte nur einen Diener dabei und ließ sogleich seine zwei prächtigen Pferde versorgen.

Er selbst nahm eilig ein Mahl ein und begab sich danach sofort zur Ruhe. In der Dämmerung des nächsten Morgens inspizierte er bereits die Ländereien. Er nickte den Bauern kurz zu, als sie hinaus auf die Felder gingen. Die wichtigste Ernte, der im Frühjahr gesäte Roggen, war bereits im Juli eingebracht. An jenem Tage stand die Gerstenernte an.

Auf seinem Ritt, den Verwalter beflissen an seiner Seite, richtete Milej sein besonderes Augenmerk auf den *tschernozem.* »Wir bauen keinen Weizen an?«

»Zur Zeit nicht, Herr.«

»Wir sollten es versuchen.« Sein kurzes Lachen klang hart. »Dann könnt ihr Brot für die Kommunion backen.«

Brot für die Kommunion? Also meinte der Bojar wohl, sie wollten eine Kirche haben. Der Verwalter lächelte. Das sah nach Geschäft aus.

Er machte noch weitere Vorschläge. Als er ein Junge war, bauten sie im Süden Buchweizen an. Er wollte das ebenfalls in Russka versuchen. »Ich möchte auch Erbsen und Linsen. Und Hanf könnt ihr zusammen mit den Erbsen anbauen.«

Milej zeigte sich zufrieden mit dem Flachs, aber er wollte mehr davon. Diese Faser war das Grundprodukt der nordrussischen Landwirtschaft und konnte mit großen Gewinnen auf dem Markt verkauft werden.

Nachmittags kehrte der Bojar zurück. Nach dem Essen ruhte er ein wenig, und am frühen Abend besichtigte er die Dorfhütten und ihre Bewohner.

Er war keineswegs erfreut. »Schmutziges, armseliges Pack«, schimpfte er dem Verwalter gegenüber. Doch seine Laune besserte sich sichtlich, als er schließlich zu Savvas Hütte kam. »Endlich eine saubere *isba*«, stellte er zufrieden fest.

Es war mehr als das. Über dem Herd hingen an einer Strohschnur frische Kräuter. Der Pokal in Form einer Ente auf dem Tisch war ein kleines Kunstwerk. In einer Ecke brannte eine Kerze vor der Ikone; in der Ecke gegenüber hingen drei wunderschön bestickte Tücher. Diese hatte Yanka in acht Monaten schwerster innerer Qual geschaffen.

Vor dem Bojaren standen nun ein idealer Vater mit seinem Kind, so schien es ihm zumindest. Obwohl Savva den ganzen Tag auf dem Feld gearbeitet hatte, war sein spärlicher brauner Bart ordentlich gekämmt. Er hatte zu Ehren des Bojaren eine frische Bluse angezogen; sein Lächeln war respektvoll und stolz zugleich.

Das Mädchen war ein Juwel. Ordentlich, sauber, ja sogar hübsch. Seit ihrer letzten Begegnung hatte sie sich tatsächlich herausgemacht. Sie war noch schlank, doch die ersten weiblichen Rundungen machten sich angenehm bemerkbar. Sie hatte eine makellose, wenn auch etwas blasse Haut.

Bei seinem nächsten Besuch Ende September wurde Milej von vier Booten begleitet, die seine Männer mit Seilen stromaufwärts zogen. Im ersten saß eine Familie von Sklaven. »Mordvinen, fürchte ich, aber du wirst sie schon zum Arbeiten bringen«, war der Kommentar des Bojaren seinem Verwalter gegenüber. In den anderen waren Kälber, die Milej in der Gegend um Rjazan gekauft hatte. »Gib zwei davon dem neuen Mann mit der Tochter; sie sollen sich den Winter über um sie kümmern.«

Er richtete sich in seinem Haus ein. Er wollte eine Woche lang bleiben und am Ende die Pacht eintreiben. »Dann mache ich Geschäfte in Novgorod«, erklärte er dem Verwalter. »Im Frühjahr komme ich von dort zurück.« Diesmal machte er keine Inspektion, er spazierte lediglich umher und sah den Bewohnern bei der Arbeit zu.

Was ihn besonders beeindruckte, waren die Drescharbeiten.

Der Dreschplatz war eine gerodete Stelle, daneben hatte man kleine Öfen aufgestellt, in denen das Korn durch Rauch getrocknet wurde. Die Bündel wurden mit Stöcken und Dreschflegeln weich geklopft; das war Männersache. Bei der feineren Methode, die die Frauen ausführten, wurde ein an beiden Seiten aufgehängter Balken benützt. Das Bündel wurde gegen den Balken geschlagen. Das Korn fiel heraus, und das lange Stroh blieb zum Weben und Flechten zurück.

Während Milej auf und ab ging, mitunter stehenblieb, wanderte sein Blick offenbar frei umher, doch Yanka spürte bald, daß sie der Gegenstand seines Interesses war. Als Milej am zweiten Tag kam, war sie noch hübscher gekleidet als sonst: Ihr Kittel zeigte vorn ein gesticktes Vogelmuster, und sie hatte ihren Gürtel ein bißchen enger gebunden, so daß der Bojar, wenn sie die Arme hob und senkte, sehr wohl die Umrisse ihres Körpers sehen konnte.

Obwohl Milej ein nüchtern denkender Mensch war, hatte dieses hübsche junge Geschöpf zwischen den anderen arbeitenden Frauen große Anziehungskraft für ihn. Dieses Mädchen war anders als die übrigen. Sie sprachen nicht miteinander, doch einer war sich der Aufmerksamkeit des anderen sehr wohl bewußt.

Einen Tag vor seiner Abreise lieferte man dem Bojaren die Pacht ab: Säcke voller Korn und kleine Ferkel, Lämmer und Zicklein. Eine Familie brachte ihm einen Stapel Kaninchenhäute mit einem amtlichen Stempel darauf; das galt an jenem Ort als Kleingeld.

Als die Dämmerung hereinbrach, erhob sich der Bojar, sehr zufrieden mit den Pachterträgen, und gab dem Verwalter ein Zeichen, daß er allein sein wollte. Er verließ den Weiler und ging ein letztesmal am Flußufer spazieren, etwas wehmütig darüber, daß er den Ort nun verlassen sollte.

Da entdeckte er zu seiner Freude das Mädchen; sie kam ihm auf dem Pfad entgegen. Unter ihnen lag der ruhige, glasklare Fluß. Milej merkte, daß Yanka etwas sagen wollte, und blieb stehen.

Sie sah ihn mit ihren seltsam traurigen Augen direkt an. »Nimm mich mit, Herr.«

Er starrte sie an. »Wohin denn?«

»Nach Novgorod, oder gehst du nicht dorthin?«

Er nickte. »Gefällt es dir hier nicht?«

»Ich muß weg.«

»Ist dein Vater nicht gut zu dir?«

»Vielleicht ja, vielleicht nein. Was kümmert dich das?« Sie holte tief Atem. »Nimm mich mit!«

»Was würde dein Vater sagen?«

Sie zuckte die Achseln.

So war das also. Er sah sie ruhig, ganz offen an.

»Und was würdest du für mich tun, wenn ich dich mitnehme?«

Sie blickte ihm ebenso ruhig in die Augen. »Alles, was du möchtest.« Es war ihre einzige Chance. Sie würde sich umbringen, wenn er ablehnte.

»Also gut«, sagte er.

Es war eine lange Reise – fast vierhundert Meilen nordwestlich in die Länder am Baltischen Meer. Der Bojar hatte die Boote wieder flußabwärts geschickt, und so mußten sie nach Novgorod reiten. Doch die Anstrengungen schreckten Yanka nicht. Es war gut, unterwegs zu sein. Der Bojar war eine große, eindrucksvolle Figur, vor allem auf seinem prächtigen Pferd. Er trug einen pelzbesetzten Mantel und eine ebensolche Mütze mit aufgesetzten Diamanten. Stolz dachte Yanka: »Das ist mein Bojar.«

Schon in der ersten Nacht, nachdem sie das Dorf verlassen hatten, schlief er mit ihr. Sie hatte zuerst ein wenig Angst vor diesem großen Mann, mit dem sie das Zelt teilte, doch er erwies sich als liebevoll und zärtlich. Mit ein paar Fragen hatte er ihr die Geschichte mit ihrem Vater entlockt und tröstete sie. »Ich verstehe, daß du weg wolltest«, meinte er sanft. »Aber denke nicht zu schlecht von ihm, auch nicht von dir. In diesen kleinen abgelegenen Orten ist das nichts Ungewöhnliches, das versichere ich dir.«

Ihr Vater hatte zu Yankas Überraschung keine Einwände gegen ihre Abreise erhoben. Da sie, strenggenommen, freie Bauern waren, konnte Milej Savva nicht befehlen, seine Tochter gehen zu lassen. Doch der mächtige Bojar rief den Vater zu sich, um ihm seine Entscheidung mitzuteilen, und warf ihm einen derart durchdringenden Blick zu, daß Savva rot anlief.

Trotzdem verlor er seine Fassung nicht. »Das Mädchen ist mir eine große Hilfe, Herr«, meinte er vorsichtig. »Ich werde ärmer sein ohne sie.«

Milej verstand. »Um wieviel ärmer?«

»Mein Land ist karg. Und sieh, ich bin ein guter Arbeiter. Gib mir etwas vom *tschernozem.*«

Milej überlegte. Der Bursche würde das Land sicher gut bestellen. »Also schön. Du bezahlst eine angemessene Pacht. Sprich mit dem Verwalter.« Und damit entließ er ihn. Als Yanka sich von Savva verabschiedete, hatte er Tränen in den Augen.

Nach zehn Tagen wandten sie sich, kurz vor dem Städtchen Moskau, nach Nordwesten. Sie wurden vom Regen überrascht, als sie am Ufer der oberen Wolga eine andere kleine Stadt erreichten, Tver. Dort warteten sie in einem Gasthaus weitere zehn Tage ab. Da setzten die Schneefälle ein.

Eine Woche später begann der letzte Teil der Reise, nun in einem bequemen Schlitten. Tagelang tobten eisige Winde und Schneestürme, dann wieder glitzerte die nördliche Landschaft in der Novembersonne. Rasch glitt der Schlitten das abfallende Gelände bei Tver hinunter und über die gefrorene Wolga. Die Fahrt ging bald an Flüssen entlang, bald durch dunkle Wälder.

Allmählich veränderte sich die Landschaft. Weite Ebenen öffneten sich, durchsetzt von niedrigem Wald und schmalen Getreidefeldern.

Milej war in bester Stimmung. Er sang die Weise von Sadko, dem Kaufmann aus Novgorod, und lächelte vor sich hin, während sie über das offene Land dahinflogen. Eines Nachmittags deutete er nach vorn. »Der große Herr Novgorod!«

Von weitem wirkte die Stadt nicht besonders eindrucksvoll, weil die

Zitadelle den Fluß nur wenig überragte, doch beim Näherkommen sah Yanka, wie weitläufig das mächtige, am träge dahinfließenden Volchov gelegene Novgorod war. Die Stadtteile zu beiden Seiten des Flusses, von gewaltigen Holzpalisaden umgeben, waren durch eine große Holzbrücke verbunden. Inmitten der westlichen Hälfte erhob sich eine wehrhafte Zitadelle aus dicken, glatten Mauern.

Die Reisenden durchquerten von Osten her das östliche Viertel und fuhren über die hohe Brücke.

Als sie durch ein großes Tor kamen, lag vor ihnen eine majestätische Kathedrale. Sie ließen auch das nördliche Stadtviertel hinter sich und gelangten schließlich an ein großes, aus Holz errichtetes Gasthaus.

Yanka staunte: Alle Straßen bestanden aus Holzplanken.

Die erste Zeit in Novgorod war eine glückliche. Milej war beschäftigt, und wenn sie auch den Status einer Dienerin hatte, durfte sie doch oft hinter ihm gehen, und er machte sie auf die Schönheiten der Stadt aufmerksam.

Der westliche Teil mit der Zitadelle hieß wegen der Kathedrale »Sophien-Seite«. Er bestand aus drei Stadtvierteln, den »Enden«. Im Norden lag das Ende der Lederverarbeiter, dann kam das Zagorod-Ende, wo die reichen Bojaren ihre Häuser hatten, und schließlich das Ende der Töpfer.

Neben den schönen Holzhäusern gab es zahlreiche Kirchen aus Holz und auch Dutzende von Steinkirchen.

Die Straßen waren meist nicht mehr als drei Meter breit, aus großen, der Länge nach gespaltenen Stämmen gefertigt, die mit der flachen Seite nach oben auf darunter liegenden Schwellen befestigt waren. Jede Straße war von soliden Holzwänden in der Art von Palisaden gesäumt.

Yanka deutete auf ein palastartiges Gebäude aus Holz: »Wohnt hier der Fürst?«

»Nein. Die Leute in Novgorod wollen nicht, daß der Fürst in der Stadt wohnt. Er muß in seiner eigenen kleinen Festung im Norden leben. Dies ist der Palast des Erzbischofs. In Novgorod regieren der Erzbischof und das *vetsche* des Volkes. Der Fürst sorgt für die Verteidigung, und das *vetsche* bestimmt, ob ein Fürst akzeptiert wird oder nicht.«

Yanka hatte zwar gehört, daß die Stadt Novgorod eine freie Stadt war, aber sie hatte sich nie vorstellen können, daß solche Macht beim Volk liegen könne.

Von der Zitadelle aus fuhren sie über die Holzbrücke. Unter ihnen lag der vereiste Volchov und vor ihnen das Marktviertel.

»Hier gibt es zwei Enden«, erklärte Milej, »das slovenische und das der Zimmerleute. Dazwischen liegt der Markt, und da gehen wir jetzt hin.«

Yanka hatte so etwas nie gesehen. Neben einer imposanten Kirche breitete sich ein riesiges offenes Areal bis ans Flußufer mit den Lagerhäusern hin. Der Platz war schneebedeckt, und trotzdem standen lange Reihen bunter Stände da; Yanka schätzte, es müßten tausend sein.

Milej hatte Geschäfte zu tätigen, also zog Yanka den ganzen Morgen allein umher. Die Menschen waren von überall gekommen; es waren nicht nur Slawen, sondern Deutsche, Schweden und Händler aus den baltischen Staaten. Ein Mann, der gepökelten Fisch verkaufte, erzählte, daß er in seiner Jugend mit Heringsflotten sogar bis nach England gekommen sei.

Was es da alles gab! Große Töpfe mit Honig, Salzfässer, Fischtran; Fische im Überfluß, selbst jetzt im Winter: Aal, Hering, Kabeljau, Brasse und Steinbutt. Stapel von Fellen lagen da: Bär, Biber, Fuchs, sogar Zobel. Glänzende Töpfereien und schön verarbeitete Lederwaren. Da gab es fein geschnitzten Zierat aus Knochen und Rentiergeweih aus den nördlichen Wäldern und auch Walroßzähne. Und natürlich waren da die Ikonen. Es gab Gewürze, die für den Westen bestimmt waren, und Kämme, jede Art von Perlen und glänzende Seide aus dem alten Konstantinopel, die sich wunderbar anfühlte.

Als Yanka einem Mann zusah, wie er einen Stapel gestempelter Eichhörnchenfelle zählte, die auch in Novgorod als Kleingeld dienten, sah sie, daß er sich Notizen auf eine kleine Wachstafel machte. Milej tat das auch, aber dies hier war ein ganz gewöhnlicher kleiner Kaufmann. Sie ging weiter zu den anderen Ständen. Auch hier hatten die Händler, sogar die Handwerker oft Wachstäfelchen oder kleine Stücke von Birkenrinde, auf die sie schrieben oder etwas zeichneten.

»Kannst du auch lesen und schreiben?« fragte sie eine Fischverkäuferin.

»Ja, mein Täubchen. Die meisten Leute hier können es«, war die Antwort. Yanka war tief beeindruckt. In Russka konnte das niemand. Als sie sich auf dem weiten Platz umsah, auf dem auch das *vetsche* zusammentrat, bekam sie allmählich eine Vorstellung von der zielstrebigen, kühnen Macht des baltischen Nordens.

In dieser Nacht lud Milej sie im Gasthaus ein, mit ihm allein zu essen. Er war in bester Stimmung. Die Geschäfte waren offenbar gut gegangen.

Yanka hatte noch nie so köstlich gegessen: Fisch, Wild, Delikatessen und Süßigkeiten. Auch eine Schale mit glänzendem Rogen wurde vor sie hingestellt. »Was ist denn das?« fragte sie.

»Kaviar«, lächelte Milej, »von einem Flußbarsch. Probiere ihn.«

Sie hatte zwar gehört, daß Kaviar vom Flußbarsch, Stör und anderen Fischen kam, aber gekostet hatte sie ihn nie. Das war die Speise der

Bojaren. Milej schenkte ihr häufig Met nach und sah mit Vergnügen, wie ihr Gesicht sich allmählich rötete.

Schließlich öffnete sich die Tür, und ein schmächtiger alter Mann sah fragend herein. Der Bojar forderte ihn auf einzutreten. Es war ein Spielmann, ein *skazitel.* Er trug ein *gusli*, ein dreiseitiges Zupfinstrument, und sang zwei Lieder, eines aus dem Süden, eines aus dem Norden. »Das erste«, er lächelte verlegen, »habe ich selbst gemacht. Es heißt ›Fürst Igor‹.«

Yanka lächelte. In ihrer Kindheit hatte sie einige Geschichten über den edlen Igor gehört, einen Fürsten aus dem Süden, der einen harten Kampf gegen die Kumanen aus der Steppe geführt hatte. Das kühne Unternehmen war erfolglos, und Fürst Igor fand den Tod. Jeder Russe kannte diese Geschichte.

Die Botschaft des Liedes war schlicht: Wären die russischen Fürsten vereinigt, könnten ihnen die Männer der Steppe nichts anhaben. Das trifft, dachte Yanka, auch auf den Einfall der Tataren zu. Sie sah, daß Milej gedankenversunken in die Ferne blickte. Hatten nicht seine eigenen Vorfahren, die Rus und die Kumanen, auf der Steppe gegeneinander gefochten?

Doch dann holte Milej aus einem Ledersack einen kleinen Stoffballen und legte ihn auf den Tisch. Es war feinste orientalische Seide. »Ein Geschenk für dich«, sagte er zu Yanka. Und den Spielmann forderte er auf: »Singe jetzt das andere Lied!«

Es war das Lied vom reichen Kaufmann Sadko aus Novgorod, gewissermaßen die russische Version der Orpheus-Sage: Der singende Kaufmann bezaubert den finnischen Meergott in seinem Palast auf dem Meeresgrund und kann wieder ins Leben zurückkehren. Das Lied erinnerte an den Kaufmann, der in Novgorod gelebt hatte.

Yanka lag zu Milejs Füßen und ließ die weiche schimmernde Seide durch die Finger gleiten. Sein Kaftan stand am Hals offen. Sie blickte auf das helle lockige Haar auf Milejs Brust und auf die kleine Metallscheibe an einer Kette, die den dreizackigen *tamga* seines Clans eingeritzt trug. Sie blickte ihn lächelnd an, bis auch er schließlich lächelte und den Spielmann mit einer Handbewegung fortschickte.

Yanka gab sich dem Bojaren in dieser Nacht ganz hin. Alles war gut, so wie es war. Danach hatte sie das Gefühl, daß etwas in ihr sich weiter als sonst geöffnet habe und daß sie mit Sadko im Palast auf dem Grund des Meeres gewesen sei.

Yanka fragte häufig, ob sie den großen Fürsten Alexander einmal sehen würden. Sie hatte nie vergessen, was ihr Bruder von diesem Fürsten von

Novgorod erzählt hatte, der die bösen Schweden und die deutschen Ritter in die Flucht geschlagen hatte.

Aber niemand gab ihr eine klare Antwort. Manche sagten, er sei wohl in seiner Residenz flußabwärts, andere meinten, er halte sich in einer benachbarten Stadt auf. Und viele reagierten auf diese Frage nur mit einem müden Schulterzucken.

Wenn sie Milej auf ihre schlichte Art Fragen zur politischen Situation stellte, lachte er nur. Das wurde anders mit dem Abend, an dem der Bojar ein Fest gab für Männer, mit denen er Geschäfte machte. Yanka durfte dabeisein, um zu bedienen.

Es waren etwa ein Dutzend Männer, alle groß und bärtig und in kostbare Seidenkaftane gehüllt. Einige waren Bojaren, andere wohlhabende Kaufleute, zwei gehörten der mittleren Kaufmannsklasse an.

Ihren Gesprächen konnte Yanka entnehmen, wie reich und groß Novgorod tatsächlich war. Man unterhielt sich über Grundstücke, die Hunderte von Meilen entfernt in Wäldern und den Marschen des Nordostens lagen. Sie sprachen von großen Eisen- und Salzvorkommen, von riesigen Rentierherden am Rand der Tundra. Mancher Bojar besaß Land, das er noch nie gesehen hatte, und mancher bekam Felle als Tribut von Pelzjägern, die hundert Meilen zu einem Sammelplatz reisten und selber nie im Leben eine Stadt gesehen hatten. Ja, das war das Land der mächtigen, endlosen Taiga.

Dann begannen die Männer über Politik zu reden, und Yanka hörte mit wachsender Aufmerksamkeit zu.

»Die Frage ist, was man gegen die Tataren unternehmen will«, fragte Milej. »Wollt ihr euch unterwerfen oder sie bekämpfen?«

»Die Situation ist heikel«, antwortete ein älterer Bojar. »Der gegenwärtige Großfürst wird sich bestimmt nicht lang halten.«

Der letzte Großfürst von Vladimir, der Vater des großen Fürsten Alexander von Novgorod, war kürzlich auf dem Rückweg von einem Höflichkeitsbesuch in der Mongolei gestorben. Sein Bruder war ihm in der Herrschaft gefolgt und hatte seinen Neffen Alexander als Herrscher über Novgorod bestätigt. Der neue Großfürst wurde jedoch allgemein für schwach gehalten.

»Der wirkliche Machtkampf«, sagte ein anderer, »findet zwischen Alexander und seinem jüngeren Bruder Andrej statt.«

»In diesem Fall müssen wir Stellung beziehen«, war die Ansicht eines alten Bojaren.

»Einige von uns halten beide für Verräter«, äußerte sich ein junger Mann.

Verräter? Fürst Alexander, der tapfere Bezwinger der Schweden und der Deutschen, ein Verräter? Zu Yankas Erstaunen widersprach niemand.

»Es stimmt, daß Alexander nicht beliebt ist«, seufzte ein dicker Bojar. »Die Leute meinen, er habe die Tataren allzugern.«

»Hat er, wie es heißt, in seiner Schlacht gegen die deutschen Ritter tatsächlich Tataren als Bogenschützen eingesetzt?« fragte Milej.

»Man sagt es, aber ich glaube es nicht«, erwiderte der dicke Bojar. »Ihr müßt aber bedenken, daß man nicht nur seine Freundschaft mit den Tataren kritisiert. Es gibt genügend Leute hier in der Stadt, die am liebsten die Deutschen bei uns am Ruder sähen. Als Alexander nach Novgorod zurückkam, ließ er die Sympathisanten der Deutschen hängen. Wenn also jemand noch dieser Ansicht ist, wird er sie wohl nicht äußern.«

»Es geht das Gerücht, daß der junge Fürst Andrej heimlich die katholischen Deutschen und die Schweden begünstigt«, ließ sich der junge Kaufmann vernehmen. »Ich fürchte, daß es keinen ehrlichen russischen Fürsten gibt.«

So ging die Diskussion eine Zeitlang weiter. Schließlich wandte der dicke Bojar sich an Milej: »Nun hast du also gehört, daß wir uns nicht einig sind, was wir tun sollen; was sagt denn der Bojar aus Murom?«

Alle blickten Milej erwartungsvoll an.

»Vor allem«, begann der Angesprochene, »verstehe ich das katholische Lager. Ihr seid nahe an Schweden, Polen und an den deutschen Hansestädten. Sie alle sind katholisch und ziemlich stark. Ebenso denkt der Fürst von Galizien unten im Südwesten, er könne sich mit Hilfe des Papstes die Tataren vom Leibe halten. Das katholische Lager täuscht sich jedoch. Und warum?« Er blickte in die Runde. »Weil die Tataren viel stärker, der Papst und die katholischen Mächte unzuverlässig sind. Jedesmal wenn der Fürst von Galizien sich durchzusetzen versucht, wird er von den Tataren überwältigt.«

Es gab beifälliges Gemurmel.

»Novgorod ist mächtig«, fuhr Milej fort, »doch verglichen mit den Tataren ist Novgorod geradezu kümmerlich. Sie könnten eure Befestigungen innerhalb von Tagen schleifen, wenn sie nur wollten, wie sie es mit Vladimir, Rjazan, selbst mit Kiev gemacht haben. Ihr könnt froh sein, daß sie sich zum Rückzug entschlossen haben.«

»Die Tataren werden untergehen wie die Avaren, die Hunnen, die Petschenegen und die Kumanen«, wandte einer ein.

»Nein«, widersprach Milej, »das ist genau der Fehler, den die Hälfte eurer russischen Fürsten macht. Aber die Wahrheit ist nicht weniger wahr, wenn man sie ignoriert. Die Tataren sind nicht wie die Kumanen.

Sie haben ein Imperium geschaffen, wie die Welt es noch nicht gesehen hat.«

»Du denkst also«, der junge Kaufmann schien bekümmert, »Fürst Alexander hat recht, und wir sollten uns den Heiden unterwerfen?«

Milej sah den jungen Mann mit leisem Spott an. »Ich glaube«, sagte er sehr ruhig, »daß die Tataren die besten Freunde sind, die wir haben. Natürlich hat Alexander recht. Wir haben keine Wahl. Denkt an meine Worte: In ein paar Jahren werden sie über uns alle herrschen. Das ist jedoch nicht der Punkt. Wer führt die Karawanen, mit denen ihr Handel treibt, vom Osten her? Die Tataren. Wer prägt die Münzen, und wer hält die Steppen frei von Kumanen? Die Tataren. Wo finden unsere Söhne gewinnbringenden Kriegsdienst und Beute? Bei den Tataren, genau wie meine Alanen-Vorfahren den Chazaren dienten, ehe der Staat der Rus existierte. Und welche Alternative gibt es? Die Fürsten von Rus? Die Großfürsten, die nie einen Finger gerührt haben, Rjazan oder Murom gegen den Einfall der Tataren zu unterstützen? Die Tataren sind stark, und sie haben größtes Interesse an gewinnbringendem Handel. Also werde ich mit ihnen zusammenarbeiten.«

Yanka erschrak. In diesem Augenblick sah sie ihre sterbende Mutter vor sich und den Tataren, dem ein Ohr fehlte. Und sie erinnerte sich an ihren Bruder, wie er in die abendliche Steppe verschwand.

Milej sprach also für die Tataren. Sie als armes slawisches Bauernmädchen hatte das nicht ahnen können. Wie sollte sie auch wissen, daß mehr als tausend Jahre lang die Sarmaten, Chazaren, Vikinger und Türken, die Männer der Steppen, Flüsse und Meere – daß sie alle im russischen Land und seinem Volk nur Mittel für ihre Zwecke gesehen hatten und daß sie die Herrschaft nur des Profits wegen anstrebten.

Die Älteren nickten weise.

Ein Glück, daß Yanka völlig unbeachtet in einem Winkel stand und zu betroffen war, um auch nur ein Wort zu äußern. Denn in diesem Augenblick fühlte sie sich durch die Nächte mit Milej mehr befleckt als je durch die Nächte mit ihrem Vater.

Eine Woche später hatte sie zum erstenmal die Vermutung, sie sei schwanger. Sie sagte Milej nichts. Was sollte sie tun? Jeden Tag lief sie durch die Stadt und versuchte, einen klaren Gedanken zu fassen.

Sie suchte nach stillen Plätzen außerhalb der lärmenden Geschäftigkeit, sie ging zu den umliegenden Klöstern, in die fürstlichen Jagdgebiete im Norden der Stadt. So wurde sie sehr vertraut mit der Gegend, doch je besser sie Novgorod kennenlernte, desto weniger gefiel es ihr. Täglich wurde ihr deutlicher, daß hier nichts anderes zählte als Geld. Diese harte, unnachgiebige Welt widerte sie an. Ich gehöre nicht hierher, dachte sie. Ich will hier nicht bleiben.

Aber sie trug das Kind des Bojaren. Was sollte sie nur machen? Er würde sicher für das Kind sorgen, aber was würde aus ihr werden, wo sollte sie denn leben? Würde sie je einen Ehemann bekommen? Wenn auch die verheirateten Frauen in slawischen Dörfern nach einer wüsten Festnacht es mit den Männern trieben, war es doch für jeden Mann eine Schande, festzustellen, daß seine Braut keine Jungfrau mehr war. Eine unverheiratete Frau mit Kind hatte kaum Chancen.

Sie begann Milej zu hassen. Es war sein Kind, und sie trug diese Last gegen ihren Willen.

Im Januar beschloß sie, das Kind abzutreiben. Verzweifelt begab sie sich auf die Suche nach einer Frau, die in solchen Sachen Bescheid wüßte. Schließlich sprach sie eines Nachmittags mit einer alten Frau, die ein hartes Gesicht hatte und eine Warze auf der Hand. Sie verkaufte an einem Stand in der Nähe des Flusses getrocknete Kräuter.

Als Yanka ihre Sache vortrug, war die Alte keine Sekunde überrascht. Sie musterte das Mädchen nur kalt mit ihren kleinen braunen Augen.

»Im wievielten Monat?«

Yanka gab Auskunft.

»Schön. Aber das kostet dich zwei *grivna*.«

Yanka schluckte. Das war ein kleines Vermögen.

»Ist deine Methode auch sicher?«

»Du kriegst kein Kind, und dir passiert nichts.«

An diesem Nachmittag verkaufte Yanka den Ballen Seide, den Milej ihr geschenkt hatte, für zwei Rubel.

»Komm heute abend, wenn es dunkel wird«, hatte die Alte gesagt.

Als die Sonne hinter dem gefrorenen Sumpfland unterging, folgte Yanka der schlurfenden Alten auf einem Pfad an den südlichen Stadtrand. Zur Rechten standen Hütten, zur Linken lag der zugefrorene Fluß.

Die Alte führte Yanka zu einer *isba* am Ende einer Gasse und öffnete eine Seitentür. In dem kleinen Raum befanden sich ein paar Säcke, ein Tisch mit kleinen Töpfen, die seltsam riechende Kräuter enthielten, und eine Bank. Es war kalt.

»Setz dich und warte«, sagte die Frau und verschwand. Sie kam mit einer kleinen Wanne zurück, die sie vor Yanka hinstellte. Dann ging sie wieder hinaus.

Es dauerte einige Zeit, bis sie zurückkehrte. Aus einem großen Kübel goß sie heißes Wasser in die Wanne. Eine Dampfwolke stieg auf. Diesen Vorgang wiederholte sie, bis die Wanne halb voll war.

Dann schüttete sie verschiedene Kräuter ins Wasser und rührte mit einem langen Holzlöffel um. Ein scharfer, fast beißender Geruch begann den Raum zu füllen.

»Was ist das?«

»Das soll dich nicht kümmern. Zieh die Stiefel aus, nimm dein Hemd hoch und stell deine Füße in die Wanne«, befahl die Alte.

Als Yanka der Anweisung folgte, schrie sie vor Schmerz auf. Das Wasser war kochend heiß.

»Du gewöhnst dich dran«, meinte die Frau und drückte Yankas Füße wieder in die Wanne. »So, jetzt steh auf.«

Der Schmerz war so furchtbar, daß Yanka wankte. Ihr war, als würde sie verbrüht. Dann wurden die Beine fast empfindungslos. Yanka gewöhnte sich auch an den penetranten Geruch. Doch gegen Ende der grausamen Prozedur fiel sie in Ohnmacht.

Als sie wieder zu sich kam, rieb die Alte ihr die Füße mit einer Paste ein. »Es tut noch eine Zeitlang weh, aber die Haut fühlt sich nur verbrüht an, sie ist es nicht wirklich.«

»Und das Kind?«

»Komm übermorgen zu mir auf den Markt, bei Sonnenuntergang.«

Am nächsten Morgen schlief Yanka lange, und am Tag darauf ging sie, wie vereinbart, zum Stand der Frau und berichtete, daß alles in Ordnung sei.

»Das sagte ich dir doch«, war der lapidare Kommentar der Alten.

Yanka ging Milej aus dem Weg aus Furcht, sie könnte wieder schwanger werden.

Es lag immer noch Schnee, und sie wußte, daß der Bojar bald wieder den Weg zurück in den Osten nehmen wollte. Doch wohin sollte sie?

Auf einer ihrer Wanderungen durch Novgorod entdeckte sie eine Holzkirche, dem heiligen Blasius geweiht; sie lag im Viertel der Töpfer. Blasius war der Schutzheilige der Tiere und hatte den alten Slawengott Volos ersetzt, den Gott der Rinder, des Wohlergehens und des Reichtums.

In diesem Holzgebäude mit seinem hohen, steilen Dach fühlte sich Yanka geborgen. Stundenlang stand sie vor der Ikone des Heiligen, und in ihr wuchs das Gefühl, daß es auch für sie, in ihrem elenden und sinnlosen Dasein, Hoffnung gebe. Sie betete voller Inbrunst.

Einige Tage darauf traf sie hier einen jungen Mann. Sie schätzte ihn auf etwa zweiundzwanzig, er war etwas mehr als mittelgroß. Sein Gesicht mit den hohen Backenknochen umrahmte ein brauner Bart. Yanka fielen sogleich seine Hände auf, schwielige Hände eines Arbeiters, doch seine

Finger waren feingliedrig und die Nägel gepflegt. Seine braunen Mandelaugen blickten ernst und nachdenklich, während er, ins Gebet versunken, vor einer Ikone stand. Als sie auf die Tür zuging, unterbrach er sein Gebet unverzüglich und folgte ihr.

»Du nimmst wohl an, daß du den gleichen Weg hast wie ich?« lächelte sie.

»Nur zu deinem Schutz. Wohin gehst du denn?«

»Ins Viertel der Lederarbeiter.«

»Ich auch. Mein Herr wohnt dort.«

Sie erfuhr, daß er ein Sklave war, ein Mordvine, der im Alter von zwölf Jahren nach einem Überfall gefangengenommen worden war. Er hieß Purgas. Mit fünfzehn Jahren war er zu einem reichen Kaufmann gekommen, der ihn das Handwerk des Zimmermanns hatte erlernen lassen.

Als sie sich trennten, sagte Yanka, daß sie jeden Tag in die Kirche komme.

Sie erwartete natürlich, ihn am folgenden Tag wiederzutreffen; aber sie war doch höchst überrascht, als er ein kleines, aus Birkenholz geschnitztes Boot mit Ruderern und einem Segel hervorzog, das er gemacht hatte – eine wunderschöne Arbeit, die er ihr zum Geschenk machte. An diesem Tag begleitete er sie nach Hause.

Danach trafen sie einander häufig. Er war immer liebenswürdig, ruhig und auch ein wenig schüchtern, was ihr gefiel.

Wenn sie durch die Straßen gingen, blieb er von Zeit zu Zeit stehen und machte sie auf eine Besonderheit an den Häusern aufmerksam: eine Schnitzerei, ein Fenstergitter oder wie die schweren Balken an den Ecken ineinandergefügt waren. Yanka spürte, daß er, obwohl er diese Stadt gern hatte, sich nach den Wäldern seiner Kindheit sehnte.

»Wir lebten in den Wäldern draußen an der Wolga«, erzählte er und sprach von den Bäumen und Pflanzen seiner Heimat. Dabei trat ein verträumter, abwesender Blick in seine Augen.

Als sie sich wieder einmal in der Kirche trafen, erlebte Yanka eine große Überraschung. Sie standen vor einer Ikone, auf der Christus mit einem offenen Buch dargestellt war.

»Richte nicht nach dem Äußeren, sondern richte nach der gerechten Einsicht«, las ihr Begleiter vor.

Yanka sah ihn belustigt an. »Lesen kannst du also auch?«

»Ja, das habe ich hier in Novgorod gelernt.«

Ein Mordviner, ein einfacher Finne aus den Wäldern, der lesen konnte!

In diesem Augenblick faßte Yanka ihren Entschluß. Am Abend sprach sie mit Milej. Zu ihrem Erstaunen lächelte er freundlich. »Jetzt sage mir noch mal den Namen dieses Kaufmanns und wo er wohnt.« Nach einer Pause fragte er: »Du weißt nicht genau, ob der junge Mann dich …?«

Sie schüttelte den Kopf. »Aber ich glaube schon.«

Am folgenden Morgen schon regelte Milej die Angelegenheit. »Das kostet mich allerdings einen Batzen Geld«, bemerkte er mit schiefem Lächeln.

Am gleichen Nachmittag fragte Yanka Purgas vor der Kirche: »Willst du mich heiraten? Mein Herr kauft dich frei, wenn du willst.«

Er stand wie vom Donner gerührt. »Ich wollte dich schon fragen«, gab er zu, »aber als Sklave fürchtete ich …«

»Es gibt Bedingungen«, fuhr sie fort. Sie hatte sich alles genau überlegt. Und tatsächlich hatte ihr Milej, wenn auch zögernd, Vorschläge gemacht.

»Wir wohnen dann in der Nähe meines Heimatdorfes, aber nicht als Bauern eines Bojaren«, fügte sie rasch hinzu. »Wir sind frei. Wir leben auf der Schwarzen Erde und zahlen nur dem Fürsten Tribut.«

Yanka wollte in der Nähe ihres Vaters sein. Falls irgend etwas geschähe, wäre wenigstens er da. Aber sie wollte nicht im selben Ort wohnen, und sie wollte auch Milej nicht mehr als Grundherrn haben.

»Geht also ins Schwarze Land«, sagte Milej. »Dort gibt es guten Boden – *tschernozem* – gleich bei Russka. Der Fürst ist froh, wenn er Bauern auf sein Land bekommt.«

Als Purgas das hörte, lachte er, sehr zur Erleichterung Yankas. Es gab nichts auf der Welt, was ihm lieber gewesen wäre. »Das ist in Ordnung«, meinte er.

»Da ist noch etwas anderes«, begann sie zögernd, den Blick auf den Boden gerichtet.

Er wartete.

»Einmal, vor sehr langer Zeit …« Sie hielt inne. »Als ich noch ein Kind war … Es war ein Tatar, er kam ins Dorf.«

Purgas starrte sie an. Dann zog er sie sanft an sich und küßte sie auf die Stirn.

Sie fuhren zwei Tage später ab und folgten Milej mit dessen Erlaubnis in einem zweiten Schlitten.

Als sich ihre Wege trennten und sie Abschied nahmen, steckte Milej Yanka zwei *grivna* zu. »Tut mir leid wegen des Kindes«, murmelte er. Dann verließ er sie.

1262

Milej wartete. Er wartete in Russka auf den Tataren. Das Jahr über war die Lage immer brisanter geworden. Jeden Augenblick fürchtete er eine Explosion.

An diesem Morgen wäre es fast dazu gekommen. Wäre er nicht dagewesen, so wären die beiden moslemischen Tributeinnehmer jetzt vermutlich tot. Erst als er den Dorfbewohnern gedroht hatte, sie von seinem Land zu vertreiben, hatten sie sich beruhigt.

»Es ist fatal, daß die Tributeinnehmer Moslems sind«, seufzte er.

Die Tataren hatten den Nordosten genommen. Zwar gestatteten sie den Fürsten, weiterhin zu regieren, doch wurden Volkszählung und Aushebung von Soldaten eingeführt. Niemand konnte etwas dagegen unternehmen.

Selbst Novgorod mußte sich damit abfinden, daß es besteuert wurde. Fürst Alexander war mit den tatarischen Tributeinnehmern gekommen und hatte geholfen, den Tribut für die Tataren zu erheben. Jeder Widerstand der Bewohner wurde von ihm niedergeschlagen.

Milej lächelte. Wie schlau Alexander doch war! Er hatte herausgefunden, wie er die Tataren auf seine Seite ziehen konnte, und hatte sie benützt, um seinen Onkel und seinen Bruder abzuschieben. So war er nun endlich der größte Fürst in allen russischen Landen. Er trug sogar einen orientalischen Helm, den der Tataren-Khan ihm geschenkt hatte. Das russische Volk liebte ihn wohl nicht, doch seine Politik war geschickt und klug. Die Russen allein konnten die Tataren nicht zurückschlagen.

»Seht doch, was seinem Bruder Andrej passiert ist«, erklärte Milej jenen, die Alexander einen Verräter nannten. »Er hat versucht, gegen die Tataren zu kämpfen; doch sie schlugen ihn vernichtend und plünderten die Hälfte der Städte im Fürstentum Vladimir-Suzdal.«

Das, was zehn Jahre früher geschehen war, war keineswegs vergessen worden. Was aber wäre, wenn die Russen Hilfe außerhalb suchten?

»Denkt doch nur an diesen einfältigen Fürsten von Galizien«, sagte Milej eindringlich. Der Fürst im Südwesten, der mit dem Papst liebäugelte, hatte noch dümmer taktiert, als Milej es vorausgesagt hatte. Zuerst hatte er eine Krone durch den Primas erhalten. Dann sah er sich nach Verbündeten um. Wer blieb ihm außer den heidnischen litauischen Stämmen im Norden, die in die westlichen Gebiete Rußlands vordrangen, um den deutschen Ordensrittern zu entgehen? Der litauische Führer war der römisch-katholischen Kirche beigetreten und forderte, zusammen mit dem galizischen Fürsten, die Tataren heraus. Und was war das Ergebnis?

Die Tataren schlugen die Galizier und zwangen sie, die Litauer anzugreifen. Dann mußte der galizische Fürst alle seine Festungen schleifen lassen. Die katholischen Westmächte taten nichts, wie gewöhnlich, der litauische König wurde wieder Heide. Milej hatte gehört, daß in jenem Sommer das heidnische Litauen seinerseits das inzwischen ziemlich wehrlose Galizien angegriffen habe.

»Dieses arme Land ist erledigt. Wenn Alexander je etwas Ähnliches versucht hätte«, sagte Milej immer, »hätten ihm die Tataren die Hälfte seiner Ländereien abgenommen und die Deutschen die andere Hälfte.«

Alexander war weise und handelte geschickt. Es gehörte zur Politik der Tataren, sich nie mit der Kirche anzulegen. Alexander, der den Tataren diente, hatte den Metropoliten Kyrill zu seinem engen Freund gemacht.

»Jetzt hat er jeden Priester und Mönch im ganzen Land auf seiner Seite. Das Volk haßt Alexander, aber in der Kirche hören sie ständig das Loblied auf diesen Nationalhelden. Die Priester nennen ihn jetzt sogar Alexander Nevskij, als habe das Scharmützel, das er als junger Mann mit den Schweden an der Neva hatte, ganz Rußland gerettet.«

Ja, Milej hatte recht behalten: Die Tataren waren die Herren, und es war höchst unklug, die Zusammenarbeit mit ihnen abzulehnen. Er, Milej, arbeitete seit mehr als einem Jahrzehnt mit den Tataren und Alexander Nevskij. Allerdings waren die Dinge kürzlich schwierig geworden. Solange Batu Khan in Sarai regierte, gab es für Milej keine Probleme. Nun aber führte dort ein neuer Khan, ein Moslem, das Ruder.

Dieser Khan unterdrückte die russische Kirche in keiner Weise, doch gestattete er den moslemischen Kaufleuten, das Land von Suzdal gegen Tribut zu vergeben, und diese Leute nützten ihr Vorrecht schamlos aus. Viele der Unglücklichen, die den geforderten Tribut nicht bezahlen konnten, wurden zu Sklaven. In der ganzen Region von Vladimir bis Murom kam es zu Revolten.

Diesmal hatte Milej durchaus Verständnis für das Volk. Aber Geschäft war schließlich Geschäft. »Ihr seht zu, daß die Besitzungen von Murom alle Forderungen bezahlen«, wies er seine Söhne an. »Ich kümmere mich um Russka.«

Er befand sich jedoch noch aus einem anderen Grund an diesem Spätjulitag in Russka: Mit etwas Glück würde er heute das größte Geschäft seines Lebens machen. Wenn ihm das gelänge, wollte er sich zur Ruhe setzen. Er wurde schließlich alt.

Ungeduldig erwartete Milej den Tataren.

Dieser kam gegen Abend: Ein ruhiger Mann in den besten Jahren. An seiner kostbaren Kleidung – er trug einen Kaftan aus dunkelroter Seide und einen breitkrempigen chinesischen Hut – und dem prächtigen Pferd war er sofort als reicher und bedeutender Mann zu erkennen; trotzdem kam er ohne jede Begleitung, hatte nur einen mongolischen Bogen dabei und hinter sich auf dem Pferd ein Lasso. An seinem Hals hing ein silbernes Kreuz an einer Silberkette: Peter, der Tatar, war Christ.

Das war an sich keineswegs überraschend. Denn der Mongolenstaat hatte keine offizielle Religion. Auf ihrem Vormarsch von der Mongolei über die Eurasische Ebene waren die Mongolen vielen mächtigen Religionen begegnet, vom Buddhismus im Osten über den Islam bis zum Katholizismus im Westen. In Rußland hatte so mancher Tatar den orthodoxen christlichen Glauben angenommen. Es gab auch einen russisch-orthodoxen Bischof in Sarai, und es war allseits bekannt, daß der höchste tatarische Beamte im nördlichen Rostov und seine gesamte Familie Christen waren.

Und doch war Milej überrascht gewesen, bei seiner letztjährigen Begegnung mit dem neuen tatarischen Beamten festzustellen, daß der *baskak* ebenfalls zum orthodoxen Glauben übergetreten war. Der Bojar hatte schon früher geschäftlich mit dem Beamten zu tun gehabt und hielt ihn für einen schlauen, schweigsamen Mann.

»Es wäre zu überlegen, wie wir uns diesen christlichen Tataren gewogen machen können«, hatte er zu seinen Söhnen gesagt.

Als er erfuhr, daß der Tatar eine unverheiratete Tochter hatte, kam ihm eine Idee. Milejs ältester Sohn war verheiratet und hatte zwei Töchter. Doch der jüngere, David, ein hübscher Neunzehnjähriger, war noch ledig.

»Ich habe das Mädchen gesehen. Sie sieht nicht schlecht aus, und dieser Tatar scheint ziemlich wohlhabend zu sein. Es heißt, er habe auch gute Verbindungen«, erzählte er seinem Sohn. »Was denkst du – willst du das Mädchen heiraten?«

Es hatte bis dahin schon verschiedentlich Ehen zwischen russischen Fürsten und adligen Tatarinnen gegeben.

So hatte die Hochzeit stattgefunden.

Heute nun traf Milej den Tataren aus einem anderen Grund. Zwei Monate zuvor, bei Sommeranfang, hatte Peter erklärt: »Ich habe die Absicht, ein kleines Ordenshaus für ein paar Mönche und eine Kirche zu stiften. Weißt du einen geeigneten Platz dafür?«

Ein Kloster! Milej hatte weder geahnt, daß der Tatar so reich war, noch daß er die Religion so ernst nahm. »Gib mir zwei Wochen Zeit«, hatte er geantwortet, »wahrscheinlich habe ich die richtige Stelle für dich.«

Seitdem hatte er eifrig kalkuliert und fieberhaft gearbeitet. Genau das war es, was er für Russka brauchte.

All die Jahre hatte er sich bemüht, den Ort in Schuß zu bringen, aber es war schwer. Jetzt gab es dort eine einfache kleine Holzkirche, aber die Bevölkerung hatte sich verdoppelt. Und die Probleme mit den Tataren in den vergangenen zehn Jahren hatten es fast unmöglich gemacht, zuverlässige Siedler zu finden. Ein Kloster würde Leute und, früher oder später, Handel bringen.

Milej hatte einen Großteil des Landes, auch ungenutzten Wald, in der Gegend gekauft. Sein erster Gedanke war gewesen, Peter davon etwas zu verkaufen.

»Aber das genügt ihm sicher nicht«, meinte er zu David. »Er sagte mir, er wolle *gutes* Land, und das einzige gute Land in Russka ist der *tschernozem* am Ostufer.«

Da kam dem Bojaren die rettende Idee. Er sandte eilig einen Boten zum Großfürsten Alexander Nevskij und ließ ihn, unter Hinweis auf erwiesene Dienste, bitten, er möge ihm gutes Land verkaufen. Die Bitte wurde erfüllt.

»Denk dir«, setzte Milej seinem Sohn auseinander, »er verkauft mir ein Stück seines *tschernozem* nördlich vom Sumpfloch zu einem sehr günstigen Preis, und das ist doppelt so groß wie unser Land in Russka.« Er rieb sich die Hände. »Wenn ich dem Tataren mein Land zu einem guten Preis für sein Kloster verkaufen kann, kann ich den Handel mit dem Großfürsten tätigen, ohne eigenes Geld auszugeben.«

Mit begreiflicher Freude begrüßte er nun den Tataren und führte ihn in sein Haus. »Ich zeige dir die Stelle morgen früh«, sagte er. »Ich glaube, du wirst zufrieden sein.«

Am nächsten Morgen inspizierten sie das Land. Milej zeigte Peter den reichen *tschernozem* am Ostufer voller Stolz. Der Tatar ging um das ganze Dorf herum und sah, daß Milej ihm tatsächlich sein bestes Land angeboten hatte. »Es ist ein guter Platz für ein Kloster«, stimmte er zu. »Ich stifte eine kleine Kirche und denke für den Anfang an etwa sechs Mönche. Es wird sich mit der Zeit vergrößern.«

Milej nickte lächelnd. »Heißt das, du willst kaufen?«

»Der Preis?«

Milej war klug genug, nicht geldgierig zu erscheinen, und nannte eine akzeptable Summe.

Peter willigte ein. Zu Milejs großer Freude zog er einen Beutel heraus und bezahlte auf der Stelle mit Goldmünzen.

»Jetzt gehört das Land mir«, sagte der Tatar und stieg aufs Pferd.

»Willst du nicht bleiben?«

Der Tatar schüttelte den Kopf. »Bei den Schwierigkeiten ... Ich möchte morgen wieder in Murom sein.«

Milej nickte. »Jedenfalls stelle ich eine Besitzurkunde aus«, meinte er. Das war für ihn etwas Selbstverständliches.

Doch Peter fragte verwundert: »Eine Urkunde? Was ist das?«

Milej wollte zunächst etwas erwidern, doch dann schwieg er lieber. Konnte es sein, daß der Beamte nicht wußte, daß im Land der Rus jeder Landbesitz urkundlich verbrieft war?

Milej überlegte. Der Apparat des mongolischen Staates funktionierte vollkommen unabhängig vom russischen System. Die Tataren führten Volkszählungen durch, was kein russischer Herrscher je getan hatte, sie teilten das Land in Hunderte und Zehnte und sie erhoben Steuern. Aber sie befaßten sich nicht mit den Gesetzen der tributpflichtigen Völker. So kam es wohl, daß dieser intelligente Tatar, dieser Christ, dessen Tochter einen Russen geheiratet hatte, immer noch ein Fremder in diesem Land war. Er wußte nichts von russischen Landtransaktionen und von Gesetzen.

Nun hatte er zwar für das Land bezahlt, besaß jedoch keine Urkunde. Folglich gehörte ihm das Land gar nicht.

Ich muß ihm das Land geben, dachte Milej rasch. Aber wenn er je herausfindet, daß ich ihm eine Urkunde hätte geben sollen ... Kann ich noch etwas aus dieser Transaktion herausholen? Ich muß darüber nachdenken.

»Reite zurück nach Murom«, sagte er mit einem warmen Lächeln. »Wir reden später übers Geschäft.«

Peter wendete das Pferd.

»Sei streng mit diesen verdammten Leuten«, rief Milej ihm nach, dann ging er mit seinem Beutel voll Gold ins Dorf zurück.

Die beiden moslemischen Kaufleute hatten ein Dutzend Männer und drei große Wagen dabei. Sie kamen im Morgengrauen und waren sichtlich schlecht gelaunt. Die mongolische Verwaltung hatte ihnen gestattet, so viel einzutreiben wie möglich gegen einen Festbetrag, den sie an den Khan abzuführen hatten. Aber ihr Besuch in Russka tags zuvor war nicht zufriedenstellend verlaufen. Heute mußten sie ihre gestrige Schlappe wieder wettmachen. Dafür schien ihnen diese unbedeutende kleine Gemeinde freier Bauern in Sumpfloch genau das richtige. Sie hatten sich geeinigt, das Dorf auszunehmen.

Der Weiler war auf fünfzehn Haushalte angewachsen und hatte den Status eines *volost,* einer Kommune. In den letzten Jahren hatte sich bescheidener Wohlstand eingestellt, und das hatte man dem gewählten Dorfältesten zu verdanken: Purgas, Yankas Mann. Alle respektierten ihn. Er war ein Mann, auf den man sich verlassen konnte.

Auch Yanka wußte dies. Doch bis auf den Grund seiner Seele konnte auch sie nicht sehen. Im Lauf ihrer Ehe hatte er sie immer wieder durch unerwartetes Verhalten überrascht – und nicht immer hatten ihr diese Überraschungen gefallen.

Sie erinnerte sich gut an das erste Erlebnis dieser Art. Sie hatte in einer Ecke ihrer neuen *isba* eine Ikone angebracht. Kurz darauf hängte er kommentarlos ein Kränzchen aus Birkenlaub darüber.

»Warum tust du das?« fragte sie. »Das machen doch nur die Heiden.«

»Ich bin kein Christ«, gestand er.

»Aber ein Priester hat uns doch getraut.« Das war in Novgorod geschehen, kurz vor ihrer Abreise.

Er lächelte leicht. »Ich dachte, es sei nicht so wichtig. Ich bin dir damals in die Kirche gefolgt.«

»Das hättest du mir früher erzählen müssen«, sagte sie und war ein wenig aufgebracht.

»Ich hatte Angst, ich würde dich sonst verlieren«, murmelte er entschuldigend.

Sie dachte daran, daß auch sie ihm nicht die ganze Wahrheit gesagt hatte. So hatten sie beide gelogen, um die Liebe des anderen nicht zu verlieren.

»Du mußt jetzt Christ werden«, verlangte sie. Doch zu ihrem Erstaunen weigerte er sich.

»Unsere Kinder können Christen werden, aber laß mir meinen eigenen Weg«, war seine Antwort. »In Novgorod habe ich lange genug unter Christen gelebt«, fügte er gedankenvoll hinzu.

Sie verstand ihn. Seine Flucht mit ihr aufs Land war für ihn eine Rückkehr zu seinen Wurzeln. Er hatte eine starke Liebe zum Wald und zum Fluß, die Yanka nicht kannte. Für ihn war ein Baum wie ein lebendiges Wesen.

Der Fetischismus war in den nördlichen Wäldern seit je eine Art Religion gewesen, und Yanka versuchte klugerweise nicht, ihren Mann davon abzubringen.

Sie war froh, daß er nichts dagegen hatte, wenn sie die Kinder in die Holzkirche mitnahm.

Ihr Vater hatte sich glücklicherweise wieder verheiratet. Kurz nachdem sie in Sumpfloch angekommen waren, hatte er sie aufgesucht, sie beiseite genommen und ihr den Beutel mit Silbergeld in die Hand gedrückt, das er aus dem Süden mitgebracht hatte.

»Ich glaube nicht, daß Kiy je zurückkommt«, sagte er. »Das gehört alles dir.«

Sie verstand, daß er damit Vergangenes wiedergutmachen wollte, und seither waren sie Freunde.

Sie zeigte Purgas die Münzen, und er untersuchte sie sorgfältig. Einige kämen aus Konstantinopel und seien sehr alt, erklärte er ihr. Andere waren russisch, aus Monomachs Zeit. Sie versteckten sie unter den Fußbodenbrettern.

Purgas war nicht nur ein Jäger; er arbeitete fleißig auf ihrem Stück Land, und bald ging es ihnen gut. Yanka hatte nicht zu klagen. Sie liebte ihn, und er machte sie sehr glücklich. Sie hatten drei Kinder.

Wenigstens einmal im Jahr unterbreitete der Verwalter Milejs immer verlockendere Angebote, um Pächter nach Russka zu werben.

Sie lehnten stets ab. »Wir sind Leute vom Schwarzen Land«, sagte Yanka einfach. »Hier sind wir unsere eigenen Herren.«

Am Vorabend nun hatten die Männer des Dorfes erfahren, was die Tributeinnehmer in Russka erlebt hatten. Sie beschlossen, ihnen aufzulauern und sie hinterrücks zu töten. Purgas war auf ihrer Seite.

Schon Tage zuvor waren Nachrichten von den Schwierigkeiten in den nördlichen Städten flußabwärts gedrungen. Die freien Bauern des Ortes waren höchst erregt.

»Ihr seid verrückt«, sagte Yanka. »Russka hat nicht revoltiert.«

»Aber nur, weil der Bojar mit den Tataren im Bunde ist«, meinte einer der Männer.

»Sie werden kommen und uns alle umbringen«, drohte Yanka und blickte finster drein.

»Wir fürchten uns nicht!« riefen die jungen Männer.

»Sie werden uns alle vernichten«, erklärte sie. »Sie werden nie nachgeben.«

»Du bist also jetzt auf der Seite des Bojaren«, sagte Purgas leise.

Yanka wollte erst widersprechen, doch sie schwieg. Sie dachte an jenen Abend im Gasthaus: Wie hatten Milejs Worte sie entsetzt! Inzwischen war sie aber älter geworden und hatte erlebt, wie die Tataren auch den Norden nahmen. Milej hatte tatsächlich recht behalten.

»Versteckt, soviel ihr könnt«, riet sie den Männern. »Bezahlt die Leute, aber tut so, als hätten sie euch ruiniert. Sonst sind wir erledigt.«

Schließlich hatte sie sie überzeugt. Selbst Purgas versprach, nach ihrem Rat zu handeln.

Es kam so, wie Yanka es vorausgesagt hatte. Die Tributeinnehmer waren in der Morgendämmerung gekommen in der Annahme, die Leute zu überrumpeln. Sie plünderten in aller Eile die Hälfte des Getreidevorrats und trieben fast das gesamte Vieh weg. Doch schon vor der Morgendämmerung hatten Purgas und die Männer die meiste Habe im Sumpfland versteckt, wohin die Beamten nicht vordringen konnten.

Während sie das Getreide nahmen, ging Yanka spazieren. Ohne zu überlegen, ging sie so vor sich hin, in Richtung Russka. Sie gelangte auf eine schmale Waldlichtung mit einigen kleineren Erhebungen. Von hier aus hatte sie einen hübschen Blick auf Russka. Es war ganz still.

Plötzlich blieb sie wie angewurzelt stehen. Das mußte eine Vision sein!

Peter, der Tatar, war zufrieden mit diesem Tag. Er hatte eine Stelle für das Kloster gefunden, wie er sie sich vorgestellt hatte. Es war Zeit, daß er seinen Frieden mit Gott machte.

»Ein Mann ohne Religion findet keine Ruhe«, hatte der Beamte in Rostov ihn gedrängt. Und das stimmte.

Das neue Oberhaupt, Kubla Khan, hatte die buddhistische Religion der Chinesen angenommen, über die er herrschte.

Peter bestritt nicht, daß alle Menschen sich vor dem Großen Khan verneigen sollten; doch im Laufe der Jahre, verstärkt durch die schändlichen Intrigen um die höchsten Stellen innerhalb der Goldenen Horde, hatte Peters Begeisterung für menschliche Macht nachgelassen. Vielleicht wäre ich General geworden, wenn ich erfolgreicher gewesen und Batu Khan nicht gestorben wäre, dachte er; dann würde ich vielleicht noch nach irdischen Dingen streben.

Doch wie die Dinge lagen, war seine Laufbahn abgeschlossen. Er würde seine Stellung halten, aber nicht mehr höher steigen. Er gab sich damit zufrieden. Mit Hilfe seiner Schwester hatte er zu Lebzeiten Batus und ihres Sohnes ein beträchtliches Vermögen angesammelt.

Zwei Jahre zuvor war er über die Steppe nach Sarai gereist. Dort hatte er den herrlichen grauen Hengst mit der schwarzen Mähne und dem Streifen auf dem Rücken gekauft, den er jetzt ritt.

»Es ist vielleicht das letztemal, daß ich Sarai sehe«, hatte er betrübt zu seiner Frau gesagt. Er ahnte, daß er in Rußland bleiben würde.

Er hielt am Waldrand inne und warf einen letzten Blick auf seine neue Erwerbung. Er stieg ab und ging zu einer kleinen Anhöhe, um von dort aus einen besseren Blick zu haben. Seine Züge wurden weich, als er hinübersah. Träge scheuchte er eine Fliege weg, die sich auf der Stelle niedergelassen hatte, wo früher einmal sein Ohr gewesen war. Da bemerkte er, daß sein Pferd unruhig wurde.

Hinterher hätte Yanka nicht erklären können, wie dieser Wahnsinn über sie gekommen war. Aber sie hatte sich immer geschworen, daß sie das einmal tun werde, und dieses selbstgegebene Versprechen hatte all die Jahre in ihr geschlummert. Eines Tages, das wußte sie, würde sie ihm begegnen, und das wäre ihre Gelegenheit. Und da stand er nun plötzlich, nur ein paar Schritte von ihr entfernt auf dem Hügel. Selbst von hinten erkannte sie ihn – jenen Tataren, dem ein Ohr fehlte.

Er war allein. Yanka sah sich um; niemand sonst war zu sehen.

Was hatte ihn hierher geführt? Wahrscheinlich wollte er die Tributeinnehmer treffen. Sie wußte, daß sie nie wieder eine solche Gelegenheit haben würde. Vor ihr tauchte das Gesicht ihrer Mutter auf.

Yanka schlich vorwärts. Das Pferd stand an einem Baum. Auf dem Rücken hatte es einen Bogen und einen Köcher mit Pfeilen. Vorsichtig nahm sie den Bogen und legte einen Pfeil ein. Sie spürte die Spannung. Mit klopfendem Herzen näherte sie sich dem Tataren. Das Pferd schnaubte böse. Da wandte der Mann sich um.

Er war es. Die Narbe zog sich bis zum fehlenden Ohr hin. Yanka erinnerte sich an dieses Gesicht, als habe sie es am Tag zuvor gesehen.

Er hob überrascht die Hand, wußte nicht, wer sie war.

Sie atmete tief ein, spannte den Bogen mit aller Kraft, zielte – der Pfeil schnellte vorwärts.

Da hörte sie seinen Schrei. Wild gestikulierend kam er auf sie zu. Plötzlich fiel er auf die Knie. Der Pfeil hatte seinen Körper in der Magengegend durchbohrt. Sein Gesicht wurde weiß; er fiel zur Seite.

Was würde er jetzt wohl tun? Voller Entsetzen hörte sie, daß jemand auf dem Pfad näher kam. Sollen sie mich doch töten, dachte sie, wenn nur meiner Familie nichts geschieht!

Es war Purgas. Er erfaßte die Situation mit einem Blick, dann sah er seine Frau ungläubig an. »Er ist noch nicht tot«, sagte er sehr ruhig. Dann nahm er seinen Gürtel ab und erdrosselte den Tataren.

Einige Augenblicke lang sah Mengu, der nun Peter hieß, vor sich das wogende Gras der Steppe, und er glaubte den Geruch wahrzunehmen.

»Hast nicht du uns erzählt, man dürfe keinen Tataren töten«, sagte Purgas mit leisem Lachen. »Du kanntest ihn?«

Als sie nickte, fragte er: »War er es ...?« Er wußte, daß ein Tatar ihre Mutter umgebracht hatte, aber Yanka hatte ihm auch erzählt, ein Tatar habe sie vergewaltigt. »Wir können ihn nicht hier lassen«, erklärte er.

»Sie bringen uns um«, flüsterte sie.

»Das glaube ich nicht. Die Tributeinnehmer sind weg. Keiner erfährt etwas.« Er überlegte. »Zuerst müssen wir leider dieses Pferd töten. Das ist wirklich schade«, sagte er mit einem verächtlichen Blick auf den Toten.

Er wußte genau, wie er vorgehen mußte. Zuerst band er den Tataren auf seinem Pferd fest. Dann führte er das Tier unter beruhigendem Zureden tief ins Sumpfland. Dort zog er an versteckter Stelle einen

Graben, stellte das Pferd genau darüber und schnitt ihm die Kehle durch. Ebenso verfuhr er mit dem Toten. Eine Stunde später waren die Körper ausgeblutet. Purgas zerlegte und verbrannte sie, ebenso die Ausrüstung des Tataren bis auf den Mantel und das Lasso.

Gegen Mittag war nur noch ein Haufen verkohlter Knochen übrig außer dem Schädel, den Purgas nicht verbrannt hatte. Die Asche warf er in den Graben, den er wieder zuschüttete. Er hinterließ alles so, daß niemand, der vorüberkam, etwas hätte vermuten können.

In der Nähe stand eine mächtige Eiche. Hoch oben im Stamm befand sich ein Loch, in dem Purgas im vergangenen Jahr einen Bienenschwarm entdeckt hatte. In Peters schwerem Mantel schleppten sie die Knochen zum Baum. Purgas kletterte hinauf, und mit Hilfe des Lassos zog er die Last nach oben, wo er sie in den hohlen Stamm versenkte. Dann verbrannte er auch den Mantel und das Lasso.

»Die Tataren werden im Fluß und auf der Erde nach ihm suchen«, meinte er, »aber in den Bäumen bestimmt nicht.«

»Was geschieht mit seinem Kopf?« fragte Yanka.

Purgas lächelte. »Damit habe ich andere Pläne.«

Milej der Bojar kehrte erst zwei Wochen später von Russka nach Murom zurück. Die Stadt war in heller Aufregung; in den Dörfern hatten sich zahlreiche Bewohner geweigert, Tribut zu zahlen; einige der moslemischen Tributeinnehmer waren angegriffen worden.

Es hieß, daß der Großfürst Alexander Nevskij vorhabe, den Khan aufzusuchen und ihn um Nachsicht zu bitten. Und Peter, der *baskak,* war verschwunden.

Milej wurde von einem Zenturio gefragt, wann er Peter zum letztenmal gesehen habe. »Er war auf dem Weg nach Murom«, versicherte er.

Es wurde eine gründliche Untersuchung durchgeführt. Alle Dörfer zwischen Russka und Murom wurden durchstöbert, die Bewohner befragt. In Russka, wo Peter zuletzt gesehen worden war, ging man besonders sorgfältig vor; der Fluß wurde mit Schleppnetzen abgesucht, jedoch ohne Erfolg.

Der Mann war wie vom Erdboden verschwunden.

Am vierten Tag nach seiner Rückkehr tischte Milej eine große Lüge auf. Er hatte die ganze Zeit nachgedacht. Früher oder später mochte man ihn mit dem Tod des Tataren in Verbindung bringen. Da er aber beweisen konnte, daß er sich ausschließlich im Dorf aufgehalten hatte, sah er jetzt seine große Chance, der er nicht zu widerstehen vermochte.

Als Peters Sohn kam und höflich anfragte, ob sein Vater das Stück Land für das Kloster von ihm, Milej, gekauft habe, schüttelte er den Kopf. »Leider nein. Der Platz hat ihm nicht zugesagt.«

»Er hat dir also kein Geld gegeben?«

Milej schüttelte wieder den Kopf. »Nichts.«

Er war sicher: Ihm war nichts zu beweisen. Falls Peters Leichnam je gefunden würde, würde wohl niemand Geld bei ihm vermuten. Und durch einen unglaublichen Glücksfall gab es keinerlei Urkunden.

Peters Sohn war gegangen. Er konnte Milej nicht einmal einen Lügner nennen.

In der folgenden Woche erwarb Milej vom Großfürsten aus dessen besonders gutem *tschernozem* ein Stück Land, und zwar mit Geld aus einem angeblichen Landverkauf in der Nähe von Murom. Das Glück schien Milej hold.

1263

Im Frühling reiste Milej noch vor der Schneeschmelze auf seinen Besitz in Russka. Von seinem Haus aus überblickte er das fruchtbare Land jenseits des Flusses, das nun ihm gehörte.

Er hatte mehrere Sklaven von den moslemischen Tributeinnehmern gekauft. Diese Sklaven sollten im Frühsommer in Russka eintreffen.

Es gab auch drei Siedlerfamilien, die durch die neuen Steuern ruiniert worden und froh waren, gutes Land zu günstigen Bedingungen vom Bojaren zugewiesen zu erhalten.

Am ersten Sonntag im April begann die Schneeschmelze. Am Mittwoch darauf sah Milej von seiner Haustür aus kleine schwarze Erdhügel aus dem Schnee hervorlugen. Als er hinaustrat, hatte er ein Gefühl, als habe ihm jemand einen Stoß ins Herz versetzt.

Er blieb stehen und griff sich an die Brust. Sein Herz würde doch nicht versagen! So alt war er doch noch nicht. Er holte tief Atem, verspürte keinen Schmerz, hatte keinerlei Atemnot.

Er zog den Mantel fest um sich und ging langsam durchs Dorf. Da traf er den Verwalter, und sie setzten gemeinsam in einem Einbaum über den Fluß. Als sie an Land gingen, fühlte Milej wieder etwas Merkwürdiges: Seine Füße brannten wie Feuer.

»Was ist, Herr?« fragte der Verwalter überrascht.

Milej starrte entsetzt an sich hinunter. »Meine Füße ... Als ich ausgestiegen bin ... Brennen deine Füße auch?«

»Nein, Herr.«

Milej konnte keinen Schritt mehr tun. Der verwirrte Verwalter mußte ihn wieder zurückrudern. Zu Hause untersuchte Milej seine Füße, doch er konnte keinerlei Veränderungen daran feststellen. Kurze Zeit darauf wiederholte sich der plötzliche Schmerz in der Herzgegend, und das geschah mehrmals in den folgenden Tagen. Milej konnte das Haus nicht verlassen, geschweige denn auf sein Stück Land am gegenüberliegenden Ufer gehen. »Es ist bestimmt dieser verdammte Tatar«, murmelte er. »Er kommt zurück, um mich zu quälen.«

Damit hatte er in gewissem Sinn recht. In einer finsteren Nacht, als Milej in Murom war, hatte sich Purgas, der Mordvine, zu Milejs verlassenem Haus geschlichen, die Türschwelle angehoben und darunter den Kopf des Tataren vergraben. Das Gesicht des Mordvinen trug dabei den Ausdruck diabolischer Schadenfreude. »Wenn man ihn je findet, wirst du, Bojar, des Mordes angeklagt, du, der Liebhaber meiner Frau«, flüsterte Purgas. Er hatte es immer geahnt. Nun waren sie quitt.

Milejs quälende Schmerzen wurden immer schlimmer. Er beschloß, abzureisen.

Am nächsten Tag ließ er sein Pferd satteln, saß auf und sagte dem Verwalter, daß er im Sommer wiederkommen werde.

Eine halbe Meile außerhalb des Ortes scheute sein Pferd plötzlich und warf ihn ab, so daß er auf ein paar Wurzeln landete und dachte, er habe ein Bein gebrochen.

Das Tier gab unvermutet ein durchdringendes Wiehern von sich und stob davon. Milej starrte dorthin, wo sein Pferd gestanden hatte, und da sah er ein Roß von unnatürlicher Größe zwischen den Bäumen; es war grau, hatte eine schwarze Mähne und einen Streifen auf dem Rücken. Nun kam es durch die Bäume und galoppierte hinter seinem Pferd her. Seine Hufe machten kein Geräusch.

Mühsam raffte Milej sich auf und bekreuzigte sich. Dann hinkte er ins Dorf zurück.

Dort rief er den Verwalter und den alten Priester aus der kleinen Kirche zu sich. »Ich habe mich entschlossen, zur Ehre Gottes eine große Stiftung zu machen. Ich will ein Kloster auf meinem Land jenseits des Flusses bauen lassen.«

»Was hat dich zu dieser Entscheidung bewogen?« fragte der Priester, der Milej einer solch selbstlosen Tat nicht für fähig gehalten hatte.

»Ich hatte eine Vision«, erklärte der Bojar kurz und bündig.

»Der Herr sei gepriesen!« rief der alte Mann.

Und so wurde im Jahre 1263 das kleine Kloster in Russka gegründet und den Heiligen Peter und Paul geweiht.

Es gab noch ein bedeutsames Ereignis in jenem Jahr.

Der Großfürst Alexander Nevskij machte sich auf den Weg über die Steppe zur Goldenen Horde, da er den Khan um Nachsicht mit den aufsässigen Tributpflichtigen bitten wollte.

»Es geht ihm nicht gut«, berichtete ein Bojar aus Vladimir dem Bojaren Milej. »Er reiste nur höchst ungern um diese Zeit. Sein jüngster Sohn ist erst drei Jahre alt, und er wollte ihm zur Seite bleiben, bis er erwachsen wäre.«

»Ach ja, Daniel heißt der Kleine, nicht wahr?« Milej wußte nichts von dem Knaben außer seinem Namen. »Es würde mich interessieren, was er einmal erben soll.«

»Es heißt, Alexander habe seiner Familie Anweisung erteilt, dem Jungen, wenn er älter ist, Moskau zu geben«, erzählte der Bojar aus Vladimir.

»Moskau, diese elende Stadt!« Milej schüttelte den Kopf. Welche Begabungen dieser junge Fürst auch immer haben mochte – aus einem so schäbigen Ort konnte er wohl kaum etwas machen.

Ivan

1552

Die Schiffe kamen von Osten her flußaufwärts. Gleichmäßig tauchten die Ruder ins Wasser. Mutter Wolga, mächtige Wolga.

Hoch oben in dem grenzenlosen Herbsthimmel zogen hin und wieder blasse Wolken vorüber, während die Schiffe auf dem trägen Wasser dahinglitten, auf ihrem Weg zurück in die Heimat.

Manchmal wurden Segel gesetzt, meistens jedoch wurde gerudert. An den Ufern des breiten Flusses war nur der gleichförmige Singsang der Schiffer zu hören, der schwermütig übers Wasser klang. Boris wußte nicht, wie viele Boote es waren. Nur ein Teil der Armee war in der Garnison im Osten zurückgeblieben. Der größte Teil der Streitmacht kehrte im Triumph in die Frontstadt Niznij Novgorod zurück. Die Russen hatten soeben die mächtige Tatarenstadt Kazan erobert.

Kazan: Weit hinter ihnen auf dem Hügel an der Wolga lag es, wo der breite Strom südwärts durch die Steppe floß und sich dann dem Kaspischen Meer zuwandte. Kazan, wo einst die Wolgabulgaren gelebt hatten. Es war das Tor zu dem Imperium, das ehemals von dem mächtigen Tschingis Khan beherrscht worden war. Nun gehörte es zu Rußland.

Boris saß in einem der hinteren Boote. Er war sechzehn Jahre alt, mittelgroß und eher schmal, hatte ein breites Gesicht mit leicht türkischem Einschlag, tiefblaue Augen, dunkelbraunes Haar und einen spärlichen Bart. Als junger Kavallerist trug er einen gesteppten Wollmantel, der Pfeile abhalten konnte. Um seine Schultern hing ein Pelzmantel gegen die kalte Brise. Hinter ihm baumelte ein kurzer türkischer Bogen, und zu seinen Füßen lag eine Axt in einer Hülle aus Bärenfell. Boris war von edlem Geblüt. Sein voller Name lautete: Boris, Sohn Davids, mit dem Zunamen Bobrov. Wenn man ihn fragte, woher er komme, antwortete er, sein Besitz liege bei Russka.

Im ersten Boot saß Zar Ivan. Der Heilige Zar, mit einundzwanzig Jahren Alleinherrscher über alle Russen. Kein Herrscher vor ihm hatte solche Titel geführt. Seine Hauptstadt war Moskau.

Seit dem Fall Konstantinopels hundert Jahre zuvor hatten drei Generationen an der Entstehung des mächtigen Staates Muscovia, des Moskauer Reiches, gearbeitet. Eine nach der anderen waren die bedeutenden Städte im nördlichen Rußland Moskau und seinen Armeen zugefallen. Tver, Rjazan, Smolensk, selbst das wichtige Novgorod gaben ihre frühere Selbständigkeit auf. Dieser neue Staat war allerdings keine Föderation; der Fürst von Moskau war ein ebenso großer Despot wie einst der Khan. Unbedingter Gehorsam gegenüber dem Machtzentrum, das war die Doktrin der Moskauer Fürsten.

»Nur auf diese Weise kann der Staat der Rus seinen ehemaligen Ruhm zurückgewinnen«, war die Meinung der Befürworter.

Bis dahin war es ein weiter Weg. Jetzt noch war der größte Teil des westlichen Rußland und des alten Kiever Landes im Süden in der Hand des mächtigen Litauen. Außerdem regierten jenseits des Schwarzen Meeres die moslemischen Türken im alten Konstantinopel, das nun Istanbul hieß. Katholiken im Westen, Moslems im Süden. Vom Osten her fielen regelmäßig die tatarischen Steppenvölker ein.

Dagegen gab es verschiedene Verteidigungslinien: die Vasallensiedlungen ehemals feindlicher Tataren jenseits der Oka, außerdem kleine Forts, befestigte Garnisonsstädte. Niemand jedoch hatte sie bislang unter Kontrolle gebracht, bis zu diesem Jahr, als sie ihren Herrn fanden. Boris lächelte geheimnisvoll. Zu seinen Füßen lagen, an den Händen gefesselt, zwei Tataren, die er selbst gefangen hatte und nun auf seinen kleinen Besitz in Russka bringen wollte. Er würde ihnen zeigen, wer ihr Herr war.

Dieser Feldzug war erst der Anfang. Weit im Süden am Wolga-Delta, wo einst die Chazaren herrschten, lag eine weitere Tatarenhauptstadt: Astrachan. Sie würde wohl als nächste fallen.

Dann käme der Oberste aller westlichen Tataren unten am Schwarzen Meer an die Reihe, der Krim-Khan in seiner Festung: Bachtschisaraj.

Er war eine furchterregende Gestalt. Sein Palast war so berühmt wie der Topkapi-Palast des Sultans in Istanbul, und selbst der Osmanenherrscher war froh, in dem Krim-Khan einen Verbündeten zu haben. Doch zur rechten Zeit würde auch dieser fallen, und später, östlich der Wolga, hinter den Wüsten, wo andere Tataren lebten – die Kazachen, Uzbeken, die Nogai-Horde –, die wilden, doch zersplitterten Stämme in den asiatischen Wüsten.

Dies war das große Ziel, das Zar Ivan sich gesteckt hatte: Ein christlich-russischer Zar würde eines Tages über das riesige Eurasien-Imperium des mächtigen Tschingis Khan herrschen.

Zum erstenmal in der Geschichte unterwarfen Bewohner des Waldes die Bewohner der Steppe. Beim Verlassen Kazans hatte Boris tatsächlich gehört, wie von Ivan als dem »Weißen Khan«, dem »Westlichen Khan«

also, gesprochen wurde. Kein Wunder, daß er mit so großer Erwartung nach vorn zum Schiff des jungen Zaren blickte.

Erst an diesem Morgen hatte der Zar ihn angesprochen. Und nicht nur das: Er hatte ihn in sein Vertrauen gezogen. Boris war von großem Stolz erfüllt.

Er war wirklich ein Held, dieser große dunkle junge Zar, der sich eine unglaubliche Aufgabe gestellt hatte. Mit drei Jahren bereits hatte er die Krone geerbt und mußte gedemütigt zusehen, wie die Fürsten und Bojaren um die Herrschaft in Rußland kämpften, die doch seine Sache war. Es gab zwei mächtige Gruppen, einerseits die vom alten russischen Herrscherhaus oder von den litauischen Regenten abstammenden Fürsten; andererseits die größten Bojarenfamilien, etwa fünfunddreißig Sippen, die den Kern der *duma* bildeten, des adligen Beratungsorgans.

Sie waren die mächtigen Intriganten, die Ivan ausschalten mußte. Sie haßten seine Mutter, weil sie Polin war. Sie verachteten seine Frau; aus den fünfzehnhundert geeigneten Bewerberinnen, die er nach Art der Khans sich vorführen ließ, hatte er ausgerechnet dieses Mädchen gewählt, das zwar aus einer alten Familie stammte, nicht jedoch aus einer Bojarenfamilie. Ivan hatte aus Liebe geheiratet.

Boris hatte Anastasia, die liebliche Gemahlin des Zaren, nie gesehen, doch hatte er oft über sie nachgedacht, denn er sollte nach seiner Rückkehr nach Moskau selbst heiraten. Er wünschte sich seine zukünftige Frau so wie Anastasia, die, so hieß es, dem Zaren in schwierigen Lagen unerschütterlich zur Seite stand, der er in allem vertrauen konnte.

Ihre Familie gehörte zwar nicht zu den größten Magnaten, aber sie war vornehm. Noch war der Familienname »Zacharin«, doch er wurde in »Romanov« abgewandelt.

Boris hatte für Fürsten und Magnaten nichts übrig. Warum sollte er sie stützen, wenn sie doch nur alle wichtigen Positionen an sich rissen und dem niederen Adel, dem er selbst angehörte, nur die Brosamen von ihrem Tisch ließen? Unter den autokratischen Fürsten Moskaus jedoch konnten Männer wie er vorwärtskommen. Während diese Herrscher versuchten, die Macht der einflußreichen Sippen zu brechen, förderten sie Männer aus unbekannteren Familien.

Zwei Jahre zuvor hatte Ivan tausend seiner besten Leute – Bojarenkinder nannte man sie, aber es waren auch einfachere Burschen darunter – ausgewählt und ihnen Land nahe Moskau geben lassen, damit sie stets zur Hand waren. Boris war zu seinem Leidwesen noch zu jung dafür. Aber immerhin war Russka, wenn auch ein unbedeutender Ort, nicht allzu weit vom Zentrum entfernt.

Daran dachte Boris Bobrov auf dieser Bootsfahrt, und immer wieder dachte er an seine morgendliche Begegnung mit dem Zaren.

Im Lager schlief noch alles. Die Boote lagen ruhig am Ufer. Es war die tiefe Stille vor der Morgendämmerung. Nichts regte sich auf dem Wasser. Der Himmel war leer. Es war, als wollten nicht einmal die wenigen Nachtvögel länger den großen Frieden der allmählich untergehenden Sterne stören.

Boris war früh erwacht und stand nun am Ufer. Er hatte einen Pelzmantel angezogen und sich noch in der Dunkelheit aus dem Zelt geschlichen.

Um diese Stunde überkam ihn häufig eine merkwürdige Empfindung, etwas wie Melancholie, bis hin zu tiefer Verlassenheit; ein Gefühl, das bitter und süß zugleich war.

Wie er so neben den Booten stand, gingen seine Gedanken zurück zu seinen Eltern. Er konnte sich nur sehr fern an seine Mutter erinnern. Eine zarte Gestalt, die vor langer Zeit aus seinem Leben verschwunden war; sie starb, als er fünf Jahre alt war. So bedeutete der Vater die Familie für ihn.

Er war vor einem Jahr gestorben. Boris hatte ihn nur als tragische Figur gekannt, verkrüppelt durch schlimme Verwundungen, die er kurz nach Boris Geburt in Kämpfen gegen die Tataren erlitten hatte. Zehn Jahre war er Witwer geblieben. Man konnte noch ahnen, daß er einst von stämmiger Statur gewesen war, doch seine blauen Augen lagen umschattet, tief eingesunken in dem Gesicht mit den türkischen Zügen; die Rippen an dem schmalen, gebeugten Oberkörper waren sichtbar. Nur mit Mühe richtete sich der Vater zu voller Größe auf. Doch er wollte Würde wahren, bis der Sohn alt genug war, um seinen Mann zu stehen.

Dieses Durchhaltevermögen hatte den Jungen geprägt. Für ihn stellte sein Vater das Bild eines Heroen dar.

»Jetzt bist du die Familie«, hatte der Vater gesagt. »Du hältst die Ehre der Familie hoch.«

Er schloß die Augen und stellte sich seine Vorfahren vor, große, noble Gestalten, Krieger des Waldes, der Steppe, der Berge. Er gelobte ihnen, sie nicht zu enttäuschen. Die Familie Bobrov mit dem alten Emblem des *tamga,* des Dreizacks, würde wieder zu Ruhm kommen.

Als er so über den Fluß sah, dachte er, ob sein Vater ihn wohl in der Dunkelheit sehen konnte, ob er wußte, daß sie über Kazan triumphiert hatten.

Es mußte so sein. Gott würde dem Vater das Wissen nicht vorenthalten, daß sein Sohn den Familienbesitz wieder zusammenholen würde, diesen

Kreis als Wiedergutmachung für den Vater schließen würde. Ja, so mußte es sein, sonst wäre Gottes Universum nicht vollkommen.

Sicher würde er, Boris, eines Tages Erfolg haben, aus seiner Einsamkeit befreit werden. Mit seiner zukünftigen Frau würde sich sein Traum von Freundschaft und wahrer Liebe erfüllen.

Hinter sich hörte er leise Schritte. Als er sich umdrehte, sah er einen Schatten auf sich zukommen, doch erst als dieser ganz nahe war, erkannte er zu seiner höchsten Überraschung, daß es Zar Ivan war. Boris verneigte sich tief.

Der Zar stellte sich neben ihn. Erst nach langem Schweigen fragte er den Jungen nach seinem Namen. Wie sanft seine Stimme war! Er fragte ihn auch nach seiner Herkunft und schien zufrieden mit der Antwort. Dann schwieg Ivan wieder und sah auf den breiten Fluß, der blaß schimmernd in der Dunkelheit verschwand.

Boris überlegte lange, ehe er ein paar Worte wagte: »Dir ist es zu danken, mein Gebieter, daß Rußland endlich frei wird.«

Hatte er das Rechte gesagt? Beim Blick zur Seite sah er nur ein leichtes Stirnrunzeln auf dem langen Gesicht mit dem scharfen Profil.

Dann sprach Ivan mit tiefer Stimme, so leise, daß Boris die Worte eben noch hören konnte: »Rußland ist ein Gefängnis, mein Freund, und ich bin Rußland. Es ist wie ein Bär, den die Menschen im Käfig halten, damit sie sich über ihn lustig machen können. Rußland ist von seinen Feinden umringt – es kann nicht bis an seine natürlichen Grenzen gelangen.« Nach einer Weile fuhr er fort: »Es war jedoch nicht immer so. In den Tagen Monomachs war es anders.« Er machte eine Pause und fragte dann: »Sage mir, wie haben die Rus in den großen Tagen Kievs Handel getrieben?«

»Vom Baltischen bis zum Schwarzen Meer«, antwortete Boris. »Von Novgorod bis nach Konstantinopel.«

»Und doch besetzten die Türken jetzt das Zweite Rom; ein Tataren-Khan kontrolliert die Häfen des Schwarzen Meeres. Und im Norden«, er seufzte, »brach mein Großvater Ivan der Große die Macht der Hanse in Novgorod, und trotzdem kontrollieren die Deutschen unsere nördlichen Küsten.«

Boris kannte die Tatsachen. So reich Novgorod auch war, es mußte über die baltischen Häfen seinen Handel mit dem Westen abwickeln, die größtenteils in der Gewalt der deutschen Ritterorden oder der deutschen Kaufleute waren. Die einzigen russischen Häfen lagen zu weit nördlich, waren die Hälfte des Jahres zugefroren.

»Rußland ist von Land umschlossen«, fuhr Ivan bitter fort. »Deshalb ist es nicht frei.«

Boris war durch diese Worte sehr berührt, nicht nur von dem, was der Zar sagte, sondern von dem Schmerz in seiner Stimme. Dieser mächtige Gebieter, den Boris verehrte, litt ebenso wie er. In dieser Hinsicht war der Zar ein Mann genau wie er; einen Augenblick lang vergaß Boris den Standesunterschied und flüsterte eindringlich: »Aber dein Schicksal ist es, frei und groß zu sein. Gott hat Moskau als sein Drittes Rom gewählt. Du wirst uns führen!«

Ivan nickte nachdenklich. »Gott führte uns nach Kazan und gab es in unsere Hände. Er erhörte die Gebete seines Dieners.«

Tatsächlich war der Feldzug zu der Tatarenstadt im östlichen Wolga-Gebiet in manchem einem mächtigen Kreuzzug vergleichbar. Nicht nur wurden den Truppen Ikonen vorangetragen, sondern Ivans eigenes Kruzifix, das einen Splitter des wahren Kreuzes enthielt, wurde aus Moskau gebracht; Priester sprengten Weihwasser im Lager gegen das schlechte Wetter, das die Belagerung erschwerte.

Boris zweifelte keinen Augenblick am Zaren, und für ihn stand fest, daß Moskau dazu ausersehen war, die christliche Welt zu führen. Ein neues Zeitalter war angebrochen. Das herrschende Konstantinopel war in die Hände der Türken gefallen. Die Sophien-Kirche war nun Moschee. Die russische Kirche hatte geduldig gewartet, daß der griechische Patriarch seine frühere Autorität wiedererlangen würde, doch er blieb weiterhin eine Marionette des türkischen Herrschers. Im Lauf der Jahre wurde es deutlich, daß der Metropolit in Moskau praktisch der wahre Führer der östlichen Orthodoxie war.

Ein Herrscherschicksal. Der Großvater des jungen Zaren, Ivan der Große, hatte eine Fürstin aus dem ehemaligen Kaisergeschlecht von Konstantinopel geheiratet; von diesem Tag an hatte die russische Herrscherfamilie stolz den doppelköpfigen Adler – das Herrscherwappen der gefallenen römischen Stadt – in ihr Wappen aufgenommen.

Boris blickte voller Bewunderung auf die hohe Gestalt neben sich. Nachdem der Zar längere Zeit in Gedanken versunken geschwiegen hatte, seufzte er. »Rußland steht ein großes Schicksal bevor, doch ich habe innerhalb meines Landes noch gegen sehr viel mehr zu kämpfen als draußen.«

Boris wußte, wie die kühnen Fürsten Sujskij ihn als Knaben gedemütigt hatten, wie sie und andere versucht hatten, das Werk der bedeutenden Moskauer Dynastie zu zerstören und den Zaren durch Magnaten abzulösen. Boris wußte auch, wie fünf Jahre zuvor bei dem furchtbaren Brand in Moskau der Mob Ivans polnische Familie mütterlicherseits dafür verantwortlich machte, seinen Onkel aus der Himmelfahrts-Kathedrale zerrte und niedermetzelte. Sie hatten sogar gedroht, Ivan umzubringen. Dessen Feinde versuchten seine zahlreichen Reformen zu verhindern.

Nun also wandte der junge Zar sich an ihn, Boris Bobrov, der nur einen armseligen kleinen Besitz in Russka hatte, und sagte leise: »Ich brauche Männer wie dich.« Und schon war er verschwunden. Boris flüsterte erregt: »Ich gehöre dir«, und er fügte den furchtgebietenden Titel dazu: »Gosudar« – Allherrscher.

So stand er, zitternd vor Erregung, bis endlich das schwache Frühlicht im Osten erschien.

Auf der ganzen Bootsfahrt die Wolga hinauf war Boris beschäftigt mit den erregenden Gedanken, wohin die Begegnung mit dem jungen Zaren führen würde. Würde sie seiner Familie Glück und Ruhm bringen?

Boris, Davids Sohn, mit Zunamen Bobrov. Die Namengebung hatte sich innerhalb der letzten Generationen verändert. Niemand außer den Fürsten und den höchsten Bojaren gebrauchte die volle Ableitung aus dem Namen des Vaters, die auf *-vitsch* endete. Zar Ivan, zum Beispiel, hieß Ivan Vasilevitsch. Er jedoch, ein niederer Adliger, war nur Boris Davidov, – nicht Davidovitsch. Um seine Identität noch mehr zu unterstreichen, konnte ein Russe zu diesen beiden Namen einen dritten hinzufügen, üblicherweise den Namen, unter dem sein Großvater am bekanntesten war. Manchmal war es der Taufname des Großvaters, etwa Ivan, und so wurde der dritte Name zu »Ivanova« oder einfach zu »Ivanov«. Es konnte aber auch ein Spitzname sein.

Auf diese Weise entstanden im sechzehnten Jahrhundert, wenn auch etwas verspätet, Familiennamen. Boris' Familie war stolz auf ihren Namen. Ivan der Große selbst hatte Boris' Urgroßvater den Spitznamen »Bobr« gegeben, was »Biber« bedeutete. So wollte die Familie eben einfach »Bobrov« heißen.

Aber die Familie Bobrov verlor an Bedeutung, wie es damals typisch war für russische Adelsfamilien.

Zuerst einmal wurden, über Generationen hin, die Besitzungen immer wieder aufgeteilt, und die letzten drei Generationen hatten es versäumt, neues Land zu erwerben. Der schlimmste Schlag erfolgte, als Boris' Großvater wie so viele seines Standes in hoffnungsloser Verschuldung dem ortsansässigen Kloster gegenüber diesem den gesamten Ort Russka übergab und für sich selbst nur die Ländereien in Sumpfloch behielt. Die Familie bewohnte ein Haus innerhalb des Dorfes, das das Kloster ihr gegen eine bescheidene Miete überließ; und da Boris den Namen Sumpfloch abscheulich fand, sagte er lieber, er komme aus Russka.

In vieler Hinsicht konnte Boris jedoch zufrieden sein. Sein Besitz in Sumpfloch war, wenn auch durch Teilung verkleinert, immer noch guter Boden, und er war Alleinerbe. Es war auch eine *votschina,* also dem Feudalsystem unterstellt, und so gehörte ihm dieser Grund unter allen Umständen durch Erbfolge. In den vergangenen fünfzig Jahren nämlich wurde das Land immer seltener als *votschina* geführt, wurde vielmehr – entweder von verarmten Landbesitzern oder neuen Leuten bewirtschaftet – als *pomeste,* als Dienstgut, ausgewiesen, er stand also in einem Dienstverhältnis zum Fürsten. Und wenn auch, praktisch gesehen, das Land oft auf die nächste Generation innerhalb einer Familie überging, geschah das nur nach Lust und Laune des Fürsten.

Trotzdem reichten Boris' Einkünfte kaum für Pferde, Rüstung und die alltäglichen Bedürfnisse. Er konnte seinen Familienstatus nur verbessern, wenn er die Gunst des Fürsten errang.

Die Begegnung mit dem Zaren war also das bisher wichtigste Ereignis in Boris' Leben. Der Zar kannte nun immerhin seinen Namen. Aber er mußte mehr tun, um die Aufmerksamkeit des Herrschers auf sich zu lenken. Doch wie?

Am Spätnachmittag kamen sie an einer Stelle vorüber, wo am linken Ufer die Wälder einem Steppenstreifen wichen. Dort sahen sie in einer Entfernung von etwa einer Meile eine Ansammlung von Hütten. Boris schnaubte ärgerlich, als er sah, daß sie sich bewegten. Er wußte sofort, daß es sich um Tataren handelte.

Die Tataren an den Grenzen des Moskauer Reiches lebten großenteils in diesen seltsamen beweglichen Häusern – Holzhütten auf Rädern. In den Augen der Tataren waren die feststehenden Wohnstätten der Russen etwas Ähnliches wie Schweineställe, die Ratten und jede Art von Ungeziefer anlockten. Für Boris bewies dieser ständige Wechsel, daß die Tataren unstet und nicht vertrauenswürdig waren.

Er sah hinunter auf die zwei gefangenen Tataren, vierschrötige, flachgesichtige Gesellen mit glattrasierten Köpfen. Es waren Moslems.

Wenn auch der Feldzug ein Kreuzzug gewesen war, so bestand der Zar doch auf seiner Politik, die unterworfene tatarische Bevölkerung nicht durch Gewalt zum Übertritt zum Christentum zu bewegen. Er wollte, daß die Leute aus Überzeugung konvertieren. Um ihr Vertrauen zu gewinnen, deuteten die Abgesandten des Zaren vorsichtig an, daß sich im Moskauer Reich bereits moslemische Gemeinden befanden, die mit Erlaubnis des Zaren in Frieden ihren Glauben ausüben konnten. Allerdings mußte ein Tatar, der in den persönlichen Dienst des Zaren eintreten wollte, Christ sein, denn Ivan selbst war denn strenggläubig.

Die beiden Tataren würden in dieser Nacht übertreten. Und bald, dessen war Boris sich sicher, wäre auch er einer der wenigen Auserwählten des Zaren, einer seiner besten Männer.

Früh am nächsten Morgen wurden die beiden Tataren von einem der mitreisenden Priester in der Wolga getauft. Nach russischem Ritual wurden sie dreimal ganz untergetaucht. Diese Szene konnte dem jungen Zaren nicht entgangen sein. Zwei Tage darauf erreichten sie die große Grenzstadt Niznij Novgorod. Sie erhob sich drohend über dem Zusammenfluß von Wolga und Oka. Östlich lagen die ausgedehnten Wälder, in denen die Mordvinen lebten. Im Westen befand sich das Herz des Moskauer Reiches. Die hohen Wälle und die weißen Kirchen der Stadt blickten über die Eurasische Ebene hin, als wollten sie sagen: Hier ist das Land des Heiligen Zaren – unerschütterlich.

In Niznij Novgorod stand das Makarius-Kloster mit seinem großen Markt. Boris ging durch die Straßen und freute sich, wieder zu Hause zu sein.

Die zurückkehrende Armee wurde von der Bevölkerung begeistert empfangen. Die Tataren hatten sich so oft in ihre Angelegenheiten gemischt in der Vergangenheit, und außerdem war die Stadt Kazan ihre Rivalin im Osthandel.

Am Nachmittag, als der Arbeitstag zu Ende war, traf Boris die junge Frau. Sie stand vor einem langgestreckten hölzernen Gebäude, in dem sich ein öffentliches Badehaus befand. Sie war eine typische Vertreterin ihrer Schicht.

Während die Frauen der oberen Klassen völlig abgeschieden lebten und ihr Gesicht in der Öffentlichkeit nicht zeigten, stellten sich die Frauen aus dem Volk gern zur Schau.

Ihr Gesicht war weiß geschminkt, die Lippen knallrot. Ihre mandelförmigen Augen unter den kräftig nachgezogenen Brauen standen weit auseinander. Boris schloß, daß auch Mordvinenblut in ihren Adern floß. Sie trug eine rote Samtkappe, ein langes besticktes Gewand, das sicher teuer gewesen war, und hellrote Schuhe. Sie merkte, daß Boris sie beobachtete, und erwiderte seinen Blick leicht amüsiert. Während er auf sie zutrat, lächelte sie. Da sah er, daß ihre Zähne schwarz waren.

Dieses Schwärzen der Zähne wurde mit Quecksilber vorgenommen, und Boris hatte gehört, daß die Sitte von den Tataren stammte. Als er das erstemal mit einer solchen Frau ausgegangen war, hatten ihn die schwarzen Zähne abgestoßen. Inzwischen hatte er sich daran gewöhnt.

Sie blieben kurz an einem Getränkestand stehen, wo Wodka ausgeschenkt wurde. Es war ursprünglich kein russisches Getränk, sondern im vergangenen Jahrhundert aus dem Westen über Polen nach Rußland gekommen. Tatsächlich rührte der Name »Wodka« von der falschen Aussprache der lateinischen Bezeichnung *aqua vitae* durch die russischen Kaufleute her.

Boris wurde warm von dem Getränk. Danach nahm sie ihn mit auf ihr Zimmer.

Ihr Leib fühlte sich glatt und geschmeidig an. Als er bezahlt hatte und gehen wollte, fragte sie, ob er verheiratet sei. Als sie hörte, er sei kurz davor, lachte sie fröhlich. »Sperre sie ein und traue ihr nie«, rief sie ihm nach, als sie sich an der Haustür trennten.

Er erschrak, als in diesem Augenblick mehrere Leute aus der Kirche gegenüber kamen. Sie trugen Pelze. Boris erkannte die hohe junge Gestalt in ihrer Mitte sogleich. Ob der fromme Herrscher ihn wohl mit dem Mädchen gesehen hatte? Offensichtlich war es der Fall, denn zuerst blickte er dem Mädchen aufmerksam nach, dann richtete er seinen durchdringenden Blick auf Boris. Der hielt den Atem an. Ivan lachte nur, ein hartes Lachen, ehe er sich mit seinen Freunden entfernte.

Boris konnte nur hoffen, daß diese Begegnung die Meinung des Herrschers über ihn nicht geändert hatte und damit seine Pläne durchkreuzte.

Zwei Tage bevor der Oktober zu Ende ging, erreichten sie die große Stadt Moskau. Sie waren von Niznij Novgorod durch das Herzland von Muscovia gekommen, zuerst in die alte Stadt Vladimir, wo sie erfuhren, daß Zar Ivan einen Sohn bekommen hatte. Dann hatte Ivan eine größere Gruppe von Leuten zuerst ins nahe gelegene Suzdal geführt und weiter in das berühmte Dreifaltigkeits-Sergios-Kloster, vierzig Meilen von der Hauptstadt entfernt, damit Gott der gebührende Dank abgestattet werde.

Während Boris dem Zaren folgte, in die Städte, tief in Rußlands Wälder hinein und über Grasland, dachte er, daß er nun Gottes Absicht und das Schicksal des jungen Zaren klarer vor sich sehe als zuvor. Die endlose Steppe, dachte er, wird endlich von Rußlands starkem Herzen erfüllt werden.

Es schneite ganz fein, als sie Moskau erreichten, die Flocken tanzten leicht durch die Luft.

Die Stadt lag am Zusammenfluß von Moskwa und Jausa. Boris war überwältigt von ihrer Größe. Moskau war damals eine der größten Städte Europas – so groß wie das ausgedehnte London oder das mächtige Mailand. Die Vorstädte zogen sich weit hinaus in die umgebenden Dörfer, daß es schwierig war, zu unterscheiden, wo die eigentliche Stadt anfing. Zuerst begegnete man den festungsähnlichen Klöstern, den äußeren Vorstädten mit Gewerbebetrieben, Obstpflanzungen und Gärten. Dann kam man zu dem schützenden Wall, der sich um die Erdstadt schloß, wo das niedere Volk lebte; nun die gemauerten Wände der Weißen Stadt, die Gegend der Mittelklasse. Endlich der *kitajgorod,* das reiche Viertel neben den hoch aufragenden Mauern des Kreml.

Als sie durch die Vorstädte kamen, war schon eine Menge Volkes auf den Straßen. Von überall her klangen Glocken durch den Schnee. Mauern, Türme, die goldenen Kuppeln der Klöster tauchten undeutlich im Schneegestöber auf. Als sie sich der Zitadelle näherten, hörte es allmählich auf zu schneien, und vor ihnen lag die großartige Stadt.

Boris hielt bei diesem Anblick den Atem an. Die Kavalleristen mit spitzen Helmen oder hohen zylindrischen Pelzmützen ritten stolz auf die Stadttore zu. Ihnen zur Seite marschierte das neue Elitekorps des Zaren, die *streltsij* – die Strelitzen –, und die Hellebardiers hatten Schwierigkeiten, die begeisterte Menge zurückzuhalten, die aus den Stadttoren strömte. Aus der Stadtmauer wuchsen in regelmäßigen Abständen hohe Türme mit steilen Zeltdächern. Hinter ihnen lag das umschlossene Meer der Holzhäuser, durchsetzt mit Steintürmen und Kuppeln.

Moskau, die Stadt der Zaren. Bei Ivans Krönung wurde ihm eine Mütze aus Pelz und Gold aufs Haupt gesetzt, von der es hieß, sie habe Monomach gehört, dem größten aller Fürsten in den Tagen der alten Rus. Doch die Autokraten von Moskau gingen weit über das hinaus, was Monomach sich in den vergangenen Tagen von Kiev erträumt hatte. Wenn eine Stadt fiel, wurden die Mitglieder der Fürstenfamilie aufgeteilt und zu Staatsdienern gemacht; die führenden Bojaren wurden in anderen Provinzen angesiedelt. Als der Großvater des jungen Zaren Novgorod übernahm, entfernte er selbst die Glocke, mit der das *vetsche* zusammengerufen worden war, um zu demonstrieren, daß es mit der Freiheit der Bürger für alle Zeiten vorbei sei.

Moskau, Stadt der Kirche und des Staates. Nach Meinung vieler Kirchenmänner sollten staatliche und religiöse Obrigkeiten in völligem Einvernehmen miteinander regieren. Das war das byzantinische Ideal des ehemaligen oströmischen Reiches. So war es auch in Moskau. Hatte der junge Zar nicht bereits zwei große Reformprogramme verabschiedet, eins für die Verwaltung und ein zweites für die Kirche? Ivan würde keine Magnaten tolerieren, die das Volk unterdrückten, keinen Klerus, der nachlässig oder unmoralisch in seinen Gewohnheiten war.

Eine lange Prozession kam von den Stadttoren her. Der Klerus, vom Metropoliten angeführt, prächtig gewandet, trug Banner und Ikonen zur Begrüßung des Zaren.

»*Slava* – sei gepriesen, Retter der Christenheit!«

Auf ihrer Reise von Kazan hatte Boris gehört, daß die Soldaten dem siegreichen Zaren einen neuen Namen gaben: »Groznyj« – der Furchteinflößende, der Ehrfurchtgebietende oder, in ungenauer Übersetzung, der Schreckliche.

An Boris' Hochzeitstag hatte es bereits geschneit. Ein paar Freunde, die er in diesem Jahr gefunden hatte, holten ihn in dem Häuschen in der Weißen Stadt ab; trotz ihrer gespielten Heiterkeit fühlte er sich sehr einsam. Der triumphale Einzug in Moskau schien weit zurückzuliegen, obwohl es nicht einmal einen Monat her war. Welch ein Tag war das gewesen! Selbst Boris hatte sich wie ein Held gefühlt, als sie durch die Stadttore zum Kreml kamen.

Boris trank mit den anderen jungen Burschen in den Tavernen. Er fühlte sich als Sieger, wenn er nachts bewundernd um die Zitadelle wanderte. Dann war der riesige Platz nahezu leer. Im Sommer standen hier die Marktbuden, doch im Winter wurde der ganze Markt hinunter auf den zugefrorenen Fluß verlegt. Neben der weiten Fläche erhoben sich die unüberwindlichen Mauern der Festung mit den hohen Türmen. Irgendwo dort drinnen wohnte der Zar. Eines Tages, dachte Boris, wird man mich hineinrufen.

Seine Hochstimmung hielt an, bis er in das Viertel östlich des Kreml gelangte. Das war der *kitajgorod,* der von einer Mauer umgebene Stadtteil, in dem der hohe Adel und die reichsten Kaufleute wohnten. Hier bestanden die großen Häuser nicht nur aus Holz, sondern auch aus Stein. Die hohen Herren feierten gerade. Sein zukünftiger Schwiegervater war wohl auch dort drinnen. Er lebte zwar nicht da, er hatte ein gediegenes Holzhaus in der Weißen Stadt, doch er war zu den Festen der mächtigen Männer in diesem vornehmen Viertel geladen. Dies erinnerte Boris schmerzlich an das Hauptproblem seines Lebens. Er war nicht vermögend.

Der Schwiegervater, Dmitrij Ivanov, hatte deutlich gemacht, daß er Boris seine dritte Tochter nur aus jahrelanger Freundschaft mit Boris' Vater gebe. Es war nicht so, daß Boris eine großartige Partie machte, doch etwas Besseres hatte sein Vater für ihn nicht einfädeln können.

Für Dmitrij war es zweifellos ein Opfer. Der Besitz dreier hübscher Töchter stellte für den Adligen ein Kapital dar. Sie wurden zunächst in der Abgeschiedenheit der Frauengemächer oben im Haus gehalten, und später ließen sich Heiraten zum Nutzen der Familie arrangieren. Der junge Boris hatte außer seiner annehmbaren Herkunft nichts, so fiel die Mitgift recht bescheiden aus.

Was seine Gefühle für Elena anlangte, war Boris nervös und unsicher. Sein Vater hatte die Verlobung schon lange davor abgesprochen, und als Boris vor dem Kazan-Feldzug nach Moskau kam, hatte er sie erstmals gesehen. Er kam eines Morgens in das große Holzhaus. Man bot ihm Brot und Salz an, und er ging, wie es sich gehörte, zu den Ikonen in der roten Ecke, verbeugte sich dreimal und murmelte: »Habe Erbarmen, Herr.« Als er sich auf die orthodoxe Art bekreuzigte, traten Vater und Tochter ein.

Dmitrij war klein, dick und glatzköpfig, in seinem breiten Gesicht standen die Augen nah beieinander. Sein voller roter Bart reichte bis auf den vorgewölbten Bauch. Er trug einen leuchtendblauen, golddurchwirkten Kaftan.

Elena trug ein langes besticktes rosarotes Kleid. Ihr goldenes Haar hing in einem Zopf auf dem Rücken. Auf dem Kopf trug sie ein einfaches Diadem und über dem Gesicht einen Schleier. Mit einem leisen Seufzen riß Dmitrij den Schleier weg, und Boris starrte seine zukünftige Frau an.

Sie hatte kaum Ähnlichkeit mit ihrem Vater. Ihre blauen, leicht mandelförmigen Augen standen nah beieinander; das war der einzige Hinweis auf ihre Verwandtschaft mit diesem kleinen, gefühllos aussehenden Mann. Die Flügel ihrer schmalen Nase über dem eher vollen Mund bebten nervös. Sie war blaß und wirkte angespannt.

Sie hat Angst, ich könnte sie nicht lieben, war Boris' erster Eindruck. Das weckte ein Gefühl von Zärtlichkeit und Ritterlichkeit in ihm. Sie weiß nicht, daß sie schön ist, stellte er weiterhin fest. Auch das war gut. Und während er sie so betrachtete, wurde ihm klar: Er begehrte sie. Er begehrte sie mit jener Leidenschaft, die besagt: Du gehörst mir, und ich kann dir nach Lust und Laune befehlen. Durch mich wirst du noch schöner werden.

Er lächelte sie an – aber Elena blickte zu Boden. Diese Kleinigkeit war der Grund für seine Unsicherheit am Hochzeitstag. Und was war das für ein Ausdruck gewesen, der über ihr ängstliches Gesicht huschte? Enttäuschung oder gar Widerwillen? Aber wenn sie ihn wirklich nicht leiden konnte, hätte sie das nicht ihrem Vater gesagt? In diesem Fall hätte Boris ihn von seinem Versprechen entbunden. Oder hatte sie aus Höflichkeit geschwiegen?

Während ihrer seltenen Begegnungen vor der Hochzeit hatte er sie immer wieder gebeten, es ihm zu sagen, wenn sie unglücklich sei, doch sie hatte versichert, alles sei in Ordnung.

Alles ist gut, beruhigte sich Boris, als sie nebeneinander vor den Priestern standen.

Es war eine lange russische Messe. Die feinen gedrehten Wachskerzen auf den hohen, mit Marderfellen geschmückten Wandleuchtern leuchteten und füllten den Raum mit Helligkeit. Die Luft war schwer vom Duft des Wachses. Die Priester mit ihren langen Bärten und den schweren, mit Perlen und Edelsteinen besetzten Gewändern wirkten wie überirdische Wesen, wie sie sich zum Gesang des Chores feierlich bewegten.

Boris sprach das Gelöbnis und reichte den Ring, der nach orthodoxer Art an den Ringfinger der rechten Hand gesteckt wurde. Der bewegendste Augenblick für Boris kam gegen Ende der Messe, als seine Braut auf die Knie sank, sich vor ihm niederbeugte und seinen Fuß mit der Stirn berührte zum Zeichen ihrer Unterwerfung.

Es war eine wirkliche Unterwerfung. Wie alle Frauen der oberen Schichten würde Elena in fast völliger Abgeschiedenheit leben müssen. Dies war Ehrensache für sie beide. Es war auch Ehrensache für die Ehefrau, ihrem Gemahl zu gehorchen. Ungehorsam ihm gegenüber käme dem Ungehorsam eines Soldaten dem Offizier gegenüber gleich.

Manche Männer hielten es für richtig, ihre Frauen zu schlagen, und Boris hatte gehört, daß die Frauen dies sogar für ein Zeichen von Liebe hielten. Tatsächlich gab das berühmte, von einem engen Berater des Zaren verfaßte Hausbuch für das Familienleben, der »Domostroj«, genaue Anweisungen, wie eine Frau ausgepeitscht, jedoch nicht mit einem Stock geschlagen werden solle, und wie der Mann danach liebevoll mit ihr sprechen solle, damit die ehelichen Beziehungen nicht litten.

Als Boris nun auf diese junge Frau hinunterschaute, die er kaum kannte, jedoch heftig begehrte, wollte er nichts als sie in seine Arme nehmen und von ihr jene warme Zuneigung bekommen, die er nie kennengelernt hatte. Ich will sie lieben und beschützen, versprach er in stummem Gebet.

Zum Schluß der Zeremonie reichte der Priester ihnen einen Becher. Als sie beide daraus getrunken hatten, zertrat er ihn mit dem Absatz. Beim Hinausgehen streuten die Gäste, die fast alle von Elenas Seite kamen, Hopfenblüten über das Brautpaar. Boris seufzte erleichtert. Sie waren verheiratet. Nun würde alles gut werden.

Es folgte die Hochzeitsfeier. Es waren viele Gäste geladen, und wie üblich wurde der Bräutigam zuvorkommend behandelt. Da dies ein wichtiges Familienfest war, nahmen auch die Frauen daran teil. Boris verneigte sich tief vor Elenas alter Großmutter, die von ihrer luxuriösen Abgeschiedenheit in den oberen Gemächern her die ganze Familie beherrschte. Sie dankte ihm mit einem Kopfnicken, lächelte aber nicht dabei – Boris war ein bißchen gekränkt.

Auf den Tischen türmten sich die Speisen. Es gab Gans und Schwan, Blini mit Sahne, Kaviar, Fleischpastete mit Eiern, den *piroschkij*. Außerdem Lachs und jede Art von Süßigkeiten. Auf einem Nebentisch standen Rot- und Weißwein aus Frankreich. Boris war tief beeindruckt. Wer sich solche Weine leisten konnte, gehörte zur oberen Klasse. Bei ihm daheim wurde gewöhnlich Met getrunken. Er fühlte Dankbarkeit, daß er nun zu diesen offenbar reichen Menschen gehörte.

Die Gäste setzten sich an die Festtafel, das Hochzeitspaar nahm die Ehrenplätze ein. Vor dem Mahl wurde Wein ausgeschenkt. Boris trank ein wenig und lächelte in die Runde. Er hatte keine große Sympathie für Elenas Vater, doch den Bruder Fedor verabscheute er geradezu, und ausgerechnet ihm saß er gegenüber.

Während Elenas älterer Bruder dem stämmigen, rothaarigen Vater sehr ähnlich war, glich der neunzehnjährige Fedor, schlank und hellhaarig, Elena. Es hieß, er habe sich die Körperhaare auszupfen lassen. Heute hatte er zwar darauf verzichtet, sein Gesicht zu pudern, doch offensichtlich war es massiert und mit Salbe behandelt worden. Selbst über den breiten Tisch weg nahm Boris den Duft des schweren Parfüms wahr.

Es gab viele solcher Dandys in Moskau. Dandy zu sein galt als vornehm, trotz der strengen Orthodoxie des Zaren. Viele waren homosexuell. Bei ihrer ersten Begegnung hatte Fedor Boris erklärt, er liebe alles Schöne, ob Junge oder Mädchen, und er nehme sich, wen er wolle.

»Schafe und Pferde auch, vermute ich«, war Boris' lapidare Antwort gewesen. Fedor irritierte diese Antwort keineswegs. »Hast du's schon mal ausprobiert?« fragte er in komischem Ernst, und dann, mit einem spöttischen Lachen: »Vielleicht solltest du.«

Boris wollte die Angelegenheit nicht weiter tragisch nehmen – Fedor war schließlich der Bruder seiner Braut. Doch die Abneigung gegen Fedor wuchs, und er versuchte ihm aus dem Weg zu gehen.

Aus irgendeinem Grund hatte Elena diesen Bruder gern. Das war ihre Hochzeitsfeier. Boris mußte versuchen, diese Leute zu mögen und gut mit ihnen auszukommen. Pflichtschuldig hob er sein Glas und lächelte, als der junge Mann ihm zutrank. Fedor blickte Boris sehr aufmerksam an und sagte laut, so daß viele es hören konnten: »Sei froh, daß du heute dort sitzt, wo du sitzt, Boris. In Zukunft wirst du viel weiter unten am Tisch sitzen als irgendeiner von uns.«

Boris fuhr auf: »Das glaube ich nicht. Die Bobrovs sind auf dem gleichen Stand wie die Ivanovs.«

Fedor lachte: »Du bist dir doch im klaren darüber, mein lieber Boris, daß niemand von uns jemals unter dir dienen könnte.«

Das war eine schwere und genau kalkulierte Beleidigung. Boris konnte nun aber nicht aufstehen und Fedor dafür schlagen. Die Feststellung über

Boris' Familie war vollkommen sachlich vorgebracht, und die Tatsache konnte in einem Schriftstück nachgeprüft werden. Möglicherweise, fürchtete Boris, hatte Fedor sogar recht.

Die gesamte russische Oberschicht bis hinunter zum verarmten Adel war in einem ebenso umfangreichen wie heiß umstrittenen Geschlechterbuch verzeichnet. Das war der »Mestnitschestvo«. Entscheidend für den Rang einer Person im System war nicht die eigene Position, sondern die der Vorfahren im Vergleich zu Vorfahren einer anderen Person. So konnte ein Mann sich weigern, bei einem Bankett einen niedrigeren Platz einzunehmen als ein anderer, er konnte selbst einem hohen Offizier den Gehorsam verweigern, wenn er nur zu beweisen vermochte, daß etwa sein Großonkel eine höhere Position innegehabt hatte als der Großvater des anderen. Dieses Opus war deshalb so umfangreich, weil natürlich jede Adelsfamilie dem zuständigen Beamten einen möglichst ausführlichen und beeindruckenden Stammbaum brachte. Dieses System hatte sich im vorhergehenden Jahrhundert entwickelt und inzwischen einen solchen Grad von Absurdität erreicht, daß Zar Ivan es im Kriegsfall außer Kraft setzte, sonst wäre vermutlich kein Befehl befolgt worden.

Boris wußte von seinem Vater, daß die Bobrovs aufgrund früherer Dienstleistungen beim Fürsten den Ivanovs, selbst wenn sie verarmt waren, nicht nachstanden. Hatte sein Vater sich getäuscht, oder hatte er ihn gar täuschen wollen? Als er jetzt zu Fedor hinüberblickte, kamen ihm Zweifel an seiner eigenen Position, und er errötete.

»Es ist nicht die Zeit für derlei Themen.« Das war Dmitrij Ivanovs Stimme, die das peinliche Gespräch beendete. Boris war seinem Schwiegervater dankbar dafür, doch das Gefühl der Verlegenheit wollte nicht von ihm weichen.

Spätnachts brachten die jungen Männer das Paar zurück in Boris' Haus. Es war klein und da es einem Priester gehört hatte, weiß getüncht zum Zeichen, daß der Bewohner keine Steuern zahlen mußte. Boris hatte Glück gehabt mit dem Haus.

Dem Brauch entsprechend hatte er Getreidegarben aufs Brautbett gelegt; nun war er endlich allein mit Elena. Er sah sie an. Sie lächelte etwas unsicher.

Was dachte dieses scheue vierzehnjährige Mädchen mit dem goldenen Haar? Sie dachte, daß sie diesen jungen Mann würde lieben können; daß sie ihn, auch wenn er in allem etwas unbeholfen war, lieber mochte als ihren Bruder. Sie hatte Angst, daß sie, weil sie jung und unerfahren war, nicht wußte, wie sie ihm zu Gefallen sein könnte. Sie spürte, daß er einsam war, unsicher, voller Ängste und sehr mißtrauisch. Einerseits wollte sie ihn trösten, ihm helfen, aus seiner Misere herauszukommen, andererseits fürchtete sie, daß er statt dessen von ihr verlangen könnte, seine Einsamkeit mit ihm zu teilen. Dieses instinktive Gefühl der Gefahr hielt sie davor zurück, sich ihm allzu rasch zu unterwerfen.

Zwei Wochen später traten sie ihre Reise nach Russka an. Es war ein gleißender Wintermorgen, als Boris und Elena, in Pelze gehüllt, sich auf einem großen, von drei Pferden gezogenen Schlitten dem Städtchen näherten.

Auf dem Marktplatz fand gerade ein kleines, aber nicht unwichtiges Treffen statt. Vom Aussehen her hätte man nicht schließen können, daß diese vier Männer – ein Priester, ein Bauer, ein Kaufmann und ein Mönch – Vettern waren. Und nur der Priester wußte, daß er ein Nachkomme von Yanka war, jener Bauersfrau, die den Tataren getötet hatte.

Vor allem Michail, der Bauer aus Sumpfloch, zeigte sich besorgt. Er war ein vierschrötiger, breitbrüstiger Bursche mit einem dunkelbraunen Lokkenkranz und sanften blauen Augen. Jetzt sah sein sonst so freundliches Gesicht bekümmert drein. »Glaubst du wirklich, daß ihre Mitgift klein ist?«

Der großgewachsene Priester bejahte.

»Das ist schlimm, sehr schlimm.« Und der arme Mann starrte unglücklich auf seine Füße.

Stefan sah ihn mitleidig an. Seit vier Generationen zuvor sein Urgroßvater nach einem Mönch aus der Verwandtschaft getauft worden war, erhielt jeweils der älteste Sohn der Familie den Namen Stefan und wurde Priester. Auch seine Frau war Tochter eines Priesters.

Stefan war zweiundzwanzig, eine stattliche Figur, die Würde ausstrahlte. Sein Bart war sorgfältig gestutzt, die blauen Augen blickten ernst. Er hatte Verbindungen in Moskau, und da er lesen und schreiben konnte – für einen Priester der damaligen Zeit ungewöhnlich –, stand er in Briefwechsel mit Personen in der Hauptstadt. So war es ihm möglich gewesen, Auskünfte über Elena einzuholen, und die Informationen waren eindeutig.

»Eine Ehefrau ohne Geld – denkt euch nur, was das für mich bedeutet!« jammerte Michail. »Er wird das Letzte aus mir herausholen.«

Alle verstanden sein Problem. Sumpfloch war Boris' ganzer Besitz. Die einzige Möglichkeit, eine Frau und bald eine Familie zu unterhalten, bestand in intensiverer Nutzung des Bodens und größerer Ausbeutung der Bauern, die ihn bewirtschafteten.

»Ihr zwei habt Glück«, meinte Michail zu Stefan und dem Mönch Daniel. »Ihr seid Geistliche. Und du«, wandte er sich an den Kaufmann, »was kümmert's dich? Du lebst in Russka.«

Lev, der Kaufmann, ein stämmiger Mann von fünfunddreißig Jahren, hatte ein hartes Tatarengesicht und listige schwarze Augen. Er handelte vor allem mit Fellen, hatte seine Geschäfte jedoch erweitert und war als Geldverleiher erfolgreich.

Wie in Rußland oft der Fall, war auch in jener Region das Kloster der wichtigste Geldverleiher, da es über das höchste Kapital verfügte. Doch die allgemein expandierende Wirtschaft der vergangenen hundert Jahre hatte vielen Kaufleuten die Möglichkeit verschafft, selbst Kredite zu gewähren, und in Rußland liehen sich Menschen aller Klassen Geld.

Die Zinsen waren hoch; Wucherer verlangten hundertfünfzig Prozent und mehr.

Seit Russka vom Kloster übernommen worden war, wurde es größer. Es gab nun mehrere Reihen von Hütten, manche von beachtlichem Umfang. Über fünfhundert Menschen lebten in den inzwischen verstärkten Mauern. Über dem Stadttor erhob sich ein hoher hölzerner Wachturm mit steilem Zeltdach.

In Russka herrschte eine geschäftige, wohlgeordnete Atmosphäre. Auf dem Marktplatz, wo es neben einer älteren Holzkirche nun auch eine Steinkirche gab, waren das ganze Jahr über Stände aufgestellt, und die Leute kamen aus den benachbarten Orten. Ein Tributeinnehmer kassierte an Ort und Stelle die Zollgebühren der Händler; doch die vom Kloster gelieferten Waren waren zollfrei, und dieser Umstand lockte besonders viele Käufer an.

Lev wandte sich an Michail und legte ihm den Arm um die Schultern. »Ich würde mir keine Sorgen machen«, sagte er mit ruhiger Stimme. »Ist dir nicht klar, daß der junge Herr Boris seinen Besitz ohnehin nicht mehr lange behalten wird, wenn dieser Bursche hier freie Hand hat?« Und damit deutete er auf den Mönch neben sich.

Die Schlitten glitten leicht auf der glitzernden Bahn des zugefrorenen Rus dahin. Im ersten saßen Boris und Elena, im zweiten fünf tatarische Sklaven und Elenas Jungfer neben einem Haufen Gepäck.

Da lag nun endlich Russka vor ihnen. Wie still es war! Boris drückte Elenas Hand und seufzte vor Glück.

Elena lächelte. Gott sei Dank, dachte sie, ist der Ort nicht so klein, wie ich befürchtet habe. Vielleicht gibt es ein paar Frauen, mit denen ich mich ab und zu unterhalten kann.

Schon waren sie vor dem Tor. Als sie auf den Marktplatz fuhren, sah sie die vier Männer in der Mitte stehen, die sich beim Anblick der Schlitten höflich verneigten.

Den Ausdruck auf dem Gesicht des Mönchs konnte man nicht sehen, denn der dicke schwarze Bart ließ nur die Augen frei, die aufmerksam beobachteten, und einen Teil der pockennarbigen Wangen. Er war von untersetzter Statur, und seine leicht gebeugte Haltung konnte auf die demütige Ergebenheit eines Geistlichen hindeuten, und doch flackerte in seinen sanften braunen Augen eine versteckte Leidenschaftlichkeit. Er musterte das junge Paar eingehend.

Stefan bemerkte dies, und die beiden taten ihm leid. Er hatte Boris' Vater gern gehabt, und er wünschte auch dem Sohn nur Gutes; dagegen war er seinem geistlichen Bruder nicht eben wohlgesinnt. Daniel selbst war zwar mittellos, doch besessen vom Gedanken an Reichtum – für das Kloster.

Er ist habgierig im Namen Gottes, dachte Stefan bei sich. Es ist ein Verbrechen.

Der große Kampf zwischen jenen, die meinten, die Kirche solle ihre Reichtümer aufgeben, und jenen, die für eine reiche Kirche sprachen, tobte seit Generationen. Die Gruppe der Geistlichen, die glaubten, die Kirche müsse zu einem Dasein in Armut und Einfachheit zurückkehren, ging in die Geschichte als »die Uneigennützigen« ein; die meisten Leute in Russka und in der Hauptstadt nannten sie liebevoll »die Nichthabgierigen«. Sie konnten sich allerdings nicht durchsetzen. Um das Jahr 1500 erklärte der Kirchenrat, daß Ländereien und anderer Besitz der Kirche die irdische Machtstellung in erstrebenswerter Weise sicherten. Wer anders dachte, galt als Häretiker.

Der Mönch Daniel hatte in allen geschäftlichen Belangen solche Umsicht bewiesen, daß der Abt des Klosters Peter und Paul ihm die Aufsicht über die klösterlichen Aktivitäten in der kleinen Handelsstadt übergab. Die geheime Mission bestand darin, den Abt bei der Vergrößerung des klösterlichen Landbesitzes zu unterstützen.

Darin würde Daniel wohl erfolgreich sein. Seit Generationen hatte die Kirche ihren Landbesitz innerhalb der Gemeinde fortlaufend erweitert. Zwei Jahre zuvor hatte Zar Ivan versucht, dieses Wachstum zu beschränken, indem er anordnete, daß Klöster und Kirchen bei Schenkung oder Erwerb von Ländereien seine Erlaubnis einzuholen hätten. Doch solche Gesetze traten selten wirklich in Kraft. In der Zentralregion des Moskauer Reiches besaß die Kirche zu der Zeit etwa ein Drittel des Landes.

Es gab zwei attraktive Ländereien in der Nähe; das eine Gebiet lag im Nordosten, nun wieder in den Händen des Moskauer Fürsten; das andere war der Ort Sumpfloch.

Boris' Vater hatte seinen Besitz behaupten können; aber ob der junge

Mann bei der geringen Mitgift seiner Frau dazu in der Lage sein würde? Daniel hegte große Zweifel daran. Entweder würde Boris das Land gegen eine Pacht auf Lebenszeit an das Kloster abgeben, was häufig geschah, oder er würde es gleich verkaufen. Ansonsten hatte er die Möglichkeit, sich immer tiefer in Schulden zu stürzen. Und auch dann würde das Kloster den Besitz schließlich übernehmen.

Wie dem auch sein mochte: Boris würde ein Leben in Ehren führen. Nach seinem Tod würden die Mönche für den edlen Wohltäter, der sein Land dem Dienst an Gott weihte, beten.

Eine Schwierigkeit sah Daniel allerdings voraus. Wenn der junge Mann die Absichten des Klosters kannte, würde er, wie sein Vater, alles daransetzen, seine Unabhängigkeit zu bewahren. Er würde unter allen Umständen vermeiden, Geld vom Kloster zu leihen.

»Hier kommst du ins Spiel«, hatte er Lev, den Kaufmann, tags zuvor angewiesen. »Wenn der junge Mann Geld leihen will, biete ihm einen Kredit an, und ich übernehme die Garantie.«

Lev hatte gelacht und gemeint: »Ach, ihr Mönche ...«

Und nun kam der junge Mann auf sie zu.

Als der Schlitten den Platz überquerte, hörte Elena ihren Mann leise fluchen. Als sie ihn überrascht ansah, lächelte er ihr nur entschuldigend zu.

»Meine Feinde«, flüsterte er. »Das sind alles meine Vettern. Nimm dich vor allem vor dem Priester in acht«, fügte er hinzu.

Die vier Männer blickten ihr unschuldig entgegen.

Boris' Furcht vor dem Priester hatte nur einen Grund: Stefan konnte lesen, und Boris selbst konnte nur wenige Wörter entziffern. Er wußte, daß viele Adlige bei Hof lesen konnten. Die Mönche und Priester in den großen Klöstern und Kirchen beherrschten ihre eigene Kirchensprache in Wort und Schrift. Was aber fing der Pfarrer einer kleinen Gemeinde mit Büchern an? Boris schien das verdächtig. Die Katholiken oder diese merkwürdigen deutschen Protestanten, die mit Moskau Handel trieben, konnten wahrscheinlich auch lesen.

Daß Daniel, der Mönch, hinter seinem Land her war, konnte Boris verstehen. Aber was Stefan wohl im Schilde führte?

Die kleine Gruppe begrüßte die Ankommenden höflich. Sie lächelten Elena respektvoll zu. Dann fuhr der Schlitten weiter zu dem kleinen Haus am Ende des Platzes, wo der Verwalter, seine Frau und die Bediensteten das junge Paar erwarteten.

Am nächsten Morgen inspizierte Boris seinen Besitz in Sumpfloch.

Der alte Verwalter führte ihn umher. Er war schon da gewesen, als Boris noch ein Kind war, und er war kein schlechter Kerl. Jedenfalls war er ehrlich, soweit Boris wußte.

»Es ist alles in gutem Zustand, wie dein Vater es hinterlassen hat«, sagte er.

Boris blickte nachdenklich umher. Als die Sachverständigen des Zaren nach Ivans neuerlichen Steuerreformen Russka besuchten, inspizierten sie den Besitz der Bobrovs eingehend. Es handelte sich um etwa dreihundert *tschetvezts,* was ungefähr siebzehnhundert Hektar entspricht. Die Bobrovs hatten in zweierlei Hinsicht Glück: Erstens befanden die Sachverständigen, daß ein Teil des Landes von minderer Qualität sei, wodurch sich die Steuern reduzierten. Zum zweiten war das hochwertige Areal ein wenig zu groß, als daß es nach den Standardmaßen der Steuertabelle exakt hätte erfaßt werden können.

Die russischen Sachverständigen für Grund und Boden vermochten gewisse Teilstücke, Bruchteile, nicht zu berechnen und steuerlich nicht zu taxieren. Zum Beispiel war ein Zehntel in den Steuertabellen nicht vorgesehen. Sie wußten auch nicht, wie man Brüche mit unterschiedlichen Divisoren addiert oder subtrahiert. Sie stellten fest, daß der gute Boden in Sumpfloch etwa zweihundertvierundfünfzig *tschetvezts* umfaßte. Aufgrund der angedeuteten Probleme blieben mehr als eineinhalb Hektar steuerfrei.

Boris' derzeitige Einkünfte aus seinem Land betrugen zehn Rubel jährlich. Und damit ging es ihm gut, verglichen mit anderen, denen der Zar *pomeste* – Land als Dienstgut – zugewiesen hatte. Andererseits hatte er für einen Feldzug für sich und seine Pferde sieben Rubel aufzuwenden; Rüstung und anderes Gerät waren bereits in seinem Besitz. An Steuern mußte er vier Rubel jährlich entrichten. In Russka hatte er geringe Schulden, auch bei Lev, dem Kaufmann. Wie die Dinge standen, würde er innerhalb einiger Jahre zwangsläufig immer mehr in Schulden geraten, falls der Zar nichts für ihn tat.

Doch Boris war nicht mutlos. Mit der Zeit würde er Ivans Gunst schon erringen. »Ich glaube, wir können die Einkünfte aus dem Land verdoppeln«, erklärte er dem Verwalter zuversichtlich.

Genau das hatte der arme Bauer Michail befürchtet.

Ein Bauer hatte zwei Möglichkeiten, seinen Herrn zu bezahlen: entweder gab er Geld oder Naturalien, entrichtete also den *obrok,* oder er bewirtschaftete das Land seines Herrn in Fronarbeit, die sogenannte *barschtschina.* Die Kombination aus beiden Leistungen war die Regel. Die Bauern in Sumpfloch arbeiteten nur einen oder zwei Tage auf dem Land, das Boris für sich behalten hatte. Dazu leisteten sie *obrok* für das Land, das sie erhalten hatten. In den vergangenen zwanzig Jahren hatte der Besitz drei Pächter verloren; einer war zu einem anderen Herrn übergewechselt, einer war ohne Erben gestorben, und der dritte war weggeschickt worden. Sie wurden nicht ersetzt, so hatte Boris' Vater noch einmal vierzig Hektar gutes Land für sich behalten.

In Michails Abmachung mit Boris war die Aufteilung der Verpflichtungen nicht festgesetzt. Falls Boris sie ändern wollte, konnte er das. Er überlegte: Der Pachtzins war zwar mehrfach angehoben worden, doch der Getreidepreis war noch deutlich höher gestiegen. »Wir können den *obrok* reduzieren und die *barschtschina* erweitern«, meinte Boris munter. Das Getreide, das er auf dem zusätzlichen Acker anbauen konnte, würde viel mehr wert sein als die laufenden Pachteinnahmen. Er würde seine Einnahmen steigern, während die Bauern natürlich verlieren würden.

Zwei Monate später bat Boris den Kaufmann um einen Besuch in seinem Haus. Lev wußte, warum. Boris war nicht untätig gewesen; er hatte alles, was zu seinem Besitz gehörte, einer genauen Prüfung unterzogen.

Michail, der arme Vetter des Kaufmanns, klagte: »Anscheinend entgeht ihm nichts. Er ist ein Tatar wie du, Lev.«

Bei allem Mitgefühl für seinen Vetter – Lev bewunderte Boris insgeheim. Vielleicht wird er uns alle überraschen und seinen Besitz behalten, dachte er beinahe belustigt.

Ihm jedenfalls würde es nichts ausmachen! Er würde überleben, und wenn das bedeutete, sich überall lieb Kind zu machen: in Russka natürlich zuerst einmal beim Kloster, dem das Land gehörte; doch auch bei Boris. Denn man mußte Umsicht walten lassen. Manchmal gelüstete es die Zaren in Moskau nach kirchlichen Besitzungen, und sie fanden einen Vorwand, um sie zu übernehmen. Falls das geschehen sollte, würde der junge Herr, der dem Zaren diente, eine wichtige Rolle spielen.

Unter solchen Erwägungen erreichte Lev das behäbige, zweistöckige Holzhaus mit der breiten Außentreppe. Er wurde in den großen Wohnraum geführt, wo Boris ihn erwartete.

»Wie du weißt, werden die Einkünfte aus Sumpfloch in diesem Jahr stark ansteigen, doch in der Zwischenzeit brauche ich Kredit; ich denke an fünf Rubel.«

Lev nickte. Die Summe war bescheiden. »Kann ich dir leihen. Die Zinsen betragen einen Rubel auf je fünf.«

Zwanzig Prozent! Boris staunte mit offenem Mund. Das waren höchst angenehme Bedingungen – um die Hälfte weniger, als zwei andere Kaufleute ihm vorgeschlagen hatten.

Lev lächelte. »Meine Rechnung geht dahin, daß ich die Freunde den Feinden vorziehe, Herr«, war die entwaffnende Begründung. »Ich hoffe, daß Elena Dmitreva wohlauf ist!« sagte er höflich.

»Ja danke.« Lev glaubte zu sehen, daß über das junge Gesicht ein Schatten lief. In der Stadt hieß es, Boris' Frau sei ein freundliches, sanftes Geschöpf. Außer den beiden Bediensteten und der Frau des Priesters hatte aber kaum jemand in Russka sie gesehen. Sie zeigte sich nicht in der Öffentlichkeit. Boris ließ den Priester zum Messelesen ins Haus kommen, statt seine Frau den neugierigen Blicken der einfachen Leute in der Kirche auszusetzen.

Das Leben in Russka kam Elena seltsam vor. Überall war es so ruhig. Anna, die Frau des Priesters, die sie manchmal besuchte, war eine angenehme junge Person von zwanzig Jahren. Boris hatte gegen die Besuche nichts einzuwenden. Oft saßen die beiden am Nachmittag im oberen Stockwerk beisammen. Von Anna erfuhr Elena eine Menge über die Gemeinde. Sie konnte Boris sogar versichern, daß der Priester ihm wohlgesinnt sei.

Elena hatte sich vorgestellt, daß sie als verheiratete Frau mit ihrem Mann und ihrem Haus beschäftigt sei und immer etwas zu tun habe. Da Boris jedoch häufig auf seinem Besitz war, wußte sie nichts mit ihrer Zeit anzufangen. Sie war dreimal im Kloster gewesen, das von der Familie ihres Mannes gegründet worden war. Die Mönche hatten sie freundlich empfangen. Sie hatte mit Boris auch Sumpfloch einen Besuch abgestattet, und dort hatte man sie mit tiefen Verbeugungen und kleinen Geschenken willkommen geheißen. Doch da Elena fühlte, daß die Einwohner des Weilers sie als Anlaß für ihre neuen Verpflichtungen ansahen, legte sie keinen Wert auf einen weiteren Besuch.

Wie sehnte sie sich nach dem geschäftigen Treiben von Moskau, dem ausgefüllten Leben mit ihrer Familie! Warum ging ihr Mann nicht wieder dorthin mit ihr? Er mußte seine Geschäfte in Russka doch nun bald beendet haben!

Boris gab ihr immer wieder Rätsel auf. Sie war an die häufig schlechte Laune ihres Vaters gewöhnt und wußte, daß Männer unter wechselnder Stimmung leiden. Sie hätte es akzeptieren können, wenn das auch bei Boris so gewesen wäre oder wenn er sie hin und wieder geschlagen hätte. Darauf war sie schließlich gefaßt. Lev, der Kaufmann, schlug seine Frau grundsätzlich einmal in der Woche, das wußte sie.

Doch Boris war stets freundlich, und wenn ihn etwas bedrückte, zog er sich an den Ofen oder ans Fenster zurück. Wenn sie ihn nach dem Grund fragte, lächelte er nur vage.

Elena wußte, daß er von ihr erwartete, eine vollkommene Ehefrau zu sein, so wie Anastasia es für Ivan war. Was aber bedeutete das? Sie tat ihm jeden Gefallen, war zärtlich, wenn er Kummer hatte. Doch irgend etwas an ihr schien ihn zu enttäuschen. Sie bemühte sich vergeblich, den Grund zu finden.

Im Winter kamen beunruhigende Nachrichten aus dem Osten. Die Garnison in Kazan war zu klein, und nun befand sich das gesamte Gebiet um die eroberte Tatarenstadt im Aufruhr.

»Zar Ivan hat die *duma* der Bojaren zusammengerufen, doch sie will nicht in Aktion treten«, erzählte ein Kaufmann aus der Hauptstadt.

Dieses Ereignis brachte die erste ernste Verstimmung zwischen den jungen Eheleuten. »Diese verdammten Bojaren«, fluchte Boris. »Ich wünschte, der Zar würde sie alle erledigen.«

»Nicht alle Bojaren sind schlecht«, protestierte Elena.

»Doch, das sind sie«, schnappte Boris trotzig zurück. »Und eines Tages zeigen wir ihnen, wo ihr Platz ist.« Er wußte, daß in diesen Worten eine Beleidigung ihres Vaters verborgen lag, die sie traurig stimmte. Doch das war ihm jetzt gleichgültig.

Einige Wochen vergingen ohne besondere Vorkommnisse. Elena war nur von der Frage besessen, wann sie wieder nach Moskau reisen würden. Sie war sich nicht im klaren darüber, daß der Grund der Verzögerung das Geld war. Boris hatte mit ihr nie über seine Finanzen gesprochen. Sie hatte in ihrem Vaterhaus in Moskau ein angenehmes Leben geführt und konnte sich nicht vorstellen, welch finanzielle Belastung das gesellschaftliche Leben in der Hauptstadt für einen Mann mit bescheidenen Mitteln bedeutete.

Anfang Februar waren sie immer noch in Russka, und Elena fühlte sich sehr einsam. Also sandte sie eine Nachricht an ihre Mutter. Das war nicht schwierig. Anna übergab die Botschaft einem Kaufmann, der nach Vladimir reiste. Der wiederum reichte sie weiter an einen Freund, der auf dem Weg nach Moskau war. Elena beklagte sich keineswegs in ihrem Brief, sie bat nur, ihr jemanden zur Gesellschaft zu schicken – vielleicht eine arme Verwandte.

Als Ende Februar zwei Schlitten vor ihrem Haus vorfuhren, stieß Elena einen Freudenschrei aus: Ihnen entstiegen, anstelle der armen Verwandten, ihre Mutter und ihre Schwester.

Sie wollten eine Woche bleiben. Elenas Mutter war eine große, imposante Frau, und sie behandelte Boris mit freundlicher Höflichkeit. Die Schwester, die verheiratet war und schon Kinder hatte, war eine stämmige Person, die gern lachte.

Natürlich bedeutete der Besuch Extraausgaben. Nach dieser Woche wußte Boris, daß seine Anleihe bei Lev nicht ausreichen würde. Das ärgerte ihn. Noch schlimmer war, daß er sich ausgeschlossen fühlte. Elena wollte unbedingt neben ihrer Schwester schlafen, und die Mutter bewohnte das Zimmer im oberen Stockwerk, so daß Boris unten am großen Ofen schlafen mußte. Die beiden Schwestern fanden das höchst amüsant, und er hörte sie die halbe Nacht plaudern.

Tagsüber fühlte er sich noch elender. Die drei Frauen steckten unentwegt zusammen und tuschelten miteinander. Boris argwöhnte, daß es dabei um ihn ging.

Seine Vorstellung von Frauen entsprach der allgemeinen Meinung jener Zeit. Es waren allerlei Schriften byzantinischer und russischer Autoren in Umlauf, die die Ansicht von der Minderwertigkeit des Weibes vertraten.

So war auch Boris der Meinung, Frauen seien unrein.

Er selbst wusch sich immer sorgfältig, nachdem er mit Elena geschlafen hatte, und während der Zeit ihrer monatlichen Regel mied er ihre Gegenwart möglichst.

Vor allem jedoch waren Frauen für ihn Fremde. Warum waren Elenas Mutter und Schwester gekommen? Als er höflich danach fragte, antwortete Elenas Schwester fröhlich, sie seien nur gekommen, um die Braut und den Besitz ihres Mannes zu sehen: und sie würden auch im Nu wieder verschwunden sein.

»Hast du sie gebeten zu kommen?« fragte er Elena mißtrauisch.

»Nein«, antwortete sie, der Wahrheit entsprechend. Boris bemerkte jedoch ihre leichte Verlegenheit. Sie gehört nicht mir, dachte er. Sie gehört zu ihnen.

Endlich reisten die beiden Frauen ab. Beim Abschied dankte Elenas Mutter Boris herzlich für die Gastfreundschaft und meinte vielsagend: »Wir freuen uns, euch bald in Moskau zu sehen, Boris Davidov. Mein Mann und ich, auch seine Mutter, erwarten euch sehnsüchtig.«

Das war ein Versprechen möglicher Unterstützung seitens Dmitrijs und der Hinweis, die alte Dame finde es respektlos, wenn er sich ihr nicht bald vorstelle. Er lächelte verlegen und dachte daran, daß der Besuch ihn fast einen ganzen Rubel gekostet hatte. Und was hatten die beiden wohl mit seiner Frau angestellt?

Als sie wieder allein waren, ließ sich zunächst alles gut an. Boris kam nachts wieder zu Elena, und sie liebten sich leidenschaftlich.

Zwei Wochen später änderte sich seine Laune schlagartig. Er hatte verschiedene Mängel an den Gerätschaften und in den Getreidespeichern entdeckt, die der Verwalter offenbar übersehen hatte. Gleichzeitig erlag einer der Tatarensklaven einer schweren Krankheit. Also mußte Boris entweder einen neuen Sklaven kaufen oder weniger Land bewirtschaften. Er würde wohl eine weitere Anleihe bei Lev machen müssen.

Elena wartete eine Gelegenheit ab, um mit ihm zu reden. »Du machst dir zu viele Sorgen«, begann sie. »So ernst ist es gar nicht.«

»Das kann nur ich beurteilen«, meinte er ruhig.

»Aber ich sehe doch dein trauriges Gesicht«, fuhr sie fort. Sie sagte das mit leise ironischem Ton. Er warf ihr einen finsteren Blick zu. Wo nahm sie nur diese Keckheit her? Daran waren bestimmt die beiden Frauen schuld!

Damit hatte er in gewissem Sinn recht. Elena hatte Mutter und Schwester des öfteren nach ihrer Meinung über Boris gefragt, und die hatten ihr erklärt: »Wenn ein Mann Launen bekommt, muß man einfach darüber hinweggehen.« Dabei bedachten sie nicht, daß Boris ein ungewöhnlicher Mann war.

Boris bekam den Eindruck, daß Elena seine Stimmung nicht ernst nahm, und dachte nur: Sie haben ihr beigebracht, mich zu verachten. Noch konnte er seinen Ingrimm hinunterschlucken, doch dann machte Elena den größten Fehler.

»Ach, Boris«, sagte sie, »es ist albern, so niedergeschlagen zu sein.«

Albern! Seine Frau nannte ihn albern? Wütend sprang er auf und ballte die Fäuste. »Lach du mich noch einmal aus, wenn ich Sorgen habe«, schrie er. Er machte einen Schritt auf sie zu, ohne zu wissen, was er tat.

Da pochte es an die Tür, und Stefan, der Priester, trat ein. Er sah äußerst betroffen aus: »Der Zar liegt im Sterben.«

Wohin der Bauer Michail auch blickte – nichts als Probleme. Der junge Herr Boris war mit seiner Frau zwar wieder in Moskau, doch er kam von Zeit zu Zeit auf einen kurzen Besuch. Sicher war es bald wieder soweit. Wer weiß, was er dann vorhatte.

Die neue *barschtschina* war eine erdrückende Bürde. Neben seinem Dienst und kleineren Zahlungen an Boris mußte Michail auch die Staatsausgaben bezahlen. Seine Frau half, indem sie hübsches Tuch in leuchtenden Farben und mit einem roten Vogelmuster darin webte und auf dem Markt in Russka verkaufte. Aber er hatte trotzdem kein Geld übers Jahresende hinaus und gerade genug Getreidevorräte, die ihn nach einer schlechten Ernte über den Winter brachten.

»Wir könnten doch weggehen«, meinte seine Frau, »noch diesen Herbst.«

Er lehnte diesen Gedanken nicht ab, doch vorläufig konnte er nichts unternehmen. Die Gesetze, nach denen ein Bauer seinen Herrn verlassen durfte, waren fünfzig Jahre zuvor von Ivan dem Großen erlassen und von seinem Enkel, dem derzeitigen Zaren, erneuert worden. Ein Bauer durfte seinen Dienst nur zu bestimmten, von seinem Herrn festgesetzten Daten verlassen, und zwar in den beiden Wochen um den Sankt-Georgs-Tag, den 25. November.

Das hatte durchaus einen Sinn, denn um diese Zeit war die gesamte Ernte eingebracht; doch für den Bauern war es die schlechteste Zeit des Jahres, sich nach etwas Neuem umzusehen. Außerdem waren hohe Austrittsgebühren zu entrichten. Wenn nach der Kündigung auch das erledigt war, konnten der Bauer und seine Familie sich frei bewegen. Aber wohin? Das war Michails Problem.

»Warten wir noch ein wenig, dann sehen wir weiter«, sagte er abschließend. Seine Frau würde geduldig abwarten, das wußte er. Und da er nicht wußte, was er machen sollte, beschloß er, sich Rat bei seinem Vetter, dem Priester Stefan, zu holen.

Keiner sprach darüber, doch jedermann am Hof in Moskau dachte dasselbe: Man hatte den Zaren verraten, gegen ihn gemeutert.

Im März war Ivan schwer erkrankt, wahrscheinlich an Lungenentzündung. Er konnte kaum noch sprechen. Den Tod vor Augen, bat er Fürsten und Bojaren, seinen Sohn, der noch ein Säugling war, als Nachfolger zu akzeptieren. Doch die meisten schlugen ihm die Bitte ab – und das war, strenggenommen, offene Meuterei.

»Dann haben wir eine andere Regentschaft, die auf die Familie der Mutter, diese verdammten Zacharins, übergeht«, lautete das Hauptargument. Welche Alternative sahen sie? Da war die harmlose, mitleiderregende Figur des jüngeren Zarenbruders – eine schwachköpfige Kreatur, die sich selten blicken ließ. Und da gab es Vladimir, den Vetter des Zaren. Von allen Fürsten war er am engsten mit dem regierenden Monarchen verwandt, ein Mann mit Erfahrung, ein besserer Thronanwärter als das Kind.

Am Bett des Schwerkranken wurde debattiert. Selbst Ivans engste Vertraute drückten sich flüsternd in Ecken herum. Und der Zar lauschte, und sein Mißtrauen wuchs.

Was würde nach dem Tod des Zaren mit dem Moskauer Staat geschehen? Würde er in Anarchie stürzen, da die Magnaten einander gegenseitig bekämpften um der Macht willen?

Doch der Zar genas. Die Höflinge verneigten sich wieder lächelnd vor ihm. Die Nachfolge seines Vetters Vladimir war kein Thema mehr, als habe man nie darüber gesprochen.

Zar Ivan verlor kein Wort darüber, doch er vergaß nichts. Und über dem gesamten Hof lag eine düstere Atmosphäre.

Im Mai reiste Ivan mit seiner Familie in den hohen Norden, um die Dankgebete für seine Genesung in ebenjenem Kloster zu sprechen, das seine Mutter aufgesucht hatte, als sie mit ihm schwanger war. Es war ein langer Weg bis in die Wälder kurz vor der arktischen Leere. Auf der Reise fiel der Kinderfrau der kleine Prinz, Ivans und Anastasias Sohn, aus den Armen und starb.

Boris und Elena waren im März nach Moskau zurückgereist und hatten sich in ihrem bescheidenen Häuschen in der Weißen Stadt eingerichtet. Elena besuchte Mutter und Schwester täglich. Dort hörte sie ständig Neuigkeiten über die schlimmen Ereignisse am Hof, entweder durch Elenas Vater oder durch ihre Mutter.

Boris war häufig allein, er hatte nicht viel zu tun. Obwohl sie ein ruhiges Leben führten, hatte er große Ausgaben: für die Pferde, für Geschenke, und vor allem für die vielen Meter von Seidenbrokat und Pelzbesatz für Kaftane und Kleider, die für Höflichkeitsbesuche nötig waren. Er hoffte sehr, daß diese Investitionen nicht vergeblich waren.

Manchmal spürte er dumpfen Zorn, wenn seine Frau fröhlich von einem Besuch bei der Mutter zurückkam. Wenn sie nachts beieinanderlagen, begehrte er sie, hielt sich aber trotzdem zurück. Wie kann sie mich lieben, wenn sie meine Sorgen nicht teilt? überlegte er. Mitunter war diese Gefühlskälte seine Art, sie zu bestrafen.

Die junge Elena dagegen dachte bei diesen Anzeichen von Gleichgültigkeit, ihr launischer Mann habe kein Interesse mehr an ihr. Obwohl ihr eher nach Tränen zumute war, zog sie sich stolz zurück, oder sie richtete eine Barriere zwischen ihnen auf, so daß er wiederum dachte: Ich sehe, sie will mich nicht mehr.

Manchmal betete Boris vor den Ikonen in der Kirche, daß er und seine Frau einander lieben und verzeihen könnten, doch im Grund seines Herzens glaubte er nicht mehr daran.

Bei einer solchen Gelegenheit kam Boris zufällig ins Gespräch mit dem jungen Priester Philipp. Er war etwa im gleichen Alter wie Boris, sehr schlank, rothaarig, mit harten, ausgeprägten Gesichtszügen. Als Boris ihm erzählte, daß seine Familie dem Kloster in Russka eine Ikone, die wunderschöne Rublev, gestiftet hatte, war Philipp begeistert.

»Herr, ich beschäftige mich eingehend mit Ikonen. Da gibt es also eine von Andrej Rublev in Russka? Das wußte ich nicht. Natürlich muß ich sie mir ansehen. Erlaube mir, daß ich dich einmal dorthin begleite. Das wäre sehr liebenswürdig.«

Unversehens hatte Boris einen Freund fürs Leben gewonnen.

Elena erzählte Boris erst im Juli, daß sie schwanger war. Sie erwartete das Kind zum Jahresende. Boris war natürlich sehr aufgeregt. Elenas Familie gratulierte ihm. Und als er an seinen Vater dachte und daran, daß dieser Sohn ihre edle Linie fortsetzen werde, durchströmte ihn neue Kraft. Er war fest entschlossen, erfolgreich zu sein und den Besitz in gutem Zustand zu übergeben.

Elenas Vater hatte gleich außerhalb der Stadt einen Besitz. Sie ging in den Spätsommermonaten oft hinaus, und so war sie auch jetzt bei ihrer Familie. Am folgenden Morgen sollte sie mit ihrer Mutter zurückkehren.

Was, zum Teufel, will Stefan bloß von mir? fragte sich Boris. Er hatte eine Nachricht des Priesters erhalten, in der jener um eine Zusammenkunft ersuchte.

Der junge Priester begrüßte Boris mit größter Höflichkeit und bat ihn, die Angelegenheit streng vertraulich zu behandeln; es ging um den Bauern Michail.

Stefan erläuterte in kurzen Worten Michails Dilemma. »Es könnte sein, daß das Kloster ihn dir wegnehmen will. Sie würden einen guten Arbeiter gewinnen, und du würdest deinen besten verlieren – was bedeutet, daß es für dich noch schwerer würde, dich zu behaupten.«

»Er kann nicht gehen!« brauste Boris auf. »Ich weiß genau, daß er die Gebühren nicht bezahlen kann.«

Falls ein Bauer kündigte, hatte er hohe Beträge zu entrichten, über einen halben Rubel – das war mehr als der Gegenwert von Michails Jahresernte. Und Boris hatte recht – Michail hätte es nicht bezahlen können.

»Er nicht, aber das Kloster«, entgegnete Stefan ruhig.

So war das! Unlauteres Abwerben eines Bauern, indem man die Austrittsgebühren für ihn übernahm. Wahrscheinlich würde der Mönch Daniel ihm, einem Bobrov, so etwas antun. »Du schlägst also vor, daß ich meinen Bauern einen Teil ihrer Pflichten erlasse?«

»Ein wenig, Boris Davidov. Nur so viel, daß Michail aus dem Gröbsten herauskommt. Er ist ein guter Arbeiter, und ich kann dir versichern, daß er nicht von dir weggehen will.«

»Und warum erzählst du mir das alles?« fragte Boris.

Stefan schwieg. Sollte er vielleicht sagen, daß er mit dem wachsenden Reichtum des Klosters nicht einverstanden war, daß Boris und seine junge Frau ihm leid taten? Nein, das konnte er nicht tun. »Ich bin nur ein Priester, ein Zuschauer«, meinte er daher mit einem vorsichtigen Lächeln. »Nehmen wir es also als meine gute Tat für den Tag.«

»Ich werde nachdenken über das, was du mir gesagt hast«, sagte Boris unverbindlich. »Ich danke dir für deine Anteilnahme und die Mühe, die du dir gemacht hast.«

Damit trennten sie sich, und der Priester war überzeugt, dem Bauern und seinem Herrn einen christlichen Dienst erwiesen zu haben. Nachdem er gegangen war, lief Boris nervös im Zimmer auf und ab. Für welch einen Trottel halten sie mich denn? Denkt Stefan vielleicht, ich hätte das listige Lächeln auf seinen Lippen nicht bemerkt?

Es sah vielleicht so aus, als wolle Stefan helfen, doch Boris glaubte nicht daran. Er dachte an die vier Vettern, wie sie am Tage ihrer Ankunft in Russka beieinandergestanden hatten. Nein, er konnte keinem trauen, keinem einzigen – er traute ja nicht mal mehr seiner Frau. Worauf aber war der Priester aus? Er bereitete offensichtlich eine Falle vor. Wenn er Michails Verpflichtungen reduzierte – wer würde davon profitieren? Der Bauer, natürlich, Stefans Vetter. Und Boris hätte weniger Einkünfte, müßte also weitere Anleihen machen und würde damit dem Verlust seines Besitzes an das Kloster einen Schritt näher sein.

Nur in einem Punkt hatte der schlaue Priester wohl die Wahrheit gesagt: Das Kloster könnte versuchen, Michail abzuwerben, falls es den Besitz noch nicht übernehmen könnte. Wie sollte er, Boris, dies verhindern?

Seltsamerweise war es der Priester Philipp mit seiner Leidenschaft für Ikonen, der die Lösung lieferte.

Der Kreml hatte stets wachsenden Bedarf an *pomeste* – Land für Ivans Gefolgsleute. Und so sprachen sich die engsten Ratgeber des Zaren dafür aus, die Uneigennützigen zu unterstützen und Land von der Kirche abzuziehen. Der Metropolit suchte nach einer Möglichkeit, das zu verhindern – und er fand sie.

Der Priester Sylvester, ein Mann, der die Kampagne gegen die besitzende Kirche betrieb, war ein enger Vertrauter des Zaren und gleichzeitig mit einem Mann befreundet, den man der Häresie bezichtigte. Der Metropolit sah darin die Chance, ein weit gespanntes Intrigennetz zu spinnen. Tatsächlich gelang es auch, eine Verbindung zwischen einigen Freunden der antikirchlichen Bewegung und der Familie des Fürsten Vladimir aufzudecken. Diesen seinen Vetter hatte Ivan mißtrauisch im Visier – schließlich galt er als möglicher Nachfolger auf dem Thron. Der Metropolit war entzückt. Der für die reiche Kirche gefährliche Sylvester würde nun als Freund der Ketzer und der Feinde Ivans entlarvt werden. Ein Schauprozeß wurde einberufen.

Die Verhandlung wurde für Ende Oktober festgesetzt. Der Metropolit, der Zar, die hohen geistlichen und weltlichen Würdenträger würden anwesend sein. Sylvesters Anhänger und Freunde lebten bereits in Furcht und Schrecken.

Dieser Schauprozeß mochte vielleicht dem Metropoliten genügen, nicht jedoch Sylvesters Rivalen im Rat. Plötzlich brachten sie noch einen Fall zur Sprache, Sylvester unmittelbar betreffend. Es ging um Ikonen.

In der großen Mariä-Verkündigungs-Kathedrale im Kreml hingen seit kurzer Zeit Ikonen, die unter Sylvesters Aufsicht hergestellt worden waren. Die Gegner Sylvesters behaupteten nun, die Darstellungen seien ketzerisch.

Wenn Boris auch nicht die Einzelheiten der Anklage verstand, so wußte er doch, daß der Vorwurf ernst war. Einige Tage vor dem Prozeß bot ihm sein Freund Philipp, der Priester, an, mit ihm die fraglichen Ikonen im Kreml anzusehen.

Die beiden Männer betraten den Kreml durch ein hohes, strenges Tor und gingen an den wuchtigen Mauern der Rüstkammer vorbei auf den zentralen Platz.

Da standen die beiden, und um sie herum ragten kuppelgekrönte Kirchen und Paläste in den trüben Himmel: die Kathedralen Mariä Himmelfahrt, Mariä Verkündigung, des Erzengels Michael; der Facettenpalast in italienischer Bauweise, die Kirche der Niederlegung des Gewandes Mariä, der Glockenturm Ivans des Großen.

Sie betraten die Verkündigungs-Kathedrale. Die Ikonen, Anlaß heftiger Diskussionen, boten für Boris keinen ungewöhnlichen Anblick. Er konnte nichts Schlimmes daran entdecken. Doch der eifrige junge Priester deutete auf eine Christusfigur mit Flügeln und aneinandergelegten Handflächen. »Sieh dir das an: Hast du so etwas schon einmal gesehen?«

»Das ist vielleicht etwas ungewöhnlich«, gab Boris vorsichtig zu und räusperte sich.

»Ungewöhnlich? Es ist empörend! Ein Götzenbild. Siehst du nicht, daß der Künstler das einfach erfunden hat? Es ist nicht gestattet, den Herrn auf diese Weise darzustellen. Außer es kommt von den Katholiken im Westen«, fügte er finster hinzu.

Bei näherer Betrachtung mußte Boris zugeben, daß der Künstler eine höchst eigenwillige Auslegung gewagt hatte.

»Schau einmal hier!« Philipp stand vor einer anderen Ikone. »Unser Herr als David, in den Kleidern eines Zaren. Und dort drüben«, er blickte zu einer weiteren Ikone, »der Heilige Geist als Taube. So etwas ist für uns orthodoxe Christen undenkbar! Ketzer machen das. Diese abscheulichen

Katholiken im Westen haben trotz allem etwas Gutes – die Inquisition. Die fehlt uns hier in Rußland. Das Übel muß an der Wurzel gepackt werden.«

Schweigend verließen sie die Kathedrale. Als sie auf dem weiten Platz standen, hatte Boris einen glänzenden Einfall. »Ich glaube, solche Ikonen werden in Russka hergestellt.«

An einem trüben Novembertag kamen die beiden Besucher in Russka an. Ein kalter, feuchter Wind, der starken Regen, sogar Schnee ankündigte, blies ihnen ins Gesicht. Philipp hätte lieber eine angenehmere Zeit abgewartet, doch Boris hatte darauf bestanden, sofort zu reisen.

Sie gingen in Boris' Haus, der von hier aus eine freundliche Nachricht an den Priester Stefan mit der Bitte um einen Besuch sandte. Boris schickte seinen Diener zum Verwalter mit dem eiligen Auftrag, ein paar fette Hühner zu holen, eine Flasche Wein und alles, was sonst zu ihrem Wohlbefinden beitragen könnte.

Zwei Stunden später saßen sie zu dritt beim Abendessen. Stefan war gespannt, ob sein Besuch etwas Gutes für den unglücklichen Michail bedeuten könne. Der Wein versetzte alle in eine umgängliche Stimmung. Boris erzählte, daß er hier seinen Geschäften nachgehen wolle, und bat Stefan, seinem Freund in der Zwischenzeit das Dorf und das Kloster zu zeigen. Stefan versprach ihm, den Gast am nächsten Tag herumzuführen.

Zwei Tage später war die Falle gelegt, und Boris schickte nach dem Mönch Daniel. »Ich bin in einer höchst schwierigen Lage«, begann er listig. »Es spielt im Grunde keine Rolle, außer im Hinblick auf kürzliche Ereignisse in Moskau.« Er legte eine Pause ein. Der Mönch wußte nicht, worauf Boris abzielte. »Ich beziehe mich auf die Ketzerprozesse«, fuhr Boris aalglatt fort.

Diese hatten am 25. Oktober stattgefunden und waren zu einem uneingeschränkten Triumph für den Metropoliten geworden. Die gelieferten Beweise reichten aus für Folter und lebenslange Haftstrafen. Ganz Moskau war entsetzt.

Als treuer Anhänger des Metropoliten war Daniel hoch erfreut. Doch er verstand nicht: Was hatten diese Prozesse mit dem jungen Landbesitzer und seinen Belangen in Russka zu tun? Er blickte Boris fragend an.

»Es sieht so aus, als hätten wir Ketzertum hier, mitten unter uns«, sagte Boris. Dabei pochte er mißbilligend auf die Tischplatte. Daniel starrte ihn an.

Alles lief so einfach ab! Boris war erstaunt, wie glatt und klug der Priester Philipp seine Rolle spielte – damit hatte er nicht gerechnet. Der hinterhältige Bursche hatte sich von dem zuvorkommenden Stefan herumführen lassen und dabei eher harmlose Fragen gestellt. Er hatte die

Ikonen gesehen, die auf dem Markt zum Verkauf standen. Er hatte sich auch die großen Felder vor den Klostermauern angesehen. Erst als sie bei Sonnenuntergang vor dem Stadttor standen und hinunter auf das Kloster blickten, war es aus Philipp herausgebrochen: »Welch ein kleines und doch so reiches Kloster!«

»Du denkst, es ist zu reich?« hatte Stefan neugierig gefragt.

»Heutzutage muß man vorsichtig sein, mein Freund«, hatte Philipp vage geantwortet.

»Natürlich. Du bist also auf der Seite der Uneigennützigen?«

Der Priester aus Moskau hatte zustimmend sein Haupt geneigt. »Und du?«

»Ich auch«, hatte der Priester aus Russka harmlos geantwortet. Schweigend waren sie zu Boris' Haus zurückgegangen, wo sie sich zum Abschied umarmten.

Philipp teilte Boris seine Ansicht mit. »Der Priester gehört zu den Uneigennützigen. Im Augenblick weiß ich nicht, ob er ein Ketzer ist, aber jedenfalls liest er zuviel, und außerdem ist er ein Narr. Es ist nicht abzusehen, in welche Art von Ketzerei er hineingeraten könnte. Was die Ikonen anbetrifft: Es gibt vier verschiedene ketzerische Versionen.«

»Also könnte ich jetzt Nachforschungen anstellen?«

»Ich glaube, das solltest du.«

Der Mönch Daniel hatte still abgewartet, während Boris seinen Gedanken nachhing. »Es sieht so aus, Bruder Daniel, daß die Ikonen, die im Kloster Peter und Paul hergestellt werden, ketzerischen Inhalts sind. Sie werden auf dem Markt unter deiner Aufsicht verkauft. In der gegenwärtigen Lage ... könnten das Kloster, zumindest einige seiner Insassen damit in Gefahr geraten.«

Daniel wirkte jetzt nervös. »Wir nehmen natürlich gern deinen Rat an.«

»Natürlich«, lenkte Boris ein, »aber wenn es sich um höchste Stellen handelt, wird es doch riskant.«

»Ich fürchte, deine eigene Familie könnte mit dem Geschäft in Verbindung gebracht werden. Dein Vetter Stefan, der Priester. Er ist, du weißt das wahrscheinlich, einer der Uneigennützigen.«

Boris sah Daniel erbleichen – trotz des dichten Barts. Seit langem hatte er diesen Verdacht gehegt. »Selbst wenn er das ist – ich bin absolut gegenteiliger Ansicht«, sagte er.

»Das weiß ich so gut wie du. Aber wir beide wissen auch, daß in solchen Zeiten, wenn die Behörden aufmerksam werden ... Sie werden dich, die Ikonen und deinen Vetter überprüfen, mit dem du häufig gesehen wirst, und sie werden ein Exempel zum Thema Häresie statuieren.«

Das war die reinste Ironie. Obwohl Mönch und Priester absolut gegensätzliche Ansichten vertraten, ließen sie sich durch saubere Analyse und Synthese wie ein Paar Schurken aneinanderketten.

Es entstand eine lange Pause.

»Wie sollen wir verfahren?« fragte der Mönch vorsichtig.

Boris sah gedankenverloren vor sich hin. »Die Frage ist«, überlegte er, »ob ich meinen Freund, einen Priester in Moskau, davon überzeugen kann, daß diese Angelegenheit nicht berichtet zu werden braucht. Er ist ein Fanatiker.«

»Sollte ich vielleicht mit ihm sprechen?«

»Das wäre unklug. Er würde es als Schuldeingeständnis werten.« Boris schwieg einen Augenblick. »Ich muß auch meine eigene Position berücksichtigen.« Es wurde still im Zimmer. »Es würde mich natürlich traurig stimmen«, fuhr Boris nach einer Weile fort, »wenn Unglück über eine Familie käme, über eine große, zahlreiche Familie, der wir wohlgesinnt sind.«

Zahlreich. Er sah, wie es in Daniel arbeitete. Er, der Mönch, Stefan, der Priester, dann Lev, der Kaufmann, und außerdem noch Michail, auch ein Vetter. Boris wartete, bis er meinte, daß Daniel vollkommen begriffen habe.

»Natürlich wünschen wir dir und deinem Besitz in Sumpfloch das Beste«, murmelte der Mönch.

»Nun, ich werde sehen, was ich tun kann«, sagte Boris rasch. »Sprechen wir vorläufig nicht weiter darüber.« Als der Mönch ging, bat Boris: »Wenn dir zufällig Lev, der Kaufmann, begegnet, Bruder Daniel, schicke ihn doch zu mir.«

Am Spätnachmittag lieh Boris sich weitere acht Rubel vom Kaufmann, und zwar zu dem lächerlichen Zinssatz von nur sieben Prozent.

Ehe er am nächsten Tag mit Philipp nach Moskau zurückkehrte, versicherte er ihm, daß die anstößigen Ikonen unverzüglich ausgetauscht würden und Stefan als Anhänger der Uneigennützigen streng verwarnt worden sei. Außerdem bot er ihm eine zinslose Anleihe von einem Rubel an, die der erklärte Gegner der Häresie bereitwillig annahm.

Boris tat nichts für Michail. Es war nicht mehr nötig. Wohin hätte der Bauer auch gehen sollen?

Im Winter dieses Jahres, als der Boden schneebedeckt war, machte sich von Moskau aus eine große Expedition unter Führung von Ivans besten Männern – der brillante Fürst Kurbskij war auch dabei – nach Kazan auf. Unter den ehrgeizigen jungen Männern war auch Boris. Vier Wochen später bekam Elena die Wehen. Sie betete: Wenn ich all diese Schmerzen aushalte, macht Gott sicher, daß Boris mich liebt. Es wurde ein Mädchen.

Im Jahr des Herrn 1553 setzten in England drei Schiffe Segel. Unter dem Kommando von Sir Hugh Willoughby, Mitglied einer der illustren englischen Adelsfamilien, sollten sie eine Handelsstraße um den Nordosten Eurasiens nach China auskundschaften.

Unglücklicherweise kamen in den tückischen nördlichen Gewässern zwei der Schiffe vom Kurs ab; monatelang kreuzten Willoughby und seine Leute durch die Meere, bis sie schließlich bei einer Insel vor Lappland auf Grund liefen und in der eisigen Dunkelheit, die den ganzen arktischen Winter hindurch herrscht, fast erfroren wären.

Ein anderes Schicksal hatte das dritte Schiff, die »Edward Bonaventura«, auf der Richard Chancellor segelte. Während der Sommermonate stieß es in eine nördliche Region vor, in der um diese Jahreszeit die Sonne nicht untergeht. Im August gingen die Männer in einem seltsamen Land von Bord, wo die einheimischen Fischer sich ihnen zu Füßen warfen. Sie waren die ersten Engländer seit Jahrhunderten, die nach Muscovia gelangten.

George Wilson gefiel es in diesem fremden Land. Niemand hatte bisher sonderlich Notiz von ihm genommen, doch hier war er – zusammen mit seinen Schiffskameraden – geradezu eine Berühmtheit.

Der kleine Mann hatte etwas Rattenhaftes, man konnte auch sagen, er sah aus wie ein Schakal in einer Gruppe von Bären. Er war dreißig Jahre alt, und der einzige Grund, warum er diese Reise unternommen hatte, war die Tatsache, daß er als Tuchhändler geschäftlichen Mißerfolg erlitten hatte. Sein Vetter, ein Kapitän, hatte ihn vor den nördlichen Gewässern gewarnt. Es gebe Treibeis so hoch wie Berge, hatte er gesagt. Nun, jetzt war er hier, auf halbem Weg nach China, zwischen Menschen, die wie Bären aussahen. Aber soweit er es beurteilen konnte, war die Lage nicht hoffnungslos. Im Gegenteil, seine schmalen Augen leuchteten, wenn er sah, wieviel Geld man hier verdienen konnte.

Da niemand wußte, wer die Besucher waren oder woher sie kamen, wurde die englische Gruppe zunächst in Verwahrung gehalten, bis die »Gastgeber« Instruktionen aus der Hauptstadt erhielten.

»Die Fürsorglichkeit dieser Menschen ist so groß, daß man nicht weiß, ob wir Gäste oder Gefangene sind«, meinte Chancellor sarkastisch. Es hatte heftig geschneit, ehe sie in die Hauptstadt gebracht wurden. So konnte Wilson beobachten, wie die Waren von den Lastkähnen auf unzählige Schlitten verladen und von den Sammelpunkten zu den Städten im Inneren des Landes gebracht wurden. Es gab alle Arten von Waren: Getreide, Fisch, vor allem aber Felle über Felle in unvorstellbarer Vielfalt – Zobel, Hermelin, Biber, Bären.

Es war eine lange Reise nach Moskau, und mit jeder Meile entfernten sie sich weiter vom Meer. Dies ist das größte Land der Welt, dachte Wilson. Diese Menschen in ihrer riesigen, abgekapselten Welt aus Wäldern und Schnee sind anders als wir, eine Rasse für sich.

»Das sind rauhe Barbaren«, war Chancellors Meinung.

Trotzdem wurden sie in Moskau herzlich empfangen. Gleich nach ihrer Ankunft wurden sie vor den Zaren gerufen. Wilsons Knie zitterten. Er hatte gehört, daß alle Menschen Sklaven des Zaren seien; nun begriff er den Sinn dieser Worte.

Ivan stand am Ende einer großen Halle im Palast des Kreml. Ihm zur Seite hatten sich die Bojaren, gekleidet in schwere, kostbare Kaftane, formiert. Wie groß Ivan war, größer noch durch den hohen pelzbesetzten Hut! Ein blasses, habichtartiges Gesicht; ein kalter, durchdringender Blick. Die Engländer wurden von großer Scheu ergriffen. Das war ganz in Ivans Sinn, denn er wollte diese Kaufleute aus dem fremden fernen Land beeindrucken. Vielleicht konnten sie ihm von Nutzen sein.

Er gab sich liebenswürdig. Man übersetzte ihm das in Latein, Griechisch, Deutsch und anderen Sprachen abgefaßte Empfehlungsschreiben. Daraufhin wurden die Fremden zu einem Fest eingeladen.

Es übertraf alle ihre Vorstellungen. Hundert Gäste saßen an der Tafel. Geschirr und Besteck waren aus purem Gold. Es gab gefüllten Fisch, alle Arten von Braten, exotische Delikatessen wie Elchhirn, Kaviar, Blini. Der Wein wurde in juwelenverzierten Pokalen gereicht. Alles war von verschwenderischer Pracht. Zar Ivan saß in einiger Entfernung von den gewöhnlichen Sterblichen. Das üppige Bankett zog sich über fünf Stunden hin.

Danach führte man die Fremden durch den fürstlichen Palast. Nein, dieses seltsame mächtige Reich hatte nicht seinesgleichen.

Den Palast empfand Wilson als prächtig und stillos zugleich. Die Zimmerfluchten erinnerten ihn an Höhlen. Das Mobiliar war nicht zu vergleichen mit dem der englischen Paläste – sehr schlichte Stühle und Bänke, beschlagene Truhen und riesige Öfen. Diese Einfachheit wurde jedoch mehr als ausgeglichen durch kostbare Orientteppiche und üppige Wandbehänge aus Seidenbrokat.

Die englischen Kaufleute hatten die Gunst des Zaren errungen, und sie erkannten sehr bald die großen Möglichkeiten dieses Handelsplatzes, auf den sie durch Zufall gestoßen waren: Moskau mit seinen Märkten war ein grandioser Umschlagplatz. Aus dem Osten kamen auf Wolga und Don Baumwolle, Schafe, Gewürze. Jedes Jahr fanden sich Nogaj-Stämme aus der asiatischen Steppe mit ihren Pferdeherden ein. Novgorod lieferte

Eisen, Silber, Salz. Andere Städte schickten Leder, Öl, Getreide, Honig und Wachs.

»Die Möglichkeiten sind grenzenlos.« Chancellor war begeistert.

Obwohl Rußland reich an Rohstoffen war, stellte es außer Waffen keine Waren her. Auf jeden Fall ist das also ein guter Absatzmarkt für Luxusgüter, dachte Wilson.

Die Engländer fanden auch sehr bald heraus, daß die stämmigen, kräftigen russischen Kaufleute im Grunde träge waren. »Sie kennen nichts außer ihrem Land«, meinte Wilson zu Chancellor. »Sie sind wie erwartungsvolle Kinder.«

»Das denke ich auch, aber vergiß nicht, daß zuerst der Zar unser Kunde ist.«

Sie hatten festgestellt, daß der Zar ein Monopol auf die meisten wichtigen Güter, alkoholische Getränke eingeschlossen, besaß. Ausländische Kaufleute mußten sämtliche Waren zuerst ihm anbieten.

»Der Zar will auch Chemikalien zur Herstellung von Sprengstoff haben«, erklärte Chancellor, »und er möchte, daß wir Fachkräfte bringen, darunter auch Leute aus dem Bergbau. Das habe ich ihm bereits zugesagt.«

Wilson machte die Bekanntschaft einiger deutscher Kaufleute, die Aufenthaltserlaubnis in der Stadt hatten. Darunter auch ein Arzt. Warum also wollte der Zar Leute aus dem fernen England, wenn er andere bekommen konnte, die viel näher waren?

Einer der Deutschen, der etwas Englisch sprach, erklärte es Wilson. »Vor etwas sechs Jahren wollte ein Deutscher dem Zaren alle möglichen Fachleute bringen. Mit über hundert Männern kam er bis in einen baltischen Hafen. Hätte er sie nach Moskau hereinbringen können, wären sie mit Hilfe des Zaren bestimmt reich geworden.«

»Und warum kamen sie nicht bis hierher?«

»Sie wurden aufgehalten. Von den litauisch-livländischen Behörden in Haft genommen.« Er blickte Wilson ernst an. »Die einflußreichsten Personen standen dahinter.«

»Und warum?«

»Glaubst du denn, mein Freund, daß der Livländische Orden, der viele der baltischen Häfen kontrolliert, ein Interesse daran hat, Ivans Position zu stärken? Denkst du, daß Litauen oder der König von Polen, oder der deutsche Kaiser wollen, daß Rußland stärker wird als ihre Länder?« Er blickte auf dem Marktplatz umher. »Sieh dir diese Leute an«, fuhr er fort. »Sie sind rückständig. Sie haben zwar eine große, aber schlecht ausgebildete Armee. Wenn sie versuchen, sich der baltischen Häfen zu bemächtigen, werden sie von den überlegenen Schweden oder Deutschen sofort zurückgeschlagen. Deshalb ist Zar Ivan auch so froh, daß ihr hier seid. Ihr seid über den äußersten Norden zu uns gekommen. Es ist ein langer, beschwerlicher Weg, aber auf diese Weise kann er das Baltikum umgehen und die Fachleute bekommen, die er braucht.«

Was George bei aller Begeisterung beunruhigend fand, war nicht die Gewalt, die Grobheit der Menschen, sondern die Übermacht der orthodoxen Kirche. Überall sah man Priester und Mönche. Wilson war, wie die meisten seiner Landsleute, protestantisch. Diese Leute hier sind Dummköpfe, war seine Ansicht. Doch das dachte er ja von fast allen Menschen.

Als Chancellor im Januar mitteilte, daß er nach ihrer Rückkehr nach England im Frühjahr eine weitere Expedition nach Muscovia leiten werde, beschloß Wilson, sich ihm wieder anzuschließen. Er wollte hier zu Geld kommen. Außerdem hatte der deutsche Kaufmann, ebenfalls Protestant, eine unverheiratete Tochter – und keinen Sohn. Das Mädchen war vielleicht ein bißchen schwerfällig, doch ganz ansehnlich. Wilson fand sie passabel, und er wollte zurückkommen.

In drei Jahren schlugen die russischen Armeen unter Führung Kurbskijs und anderer die Tatarenrevolten bei Kazan nieder. Sie zogen weiter über die östliche Wolga in das Land der Nogajs. Selbst der ferne Tataren-Khan von Westsibirien hinter dem Ural erkannte Ivan als Oberhaupt an. Zweimal wurden große Truppenverbände die Wolga abwärts entsandt, dann durch die Steppe in die verlassenen Länder um Astrachan, und auch diese Stadt wurde genommen.

Zar von Kazan und Astrachan – sehr fremd klangen die beiden Titel. In den neu verfaßten Chroniken wurden der Zar und seine Familie verherrlicht. Ivan hätte nun am liebsten den mächtigen Krim-Khan geschlagen, doch vorläufig war er dazu nicht imstande. Also versuchte er mit dem sogenannten Livländischen Krieg die Tore seines Binnengefängnisses zu öffnen, seine Nachbarn im Norden zu schrecken, jene reichen Häfen an den baltischen Küsten, die er so dringend benötigte. Zunächst schien er auch Erfolg zu haben.

Kein Wunder, daß Elena wenig von ihrem Mann zu sehen bekam. Boris führte das Leben eines Gefolgsmannes – ein hartes Leben. Oft gab es wenig zu essen. Sengende Hitze oder schreckliche Kälte – das war sein Los. Als abgehärteter Mann kehrte er aus Astrachan zurück, brachte bescheidene Beute mit, ein paar Rubel wert, mit denen er einen Teil seiner Schulden tilgte.

Seine Beziehung zu Elenas Vater, die nie eng gewesen war, kühlte weiter ab. Der Grund lag nicht im persönlichen Bereich, denn Dmitrij war durchaus erfreut über die Karriere seines Schwiegersohnes, sondern im politischen. Es fing nach Boris' Rückkehr aus Astrachan an. Elena empfand, daß er hochgestimmt war. Während die Armee die Steppe und Wüste an der Wolga unterwarf, hatte Ivan mit seinem engsten Rat einen anderen Sieg an der Heimatfront errungen: die Reform des Reiches.

Wieder einmal war Ivan, in Übereinstimmung mit den Zentralisierungsideen des Zeitalters, entschlossen, die Magnaten und ihre Vasallen zur Strecke zu bringen. Es wurde verfügt, daß alle Landpächter, ob es sich um Dienstgut, *pomeste,* oder um privat ererbte *votschina* handelte, dem Zaren bei Aufforderung Militärdienst zu leisten hatten.

»Das wird diese Faulpelze lehren, wer der Herr ist«, äußerte Boris grimmig vor seinem Schwiegervater. »Weißt du, daß die Hälfte der Landpächter in Iver niemandem Dienst taten?«

»Dann erkläre mir«, war die eisige Erwiderung, »was genau der Unterschied zwischen deinem ererbten Besitz und einer einfachen *pomeste* ist.«

»Es gibt einen rechtlichen Unterschied; praktisch gesehen, da hast du allerdings recht, existiert keiner. Wenn du nicht dienst, nimmt dir der Zar deinen Besitz ab.«

»Und das findest du in Ordnung?«

»Ja. Warum sollte ich dem Zaren nicht dienen? Würdest du es nicht wollen?«

Das war eine hinterhältige Frage, denn Boris wußte sehr wohl, daß die Familie seiner Frau mehrere Besitzungen hatte und derzeit niemand von ihnen Dienst tat.

Dmitrij schwieg.

»Wenn ein Mann dem Zaren nicht dienen will«, fuhr Boris gelassen fort, »muß ich daraus schließen, daß er ein Feind des Zaren ist.«

»Einen solchen Schluß solltest du nicht ziehen, junger Mann«, fuhr Dmitrij auf.

Elena wußte, daß die Situation zwischen ihrem Mann und ihrem Vater die tiefe Kluft widerspiegelte, die zwischen den Zaranhängern und den Angehörigen der alten herrschenden Klasse bestand.

Nach anfänglichen Erfolgen wendete sich das Blatt im Norden. Die baltischen Städte baten Schweden, Litauen, Dänemark um Schutz. Es sah so aus, als würde dieser Konflikt nie enden.

Im August 1560 starb Anastasia, die geliebte Gemahlin des Zaren, das Licht seines Lebens.

Als Elena dies hörte, wurde ihr schwer ums Herz. Sie ahnte, daß eine Zeit noch größerer Dunkelheit vor ihnen lag.

1566

Oktober. Ein naßkalter, windiger Tag im Städtchen Russka. Eine einzelne Gestalt reitet langsam auf einem Rappen auf das Stadttor zu. Vorn auf dem Sattel sind zwei kleine Embleme angebracht: ein Hundekopf, als Zeichen, daß der Reiter genau beobachtet, und ein Besen, mit dem die Feinde des Herrn weggefegt werden.

Der Reiter ist schwarz gekleidet. Stolz blickt er nach allen Seiten, er ist der Herr der ganzen Region. Ein Mönch vor dem Klostertor bringt sich eilends außer Sichtweite. Vor mehr als einem Jahr hat er die Gelübde abgelegt. Der Wortlaut entsprach der Bibel – er schwor, seinen Herrn mehr zu lieben als Eltern oder Geschwister. Er schwor weiterhin, sogleich kundzutun, falls er irgend jemanden des Ungehorsams gegen seinen Herrn, den Zaren, verdächtigte.

Die schwarze Gestalt ist mächtig und gefürchtet. Es stimmt, daß der Mann nicht glücklich ist. Er ist auf dem Weg zu seinem Heim, zu seiner Frau. Es ist Boris Bobrov.

Endlich hatte Ivan einen verheerenden Schlag gegen all seine Feinde geführt, der sie wie ein Blitz aus heiterem Himmel traf. Im Dezember 1564 hatte er ohne jede Erklärung mit einem großen Wagentroß Moskau verlassen und war am Sankt-Nikolaus-Tag in einer befestigten Jagdhütte, bekannt als Alexandrovskaja Sloboda, etwa vierzig Meilen nordöstlich der Hauptstadt, eingetroffen. Niemand wußte, was dieser Umzug bedeuten sollte. Im Januar hieß es dann, er habe abgedankt.

War das ein politischer Schachzug?

Die Bojaren mußten ihn, aus Furcht vor dem Volk, zurückrufen. Er kam gnädigerweise und nahm den Bojaren und der Kirche den heiligen Eid ab, ihn nach seinem Gutdünken regieren und bestrafen zu lassen, wen immer er wollte. Das war der Beginn des Terrorregimes. Zar Ivan teilte sein Reich in zwei Teile. Den größeren ließ er von Bojaren seines Vertrauens in seinem Namen regieren. Den kleineren verwandelte er in einen weitläufigen Privatbesitz unter seiner persönlichen Herrschaft, und hier durften nur Leute wohnen, die er persönlich ausgesucht hatte. Dieses Personallehen nannte er mit schwarzem Humor *opritschnina,* den Witwenanteil nach dem Tod des Gemahls. Seine Gefolgsleute, von denen er blinden Gehorsam verlangte, hießen *opritschniki;* sie gingen stets schwarz gekleidet.

Es war ein Staat im Staat, ein Polizeistaat. Die *opritschniki* konnten nur vor ihre eigenen Gerichte gestellt werden – tatsächlich standen sie über dem Gesetz. Ein Teil von Moskau gehörte zur *opritschnina,* ebenso Suzdal und Gebietsteile oberhalb der Oka und südwestlich von Moskau. Der größte Teil lag allerdings oben im Norden, fern von den ehemaligen Fürstenstädten, ein Land eisumschlossener Klöster, mit Pelzhandel, riesigen Salzvorkommen, reichen Händlern aus dem Norden. Die mächtige Familie der Stroganovs wurde sogleich beim Zaren vorstellig, um in diesen Staat im Staate aufgenommen zu werden.

Auf jedem Besitz machten die Untersuchungsbeamten des Zaren Station. Wenn der Grundherr loyal war, konnte er bleiben; wenn er Verbindung zu einem Magnaten oder zu einer der vielen Fürstenfamilien hatte, wurde er mit großer Wahrscheinlichkeit entlassen; wenn er Glück hatte, bekam er lediglich einen schlechteren Besitz.

Auf diese Weise erhielten die *opritschniki* die frei werdenden Besitzungen, die sie natürlich als Dienst-*pomeste* führten.

Russka lag ebenfalls innerhalb der *opritschnina;* deshalb befragten nun die Untersuchungsbeamten den jungen Herrn in Sumpfloch. Genau das hatte Boris gewollt.

»Ich diene dem Zaren auf all seinen Feldzügen«, sagte er. »Laßt mich, ich bitte euch, einer der *opritschniki* sein.« Als er sah, daß sie sich eine Notiz machten, fügte er hinzu: »Vielleicht erinnert der Zar sich meiner. Sagt ihm, daß er eines Morgens in der Dämmerung auf unserem Rückzug von Kazan mit mir gesprochen hat.«

Der Beamte lächelte schief. »Wenn das so ist, erinnert der Zar sich an dich.«

Sie prüften alles sorgfältig und konnten keinen Makel an seiner Familie finden. Nur ein Problem gab es.

»Wie steht es mit der Familie deiner Frau?« wurde Boris gefragt. »Dein Schwiegervater hat Freunde in Kreisen, deren Loyalität nicht gesichert ist. Was kannst du über ihn sagen?«

»Was möchtet ihr denn wissen?« fragte Boris leise.

Eine Woche darauf wurde Boris nach Moskau gerufen. Dort teilte man ihm nach einer kurzen Unterredung mit, daß er das Land als Dienstgut behalten könne und nun zu den *opritschniki* gehöre.

»Der Zar hat sich deiner erinnert«, sagte man ihm.

Boris und Elena saßen beim Essen. Er aß schweigend. Sie saß auf der anderen Seite des schweren Tisches und stocherte im Gemüse. Anscheinend hatte keiner von beiden den Mut, das Gespräch zu beginnen. Die Gerüchte aus Moskau, sollten sie wahr sein, bildeten ein allzu schreckliches Thema.

Einmal fragte er sie leise nach dem Befinden Levs, des Kaufmanns. Er war verantwortlich für das Eintreiben der örtlichen Abgaben und somit ein Angestellter der *opritschnina,* wie Boris. Sie arbeiteten in allen offiziellen Angelegenheiten miteinander.

»Und unsere Tochter?« fragte Elena schließlich. Das Mädchen war Anfang des Jahres an einen jungen Adligen verheiratet worden. Er lebte zwar nicht innerhalb der *opritschnina,* doch in bescheidenem Wohlstand, und Boris hatte sich von der Loyalität der Familie überzeugt. Elena hatte die Vermutung, daß er froh war, das Mädchen im Alter von nur zwölf Jahren aus dem Haus zu bekommen. Obwohl er freundlich zu seiner Tochter war, wußte Elena, daß Boris einen Sohn anstelle des Mädchens gewünscht hatte.

»Es geht ihr gut«, antwortete er kurz. »Ich habe mit ihrem Schwiegervater gesprochen.«

Elena reiste jetzt selten nach Moskau. Obwohl ihre Familie dort war, verspürte sie keine Lust, und Boris ermutigte sie auch nicht dazu.

In der Hauptstadt herrschte eine gespannte, mitunter schreckenerregende Atmosphäre. Menschen verschwanden, und es war die Rede von Hinrichtungen. Aus den ehemaligen Fürstenstädten hörte man von Massenbeschlagnahmungen, Großfürsten und Magnaten verloren ihre Ländereien und wurden auf elende kleine Höfe in die ferne Gegend um Kazan verschickt.

»Eine ekelhafte Geschichte«, meinte Elenas Vater, als sie ihn einmal in der Stadt besuchte. »Die meisten der Hingerichteten haben überhaupt nichts verbrochen. Und viele Beschlagnahmungen finden nicht in den Gegenden der *opritschnina* statt. Dieses Komplott soll uns alle ruinieren.«

In jenem Frühjahr waren zwar einige Exilanten begnadigt worden, doch zwei Metropoliten waren zurückgetreten, oder man hatte sie dazu gezwungen, da sie diesen neuen Terrorstaat nicht hinnehmen wollten.

Und nun die letzten furchtbaren Nachrichten!

Boris betrachtete Elena. Sie war im Grunde immer noch das Mädchen, das er geheiratet hatte – leise, ein bißchen nervös, bestrebt zu gefallen –, doch das Leid hatte ihr eine gewisse Würde verliehen, ein Selbstgenügen, das er manchmal bewunderte, dann wieder machte es ihn ärgerlich. War das vielleicht eine heimliche Anklage gegen ihn, wenn nicht sogar Verachtung?

Erst als Boris sein Mahl beendet hatte, fragte Elena: »Was ist nun wirklich in Moskau geschehen?«

Es war Ivans eigene Idee gewesen, die große Reichsversammlung, den *zemskij sobor,* einzuberufen. Nicht, daß sie auch nur im entferntesten repräsentativ gewesen wäre. Es waren nur annähernd vierhundert Männer aus dem niederen Adel, der Geistlichkeit und führende Kaufleute zusammengekommen. Immerhin war es ein bemerkenswertes Zugeständnis an das Volk, daß eine solche Körperschaft überhaupt existierte.

Der Krieg im Norden war kein Erfolg gewesen. Rußland brauchte die baltischen Städte, Polen stellte sich gegen sie, und der Zar brauchte Geld. Die Idee war, daß der *zemskij sobor* dem Krieg und der massiven Abgabenerhöhung zustimmte und dem Feind zeigte, daß das ganze Land dahinterstand.

Die Reichsversammlung war im Juli zusammengetreten. Sie hatte sich mit allen Vorschlägen des Zaren einverstanden erklärt. Es gab nur ein Hindernis: Die unverschämten Abgeordneten, vom neuen Metropoliten unterstützt, bedrängten Ivan, die *opritschnina* aufzugeben. Der Zar war wütend.

»Es waren Verräter, und der Zar hat sie entsprechend behandelt«, meinte Boris barsch. »Es gibt immer noch viele von ihnen, viele Kurbskijs, die ausgerottet werden müssen.«

Ach ja, Kurbskij, dachte sie. Abgesehen von Anastasias Tod hatte den Zaren sicherlich nichts so tief getroffen wie das Abtrünnigwerden des Fürsten Kurbskij. 1564 war dieser Kommandeur, unter dem auch Boris nach Kazan gezogen war, nach Litauen desertiert. In militärischer Hinsicht war er gar nicht so bedeutend, doch er war Ivans Freund gewesen seit Kindertagen.

»Stimmt es, daß der Zar die ganze Versammlung eingesperrt hat?« fragte Elena.

»Nur sechs Tage lang.«

»Wie viele wurden hingerichtet?«

»Nur drei.« Boris' Gesicht war wie versteinert. »Es war ein Komplott, weißt du. Sie haben Verrat geübt.« Boris stand auf. »Es wird keine Versammlungen mehr geben, das sage ich dir!« fügte er mit einem kurzen Auflachen hinzu.

Elena fragte ihn nicht, ob er dabeigewesen war. Sie wollte es gar nicht wissen. Nun ging sie zögernd zu ihm hinüber und legte den Arm um ihn in der Hoffnung, daß ihre Liebe seine Sorgen erleichtern könnte. Aber er wußte, daß in ihrer Liebe auch Mitleid lag, und das konnte er nicht hinnehmen; so wandte er sich schweigend ab.

In dieser Nacht schlief er unruhig. Sie hatte sich ihm hingegeben, aber es war nicht genug gewesen. Sie tat so, als schlafe sie. Er lief auf und ab. Morgens blickte er durch das Pergament, das das Fenster abschirmte, in die graue Dämmerung. Er wandte sich um, und als er sah, daß sie wach war, sagte er: »Ich fahre morgen nach Moskau zurück.«

Sie wußte nicht, ob sie ihn abhalten sollte. Sie hatte das Gefühl, versagt zu haben. »Stefans Frau Anne ist krank«, bemerkte sie dumpf. »Ich habe vergessen, es dir zu sagen.«

Immer wenn der Bauer Michail den Blick über seine Familie gleiten ließ, wußte er, daß er gut geplant hatte. Sein ältester Sohn war nun verheiratet und lebte am anderen Ende des Ortes; um ihn machte Michail sich keine Sorgen. Auch seine beiden Jüngsten, ein Sohn und eine Tochter unter zehn Jahren, bereiteten ihm kein Kopfzerbrechen. Aber da war noch Karp, und hier lag das Problem.

Er wird zwanzig und ist noch ledig, dachte Michail wehmütig. Was soll ich bloß mit ihm anfangen?

Frauen fanden Karp zweifellos attraktiv; er war schlank, gut gebaut, dunkelhaarig, bewegte sich mit anmutiger Leichtigkeit, und er ritt auf einem Zugpferd, als wäre es ein Schlachtroß. Doch da war etwas in seinem Innern, eine Wildheit und Freiheit, die nicht in die Enge des Dorfes paßten. Einige Mädchen in Russka hatten sich von ihm verführen lassen. Mehrere verheiratete Frauen hatten sich ihm heimlich angeboten. Es machte dem Jungen Spaß, nach hübschen Gesichtern Ausschau zu halten, zu erobern, dann auszuwählen, was ihm gefiel.

Natürlich war Michail auch froh, Karp im Haus zu haben, denn er war eine tüchtige Hilfe. Trotz der schwierigen Umstände und der zusätzlichen Arbeit, die für Boris zu leisten war, erzielten der Bauer und sein Sohn gute Gewinne aus dem Getreideanbau. Außerdem hatten sie eine neue, unerwartete Einnahmequelle entdeckt.

Drei Jahre zuvor hatte Michail im nahen Wald ein Bärenjunges gefunden, dessen Mutter von Jägern getötet worden war. Die arme Kreatur war erst einige Wochen alt, und Michail brachte es nicht übers Herz, sie zu töten oder sich selbst zu überlassen; so nahm er den kleinen Bären zur Freude der Dorfbewohner mit nach Hause.

Nur seine Frau war wütend. »Soll ich ihn vielleicht durchfüttern?« schrie sie.

Karp dagegen war begeistert. Er konnte erstaunlich gut mit Tieren umgehen. Als der Bär achtzehn Monate alt war, brachte Karp ihm ein wenig Tanzen und einige Kunststücke bei. Für die Vorstellungen ließ er das Tier von der Kette. Oft warfen die Leute ihm auf dem Markt von Russka Münzen zu. Zweimal war Karp mit dem Bären schon flußaufwärts bis nach Vladimir gezogen und mit einem hübschen Sümmchen zurückgekehrt.

Auf diese und andere Weise hatte Michail ganz behutsam, um weder Eifersucht noch Argwohn zu erregen, Geld beiseite geschafft. Sein Ziel war klar: »Ich möchte genug haben, um mich von dem Herrn Boris freizukaufen.«

Das Leben in Russka würde noch schwieriger werden. Auch sein Vetter Lev, der örtliche Tributeinnehmer, hatte es Michail anvertraut. »Der Zar möchte das übrige Reich tributpflichtig machen und die Ländereien der *opritschnina* abgeben. Tatsächlich braucht er dringend Geld. Es wird eine harte Zeit werden.«

Sicher würde der Bauer auch von Boris noch mehr geschröpft werden. Es war Zeit wegzugehen.

»Und wohin gehen wir?« fragte Karp.

»Nach Osten«, meinte der Vater, »in die neuen Länder, wo die Menschen frei sind.«

Im Frühjahr 1567 starb die Frau des Priesters Stefan. Nach den Regeln der orthodoxen Kirche durfte er nicht wieder heiraten, sondern mußte als Mönch in den Orden eintreten. Also gab er sein Häuschen in Russka auf und zog ins Kloster Peter und Paul auf der anderen Flußseite, doch las er weiterhin die Messe in der kleinen Steinkirche in Russka, wo man ihm viel Achtung entgegenbrachte.

Elena vermißte ihren Freund, der ihr so oft Gesellschaft geleistet hatte. Irgendwie tat ihr der Priester auch leid, der nun Mönch war.

In jenem September war es offensichtlich, daß ein neuer Krieg in den baltischen Ländern unmittelbar bevorstand. Boris freute sich darauf. Während des Sommers war er öfters in Russka gewesen und hatte außerdem eine ruhige, glückliche Zeit mit Elena verbracht. Vielleicht würde er doch noch einen Sohn bekommen.

Boris hatte auch den Zaren in Alexandrovskaja Sloboda besucht. Es war ein merkwürdiger Ort. Der Hauptsitz des Zaren wurde in vielem wie ein Kloster geführt.

Am ersten Abend in der schwerbewachten Einfriedung wurde Boris in eine Hütte geführt, wo bereits zwei *opritschniki* schliefen, und eine harte Bank wurde ihm zugewiesen. Lange vor der Morgendämmerung erwachte er durch schrilles Glockengeläut.

»Zum Gebet«, murmelten die beiden, »beeile dich!«

In der Dunkelheit des großen Hofes nahmen seine beiden Genossen ihn in die Mitte; in der Ferne sah er ein helles Rechteck, das er für die offene Kirchentür hielt. Doch da hörte Boris plötzlich von oben eine harte Stimme.

»Zum Gebet, meine sündigen Kinder!« tönte es.

»Was ist denn das für ein alberner Mönch?« erkundigte er sich leise.

»Halt den Mund, du Idiot! Das ist doch der Zar!«

Es war drei Uhr. Die Morgenandacht dauerte bis ins erste Tageslicht. Boris entdeckte den Zaren in der Menge; vielleicht beobachtete der ihn sogar. Nach einiger Zeit bewegte sich die hohe, dunkle Gestalt an ihm vorbei an die Spitze der Mönchskette und blieb dort schweigend stehen, strich sich hin und wieder durch den langen rötlichen Bart, der mit schwarzen Strähnen durchsetzt war. Plötzlich legte Ivan sich auf den Boden und schlug mit der Stirn mehrmals auf den Stein.

Niemals seit jener Begegnung an der Wolga war Boris dem Zaren so nahe gewesen. Er empfand große Furcht. Das war jedoch nichts gegen seine Gefühle, die er nach der Messe und der Morgenmahlzeit hatte, als er allein vor den Zaren gerufen wurde.

Dieser war in einen schwarzen, goldbestickten und pelzbesetzten Kaftan gekleidet. Er hatte die Gestalt und das scharfe Profil noch in Erinnerung, aber wie alt war Ivan geworden! Sein Kopf glich fast einem Totenschädel. Und doch glaubte Boris nach kurzer Zeit wieder den jungen Zaren vor sich zu haben. Da war der gleiche melancholische Charme, und die dunklen Augen hatten noch den gleichen traurigen Ausdruck.

»Es sind viele Jahre vergangen, Boris Davidov, seit wir uns an den Ufern der Wolga begegnet sind.«

Boris nickte.

»Und du erinnerst dich noch an unser Gespräch?«

»An jedes Wort, Herr.«

»Ich auch. Und sage mir, Boris Davidov, glaubst du immer noch, was du damals über unser Schicksal gesagt hast?«

»Aber ja, Herr.«

Ivan betrachtete ihn nachdenklich. »Rußlands Schicksalsweg ist hart«, murmelte er. »Der gerade, schmale Weg ist von Dornen gesäumt. Wir, die wir diesen edlen Pfad gehen, Boris, müssen leiden. Es muß Blut vergossen werden. Wir dürfen nicht zurückschrecken. Ist es nicht so?«

Boris nickte. Als er sich die Bedeutung dieser Worte klarmachte, war er zutiefst bewegt.

»Die Pflichten der *opritschniki* sind oft hart. Deine Frau mag meine *opritschniki* nicht«, fuhr Ivan fort.

Das war zwar eine Feststellung, doch Ivan schwieg abwartend, und Boris hätte die Möglichkeit gehabt zu widersprechen. Im Grunde drängte es ihn dazu, doch eine innere Stimme hielt ihn zurück.

Nach einer Weile nickte Ivan. »Gut. Lüge mich niemals an, Boris Davidov«, sagte er leise. Er wandte sich der Ikone in der Ecke zu und fuhr mit tiefer, trauervoller Stimme fort: »Sie hat recht. Glaubst du, Boris

Davidov, der Zar wüßte nicht über seine Untertanen Bescheid? Ein paar dieser Männer sind wie Hunde.« Nun wandte Ivan sich um. »Und Hunde können einen Wolf jagen und töten. Es gibt viele Wölfe zum Töten.«

Ivan schwieg, sein Blick ging wieder zur Ikone. Boris hatte das Gefühl, er sollte gehen, doch davor wollte er noch etwas fragen.

»Darf ich hier bleiben bis zum nächsten Feldzug?« Das war sein sehnlichster Wunsch. Ivan blickte zu ihm zurück. »Nein«, antwortete er leise, »zur Zeit ist es hier ruhig, aber ... das ist nicht der richtige Platz für dich.«

Boris zog sich betrübt zurück, und am nächsten Vormittag reiste er ab.

Auf dem Rückweg hob sich seine Stimmung auf wunderbare Weise, als habe sein ganzes Wesen und sein Einsatz in der Sache neuen Aufschwung genommen.

An einem klaren Septembertag begegnete Boris in Moskau dem Engländer, und zwar an der Kremlmauer.

Der Mann stand am Ufer der Neglinaja und blickte neugierig hinüber. Der Blickfang war für George Wilson der Palast, speziell konstruiert für die erhöhte Sicherheit des Zaren. Das Gebäude war ein furchteinflößendes Fort aus rotem Ziegel und anderem Stein, in Schußweite vom Kreml entfernt. Auf der zinnenbekrönten Brustwehr waren bewaffnete Wachen zu sehen.

Boris blickte interessiert zu Wilson hinüber. Er hatte schon viel von diesen englischen Kaufleuten gehört, die sich nun in verschiedenen Städten des Nordens aufhielten. Es war ein lästiger Haufen, doch der Zar hielt sie offenbar für nützlich.

Das Leben hatte es gut gemeint mit Wilson. Er heiratete das deutsche Mädchen. Ihr kräftiger junger Körper sagte ihm sehr zu. Sie hatten zwei Kinder, und er war zufrieden mit seinem Leben.

Nach wie vor war er ein streitbarer Protestant. Immer trug er einige gedruckte Traktate bei sich, gleichsam zum Schutz gegen die übermächtige Gegenwart der orthodoxen Kirchenmänner mit ihrem Weihrauch und ihren Ikonen. Gelegentlich wurde er von einem dieser Schwarzhemden aufgehalten, die wissen wollten, was es mit diesen Papieren auf sich habe. Dann erklärte er feierlich, das seien Gebete, Buße für seinen schlechten Lebenswandel, und damit gaben sie sich gewöhnlich zufrieden.

Er hatte einige gewinnbringende Transaktionen abgewickelt, doch keine war so lohnend wie jene, die er gerade plante. Leider war sie, genaugenommen, illegal, und zwar nicht von russischer, sondern von englischer Seite her.

Seit Chancellors Rückkehr nach Rußland war der englische Handel als

Monopol mit dem Freibrief der Moskauer Kompanie organisiert, und es war eine blühende Angelegenheit. Wilson war in den Handelsniederlassungen zwischen Moskau und den fernen Nordmeeren beschäftigt und hatte im Grunde über nichts zu klagen außer über zwei Dinge: Ivan hatte tatsächlich seine Hand auf einen Teil der baltischen Küste gelegt, insbesondere auf Narva. Außerdem hatte ein listiger Italiener einige Jahre zuvor zugunsten einer Gruppe Antwerpener Kaufleute häßliche Gerüchte über die englischen Kaufleute in Moskau in Umlauf gebracht. Folglich war der englische Handel über das ferne Nordmeer nicht mehr ganz so einfach wie ehemals.

»Wenn ich die Gesetze der Kompanie umgehe und Waren auf eigene Rechnung über Narva schicke, könnte ich hohe Gewinne machen«, sagte Wilson zu seinem Schwiegervater. Er war nicht der einzige Engländer, der seine Geschäfte auf diese Weise abwickelte. Wilson blickte unruhig in die Zukunft. Der Krieg im Norden würde sicher noch andauern. Die letzte Reise des ersten Bevollmächtigten der Moskauer Kompanie fand aufgrund der dringenden Bitte des Zaren statt, ausgebildete Leute und Vorräte für den Krieg im Norden gegen Polen herbeizuschaffen. Sie waren gerade eingetroffen.

Doch es gab noch eine weitere Neuigkeit, die wie ein Lauffeuer durch die englische Gemeinde ging: Den reisenden Abgesandten der Kompanie hatte der Zar eine geheime Nachricht mitgegeben, die unverzüglich die Runde in der verschworenen englischen Gemeinde machte: Der Zar hatte bei Königin Elisabeth von England um Asyl nachgesucht, für den Fall, daß er aus Rußland fliehen mußte. Wilson überlegte, was zu tun sei.

Und da stand nun einer der Schwarzhemden unmittelbar neben ihm. Wilson hatte inzwischen ganz gut Russisch gelernt, was notwendig war in einem Land, in dem niemand eine Fremdsprache beherrschte. Er entschloß sich, die furchteinflößende schwarze Gestalt anzusprechen in der Hoffnung, etwas herauszufinden.

Boris war überrascht von der Anrede durch den Kaufmann, antwortete jedoch höflich. Er war erfreut, daß der Fremde Russisch sprach, und so unterhielten sich die beiden eine Zeitlang.

Wilson war auf der Hut. Er machte dem Schwarzhemd gegenüber keinerlei Andeutung, wieviel er selbst wußte. Durch vorsichtiges Fragen fand er zu seiner Beruhigung heraus, daß Boris, der kürzlich im Hauptquartier des Zaren gewesen war, nicht den Eindruck drohenden Unheils hatte. Dieser Engländer wollte einen Posten Pelze, und er wollte ihn unauffällig haben. Boris hatte zwar nicht viele, doch sicher konnte er noch welche bekommen. Welch ein glücklicher Zufall!

»Komm nach Russka«, sagte er. »Keiner von euren englischen Kaufleuten ist je dort gewesen.«

Der Herbst und das Frühjahr danach waren für den Mönch Daniel gleichermaßen geschäftig und unruhig. Er stand nicht mehr so hoch in der Gunst des Abtes. Und dies war seine eigene Schuld. In seinem Eifer, dem Kloster zu Geld zu verhelfen, bedrängte er die Händler in Russka zu sehr. Nichts von ihren Aktivitäten entging ihm, folglich versuchten sie ihn zu betrügen, wo immer es ging. Natürlich waren beide Parteien in gereizter Verfassung, was den Profit des Klosters schmälerte.

Obwohl von Zeit zu Zeit diskrete Hinweise an das Kloster gingen, ließ der Abt, ein älterer Mann, es bei einem halbherzigen Tadel gegenüber Daniel bewenden. Wenn Daniel zur Antwort gab, die Stadtmenschen seien allesamt Schurken, glaubte der alte Mann ihm nur zu gern.

So wäre es endlos weitergegangen, wäre nicht Stefans Frau gestorben und der Priester nicht zwangsweise ins Kloster eingetreten. Es dauerte nicht lange, und die Händler, die Stefan schätzten, baten ihn, zur Verbesserung der Situation die Aufsicht in Russka zu übernehmen.

Der Abt hatte keine Lust, in Aktion zu treten. Er hatte irgendwie Angst vor dem tatkräftigen Mönch. Trotzdem machte er hier und da seine Bemerkungen. »Du hast gute Arbeit in Russka geleistet, Daniel. Eines Tages solltest du dir eine neue Aufgabe suchen.«

Es bedurfte nur weniger solcher Hinweise, damit Daniel sich in wahre Arbeitswut hineinsteigerte, was den Abt noch mehr davon abhielt, ihm nahezutreten. Doch war er um so entschlossener, diesen Mönch loszuwerden.

Stefan seinerseits beobachtete die Entwicklung, ohne sie voranzutreiben. Er hatte andere, persönliche Probleme zu lösen; denn immer noch war er der Geistliche in Russka. Die Leute suchten seinen Rat. So war es nur natürlich, daß er weiterhin die Messe im Haus der Bobrovs las und Elena auch häufiger als früher besuchte. Schließlich konnte das seine verstorbene Frau, Elenas ehemalige Freundin, ja nun nicht mehr tun. Elena hat, so dachte er, weiß Gott ein einsames Leben.

Es war tatsächlich so. Im Herbst war sie zweimal in Moskau bei ihrer Mutter gewesen. Das zweitemal hatte die Mutter sie gefragt: »Ist Boris eigentlich noch unser Freund?« Als Elena zögerte, weil sie es selbst nicht wußte, fügte die Mutter rasch hinzu: »Laß nur.« Und nach kurzem Schweigen: »Sag ihm nicht, daß ich dich gefragt habe.«

»Möchtest du, daß ich eine Zeitlang hier bleibe?« fragte Elena. Doch die Mutter wehrte ab. »Im Frühjahr vielleicht«, meinte sie zerstreut.

Elena war nicht nur einsam, sondern auch betrübt. Wie hätte sie sich da nicht freuen sollen, wenn der Priester sie besuchte? Schon bald hatte sich zwischen ihnen eine freundschaftliche Beziehung entwickelt, die harmlos war, solange sie sich nicht durch Worte oder Gesten verrieten, daß sie ineinander verliebt waren.

Elena bewunderte den hochgewachsenen dunkelbärtigen Priester, der auf die Vierzig zuging. Er war ein feiner Mensch. Sie erlebten die Gefühle derjenigen, die vorher durch Leiden gegangen sind. Er las für sie die Messe. Sie betete. Dann wieder unterhielten sie sich, doch nie über Persönliches.

Welch außerordentliches Glück, dachte Daniel, daß Gott mir die Gabe geschenkt hat, zwei Vorkommnisse zugleich zu beobachten. Auf diese Weise entgingen ihm nicht die beiden hochwichtigen, wenn auch nach außen hin kaum auffälligen Ereignisse an einem Oktobernachmittag auf dem Marktplatz.

Eines betraf den englischen Kaufmann Wilson, der am Abend zuvor mit Boris eingetroffen war. Nachdem sie einige Zeit bei dem Kaufmann Lev verbracht hatten, waren die beiden nach Sumpfloch geritten, und der Mönch hatte sie nicht mehr gesehen, bis er von der Fähre aus den Engländer in angeregtem Gespräch mit Stefan unterwegs sah. Daniel fuhr rasch wieder zurück und folgte ihnen.

Sie hatten sich rein zufällig getroffen. Wilson war früher als Boris nach Russka zurückgekommen, und Stefan ging spazieren. Der Priester, neugierig auf einen Engländer, überhäufte Wilson mit Fragen, und der dachte sich, dieser gebildete Bursche werde ihm vielleicht erzählen, was er wissen wollte.

Bald kamen sie auf die Religion zu sprechen. Wilson war anfangs zurückhaltend, doch Stefan ermutigte ihn. »Ich kenne euch Protestanten. Auch unsere Kirche hat eine Reform nötig, obwohl es unklug ist, gerade jetzt davon zu sprechen.«

Wilson zeigte dem Priester schließlich eines seiner gedruckten Pamphlete.

Stefan war begeistert. »Sage mir, was darinsteht«, bat er. Wilson übersetzte den Inhalt, so gut er konnte.

Es war eine echte Schmähschrift. Die katholischen Mönche wurden darin als Nattern, Blutsauger, Räuber bezeichnet. Die Klöster wurden reich und eingebildet genannt, die Gottesdienste Götzendienst, und in diesem Ton ging es weiter. »Das geht natürlich gegen die Katholiken«, versicherte Wilson.

Doch der Priester lachte nur: »Das geht auch gegen uns.«

Ehe sie in die Stadt kamen, hatte Wilson das Papier klugerweise unter seinem Mantel versteckt. Als sie sich am anderen Ende des Marktplatzes voneinander verabschiedeten, steckte Wilson das Blatt Stefan als kleines Zeichen der Freundschaft zu. Was macht es schon? dachte er. Selbst wenn einer lesen kann, versteht er doch kein Wort davon.

Und das beobachtete Daniel. Im gleichen Augenblick fiel ihm auch auf der anderen Seite des Marktplatzes etwas auf. Karp, der Sohn des Bauern Michail, hatte vor ein paar Kaufleuten, die aus Vladimir gekommen waren, um Ikonen zu kaufen, den Bären seine Kunststücke vorführen lassen. Sie hatten ihm Münzen hingeworfen, die Karp aufhob und seinem Vater gab, der neben ihm stand.

Das war alles; doch Daniel war der Ausdruck auf den Gesichtern Michails und Karps nicht entgangen. War es eine Art Einverständnis? Ja, aber nicht nur das. Dieser vierschrötige Bauer hat eben ausgesehen wie ein freier Mann, dachte Daniel. Anscheinend scheffelten sie Geld!

Daniel merkte sich die beiden Beobachtungen gut, und er wollte auf alle Fälle noch mehr erfahren.

Im November 1567, als das Heer sich gerade nach Norden über das verschneite Land auf den Weg gemacht hatte, brach Zar Ivan plötzlich seinen erneuten Feldzug gegen die baltische Region ab und eilte zurück nach Moskau. Boris kam mit der restlichen Armee zurück.

Ein neues Komplott war aufgedeckt worden. Die Verschwörer hatten gehofft, mit der stillschweigenden Duldung des polnischen Königs den Zaren im kalten Norden töten zu können. Viele Namen waren registriert, doch um wie viele mehr mochten an dem geplanten Anschlag beteiligt gewesen sein?

Im Dezember machten die *opritschniki* sich ans Werk. Mit Äxten unter den Umhängen und mit Namenslisten nahmen sie Hausdurchsuchungen vor. Viele Menschen kamen auf grausame Art ums Leben. Wer Glück hatte, wurde in die Verbannung geschickt. Am Ende der zweiten Dezemberwoche drang eine Gruppe der *opritschniki* in das Haus des Edelmanns Dmitrij Ivanov ein. Sein Schwiegersohn Boris gehörte nicht zu ihnen. Sie brachten ihn in eine Waffenkammer des Kreml. Dort war schon eine große eiserne Pfanne aufs Feuer gestellt. Darin wurde er zu Tode gequält.

Von seinem Tod erfuhr der Zar durch einen Geheimbericht. Die in dem Schreiben erwähnten Namen der über dreitausend anderen, die in den kommenden Monaten starben, seither als »die Synodalen« bekannt, sind der Vergessenheit anheimgefallen – sie durften nie wieder erwähnt werden.

Gleichzeitig wurden alle Klöster im Land aufgefordert, ihre Chroniken dem Zaren zur Durchsicht vorzulegen. Auf diese Weise stellte Ivan sicher, daß keinerlei Berichte über diese furchtbaren Jahre existierten.

Der Mönch Daniel war voller Zuversicht. Gott sei Dank hatte ein Mönch anderthalb Jahrhunderte zuvor die gute Idee gehabt, eine Chronik zu verfassen, und sie enthielt wohl nichts, was den Zaren hätte stören können. Zur Feier der Siege Ivans über die moslemischen Khanate von Kazan und Astrachan fünf Jahre zuvor hatte das Kloster unter den Kreuzen auf den Kirchenkuppeln in Russka Mondsicheln zum Zeichen des Triumphs der christlichen Armeen über den Islam angebracht. Unsere Loyalität kann nicht angezweifelt werden, dachte Daniel zufrieden.

Der alte Abt war so verzweifelt über die neue Säuberungsaktion in Moskau, daß er kaum in der Lage war, seinen Geschäften ordnungsgemäß nachzugehen, und das Problem der Verwaltung in Russka hatte er völlig vergessen.

So griff Daniel im Frühjahr erneut die Frage auf, wie der Klosterbesitz erweitert werden könne.

Boris' Land, das nun zur *opritschnina* gehörte, kam natürlich nicht mehr in Frage. Es blieb noch ein anderer Landstreifen etwas nördlicher, der jetzt dem Zaren selbst gehörte. Ober er sich wohl überreden ließ? Die Idee war gar nicht so abwegig. Trotz der Beschränkung kirchlicher Landnahmen war Ivan selbst immer noch ein großzügiger Stifter.

»Er vernichtet seine Feinde, dann läßt er zur Rettung seiner Seele der Kirche etwas mehr zukommen«, war die zynische Bemerkung eines Mönches.

Mit diesen Gedanken begab Daniel, der Mönch, sich zu dem Bruder, der die Chronik in Verwahrung hatte, und machte sich an die Arbeit. In dem von ihnen verfaßten Dokument, das sie im Februar von dem nervösen Abt unterzeichnen ließen, wurde der Zar an die vielen der Kirche bis dahin selbst unter den Tataren zugeteilten Privilegien erinnert. Es deutete auf die Loyalität des Klosters und die Unantastbarkeit seiner Chroniken hin. Und darin wurde um das so dringend benötigte Land gebeten.

Bevor es abgesandt wurde, zeigte der etwas unschlüssige Abt es Stefan. Der las es, lächelte und sagte kein Wort dazu.

Am Morgen des 22. März 1568 ereignete sich in der Kathedrale Mariä Himmelfahrt in Moskau ein schrecklicher Zwischenfall. Der Metropolit Philipp wandte sich während der Eucharistiefeier plötzlich um und rügte in Anwesenheit einer großen Gemeinde von Bojaren und *opritschniki* den Zaren wegen des Mordes an Unschuldigen während der letzten Säuberungsaktion. »Es sind Märtyrer«, verkündete er.

Die Bojaren erbebten angesichts solcher moralischer Unerschrockenheit.

»Ihr werdet mich kennenlernen«, erwiderte der Zar.

Kurz darauf nahm der Metropolit Zuflucht in ein Kloster. Ivan ließ Personen aus dem Umkreis des tapferen Kirchenmannes hinrichten.

Zu allem Unglück erhielt einen Tag nach diesem Vorkommnis der Zar die Bitte um Land vom Kloster in Russka. Ivan antwortete umgehend, und zwar auf bedrohliche Weise. Weder Daniel noch der verstörte Abt wußten, was sie tun sollten.

Als der Sankt-Georgs-Tag kam, waren Michail, seine Frau, sein Sohn Karp, die beiden Jüngeren und Mischa, der Bär, zur Abreise bereit. Das nötige Geld hielt der Bauer in der Hand. Im Gegensatz zu vielen anderen Bauern in der Gegend hatte er keine Schulden; die waren unauffällig im vergangenen Monat bezahlt worden. Er hatte ein gutes Pferd und außerdem Tagesgeld. Er war ein freier Mann und konnte gehen.

Sein Plan war einfach. Sie würden über Land, durch die Wälder, nach Murom gehen. Dort würden sie wahrscheinlich bis zum Frühjahr bleiben und dann ein Boot die Oka hinauf nach Niznij Novgorod nehmen; weiter könnten sie per Schiff nach Osten zur mächtigen Wolga gelangen, in die neuen Länder, wo die Siedler frei lebten.

Doch obwohl alles gepackt war, blieb die Familie. Eine Woche lang saßen sie in ihrem Häuschen und warteten. Jeden Tag gingen Michail oder Karp nach Russka hinein, und sie kamen jedesmal niedergeschlagen zurück.

Auch an diesem Tag.

»Nun?« fragte der Vater, Karp schüttelte den Kopf. »Nichts. Keine Spur. Verfluchte Schwindler!« schrie er.

»Vielleicht morgen«, bemerkte die Mutter, aber es klang nicht überzeugt.

Michail wußte, daß man ihn betrogen hatte.

Die Kündigungsgesetze auf Boris' Besitz waren klar. Der Bauer mußte schuldenfrei sein und die übliche Frist um den Sankt-Georgs-Tag einhalten, außerdem seine Austrittsgebühren entrichten. Es gab allerdings noch einen Haken: Der Herr oder sein Verwalter mußten persönlich die Kündigung und die entsprechende Summe in Empfang nehmen.

Einige Tage vor dem festgesetzten Datum waren Boris und seine Frau plötzlich nach Moskau gereist. Michail war einmal nach Russka gegangen, um den Verwalter aufzusuchen. Er war blaß vor Schreck zurückgekehrt: Auch der alte Mann war mit seiner Frau auf geheimnisvolle Weise verschwunden. Sie hatten das Städtchen nie vorher verlassen. Auch in den folgenden Tagen ließen sie sich nicht blicken.

»Denkt bloß nicht, sie hätten die Gegend verlassen!« sagte Karp wütend. »Dieser Verwalter versteckt sich irgendwo in der Nähe, und wenn wir weggehen, ohne zu bezahlen, taucht er plötzlich mit ein paar Männern auf. Ich wette, wir werden jeden Moment beobachtet.«

Damit hatte Karp recht. Allerdings konnten sie nicht wissen, daß der Mönch Daniel, Michails Vetter, hinter alldem steckte.

Denn nach der alarmierenden Antwort des Zaren stand es für Daniel fest, daß das Kloster, und er insbesondere, Freunde allerorten brauchten. Die erste Wahl fiel natürlicherweise auf Boris, einen Gefolgsmann des Zaren. Der listige Mönch hatte bald herausgefunden, daß Michail seine Schulden heimlich abbezahlte. Eines Morgens hatte er Boris persönlich aufgesucht und ihn darauf hingewiesen, daß einer seiner besten Bauern plante wegzugehen. Er hatte ihm auch gesagt, wie er das verhindern könne. Boris war entsprechend dankbar.

So ging der Sankt-Georgs-Tag vorbei, auch der nächste und der folgende. Am Morgen des siebten Tages stellte Michail mit Entsetzen fest, daß Karp und das Pferd verschwunden waren. Auf dem Tisch lag ein Häufchen Münzen.

Drei Tage danach kam ein Mann aus einem nahegelegenen Dorf mit einer Nachricht: »Karp kam an einem Morgen durch unser Dorf geritten. Er sagte, er habe Geld für das Pferd dagelassen. Es tue ihm leid, daß es nicht mehr sei.«

Michail nickte. »Sagte er, wohin er reiten würde?«

»Ja. Aufs wilde Feld.«

Das wilde Feld. Die offene Steppe. Das Land, wo in vergangenen Jahren junge aufsässige Burschen wie Karp sich jenen Banden, zur Hälfte Banditen, zur Hälfte Krieger, angeschlossen hatten, die sich Kosaken nannten.

»Er sagte, ihr möchtet euch um den Bären kümmern«, sagte der Mann abschließend.

Später an jenem Tag traf eine weitere entsetzliche Neuigkeit in Russka ein: Die Männer des Zaren hatten den Metropoliten verschleppt.

Elena glaubte fest daran, daß ihr noch ein Sohn geschenkt werde, und Stefan ermutigte sie. Wenn sie auch nie ein Wort über Boris verloren hatte, der Priester konnte sich ihr Leben doch gut vorstellen. Je länger er sie kannte, desto mehr Mitleid hatte er mit ihr.

»Wir werden von Gott nicht dafür belohnt, daß wir unser persönliches Glück suchen, sondern dafür, daß wir uns selbst verleugnen«, erklärte er ihr. »Wir müssen vergeben, wir müssen erdulden, und vor allem müssen wir glauben.«

Elena glaubte. Sie glaubte schließlich auch daran, daß Gott ihr einen Sohn schenken und ihr Mann eines Tages einen anderen Weg einschlagen werde.

Nachdem ihr Vater verschwunden war, hatte Elena eine Zeitlang gehofft, er sei noch am Leben, doch Boris, der die Untersuchungen leitete, erzählte ihr, daß er hingerichtet worden sei. Auf welch grausame Weise, sagte er nicht. Sie sah aber, daß er unter seinem Wissen litt.

Das Frühjahr 1569 brachte kaltes Wetter und ließ erneut eine schlechte Ernte befürchten. Aus der baltischen Region kam die Nachricht, der Feind habe eine befestigte Stadt in seine Gewalt gebracht. Jedermann wirkte bedrückt.

Anfang Juni hatte Daniel erneut eine Unterredung mit Boris. Daniel war beunruhigt. In Russka sah es nicht gut aus. Die Ereignisse der vergangenen Jahre, die steigenden Abgaben für den Krieg im Norden, das Auseinanderbrechen der *opritschnina* und die Beschlagnahme von Grund und Boden hatten der russischen Wirtschaft sehr geschadet. Dies bewirkte, zusammen mit der Mißernte, eine empfindliche Rezession. Die Staatseinnahmen gingen drastisch zurück. Etwas mußte geschehen.

Da war noch die Geschichte mit dem Zaren im vergangenen Frühling. Die hatte Daniels Ansehen auch nicht gehoben. Ivan hatte der Bitte um Landvergabe weder entsprochen noch sie abgelehnt, sondern eine ebenso merkwürdige wie beschämende Antwort gesandt. Land so groß wie eine Ochsenhaut wolle er ihnen überlassen – nicht mehr und nicht weniger. Der junge Bote war ein Schwarzhemd. Offenbar den Anweisungen des Zaren folgend, warf er dem alten Abt die Tierhaut höhnisch vor die Füße und schrie: »Der Zar läßt dir bestellen: Lege diese Haut auf den Boden, und das Stück Land darunter wird er dir geben.«

»Ist das alles?« fragte der erschrockene Abt.

»Nein. Der Zar hat versprochen, dich aufzusuchen, dir das Land zu geben, das du ausgewählt hast, und auch sonst alles, was du verdienst.«

»Du, Daniel, hast dies alles über uns gebracht«, sagte der Abt betrübt, nachdem der Bote gegangen war. »Und diese Haut«, seufzte er, »werden wir wohl behalten müssen.« Seitdem wurde sie im Zimmer des Abts aufbewahrt.

Als erstes wollte Daniel nun Stefan in seine Schranken weisen. »Ich finde, du solltest wissen, daß der Priester mehr Zeit in deinem Haus verbringt, seit seine Frau tot ist«, erzählte er Boris und fügte hinzu: »Du hast mir einmal erzählt, daß er ein Häretiker sei. Ich habe gesehen, wie er ein Stück Papier von einem Engländer bekommen hat, den du hergebracht hast. Die Engländer sind alle Protestanten, habe ich gehört.«

Boris sagte kein Wort, doch Daniel war überzeugt, daß er sein Ziel bei ihm erreicht hatte.

Für Boris war es insgesamt ein Jahr übler Vorzeichen. Es gab Zweifel an der Loyalität der nördlichen Städte Novgorod und Pskov. Weit im Süden, auf der Krim, bereiteten die osmanischen Türken mit den Krim-Tataren angeblich eine Offensive gegen die unteren Wolga-Regionen vor. Und nun kam die Nachricht im Sommer, daß die beiden Mächte Polen und Litauen formell zu einem Königreich unter Regierung eines katholischen polnischen Königs verbunden wurden.

»Das bedeutet, daß wir Katholiken von Kiev bis Smolensk haben, also direkt vor unserer Haustür.«

Und jetzt mußte er auch noch argwöhnen, daß seine Frau ihn mit dem Priester hinterging. Er brütete stundenlang darüber. Teils verspürte er Wut, teils Abscheu gegenüber dem ketzerischen Priester, den er noch nie hatte leiden können. Und auch gegen seine Frau fühlte er Aggressionen. Falls aber Daniel gedacht hatte, daß es auf diese Weise ein leichtes sei, Stefan in Ungnade fallen zu lassen, hatte er sich getäuscht. Boris beschloß, vorerst nichts zu unternehmen. Allerdings wollte er die beiden heimlich beobachten lassen. Aus gutem Grund: Wenn wirklich nachzuweisen war, daß Elena ihm untreu war, konnte er sich guten Gewissens von ihr scheiden lassen.

Man muß ja nur den Zaren ansehen, dachte Boris. Er hat wieder geheiratet und hat Söhne aus beiden Ehen. Der Zar hatte einen Erben. Vielleicht, daß auch er – mit einer anderen Ehefrau, die sich ihm nicht entzog …

Elena hatte keine Ahnung, was in Boris' Kopf vorging. Der Gedanke an ihre mögliche Untreue verletzte ihn, und doch wurde sie dadurch wieder begehrenswerter. Elena dachte nur, daß er seine düsteren Stimmungen habe, daß sie ihm aber noch immer nicht gleichgültig sei.

Die Ernte war vernichtet. An einem außergewöhnlich schwülen Julinachmittag ritt Boris von Sumpfloch nach Russka zurück. Er war auf den Feldern gewesen. Als er auf den staubigen kleinen Platz kam, sah er Stefan, den Priester, langsam die Treppe seines Hauses herunterkommen. Er mußte bei Elena gewesen sein.

Boris' Herz setzte einen Augenblick lang aus. Stefan entfernte sich, in Gedanken versunken. Leise ging Boris hinauf und öffnete die Tür.

Elena stand am offenen Fenster und blickte hinaus. Ihre Finger lagen am hölzernen Fensterrahmen. Sie trug ein einfaches hellblaues Seidenkleid und sah sehr mädchenhaft aus.

Sein Herz klopfte, doch er atmete ruhig. Sie blickte immer noch hinter dem Mann her. Nach einer Minute wandte sie sich um. Ihr Gesicht wirkte sehr ruhig, doch sie war überrascht, ihn da stehen zu sehen. Und als er sie wortlos anstarrte, errötete sie ein wenig. »Ich habe dich nicht hereinkommen hören.«

»Ich weiß.« Hatten sie Zärtlichkeiten ausgetauscht? Er suchte nach einem Hinweis. War da nicht ein Strahlen in ihren Augen? War ihr Kleid zerdrückt? Unordnung im Zimmer? Er konnte nichts entdecken. Dennoch sagte er: »Du liebst ihn.«

Sie errötete tief, schluckte, sah sehr unglücklich aus. »Nein. Nicht als Mann. Nur als Priester.«

»Ist er denn kein Mann?«

»Natürlich. Ein feiner Mann, ein frommer Mann«, widersprach sie.

»Ihr seid zärtlich miteinander.«

»Nein. Niemals!«

»Lügnerin!«

»Niemals!«

Das bedeutete wohl, daß sie es sich gewünscht hätte. Seine Vernunft sagte ihm, daß sie es nicht getan hatte, doch sein Stolz verbot ihm, ihr zu trauen.

Sie war jetzt blaß, sie zitterte, hatte Angst. »Niemals! Du beleidigst mich.«

Da sah Boris plötzlich etwas wie Verachtung, Zorn in ihren Augen, etwas, das er nie zuvor gesehen hatte. Er machte einen Schritt auf sie zu und schlug ihr so heftig ins Gesicht, daß ihr Kopf nach hinten zuckte. Sie schrie auf. Er schlug sie mit der anderen Hand.

»Du brutaler Kerl!« schrie sie. »Mörder!«

Er schlug sie wieder und wieder. Dann vergewaltigte er sie. Am nächsten Morgen ritt er nach Moskau.

Im September 1569 starb die zweite Gemahlin des Zaren. Einen Monat später wurde Fürst Vladimir, Ivans Vetter und weiterhin Thronanwärter, der Verschwörung angeklagt und gezwungen, Gift zu trinken. Anschließend wurde die ganze Familie des unseligen Fürsten umgebracht.

Ende des Jahres deckte Ivan eine weitere Verschwörung auf. Er bekam die Nachricht, daß Novgorod und Pskov planten, sich abzutrennen.

Daran mag etwas Wahres gewesen sein. Bis heute sind die Umstände nicht geklärt. Diese einst unabhängigen Zentren nahe den baltischen Häfen sahen sicher die Möglichkeit, der steigenden Besteuerung und der Tyrannei seitens des Moskauer Reiches zu entkommen, indem sie sich dem neu gebildeten Staatenbund von Polen und Litauen anschlossen. Ende 1569 machte Ivan der Schreckliche, begleitet von einem großen

Verband der *opritschniki,* sich in aller Heimlichkeit nach Novgorod auf. Selbst der Kommandeur der Vorhut kannte das Ziel nicht. Ivan legte größten Wert darauf, daß die Städte ahnungslos blieben.

Im Januar wurde Novgorod von seinem Schicksal ereilt. Wie viele Menschen durch Folter, Verbrennung und Hinrichtung umkamen, steht nicht fest, doch sicher geht die Zahl in die Tausende. Novgorod wurde bis auf die Grundmauern zerstört und hat sich nie wieder erholt. Nachdem die meisten der hochstehenden Bürger bereits auf der Straße umgebracht worden waren, ließ Ivan vierzig Personen in Pskov hinrichten und einige Priester an Pfählen verbrennen. Dann kehrte er nach Alexandrovskaja Sloboda zurück.

In Russka brachte Elena einen Sohn zur Welt. Da Boris noch nicht von der Strafexpedition nach Novgorod zurückgekehrt war, mußten sie und Stefan, der Priester, den Namen auswählen. Das Kind wurde auf den Namen Fedor getauft. Der Priester sandte Boris einen Brief.

Der Mönch Daniel war noch immer mit der Erwerbung von Gütern für das Kloster beschäftigt; und im April 1570 kam ihm eine Erleuchtung. Es ging um die Ochsenhaut, die der Zar geschickt hatte. Die Idee war so schlau und kühn zugleich, daß sie noch heute als »Daniels List« und als das Sprichwort »Das geht auf keine Kuhhaut« bekannt ist.

1571

Der Schnee auf dem Marktplatz in Russka war längst festgestampft. Die wenigen Verkaufsstände wurde soeben geschlossen. Der kurze Tag neigte sich dem Ende zu.

Boris blickte finster drein, als er Michail und seine Familie neben dem verglühenden Feuer mitten auf dem Platz stehen sah. Michail starrte Boris ohne Hoffnung an.

Es war noch eine Woche bis zur Fastenzeit. Doch eigentlich war die ganze Zeit Fastenzeit – es hatte zum drittenmal hintereinander eine Mißernte gegeben. An diesem Morgen hatte Boris gesehen, daß eine Familie gemahlene Birkenrinde aß.

Das Kloster half nach Kräften, aber auch seine Vorräte schmolzen. In den nördlichen Regionen hatte es eine Seuche gegeben. Zwei Familien waren aus Sumpfloch weggezogen; in anderen Orten waren es mehr gewesen.

Wohin mochten sie ziehen? Wahrscheinlich nach Osten, in die neuen Länder an der Wolga. Doch wie viele von ihnen würden in dem harten, eisigen Winter ans Ziel gelangen?

Michail und seine verfluchte Familie! Boris ahnte, wie sehr sie ihn hassen mochten. Seit Karps Flucht mit dem Pferd war es mit der Familie immerzu bergab gegangen. Sie hatten ein neues Pferd gekauft, und sie kamen auch irgendwie durch die zweite schlechte Ernte, aber sie mußten dafür ihre versteckten Geldreserven angreifen. Von Loskauf war keine Rede mehr.

Da sprach der Bauer seinen Herrn an. »Gib eine Kopeke, Boris Davidov! Wenigstens für den Bären.«

Boris hörte die Bitterkeit aus den Worten. Laß meine Kinder verhungern, aber hab Mitleid mit dem Tier – so hieß das. »Verdammter Bär!« sagte Boris und ging weiter.

Der Bär war so abgemagert wie die Menschen. Erbärmlich stand er da in seinen Ketten. Warum, in aller Welt, töteten sie ihn nicht?

Boris war gerade von dem hohen grauen Wachturm über dem Tor heruntergekommen, den er in letzter Zeit täglich bestiegen hatte. Von dort oben sah er aus dem Ostfenster über die weite Ebene und hing seinen Gedanken nach. Es schien, als wäre Russka von der winterlichen Dunkelheit verschluckt worden. Alles war grau. In der Ferne lag das große Feld bei Sumpfloch wie ein riesiges Grab. Boris dachte über seine eigene Familie nach, vor allem über das Kind Fedor. War er wirklich sein Sohn? Seit langem zerbrach er sich den Kopf darüber. Möglich war es durchaus. Vielleicht hatte Elena an jenem Nachmittag empfangen, als er sie geschlagen und danach vergewaltigt hatte. Aber vielleicht war auch der Priester kurz davor oder danach mit ihr zusammengewesen.

Darum kreisten seine Gedanken wieder und wieder. Von der Geburt des Kindes hatte er nicht durch seine Frau, sondern durch den Priester erfahren. Stefan hatte wohl auch den Namen des Kindes bestimmt. Es war überdies der Name von Elenas Bruder, den er gehaßt hatte. Bei seiner Rückkehr hatte Boris sich das Kind sehr genau angesehen. Aber Boris sah keinerlei Ähnlichkeit mit irgend jemandem.

Unterdessen beobachtete er die beiden. Der Priester hatte ihm freundlich gratuliert, seine Frau hatte dem Priester leicht zugelächelt, der wie ein Beschützer neben ihr stand. War da doch eine engere Verbindung?

Im Dezember war Fedor neun Monate alt geworden, und Boris kam zu dem Schluß, daß er mehr und mehr dem Priester glich. Nein, der kleine Kerl, der da auf dem hölzernen Fußboden umherkroch und ihn manchmal anlächelte, war nicht sein Sohn. Boris hatte aber noch nicht beschlossen, was er unternehmen würde. Er kam soeben vom Wachturm zurück und befand sich auf der Höhe der Kirche, als er ein Rufen vom Tor her hörte.

Der Mönch Daniel sah sie zuerst: Zwei große Schlitten flitzten von

Norden her den Fluß herunter. Jeder wurde von drei herrlichen Rappen gezogen. Sie fuhren über das Ufer genau auf die Klosterpforte zu. Erst aus der Nähe sah Daniel, daß die Männer in den Schlitten ganz in Schwarz gekleidet waren, und schließlich entdeckte er, daß es sich bei der hohen mageren Gestalt, die, in Pelze gehüllt, im ersten Schlitten saß, um Ivan handelte. Erschrocken bekreuzigte er sich und fiel auf die Knie.

Wie üblich war der Zar von Alexandrovskaja Sloboda ohne Ankündigung gekommen. Sie fuhren in den Klosterhof, und die Mönche sahen erstaunt, wie Ivan ausstieg und langsam aufs Refektorium zuging. Er trug einen hohen kegelförmigen Pelzhut, und in der Rechten hielt er einen langen Stab mit einem goldsilbernen Knopf und einer Spitze, die tiefe Löcher in den Schnee bohrte.

»Ruft euren Abt«, tönte die tiefe Stimme über den eisigen Hof. »Sagt ihm, der Zar sei hier.« Die Mönche zitterten, als sie dies hörten.

Kaum fünf Minuten später waren sie alle im Refektorium versammelt. Vorn stand der Abt vor den achtzig Mönchen, darunter auch Daniel. Die zwölf *opritschniki* hatten sich an der Tür postiert; der Zar saß auf einem schweren Eichenstuhl und blickte die Mönche düster an. Nach kurzem Schweigen fragte er sehr ruhig: »Und mein treuer Diener Boris Davidov Bobrov – wo ist er?«

»Oben in Russka«, antwortete einer.

»Holt ihn!« lautete der Befehl.

Einer der *opritschniki* verschwand. Nach langem Schweigen heftete der Zar seinen durchdringenden Blick auf den Abt. »Man hat dir eine Ochsenhaut geschickt. Wo ist sie?«

Die Furcht des alten Abts konnte nicht größer sein als jene, die Daniel überkam. Wie er da Angesicht zu Angesicht vor dem Zaren stand, erschien ihm der einst so kühne Plan plötzlich erbärmlich, ja geradewegs ungehörig. Eiseskälte stieg in ihm auf.

»Bruder Daniel wurde damit beauftragt«, hörte er den Abt antworten. »Er kann dir erklären, was er damit gemacht hat.«

Daniel fühlte die Augen des Zaren auf sich ruhen. »Wo ist meine Ochsenhaut, Bruder Daniel?«

»Wie du uns gestattet hast, Gosudar, haben wir damit ein Stück Land markiert, das, wenn Deine Majestät die Gnade hat, deinem treuen Kloster zugesprochen wird.«

Ivan starrte ihn an. »Mehr wollt ihr nicht?«

»Nein, großer Herr, das ist genug.«

Der Zar erhob sich; er überragte alle anderen. »Laßt mich sehen!«

Die Idee war genial. Schließlich hatte die Anordnung des Zaren gelautet, das Stück Land mit der Ochsenhaut einzugrenzen. Warum also sollte man sie nicht in Streifen schneiden? Besser noch: Warum die Streifen nicht nochmals auseinanderschneiden? Oder noch besser ...

Zu Ende des Sommers hatte Daniel sich mit den Mönchen an die Arbeit gemacht. Mit spitzen Kämmen und scharfen Messern trennten sie tagelang die Haut so auseinander, daß schließlich nur noch eine lange Faser übrigblieb. Diese wurde sorgfältig auf eine hölzerne Rolle gewickelt, und beim Abwickeln konnten damit ohne weiteres mehr als vierzig Hektar abgemessen werden. Daniel hatte das Areal am Sankt-Nikolaus-Tag mit Pfählen abgesteckt.

Nun stapfte er, die Rolle in der Hand, gefolgt von Ivan, dem Abt und den *opritschniki,* zur besagten Stelle. Soeben begann er, die Lederfaser abzurollen, als er Ivans Stimme vernahm: »Genug! Komm her!«

Das war es also. Das bedeutete wohl sein Todesurteil.

Als Daniel vor dem Zaren stand, faßte dieser ihn beim Bart. »Ein schlauer Mönch«, sagte er nicht unfreundlich. Er lächelte dem Abt zu. »Der Zar hält sein Wort. Ihr sollt das Land haben.«

Unter inbrünstigen Gebeten verneigten sich die beiden Mönche tief.

»Ich bleibe heute nacht hier«, fuhr Ivan fort. »Und wenn ich abreise, werdet ihr mich von einer anderen Seite kennen.« Er wandte sich um. Er lächelte, als er über den Schnee eine schwarzgekleidete Gestalt herbeieilen sah. »Ach, da kommt er ja«, rief er, »ein treuer Diener. Boris Davidov, du wirst diesen schlauen Mönchen helfen, mich wirklich kennenzulernen.« Dann wandte er sich an den Abt: »Kommt, es wird Zeit für die Vesper.«

Draußen war es bereits dunkel, als die zitternden Mönche inmitten des Glanzes aller Kerzen, die sie hatten auftreiben können, die Vespergesänge anstimmten. Vor ihnen stand Zar Ivan, angetan mit dem golddurchwirkten Ornat für die höchsten Feiertage, und dirigierte mit seinem Stab. Um seine Lippen lag ein merkwürdig hartes Lächeln.

Nach dem Gottesdienst zogen sich die Mönche in ihre Zellen zurück, und Ivan begab sich ins Refektorium, wohin er Essen und Getränke für sich, Boris und die übrigen *opritschniki* bringen ließ. Er schickte auch nach dem Abt und nach Daniel.

Voller Furcht kamen sie und mußten neben der Tür stehenbleiben.

Daniel erkannte, daß Seltsames im Zaren vorging, als er sich zum Mahle setzte. Da war etwas Drohendes in seinen Augen. Sie waren blutunterlaufen und sahen in die Ferne, so als befinde er sich in einer anderen Welt.

Man hatte ihm den besten Wein kredenzt und alles Eßbare, was aufzutreiben war. Eine Zeitlang aß und trank er, in Gedanken versunken; die *opritschniki* neben ihm kosteten alles vor, um sicherzugehen, daß nichts vergiftet war. Die übrigen Schwarzhemden aßen schweigend, auch Boris, der dem Zaren gegenübersaß.

Nach einer Weile blickte Ivan auf. »Nun, Abt, du hast mich um mehr als vierzig Hektar guten Landes gebracht«, sagte er gefährlich ruhig. »Du und dieser behaarte Kerl neben dir«, fuhr Ivan fort. »Ihr sollt wissen, daß der Zar gibt und nimmt.« Verächtlich blickte er sie an. »Auf meinem Weg hierher war ich hungrig«, sprach er weiter, »und doch fand ich in den Wäldern kein Wild. Warum nicht?«

»Es gab wenig Wild diesen Winter. Die Leute haben Hunger ...«

»Ihr bezahlt eine Strafe von hundert Rubel«, sagte Ivan leise. Dann wandte er sich an Boris. »Gibt es denn hier keine Unterhaltung, Boris Davidov?«

»Da ist ein Bursche mit einem Tanzbären«, meinte Boris zögernd, »aber er ist nicht besonders gut.«

»Ein Bär?« Die Miene des Zaren hellte sich auf. »Das ist gut. Nimm einen Schlitten und bringe die beiden her, Boris Davidov.«

Boris wollte schon gehen, als der Zar rief: »Halt! Nimm zwei Schlitten. Meinen und noch einen. Setze den Bären in meinen Schlitten, ziehe ihm meine Pelze an und setze ihm den Zarenhut auf.« Damit warf Ivan Boris seinen hohen Hut zu. »Der Zar aller Bären statte dem Zaren aller Russen einen Besuch ab.«

Er brach in schallendes Gelächter aus, und die *opritschniki* knallten fröhlich grölend ihre Teller auf den Tisch. »Und nun«, wandte Ivan sich an den Abt, und mit einemmal war alle Heiterkeit aus dem Gesicht des Zaren verschwunden, »sag diesem Gauner neben dir, daß er mir einen Topf voller Flöhe bringen soll.«

»Flöhe, Herr?« wiederholte der Abt unsicher. »Wir haben keine Flöhe.«

»Einen Topf mit Flöhen, sage ich!« Der Zar stand plötzlich auf und stieß seinen Stock heftig auf den Boden. »Flöhe!« brüllte er. »Es ist Verrat, den Befehlen des Zaren nicht zu gehorchen. Flöhe! Siebentausend – und keinen weniger!«

Es gehörte zu Ivans liebsten Praktiken, Unmögliches als selbstverständlich zu verlangen. Der Abt wußte nicht, daß der Zar diesen Befehl schon früher gegeben hatte, und zitterte am ganzen Körper.

»Wir besitzen keine, Herr«, sagte nun auch Daniel. Seine Stimme sollte fest klingen, doch er brachte nur ein heiseres Flüstern zuwege.

»Dann hast du hundert Rubel Strafe zu bezahlen, Bruder Daniel«, antwortete Ivan gelassen.

Eigentlich wollte Daniel protestieren, doch er erinnerte sich, daß der

Zar kürzlich einen Mönch rittlings auf ein Pulverfäßchen hatte binden und dann anzünden lassen. So zog er es vor zu schweigen.

Zar Ivan ging an den Tisch zurück und bedeutete den beiden Mönchen, auf ihren Plätzen zu bleiben. Ohne sie weiter zu beachten, begann er mit den schwarzgekleideten *opritschniki* zu scherzen. Eine halbe Stunde verstrich. Der Zar trank stetig, blieb jedoch offenbar Herr seiner Sinne. »Bringt mehr Kerzen«, befahl er. Er mißtraute der Dunkelheit.

Aus der Kirche wurden Kerzenständer gebracht und in den Ecken aufgestellt. In diesem Augenblick meldete einer der *opritschniki* die Ankunft des Bären. Alle drängten zur Tür, voran der Zar.

Es war ein grotesker Anblick. Vier Männer mit brennenden Fackeln eilten dem Schlitten voraus, in dem der Bär saß – angetan mit dem herrlichen Zobelmantel, auf dem Kopf den Zarenhut. Um seinen Hals hatte Boris ein goldenes Kreuz aus der Kapelle gehängt. Der verängstigte Michail brachte den Bären dazu, auf den Hinterbeinen ins Refektorium zu tapsen.

»Verneigt euch!« schrie Ivan die Mönche an. »Verneigt euch vor dem Zaren aller Bären!« Er führte den Bären eigenhändig zu seinem Stuhl und brachte das Tier dazu, sich zu setzen. Dann mußten sich alle, auch der Abt, in einer lächerlichen Zeremonie vor dem Bären verneigen, ehe man ihm Mantel und Hut abnahm. »Komm jetzt, Bauer«, sagte der Zar schroff zu Michail, »er soll seine Kunststücke vorführen.«

Das Repertoire des Bären war nicht gerade umfangreich: Das magere Tier richtete sich auf, machte ein paar plumpe Tanzschritte, schlug die Tatzen gegeneinander. Nach kurzer Zeit wurde Ivan der traurige Anblick langweilig, und er schickte Michail und das Tier in die Ecke.

Draußen wurde es dunkler. Vereinzelt glitzerten ein paar Sterne. Drinnen saß Ivan in Gedanken versunken und gab Boris von Zeit zu Zeit ein Zeichen, ihre beiden Pokale mit Wein zu füllen. »Es heißt, ich trete zurück und werde Mönch. Hast du davon gehört?«

»Ja, Herr. Deine Feinde behaupten das.«

Ivan nickte langsam. »Jenen, die Gott ausersehen hat, über Menschen zu herrschen, ist keine Freiheit gegeben, sondern eine schreckliche Bürde. Sie leben nicht in einem Palast, sondern in einem Gefängnis. Kein Herrscher ist sicher, Boris Davidov. Vielleicht ist das Leben eines Mönchs besser.«

Auch Boris hatte reichlich getrunken. Sein Kopf war noch klar, aber er fühlte sentimentale Traurigkeit in sich aufsteigen, während er in die zwiespältige Welt des verehrten Herrschers eintauchte. Auch er wußte auf seine schlichte Art, was es heißt, von Angst vor Verrat und nächtlichen

Alpträumen geplagt zu werden. Sie werden ihn töten, dachte er, wenn er sie nicht zuerst tötet. Wie gern hätte er seine heimlichen Ängste mit dieser mächtigen Persönlichkeit geteilt, die in die Herzen der Menschen sah und ihm nun wieder tiefstes Vertrauen zeigte.

»Sag mir, Boris Davidov, was sollen wir mit diesem Spitzbuben von Priester anfangen, der dem Zaren Land gestohlen hat?« fragte Ivan schließlich.

Boris überlegte. Er fühlte keine Zuneigung zu Daniel, und doch mußte er eine kluge Antwort geben. »Er ist nützlich«, meinte er zögernd, »er liebt das Geld.«

»Das ist eine gute Antwort.« Ivan lächelte grimmig. »Prügeln wir ein bißchen Geld aus ihm heraus.« Er winkte zwei *opritschniki* herbei und flüsterte ihnen Anweisungen zu. Sie schleppten Daniel eilig hinaus.

Boris wußte, was nun folgen würde. Daniel wurde aufgehängt, wahrscheinlich mit dem Kopf nach unten, und so lange geschlagen, bis er verriet, wo das Geld des Klosters versteckt war. Boris fühlte kein Mitleid.

Damit hatte der lange Abend des Zaren eigentlich erst begonnen. Boris sah am leichten Zucken von Ivans linkem Auge, was jetzt kommen würde. Einer der *opritschniki* hatte ihm verraten: Wenn dieses Auge zuckte, gelüstete es den Zaren zu strafen.

»Sag mir, Boris Davidov«, sagte er mit weichem Tonfall, »wem von diesen ist nicht zu trauen?«

Boris schwieg.

»Denk an deinen Eid«, murmelte Ivan. »Du hast geschworen, deinem Zaren alles zu erzählen, was du weißt.«

»Es heißt, es gebe einen, der sich der Ketzerei schuldig macht«, sagte Boris.

Stefan war höchst erstaunt, als die vier *opritschniki* in seine Zelle einbrachen.

Sie leisteten gründliche Arbeit. Durch lange Praxis geübt, durchwühlten sie systematisch den Kasten, der seine wenige Habe enthielt; sie untersuchten die Wände, und einer entdeckte zwischen den dicken Bohlen das, wonach sie suchten – das Pamphlet.

Seltsam, Stefan hatte das englische Traktat fast vergessen, hatte seit Monaten nicht hineingesehen. Er hätte behaupten können, es nicht zu kennen, aber an dem Tag, als Wilson es ihm gegeben hatte, hatte er die Übersetzung des Engländers am Rand notiert, um den Wortlaut nicht zu vergessen.

Sie schleppten Stefan ins Refektorium und zeigten dem Zaren das Papier. Ivan las es Wort für Wort vor. Von Zeit zu Zeit hielt er inne und wies Stefan auf die Schwere der Ketzerei hin, die er mit eigener Hand geschrieben hatte.

Wenn er auch einige Protestanten wie die englischen Kaufleute geduldet hatte, weil sie Ausländer und immer noch besser als Katholiken waren, war Ivan doch empört über die anmaßenden antiautoritären Argumente des Pamphlets, die sich indirekt auch gegen ihn richteten.

Als er geendet hatte, starrte er Stefan finster an. »Was hast du dazu zu sagen?« hob er an. »Glaubst du diese Dinge?«

»Es sind die Ansichten von Fremden«, antwortete Stefan.

»Aber du bewahrst sie in deiner Zelle auf?«

»Als eine Rarität.« Das stimmte, wenigstens fast.

»Eine Rarität.« Der Zar wiederholte das Wort verächtlich. »Wir werden sehen, Mönch, welch eine Rarität wir für dich haben.« Er blickte zum Abt hin. »Du hast seltsame Mönche in deinem Kloster«, bemerkte er.

»Ich wußte nichts davon, Herr«, war die klägliche Antwort.

»Aber mein getreuer Boris Davidov wußte davon. Du scheinst sehr nachlässig zu sein in der Erfüllung deines Amtes, Abt! Du hast wohl daran getan, Boris«, seufzte Ivan, »dieses Monster zu entlarven. Wie sollen wir ihn bestrafen?« Der Zar sah sich im Raum um. Als er entdeckte, was er suchte, erhob er sich. »Komm, Boris, hilf mir beim Strafvollzug«, sagte er.

Langsam ging Ivan auf Michail zu, nahm ihm die Kette aus der Hand, an der der Bär geführt wurde, und brachte das Tier zum Priester. Auf seinen Wink befestigte Boris das andere Ende der Kette an Stefans Gürtel, so daß der nun in einem Abstand von zwei Schritten mit dem Bären zusammenhing.

Der Zar legte seinen Arm um Boris' Schultern, führte ihn an den Tisch zurück und rief den übrigen *opritschniki* zu: »Jetzt soll der Zar der Bären sich mit dem Ketzer befassen!«

Stefan bekreuzigte sich und stand mit gesenktem Kopf in stummem Gebet vor dem Tier, das hilflos seinen Kopf hin und her drehte.

»Nehmt meinen Stock«, befahl Ivan. Die Schwarzhemden bildeten einen Kreis und trieben den Bären mit dem spitzen Stock des Zaren an.

»Hojda, hojda!« schrie dieser. So feuerten seine Kutscher die Pferde an.

Schließlich begann der Bär vor Wut und Schmerz Stefan mit den Tatzen zu bearbeiten. Der Priester versuchte, die Schläge abzuwehren, die ihm blutende Wunden verursachten.

»Hojda«, rief der Zar erneut, »hojda!«

Der Bär setzte sein grausames Tun fort, bis Ivan seinen Männern schließlich befahl, das zerfetzte Bündel Mensch hinauszubringen und die Hinrichtung auf dem Hof zu vollenden.

Doch die Nacht war noch nicht zu Ende, und der Zar war noch immer nicht befriedigt. »Mehr Wein«, befahl er Boris. »Setze dich neben mich, mein Freund.« Es war, als habe der Zar die anderen vergessen. Er betrachtete versonnen die Ringe an seinen Fingern. »Siehst du, dies ist ein Saphir«, erklärte er. »Saphire beschützen mich. Hier ist ein Rubin. Rubine reinigen das Blut.«

»Du hast ja keine Diamanten, Gosudar«, bemerkte Boris.

Ivan nahm Boris' Hand und lächelte ihm liebevoll zu. »Weißt du, es heißt, Diamanten halten Zorn und Wollust vom Menschen fern. Genau das habe ich nie gewollt. Vielleicht sollte ich?«

Boris wußte nicht, ob er wachte oder träumte. War es möglich, daß der Zar ihm zur Seite saß und wie ein Bruder zu ihm sprach?

Plötzlich sah Ivan ihn direkt an und fragte: »Warum hast du denn den Priester gehaßt?« Die Frage klang nicht unfreundlich, im Gegenteil.

Boris hielt den Atem an. »Woher wußtest du das, Herr?«

»Ich habe es dir angesehen, mein Freund, als sie ihn hereinbrachten.« Er lächelte wieder. »Er war wirklich ein Ketzer, weißt du. Er hat den Tod verdient. Für dich hätte ich ihn auf alle Fälle töten lassen.«

Boris starrte vor sich hin. Es stimmte, er hatte kein Mitleid mit Stefan gehabt. Nun wurde er von Gefühlen nahezu überwältigt. Der Zar, mochte er auch schrecklich sein, war sein Freund. Es war schier unfaßbar. Tränen stiegen ihm in die Augen. Er fühlte plötzlich, wie einsam er in all den Jahren gewesen war. Und nun empfand er den Wunsch, dem Zaren, der ihm gewogen war, seine unseligen Geheimnisse anzuvertrauen. Wem sonst sollte er sich mitteilen, wenn nicht Gottes Stellvertreter auf Erden, den Beschützer der einzig wahren Kirche?

»Du hast einen Sohn, Gosudar, der deine Herrschaft fortsetzen wird«, begann Boris. »Ich habe keinen Sohn.«

Ivan runzelte die Stirn. »Hast du wirklich keinen Sohn?« fragte er erstaunt.

Boris schüttelte langsam den Kopf. »Ich habe einen Sohn, und doch glaube ich, daß ich keinen habe.«

Ivan betrachtete ihn aufmerksam. »Du meinst ... der Priester?«

Boris nickte. »Ja, ich glaube schon.«

Ivan schwieg eine Weile. Dann erhob er sich. Boris wollte das gleiche tun, doch der Zar bedeutete ihm mit einer ausholenden Gebärde, sich vor ihm auf den Boden zu werfen. Dann hob er den Saum seiner langen Robe und legte ihn über Boris' Kopf, so wie der Bräutigam seine Braut bei der Brautmesse bedeckt.

»Der Zar ist dein einziger Vater«, sagte er leise. Dann wandte er sich zu den übrigen *opritschniki* und rief: »Bringt uns unsere Mäntel und wartet hier auf uns.« Ivan zog seinen Zobelmantel an, setzte seinen hohen Pelzhut auf und befahl Boris leise, ihm zu folgen.

In der tiefen Nacht waren nun mehr Sterne zu sehen. Graue, zerrissene Wolken trieben am Himmel, als Zar Ivan über den Hof ging und sein langer Stock auf den gefrorenen Schnee klopfte. Boris folgte ihm durch das Tor zum Fluß hin.

Wie still es war! Der hohe Turm zeichnete sich mit seinem Zeltdach gegen den sternenbestickten Himmel ab. Wortlos führte Ivan den anderen vom Fluß weg zum großen Stadttor. Das kleine Seitentor, mit einem Nachtwächter davor, war noch offen. Ivan ging hindurch auf den sternenhellen Marktplatz. Dort wandte er sich an Boris: »Wo ist dein Haus?«

Boris deutete in die Richtung, wollte die Führung übernehmen, doch der Zar war schon unterwegs. Nichts war zu hören außer seinem Stab und dem leisen Rascheln seiner langen Robe.

Boris lief, um die Tür seines Hauses zu öffnen, aber Ivan blieb stehen. »Ruf deine Frau. Sie soll unverzüglich herunterkommen«, befahl er mit tiefer Stimme.

Boris ahnte nicht, was folgen würde. Oben brannte eine Lampe in der Ecke. Elena döste vor sich hin, das Kind im Arm. Da sah sie plötzlich Boris' bleiches, völlig verstörtes Gesicht an der Tür. Noch ehe sie ein Wort wechseln konnten, klang die Stimme des Zaren von unten: »Sie soll sofort herunterkommen. Der Zar wartet.«

»Komm«, flüsterte Boris.

Noch halb im Schlaf und ganz verwirrt stand Elena auf. Sie trug nur ein langes Wollhemd und Filzpantoffeln. Unsicher tappte sie mit dem Kind die Treppe hinunter.

»Komm her zu mir«, ertönte die leise Stimme des Zaren.

Elena spürte die eisige Nachtluft auf ihrem Gesicht und versuchte das Kind zu bedecken. Sie ging auf die hohe Gestalt zu und wußte nicht, wie sie sie begrüßen sollte.

»Laß mich das Kind sehen«, sagte Ivan. »Gib es mir.«

Zögernd reichte sie ihm den Knaben, der sich im Schlaf bewegte.

»Nun, Elena Dmitrieva, wußtest auch du, daß der Priester Stefan ein Ketzer war?«

Elena fuhr zusammen. Einen Augenblick lang öffnete sich die Wolkendecke. Die Mondsichel kam zum Vorschein und sandte ein bleiches Licht auf die Straße hinunter.

Ivan konnte das Gesicht der Frau deutlich sehen. »Der ketzerische Priester ist tot. Nicht einmal die Bären hielten zu ihm«, fuhr er fort.

Es gab keinen Zweifel: In ihrem Gesicht stand nicht nur das Entsetzen einer schwachen Frau über einen schauerlichen Tod – sie hatte ihn geliebt.

»Freust du dich nicht, daß ein Feind des Zaren tot ist?«

Sie konnte nicht antworten.

Ivan betrachtete das Kind. Es war klein und blond, nicht einmal ein Jahr alt. Es schlief immer noch. Sein Aussehen gab keinerlei Aufschluß.

»Wie heißt das Kind?« fragte er schließlich.

»Fedor«, flüsterte sie.

»Fedor.« Der Zar nickte. »Und wer ist der Vater des Kindes? Mein treuer Diener oder ein ketzerischer Priester?«

»Ein Priester? Wer sollte der Vater sein, wenn nicht mein Ehemann?«

Sie sah unschuldig aus, aber wahrscheinlich log sie. Viele Frauen betrogen ihre Männer. Ihr Vater war ein Verräter, erinnerte sich Ivan. »Den Zaren darf man nicht belügen«, betonte er. »Ich frage dich noch einmal: Hast du Stefan, den ketzerischen Priester, den ich mit gutem Grund habe töten lassen, nicht geliebt?«

Sie wollte widersprechen. Doch weil sie den Priester wirklich geliebt hatte, machte diese hohe Gestalt ihr angst. Sie war keines einzigen Wortes fähig.

»Boris soll entscheiden«, meinte der Zar. »Nun, mein Freund, was ist dein Urteil?«

Boris schwieg. Vorstellungen und Empfindungen wirbelten in seinem Kopf durcheinander. Bot Ivan ihm einen Ausweg an, vielleicht die Scheidung? Was also glaubte er? Er wußte es selbst kaum. Sie hatte den Priester geliebt. Sie hatte sich von ihrem Mann zurückgezogen, hatte ihn gedemütigt, versucht, seinen Stolz zu brechen. Plötzlich kam der jahrelange Groll gegen sie wie eine riesige Welle nach oben. Er würde sie bestrafen.

»Es ist nicht mein Kind«, sagte er endlich.

Ivan sprach kein Wort. Den Stab in der Rechten, das Kind, das nun zu weinen begann, auf dem linken Arm, ging er aufs Tor zu. Boris folgte ihm in einigem Abstand.

Was geschah da? Erst allmählich begriff Elena in ihrer Verstörung und Furcht, was gesprochen worden war. Frierend starrte sie hinter den anderen her. »Fedor!« Ihr Schrei hallte über den eisigen Marktplatz. Stolpernd rannte sie vorwärts.

Am Tor verneigte sich der erschrockene Wächter tief, die Hand auf dem Herzen. Ivan zeigte auf die Tür des Turmes. »Öffne!« Das Kind auf dem Arm, stieg er die Stufen im Innern hinauf.

Boris und der Wächter versperrten Elena den Weg. Wie ein wildes Tier wehrte sie sich, riß sich los, schlug die Tür von innen zu und verriegelte sie.

Sie konnte den Zaren in der Dunkelheit hören, das Knarren der Stufen unter seinen Schritten, das Geräusch seines Stabes. Sie hörte ihr Kind weinen.

»Gott steh mir bei!« flüsterte sie.

Als sie die Stelle erreichte, wo die Stufen hinaus zur Brustwehr führten, vernahm sie keinen Laut mehr von oben.

Ivan stand dort unterm Dach, wo die Fenster sich hinaus auf die endlose Ebene öffneten. Elena sah den dreieckigen Schatten des Holzdaches über sich. Und da hörte sie den Schrei ihres Kindes, sah zwei Hände, die ein kleines weißes Bündel in die Nacht hinaus schleuderten.

»Fedja!« Elena warf sich gegen die Brustwehr, streckte ihre Arme weit in dem ohnmächtigen Versuch, das Bündel aufzufangen, das an ihr vorbeifiel in die tiefen Schatten dort unten. Sie hörte den leichten Aufprall auf dem Eis.

In der Morgendämmerung reiste der Zar ab. Zuvor jedoch bestand er auf dem traditionellen Segen durch den Abt. Seinem Zug wurden zwei Schlitten hinzugefügt; der eine enthielt eine ansehnliche Menge von Münzen und Geschirr aus dem Kloster, der andere beförderte die Glocke, die das Kloster einst von Boris' Familie erhalten hatte. Dies alles sollte zur Herstellung von zusätzlichen Geschützen umgehend eingeschmolzen werden.

Bald danach kam die Nachricht, daß die Krim-Tataren sich tatsächlich den russischen Landen näherten. Der Zar, der wieder einmal den Glauben schürte, er sei ein physischer Schwächling, setzte sich in den Norden ab. Die Umgebung von Moskau wurde verwüstet.

Zwei Wochen nach dem Tod ihres Kindes stellte Elena fest, daß sie wieder schwanger war. Der Vater des Kindes, das sie trug, war auch diesmal Boris.

Mit Erstaunen bemerkte die Gemeinde während der Ostervigil im Kloster St. Peter und Paul im Jahre 1571 – wobei der größte Teil der verminderten Bevölkerung von Russka und Sumpfland anwesend war –, wie gleich nach Beginn der Feier eine einzelne Gestalt lautlos durch den hinteren Kircheneingang hereinkam: Boris Davidov.

Während der Fastenzeit hatte er sich nicht blicken lassen. Niemand wußte, was geschah. Es hieß, er faste allein. Andere behaupteten, seine Frau wolle ihn nicht mehr sehen. Wieder andere hatten angeblich gehört, wie er sie angesprochen habe. Einige meinten, er habe versucht, den Zaren an der Ermordung seines Sohnes zu hindern; es gab auch die

Ansicht, er habe ihm dabei geholfen. So war es kaum verwunderlich, daß die Leute sich immer wieder neugierig nach ihm umsahen.

Boris stand da mit gesenktem Haupt. Er bewegte sich nicht aus diesem Teil der Kirche weg, der den Büßern vorbehalten war, er blickte nicht auf, und er bekreuzigte sich auch nicht an den Stellen, wo es in der Messe vorgeschrieben war.

Die Ostervigil der orthodoxen Kirche, in der die Auferstehung Christi gefeiert wird, ist ein Fest voller Freude und innerer Bewegung. Nach der langen Fastenzeit befindet sich die Gemeinde in jenem Zustand von körperlicher Schwäche und spiritueller Läuterung, wie es einem geistigen Fest zukommt.

Die Vigil beginnt mit der Nachtmette. Um Mitternacht werden die prächtigen Türen der Ikonostase geöffnet, damit das leere Grab sichtbar wird. Die Gläubigen gehen, mit Wachskerzen in den Händen, in einer Prozession um die Kirche herum. Dann beginnt die Frühmette mit den österlichen Stundengebeten, auf deren Höhepunkt der Priester ausruft: »Christ ist erstanden!«

Das Volk antwortet: »Er ist wahrhaft erstanden!«

Ein junger Priester nahm nun Stefans Platz ein. Er stand zum erstenmal mit dem Kreuz in der Hand vor den heiligen Türen. Auch seine Knie zitterten, weil das Fasten ihn geschwächt hatte. Doch als er die Gemeinde und die brennenden Kerzen sah und den intensiven Weihrauchduft wahrnahm, der in alle Winkel der Kirche drang, erfüllte ihn ein erhebendes Gefühl.

»Christ ist erstanden!« rief er wieder aus.

Und auch diesmal antwortete die Gemeinde: »Er ist wahrhaft erstanden!«

Der junge Priester sah, daß die einsame Gestalt die Lippen bewegte. Er konnte nicht wissen, daß kein Laut aus Boris' Kehle drang.

Dann kam der Osterkuß, und die Gläubigen stellten sich auf, und einer nach dem anderen küßte das Kreuz, die Evangeliare, die Ikonen und dann den Priester. Zum Schluß küßten die Menschen einander – es war Ostern, und dies war die einfache, liebevolle Art der orthodoxen Kirche, das hohe Fest zu feiern.

Boris ging als einziger nicht nach vorn.

Nach dem Osterkuß hielt der Priester eine wundervolle Predigt über Johannes Chrysostomus und über das Vergeben. Er erinnerte daran, daß Gott ein Fest, eine Belohnung vorbereitet habe. Und ebenso sprach er von der Fastenzeit, von Reue und Buße.

»Wenn einer ernsthaft gefastet hat, soll er jetzt seine Belohnung erhalten«, las der Priester mit sanfter Stimme vor. »Wenn einer nachlässig war, heißt es, so verzweifle er nicht. Denn das Fest des Herrn wird den Sündern nicht vorenthalten, wenn sie nur zu ihm kommen. Denn er gewährt Gnade den letzten wie den ersten. Wenn jemand sein Eisen in der ersten Stunde geschmiedet hat«, las er laut, »soll er belohnt werden. Wenn einer in der dritten Stunde kommt, ebenfalls. Wenn einer erst in der sechsten Stunde kommt, soll er keine Furcht haben. Wenn einer bis zur neunten Stunde gesäumt hat, soll er näher treten. Wenn einer gezögert hat ...«, der Priester blickte nach hinten, »selbst bis zur elften Stunde, er möge kommen ...«

Was ihm auch durch den Kopf gehen mochte – ob er nun begriffen hatte, daß seine Frau unschuldig war, ob er sich schuldig fühlte am Tod Stefans und Fedors oder ob er die Last des Bösen nicht länger tragen konnte, die sein Stolz ihm aufgebürdet hatte: Boris sank bei den wundervollen Worten weinend in die Knie.

Im Jahre 1572 wurde die geschwächte *opritschnina* offiziell aufgelöst. Jeder Hinweis auf ihre Existenz wurde untersagt.

Das Jahr 1581 war das erste der »Verbotsjahre«, in denen es Bauern nicht gestattet war, ihren Herren zu kündigen, nicht einmal am Sankt-Georgs-Tag.

Im selben Jahr brachte Zar Ivan in einem Wutanfall den eigenen Sohn um.

Der Kosak

1647

Freiheit. Die Freiheit bedeutete ihm alles.

Um ihn lag endlose Steppe. Goldbraun, violett zum Horizont hin, erstreckte sie sich weit nach Osten. Wie still es war! Kein Lüftchen regte sich. Hier und da wuchsen zwischen dem wilden Gras der grenzenlosen Ebene ein paar Getreidehalme, deren Samen der Wind hierhergetragen hatte.

Andrej ritt sein Pferd in einem weiten Bogen von dem großen Weizenfeld weg, vorbei an dem kleinen *kurgan* am Ende, zwei Meilen weiter hinaus in das wilde Land, dann langsam zurück in Richtung auf das Flüßchen Rus, das in dieser alten Landschaft um Kiev auf den mächtigen Dnjepr zustrebte.

Der Hof seines Vaters lag inmitten einer Baumgruppe, etwa eine Meile von der kleinen Siedlung, die nach all den Jahrhunderten immer noch Russka hieß. Andrej lächelte, als er daran dachte, wie sein Vater Ostap sich über diesen Namen amüsiert hatte, als er das erstemal herkam.

»Aus dem Städtchen Russka im Norden ist mein Vater Karp auf und davon gelaufen«, erzählte er seinem Sohn immer wieder. Daß er auf diesem Weg in die Heimat früher Vorfahren zurückgekommen war, wußte er allerdings nicht.

Freiheit – das angeborene Recht eines jeden Kosaken. Freiheit und Abenteuer. Und nun war die Reihe an Andrej. Erst am Tag zuvor waren die beiden Männer auf dem Hof erschienen. Sie waren als Wandermönche verkleidet. Doch als der alte Ostap sie genauer betrachtete, verzog sich sein Gesicht zu einem breiten Grinsen, und er führte sie ins Haus.

»Wodka!« rief er seiner Frau zu, »Wodka für unsere Gäste! Andrej, hör zu und schenke ein. Und nun, ihr Herren«, fuhr er in geschäftsmäßigem Ton fort, als sie Platz genommen hatten, »was gibt es Neues aus dem Süden, vom Lager?«

Es waren Kosaken, und sie hatten aufregende Neuigkeiten zu berichten.

Der alte Ostap schlug sich auf die Schenkel und schrie immer wieder: »Du solltest dich auf den Weg machen, Andrej. Welch ein Abenteuer!«

Mit den Kosaken über die Steppe zu reiten – davon hatte Andrej geträumt seit seiner Kindheit. Sein Pferd, seine Ausrüstung, alles war bereit. Er war ein hübscher Junge von neunzehn Jahren, gerade von der höheren Schule in Kiev zurückgekommen, wo er bei den orthodoxen Priestern Lesen und Schreiben, die Grundzüge der Arithmetik und ein paar Brocken Latein gelernt hatte. Sein Haar war tiefschwarz, seine Haut dunkel, sein Bart wuchs spärlich wie bei einem Mongolen, doch dafür hatte er einen langen, herabhängenden Schnurrbart. Aus dem runden Gesicht mit den hohen Backenknochen blickten braune mandelförmige Augen. Wenn auch manche Züge von der schönen Tatarenfrau kamen, die sein Großvater Karp, der Ausreißer, genommen hatte, so glich Andrej mit seiner hohen Statur und seiner anmutigen Haltung doch insgesamt dem Großvater. Der slawische Charme und der selbstbewußte Blick machten den jungen Mann anziehend für so manche Frau.

Andrej hatte das Gefühl, daß in ihm zwei Seelen im Widerstreit lagen: Einerseits liebte er seine Familie und den Hof, andererseits war er ein wilder Geist, der sich danach sehnte, die Steppe bis zum Horizont und noch weiter zu durchstreifen.

Was sollte er tun? Langsam, in Gedanken versunken ritt er zurück zu dem ***kurgan,*** wo er innehielt und über die Felder und die Steppe blickte. Welch wundervolles Land dies doch war mit den langen Sommern und der fruchtbaren schwarzen Erde! Seit einiger Zeit hieß dieses ehemalige Kiever Gebiet »Ukraine«: das reiche, das goldene Land. Und dennoch beklagte sich der alte Ostap, wenn er seine wogenden Getreidefelder betrachtete. Denn die Ukraine wurde von dem katholischen König Polens regiert. Vier Jahrhunderte zuvor waren Ostaps Ahnfrau Yanka und ihr Vater vor den Tataren nach Norden geflohen. Seither hatten die Tataren allmählich ihren Einfluß auf die alten Kiever Territorien verloren, und das mächtige Litauen war von Norden her an ihre Stelle getreten. Aus diesem Grund wanderten viele Bewohner aus der fruchtbaren Gegend um den Dnjepr ab. Erst nach und nach fanden sich wieder Siedler dort ein.

Es war gefährliches Grenzgebiet. Alle paar Jahre stürmten plündernde Horden von Krim-Tataren über die Steppe und nahmen sich Sklaven. Kleinere Überfälle waren an der Tagesordnung. Wenn Ostap und seine Leute zum Pflügen gingen, nahmen sie, wie die übrigen Siedler auch, immer ihre Musketen mit. Und doch war es freies Land. Die litauische Herrschaft war nicht allzu streng. Außerhalb der Städte konnte man sich das Land einfach nehmen. Die größeren Städte wie Kiev und Perejaslavl standen weitgehend unter Selbstverwaltung, gemäß dem sogenannten Magdeburger Stadtrecht. So hätte dieser Teil der Ukraine weiterhin reiches Grenzland bleiben können, bewohnt von Kosaken, slawischen Bauern, freien Städtern und litauischem niederem Adel, durchweg Anhänger des orthodoxen Glaubens des ehemaligen Landes der Rus.

Das hatte sich jedoch achtzig Jahre zuvor geändert, als in der Union von Lublin im Jahre 1569 die beiden Staaten Polen und Litauen formell zu einem einzigen Staat verschmolzen wurden. Der Adel konvertierte zum Katholizismus, mächtige polnische Fürsten übernahmen ausgedehnte Ländereien im Gebiet des Dnjepr, und wenn auch die Städte das Magdeburger Stadtrecht beibehielten, erfuhr die übrige Ukraine, was es bedeutete, unter polnischen Herren zu leben, die ihre Mißachtung offen zeigten.

Wie konnte ein polnischer Adliger es wagen, einen Kosaken zu verachten! War er nicht ein freier Mann? Der große Verbund der Kosaken setzte sich aus drei Gruppen zusammen. Vierhundert Meilen entfernt hatten im Südosten, wo der mächtige Don die Küste des Schwarzen Meeres erreicht, die Don-Kosaken ihre zahlreichen Siedlungen. In dem südlichen Kiever Gebiet lebten die Dnjepr-Kosaken, stolze, unabhängige Männer wie Andrejs Vater. Und schließlich gab es tief im Süden in der wilden Steppe unterhalb der Dnjepr-Stromschnellen die Zaporoger Kosaken, eine ungebändigte, unberechenbare Horde, die in einem riesigen Lager lebte, in dem keine Frauen zugelassen waren.

Von dort kamen die beiden als Mönche verkleideten Burschen. Andrej war wirklich stolz, ein Kosak zu sein. Als kleines Kind schon erfuhr er von den Heldentaten dieser Leute. Wer war denn von den mächtigen Stroganovs in der letzten Zeit der Regierung Ivans des Schrecklichen angeheuert worden, die ungeheure Wildnis Sibiriens zu erkunden und zu erobern? Der Krieger Ermak und seine Kosakenbrüder!

Die Don-Kosaken hatten die große Festung Azov am Schwarzen Meer den mächtigen osmanischen Türken abgenommen. Und die Zaporoger Kosaken waren nicht nur einmal, sondern zweimal mit ihren langen Schiffen nach Konstantinopel vorgedrungen und hatten die osmanische Flotte unter den Augen der Türken niedergebrannt. Jeder fürchtete die Kosaken.

»Ohne uns Kosaken wären der Zar und seine Familie nie auf den Thron gekommen«, pflegte der alte Ostap zu sagen.

Bald nach dem Tod Ivans des Schrecklichen war die alte Moskoviter Linie zu Ende gegangen. Eine Zeitlang hatte ein mit dem Herrscherhaus verwandter Bojar, Boris Godunov, versucht, das Land zusammenzuhalten, doch vergeblich. Dann kamen unheilvolle Jahre, die Seuchen und Hungersnöte brachten. Ein falscher Thronprätendent nach dem anderen riß die Macht an sich. Auch andere Staaten sahen eine Chance für sich: Schweden fiel ein, und der polnische König versuchte, den Moskauer Thron zu übernehmen und das Land zum Katholizismus zu zwingen.

Schließlich erhob sich das große Rußland. Es waren nicht die Fürsten und Magnaten, nicht der führende Adel, sondern die einfachen Bauern, die kleinen Landbesitzer und die orthodoxen Gemeindeältesten jenseits der Wolga, die sich mit Speeren und Äxten bewaffnet zusammentaten, um die Katholiken zu vertreiben.

»Und wir, die Kosaken, haben unseren orthodoxen Brüdern geholfen«, war Ostaps stolzer Kommentar.

Die Polen wurden vertrieben. Eine Reichsversammlung, der *zemskij sobor,* wurde einberufen und eine beliebte Bojarenfamilie gewählt. Damit war die Dynastie der Romanovs begründet.

Wie alle Kosaken war Andrej einem autoritären Herrscher wie dem Zaren gegenüber mißtrauisch. Die Russen jedoch betrachtete er aus einem einfachen Grund als seine Brüder: Sie waren orthodox.

»Sie haben die katholischen Polen aus ihrem Land verjagt. Vielleicht können wir sie eines Tages auch aus unserem verjagen«, sagte er. Die Dnjepr-Kosaken hatten dem polnischen König über mehrere Generationen gedient. Manchen von ihnen war ein besonderer Offiziersstatus zuerkannt worden, wodurch sie in ein Dienstregister aufgenommen wurden und Anspruch auf regelmäßigen Sold hatten. Die Mehrzahl blieb jedoch unberücksichtigt. Als Nichtkatholiken wurden ihnen ohnehin weniger Rechte zugestanden.

Verschiedentlich revoltierten sie, um ihre Lage zu verbessern. Diese Revolten wurden niedergeschlagen, und in den vergangenen Jahren waren den Registerkosaken nicht einmal eigene Anführer zugestanden worden. Ihr Oberhaupt, der *hetman,* wurde von Polen ernannt, und viele ihrer Offiziere kamen aus niederem polnischen Adel, der *szlachta.* Kein Wunder also, daß auch die bessergestellten Kosaken unzufrieden waren.

Und nun war offenbar eine neue Kampagne im Gange. Diese Nachricht hatten jedenfalls die beiden Kosaken aus dem Zaporoger Lager gebracht. Man wollte den Polen eine Lektion erteilen. Andrej fragte sich, ob er mit von der Partie sein würde.

Die Sonne stand noch hoch, der Nachmittag war angenehm warm, als Andrej zum Hof zurückkam, der von der Nachmittagssonne beschienen wurde. An drei Seiten waren die Nebengebäude und das breit hingelagerte Haupthaus mit der schattigen Veranda, den weißgetünchten Lehmmauern und den rotgrünen Läden von Bäumen umgeben.

Da stand der Vater auf der Veranda. Andrej lächelte ihm fröhlich zu.

Ein Beobachter hätte sofort gesehen, daß es sich um Vater und Sohn handelte, wenn auch Ostaps Gesicht etwas breiter war als das Andrejs. Ostap hatte einen wunderschönen grauen Schnurrbart, der ihm fast bis auf die Brust hing. Er trug bauschige Hosen und ein Hemd, beides aus Leinen, gegürtet mit einer Seidenschärpe.

Andrej wußte, daß der alte Mann nicht gesund war. Das rote Gesicht, die Atembeschwerden deuteten darauf hin, daß der alte Krieger wohl nicht mehr lange zu leben hätte. Was wird aus dem Hof, wenn er nicht mehr ist und ich mit in den Kampf ziehe? überlegte Andrej. Seine beiden Schwestern waren längst verheiratet. Sein Bruder war sechs Jahre zuvor in einer Schlacht den ehrenvollen Kosakentod gestorben.

Was würde aus dem Hof werden? Sie hatten ja auch Schulden.

Denn Ostap liebte das gute Leben, er trank gern – wie alle Kosaken. Außerdem konnte er nur schwer an einem schönen Pferd vorübergehen, ohne es zu kaufen.

»Woher nimmt er nur das Geld?« hatte Andrej seine Mutter gefragt.

Sie wußte es: Ostap hatte sich Geld geliehen. In Perejaslavl und auch in Kiev gab es reisende Kaufleute, die sich den Karawanen auf der alten Salzroute über die Steppe zur Krim anschlossen. Sie verliehen Geld. Das taten auch ein Kaufmann in Russka und die Juden.

Andrej war unschlüssig, ob er seine alten Eltern in dieser Situation allein lassen konnte. Doch sein Vater nahm ihm die Entscheidung ab.

»Du reitest morgen früh weg. Ich habe alles Nötige veranlaßt.«

»Aber was wird aus dem Hof, Vater? Wie kommst du zurecht?«

»Sehr gut, verdammt noch mal! Bist du bereit zur Abreise?«

Andrej zögerte.

»Was ist?« schrie der Vater. »Du gehorchst mir nicht? Oder bist du zu feige?«

Dieser schlaue Fuchs, dachte der junge Mann plötzlich. Er stachelt mich absichtlich auf, damit ich nicht bleibe, wie Mutter es möchte.

In diesem Augenblick kamen drei Reiter aus dem Wald auf sie zugeritten. Bei ihrem Anblick verstummten Vater und Sohn.

Einer der Männer war vornehm gekleidet und ritt einen prächtigen Braunen. Die beiden anderen in langen schwarzen Mänteln saßen auf kleineren Pferden. Der erste war ein polnischer Adliger, die anderen beiden waren Juden. Seit Generationen war der polnische Staatenbund das einzige Land in Osteuropa, wo die Juden in Frieden leben konnten.

Die drei postierten sich vor der Veranda, ohne abzusteigen. Der Pole ließ seinen Blick kühl über Vater und Sohn gleiten, dann betrachteten alle drei den Hof. Andrej sah den Goldbrokat der Borten an dem schönen

Mantel des Adligen in der Sonne glänzen. Die langen edlen Hände ruhten lässig auf dem Sattelknauf. Das blasse Gesicht war lang und schmal und bis auf einen dunklen Schnurrbart rasiert. Der Mann hatte große, leuchtendblaue Augen. Stanislaus, ein Verwandter des bedeutenden litauisch-polnischen Fürsten Vjschnevetskij, war der zuständige Beamte für diese Region und überwachte mehrere kleine Forts wie Russka, die am Rande der Steppe in Vjschnevetskijs Besitz waren.

»Nun, Ostap«, sagte Stanislaus wie beiläufig, »wir übernehmen den Hof.«

Augenblicke lang herrschte völlige Stille.

»Was meint Ihr – den Hof übernehmen?« platzte Andrej heraus. »Dieser Hof gehört uns.«

»Nein, er hat Euch nie gehört. Ihr seid nur Pächter. Er wurde Euch für dreißig Jahre ohne Verbindlichkeiten überlassen, und die sind jetzt abgelaufen.«

Andrej sah seinen Vater an. Der alte Ostap blickte unschlüssig drein. »Das liegt dreißig Jahre zurück«, murmelte er.

»Genau. Und jetzt haben die Vjschnevetskijs mir den Besitz verkauft. Ihr schuldet mir den Dienst.«

Um Siedler für die Grenzländer zu gewinnen, hatten die polnischen Magnaten in der Vergangenheit häufig Land ohne Auflagen für zehn, zwanzig, selbst dreißig Jahre vergeben. Männer wie Ostap hatten solches Land übernommen und schließlich die Meinung gewonnen, es sei für alle Zeit freies Land. Ostap hatte die ursprünglichen Besitzbedingungen Andrej gegenüber niemals erwähnt.

»Ich bin seit dreißig Jahren hier«, beharrte der alte Mann störrisch, »und das bedeutet, daß der Hof mir gehört.«

»Habt Ihr einen Freibrief, der das bestätigt?«

»Nein, verdammt noch mal. Dies ist mein Freibrief!« Und Ostap streckte kämpferisch seine geballte Faust hoch.

Stanislaus sah ihn ruhig an. »Ihr schuldet Frondienst für dieses Land.«

Andrej hielt den Atem an. Frondienst! Der Pole forderte, sein Vater, ein ehrenwerter Mann, solle für ihn auf den Feldern schuften wie ein gemeiner Bauer, ein Leibeigener.

»Ich bin ein Registerkosak!« Der alte Mann blieb beherrscht. »Ein Offizier. Niemand kann mich zur Feldarbeit zwingen.«

»Ihr wart auf dem Register. Aber Ihr seid es nicht mehr.«

Nichts war wichtiger für die Dnjepr-Kosaken als das Register. Im allgemeinen enthielt es an die fünftausend Namen von Kosaken, die anerkanntermaßen in militärischen Diensten beim König von Polen standen. Hin und wieder wurde das Register nach einem Kosakenaufstand erweitert, dann jedoch erneut gekürzt. Ostap war eine Zeitlang als Offizier registriert gewesen, hatte diese Stelle jedoch inzwischen verloren. Nach Maßgabe des polnischen Königs war jeder Kosak, der nicht im Register verzeichnet war, ein Bauer und deshalb zu Fronarbeit wie ein Leibeigener verpflichtet. Die meisten Kosaken waren dagegen der Ansicht, daß sie, wenn auch nicht adlig, so doch ebensoviel wert wie ein Adliger waren.

»Ein Kosak ist ein Herr, du polnisches Schwein!« stieß Ostap hervor. »Aber was weiß ein Pole schon von Adel!«

Stanislaus verachtete den alten Mann. Die polnischen Herren waren stolz. Sie waren nicht Sklaven ihres Herrschers, wie die Russen Sklaven ihres Zaren waren. Sie wählten ihre Könige und legten deren Macht in dem großen *sejm,* dem Parlament der Adligen, fest. Nicht von ungefähr wurde der polnische Staat, von dem die Ukraine einen Teil bildete, als Staatenbund bezeichnet.

Und wie die meisten polnische Herren sah Stanislaus auf die Kosaken herab. Obwohl sie tapfer waren, betrachtete er sie mehr oder weniger als Banditen und entlaufene Bauern, die sich eine Stellung anmaßten, die ihnen nicht zustand. Vor allem aber verachtete Stanislaus ihre orthodoxe Religion.

Die religiöse Spaltung zwischen Herren und Knechten in der Ukraine war ein halbes Jahrhundert zuvor verschärft worden, als die katholische Kirche geschickt einen historisch wichtigen Kompromiß mit den orthodoxen Bischöfen, die ihren Sitz in Kiev hatten, schloß. Darin erkannten diese unter Beibehaltung des östlichen, also des orthodoxen Ritus den Primat des Papstes an.

Damit war die sogenannte griechisch-katholische oder unierte Kirche entstanden. Viele orthodoxe Christen verweigerten allerdings die Anerkennung, und so gab es in der Ukraine schließlich drei Kirchen: die katholische, die unierte und die orthodoxe. Die Kosaken entschlossen sich überdies, für den alten orthodoxen Glauben einzutreten. In jeder Stadt, vor allem in der östlichen Ukraine um Kiev, bildeten sich Bruderschaften zur Verteidigung dieser Glaubensrichtung.

Stanislaus deutete auf den schmaleren der beiden Juden, die ihn begleiteten. »Das ist Mordechai«, sagte er. »Ich habe ihm diesen Hof verpachtet, also werdet Ihr für ihn arbeiten. Er wird Euch sagen, was zu tun ist, nicht wahr, Mordechai?«

Das war eine grobe Beleidigung. Ostap sah vom Polen zum Juden und wußte nicht, wen er mehr haßte. Was die Religion anbetraf, so mißtraute er dem Katholiken mehr als dem Juden. Ostap hatte sein Leben in der

Ukraine verbracht, wo seit der Zeit der Chazaren die orthodoxen und die jüdischen Gemeinden einander in der Regel toleriert hatten. Ostaps Haß gegen die Juden gründete sich nicht auf deren Religion, sondern auf die Rollen, die die polnischen Oberherren ihnen zugeteilt hatten – als Steuereinnehmer, Konzessionsinhaber für Spirituosen oder Pachtbeauftragte. Es waren praktisch immer Juden, die als Geldeintreiber auftraten, auch wenn die Polen die eigentlichen Gläubiger waren.

Das Pachtverfahren, das Stanislaus hier anzuwenden gedachte, war ein dunkler Punkt im polnischen System. Mordechai würde den Hof wohl nur für einen Zeitraum von zwei oder drei Jahren pachten. Dafür würde er kassieren und Stanislaus einen überhöhten Pachtzins bezahlen. Stanislaus wiederum würde ihn unterstützen, wenn es darum ging, aus den Bauern Extragewinne herauszuholen. Wenn demnach Stanislaus drei oder vier Tage zusätzliche Arbeit von Ostap forderte, konnte es passieren, daß durch die Zwischenschaltung eines weiteren Arbeitgebers, der ebenfalls auf Gewinn aus war, Ostap schließlich zusätzlich fünf oder sogar sechs Tage für andere arbeiten mußte.

»Das ist soweit geregelt.« Stanislaus blickte zu dem anderen Juden hin. »Aber da ist noch etwas. Es sieht so aus, als schuldetet Ihr Yankel Geld für Alkohol. Er sagt, Ihr hättet ihn zwei Jahre lang nicht bezahlt. Gebt mir die Rechnung, Yankel. Ach, ja.« Er reichte Ostap das Papier. Der warf einen Blick darauf und starrte dann niedergeschlagen vor sich hin.

»Der Jude lügt«, behauptete er, doch Andrej merkte am Ton der Stimme, daß sein Vater dessen nicht so sicher war.

Mordechai war ein Fremder, doch Yankel war Andrej sehr gut bekannt. Der dicke, fröhliche Bursche führte den Spirituosenladen in Russka. Fast jeder in der Gegend schuldete ihm Geld, doch seine Zinsforderungen waren nicht übermäßig. Wenn Andrej an den außerordentlichen Wodkakonsum seines Vaters dachte, schien ihm Yankels Anspruch durchaus gerechtfertigt.

»Nun, wollt Ihr bezahlen?« fragte der Pole.

»Nein«, erwiderte Ostap.

»Gut, wie Ihr meint! Yankel, geht in den Stall, und sucht Euch das beste Pferd aus. Damit sollten die Schulden abgegolten sein.«

Yankel hatte sich schließlich an den Polen gewandt, nachdem er sein Geld ein Jahr lang vergeblich verlangt hatte, aber nun bedauerte er diesen Schritt. Er hatte keine Lust, sich Ostap zum Erzfeind zu machen. Verlegen ging er in den Stall und kam mit einem Pferd zurück, das keinesfalls das beste war.

»Damit seid Ihr zufrieden?« fragte Stanislaus.

»Es genügt, Euer Hochwohlgeboren.«

Der Pole zuckte die Achseln. »Lebt wohl«, sagte er nur und ritt davon. Die beiden Juden folgten ihm.

Eine Weile war es still. Dann wandte Andrej sich an den Vater: »Morgen reite ich nach Süden«, sagte er leise.

Ostap nickte. Selbst Andrejs Mutter hatte keinen Einwand mehr. Es war nichts mehr zu verlieren.

»Wenn ich mit meinen Kameraden zurückkomme«, erklärte Andrej in kalter Wut, »töten wir jeden Polen und jeden Juden in der Ukraine. Dann gehört der Hof uns.«

Etwas hatte Andrej in dieser Nacht noch zu erledigen, doch er wartete. Der alte Ostap schlief im Sommer draußen. Er wickelte sich in eine Decke und sah hinauf zu den Sternen, bis er einschlief. Als er seinen Vater schnarchen hörte, schlich Andrej davon.

Er ging den Pfad entlang. Der Halbmond stand tief am Horizont und tauchte den Wald in einen sanften Glanz. Andrej kam an dem stillen Teich vorbei, in dem der Sage nach *rusalki* wohnten. Und wenig später war er in Russka.

Seit den Tagen Monomachs hatte sich kaum etwas verändert. Allerdings war die kleine Steinkirche von den Mongolen zerstört worden; danach hatte das Dorf zweihundert Jahre lang verlassen gelegen. Nun aber war der Ort wieder bewohnt. Auf der einen Seite des Flusses standen wieder Hütten beieinander, es gab ein kleines Fort mit einer Palisade auf der anderen Seite. Innerhalb des Forts erhob sich eine hölzerne Kirche mit einem Türmchen.

Andrej kroch lautlos hinauf zu einer großen Holzhütte am Rand der Siedlung. Ein Wachhund hob den Kopf, doch als er Andrej erkannte, wedelte er mit dem Schwanz. Im oberen Stock des Gebäudes war unter dem Dachfirst ein einzelnes Fenster mit einem Balkon davor; die Fensterläden waren offen, damit die Nachtluft eindringen konnte.

Andrej kletterte hinauf und klopfte leise an den Fensterrahmen.

»Anna. Ich komme zu dir.«

Ein leises Geräusch war drinnen zu vernehmen. Eine Gestalt erschien im Dunkel des Zimmers, dann war ein leises Lachen zu hören. »Was soll das, mein tapferer Held, ein Mädchen nachts zu besuchen?«

Andrej wollte schon ein Bein über das Fensterbrett schwingen, doch Anna schob ihn wieder zurück.

Nun sah er sie, und der Anblick raubte ihm den Atem. Anna war die Tochter eines Kosaken und einer Tscherkessin aus dem fernen Kaukasus. Sie war fast so groß wie Andrej, schlank, hatte dunkelbraunes Haar, samtweiche blasse Haut, und sie trug ihren Kopf so hoch wie ein stolzer junger Krieger. Sie war gerade erst sechzehn Jahre alt geworden und noch unverheiratet.

»Ich heirate erst, wenn mir ein Mann begegnet, der mit wirklich gefällt«, hatte sie ihren Eltern und dem ganzen Dorf erklärt.

Nach der Art der Kosakenmädchen ging sie frei und unkompliziert mit jungen Männern um. Der eine oder andere mochte ihr wohl einen Kuß rauben, doch wenn er zu weit ging, war sie ihm allemal gewachsen und wies ihn in seine Schranken.

Doch seit Andrej aus Kiev zurückgekommen war, wo ihn Priester unterrichtet hatten, hatte sich in ihrer Haltung ihm gegenüber etwas geändert.

Sowenig auch die Polen von der orthodoxen Kirche halten mochten – in den vergangenen zwanzig Jahren hatte sie große Fortschritte gemacht. Unter einem ehrgeizigen jungen Kirchenmann, Peter Mohyla, der zuerst im Höhlenkloster gelebt hatte und dann Metropolit in Kiev wurde, entstanden eine Akademie und mehrere Schulen. Obwohl sie nach dem Vorbild der Jesuitenschulen der Polen organisiert waren, blieben sie doch streng orthodox. Innerhalb dieser Bewegung wurden Druckereien eingerichtet, Lesen und Schreiben wurden zum Allgemeingut.

Andrej entsprach also Annas Vorstellung von einem gebildeten Herrn. Er konnte lesen und schreiben, er sprach etwas Latein und Polnisch, der Hof seines Vaters hatte eine angemessene Größe. Und attraktiv war Andrej obendrein.

Vor allem aber spürte sie, daß hinter Andrejs Charme und jugendlicher Heißblütigkeit etwas lag, das sie besonders anzog: Er war ehrgeizig, und das sagte sie auch ihrem Vater. Sie hatte dafür gesorgt, daß Andrej ihre Einstellung kannte, bevor die Ernte begann. »Die meisten Kosaken sind Dummköpfe, Andrej«, erklärte sie rundheraus. »Sie träumen vom Kampf und trinken sich zu Tode. Die wenigen, die klüger sind, bringen es zu etwas. Ein paar werden sogar geadelt.«

Er hätte seinen Vater gern gebeten, mit ihrem Vater eine Heirat zu arrangieren, doch da war noch etwas: Ich will erst in den Kampf ziehen, dachte er. Ich möchte etwas von der Welt sehen, ehe ich heirate.

Und nun würde er fortziehen. Er sah sie an. Sie trug nur ein Leinenhemd, das ihren Körper locker umspielte. Er nahm nicht nur ihre helle Gestalt wahr, zu seinem Entzücken sah er auch ihre Brust. Sein Herz klopfte.

Sie bemerkte seinen Blick, machte jedoch keine Anstalten, ihr Hemd zurechtzuziehen. Ihr Stolz war ihr Schutz.

Leise erzählte er ihr, daß er fort müsse, und zwar in den Kampf gegen die Polen.

»Wenn ich zurückkomme, heirate ich dich«, erklärte er kühn.

»Oh, tust du das?«

»Du magst mich doch, oder nicht?«

Sie lachte leise. »Vielleicht. Aber vielleicht gibt es auch andere nette Männer.«

»Wen, zum Beispiel? Wer ist besser als ich?«

»Da ist der Pole Stanislaus«, meinte sie und lächelte vielsagend. »Er sieht gut aus, und er ist reich.«

»Er ist ein Pole«, entgegnete Andrej bitter.

»Vielleicht heirate ich dich, vielleicht auch nicht«, sagte sie. »Vielleicht kommst du ja gar nicht zurück. Und was mache ich dann?«

»Ich komme zurück. Wirst du mich dann heiraten?« fragte er plötzlich, weil er etwas zu spät merkte, daß sie ihm eine Möglichkeit offenließ.

»Kann sein.«

»Laß mich ein!«

»Nicht, bevor wir verheiratet sind.«

»Wenn ich sterbe, habe ich nie mit dir geschlafen. Laß mich wenigstens die Erinnerung an dieses eine Mal mit ins Grab nehmen.«

Sie brach in lautes Lachen aus. »Du kannst beim Sterben darüber nachdenken.«

»Wenigstens einen Kuß.«

»Also einen Kuß.«

Als sie sich küßten, war es Andrej, als fliege der Mond über den sternenübersäten Nachthimmel.

1648

In jenen Apriltagen herrschte im riesigen Lager große Geschäftigkeit. Täglich trafen neue Truppenkontingente ein. Die Zahl der Männer – Frauen gab es nicht – war inzwischen auf etwa achttausend angewachsen: Burschen mit Tatarenblut, türkische Stammesangehörige aus dem Osten, Mordvinen von jenseits der Oka, abtrünnige Polen und abgewandertes Landvolk aus dem Moskauer Bereich, kleine Landbesitzer, selbst Adlige aus der Ukraine. Die Ukrainer, die sich nun zu den Zaporoger Bewohnern zählten, trugen meist die losen, bauschigen Hosen und breiten Schärpen, die die Zaporoger einst von den Tataren der Steppe übernommen hatten. Dann waren da noch die Don-Kosaken, die weitere Kosaken von den Ausläufern des Kaukasus mitgebracht hatten. Sie sahen eher wie Georgier und Tscherkessen aus mit ihren offenen Mänteln, schräg eingeschnittenen Taschen und den breiten Tressen. Sie trugen schwarze Schaffelle und wickelten sich zu Pferde in weite Umhänge, die sogenannten *burkas,* die sie auch als Schlafdecken benutzten. Da waren sogar Kosaken aus Sibirien und vom Ural, die gern rote Hemden und hohe, pelzbesetzte Hüte nach Moskoviter Art trugen.

Niemand sonst wagte sich in die Nähe der gut befestigten Insel unterhalb der Dnjepr-Stromschnellen. Ein Dutzend Jahre zuvor hatten die Polen eine wehrhafte Festung ein Stück flußaufwärts errichtet in der Hoffnung, die aufsässigen Zaporoger Kosaken einzuschüchtern. Sie nannten diese Festung Kodak. Die Kosaken hatten sie in wenigen Monaten geschleift.

Spannung lag in der Luft. Jeden Augenblick konnte es losgehen, das wußte jeder. Doch alles mußte demokratisch geregelt werden. Nichts durfte entschieden werden, ehe nicht die Versammlung abgestimmt hatte.

Inzwischen vertrieb man sich die Zeit. Viele tranken, andere spielten auf einer achtsaitigen Laute. Ein älterer Kosak spielte auf der Balalaika, und ein zweiter begleitete ihn auf einer Art Dudelsack. Wieder andere tanzten wild, gingen in die Hocke und streckten dabei ein Bein zur Seite, sprangen zwischendurch hoch in die Luft.

In all dem Durcheinander streiften ein gutaussehender junger Zaporoger Kosak und sein Kamerad durchs Lager. Wie stolz wäre der alte Ostap gewesen, wenn er seinen Sohn in diesem Augenblick hätte sehen können!

Über seinen Pluderhosen trug Andrej einen kostbaren Kaftan aus Satin. Die Schärpe war aus Seide, die Stiefel aus rotem Saffianleder. Gewöhnlich trug er eine hohe Schaffellmütze, doch eben war er ohne Kopfbedeckung: Sein Schädel war bis auf ein Haarbüschel in der Mitte, das zu einem Knoten gebunden war, glatt rasiert.

Als Andrej im letzten Herbst eingetroffen war, hatte er die Initiation eines Zaporogers absolviert und ein Boot durch die tückischen Dnjepr-Stromschnellen gelenkt. Er war begierig darauf, zu kämpfen, um als echter Kosak anerkannt zu werden.

Sein Begleiter war ein merkwürdiger Bursche. Er war sehr groß, trug ebenfalls einen Haarknoten, doch sein Mantel und das schwarze Schaffell deuteten darauf hin, daß er aus der Gegend des Kaukasus kam. Er hatte auch einen dichten braunen Bart nach Art der Moskoviter. Stepan war dreißig Jahre alt und so stark, daß keiner im Lager ihn im Ringkampf besiegen konnte. Doch wie so viele kräftige Männer war er sehr sanft. Bei all seiner Stärke hatte er das Gemüt eines Kindes. Die anderen Kosaken nannten ihn liebevoll »Bär«.

Es war seltsam, daß der anmutige junge Mann vom Dnjepr und dieser naive Riese vom Don enge Freunde geworden waren, doch jeder bewunderte die Fähigkeiten des anderen, und die beiden vertrauten einander alles vorbehaltlos an. Stepan hatte Andrej erzählt, daß er nach diesem Krieg sein unstetes Leben aufgeben und heiraten wolle.

»Wer ist denn das Mädchen, das du heiratest?« fragte Andrej.

»Die eine.«

»Welche eine?«

»Die, die das Schicksal für mich bereit hält.«

»Du kennst sie noch nicht?«

»Nein.«

»Aber sag mir ... dieses traumhafte Mädchen ... wie wirst du es denn erkennen?«

»Ich werde es sofort wissen!«

»Wird Gott es dir sagen?«

»Ja.«

»Ach, du guter Bär, wie gern ich dich habe«, sagte Andrej und umarmte den Freund herzlich.

Heute hatten sie auf ihrem Gang durchs Lager anderes im Sinn. Jeden Augenblick würden sie aufbrechen und ins Herz der Ukraine vordringen. Andrej war es während der Wintermonate im Lager klargeworden, daß dieser Aufstand keine unbedeutende Revolte war. Seit die Polen fünfzehn Jahre zuvor die letzte Erhebung der Kosaken niedergeschlagen hatten, schwelte unter dem scheinbaren Frieden in der Ukraine heftiger Unmut. Im Lager hatte Andrej erkannt, daß das Los seines Vaters keinesfalls ein Einzelfall war. Etwa die Hälfte der kleineren Höfe in der Ukraine waren längst in den Händen jüdischer Pächter.

Die Vorbereitungen für den kommenden Aufstand wurden von einem Mann geführt, der in ähnlicher Lage wie Andrejs Vater war, wenn auch wohlhabender und gebildeter. Sein Besitz war nicht nur widerrechtlich von einem polnischen Unterpräfekten beschlagnahmt worden, man hatte auch seinen zehnjährigen Sohn zu Tode geprügelt, weil er protestiert hatte. Sein Name, Bohdan Chmelnyckyj, war seither in der Ukraine hoch geschätzt. Die Kosaken nannten ihn zu der Zeit einfach Chmel.

Er war zu den Zaporogern heruntergekommen und hatte sie um Hilfe gebeten. Monatelang hatte er Geheimagenten in alle ukrainischen Ortschaften gesandt. Chmel hatte den glänzendsten Schlag geführt. In diesem Februar war er durch die Steppe zum Hauptquartier des Khans der Krim-Tataren gezogen, und durch eine List hatte er diesen davon überzeugt, daß die Polen einen Angriff auf ihn planten. So erging an diesem

Tag die Nachricht, daß nicht weniger als viertausend tollkühne Tatarenkavalleristen am folgenden Tag das Zaporoger Lager erreichen würden.

Der Kampfverband würde ins Zentrum der Ukraine vordringen, und im Zuge dessen sollte sich das ganze Land erheben.

»Wir werden diesen Polen eine Lektion erteilen«, frohlockte Andrej, »und dann gehört der Hof uns.«

Selbst mit einem solchen Heer war es ein wagemutiges Unterfangen. Die von den Polen aufgestellte Armee war viel größer und gut ausgebildet. Und selbst wenn die Kosaken siegten, blieb immer noch die Frage, was als nächstes geschehen sollte. Was würden sie verlangen, wofür kämpften sie?

Die polnische Unterdrückung mußte natürlich ein Ende haben. Dann kämen Männer wie Andrejs Vater wieder zu Reichtum und Ansehen. Selbstverständlich gäbe es für jeden reiche Beute. Aber was sonst erreicht werden könnte, davon hatte Andrej keine klare Vorstellung.

Dagegen hatte der einfältige Stepan die Angelegenheit nicht nur genau überlegt, sondern auch eine ausführliche Antwort parat. »Wir brauchen einen freien Kosakenstaat«, setzte er Andrej auseinander, »mit Gleichheit und Stimmrecht für jedermann. Wie bei den Don-Kosaken. Keine Reichen, keine Armen; keine Herren, keine Knechte. Bei uns am Don sind alle gleich.«

Wie edel das klang! Eine Gemeinschaft von Brüdern.

»Natürlich«, fügte Stepan hinzu, »werfen wir zuerst alle Katholiken und Juden hinaus.«

Ihr Gespräch wurde von einem plötzlichen Lärm am Lagerrand unterbrochen. Es war das Signal. Üblicherweise wurde mit Kesselpauken zum Sammeln gerufen, doch wenn es sich um so viele Menschen handelte, wurden Geschütze abgefeuert. Innerhalb weniger Minuten hatten sich Tausende auf dem Sammelplatz bei der kleinen Kirche der Kosaken eingefunden. Unter lauten Beifallsrufen führte der Lagerchef, der Ataman, Bohdan herbei, damit er sie begrüße.

Er war ein großer derber Bursche mit einem groben bärtigen Gesicht, eben ein typischer Kosaken-Großgrundbesitzer. Allerdings zeigte er ein unerwartetes Redetalent. In knappen Sätzen berichtete er den Männern noch einmal von seinen Leiden, der schändlichen Behandlung durch die Polen.

»Darf man so mit tapferen Kosaken umgehen, meine Brüder?« brüllte er.

»Niemals!« schrien alle.

Der Redner blickte in die Runde. »Sollen wir für alle Zeiten leiden, während unsere Gemeinschaft, Frauen, Kinder, ganze Familien niedergemetzelt werden, oder sollen wir kämpfen?«

»Wir kämpfen«, riefen sie.

Nun trat der Ataman vor. »Ich habe einen Vorschlag, meine Brüder«, sagte er.

»Laß hören!« erscholl es aus Hunderten von Kehlen.

»Ich schlage vor, Bohdan Chmelnyckyj zu unserem Oberhaupt, zum Vertreter aller Kosaken in der Ukraine, zu ernennen. Er soll unser Hetman werden. Wer ist einverstanden?«

»Wir sind einverstanden«, tönte es von allen Seiten.

»Bringt die Standarte her.«

Da setzte auch Andrejs Herz einen Schlag lang aus. Sie brachten die berühmte Pferdeschwanz-Standarte der Kosaken. Wenn sie hochgehalten wurde, zitterten selbst die polnischen Herren und die osmanischen Türken: Das bedeutete, daß die freien Kosaken bis in den Tod kämpfen würden.

»Wir brechen in der Dämmerung auf«, verkündete der Hetman.

In den langen Annalen menschlicher Grausamkeit und Torheit – die sich leider immer wiederholen werden – verdient das Jahr 1648 aus verschiedenen Gründen besondere Erwähnung. Es veränderte die russische Geschichte. Ab Mitte April stieß die Kosakenarmee – achttausend Kosaken, vier Geschütze, viertausend Tataren als Nachhut – am Westufer des Dnjepr über die Steppe vor. An ihrer Spitze trugen sie das große rote Banner mit dem Bild des Erzengels darauf.

Die Polen wußten von dieser Aktion und trafen Vorbereitungen. Der polnische Militärkommandeur, der Magnat Potocki, errichtete sein Hauptquartier am Westufer etwa achtzig Meilen unterhalb von Perejaslavl. Von hier aus schickte er eine Vorhut in zwei Abteilungen los. Der ersten gehörten unter dem Befehl seines Sohnes fünfzehnhundert Polen und etwa zweitausendfünfhundert Kosaken an, die regulären Militärdienst leisteten; die zweite bestand aus weiteren zweitausendfünfhundert Kosakensoldaten und einem Kontingent deutscher Söldner. Damit sollte in Kodak eine Garnison gebildet und die Stadt befestigt werden.

Entweder war es Torheit oder übermäßige Arroganz, die den Gedanken aufkommen ließ, die so zusammengesetzten Truppen würden sich loyal verhalten. Zudem waren Bohdans Spione bereits eingeschleust.

Die Abteilung, der die Deutschen angehörten, entschied sich, als sie der Rebellen ansichtig wurde, sich ihnen unverzüglich anzuschließen. Sie töteten zwei ihrer Offiziere und die Deutschen. Am nächsten Tag, dem

6. Mai, stellte der junge Potocki fest, daß seine Kosaken ihn ebenfalls im Stich gelassen hatten. Er und seine Polen wurden hingemetzelt.

Die Kosakenarmee mit der polnischen Kerntruppe kam zehn Tage später in die Nähe der unbedeutenden Stadt Korsun, dreißig Meilen südwestlich von Perejaslavl. Hier fielen die vereinigten Kosaken und Tataren über sie her.

Die Schlacht von Korsun war ein voller Erfolg. Potocki und nicht weniger als achtzig polnische Fürsten wurden gefangengenommen. Es gab reiche Beute. Die Kosaken eroberten außerdem einundvierzig Geschütze und Tausende von Pferden.

Andrej und Stepan waren jetzt reiche Leute. Sie hatten Seite an Seite gekämpft, einen Keil in die Reihen der polnischen Soldaten getrieben. Wenn Stepan in blinder Wut nach vorn preschte, gab Andrej seinem Freund Rückendeckung und lenkte ihn geschickt. Selbst Bohdan wurde auf die beiden aufmerksam und meinte: »Der Große ist mutig, aber der Jüngere ist dazu auch noch listig.«

Am Ende der Schlacht, als die ganze Truppe sich in eine wilde Orgie mit Trinken und Tanzen stürzte, übergab der Hetman jedem der beiden neben der üblichen Beute, die jeder Kosak bekam, noch sechs der prächtigsten polnischen Pferde.

»Noch eine solche Schlacht, und du kannst dir deinen Hof kaufen«, sagte Andrej zu seinem Freund.

Die kostbarste Belohnung bekamen jedoch die Tatarenkavalleristen: alle polnischen Adligen. Mit diesen Gefangenen zogen sie zur Krim, um sie zu verkaufen.

Bohdans Revolte kam für die Ukrainer zu einem höchst günstigen Zeitpunkt. Gleich nach der Schlacht von Korsun traf die Nachricht ein, der König von Polen sei verstorben. In der polnischen Hauptstadt Warschau übernahmen bis zur Wahl eines neuen Königs der katholische Primas und der Kanzler die Staatsgeschäfte. Der Staatenbund befand sich im Zustand totaler Schwäche.

In den Tagen nach der Schlacht hörte man in der Ukraine von Bauernaufständen gegen die polnischen Landbesitzer.

Andrej erhielt die Erlaubnis für einen kurzen Besuch in Russka; er nahm Stepan mit. Er wollte sehen, ob die Eltern wohlauf seien, und seine Beute und die Pferde auf dem Hof zurücklassen. Sein Vater könnte vielleicht ein paar Pferde verkaufen und das Geld für ihn verstecken.

Auch dem Hetman Bohdan war es nur recht, daß der junge Mann nach Russka reiste, denn er hatte eine wichtige Mission für ihn. »Dem Fürsten Vjschnevetskij gehört Euer Heimatort, nicht wahr?« fragte er und fuhr fort: »Nun, ich hörte, daß er Männer für einen Angriff gegen uns sammelt. Nehmt zehn Mann mit; findet alles heraus, was Ihr erfahren könnt, und bringt mir die Nachricht.« Er lächelte Andrej aufmunternd zu.

Sie nahmen ihren Weg ostwärts durch das schöne Land, über die Ebene unter der warmen Junisonne. Am Ende des zweiten Tages überquerten sie den mächtigen Dnjepr mit einem Floß. Am folgenden Tag sollten sie in Russka sein.

Am nächsten Morgen erreichten sie eines der kleinen hölzernen Forts, kleiner als Russka, die der polnischen Verwaltung als Außenposten dienten. Sie erkannten sofort, daß der Ort verlassen war, und wollten schon weiterreiten, als Andrej einen Menschen im offenen Tor hängen sah. Es war ein polnischer Beamter, den man gehenkt hatte. Die ukrainischen Bauern hatten erst seine Frau und seine Kinder vor seinen Augen getötet und dann ein Seil mit ihren Köpfen um seinen Hals geschlungen.

Eine Stunde später kamen sie zu einem Kosakenbauernhof, der bis auf die Grundmauern niedergebrannt und geplündert worden war. Andrej verfluchte die Polen, da hob Stepan einen Pfeil vom Boden auf. »Das waren keine Polen, das waren die Tataren auf ihrem Rückzug.«

»Aber wir haben ihnen doch alle polnischen Adligen überlassen«, sagte Andrej bitter. »War das nicht genug?«

»Nichts genügt den Tataren«, antwortete Stepan.

Sie ritten weiter, sprachen wenig. Andrej war gespannt, was sie in Russka erwarten würde. Die anderen spürten seine Unruhe, und die ganze Gruppe drängte vorwärts.

Als eine Wildkatze vor ihnen über den Weg sprang und im hohen Gras verschwand, fluchte Stepan leise.

»Was ist denn los, mein Bär?«

»Diese Wildkatze – hat sie uns angeschaut?«

Andrej überlegte. »Ich glaube nicht. Warum?«

»Ach, nichts. Vielleicht hat sie uns gar nicht angesehen.«

Andrej mußte lächeln. Es war eine Zeit des Aberglaubens, ein Land des Aberglaubens, aber nie war er jemandem begegnet, der so abergläubisch war wie Stepan. Während des Feldzuges hatte der große Bursche immer wieder Bäume, Felsen angestarrt, hatte den Vogelflug beobachtet – alle möglichen Kleinigkeiten hatten magische Bedeutung für ihn.

»Was bedeutet es, wenn eine Wildkatze dich anschaut?« fragte Andrej lachend. Doch Stepan wollte es ihm nicht sagen.

Am Spätnachmittag waren sie kurz vor Russka. Unruhig hielt Andrej Ausschau nach einer Spur der Tataren, doch er konnte nichts entdecken. Dennoch befahl er seinen Männern: »Bereitet euch auf einen Kampf vor.«

Die kleine Festung Russka war hermetisch verschlossen. Drinnen wartete eine Garnison von zwanzig polnischen Soldaten, die in der allgemeinen Verwirrung von Perejaslavl geschickt worden waren, auf weitere Befehle. Außerdem befanden sich in der Festung Yankel, der jüdische Spirituosenhändler, drei jüdische Handwerker und zwei weitere jüdische Kaufleute, alle mit ihren Familien. Die ansässigen Kosaken und Bauern hatte man draußen gelassen, damit sie sich beim Eintreffen der Tataren verteidigen konnten, so gut es eben ging.

Als die polnischen Soldaten Perejaslavl verließen, hatte man ihnen gesagt, Vjschnevetskij stelle eine große Streitmacht zusammen. Sie warteten nun schon seit zwei Tagen auf Nachrichten.

Die Sonne stand bereits tief, als sie am Waldrand die Abteilung auftauchen sahen. Mit großer Erleichterung sahen sie Männer in glänzenden Uniformen und auf prächtigen Reittieren kommen.

Stepan entdeckte von seiner Stellung hinter einem Gebüsch, etwa hundert Meter unterhalb des Festungstores, die Polen ebenfalls. Als sie nahe genug waren, riefen die Männer von den Mauern herab: »Woher kommt ihr? Welche Nachrichten bringt ihr?«

»Wir sind Vjschnevetskijs Männer«, war die willkommene polnische Antwort. »Die Kerntruppe ist gleich hinter uns. Öffnet das Tor.«

In seinem Versteck brummte Stepan: »Gut. Sehr gut. Wir bringen sie alle um.«

Die Männer stiegen von den Mauern herab und öffneten ihren polnischen Kameraden das Tor.

Unbemerkt von den Verteidigern, sprangen der riesige Stepan und etwa zwanzig Dorfbewohner aus ihren Verstecken und liefen hinter den Reitern her auf die Festung zu. Erst als sie das offene Tor erreicht hatten, erkannte die polnische Garnison zu spät, daß man sie überlistet hatte.

Andrej lachte, als er einen überraschten Polen niederstach. Die prächtigen Pferde, die er und Stepan bekommen hatten, die polnischen Uniformen, die Schwerter und sonstiges Zubehör, das zu ihrer Beute gehörte, waren ihnen in diesem Täuschungsmanöver sehr zupaß gekommen.

In diesem Überraschungsangriff hatte die polnische Garnison ein Viertel ihrer Leute verloren, ehe sie begriff, was da vor sich ging. Doch sie verteidigten sich wacker.

Als der Kampf vorüber war, sah Andrej, daß die beiden letzten Polen von vier seiner Männer umringt waren. »Tötet sie nicht«, rief er, »mal sehen, ob sie Informationen haben!« Dann bemerkte er, daß seine übrigen Leute und die Dorfbewohner, die Stepan versammelt hatte, dabei waren, die Juden zu töten.

Andrej waren die Juden auch nicht lieber als die Polen, aber diese hier waren unbewaffnet. Nun schleppte man die Frauen und Kinder aus den Häusern. »Schluß damit!« befahl er.

Der Kosak zögerte, aber er hatte nicht mit den Dorfbewohnern gerechnet. »Die jüdischen Kinder hinunter zum Fluß«, schrie einer.

Sie sollten ertränkt werden. Andrej erkannte zu seinem Entsetzen, daß er keine Möglichkeit hatte, diesen Mord zu verhindern. Er wandte sich ab.

»Herr Andrej.« Das Flüstern kam aus einem Fenster des Hauses. Andrej erkannte Yankel. In der Aufregung hatte er den Burschen völlig vergessen. »Herr Andrej! Rettet uns, edler Herr. Ihr seht, was hier geschieht. Habt wenigstens Erbarmen mit meinen Kindern!«

»Öffnet die Tür.«

In dem großen Raum war es nicht sehr hell, und es roch unverwechselbar nach Wodka. Andrej sah außer dem stämmigen alten Juden ein Mädchen von etwa fünfzehn und einen Jungen von acht oder neun Jahren. Andrej hatte das Mädchen nicht mehr gesehen, seit er damals in die Schule nach Kiev kam. Sie war zu einer auffallenden dunkelhaarigen Schönheit geworden, mit mandelförmigen Augen und einer türkischen gebogenen Nase. Auch der Junge war ein hübscher Kerl.

»Also gut«, sagte Andrej. »Ich versuche euch zu retten!« Er wandte sich an Stepan, der ihm gefolgt war. »Willst du mir helfen, diese Juden zu beschützen?« begann er. Da bemerkte er, daß sein Gefährte ihm überhaupt nicht zuhörte. Der starrte das Mädchen mit offenem Mund an wie eine Erscheinung.

Es war Yankels Schuld, daß er wenige Sekunden später sein Leben verlor. Erleichtert über den Schutz durch Andrej ging er, ohne zu überlegen, als erster aus dem Haus. Zwei Dorfbewohner standen in der Nähe, der eine mit einer Axt, der andere mit einer Sichel. Und bevor der arme Kerl etwas über seinen Beschützer hätte erzählen können, fielen sie über ihn her. Als Andrej das Haus verließ, war Yankel schon tot.

Nun mußten die beiden gefangenen Polen befragt werden, ob sie etwas Wissenswertes zu sagen hätten. Den Dorfbewohnern gab Andrej den Auftrag, ein Grab für die Polen und ein zweites für die Juden auszuheben. Er selbst wollte jetzt zu seinem Vater reiten.

Yankels Sohn nahm er mit.

Die Sonne war eben untergegangen, als sie den Hof erreichten. Andrej fand den alten Ostap in bester Laune. Aufgrund der Ereignisse der vergangenen Monate hatte Mordechai den Hof nicht aufsuchen und Ostap den Frondienst abverlangen können.

»Ich weiß alles!« rief er Andrej entgegen. »Ein Junge aus dem Dorf ist vorbeigekommen.« Er war hocherfreut über die Pferde, doch als Andrej seine Bitte vortrug, runzelte er die Stirn. »Du willst, daß ich einen jüdischen Jungen unterbringe?«

Andrej erklärte, was geschehen war. »Ich kann ihn nicht mit ins Lager nehmen. Die Dorfbewohner bringen ihn um.»

»Er muß konvertieren«, entschied der alte Ostap, »dann kann er auf dem Hof helfen.«

Andrej ging zu dem Jungen. »Hier ist der einzige Ort, wo du sicher bist. Die Leute lassen meinen Vater in Frieden. Aber du mußt Christ werden.»

»Niemals«, erwiderte der Junge trotzig.

Andrej sah ihm in die Augen. »Ich versprach deinem Vater, dich zu retten, und ich muß mein Versprechen halten. Dabei mußt du mir helfen. Solange du hier bleibst, bist du orthodox.«

Der Junge sah ihn immer noch trotzig an, doch er hatte verstanden. So erklärte Andrej ihn für konvertiert.

Die polnischen Gefangenen konnten nicht viel berichten. Die Kosaken hatten all ihre Habe genommen und sie in die Wälder geschickt. Während Andrejs Leute ihr Nachtquartier im Fort aufschlugen, fuhr Andrej über den Fluß, um Anna zu besuchen. Er war überrascht, als er das Haus verschlossen und mit Brettern vernagelt fand. Der Nachbar erzählte, daß der alte Mann mit seinen Söhnen ins Kosakenlager gegangen sei.

»Seine Frau lebt bei ihrer Schwester in einem Dorf in der Nähe von Perejaslavl.«

»Und Anna?«

«Anna?« Der Mann war erstaunt. »Was, wißt Ihr das nicht? Der Pole hat sie mitgenommen. Stanislaus. Er kam vorbei, als die Männer gerade gegangen waren. Er hat sie in der Dämmerung entführt.«

Andrej konnte es nicht fassen. Zuerst hatte der eingebildete Pole versucht, seinen Hof zu nehmen und seinen Vater zu demütigen. Nun hatte er das Mädchen entführt. »Wohin sind sie gegangen?«

»Wer weiß? Wahrscheinlich sind sie jetzt schon in Polen«, meinte der Mann.

Voll trüber Gedanken kehrte Andrej ins Fort zurück. Ich finde Anna wieder, schwor er sich. Für Stanislaus würde es nur eine einzige Strafe geben.

Wenn etwas seine Gedanken von seinem Verlust ablenken konnte, war es die Geschichte, die seinem Freund widerfahren war. Andrej hatte eine Braut verloren, und Stepan hatte anscheinend eine gefunden. Trotz seines eigenen Schmerzes mußte Andrej fast lachen.

»Aber sie ist Jüdin«, gab er zu bedenken, als er mit Stepan am Feuer im Fort saß.

»Sie wird konvertieren«, meinte Stepan.

»Hat sie das gesagt?«

»Ich weiß, daß sie es tun wird.«

»Warum wählst du gerade dieses Mädchen?«

»Ich weiß es nicht«, gab Stepan zu.

»Du hast sie gesehen, und du meinst, es war Schicksal?«

»Ja. So ist es.«

Stepan war wie betäubt. Selbst wenn sie sich unterhielten, hatten seine Augen einen abwesenden Blick.

»Was wirst du mit ihr machen? Du kannst sie nicht mit in den Kampf nehmen.«

Stepan nickte langsam. »Ich weiß. Darüber habe ich auch schon nachgedacht. Ich suche einen Priester, der uns traut. Dann gehe ich mit ihr zurück nach Hause, an den Don.«

»Du willst mich verlassen?«

»Die Zeit ist gekommen«, erklärte Stepan feierlich.

»Sprich lieber erst einmal mit ihr.«

»Ja.« Der riesige Kerl stand langsam auf und ging hinüber, wo das Mädchen saß. Sanft führte er sie ans Feuer und ließ sie neben sich Platz nehmen. Dann sprach er leise auf sie ein.

Das Mädchen sagte wenig, betrachtete Stepan mit großen gedankenvollen Augen, warf hier und da ein Wort ein, wie um ihm ein Stichwort zu geben. Da saß diese Fünfzehnjährige, die ein paar Stunden zuvor mit ansehen mußte, wie man ihren Vater zerstückelt hatte, saß da neben einem merkwürdigen Kosaken, der es sich in den Kopf gesetzt hatte, sie zu heiraten.

Irgendwann schlief Andrej ein, doch einige Male erwachte er in dieser kurzen Sommernacht. Und immer noch saßen Stepan und das Mädchen am kleinen Feuer.

Schließlich wurde der Himmel hell. Andrej sah das Mädchen neben dem Feuer stehen. Stepan kramte in seinem Gepäck und sah außergewöhnlich erregt aus, als habe man ihm soeben ein wundervolles Geheimnis verraten. Dann verließen die beiden das Fort. Stepan ging wie ein Schlafwandler.

Kurz darauf gellte ein Schrei durch den Morgen. Andrej stürzte zum Tor, von wo schon einige Wachen ungläubig zum Fluß hinstarrten. Er sprang an ihnen vorbei und rannte den Pfad hinunter.

Stepan stand am Flußufer. In der Hand hielt er eine Pistole. Das

Mädchen lag ein paar Schritte von ihm entfernt im Gras – tot. Stepan rührte sich nicht. Selbst als Andrej neben ihm war, blickte er unverwandt auf die Tote hinunter.

Einige Minuten standen sie so im bleichen Morgenlicht; dann ließ Stepan sich die Pistole aus der Hand nehmen, sein Körper sackte zusammen. Langsam gingen die Freunde den Hügel hinauf.

Erst als Andrej Stepan ein wenig Wodka eingeflößt hatte, erfuhr er nach und nach, was geschehen war. Während ihres langen nächtlichen Gesprächs hatte das Mädchen den törichten, abergläubischen Kerl offenbar durchschaut. Sie sagte, sie werde ihn heiraten, und gewann damit sein Vertrauen. Er war außer sich vor Freude.

Und dann, gegen Ende der Nacht, verriet sie ihm ihr wundervolles Geheimnis: »Es stimmt, daß das Schicksal uns für einander bestimmt hat, Stepan. Ich wußte, daß du kommst, und ich habe auf dich gewartet.« Sie lächelte. »Weißt du, ich habe magische Kräfte.« Sie könne es sogar beweisen, sagte sie. Wenn er mit ihr zu einer einsamen Stelle gehe, werde sie es ihm zeigen. »Du kannst mir mit deiner Pistole ins Herz schießen«, behauptete sie, »und ich werde es nicht einmal spüren. Komm, ich beweise es dir.«

Und so hatte der harmlose Mensch sie getötet. Selbst jetzt konnte er noch nicht glauben, daß sein Glaube in sein Schicksal so erschüttert werden sollte. Er schüttelte den Kopf. »Da stimmt doch etwas nicht. Vielleicht ist sie nur ohnmächtig.«

Keiner der Kosaken außer Andrej schien zu verstehen, daß dieser Tod dem Mädchen lieber gewesen war, als von Christenhänden entehrt zu werden, selbst wenn es liebevolle Hände wären.

Andrej kümmerte sich um die Beerdigung und überlegte, ob er ihren Bruder holen sollte, doch dann ließ er es lieber. Aber der kleine Kerl sollte eine Erinnerung an seine Schwester haben. Andrej fand zu seiner Überraschung am Hals des Mädchens eine kleine alte Metallscheibe mit dreigezacktem Emblem an einer Kette. Die nahm er für den Jungen mit.

Das Mädchen wurde in ein Grab am Rande der Steppe gelegt. Sie hatte nicht geahnt, daß ihre Reise mit Stepan in das Land hinter dem Don sie in die Heimat ihrer Chazarenvorfahren gebracht hatte.

Nach einiger Zeit fand Stepan seine merkwürdige Erklärung für das Unglück: »Es war die Wildkatze, die wir gesehen haben. Sie muß mich doch angeschaut haben. Ja, das war es.«

Vjschnevetskij rekrutierte Anfang Juni ein Heer von etwa sechstausend Mann von seinen eigenen ausgedehnten Besitzungen und überquerte den Dnjepr in westlicher Richtung. Auf seinen Befehl brannte dieses Heer jede ukrainische Siedlung, auf die es stieß, nieder, plünderte und massakrierte die Einwohner.

Im Juli wurden die Kämpfe wiederaufgenommen. In den folgenden Monaten wurde Andrej in den Rang eines *esual* befördert. Im weiteren Kriegsverlauf vergaß er nicht, nach Stanislaus und Anna Ausschau zu halten.

1649

Zuerst schien alles gutzugehen. Es war ein allgemeiner Aufstand gewesen. Ende 1648 nannte sich die Hälfte der ukrainischen Bevölkerung Kosaken. Bohdan und seine Leute hatten weitere glorreiche Siege über Polen errungen, wieder hundert Geschütze und einen Troß erbeutet, der hundert Millionen polnische Sloty enthielt. Die siegreichen Kosaken wurden bei ihrem Einzug in Kiev von den freien Stadtbewohnern und dem Metropoliten selbst als die Retter der alten Länder der Rus gefeiert.

Ein neuer polnischer König hatte einen Waffenstillstand geschlossen; Freundschaftsabkommen wurden mit dem türkischen Sultan und seinen osteuropäischen Vasallen getroffen.

Trotz all dieser Triumphe war Stepan nicht froh. Seit jenem furchtbaren Tag in Russka hatte er nie wieder von dem Mädchen gesprochen, aber Andrej spürte, daß eine grundlegende Veränderung in dem Freund vorgegangen war. Stepans kindlicher Glaube an sein glückliches Geschick war zerstört. Wenn er auch weiterhin neben seinen Kameraden focht, er hatte den Glauben an ihre gute Sache verloren. Diese Enttäuschung auf Stepans Seite führte schließlich zur Trennung der beiden Freunde.

Der demokratische Kosakenstaat in der Ukraine war bereits verloren, ehe er überhaupt zu existieren begonnen hatte. Denn Bohdan war nicht in der Lage, seine Siege über Polen wirklich zu nutzen.

Als Andrej die Bauern auf ihre Höfe zurückkehren sah, wurde ihm auch klar, warum nicht. »Wir sind nicht stark genug, einen langen Kampf ohne Verbündete durchzustehen«, sagte er.

Da gab es zwar die Tataren, doch wie die meisten Söldner waren sie nur auf Gewinn aus. Im folgenden Frühjahr weigerten sie sich zu kämpfen, es sei denn, der Sieg würde garantiert. Im Frühsommer trafen sie eigene Abmachungen mit den Polen.

Die Rolle der Kosaken in der Geschichte war immer die gleiche: Sie konnten zwar einen anderen Staat stützen oder zerbrechen, doch sie waren nie stark und zahlreich genug, um einen eigenen lebensfähigen Staat zu bilden. Sie brauchten einen Beschützer – entweder Polen, den Krim-Khan, den türkischen Sultan oder den russischen Zaren.

Im Sommer 1649 setzten die Kosaken ein Abkommen mit dem polnischen Staatenbund durch. Für polnische Verhältnisse waren die Bedingungen erstaunlich. Tatsächlich versprach man Bohdan und den Kosaken einen Staat im Staate. Nicht weniger als vierzigtausend von ihnen sollten ordnungsgemäß registriert werden. Das alte Kiev und zwei andere Städte sollten Hauptquartiere der Kosakenregimenter werden. Jesuiten und Juden durften nicht dort leben.

»Es hat sich gelohnt zu kämpfen«, meinte Andrej zufrieden, doch Stepan schüttelte nur traurig den Kopf.

»Nein. Vorteile gibt's nur für die reichen Kosaken, nicht für die Armen und die Bauern.«

Das entsprach den Tatsachen. Für Männer wie Bohdan, für Andrej und seinen Vater waren die Bedingungen fabelhaft, aber für die armen Bauern, die revoltiert hatten, weil Bohdan ihnen die Freiheit versprochen hatte, blieb nichts. Als Bohdan und sein Rat darauf angesprochen wurden, hieß die lapidare Äußerung: »Der Kosak soll ein Kosak bleiben und der Bauer ein Bauer.«

Dies rief großen Unmut hervor.

»Dafür habe ich nicht gekämpft«, meinte Stepan grimmig.

»Vollkommene Freiheit gibt es nicht; das ist eine Illusion«, gab Andrej zu bedenken.

Der andere schüttelte den Kopf. »Es ist keine Illusion, aber du hast Angst davor«, antwortete er nachdenklich.

»Ich weiß, daß es nicht möglich ist. Wer würde uns vor Angriffen schützen? Freiheit bedeutete für uns: wehrlos sein. Wir brauchen eine Autorität, eine große Macht.«

»Ich sehe, daß Verrat nur Böses nach sich zieht«, erwiderte Stepan.

Es zeigte sich innerhalb weniger Tage, daß er recht hatte. Die Bauern, zornig, weil sie sich verraten fühlten, machten wieder einen Aufstand; und nun war es der Kosakenrat – nicht die Polen –, der ein unverzügliches Niederschlagen anordnete. Die Befehle waren schon ergangen. Andrej wußte: Dies war das Ende der Freundschaft mit Stepan.

Auch Stepan war dabei, sich auf den Weg zu machen. Wenn er ihn auch nur schroff begrüßte, spürte Andrej doch, daß Stepan auf ihn gewartet hatte. Sein Pferd war gesattelt, seine geringe Habe auf ein Lasttier gepackt.

»Du hast den Befehl also gehört?«

»Ja.«

»Du gehst?«

»Natürlich. Ich möchte damit nichts zu tun haben.«

Andrej seufzte. »Du gehst an den Don zurück?«

»Vielleicht.«

Andrej sah sich erstaunt um. »Wo sind deine polnischen Pferde, all deine Beute?«

»Ich habe sie an Bauern verschenkt. Sie brauchten das Geld nötiger als ich.«

»Aber was ist mit deinem Hof am Don?«

»Vielleicht gehe ich gar nicht zurück.«

»Die Menschen sind frei dort, auch wenn es nicht die Ukraine ist. Dorthin gehörst du.«

Eine Zeitlang schwieg Stepan. Es war, als gebe es da noch etwas, worüber er lange nachgegrübelt hatte. Langsam schüttelte er den Kopf. »Menschen sind niemals frei«, murmelte er schließlich. »Nicht, wenn sie von ihren eigenen Wünschen regiert werden ... Vielleicht werde ich Priester.«

»Ein Priester?«

»Oder Mönch. Aber noch nicht jetzt. Ich bin unwürdig.«

»Werde ich dich irgendwann wiedersehen?« fragte Andrej.

»Kann sein. Kann auch nicht sein.« Stepan sah zu seinem Pferd hin. »Ich muß fort.«

Andrej umarmte ihn. »Leb wohl, mein Bär! Gott sei mit dir.« Er würde ihn wohl nie wiedersehen.

1653

An einem klirrend kalten Frühlingsmorgen ritt Andrej mit anderen Abgesandten nach Norden. Sie wollten in Bohdans Auftrag den Zaren aufsuchen. Die gegenwärtige Mission war die wichtigste in Andrejs bisheriger Karriere. Die Botschaften des Hetman, die die Gruppe bei sich hatte, sollten die Ukraine retten. Alles deutete auf eine Krise hin. Polen war nun nicht einmal mit einem Teilstaat der Kosaken einverstanden. Weder die katholische noch die unierte Kirche wollten den Erfolg der Orthodoxen im Kiever Land dulden. Die Großgrundbesitzer wollten ihre Ländereien zurück; der Kleinadel, die polnische Aristokratie und jeder steuerzahlende Pole waren empört über das starke Anwachsen des Kosakenregisters und über die große Zahl von Kosaken, die annehmen mochten, der Staatenbund habe ihnen Gehälter zu bezahlen. Bald gab es wieder Kämpfe. Die Polen integrierten eine hohe Zahl von deutschen Söldnern in ihre Streitkräfte. Bohdans Macht wurde geschwächt. Juden wanderten zurück ins ukrainische Land. Außerdem hatten zweimal große Gruppen von Kosaken die Grenze nach Rußland überschritten, und man hatte ihnen Asyl gewährt.

Was also sollte der Hetman der Kosaken tun? Er ist doch ein schlauer Fuchs, sagte sich Andrej oft und dachte daran, daß Bohdan gleichzeitig mit dem Sultan, den Tataren, dem Zaren und den Polen verhandeln konnte. Mit jedem Jahr wurde es allerdings deutlicher, daß die einzige Hoffnung der Kosaken im Norden und Süden, in Rußland, lag. Nur der Zar würde den orthodoxen Glauben anerkennen; nur er konnte die Ukraine gegen das mächtige Polen schützen.

Doch Rußland zeigte sich nicht gewillt. Es hatte eigene Schwierigkeiten. Keinesfalls wollte es einen kostspieligen Krieg mit den Polen riskieren, indem es die Ukraine anerkannte.

In diesem Frühling nun hatte Polen erneut ein großes Heer ausgesandt, um die Ukraine in ihre Schranken zu weisen. Und wieder wandte der Hetman sich um Hilfe an Moskau; vielleicht lagen die Dinge jetzt anders.

»Bisher bietet man uns zwar nichts als Almosen an«, sagte der Hetman zu Andrej, als er ihm die Schreiben übergab. »Aber ich sehe noch einen Weg, die Leute dort umzustimmen.«

Andrej nickt. »Die Kirche?«

»Genau. Es gibt mächtige Männer in der Kirche und auch unter den Bojaren, die meinen, sie müßten ihre orthodoxen Glaubensbrüder in der Ukraine unterstützen. Außerdem gewinnen sie an Macht.« Er lächelte breit. »Unsere ukrainischen Priester sind besser ausgebildet als die russischen. Ich habe gehört, daß der neue Patriarch mehr von ihnen in sein Land holen will, damit sie seine Priester auf einen höheren Wissensstand bringen. Dafür sollen sie bezahlen. Ich sagte ihm, ich sei bereit, die Ukraine dem Sultan zu überlassen. Natürlich weiß ich, daß unsere Leute das nicht wollen, weil die Türken Moslems sind, aber die orthodoxen Russen wollen es noch viel weniger.«

Bohdan hatte den Abgesandten drei Schreiben mitgegeben: eines für den Zaren, ein zweites für seinen Ratgeber, den Bojaren Mozorov, und ein drittes für den Moskauer Patriarchen.

»Schickt mir sofort einen Boten mit der Nachricht, wie ihr empfangen worden seid. Falls die Lage vielversprechend aussieht, bleibt in Moskau – und haltet die Augen offen.«

Zwei Kosaken führten die Abgesandten an: Kondrat Burlaj und Silvian Muzhilovskij. Andrej fungierte als Berater. Rasch legten sie ihren Weg östlich vom Dnjepr durch sich allmählich lichtende Wälder zurück, bis sie sich endlich auf die offene Steppe wagten. Der Winter war lang und hart gewesen, der Boden immer noch gefroren.

Es war eine merkwürdige Grenzregion. »In alten Zeiten verlief die russische Befestigungslinie gegen die Tataren viel weiter nördlich, fast an der Oka. Jetzt eben haben sie eine neue Linie gezogen. Sie zieht sich genau durch die Steppe«, erklärte Burlaj.

Am nächsten Tag gelangten sie dorthin. Andrej war sprachlos. Das also war die Macht des Moskauer Reiches!

Die sogenannte Belgorodlinie des Moskauer Staates verlief über die Steppe von der befestigten Stadt Belgorod bis hin zur fernen Wolga im unwirtlichen Gebiet am Kaspischen Meer. Riesige Erdwälle mit Gräben davor, Holzpalisaden als Krönung, wehrhafte Türme mit spitzen, nach außen gerichteten Holzpfählen hoch oben – so sah die machtvolle Barriere gegen den Krim-Khan aus.

Als der junge Kosak auf diesen ungeheuren Wall blickte, hatte er zum erstenmal eine Ahnung vom wahren Rang des russischen Staates. Diese Menschen waren anders als die Polen, das wurde ihm plötzlich bewußt. Die Polen würden so etwas nie errichten. Sie waren eine Ansammlung von hohen Herren, die alle nur das Ziel hatten, in den reichen Grenzländern kräftig Profit zu machen, um in ihren europäischen Palästen im Westen ein angenehmes Leben führen zu können. Diese kolossale Befestigung dagegen war das Werk eines einzigen mächtigen Herrschers.

Die kleine Gruppe ließ die Grenzwälle hinter sich und befand sich nun in der großen Festung des russischen Staates. Andrej bemerkte die Veränderungen: Die Häuser waren massiver gebaut. Es wurde kälter, und die Schneedecke war höher. Andrej fühlte sich seltsam bedrückt auf diesem Ritt nach Norden.

Der Wald wurde dichter und dunkler. Ab und zu kamen die Reiter durch Ortschaften, in denen die Leute Pottasche herstellten. Hier, so fand der Kosak, machten die Menschen einen gesunden Eindruck. In den übrigen Dörfern war das nicht der Fall.

»Es ist der dritte Winter, der einfach zu lange gedauert hat«, erzählten die Bewohner. »Selbst in guten Jahren kommen wir gerade zurecht, aber bei diesen schlechten Ernten werden wir nächstes Jahr wohl verhungern müssen.«

»Aber Eure Felder sind groß. Damit müßtet Ihr auch in schlechten Jahren auskommen«, rief Andrej.

»Ihr müßt wissen, daß wir für jedes Maß, das wir säen, bei der Ernte nur drei herausholen können«, erklärte ein Bauer.

Ein Ertrag von drei zu eins! Ein miserables Ergebnis – für die reiche Ukraine unvorstellbar.

»Unser Land ist eben arm«, seufzte der Mann.

Und schlecht genutzt, hätte er hinzufügen können. Diese Ernte entsprach dem Ertrag, den die Bauern in Westeuropa bereits tausend Jahre zuvor erwirtschaftet hatten.

Die Gesandten befanden sich etwa fünfzig Meilen unterhalb der großen, ostwärts gerichteten Schleife der Oka, als sie auf die alte Grenzlinie trafen. Wenn auch nicht so beeindruckend wie die neue Belgorodlinie, so war sie doch eine Demonstration der unglaublichen Macht des Moskauer Reiches. Die hölzernen Befestigungen und Palisaden waren immer noch intakt.

Unmittelbar hinter dieser Linie erreichten die Reisenden die weithin gestreckte Industriestadt Tula. Andrej hatte solch eine Stadt noch nie gesehen. Aus den langen, soliden Häusern aus Holz oder Backstein klang das Geräusch von Hämmern.

»Der ganze Ort kommt mir vor wie eine einzige Waffenschmiede«, meinte er.

Am eindrucksvollsten waren die großen, abweisenden Gebäude, aus deren Kaminen unaufhörlich Rauch quoll: Sie enthielten die Hochöfen. Es waren die ersten dieser Art in Rußland. Sie wurden von der holländischen Familie Vinius betrieben, und man hatte sie in Tula wegen der Eisenerzvorkommen in dieser Gegend errichtet. Außerdem wurde überall im Ort jede Art von Kriegsgerät hergestellt.

»Nur in Moskau werden mehr Waffen produziert«, erklärte Burlaj. »Es heißt, daß die Romanov-Zaren ständig Ausländer einschleusen, weil diese als einzige genau wissen, wie man mit den neuen Maschinen richtig umgeht.«

Geschütze, Musketen, Spieße und Schwerter – Andrej sah Wagenladungen davon. Als Soldat war er durchaus beeindruckt, und doch war ihm dieser große, rauchgeschwärzte Ort unheimlich. Er war froh, als sie schließlich wieder auf dem Weg nach Moskau waren.

Obwohl die vorösterliche Fastenzeit bereits begonnen hatte, lag die Stadt Moskau noch unter einem schweren, eintönig grauen Winterhimmel. Der Schnee auf den Straßen war nicht weggeräumt worden, und auch die Dächer waren schneebedeckt. Doch es gab Farbtupfer. Goldene, silberne oder buntbemalte Kirchenkuppeln ragten empor. Auf der Straße begegnete man Edelleuten in weiten, pelzbesetzten Umhängen in Rot oder Blau. Darunter kam vielleicht kostbarer Brokat zum Vorschein. Die Patrouillen der Musketiere, die Strelitzen, liefen in der Zitadelle in roten Mänteln und mit glänzenden Speeren umher. Selbst die einfachen Frauen trugen farbige Tücher um den Kopf geschlungen.

Andrej befand sich in einem Zustand glücklicher Erregung. Es war eine großartige Erfahrung für den jungen Kosaken, in der mächtigen Hauptstadt so herzlich empfangen worden zu sein.

Als sie ihre Schreiben im Kreml abgegeben hatten, ließen der Zar und die Bojaren durch einen hohen Funktionär wissen, daß man ihnen wohlgesinnt sei. Und auf dem Weg zum Palast des Patriarchen an der Ilinkastraße erfuhren sie, daß der Kirchenfürst ihnen in wenigen Tagen eine Privataudienz gewähren werde.

Manchmal wanderte Andrej durch die Vorstädte, zwischen dunkelbraunen, soliden Holzhäusern, deren Dächer noch reichlich von Schnee bedeckt waren. Er hatte den Eindruck, an jeder Ecke stehe eine Kirche. Und über der Stadt hing endloses Glockengeläute.

Wahrlich, dies war die Hauptstadt, die nördliche Festung der orthodoxen Kirche. Aber welche Kontraste gab es in Moskau! Andrej hatte schon früher gehört, daß die Bewohner sich der Hurerei ergäben und auch dem Trunk. Tatsächlich sah er viele Betrunkene, die in der Dämmerung hilflos auf den eisigen Straßen lagen. Andererseits gab es auch Massen von Männern und Frauen, die in feierlichem Zug zum Gebet in die Kirchen strömten. Und wie sie beteten! Stundenlang harrten sie stehend aus. Da herrschte ein gemeinschaftlicher Glaubenseifer, dem Andrej in der Ukraine nicht begegnet war.

Außerdem sah er ziemlich viele Ausländer hier, und jeder Fremde trug seine heimatliche Tracht. Einige waren Kaufleute, doch die meisten schienen Soldaten zu sein.

Gegen Ende der ersten Woche seines Aufenthalts schloß Andrej eine neue Freundschaft. Er wollte die Kathedralen des Kreml besichtigen. Als er aus seiner Wohnung auf die Straße trat, eilte ein junges Mädchen so nah an ihm vorbei, daß sie fast zusammengestoßen wären. Sie konnte nicht älter als fünfzehn sein, trug einen langen, rosafarbenen Umhang mit Pelzbesatz, einen hohen, zylinderförmigen Pelzhut; ihre Hände steckten in einem Muff. Sie ist sehr hübsch, dachte er, als ihr junges Gesicht in der beißend kalten Luft leuchtete.

Bevor Andrej seine Gedanken wieder geordnet hatte, war sie verschwunden. Er hatte gerade noch ihren goldblonden Zopf bewundern können, der ihr auf dem Rücken hing.

Lächelnd sagte er sich: Wenn meine Arbeit hier getan ist, wird es Zeit, ans Heiraten zu denken. Vielleicht nehme ich eines von diesen hübschen russischen Mädchen mit.

Als er am Palast vorbei in den Kreml ging, blieb er einen Augenblick unter dem Fenster des Terem-Palastes stehen, wo einer der Strelitzen die Bittschriften der Leute entgegennahm. Jeder, selbst der kleinste Bauer, konnte hier ein Schreiben in die dafür vorgesehene Schachtel legen und sicher sein, daß es unverzüglich ins Privatsekretariat des Zaren in dem berühmten goldenen Zimmer gebracht und wahrscheinlich dem Herrscher selbst vorgelesen wurde. Der mächtige Autokrat war wie ein Vater für sein Volk, und ein liebevoller obendrein. Andrej hatte schon allerlei über die Güte des jungen Zaren gehört: daß er die Gefängnisse persönlich besuchte, den armen Burschen Mäntel aus Schaffell schenkte, ihnen die Freiheit gab, indem er ihre Schulden bezahlte.

Andrej wandte sich soeben den Kathedralen zu, als er eine sympathische Stimme hinter sich hörte: »Wenn das nicht mein Freund, der Kosak, ist!«

Als er sich umsah, stand da ein junger Mann in einem Bibermantel und lächelte ihn an. Andrej überlegte einen Moment, dann fiel ihm ein, daß er ihn im Regierungsbüro gesehen hatte, wo sie ihre Schreiben übergeben hatten. Es war der junge Sekretär, der sie begrüßt und zum Hauptsekretär gebracht hatte, der die nötigen Gespräche mit ihnen führte.

Der angenehme junge Mann hatte etwa Andrejs Alter. Seine Haut war elfenbeinfarben, und die breite Stirn wurde von dichten schwarzen Lokken gekrönt, die in der Mitte gescheitelt und sorgfältig nach hinten gebürstet waren. Die hohen Backenknochen und die schräg stehenden Augen ließen auf türkische oder Tatarenvorfahren schließen. Er stellte sich als Nikita, Sohn des Ivan Bobrov, vor und machte Andrej einen Vorschlag: »Besucht mich heute in meiner Wohnung. Da plaudert es sich besser.«

Andrej nahm gern an, und sie verabredeten sich für den Nachmittag.

Nikita Bobrovs Wohnung bestand aus drei Räumen im Obergeschoß eines soliden Holzhauses, das einem Kaufmann gehörte.

Andrej traf seinen Gastgeber nicht allein an. An einer Seite des Wohnzimmers stand ein Mann in mittleren Jahren in einem dicken Schaffell, am anderen Ende eine plumpe Frau. Das Gesicht der Jüngeren neben ihr konnte Andrej in dem Dämmerlicht nicht erkennen.

Der Mann im Schafspelz war mittelgroß, sein mürrisches, vielleicht einmal blasses Gesicht war fleckig. Er hatte kleine dunkle Augen. Sein Haar war in der Mitte gescheitelt und ging unmittelbar in den wallenden Bart über. Er schien ein kleiner Händler zu sein, und offenbar war er im Augenblick sehr ärgerlich.

Nikita entschuldigte sich bei Andrej, um ein paar abschließende Worte an den Mann zu richten: »Wir haben genug geredet, Ivan. Mein Entschluß steht fest. Du siehst doch selbst, daß Elena ein verletztes Bein hat und Maria als Hilfe braucht. Sie kann ja nicht einmal auf den Markt gehen. Du wirst doch nichts dagegen haben, daß deine Frau ihrer Mutter zur Hand geht. Du wirst jetzt allein zurückreisen und nach Ostern mit dem fehlenden Pachtgeld wiederkommen, oder ich lasse dich auspeitschen.«

Der Mann warf den beiden Frauen finstere Blicke zu, legte jedoch widerstrebend seine Hand aufs Herz und verneigte sich tief vor Nikita, bevor er den Raum verließ. Andrej glaubte ein leises Lachen von der jüngeren Frau zu vernehmen, doch sogleich verschwanden die beiden Frauen im angrenzenden Zimmer.

»Mein Verwalter«, erklärte Nikita lächelnd. »Ein schwieriger Bursche.« Er deutete auf zwei Bänke am Fenster, und sie nahmen Platz. »Ich habe mir nämlich eine Witwe aus meinem Dorf als Haushälterin mitgebracht, um den teueren Lohn für Bedienstete in Moskau zu sparen. Nun habe ich die Familienstreitigkeiten am Hals«, meinte er bedauernd. »Aber laßt uns von etwas anderem sprechen.«

Andrej und sein Gastgeber hatten einiges gemeinsam. Nikitas Mutter, die aus Smolensk stammte, war Polin, und ihr verdankte er es, daß er früh schon Lesen und Schreiben und einigermaßen Latein gelernt hatte. Er kannte sogar ein paar Geschichten vom polnischen Hof. Diese Bildungsstufe war in Rußland noch sehr selten. Um so erfreuter war der junge Sekretär, jemanden seines Alters mit ähnlichem Wissen zu begegnen.

»Ihr seid zur rechten Zeit gekommen und habt Eure Schreiben den richtigen Leuten übergeben«, versicherte Nikita. »Der Zar und der Bojar Morozov sind Eure Freunde, und das ist wichtig. Das Volk haßt Morozov, weil er einen silberbeschlagenen Wagen hat und die Steuern auf Brot und Salz kräftig erhöht hat, aber er ist mächtig. Seine Frau und die Gemahlin des Zaren sind Schwestern, und ihre Familie, die Miloslavskijs, haben einen Großteil des Hofes unter ihren Einfluß gebracht.«

»Aber wir haben den Zaren schon früher um Schutz gebeten, und nichts ist geschehen«, sagte Andrej.

»Das mag sein, aber die Dinge haben sich geändert. Als Ihr Eure erste Bittschrift gesandt habt, traf sie mitten in einem Volksaufstand ein. Die Vorstädte standen großenteils in Flammen, und Morozov hätte beinahe sein Leben verloren. Moskau war noch nicht in der Lage, eine Verpflichtung einzugehen, die das Risiko eines Krieges mit Polen einschloß. Aber jetzt sind wir stärker, und der Zar hat alles fest in der Hand.«

»Was ist mit der Kirche?« fragte Andrej.

»Die Kirche will Einheit. Ihr wißt, daß der Patriarch von Jerusalem selbst nach Moskau kam, um Euren Fall vorzutragen. Und wir schätzen bereits Eure ukrainischen Gelehrten; doch Euer bester und mächtigster

Freund ist der neue Patriarch von Moskau.« Nikita senkte die Stimme respektvoll: »Patriarch Nikon.«

Es war Andrej aufgefallen, daß die Leute bereits mit Ehrfurcht von diesem Patriarchen sprachen, obwohl er erst seit einem Jahr im Amt war.

»Es heißt, er sei vielleicht ein neuer Filaret«, fuhr Nikita fort. Als nämlich vierzig Jahre zuvor der liebenswerte Michail Romanov vom *zemskij sobor* zum ersten Zaren der neuen Dynastie gewählt worden war, hatte der gestrenge Patriarch Filaret praktisch den Staat für ihn regiert. Konnte denn dieser neue Patriarch, der, wie Andrej wußte, bescheidener Herkunft war, wirklich so mächtig sein?

»Wartet, bis Ihr ihn seht«, meinte Nikita nur.

Nikons Ambitionen waren scheinbar schlicht. Er wollte, daß Moskau als den fünf Patriarchaten der orthodoxen Kirche ebenbürtig, wenn nicht sogar als höchstes anerkannt würde. Auch brauchten sie mehr Heilige. Erst ein Jahr zuvor war der Leichnam des Metropoliten Filipp, den Ivan der Schreckliche hatte ermorden lassen, feierlich nach Moskau zurückgebracht worden und wurde nun in der Kremlkirche verehrt. Nikon wußte auch, daß die russische Kirche rückständig, ihre Texte verfälscht, ihre Gelehrsamkeit gering war. Er wollte dies alles ändern und, zusammen mit der Ukraine, das alte Land der Rus zu einem mächtigen Bollwerk gegen die katholische Religion und die übrigen Religionen des Westens machen.

»Gibt es eine Opposition dagegen?«

»Eine kleine Gruppe älterer Glaubenseiferer ist nicht damit einverstanden. Sie lehnen jede Veränderung ab.« Nikita lachte. »Aber Nikon ist sehr mächtig, und er wird mit jeder Opposition kurzen Prozeß machen. Und dann wird Moskau wirklich das Dritte Rom«, fügte er begeistert hinzu.

Sie wurden kurz unterbrochen, als die ältere der beiden Frauen hereinkam und wortlos das Essen auf den Tisch stellte. Es war ein bescheidenes Mahl: Fisch, verschiedene Gemüse, eine Art Pfefferkuchen, den sie wegen der Fastenzeit ohne Eier oder Milch zubereitet hatte. Als Getränk gestattete Nikita sich Wodka, nun das bevorzugte Getränk der oberen Schicht in Nordrußland.

Sie setzten sich an den Tisch. Sogleich goß Nikita jedem von ihnen reichlich Wodka ein. Und auf Andrejs Bitte erzählte er von sich.

»Ich bin ein kleiner Landbesitzer«, begann Nikita. »Mein Familie gehörte dem Dienstadel lange Zeit an; man nannte uns Bojarenkinder. Unser kleiner Besitz liegt in der Gegend von Vladimir. Aber ich hoffe nach oben zu kommen.« Der nächste Schritt werde hoffentlich die Zugehörigkeit zu der ausgesuchten, sogenannten Moskauer Aristokratie sein, die Ivan der

Schreckliche mit seinen tausend ausgewählten Gefolgsleuten begründet hatte. »Und wer weiß, was dann kommt? Leute wie ich sind schon Bojaren geworden – der höchste Rang überhaupt. Da meine Mutter mich Polnisch gelehrt hat, wurde ich für diese Aufgabe in meiner Abteilung bestimmt«, fügte er hinzu. »Wir sind speziell für die Angelegenheiten der Kosaken zuständig.«

Andrej wußte, daß das Zentralamt der Regierung, der *prikaz*, eine Behörde war, in der man im Dienste des Zaren vorwärtskommen konnte, und er wollte noch mehr darüber erfahren. Doch was er nun zu hören bekam, verwirrte ihn mehr und mehr. Offenbar hatte Nikitas *prikaz* neben den Kosaken-Angelegenheiten auch mit der Honigproduktion, den Falken des Zaren und verschiedenen anderen Aufgaben zu tun.

»Alle *prikaz* in Moskau sind gleich«, erklärte der junge Sekretär.« Jede Abteilung ist entstanden, weil man sich mit einer bestimmten Materie zu beschäftigen hatte; und wenn etwas Neues auftaucht, wird es demjenigen übertragen, der gerade frei ist. Es gibt mindestens noch drei weitere Abteilungen, die sich mit euch Kosaken befassen.«

»Ist das nicht verwirrend?«

»Nur solange man nicht Bescheid weiß. Aber es ist auch ganz nützlich, versteht Ihr? Man muß versuchen, seine Finger möglichst überall drinzuhaben.« Andrej schwirrte der Kopf, als Nikita ihm die hoffnungslos verworrene russische Bürokratie zu erläutern versuchte, und er erkundigte sich lieber nach den vielen Ausländern in Moskau.

»Diese verdammten Fremden!« schimpfte Nikita. »Leider brauchen wir sie. Fast immer in unserer Geschichte waren die Reitervölker unsere Feinde, meistens die aus dem Osten. Meine Vorfahren wußten, wie man gegen Tataren zu kämpfen hatte. Nun aber haben wir mächtigere Völker gegen uns: die Deutschen, die Schweden, die Kräfte oben in den baltischen Ländern. Wir würden gern deren Handel beherrschen, doch jene Menschen haben Kenntnisse und militärische Erfahrung, die wir nicht besitzen. Der Zar ist auf holländische und deutsche Techniker angewiesen, auf schottische Söldner, englische Abenteurer. Sie wissen, wie man eine gute ausgebildete Infanterie bekämpft. Sie kennen sich mit der Belagerungstaktik und der modernen Artillerie aus.«

»Wie steht es mit den Strelitzen?« Andrej hatte viel von diesen sagenumwobenen Musketieren gehört.

»Sie waren gut zur Zeit Ivans des Schrecklichen. Heute sind sie hoffnungslos rückständig, was Taktik und Waffen anbelangt. Wir müssen bescheiden werden und vom Westen lernen, mein Freund.«

Diese Gedanken schienen Nikita zu deprimieren und machten auch

Andrej nachdenklich: Er hatte sich doch manches anders vorgestellt. Nikita schenkte Wodka nach, und schon hellte sich seine Miene auf. »Haben wir erst einmal ihre verdammte westliche Technik gelernt, dann werfen wir sie alle hinaus!«

»Oh, darauf trinke ich«, meinte Andrej zustimmend.

Wenn sie Genaueres über die Schwächen des Moskauer Reiches gewußt hätten, hätten sie einander wohl nicht so fröhlich zugeprostet. Im Grunde kannte niemand in Moskau, nicht einmal die adlige Elite, jene jahrhundertealte Kultur genau, die sich in diesen unbequemen westlichen Nachbarn repräsentierte. Sie hatten keine Ahnung von den bedeutenden philosophischen Diskussionen des Mittelalters, von den Entwicklungen der Renaissance hatten sie kaum je gehört; sie hatten nicht das geringste Interesse am allmählichen Entstehen einer vielschichtigen politischen und wirtschaftlichen Gesellschaft in Westeuropa. Und so konnten sie auch nicht wissen, daß Rußland zu diesem Zeitpunkt in seiner Entwicklung viele Jahrhunderte hinter dem Westen zurücklag. Die Russen nahmen lediglich die militärische Macht des Westens zur Kenntnis und glaubten, sie brauchten sie nur zu kopieren, und schon hätten sie alles Notwendige entdeckt. So griffen sie nicht nach dem Wesentlichen, sondern nur nach Schattengebilden.

»Was hältst du von den ausländischen Kaufleuten?« fragte Andrej.

Nikita zuckte die Achseln. »Sie sind alle Ketzer. Der Patriarch Nikon weiß, wie man mit ihnen umzugehen hat. Sie fallen deshalb auf, weil er sie gezwungen hat, ihre Nationaltrachten zu tragen – so können sie sich nicht verstecken. Wißt Ihr, daß sie nicht mehr in der Innenstadt wohnen dürfen?«

Andrej hatte von der »deutschen Vorstadt« gehört; die verächtliche russische Bezeichnung bedeutete »Dreckloch«. Sie lag außerhalb der Stadt.

»Ich sehe auch keine Juden.«

»Nein. Der Zar will sie nicht hier haben. Aber es gibt noch Angehörige eines anderen Volkes, die von hier verbannt sind, zumindest aus der Hauptstadt: die Engländer!«

»Sind sie auch Ketzer?«

»Viel schlimmer. Wußtet Ihr das nicht? Vor knapp vier Jahren haben sie ihren eigenen König, Charles I., geköpft.« Auf Nikitas Gesicht zeigte sich blanke Verachtung. »Sie sind noch schlimmer als die Polen. Gott sei Dank – wir wissen, daß wir die Knechte des Zaren sind.«

Schon mehrmals waren Andrej ähnliche Worte zu Ohren gekommen. Die einfachen Leute bezeichneten sich als Waisenkinder des Zaren, und

Leute von Rang waren anscheinend außerordentlich stolz, als Knechte des Zaren zu gelten.

Andrej ging. Als er sich nach ein paar Schritten nochmals nach dem Haus umsah, entdeckte er die jüngere Frau an einem geöffneten Fenster. Sie war etwa in seinem Alter, hatte ein hübsches, ebenmäßiges Gesicht mit hellen Sommersprossen. Er konnte nur ihren schmalen Oberkörper sehen. Ein reizvolles Mädchen, dachte er.

Sie beobachtete ihn. Er lächelte ihr zu, sie lächelte ebenfalls und zog sich dann rasch vom Fenster zurück.

Es war vielleicht nicht der reine Zufall, daß Andrej am nächsten Tag über den kleinen Markt in der Nähe von Nikitas Wohnung schlenderte. Bald kamen das Mädchen und ihre Mutter des Weges. Andrej bemerkte, daß diese entgegen Nikitas Aussage so gut wie gar nicht hinkte.

Als sie ihn sahen, grüßten sie höflich. Beim Näherkommen stellte er fest, daß das eine Auge des Mädchens blau zugeschwollen war.

Andrej verwickelte die ältere Frau in ein Gespräch, was sie offensichtlich genoß. Dabei hatte er Gelegenheit, das Mädchen ausgiebig zu mustern. Sie hatte etwas Fröhliches, Leichtfüßiges an sich, das ihn an Anna erinnerte. Er versuchte, der älteren Frau zuzuhören. Plötzlich stutzte er. Die Frau hatte gerade erzählt, daß sie aus einer Stadt in Russka stamme.

Er fragte sie nach Einzelheiten, und sie beschrieb den Ort. Es gab keinen Zweifel: Der Besitz seines neuen Freundes war zweifellos der Hof, von dem sein Großvater Karp einst geflüchtet war.

Lächelnd dachte Andrej, daß er selbst, hätte der Großvater das nicht getan, jetzt einer der Bauern aus Russka sein könnte und nicht ein Kosak, der von Nikita in sein Haus eingeladen wurde.

Schließlich verabschiedeten sie sich. Andrej hatte wohl bemerkt, daß auch das Mädchen ihn interessiert betrachtet hatte. Er war daher nicht weiter verwundert, daß er ihr am folgenden Tag in der Nähe seiner Wohnung auf der Straße begegnete. Sie trat lächelnd auf ihn zu. Trotz der dunklen Stelle um das Auge sah sie fröhlich, sogar strahlend aus.

»Ach, Herr Kosak, darf ich mit Euch gehen?«

Die meisten Frauen auf der Straße gaben sich sehr zurückhaltend. Selbst wenn sie einen Kopfputz trugen, schlangen sie noch einen Schal darüber, den sie unter dem Kinn verknoteten. Doch trotz ihres Schals und des langen, fadenscheinigen Umhangs war etwas in ihrem leichten, fast tänzelnden Schritt, der ihn an die freien, selbstbewußten Mädchen des Südens erinnerte.

»Nennt mich doch Marjuschka«, sagte sie. Das war die Koseform von »Maria«.

»Nun, Marjuschka, erzählt mir etwas von Euch. Warum habt Ihr ein blaues Auge?«

Sie lachte. »Das müßt Ihr eine verheiratete Frau niemals fragen«, antwortete sie, dann fuhr sie mit einem Seufzer fort: »Man sagt, es liege an meinem Charakter.«

Ihre Geschichte war kurz, aber ungewöhnlich. Als sie jünger war, wollte sie nicht heiraten. »Es gab einen Jungen in Russka«, sie lachte wieder, »der sah gut aus! Aber er heiratete eine andere. Er wollte mich nicht. Und die anderen Jungen – na ja ... Meine Mutter redete jeden Tag auf mich ein: Heirate diesen, heirate jenen. Ich sagte: Nein, der ist zu klein. Nein, der ist zu groß. Also sagte sie, ich sei in böses Mädchen.«

»Da habt Ihr den Verwalter geheiratet? Den Mann, den ich bei Bobrov gesehen habe?«

»Seine Frau ist gestorben. Er sagte meiner Mutter, er werde mich schon zähmen.«

»Ihr habt Euch nicht geweigert?«

»Doch. Aber er ist der Verwalter. Er hätte uns das Leben zur Hölle machen können. So ist das eben. Ich habe geheiratet. Ich war schon alt, wißt Ihr. Fast zwanzig.«

»Und er schlägt Euch?«

Sie zuckte die Achseln. »Das gehört zum Verheiratetsein. Er schlägt mit der Faust. Manchmal entkomme ich ihm, aber er ist sehr schnell.«

Andrej hatte gehört, daß die Frauen in Nordrußland von ihren Männern sehr schlecht behandelt werden. Die Kosakenmädchen hatten unter so etwas nicht zu leiden.

»Was sagt denn Eure Mutter dazu?«

»Zuerst hat sie gesagt: Gehorche ihm, und sei nicht eigensinnig, dann schlägt er dich nicht. Dann sagte sie: Du mußt alles tun, damit er dich liebt. Du mußt Kinder bekommen.« Das Mädchen zuckte wieder die Achseln. »Wißt ihr, was sie jetzt sagt? Sie sagt: Männer sind abscheulich, aber dagegen kann man nichts machen.«

»Und wie seid Ihr nach Moskau gekommen?«

»Ach, ich habe ihn hinters Licht geführt. Er mußte unserem Herrn die Pacht abliefern. Also habe ich gesagt: Nimm mich mit nach Moskau, und ich tue alles, was du willst. Als wir dann hier waren, habe ich zu meiner Mutter gesagt: Du mußt mich hierbehalten. Ich ertrage es nicht länger. Also hat sie so getan, als habe sie ihren Fuß verletzt, und der Herr hat meinen Mann ohne mich nach Russka geschickt.« Sie lachte fröhlich. »Seht«, rief sie plötzlich, »da ist eine Kirche. Gehen wir hinein, und beten wir!«

Noch bevor sie an diesem Tag auseinandergingen, hatte Andrej bei sich beschlossen, daß es Zeit sei zu heiraten. Ob Marjuschka die Richtige war?

Wegen seiner Geschäfte mußte er sie jedoch einige Tage aus seinen Gedanken verbannen. Am dritten Tag hatte er ein seltsames Erlebnis. Er kam aus der Weißen Stadt und bog um eine Ecke, als er einen Wagen sah, den eine Bande mitten auf der Straße angehalten hatte und nun attackierte. Die Bande wurde von zwei Priestern angeführt.

»Was ist hier los?« fragte er einen der Umstehenden.

»Das sind Glaubensfanatiker«, grinste dieser. »Und sie haben gefunden, was sie suchten.«

Die Bande holte eine Laute, eine Balalaika und andere Musikinstrumente aus dem Wagen.

»Feuer!« schrie einer der Priester. »Verbrennt das Satanswerk!« Kurz darauf stand der Wagen in Flammen. Die inzwischen versammelten Zuschauer gaben lauthals ihre Zustimmung.

Welch ein Land war das, wo Priester Musikinstrumente verbrannten? Andrej öffnete den Mund, um einen Fluch auszustoßen, da spürte er eine Hand auf seinen Lippen, eine Frauenhand. Und schon hörte er eine bekannte Stimme, die über seine Schulter flüsterte.

»Seid vorsichtig, Kosak.« Marjuschka fuhr mit den Fingerspitzen über seine Lippen. »Ist Euch denn nicht klar, Herr Kosak, daß in der Menge Lauscher sind?« fragte sie leise. »Sie erzählen es den Priestern, wenn sie Euch fluchen hören.«

»Und dann?«

Sie zuckte die Achseln. »Wer weiß? Vielleicht die Knute.« Die russische Lederpeitsche war ein fürchterliches Strafwerkzeug.

»Sind diese Glaubensfanatiker so streng, daß sie Musikinstrumente verbrennen und Fluchen mit der Knute bestrafen?«

»Aber ja. Sie sind fest entschlossen, uns Russen von der Hurerei und dem Trunk zu heilen. Jede Art von Vergnügen ist verboten.« Sie lachte.

Andrej runzelte die Stirn. War dieser unnachsichtige Glaubensfanatismus jene Orthodoxie, für die er kämpfte?

»Ist jemand in Eurer Wohnung?« fragte Marjuschka.

Andrej wußte, daß niemand dort war. »Was ist, wenn man uns erwischt? Die Knute?«

Sie lächelte. »Niemand wird uns entdecken.«

Am nächsten Tag schien die Frühlingssonne am blauen Himmel. Mittags setzte Tauwetter ein. Der Winter ging zu Ende. Die graubraunen Straßen waren aufgeweicht. Fadendünne Eiszapfen hingen von den glänzenden Dachtraufen. Auf den Straßen standen Pfützen.

Draußen war Frühling, und drinnen tauschten Andrej und das Mädchen leidenschaftliche Zärtlichkeiten aus. Marjuschkas Körper war schlank und zugleich kräftig. Helle Sommersprossen sprenkelten ihre schlanken Beine und die kleinen Brüste.

Sie besuchte ihn nachmittags, und sie lagen auf seinem Bett in dem dämmerigen Raum, der von einem großen Ofen fast überheizt wurde. So verbrachten sie jeden Nachmittag, bis draußen die Dämmerung sich in Dunkelheit verwandelte. Außer gelegentlichen Schritten auf der Straße und dem leisen Zischen des heißen Ofens hörten sie nur das Tropfen der schmelzenden Eiszapfen an der Dachtraufe. Manchmal seufzte sie: »Bald wirst du weg sein, mein Kosak.«

»Denke nicht daran, mein Kätzchen.«

»Das sagst du so einfach. Du sitzt nicht in der Falle.«

Darauf wußte er nichts zu sagen.

»Manchmal wünsche ich mir, daß Ivan stirbt«, meinte sie nachdenklich. »Aber was wäre dann? Ich wüßte ja nicht einmal, wohin.« Dann lachte sie spöttisch. »Alles war so fein geregelt mit dem Sankt-Georgs-Tag, aber den gibt es nicht mehr.«

Andrej wußte davon. Vor kurzem war per Gesetz der Sankt-Georgs-Tag abgeschafft worden. Nun war der Kodex des derzeitigen Zaren Aleksej in Kraft getreten. Zuvor hatten die russischen Bauern, zumindest theoretisch, einmal im Jahr die Möglichkeit, den Herrn zu wechseln.

Doch der Dienstadel, die Leute mit bescheidenem Besitz, waren gegen diese Regelung. Da sie unablässig in Geldnot waren, brauchten sie billige Arbeitskräfte, um die Forderungen der Kirche und der Magnaten erfüllen zu können.

Alles in allem war der Dienstadel eine bedeutende Macht. Er hielt das Land in Ordnung; er konnte in jedem Ort Truppen ausheben. Kurz und gut – während im übrigen Europa das neue Zeitalter anbrach, hielt sich in dem rückständigen Moskauer Reich ein im wesentlichen feudaler Staat.

Die Aufstände von 1648, als die Verwaltung kurzzeitig die Kontrolle über Moskau verlor, hatten Aleksej bewußt gemacht, daß er sich der Loyalität des Dienstadels zu versichern habe. Das war ihm großartig gelungen. Im Jahre 1649 wurde das berühmte neue russische Gesetzbuch, das *ulozenie,* proklamiert. Einer der Punkte lautete, daß kein Bauer seines Herrn Land wegen eines anderen Herrn verlassen dürfe und daß ein Herr einen entlaufenen Bauern jederzeit zurückholen könne. Obendrein wurde festgesetzt, daß die niederen Klassen in den Städten sich ebensowenig frei bewegen durften.

Für die meisten Bauern in Sumpfloch änderten diese Gesetze kaum etwas an ihrem derzeitigen Leben, doch Marjuschka war sich darüber im klaren, daß ein Landbesitzer seine Bauern nun ohne weiteres wie Sklaven halten konnte.

Marjuschka, die eine Weile in Gedanken versunken dagesessen hatte, fuhr fort: »Dein junger Freund Bobrov besitzt mich, als wäre ich seine Sklavin. Wahrscheinlich kann er mich sogar verkaufen.« Sie lachte bitter. »Ihr Ukrainer revoltiert gegen die Polen. Dann wollt ihr ein Teil von Rußland werden. Unter dem türkischen Sultan wäret ihr besser daran!«

Dieser Gedanke war Andrej in letzter Zeit auch gekommen, aber er konnte nur antworten: »Der Sultan ist kein Orthodoxer.«

Am Sonntag vor Ostern sollten seine Zweifel zerstreut werden. Nikita hatte Andrej vorgeschlagen, ihn in die Mariä-Himmelfahrts-Kathedrale zu begleiten. Sie machten sich gemeinsam auf den Weg, in respektvollem Abstand gefolgt von Marjuschka und ihrer Mutter.

Auf dem Platz vor der Kremlmauer stand die Menge dicht gedrängt. Denn die Zeremonie des Palmsonntags war in Moskau ein außergewöhnliches Ereignis.

Von der Basilius-Kathedrale aus setzte sich die lange Prozession von Bojaren, hohen Beamten und Priestern in Bewegung und zog zu einer Tribüne auf dem Platz vor der Kremlmauer, wo ein Knabenchor Hymnen sang. Die Honoratioren trugen dicke Goldketten um den Hals, hohe Hüte und Mäntel aus Hermelin oder Schwarzfuchs. Die Bojaren waren mit herrlich bestickten Roben angetan, und die bärtigen Priester in ihren glitzernden, mit Gold und Edelsteinen bestückten Gewändern sahen geradezu imposant aus. Aufwendige, mit Edelsteinen besetzte Mitren zierten die Bischöfe.

Vier Pferde zogen einen Wagen, auf dem ein mit Früchten behangener Baum stand – das Symbol des Tages. Nun sanken zu beiden Seiten die Strelitzenwachen, in offener Formation auf dem Platz verteilt, in die Knie und berührten mit der Stirn den Boden. Zuletzt kam der Zar selbst, den Einzug Christi in Jerusalem nachvollziehend, demütig zu Fuß und führte einen Esel, auf dem die hohe Gestalt des Patriarchen saß.

An der kleinen Tribüne hielt der Zug an.

Nachdem der Zar einige Worte gesprochen hatte, setzte sich die Prozession wieder in Bewegung und betrat den Kreml durch das große Erlösertor. Der Zar begab sich zum Gebet in die Kathedrale.

Das muß der Idealstaat sein, dachte Andrej: ein Land, in dem kirchliche und weltliche Macht eine Einheit bilden. Die Russen nannten ihren Herrscher »frömmster, rechtgläubigster und sanftmütigster Zar«. Und hatte Andrej nicht soeben selbst gesehen, daß diese Bezeichnungen zutrafen?

Er ging mit Nikita in den Kreml. Es herrschte ein zu großes Gedränge, als daß sie in die Mariä-Himmelfahrts-Kathedrale hätten gehen können. So warteten sie draußen in der Hoffnung, noch mehr zu sehen.

Ihre Geduld wurde belohnt. Nach dem Gottesdienst trat unter Glockengeläut neben dem Zaren auch die wunderschöne Zarin unverschleiert aus der Kathedrale.

Es war ein unvergeßlicher Tag. Zugleich brachte er, zumindest für eine Woche, das Ende von Andrejs Affäre. Als Marjuschka ihm leise vorschlug, ihn am nächsten Tag zu besuchen, schüttelte er nur den Kopf. Sie blickte ihn ein wenig enttäuscht an, sagte jedoch nichts.

Die Karwoche verlief ruhig. Andrej hielt die Fastenregeln streng ein. Am Ende der wunderschönen Ostervigil im Kreml fühlte er sich sehr schwach und heiter zugleich. Am folgenden Morgen war er dabei, als der Zar die buntbemalten Ostereier feierlich an die Honoratioren und die Soldaten im Kreml verteilte.

Danach besuchte Andrej Nikita, um gemeinsam das Ende der Fastenzeit zu feiern. Es war ein fröhliches Fest. Blini, Honigkuchen, Pfefferkuchen und viele andere Köstlichkeiten wurden aufgetragen. Marjuschka und ihre Mutter bedienten die geladene Freundesschar. Andrej fühlte sich wie ein neuer Mensch.

Doch als sein Kopf angenehm umnebelt war von all dem Kwaß und Met und Wodka, verflüchtigten sich die asketischen Gedanken der vergangenen Woche alsbald; Andrej blickte hinüber zu Marjuschka, und er dachte mit Freuden, daß er nun bald wieder mit ihr schlafen würde.

Am Dienstag der »Hellen Woche«, wie die Woche nach Ostern in Moskau hieß, wurden die Kosaken endlich vom Patriarchen Nikon persönlich in seinem Palast empfangen. Erst jetzt, als er ihn aus der Nähe und ohne Mitra sah, wurde Andrej sich der beherrschenden Präsenz dieses Menschen bewußt.

Der Patriarch war ungewöhnlich groß und hager. Jahre des Gebets und des strengen Fastens hatte ihre Spuren in seinem schmalen Gesicht hinterlassen. Die Augen blickten forschend.

Der Patriarch behandelte die Kosaken bei aller Freundlichkeit durchaus geschäftsmäßig. »Wenn auch der Metropolit von Kiev genaugenommen im Rang unter dem Patriarchen von Konstantinopel steht«, sagte er, »kann und soll das Heilige Rußland ihm Schutz gewähren. Dazu bin ich entschlossen. Was die Kirche in Moskau anbelangt, so ist sie rückständig. Ich heiße unsere Brüder aus Kiev willkommen, die so vieles besitzen, was wir nötig haben.« Er blickte ernst in die Runde. »Ein neues Zeitalter dämmert herauf – das Zeitalter einer erneuerten und gereinigten Orthodoxie, angeführt von einem frommen Rußland. Ihr Kosaken werdet eine wichtige Rolle in der Verteidigung unseres orthodoxen Staates spielen. Ihr könnt euch deshalb darauf verlassen, daß ich eure Protektion durch den Zar befürworten werde«, schloß er.

Andrej hatte plötzlich das Gefühl, nicht länger Rebell gegen Polen zu sein, sondern Diener einer wichtigen Sache.

Am nächsten Tag traf Marjuschkas Mann ein. Andrej sah seine Geliebte kurz in Nikitas Wohnung, aber sie konnten nur ein paar Worte wechseln. Sie erzählte, daß sie in drei Tagen mit ihrem Mann nach Russka zurückkehren müsse. »Ich werde dich also nicht wiedersehen«, sagte sie leise.

Andrej war überrascht, welche Wirkung diese Nachricht auf ihn hatte. Eine merkwürdige Traurigkeit bemächtigte sich seiner, eine unbekannte Schwermut. Bald wurde ihm bewußt, daß es nicht deshalb war, weil sie ihm soviel bedeutete, sondern weil er Angst um sie hatte. Dabei dachte er nicht nur an den Verwalter und was dieser ihr antun könnte. Es ist etwas in ihr selbst, weswegen man Sorge um sie haben muß, dachte er. Er fürchtete um die Frau, die sich auflehnen wollte in einem Land, in dem jeder zu gehorchen hatte.

Ein kurzer Aufschub ergab sich jedoch am nächsten Morgen, als Burlaj, der Chef der Mission, erklärte, ihre Arbeit sei so gut wie erledigt und sie könnten bald nach Hause zurückkehren.

»Wie bald?« wollte Andrej wissen.

»In etwa einer Woche.«

»Dann möchte ich um etwas bitten«, sagte er.

»Gut«, meinte Burlaj, als er ihn angehört hatte, »sofern der Grundbesitzer nichts dagegen hat.«

Und so traf Andrej Anstalten, Marjuschka nach Nordrußland zu begleiten.

Nikita Bobrov wunderte sich über Andrejs Wunsch, den Besitz zu besuchen, bis er von seiner Bindung an diesen Ort hörte. »Mein lieber Freund, Ihr meint also, Euer Großvater lief von meinem Besitz fort?« lachte er. »Wie schade, daß er sich nicht erst später aus dem Staub gemacht hat; wäre das bei einer kürzlichen Zählung passiert, könnte ich Euch wahrscheinlich zurückverlangen. Habt Ihr die *ulozenie* schon einmal gesehen?«

Andrej verneinte.

»Nun, dann zeige ich sie Euch.« Etwa 2400 Exemplare dieses Kodex von 1649 waren gedruckt worden – eine große Menge für jene Zeit –, und

Nikita besaß eines davon. Der Text war in einfachem Russisch abgefaßt und für jedermann verständlich. Nikita blätterte. »Hier haben wir es«, meinte er und schlug Kapitel elf auf.

Und nun verstand Andrej, was es bedeutete, ein russischer Bauer zu sein. In vierunddreißig Klauseln waren die Rechte jeder nur denkbaren Facette geregelt. Der Herr konnte einen entlaufenen Bauern nicht nur jederzeit zurückfordern, er konnte auch seine Ehefrau, die Kinder, deren Ehepartner und Kinder als sein Eigentum beanspruchen. Ein Herr durfte zwar einen Bauern nicht mit Vorbedacht töten, geschah es jedoch in einem Wutanfall, so galt das nicht als ernstes Vergehen. Tötete er in Wut den Bauern eines anderen Herrn, hatte er ihn zu ersetzen.

Andrej wollte weitere Kapitel sehen. Alles war gesetzlich geregelt, von Blasphemie bis zu Fälschungen, von klösterlichem Landbesitz bis zu illegalen Schenkungen.

Als Andrej diesen strengen Kodex las, mußte er sich beschämt eingestehen, daß er während seines Aufenthaltes das Leben in Moskau nur sehr oberflächlich betrachtet hatte. Nun endlich verstand er die merkwürdige Niedergeschlagenheit, die ihn bei der Überquerung der Belgoroder Festungslinie in der Steppe überfallen hatte. Und als er an das sonnige, offene Land der Ukraine, an die ungebärdigen Kosakenbauern, an die freien Städte Kiev und Perejaslavl dachte, die sich immer noch unter westlichen Gesetzen selbst regierten, schüttelte er nachdenklich den Kopf. »Falls der Zar die Ukraine unter seine Fittiche nehmen will«, meinte er, »muß er unserem Volk größere Rechte als diese garantieren.«

Jetzt war die Reihe an Nikita, den Kopf zu schütteln. »Wir wissen, daß die Ukraine andere Sitten hat, die respektiert werden«, versicherte er. »Aber Ihr werdet wohl verstehen, daß der Zar keine Verträge mit euch schließt, wenn er euch unter seinen Schutz nimmt. Das ist unter seiner Herrscherwürde. Ihr müßt Vertrauen in seine Güte und sein Verständnis haben.«

»Der König von Polen hat Verträge mit uns unterzeichnet«, widersprach Andrej.

»Der König von Polen ist lediglich ein gewählter Monarch.« Nikita lächelte verächtlich.

»Kosaken sind keine Knechte«, betonte Andrej.

»Und unser frömmster, rechtgläubigster und sanftmütigster Zar ist von Gott dazu bestimmt, uns alle so zu behandeln, wie es ihm beliebt«, entgegnete Nikita fest.

Die leichte Spannung, die nun zwischen den beiden lag, löste Nikita durch ein Lachen. »Nun, mein Kosak, Ihr seid willkommen auf meinem bescheidenen Hof. Ich habe meinem Verwalter aufgetragen, Euch in meinem Haus unterzubringen und sich um Euch zu kümmern. Es tut mir leid, daß ich nicht selbst mitreisen kann.« Er schwieg eine Weile. »Übrigens«, fügte er mit einem Seitenblick hinzu, »ich weiß, daß ich mich darauf verlassen kann, daß Ihr meine Bauern, ob Männer oder Frauen, nicht von Eurer Kosakenart überzeugt.«

Er wußte also doch Bescheid. Andrej sah verlegen zu Boden. Man kann in Moskau nie sicher sein, was die Leute wissen und was nicht, dachte er.

Russka. Der Frühling hatte in der kleinen Stadt und im Kloster Einzug gehalten. Als sie sich dem Ort näherten, kamen sie aus dem Wald auf offene Felder. In der Flußmitte war das Eis bereits geschmolzen; am Ufer knieten die Frauen auf Brettern und wuschen die Wäsche in Eislöchern.

Andrej war erleichtert, daß die seltsame Reise nun zu Ende ging. Marjuschka und der Verwalter fuhren in einem leichten zweirädrigen Wagen, während Andrej ritt. Der Verwalter war ständig schlecht gelaunt. Ab und zu wollte er Andrej in ein Gespräch verwickeln, dieser jedoch hielt sich höflich auf Distanz, ebenso machte er es mit Marjuschka.

In Russka wurde Andrej in Nikitas Haus nahe der Kirche untergebracht, während der Verwalter mit seiner Frau nach Sumpfloch zurückkehrte. Unterwegs maulte Marjuschka: »Ich habe keine Lust, den verdammten Kosaken zu bedienen.«

»Du tust, was man dir sagt«, herrschte er sie an. »Wenn der Herr befiehlt, daß ich mich um ihn kümmere, dann tun wir das auch. In zwei Tagen ist er ja wieder weg.«

Am nächsten Tag besichtigte Andrej Sumpfloch. Das Dörfchen war in seinen Augen nicht anders als die feuchten Weiler, die er unterwegs gesehen hatte. Ob es hier noch Verwandte von ihm gab?

Niemand schien etwas über seinen Großvater zu wissen, der achtzig Jahre zuvor von hier entlaufen war, bis Andrej eine alte Frau traf. Sie hatte gehört, daß ein junger Mann in den verwilderten Feldern verschwunden war. Das sei schon ein paar Jahre vor ihrer Geburt geschehen, erzählte sie. Ein Nachkomme von Karps Schwester wohnte am Dorfende. Und so stand Andrej schließlich vor einem stämmigen, freundlich dreinblickenden Burschen mit dichten schwarzen Locken. Er lebte mit vier Kindern in einer massiven Hütte. Als sie Andrejs Geschichte hörten, begrüßten ihn alle freundlich, und er erfuhr, daß er, Andrej, mit vielen Dorfbewohnern, auch mit Marjuschkas Mutter, entfernt verwandt war.

»Und du bist frei, du hast deinen eigenen Hof, du bist kein Leibeigener?« wollte der Verwandte von Andrej wissen.

Es war Andrej fast unangenehm, das zu bestätigen. Der Besuch des

Klosters war dagegen die reine Freude. Die Mönche und die Handwerker in Russka malten immer noch Ikonen. Stolz präsentierte einer der Mönche Andrej eine Miniaturikone in leuchtenden Farben mit üppiger Goldverzierung; sie zeigte eine Muttergottes in der Manier der Stroganov-Meister. »Und hier ist eine schöne, wie man sie heute in Moskau schätzt. Sie ist für eine Kirche des Zaren bestimmt.«

Andrej dankte für die freundliche Aufnahme und gab beim Abschied eine großzügige Spende.

Die letzten Tage mit Marjuschka waren schwierig gewesen. Zuerst einmal war da die Furcht vor Entdeckung. Für sich selbst fürchtete Andrej nichts. Schließlich war er ein Kosak; doch Marjuschka schien von so wilder Verzweiflung erfüllt, daß er manchmal dachte, sie könnte etwas zu ihrem eigenen Schaden tun.

Trotzdem verhielt sie sich sehr geschickt. Verdrossen beschwerte sie sich überall, daß sie für einen Kosaken putzen und kochen müsse. Wenn er ausging, machte sie sich mit mürrischer Miene an die Arbeit. Und es gelang ihr auch, den Eindruck zu erwecken, als halte sie sich möglichst außerhalb des Hauses auf, wenn er dort war. Und doch schlüpfte sie frühmorgens leise in sein Bett, und auch zwischendurch richtete sie es so ein, daß sie sich lieben konnten, ohne daß jemand sie überraschte.

Mehrmals hatte sie ihn gebeten: »Nimm mich mit in die Ukraine.«

»Du hast einen Ehemann«, gab Andrej zu bedenken.

»Ich hasse ihn.«

»Aber ich ziehe wieder in den Kampf.«

Liebte sie ihn, oder sah sie in ihm nur ein Mittel zur Flucht? Er konnte sich diese Frage nicht beantworten. Doch selbst wenn es möglich gewesen wäre, mit ihr auf und davon zu gehen, er wollte Marjuschka nicht mit sich nehmen.

Sie gab noch nicht auf. Sie fragte, wenn auch nicht zudringlich, wieder und wieder. Sie wurde ihm lästig. Als er am letzten Nachmittag nach Hause kam, war er wieder auf diese Frage gefaßt. Doch Marjuschka hatte die Taktik geändert. Äußerlich ruhig fragte sie: »Hast du Geld, Kosak?«

»Ein wenig. Warum?«

»Weil ich glaube, daß ich ein Kind bekomme.«

»Und es ist mein Kind?«

»Natürlich.«

Er blickte zu Boden.

»Ich weiß, daß du mich nicht mitnimmst.« Ihre Stimme klang traurig. »Ein Kosak kann alles, was er will, aber du willst mich nicht. Wenn du Geld hast, gib mir wenigstens etwas.«

Er hatte eine Menge Münzen bei sich, polnische und russische. Er gab ihr alle russischen.

»Danke.« Nach einer Weile fügte sie hinzu: »Du könntest immer noch das Geld behalten und mich mitnehmen.« Sie lächelte verlegen.

»Nein.«

Eine Zeitlang sprach keiner ein Wort, aber er hörte, daß sie leise weinte.

Plötzlich stöhnte sie auf. »Du weißt nicht, Kosak, was es heißt, einsam zu sein, nicht wahr?«

»Ich bin oft allein.«

Sie schüttelte den Kopf. »Nein, nicht so wie ich. Du hast Hoffnung. Vielleicht wirst du getötet, aber du lebst im ständigen Abenteuer. Du bist frei, Kosak, frei wie ein Vogel über der Steppe. Aber ich bin allein und sitze in der Falle, verstehst du? Es gibt keinen Ausweg. Es ist schrecklich zu wissen, daß man für immer allein sein wird – begreifst du das nicht?«

Er dachte an ihre Mutter, an das Dorf, an ihr Kind. »Du bist nicht allein«, sagte er.

Sie widersprach nicht mehr. »Ich gehe jetzt«, sagte sie schließlich. »Wann reitest du weg?«

»Wenn es dämmert.«

Sie nickte und lächelte schwach. »Vergiß mich nicht.« Sie band sich nach Art der Russinnen einen leuchtendroten Schal um den Kopf und ging.

Der Himmel war von einem wundervollen Blaßblau, als Andrej früh am Morgen Russka verließ und in südlicher Richtung davonritt. Nach zwei Meilen passierte er eine große Wiese, und da sah er die junge Frau mit ihrem roten Schal auf der anderen Seite stehen. Er überlegte, ob er zu ihr hinreiten solle, doch er tat es nicht. Als er einmal zurücksah, stand sie immer noch da, ein winziger roter Fleck in dem weiten Grün, eine einsame Gestalt in der endlosen Ebene. Sie sah ihm nach, bis er verschwand.

Andrej ritt weiter nach Süden. Bald würde er die Steppe wiedersehen und strohgedeckte Hütten und wogende Weizenfelder. Wie seltsam und widersprüchlich dieses Russka doch war! Nun, da er es verließ, heiterte sich sein Gemüt auf.

Freiheit – ja, das war es. Das Leben war schön. Andrej befühlte stolz seinen Schnurrbart – ein echter Kosakenschnurrbart. Seine weiten Kosakenhosen flatterten in der morgendlichen Brise, als er dem Pferd die Sporen gab.

PETER

1653

In der russischen Geschichte hatte es immer vereinzelt Warner gegeben, die sagten, daß Rußlands Tage gezählt seien. Doch in der zweiten Hälfte des 17. Jahrhunderts, einer Zeit wichtiger Entwicklungen, waren viele davon überzeugt, daß die Apokalypse und das Erscheinen des Antichrist bevorstünden. Dazu muß gesagt werden, daß sich Ereignisse im Zentrum eines großen Reiches rasch abwickeln und neue Ideen schnell Fuß fassen können, während die Dinge in dem unermeßlichen Umland sich nur allmählich ändern. Die Reaktion des Hinterlandes auf Vorgänge im Zentrum erfolgt wie ein verspätetes Echo.

Mögen Historiker noch immer über die Anfänge jenes Umbruchs diskutieren, der das Ende des alten Moskauer Staates bedeutete – für viele Moskauer gilt 1653 als das entscheidende Jahr, und zwar infolge der Kirchenreformen des mächtigen Patriarchen Nikon.

Die russisch-orthodoxe Kirche hatte während der Jahrhunderte, in denen sie von der restlichen Christenheit abgesondert war, einen eigenen Geist und eigene Kultpraktiken entwickelt, die von den übrigen orthodoxen Kirchen abwichen. Beispielsweise wurden an bestimmten Stellen der Messe zwei Hallelujas statt drei gesungen, und auch die Anzahl der Abendmahlbrote und der Kniebeugen war unterschiedlich.

Die auffälligste Differenz bestand in der Art der Russisch-Orthodoxen, sich zu bekreuzigen. Im Unterschied zu den Katholiken, die zuerst Stirn und Brust, darauf die linke und schließlich die rechte Seite der Brust berühren, führen sie die Hand von rechts nach links; außerdem schließen sich Daumen mit Ringfinger und kleinem Finger zusammen, so daß nur Zeige- und Mittelfinger gestreckt bleiben.

Dieses »Zweifingerzeichen« war nach Meinung der Russen die reine und wahre Art, das Kreuzzeichen zu machen. Dies nun wollte im Jahre 1653 der Patriarch Nikon ändern; daneben plante er Korrekturen der Texte und der Liturgie.

Außerhalb der Hauptstadt ließ er ein großes Kloster errichten und nannte es Neu-Jerusalem; der Fluß, an dem das Kloster lag, wurde in »Jordan« umbenannt. In dem nüchtern-strengen Klosterbau sah Nikon fünf Throne vor, auf denen eines Tages nach seiner Vorstellung alle fünf

Patriarchen der orthodoxen Kirche Platz nehmen sollten, der russische in der Mitte.

Sein Drang nach Macht wurde ihm jedoch zum Verhängnis. Zar Aleksej, der häufig auf Kriegszügen war, hatte dem Patriarchen für die Zeit seiner Abwesenheit Amtsgewalt übertragen und ihm sogar den Titel eines Groß-Souveräns verliehen. Doch als Nikon anregte, Patriarch und Kirche sollten Machtbefugnis über den Zaren und den Staat haben, stieß er bei Aleksej und den Bojaren auf Widerstand und mußte schließlich ins Exil gehen.

Doch auch wenn seine Herrschaft zu Ende war, seine kirchlichen Reformen, die er gegen konservative Opposition mit unerbittlicher Härte durchgesetzt hatte, blieben bestehen.

Der große Kirchenrat kam 1666 zu dem Schluß, Nikons Reformen zu belassen. Anstelle des traditionellen Zweifingerkreuzes sollte von nun an das Dreifingerkreuz gemacht werden. Wer sich gegen die Neuerungen wehrte, sollte als Ketzer exkommuniziert werden.

So zeichneten sich allmählich die große Spaltung der russischen Gesellschaft – bekannt als *raskol* oder Schisma – und die Entwicklung einer bisher nicht vorhandenen wichtigen Gruppe ab. Im 19. Jahrhundert wurde sie unter dem Begriff der »Altgläubigen« bekannt. Zunächst allerdings bezeichnete man sie, mit dem üblichen Namen für religiöse Dissidenten, als *raskolniki,* Schismatiker.

Mitunter wurde behauptet, die Reformer verkörperten den Fortschritt, während die *raskolniki* bildungsfeindliche Priester seien, unterstützt von ungebildeten Bauern. Das war aber nicht der Fall. Zu den Oppositionellen gehörten viele gebildete Kaufleute und wohlhabendes Landvolk.

Die *raskolniki* hatten im übrigen ein Argument, das die Reformer nur schwer widerlegen konnten. »Wenn Moskau, wie die Kirche es lange Zeit behauptet hat, das Dritte Rom ist, nach dem bekanntlich kein weiteres mehr kommen wird – wie kann das, was die Kirche bisher gelehrt und praktiziert hat, plötzlich falsch sein? Steht es uns an zu sagen, daß der Ritus der russischen Heiligen und die vom großen Kirchenrat unter Ivan dem Schrecklichen bestätigte Liturgie ketzerisch waren?« Da die Kirche immer mehr auf die Macht der Tradition als auf Textanalysen oder logische Beweise gebaut hatte, wogen diese Einwände besonders schwer.

Das waren die Auseinandersetzungen im Herzen Rußlands. Niemand konnte wissen, welches Echo irgendwann einmal aus dem Hinterland kommen würde.

Es war Sommer. Das gewöhnlich ruhige Städtchen Russka befand sich in heller Aufregung: Die Rebellen waren im Anzug.

Die Mönche, unschlüssig, auf welche Seite sie sich schlagen sollten, suchten Rat beim Abt, doch auch dieser wußte nicht, was besser war: das Kloster zu verteidigen oder dem Feind die Tore zu öffnen.

Auch die Einwohner von Russka und von Sumpfloch waren geteilter Meinung. Viele Jüngere glaubten, durch diese Aktion könnten die Bauern befreit werden: Die Bobrovs würden gehängt und das Land den Bauern zurückgegeben, dachten sie. Unter den Älteren herrschte eher Pessimismus. »Diese Rebellen werden wie ein Schwarm Heuschrecken über uns herfallen«, meinte einer.

Niemand wußte genau, wo die Rebellen sich befanden: jenseits der Wolga, bei Niznij Novgorod oder gar schon diesseits der Oka?

Von ihrem Anführer, dem kühnen Kosaken Stenka Razin, glaubten manche, er werde eines Tages in Moskau regieren wie ein echter Zar.

In all diesem Durcheinander hatten sich die Kinder in Sumpfloch einen neuen Zeitvertreib ausgedacht: Ein stilles, ernstes sechzehnjähriges Mädchen war die Zielscheibe ihres Spottes. Die Kinder stellten Arina immer die gleiche Frage: »Arina, ist Stenka Razin wirklich dein Vater? Kommt er, um uns zu retten?«

Es tat ihr weh, daß sie nicht wußte, wer ihr Vater war. Niemand wollte es ihr sagen.

Lange hatte sie gedacht, es sei der Verwalter, denn schließlich lebte sie ja bei ihm. Er war immer streng und sah mürrisch aus, und wenn er sie auch bisweilen auf seine Knie setzte, spürte sie doch, daß er sie nicht liebte. Als Arina fünf Jahre alt war, starb er, und sie zog mit ihrer Großmutter, der alten Elena, in die große *isba* ihres Onkels. Bald danach sagte ein Mädchen zu ihr: »Dein Vater war ein Kosak.«

Als sie ihre Großmutter danach fragte, antwortete diese nur: »Welch ein Unsinn!«

Doch Arina zweifelte nun. Sie fühlte sich anders als die anderen. Die Kinder kicherten und tuschelten über sie. Als sie sieben Jahre alt war, eröffnete Elena ihr schließlich: »Der Verwalter war nicht dein Vater. Es war ein Kosak. Aber sprich nicht darüber.«

Ein Kosak? Sie hatte nie einen gesehen, aber sie hatte gehört, daß es wilde, schnurrbärtige Gesellen seien, die auf ihren kahlgeschorenen Köpfen nur eine winzige Haarlocke trugen. Sie ritten über die Steppe wie die Tataren.

Erst ein ganzes Jahr später wagte Arina zu fragen: »Wie hieß denn mein Vater?«

»Ich weiß nicht. Und es ist ja auch gleichgültig.« Die alte Elena schien gereizt. »Er ist wahrscheinlich tot; und selbst wenn er noch lebt – du wirst ihn niemals sehen.« Als sie Arinas Enttäuschung sah, fügte sie freundlicher hinzu: »Sei nicht traurig darüber, mein Täubchen, hier hast du die Familie, die du brauchst, Gott sei Dank.«

Tatsächlich war neben ihrem Onkel, dem Bruder ihrer Mutter, fast das halbe Dorf mit ihr verwandt. Nein, sie hatte keinen Grund, sich einsam zu fühlen, fand Arina.

Das Leben im Dorf war oft hart; die Bauern waren es gewöhnt, Not zu leiden. Zweimal in ihrem kurzen Leben hatte Arina bereits Mißernten erlebt, die sie an den Rand des Hungertodes gebracht hatten. Einmal kam die Nachricht, ein riesiges Wolfsrudel von drei- oder viertausend Tieren sei in die Stadt Smolensk im Westen eingedrungen und hätte die Straßen nach Nahrung durchsucht.

Doch das größte Elend war der Krieg. Das Kämpfen schien kein Ende zu nehmen. Wie zu befürchten war, brach ein neuer Krieg mit Polen aus, als der Zar die Ukraine unter seinen Schutz gestellt hatte. Dreizehn Jahre lang verließen jedes Jahr junge Männer Russka und traten in die Armee des Zaren ein; viele kehrten nicht zurück.

Für das Städtchen war es ein Unglück, daß Nikita Bobrov eine gute Partie gemacht hatte. »Er hat jetzt noch mehr Besitz«, jammerte Elena. »Was macht es ihm schon aus, wenn unsere Männer fallen? Es interessiert ihn nicht.«

Tatsächlich schickte Nikita in seinem Eifer, dem Zaren zu Gefallen zu sein, in großzügiger Weise Leibeigene aus diesem Ort, den er selten aufsuchte, in den Krieg. Sie mußten unter ausländischen Offizieren dienen, die oft das Kommando in der Armee des Zaren übernahmen.

Und doch war trotz dieser allgemeinen Schwierigkeiten Arinas Familie ungeschoren davongekommen. Aus unerfindlichem Grund war ihr Onkel nicht in den Krieg geschickt worden. Und glücklicherweise wurden auch seine drei Söhne nicht geholt, obwohl sie das entsprechende Alter erreicht hatten. Die Familie kam zu bescheidenem Wohlstand. Arinas Onkel war der einzige Mann im Dorf, der bei den Bobrovs mit der Pacht nicht in Verzug war. Schließlich entdeckte Arina, daß ihr Onkel den Verwalter bestach. Sie war entsetzt. »Ist das nicht etwas Schlechtes?« fragte sie die alte Elena.

»Vielleicht«, antwortete diese, »aber sei froh, daß er das tut.«

»Woher bekommt der Onkel das Geld?«

»Frag nicht!«

Die Familie des Onkels war gut zu Arina, und diese machte sich auf jede Weise nützlich. Sie bereitete die Mahlzeiten in dem großen irdenen Topf vor, der die Nacht über auf dem Herd stand. Sie pökelte die Lebensmittel für die langen Winter ein. Außerdem fertigte sie hübsche Stickereien an.

Verglichen mit ihren Eltern sah sie erstaunlich reizlos aus. Von Andrej hatte sie zwar das schwarze Haar und von ihrer Mutter anmutige Bewegungen geerbt – aber das war auch schon alles. Ihr Gesicht war blaß, die Nase zu lang. Sie schielte ein wenig, und am Kinn hatte sie eine Warze. Den Mangel an körperlicher Schönheit machte Arina allerdings wett, wenn sie ihr bezauberndes Lächeln lächelte.

Elena hatte sie streng religiös erzogen. Großmutter und Enkelin fehlten bei keinem Gottesdienst, der in der Umgegend abgehalten wurde. Vor jeder Ikone zündeten sie Kerzen an und sprachen Gebete.

Arina sang vor allem mit großer Freude in der kleinen Holzkirche in Sumpfloch. Als sie fünfzehn Jahre alt war, hatte sie eine wundervolle Altstimme. Der Priester sagte oft: »Sie ist unsere Nachtigall.«

Es war nur gut, daß Arina von Natur aus fromm und demütig war, denn die Großmutter sagte ihr mit schonungsloser Offenheit: »Du wirst wohl niemals heiraten.«

Arina sah das ein. Wegen des Krieges mit Polen trafen in der Gegend um Russka fünf Frauen auf jeden Mann. »Da wirst du sicher ohne Mann bleiben«, sagte Elena.

Als kleines Mädchen hatte Arina sich häufig Gedanken über ihre Mutter gemacht und die Großmutter befragt. Und die alte Elena sprach gern von Marjuschka. Sie hatte ihre Tochter geliebt und schwärmte ihrer Enkelin vor, wie schön ihre Mutter gewesen sei.

Arina fand heraus, daß das eigentliche Vergehen ihrer Mutter nicht ihre Affäre mit dem Kosaken gewesen war, sondern ihre Halsstarrigkeit.

»Der Verwalter wußte nicht, daß er nicht dein Vater war, weißt du«, erklärte Elena. »Er hätte es auch nie erfahren müssen. Doch immer wenn er sich über etwas ärgerte, schlug er mit der Faust auf Marjuschka ein«, meinte Elena traurig. »Sie hätte es hinnehmen müssen wie die meisten Frauen, aber eines Tages ging ihr das Temperament durch. Sie sagte ihm, was sie von ihm hielt und daß er nicht dein Vater sei. Am nächsten Morgen war sie dann auf und davon. Nicht einmal mir hat sie Lebewohl gesagt.«

Nach Marjuschkas Verschwinden erklärte der Verwalter ohne Umschweife, daß Elena sich nun um ihn und das Kind zu kümmern habe. Elena hatte eingewilligt.

Selbst da noch war man im Ort der Ansicht, die wilde Marjuschka sei wegen der Roheit ihres Mannes davongelaufen, und niemand hätte je etwas von dem Kosaken erfahren, hätte der Verwalter nicht selbst im Zustand der Trunkenheit die Sache ausposaunt.

»Kommt sie zurück?« frage Arina manchmal voller Hoffnung.

Elena war überzeugt, daß Marjuschka tot sei. Bestenfalls hatte man sie aufgegriffen und sie einem Landbesitzer als Leibeigene gegeben. »Nein, sie kommt nicht zurück«, antwortete Elena jedesmal bitter.

Seit einigen Jahren hatten die Dorfbewohner Arinas Eltern anscheinend vergessen. Und Arinas Leben war ruhig verlaufen.

Nun aber war Stenka Razin im Anzug. Es hatte schon vorher ähnliche Aufstände gegeben, und es sollten auch in Zukunft welche stattfinden, aber um keinen Aufstand in der russischen Geschichte ranken sich so viele Legenden wie um Stenka Razins Erhebung im Jahre 1670.

Sie hatte ihren Anfang unter den Don-Kosaken genommen, deren demokratische Lebensweise zusammengebrochen war, und eine neue Klasse reicher Kosaken hatte sich herausgebildet, die sich wenig um ihre ärmeren Brüder scherten. Diese armen Kosaken und Bauern scharten sich gegen 1665 erstmals um einen kühnen Anführer, eben jenen Stenka Razin.

Aus einzelnen Übergriffen wurde bald ein Aufstand, der zu einer regelrechten Rebellion anwuchs. Indem Razin dem Volk freie Versammlungen in der althergebrachten Art der Kosaken versprach, nahm er an der Wolga eine Stadt nach der anderen im Sturm. Im Sommer 1670 war mehr als die Hälfte Südostrußlands in der Hand der Rebellen, und es sah so aus, als würden sie nach Moskau und in das russische Herzland vordringen.

Jetzt erinnerte man sich im Dorf wieder an Arinas Vater. Wochenlang mußte sie Hänseleien über sich ergehen lassen. Dann plötzlich war wieder Ruhe. Im Frühherbst schlug eine Armee des Zaren die Rebellen nieder. Der Volksheld floh zurück an den Don, wo die reichen Kosaken ihn ergriffen und dem Zaren übergaben. Im Juni darauf wurde er hingerichtet. Damit endete im Grunde das freie Leben der Kosaken.

Arina wollte dies alles nicht zur Kenntnis nehmen. Razins Tod hatte sie daran erinnert, daß ein anderer Kosak, ihr Vater, so viele Jahre zuvor aus ihrem Leben verschwunden war. Eines Tages im Frühjahr fragte sie Elena: »Wußte mein Vater, daß meine Mutter ein Kind von ihm bekommen würde?«

»Vielleicht«, war Elenas zögernde Antwort.

»Und doch hat er sie danach nie wiedergesehen? Wollte er mich denn nicht sehen?«

»Nein.«

Arina schwieg. Sie wollte das Thema nie wieder anschneiden. Natürlich hatten weder Vater noch Mutter sie geliebt. Es kam ihr nicht in den Sinn, daß die Großmutter ihr die Unwahrheit gesagt haben könnte. Und doch war es so.

Um das Jahr 1654 bestand Rußland aus drei Regionen. Die erste, Großrußland, war das ehemalige Moskau der Zaren. Die zweite war die neu hinzugekommene Ukraine, die in Moskau als Kleinrußland bezeichnet wurde. Die dritte war das etwa zweihundert Meilen breite Territorium westlich der alten Stadt Smolensk, das sich bis zum polnischen Marschland hinzog. Einst wurde es von den Fürsten der Rus regiert, nun war es längst in polnische Hände gefallen. Dieses westliche, russisch-polnische Gebiet nannten die Moskoviter Weißrußland.

Und von hier kehrte Andrej an einem Spätsommertag des Jahre 1654 zurück. Es war für den jungen Kosaken ein merkwürdiges Jahr gewesen. Bohdan und sein Rat hatten die Ukraine schließlich mit dem Moskauer Staat vereint, und zwar mit einem Abkommen, das ihnen große Ländereien sicherte. Die einfachen ukrainischen Bauern bekamen nichts.

Im März kehrte Andrej nach Moskau zurück und war Gast bei der Hochzeit von Nikita Bobrov mit einer reichen Erbin. Und Nikita tat seinem Kosakenfreund einen großen Gefallen; er richtete es so ein, daß Andrej ihn begleiten konnte, als die Moskauer Armee gegen die Polen ins Feld zog.

Der Krieg gegen Polen, der mit der Annektierung der Ukraine durch den Zaren unvermeidlich geworden war, war kaum mehr als ein Vorwand für Rußland, um einen weit größeren Schlag führen zu können. Nikita erzählte seinem Freund wohlgelaunt, daß sie nun einen Angriff gegen Weißrußland starten würden.

Die Kampagne war erfolgreich. Im Süden rückten die Kosaken der Ukraine über den Dnjepr vor; weiter nördlich war die russische Armee westlich von Moskau auf dem Vormarsch gegen Smolensk.

Inzwischen wurde Andrej zweimal persönlich vom Zaren angesprochen. Bei der Rückkehr nach Moskau erhielt er die Nachricht, daß Aleksej ihm einen neuen Landbesitz übergeben werde.

Andrej und sein Freund kamen erst im Juli nach Moskau zurück. Nikita lud Andrej sein, einige Zeit bei ihm in dem neuen und größeren Haus zu bleiben. Doch in der Hauptstadt war soeben die Pest ausgebrochen. Also machte Andrej sich Ende Juli auf den Heimweg. Er beschloß, über Russka zu reisen.

Bisher hatte er nichts über Marjuschkas Schicksal erfahren können.

Nikita, der ein Jahr lang nicht auf seinen Ländereien gewesen war, hatte gehört, daß die junge Frau des Verwalters ein Kind bekommen habe. Also ritt Andrej mit einer gewissen Neugier auf Russka zu.

Für ihn hatte sich alles ganz gut angelassen, er kam auch allmählich zu Reichtum. Doch die Heirat seines Freundes und die Begegnung mit dem Tod im Kampf brachte ihm in Erinnerung, daß er, obwohl weit über zwanzig, immer noch ledig war. Falls dieses Kind existiert, ist es das einzige, was ich der Welt hinterlasse, grübelte er, während er über das spätsommerliche Land ritt. Wenn ich auch keinen Anspruch auf das Kind habe, möchte ich es doch sehen. Drei Tage später kam Russka in Sicht.

Eine halbe Meile vor dem Städtchen traf er Elena, die aus dem Wald kam. Sie erkannte ihn sofort, doch ihr Gesicht zeigte keine Anzeichen von Freude.

Nach kurzer Begrüßung fragte er: »Hat Marjuschka ein Kind bekommen?«

»Ja, ein Mädchen.«

»Wo sind die beiden jetzt?«

»Das Kind ist im Dorf. Marjuschka ... wer weiß?« Und Elena berichtete kurz vom Verschwinden ihrer Tochter.

Andrej erschrak. Er blickte Elena nachdenklich an. »Ich muß das Kind sehen.«

»Bleib lieber weg«, entgegnete die alte Frau. »Der Verwalter weiß über dich Bescheid. Wenn er dich hier trifft, macht das die Sache nur schlimmer für uns und für das Kind.«

Andrej mußte zugeben, daß sie wohl recht hatte. Er zog einen Geldbeutel hervor, den er für Marjuschka mitgebracht hatte, und ein feines goldenes Armbändchen mit einem großen Amethyst. »Gib dies alles dem Mädchen, wenn es heiratet.«

Elena nahm beides wortlos entgegen. »Leb wohl«, sagte sie mit rauher Stimme.

Er blickte verlegen auf sie hinunter. »Es tut mir leid«, sagte er schließlich.

»Du mußt jetzt weiter, Kosak.« Ihre Stimme war voller Verachtung. Andrej gab ihren verdrossenen Blick zurück. Einen Augenblick lang war er verärgert über das Wort »Kosak«, und wie sie es ausgesprochen hatte. Darf eine russische Bäuerin mich verachten? dachte er gereizt.

Die alte Elena hatte seine Gedanken erraten, denn sie fuhr fort: »Weißt du, Kosak, was der Unterschied zwischen dir und einem russischen Mann ist?« fragte sie leise. »Du kannst einfach wegreiten.« Sie spuckte auf den Boden. »Der Verwalter betrinkt sich und verprügelt Marjuschka. Du machst ihr ein Kind und reitest in die Steppe. Wir Frauen leiden und bleiben, wie die Erde. Ihr trampelt auf uns herum, aber ohne uns wäret ihr nichts.« Dann zuckte sie die Achseln. »Gott hat gemacht, daß wir euch brauchen; aber weil wir sehen, was wir sehen, verachten wir euch.«

Andrej nickte. Er hatte verstanden. Es war die ewige Stimme der russischen Frauen.

Er saß wieder auf und ritt wortlos davon. Er glaubte nicht, daß er seine Tochter jemals sehen werde. Er hatte nicht einmal nach ihrem Namen gefragt.

Elena erzählte Arina nie vom Besuch ihres Vaters, doch das Geld und das Armband versteckte sie sorgfältig unter den Fußbodenbrettern. Als die Jahre vergingen und sie sah, wie unscheinbar das Mädchen war, dachte sie: Das arme Ding wird ohnehin nie heiraten. Da braucht sie auch keine Mitgift. So gab sie das Geld ihrem Sohn, und der bestach damit den Verwalter.

1677

Arina war dreiundzwanzig und noch nicht verheiratet. Die Pubertät hatte sie nicht reizvoller gemacht – im Gegenteil: Als Frau sah sie noch unscheinbarer aus. Die Warze an ihrem Kinn wurde größer. Dies ist Gottes Art, so sagte sie sich, mir in seiner unendlichen Weisheit deutlich zu machen, daß ich immer ein bescheidenes Leben führen muß. Sie betete täglich, machte sich nützlich. Sie hatte keine Feinde, nur eine geheime Angst – daß man ihr die Kirche nehmen könnte.

Diese Angst war nicht unbegründet, denn Arina gehörte zu den *raskolniki.*

Das Schisma hatte sich, wie es für derlei Landgemeinden typisch war, in Russka nur allmählich durchgesetzt. Erst nach zwei Jahren erreichten die neuen Gebetbücher des Patriarchen das Kloster, und sogleich ließ der Abt sie in seinem Zimmer verschwinden. Die Mönche erfuhren lange Zeit nichts davon.

In mancher Hinsicht bewunderte der Abt den Patriarchen Nikon durchaus und hielt ihn für einen hervorragenden Kirchenmann. Doch er hatte auch Freunde in der Gruppe, die sich den Reformen entgegenstellten und gegen Nikons eigenmächtiges Vorgehen opponierten, und mißtraute den ukrainischen und anderen Gelehrten, die Nikon nach Moskau gerufen hatte – für seinen Geschmack waren sie allzu katholisch.

Und so blieb er lieber seinen alten Grundsätzen treu, in persönlicher und liturgischer Hinsicht, und ließ die Mönche in dem kleinen Kloster St.

Peter und Paul den Gottesdienst weiterhin nach dem gewohnten Ritus abhalten und sich nach dem alten Schema bekreuzigen.

Aber auf Dauer war es doch nicht zu vermeiden, daß auch die ahnungslosen Mönche in dem abgelegenen Winkel von der neuen Form der Messe erfuhren und den Abt fragten, was zu tun sei. Und der beschied zunächst: »Wenn Nikita Bobrov oder ein einflußreicher Kirchenmann das Kloster besucht, wird der Gottesdienst auf die neue Weise gefeiert, ansonsten bleiben wir bei der alten Form.« Diese Regelung galt bis zum Landeskonzil von 1666. Von jenem Zeitpunkt an konnte man selbst im Kloster in Russka der Sache nicht länger ausweichen. Widerwillig befolgte auch der Abt die neuen Regeln. Alle gehorchten.

Nur in Sumpfloch nicht. Doch davon wußte andernorts niemand. Und falls der Abt doch einen Verdacht hatte, so sagte er jedenfalls nichts. Nikita Bobrov, der Besitzer des Ortes, hatte keine Ahnung. Die ansässigen Bauern wußten es, aber mit wem hätten sie darüber sprechen sollen? Die kleine Gemeinde wurde von dem Priester Silas geleitet. Er war ein stiller Mensch. Sein Urgroßvater war der Priester Stefan gewesen, den Ivan der Schreckliche hatte umbringen lassen. Silas' nachdenkliches Gesicht und seine ernsten blauen Augen erinnerten an seinen Vorfahren; er war allerdings nur mittelgroß, und seit einem Unfall in seiner Kindheit hinkte er leicht. Wenn Silas auch nicht durch körperliche Erscheinung beeindruckte, so hatte ihn doch seine leidenschaftliche Entschlossenheit großes Ansehen bei den Bauern eingebracht.

Während seiner Studienzeit in Niznij Novgorod kam er mit Priestern in Berührung, die sich gegen die Reformen stellten. Das war nicht verwunderlich. Niznij Novgorod war nicht nur ein wichtiges Handelszentrum, sondern auch immer noch Grenzstadt. Hier gab es nach wie vor abgelegene Gemeinden, in denen einfache Russen lebten, die das Bauholz in den Wäldern mit ihren Äxten schlugen und sich mit ganzem Herzen für ihren Herrn einsetzten.

In der Nähe von Niznij Novgorod hatte sich auch die Familie eines großen Reformgegners, des Priesters Avvakum, niedergelassen. Silas war dort als Diakon tätig gewesen und hatte eine Verwandte des hitzigen Priesters kennengelernt und geheiratet.

Silas war kein gebildeter Mann, wenn er auch für das Studium lesen gelernt hatte. Seine Einwände gegen die Reformen waren nicht geistigen Ursprungs wie die des Abtes, sondern seine Besorgnis war irrational und rein instinktiv. Er hatte das Gefühl, Rußland werde sein Herz verlieren und die russische Seele solle verführt werden. Und schuld daran sei ein Außenseiter. Warum braucht der Zar so viele Ausländer? fragte er sich wieder und wieder. Warum werden unsere Truppen von Deutschen befehligt? Warum holt der Zar Handwerker aus dem Ausland? Und warum ist es den Bojaren erlaubt, Musikinstrumente im Haus zu haben?

Seiner kleinen Gemeinde erklärte Silas daher: »Brüder und Schwestern im Herrn! Für uns einfache Russen ist nur eines wichtig, und das ist nicht irdisches Wissen. Wohin sollen uns weltliches Wissen und Schlauheit führen, wenn nicht in noch größere Sünde? Denn was wissen wir Menschen schon, verglichen mit der Weisheit Gottes? Für uns zählt nur Frömmigkeit, Gottergebenheit. Es ist die heilige Inbrunst in jedem von uns, Gott treu zu dienen. Nur darauf kommt es an.« Und dann beendete er seine Predigt mit einem Begriff, der für lange Zeit für jeden Russen große Bedeutung haben sollte: »Wir müssen mit *blagotschestje* leben.« Das Wort bedeutete: Frömmigkeit, inbrünstige Andacht, Treue, Anhänglichkeit. Es hatte immer mit dem Zaren im alten Moskauer Staat zu tun – mit dem frommen Zaren. Für Männer wie Silas bedeutete es vor allem Anhänglichkeit an die alten Bräuche, die heilige Tradition. Und die Folge dieser Prinzipien war die konsequente Ablehnung der nüchternen westlichen Welt, in die sie – die einfachen Leute glaubten es jedenfalls – von der Obrigkeit hineingezogen werden sollten.

Deshalb hielt Silas in seinem Dorf an den alten Riten fest, obwohl es gefährlich war. Die Moskauer Obrigkeit verlangte unbedingten Gehorsam. Als der Abt des berühmten Soloveckij-Klosters am Weißen Meer seine Mönche angewiesen hatte, die liturgischen Reformen nicht zu beachten, auch nicht für den Zaren zu beten, wurden die widerspenstigen Kirchenleute von Soldaten massakriert.

Niemand wußte, wie viele andere Gemeinden ebenso verfuhren, doch hatte es den Anschein, als wachse die Untergrundbewegung. Bisher hatte man dem kleinen Dorf von offizieller Seite keine Beachtung geschenkt. Aber wie würden Silas und seine Gemeinde sich verhalten, wenn man auf sie aufmerksam würde? Keiner wußte es, doch Arina hatte Angst.

Im Frühling des Jahres 1677 erschien an einem feuchtkühlen Tag ein Fremder in Russka. Wie alle Durchreisenden erhielt er im Kloster Unterkunft und Verpflegung. Er stellte sich lediglich als Daniel vor, gab jedoch keine weitere Auskunft über seine Person. Auf die Frage, woher er komme, antwortete er nur: »Aus Jaroslavl.«

Diese alte Stadt stammte, wie andere nordöstliche Städte – Vladimir, Rostov, Suzdal – aus Kiever Zeiten. Sie lag an der Schleife der Wolga, und dahinter dehnte sich der Taigawald. Das Emblem auf dem Stadtwappen war dementsprechend ein Bär mit einer Axt.

Der Fremde war groß, hatte struppiges Haar, einen dichten, graumelierten Bart und eine große Nase. Meist saß er stumm da und starrte vor sich hin, oder er fütterte die Vögel. Obwohl seine Bewegungen sanft waren, sah man ihm an, daß er außerordentliche Kräfte besaß.

Die Leute fragten sich, was er hier zu suchen hatte. Er brachte eine kleine Geldsumme mit, außerdem eine winzige Ikone, ein schmales Psalmenbuch, in dem er offensichtlich lesen konnte. Trotzdem behauptete er, kein Priester zu sein.

Am dritten Tag seines Aufenthaltes bekam er hohes Fieber. Die Mönche glaubten schon, er müsse sterben. Aber er erholte sich wieder. Eine Woche später sprach er lange mit dem Abt. Danach erfuhren die Mönche zwei Dinge: Als Daniel im Fieber lag, hatte ihm eine Stimme den Auftrag erteilt, in Russka zu bleiben. Zweitens war er Ikonenmaler und wollte in der Stadt eine Unterkunft suchen und sich mit den ansässigen Malern zusammentun. Der Abt hatte keine Einwände dagegen erhoben. So lebte Daniel von nun an in Russka.

Er war ein guter Handwerker: Nicht nur, daß er Ikonen malte, er war ein hervorragender Tischler. Und als Mann von beispielhafter Frömmigkeit zeigte er sich auch. Er hielt die Fastentage streng ein und verbrachte täglich einige Stunden kniend im Gebet, er befolgte das Alte Testament und aß keine der darin verbotenen Fleischsorten wie Kalb, Hase oder Kaninchen. Sonntags ging Daniel in die kleine Kirche in Sumpfloch, wo Silas die Messe las. Da er aber auch die Klostergottesdienste besuchte, dachte sich niemand etwas dabei.

Die Bewohner gewöhnten sich rasch an den seltsamen, stillen Burschen. Sie kamen zu dem Schluß, daß er irgendwie ein heiliger Mann sei, und übernahmen Silas' Ansicht, der verschiedentlich Gespräche mit Daniel geführt und erklärt hatte: »Er ist ein gottesfürchtiger Mann; er hat die wahre *blagotschestje.*«

Zwei Jahre lang kam der merkwürdige Mensch jede Woche nach Sumpfloch, doch er hielt sich abseits und sprach kaum zu jemandem. Immerhin stellten die Bewohner mit Genugtuung fest, daß er das Zweifingerkreuzzeichen machte.

1684

Was über Nikita hereinbrach, betrachtete er als Katastrophe. Wahrscheinlich wäre es nicht dazu gekommen, hätte er sich nicht mit jenem verdammten Tolstoj überworfen.

Dabei war es der Familie seit der Thronbesteigung der Romanovs gut ergangen. Der erste Romanov hatte Nikitas Großvater doppelt belohnt.

Er gestattete ihm, den alten Besitz, der unter Ivan dem Schrecklichen als *pomeste,* als nicht erblicher Landbesitz, ausgewiesen war, nun als erbliche *votschina* zu führen, die ihm nicht wieder genommen werden konnte. Überdies teilte der Zar ihm weitere *votschina* von dem fruchtbaren Land neben dem Kloster zu. Nikitas Heirat hatte zusätzlichen Landbesitz gebracht. Seine Bauern leisteten drei Tage *barschtschina,* also Fronarbeit, und bezahlten eine bescheidene Pacht in Bargeld und Naturalien. Außerdem hatte Nikita kleinere Landparzellen südlich der Oka in der Provinz Rjazan erworben, wo seine Verwalter Knechte beschäftigen. Die fruchtbaren Böden lieferten reiche Erträge. Die Bobrovs hatten im hierarchischen Gefüge einen beachtlichen Platz erreicht, und obwohl der Zar den alten *mestnitschestvo,* die Rangplatzordnung, abschaffte, die die Würde einer Familie in einer Mischung aus Abstammungs- und Dienstrechten festlegte, erreichte Nikita die begehrte Aufnahme in die Moskauer Aristokratie. Damit lebte er in Moskau in der Umgebung des Zaren und träumte sogar von der Kandidatur zum Provinzgouverneur.

Nachdem Nikita und seine Frau ihre erstgeborenen Kinder schon als Säuglinge verloren, war ihnen – Gott sei's gedankt – im Jahre 1668 ein strammer und gesunder Junge geboren worden, dem sie den Namen Prokopios gaben.

Als Nikita sich den Fünfzigern näherte, war er bei bester Gesundheit und eine hochgestellte Persönlichkeit. Nun brauchte er noch die wohlwollende Aufmerksamkeit des Zaren, um nächstens Provinzgouverneur zu werden.

In der Hauptstadt hatte sich einiges geändert. Der Hof Aleksejs war kosmopolitischer, mehr nach Westen ausgerichtet. Bedeutende Männer wie Matveev, ein Freund des Zaren, pflegten westliche Sitten; so manches Mitglied des innersten Hofzirkels rasierte sich sogar den Bart ab.

Matveev schätzte Nikita und wurde sein Mentor. Und obwohl Nikita einen gewissen Argwohn gegen alle Ausländer hegte, so trug er doch gelegentlich statt seines Kaftans einen polnischen Mantel. Er hörte in Matveevs Haus deutsche Musiker spielen, und im Jahr 1673 hatte er sogar seine Frau überredet, eine vom Zaren protegierte neue Vergnügungsart, ein Schauspiel, anzusehen.

Allerdings hatte die Gattin der Sache nichts abgewinnen können. Eudokia Petrovna Bobrova – Petrovna nach dem Vornamen ihres Vaters und Bobrova nach dem Familiennamen des Ehemannes – war eine körperlich imposante Erscheinung, schwarzhaarig und untersetzt. Sie dachte und lebte streng konservativ und war sich ihres Reichtums und der hohen Stellung ihres verstorbenen Vaters als militärischer Befehlshaber stolz bewußt. Wenn die Bobrovs in ihrem Haus Gäste hatten, hielt Eudokia sich abseits, bis man sie rief, um den Männern nach dem Essen Kognak zu servieren. Und wenn sie die Gäste begrüßt hatte, zog sie sich sofort wieder diskret zurück. Im Privatleben jedoch, mit anderen Frauen oder mit ihrem Mann, tat sie ohne Hemmung ihre Meinung kund. Sie erklärte, ein Mann ohne Bart sehe aus wie ein gerupftes Huhn. Westliche Musik und Schauspiel hielt sie für Barbarei. Vor allem hegte sie eine tiefe Verachtung für die Armee des Zaren, die von ausländischen Offizieren befehligt wurde. Auch die Feldzüge des Zaren fanden keine Gnade vor ihren Augen. Nach Nikitas Ansicht war die Einverleibung der Ukraine und der Vorstoß in polnische Territorien im Westen ein Segen für Rußland, doch seine Gattin war anderer Meinung. »Krieg ist eine Sünde gegen unsere armen Bauern«, urteilte sie.

Zu diesem Zeitpunkt standen hunderttausend Mann unter Waffen. Das Militär beanspruchte zweiundsechzig Prozent des Staatshaushaltes, und wie immer wurden die Steuern den Bauern aufgebürdet. »Wenn es so weitergeht, gibt es bald wieder eine Rebellion wie unter Stenka Razin«, prophezeite Eudokia.

Sie bestand darauf, daß ihre Dörfer jedes Jahr kontrolliert werden mußten, was Nikita für überflüssig hielt und als lästig empfand. Seine Frau sprach persönlich mit den Landbewohnern und verteilte häufig Geld.

Nikita wunderte sich nicht, daß Eudokia mit ihrer konservativen Einstellung in religiöser Hinsicht mit den *raskolniki* sympathisierte. Sie stand damit unter den adligen Damen jener Tage nicht allein. Auch die erste Gemahlin des Zaren war Befürworterin des alten Ritus gewesen. Eine kleine Gruppe prominenter Damen, eine davon gehörte der bekannten Bojarenfamilie der Morozovs an, unterstützten die Nachfolger von Avvakum und wanderten für ihre Überzeugung sogar ins Gefängnis. Doch derlei Sympathiebekundungen galten in der noblen Klasse als unmodern und wurden auch immer gefährlicher, und deshalb wies Nikita seine Frau an, ihre Gedanken für sich zu behalten.

Die Schwierigkeiten begannen für Nikita Bobrov mit dem plötzlichen Tod des Zaren Aleksej, der einen in zwei Lager gespaltenen Hof zurückließ.

Von seiner ersten Gemahlin waren ihm mehrere Töchter geblieben und zwei Söhne: Fedor, freundlich, aber kränklich, und Ivan, geistig zurückgeblieben und mit einer starken Sehschwäche geschlagen. Mit seiner zweiten Gemahlin – von einfacher Herkunft – hatte er zwei bei seinem Tod noch minderjährige Kinder, ein kleines Mädchen und Peter, einen Jungen von drei Jahren. Die Familie der ersten Frau des Zaren, die mächtigen

Miloslavskijs, war keineswegs erfreut über die Familie der zweiten Frau, die bescheidenen Naryschkins. Vor allem aber haßten sie Matveev, jenen Freund des Zaren. Der junge Fedor wurde Zar. Peter und seine Mutter erfuhren zwar freundliche Behandlung, doch die Miloslavskijs rissen alle Macht an sich. Binnen kürzester Zeit fanden sie einen Vorwand zur Festnahme Matveevs.

Nikita Bobrov hatte damit einen mächtigen Gönner verloren. Doch das bedeutete noch nicht die Katastrophe. Er war nicht wichtig genug, um den Miloslavskijs Kopfzerbrechen zu bereiten. Und er hatte auch andere Freunde. Wäre nur nicht jener fatale Wortwechsel mit dem jungen Tolstoj gewesen ...

Der Kolomenskoje-Palast lag nicht weit von Moskau auf einem sanft ansteigenden Gelände am Fluß. Seit Generationen diente er den Zaren als Sommerresidenz, und Aleksej hatte neben den Steinkirchen und Glockentürmen eine ausgedehnte Anlage von Holzhäusern und öffentlichen Gebäuden errichten lassen, die auf das Auge ebenso fremdartig wirkten wie die bizarren Kuppelformen der Basilius-Kathedrale in Moskau. Ausladende Gewölbe, hohe Zeltdächer, riesige Zwiebelhauben und massive Außentreppen – eine Orgie russischer Bauformen mit überreicher Ornamentik.

An einem sonnigen Sommertag – Zar Fedor regierte schon einige Jahre – traf Nikita auf einem Spaziergang in den Gärten vor dem Kolomenskoje-Palast Peter Tolstoj.

Warum war ihm dieser Kerl nur so unangenehm? Tolstoj war von kräftiger Statur, hatte dichte schwarze Augenbrauen und stechende Augen. Vielleicht war er zu intelligent, vielleicht aber auch nur schlau. Er war etwa zehn Jahre jünger als Nikita, aber er wußte auf alle Fälle mehr.

Wie Tolstoj nun neben ihm dahinging, spürte Nikita Ärger in sich aufsteigen. Er hörte erst nur mit halbem Ohr zu, was der andere sagte. Doch plötzlich war er ganz bei der Sache: Dieser verdammte Kerl sprach über Eudokia. Was sagte er da? Schismatiker? Gefahr? Als Nikita das hörte, begann er zu zittern.

Eudokia hatte geplaudert, zwar hinter verschlossenen Türen, mit anderen Frauen; aber immerhin hatte sie die Partei der *raskolniki* ergriffen.

Als der aalglatte Höfling und Diplomat, der er war, warnte Tolstoj ihn, wenn auch zurückhaltend. Wenn solche Dinge an die falsche Adresse kämen ... Als Nikita in Tolstojs unbewegliches Gesicht sah, packte ihn die Wut. Warum erzählte der ihm das alles – war das vielleicht freundlich gemeint? Oder war es eine Drohung?

Nikita hatte das entsetzliche Gefühl, wie ein Trottel dazustehen. Zweifellos sprach Tolstoj die Wahrheit. Eudokia war ungehorsam, und dieser Mann machte ihm klar, daß er seine Frau nicht in Schranken halten konnte.

Die beiden waren stehengeblieben. Nikita starrte unsicher zu Boden. Plötzlich blickte er hoch, und die Augen der beiden trafen sich.

Wenn Menschen einander nicht gut kennen, können Blicke leicht falsch ausgelegt werden. So erging es den beiden. Tolstoj dachte nichts anderes als: Ach, mein Lieber, auf Weibergeschwätz soll man nichts geben. Doch Nikita sah in den eher spöttischen Augen etwas anderes: Mein Gott, was bist du doch für ein Idiot, und wir beide wissen es.

Da explodierte Nikita. »Ein gemeiner Halunke seid Ihr«, brüllte er. »Glaubt Ihr, ich hätte nicht immer schon gewußt, wer Ihr wirklich seid? Wenn Ihr Klatsch über meine Frau verbreiten wollt, wird Euch das heimgezahlt. Das verspreche ich.« Und dann fügte er sehr leise hinzu: »Seht Euch vor, oder Ihr werdet es bereuen.«

Das war unklug. Nikita fühlte es, bevor er zu Ende gesprochen hatte. Doch die Worte waren nun mal gesprochen, und Nikita ging grußlos davon.

Tolstoj, der dem anderen tatsächlich nur einen Tip hatte geben wollen, mußte in Nikita nun zwangsläufig seinen Feind sehen; vielleicht würde er ihm gefährlich werden. Ob er ihn kaltstellen sollte?

Warum bin ich nur so dumm gewesen, warf Nikita sich nach dieser Auseinandersetzung vor: Die Tolstojs, obwohl nur von niederem Adel, hatten in die Familie der bedeutenden Miloslavskijs eingeheiratet und daher selbst einigen Einfluß.

Nikita versah weiterhin seinen Dienst und gab die Hoffnung nicht auf. Er gewann wichtige Freunde und machte sogar die Bekanntschaft des Großfürsten Golicyn, eines mächtigen, westlich orientierten Adligen, den er als Gönner zu gewinnen hoffte. Von Tolstoj hörte er nichts mehr und strich die peinliche Begegnung im Kolomenskoje-Park aus seinem Gedächtnis.

Nikita inspizierte im Frühsommer des Jahres 1682 eine seiner entfernt liegenden Besitzungen, als ihn die Nachricht von Zar Fedors Tod erreichte. Der Zar selbst hatte keine Kinder, also gab es zwei mögliche Thronfolger: den glücklosen Ivan, Fedors Bruder aus Aleksejs erster Ehe, und den hübschen jungen Peter, erst neun Jahre alt, Sohn der geborenen Naryschkin.

Doch Ivan aus dem Miloslavskij-Clan hatte noch eine Schwester. Fürstin Sofija war durchaus keine Schönheit – sie war dick, hatte einen zu großen

Kopf und Haare im Gesicht –, doch sie war intelligent und über die Maßen ehrgeizig. Sie hatte nicht die Absicht, ihr Leben in Abgeschiedenheit zu verbringen oder zuzulassen, daß die Naryschkins ihre, Sofijas, Miloslavskij-Verwandte hinausdrängten.

Es gelang ihr, eine plötzliche Revolte der mächtigen Moskauer Strelitzen-Regimenter zu nützen und die Naryschkins im Kremlpalast ermorden zu lassen. Es war ein entsetzliches Schauspiel, das der junge Peter und seine Mutter mit eigenen Augen ansehen mußten. Darauf ließ sie Peter und Ivan zu gemeinsamen Zaren ausrufen, und sich selbst machte sie zur Regentin.

Die seltsame Krönungszeremonie fand Ende Juni statt. Auch Nikita Bobrov war anwesend. Die beiden Zaren in goldglänzenden, perlenbestickten Roben, der eine fast blind und geistig verwirrt, der andere noch ein Kind, wurden feierlich mit den Monomachmützen gekrönt. Hinter ihnen stand Sofija. Zum erstenmal in der russischen Geschichte hielt eine Frau die Zügel der Macht in der Hand.

Es gab in ganz Rußland keinen kultivierteren Mann als Sofijas neuen ersten Minister, Fürst Golicyn. Er war der erste jener kosmopolitischen russischen Aristokraten, die in den nächsten zwei Jahrhunderten selbst die europäischen Granden beeindrucken sollten. Er empfing Ausländer in seinem Haus, sogar die gefürchteten Jesuiten. Trotzdem war er ein echter Russe. Es gab keine noblere oder ältere Familie als die seine. Es ging das Gerücht, daß Golicyn Sofijas Liebhaber sei. Nikita wußte nichts davon. Er wußte nur, daß Golicyn mächtig war. Und ihm gewogen, dachte Nikita. Als er aufgefordert wurde, sich beim Fürsten im Kreml einzufinden, hegte er daher die Hoffnung, es könne sich um gute Neuigkeiten handeln. Und als Golicyn auf ihn zukam, sah Nikita, daß er lächelte.

Anstelle eines Kaftans trug Golicyn einen schmalgeschnittenen polnischen Mantel, von oben bis unten durchgeknöpft. Er hatte einen sorgfältig gestutzten Spitzbart. Er nahm Nikita vertraulich beim Arm und führte ihn beiseite.

»Wißt Ihr, mein Freund, ich hätte Euch gern als Provinzgouverneur gesehen«, sagte er leise. »Ich hatte es gehofft, wie gesagt. Aber leider ist das nicht möglich. Die Gemeindeverwaltung in Rußland ist, wie Ihr wißt, alles andere als perfekt.«

Bei aller Nervosität konnte Nikita bei dieser Untertreibung ein Lächeln nicht unterdrücken.

»Folglich müssen wir uns auf die Gouverneure absolut verlassen können«, fuhr der Fürst fort. »Deshalb macht auch der leiseste Makel eines

Kandidaten eine Ernennung leider unmöglich.« Nach einer Pause fuhr er fort. »Ihr wißt auch, daß es derzeit eine der vordringlichsten Aufgaben jedes Gouverneurs in Zusammenarbeit mit der Kirche ist, die Häretiker, diese *raskolniki,* auszumerzen. An höherer Stelle ist man teilweise der Meinung«, seine Worte kamen sanft, »daß Ihr, solltet Ihr die *raskolniki* verfolgen, möglicherweise selbst in eine peinliche Lage kommen könntet. Ihr wißt sicher, was ich meine.« Der Fürst lächelte Nikita ermutigend zu. »Ihr dürft nicht verzweifeln, morgen geht es für Euch vielleicht schon wieder aufwärts. Aber im Augenblick kann ich nichts für Euch tun.«

Nikita schluckte. Seine Kehle war trocken. »Ich werde Euch stets zu Diensten sein«, erklärte er mit aller Würde, die ihm zu Gebote stand.

»Ihr werdet es wohl vorziehen, in Moskau zu wohnen«, meinte Golicyn, »aber es steht Euch jederzeit frei, Eure Besitzungen zu besuchen.«

Das hieß: Man wollte ihn nicht in Moskau.

»Kommt, mein Lieber, ich bringe Euch zur Tür«, sagte Golicyn freundlich.

Erst jetzt bemerkte Nikita, daß etwa dreißig Personen sie beobachteten. In einer Ecke standen zwei von den Miloslavskijs mit ausdruckslosen Gesichtern, und daneben stand Peter Tolstoj. Da begriff Nikita, daß das so etwas wie seine gesellschaftliche Hinrichtung gewesen war.

So hatte der vornehme Vorfahr des berühmten russischen Romanciers mit Nikita Bobrov abgerechnet.

Nikita war erledigt, seine Karriere zu Ende. Was sollte er nun machen? Wie sollte er nun die Interessen der Familie weiter verfolgen? Und was sollte mit Prokopios geschehen?

Er war ein liebenswerter Junge, sah seinem Vater auffallend ähnlich mit der gleichen breiten Stirn und dem schwarzen Haar. Er war leicht zu begeistern – zu leicht wahrscheinlich. Doch seine Begeisterung wirkte ansteckend und verlieh ihm großen Charme. Es wäre schlimm, dachte der Vater, wenn der Schatten, der über der Familie liegt, ihm eine erfolgreiche Laufbahn verwehren würde.

Eudokia wußte Rat. »Von Fürstin Sofija haben wir nichts zu erwarten«, meinte sie. »Unsere einzige Hoffnung liegt bei der nächsten Regierung. Prokopios soll in Peters Dienste treten.«

Peter? Würde er, trotz Sofija und den klug vorausplanenden Miloslavskijs, je an die Macht kommen?

»Er ist unsere einzige Möglichkeit«, wiederholte Eudokia. »Überlasse es nur mir.« Bald darauf wurde sie zu Hofe gerufen und kam mit der Nachricht zurück, Nikita solle bei dem jungen Peter vorsprechen, und zwar in einem kleinen Ort außerhalb der Hauptstadt, in Preobrazenskoe.

Zwei Monate später, als die Blätter fielen, kamen Nikita Bobrov und Eudokia nach Russka.

Prokopios war glücklich in Peters Gefolge untergebracht. Und da es für Nikita keine Verwendung in Moskau gab, hatte er sich entschlossen, seine Besitzungen aufzusuchen. Sein Haus mußte instand gesetzt werden, und er bestellte unverzüglich Arbeiter. Dann besuchte er das Kloster und inspizierte auch Sumpfloch sorgfältig. Eudokia machte sich ebenfalls nützlich und entdeckte, nach ihren eigenen Worten, den richtigen Mann für die komplizierten Tischlerarbeiten im Haus.

»Er ist Ikonenmaler«, erklärte sie, »aber auch ein großartiger Tischler. Du mußt ihn und seine reizende Frau kennenlernen, Nikita. Er heißt Daniel.«

Nikita lernte sie kennen. Der Mann war ein Hüne von Gestalt, die Frau unscheinbar. Eudokia zeigte sofort großes Interesse an beiden, und nach einigen Wochen war sie gänzlich von ihnen eingenommen. Nikita verstand nicht, was sie an ihnen fand.

Obwohl Daniel wenig sprach und keinerlei Aufmerksamkeit erregen wollte, genoß er Ansehen unter den Bewohnern von Russka. Doch auch jetzt noch, nach sieben Jahren, war er ein Rätsel, und niemand wußte etwas über ihn. Nicht einmal seine Frau. Sie fühlte nur, daß ihrem Mann große Weisheit innewohnte und daß er einen tiefen Kummer mit sich herumtrug.

Als er nach Russka kam, hatte Daniel nicht vorgehabt zu heiraten. Er hielt sich für unwürdig. Wie kann ich jemanden bitten, mein Leben zu teilen, wenn ich so tief in Sünden verstrickt bin? dachte er. Er wäre wohl auch nicht geblieben, wenn es den einfühlsamen Silas nicht gegeben hätte. »Vergiß nicht, daß wir hier sind, um zu leiden«, ermahnte er ihn, »aber wir dürfen nicht verzweifeln.«

Wenn er in der kleinen Holzkirche die einfachen Menschen ansah und Silas' intensive, warme Predigten hörte, wußte Daniel, daß er keinen Grund mehr hatte, weiterzuziehen.

Irgendwann schlug Silas Daniel vor zu heiraten. »Ich glaube, es ist an der Zeit!«

»Ich bin zu alt, über fünfzig«, widersprach Daniel. »Und ich bin unwürdig.«

Doch Silas widersprach. »Das kannst du selbst nicht entscheiden.«

»Aber wen soll ich denn heiraten? Wer will mich schon?«

Silas lächelte. »Wenn es der Wille Gottes ist, dann wirst du es schon wissen, glaube ich. Du solltest eine heiraten, die schön ist – nicht in den Augen der Menschen, sondern in den Augen Gottes. Du sollst eine heiraten, die Gott würdig preist.« Wieder lächelte er. »Du wirst schon recht geleitet.«

Zwei Wochen lang machte sich Daniel darüber Gedanken. Er fühlte sich unsicher und gleichzeitig erregt. Er dachte an alle Frauen in Russka und in Sumpfloch, kam jedoch zu keinem Entschluß.

Dann, am dritten Sonntag, fesselte in der Kirche in Sumpfloch eine Frau seine Aufmerksamkeit. Sie sang mit ausnehmend schöner Stimme. Und als er das unscheinbare Gesicht mit der häßlichen Warze sah, ein blasses Gesicht, das den lieblichen Ausdruck religiöser Verzückung trug, da wußte Daniel, wen der Priester gemeint hatte.

Er sprach gleich nach der Messe bei dem Onkel und der alten Großmutter der Auserwählten vor. Und so wurde Arina zur großen Überraschung Elenas im unerhörten Alter von fünfundzwanzig Jahren mit Daniel getraut.

Am Hochzeitstag überreichte Elena ihrer Enkelin feierlich ein goldenes Armband mit einem Amethyst. Sie sagte nicht, woher es stammte. Dann begleitete die ganze Familie Arina zu Daniels Häuschen in Russka.

Die beiden, nun Mann und Frau, konnten ihr Glück kaum fassen. Selbstgefälligkeit lag ihnen fern; jeder versuchte einfach, den anderen glücklich zu machen. Der Anblick dieser schlichten Frau, die niemals auf Liebe zu hoffen gewagt hatte, rührte Daniel zutiefst. Seine natürliche Empfindsamkeit, die durch Selbstzweifel stets zurückgedrängt worden war, durfte sich endlich ausdrücken. Daniel war zärtlich und fest entschlossen, mit Arina eine wundervolle Ehe zu führen.

Wie viele Russen nannten sie einander nicht mit Vornamen, sondern mit den Namen der Väter. Das ergab zuerst eine kleine Diskussion. Arina bekannte errötend: »Mein richtiger Vater war ein Kosak, und ich kenne seinen Namen nicht; mein angeblicher Vater hieß Ivan.« Daniels Vater hieß Peter, und so war er für sie immer »Petrovitsch«, während er sie »Ivanovna« nannte.

Im Jahre 1684 schlug das Schicksal zu. Ein Erlaß der Regentin Sofija ächtete die *raskolniki*. Vermeintliche Schismatiker konnten gefoltert werden, und jeder, der einem von ihnen Unterschlupf gewährte, verlor seinen Besitz. Uneinsichtigen Übeltätern drohte die Todesstrafe. An dem Tag, als die Nachricht von diesem schrecklichen Erlaß Russka erreichte, kam Silas in Daniels Haus in der Nähe des Marktplatzes und führte ein wichtiges Gespräch mit dem Freund.

Arina war während der Unterhaltung außer Haus. Als sie später ins Zimmer trat, fand sie Daniel in außerordentlich erregtem Zustand vor. Mit Tränen in den Augen warf er sich vor der Ikone auf die Knie, schlug die

Stirn auf den Boden und murmelte: »Sei barmherzig, Herr. Lasse diesen Kelch an mir vorübergehen.« Dann rief er voller Verzweiflung: »Wer bin ich denn, Herr, daß ich um Barmherzigkeit bitte –, ich, der ich gemordet habe, nicht nur einmal, viele Male!«

Arina starrte ihn an. Was meinte er nur? Sicher durfte sie dies nicht wörtlich nehmen; sie konnte sich ja nicht einmal vorstellen, daß ihr Mann einer Fliege etwas zuleide tun könnte.

An jenem Abend erzählte Daniel von Silas' Besuch. Selbst der alte Priester wußte angesichts dieses Erlasses nicht, wie er sich verhalten solle. »Es ehrt mich, daß er mich um Rat gebeten hat«, sagte Daniel.

»Und was hast du ihm geraten, Petrovitsch?«

Er sah sie bedrückt an. »Wenn wir den alten Ritus beibehalten, selbst im geheimen, kann das großes Unglück über uns, auch über dich, Ivanovna, bringen.«

Sie neigte den Kopf. Welches Leid auch vor ihnen läge – sie hatte nur den einen Wunsch, es mit ihm zu teilen.

»Aber ich wollte nichts anderes als diesen Glauben«, brach es plötzlich aus Daniel heraus. »Ich bin mein Leben lang umhergewandert auf der Suche nach der Wahrheit, Ivanovna. Ich kann jetzt nicht umkehren.«

Der Augenblick schien Arina gekommen, um die Frage zu stellen, die sie schon lange beschäftigte: »Willst du deiner Frau nicht aus deinem früheren Leben erzählen, Petrovitsch?«

Es war eine Geschichte einsamer Wanderungen, die ihn offenbar durch ganz Rußland geführt hatten. Er berichtete ihr von den Dorfältesten, die er in Jaroslavl getroffen hatte. »Und davor war ich eine Zeitlang Laienbruder in einem Kloster. Dort lernte ich auch lesen.«

»Was meintest du, Petrovitsch, als du sagtest, du habest gemordet?« frage Arina leise.

»Ja, es ist wahr. Ich habe getötet«, antwortete er traurig. »Heute weiß ich, daß die Gerechtigkeit nur Gott gehört und daß Rechtschaffenheit nur im Gebet gefunden werden kann. Aber als ich jung war, dachte ich, daß wahre Gerechtigkeit in der menschlichen Herrschaft geübt werden könne. Als ich sie dort nicht fand, wurde ich zornig.«

»Was hast du da getan?«

»Ich habe mich Stenka Razin angeschlossen. Ich habe gekämpft. Und wir haben getötet, Ivanovna. In Namen der Gerechtigkeit töteten wir nicht nur Soldaten und niederträchtige Beamte, sondern auch Gott weiß wie viele Unschuldige. Damals hielt ich das für richtig; jetzt kann ich mich nur vor Gott auf die Knie werfen und um Barmherzigkeit bitten.«

»Du warst also ein Kosak?«

»Ja, ein kämpfender Kosak. Ich habe auch mit Bodhan gekämpft. Später dann wollte ich unbedingt mit meiner schlimmen Vergangenheit brechen und änderte meinen Namen in »Daniel«, so als hätte ich die heiligen Weihen empfangen.«

»Wie hast du vorher geheißen?«

»Stepan.« Er lächelte leicht. »Aber da meine Kosakenbrüder mich für einen großen Einfaltspinsel hielten, nannten sie mich ›Bär‹.«

1698

Prokopios Bobrov war begeisterungsfähig, und obwohl er einunddreißig Jahre alt war, fand ihn zumindest seine Mutter manchmal kindisch. Oft sagte sie: »Ihn nach Preobrazenskoe zu schicken war der größte Fehler meines Lebens.« Und wenn die liebe Gattin, die sie für ihn ausgesucht hatte, sich beklagte, daß er sie schmählich vernachlässige, seufzte Eudokia nur mitleidvoll: »Daran ist nur dieser verwünschte Peter schuld.« So titulierte sie insgeheim den Zaren.

Preobrazenskoe war ein hübscher Ort – eine bescheidene Jagdhütte aus Holz mit großen Stallungen, nur drei Meilen von Moskaus Mauern entfernt und nahe der Deutschen Vorstadt gelegen. Sie war von Wiesen umgeben, und etwas abseits lag eine weißverputzte Kirche. Dort hatte Prokopios Bobrov mit sechzehn Jahren die Bekanntschaft eines Zwölfjährigen gemacht, der schon ebenso groß war wie er.

Der weibliche Nachrichtendienst in Eudokias Familie hatte ganze Arbeit geleistet. Die Mutter des jungen Zaren aus der Familie Naryschkin war höchst dankbar, daß ihr Sohn einen Freund aus einer gesunden alten Familie, wie die Bobrovs es waren, bekam. Denn ihr eigener Status war bedauernswert: Außer wenn der junge Peter anläßlich eines zeremoniellen Auftritts gebraucht wurde, ignorierte man ihn. Ihre Apanage war so gering, daß die Zarenmutter den Patriarchen um weitere Geldmittel bitten mußte. Da sie um ihre Sicherheit fürchtete, war sie froh, sich nach Preobrazenskoe zurückziehen zu können.

»Es gibt nichts Gutes, das man über Peter sagen könnte«, schimpfte Eudokia voller Verachtung. Hätte sie Prokopios nur nie nach Preobrazenskoe geschickt! Damit hatte das ganze Problem begonnen. Der junge Zar wurde nicht entsprechend beaufsichtigt, durfte umherstreunen und sich mit lockeren Burschen zusammentun.

Inzwischen war er Offizier geworden. Wie Eudokia diese Kerle in ihren ausländischen Uniformen verachtete! Und aus Peters kindlichen Soldatenspielen waren nun ernsthafte Kriege geworden. Und sie hatte einmal gedacht, es gebe nichts Schlimmeres als die Herrschaft Sofijas und dieses Golicyn. Die ausländischen Kriege stürzten die beiden ins Verderben. Golicyn wollte sich mit den Polen gut stellen. Gegen einen erneuten Friedensvertrag mit ihnen hatte er ihnen törichterweise seine Hilfe gegen die Türken und ihren Vasallen, den Krim-Khan, zugesagt.

Der Krieg gegen die Tataren in der Steppe wurde ein Katastrophe, und zwar eine kostspielige. Die bedeutenden Staatsmänner hatten sich Peter zugewandt und Sofija und ihren Günstling entmachtet. Sofija wurde ins Kloster, Golicyn ins Exil geschickt. Peter war siebzehn Jahre alt. Obwohl er offiziell immer noch mit Ivan gemeinsam regierte, war es an der Zeit, daß er die Führung übernahm.

Kurzfristig hatte Eudokia Hoffnung geschöpft. Der alte Patriarch, der nun endlich Golicyn losgeworden war, war fest entschlossen, Rußland von jeglichen fremden Einflüssen zu befreien. Doch dann starb er, und Peters merkwürdiges Regime nahm seinen Lauf. Während ein kleiner Rat, bestehend aus seiner Mutter und einigen Mitgliedern der Naryschkin-Familie, inoffiziell die Regentschaft übernahm, zeigte der ungehobelte Junge keinerlei Interesse an seinen zukünftigen Aufgaben. Häufig hielt er sich in Preobrazenskoe auf, oder er vertrieb sich die Zeit in ausländischer Gesellschaft in der Deutschen Vorstadt.

Peter hatte die »Fidele Gesellschaft« um sich geschart, eine Freundesgruppe, die ebenso aus einem Dutzend wie aus zweihundert Personen bestehen konnte. Es gab einige Russen darunter, doch die meisten waren Ausländer wie etwa der brillante Schweizer Abenteurer Lefort und der schlaue schottische General Gordon, bereits ein alter Mann. Stein des Anstoßes waren nicht die sich über Tage hinziehenden Trinkgelage – die waren typisch russisch. Auch nicht, daß die Burschen in die Häuser von Kaufleuten und Adligen eindrangen und das Mobiliar zerschlugen, wurde als unverzeihlich angesehen. Die Russen verziehen Peter sogar seine Begeisterung für ausländische Erzeugnisse und sein Studium der mathematischen Grundzüge und der Navigation.

Doch was sollten sie von seinem offenen und beleidigenden Spott gegenüber der Kirche und der Religion halten?

In jenen Jahren gründete der junge Zar einen Synod – den von ihm so bezeichneten Trunkenen Synod. Einer der Trinkkumpane, Peters ehemaliger Erzieher, wurde zum Fürstpatriarchen ernannt, was dann in Fürstpapst abgeändert wurde. Mit kirchlichen Insignien ausgestattet, berief Peter einen Trunkenen Synod von Kardinälen, Bischöfen, Äbten und anderen Priestern ein. Und dann wurde unter Verspottung der Liturgie der Trunkene Synod vom Fürstpapst unter der Leitung Peters zu nächtlichen Gelagen geführt. Und man versteckte sich nicht in Räumen, sondern der junge Zar und seine Freunde zogen durch Moskaus Straßen, sogar während der Fastenzeit, und legten es darauf an, die religiösen Gefühle jener Menschen zu verletzen, die Peter regieren sollte. Der Trunkene Synod existierte im übrigen bis zum Tod des Zaren.

Dieses merkwürdige Regime dauerte einige Jahre so fort. Weder seine Heirat noch der Tod seiner Mutter änderten Peters Verhalten.

Eudokia gewann im Laufe der Zeit den Eindruck, daß der Zar, sofern er überhaupt nüchtern war, nur an zwei Dinge dachte: an Krieg und an Schiffe. Und wenn Prokopios seiner Mutter erklärte, daß Rußland ein Land der Flüsse sei, fiel sie ihm gereizt ins Wort: »Du weißt genau, was ich meine. Es sind diese verdammten Schiffe auf dem Meer. Kein Russe hatte es je nötig, zur See zu fahren.«

»Das stimmt nicht. Das alte Volk der Rus fuhr übers Schwarze Meer nach Konstantinopel. Und genau das machen wir jetzt wieder.«

»Zuerst waren es der Krim-Khan und seine Tataren, jetzt ist es der türkische Sultan, den ihr angreifen wollt«, meinte sie kühl.

Peter träumte von Anfang an von Eroberungen. Hatte denn nicht das Land der Rus freien Handel vom Baltikum bis hinunter zum Schwarzen Meer getrieben? Hatten die Rus nicht die Stämme der südlichen Steppe vernichtet, hatten sie nicht eine Siedlung an der Mündung des Don im alten Tmutorokan unterhalten? Hatte es im kaiserlichen Konstantinopel etwa keine Kolonie der Rus gegeben?

Doch jetzt waren die reichen baltischen Häfen immer noch in den Händen der Schweden und der Deutschen. Im Süden wurde die Don-Mündung von dem türkischen Hafen Azov überwacht, und die türkische Flotte hatte die absolute Vormachtstellung im Schwarzen Meer.

Dazu kam, daß der Khan der Krim-Tataren Plünderer über die Steppe schickte, die aus den ukrainischen Dörfern zu Tausenden Sklaven verschleppten und sie auf die Sklavenmärkte des Mittleren Ostens schickten. Der Khan besaß sogar die Dreistigkeit, vom Zaren Tribut zu fordern, und wenn auch diese Forderung unerfüllt blieb, so hielt es die russische Regierung dennoch für angebracht, ihm hübsche Geschenke zu schicken.

So war es nicht verwunderlich, daß Peter nach Norden und Süden aufbrechen wollte. Schiffe – ja, das war die Antwort. Peter hatte selbst ein Schiff gebaut. Er hatte hoch oben im Norden die Schiffe der Fremden beobachtet. Das war es, was er brauchte – eine Flotte, die den Don hinunterfuhr und an Azov vorbei ins Schwarze Meer vorstieß. Es war an der Zeit, daß aus seinen Kriegsspielen Ernst wurde. Für die Fahrt auf dem Don sollten zuerst Galeeren, dann große Schiffe fürs Meer gebaut werden.

Nikita war von diesem Abenteuer ebenfalls begeistert. Der ehemalige Beamte, nun fünfundsechzig Jahre alt, hatte eine neue Pacht auf Lebenszeit erworben. Und seine Güter lieferten Holz zur Genüge.

»Der Zar braucht Bauholz und Eschenholz für seine Flotte«, sagte Nikita und machte dem Zaren unverzüglich Holz zum Geschenk. Als 1696 die Nachricht vom Fall der türkischen Festung Azov kam, geriet Nikita ganz aus dem Häuschen.

Während des Feldzugs nach Azov war Peters gebrechlicher Halbbruder Ivan gestorben. Als Peter im Triumph nach Moskau zurückkehrte, bedeutete das, daß er nun mit vierundzwanzig Jahren allein auf dem Thron saß.

»Er hat vielleicht eine wilde Natur«, erklärte Nikita seiner Frau, »aber jetzt werden wir Großes erleben.«

Peters glorreicher Einzug in der Hauptstadt fand an einem sonnigen Oktobertag des Jahres 1696 statt. An der Moskwa hatte man einen Triumphbogen nach römischem Vorbild errichtet, mit großen Statuen von Mars und Herkules zu beiden Seiten und auch einer Abbildung des türkischen Paschas in Ketten.

Den Festzug führte Peters Erzieher in Rüstung an. Es folgte der Schweizer Lefort in einer vergoldeten Kutsche, danach weitere Kutschen. Schließlich ein Karren mit einem Verräter, der während des Feldzuges auf seiten der Türken gefaßt worden war. Die für ihn vorgesehenen Folter- und Exekutionswerkzeuge lagen neben ihm.

Und am Ende dieses meilenlangen Festzuges kam Peter. Er bot einen respektablen Anblick mit seiner hohen, athletischen Gestalt, der schwarzen Haarmähne, einem Kosakenschnurrbart und durchdringenden Augen. Er trug allerdings keine russische Kleidung, sondern eine deutsche Uniform, einen schwarzen Mantel und einen riesigen schwarzen Dreispitz, an dem keck eine lange weiße Feder steckte.

Priester waren nicht zu sehen. Keine Ikonen, keine Kirchenbanner wurden dem Zug vorangetragen. Keine Begrüßungsansprache des Patriarchen, keine Kirchenglocken. Eine heidnische Prozession zog in die Hauptstadt des Heiligen Rußland ein.

»Sogar die Römer hatten ihre Götter«, murmelte Nikita. »Selbst der Tschingis-Khan, ein Heide, hat die Kirche nicht verachtet.«

Eudokia starrte voller Abscheu auf die Szene. »Als seine Mutter starb und er nicht einmal an ihrem Sterbebett stand, hielt ich ihn einfach für kalt und ungezogen«, bemerkte sie, »doch jetzt habe ich das Gesicht des Leibhaftigen gesehen.«

Im Jahr 1698 tat Peter etwas, was vor ihm kein anderer russischer

Herrscher getan hatte. Er reiste ins Ausland. Prokopios durfte ihn begleiten.

Eudokia verbrachte die meiste Zeit in Russka, wo sie viele Stunden mit den Priestern Silas, Daniel und seiner Familie zusammen war. Als Peter und ihr Sohn zurückkamen, brach in Moskau die Hölle los.

An einem warmen Tag Ende September näherte sich Daniel der Hauptstadt. Seine Gefühle schwankten zwischen Neugier und Furcht. Ob die Gerüchte, die er seit der plötzlichen Rückkehr des Zaren gehört hatte, der Wahrheit entsprachen? Seit vielen Jahren war er nicht mehr in Moskau gewesen, doch als er die Aufforderung bekam, die fromme Frau Eudokia aufzusuchen, war er unverzüglich mit Frau und Tochter aufgebrochen.

Er und Arina waren nach fast fünfzehn Jahren – sie hatten die Hoffnung längst aufgegeben – mit einer Tochter gesegnet worden. Daniel fragte sich oft, wie Gott ihnen in dieser schlimmen Zeit ein solches Geschenk machen konnte. Bei der Geburt des Kindes, das nun sechs Jahre alt war, war Arina neununddreißig und er hoch in den Sechzigern gewesen.

Sie stellten überrascht fest, daß das Mädchen keinem von ihnen ähnelte. Die alte Elena löste das Rätsel. »Sie ist deiner Mutter, meiner Marjuschka, wie aus dem Gesicht geschnitten«, sagte sie zu Arina.

Also wurde das Kind Marjuschka genannt. Die alte Elena saß die letzten drei Jahre ihres Lebens täglich neben der Kleinen, so als wäre es ihr eigenes Kind.

In welch finstere Zeit war Marjuschka hineingeboren! In ganz Rußland, besonders jedoch im Norden, verfolgte die Regierung die *raskolniki* weiterhin. Manche von ihnen suchten das Märtyrertum, indem sie die Obrigkeit herausforderten. Andere setzten ihre Gottesdienste im geheimen fort.

Silas und Daniel hatten sich mit Avvakums Freunden beraten und waren zu einer weisen Entscheidung gekommen.

»Es hat keinen Sinn, sich den Haß der Regierung zuzuziehen«, erklärte Daniel seiner Familie. »Der Erlaß ist falsch, aber vielleicht wird er in Zukunft abgeändert. Wir werden weiterhin in aller Stille beten, wie man es uns gelehrt hat. Wir suchen keinen Streit, aber wenn es zur Verfolgung kommt, müssen wir uns der Sache stellen. Wir sind in Gottes Hand.« Diesen Kurs schlugen Hunderte, ja Tausende von kleinen Gemeinden im weiten Land ein.

Für Daniel war die Hauptstadt voller Gefahren. In ebendiesem Sommer, als Peter noch im Ausland war, hatten die Strelitzen erneut revoltiert. Zum

Glück für Peter war es seinen Ratgebern gelungen, den Aufstand rasch niederzuschlagen. Der Zar hatte sich jedoch eilig auf den Heimweg begeben, und nun wartete ganz Rußland, was sein junger Herrscher unternehmen würde.

Als die Reisenden die Vorstadt erreichten, schien in der weiten Stadt alles ruhig. Ihr kleiner Wagen näherte sich langsam der äußeren Stadtmauer, durchquerte ein Tor und gelangte schließlich zum Kitajgorod, wo die Bobrovs ein gediegenes Haus besaßen. Daniel führte Frau und Tochter in den großen staubigen Hof.

Als der graubärtige Nikita erschien und sie höflich begrüßte, legte Daniel seine Hand aufs Herz und verneigte sich tief. Gleich darauf trat auch Eudokia lächelnd heraus; vor ihr ging eine Dienstmagd und brachte Brot und Salz zum Empfang.

Dann unterhielten sich die reichen Bobrovs und die armen Handwerker wie alte Freunde, tauschten kleine Neuigkeiten aus. Selbst Nikita, der ja auch alt wurde, empfand nun die Anwesenheit dieser einfachen Leute als ungemein wohltuend.

Plötzlich sah Daniel, wie Eudokia sich starr aufrichtete und wie ein merkwürdig verlegener Ausdruck in Nikitas Gesicht trat. Und schnell sagte Nikita mit gespielter Herzlichkeit: »Ach, da ist ja mein Sohn Prokopios.«

Zu den Freunden des jungen Zaren hatten in Preobrazenskoe alle möglichen Leute gehört: Mitglieder alter Fürsten- und Bojarenfamilien, Söhne aus dem höheren oder niederen Adel, sogar Leute niedriger Herkunft wie Peters Favorit Menschikov, der als Kind angeblich Backwerk auf der Straße verkauft hatte. Sie alle hatten etwas gemeinsam: Sie waren Peter treu ergeben.

Und da gab es natürlich die Ausländer in der Deutschen Vorstadt. Prokopios hatte das Glück, daß Peter ihn von Anfang an charmant und intelligent fand und ihn aufgrund seiner Schlagfertigkeit nicht nur zu den Zusammenkünften mit dem Militär, sondern auch zu den häufigen Gesellschaften in der Deutschen Vorstadt zuzog. Das hatte Prokopios eine neue Welt geöffnet.

Die Deutsche Vorstadt unterschied sich in nahezu allem vom übrigen Moskau. Die breiten Straßen boten einen gepflegten Anblick. Die Häuser waren aus Klinker oder anderem Stein erbaut und mit planvoll angelegten Gärten umgeben. Kurz und gut – eine kleine europäische Oase mit bürgerlicher Ordnung und Kultur, abgeschirmt gegen den andersartigen, asiatisch geprägten »Wirrwarr« Moskaus. Die kleinen protestantischen Kirchen wirkten licht und luftig, verglichen mit den Moskoviter Kirchen in ihrem fahlen Goldschimmer.

Unter den mehreren tausend Kaufleuten und Soldaten, die hier lebten, waren auch einige, deren Vorfahren bereits drei oder vier Generationen zuvor eingewandert waren. Für die Russisch-Orthodoxen waren sie aber nach wie vor dumme Ausländer.

Hier lebten auch Engländer, die mit den Waffen und der Taktik der modernen Kriegsführung vertraut waren, und Deutsche, die trotz gegenteiliger Ansicht der Russen alles andere als dumm waren und mehrere Sprachen beherrschten. Hier lebten Holländer, die wußten, wie man seetüchtige Schiffe baute und zur See fuhr.

Es gab dort Wunderdinge, von denen die Russen keine Ahnung hatten. Eines Tages etwa brachte ein treuergebener General in der Annahme, dem Kinderzaren eine Freude zu machen, von einer Reise ein Astrolabium mit zurück, mit dessen Hilfe, so erklärte er, die schlauen Ausländer nach der Sonne und den Sternen navigieren konnten. Peter war begeistert. Niemand bei Hofe hatte so etwas je gesehen.

Der General mußte allerdings verlegen zugeben, daß er überhaupt nicht wußte, wie das Instrument funktionieren sollte. »Ich habe vergessen zu fragen.«

Daß dieses Astrolabium damals schon an die zweitausend Jahre in Gebrauch war, wußten sie nicht.

Doch der junge Zar machte auf der Stelle einen Holländer ausfindig, der ihm das Instrument erklärte, und saß tage- und wochenlang an einem Übungsheft, bis er das Instrument zu bedienen verstand.

Prokopios hatte die Deutsche Vorstadt mittlerweile gründlich kennengelernt. Wenn er auch nicht Peters unglaublichen Wissensdurst hatte, erkannte er doch mit der Zeit, welche Macht Wissen bedeutete. Tatsächlich hielt er sich inzwischen selbst für einen fortschrittlichen Menschen, seiner Zeit voraus, bis er mit auf diplomatische Mission ins Ausland geschickt wurde.

Die Mission des Zaren nach Westeuropa ist zu einem so volkstümlichen Begriff in der Weltgeschichte geworden, daß ihre wahre Natur häufig vergessen wird. Peters Motiv waren Kriegsvorbereitungen, vorerst gegen die Türkei gerichtet. Westliche Länder sollten auf diplomatischem Weg zum Beitritt zu einer antitürkischen Allianz bewegt werden. Die praktische Seite der Reise war das Studium des Schiffbaus, damit Rußland eine eigene Flotte bauen könnte. Bereits 1696 hatte Peter kurz nach seinem Sieg bei Azov fünfzig Russen nach Westeuropa gesandt, damit sie Navigation und Schiffbau erlernten. Unter ihnen befand sich der zweiundfünfzigjährige Peter Tolstoj.

Seine eigene diplomatische Mission folgte bald darauf. Doch warum ging Peter selbst mit? Und warum reiste er inkognito – offiziell nur als jüngeres Mitglied der von seinen Botschaftern geleiteten Gruppe?

Wahrscheinlich hatte er dadurch mehr Freiheit, sich auf eigene Faust in den westlichen Werften umzusehen. Sicher arbeitete er monatelang als Schiffbauer und lernte das Handwerk von Grund auf.

Und sicher hatte er, der eifrige Anhänger der Fidelen Gesellschaft, auf diese Weise auch mehr Gelegenheit, den Narren zu spielen. Auch das gehörte für ihn und seinen Freund dazu. In London waren sie bei dem distinguierten Tagebuchschreiber John Evelyn untergebracht, und sie verwüsteten Haus und Garten so gründlich, daß der berühmte Sir Christopher Wren nach einer Besichtigung den Schaden mit der erstaunlich hohen Summe von dreihundertfünfzig Pfund ansetzte. Unter anderem mußte der Fußboden erneuert und die Delfter Kacheln an den Öfen ersetzt werden. Die Türschlösser aus Messing waren beschädigt, die Federbetten aufgeschlitzt. Die Rasenanlagen und die lange, hohe Stechpalmenhecke, von der Gartenbaugesellschaft mit einem Preis bedacht, waren ruiniert. Auf diese Weise setzte sich Zar Peter in den Jahren 1697 und 1698 mit der europäischen Kultur auseinander.

Die Länder des Baltikums, den Hafen von Riga, die deutschen Staaten Brandenburg und Hannover, Holland, England, das habsburgische Wien, Polen ... Prokopios sagte später, er habe eigentlich nicht andere Länder, sondern ein anderes Jahrhundert bereist. Die zweitausend Jahre alte philosophische Tradition von Sokrates bis Descartes, die Kenntnis fremder Länder, die Pracht der Renaissance, die Anfänge moderner Wissenschaft und vor allem die vielschichtigen und wandlungsfähigen europäischen Gesellschaftsstrukturen mit ihren alten Institutionen, Berufen, ihrer Rechtsprechung und ihren Moralbegriffen – von alledem hatte ja nur eine Handvoll Russen eine Vorstellung. Aus Peters Gefolge machte sich keiner einen Begriff von dem Gesehenen, Peter sicherlich auch nicht. Das konnte er nicht: Rußland lebte in einem anderen Jahrhundert.

Prokopios war, ebenso wie Peter, beeindruckt von den Schiffen und den riesigen Häfen, von den Geschützen an Bord und von dem Schießpulver, das dem russischen weit überlegen war.

Als er nach seiner Rückkehr vom Vater gefragt wurde, welches Land er am meisten bewunderte, antwortete er: »Ich glaube, Holland.«

»Warum?« wollte Nikita wissen. »Wegen der Schiffe, wegen ihres Handels?«

»Nein.« Prokopios schüttelte den Kopf. »Es ist ...«, er suchte nach dem Wort, »... ihre Ordnung. Sie haben sogar das Meer gezähmt. Ich habe die großen Mauern gesehen, nicht wie unsere hölzernen Wände quer durch die Steppe gegen die Tataren, sondern riesige Steinwälle, damit das Meer nicht eindringen kann. Man nennt sie Deiche. Sie haben dem Meer Land abgerungen und Felder angelegt – Tausende.«

Nikita sah nicht sonderlich beeindruckt drein. »So etwas brauchen wir nicht in Rußland. Wir haben endlos viel Land.«

»Ich weiß«, fuhr Prokopios erregt fort, »das ist es nicht; aber, Vater, sie haben die Natur besiegt.«

Nikita lachte. »Du meinst also, du und der Zar, ihr seid zurückgekommen, um der Mutter Natur euren Willen aufzuzwingen?« fragte er ungläubig. »Die Natur in Rußland ist mächtiger als jeder Zar, mein lieber Prokopios. Man kann ihr nichts aufzwingen.«

»Warte nur, bis Zar Peter damit anfängt«, erwiderte der Sohn kühl.

»Gott schuf die Natur«, warf Eudokia ein, »und wenn ihr versucht, eure Ordnung der Natur aufzudrängen, so ist das purer Hochmut. Du und dein Zar, ihr seid gottlos.«

Prokopios stellte bekümmert fest, wie weit seine Mutter sich ihm entfremdet hatte. Aber auch wenn sie seine Überzeugung nicht teilte – er war in der Welt herumgekommen und hatte ihre Ordnung kennengelernt und glaubte, daß Rußland unter einem starken Herrscher und mit ungeheurer Anstrengung von oben auch eine neue Ordnung aufgezwungen werden könne.

Was hatte die diplomatische Mission tatsächlich erreicht? Peter hatte den Schiffbau studieren wollen, und das war ihm auch gelungen. Er wollte eine neue Bewaffnung und besseres Schießpulver, er wollte sich Kenntnisse in neuzeitlichen Kampfmethoden, vor allem zur See, aneignen. Dies alles hatte er erreicht. Und dazu hatte er neue Handelswege erschlossen.

Auf diplomatischem Parkett versagten die Russen allerdings. Niemand wollte gegen den türkischen Sultan kämpfen.

Doch entscheidend waren letztlich die langfristigen Folgen der diplomatischen Mission. Männer wie der schlaue Peter Tolstoj kamen zurück mit einem Schatz an Beobachtungen, Fremdsprachenkenntnissen und zumindest einem Einblick in europäische Erziehung und Kultur.

Prokopios Bobrov nun besaß zwar keinen großen Bildungsdrang, doch er hatte genügend erfahren, um zu sehen, daß seine Heimat Jahrhunderte nachhinkte.

Und dieser junge Mann betrat soeben den Hof. Daniel starrte ihm ungläubig entgegen.

Prokopios trug eine schicke, engsitzende grüne Uniformjacke, die nach deutscher Sitte vorn durchgeknöpft war, dazu Breeches und Kniestrümpfe. Bis auf einen gepflegten Schnurrbart war sein Gesicht glatt rasiert.

Natürlich waren während Daniels Kosakentagen in der Ukraine glattrasierte Männer ein gewohnter Anblick gewesen. Doch hier im Norden – daß Nikita Bobrovs Sohn so etwas machte!

»Die Freunde des Zaren kamen von ihrer Reise glatt rasiert zurück«, meinte Nikita entschuldigend.

»Der Zar hat den Bojaren bei Hof persönlich die Bärte abrasiert«, erinnerte sich Prokopios. »Er sagte, er könne keine so primitiv aussehenden Männer an seinem Hof dulden.«

Primitiv! Bei diesem Wort zuckte Daniel zusammen. Er sah, wie Eudokia zurückfuhr, als wäre sie geschlagen worden. Prokopios hatte sie absichtlich beleidigt.

Nikita Bobrov schien diese Unhöflichkeit zu ignorieren. Er wandte sich fragend an seinen Sohn: »Du kommst von Preobrazenskoe?«

Prokopios nickte. »Es ist beschlossene Sache. Wir haben einige Geständnisse. Morgen finden die ersten Hinrichtungen statt.« Er nahm seinen Vater beim Arm. »Komm«, sagte er, »ich will dir mehr berichten.« Und er führte ihn ins Haus.

Als sich nun Eudokia Daniel und seiner Familie wieder zuwandte, hatte sie Tränen in den Augen. »Gott sei Dank, daß ihr gekommen seid.« Sie weinte leise.

Allmählich begriff Daniel das Ausmaß des Schrecklichen, was vor sich ging. Im Lauf dieses Winters wurde ihm immer deutlicher, warum Eudokia seine Anwesenheit so nötig brauchte. Er wußte allerdings nicht, wie er sie trösten konnte.

Wie Prokopios gesagt hatte, begannen die Hinrichtungen der meuternden Strelitzen einen Tag nach Daniels Ankunft.

Sie hätten bereits früher anfangen können, doch die Verhöre waren sehr schwierig. Nur wenige der meuternden Soldaten waren zur Aussage bereit. Es war in Rußland damals üblich, in ähnlichen Fällen den Gefangenen ein Geständnis durch die Knute zu entlocken.

Mitunter hört man, die berüchtigte russische Knute sei eine Art Peitsche oder ein Dreschflegel wie die englische neunschwänzige Katze gewesen. Während jedoch bei der englischen Marine ein Mann, der tausend Hiebe mit der Katze bekommen hatte, überleben konnte, waren fünfzig Hiebe mit der Knute tödlich. Wenn also etwa ein Bobrov einen Bauern auf seinem Besitz wegen eines Vergehens prügelte, benutzte er wahrscheinlich eine Rute, den sogenannten *batog,* und keine Knute.

Die Knute war etwa einen Meter lang und aus Leder gefertigt. Sie war dicker und schwerer als *batogs.* Der Knutenmeister führte den Schlag, indem er vorwärtssprang und die Knute mit aller Kraft schwang. Schon der erste Hieb riß in den Rücken des Opfers einen tiefen Striemen und zerstörte die Haut völlig.

Der zweite Schlag traf schon auf die Knochen.

Bei den noch härteren Methoden wurde das Opfer über einen Balken gezogen. Dabei wurden ihm die Arme aus den Gelenken gedreht und nach der Prozedur wieder eingerenkt.

Zar Peter war durch die Meuterei der Strelitzen höchst beunruhigt. Er hatte als Kind mit ansehen müssen, wie sein Onkel von ihnen in Stücke gehackt worden war, und er wußte, daß die Strelitzen ihn stürzen und Sofija wieder an seine Stelle setzen konnten. Deshalb waren die Verhöre so wichtig. Nicht nur die Strelitzen, sondern auch zwei von Sofijas Zofen waren nackt ausgezogen und mit der Knute gezüchtigt worden.

Peter war auch persönlich dabei, wenn Gefangene auf die Folter gespannt oder über dem Feuer geröstet wurden. Viele der Strelitzen schwiegen dennoch hartnäckig. Einmal brach man den zusammengepreßten Kiefer eines Meuterers mit einem Stock auf.

Prokopios Bobrov wohnte mehreren solcher Vernehmungen bei. Gleich nach ihrer Rückkunft hatte Peter den jungen Mann seinem neugebildeten Regierungsdepartment eingegliedert, dem sogenannten *preobrazenskij prikaz,* einem Büro der Geheimpolizei. Von Anfang an war es gefürchtet.

»Die Strelitzen sagen nicht viel, nicht einmal unter der Folter«, erzählte Prokopios seinem Vater. »Wir wissen aber, daß sie geplant haben, Peter zu stürzen und jeden Ausländer in Rußland umzubringen.«

Drei Wochen lang wurden Exekutionen vorgenommen. Auch der plötzliche Wintereinbruch, der am 12. Oktober mit dichtem Schneetreiben kam, bedeutete nicht das Ende der Hinrichtungen.

Daniel war einige Male Zeuge. Die Opfer wurden entweder geköpft oder gehängt. Peter verlangte von seinen Bojaren und Freunden, daß sie ebenfalls an den Exekutionen teilnahmen, und Daniel hörte, wie Prokopios eines Abends zu seinem Vater sagte: »Der Zar möchte morgen gern einmal ein paar Leute auf die europäische Art köpfen lassen, also nicht mit der Axt, sondern mit einem Schwert.«

Daniel sah am folgenden Tag, wie Prokopios am Werke war. Es hieß, auch der Zar habe sich aktiv am Töten beteiligt.

Daniel war über dieses Vorgehen nicht entsetzt, nur traurig. Die Strelitzen hatten rebelliert, und er fand es nur recht und billig, daß sie bestraft wurden.

Das Entsetzen kam allerdings eines Morgens, als die Priester der Truppen auf dem Platz vor dem Kreml vorgeführt wurden. Vor den hohen

Türmen der Basilius-Kathedrale hatten Peters Leute ein riesiges Gerüst aufgestellt, und zwar in Kreuzform. Dorthin wurden die Priester gebracht. Dann erschien der Hofnarr, der die Leute aufhängen sollte. Er trug selbst ein Priestergewand. Am selben Tag starben in den Gärten des Norodevitschij-Klosters hundertfünfzig weitere Strelitzen an Galgen vor Sofijas Fenster.

Fünf lange Wintermonate baumelten die Gehenkten dort.

Daniel hatte inzwischen herausgefunden, warum Eudokia ihn hatte kommen lassen: Er war der einzige, dem sie vertraute. Ihr Sohn war gottlos, ihr Mann, der nur das Beste für die Familie wollte, schwieg.

Offiziell war Daniel als Tischler beschäftigt, und er stellte tatsächlich schönes Mobiliar für das Haus her. Längst betrachteten beide Bobrovs den Haushaltszuwachs als Gewinn. Aber während seine Frau sich den Eltern widmete, fand Nikita in der Beschäftigung mit dem kleinen Mädchen viel Freude.

Marjuschka war in der Tat ein entzückendes Geschöpf. Sie hatte ein strahlendes sommersprossiges Gesicht und glänzende Augen und war gewohnt, daß alle Welt ihr freundlich gesinnt war.

Selbst Prokopios, der seine Ungeduld Daniel gegenüber manchmal nur schwer verhehlen konnte, tollte mit ihr durchs Haus, wenn er zu Besuch kam. Er war inzwischen verheiratet und hatte selbst zwei Kinder.

Marjuschka liebte ihren Vater abgöttisch. Sie wußte zwar, daß er älter war als die Väter anderer Kinder, doch sie fühlte: Er war etwas Besonderes.

Eudokia fand bei Daniel und Arina tatsächlich den Trost, den sie suchte. Jeden Tag trafen sie sich zum heimlichen Gebet. Wenn sie unbemerkt aus dem Haus schlüpfen konnte, verkleidete sie sich als Bäuerin und besuchte mit den Freunden die geheimen Gottesdienste.

Daniel hatte gleich in der ersten Woche in Erfahrung gebracht, daß überall in Moskau die Messen der *raskolniki* gehalten wurden, und zwar vor allem in Privathäusern. Sie holten ihre Ikonen, dunkel geworden vom Rauch und vom Alter, lehnten sie an die Wand und machten beim Gebet das Zweifingerkreuz.

Ende Oktober wurden die Exekutionen vorläufig ausgesetzt. Peter begab sich an den Don, wo er den Bau einer neuen Flotte inspizierte. Die sieben Fastenwochen vor Weihnachten begannen, und eine Zeitlang herrschte Ruhe in Moskau.

An Weihnachten war Peter wieder in der Stadt. Er und der Synod zogen auf zweihundert Schlitten durch die Innenstadt und die Deutsche Vorstadt. Dabei grölten sie lauthals Weihnachtslieder.

Im Januar und Februar wurden in herkömmlicher Weise der Dreikönigstag und der Karneval begangen. Da begannen auch wieder die öffentlichen Hinrichtungen. Am 3. Februar mußten auf Peters Anordnung alle Ausländer in Moskau der Hinrichtung von dreihundert Strelitzen beiwohnen, die beabsichtigt hatten, sie umzubringen.

Sofija, so wollte es Peter, mußte formell den Schleier nehmen; seine Gemahlin schickte er in ein Kloster in Suzdal. Ihr gemeinsamer Sohn, um den Peter sich nicht gekümmert hatte, wurde Peters Schwester anvertraut und erhielt einen deutschen Erzieher.

In der Karnevalswoche erlebte Daniel erstmals den schauerlichen Trunkenen-Synod des Zaren. Die Zecher waren unterwegs in das vornehme Haus Leforts. Vorneweg marschierte wie üblich Peters alter Erzieher, als Patriarch verkleidet. Ihm zur Seite ging einer, der Bacchus, den Gott des Weines, darstellte. Auch er trug eine Mitra – im übrigen war er splitternackt. Einige Teilnehmer hatten Wein und Met dabei, andere Schüsseln mit dem widerwärtigen Tabakkraut, das sie angezündet hatten. Wieder andere schwenkten Weihrauchfässer, die jedoch mit qualmendem Tabak gefüllt waren. Daniel hatte von Prokopios gehört, daß der Zar bei seinem Aufenthalt in England Lord Carmarthen das Monopol für den Import der schädlichen Pflanze nach Rußland gegeben hatte. Nun verbrannten die Begleiter des Zaren Tabak in Weihrauchgefäßen!

Bisher hatte der Zar seine Aufmerksamkeit nur auf seinen Hof und die Strelitzen gerichtet. In den folgenden Monaten aber lenkte er sein furchtbares Augenmerk auf sein Volk.

Es begann eines Abends, als Prokopios den Hof überquerte und zu Daniel, den er dort traf, nebenbei bemerkte: »Nun, Daniel, morgen mußt du deinen Bart abrasieren.« Und als er den überraschten Blick des Tischlers sah, fügte er hinzu: »Hast du's noch nicht gehört? Ja, der Zar gibt morgen früh einen *ukaz* heraus.«

Edikte hatten alle Zaren erlassen, doch bei Peter überstürzten sie sich geradezu. Das Edikt von 1699 befahl allen Männern, nicht nur den Bojaren, sondern auch einfachen Leuten wie Daniel und selbst den Bauern, ihre Bärte abzurasieren!

Jeder, nur die Priester nicht, hatte sich zu rasieren. Wer sich weigerte, mußte eine Strafe bezahlen und ein Bronzemedaillon um den Hals tragen. Leibeigene hatten nur eine halbe Kopeke zu entrichten, doch für einen freien Mann, einen Handwerker oder auch einen Kutscher, waren es dreißig harte Rubel, für einen Kaufmann sechzig und für einen Adligen wie Bobrov hundert.

»Es ist eine Todsünde, sich den Bart abzurasieren«, erklärte Daniel seiner Frau Arina, »das kann ich nicht machen.«

Auch in der Familie Bobrov entfachte der *ukaz* einen Sturm der Gefühle. »Niemals«, schrie Eudokia, »das ist undenkbar.« Und als Nikita nervös etwas von der Geldsumme verlauten ließ, brauste sie auf: »Ich gebe lieber alles, was ich habe, ehe ich das zulasse.«

Am nächsten Tag erschien Nikita jedoch mit einem ebenso triumphierenden wie ratlosen Blick und hatte nur noch den Schnurrbart. Eudokia machte auf dem Absatz kehrt und ließ ihn vier Wochen lang nicht mehr in ihre Nähe. In der Zwischenzeit kaufte sie heimlich ein Bronzemedaillon für Daniel und bestand darauf, daß er es annehme.

Prokopios war bester Laune. Die Strelitzen waren nun endgültig niedergeschlagen worden, und Peters Macht war unanfechtbar. Seine eigene Position war gut; der Zar war sein Freund. »Wenn er jemandem traut, ist er der netteste Bursche der Welt«, erzählte er seinem Vater. Bei all seiner Brutalität war Peter menschlichen Schwächen gegenüber oft großzügig.

Und nun bereitete Peter ein großes Abenteuer vor: Er wollte die baltischen Häfen in Besitz nehmen.

Es war ein Geheimnis. Die Schweden waren stark, und man mußte sie überraschend angreifen. Brandenburg, Dänemark, Sachsen – alle wollten Krieg gegen die Schweden führen und die reichen baltischen Länder, Lettland, Estland, Litauen unter sich aufteilen. Doch Peter konnte keinen Vorstoß nach Norden wagen, ehe er nicht sicher war, daß von den osmanischen Türken kein Angriff von Süden zu erwarten war. Ein ganzes Jahr lang zeigte er sich dem schwedischen Gesandten in Moskau gegenüber als Freund, während sein Gesandter in Konstantinopel versuchte, ein Abkommen mit dem Sultan zustande zu bringen.

Währenddessen betrieb Rußland die Aufrüstung. Und dazu brauchte der Staat Geld.

»Wir besteuern alles, was nur möglich ist«, erzählte Prokopios zu Hause. »Und da der Handel blühen wird, wenn wir erst unsere baltischen Häfen haben, müssen die Kaufleute jetzt auch blechen.«

»Wie soll das funktionieren?« wollte Nikita wissen.

»Ganz einfach«, antwortete sein Sohn, »durch Verwaltungsreformen.«

Peter sicherte allen ortsansässigen Kaufleuten völlige Freiheit ohne Kontrolle durch die Provinzgouverneure zu; sie konnten ihre Beamten selbst wählen.

»Das wird ihnen wahrscheinlich gefallen«, meinte Nikita. Obwohl er auch einmal Gouverneur hatte werden wollen, wußte er genau, wie korrupt ihre Verwaltung war.

»Da bin ich nicht so sicher«, grinste Prokopios. »Wir verdoppeln nämlich ihre Steuern!«

Viele von Peters Reformen erwiesen sich zwar letztlich als vorteilhaft für Rußland, doch die meisten waren ursprünglich wohl nur wegen höherer Staatseinkünfte gedacht gewesen.

Man brauchte aber nicht nur Geld, man brauchte auch Leute. Prokopios verlangte, Nikita solle ein angemessenes Kontingent von seinen Besitzungen, auch von Russka, stellen.

»Wir müssen allerdings dafür sorgen, daß die Bauern, die von ihren Herren freigestellt werden, nicht weglaufen«, sagte Prokopios. »Sie müssen sich bei den Rekrutierungsoffizieren melden, sonst verlieren sie wieder ihre Freiheit.«

»Ihre Freiheit ist also die Armee?«

»So ist es.«

Nikita konnte nur den Kopf schütteln. »Ich möchte nur wissen, wohin all die Veränderungen führen«, sagte er dann. »Sollen wir aufhören, Russen zu sein? Ist das das Ziel? Ich habe gehört, der Zar möchte, daß wir alle Holländisch sprechen.«

Zu seiner Überraschung bestätigte sein Sohn dieses Gerücht. »Siehst du, Vater, wenn man verstehen will, was vor sich geht, muß man sich nicht in Rußland umsehen, man muß nach draußen schauen. Niemand hier ist sich klar darüber, wie rückständig wir sind. In London oder Amsterdam könntest du das sofort feststellen. Hat nicht Zar Aleksej zu deiner Zeit auch ausländische Offiziere und Methoden eingeführt, und war er vielleicht kein guter Russe?«

»Doch, das war er«, antwortete Nikita voller Ehrfurcht.

»Wir Russen müssen alles nützen, was wir für gut halten, und das übrige über Bord werfen«, fuhr Prokopios fort.

»Aber warum haßt der Zar die Religion?«

»Er haßt die Religion nicht. Aber die Kirche ist so rückständig, so abergläubisch, so ablehnend jeder Neuerung gegenüber, daß er mit ihr nicht arbeiten kann.« Nach einer Pause fuhr er fort: »Zar Peter ist wie ein Riese, der eine große Armee bergauf zieht; doch die Soldaten blicken in die falsche Richtung, sie streben nach unten. Der Zar muß stark sein, er muß fest bleiben. Er muß, wenn du so willst, wie Ivan der Schreckliche vorgehen, wenn er überhaupt etwas erreichen will. Nur auf diese Weise kann er Rußland stark machen.«

»Also können wir Russen bleiben, wenn wir die anderen erst einmal eingeholt haben?«

»Natürlich. Weißt du, was der Zar letzte Woche zu mir sagte? Wir brauchen Europa die nächsten zwanzig Jahre, und dann kehren wir ihm den Rücken zu.«

1700

Das alte Rußland war am Ende. Vielen Russen erschien das wie eine Katastrophe, als risse plötzlich der Himmel auf. Tatsächlich dämmerte ein neues Zeitalter herauf. Im Dezember 1699 nämlich änderte Zar Peter den Kalender. In Rußland wurde seit den Zeiten des alten Kiev nach einem System gerechnet, das mit der Schöpfung begann und inzwischen im Jahr 7208 angelangt war. Das Kalenderjahr begann auch nicht mit dem Januar, sondern mit dem September. Das war logisch. Zu Anbeginn der Welt mußte Herbst gewesen sein – wie sonst hätte Eva Adam einen Apfel reichen können?

Im Dezember 1699 verabschiedete Peter den *ukaz,* daß im folgenden Monat das neue System in Kraft treten werde: Erstmals begann in Rußland das Jahr mit dem Monat Januar. Zu Beginn des neuen Jahrhunderts.

Peter machte der russischen Mentalität nur ein Zugeständnis. Die katholischen Länder Europas hatten damals den zeitgemäßen Gregorianischen Kalender übernommen. Die Engländer benützten als Protestanten noch den älteren, den Julianischen Kalender. Im Lauf der Jahrhunderte wurde der zuerst geringe Unterschied zwischen den beiden Systemen immer größer. Schließlich war der Julianische Kalender bereits elf Tage hinter dem Gregorianischen zurück. Lieber jedoch wollte man eine kleine Verspätung haben als mit dem Papst übereinstimmen. Daher entschied Peter sich für die Julianische Zählung; als Folge davon lag Rußland bis 1918 kalendermäßig fast zwei Wochen hinter dem Westen zurück. Die Vorstellung vom nahen Weltende war zwar nicht neu, zu Daniels Zeit allerdings ungewöhnlich weit verbreitet, und nicht nur die *raskolniki* glaubten daran. Die Sammlung der ukrainischen Traktate, das sogenannte »Buch des Kyrillos«, die das Ende voraussagten, war lange vor dem Schisma bereits bekannt. Solange Daniel sich erinnern konnte, drängten die Nachfolger des Kapiton, den er an der Wolga kennengelernt hatte, die Bauern dazu, sich auf die Apokalypse vorzubereiten.

Das Ende war nahe, man wußte nur nicht, wann genau es kommen würde. Als Daniel in Moskau eintraf, herrschte die allgemeine Ansicht, es sei bereits soweit.

Er wurde von einem ehemaligen Mönch, der sich den *raskolniki* angeschlossen hatte, aufgeklärt. Es war ein kleiner, höchst attraktiver Bursche. Sie hatten sich bei einer geheimen Gebetsrunde in einem Privathaus kennengelernt. Der Mönch war Ikonenmaler gewesen und besaß zahlreiche Entwürfe, auf denen Zar Aleksej und Nikon als die Hörner des Antichrist oder Nikon als das Untier der *Apokalypse* dargestellt waren.

Er kannte die *Offenbarung des Johannes* gründlich und erklärte anhand einzelner Passagen die Zusammenhänge mit momentanen Ereignissen. Je mehr die Moskauer Erfahrungen Daniel erschütterten, desto intensiver eignete er sich die Auslegungen des Mönchs an.

Wenn aber das Ende tatsächlich bevorstand, mußte der Antichrist auf Erden erschienen sein. Wer mochte das sein? Manche hielten Zar Aleksej dafür, andere meinten, es sei Nikon. Doch auch hier zeigte der kleine Mönch sich besser informiert. »Sagt mir, wer Peters wirklicher Vater war.«

»Zar Aleksej.«

»Vielleicht. Aber warum ist er dann ein so düsterer Gigant? Könnt Ihr Euch einen anderen vorstellen?«

Daniel blickte ihn verständnislos an.

»Ach, Ihr seid ein guter Mensch, mein Freund; Ihr seht das Böse nicht. Ich sage Euch, der Vater dieses Peter war kein anderer als der schlimme Nikon. Und dieser widerwärtige, illegitime Sproß ist gar kein echter Zar. Peter selbst ist der Antichrist«, schloß der Mönch triumphierend. »Mit ihm selbst beginnt die Apokalypse. Seid auf der Hut!«

Tatsächlich lieferte Peter in den folgenden Monaten seinen Untertanen reichlich Anlaß zu dieser Vermutung. Wenn es überhaupt noch eines Beweises bedurft hätte, so hatte diese niederträchtige Neuerung des Kalenders ihn geliefert.

»Heißt es nicht, der Antichrist wird die Zeit verändern?« erklärte der Mönch. »Heißt es nicht, die Jahre Gottes werden ungültig, wenn die Jahre Satans ausgerufen werden?«

Daniel stimmte dem zu.

Das Fest der Epiphanie, das auf den 6. Januar fällt, wurde in Rußland immer mit großer Pracht begangen. Hergeleitet von dem alten jüdischen Lichterfest, bedeutet Epiphanie – oder Theophanie, wie die Orthodoxen es gewöhnlich bezeichnen – »Erscheinung«. An diesem Festtag wird besonders der Begegnung Christi mit den Weisen aus dem Morgenland und der Taufe Christi im Jordan durch Johannes gedacht. In Rußland wurde an diesem Tag das Wasser geweiht; besonders feierlich war die Zeremonie, die man in Moskau beging. Die kleine Marjuschka war deshalb voller Vorfreude, als der Vater am Morgen verkündete, daß sie alle zum Fluß gehen und zusehen würden.

Sie hatte in den letzten drei Wochen die in der Luft liegende Spannung gespürt, gehört, wie ihre Eltern und Eudokia miteinander verhandelten, wobei Worte fielen wie Gottlosigkeit und Wiederkunft. Sie hörte, wie die Leute sagten, das neue Jahr habe begonnen, aber sicher hatten sie unrecht, denn ihr Vater bestritt das energisch.

Heute schien alles wieder in Ordnung zu sein. Ein leiser Wind ging. Am Fluß hatte sich bereits eine große Menschenmenge versammelt. Daniels Familie überquerte den zugefrorenen Strom und nahm gegenüber der hohen Kremlmauern Aufstellung.

Mitten auf dem Eis stand ein schreinähnlicher hölzerner Aufbau, über und über mit Ikonen behängt. Davor war ein weites rundes Loch ins Eis gehauen. Junge Priester und Diakone standen daneben. Marjuschka sah zu ihrem Vater hoch. Sie verstand, was es hieß, zu den *raskolniki* zu gehören, aber trotzdem durfte man sich an diesen von der amtlichen Kirche gefeierten Zeremonien erfreuen. Bald würden der Patriarch und der Zar in großer Pracht auf dem zweisitzigen Thron auf dem Eis sitzen und der Weihe des Wassers beiwohnen.

Da erschien die Prozession, allen voran das Banner. Die juwelenbesetzten Mitren der Priester glänzten.

Plötzlich war der fröhliche, dabei harte Klang von Pfeifen und Trommeln zu vernehmen. Soldatenformationen marschierten im Gleichschritt übers Eis. Sie trugen nach deutschem Vorbild geschnittene, eng anliegende Uniformjacken in Rot, Grün oder Blau, Gamaschen und Dreispitze. Die Gesichter waren glattrasiert. Jeder Kompanie wurde ein Banner vorangetragen, und ganz an der Spitze schritt ein sehr großer Mann in grüner Uniform. An die zwölftausend fremdländisch aussehende Soldaten bildeten ein riesiges Quadrat um die Stelle, an der die Priester die Weihe vornehmen würden.

Nun traten die Priester nach vorn. Hinter einem großen goldenen Kreuz wurde eine überdimensionale Laterne mit funkelnden Scheiben auf den Schultern von einem Dutzend Priestern getragen. Im Innern brannten Kerzen. An die fünfhundert kirchliche Würdenträger in ihren goldenen Roben folgten in eindrucksvoller Prozession: Erzbischöfe, Bischöfe, Archimandriten, Priester und Diakone. Während sie Aufstellung nahmen, wurden Hunderte von Fackeln entzündet. Auf einem erhöhten Podium hielt ein Diakon ein großes Banner mit dem goldenen Doppeladler der russischen Zaren hoch. Auf einem Thron saß der Patriarch. Wo aber, überlegte Marjuschka, war der Zar?

Sie konnte ihn nicht entdecken. Die Weihe hatte schon begonnen. Ein Priester schwenkte das Weihrauchgefäß mehrmals über dem Wasser. Lange Kerzen wurden hineingetaucht.

Es war ein heiliger Augenblick. Nun, das wußte Marjuschka, wurde das Wasser dieses Flusses in das Wasser des Jordan verwandelt. Dies war in der Tat das Heilige Rußland.

Als der Weiheakt beendet war, wandten die Geistlichen sich um. Da schien plötzlich der ganze Himmel zu bersten. Der von großem Geschrei gefolgte Donnerschlag erfüllte den Umkreis. Dann hallte das Echo der Geschützsalven vom Kreml über den Fluß, und gleich darauf feuerten die zwölftausend Soldaten ihre Musketen ab; ein zweites, ein drittes Mal.

Das kleine Mädchen brach in Tränen aus.

Das war Zar Peters Beitrag zur Feier der Epiphanie. Nun erst erklärten Marjuschkas Eltern, daß der Mann im grünen Gewand, weit entfernt vom Patriarchen, der Zar sei und daß der Geschützlärm ein Freudenfest zu verkünden habe.

Daniel hatte das Gefühl, das wahre Gesicht des Antichristen geschaut zu haben. So etwas hatte es in Rußland bis dahin nicht gegeben. Daniel wurde sich bewußt, daß der Antichrist, dieser Peter, den religionslosen Staat verkörperte. Er erinnerte sich eines Satzes, den einer der *raskolniki* aus Moskau eine Woche zuvor geäußert hatte: »Allmacht ist gleichbedeutend mit dem Antichristen – alle Menschen sind ihr unterworfen.«

Peter verkörperte den neuen Staat. Und er wollte allmächtig sein. Eine Woche später war Daniels Freund, der kleine Mönch, verschwunden. Daniel hatte erfahren, daß man ihn zum Verhör vor den *preobrazenskij prikaz* gebracht habe. Zehn Tage später hörte er durch die Gemeinde der *raskolniki,* daß der Mann tot sei. Er hatte offen erklärt, Peter sei der Antichrist, sich jedoch geweigert, Komplizen zu nennen. Er wurde mit dem Tode bestraft, und zwar durch die in Rußland übliche *koptschenje:* Das Opfer wurde langsam zu Tode geröstet.

Eine Woche danach brach Daniel nach Russka auf.

Andrej freute sich, nach Moskau zurückkehren zu können, um so mehr, als er aus Briefen erfahren hatte, daß sein alter Freund Nikita Bobrov noch am Leben war. Wie ich höre, ist er immer noch so reich wie ich, dachte er schmunzelnd.

Das Leben hatte es insgesamt gut mit Andrej gemeint. Er hatte zwar auch Schlimmes erlebt: Drei Kinder und seine erste Frau waren gestorben. Doch seine zweite Ehe war glücklich, und von den drei Kindern aus dieser Verbindung war sein Sohn Pavlo seine größte Freude – ein hübscher, prächtiger Junge, ein echter Kosak! Und Andrejs Besitzungen waren beträchtlich.

Seit Bohdans Tagen und der Union mit dem Moskauer Staat hatte die

Ukraine durch den Krieg, den Polen und Rußland ihretwegen führte, schlimme Zeiten mitgemacht, und militante Kosakentrupps hatten sich gegenseitig bekämpft in einer Zeit, die als der Zusammenbruch bezeichnet wurde.

Doch das war nun vorüber. Rußland und Polen hatten einen dauerhaften Friedensvertrag unterzeichnet. Polen erhielt das Land westlich des Dnjepr außer Kiev, und Rußland behielt das Land östlich davon, das sogenannte Linke Ufer. Die orthodoxen Kirchenväter in Kiev unterstellten sich schließlich dem Patriarchen von Moskau anstelle des Partriarchen von Konstantinopel.

Rußland fand den passenden Hetman, der über das Linke Ufer herrschte. Er war ein Edelmann mit bester Erziehung und Bildung. Ivan Mazepa – so hieß er – wurde fast ebenso bekannt wie Bohdan in der Ukraine. Seine Ziele sind einfach zu beschreiben: Er wollte das Land für Rußland kontrollieren; den Kosakenadel stärken; die armen Kosaken und Bauern lassen, wie sie waren; und natürlich selbst reich werden dabei. Diese Politik machte Mazepa dem einfachen Volk verhaßt, aber sie funktionierte.

Es gelang diesem Mann, innerhalb von dreißig Jahren annähernd zwanzigtausend Besitzungen anzusammeln. Er verteilte Grundbesitz an seine treuen Offiziere, zu denen Andrej und sein Sohn gehörten. Mazepa war es auch gelungen, eine enge und äußerst nützliche Freundschaft zum neuen Zaren aufzubauen.

Pavlo stand in Mazepas Gunst. Er hatte seine erste Schlacht mit ihm geschlagen, als die Kosaken bei der Einnahme Azovs zu Hilfe kamen. Pavlo war erst siebzehn Jahre alt gewesen, hatte jedoch die Aufmerksamkeit des Zaren Peter erregt.

Er war ein dunkelhaariger, gutaussehender junger Mann von fünfundzwanzig, etwas kleiner als Andrej, doch von kräftiger Statur. Im Monat zuvor hatte er sich bei einem Sturz den Arm gebrochen und verbrachte die Zeit der Heilung zu Hause bei seinen Eltern.

Es waren aufregende Zeiten. Rußland befand sich in einem großen Krieg gegen Schweden. Karl XII., Schwedens junger, kühner König, war so überzeugt, die schlecht ausgebildeten Russen zu schlagen, daß er gleichzeitig Polen angriff. Für einen guten Kosaken bedeutete das nur eins: die Möglichkeit zu kämpfen und sich dabei zu bereichern.

Konnte es für Pavlo eine bessere Gelegenheit als diese geben, dem Zaren Peter in Moskau seine Dienste anzubieten?

Alles verlief nach Wunsch. Mazepa hatte Pavlo persönlich einen Brief an Peter mitgegeben; Andrej hatte festgestellt, daß sein alter Freund

Nikita Bobrov einen Sohn hatte, der dem Zaren nahestand. Pavlo ritt demnach mit großen Hoffnungen nach Norden, nach Rußland.

Vom Zaren wußte er nicht sehr viel. Die armen Kosaken haßten ihn. Sie erkannten zwar seine Eroberungen im Süden an, außerdem die Tatsache, daß er endlich die Zahlungen an den Krim-Khan unterbunden hatte. Sie verabscheuten jedoch die neue religiöse Art – viele waren bereits *raskolniki* geworden – ebenso wie den neuen Nordischen Krieg. Ihre wilde und undisziplinierte Kriegsführung konnte gegen die gut ausgebildete Infanterie des schwedischen Königs nichts ausrichten. Die Verluste waren bereits groß. Doch dies alles kümmerte Andrej im Augenblick wenig. Ein Kosaken-Landbesitzer war aus einem anderen Holz geschnitzt als diese armen kämpfenden Bauern.

Er verließ Kiev im Frühjahr. Es wurde schon wärmer. Andrej erinnerte sich, daß er die gleiche Reise vor einem halben Jahrhundert schon einmal gemacht hatte – doch diesmal war sein Sohn dabei.

Obwohl er sich gesund fühlte, sagte ihm eine innere Stimme, daß er nach dieser keine lange Reise mehr machen würde. Immerhin war er vierundsiebzig Jahre alt. Und so sah er Moskau mit leiser Wehmut entgegen.

Im Jahre 1703 bezogen die Bobrovs ein neues Haus in Moskau. Es war ein gediegenes, behäbiges Gebäude, zweistöckig, aus Stein erbaut. Das Mobiliar war einfach: ein solider Tisch, einige hölzerne Stühle. Im Hauptraum nahm neben der Ikone in der Ecke ein großer viereckiger, mit Delfter Kacheln verkleideter Ofen den Ehrenplatz ein.

»Welch eine Freude!« rief Nikita Bobrov aus. »Nach so vielen Jahren sehen wir uns wieder! Hier hat sich einiges geändert, seit du das letztemal hier warst.« Er machte eine weit ausholende Handbewegung und forderte die Gäste auf einzutreten.

Nicht nur das Mobiliar war verändert. Es berührte Andrej seltsam, seinen alten Freund bis auf den Schnurrbart glattrasiert und in einer enganliegenden deutschen Jacke wiederzusehen.

»Du könntest fast ein Kosak sein, mein lieber Nikita!« lachte er.

»Ach ja, Befehl des Zaren, weißt du.«

Ein Jahr nach der Bartsteuer hatte Peter eine neue Verordnung herausgebracht. Diesmal mußten alle Bevölkerungsschichten außer den Bauern ungarische oder deutsche Jacken anstelle der langen Kaftane tragen, die Peter, obwohl sie während der russischen Winter zweifellos besser wärmten, altmodisch fand.

»Ja«, fuhr Nikita fort, »du wirst sehen, daß sich jetzt alles nach dem Westen richtet. Junge Menschen dürfen sich schon vor der Hochzeit kennenlernen. Unsere Frauen müssen nicht mehr ständig im Haus leben. Peter läßt sie sogar zusammen mit ihren Männern bei Hof erscheinen. Ich muß schon sagen – Fortschritt auf der ganzen Linie.«

Andrej sah aber sehr wohl, daß Eudokia bei der Begrüßung ein langes Gewand im alten Stil trug und ihn auf die traditionell ehrerbietige Weise willkommen hieß.

»Meine Frau hält zu Hause die alten Sitten hoch«, bemerkte Nikita leicht verlegen.

Die beiden Ukrainer fanden das sehr elegant.

Andrej war fasziniert von allem, was ihm in den folgenden Tagen begegnete. Nikita bestand darauf, daß Vater und Sohn bei ihm wohnten, und er nahm Andrej auf allen seinen Wegen mit. Die Stadt hatte ein anderes Gesicht, und auch das Verhalten der Bewohner war verändert. Während Nikita beispielsweise als junger Mann ziemlich barsch mit Ausländern umgesprungen war, zeigte er sich nun durchaus zuvorkommend.

»Wir haben jetzt Apotheker in der Stadt«, erklärte er. »Und eine Zeitung. Außerdem eine Marineakademie, und eine Sprachenschule wird eröffnet.« Bei anderer Gelegenheit berichtete er, daß der Zar sogar Protestanten in der Stadt wohnen ließ.

Es wurde wieder eine Kirchenbehörde eingerichtet, doch diesmal, so stellte Andrej fest, zweigte der Zar tatsächlich etwas von den Kircheneinnahmen für den Staat ab.

»Er ließ auch viele Kirchenglocken für Geschütze einschmelzen«, erzählte Nikita.

Doch schockierender als das, was Peter getan hatte, war, daß er etwas *nicht* getan hatte. Drei Jahre zuvor war der alte Patriarch gestorben, und da er zu jener Zeit auch der Patriarch der ukrainischen Orthodoxen war, überlegten diese, wer wohl der neue Patriarch werden würde. Vorerst war ein Ersatzmann bestellt worden. Als Andrej nach dem Nachfolger fragte, schüttelte Nikita den Kopf. »Du verstehst nicht. Es heißt, es wird keinen Nachfolger geben. Peter möchte keinen mehr.«

»Was soll das heißen? Der Zar kann doch nicht einfach den Patriarchen abschaffen.«

»Du kennst Peter nicht«, antwortete Nikita leise.

Die Kriegsmeldungen klangen sehr ermutigend. Nach einigen Fehlschlägen konnte Peter seine erste Stellung an der Ostsee festigen. Bisher war es ihm allerdings nicht gelungen, einen der großen Ostseehäfen wie Reval oder Riga zu halten, doch im Jahr zuvor hatte er eine Festung am Ladogasee an der Mündung der Neva zurückerobert. »Es gibt nur noch eine Festung dort oben, und zwar an der Einmündung der Neva ins Meer«, erklärte Nikita. »Wenn der Zar die einnehmen kann, hat er Zugang zum Meer.« Eine Woche später kam Prokopios mit der Nachricht, auch diese Festung sei bei einer Schlacht auf der Neva mit einer schwedischen Flottille gefallen.

Es war eine verlassene sumpfige Gegend. Neva bedeutet im Finnischen »Sumpfland«. Außer der Festung gab es dort nichts. Immerhin führt die Neva in den Ladogasee, und von dort konnte man das weitverzweigte Flußnetz des nördlichen Rußland befahren. Verglichen mit Reval oder Riga weiter südlich an der Ostseeküste, war diese Eroberung allerdings bescheiden.

Im Jahre 1703 war das Peters Erfolg, auf den er stolz war. Er belohnte sich und seinen Günstling Menschikov mit dem kurz zuvor von ihm selbst gestifteten Sankt-Andreas-Orden. Er ließ verkünden, daß er im Juni im Triumph nach Moskau zurückkehren werde. Unverzüglich ließ er ein neues und wehrhafteres Fort anstelle des alten errichten.

»Wie soll denn die neue Festung des Zaren heißen?« erkundigte sich Nikita.

»Peter-und-Pauls-Festung«, antwortete Prokopios. »Als ich abreiste, sprach der Zar davon, daß er dort auch eine Stadt bauen wolle.«

»Eine Stadt – in diesem Sumpfland! Und wie soll sie heißen?« fragte Nikita.

Prokopios schmunzelte. »Sankt Petersburg, glaube ich.«

In diesem Augenblick brachte ein Bote eine Nachricht, die Nikita jeden Gedanken an Peters bescheidenen Sieg unverzüglich vergessen ließ. Es war der Verwalter aus Russka, und es hatte den Anschein, als sei der ganze Ort verrückt geworden.

Daniel hatte gewußt, daß es dazu kommen würde. Drei Jahre zuvor, als der alte Priester Silas starb, hatte er es bereits geahnt. Das war in jenem Sommer gewesen, als er aus Moskau zurückgekehrt war.

Es war erstaunlich, daß die kleine Gemeinde so lange durchhalten konnte, doch das war nur mit Hilfe von Freunden möglich gewesen.

Daniel hatte es zwar immer vermutet, doch erst in den letzten Monaten vor seinem Tod bestätigte der alte Silas, daß der Abt ein Sympathisant sei.

»Er weiß, was wir machen, aber er sagt nichts dazu. Deshalb lassen uns alle in Frieden«, erklärte Silas.

Die andere Gefahr hätte vom Verwalter der Bobrovs drohen können, doch dieser war selbst Anhänger der *raskolniki* und nahm an den heimlichen Messen teil. Die Dritte im Bunde und ebenso wichtig war Eudokia Bobrov.

Ihre Stellung in der Gemeinde mußte geheim bleiben. Nur Silas, Daniel und seine Familie wußten davon. Die Dorfbewohner hatten keine Ahnung. Hätte Nikita auch nur das geringste gewußt, er wäre sofort eingeschritten. Immer wenn eine Ikone, ein Gebettuch, Kerzen gebraucht wurden, kamen Silas oder Daniel irgendwie zu Geld und brachten das Gewünschte bei.

Das Kloster war passiv, fügte sich jedoch.

Unter Peter war den Bobrovs zu trauen. Also dachten die Behörden zwanzig Jahre lang, daß in Russka alles einen ruhigen Verlauf nehme. Was Sumpfloch anlangte – wer hatte je von diesem Ort gehört?

Im Frühling des Jahres 1703 sagte Silas zu Daniel, daß er sterben werde.

»Wenn ich nicht mehr bin, mußt du meinen Platz einnehmen.«

»Auch ich bin alt«, widersprach Daniel.

»Du bist der einzige, der sie führen kann«, entgegnete Silas.

»Wie aber soll ich zum Priester geweiht werden?« fragte Daniel.

Dies war das Hauptproblem der *raskolniki*. Sie bildeten die wahre Kirche und standen doch außerhalb der Kirche. Sie hatten keinen Bischof in ihren Reihen, und so konnte praktisch niemand sie zu Priestern weihen. Wenn die letzten der noch vor der Abspaltung geweihten Priester wie Silas verstorben wären – wie sollten sie ersetzt werden?

Einige *raskolniki* waren entschlossen, einen unzufriedenen Priester aus der neuen Kirche zu übernehmen, falls er sich einer rituellen Läuterung unterzog. Andere griffen auf eine alte, von der Kirche nicht gern gesehene Methode zurück und wählten ihren eigenen Pfarrgeistlichen. In früherer Zeit wurde ein solcher Mann dem Bischof zur Priesterweihe überstellt. Nun, da es keinen Bischof gab, war er einfach der von seiner Gemeinde anerkannte Kirchenälteste.

Nach Silas' Tod wurde offiziell beschlossen, daß die Gemeinde von Sumpfloch nach Russka zur Messe gehen solle, obwohl ein Geistlicher aus dem Kloster ab und zu in dem kleinen Dorf eine Messe in der althergebrachten Form las. Die Bewohner fanden sich nur vereinzelt zum Gottesdienst in Russka ein.

Nach jeder dieser offiziellen Messen wurde die kleine Kirche sorgfältig gereinigt, und die *raskolniki* aus Sumpfloch hielten unter der Anleitung Daniels weiterhin ihre geheimen Gottesdienste ab.

Gegen Jahresende starb der Verwalter. Was würde geschehen, wenn Bobrov einen neuen Mann schickte, der nicht ihrer Überzeugung war?

Daniel schrieb unverzüglich einen Brief. Nikita war zwar höchst überrascht, als Eudokia ihm erklärte: »Laß mich einen neuen Verwalter für Sumpfloch aussuchen; ich kenne mich dort viel besser aus als du.« Er willigte jedoch ein, und an Weihnachten konnte Daniel den neuen Verwalter in ihrer kleinen Kirche willkommen heißen. Doch die größte Bedrohung ihrer Sicherheit war damit noch nicht gebannt.

Es wird mitunter behauptet, Peter sei in religiöser Hinsicht liberal gewesen, und bis zu einem gewissen Grade trifft das auch zu. Im Jahre 1702 hatte er nicht nur den Protestanten ihre Gottesdienste offiziell gestattet, sondern er hatte laut Gesetz das Prinzip der religiösen Toleranz proklamiert. Im selben Jahr hatte er den *raskolniki,* die im Norden ein größeres Gebiet bevölkerten, völlige Religionsfreiheit zugesagt, falls sie ihm eine bestimmte Menge Eisen für seine militärischen Vorhaben lieferten. Doch auch wenn er ihnen Religionsfreiheit gestattete – sie hatten doppelte Steuern zu entrichten und mußten ein gelbes Abzeichen an ihren Jacken tragen.

Und Peter verlangte auch weiterhin von allen Untertanen etwas, das die *raskolniki* nicht erfüllen konnten: unbedingte Treue und Gehorsam dem Zaren und seinem neuen, säkularisierten Staat gegenüber. Wie konnten sie ihm gehorchen, wenn sie den Antichrist in ihm sahen?

»Wir können nicht mit gutem Gewissen für die Gesundheit des Zaren beten«, erklärte Daniel. »Wenn wir das tun, verraten wir alles, woran wir glauben.«

An dem Morgen, als der Abt starb, war Marjuschka mit anderen Kindern aus Russka am Fluß beim Fischen, auf der Seite, wo das Kloster lag. Sie wußten, daß etwas geschehen war, als sie die Mönche am Tor herumlaufen sahen und hörten, wie sie die Laienbrüder von den Feldern zurückriefen. Gleich darauf begann die Kirchenglocke zu läuten.

Es war zu erwarten gewesen, daß der Abt bald sterben würde, denn er war sehr alt. Er war in der Klosterbibliothek plötzlich zusammengebrochen.

Neugierig, wie Kinder sind, liefen sie zur Klosterpforte. Ein Laienbruder sagte ihnen, was vorgefallen war. Marjuschka rannte zu ihrem Vater und erzählte es ihm. Sie fing den Blick auf, den Daniel Arina zuwarf, und da begriff sie, daß dieser Tod etwas Bedeutungsvolles war.

Der Tod des alten Abts veranlaßte die Behörden, dem Kloster einen Besuch abzustatten. Sie waren kaum beeindruckt von dem, was sie vorfanden. Die Wahl eines neuen Abts wurde abgesagt, und zum Ärger der Mönche wurde ein Mann aus Vladimir eingesetzt. Der neue Abt war ein freundlich dreinblickender Mensch in den Fünfzigern mit einem runden Gesicht und blaßblauen Augen. Er traf Anfang Mai ein. Zwei Wochen später hatten verschiedene Vorkommnisse in Sumpfloch seinen Argwohn erregt. Eine Woche später kamen zwei Fremde ins Kloster und führten eine geheime Unterredung mit dem Abt.

Es war ein warmer Nachmittag im Frühsommer. Die Sonne warf ihre sanften Strahlen auf die Ikonen der Ortsheiligen in der Kirche. In den dunklen Ecken brannten vor den Ikonen Kerzen. Alle Dorfbewohner standen schweigend im Kirchenraum. Das war Marjuschkas Familie: die Menschen, mit denen sie nach dem Willen Gottes leben und sterben würde. Da war die liebenswerte, warme Vertrautheit der kleinen Kirche.

Ihr Vater las die Messe. Obwohl sie erst neun Jahre alt war, sah sie in ihm den Patriarchen, unerschütterlich und zeitlos wie die Propheten auf der Ikonostase.

Marjuschka stand neben ihrer Mutter. Wie lieblich und doch traurig klang ihre Stimme, als sie die Antwortstrophen sang.

Als sie bei der Litanei angelangt waren, sah Marjuschka, wie die beiden Fremden lautlos die Kirche betraten. Köpfe wandten sich nach ihnen um. Sie machten eine Kniebeuge, bekreuzigten sich mit zwei Fingern und hielten sich ehrfürchtig im Hintergrund. Auch ihr Vater hatte sie wahrgenommen. Als er mit den Gebeten begann, sah sie ihn einen Augenblick zögern.

Marjuschka versuchte sich während der Gebete zu konzentrieren, doch immer wieder ging ihr Blick zu den Fremden. Als Daniel die Hand zum Schlußsegen hob, traten die beiden Männer plötzlich nach vorn.

»Schluß mit der Messe!« rief der eine.

»Das ist eine Beleidigung der Kirche und des Zaren«, verkündete der andere. Nachdem Daniel den Segen vollzogen hatte, blickte er zu den beiden hinunter und fragte: »Habt Ihr mir etwas zu sagen?«

»Ihr macht das Kreuzzeichen mit zwei Fingern«, rief der eine.

»Warum habt Ihr nicht für Seine Majestät den Zaren gebetet?« verlangte der andere zu wissen.

Daniel gab keine Antwort.

Niemand von der Gemeinde machte eine Bewegung.

»Wir nehmen Euch mit«, sagte der eine zu Daniel.

»Ich bleibe.«

»Die Soldaten werden Euch beibringen, für den Zaren zu beten«, erklärten sie.

Daniel schüttelte langsam den Kopf. »Der Zar ist der Antichrist«, sagte er nur.

Der Mann schnappte nach Luft. »Das wagt Ihr zu sagen?«

Daniel blickte ihnen fest in die Augen. Nun waren die Worte gesprochen. Eines Tages hatten sie gesagt werden müssen.

»Sollen wir sie fertigmachen, Vater?« fragte ein junger Mann, der hinten stand. »Wir könnten sie ertränken.«

Daniel sah zu ihm hin. »Gott vergebe dir diesen schlimmen Gedanken«, sagte er leise. »Laßt sie in Frieden ziehen.«

Als die beiden die Kirche verließen, spürte Marjuschka, wie sich Furcht der Gemeinde bemächtigte. Alle blickten hilfesuchend zu Daniel auf.

»Wir müssen weiterhin gemeinsam beten, meine Kinder«, sagte er. »Aber wir müssen auch bereit sein. Denn nun kommt möglicherweise eine Zeit des Leidens.«

Eine Stunde später schrieb er einen Brief, der vereinbarungsgemäß vom Verwalter nach Moskau gebracht werden sollte.

Nikita Bobrov war außer sich. Dieser unglückselige Bursche hatte schlimme Nachrichten gebracht. Aber erst dieser Brief! Er übertraf Nikitas schrecklichste Alpträume.

Der junge Verwalter war in Panik geraten. Obwohl er zu den *raskolniki* gehörte, war er doch nicht aus dem gleichen Holz geschnitzt wie Daniel und seine Freunde. Als die beiden Spione eintrafen, geriet er in Furcht und Schrecken. Er überlegte sich gerade, wie er am besten fliehen könne, als Daniel mit dem Brief zu ihm kam.

»Bringt ihn zu Eudokia Bobrov«, befahl der alte Mann. »Ihr seid der Verwalter. Niemand wird Euch aufhalten, wenn Ihr Euch rasch auf den Weg macht.«

Der ließ sich das nicht zweimal sagen. Noch im Tageslicht ritt er nach Moskau. Aber wenn er dort eintraf – was sollte er sagen, was tun? Zuerst einmal öffnete er vorsichtig den Brief, las ihn aufmerksam und versiegelte ihn wieder. Er enthielt das, was er vermutet hatte. Daniel hatte Eudokia kurz das Vorgefallene geschildert, sie um mögliche Hilfe gebeten und, falls sie nichts tun könne, sie doch an ihren gemeinsamen Glauben erinnert.

Und ich stecke mit drin, dachte der Verwalter bitter. Dame hin oder her – sie werden es herausfinden. Schließlich muß sie dafür sterben, gemeinsam mit den anderen, und ich auch. Er sah nur einen Ausweg: Er würde den Brief Nikita persönlich übergeben. Vielleicht könnte dieser die Sache vertuschen, dachte er. Auf jeden Fall ist er der einzige, der mich retten kann.

Also ging der Kerl in seiner panischen Angst zu Nikita und händigte ihm den Brief aus. Und wie zu erwarten, geriet Nikita nach der Lektüre außer sich.

»Was ist nur über dich gekommen?« brüllte er seine Frau an. »Niemand aus unseren Kreisen hat sich seit zwanzig Jahren um diese verdammten Leute gekümmert!«

»Es mag vielleicht nicht üblich sein, doch ich tat das Rechte«, antwortete sie starrköpfig.

»Recht! Du hältst es für recht, daß man sich weigert, für den Zaren zu beten, und ihn als Antichrist bezeichnet? Siehst du denn nicht, daß es nicht nur eine Frage der Religion ist? Dein Tischler ist nicht nur einer der *raskolniki*, er hat Verrat begangen!«

»Für seinen Glauben.«

»Der Zar interessiert sich nicht für seinen Glauben, sondern für den Verrat«, brüllte Nikita.

Aus ebendiesem Grund halten ihn so viele Russen für den Antichrist, dachte Eudokia.

»Der Zar wird es unserer Familie übelnehmen, daß sie daran beteiligt ist«, erklärte Nikita. »Wenn wir nicht gewußt hätten, daß ein paar unserer Bauern Verräter sind, hätte man das übersehen können. Aber«, er schwenkte den Brief, »hier ist der Beweis, daß wir etwas damit zu tun haben. Ich könnte dafür ausgepeitscht werden – und du vielleicht auch. Unser Landbesitz wird uns wahrscheinlich weggenommen. Prokopios' Karriere ist ziemlich sicher beendet. Ich begreife nicht, wie du das deiner Familie zum zweitenmal antun konntest. Was wir nun auch unternehmen, es muß schnell geschehen«, schloß er grimmig.

An diesem Abend besprach Nikita sich mit seinem Sohn und mit Andrej und Pavlo. In der Folge dieses Treffens verließen zwei Reiterpaare noch in der Nacht Moskau. Prokopios und der Verwalter nahmen den Weg zu einem entlegenen Besitz der Bobrovs. Die beiden anderen, Andrej und sein Sohn, hatten zwei Ersatzpferde dabei und ritten rasch in Richtung Russka.

Der Abt war kein schlechter Mann, aber er hatte nicht die Absicht, derlei Dinge in einem Dorf neben seinem Klosterbezirk zu dulden. Außerdem vermutete er, daß einige seiner Mönche heimliche Sympathisanten dieser Leute seien. Der alte Abt war es sicher gewesen. Er persönlich hatte nicht das geringste für die *raskolniki* übrig. Was Daniel und seine Freunde anbelangte, so konnte der Abt nur erleichtert aufatmen, als er den Bericht der beiden Inspektoren von Vladimir hörte. »Gott sei Dank«, sagte er, »sie haben Verrat geübt.« Nun konnte er nach den Truppen senden.

Die Bewohner von Sumpfloch ergaben sich in ihr Schicksal. Zwanzig Jahre lang hatten sie fortwährend das Gesetz gebrochen, obwohl sie von entfernten Gemeinden wußten, daß darauf der Tod stand: Andere waren bereits für ihren Glauben den Märtyrertod gestorben. Nun kamen die Truppen, nun waren sie an der Reihe.

Sie würden keine Gnade walten lassen. Jeder Russe wußte das. Die rebellierenden Mönche im Solovjetskij-Kloster waren bis auf den letzten Mann niedergemetzelt worden. Seither waren viele Gemeinden ausgerottet worden.

In Sumpfloch ging man sogleich ans Werk. Einen Tag nachdem die beiden Fremden eingetroffen waren, überzogen die Bewohner das Kirchendach mit Pech. Dann füllten sie die Unterkirche mit Stroh. Auch in die Kirche wurden Strohballen gelegt. Unter Daniels Anleitung wurden Holzverkleidungen für die Kirchenfenster angefertigt, die Treppe zum Haupteingang wurde zerstört. Nach einem Tag emsiger Arbeit war alles vorbereitet: Sie wollten sich selbst verbrennen.

Dieses rituelle Selbstopfer war unter den *raskolniki* weit verbreitet. Es wurde überall in Rußland, vor allem im Norden, vollzogen, und seit 1660 starben Zehntausende auf diese Weise, manchmal aus freiwilligem Märtyrertum, manchmal, um einem schlimmeren Schicksal durch die Behörden zu entgehen.

Marjuschka beobachtete die Vorbereitungen. Sie war neun Jahre alt, und natürlich war sie schon mit dem Tod in Berührung gekommen. Aber wie war es zu sterben? Würde es sehr weh tun? Was bedeutete das: Nicht mehr dasein? Ihre Eltern würden bei ihr sein, und das war ein tröstlicher Gedanke. Sie würden einander an den Händen halten. Die Liebe war sicher stärker als der Tod.

Die Bewohner versammelten sich im Gebet und warteten auf das, was kommen würde.

Andrej und Pavlo ritten schnell. Nach drei Tagen kamen sie in die Nähe des Ortes. Andrej war aufgeregt. Es war seltsam, daß er nun, gegen Ende seines Lebens, die Stätten seiner Jugend wiedersehen würde. Das Schicksal spielte doch ein merkwürdiges Spiel mit ihm.

Vater und Sohn nahmen an, daß Prokopios Bobrov sich des unseligen Verwalters, der zuviel wußte, bereits angenommen habe.

»Töte ihn und wirf ihn ins Moor«, hatte Andrej vorgeschlagen. »Keiner wird nach ihm fragen, und wenn, sag einfach, er sei weggelaufen.«

Was die Mission in Russka betraf, blieb er unerbittlich. »Keiner von euch Bobrovs darf sich dem Ort nähern. Ihr wißt von nichts. Wir erledigen das für euch.«

Wenn es stimmte, daß die Dorfbewohner nichts von Eudokias Funktion wußten, mußte der Plan gelingen. Die Folterer durften nicht bis zu Daniel und seiner Familie vordringen. Es durfte keine Geständnisse geben. Sie würden sie töten.

Der Himmel war bedeckt. Es herrschte eine drückende Gewitterschwüle, als die Dorfbewohner sich zur Ruhe begaben. Die kleine Marjuschka konnte nicht schlafen.

Wie jede Nacht schlüpfte sie auch heute hinaus und stand im Dunkel am Fluß. Während sie so stand und nach Norden sah, vergingen zwei Stunden. Da plötzlich kam ein Boot flußabwärts aus Russka, von einem Jungen mit größter Anstrengung gerudert.

»Sie kommen«, schrie er, »Soldaten!«

Marjuschka lief rasch ins Dorf zurück.

Andrej und Pavlo hatten sich verirrt. Der alte Kosak war überzeugt, daß Russka irgendwo flußabwärts lag, aber in den vielen Jahren hatte er vergessen, wo genau der Ort sich befand. Spätabends gaben sie schließlich auf und schlugen das Nachtlager auf.

Kurz vor der Morgendämmerung wurden die beiden Männer plötzlich von Stimmen und trampelnden Füßen geweckt. Im Nu sprangen sie auf und griffen zu ihren Waffen. Andrej beruhigte die Pferde, Pavlo beobachtete und lauschte.

Die Laute kamen von der anderen Flußseite. Im matten Sternenschein sah Pavlo marschierende Soldaten. Zwei Männer, wahrscheinlich Offiziere, sprachen leise miteinander. In der Stille waren ihre Worte zu verstehen. »Du mußt sie unbedingt noch in der Dämmerung kriegen. Wir haben das ganze Dorf, bevor die überhaupt wissen, daß wir da sind.«

Das Getrappel der Füße ging weiter. Pavlo schätzte die Gruppe auf vierzig bis fünfzig Mann. Er wartete, bis sie vorbeigezogen waren.

Es war keine Sekunde zu verlieren. Die beiden Männer sattelten ihre Pferde und ritten flußabwärts davon.

»Wir folgen dem Flußlauf auf dieser Seite und überqueren ihn erst, wenn wir sie überholt haben«, sagte Andrej.

Daniel ging von Haus zu Haus und weckte die Bewohner. Es war noch dunkel, vor Morgengrauen, und sie kamen verwirrt, verängstigt heraus.

Marjuschka stand in dem Häuschen und beobachtete ihre Mutter. Die ganze warme Nacht über hatte sie nur ein Leinenhemd getragen, aber jetzt erst begann sie am ganzen Körper zu zittern.

Arina wirkte vollkommen ruhig. Beim Schein einer Wachskerze kleidete sie sich rasch an und schlüpfte in ihre losen Bastschuhe. Um die Schultern legte sie einen langen Schal, und um den Kopf band sie ein Tuch.

Dann faßte sie langsam, fast nachdenklich nach dem Goldarmband am linken Handgelenk. Es war eine feine Arbeit, ein einzelner großer Amethyst war eingearbeitet, und Marjuschka wußte, daß das Armband ihrer Mutter viel bedeutete. Nun aber nahm sie es ab und legte es neben den Ofen.

»Was tust du da?« flüsterte das Mädchen.

Arina lächelte sie liebevoll an. »Das sind irdische Dinge, Marjuschka«, sagte sie leise, »aber jetzt gehen wir in ein himmlisches Reich.«

Dann holte sie einen kleinen Behälter. Marjuschka hatte beobachtet, wie ihre Mutter und einige andere Frauen ein paar Tage zuvor in den Wald gegangen und mit seltenen Beeren zurückgekommen waren. In einer Dorfhütte hatten sie etwas mit diesen Beeren gemacht, und Arina war mit dem kleinen Behälter zurückgekommen. Doch sie hatte Marjuschka nicht sagen wollen, was darin war.

Jetzt goß Arina eine Flüssigkeit aus dem Behälter in einen Holzbecher und reichte ihn Marjuschka. »Trink das!«

»Was ist das?«

»Frag nicht. Trink es einfach.«

Die Flüssigkeit schmeckte seltsam bitter. »Haben die anderen Kinder das auch getrunken?«

»Ja. Und ich glaube, auch ein paar Erwachsene.«

Es gab viele Beerenarten in den russischen Wäldern. Manche hatten außergewöhnliche Eigenschaften. Eine bestimmte Art wurde von den *raskolniki* bei solchen Anlässen verwendet.

Die beiden verließen das Haus und gingen mit den übrigen Dorfbewohnern schweigend auf die kleine Kirche zu, wo einige Männer die Leitern aufstellten.

Inzwischen kontrollierte Daniel mit drei älteren Männern, ob sich niemand mehr in den Häusern befand. Lautlos stiegen die Leute über die Leitern in die Kirche. Marjuschka und ihre Mutter waren unter den letzten.

Fünf Männer blieben draußen; sie sollten auf ein Zeichen hin das Stroh anzünden, über die Leitern ins Innere steigen, sie hinter sich hochziehen und die Tür verbarrikadieren. Wenn dies alles plangemäß ablief, würde das Gebäude innerhalb kürzester Zeit in Flammen stehen. Ein Mann stand als Beobachtungsposten auf dem Dach. Er mußte das Zeichen geben.

Marjuschka stieg die Leiter langsam hinauf. In der Kirche brannten mehr Kerzen als üblich. Die Gesichter der Anwesenden waren blaß und angespannt. Dann kam Daniel. »Brüder und Schwestern«, sprach er feierlich, »die Zeit ist nun wohl gekommen. Diejenigen, die verzagt sind, sollten daran denken, daß dies ein viel leichterer Tod ist als der, der uns sonst erwarten würde. Und euch allen sage ich: Unser Gott und sein Reich erwarten uns. Er ist bereits unter uns mit offenen Armen. Er ist unser Vater, und er nimmt uns endlich aus dieser bösen Welt zu sich. Bereitet euch also vor, durch Christi vollkommene Liebe, in sein Reich des ewigen Lichtes einzugehen.« Und er begann zu beten.

Marjuschka war das alles vertraut und doch seltsam. Die Stimme ihrer Mutter, die die Antwortstrophen sang, klang so lieblich und tröstlich. Der Schein der Kerzen kam ihr besonders hell vor. Sie fühlte einen leichten Schwindel, denn nun taten die Beeren ihre Wirkung.

Im ersten fahlen Morgenlicht sah der Mann auf dem Dach die Gestalten sich nähern. Er rief den Männern unten etwas zu. Nun wollte auch er zu den anderen gehen, doch plötzlich stutzte er: das war keine Abteilung von Soldaten – es waren nur zwei Leute, und es waren Kosaken.

Die Männer unten gingen bereits mit ihren Fackeln in die Unterkirche.

»Halt!« schrie der Mann vom Dach. »Das sind nicht die Leute des Zaren! Kein Feuer legen, es sind keine Soldaten!«

Andrej und Pavlo wurde schließlich bewußt, was im Dorf vor sich ging. »Mein Gott, sie verbrennen sich selbst«, murmelte Andrej. »Unsere Arbeit wäre damit getan.«

Andrej nickte. »Sofern auch der Mann Daniel stirbt. Da müssen wir sichergehen.«

Langsam ritten sie weiter. Da sahen sie, wie Leute wieder die Leitern an der Kirche herabstiegen. Diese eine Möglichkeit hatte Daniel nicht eingeplant: blinden Alarm.

Auch Arina war überrascht. Während die Menschen an ihr vorbeidrängten, setzte sie ihren Gesang fort. Daniel unterbrach die Gebete. Erst da bemerkte Arina, daß Marjuschka nicht mehr neben ihr stand.

In der Unterkirche herrschte inzwischen größte Verwirrung. Die Männer versuchten, das bereits entfachte Feuer zu löschen.

Neben einer Leiter stand ein Dutzend Leute und starrte die Kosaken an.

Niemand achtete unterdessen auf das kleine Mädchen. Zufällig war sie in den Weg eines großen Mannes gedrängt worden, der dem Ausgang zustrebte. Er hob sie auf, klemmte sie sich unter seinen mächtigen Arm, und draußen ließ er sie einfach los.

»Wo ist Daniel?« rief Andrej.

»In der Kirche«, war die Antwort. »Was habt Ihr mit ihm vor? Wer seid Ihr?«

Andrej überlegte sich eine Antwort, als ein Schrei vom Dach her kam: »Die Truppen! Ich sehe sie!« Und da waren sie.

Andrej blickte hoch und sah eine große Gestalt eine Leiter heruntersteigen. Nach Nikita Bobrovs Beschreibung mußte das Daniel sein. Offensichtlich befand er sich in höchstem Zorn.

»Los, steigt wieder hinauf«, schrie er die Leute an. »Hinauf mit euch, ihr

Narren! Das ist eine Falle.« Mit wütendem Blick auf die beiden Kosaken lief er zum Eingang der Unterkirche. »Legt das Feuer!« brüllte er. »Schnell, die Truppen sind schon da!«

Die Leute stiegen erneut die Leitern hoch. »Weiter, und verrammelt die Tür.«

Andrej hörte einen Ruf vom Stadttor her. Die Soldaten zogen ein. Er blickte Pavlo an. »Gehen wir besser kein Risiko ein«, murmelte er. Er trieb sein Pferd an und sprengte mit gezogenem Säbel auf die Kirche zu. Die Flammen schlugen bereits an der Seite des Gebäudes hoch. Andrej sah, wie die Leitern hochgezogen wurden, und hörte, wie man die schweren Türen verriegelte. An der einzigen verbliebenen Leiter traf Andrej auf Daniel. Dieser wandte sich um und sah den Kosaken mit erhobenem Säbel auf sich zukommen; doch dieser hielt plötzlich inne und rief: »Mein Gott, das ist ja unser Bär!«

Und während die beiden Männer einander anstarrten, erschien über ihnen eine bleiche Frau und schrie auf. Andrej blickte in die Richtung, in die sie deutete, und zum zweitenmal war er wie gelähmt. Um Marjuschka drehte sich alles. Aber endlich wußte sie, wohin sie zu gehen hatte, denn nun sah sie die Flammen. Dorthin ging sie, zu den freundlichen Flammen, zur Kirche, zu ihren Eltern. Warum nur stand die Kirche nicht still?

»Marjuschka!« Das war die Stimme ihrer Mutter. Und da war auch ihr Vater bei der Leiter, und ein Reiter neben ihm. Sie schrie und wollte auf ihn zulaufen.

»Marjuschka!« Die Stimme eines Mannes, aber nicht die ihres Vaters. Warum rief die fremde Gestalt auf dem Pferd ihren Namen? Plötzlich fühlte sie, wie sie hochgehoben wurde. Da saß sie vor dem Mann auf dem Pferd, und sie wurde weggebracht von den Flammen, in die Dunkelheit hinein.

Der Besitz der Bobrovs in Sumpfloch wurde vollständig zerstört, das heißt, Bobrovs Leibeigene, der kostbarste Teil des Besitzes, starben.

Als die Soldaten eintrafen, waren die Leitern hochgezogen, und nur ein einziger Mann warf noch einen zornigen Blick in die Runde, ehe er als letzter im Innern verschwand und die Tür hinter sich zuschlug. Gegen das Feuer war nichts mehr auszurichten.

Damit war diese Angelegenheit erledigt. Der Abt war zufrieden, ebenso waren es die Behörden. Als man Nikita Bobrov die Nachricht überbrachte, zeigte er sich überrascht und entsetzt.

Andrej hielt die kleine Marjuschka klugerweise verborgen. Niemand wußte, daß sie überlebt hatte. Bei seiner Rückkehr übergab Andrej sie Nikita.

Es war eine schwere Entscheidung gewesen. Sie war seine Enkelin, daran bestand kein Zweifel. Nicht nur, daß sie ihrer Großmutter erstaunlich ähnlich sah – später an jenem Tag hatte sie Andrej gebeten, ein letztes Andenken an ihre Mutter holen zu dürfen. Als die Soldaten abgezogen waren, kehrten die beiden in den verlassenen Ort zurück und fanden Arinas Armband dort, wo sie es zurückgelassen hatte. Andrej hatte es sogleich als jenes erkannt, das er einst Elena übergeben hatte.

Aber obwohl Andrej sich dem Mädchen als sein Großvater zu erkennen gab und ihm anbot, es zu sich zu nehmen, bestand es darauf, bei Eudokia zu bleiben.

Andrej sah das ein; Eudokia war die einzige Verbindung Marjuschkas zu ihrer verlorenen Familie, ihre einzige Freundin. Er erzählte ihr nicht, daß Nikita Bobrov und sein Sohn sie hatten vernichten wollen.

So kehrte im Jahre 1703 die kleine Marjuschka nach Moskau zurück, in Nikita Bobrovs Haus. Ihr Großvater, der Kosak, ließ eine kleine Geldsumme für sie zurück, damit sie als Erwachsene eine Freie sein würde.

1710

Es war ein farbloser, feuchtkalter Frühlingstag. Das Eis schmolz spät in St. Petersburg. Wenn es zersprang, klang es mitunter wie ein Gewehrschuß. In manchen Jahren war der Frühling so rauh dort oben, daß er sich kaum vom Winter unterschied. In den warmen, staubigen Sommern waren in diesen nördlichen Breiten die Tage so lang, daß selbst die drei Stunden einer sogenannten Nacht nur blasses Zwielicht waren, während am Horizont Aurora tanzte.

Alles hatte mit der Peter-und-Pauls-Festung begonnen. Dann mußte auf Anordnung des Zaren dort eine Stadt entstehen, und zwar auf Sumpfland. Unmengen von Holzstützen wurden in den weichen Boden getrieben. Kanäle wurden gezogen. Es war, als wolle Peter in dieser verlassenen Gegend ein zweites Amsterdam errichten lassen. Doch anders als im reichen Holland breiteten sich hier keine fruchtbaren Felder, sondern karges, unwirtliches Marschland aus. Keine Viehweiden, dafür Wildnis, aus der die Wölfe auf der Suche nach Nahrung bis in die Stadt vordrangen.

Hierher nun hatte man drei Jahre zuvor Marjuschka gebracht. Sie fand es schrecklich.

Was hatte Peter dazu veranlaßt, hier eine neue Stadt zu bauen und sie zu seiner Hauptstadt zu machen? Wäre der Nordische Krieg erfolgreicher verlaufen, hätte einer der bedeutenden Ostseehäfen Rußlands Hauptstadt werden können; dieser Krieg jedoch hatte sich unter Schwierigkeiten hingezogen, und Peter hatte es eilig, wie immer. So bestand er, entgegen allen Ratschlägen, auf dem Bau der Stadt an dieser wenig einladenden Stelle. Im Jahre 1708 bestimmte er all seine hohen Beamten, hier zu leben. Im Jahr darauf übersiedelte er zwangsweise die Bewohner ganzer Ortschaften in die wachsende Stadt.

Die wehrhafte Festung war fertiggestellt. Am gegenüberliegenden Flußufer erhob sich die Admiralität – eine riesige befestigte Schiffswerft mit einem hohen hölzernen Turm in der Mitte. Zahlreiche Gebäude aus Backstein und Naturstein wuchsen auf den sumpfigen Ufern in die Höhe: Kirchen, Paläste, Lagerhäuser. Der berühmte Architekt Domenico Trezzini, ein Mann italienischer Herkunft, hatte alle Hände voll zu tun.

Es gab zwei Hauptprobleme: Im umliegenden Land gab es nur wenige Bäume, die kompakte Stützen lieferten, und Steinbrüche waren nicht vorhanden. Alles mußte von zumeist Hunderte von Meilen entfernt liegenden Häfen herbeigeschafft werden.

An einem kühlen Frühlingstag in St. Petersburg schritt Prokopios Bobrov, einen dicken Wollumhang über der Uniform, rasch einen schlammigen Weg an der Neva entlang. Er war allein. Von Zeit zu Zeit blickte er sich um. Er wollte nicht von Marjuschka gesehen werden.

Es war in der Tat ein Ärgernis, daß sie ihn, gerade als er sie schon loszusein glaubte, in eine solch peinliche Lage gebracht hatte, aber sie hatte ihn derart inständig gebeten ... Marjuschka! Alle waren gut zu ihr. Sie konnte sich in dieser Hinsicht nicht beklagen. Die ersten Jahre lebte sie friedlich bei den alten Bobrovs in Moskau.

Nach der Katastrophe in Sumpfloch regierte Nikita zu Hause mit eiserner Faust. Kein Wort durfte über die *raskolniki* fallen. Die Familie besuchte die offizielle Kirche. Selbst Eudokia war so mitgenommen, daß sie das verbotene Thema nicht einmal unter vier Augen dem kleinen Mädchen gegenüber erwähnte. Nach Nikitas Tod sprach die alte Frau gelegentlich liebevoll über Marjuschkas Eltern, aber das war auch alles. Dann starb Eudokia, und Prokopios nahm das Mädchen zu sich.

Er wollte sie nicht bei sich haben, aber er hatte seiner Mutter versprochen, sich bis zu ihrer Heirat um sie zu kümmern, und so kam sie in Prokopios' großes Haus in der neuen Stadt an der Neva. Wie sehnte Marjuschka sich nach Russka und nach Sumpfloch! Aber dort war ja niemand mehr.

Als die Bobrovs all ihre Bauern dort verloren hatten, wollten sie Familien von ihren anderen Besitzungen in dem Dörfchen ansiedeln. Immerhin hatten sie nach Prokopios' Ansicht immer noch genügend Seelen, und doch waren es zu wenige. Schuld daran war Zar Peters endloser Krieg. In mehr als zwei Jahrzehnten konnte sich das Volk nur einige Monate des Friedens erfreuen. Alle Bevölkerungsschichten waren von den dauernden Kriegen betroffen.

Adel, Kaufleute, Bauern – das ganze riesige Land wurde durch die hohen Kosten ausgeblutet.

Als nun die Bobrovs Jahr für Jahr ihre Verwalter aufforderten, Leute nach Sumpfloch zu schicken, erhielten sie stets die Antwort, alle verfügbaren Männer seien den Rekrutierungsoffizieren überstellt worden.

Was also sollte Prokopios mit Marjuschka anfangen? Andrej, der Kosak, hatte etwas Geld hinterlassen; das Mädchen sollte eine Freie sein. Prokopios wollte sie eigentlich an einen Handwerker oder jemanden aus dieser Schicht verheiraten. In der Zwischenzeit hatte sie bei Prokopios' Frau als Dienstmagd gearbeitet.

In den vergangenen Jahren war Prokopios melancholisch geworden, aber nicht nur der Krieg war daran schuld. »Es ist auch mein Land«, meinte er traurig. Warum nur konnte man niemals Ordnung in dieses weite, rückständige Land bringen?

Manchmal machte Prokopios sich Gedanken, ob überhaupt jemand wirklich hinter dem Zaren stand. Das Volk jedenfalls nicht. Selbst in der etablierten Kirche – ganz abgesehen von den *raskolniki* – hielten ihn viele für den Antichristen. Der Haß der reichen Kaufleute gegen ihn wurde immer größer, da er sie buchstäblich bis zum Ruin besteuerte. Die Adligen und andere Bürger, die Peter zu einem Leben in St. Petersburg gezwungen hatte, wären nur zu gern wieder zu den Annehmlichkeiten Moskaus zurückgekehrt. Ihre Häuser in der neuen Stadt kosteten sie ein Vermögen, und die Preise für die von weit her eingeführten Lebensmittel waren übermäßig hoch.

Im Süden hatte es zwei Kosakenaufstände gegeben; einen unten am Kaspischen Meer bei Astrachan und einen am Don, geführt von Bulavin, und letzterer war fast so bedeutsam wie jener unter Stenka Razin.

Wer sollte Peter schätzen? Männer, die waren wie er selbst, wahrscheinlich. Jene, die ihm dienten, die neuen Aristokraten. Peter schuf einen neuen Status in Rußland, der sich auf die Dienstpflicht gründete, durch die jeder Mann nach oben gelangen konnte. Er vergab nun Titel auf der Dienstbasis, und so war aus dem Gauner Menschikov, der früher Gebäck auf der Straße verkauft hatte, ein Fürst geworden!

Ihm, Prokopios, war es in Peters Diensten allerdings auch gut ergangen. Er hatte nur Furcht vor zwei Dingen: Einmal Peters Gunst zu verlieren, zum zweiten Peter selbst zu verlieren.

»Wenn Peter nicht mehr da ist, weiß ich nicht, was mit uns geschehen wird. Von seinem Sohn habe ich nichts zu erwarten«, lamentierte er.

Der Zarevitsch Aleksej! Er war nicht beliebt, aber immerhin der Thronerbe. Niemand wußte, was er vorhatte. Er sprach nicht viel, aber in diesem großen, düsteren jungen Mann schwelte ein stummer Groll, und das war erschreckend. Er war nun zwanzig Jahre alt. Nachdem Peter die Mutter des Jungen in ein Kloster geschickt hatte, gab er den Sohn in die Obhut deutscher Erzieher und später unter Menschikovs Aufsicht. Danach hatte er ihn für militärische Aufgaben vorgesehen, doch ohne Erfolg. Sein einziges Vergnügen war offensichtlich das Trinken.

Prokopios konnte dem Jungen dieses Verhalten in keiner Weise verübeln, denn Peter behandelte seinen Erben nicht nur grob, sondern er hatte sich auch noch eine neue Gemahlin genommen, eine ehemalige Magd aus Livland, die in Kriegsgefangenschaft geraten war und ihm mehrere Kinder schenkte. Sie hatte ihren Namen in Katharina geändert und wurde zur Kaiserin gekrönt. Aleksejs Mutter, die er nicht sehen durfte, war immer noch in dem Kloster in Suzdal eingesperrt. Peter plante, den Jungen ins Ausland zu schicken. Er wollte eine deutsche Gemahlin für ihn suchen.

Prokopios hatte vieles zu bedenken. Der Nordische Krieg war an einem entscheidenden Punkt angelangt. Seit dem vergangenen Jahr belagerte Scheremetev mit dreißigtausend Mann Riga. Prokopios wollte sich dorthin begeben, bevor die Stadt fiel. Zuerst aber mußte er noch diese lästige Sache hinter sich bringen. Er ging am Fluß entlang. Wo war die Stelle, wo sie ihren Verwandten gesehen hatte, um den er sich nun kümmern sollte? Dabei hatte es den Anschein gehabt, als würde Marjuschka ihm keine Probleme mehr machen. Schließlich war sie verliebt und würde bald heiraten.

Sie hatte ihn gesehen und sich sofort wohl und glücklich gefühlt, es war ihr leicht ums Herz geworden. Und wie durch ein Wunder war es dem jungen Mann ebenso ergangen. Da gab es nicht viel zu reden.

Er war ein Bauer von einem der Bobrov-Güter westlich von Moskau. Man hatte ihn im vergangenen Monat mit einem halben Dutzend Proviantschlitten nach St. Petersburg geschickt.

Auf Prokopios' Einwand, daß ihr Auserwählter ein Bauer sei, hatte Marjuschka nur gesagt: »Das macht mir nichts aus, ich bin das Landleben gewohnt.«

Da hatte Prokopios aufgeatmet. Marjuschka in ihrer Unschuld hatte nicht bemerkt, daß er nur gefürchtet hatte, sie werde ihn um die Freiheit dieses nützlichen jungen Burschen bitten. »Also gut. Wenn du das willst, gehst du im Frühjahr ins Dorf zurück, sobald meine Frau einen Ersatz für dich gefunden hat«, entschied er. Er übergab ihr ein Drittel des Geldes, das Andrej für sie zurückgelassen hatte. Nicht, daß er den Rest für sich behalten wollte, doch für die Frau eines Bauern wäre es nicht gut, mehr Geld zu haben.

Marjuschka war glücklich. Sie war verliebt, und in wenigen Tagen würde sie St. Petersburg für immer verlassen. Aber nun hatte sie Prokopios noch einen Auftrag gegeben ...

Am Tag zuvor hatte sie bei einem Spaziergang an der Neva Männer gesehen, die einen Graben aushoben. Es gab Hunderte solcher Trupps unglückseliger Bauern, Rekruten, Kriegsgefangener. Sie hätte diese armen Kerle sicher keines Blickes gewürdigt, hätte sie nicht gemerkt, daß einer von ihnen sie unverwandt anstarrte.

Sie sah hinunter, und da stand in dem breiten, gefrorenen Graben ein dunkelhaariger, mittelgroßer Bursche, der wohl einmal ganz gut ausgesehen hatte. Nun aber lagen seine Augen tief in den Höhlen, und einige Zähne fehlten ihm. Als sie einander anstarrten, begann er zu zittern. Es war Pavlo, ihr Onkel, der Kosak. Es konnte keinen Zweifel geben. Obwohl sie damals ein Kind gewesen war, würde sie niemals die Gesichter der beiden Männer vergessen, die sie vor dem Feuer gerettet hatten.

»Pavlo.«

»Marjuschka.«

»Was machst du denn hier?«

Er versuchte ein Lächeln, doch er wurde von einem Hustenanfall geschüttelt. Er versuchte es wieder: »Mazepa.«

Sie verstand. Seit sie sich zuletzt gesehen hatten, waren in der Ukraine grundlegende Veränderungen vor sich gegangen. Für die Großrussen im Norden bedeutete der Name Mazepa nur eines: Verrat.

Daß Peter die Kleinrussen der Ukraine fallenließ, war ebenso folgerichtig wie tragisch. Die riesigen Kosakenkontingente, die ihn im Kampf gegen die Schweden unterstützten, waren den bestens ausgebildeten Nordeuropäern nicht gewachsen. Aus diesem Grund verachtete sie der Zar. Die Ukrainer fühlten sich gedemütigt.

Im Herbst 1708 nahm der Krieg eine schlechte Wendung für Peter. Niemand dachte, daß er gewinnen könne, und die europäischen Mächte warteten nur darauf, daß sein Imperium zusammenbrechen und aufgeteilt werden würde. Der siegreiche Karl XII. von Schweden vereinigte sich mit Polen zu einem gewaltigen Vorstoß gegen das arme Rußland. Man vermutete, daß Moskau angegriffen würde. Das hätte Peters Ende bedeutet, doch der schwedische König wandte sich statt dessen nach Süden – gegen die Ukraine. Und Mazepa schloß sich ihm an.

Das war zweifellos Verrat. Mazepa war ein Intrigant. Natürlich hatte er seit Jahren mit Peters Feinden verhandelt. Er war der Hetman der Kosaken. War Peter also vielleicht schuldlos?

Keineswegs. In dieser Krisensituation sandte er Botschaft, die Ukrainer hätten sich ohne seine Hilfe zu verteidigen. Und wenn er sich auch selbst in einer Zwangslage befand, so beriefen sie sich doch mit Recht darauf, daß er ein zwischen ihnen und Rußland zu Bohdans Zeiten getroffenes Abkommen gebrochen habe – nämlich, daß Rußland sie unterstützen werde. Um sein Land zu retten, tat Mazepa, was ihm richtig erschien.

Das war ein Fehler. Menschikov, Peters Günstling, eignete sich Mazepas Hauptstadt, Vorräte und nahezu die gesamte Einwohnerschaft an – ob Soldaten oder nicht. Die Ukraine zögerte. Die Russen schritten ein. Einige Kosaken schlugen sich auf Mazepas Seite, die Mehrheit jedoch nicht.

Im nächsten Frühjahr fand die große Schlacht bei Poltava statt. Dies war wohl Peters Sternstunde. Bei all seinen Fehlern – er war mutig und ohne Furcht. Eine Musketenkugel schlug ihm den Hut vom Kopf, eine weitere traf seinen Sattel, eine dritte prallte an einer silbernen Ikone ab, die er um den Hals trug. Am Ende waren die mächtigen Schweden endgültig zurückgeschlagen. Europa staunte. Die Landkarte Europas bekam innerhalb eines Tages ein anderes Gesicht: ein neues, ungeheures Rußland war im Entstehen. Europa hatte Grund sich zu fürchten.

Von nun an verfolgte Peter eine neue, unbarmherzige Politik. Der alte Süden wurde russifiziert. Große Landbesitzer, allen voran Menschikov, traten auf den Plan. Kosakendistrikte wurden von Russen kontrolliert. Die ukrainische Presse wurde zensiert.

Peter ließ seine Berater wissen, er beabsichtige, die Unterwerfung der Ukraine so zu vollziehen, wie der Engländer Cromwell mit Irland verfahren war.

In einer Hinsicht hatte Pavlo Glück gehabt. Falls er nicht ein schlimmes Fieber bekommen hätte, wäre er mit seinem Herrn Mazepa geritten; dann hätte er entweder ins schwedische Exil fliehen müssen, oder er wäre als Gefangener gehängt worden.

Als ihn jedoch Offiziere in Perejaslavl fanden, hegten sie Zweifel. Sein Fall wurde Peter persönlich vorgetragen. Die Antwort war kurz und bündig: Dieser Offizier hat mir einmal einen Brief überbracht. Er ist ein enger Verbündeter Mazepas und nicht vertrauenswürdig. Er soll all seiner Besitzungen verlustig gehen und mit den Rekruten nach St. Petersburg gebracht werden.

Und so hob Pavlo nun den Graben aus, während Prokopios nach ihm suchte. Es war eine heikle Situation. Prokopios hätte natürlich die Bitte des Mädchens um Hilfe einfach ignorieren können. Aber immerhin waren ihrer beider Familien befreundet gewesen, und ja, irgendwie schämte er sich.

Sollte er den Zaren um Gnade bitten? Das wagte er nicht. Peter konnte vieles verzeihen, niemals jedoch Verrat.

Er wußte nicht, was er tun sollte, aber keinesfalls wollte er das Mädchen enttäuschen. Ah, da war der Graben. Prokopios forschte in den Gesichtern der Männer, doch er entdeckte niemanden, der Pavlo ähnlich sah. Er rief den Vorarbeiter und beschrieb den Kosaken, so gut er konnte. Der Vorarbeiter nickte. »Ja, Herr, wir hatten einen solchen Mann hier. Ich mußte ihn gestern entlassen.«

»Warum?«

»Ich sah, wie er mit einem Mädchen, einer Fremden, sprach.«

»Aha. Heute ist er also nicht hier?«

»Er war wohl schwächer, als ich dachte«, murmelte der Mann.

»Ihr meint, er sei tot?«

»Ich fürchte ja, Herr. Ist das in Ordnung?«

O ja, das war wirklich in Ordnung.

Es würde kaum auffallen. Wenn auch nicht feststeht, wie viele Arbeiter bei dem Bau St. Petersburgs an Krankheit, Erschöpfung oder Hunger starben, so muß ihre Zahl doch in die Tausende gegangen sein.

Es war zwei Tage später an einem warmen Morgen. Eine leichte Brise kräuselte die Wasser der Neva.

Marjuschka nahm Abschied von dieser Stadt. Irgendwie trennte die Nachricht von Pavlos Tod sie endgültig von der Vergangenheit. Sie wußte, daß sie nur noch nach vorn schauen konnte.

Sie wollte sich auf sich selbst konzentrieren, auf ein glückliches Leben mit ihrem Ehemann, das hoffte sie. Doch was bedeutete Glück in diesem endlos weiten Rußland? Sie blickte am Fluß entlang. In diesem Augenblick spürte sie plötzlich die Gegenwart ihres Vaters. Bei dieser Vorstellung lächelte sie.

Doch ebenso rasch verschwand ihr Lächeln. Sie sah eine riesige, eiskalte Sonne, deren Licht in den Augen schmerzte. Unaufhaltsam stieg sie aus dem Nordmeer in den grenzenlosen russischen Himmel auf. Sie würde, das spürte Marjuschka, mit den furchtbaren Strahlen ihr Blut in den Adern zum Erstarren bringen. Bei dieser Vision verstand sie, was ihr Vater ihr gesagt hatte: Die schrecklichen Tage der Apokalypse waren gekommen. Und der Antichrist hieß Peter.

Zarevitsch Aleksej hatte im Jahre 1718 gegen seinen Vater konspiriert.

Törichterweise ließ er sich durch das Versprechen, sein Vater werde ihm vergeben, aus dem Exil nach Rußland zurücklocken, und zwar durch einen älteren, sehr gewitzten Diplomaten: Peter Tolstoj. Bald darauf starb der Zarevitsch nach der Folter in der Peter-und-Pauls-Festung. Es gab noch andere Erben.

1721 wurden im Vertrag von Nystadt die baltischen Länder, eingeschlossen Livland und Estland, formell als zu Rußland gehörig anerkannt, und so sollte es bis 1918 bleiben.

Deshalb verlieh der neugebildete russische Senat Zar Peter hochtrabende Titel wie *Pater patriae, Imperator, Maximus:* Vater des Vaterlandes, Kaiser, Größter.

1722 beschloß der Sohn des unerwartet verstorbenen Prokopios Bobrov, eines seiner Dörfer, Sumpfloch, in der Nähe des Städtchens Russka, wiederzubeleben. So übersiedelte er die Hälfte der Bewohner eines anderen, ihm gehörenden Orts dorthin. Unter diesen Leuten war eine Frau mit drei hübschen Kindern. Sie hieß Marjuschka.

KATHARINA

1786

Alexander Bobrov saß an seinem Schreibtisch und starrte auf die beiden vor ihm liegenden Bögen Papier. Der eine war mit Zahlen von seiner eigenen Hand bedeckt, der andere war ein Brief, der ihm eine halbe Stunde zuvor durch einen livrierten Diener überbracht worden war. Während er auf die Papiere sah, murmelte er: »Was zum Teufel soll ich bloß machen?«

Draußen vor dem Kollegium, wie die Ministerien heute genannt wurden, war es bereits dunkel. Im Dezember gab es in St. Petersburg nur fünfeinhalb Stunden Tageslicht. Den eisig pfeifenden Wind hörte man nicht, denn wie in allen Häusern in St. Petersburg hatte man im Kollegium bereits im Oktober die Doppelfenster eingesetzt.

Seit Monaten war Bobrov dabei, das schwierigste und gefährlichste Spiel seines Lebens zu spielen; und er konnte kaum fassen, was jetzt geschehen war. Auf einem der beiden Bögen hatte er eine Liste seiner Schulden aufgestellt. Der Brief enthielt ein Heiratsangebot oder vielmehr eine Aufforderung zur Heirat.

»Es muß doch einen Ausweg geben«, flüsterte er wieder und wieder.

Er schob die Papiere weg und rief in das Vorzimmer hinein. Sofort erschien ein höflicher junger Mann in hellblauer Jacke mit gelben Knöpfen und weißen Kniehosen – die Uniform der St. Petersburger Regierung.

»Sage dem Lakaien, er soll den Kutscher holen!«

»Sogleich, Euer Hochgeboren.« Dieser Titel bezog sich nicht auf Alexander Bobrovs Vorfahren, obwohl es Adlige waren, sondern auf die Tatsache, daß er es, wenn auch erst Anfang dreißig, bereits zu einem schwindelerregenden fünften Rang innerhalb der vierzehn Dienstränge gebracht hatte, die Peter der Große eingeführt hatte. Niedrigere Ränge wurden lediglich mit »Wohlgeboren« tituliert; es folgte »Hochwohlgeboren« und »Hochgeboren«. Wenn Bobrov seine glänzende Karriere weiterverfolgen konnte, wäre ihm, so hoffte er, der höchste und begehrteste Titel sicher – »Euer Höchste Exzellenz«. Alexander Prokofievitsch Bobrov war ein gutaussehender Mann von etwas mehr als durchschnittlicher Größe, einem eher runden, glattrasierten Gesicht mit breiter Stirn, leicht verhangenen braunen Augen und schmalen Lippen. Sein Haar war nach der Mode jenes

Jahrzehnts gepudert, und über jedem Ohr kringelte sich eine einzelne Lokke, die morgens mit Hilfe einer Brennschere entstand. Sein Gehrock war aus schlichtem Tuch, nach englischem Schnitt eng anliegend und knielang. Seine Weste war bestickt, die Kniehosen weiß mit blauem Streifen. Ein Mann also, nach der besten Mode der Zeit gekleidet.

Im Goldenen Zeitalter Katharinas der Großen gab es in dem hübschen St. Petersburg keinen besseren Spieler als Alexander Prokofievitsch Bobrov. Er spielte allerdings nicht eigentlich um Geld. Obwohl man ihn häufig an den Kartentischen der besten Häuser sah, spielte er immer nur um geringe Summen. Er war an einem größeren, geheimeren Spiel interessiert: am Spiel um die Macht. Bisher hatte er gewonnen.

Er hatte für seinen Erfolg aber auch gearbeitet. Ebensogut hätte er ein Niemand sein können, wie so mancher Provinzadlige der damaligen Zeit. In seiner Kindheit, die er auf einer der Familienbesitzungen in der Nähe Tulas verbrachte, bestand seine Erziehung mehr oder weniger aus der Lektüre des orthodoxen Psalters und aus den Märchen und russischen Liedern, die er von den Leibeigenen lernte. Als er zehn Jahre alt war, lud ihn ein Freund seines Vaters ein, in seinem Moskauer Haus zu leben und mit seinen Kindern gemeinsam erzogen zu werden. Das war der Durchbruch für ihn – mehr brauchte er nicht.

Er arbeitete zum Erstaunen seiner Lehrer unermüdlich, wurde dann für das Elitekorps der Pagen am St. Petersburger Hof ausgewählt, und während die meisten dieser jungen Männer spielten, tranken oder es mit Frauen trieben, verwandte er mehr Zeit auf seine Studien als je zuvor. Schließlich erlebte er seinen größten Triumph – er wurde mit einer Handvoll Jugendlicher auf die berühmte Leipziger Universität geschickt. Was trieb ihn eigentlich immer weiter? Er verdankte all seinen Erfolg seinem Ehrgeiz, und dieser war ein grausamer Lehrmeister. Er spornte an, doch wenn man einmal strauchelte, saß er einem wie eine Furie im Nacken. Andererseits verlieh dieser Ehrgeiz dem Alexander Bobrov eine merkwürdige Lauterkeit. Wie raffiniert er auch beim Kartenspielen vorgehen mochte – es geschah alles im Dienst einer geheimen Idee, die er verfolgte.

Wieder blickte er auf das mit Zahlen vollgeschriebene Papier. Er hatte seit längerem gewußt, daß er in Schwierigkeiten steckte, aber er hatte die genaue Rechnung immer wieder hinausgeschoben. Nun war es soweit: Er war finanziell ruiniert.

Dabei hatte er noch mehr Glück gehabt als viele andere; sein Vater hatte ihm drei Güter hinterlassen, eines bei Tula, ein anderes auf ertragreichem Land südlich der Oka in der Provinz Rjazan und eines in Russka, südlich von Vladimir. Außerdem war er an zwei weiteren beteiligt. Insgesamt herrschte Alexander über fünfhundert Seelen – so nannte man die erwachsenen männlichen Leibeigenen. Zu jener Zeit kein großes Vermögen, aber immerhin ein gutes Erbe. Doch es reichte nicht aus.

Die Hälfte aller Männer, die ich kenne, haben Schulden, suchte er sich zu trösten. Das traf zu – auf reiche und arme Adlige gleichermaßen. Die Behörden zeigten Verständnis; sie richteten sogar eine Kreditbank ein, natürlich nur für den Adel, und das zu guten Bedingungen. Da das Vermögen eines Adligen nach der Zahl seiner Leibeigenen berechnet wurde, drückten sich die zu leistenden Sicherheiten nicht in Rubeln, sondern in Seelen aus. Gott sei Dank war in diesem Jahr das Kreditlimit von zwanzig auf vierzig Rubel pro Seele angehoben worden. Das hatte Alexander die vergangenen Monate über Wasser gehalten. Der Besitz bei Tula, auf dem er aufgewachsen war, mußte jedoch verkauft werden, und seine ihm verbliebenen Seelen wurden ihm als Hypothek belastet. Außerdem hatte er noch wer weiß wie viele Schulden an Kaufleute.

An diesem Morgen war der Moment gekommen, daß Bobrov die Augen vor seiner Lage nicht weiter verschließen konnte. Als sein Majordomo ihn um Geld für Besorgungen auf dem Markt bat, stellte er fest, daß er nichts mehr im Hause hatte. Er wies den Burschen an, es inzwischen für ihn auszulegen. Als Alexander zu seiner Bank ging, wollte man ihm dort kein Bargeld mehr vorstrecken. In seinem Büro sah er dann seine Konten durch und entdeckte voller Schrecken, daß die mittlerweile angefallenen Zinsen sein Einkommen bei weitem überstiegen.

Und nun war dieser Brief gekommen! Die Heirat mit dem deutschen Mädchen war zwar ein Weg aus seinem Dilemma. Aber er wollte diese Sache doch lieber vermeiden. Aber wie?

Vor vielen Jahren war er schon einmal verheiratet gewesen. Seine Frau war nach nur einem Jahr Ehe zu seiner großen Betrübnis im Kindbett gestorben. Nun hatte er seit Jahren eine reizende Geliebte. Das deutsche Mädchen war im Grunde nur eine von mehreren Gelegenheiten, bei denen er in den vergangenen Jahren eher spielerisch um Frauen geworben hatte, um seine Chancen zu testen, falls ihn seine Finanzmisere tatsächlich zu einer Heirat zwingen sollte. Die Familie dieses Mädchens gehörte dem baltischen Adel an, Nachkommen der ehemaligen Deutschen Ordensritter; manche von ihnen waren in russische Dienste getreten, nachdem Peter der Große ihre baltischen Erblande annektiert hatte. Das Mädchen war fünfzehn Jahre alt, und dummerweise hatte sie sich hoffnungslos in ihn verliebt. Da Tatjana eine Erbin war, hätte er dafür sogar dankbar sein sollen.

Das ganze Jahr über hatte das unschuldige Kind den Vater bestürmt, die Angelegenheit zu einem Abschluß zu bringen. Im Laufe der Zeit mußte Bobrov angesichts seiner unsicheren Finanzlage immer mehr Verpflichtungen eingehen. Für den Fall, daß die Dinge weiterhin nicht nach Plan verliefen, durfte er sich das Mädchen nicht entgehen lassen. Seine Bedenken, der Vater könne die Wahrheit über seine, Alexanders, Schulden herausfinden und die ganze Sache auffliegen lassen, wurden immer größer. Bobrov hatte um Zeit gepokert, und ausgerechnet heute war dieser ungewöhnliche Brief gekommen. Das Mädchen schrieb sehr direkt. Alexander sei ihr drei Wochen lang aus dem Weg gegangen, erklärte sie. Ihr Vater habe andere Bewerber im Sinn. Der Brief endete so:

> Ich werde meinen Vater morgen abend fragen, ob er etwas von Ihnen gehört hat. Falls nicht, will ich nichts mehr von Ihnen wissen.

Ein junges Mädchen schrieb persönlich in einem solchen Ton an einen Mann – das durchbrach alle Regeln der Etikette und war unerhört. Alexander konnte es kaum fassen.

Er lehnte sich in seinem Stuhl zurück und schloß die Augen. Mit Tatjanas Geld könnte er sein schönes Haus in St. Petersburg und seine Besitzungen halten. Er würde reich, abgesichert, geachtet sein. Warum also zögerte er? Warum griff er nicht nach dem Rettungsanker, den ihm das Schicksal zugeworfen hatte? Er öffnete die Augen und starrte in die winterliche Dunkelheit draußen. Es gab noch eine Chance für ihn, ein letztes gewagtes Würfelspiel: die alte Dame.

Er seufzte. Es war ein unerhörtes Risiko. Selbst wenn er jetzt bekam, was er wollte, konnte sie später ihre Meinung immer noch ändern. Dann würde er wahrscheinlich alles verlieren – Geld, Ansehen, selbst die Möglichkeit, wieder auf einen grünen Zweig zu kommen.

Alexander Bobrov blieb noch einige Zeit an seinem großen Schreibtisch sitzen und überdachte seine Chancen. Dann richtete er sich sehr gerade auf, ein grimmiges Lächeln im Gesicht. Heute abend noch gehe ich zu ihr und frage sie, beschloß er.

Bobrov, der Spieler, spielte ein heimliches Spiel, und es ging um viel mehr als das Vermögen der jungen Tatjana. Er spielte um St. Petersburg.

St. Petersburg erschien den Zeitgenossen wie ein Wunder. Auf demselben Breitengrad wie Grönland oder Alaska, zwölfhundert Meilen nördlicher als Boston, dem nördlichen Polarkreis näher als London oder Berlin, war die russische Hauptstadt ein zweites Venedig. Wunderschön und einfach war es gebaut, um das breite Becken herum, wo die Neva sich durch das große Dreieck der Vassiljev-Insel gabelte, deren Spitze sich landeinwärts wandte und deren breite Basis zur Flußmündung hin die Stadt vor den Unbilden des Meeres schützte.

Gab es in Nordeuropa einen schöneren Anblick? Dann, in der Strommitte, die Spitze der Insel, die Strelka, mit ihren Wohnhäusern und Lagerhäusern und den vielen kleinen klassizistischen Tempeln. In einiger Entfernung zur Linken auf einer eigenen kleinen Insel die alte Peter-und-Pauls-Festung. Zur Rechten, auf dem Südufer, lagen Zar Peters Admiralitätsgebäude, die barocken und klassizistischen Fassaden des Winterpalais und der Eremitage. Wie ruhig und heiter das alles wirkte! Die Stuckfassaden waren zur damaligen Zeit meist gelb, rosa oder braun getüncht, was ein zartes Zusammenspiel mit dem grauen Ton des Wassers ergab.

Zar Peters Stadt; er hatte sie geplant. Als sollte stets an seine militärischen und seefahrerischen Ambitionen erinnert werden, waren die drei breiten Straßen – der berühmte Nevskij-Prospekt war die größte davon –, von der Mitte des Südufers ausgehend, fächerförmig auf die Admiralität ausgerichtet. Und doch war die Topographie der Stadt mit ihren weichen Konturen eher feminin. So seltsam es erscheinen mag: Seit Peters Tod war seine Stadt fast ausschließlich von Frauen regiert worden.

Zuerst von Peters Witwe, dann von seiner deutschen Nichte, der Kaiserin Anna, später zwanzig Jahre lang von Peters Tochter Elisabeth. Jeder männliche Thronanwärter war entweder verstorben oder nach kurzer Zeit abgesetzt worden.

Als Bobrov geboren wurde, regierte noch Kaiserin Elisabeth. Es waren sinnenfrohe, ausschweifende Jahre. Sie war eine vielseitig interessierte Frau, ließ das Winterpalais erbauen; zu ihren zahlreichen Liebhabern zählten bedeutende Männer wie Schuvalov, der Begründer der Moskauer Universität, Rasumovskij, der große Musikkenner. St. Petersburg war kosmopolitisch geworden, ahmte den Glanz des französischen Hofs nach.

Und nun zog das Goldene Zeitalter herauf. St. Petersburg – die Stadt der Kaiserin Katharina. Wer hätte je gedacht, daß diese unbedeutende junge Fürstin von einem kleinen deutschen Hof Alleinherrscherin über Rußland werden würde? Sie war als liebe, harmlose Gemahlin für den Thronerben, Elisabeths Neffen Peter, gekommen. Das wäre sie auch geblieben, wäre ihr Gemahl nicht ein extrem unausgeglichener Charakter gewesen. Obwohl durch seine Mutter ein Nachfahre Peters des Großen, war der junge Mann ein Deutscher, und Friedrich der Große war sein Idol. Er haßte Rußland, und das sagte er auch. An seiner jungen Frau zeigte er keinerlei Interesse.

Welch einen Gegensatz die beiden bildeten! Ein Erbe, der mit seinem Erbteil nichts zu tun haben wollte, und diese ausländische Fürstin, die zum orthodoxen Glauben übertrat und eifrig Russisch lernte. Obwohl sie ihm einen Erben gebar, wandte Peter sich bald von ihr ab, nahm sich eine Geliebte. Im Grunde trieb er seine Frau dazu, in ihrer Verzweiflung selbst Liebhaber zu nehmen. Hatte er versteckte selbstzerstörerische Tendenzen? Bobrov war jedenfalls dieser Meinung. Als dieser verhaßte junge Mensch auf den russischen Thron kam und die von Katharinas Liebhaber angeführten Palastwachen ihn umbrachten, war Alexander Bobrov durchaus nicht der einzige, der einen Seufzer der Erleichterung ausstieß.

Wer wäre ein besserer Thronfolger gewesen als seine beliebte junge Gemahlin, die Mutter des nächsten männlichen Prätendenten, die alles Russische so sehr schätzte? So begann durch einen glücklichen Zufall die glorreiche Regierungszeit Katharinas II.

Katharina die Große. Rußland schüttelte seine letzten Fesseln ab. Im Westen war bereits einem geschwächten Polen das restliche Weißrußland abgenommen worden. Im Süden war die türkische Flotte vernichtet, und die uralte Bedrohung durch die Steppentataren war endlich abgewehrt, nachdem Katharina den Krim-Khan abgesetzt und seine Länder annektiert hatte. Nach Osten zu beanspruchte Rußland nun die gesamte nordeurasische Ebene bis zum Pazifik. Jenseits des Kaspischen Meeres waren russische Truppen in die asiatischen Wüsten bis an die Grenzen des alten Persien vorgedrungen. Außerdem hieß es, daß jenseits der Beringstraße, an der Küste Alaskas, eine russische Kolonie gegründet worden sei.

Katharina die Reformerin. Wie schon Peter vor ihr, wollte sie aus Rußland ein modernes, freigeistiges Imperium machen.

Slawen, Türken, Tataren, Finnen, zahllose Stämme – sie alle waren nun Russen. Um das ausgedehnte Steppenland zu kolonisieren, hatte sie sogar deutsche Siedler geholt. Im kaiserlichen St. Petersburg wurden acht verschiedene Religionen in vierzehn Sprachen praktiziert. In den ehemals polnischen Gebieten lebten sogar Juden. Der gesamte Kirchenbesitz war bereits säkularisiert worden. Alle unbedeutenden Klöster waren geschlossen. Katharina versuchte außerdem, die veralteten russischen Gesetze zu reformieren.

Katharina die Aufgeklärte. Es war das Zeitalter der Aufklärung. Im 18. Jahrhundert hatten rationale Philosophie und liberale politische Ideen in ganz Europa ihren Siegeszug angetreten. Im nördlichen Amerika, das sich durch den Unabhängigkeitskrieg soeben vom englischen König losgesagt hatte, begann das Zeitalter der Freiheit.

Katharina die Gesetzgeberin. Katharina die Erzieherin, die Meisterin der freien Rede. Voltaire selbst, der französische Freigeist, schrieb ihr zahlreiche Briefe. Katharina die Weise; die Frau mit vielen Liebhabern.

Im Schatten neben dem Kollegiumseingang wartete eine stille Gestalt im schweren Mantel. Da trat Staatskanzler Bobrov, in einen dicken Pelzmantel gehüllt, aus der Tür ins Licht der Lampe. Er wollte sich nach Hause begeben. Sein Schlitten war noch nicht vorgefahren, und der Türsteher war unterwegs, um ihn zu holen.

Der Fremde löste sich aus dem Schatten. Er machte ein kleines Zeichen und überreichte Bobrov verstohlen eine Nachricht. Und schon war er wortlos verschwunden.

Der Platz lag wieder verlassen da. Bobrov erbrach das Siegel und las:

Sie werden für morgen sechs Uhr zu einer außerordentlichen Versammlung der Brüder ins rosa Haus gebeten. Colovion

Es gab in ganz Rußland wohl kaum hundert Personen, die gewußt hätten, worum es hier ging, doch für Alexander Bobrov bedeutete diese Nachricht sehr viel. Zu Hause würde er sie sofort vernichten – alle Mitteilungen dieser Art mußten verbrannt werden, das war Vorschrift. Zunächst aber steckte er den Brief in seine Jackentasche. Da kam auch schon sein Schlitten. An diesem Abend hatte er noch vieles zu erledigen.

Der Mahagonitisch war für ein einsames Abendessen gedeckt: Hühnchen, eine Schüssel mit Sauerkraut, Roggenbrot, Belugakaviar, ein Glas mit deutschem Wein. Alexander hatte jedoch kaum etwas angerührt. Er war für den Abend schon mit einer blauen Samtjacke bekleidet. Obwohl er nervös war, zeigte sein Gesicht den unbeweglichen Ausdruck des Spielers.

Sein Blick schweifte in dem großen hohen Raum umher. An den dunkelgrün tapezierten Wänden hingen biblische Szenen in klassizistischer Manier. In einer Ecke stand der große, rot und grün gekachelte Ofen. Es war Zeit für die Begegnung mit der Gräfin Turova.

Obwohl die Hierarchie des Imperiums – die vierzehn Ränge – jedem gebildeten Mann offenstand, gab es doch Familien, die einen Sonderstatus außerhalb des offiziellen Systems bekleideten. Einige Familien von Bojaren und niederem Adel wie etwa die Bobrovs hatten ihren Stand über die turbulenten Jahrhunderte hinwegretten können. Da gab es Männer mit alten Fürstentiteln, Nachfahren der Tataren-Khans oder des heiligen Vladimir selbst; es gab andere mit ausländischen Titeln, die im allgemeinen aus dem Heiligen Römischen Reich stammten; und neuerdings waren da auch Familien mit Titeln, die Peter und seine Nachfolger für ihre Günstlinge eingeführt hatten: Prinzen, Grafen, Barone. Graf Turov, ein großartiger Mann, war einer dieser Favoriten gewesen. Vor seiner Witwe, der Gräfin Turova, hatte selbst Alexander Respekt.

Sie war die Kusine seines Vaters. Sie und der Graf hatten ihre beiden Kinder verloren, und bei seinem Tod hinterließ der Magnat einen Teil seines ungeheuren Besitzes seiner Witwe. »Sie kann damit machen, was sie will«, hatte Alexanders Vater erzählt. »Vielleicht kannst du etwas davon in die Hand bekommen. Wirklich mit ihr rechnen kann man aber nicht. Sie war immer eine exzentrische Person.«

Gerade darum ging es an diesem Abend für Alexander. Er konnte die alte Dame nicht so ohne weiteres um Geld bitten. Doch vielleicht hatte sie ihn ja in ihrem Testament bedacht? Es gab allerdings Vettern, die ebenfalls Anwärter waren. Aber ein Viertel, selbst ein Achtel ihres Vermögens würde genügen. Bobrov seufzte. Obwohl er ihr bereits seit Jahren seine Aufwartung machte, hatte er keinerlei Vorstellung, wie seine Aussichten standen. Manchmal zeigte sie sich ihm gegenüber wohlwollend, dann wieder schien sie sich mit Wonne über ihn lustig zu machen.

Was wäre, wenn sie an diesem Abend einwilligte? Sie war nun über siebzig. Die Aussicht auf ein Legat gäbe ihm die Möglichkeit, neue Risiken einzugehen. Er kannte Geldverleiher, die ihn auf dieser Vertrauensbasis ein weiteres Jahr über Wasser halten würden. Dann würde er dem deutschen Mädchen den Laufpaß geben, seine Zelte abbrechen und die Ereignisse abwarten.

Trotzdem war es ein äußerst gewagtes Unternehmen. Was sollte etwa die Gräfin Turova daran hindern, ihm Versprechungen zu machen und hinterher ihre Meinung zu ändern? Oder was wäre, wenn sie neunzig Jahre alt würde? Alexander schob die Zweifel beiseite. Er hatte sich entschieden, und dabei blieb es. Er spürte die Silbermünze in seiner Hand. Im Haus der Gräfin wollte er die Münze werfen. Wenn sie Revers zeigt, heirate ich die Deutsche. Zeigt sie Avers, und die Alte verspricht mir ein Legat, lasse ich's darauf ankommen, dachte er bei sich.

Der Schlitten flitzte durch die eisigen Straßen St. Petersburgs, der blasse Schein von Lampen und erleuchteten Fenstern huschte in der Finsternis vorüber. Ein paar Sterne waren zu sehen.

Der prächtige Schlitten war geschlossen. Zwei Lakaien standen auf dem hinteren Trittbrett, auf dem Kasten vorn saß der Kutscher. Nebenher ritt ein Junge. Er und der Kutscher hieben unbarmherzig auf die Pferde ein. Was kümmerte sie's? Es waren nicht Bobrovs Tiere. Obwohl der Staatskanzler erstklassige Pferde besaß, zog er, wie die meisten Leute in St. Petersburg, für gewöhnliche Fahrten Mietpferde vor.

Bobrov ließ sich in die weichen Polster sinken. Der südliche Teil von St. Petersburg wurde durch ein Radialstraßensystem mit einer Ringstraße unterteilt; südlich war das Areal von einem Wassergraben, der berühmten Fontanka, begrenzt. Bobrovs Haus lag in dem vornehmen ersten Admiralitätsviertel am Mittelring, und sein Weg führte ihn bald auf die aus Granit errichtete Kaimauer an der zugefrorenen Neva. In wenigen Minuten würde er im Herzen der Hauptstadt sein.

Er nahm die Münze in die Hand. Welch ein Spiel: Er würde mit einer einzigen Münze um das russische Imperium spielen! Das war sein Gewinn in dem heimlichen Spiel, dem er seit so langer Zeit frönte. Aus diesem Grund wollte er auch nicht heiraten, und deshalb mußte er finanziell unbedingt noch eine Weile durchhalten. Der Gewinn würde die glänzendste Stellung im russischen Staat sein; Alexander Bobrov strebte nichts Geringeres als die Position des offiziellen Liebhabers von Katharina der Großen an.

Am Hof der Kaiserin gab es verschiedene Wege zur Macht, doch keine Karriere bot derart grandiose Aussichten wie der Umstand, ihr Lager zu teilen.

Wenn ihr auch ein unerhörter Verschleiß an Männern nachgesagt wurde, war Katharina im Grunde eher gefühlsbetont. Sie war während ihrer Ehe gedemütigt worden. Und aus ihren Briefen geht hervor, daß sie die meiste Zeit ihres Lebens auf der Suche nach Zuneigung und nach dem idealen Mann war; dabei ging sie keineswegs wahllos vor – die Geschichte berichtet von weniger als zwanzig Liebhabern.

Denjenigen aber, die diese Position innehatten, waren kaum Grenzen gesetzt. Meistens handelte es sich dabei um Männer aus Familien wie die Bobrovs, manche waren unbedeutender. Ihre Namen gingen in die russische Geschichte ein. Da war etwa Orlov, der tapfere Gardist, der ihr zum Thron verholfen und dessen Bruder den verhaßten Gemahl beseitigt hatte. Oder Saltikov, der charmante Aristokrat. Dann Poniatovski – Katharina hatte ihn sogar zum König von Polen gemacht! Und der Größte von allen, jenes seltsame, schwerblütige Genie, der einäugige Krieger Potemkin, der nun ihr mächtiger Statthalter auf der Krim war.

Hatte sie einen neuen Liebhaber gewählt, so durfte er im allgemeinen ein Präsent von hunderttausend Rubeln nach der ersten Nacht erwarten. Danach ... Potemkin, so hieß es, habe an die fünfzig Millionen erhalten. Bei Hofe munkelte man, Potemkin selbst wähle ihre neuen Liebhaber aus.

Für Alexander war es ein leichtes gewesen, mit dem großen Mann

Freundschaft zu schließen. Er bewunderte ihn aufrichtig und wurde einer seiner treuesten Anhänger. Als Katharinas junger Liebhaber Lanskoj zwei Jahre zuvor plötzlich starb – er habe seine Gesundheit mit Liebestränken ruiniert, so ging das Gerücht –, hatte Alexander die Gelegenheit beim Schopf gepackt und war geradewegs zu Potemkin gegangen, um sich in Erinnerung zu bringen.

Doch ein junger Gardeoffizier war gerade vor Alexander vorgelassen worden und errang die Gunst der Herrscherin. Potemkin war aber durchaus von Bobrov als möglichem Bewerber beeindruckt, nicht zuletzt wegen seiner Loyalität.

Das war vor einem Jahr gewesen. Alexander wartete voller Unruhe. Er kannte den jungen Offizier flüchtig und sammelte nun alle Informationen, die er über ihn bekommen konnte. Seine Freunde bei Hof berichteten ihm, der junge Mann habe seine verliebten Augen auf eine der Hofdamen geworfen und sei seiner derzeitigen Stellung überdrüssig.

Was, wenn nun er, Bobrov, an die Reihe käme? Die Kaiserin war nie schön gewesen. Obwohl ihre Züge klug und ansprechend wirkten, war ihr Körper stämmig, um nicht zu sagen: vierschrötig. Sie war nun siebenundfünfzig, und es hieß, daß sie mitunter an Kurzatmigkeit leide. Aber immerhin war sie die Allherrscherin über Rußland. Ihre Macht, ihre grandiose Position, ihr außergewöhnlicher Geist machten sie für einen Mann wie Bobrov, der die höchsten Höhen zu erklimmen gedachte, über alle Maßen begehrenswert.

Und dann ... welch ein Schicksal! Die Mutter Rußlands und ihr mächtiges Imperium zu seinen Füßen – er würde dem engsten Kreis derer angehören, die mit der Kaiserin herrschten. Es gab auf der ganzen Welt keine höhere Position. Er mußte nur noch ein wenig durchhalten.

Draußen glitt das schweigende St. Petersburg vorüber. Sie kamen nun auf den weitläufigen Petersplatz vor der Admiralität. Zur Linken sah Alexander die lange Hängebrücke, die über die Neva zur Vassiljev-Insel führte. Gegenüber dem Winterpalais zeichnete sich der schlanke Turm der Peter-und-Pauls-Kathedrale gegen den Nachthimmel ab.

Da nahm etwas auf dem großen Platz plötzlich Bobrovs Blick gefangen. Er öffnete das Fenster des Schlittens und wurde seltsam berührt beim Anblick des bronzenen Reiterstandbildes. Es war in jahrelanger Arbeit von dem französischen Bildhauer Falconet gefertigt und erst vor kurzem aufgestellt worden und galt bereits als das berühmteste Standbild in ganz Rußland. Auf einem kolossalen Granitblock erhob sich ein Pferd in dreifacher Lebensgröße auf der Hinterhand. Darunter lag eine Schlange. Auf dem Pferd saß, mit einer römischen Toga angetan, die Statue Peters des

Großen. Mit der Linken hielt er die Zügel, während die Rechte mit einer wirklichen Herrschergeste über die Neva hinwegdeutete. Es hieß, daß es auf der Welt keinen größeren Granitblock, keine so große Bronzestatue gebe. Dieser Anblick nahm Alexander jedesmal den Atem. All seine Träume und Sehnsüchte schienen sich in dieser Hymne an die Macht Rußlands zu vereinigen. Auf der Sockelplatte stand nichts als dies:

Für Peter I. von Katharina II.

Während Alexander schaute und schaute, schien die Statue zu ihm zu sprechen, und zwar mit der Stimme seines eigenen Ehrgeizes: Kleiner Mann, du würdest jetzt besser umkehren!

Nein, dachte Alexander. Das kann ich nicht. Ich bin schon zu weit gegangen. Es ist besser, noch ein einziges Mal zu spielen – ein Imperium zu gewinnen oder alles zu verlieren. Kurzentschlossen warf er die Silbermünze aus dem Fenster.

»Lieber Alexander!« Sie lächelte. »Ich freue mich sehr, daß Sie gekommen sind.«

»Daria Michailovna, Sie sehen wunderbar aus.« Er küßte ihr die Hand. Nein, die Gräfin sah nicht schlecht aus. Sie mußte einmal eine attraktive Frau gewesen sein. Ihr kleines, zu stark geschminktes Gesicht erinnerte ihn an einen bunten Vogel, um so mehr, als ihre Nase jetzt im Alter sehr ausgeprägt war. Ihre kleinen blauen Augen blickten lebhaft. Sie trug ein bodenlanges Kleid aus malvenfarbener Gaze, verziert mit weißer Spitze und rosa Schleifen. Es mochte aus einer anderen modischen Epoche stammen – und so sah die Gräfin aus wie eine Person der letzten Generation am französischen Hof. Ihr Haar war aufregend hochgetürmt, gekrönt von Löckchen, geschmückt mit Perlen und einem blaßblauen Band.

Zum Empfang der Gäste thronte Gräfin Turova auf einem vergoldeten Stuhl inmitten des Salons, zu dem man über die Treppe in der großen Marmorhalle gelangte. Wie in allen russischen Palästen war dieser Salon weiträumig und vornehm. Die Decke war über sechs Meter hoch, und in der Mitte funkelte ein gigantischer Kronleuchter. Das glänzende Parkett setzte sich aus mindestens zwölf verschiedenen Holzarten zusammen.

Alexander kannte viele der Gäste. Da waren ein deutscher Professor, ein englischer Kaufmann, zwei junge Schriftsteller, ein vornehmer alter General, ein noch älterer Fürst. Es gehörte zu den Vergnügungen von St. Petersburg, daß man in solchen aristokratischen Kreisen Menschen aus allen Nationen und Klassen traf. Es war schon eine lange Tradition, daß diese Leute einmal wöchentlich im großen Turov-Haus auf der Vassiljev-Insel zusammenkamen. Der Graf war ein bemerkenswerter Mann gewesen. Er hatte dreißig Jahre zuvor zusammen mit dem berühmten Schuvalov die Moskauer Universität gegründet. Die Schriftsteller um die Mitte des 18. Jahrhunderts – die erste intellektuelle Gruppe in Rußland – zählten ihn zu ihrem Freundeskreis; selbst Lomonossov, der erste russische Philosoph und Wissenschaftler, suchte ihn des öfteren auf. Turov war weit gereist – er hatte sogar Voltaire besucht, und von überall aus Europa hatte er kostbare Gemälde, Skulpturen und Porzellan mitgebracht, ebenso wertvolle Bücher, die immer noch in der Bibliothek des Hauses standen. Die Gräfin, eher eine geschwätzige Natur, hatte im Lauf ihres Ehelebens einige seiner Gedanken übernommen und hing nun an diesen Dingen mit einer Zähigkeit, die im umgekehrten Verhältnis zu ihrer Intelligenz stand. Sie führte ein offenes Haus für Intellektuelle, die sich – teils aus Gewohnheit, teils amüsiert durch das exzentrische Gehabe der Gräfin – weiterhin bei ihr einfanden.

Nichts jedoch reichte an den Hauptgegenstand ihrer konstanten Verehrung heran. Während sie ihren verstorbenen Gemahl hoch achtete, hatte sie ihrem größten Helden, Voltaire, eine wahre Kultstätte errichtet. Eine seiner Büsten stand auf einem Sockel in der großen Marmorhalle, eine zweite auf dem Absatz des weitläufigen Treppenhauses. Sein Porträt hing in der Galerie im oberen Stockwerk, eine dritte Büste hatte ihren Platz in einer Ecke des Salons. Der große Philosoph war ihre Ikone.

Aus Achtung vor Voltaire, Diderot und anderen französischen Philosophen der Aufklärung wurde im Haus der Turova nur Französisch gesprochen. Man mußte sich gut überlegen, was man sagte, denn die alte Dame gefiel sich darin, andere bloßzustellen. Ihr Lieblingsspruch lautete: »Vorsicht, Monsieur, ich schlafe mit offenen Augen.«

Jetzt jedoch berührte sie leicht Bobrovs Arm. »Entfernen Sie sich nicht zu weit, mon cher Alexandre; ich brauche Sie heute abend unbedingt. Im Augenblick sind Sie entlassen. Ich sehe, da wartet jemand auf Sie.«

Alexander wandte sich um. Und lächelte.

Das Haus der Gräfin Turova war großzügig angelegt und hatte einen klassischen Portikus zwischen zwei Flügeln. Die Räume des tiefer liegenden Erdgeschosses hatten in etwa Straßenniveau; viele Adlige mit ähnlichen Räumlichkeiten vermieteten diese an vornehme Kaufleute und Ladenbesitzer. Die Gräfin dagegen zog es vor, das Haus allein mit ihren Bediensteten zu bewohnen.

Mit einer Ausnahme allerdings: Eine verwitwete Französin, Madame de Ronville, durfte eine Zimmerflucht im Ostflügel bewohnen. Dies kam der

Gräfin sehr gelegen: Madame war zwar keine bezahlte Gesellschafterin, jedoch darauf angewiesen, daß die Miete für die hübsche Wohnung niedrig blieb – und so war es selbstverständlich, daß sie der Gräfin jederzeit zur Unterhaltung zur Verfügung stand. »Es ist für sie höchst angenehm in meiner Nähe«, war die selbstgefällige Meinung der Gräfin. Auch für Alexander Bobrov war die Situation angenehm: Madame de Ronville war seine Geliebte.

Konnte es eine charmantere Person in St. Petersburg geben? Sie waren seit zehn Jahren ein Liebespaar, und obwohl sie fast fünfzig Jahre zählte, war er ihrer noch nicht überdrüssig.

Adelaide de Ronville trug ein rosafarbenes Seidenkleid, das in der Taille eng eingehalten war und sich über einem Reifrock öffnete. Die Corsage war mit applizierten Seidenblumen verziert, was die vornehmen Franzosen als *complaintes indiscrètes* bezeichneten. Das Haar war gelackt und gepudert und auf reizende Weise von zwei kleinen Diamantenspangen gekrönt. Als sie schweigend neben ihm stand, wurde er sich ihres schmalen weißen Körpers bewußt, der unter der seidenen Hülle verborgen war. Ihre großen blauen Augen strahlten vor Vergnügen, während sie Alexander die Situation erklärte. »Ihre beiden Stars des heutigen Abends, Radischtschev und Fürstin Daschkova, sind nicht erschienen«, flüsterte sie. »Also müssen Sie Hauptakteur – und ihr Gladiator sein. Viel Glück!«

Das hatte sich ja fabelhaft getroffen. Jetzt kann ich ihr so einen Gefallen erweisen, daß sie mir schließlich alles hinterlassen wird!

Es gab wahrscheinlich im ganzen aufgeklärten St. Petersburg keine geistreicheren Personen als die Fürstin Daschkova und den Schriftsteller Radischtschev. Sie war eine furchtlose Verfechterin freiheitlicher Ideen, und die Kaiserin hatte sie an die Spitze der russischen Akademie gestellt. Radischtschev verfaßte großartige Essays.

Wie gut für ihn, Alexander, daß die beiden nicht gekommen waren. Denn trotz all seiner Bemühungen war Alexander sich nie sicher, ob die alte Gräfin ihn überhaupt ernst nahm. Seine Artikel wurden weithin gelobt. Er hatte sogar, wie Radischtschev, anonyme Artikel für Zeitschriften über gewagte Themen wie etwa die Demokratie oder die Abschaffung der Leibeigenschaft geschrieben, die selbst in Katharinas aufgeklärtem Rußland immer noch zu radikal für eine öffentliche Diskussion waren. Er hatte ihr diese Artikel gezeigt und ihr gegenüber das Geheimnis der Urheberschaft gelüftet. Trotzdem wußte er nicht, ob er sie damit beeindruckt hatte.

Die Rolle des Gladiators, wie die ständigen Gäste der Gräfin Turova das nannten, war immer die gleiche. Während in anderen Salons die subtile

Kunst der kultivierten Debatte gepflegt wurde, liebte es die Gräfin, wenn man sich in ihrem Beisein regelrechte Schlachten lieferte. Das Opfer war jedesmal ein argloser Neuling mit konservativen Ansichten, der einem Mann der Aufklärung gegenübergestellt wurde – ihrem Gladiator –, dessen Aufgabe es war, den Gegner außer Gefecht zu setzen und zu demütigen.

Alexander blickte zur Gräfin hinüber und sah, daß sich um sie bereits ein Kreis von Gästen bildete. Zu ihrer Linken bemerkte er einen neuen Gast, einen General, einen gewandt wirkenden, grauhaarigen Mann, klein, doch sehr aufrecht, mit durchdringenden dunklen Augen. Er war vermutlich das Opfer.

Das Ergötzliche an solchen Abenden war, daß die Gräfin ohne viele Umschweife auf ihr Ziel lossteuerte. Sie packte sozusagen einen der Kampfhähne und hetzte ihn auf sein Gegenüber. In diesem Augenblick nun wandte sie sich dem General zu: »Ich höre, daß Sie alle unsere Theater zu schließen wünschen«, sagte sie vorwurfsvoll.

Der alte Herr starrte sie überrascht an. »Keineswegs, verehrte Gräfin. Ich sagte nur, daß man in einem Stück zu weit gegangen sei und daß es deshalb abgesetzt werden sollte. Es war aufrührerisch.«

»Das sagen Sie. Und was meinen Sie, Alexander Prokofievitsch?«

Nun war er an der Reihe. Alexander liebte diese Debatten. Wenn auch die Gräfin selbst oberflächlich sein mochte – bei den Diskussionen in ihrem Salon ging es häufig um wichtige Themen, die Rußland und seine Zukunft betrafen. Aus diesem Grunde hoffte er, den General zur Strecke zu bringen, dabei war es ihm aber auch darum zu tun, ein würdiger Gegner zu sein.

Die Gräfin hatte das Thema vorgegeben: Freiheit der Rede. Das war der Grundtenor der Aufklärung, den auch die Kaiserin persönlich vertrat. Sie hatte nicht nur die private Presse offiziell anerkannt, sondern auch selbst Gesellschaftssatiren für die Bühne verfaßt. Nun also begann die Debatte.

»Ich bin gegen die Zensur«, begann Bobrov. »Wenn Menschen die Freiheit der Rede haben, wird die Stimme der Vernunft am Ende siegen. Außer natürlich, Sie glauben nicht an die Existenz menschlicher Vernunft.«

Die Gräfin hakte nach. »Glauben Sie daran, General?«

Der General, der die Kampfregeln noch nicht kannte, antwortete offen: »Nicht unbedingt.«

»Die Geschichte mag ja auf Ihrer Seite sein, aber wie steht es mit der Zukunft? Menschen können sich ändern, und damit auch die Art und Weise, in der sie regiert werden. Denken Sie doch nur daran, wie die

Kaiserin ihre Enkel erziehen läßt. Lehnen Sie das etwa ab?« Bobrov war zufrieden mit sich.

Es war allgemein bekannt, daß Katharina sich persönlich um ihre Enkelsöhne Alexander und Konstantin kümmerte. Sie hatte ihnen einen demokratisch gesinnten Schweizer Erfinder besorgt, der sie lehrte, aufgeklärte Herrscher des riesigen Imperiums zu werden, das sie ihnen zu hinterlassen gedachte.

»Ich bewundere die Kaiserin. Doch wenn ihr Enkel regiert, ob er nun aufgeklärt ist oder nicht, wird er feststellen, daß seine Handlungsmöglichkeiten beschränkt sind«, parierte der General.

Die Gräfin schien ungeduldig: »Zweifellos würden Sie demnach den Großfürsten Paul als Regenten vorziehen?«

Bobrov lächelte. Großfürst Paul, Katharinas einziger legitimer Sohn, war für die Gräfin ein Objekt abgrundtiefen Hasses. Er war ein merkwürdiger, übellauniger Bursche und eiferte dem ermordeten Zaren Peter III. nach. Er verabscheute die Kaiserin, weil sie ihm die Söhne genommen hatte, und erschien selten bei Hof. Er war ein von militärischer Disziplin Besessener und hatte kein Interesse an der Aufklärung; es ging das Gerücht, Katharina werde ihn eines Tages bei der Thronfolge zugunsten seiner Söhne übergehen. Trotzdem würde kein vernünftiger Beamter wie der General schlecht über einen Mann sprechen, der vielleicht eines Tages doch der Herrscher sein würde. Klugerweise sagte der alte Mann also nichts.

Bobrov ließ nicht locker: »Um auf die Zensur zurückzukommen – welchen Schaden kann ein Theaterstück praktisch anrichten?«

»Wahrscheinlich keinen«, gab der General zu, »doch ich habe etwas gegen das Prinzip der freien Rede. Sie unterstützt den Geist der Opposition um ihrer selbst willen. Die größte Gefahr aber ist nicht die Wirkung auf das Volk, sondern auf seine Herrscher. Wenn nämlich eine sogenannte aufgeklärte Regierung meint, sie müsse ihre Handlungsweise mit Vernunft rechtfertigen, glaubt sie moralisch verpflichtet zu sein, aus jeder Auseinandersetzung siegreich hervorzugehen. Was geschieht nun, wenn eine mächtige und zielgerichtete Gruppe, die sich nicht um Auseinandersetzung und freie Rede kümmert, sich gegen eine solche Regierung stellt? Sie wird hilflos. Es hat keinen Sinn, einen Philosophen zu bitten, uns gegen Tschingis Khan zu verteidigen.«

»Immerhin fielen die Tataren in Rußland ein, weil es nicht einig war«, gab Bobrov zu bedenken. »Ich glaube, daß heutzutage und in Zukunft nur solche Regierungen stark und einig sind, die das Vertrauen eines freien Volkes haben.«

»Dem stimme ich nicht zu«, widersprach der General. »Freiheit schwächt.«

»Sie fürchten das Volk?« Bobrovs Stimme klang klar durch den Raum.

»Ja, gewiß. Denken Sie nur an Pugatschev.«

Es war, als käme ein Aufseufzer von den Umstehenden. Seit dem letzten schrecklichen Bauernaufstand unter der Führung des Kosaken Pugatschev waren erst zwölf Jahre vergangen. Wie Razins Aufstand war er wegen fehlender Strategie und Organisation niedergeschlagen worden, doch hatte er den gesamten russischen Adel und die kaiserliche Regierung wieder einmal an den düsteren Satz erinnert: Das Volk ist gefährlich, und wir müssen es fürchten. Mehr brauchte man also nicht zu sagen als: Denken Sie an Pugatschev.

Der General fuhr fort: »Rußland ist groß und rückständig, ein Imperium aus Dörfern. Nur ein starker Autokrat kann es gemeinsam mit dem Adel zusammenhalten. Die Kaufleute und Bauern haben keine gemeinsamen Interessen mit dem Adel, und wenn man sie miteinander debattieren läßt, wird es zu keiner Einigung kommen. Unsere aufgeklärte Kaiserin weiß das nur zu gut.«

Es stimmte, daß Katharina als Autokratin regierte. Der von Peter eingesetzte Senat und Rat ratifizierten lediglich ihre Entscheidungen. Was die Debatten anbetraf: Als Katharina bei dem Versuch, Rußlands veraltete Gesetze zu reformieren, einen Rat von Vertretern aller Klassen einberief, lehnten diese es ab, miteinander zu arbeiten, und so wurde der Rat aufgelöst.

»Diese Dinge brauchen Zeit«, beschwichtigte Bobrov.

»Nein. Der Adel ist der einzige Stand in Rußland, der fähig ist, zu regieren«, beharrte der General. »Er hat seine Privilegien, weil Rußland sie braucht. Wollen wir sie denn verlieren?«

Der von Peter eingesetzte Adelsstand hatte dem Staat zu dienen, und er war stolz darauf. Katharina, die die Unterstützung der Adligen brauchte, hatte ihnen die Gemeindeverwaltung übertragen. Die im vergangenen Jahr verabschiedete Verfassungsurkunde hatte sie mit allen nur möglichen Privilegien ausgestattet. Kein anderer Stand durfte Land besitzen. Adlige bezahlten keine Steuern. Sie durften nicht ausgepeitscht werden. Sie durften sogar ins Ausland reisen. Auf diese Weise hatte der General strategisch geschickt an die persönlichen Interessen der meisten Anwesenden appelliert.

Privilegien sind eine Sache – Philosophie eine andere. Es war an der Zeit für Alexanders Gegenangriff. »Sie vergessen dabei die Naturgesetze.«

Die Gräfin lächelte erleichtert. Die Naturgesetze gehörten zu den bevorzugten Ideen der Aufklärung.

»Der Bauer ist ungebildet, aber er ist deshalb nicht weniger ein Mensch als ich. Auch er ist vernünftiger Gedanken fähig. Das ist unsere Hoffnung für die Zukunft.« Bobrov bewegte sich auf vertrautem Terrain.

»Sie wollen ihm also Erziehung angedeihen lassen?« fragte der General erstaunt.

»Warum nicht?«

Da zuckte es in den Augen des Generals auf. Dieser schlaue Staatsbeamte war zu weit gegangen. »Nun, Alexander Prokofievitsch, wenn der Bauer so vernunftbegabt ist, wie Sie sagen, und eine Erziehung erhält – wer soll dann das Land bestellen? Der Bauer wird frei sein wollen. Er wird die Regierung und er wird die Kaiserin absetzen wollen. Ihr eigenes Gesetz der Vernunft wird Sie davonjagen. Es gäbe ein unvorstellbares Chaos. Wollen Sie das?«

Auch der alte Mann seinerseits fühlte sich auf sicherem Grund. Über fünfundneunzig Prozent der Bevölkerung waren Bauern – halbstaatliche Bauern mit einigen unbedeutenden Rechten, und halbprivate Leibeigene, die Leuten wie Bobrov gehörten. In jenem Jahrhundert hatte man ihre Rechte noch weiter eingeschränkt: Sie konnten, wie Vieh, gekauft und verkauft werden. Selbst die aufgeklärte Kaiserin hatte lediglich gewagt, dem Adel zu empfehlen, seine Leibeigenen gut zu behandeln.

Doch Alexander lächelte leise. Nun galt es den letzten Stoß zu führen. »Gestatten Sie, daß ich Ihnen widerspreche. Die Vernunft, General, zwingt mich nicht, so zu tun, als sei mein Leibeigener ein Tier, dem ich die Menschenrechte abspreche. Vielleicht ist mein Leibeigener noch nicht in der Lage, ein freier Mann zu sein, aber möglicherweise seine Kinder. Die Vernunft zwingt mich nicht zu der Annahme, daß freie Bauern mein Land nicht mehr bearbeiten wollen. Sie sagen, daß ein Bauer mit Erziehung jede Art von Autorität ablehnt und die Kaiserin zu stürzen versucht. Warum aber dienen wir selbst als gebildete Männer mit Freuden einer Autokratie? Weil die Vernunft uns sagt, daß das notwendig ist. Ich behaupte eher, daß die Vernunft uns weise Gesetze gibt und so viel Freiheit, wie für uns gut ist.

Ich bin froh, daß meine Kaiserin diese Dinge entscheidet und daß sie vernünftigen Menschen gestattet, ohne Zensur darüber zu diskutieren. Ich diene meiner Kaiserin gern, und ich hole mir meine Inspiration vom großen Voltaire, so habe ich nichts zu befürchten.«

Genau dies hatte Gräfin Turova hören wollen. Wie die Kaiserin bei ihren Untergebenen, entschied auch sie, was für die viertausend vernünftigen

Wesen, die ihr derzeit gehörten, das Beste war, und zweifellos waren sie glücklich darüber, daß ihre Besitzerin so aufgeklärt war.

Der kleine Kreis applaudierte heftig. Alexander hörte die alte Dame murmeln: »Ach, mein Voltaire.« Der General sagte kein Wort.

Wie immer bei diesen Zusammenkünften gehörte der größte Teil des Abends nach der Gladiatorendebatte dem Kartenspiel. Bobrov spielte eine Stunde lang, und er spielte schlecht. Wie hätte er sich auch konzentrieren sollen? So bald wie möglich entschuldigte er sich, stellte sich unauffällig in den Hintergrund und beobachtete die Gräfin. Als sie schließlich aufstand und sich ihm zuwandte, ging er ihr entgegen.

»Daria Michailovna, darf ich Sie unter vier Augen sprechen? Es handelt sich um eine wichtige Angelegenheit.«

Sie warf ihm einen kühlen Blick zu und winkte ihm, ihr ins Vorzimmer zu folgen. Dort setzte sie sich auf ein kleines vergoldetes Sofa, bot ihm jedoch keinen Platz an. »Also, was wünschen Sie, Alexander Prokofievitsch?«

»Wie Sie vielleicht gehört haben, Daria Michailovna, waren Unterhandlungen mit verschiedenen Persönlichkeiten wegen meiner möglichen Wiederverheiratung im Gange.« Ihr Gesicht blieb unbeweglich. »Als vorbereitende Maßnahme zu diesen Unterhaltungen baten mich natürlich einige Beteiligte um Aufdeckung meiner Vermögensverhältnisse. Es tauchte die Frage auf«, fuhr er vorsichtig fort, »ob ich neben meinen derzeitigen Besitzungen noch Weiteres zu erwarten habe.« Er hielt inne in der Hoffnung, sie möge ihm weiterhelfen.

Sie blickte auf. »Ich wußte nicht, daß Sie noch etwas erwarten«, sagte sie zuckersüß.

»Ich nehme an, ich habe nichts zu erwarten, Daria Michailovna, aber ich wagte zu hoffen, daß Sie als meine Verwandte die Möglichkeit in Betracht gezogen haben könnten, mich in Ihrem Testament zu bedenken. Wenn nicht, werde ich mich selbstverständlich danach richten.«

Die alte Gräfin zeigte keinerlei Gefühlsregung. Er hatte keine Ahnung, was sie dachte. »Können Sie mir wenigstens eine der Familien nennen, mit denen Sie verhandelt haben?« Offensichtlich glaubte sie ihm nicht. Er erwähnte die Familie des deutschen Mädchens. »Ich gratuliere Ihnen. Eine gute baltische Familie.« Sie lächelte ihn an. »Wie ich allerdings höre, Alexander Prokofievitsch, hat das Mädchen ein beträchtliches Erbe. Bestimmt brauchen Sie nicht mehr, als sie bereits hat. Außer natürlich«, fuhr sie leise fort, »dies hätte überhaupt nichts mit Ihrer Heirat zu tun. Vielleicht sind Sie einfach in einer heiklen finanziellen Lage.«

»Aber nein!« Die alte Hexe!

»Haben Sie denn Schulden?«

»Alle Männer haben Schulden.«

»Das höre ich.« Die Gräfin zog hörbar die Luft ein. Eine Weile hing sie ihren Gedanken nach. Dann fuhr sie fort: »Nun, wenn Sie heiraten, wird man Sie ja hier nicht mehr so oft sehen.«

»Aber doch, Daria Michailovna. Ich werde meine Frau häufig hierher bringen.«

»Ohne Zweifel ... Sind Sie völlig ruiniert?«

»Nein«, log er.

»Ich sollte Ihnen sagen, Alexander Prokofievitsch, daß Sie momentan in meinem Testament nicht erwähnt sind.«

Er zuckte nicht mit der Wimper, doch er merkte, daß er sehr blaß wurde. Trotzdem blickte er sie tapfer an.

»Immerhin war Ihr Vater mein Verwandter«, sie schnaufte hörbar, »und Sie sind offenbar in Schwierigkeiten. Deshalb werde ich Sie in meinem Testament bedenken. Erwarten Sie kein großes Vermögen, aber es wird genug sein.«

Mein Gott, es gab also noch Hoffnung.

»Es ist Zeit für mein Kartenspiel.« Ohne auf seine Hilfe zu warten, stand sie rasch auf. Dann sagte sie unvermittelt: »Übrigens knüpfe ich eine Bedingung daran, Alexander Prokofievitsch. Ja, ich glaube, es wird Zeit, daß Sie heiraten. Sie bekommen Ihr Legat, doch nur, wenn Sie das baltische Mädchen heiraten.« Sie lächelte fröhlich. »Mehr habe ich Ihnen nicht zu sagen, Monsieur.« Und damit verließ sie das Zimmer.

Er blickte ihr nach. Mit infernalischem Spürsinn hatte sie herausgefunden, daß dies genau das war, was er nicht hatte hören wollen.

Das große Haus lag ruhig da. Die Gäste waren gegangen. Alexander und seine Geliebte hatten sich in ihre Wohnung im Ostflügel zurückgezogen, und nun konnten sie sich endlich allein unterhalten. Natürlich sprachen sie über seine Heirat.

Der Flügel war vom Haupthaus durch einen Verbindungsgang zu erreichen. Er hatte auch einen separaten Eingang von einer kleinen Hintertreppe aus, die auf die Straße führte. Alles war für eine diskrete Affäre wie geschaffen. Adelaides Räume waren wunderhübsch eingerichtet. Sie hätten sich auch in ihrem Heimatland Frankreich befinden können: Möbel im Stil von Louis XV und Louis XVI; ein Aubusson-Teppich mit einer umlaufenden Blumengirlande; schwere Vorhänge aus geblümter Seide mit Volants und Quasten; Tapisserien mit entzückenden Schäferszenen. Dies alles hatte Madame mit spielerischer Leichtigkeit zusammengestellt, und das Ambiente strahlte einen ganz persönlichen Charme aus.

Als Alexander ihr von der Bedingung der Gräfin berichtete, nahm die Geliebte Bobrov zärtlich beim Arm und lächelte. »Sie müssen das Mädchen heiraten, mein Freund.«

Sie war wirklich eine ungewöhnliche Frau. Halb Französin, halb Polin, ziemlich groß, mit einer Alabasterhaut. Bis zum Alter von fünfunddreißig Jahren war sie brünett gewesen, nun war ihre natürliche Haarfarbe eisgrau. Sie hatte ein ovales Gesicht, mandelförmige braune Augen und einen breiten, spöttischen Mund. Sie war sehr schlank, hatte eher hohe Brüste, aber ihre Schenkel waren ein wenig üppig, was Alexander beim Liebesspiel in höchste Leidenschaft versetzte.

Es war erstaunlich, wie wenig Adelaide sich während ihrer zehnjährigen Liaison verändert hatte. Sie war ihr ganzes Leben schlank gewesen und hatte auch jetzt noch einen straffen Körper. Sie bewegte sich mit einer wundervoll geschmeidigen Anmut. Als Alexander hier und dort altersbedingte Veränderungen bemerkte, für die sie ja nichts konnte, liebkosten seine Hände eben andere Körperteile. Adelaide war für diese Verbindung sehr dankbar. Sie genoß ihren kleinen Triumph, diesen selbstgefälligen Mann immer noch in erotisches Entzücken zu versetzen. Bobrov liebte sie auf seine Weise. Seine Affären mit jüngeren Frauen hatten ihm nie soviel bedeutet. Außerdem konnte er sich mit ihr gut unterhalten. Sie hatten kaum Geheimnisse voreinander. Sie kannte alle seine Pläne, wußte sogar, daß er sie für das Lager der Kaiserin verlassen würde.

»Das ist eine Karriere«, war ihre nüchterne Bemerkung dazu gewesen. »Sie müssen sich dieses deutsche Mädchen sofort sichern«, sagte sie nun.

»Ich habe eigentlich gar keine Lust dazu, wissen Sie.«

»Seien Sie dankbar, daß sie Sie liebt, cher ami. Vielleicht tut es Ihnen gut.«

»Und Ihnen?«

Sie zuckte leicht mit den Schultern. »Es ist gut, eine Familie zu haben.«

»Vielleicht.«

»*Enfin*. Sie werden mich nicht mehr besuchen.«

»Selbstverständlich werde ich das.« Er wollte ein guter Ehemann werden, aber er hatte nicht den Wunsch, Adelaide zu verlassen.

Sie schüttelte den Kopf. »Sie müssen viel Zeit mit Ihrer Frau verbringen.«

»Ich weiß«, seufzte er. »Aber Sie werden mir nicht verbieten, Sie zu besuchen?«

Sie zuckte die Achseln. »Wir werden sehen.«

Ihm mißfiel der Gedanke, sie könnte sich einen anderen Liebhaber nehmen. Ihr Blick deutete an, daß es nun nichts mehr zu sagen gebe.

Er folgte ihr ins Schlafzimmer, das über eine kleine Treppe zu erreichen war.

Es war kurz nach ein Uhr nachts, als Alexander erwachte. Nachdem sie sich geliebt hatten, war er sofort in tiefen Schlaf gesunken, aber trotzdem war er unruhig. Er wurde von einem Bild verfolgt, das so lebendig, so eindringlich war, daß es ihm mehr eine Vision als ein normaler Traum schien.

Es war die Gräfin. Sie blickte ihn anklagend an, erhob ihren drohenden Finger gegen ihn und sagte: »Voltaire, Voltaire.« Obwohl dies keinen Sinn ergab, war dieser Traum für Alexander zutiefst beeindruckend und erschreckend.

Er lag eine Zeitlang da und versuchte seine Gedanken zu ordnen. Es war tröstlich, Adelaide schlafend neben sich zu wissen. Allmählich fühlte er sich wieder besser. Als er sie leise berührte, öffnete sie verschlafen die Augen: »Wollen Sie es noch einmal?« Sie streckte die Arme nach ihm aus. »Kommen Sie!«

Als er sich jedoch ganz in diese zweite Vereinigung eingelassen hatte, tauchte vor der hellen Gestalt der Geliebten eine andere vor seinen Augen auf. Es war wieder die alte Gräfin. Diesmal sagte sie nichts; ihr weißes Gesicht war tatsächlich so bewegungslos, daß es aussah, als schlafe sie – außer daß sie mit weit offenen Augen vor sich hinstarrte. Sosehr er auch versuchte, die Erscheinung zu bannen, sie blieb hartnäckig zwischen ihnen, starrte ihn unverwandt an, als wollte sie sagen: Sehen Sie, ich schlafe mit offenen Augen.

Es war absurd. Er versuchte nicht an sie zu denken, doch die Erscheinung ließ ihn nicht los. Schlief sie wirklich mit offenen Augen? Während sich sein Körper langsam im Liebesakt bewegte, konnten sich seine Gedanken nicht von dieser Vorstellung losreißen. Schlief sie gerade jetzt und starrte dabei die ganze Zeit in die Ferne? Diese Frage wurde mit jedem Augenblick dringlicher für ihn.

Plötzlich hielt er inne und entzog sich Adelaides Umarmung. »Ich muß gehen. Ich muß sie sehen. Die alte Frau.«

»Gräfin Turova? Sie sind verrückt. Sie schläft doch.«

»Ich muß sie schlafend sehen. Ich muß wissen, ob ihre Augen offen sind.«

Adelaide setzte sich auf. »Meinen Sie das im Ernst? Sie wollen zu ihr hinüber, in ihr Schlafzimmer gehen?« Sie schüttelte den Kopf, wußte nicht, ob sie ärgerlich oder amüsiert über seine abwegige Idee sein sollte.

»Ich bleibe nicht lange.« Er zog sich nur die Jacke über, falls es im Gang kalt sein sollte. Auf Strümpfen machte er sich auf den Weg in das Haupthaus.

Alles war still. An der mamornen Treppe gab eine tropfende Kerze ein wenig Licht. Neben dem Eingang schlief ein alter Lakai auf einer Bank. Alexander wußte, daß sich im Obergeschoß außer der Gräfin und einer alten Dienerin, die in einem kleinen Zimmer schlief, niemand befand. Er kannte das Haus gut. Leise stieg er die Holztreppe zum Schlafgemach der Gräfin hinauf. Oben war ein kleiner Absatz. Von rechts hörte er die gleichmäßigen tiefen Atemzüge der Dienerin. Zur Linken war die Tür des größeren Raumes nur angelehnt. Ein Lichtschein drang heraus, aber kein Laut. Alexander warf einen Blick durch den Spalt.

Auf einem bemalten Holztisch stand ein großer, dreiarmiger Silberkandelaber. Die Kerzen waren heruntergebrannt, aber sie verbreiteten immer noch genügend Helligkeit. Das Bett war nicht zu sehen. Alexander stand eine volle Minute unschlüssig da. Wenn sie nicht schlief und er die Tür öffnete, würde sie das sicher bemerken. Sie würde schreien, das ganze Haus würde aufwachen, und wie sollte er sich dann rechtfertigen? Er horchte angestrengt, ob sie atmete. Er hörte nichts.

Gewiß schlief sie schon. Als er vorsichtig die Tür öffnete, knarrte sie. Er wartete, sein Herz klopfte wild. Immer noch kein Laut. Nun öffnete er die Tür ganz und trat ins Zimmer.

Das Bett stand rechts. Es war ein gewaltiges Möbel mit vier geschnitzten Pfosten und einem Baldachin, mit schwerer geraffter Seide behangen. Zu beiden Seiten stand je ein Nachttisch mit einer brennenden Kerze darauf. Inmitten dieses prächtigen Arrangements saß, von Kissen gestützt, Gräfin Turova. Das Haar hing ihr lose auf die Schultern, ihr Kinn ruhte auf dem reichen Spitzeneinsatz ihres Nachthemdes, und ihr Mund stand ein wenig offen. Alexander starrte geradewegs in ihre geöffneten Augen.

Er stand stocksteif da und wartete darauf, daß sie etwas sagte. Würde sie jetzt schreien, würde sie böse werden? Ihr Gesicht war ausdruckslos. Er konnte jedoch sehen, daß sie atmete. So verblieben die beiden eine Weile in völliger Stille; dann kam von ihren Lippen ein kleiner schmatzender Laut, ein einzelner leiser Schnarchton. Da wurde es Alexander bewußt: Mein Gott, es ist wahr! Sie schläft tatsächlich mit offenen Augen.

Er dachte, daß er jetzt wieder gehen sollte. Er hatte gesehen, was er sehen wollte. Doch etwas hielt ihn noch zurück. Er sah sich im Zimmer um. In einer Ecke stand eine weitere Büste von Voltaire; auf einem Tisch lagen einige Bücher, daneben stand ein Stuhl. Im übrigen war das Zimmer sparsamer möbliert, als er es sich vorgestellt hatte. Auf dem Boden lag nur ein dünner Teppich. Als Alexander leise durchs Zimmer ging, blieben ihre Augen vollkommen unbeweglich. Er stand am Fußende des Bettes und blickte sie an. Plötzlich verneigte er sich tief vor ihr. Ihre Augen bewegten sich nicht. Er lächelte vor sich hin und verbeugte sich noch einmal.

Wie waren seine Gefühle für sie? Haßte er sie für das, was sie ihm angetan hatte? Eigentlich nicht. Sie war immer schon eigenwillig und exzentrisch gewesen. In diesem Augenblick war er tatsächlich erleichtert, daß er so vor ihr stehen konnte, ohne sie, wie sonst, fürchten zu müssen.

Er ging an den Tisch und warf einen flüchtigen Blick auf die Bücher. Da waren ein paar französische Schauspiele und mehrere Zeitschriften. Eine enthielt einen radikalen Artikel von Radischtschev. Als er die übrigen ansah, war er höchst überrascht bei der Feststellung, daß sie Artikel von seiner Hand enthielten. Dies waren die anonymen Artikel, die gewagten Aufsätze über Demokratie und Leibeigenschaft, gerade noch an der Grenze des Erlaubten. In diesen Artikeln war vieles unterstrichen, es gab Randbemerkungen von der Hand der Gräfin. Sie interessierte sich also wirklich dafür.

Schließlich stand Alexander auf, und zum Abschluß dieser kuriosen Posse, die das Schicksal ihm beschert hatte, vollführte er ein paar Tanzschritte vor der Gräfin, verbeugte sich noch einmal feierlich und zog sich zurück. Als er durchs Haus ging, war kein Laut zu hören.

Als Gräfin Turova sicher war, daß Alexander das Haus verlassen hatte, rief sie nach ihrer Zofe.

Tatjana war so verliebt, daß es fast schmerzte. Kam Alexander ihr nahe, zitterte sie; lächelte er sie an, errötete sie; hörte sie einen Tag lang nichts von ihm, wurde sie blaß und stumm. Zur Zeit sah sie sehr schmal aus – sie hatte zwei Wochen lang kaum etwas gegessen.

Seit dem frühen Morgen stand sie am Fenster und sah hinaus. Es wurde bereits dunkel, als sie von unten Geräusche hörte. Nach einer Weile erschien ihr Vater in der Tür.

»Alexander Prokofievitsch macht dir seine Aufwartung. Er möchte dir etwas sagen.«

Tatjana stand auf, sie zitterte ein wenig. Zu ihrem Schrecken sah ihr Vater besorgt aus. »Ehe du hinuntergehst, Tatjana, muß ich dich etwas fragen: Bist du dir absolut sicher, daß du diesen Mann willst?«

Sie starrte ihn an. Also war Alexander gekommen, um sie zu holen. Sie errötete. Wie konnte ihr Vater nur so etwas fragen! »Einen Augenblick,

Papa.« Sie lief in ihr Zimmer, die Mutter folgte ihr, der Vater blieb zurück. Er hatte seine Vorbehalte gegen Bobrov.

Alexander wartete unten. Eine Viertelstunde später öffnete sich die Tür. Alexander war überrascht von Tatjanas Anblick. Sie trug ein leuchtendblaues Kleid, das wundervoll zu ihrem hellen Teint paßte und ihre blaßblauen Augen strahlender erscheinen ließ. Er hatte ihr Gesicht rund und sanft in Erinnerung; nun aber hatte es den kindlichen Ausdruck verloren, und ihre Haut schimmerte fast durchsichtig. Ruhig lächelnd ging sie auf ihn zu.

»Mein Vater sagte mir, daß Sie mich zu sprechen wünschen, Alexander.«

Er war von ihrem veränderten Anblick beeindruckt. Nun, diese starke junge Frau schien durchaus in der Lage, jenen erstaunlichen Brief zu schreiben, der ihn hatte zu Kreuze kriechen lassen.

Was Alexander nicht wissen konnte: Tatjana hatte den Brief gar nicht geschrieben, genauer gesagt, es war zwar ihre Handschrift, sie hatte aber den Text nicht verfaßt. Und während sie schrieb, blickte sie immer wieder unsicher und mit Tränen in den Augen zu der alten Dame hin, die ihn in aller Ruhe diktierte. Als nämlich Tatjanas Mutter die Seelenpein des Mädchens nicht länger hatte mit ansehen können, wandte sie sich an die einzige Person, die die Angelegenheit mit Sicherheit regeln konnte. Und so hatte sie Tatjana heimlich mit zur Gräfin Turova genommen, obwohl sie die Dame kaum kannte.

Die Gräfin hatte einen strengen Ton in dem unerhörten Brief angeschlagen. Sie war einigermaßen stolz auf ihr Werk und voller Vertrauen auf das Ergebnis. »Er gehört dir, wenn du ihn willst«, sagte sie voraus.

Warum hatte Gräfin Turova sich dieser Mühe unterzogen? Keinesfalls weil Alexander oder dieses kleine deutsche Mädchen ihr sonderlich am Herzen lagen. Immerhin war er ein Verwandter, und das Mädchen war eine reiche Erbin. War Alexander erst einmal mit einer reichen Frau verheiratet, konnte er ihr vielleicht doch von Nutzen sein. Außerdem war es eine grandiose Gelegenheit, Macht auszuüben. Sie genoß es, den Spieler in seinem eigenen Spiel zu übervorteilen.

»Du weißt natürlich, daß er eine Geliebte hat«, bemerkte sie in aller Beiläufigkeit.

Tatjana errötete. Sie wußte es, denn ihre Mutter hatte es längst herausgefunden. Doch das war bei einem älteren Mann zu erwarten – es machte ihn noch geheimnisvoller und aufregender.

»Ich bin sicher, daß er, wenn er mit einem jungen Mädchen wie Tatjana verheiratet ist, keine Geliebte mehr braucht«, meinte die Mutter hoffnungsvoll.

»Im Gegenteil«, widersprach die alte Dame. »Je mehr ein Mann in einem gewissen Alter bekommt, desto mehr will er.« Sie wandte sich an Tatjana. »Du darfst ihm weder Zeit noch Gelegenheit dazu geben, wenn du einen treuen Ehemann haben willst.«

Mit dieser Auskunft und dem scharf formulierten Brief ausgerüstet, kehrte das sich in Liebeskummer verzehrende Mädchen nach Hause zurück und wartete ab. Ihr Leid hatte Tatjana gestärkt. Nun, im Augenblick ihres Triumphs, wirkte sie völlig gelassen. Sosehr sie ihn auch begehrte – sie durfte ihm keine Gelegenheit mehr geben, sie zu demütigen. Von jetzt an wollte sie ihm zeigen, daß es ein Glück für ihn sei, sie zu bekommen, nicht umgekehrt. Und ich werde ihn dieser Französin wegnehmen, dachte sie.

Es schneite leicht an dem Abend, als Alexander durch die Stadt ging. Er ging rasch, blickte sich jedoch von Zeit zu Zeit vorsichtig um, ob jemand ihm folgte. Er kam an einer Kirche vorbei und bog dann um die Ecke in eine stille Straße.

Was, zum Teufel, war bloß mit dem Brief geschehen, den der Fremde ihm am Abend zuvor gegeben hatte? Er hatte ihn zu Hause sofort verbrennen wollen, doch dann hatte er ihn vergessen. Erst als er Tatjana am frühen Nachmittag verlassen hatte, dachte er wieder daran. Er faßte in seine Jackentasche und stellte fest, daß der Brief nicht mehr da war. Er zuckte die Achseln. So wichtig war das nun auch wieder nicht. Für den, der ihn fand, konnte er nichts bedeuten.

Alexander passierte einen Bogengang und kam in den dunklen Hof eines großen Gebäudes. Von den Wänden blätterte der Verputz. Alexander stieg die schwach beleuchtete Treppe ins obere Stockwerk hinauf. An der Wohnung angekommen, klopfte er dreimal vorsichtig. Die Tür öffnete sich einen Spaltbreit, und aus der düsteren Diele kam eine Stimme: »Was suchen Sie?«

»Die Rosenkreutzer.«

Die Tür wurde geöffnet. Alexander Bobrov war, was nicht einmal seine Geliebte wußte, Mitglied des engsten Kreises jener großen, geheimen Bruderschaft, der Freimaurer. An diesem Abend gab es dort Wichtiges zu erledigen.

Vielleicht hätte sie darauf gefaßt sein sollen. Aber sie war eben noch sehr jung. Sie liebte ihn. Wenn sie seine Kutsche kommen sah oder beobachtete, wie der Lakai an der Tür ihm aus dem Mantel half, spürte sie eine Welle der Erregung. Er wußte genau, wie er sie die Liebe lehren konnte. Schon zu Anfang ihrer Ehe hatte er es verstanden, sie wieder und wieder auf den Höhepunkt zu bringen. Sie liebte einfach alles an ihm: wie er aussah, wie er sich kleidete, seine Kenntnis von Dingen, die ihr verschlossen waren.

Aber auch er war, dessen war sie sicher, höchst angetan von ihrer Liebesbeziehung. Sie wollte dazulernen, immer neue Wege finden, ihm Genuß zu verschaffen. Sie war glücklich, und sie brachte es fertig, ihn immer von neuem in Erstaunen zu versetzen.

Demnach mußte es eine herbe Überraschung für sie sein, als er ein halbes Jahr nach ihrer Hochzeit eines Nachts nicht nach Hause kam. Sie vermutete zu Recht, daß er immer noch in Adelaide de Ronville verliebt sei.

Am Anfang hatten ihm die Liebesspiele mit Tatjana viel Freude gemacht. Dieser ein bißchen füllige, junge Körper erregte ihn. So hat die Natur es vorgesehen, dachte er. Doch bald mißfiel ihm, daß sie Leidenschaft auf eine entweder unterwürfige oder übermäßig fordernde Art herbeiführen wollte, und das war weit entfernt von der verführerischen Vielseitigkeit der Madame de Ronville. Aber dieser Mangel an Erotik war es nicht einmal, was Alexander zu seiner Geliebten zurücktrieb. Er vermißte vor allem die geistreichen Gespräche. Er machte Tatjana keinen Vorwurf, sie konnte ja nichts dafür, daß sie noch so jung und deshalb auch noch nicht sonderlich gebildet war. Sie konnte einen Witz auf französisch nicht lustig finden, wie Madame de Ronville es tat. Sie konnte nichts dafür, daß sie, etwa in Gräfin Turovas Salon, brav in der Ecke sitzen mußte. Es war auch nicht ihre Schuld, daß schon nach wenigen Monaten Themen wie Küchenpersonal und Bäckereien Alexander langweilten.

Schließlich ergab es sich, daß er, ohne daß sie beide darüber gesprochen hätten, allein zu den Abenden bei der Gräfin ging.

Kurz und gut, sie konnte nichts dafür, aber Alexander hatte seine Frau ziemlich satt und fand, daß das Eheleben die feine Balance, das Gefühl der inneren Stille, Zeichen des eingefleischten Junggesellen, zerstörte.

Dabei hatte er ein durchaus schlechtes Gewissen; er hatte seine junge Frau so weit gebracht, ihn zu lieben und zu begehren; trotzdem konnte er Adelaide nicht aufgeben. Nur bei der älteren Französin fand er Erfüllung. Ihr in vieler Hinsicht noch jugendlicher Körper erfüllte ihn jetzt mit besonderer Zärtlichkeit. Seltsamerweise liebte er nach seiner Hochzeit mit der jungen Frau die ältere mehr als früher.

Eine Woche nachdem er nachts nicht nach Hause gekommen war, war sein turnusmäßiger Besuch bei der Gräfin Turova fällig. Tatjana sagte nichts, doch kurz nachdem er das Haus verlassen hatte, folgte sie ihm in einer Mietkutsche. Sie sah ihn ins Haus der Gräfin gehen und wartete draußen. Um etwa elf Uhr nachts verabschiedeten sich die Gäste, und die Lichter in den Wohnräumen gingen aus. Tatjana wartete noch eine Weile. Nun waren alle Lichter im Haupthaus verlöscht. Im Ostflügel jedoch, wo Madame de Ronvilles Wohnung sich befand, sah sie das schwache Flakkern von Kerzen. Dann wurden auch diese gelöscht. Tatjana wartete eine Weile, dann fuhr sie nach Hause.

Sie dachte, daß sie sich mit Alexanders Verhältnis wohl abzufinden habe, doch es schmerzte sie tief. Klugerweise verlor sie kein Wort darüber. So vergingen die Wochen. Sie versuchte die Französin aus ihren Gedanken zu verbannen – vergebens. Alexander seinerseits versuchte mit Tatjana besonders liebevoll umzugehen.

Im Herbst 1787 stellte Tatjana fest, daß sie schwanger war. Darüber freute sie sich sehr. Andererseits spürte sie, daß etwas in Alexanders Leben vorging, etwas Geheimnisvolles, wovon sie nichts wußte. Und das erfüllte sie mit Angst.

Mehrmals während der vergangenen Monate war er abends unter dem Vorwand dringender Geschäfte ausgegangen. Einmal war es spätnachts gewesen. Und er konnte nicht zu Adelaide gegangen sein – Tatjana wußte mit Bestimmtheit, daß die Französin sich nicht in der Stadt aufhielt.

Im September fuhr Alexander für zwei Wochen nach Moskau, und zwar mit einer ziemlich vagen Erklärung. Und Adelaide blieb in St. Petersburg. Gab es vielleicht eine andere Frau?

Die Geschichte der Freimaurer in Rußland ist in Dunkel gehüllt. Die Aufzeichnungen darüber wurden fast alle versteckt oder vernichtet. Nur wenig ist bekannt.

In St. Petersburg gab es viele Freimaurer. Vor allem die englischen Logen waren vertreten. Schließlich war alles Englische gerade Mode: Jeder wohlhabende Mann wollte einen englischen Vollblüter im Stall haben, jede Dame wünschte sich einen englischen Hund, und der eleganteste Platz, an dem Leute wie Bobrov sich sehen ließen, war der englische Club. Außerdem machten die englischen Freimaurer keine Schwierigkeiten. Sie waren unpolitisch, nicht allzu mystisch, hingen der Philanthropie an, wurden von Ausländern und Russen gleichermaßen unterstützt.

Als deshalb Bobrovs englische Freunde ihn im Jahre 1782 aufforderten, den Freimaurern beizutreten, zeigte er sich nicht abgeneigt. Doch dabei wäre es wohl auch geblieben, wäre er nicht ein Jahr darauf zufällig einem Bekannten aus der Studienzeit in Moskau begegnet. »Du mußt unbedingt Leute aus dem Freimaurerkreis kennenlernen«, drängte dieser, »sie gehören zur besten Gesellschaft.« Bei seinem nächsten Besuch in der alten

Hauptstadt traf Alexander Bobrov also mit zwei höchst wichtigen Persönlichkeiten zusammen: mit dem Fürsten und dem Professor.

Ersterer war ein reicher Aristokrat und Förderer der Künste, der andere ein Mann mittleren Alters namens Novikov, Chef der Moskauer Universitätspresse. Diesen nannte Alexander gern »den Professor«.

Mit ihm hatte er in jener verschneiten Dezembernacht die heimliche Begegnung in dem rosa Haus jenseits des Fontakakanals. Der Professor wurde sein Mentor und führte ihn in die völlig neue und geheime Welt der höheren Freimaurer ein; und dieser Professor war für Alexander so etwas wie die Stimme seines Gewissens. Alexanders neue Freunde in Moskau waren aufgeklärt und gebildet – der Kern des Universitätszirkels. Der Fürst und seine Freunde waren die Creme der Adelskreise Moskaus – das schmeichelte Alexanders Eitelkeit.

In drei Jahren hatte Alexander nach zahlreichen Besuchen bei seinem Professor in Moskau und durch Korrespondenz den ersten der höheren Grade der Freimaurer unter Anleitung seines Mentors durchschritten: vom Rang des Schottischen Maurers zum Theoreticus.

Es war eine große Lauterkeit in dem stillen Gelehrten, die Alexander tief beeindruckte. »Ich führe Sie einen reinen und christlichen Pfad«, versprach der Professor. »Unser einziges Motiv ist der brennende Wunsch, Gott und unserem gesegneten Rußland zu dienen.«

Alexander stellte fest, daß die Freimaurer-Bruderschaft in vieler Hinsicht einer Geheimkirche glich; denn seit Peter der Große Rußland säkularisiert hatte, hatte die orthodoxe Kirche viel von ihrem ehemaligen Prestige eingebüßt. Peter hatte den Patriarchen abgesetzt. Katharina hatte der Kirche ihren Landbesitz genommen und unter staatliche Aufsicht gestellt. Wenn auch die Bauern noch der Kirche folgten und oft *raskolniki* waren, wobei die aufgeklärte Katharina diese alten Schismatiker leicht belustigt tolerierte, verhielt es sich für Männer von Bobrovs Klasse anders. Nur wenige seiner Freunde nahmen die Kirche ernst. Andererseits fühlten sie, daß ihrem Leben etwas fehlte.

Alexander mußte zugeben, daß er sich von der christlichen Frömmigkeit des Professors angezogen fühlte. Vielleicht, gestand er sich ein, spiele ich auch in dieser Beziehung – falls es mir nicht gelingt, die Welt zu gewinnen, kann ich mit Hilfe des Professors immer noch meine Seele retten.

Während seiner Studien wurde Alexander allerdings bewußt, daß eine innere aufbauende Kraft in der Bruderschaft am Werke war, die ihm bisher vorenthalten worden war. Doch eines Tages im Herbst 1786 sagte der Professor zu ihm: »Ich glaube, die Zeit ist für Sie gekommen, den nächsten Schritt zu wagen.« Dann gab er ihm ein Büchlein und fuhr fort: »Lesen Sie es sorgfältig durch. Wenn Sie einer von uns werden wollen, bewerben Sie sich bei mir.«

So entdeckte Bobrov schließlich den inneren Zirkel. »Wir bezeichnen uns als die Rosenkreutzer«, die Nachfolger von Christian Rosenkreutz«, erklärte der Professor.

Die Rosenkreutzer: die heimlich Erwählten. Von ihnen gab es nur etwa sechzig in ganz Rußland. Die gewöhnlichen Freimaurer wußten kaum, daß sie existierten. »Sie wissen von uns, kennen aber nicht unsere wahre Identität«, führte der Professor aus, »damit wir unsere Mission vor Unberufenen schützen können.« In der Tat war es die Besonderheit der Rosenkreutzer, daß sie untereinander Decknamen führten, während jeder Freimaurer nur einen Geheimnamen hatte. Als der Professor Alexander zur ersten Versammlung der Rosenkreutzer ins rosa Haus bestellte, hatte er seine Botschaft nicht mit seinem Namen der Tempelritter – *eq.ab.ancora* – unterzeichnet, sondern mit seinem geheimen Rosenkreutzernamen »Colovion«.

Für Alexander bedeutete diese erste Versammlung des inneren Kreises eine Offenbarung. Es war nur eine kleine Gruppe versammelt: der Fürst und der Professor aus Moskau, Alexander selbst und ein Mann aus St. Petersburg. Zum erstenmal gab der Professor Alexander Einblick in den wahren Sinn der Bruderschaft. »Wir suchen nichts Geringeres als die Schaffung einer neuen und moralischen Ordnung in der Gesellschaft«, erklärte er. »Wir werden sie vorwärtsbringen.«

»Sie meinen, ganz Rußland?«

»Nicht nur Rußland – mit der Zeit die ganze Welt«, sagte der Ältere ernst. Alexander bekam eine Vorstellung davon, wie weit gespannt das Netzwerk der Rosenkreutzer war. Der Fürst fügte hinzu: »Wir werden auf den Großfürsten Paul mit der Bitte zukommen, unser Schirmherr zu werden.« Er lächelte. »Ich hoffe sehr, daß er akzeptieren wird.«

Der Thronerbe! Wenn er diesen seltsamen Mann auch nicht sonderlich schätzte, sah Alexander doch die ungeheuren Möglichkeiten, falls Paul ihr Schirmherr würde. Wir Rosenkreutzer könnten Rußland regieren, dachte er erregt.

In jüngster Zeit allerdings war der Professor höchst unzufrieden mit Alexander. Die Nachricht von dessen bevorstehender Heirat hatte er mit Freude aufgenommen. Doch nun hatte er ihm einen Brief geschrieben:

Ich kann nicht umhin zu erwähnen, lieber Bruder, daß mich bestimmte Nachrichten erreichten. Darin heißt es, in St. Petersburg sei es weithin bekannt, daß Sie trotz Ihrer kürzlichen Heirat Ihre Gattin vernachlässigen und Ihre Affäre mit einer gewissen Person fortsetzen.

Ich muß Sie davon in Kenntnis setzen, daß dieses Verhalten für uns nicht annehmbar ist. Schauen Sie in Ihr Herz, ich bitte Sie, und entscheiden Sie, was Sie zu tun haben.

Obwohl Alexander dieses Schreiben pflichtgemäß verbrannte, hatte er es doch täglich vor seinem geistigen Auge. Sein Gewissen quälte ihn. Aber er konnte Adelaide nicht aufgeben. Bei seinem nächsten Zusammentreffen mit dem Professor in Moskau zeigte dieser sich entsprechend ungehalten.

»Die Mitglieder unseres inneren Zirkels müssen ein reines Gewissen haben, Bruder Alexander.« Dann fuhr er etwas freundlicher fort: »Eine Ehe ist nicht immer einfach, Alexander, doch wir alle rechnen damit, daß Sie sich klar entscheiden.«

Alexander war sehr betroffen von der Heftigkeit des Professors und sagte, er wolle sich ändern. Und zu jenem Zeitpunkt meinte er das durchaus ernst.

Doch die Kluft zwischen ihm und Tatjana hatte sich weiter vertieft. Schuld daran war nicht nur seine Affäre mit Adelaide, sondern ein zweiter Grund, der immer wichtiger wurde. Es ging ums Geld.

Es hatte allmählich begonnen. Er konnte kaum sagen, wann das eigentlich gewesen war. Zuerst waren es gelegentliche Erkundigungen wegen der Ausgaben für die Besitzungen und im Haushalt.

»Weißt du denn, wie viele Bedienstete wir haben, Alexander?« fragte Tatjana, als sie drei Monate verheiratet waren. Er hatte keine Ahnung und wünschte es auch gar nicht zu wissen. Sechzig? Achtzig? »Und wieviel sie uns kosten?« fuhr sie fort.

»Nichts«, war seine lapidare Antwort.

In gewisser Weise stimmte das sogar. Während Kaufleute und Ausländer ihre Dienerschaft gegen hohe Kosten anstellen mußten, holten die russischen Adligen sich Leibeigene von ihren Besitzungen. Da waren hundert nicht viel. Die Frauen arbeiteten in der Küche oder sonstwo außer Sichtweite; die Männer wurden als Lakaien in eine Livree gesteckt.

»Aber sie müssen immerhin essen«, wandte Tatjana ein. »Was kostet das?«

Wie zum Teufel sollte er das wissen! Das Essen kam irgendwoher und wurde gegessen. Der Besitz in Russka brachte Bargeld und Naturalien ein. Wagen mit Lebensmitteln trafen im St. Petersburger Haus ein, und diese waren im Nu verbraucht.

Nach einer Weile begann Alexander sich über diese und ähnliche Fragen zu ärgern. Er fühlte sich kontrolliert. Was kosten wohl die riesigen Holzstapel für die Öfen? Warum haben wir so viele Kutschen, die wir nicht benützen? Sollen wir nicht wieder einmal die Besitzungen inspizieren?

»Dein Vater hat uns viel Geld gegeben. Wir brauchen uns nicht zu sorgen«, versicherte er ihr.

Tatsächlich hatte Tatjanas Vater bald nach der Hochzeit Alexanders finanzielle Situation herausgefunden. Und wenn Tatjanas Mitgift auch ausreichte, um Alexanders Schulden zu bezahlen – der baltische Adlige war jedenfalls nicht sonderlich angetan von der Finanzmisere des Schwiegersohns, und die Beziehung zwischen den beiden Männern war von da an noch kühler als zuvor.

Alexander vermutete also den Einfluß von Tatjanas Vater, als sie eines Tages bemerkte: »Glaubst du nicht, Alexander, daß du mir eine Abrechnung vorlegen solltest, damit ich sehe, wie du meine Mitgift ausgegeben hast?«

Das war eine Unverschämtheit! Sie war eine Frau und obendrein kaum siebzehn Jahre alt. Wütend platzte er heraus: »Ihr verdammten Ausländer! Ihr zählt jede Kopeke!« Er sah, daß sie nicht klein beigab, obwohl sie ergeben den Kopf neigte.

Es gab noch etwas, das er ihr nicht sagen konnte. Die Kosten der Freimaurerpresse waren beträchtlich, und der Professor war mitunter ein wenig ungenau in seinen Abrechnungen. Bereits als er heiratete, wurde Alexander gebeten, außer den Beiträgen für die Bruderschaft auch die Presse zu unterstützen. Wie konnte er sich weigern, wenn Männer wie der Fürst großzügig spendeten? Einige Männer, die den höheren Graden der Freimaurer angehörten, gaben fast ihr gesamtes Vermögen für diese Sache. So war es ihm eine gewisse Erleichterung, als er bald nach der Hochzeit eine Spende ankündigen konnte.

Tatjana wäre erstaunt gewesen, wenn sie gewußt hätte, daß Alexander, als sie bereits schwanger war, nach Moskau fuhr, um den Professor zu besuchen. Er hatte eine weitere Spende bei sich, die nahezu ein Fünftel ihrer Mitgift ausmachte.

1789

Es war ein trüber Märztag. Ein von den sibirischen Gewässern kommender rauher Wind blies eisig über die weiten St. Petersburger Plätze hin. Alexander und seine Frau saßen im großen Salon. Er war erst im Morgengrauen nach Hause gekommen, aber darüber sprachen sie nicht.

Finster blickte er Tatjana an, die im achten Monat schwanger war mit dem zweiten Kind.

Traute sie ihm nicht? Wie konnte sie es wagen, seine Bitte abzuschlagen?

Tatjana stand langsam auf und stützte sich auf eine Stuhllehne. Liebte er sie überhaupt noch? Es war ja nicht nur diese Französin; sein häufiges unerklärtes Verschwinden nach Moskau und diese mysteriösen Abende in St. Petersburg. Was sollte sie nur davon halten?

Sie haßte Adelaide de Ronville nicht. Ab und zu begegnete sie ihrer Rivalin bei der Gräfin Turova. Die Französin war immer höflich und spielte niemals auf ihre Beziehung zu Alexander an. Bald ist sie eine alte Frau, sagte Tatjana sich anfangs. Ich bin jung und werde Kinder mit ihm haben, das muß hart für sie sein. Sie liebte Alexander trotz allem und verstand ihren Mann besser, als er dachte. Sie fühlte, daß er trotz seiner vielen Fähigkeiten nie zufrieden mit sich war, nie sicher. Er liebt die andere, aber mich braucht er, tröstete sie sich. Doch obwohl sie ihn liebte – seine Bitte konnte sie nicht erfüllen.

Alexander hatte schon wieder Sorgen. Wo war das Geld nur hingekommen? Es sei ihr gewohnt aufwendiger Lebensstil, sagte er. Aber er sagte nicht, daß die Rosenkreutzer ihn Unmengen von Geld kosteten.

Die Freimaurer waren in letzter Zeit auf Kritik gestoßen: Ihre Gegner beschwerten sich, ihre Arbeit sei ein Sakrileg. Die Freunde des Professors in Kirchenkreisen erstellten daraufhin eine nahezu vollkommene Rechtfertigung. Das änderte aber nichts daran, daß die Schulden weiter wuchsen. Der Professor ließ sich nicht darin beirren, auf seinen privaten Pressen zu drucken. Alexander, der tatsächlich eine Art von Zuneigung und Bewunderung für den Professor empfand, half nach Kräften, doch das Ganze wurde immer aufwendiger. Schließlich verging kaum ein Monat ohne einen Hilferuf seitens der Brüder. Falls Alexander Schuldgefühle verspürte, weil er das Geld seiner Frau ausgab, wurden sie entkräftet durch den Gedanken, daß die Rosenkreutzer vielleicht einmal über alles herrschen würden.

Als er nun an diesem Morgen seine Frau bat, von ihrem Vater neue Geldmittel zu verlangen, war es wie ein Schlag für ihn, als sie sich weigerte. Wie konnte sie nur! Er betrachtete es als ihre Pflicht. Sie jedoch schwieg hartnäckig. Nun schrie er sie an: »Tatjana, ich befehle es dir!«

»Es tut mir leid, Alexander, aber ich sehe keinen Grund, warum mein Vater oder ich dir noch mehr von meinem Vermögen anvertrauen sollten, nachdem du mir nicht einmal die Abrechnungen über meine Mitgift vorgelegt hast. Du weißt, daß sie mir gehört. Und wenn du nicht weißt, wo das ganze Geld geblieben ist, wäre es vielleicht besser, wenn ich unsere geschäftlichen Angelegenheiten in die Hand nähme.«

Er starrte sie an. Er spürte, wie er blaß wurde vor Zorn. Wutentbrannt sprang er auf und schlug sie so heftig ins Gesicht, daß sie zu Boden fiel.

Eine Stunde später saß Alexander immer noch in seinem Arbeitszimmer. Wie habe ich das nur tun können? fragte er sich und wußte doch die Antwort genau: Er fühlte sich schuldig und war im Grunde wütend auf sich selbst. Will ich denn meine Frau und meine Familie ruinieren? Für die Rosenkreutzer und für meinen eigenen grenzenlosen Ehrgeiz? Vor ihm lagen mehrere Briefe. In dem einen wurde der Kauf eines herrlichen englischen Pferdes, im nächsten der Kauf einer prächtigen neuen Kutsche, die nicht gebraucht wurde, rückgängig gemacht. Viel wichtiger aber war ein längeres Schreiben, das er soeben beendet hatte. Es ging an den Professor und endete folgendermaßen:

> Vielleicht werden mir zu einem späteren Zeitpunkt jene Wohltaten zuteil, die mir allein – das weiß ich – aus der unbefleckten Quelle unseres heiligen Ordens zufließen können. Ich muß jedoch gestehen, hochwürdiger Superior, daß ich mich derzeit nicht in der Lage fühle, jene Opfer zu bringen, die Sie rechtens von mir fordern. Deshalb ziehe ich mich respektvoll zurück, bis ich mich unserer Bruderschaft würdig erweisen kann.

Er hatte die Rosenkreutzer verlassen. Er lächelte spöttisch. Das würde ihm jedes Jahr eine Summe einsparen, die höher war als seine Haushaltsausgaben. Als er den Brief versiegelt hatte, wurde er gerufen: Bei Tatjana hatten die Wehen eingesetzt.

Am Vortag hatte man eine polnische Hebamme geholt, am Abend einen deutschen Arzt. Seit dem Mittag war eine weitere Person anwesend, eine Hebamme vom Land, eine echte Russin aus Sumpfloch. Sie saß in einer Ecke und murmelte christliche Gebete und heidnische Zauberformeln vor sich hin, ohne die kein Kind auf dem russischen Land geboren werden durfte.

Der Arzt führte Alexander aus dem Zimmer. Er sah sehr besorgt aus. »Der Geburtsweg ist blockiert«, sagte er. »Vielleicht gibt es eine Möglichkeit, das Kind zu retten. Aber die Mutter … es besteht Gefahr, daß sie verblutet.«

»Sie stirbt, meinen Sie?«

»Es besteht die Gefahr, sagte ich.«

Der Arzt ging wieder ins Zimmer und ließ Alexander stehen. Dieser zog sich in sein Arbeitszimmer zurück und versuchte zu beten. Nach einer Weile ging er erneut zu Tatjana.

Sie bot einen furchtbaren Anblick. Ihr Gesicht war schmerzverzerrt und geisterblaß. Ihr Haar klebte von Schweiß, und ihre Augen waren schreckensweit.

Alexander nahm ihre Hand. Sie blickte zu ihm auf und versuchte ein tapferes Lächeln. Er lächelte zurück. Sie sollte spüren, daß er sie liebte.

Sie lag im Sterben. Er glaubte, sie wüßte es. Ihre angstvollen Augen sagten: Selbst wenn du mir nicht helfen kannst, sage mir nur dieses eine Mal, daß du mich liebst.

An diesem Märznachmittag traf Alexander Bobrov seine letzte Abmachung mit Gott. Lasse meine Frau und das Kind leben, barmherziger Gott, und ich will ihr treu sein und Adelaide de Ronville aufgeben, gelobte er stumm. Es war, so meinte er, die letzte Karte, die er auszuspielen hatte.

1792

Es gibt keine zauberhaftere Zeit in St. Petersburg als den Hochsommer, die Zeit der »Weißen Nächte«: Um die Sonnwende sind in diesen nördlichen Landstrichen die Tage endlos, und es wird kaum dunkel: Das Tageslicht dauert weit in den Abend hinein, ja bis in die Nacht, bis es sich schließlich gegen Morgen für ungefähr eine halbe Stunde in blaßschimmerndes Zwielicht verwandelt. Es ist eine magische Zeit, die Welt ist unwirklich. Sicher waren irgendwelche Zauberkräfte in der Atmosphäre, die Alexander Bobrov dazu verleiteten, wahnsinnige Dinge zu tun.

In diesem Sommer hatte sich die Welt gründlich verändert. Tagtäglich wartete man in St. Petersburg auf Nachrichten aus dem Westen, wo drei Sommer zuvor mit dem Sturm auf die Bastille in Paris der epochemachende Umsturz seinen Anfang genommen hatte.

Die Französische Revolution. Der König von Frankreich, Königin Marie Antoinette und ihre Kinder waren praktisch Gefangene. Keiner wußte, was diese Revolutionäre, die Jakobiner, als nächstes tun würden. Die europäischen Monarchen fühlten sich zutiefst verletzt. Nun führten Österreich und Preußen sogar Krieg gegen die zersetzende neue Kraft. England war im Begriff, sich ihnen anzuschließen. Niemand war empörter als die aufgeklärte Katharina von Rußland. Die Grundsätze Freiheit und Aufklärung waren großartige Theorie, doch Revolution und herrschender Mob waren etwas völlig anderes. Kein Wunder, daß aufgeklärte Denker die Ergebnisse der Aufklärung mit Schrecken betrachteten. Statt einer Reform sahen sie nur Chaos. Die Jakobiner hatten sie allesamt betrogen.

Die Kaiserin fühlte sich einsam. Die Gesichter um sie her änderten sich. Vor allem hatte sie ihren treuen Freund, den großen Potemkin, verloren. Er war in allem ein loyaler Anhänger gewesen. Er hatte ihr die Krim verschafft. Zwei Jahre vor der Revolution hatte er Katharina auf einer wunderschönen Reise durch die ausgedehnte südliche Provinz am Schwarzen Meer begleitet. Er hatte sogar hübsche Attrappendörfer ihr zu Ehren errichten lassen – die berühmten Potemkinschen Dörfer. Diese Orte mochten künstlich sein, aber das Imperium war es nicht. Es war in der Tat reich. Endlich kam ein russischer Herrscher in den legendären Palast des Krim-Khans in Bachtschisaraj und empfing die Huldigung der Tataren.

Und dies war für Katharina und Potemkin das Ende ihres langen Spätsommers. Die Französische Revolution hatte stattgefunden. Es war ihnen nicht gelungen, das letzte strahlende Ziel, Konstantinopel, zu erreichen. Katharinas junger Liebhaber war ihr untreu geworden, und diesmal gelang es Potemkins Widersachern, ihren eigenen Protegé, einen nichtssagenden Burschen, in Katharinas Schlafzimmer zu bringen. Potemkin begab sich, tief deprimiert, in den Süden. Ein Jahr später war er tot.

Was war ihr geblieben? Ein langweiliger junger Liebhaber. Ein Sohn, der sie haßte. Ihre beiden Enkelsöhne, die nach ihren Anweisungen erzogen worden waren und die sie abgöttisch liebte. Und ihr Imperium. Sie würde es erhalten und für ihre Enkel stark machen.

Wie sehr St. Petersburg sich verändert hatte! Frankreich war ganz aus der Mode gekommen, selbst französische Kleidung wurde scheel angeblickt. Öffentliche Gespräche über die Revolution waren verboten, republikanische Bücher wurden verbrannt, Schauspiele abgesetzt. Durch die Philosophen war es zu alldem gekommen. Betrübt ließ die Kaiserin die Büsten ihres alten Freundes Voltaire entfernen.

Als der radikale Radischtschev so töricht war, zu ebendiesem Zeitpunkt ein Buch zu veröffentlichen, das zur Beendigung der Leibeigenschaft aufrief, war Katharina so aufgebracht, daß der Mann von Glück sagen konnte, »nur« nach Sibirien verbannt zu werden. Wozu waren die Freimaurer noch imstande mit ihren geheimen Machenschaften, verlangte sie zu wissen. Steckten sie mit ihrem Sohn unter einer Decke? Waren sie vielleicht Jakobiner? Sie ließ auf alle Fälle den Professor gründlich befragen.

In ganz St. Petersburg hatte Katharina die Große in ihren späten Jahren keinen loyaleren Anhänger als Alexander Prokofievitsch Bobrov. »Die Jakobiner sind Verräter«, war seine Meinung. Was die Aufklärung anbetraf, war er sich mit der Kaiserin vollkommen einig. »Freiheit der Rede ist, ebenso wie Reform, nur unter stabilen Verhältnissen möglich«, erklärte er nun. »Wir müssen uns vorsehen.«

Niemand in St. Petersburg war vorsichtiger als er. Er lebte in einem bescheidenen Haus, nicht mehr im ersten, sondern im zweiten Admiralitätsviertel. Er hielt sich nur dreißig Bedienstete und gab selten ein Diner für mehr als zwölf Gäste. Auch seine Kutschen und Equipagen waren bescheiden, sogar seine Schulden. Er lebte tatsächlich nahezu seinem Einkommen entsprechend. Bobrov war noch immer Staatskanzler. Seine Karriere war zum Stillstand gekommen, und da sein ehemaliger Vorgesetzter Potemkin verschieden war, schien ein weiterer Aufstieg unwahrscheinlich. Trotzdem wirkte Bobrov zufrieden. Er hoffte immer noch auf zukünftige Ernennungen, wenn auch geringerer Art, um sein Einkommen aufzustocken. Seit Beginn der Revolution hatte er sämtliche Bindungen mit Radikalen gelöst. Als Radischtschev verhaftet wurde, hatte Alexander in einem kurzen Zeitungsartikel die ungeheuren Fehler des ehemals Verehrten angeprangert. Seit er dem Professor schriftlich seinen Austritt mitgeteilt hatte, war er nicht mehr in Verbindung mit den Rosenkreutzern getreten. Sein Leben verlief zwar eintöniger, dafür aber sicher. So gehörte es sich ja auch für einen umsichtigen Familienvater.

Der Pakt, den Alexander an jenem furchtbaren Tag im Jahre 1789 mit dem Allmächtigen geschlossen hatte, hatte tatsächlich funktioniert: Tatjana hatte überlebt und den zweiten hübschen Jungen zur Welt gebracht.

Adelaide de Ronville traf Alexander zwar weiterhin, aber nur als Freund, nicht mehr als Liebhaber. Er war alles in allem ein vorbildlicher Ehemann, ein bißchen füllig inzwischen, doch zuverlässig, so daß seine alten Freunde lächelnd meinten: »Ach, Bobrov – ein schwerverheirateter Mann.«

Eine bittere Pille hatte er trotzdem schlucken müssen. Tatjanas Vater starb und hinterließ nach seinem Tode zur allgemeinen Überraschung nur eine Kleinigkeit. Anscheinend hatte der baltische Adlige, ohne Tatjanas Wissen, mit dem Getreide aus seinen südlichen Besitzungen hoch spekuliert – und verloren. »Gott sei Dank haben wir die Gräfin«, sagte Alexander zu seiner Frau, »ohne sie würde kaum etwas für die Kinder übrigbleiben.« Sie besuchten die alte Dame regelmäßig, und diese hatte ihnen versprochen, daß das Erbe ihrer Kinder gesichert sei.

Die Zeit der Weißen Nächte ... An einem dieser magischen Abende war Alexander auf dem Weg über die Neva zu einem der regelmäßigen Besuche bei der Gräfin.

Die alte Dame war inzwischen recht gebrechlich geworden, aber sie hielt an ihren Einladungen fest, die sich nun ruhiger gestalteten. Es kamen nur noch ein paar Getreue. Die Gastgeberin verhielt sich exzentrisch wie eh und je: Sie tat so, als hätte es keine Französische Revolution gegeben. Aber vielleicht wußte sie ja wirklich nichts davon. Nichts sollte die ruhige Sicherheit ihres Heiligtums stören.

Wie erwartet, fand Alexander nur einige Gäste vor, meist ältere Herren, aber auch einen oder zwei von der jüngeren Generation. Er sah Adelaide im Gespräch mit einem alten Herrn, und sie lächelten einander zu. Sie sah etwas schmaler aus als früher. Es war schade, daß sie zur Zeit keinen Liebhaber hatte. Und da thronte die Gräfin mitten im Raum auf ihrem vergoldeten Stuhl. Was war sie doch für ein Kuriosum in ihrem langen, mit Schleifen geschmückten Kleid! Es war, als ob sie die Tradition des ehemaligen französischen Hofes fortsetzen wolle.

Alexander beugte sich nieder und küßte sie. Selbst nach all den Jahren konnte er immer noch nicht sagen, ob sie ihn wirklich gern hatte. Sie schien zumindest erfreut, ihn zu sehen; sie wechselten einige Worte, dann entfernte er sich, ging im Zimmer umher. Die Gespräche waren uninteressant, bis er einen nervösen jungen Mann hörte, der offenbar soeben aus Moskau gekommen war.

»Was kann man heutzutage überhaupt noch veröffentlichen?« fragte der gerade. »Es ist ja nicht nur die Zensur. Sie haben sogar den alten Novikov, den Leiter der Universtitätspresse, verhaftet. Ist denn niemand mehr sicher?«

»Es heißt, er sei Freimaurer gewesen«, warf jemand ein.

»Vielleicht, doch selbst wenn ...«

Alexander seufzte. Der arme alte Novikov! Er fragte den jungen Burschen aus. Anscheinend war noch keine Anklage erhoben worden.

»Was hat der Professor Ihnen bedeutet?« erkundigte sich der Mann.

Alexander zögerte einen Augenblick, dann antwortete er: »Überhaupt nichts. Ich traf ihn vor Jahren ein- oder zweimal.« Dann verließ er die Gesprächsrunde. Nach einiger Zeit gelang es ihm, ein paar Worte mit Adelaide zu wechseln. Da fiel ihm auf, daß die Stimmung der Gäste sich verändert hatte. Eine kleine Gruppe scharte sich um die alte Dame. Als Bobrov hinzutrat und einen neuen Gast zur Rechten der Gräfin stehen sah, erstarrte sein Lächeln.

Es war der alte General, der Mann, den er fünf Jahre zuvor an ebendieser Stelle gedemütigt hatte. Alexander konnte es kaum fassen. Er hätte die Existenz des Mannes sicher vergessen, hätte dieser nicht in den letzten Jahren einen überraschend starken Einfluß bei Hofe ausgeübt. Während er sich nun höflich verneigte, fielen Alexander zu seinem Schrecken zwei Dinge auf: Erstens sprühten die Augen des alten Herrn völlige Ablehnung;

offenbar hatte er Alexander nicht vergessen. Zum zweiten zeigte der Ausdruck auf dem Gesicht der Gräfin, daß sie erwartete, Bobrov werde den General wiederum demütigen.

War ihr denn nicht bewußt, daß mittlerweile fünf Jahre vergangen waren? Wußte sie wirklich nicht, daß die Aufklärung nicht mehr in Mode und der General jetzt gefährlich war? Diese Fragen konnte Alexander sich nicht beantworten. Sicher war nur: Sie wollte unterhalten werden, koste es, was es wolle.

Sie lächelte bereits maliziös. »Nun, General«, begann sie, »wenn ich es recht verstehe, haben Sie die Absicht, all unsere Bücher zu verbrennen und auch die Theater zu schließen.«

Alexander saß in der Falle. Was kam, war schlimmer als alles, was er sich hätte ausmalen können. Der General sah genau, wie die Welt sich seit der Französischen Revolution verändert hatte; er brauchte sich nicht gegen die Aufklärung zu verteidigen. Statt dessen wiederholte er die Ansichten, die er hier beim letztenmal dargelegt hatte, Punkt für Punkt, und fügte nach jeder Feststellung ein: »Aber Alexander Prokofievitsch stimmt mir nicht zu, das weiß ich.«

Der alte Knabe hatte Bobrov genau dort, wo er ihn haben wollte. Jedesmal wenn er Alexander aufforderte, die Partei der Gräfin Turova zu ergreifen, gab er ihm gleichzeitig Gelegenheit, sich gegen die Regierung zu stellen. Alexander vermutete, daß der General mit Freuden jede seiner Behauptungen wortwörtlich vor den höchsten Kreisen bei Hofe wiedergeben würde.

Alexander wand sich, es war erniedrigend. Er versuchte sich um klare Aussagen zu drücken, um weder die Gräfin zu verärgern noch dem General Waffen in die Hand zu geben. Schließlich war er nur noch in Verteidigungsposition, und es gab Punkte, in denen er dem General zustimmte.

Alexander merkte, wie die Gräfin nervös wurde. Sie warf ihm zuerst einen strengen Blick zu, dann trommelte sie mit den Fingern auf die Armlehne. Mit jedem Wortwechsel wurde sie starrer, bis sie sich schließlich in ein unheilvolles Schweigen zurückzog.

Der General bewahrte sich den *coup de grâce* bis zum Schluß auf. Er spielte ihn mit der Lässigkeit dessen aus, der sich des letzten Stichs absolut sicher ist. »Die Aufklärung«, sagte er ruhig, »hat die Jakobiner hervorgebracht. Aber vielleicht hat Alexander Prokofievitsch etwas Gutes über diese Burschen zu sagen?«

»Nein, das habe ich nicht«, erwiderte Alexander rasch.

»Nun gut. Aber ebendiese Jakobiner haben jenen Monsieur Voltaire zu ihrem Helden erklärt, der sie, so behaupten sie, inspiriert habe. Wie Sie wissen, hat die Kaiserin Voltaire abgelehnt. Und Sie?«

Die Falle war zugeschnappt. Während Alexander überlegte, was er antworten sollte, erklang die eisige Stimme der Gräfin: »Ja, Alexander Prokofievitsch, was möchten Sie über den großen Voltaire sagen?«

»Ich bewundere ihn«, erklärte Alexander nach kurzer Pause, »genauso, wie die Kaiserin es tut. Was die Jakobiner betrifft: Sie sind eines so bedeutenden Mannes absolut unwürdig.« Es war eine diplomatische Antwort. Der General konnte nichts damit anfangen, und die Gräfin schien beschwichtigt.

»Sehr schön«, sagte der General. »Da jedoch Voltaires Schriften solche Probleme verursacht haben – wäre es nicht sinnvoller, sie aus der Reichweite dieser gefährlichen Herren zu bringen?«

»Den großen Voltaire zensieren?« fuhr die Gräfin dazwischen.

»Vielleicht beschließt die Kaiserin, seine Schriften zu verbrennen, meine liebe Gräfin. Zweifellos wäre Alexander Prokofievitsch damit nicht einverstanden, nicht wahr?«

Entsetzt blickte die Gräfin von einem zum anderen. »Undenkbar!« murmelte sie.

So undenkbar war das tatsächlich nicht. Erst wenige Tage zuvor hatte ein Freund, der häufig bei Hofe war, Alexander zugeflüstert, die Feinde der Aufklärung arbeiteten insgeheim bereits auf ein derart schreckliches Vorhaben hin. »Und bei der augenblicklichen Gemütsverfassung der Kaiserin bekommen sie wohl ihren Willen«, hatte der Mann gemeint. »Noch vor Jahresende dürfte Voltaire verboten sein.«

Der General nahm an, Alexander wisse davon nichts. Eine öffentliche Verurteilung des Vorhabens war alles, was er brauchte; damit würde Alexander als Feind der Regierung gelten.

»Ich bin ein treuer Diener der Kaiserin«, antwortete Alexander lahm.

Der General zuckte die Achseln. Die Gräfin stieß einen kleinen Seufzer aus, dann herrschte unheilvolle Stille, bevor sie sprach: »Es ist interessant zu erfahren, Alexander Prokofievitsch, daß Sie für die Verbrennung von Voltaires Schriften sind. Das wußte ich bisher nicht.« Sie blickte nachdenklich auf ihre Hände. »Sicher werden Sie schon von Ihrer Gattin erwartet. Wir wünschen Ihnen eine gute Nacht.«

Damit war er entlassen. Er verneigte sich und verließ den Raum. Als Alexander das nächstemal bei der Gräfin seine Aufwartung machte, hieß es, daß sie heute nicht empfange. Zwei Tage danach wollte Tatjana ihren üblichen Besuch machen und erhielt die Auskunft, die Gräfin sei nicht zu Hause. Ein drittesmal erklärte der Diener an der Tür klipp und klar,

Alexanders Besuche seien nicht länger erwünscht. Am selben Tag erhielt er eine inhaltsschwere Nachricht von Adelaide de Ronville:

> Ich muß Ihnen mitteilen, lieber Freund, daß die Gräfin es ablehnt, Sie zu empfangen. Sie hat ihren Worten nach auch vor, Sie aus ihrem Testament zu streichen. Ich kann in dieser Hinsicht nichts tun. Sie sollten aber wissen, daß ihr Anwalt, der sich in Moskau aufhält, in drei Tagen zurückkehrt. Wenn sie ihre Absicht bis dahin nicht ändert, wird sie ihn unverzüglich kommen lassen. Ich fürchte das Schlimmste.

Alexander starrte das Schreiben in dumpfem Entsetzen an. Damit war das Erbe seiner Kinder verloren. Er kannte die alte Dame gut genug, um zu wissen, daß sie ihre Meinung nicht ändern würde. Er hatte ihr Idol beleidigt; es war das einzige, was sie noch interessierte. Er zeigte Tatjana den Brief und sagte voller Reue: »Da siehst du, was dein törichter Mann getan hat.«

Sie wollte nicht, daß er die Schuld allein bei sich suchte. »Die alte Frau ist verrückt«, sagte sie entschlossen. Alexander umarmte sie. Sie waren einander viel näher als früher.

Was blieb zu tun? Zuerst einmal schrieb Alexander der Gräfin einen Brief. Er kam ungeöffnet zurück. Am nächsten Tag schrieb Tatjana; das gleiche geschah. Am folgenden Morgen traf sehr früh eine Nachricht von Adelaide ein.

> Ich habe mich erneut für Sie eingesetzt – es war vergebens. Sie ist unbeugsam. Der Anwalt ist für morgen bestellt. Wenn ich irgend etwas tun kann – ich bin den ganzen Abend bei den Ivanovs. Dort können Sie mich finden.

Alexander seufzte. »Ich fürchte, wir haben verloren«, meinte er traurig zu Tatjana. Er zog sich in sein Arbeitszimmer zurück, um nachzudenken. Aber nicht einmal in dieser Krise verzweifelte er. Wenn das Erbe verloren war, mußte er sich auf andere Weise Geld beschaffen. Über diesem schwerwiegenden Gedanken verging der ganze Vormittag. Seine Ziele waren bescheiden, die Tage des Spielers Bobrov längst vorbei. Er wollte seine Schulden zurückzahlen und etwas Geld beiseite legen. Darüber würden Jahre verstreichen, und es würde manchmal erniedrigend sein, aber das war ihm gleichgültig. Er wollte das sogleich in Angriff nehmen.

Mittags verließ er sein Zimmer, küßte seine Frau und ließ seine schönste Kutsche mit den besten Pferden kommen. Er wollte Kaiserin Katharina in ihrem Sommerpalais aufsuchen.

Am frühen Nachmittag bestiegen Tatjana und ihre Kinder ohne Wissen Alexanders eine Mietkutsche und fuhren über die Neva zur Vassiljev-Insel. Als sie am Haus der Gräfin Turova ankamen, wandten sie sich allerdings nicht dem Haupteingang zu.

Der Entschluß war Tatjana nicht leichtgefallen. Sie hatte sich jedoch überlegt, daß sie nur über die Französin Zugang zur Gräfin erreichen könne. Wenn sie erst einmal im Haus war, würde die Gräfin sie sicher empfangen, und der Anblick der Kinder würde sie besänftigen. Dann konnte Tatjana alles erklären.

So sah sich die überraschte Adelaide de Ronville drei kleinen Kindern und deren Mutter gegenüber, die schlicht erklärte: »Wir sind in Ihren Händen.«

»Mon Dieu!« Adelaide blickte die Kinder an – Alexanders Kinder, dann diese starke Frau, ihre Mutter. Da plötzlich durchzuckte sie ein Gefühl von Verlust und Einsamkeit. »Warten Sie hier«, sagte sie. »Ich will nichts versprechen, aber ich sehe, was ich tun kann.«

Sie blieb einige Zeit fort. Inzwischen sah sich Tatjana neugierig um. Sie stellte fest, daß die raffinierte Einrichtung des Salons ein gewisses Etwas hatte, das ihre eigenen Räume nie haben würden. Das war es wohl, was Alexander liebte. Sie wartete fast eine Stunde. Adelaide kehrte mit betrübtem Gesicht zurück. »Es tut mir leid, aber sie will Sie nicht empfangen.«

Der riesige Park mit der kaiserlichen Sommerresidenz lag nicht weit von St. Petersburg in südwestlicher Richtung. Alexander hatte ihn in knapp zwei Stunden erreicht. Er liebte diesen Ort.

Wenn überhaupt etwas die kosmopolitische Ära des 18. Jahrhunderts in Rußland symbolisierte, war es dieses Bauwerk. Wie das große Winterpalais war es von dem berühmten Architekten Bartolomeo Rastrelli in der Regierungszeit der Kaiserin Elisabeth entworfen worden. Es war das russische Versailles. Die mit Ornamenten geschmückte Rokokofassade war im Mittelteil drei Stockwerke hoch und erstreckte sich über eine Breite von fast dreihundert Metern. Im Innern mischte sich europäische Eleganz mit russischem Prunk. Ausladende Hallen zeigten vielfarbigen Marmor, Räume waren mit Jaspis und Achat verziert; es gab sogar, einmalig in der Welt, einen Raum, dessen Wände ganz aus Bernstein gefertigt waren. Und überall sah man das von Rastrelli bevorzugte Gold, mit Alabaster, Lapislazuli, Tiefrot und leuchtendem Blau abgesetzt.

»Staatskanzler Bobrov.« Er wurde sofort hereingebeten und trat auch beherzt ein. Doch er konnte sich eines demütigenden Gefühls nicht erwehren, als er durch die hohen goldenen Hallen schritt. Eine längst beschwichtigte innere Stimme schien zu sagen: Das hätte dir gehören können – nicht ihm! Der Mann, den Alexander aufsuchen wollte, war der junge Platon Zubov, der neue Liebhaber der Kaiserin. Die Position, die Bobrov einmal angestrebt hatte, gehörte nun einem gutaussehenden jungen Mann Anfang Zwanzig – töricht, oberflächlich und ehrgeizig. Keiner mochte ihn, doch der gesamte Hof spürte, und vielleicht wußte es die alternde Kaiserin auch, daß dieser junge Liebhaber wohl ihr letzter sein würde.

Alexander hatte sich seit langem um die Gunst dieses jungen Menschen bemüht; das war alles andere als angenehm gewesen. Vor kurzem hatte er die Chance gehabt, Katharinas Günstling sehr nützlich zu sein, und er hoffte, daß sich dieser nun zu Dank verpflichtet fühlte.

Der Pavillon, in dem der junge Mann hofhielt, war in Verbindung mit einer langen Galerie an einem Ende des Palais von Katharinas schottischem Architekten Cameron errichtet worden, und zwar im Stil eines prunkvollen römischen Palastes mit einem römischen Badehaus im Untergeschoß. Vor dem Eingang zu einem der Räume hatte sich eine Gruppe von Menschen versammelt: ehrwürdige Höflinge, reiche Landbesitzer, wichtige Militärs. Als sich die Tür öffnete, drang lautes Gelächter heraus.

Alexander mußte nur eine Stunde warten, ehe er eingelassen wurde. Der prächtige Raum war im pompejanischen Stil gestaltet und enthielt schwere Möbel nach römischem Vorbild. Der junge Zubov stand lächelnd inmitten einer Menschenmenge und hatte sich heute mit einer römischen Toga bekleidet. Er hielt einen Affen an der Hand.

»Mein lieber Alexander Prokofievitsch!« Seine großen Augen blickten ebenso überrascht wie erfreut beim Anblick des bescheidenen Staatskanzlers. »Was führt Sie hierher?«

Der Augenblick war gekommen. »Ich wollte Sie natürlich zu Ihrem Triumph in Polen beglückwünschen«, antwortete Alexander. Zubov strahlte ihn zufrieden an.

Wie der große Potemkin Katharina die Krim verschafft hatte, so beabsichtigte der junge Zubov seinen Namen mit einem weiteren wichtigen Zuwachs des russischen Imperiums zu verbinden. Das Schicksal hatte ihm Polen beschert.

Rußlands ehemaliger Rivale wurde immer noch von dieser Ansammlung von Magnaten regiert, die, nachdem sie einen König gewählt hatten, jede Aktivität durch das Veto eines einzigen Mitglieds vereiteln konnten. Polens Schwäche kam Rußland sehr gelegen. Zwanzig Jahre zuvor war es Katharina gelungen, sich unauffällig ein weiteres Stück aus seinen Grenzländern zu schnappen und ihren ehemaligen Liebhaber als Marionettenkönig wählen zu lassen. Welche Torheit hatte die Polen aber ein Jahr zuvor dazu gebracht, eine neue Verfassung zu proklamieren, die neben anderen Neuerungen eine erbliche konstitutionelle Monarchie vorsah? Der König war töricht genug, diese Regelung zu bestätigen. Nahm er als Katharinas früherer Liebhaber tatsächlich an, daß diese seine Herrschaft über ein starkes, stabiles Polen gutheißen werde?

Sie reagierte unverzüglich. »Sie sind Revolutionäre wie die Jakobiner«, erklärte sie. Das war natürlich Unsinn; die Reformer waren konservative Monarchisten. Doch hier lag einerseits die Möglichkeit für Zubov, sich einen Namen zu machen, andererseits konnte Rußland sich vergrößern. Während viele, darunter Potemkin, zur Vorsicht mahnten, drängte der neue Günstling: »Europas Kräfte sind durch den Krieg mit dem revolutionären Frankreich abgelenkt. Jetzt ist es an der Zeit, in Polen einzufallen.« In diesem Frühjahr – Potemkin war inzwischen gestorben – bekam Zubov seinen Willen. Selbst jetzt noch zogen russische Soldaten ungehindert über das polnische Land.

»Mein lieber Alexander Prokofievitsch«, erklärte Zubov nun gönnerhaft, »Sie haben den Augenblick Ihres Besuches großartig gewählt. Heute morgen bekam ich die Nachricht, daß Wilna uns gehört.« Eine weitere baltische Provinz, die dem Reich einverleibt wurde. »Zum Jahresende wird Polen nur noch halb so groß sein wie jetzt«, fuhr der junge Mann fort. »Wir werden Preußen ein Stückchen abtreten und das übrige für uns behalten.«

»Ich teile Ihre Freude«, antwortete Alexander mit einem Unterton, der diskret auf den fälligen Gunstbeweis hindeutete.

»Ach ja!« Zubov hatte verstanden und betrachtete Alexander nachdenklich. »Sie waren uns recht nützlich, nicht wahr?«

Alexander verneigte sich.

»Natürlich. Ich erinnere mich genau«, bestätigte Zubov sich selbst.

Es war nichts, worauf man stolz sein mußte. Zu einer Zeit, als Zubov nicht sicher war, ob das Thema Polen sich vorteilhaft für ihn lösen werde, erledigte Bobrov im Zusammenhang damit nützliche bürokratische Vorarbeit. Dabei hatte er wissentlich seinen alten Gönner, den kranken Potemkin, hintergangen. Dessen schämte er sich immer noch. Zubov wußte über all das genau Bescheid.

»Nun sagen Sie mir, was Sie wollen«, fuhr er fort.

Es war nicht viel, nur einen dieser zahlreichen Posten in der schwerfälligen russischen Verwaltung, der ein beträchtliches Gehalt für kleine Pflichten garantierte. Es würde sein Einkommen angenehm erhöhen, so daß er Geld zurücklegen könnte, bis sich eine bessere Gelegenheit ergäbe. Als Alexander geendet hatte, wandte Zubov sich seinem Affen zu.

Alexander hatte von diesem Tier gehört. Es war Zubovs Liebling und bei Audienzen häufig zugegen. Es hieß, daß wichtige Höflinge weggeschickt wurden, nur weil der Affe sie nicht leiden konnte.

»Alexander Prokofievitsch möchte ein Geschenk«, sagte Zubov zu dem braunen Wesen. »Was hältst du davon?«

Alexander hielt den Atem an. Was dann geschah, spielte sich in Sekundenschnelle ab. Alexander merkte nur, wie der Affe plötzlich an seiner Brust hing, ihm die Arme um den Hals legte und sein Gesicht, das wie das Gesicht eines alten Mannes aussah, an das seine preßte. Der Sprung des Tieres war so heftig und unerwartet gewesen, daß Bobrov stolperte und auf den Marmorboden fiel.

Die Anwesenden brachen in Gelächter aus. Alexander versuchte aufzustehen. Das Tier war über ihm, zupfte ihn an den Ohren und rieb seine Nase an Alexanders Nase. Und dazwischen hörte er Zubovs Stimme, quiekend vor Vergnügen: »Er mag Sie, Bobrov, er liebt Sie!«

Dann plötzliche Stille; Alexander blickte auf und sah inmitten des Raumes eine kleine, gedrungene Gestalt in einer einfachen, blaßseidenen Robe, eher einem Morgenmantel, stehen. Es war Katharina.

Das Gesicht hochrot vor Scham, versuchte Bobrov seine Kleider zu ordnen, erhob sich linkisch und verneigte sich. Der Affe war verschwunden. Bobrov sah nur die etwa zwanzig Höflinge, die ihn beobachteten, und die Kaiserin, deren Gesicht maskengleich starr wirkte.

Nun stand er ihr endlich persönlich gegenüber. Das also war die Frau, deren Lager er einst zu teilen gehofft hatte. Ihre Gesichtszüge waren noch edel, doch ihren Körper hatte er sich nicht so plump und schlaff vorgestellt, und offensichtlich fehlten ihr einige Zähne. Der goldene Herbst neigte sich seinem Ende zu. Alexander beneidete Platon Zubov nicht mehr.

»Wer ist das?« hallte die Stimme der Kaiserin kalt durch die Stille.

»Alexander Prokofievitsch Bobrov«, antwortete Zubov und lächelte Alexander ermutigend zu. »Er bittet um eine Anstellung«, fügte er wohlwollend hinzu.

Katharina blickte Bobrov schweigend an und suchte wohl in ihrem Erinnerungsvorrat nach näheren Hinweisen. »Sie sind Staatskanzler Bobrov?«

Er verneigte sich. Vielleicht hatte Potemkin einmal von ihm gesprochen, und sie erinnerte sich. Zumindest mußte sie Kenntnis von den früheren Dienstleistungen seiner Familie haben.

»Sind Sie nicht mit der lästigen, lächerlichen Gräfin Turova verwandt?«

»Wir sind entfernt verwandt. Leider ist sie reichlich seltsam«, antwortete er lahm.

»Absolut. Jetzt weiß ich, wer Sie sind.« Damit wandte Katharina sich um und verließ den Raum. Ohne den Kopf zu drehen, rief sie an der Tür: »Komm, Platon.« Dann rauschte sie hinaus.

Zubov folgte ihr unmittelbar; von irgendwo tauchte der Affe wieder auf und hüpfte hinter ihm her. An der Tür wandte Zubov sich mit einem bedauernden Achselzucken zu Alexander: »Ach ja, Alexander Prokofievitsch«, rief er, »wenigstens hat mein Affe Sie gern. Leben Sie wohl!« Dann war auch er verschwunden, und alle Anwesenden lachten.

Es war vorbei. Er würde nie in seinem ganzen Leben die Gunst des Hofes erlangen. Und warum nicht? Weil die Kaiserin ihn mit Gräfin Turova und ihren törichten Ansichten in Zusammenhang brachte.

Er fühlte sich als gebrochener Mann. Als er zu seiner wartenden Kutsche ging, nahm er nur nebenbei wahr, daß der alte General mit leisem Lächeln auf dem Gesicht den Palast betrat.

Die ganze Fahrt über grübelte Alexander. Er war erledigt. Für seine Kinder blieb nahezu nichts. Selbst seine geringsten Hoffnungen waren nun zerstört. Vielleicht sollte ich einfach in Russka leben, dachte er. Dort hätte er zwar nichts zu tun, aber das Leben wäre billig.

Um acht Uhr abends erreichte er St. Petersburg. Er mußte Tatjana kurz von seinem Versagen berichten. Als sich seine Kutsche dem zweiten Admiralitätsviertel näherte, kam ihm eine Idee, und er befahl dem Kutscher, über die Neva zur Vassiljev-Insel zu fahren. Dort ließ er ihn an der Strelka, der Spitze der Insel, warten und ging zu Fuß weiter. Er wollte noch einen letzten Versuch wagen. Schließlich hatte er nichts mehr zu verlieren. Alexander näherte sich vorsichtig dem kleinen Seiteneingang zu Madame de Ronvilles Wohnung. In ihrer Nachricht hatte gestanden, daß sie den ganzen Abend bei den Ivanovs sei. Um so besser! Er wollte sie nicht mit hineinziehen. Er zog die Schlüssel zu ihrer Tür hervor, die er immer bei sich trug. Obwohl sie kein Liebespaar mehr waren, konnte er sich nicht von diesen Schlüsseln trennen. Er schloß auf und ging die Treppe hinauf.

Wie still es war! Nicht der geringste Laut im Haus. Alexander ging durch Adelaides Räume. Im Salon hing ein leichter Rosenduft. Gleich darauf befand er sich im Haupthaus. Auch hier war alles still. Er stieg behutsam bis zum Treppenabsatz hoch und blieb dort stehen. Die Tür der Zofe war geschlossen. Offensichtlich hielt sie sich noch unten auf, doch die Tür zum Gemach der Gräfin stand offen. Er horchte. Ob sie wohl drinnen war?

Da hörte er sie. Zuerst dachte er, sie spreche zu jemandem, doch als er nach einiger Zeit niemanden antworten hörte, wußte er, daß sie Selbstgespräche führte. Lautlos trat er ein.

Die Gräfin saß im Bett und las. Sie sah noch älter und gebrechlicher aus. Ihre spitzen Schulterknochen waren unter der schlaffen Haut zu sehen. Sie wurde von Kissen gestützt und las mit Hilfe eines Vergrößerungsglases in einer Zeitung.

Als sie ihn sah, stieß sie einen kurzen Schrei aus. Doch dann warf sie die Zeitung aufs Bett und zischte wütend: »Was wollen Sie? Sie wagen es, hereinzukommen?«

»Ich wollte mit Ihnen sprechen, Daria Michailovna, aber Sie haben mich nicht eingelassen.«

»Hinaus mit Ihnen!«

»Gestatten Sie mir wenigstens, Daria Michailovna, Ihnen untertänigst mitzuteilen, daß Sie mir unrecht getan haben. Selbst wenn Sie fälschlicherweise auf mich böse sind, bitte ich Sie, meine arme Frau und meine Kinder, die unschuldig sind, nicht zu vernichten.«

»Ihre Familie hat mich, auf Ihr Betreiben hin, schon einmal hier belästigt, und ich habe sie fortgeschickt«, entgegnete sie scharf. »Verlassen Sie mein Haus!«

Seine Familie hier – wovon sprach sie da? »Das habe ich nie getan«, erwiderte er wahrheitsgemäß.

Die Gedanken der alten Frau schweiften anscheinend ab. »Zuerst kommt der eine, dann der andere, und dann tun sie, als wüßten sie nichts«, murmelte sie. »Lügner! Von mir bekommen sie nichts.« Offenbar ist die Gräfin nun wirklich senil, überlegte Alexander. »Und schließlich die Kinder! Gesindel! Nattern!« krächzte sie.

»Daria Michailovna«, fuhr Alexander geduldig fort, »ich versichere Ihnen, daß niemand den großen Voltaire mehr verehrt als ich. Aber zur Zeit dürfen diejenigen, die so denken wie Sie, nicht sprechen. Die Kaiserin will davon nichts wissen. Sie können sich denken, daß auch ich vorsichtig sein muß.«

Zuerst sagte Gräfin Turova nichts; dann blickte sie ihn verächtlich an und schleuderte nur ein Wort hervor: »Hinterhältig!«

Welch eine törichte, böse alte Frau sie doch war! Als sie nun wieder vor sich hinmurmelte, wußte er nicht, ob es Selbstgespräche waren oder ob sie mit ihm sprach. »Zu dem einen sagt er dies, zum anderen das. Man kann ihm nicht über den Weg trauen.«

»Sie verstehen nicht. Ich versichere Ihnen ...« begann er.

Sie fuhr dazwischen: »Sie meinen, ich durchschaue Sie nicht. Schon zum zweitenmal schleichen Sie sich hier ein.«

»Aber keinesfalls!« erwiderte er hitzig.

»Lügner! Ich habe ihn gesehen, wie er mitten in der Nacht hier hereingekrochen ist. Dieb! Hat meine Bücher genommen, ist vor mir umhergetanzt wie ein Mondsüchtiger.«

Mein Gott! Sie hatte also doch nicht geschlafen in jener lang zurückliegenden Nacht. Ihre Augen waren offen gewesen, weil sie nicht geschlafen hatte. Alexander hatte natürlich nie daran gedacht, daß die Alte die letzten fünf Jahre über seinen albernen nächtlichen Besuch nachgegrübelt hatte. Wie um alles in der Welt sollte er ihn jetzt erklären?

»Und all dies nur, weil ich ein paar Worte über Voltaire gesagt habe. Was wird aus meinen Kindern, Ihren eigenen Verwandten? Sie wollen sie wirklich enterben?«

»Ihre Kinder interessieren mich nicht im geringsten. Sollen sie doch verhungern! Und jetzt raus mit Ihnen, Verräter!«

Das war zuviel für Alexander. Der Zorn und die tiefe Enttäuschung dieses Tages, vielleicht seines ganzen Lebens stiegen plötzlich hoch und überfluteten alles. »Du alte Hexe!« schrie er. »Du blöde, senile alte Vettel! Du hast überhaupt keine Ahnung. Dein verdammter Voltaire! Du verdammtes Stück!« Er hob die geballte Faust über den Kopf. »Mein Gott, ich bringe dich um!« Er tat einen Schritt auf sie zu.

Es war eher eine Geste der Abwehr, vielleicht wollte er ihr einen Schrecken einjagen. Doch nun sah er zu seinem Entsetzen, wie sie schauderte, die Augen aufriß und in ihre Kissen zurückfiel.

Alexander stand wie versteinert. Es war totenstill. Er blickte zur Tür, wartete, daß Diener auftauchen würden, aber niemand kam. Er blickte zur Gräfin hin. Ihr Mund stand offen. Sie atmete anscheinend nicht mehr. Zitternd trat er zu ihr und fühlte vorsichtig ihren Puls. Er spürte nichts. Eine Zeitlang starrte er sie an, bis ihm klar wurde, daß sie tot war. Sie mußte wohl einen Herzschlag erlitten haben. Alexander bekreuzigte sich. Nach einer Weile erkannte er die Bedeutung des Vorgefallenen. »Gott sei Lob und Dank«, flüsterte er. Sie war gestorben und hatte ihr Testament vorher nicht geändert. »Nun bin ich doch noch gerettet.«

Vorsichtig schlich er sich auf den Gang und blickte sich um. Alles war still. Er gelangte unbemerkt in Madame de Ronvilles Wohnung, die er wieder von außen verschloß. Dann ging er rasch zu seiner wartenden Kutsche an der Strelka.

Während Alexanders Kutsche über die Brücke auf den Petersplatz zurollte, flatterten Gräfin Turovas Augenlider, bis sie sich schließlich öffneten. Sie hatte eine Weile in tiefster Ohnmacht gelegen, aber sie hatte keine Ahnung, wie lange. Es war nicht verwunderlich, daß Alexander sie für tot gehalten hatte; da er keine Erfahrung mit alten Menschen hatte, wußte er nicht, daß der Puls oft fast unmerklich schlägt. Die Gräfin versuchte, ihre Kräfte zu sammeln, dann rief sie nach ihrer Zofe, die sich anscheinend immer noch unten aufhielt. Vorsichtig drehte sie sich um und ließ ihre Beine über den Bettrand gleiten. Sie hielt sich am Nachttisch fest und prüfte, ob sie gehen konnte. Dann begab sie sich zu dem kleinen Schreibtisch, zog einen Bogen Papier aus der Schublade und las nachdenklich; die Gräfin hatte keine Ahnung, was der Inhalt bedeutete, aber ganz sicher hatte er eine Bedeutung.

Dieser Brief war Alexander aus der Tasche gefallen, als er in jener Dezembernacht fünf Jahre zuvor den verrückten Tanz in ihrem Zimmer aufgeführt hatte. Er war mit »Colovion« unterzeichnet.

Alexander konnte in dieser Nacht nicht schlafen. Er nahm seinen Weg zur Uferstraße, ging langsam über den großen Platz, wo Peters mächtige Statue aufragte, weiter an den langen, kahlen Wänden der Admiralität entlang und schaute auf die weite Fläche vor dem Winterpalais und die anschließende Eremitage. Zur Linken zog sich das breite, fahle Band der Neva hin. Auf der Strelka inmitten des Flusses lag ein heller Schein. Als Alexander stehenblieb und nach Norden sah, entzündete sich die frühe Morgenröte hinter dem Horizont über der arktischen Ödnis.

Eine unwirkliche Jahreszeit. Eine unwirkliche Stadt. Als Alexander die vergangenen zehn Jahre seines Lebens Revue passieren ließ und an die seltsamen Ereignisse dieses Tages dachte, kam es ihm so vor, als sei seine Existenz nichts als eine kleine Statistenrolle auf dieser riesigen Petersburger Bühne. War nicht alles wie ein Schauspiel? War nicht die arme Kaiserin Katharina mit ihren jungen Liebhabern ein pathetisches Trugbild? War Peters des Großen Vision von Rußland als einem gewaltigen Kontinentalreich nur ein wilder Traum, unmöglich, je Wirklichkeit zu werden?

»Nun, die ganze Stadt ist nichts als ein riesiges Potemkinsches Dorf«, murmelte Alexander vor sich hin, »nichts als Fassaden. Und was war dann mein Leben, mein Spiel um Macht, meine Liebe zum Prunk, mein Wunsch nach irdischer, ja himmlischer Belohnung? War dies alles eine einzige Illusion?«

Als er sich langsam auf den Heimweg machte, sagte er leise: »Ja, es ist alles Einbildung, maßlose Einbildung.«

Er war so sehr in seine Gedanken über diese große Sinnlosigkeit vertieft, daß er, als er endlich am frühen Morgen heimkam, nicht einmal die kleine Kutsche vor seinem Haus bemerkte, auch nicht die Gruppe von Männern, die ihn erwartete. Er blickte überrascht auf, als einer davon auf ihn zutrat und leise zu ihm sagte: »Staatskanzler Bobrov, Sie müssen uns begleiten. Sie sind verhaftet.«

In der Zelle war es stockfinster; es gab keinerlei Licht. Alexander wußte nicht, wie lange er schon hier war, aber da die Tür zweimal einen Spalt geöffnet worden war und eine Hand eine Brotkruste und einen kleinen Krug mit Wasser hereingeschoben hatte, schätzte er, daß es sich um ein bis zwei Tage handelte.

Der Raum war sehr klein. Alexander fand heraus, daß er sich nach zwei großen Schritten den Kopf an der gegenüberliegenden Wand anstieß. Dies mußte eine Zelle in der gefürchteten Peter-und-Pauls-Festung sein. Er hätte gern gewußt, ob die Zelle über oder unterhalb des Wasserspiegels lag, wahrscheinlich darunter.

Warum hatte man ihn wohl eingesperrt? Aufgrund welchen Vergehens? Der Polizeibeamte hatte es ihm nicht gesagt, wahrscheinlich wußte er es nicht. Es blieb ihm nichts anderes übrig, als sich ruhig zu verhalten.

Ein weiterer Tag verging, und niemand kam. Ob man ihn wohl so lange hier lassen würde, bis er starb? Am Ende des dritten Tages holten sie ihn heraus. Minuten später stand er in einem großen Raum und blinzelte in das schmerzende Licht. Alexander fragte den einzigen Wachmann, was nun geschehe.

»Sie werden verhört«, war dic barsche Antwort gewesen.

»Oh, von wem?«

»Wissen Sie das nicht?« Der Wachmann grinste. »Von Scheschkovskij persönlich natürlich.« Dann lachte er. »Sie werden schon reden.«

Alexander begann zu zittern. Jeder wußte über Scheschkovskij Bescheid – er war der am meisten gefürchtete Inquisitor von ganz Rußland. Der große Fragesteller hatte selbst Radischtschev, den radikalen Autor, ohne weiteres zur Strecke gebracht. Es hieß, seine Opfer könnten froh sein, wenn sie die Befragung lebend überstünden. Aber ich bin ein Adliger, sagte Alexander sich. Dem Gesetz nach darf er mich nicht foltern, mir nicht die Knute geben. Das Gericht mußte ihm seinen Adelsstand aberkennen, ehe man ihm eine solche Schmach antun konnte.

Jemand drückte ihn auf eine Bank. Eine grelle Lampe wurde auf ihn gerichtet. Gleich darauf war ihm bewußt, daß noch eine Gestalt im Raum war. Er konnte sie nicht erkennen, weil er geblendet war, aber er hörte eine Stimme, die leise sagte: »Nun erzählen Sie mir von Colovion.«

In den folgenden drei Wochen war Alexander Bobrov manchmal am Rand des Wahnsinns. An manchen Tagen ließ man ihn in seiner Zelle. Doch gewöhnlich warteten sie nur, bis er eingeschlafen war; dann schleppten sie ihn zurück in den erleuchteten Raum und richteten den Schein der Lampe auf sein Gesicht, oder sie zwangen ihn, ständig umherzulaufen, damit er nicht einschlafen konnte. Der Inquisitor kam in unregelmäßigen Abständen. Wenn Alexander fragte, warum er festgehalten werde, bekam er eine unklare und deshalb um so erschreckendere Antwort: »Ich glaube, Sie wissen es!« Oder: »Vielleicht wollen Sie es mir sagen, Alexander Prokofievitsch.«

Er wurde nicht gefoltert. Aber keine Folter, das wurde ihm nun klar, kann schlimmer sein, als wenn man ständig am Schlafen gehindert wird. Er verstand inzwischen auch, warum dieser Vernehmungsbeamte so gefürchtet war. Er quälte vor allem die Seele.

Allmählich, mit jedem Tag, mit jeder Befragung verlor Alexander einen Teil seiner Urteilsfähigkeit. Es war ein unterschwelliger Prozeß. Als er etwa jegliche Verbindung zu Colovion leugnete, widersprach ihm der Beamte nicht. Doch gegen Ende der Befragung ließ er Alexander mit ein paar ruhigen, gelassenen Worten wissen, daß er über den Professor und die Rosenkreutzer informiert sei. Wahrscheinlich, so dachte Alexander, hat er den Professor ebenfalls verhört. Wie aber konnte er von ihrer Verbindung wissen? Ob der Professor gesprochen hatte? Vielleicht.

Es kam auch anderes zur Sprache. Der Vernehmungsbeamte wollte etwas über Alexanders Artikel hören, die er Jahre zuvor zu Themen wie etwa die Befreiung der Leibeigenen verfaßt hatte. Diese Artikel waren nicht unter Alexanders Namen veröffentlicht worden. Wie kam es nur, daß die Stimme der unsichtbaren Person es ohne weiteres hinnahm, wenn er etwas leugnete, und daraufhin mit unglaublicher Genauigkeit einige Zeilen wiederholte, die er vielleicht zehn Jahre zuvor geschrieben hatte?

Nach einer Woche hatte Alexander das Gefühl, der Beamte wisse nun alles über ihn, was man nur wissen konnte. Nach zwei Wochen hatte sein verwirrtes Gehirn den Eindruck, der Mann wisse mehr über ihn als er selbst. Nach drei Wochen hielt Alexander den Beamten für allwissend, gottgleich. Was also hatte es für einen Sinn, irgend etwas vor dieser Stimme, dieser gütigen Stimme zu verheimlichen, die ihm doch nur helfen wollte, sein Herz zu öffnen, damit er endlich einmal wieder schlafen konnte? Am einundzwanzigsten Tag sprach er schließlich.

An einem feuchtkühlen Oktobermorgen verließ Alexander die Peter-und-Pauls-Festung. Er saß hinten in einem kleinen, offenen Karren und war an Händen und Füßen gefesselt. Vorn saßen der Fuhrknecht und ein Soldat mit einer Muskete. Zwei Reiter begleiteten die Fuhre.

Seltsamerweise fühlte Alexander sich im Frieden mit der Welt. Er saß ganz ruhig und betrachtete die vorbeiziehende Stadt. Seine Kleider waren zerfetzt, sein Kopf unbedeckt, doch das machte ihm wenig aus. Jenseits des Flusses hatte er einen raschen Blick auf den bronzenen Reiter in der Ferne. Da waren das Winterpalais und die Eremitage.

Es war merkwürdig: Er hatte alles verloren, und doch fühlte er sich besser als in all den Jahren davor. Er fühlte sich aller irdischen Sorgen enthoben. Vielleicht war es sein persönlicher Charakterzug, vielleicht gehörte es zum russischen Wesen – jedenfalls wurde ihm klar, daß er sich nur in extremen Lebenssituationen mit sich selbst eins fühlte. Gebt mir einen Palast oder eine Mönchszelle, dachte er, es ist mir egal. Auf alle Fälle hatte er noch Glück gehabt. Er war nur zu zehn Jahren verurteilt worden.

Er hatte es am vorhergehenden Tag erfahren. Nach dem Ende der Verhöre war er mehrere Wochen lang in einer Zelle mit Fenster gefangengehalten worden. Er durfte weder Besucher noch Nachrichten aus der Außenwelt empfangen. Er wußte immer noch nicht, welcher Verbrechen man ihn beschuldigte. Am Morgen teilte der Vernehmungsbeamte ihm das Urteil mit.

»Ihr Verfahren lief gut«, verkündete er wohlwollend. Wie üblich bei solchen Verfahren war die Urteilsfindung eine kurze, informelle Angelegenheit, bei der der Angeklagte nicht anwesend war. »Die Kaiserin wollte Sie zu fünfzehn Jahren verurteilen; das jedenfalls hat Ihr Freund, der Professor, bekommen. Aber Ihre Frau hat der Kaiserin einen Brief geschrieben, einen sehr schönen, das muß ich schon sagen – und so waren wir nachsichtig. Übrigens haben Sie noch mehr Glück gehabt, doch davon wird Ihnen Ihre Frau berichten.«

Tatjana hatte er einige Stunden später gesehen. Da erfuhr er, daß die Gräfin noch am Leben war. »Sie hat allen Leuten in St. Petersburg erzählt, daß du sie hast ermorden wollen«, sagte Tatjana. »Sie ging noch am selben Abend zur Polizei und sagte ihnen, man solle dich verhaften. Und dann«, sie hielt einen Augenblick inne, »gibt es anscheinend noch andere Anklagepunkte. Es heißt, du seist Freimaurer.«

Katharina die Große führte im Sommer 1792 einen plötzlichen Schlag gegen die Freimaurer. Wahrscheinlich war das eine Folge von Novikovs Verhör, bei dem er etwas über die Existenz des geheimen inneren Ordens der Rosenkreutzer aussagte. Wie aus historischen Zeugnissen hervorgeht, hatten die Behörden selbst hinterher nur eine sehr unvollkommene Vorstellung von der Organisation des Ordens. Da die Rosenkreutzer jegliche Korrespondenz verbrannten, war die volle Mitgliederzahl nie erfaßbar. Die Verbindung zum Großfürsten Paul war nicht zu beweisen, doch die Kaiserin war unnachgiebig. Der Orden war geheim, seine Mitglieder wahrscheinlich radikal. Sie mußten beseitigt werden. Männer mit bedeutenden Beziehungen wie der Fürst wurden unauffällig ins Exil auf ihre Besitzungen geschickt. Der Buchhändler, der Freimaurer-Traktate verbreitet hatte, sollte verhaftet und später mit strengster Verwarnung entlassen werden. Am Professor würde ein Exempel statuiert werden. »Ich wünsche außerdem«, erklärte die Kaiserin, »daß ebenso mit einer Person aus St. Petersburg und einer weiteren aus Moskau verfahren wird.«

Deshalb war es ein höchst glücklicher Umstand, daß der Inquisitor Scheschkovskij mit der überraschenden Nachricht zu ihr kam, genau den Mann, den sie dafür brauchten, entdeckt zu haben. Als die Kaiserin hörte, um wen es sich handelte, war sie höchst angetan.

Wie aber konnten sie nur soviel über mich wissen, fragte Alexander sich.

»Madame de Ronville berichtete mir, wie das kam«, sagte Tatjana. »Sie besuchte mich nach deiner Verhaftung. Anscheinend hatte die Gräfin irgendeinen Brief von Professor Novikov, jenem Freimaurer. Sie wußte nicht, worum es sich handelte, und so zeigte sie ihn den Behörden. Daraufhin suchte ein Mann namens Scheschkovskij sie auf. Kennst du ihn?«

»Ja, ich kenne ihn.«

»Er blieb den ganzen Nachmittag bei ihr. Sie zeigte ihm eine Reihe von Artikeln, die du vor Jahren geschrieben hast. Er war sehr interessiert.«

Alexander konnte sich die Szene ausmalen: die alte Gräfin und der mit allen Wassern gewaschene Vernehmungsbeamte. Wie einfach mußte es für ihn gewesen sein, alle für ihn wichtigen Informationen von ihr zu erfahren! Kein Wunder, daß er alles über Alexander zu wissen schien.

»Ja, sie hatte ihre Rache«, meinte er traurig.

»Trotzdem gibt es eine ganz kleine gute Nachricht«, sagte Tatjana. »Du wirst nicht in die Festung gesperrt wie der Professor. Du kommst ins Kloster von Russka.«

1796

Wie langsam, wie ruhig die Jahre vorübergingen! Alexander Bobrov horchte auf die Glocke, die die Mönche zum Gebet rief, und so wußte er immer, welche Stunde es war. Die Zelle war ziemlich geräumig, die Wände weiß verputzt, und es gab ein hohes, vergittertes Fenster.

Er durfte Bücher haben, aber kein Schreibgerät. Ein Mönch gab ihm ein Psalmenbuch. Tatjana, die sich die meiste Zeit in Russka aufhielt, durfte ihn einmal im Monat besuchen und brachte gewöhnlich die Kinder mit. Es war merkwürdig, dem eigenen Besitz so nahe zu sein – und doch so fern. Das Kloster war natürlich nur noch ein schwacher Abglanz seiner selbst. Als er es als Kind besuchte, gehörten noch die umliegenden Ländereien bis zu seinem Besitz, dem Dorf Sumpfloch, dazu. Seit jedoch Katharina alle kirchlichen Ländereien übernommen hatte, gehörten die darauf arbeitenden Bauern alle dem Staat. Das Kloster war nur noch eine verlorene Ansammlung von Ordensgebäuden inmitten staatseigener Felder. Es war früher niemals ein Gefängnis gewesen, überlegte Alexander. Zwanzig Jahre zuvor aber war Katharina zu dem Schluß gekommen, daß sich das kleine Kloster in Russka gut für Gefangene eigne, die auf ihr Verfahren warteten. Seither wurde es auf diese Weise genutzt. Augenblicklich gab es allerdings nur zwei Gefangene, und sie waren in derselben Zelle eingesperrt: Alexander und sein merkwürdiger Genosse.

War es Zufall oder ein boshafter späterer Einfall der Kaiserin, daß man Alexander mit diesem Burschen zusammen in eine Zelle steckte? Wahrscheinlich letzteres. Der Mann war sehr groß und hager, ein bißchen älter als Alexander, hatte einen langen, wehenden Bart und tiefliegende schwarze Augen, die mit brennender Intensität aus ihren Höhlen blickten. Es wirkte merkwürdig – da keinerlei psychische Ähnlichkeit vorlag –, als er am ersten Tag verkündete, er sei Katharinas Gemahl, der ehemalige Zar Peter III.

Er war völlig harmlos. Alexander vermutete, daß es sich um einen Staatsbauern irgendwo aus dem Norden handelte. Der Bursche konnte weder lesen noch schreiben, saß meistens da und starrte die Wand an. Alexander nannte ihn bei sich den »Falschen Peter«. Sie kamen gut miteinander aus.

Wenn Tatjana ihn besuchte, wurde Alexander in eine andere Zelle gebracht, wo sie sich ungestört unterhalten konnten. Er freute sich auf diese Begegnungen. Tatjana war immer ausgeglichen und liebevoll. Sie saß da mit den Kindern und erzählte ihm das Neueste von draußen. So erfuhr er von den furchtbaren Ereignissen in Frankreich, wie die Jakobiner den König und seine Frau Marie Antoinette hingerichtet hatten. Er erfuhr, daß Polen schließlich ganz von den benachbarten Mächten eingenommen worden und zum größten Teil eigentlich eine russische Provinz sei. »Es läßt sich nicht leugnen, daß Kaiserin Katharina außerordentlich erfolgreich war«, bemerkte Tatjana.

Jedesmal wenn sie kam, fragte Alexander mit munterem Lächeln und leichter Ironie »Was gibt's Neues aus der großen Stadt?«

Diese Frage bezog sich nicht auf St. Petersburg, sondern auf Russka. Der Ort war eigentlich keine Stadt. Er hatte kaum mehr als tausend Einwohner, und als Zufahrtsstraße diente ein Schotterweg. Aber als Katharina die örtliche Verwaltung fünfzehn Jahre zuvor reformiert hatte, beschloß man, diesen kleinen, rückständigen Ort, zumindest auf dem Papier, zur Stadt zu erheben. Es gab im russischen Reich Dutzende, wenn nicht Hunderte solcher Städte.

Alexander bewunderte Tatjana. Sein Vater hatte am Abhang oberhalb von Sumpfloch ein bescheidenes Holzhaus errichtet, es jedoch nie bewohnt. Tatjana hatte es vollständig in Ordnung gebracht. Sie beaufsichtigte die Ländereien. Den Kindern ging es gut. »Langweilst du dich denn nicht schrecklich?« fragte Alexander häufig.

»Überhaupt nicht«, war jedesmal ihre Antwort. »Ich finde, daß ich gut aufs Land passe.«

Wie gut sie aufs Land paßte, begriff Alexander erst allmählich. »Ich habe das Petersburger Haus verkauft«, berichtete sie am Anfang des ersten Jahres. Zwei Monate später hieß es dann: »Ich hoffe, du hast nichts dagegen, Aljoscha, daß ich den Verwalter entlassen habe.«

Ein Jahr darauf hieß es nach einer guten Ernte: »Ich baue zwei kleine Flügel an das Haus an. Sie werden dir sicher gefallen.« Und als er eines Tages erklärte, nach seiner Entlassung werde er versuchen, einen Teil ihrer Schulden zurückzuzahlen, küßte sie ihn lächelnd und flüsterte: »Wir haben keine mehr, mein Liebling.«

»Aber wieso? Wer hat uns das Geld gegeben?«

»Niemand, Aljoscha. Der Besitz wirft viel ab, weißt du. Und unsere Ausgaben hier auf dem Land sind gering«, fügte sie mit spitzbübischem Lächeln hinzu.

Nachdem sie gegangen war, seufzte er und murmelte: »Das Beste, was ich je für meine Familie getan habe, war tatsächlich, daß ich ins Gefängnis gegangen bin.« Diesem unbequemen Gedanken folgte sogleich ein zweiter: Was nütze ich meiner Familie überhaupt, wenn ich entlassen werde? Tatjana hat ja alles übernommen. Obwohl er seine Frau liebte und bewunderte, grübelte er oft darüber nach.

Kurz vor dem Weihnachtsfest des Jahres 1795 hörte Alexander einen Schlitten im Klosterhof vorfahren; er wurde von seiner Zelle in die Besucherzelle gebracht, und bald darauf wurde eine Person im Pelzmantel hereingeführt.

Es war Adelaide de Ronville. Sie hatte der Stadt Vladimir einen Besuch abgestattet. »Im Schlitten ist es nicht sehr weit nach Russka, weißt du?« erklärte sie mit leichtem Schulterzucken.

Alexander lächelte. Es rührte ihn, daß sie diese Reise unternommen hatte.

»Wie bist du hereingekommen? Hast du die Mönche bestochen?« Sie nickte.

»Laß mich dich ansehen«, bat er und half ihr aus dem Mantel.

Da stand sie. Sie war nun siebzig Jahre alt. Die Linien auf ihrem Gesicht bildeten ein verästeltes Netzwerk, doch als sie zu ihm aufsah, fand Alexander, daß sie nur betonten, was immer schon dagewesen war. Sie verzog spöttisch ihren Mund. »Ich werde alt. Heutzutage gibt es nicht mehr allzuviel Erfreuliches.«

»Das sehe ich anders.«

Sie unterhielten sich eine Weile. Er erkundigte sich nach der Gräfin und hörte, daß sie sehr gebrechlich, sonst aber unverändert sei. Ob sie ihm vergeben habe? »Natürlich nicht.« Er fragte Adelaide nach ihrem Leben. Hatte sie einen neuen Liebhaber?

»Vielleicht. Vielleicht auch nicht. Das ist nicht wichtig.« Sie sprachen leise, wie immer, bis ein Mönch kam und Adelaide bedeutete, daß sie nun gehen müsse.

Stunden nach Adelaides Weggang zitterte Alexander noch immer. Er war selbst überrascht von seinen Emotionen. Nun verstand er ganz, daß er immer ein Gefangener dieser Verbindung bleiben würde, in der er der Leidenschaft so nahe gewesen war wie nie sonst in seinem Leben.

Am letzten Tag des Jahres 1796, wenige Wochen nach dem Tod der Kaiserin Katharina der Großen von Rußland, wurde Alexander Bobrov nach nur vier Jahren Haft aus dem Gefängnis entlassen. Als eine seiner ersten Amtshandlungen hatte der neue Zar Paul eine Amnestie für fast alle Feinde seiner verhaßten Mutter erlassen. Alexander kehrte auf seinen nahe gelegenen Besitz zurück.

Drei Monate später starb die Gräfin Turova. »Damit ging wahrhaftig eine Ära zu Ende«, hieß es allgemein. Sie hinterließ den größten Teil ihres Vermögens einem entfernten Vetter Alexanders, und ein Viertel erhielt Adelaide de Ronville, die bald darauf heiratete.

Das Duell

1802

Hoch im blauen Septemberhimmel schwebte eine blasse Sonne. Vereinzelt zogen weiße Wölkchen über die endlose Ebene. Sie kamen von Osten, überquerten die alte Grenzstadt Niznij Novgorod und schwebten nach Westen, in Richtung Moskau, hinweg über alte russische Städte – Rjazan, Murom, Suzdal und das prächtige Vladimir – oder über den schmalen, glitzernden Flußlauf, der sich seinen Weg durch den Wald bis hinunter zu dem Städtchen Russka und weiter zum nächsten Dorf bahnte.

Zwei Bauern standen am Flußufer und unterhielten sich. Hinter ihnen lag das Dörfchen, das Alexander Bobrov gehörte. Der Ort hatte sich in letzter Zeit beachtlich entwickelt. Es gab nur einen Holzsteg über den Fluß, und für die Fußgänger waren Bretter über die morastigen Stellen gelegt worden. Die Hütten befanden sich in gutem Zustand. Einige wenige, obwohl sie noch die Anordnung der traditionellen Bauern-*isba* zeigten, hatten ein Obergeschoß und geschnitzte Fensterläden – ihre Besitzer waren offensichtlich wohlhabend.

Die beiden Männer waren Vettern, wenn auch durch zwei Generationen getrennt. Sie stammten mit fünfzehn anderen Familien des Dorfes vom Mädchen Marjuschka ab, der einzigen Überlebenden des furchtbaren Kirchenbrands während der Regierungszeit Peters des Großen. Sie war lange danach ins Dorf zurückgekehrt. Zufällig waren beide Männer auf den Namen Ivan getauft.

Ansonsten gab es jedoch keine Ähnlichkeit zwischen ihnen. Ivan Suvorin war ein bärtiger Riese mit markantem Gesicht. Er überragte alle Männer des Ortes um Haupteslänge. Es hieß, er könne mit seinen kräftigen Armen ein Pferd heben.

Sein Vetter dagegen war nur mittelgroß und recht unauffällig. Er hatte gewelltes, volles Haar, sanfte blaue Augen, und wenn er Lust dazu hatte, sang er wunderschön. Er war ein freundlicher Mensch, wenn auch manchmal depressive Anwandlungen ihn zu plötzlichen Zornesausbrüchen oder zu Tränenströmen verleiteten. Aber nur selten tat er jemandem weh. Er hieß Ivan Romanov.

Er freute sich, daß er den gleichen Namen hatte wie das Herrscherhaus, aber tatsächlich war der Name, den sich die kaiserliche Dynastie im 16. Jahrhundert gewählt hatte, einer der häufigsten in Rußland. Die beiden Männer waren Leibeigene Alexander Bobrovs. Aber während Romanov das Land bestellte und kleinere Holzschnitzereien anfertigte, um zusätzlich für die Zahlungen an seinen Herrn Geld zu verdienen, war Suvorin ein geborener Unternehmer. Er hatte eine Tuchweberei aufgebaut und verkaufte die Ware bisher auf dem kleinen Markt in Russka. Kürzlich hatte er jedoch herausgefunden, daß er in Vladimir, das eine Tagesreise entfernt lag, einen besseren Preis erzielen konnte. Und nun wollte er Seidenband herstellen. Seine Frage war, ob der Vetter sich daran beteiligen wolle.

Die beiden Männer waren in Begleitung von Suvorins zehnjährigem Sohn. Er hieß Savva und war die kleinere Ausgabe seines Vaters, auch was Stolz und Unnachgiebigkeit betraf.

»Seidenbänder bringen viel ein. Es ginge uns allen gut, wenn du dich mit uns zusammentätest«, meinte Suvorin.

Romanov zögerte noch. Er konnte das Geld gebrauchen, doch etwas ging ihm durch den Kopf – es war der Junge, Savva. Er war zehn Jahre alt, aber Ivan Romanov hatte ihn noch nie lächeln sehen. »Nein«, sagte er, »ich glaube, ich bleibe lieber bei meiner Schnitzerei.«

»Wie du meinst. Ich kann dich nicht zu deinem Glück zwingen«, antwortete Suvorin. Und so gingen sie auseinander.

An ebendiesem Tag wurde Alexander Bobrov noch einmal Vater. Als er das Kind im Arm hielt und es betrachtete, hatte er widerstreitende Gefühle. Dann blickte er Tatjana an, die in all den Jahren so viel für ihn durchgemacht hatte, und er lächelte ihr liebevoll zu. »Es ist ein Junge«, sagte er. Leider war es nicht sein Sohn.

Es hatte ihn tief verletzt, daß Tatjana ihn gegen Ende des vorangegangenen Jahres betrogen hatte. Seltsamerweise gerade in dem Augenblick, als er neue Hoffnung geschöpft hatte.

Die vergangenen fünf Jahre waren entmutigend gewesen. Wenn Zar Paul ihn auch aus der Haft entlassen hatte, zeigte er doch keinerlei Interesse an den Diensten des ehemaligen Staatskanzlers, und Alexander fühlte sich auf dem Gut, das seine Frau so zuverlässig ohne ihn geführt hatte, reichlich überflüssig. Andererseits jedoch war es zu jener Zeit entschieden besser, außerhalb von St. Petersburg zu leben. Der Zar hatte bald zu kränkeln begonnen und war schließlich dem Wahnsinn verfallen. Als eine Gruppe patriotischer Offiziere ihn 1801 ermordete und seinen Sohn auf den Thron brachte, atmete ganz Rußland auf – erleichtert und hoffnungsvoll.

Auch Bobrov war voller Erwartung. Der junge Zar Alexander war Katharinas Enkel, den sie selbst unterwiesen hatte: Alleinherrscher über alle Russen und doch ein Kind der Aufklärung. Manche nannten ihn den Engel. Die Familie Bobrov wollte den Winter dieses Jahr in Moskau verbringen. Im November ließ Bobrov, erfüllt von neuer Energie, Tatjana und die Kinder in Moskau und fuhr allein nach St. Petersburg. Vielleicht, daß es jetzt eine Stellung für einen Mann mit seinen Fähigkeiten gab? Zwei Monate verbrachte er in der Hauptstadt, es wurden ihm auch einige hoffnungsvolle Versprechungen gemacht, aber letztlich erreichte er nichts. Im Januar kehrte er zurück.

Tatjana lernte während dieser Zeit einen jungen Husarenhauptmann kennen; er nahm sie völlig für sich ein, ehe er mit seinem Regiment in die Ukraine weiterzog. Dieser witzige, amüsante Mann konnte bereits eine ganze Reihe ähnlicher Affären für sich verbuchen. Er war fünfundzwanzig, Tatjana einunddreißig Jahre alt.

Der Hauptmann verhielt sich diskret. Alexander wußte nicht mit Sicherheit, ob es überhaupt eine Affäre gegeben hatte, bis es sich im Frühjahr nicht mehr verheimlichen ließ: Tatjana war schwanger. Was sollte er tun? Er dachte an ein Duell, erfuhr jedoch, daß der Bursche in einem Scharmützel an der Grenze gefallen war. So verlor er über die Affäre kein Wort mehr. Das Kind würde als sein eigenes behandelt werden.

Der Junge wurde nach dem heiligen Sergius benannt, dessen Fest dem Geburtstag am nächsten lag, und hieß also Sergej. Dazu kam die Ableitung seines Vatersnamens, und das ergab Sergej Alexandrovitsch.

»Sergej.« Tatjana lächelte, dann flüsterte sie den Kosenamen: »Serjoscha, mein Kleiner!«

»Natürlich wird er nichts von mir erben«, sagte Alexander sehr ruhig. »Wenn ich sterbe, bekommst du deinen Witwenanteil. Davon kannst du für ihn sorgen. Bis dahin komme ich für seine Erziehung auf.«

Tatjana senkte den Kopf. Das Thema wurde nicht wieder berührt. Ein halbes Jahr danach nahm Alexander wieder die eheliche Beziehung zu seiner Frau auf. 1803 wurde eine Tochter, Olga, geboren.

1812

Welch eine turbulente Zeit war das, diese Tage zwischen Krieg und Frieden. Wer hätte gedacht, daß aus dem Feuer der Französischen Revolution – dem Feuer von Freiheit, Gleichheit, Brüderlichkeit – dieser Eroberer hervorgehen würde, der die ganze Welt zum Erzittern brachte? Napoleon: Held für die einen, Ungeheuer für die anderen. Wahrscheinlich gedachte er, wie Julius Caesar oder Tschingis Khan, die Welt zu regieren. Zar Alexander hatte wohl versucht, Rußland vor den Schrecken der europäischen Kriege zu bewahren. Doch es hatte den Anschein, als bereiteten sich im Frühjahr 1812 Napoleon und seine gewaltige Armee auf eine Invasion vor. Ganz Rußland zitterte. Die orthodoxe Kirche erklärte Napoleon zum Antichrist. Der Zar rief das Land zu den Waffen.

Es war ein kalter, trüber Tag kurz vor Frühlingsanfang. Die Erde war noch von Schnee bedeckt. Die Familie Bobrov saß im Wohnzimmer ihres Landhauses und wartete auf Nachrichten.

Es war ein typisches Landhaus: eine zweistöckige, etwa vierundzwanzig Meter lange Holzkonstruktion mit grüngestrichenen Wänden und weiß abgesetzten Fenstern. Von dem oben an einem bewaldeten Abhang liegenden Haus war der Blick auf das Dorf nicht möglich. Bäume verstellten die Sicht. Hinter dem Haus befanden sich einige Nebengebäude. Etwas zur Linken lag eine Holzhütte, das Eishaus, wo das Eis des im Winter zugefrorenen Flusses für die warmen Sommermonate gelagert wurde. Zur Rechten des Haupthauses war das Badehaus.

Landhäuser waren in Rußland noch weitgehend unbekannt. Das ritterliche Landgut und das Schloß des Magnaten, wie sie in England oder Frankreich die Regel waren, gab es selbst in Polen, doch im alten Moskauer Reich kannte man sie nicht. Erst nach der Regierungszeit Peters des Großen begannen die Landbesitzer allmählich wie europäische Edelleute zu leben.

Nur mit einer Sache waren die Bobrovs unzufrieden: mit dem Namen ihres Dorfes – Sumpfloch. Solange sie in Russka gelebt hatten, hatte es ihnen nichts ausgemacht. Doch jetzt lebten sie auf dem Gut, und Alexander fand den Namen peinlich. Er hatte verschiedene Namen in Erwägung gezogen, bis er sich für einen entschied, den er von seinem Familiennamen ableitete: Bobrovo. Das blieb von nun an die offizielle Bezeichnung des Dorfes und des Gutes.

In dem Gebiet um Moskau wurden eilig neue Regimenter zusammengestellt. Am Tag zuvor hatte Bobrov einen persönlichen Brief des Militärgouverneurs von Vladimir mit der Bitte erhalten, weitere Leibeigene als Rekruten zur Verfügung zu stellen. Die Bauern des Dorfes hatten am Morgen das Los gezogen, und bald würde Alexander erfahren, wer ausgelost worden war. Sein zweiter Sohn, Alexej, diente mit erst neunzehn Jahren als stolzer Infanterieoffizier.

»Ich fürchte weniger Napoleons Truppen«, sagte Alexander zu Tatjana, »als unsere eigenen Leute.« Die Leibeigenen.

In Berichten über Napoleons große Invasion in Rußland wird häufig übersehen, daß in den Monaten davor viele russische Grundbesitzer eine innere Revolution mehr fürchteten als den Eindringling. In ganz Europa hatte der französische Kaiser auf seinem Eroberungszug verkündet, er befreie im Namen der Revolution die Menschen von ihren Beherrschern; für viele war er ein Held. In Wirklichkeit aber waren von der riesigen Streitmacht, die mit ihm im Jahre 1812 nach Rußland einmarschierte – die legendäre *grande armée* –, weniger als die Hälfte echte Franzosen. Von allen europäischen Kontingenten kämpfte niemand verbissener als jene aus den benachbarten polnischen Territorien, die seinerzeit bei der Aufteilung des unglücklichen Polen von Österreich und Preußen vereinnahmt wurden und die Napoleon tatsächlich befreite. Kein Wunder also, wenn russische Führer fürchteten, daß die von ihnen unterjochten Polen und die unterdrückten russischen Leibeigenen sich erheben könnten, in Sympathie mit dieser Befreiungsarmee.

Während die Welt draußen voller Gefahren war, herrschte im Wohnzimmer, in dem die Bobrovs beieinander saßen, ein stiller Frieden. Alexander und Tatjana saßen auf Lehnstühlen. Sie hielt eine Stickerei in der Hand. Neben dem Feuer saß, in einem Buche lesend, ihr ältester Sohn, der zweiundzwanzigjährige Ilja. Er hatte das runde Gesicht und das helle Haar seiner Mutter. Alexanders Meinung nach hätte der junge Mann, genau wie sein Bruder, als Soldat kämpfen sollen. Tatjana hatte ihn jedoch immer im Hause behalten unter dem Vorwand, er sei zu zart. Doch zart und zerbrechlich war er nur als Baby gewesen.

»Ich finde ihn gar nicht zart«, brummte Alexander, »er ist dick und faul.«

Dann gab's noch den kleinen Sergej. Alexanders Gesicht hellte sich auf, wenn er den Zehnjährigen ansah. Welch ein strahlender kleiner Kerl er doch war mit seinem schwarzen Haar, den lachenden braunen Augen und seiner fröhlichen Art. Er saß mit seiner Schwester Olga am Fenster und zeichnete lustige Bilder, um sie zum Lachen zu bringen. Die beiden waren unzertrennlich.

Schließlich war da noch eine plumpe Bauersfrau Anfang Vierzig – Arina, die Kinderfrau. Soeben hatte sie ihnen aus ihrem unerschöpflichen Märchenschatz erzählt. Auf ihrem Schoß saß ein einjähriges Mädchen, Arinas verwaiste Nichte, die ebenfalls Arina hieß. Die Bobrovs hatten erlaubt, daß sie mit im Haus lebt.

Es war eine heimelige Szene. Auf einem Tisch inmitten des Zimmers befanden sich geflochtene Körbe mit *pirozki* aus Reis und Ei, außerdem anderes Gebäck; auf einer Platte dufteten Zimthörnchen und daneben ein Apfelkuchen. Auf einem Beistelltisch blubberte der unverzichtbare Samovar vor sich hin. Alexander hatte ihn in Moskau gekauft und war sehr stolz darauf. Der Apparat war etwa sechzig Zentimeter hoch, aus Silber und wie eine griechische Vase geformt. Das Wasser darin wurde durch glühende Holzkohle immer auf dem Siedepunkt gehalten.

Plötzlich stand Sergej, der aus dem Fenster gesehen hatte, auf und sagte: »Schau, Papa! Besuch.«

Es waren Ivan und Savva Suvorin, die da kamen. Savva war mit zwanzig Jahren genauso groß wie sein Vater, und nun gab es zwei Riesen im Ort. Beide Suvorins trugen immer Lederstiefel, im Gegensatz zu den meisten russischen Bauern, die Filz- oder Bastschuhe anhatten. Wie mit dem auffallend großen Hut, den jeder Suvorin trug, demonstrierten sie damit ihren Wohlstand. Am Gürtel des Älteren hing ein Geldbeutel. Ivan Suvorin machte aus der Tatsache, daß er Geld hatte, keinen Hehl. Daß die gleiche Anzahl Münzen in die Kleidung des Sohnes eingenäht war, wußte allerdings niemand. »Gott weiß, ob wir sie nicht brauchen«, meinte Ivan. »Bei diesem habgierigen Wolf kann man nie wissen.« Der reiche Leibeigene war auf dem Weg zu seinem Herrn Bobrov, und das Geld sollte das Leben seines Sohnes retten. Schweigend gingen die beiden den Hang zum Haus hinauf.

Alexander Bobrov war glücklich: Das Schicksal hatte sich wohl endlich entschlossen, ihm gnädig zu sein. Als er die beiden Suvorins in seinem Arbeitszimmer vor sich stehen sah, hatte er Mühe, ein Schmunzeln zurückzuhalten. Der Besuch konnte nur eines bedeuten: Geld. Die Frage war nur: Wieviel?

Bobrov war nicht habgierig. Obwohl er früher einmal von Reichtümern geträumt hatte, war ihm das Geldscheffeln immer zuwider gewesen. Doch er hatte Kinder, die versorgt werden mußten, und so war er einträglichen Geschäften nicht abgeneigt.

»Dein Sohn, Suvorin, will also nicht Soldat werden?« fragte er aufgeräumt. Er wandte sich an Savva: »Danach würdest du aber frei sein, das weißt du«, fügte er hinzu.

Seit der Zeit Peters des Großen, als ein bestimmter Prozentsatz der männlichen Bevölkerung Rußlands wehrpflichtig war, gab es ein Gesetz, das Leibeigene, die den Militärdienst geleistet hatten, befreite. Doch was half das, wenn diese fünfundzwanzig Pflichtjahre Wehrdienst einem Todesurteil gleichkamen? Es gab Fälle von Selbstverstümmelung, um diesem Schicksal zu entgehen. Der junge Savva hatte das unselige Los gezogen – zu Alexander Bobrovs großem Glück.

Obwohl die Suvorins Eigentum Bobrovs waren, hatten sie Geld. Ihre Leistungen in den vergangenen zehn Jahren waren beachtlich gewesen. Sie hatten nicht nur große Mengen Seidenband produziert, sondern befehligten einen Stab anderer Leibeigener, die das Tuch aus der Weberei auf dem Markt von Vladimir verkauften.

Der reiche Leibeigene war für Alexander von Nutzen. Während die Leibeigenen auf dem Besitz in Rjazan ihre Abgaben immer noch mit der *barschtschina,* der Drei-Tage-Arbeit, beglichen, ließ er sich von den Leibeigenen in Bobrovo den *obrok* in bar bezahlen, und die Höhe des *obrok* wurde nach Belieben vom Grundbesitzer festgesetzt. In den letzten drei Jahren hatte Alexander den *obrok* Suvorins zweimal erhöht; beide Male hatte der Bursche murrend bezahlt.

Bobrov lehnte sich auf dem Stuhl zurück: »Was also kann ich für euch tun?«

Suvorin verneigte sich tief und verkündete: »Ich komme, weil ich einen Leibeigenen kaufen möchte, Alexander Prokofievitsch.«

Bobrov lächelte. Ja, er hatte Leibeigene zu verkaufen.

Um die Jahrhundertwende hatte die rechtliche Stellung der russischen Bauern ihren tiefsten Punkt erreicht. Die Bauern waren im Grunde Sklaven, gleichgültig, ob Leibeigene als Eigentum eines Grundbesitzers oder an staatliche Ländereien gebundene Staatsbauern, ob wohlhabend wie die Suvorins oder am Rande des Verhungerns. Ein Leibeigener hatte so gut wie keine Rechte. Leibeigene konnten zu jener Zeit gekauft und verkauft werden wie totes Eigentum. Ein hübsches Mädchen oder ein Mann mit besonderen Fähigkeiten konnten einen hohen Preis erzielen.

Natürlich war das im Grunde eine unhaltbare Situation. In seiner radikalen Zeit in den Salons von St. Petersburg während der Regierung Katharinas hätte Alexander das auch bereitwillig eingeräumt. Doch heute sah er die Sache anders, auch wenn allgemein bekannt war, daß der Zar die Praxis der Leibeigenschaft als widerwärtig bezeichnete. Doch selbst der Zar konnte die Leibeigenschaft nicht abschaffen: Der Adel widersetzte sich.

Bei all diesem furchtbaren Seelenhandel war der Verkauf von Männern als Rekruten das Üblichste. Normalerweise wurden diese nicht von Landbesitzern, sondern von anderen Leibeigenen erworben. Ein reicher Leibeigener wie Suvorin ließ demnach seinen eigenen Sohn nicht in den Krieg ziehen; er ging zum Landbesitzer und kaufte einen anderen Burschen, der den Militärdienst anstelle seines Sohnes leistete.

Jetzt ging es nur noch um den Preis. Bobrov überlegte lange, während die Suvorins warteten.

Zufällig trat in diesem Augenblick Tatjana mit dem jungen Sergej ins Zimmer. Die Frau des Grundbesitzers hatte den Betrieb lange genug geführt, um zu ahnen, was die Suvorins hergeführt haben mochte. Sie hatte die beiden finsteren Burschen immer gern gehabt. Fragend blickte sie ihren Mann an. Sergej lächelte den beiden zu.

Konnte es sein, daß ihr Erscheinen Bobrov veranlaßt hatte, den Preis zu ändern? War es die plötzliche Erinnerung an seine Demütigung bei Sergejs Geburt? War es ein Gefühl von Versagen, weil seine Frau während seines Gefängnisaufenthaltes die Geschäfte so erfolgreich geleitet hatte? Was auch der Grund sein mochte – statt der fünfhundert Rubel, die Bobrov ursprünglich verlangen wollte, erklärte er jetzt ruhig: »Ich verlange eintausend Rubel.«

Die beiden Leibeigenen hielten den Atem an. Das war ein ungeheuerlicher Betrag. Der höchste Preis, den selbst die geldgierigsten Landbesitzer bisher für einen Ersatzmann verlangt hatten, waren etwa sechshundert Rubel gewesen.

Die Suvorins sahen einander an. Sie hatten achthundert Rubel dabei. Die fehlenden zweihundert mußten sie unter den Dielenbrettern hervorholen.

Mehr besaßen sie nicht. »Ich könnte eine solche Summe erst morgen vorbeibringen, Alexander Prokofievitsch«, sagte Suvorin verdrossen.

»Also gut, ich lasse einen Leibeigenen von Rjazan kommen, der Savvas Platz einnehmen soll.« Alexander hatte ein plötzliches Glücksgefühl. Es war nicht einfach, den Besitz besser zu führen als seine Frau, aber er hatte entdeckt, daß das Ausnehmen der reicheren Leibeigenen eine Möglichkeit war.

Savva blickte die Bobrovs an. Gegen Tatjana hatte er nichts. Er sah an ihrem unbeteiligten Gesichtsausdruck, daß sie mit der hohen Forderung nichts zu tun hatte. Die übrigen aber, Vater und Söhne, verachtete er zutiefst. Savva wußte, daß diese Bobrovs seine Feinde waren. Und wie er sie so vor sich hatte, traf er eine unwiderrufliche Entscheidung. Er würde sich ihrer entledigen. Vielleicht würde ihn das viele Jahre kosten; er mußte schlau und stark sein, aber er besaß Stärke und Ausdauer. Herr gegen Knecht: Es würde ein Duell sein, vielleicht auf Leben und Tod.

Es war im Oktober des Jahres 1812. Unter einem schwermütigen, bleigrauen Himmel zogen zuerst Flüchtlinge dahin, dann folgten die Truppen.

Die Russen hatten ihr Vaterland verteidigt. Die Leibeigenen hatten sich loyal verhalten. Zuerst kam die Nachricht von der heftigen, doch ergebnislosen Schlacht von Borodino; bald darauf hieß es, Napoleon sei in Moskau einmarschiert. Und dann kam die Feuersbrunst. Ein Turm aus Feuer und Rauch ragte wie ein riesengroßer Pfeiler in den Septemberhimmel zum Zeichen dafür, daß Moskau niedergebrannt und der mächtige Eroberer damit seiner Trophäe beraubt wurde.

Auch Russka war Zeuge der Geschichte. Truppen zogen vorbei, als die russische Armee sich darauf vorbereitete, den Feind an der weiten Krümmung der Oka zu beschatten. Einige Tage davor war es ein ganzes Infanterieregiment gewesen, Soldaten in ihren grünen Jacken und weißen Hosen, dann Kavallerie.

An einem Oktobermorgen um diese Zeit saßen Sergej und seine Schwester Olga mit der Kinderfrau Arina und ihrer kleinen Nichte am Feuer im Kinderzimmer. Jeden Tag hatte es neue Nachrichten und neue Gerüchte gegeben. Napoleon war immer noch in dem ausgebrannten Moskau eingeschlossen. Würde er sich nach St. Petersburg wenden, wo der Zar die Zufahrtsstraßen befestigen ließ, oder würde er einen Rückzug nach Smolensk versuchen? Falls er das tun sollte, erwarteten ihn der bärbeißige Veteran General Kutusov und die Kerntruppe der russischen Armee. Oder versuchte Napoleon in Moskau zu überwintern?

Während der vergangenen Tage war alles ruhig geblieben. Es kamen keine Truppen vorbei. Russka war so still wie eh und je.

»Wenn Napoleon kommt, dann kämpfen wir alle, nicht wahr?« fragte Sergej erregt.

Das brachte Alexander Bobrov zum Lachen. »Aber natürlich, Serjoscha«, war die liebevolle Antwort.

Sergej hatte eine leidenschaftliche Natur. Er liebte seine Familie innig, besonders seine Mutter, die mit ihren zweiundvierzig Jahren zu einer klassischen, eher germanischen Schönheit geworden war. Sie war anders als alle Frauen, die der Junge bisher gesehen hatte, und sie behandelte ihn mit besonderer Sanftheit, was ihn mit Stolz erfüllte. Dann gab es noch den eisernen Alexej, der ständig im Krieg war. Sergej hatte ein bißchen Angst vor ihm, weil er ziemlich kühl und hochnäsig sein konnte. Aber er war schließlich ein Offizier, ein Held. Ilja saß zu Hause. Manche Leute lachten über den ältesten Bruder, weil er dick war und nichts tat. Sergej dagegen sagte voller Bewunderung: »Er hat so viel gelesen; er weiß einfach alles.« Und da war noch sein Vater. Sergej bewunderte ihn. Er sah in ihm einen Adligen vom Scheitel bis zur Sohle und einen Mann von Welt. In Uniform würde er bestimmt fabelhaft aussehen, wie Alexej. Obendrein war er so gebildet wie Ilja. Für seine Überzeugung hatte er sogar im Gefängnis gesessen. Welch ein Glück, einen solchen Vater zu haben!

Das waren Sergejs Helden. Da gab es noch seine Spielkameraden: Olga, das kleine Mädchen mit dem langen dunkelbraunen Haar und den blitzenden Augen. Er nannte sie »die Kleine«, weil sie ein Jahr jünger war als er und er sich als ihr Beschützer fühlte. Jeder von ihnen beiden wußte immer, was der andere dachte. Welch ein Glück, zu einer solchen Familie zu gehören!

Sergej und Olga saßen zu beiden Seiten Arinas. Wie üblich, hatte sie ihnen eine Geschichte erzählt. Ihr liebes, glänzendes rundes Gesicht hatte etwas sehr Tröstliches. Ihr Haar wurde grau, und sie hatte im vergangenen Sommer einen Schneidezahn verloren, trotzdem blieb sie dieselbe.

Sie wollte soeben eine neue Erzählung beginnen, als es unten im Haus plötzlich unruhig wurde und die Stimme der Mutter rief: »Alexej!«

Der Bruder sah großartig aus in seinem pelzgefütterten Mantel. In dem dämmrigen Licht der Diele wirkte er mit seinem dunklen, nachdenklichen Gesicht und den tiefliegenden blauen Augen wie ein Krieger aus einer anderen Zeit.

Alexej lächelte Sergej zu. »Hier«, rief er und holte zu Sergejs Überraschung eine Musketenkugel hervor. »Das ist ein französisches Geschoß. Hat mich knapp verfehlt und schlug in meinen Verpflegungswagen ein.« Sergej nahm sie begeistert.

»Hast du Napoleon gesehen?« rief er.

»Ja.« Alexej grinste. »Er ist fast genauso fett wie Ilja.«

Bald darauf saßen sie um den Eßtisch und lauschten den Neuigkeiten. Nach der Schlacht von Borodino hatte der alte General Kutusov Alexej tatsächlich persönlich belobigt. Nach dem Fall Moskaus wurde er mit Spezialeinsätzen gegen Frankreich beauftragt.

Aber die aufregendste Nachricht kam erst jetzt. »Napoleon verläßt Moskau. Die Franzosen wollen nach Hause.« Alexej nickte nachdenklich. »Aber es ist zu spät. Napoleons Vorräte sind zusammengeschrumpft. Wahrscheinlich denkt er, daß er die Grenze erreicht, ehe der Schnee kommt. Aber selbst wenn es so ist, hat er etwas vergessen: den russischen Morast. Sie werden darin versinken. Unsere Kosaken machen jedes Einsatzkommando nieder, das auf der Suche nach Verpflegung ist. Der Winter holt Napoleon ein, bevor er Smolensk erreicht.«

»Werden wir noch einmal angreifen?« fragte Tatjana beunruhigt.

»Ja, wahrscheinlich. Wenn es aber noch einmal eine so große Schlacht wie die von Borodino gibt, machen wir ihn fertig.«

Alexej konnte nicht über Nacht bleiben. Die Familie stand dabei, als er und sein Vater einander zum Abschied umarmten. Dann war er fort.

Drei Wochen vergingen. Es hatte den ersten Schnee gegeben, und Napoleons aufgeriebene Armee war bis auf einen versprengten Haufen zusammengeschmolzen. Gefallene wurden zurückgelassen.

Zu dieser Zeit bekamen die Bobrovs unerwarteten Besuch. Es war der junge Savva Suvorin.

Alexander Bobrov mochte die Suvorins nicht. Vielleicht hatte er auch ein schlechtes Gewissen wegen seiner übertrieben hohen Geldforderung im Fall des ausgetauschten Rekruten. Sein Gefühl sagte ihm, daß sie ihn weder fürchteten noch achteten.

Nun stand dieser zwanzig Jahre alte Leibeigene mit seinem seltsam würdevollen Gebaren vor Bobrov und brachte ruhig seine höchst ungewöhnliche Bitte vor: »Ich erbitte einen Paß, Herr, um Moskau zu besuchen.«

Als Leibeigener durfte Savva ohne einen Paß seines Herrn nirgendwohin reisen. Das war an sich keine bedeutungsvolle Sache, doch Bobrov blickte ihn argwöhnisch an. »Warum, zum Teufel? Die ganze Stadt wurde doch niedergebrannt!«

»Genau das, Herr. Also ist das Wichtigste für die Leute dort warme Kleidung. Gerade jetzt könnten wir für unser Tuch einen guten Preis bekommen.«

»Das wäre ja Wucher.«

»Das ist Geschäft, Herr«, war die gelassene Antwort des Leibeigenen.

»Nein, ich will das nicht«, schnappte Alexander zurück. »Das ist unpatriotisch.« Und schon war der Leibeigene durch einen Wink hinausgewiesen.

Hinterher überlegte Alexander oft, warum Tatjana sich an jenem Abend in diese unwichtige Angelegenheit eingemischt hatte. Vielleicht tat Savva ihr einfach leid. Sobald er ihr nämlich davon berichtet hatte, bat sie ihn, die Sache doch noch einmal zu überdenken. Schließlich hatte er nachgegeben und einen Paß unterzeichnet.

1817

Es war ein kühner Plan, den Sergej Bobrov ausgeheckt hatte, doch mit einer genauen Zeiteinteilung müßte es gutgehen. Zwei Freunde sollten bestätigen, daß er sich im Hause befinde, ein dritter würde seinen Namen in die Anwesenheitsliste eintragen. Er hatte sich durch Bestechung eines Schulangestellten Pferde für den Hin- und Rückweg gesichert.

Die Schule in Zarskoje Sjelo bei St. Petersburg, in der Sommerresidenz des Zaren, war streng und elitär. Die Schüler hatten die persönliche Erlaubnis des Zaren zur Benutzung seiner Privatbibliothek. Alexander hatte allerlei Beziehungen spielen lassen müssen, damit Sergej aufgenommen worden war.

Die unerlaubte Fahrt würde nicht einfach werden. Es war April, und die Schneeschmelze hatte die Straßen in Morast verwandelt. Und wenn man ihn erwischte ...

Sergej holte unter dem Bett die Schachtel mit seinen persönlichen Papieren hervor. Darin befand sich auch ein Brief seiner kleinen Schwester, den man drei Tage zuvor hereingeschmuggelt hatte.

Lieber Serjoscha,
ich bin sehr unglücklich. Ich wünschte, ich könnte Dich sehen.
Olga.

Lächelnd las er ihn noch einmal. Das Leben an der angesehenen Smolny-Schule für Mädchen in St. Petersburg konnte mitunter hart sein. Es wunderte ihn nicht, daß seine lebhafte Schwester das erste Jahr dort gräßlich fand. Und obwohl das Risiko groß war, hatte er sich nach dem Empfang des Briefes nur eine Frage gestellt: Was würde Puschkin in diesem Fall tun? Puschkin war sein Idol.

Sergej Bobrov fühlte sich wohl in Zarskoje Sjelo. Er faßte rasch auf, war intelligent und begabt. Er zeichnete gut, und seine Verse in Französisch oder Russisch waren besser als die seiner Klassenkameraden. Wenn ich es nur so gut könnte wie Puschkin, war sein heimlicher Wunsch. Puschkin, der schon als Junge kühne Verse verfaßte, der Karikaturen zeichnen konnte. Puschkin mit seiner gelockten Haarmähne, seinen sanften, dabei strahlenden Augen, seinen schwankenden Stimmungen. Er brachte sich oft in heikle Situationen und war ständig hinter den Frauen her. Es war sein letztes Jahr an dieser Schule.

Ebendieser Puschkin hatte Sergej in ernsthafte Schwierigkeiten gebracht. Es hatte mit einer Karikatur begonnen, die zwar skandalös, dabei jedoch komisch war; Puschkin hatte sie nach der endgültigen Niederlage Napoleons gezeichnet. Sie zeigte den engelgleichen Zaren Alexander auf seiner triumphalen Heimkehr; allerdings war er im Westen so dick geworden, daß die Triumphbögen eilends für ihn erweitert werden mußten. Einige Monate später wollte Sergej es seinem Idol nachtun. Seine Zielscheibe war jedoch der neue, außerordentlich fromme Erziehungsminister, einer aus der noblen Familie Golicyn. Die Karikatur zeigte den Minister, der die Mädchen an der Smolny-Schule im Hinblick auf ihre Moral aufs genaueste überprüfte. Obwohl nur wenige Angehörige des Lehrkörpers Sympathie für den autoritären Minister an den Tag legten, erhielt Sergej doch eine strenge Rüge für seine empörende Handlung: »Noch so etwas, Bobrov, und du wirst der Schule verwiesen.«

Welche Probleme Sergej auch zu erwarten hatte, er würde seine Schwester nicht im Stich lassen.

Es war noch dunkel, als Sergej sich frühmorgens aus dem Haus schlich. Ein Diener erwartete ihn mit einem Pferd eine halbe Meile von der Schule entfernt, und bald trabte er die leere Straße nach St. Petersburg entlang. Ein Stück weiter ging das Land in eine trostlose braune Öde über, die von grauen Scharten ungeschmolzenen Schnees durchzogen wurde. Die eisige Luft brannte auf der Haut. Einen Tag zuvor hatte er Olga eine Nachricht zukommen lassen, wo sie ihn erwarten solle. Er konnte ihr blasses Gesicht und ihre strahlenden Augen vor sich sehen und ihre Stimme hören: Ich wußte, du würdest kommen. Er freute sich, daß er eine so schöne Schwester hatte.

Und welch ein Glück war es, als Russe in einer solchen Zeit zu leben! Wohl nie zuvor war die Welt so aufregend gewesen. Die große Bedrohung durch Napoleon war endlich, 1815, mit der Schlacht von Waterloo abgewendet worden. Nun hatten die Engländer den Mann, der Europa in seine Hand hatte bringen wollen, auf die Insel Helena verbannt, von der es kein Entkommen gab. Rußland war inzwischen stärker geworden als je zuvor in seiner Geschichte. Im Südosten, im Kaukasus, war das alte Königreich Georgien endlich dem russischen Reich einverleibt worden. Finnland im Norden war ebenfalls vom Zaren genommen worden. Jenseits des Meeres besaß Rußland nicht nur Alaska, sondern es hatte auch eine Festung in Kalifornien errichtet. Und als größte Trophäe hatte Rußland vom Wiener Kongreß, wo die vereinten Mächte eine Neugestaltung der europäischen Landkarte vornahmen, nahezu das gesamte, ehemals rivalisierende Polen zugesprochen bekommen.

Rußland nahm einen neuen Platz in der Welt ein. Der Kongreß war vom russischen Zaren geleitet worden. Rußland hatte seine eigene, seine Sonderaufgabe proklamiert.

»Machen wir diesen furchtbaren Kriegen und blutigen Revolutionen ein Ende«, hatte der Zar erklärt. »Die europäischen Mächte sollen sich in einer neuen, universellen Bruderschaft, die allein auf christliche Nächstenliebe gegründet ist, zusammenfinden.«

Dies war die berühmte Heilige Allianz. Zugegeben: Derlei großartige Ideen hatte es schon vorher, in den Tagen des Römischen Reiches oder der mittelalterlichen Kirche gegeben, doch die Heilige Allianz mit ihrer mystischen Sprache war etwas zutiefst Russisches. Und als die hinterhältigen westlichen Diplomaten sie mit zynischem Lächeln unterzeichneten und die pragmatischen Briten ihre Unterschrift sogar verweigerten, wußte jeder Russe, daß der Westen korrupt war.

St. Petersburg kam in Sergejs Blickfeld. Die Smolny-Klosterschule lag etwa drei Meilen östlich vom Winterpalais, am Ende des Nevabeckens, wo der Fluß eine Biegung nach Süden machte. Da Sergej Zeit hatte, nahm er einen angenehmen Weg am Ufer entlang, neben dem rosa Granit der Kais, an der großen Statue des Bronzenen Reiters, der alten Admiralität und dem Palais vorbei. Sergej tat einen glücklichen Atemzug. Es war schön, in Petersburg zu sein.

Bald erreichte er die lange, geschlossene Mauer des Smolny-Klosters. Er hatte Olga genaue Anweisungen gegeben. Puschkin hatte ihm von dem kleinen Fenster berichtet, durch das man unbemerkt einsteigen konnte. Es lag etwa drei Meter hoch. Nachdem Sergej eine Stunde dort gewartet hatte, öffnete sich das Fensterchen endlich.

Olga würde vor zwei Stunden nicht vermißt werden. Sie saßen nebeneinander in dem kleinen, weißgetünchten Raum; er hatte ihr den Arm um die Schultern gelegt, und sie ließ ihren Kopf an seiner Brust ruhen, während sie leise miteinander sprachen.

Er liebte sie. Von den übrigen Bobrovs war sie Alexej am ähnlichsten. Sie war schlank, doch keineswegs schwächlich mit ihren langen Gliedmaßen und den schmalen Händen. Ihre tiefblauen Augen blickten mitunter leicht verwundert in die Welt, aber sie konnten plötzlich strahlend und fröhlich sein.

Olga war nicht glücklich, und das war kein Wunder. Die Erziehung in der Smolny-Schule war außergewöhnlich. Neben den typischen Fächern für junge Damen, wie Sticken, Tanzen und Kochen, lernten sie Sprachen, Geographie, Mathematik und Physik – eine fortschrittliche Erziehung, die selbst Besucher aus Amerika erstaunte. Doch die Disziplin war streng. »Wir singen vor jeder Mahlzeit Psalmen«, berichtete Olga betrübt. Dann fuhr sie kopfschüttelnd fort: »Es ist wie im Gefängnis.« Vom Herbst bis zum Frühlingsende, wenn das Schuljahr vorüber war, wurden die Mädchen in Smolny praktisch im Klosterbereich eingesperrt.

Sergej umfaßte sie sanft, ihr langes braunes Haar fiel über seinen Arm. Er ließ sie fast eine Stunde lang sprechen, bis sie allmählich heiterer wurde und schließlich sogar lachte. Dann schmiegte sie sich an ihn und murmelte: »Genug von meinem langweiligen Leben, Serjoscha. Erzähle mir, was draußen vorgeht.«

Es machte ihn stolz, daß sie zu ihm aufblickte. Er steckte voller Ideen, und so dauerte es nicht lange, bis er ihr ein hoffnungsvolles Zukunftsbild entwarf.

»Der Zar wird ein neues Rußland schaffen«, erklärte er ihr. »Mit der Leibeigenschaft geht es zu Ende. Es wird eine neue Verfassung geben.

Denke nur, was er schon in den baltischen Staaten und in Polen geschaffen hat. Das ist die Zukunft.«

Zar Alexander hatte in Litauen und den übrigen baltischen Gebieten nicht nur die Leibeigenschaft aufgehoben, sondern auch dem neu hinzugekommenen Königreich Polen eine sehr liberale Verfassung zugebilligt, daneben ein gewähltes Repräsentantenhaus und Wahlrecht für große Teile der Bevölkerung. Die Zensur war nahezu abgeschafft.

»Und das ist erst der Anfang«, versicherte Sergej seiner Schwester. »Wenn Rußland eine neue Verfassung bekommt, sind wir genau wie England oder sogar wie Amerika!«

Der aufgeklärte Zar Alexander hatte tatsächlich den Rat englischer Diplomaten wie auch des Präsidenten der Vereinigten Staaten, Jefferson, für eine neue Regierungsbildung eingeholt. Jahre davor hatte sein begabter Minister Speranskij einen Vorschlag unterbreitet, der Gewaltenteilung, ein gewähltes Parlament – eine *duma* – und sogar gewählte Richter vorsah. Zu diesem Zeitpunkt war auch ein offizielles Gremium mit der Ausarbeitung eines Plans beschäftigt, nach dem Rußland in zwölf Provinzen mit jeweils umfassender Autonomie aufgeteilt werden sollte.

»Und welche Rolle wirst du in diesem wundervollen neuen Rußland spielen, Serjoscha?« fragte Olga.

»Ich werde ein großer Schriftsteller«, behauptete er kühn.

»Wie dein Freund Puschkin?«

»Ich hoffe es. Weißt du eigentlich, daß es bis zur Zeit Katharinas kaum russische Literatur gab? Leute wie wir schrieben Dichtung oder Schauspiele auf französisch. Niemand verfaßte etwas Lesenswertes in modernem Russisch, bis Lomonossov kam, als unser Vater noch jung war, und der Poet Derzavin, der noch lebt. Du siehst also, daß wir am Anfang stehen«, rief er glücklich. »Du solltest einmal Puschkins Verse hören. Sie sind außerordentlich!«

Olga lächelte. Sie freute sich über die Begeisterung ihres Bruders. »Du mußt fest daran arbeiten, Serjoscha«, meinte sie nachdenklich.

»Natürlich.« Er schmunzelte. »Und was hast du vor, wenn du aus diesem Klostergefängnis herauskommst?« fragte er munter.

»Ich heirate natürlich.«

»Und wen?«

»Einen attraktiven Gardeoffizier.«

Zu seiner Überraschung fühlte Sergej sich traurig bei diesem Gedanken. Hätte er doch dieser Mann sein können!

Er mußte sich wieder auf den Heimweg machen. Es war bereits Nachmittag, als er das Pferd zurückbrachte und die letzte halbe Meile durch den kalten Morast zu Fuß bis zur Schule ging. Es war niemand zu sehen. Heimlich schlich er sich in sein Zimmer, wo seine Freunde ihn erwarten sollten. Er öffnete die Tür und blieb wie angewurzelt stehen.

Der hohe Raum war leer bis auf eine schmale Gestalt in Uniform und Reitstiefeln, die im grauen Licht stand, das durchs Fenster hereinfiel.

»Alexej! Was machst du denn hier?«

»Wo warst du?« Alexejs Stimme war eiskalt. »Seit zwei Stunden sucht man dich in der ganzen Schule.«

»Tut mir leid.« Sergej ließ den Kopf hängen.

»Das hilft nichts«, erwiderte Alexej zornig. »Ich wollte dich besuchen, weil ich geschäftlich hier zu tun hatte. Während ich auf dich wartete, habe ich allerhand über dich erfahren. Du hast Karikaturen vom Minister gezeichnet, und möglicherweise wirst du von der Schule gewiesen. Ich nehme an, du weißt das.«

»Ja.«

»Ich habe sie überredet, dich hierzubehalten. Man sollte dich durchprügeln. Ich bot ihnen an, das selbst zu übernehmen – für die Familienehre.«

Was nur veranlaßte Sergej in diesem Augenblick, etwas zu sagen, was er nicht einmal dachte? Ärgerte ihn Alexejs belehrender Ton? Oder war es der plötzliche Wunsch zurückzuschlagen, weil der von ihm geliebte und verehrte Bruder sich gegen ihn wandte? Es platzte einfach aus ihm heraus: »Zum Teufel mit der Familienehre!«

Alexej blieb der Atem weg. Er hatte nie eine solche Schule besucht; er war so bald wie möglich zu seinem Regiment gegangen. Dienst für den Zaren, Familienehre – das waren seine Leitsterne. Er zischte gehässig: »Das mag ja sein. Aber mir und der übrigen Familie bedeutet sie sehr viel. Und würdest du dich vielleicht freundlicherweise daran erinnern, daß du, obwohl du keiner von uns bist, trotzdem unseren Namen trägst? Wir erwarten, daß du dich entsprechend benimmst. Verstehst du?«

»Was meinst du – keiner von *uns?*«

»Ich meine, du kleiner braunäugiger Eindringling, daß du, zur Schande deiner Eltern, kein Bobrov bist. Da uns Ehre aber etwas bedeutet, behandeln wir dich so, als seist du einer. Als unsere Mutter einmal eine Zeitlang einsam war, beging sie in Moskau eine Unbesonnenheit. Das ist lange her. Es war auch schnell vorüber. Du gehörst nicht zu uns, aber wir tun so, als wäre es so. Und da wir dir unseren Namen geliehen haben, wirst du ihn in Ehren halten.« Nach einer Weile fuhr er fort: »Wenn du je zu irgend jemandem ein Wort darüber verlauten läßt, bringe ich dich um.« Nachdem er seinen Bruder so unbarmherzig verletzt hatte, ging Alexej davon.

Als Sergej später an diesem Abend seinen Brief nach Hause schrieb, den er durch einen Tränenschleier hindurch kaum sah, fügte er hinzu:

Ich bin sehr gern in dieser Schule, meine lieben Eltern. Heute hat mich Alexej besucht, dem es auch gutgeht, und auch das machte mich glücklich. Ganz liebe Grüße an Arina und ihre kleine Nichte.

Er hatte seine Mutter immer für vollkommen gehalten und auch angenommen, daß sein Vater ihn liebte. Wenn er gar kein Bobrov, wenn er unerwünscht war – welche Rolle spielte es dann, was er aus seinem Leben machte?

1822

Tatjana blickte auf dem kleinen Marktplatz umher. Zum erstenmal nach einer Reihe von trüben Tagen war der Morgenhimmel klar, und überall in Russka glitzerte der Januarschnee. Soeben stieg Savva, der Leibeigene, in seinen Schlitten. Er wollte nach Moskau zurückfahren. Nun verneigte er sich tief vor ihr, und sie lächelte ihm zu. Sie hatten ein Geheimnis miteinander.

Wenn Russka auch an diesem Morgen ruhig dalag, gab es doch viele Anzeichen, daß insgesamt mehr Geschäftigkeit herrschte als früher. Innerhalb der Stadtmauern gab es zwei breite Straßen mit Holzhäusern beiderseits des Marktes, die wiederum von drei weiteren gekreuzt wurden. Hinter der Kirche verlief nun eine breite Allee bis ins Zentrum, und auf einer Seite standen drei hübsche Steinhäuser mit klassizistischen Attributen. Sie gehörten Handelsherren. Am Ende dieser Allee lag ein kleiner Park; hinter diesem war ein Stück der alten Festungsmauer abgetragen und eine Promenade angelegt worden, von der aus man einen hübschen Blick über den Fluß und die umliegende Landschaft hatte. Außerhalb der Mauern lagen verstreut Hütten und kleinere Landgüter. Die Bevölkerung zählte etwa tausend Menschen. Russka war es gelungen, sich einen kleinstädtischen Charakter zu bewahren.

Der gute Savva – wie nahe waren sie sich in den vergangenen Jahren gekommen! Tatjana war jetzt manchmal ziemlich einsam. Alexander kränkelte, und das machte ihn schweigsam. Sergej war im Außenministerium beschäftigt, was ihn an St. Petersburg und Moskau band. Olga hatte vor kurzem einen attraktiven jungen Gardeoffizier mit einem Besitz in der Nähe von Smolensk geheiratet. Auch Alexej war verheiratet; man hatte ihn ans Schwarze Meer in den bedeutenden Hafen Odessa versetzt. Im vergangenen Monat war ihm ein Sohn geboren worden, den er Michail nannte. Nun bleiben also nur noch Ilja und ich, dachte Tatjana betrübt. Ilja war zwar zu Hause, aber gewöhnlich war er in seiner friedlichen Art in ein Buch vertieft.

Savva und sein Vater führten zwei kleine Fabriken in Russka; in jeder waren ein Dutzend Leute beschäftigt. In der einen wurde wollenes Tuch gewebt, in der anderen Leinen. Im vergangenen Jahr konnte Tatjana ihren Mann überreden, Savvas Vater als Aufseher auf dem Besitz in Rjazan einzusetzen, mit dem Ergebnis, daß die Erträge sehr bald erkennbar stiegen. Tatjana fuhr häufig nach Russka, beobachtete die Betriebsamkeit der Suvorins und sprach mit Savva übers Geschäft. Diese Gespräche hatten sie auf eine Idee gebracht.

Rußland veränderte sich, und die Veränderung fand genau in der Gegend statt, in der sie lebte. Es hatte in Rußland immer Quellen für Reichtum gegeben, die auszuschöpfen waren: Salzvorkommen und Felle in der riesigen Wildnis des Nordens; die fruchtbare schwarze Erde, der *tschernozem* der warmen Ukraine; und seit der Zeit Ivans des Schrecklichen die Bodenschätze des Ural.

Und nun fand hier, im alten russischen Herzland um Moskau, der größte Aufschwung statt, denn hier war die Wiege der russischen Produktion: Lederwaren, Metallarbeiten, Ikonenmalerei, Tuch- und Leinenweberei, Seidendrucke auf Importware und neuerdings Baumwollerzeugung. Außerdem gab es die alten Eisenhütten bei Tula und die großen Waffenfabriken in Moskau. Der größte Markt für Eisen und andere Artikel befand sich nur einige Tagereisen entfernt im Osten. Vor allem aber entwickelte sich die Provinzhauptstadt Vladimir mit einem neuen Industrieort namens Ivanovo nördlich davon zu einem bedeutenden Zentrum der Textilbranche. Gemessen am westeuropäischen Standard war diese neue industrielle und kommerzielle Entwicklung noch keineswegs großartig, aber sie war immerhin ein Anfang.

»Wenn unsere Leibeigenen kleine Fabriken einrichten können, könnten wir große bauen«, drängte Tatjana ihren Mann, doch Bobrov zeigte kein Interesse. »Wer soll sie nach meinem Tod weiterführen?« fragte er. »Alexej? Er ist Soldat. Ilja? Er ist nicht fähig dazu.« Er schüttelte den Kopf. »Es ist viel einfacher, die Leibeigenen das machen zu lassen. Wir haben unseren Vorteil, indem wir ihre Gewinne in Form von *obrok*-Zahlungen einstreichen.«

Tatjana hatte lange Zeit geglaubt, sie kenne Savva genau; doch erst ein Jahr zuvor war sie sich der geheimen Leidenschaft bewußt geworden, die ihn vorwärtstrieb. Es kam heraus, als sie ihn eines Tages vorsichtig über sein persönliches Leben ausfragte. Die beiden Suvorins hatten neben ihrem Unternehmergeist eine weitere, höchst ausgefallene Eigenschaft gemeinsam: Sie lebten beide allein. Savvas Vater war Witwer, und er, Savva, war mit dreiunddreißig Jahren immer noch ledig. Der Priester von Russka hatte oft mit ihm darüber gesprochen, doch Savva verhielt sich immer merkwürdig ausweichend. Erst da bekannte er Tatjana gegenüber: »Ich heirate erst, wenn ich frei bin.«

»Wen wirst du denn heiraten?« fragte sie.

»Eine Kaufmannstochter«, war seine Antwort. »Aber kein Kaufmann läßt seine Tochter einen Leibeigenen heiraten, denn dann wird auch sie eine Leibeigene.«

Das also war es. Er wollte sich freikaufen. Mehrmals hatte er deswegen schon bei Bobrov vorgesprochen, doch dieser schickte ihn jedesmal fort.

So entwickelte sie ihren Plan, in Absprache mit Savva. Zuerst war Alexander Bobrov verwundert über den Wunsch seiner Frau, Savva und seinen Vater gegen Geld freizulassen. »Was bedeutet dir das?« wollte er wissen. Im Lauf der Wochen und Monate setzte sie ihm beharrlich zu: »Laß sie gehen, Alexander Prokofievitsch. Du sagst, du möchtest Geld beiseite legen. Verkaufe ihnen ihre Freiheit, und du wirst Gewinn damit machen!«

Eine Woche zuvor hatte er ihr, um endlich Frieden zu haben, müde erklärt: »Nun gut. Wenn sie ihre Freiheit wollen, sollen sie mir fünfzehntausend Rubel bezahlen – und kein bißchen weniger.« Er rechnete damit, daß sie diese Summe nie würden aufbringen können.

Tatjana lächelte nur. »Ich überrede Alexander Prokofievitsch, euch die Freiheit zu verkaufen, Savva. Ich leihe dir das Geld, das euch fehlt. Ein Jahr nachdem ihr eure Freiheit bekommen habt, zahlt ihr mir das Doppelte von dem zurück, was ich euch geliehen habe. Einverstanden?« Er verneigte sich tief. »Also gut«, fuhr sie fort. »Überlaßt alles mir und sprecht zu niemandem darüber.«

Obwohl die von Bobrov verlangte Summe für die Freiheit der Suvorins sehr hoch war, hatte Tatjana Vertrauen in den Jungen. Er würde eine Zeitlang brauchen, aber er würde das Geld schon zusammenbekommen. Sie hatte ihm bereits tausend Rubel geliehen. Heute, an diesem klaren Januarmorgen, war sie mit weiteren tausend nach Russka gekommen. »Nimm es mit nach Moskau und verwende es klug«, sagte sie.

Sie wußte nicht, daß Savva, der den Schlitten bestieg und sich nochmals verneigte, auch vor ihr ein Geheimnis hatte. Nun hatte er genügend Geld, um sich bereits Ende dieses Jahres freizukaufen. Das Duell zwischen Herrn und Knecht war nahezu beendet.

Olga blickte ihren Mann liebevoll an. Sie hatten den Juni gemeinsam auf ihrem Besitz bei Smolensk verbracht, und es kam ihr so vor, als habe sie noch nie im Leben solches Glück erfahren. Ein Schimmer lag auf ihrer Haut, eine Weichheit, wenn sie ihm nahe kam, daß selbst die Leibeigenen auf dem Gut lächelten und meinten: »Das ist wahre Liebe!« Lachend reichte sie ihm Sergejs Brief:

Meine liebe kleine Olga,
ohne jeden Zweifel wirst du von deinem Gatten auf die altmodische Art regelmäßig gezüchtigt; also berichte ich Dir zur Aufheiterung einige Neuigkeiten. Ich habe einen reizenden Freundeskreis gefunden. Wir treffen uns in den Archiven des Moskauer Außenministeriums und nennen uns »Liebhaber der Weisheit«. Wir lesen die großen deutschen Philosophen, vor allem Hegel und Schelling. Und wir diskutieren über den Sinn des Lebens und den Genius Rußlands.
Weißt Du, daß das Universum sich im Stadium des Entstehens befindet? Jede Idee hat eine entgegengesetzte. Wenn sie sich verbinden, bringen sie eine neue, bessere Idee hervor, die wiederum ihr Gegenstück findet, und so fort, bis das ganze Universum auf diese wunderbare Weise sich der Vollkommenheit nähert. Mit unserer menschlichen Gesellschaft hier auf Erden ist es genau das gleiche. Wir alle entwikkeln Ideen innerhalb der großen kosmischen Ordnung. Ist das nicht herrlich? Ich muß jetzt schließen. Meine Freunde und ich müssen unserer kosmischen Bestimmung gehorchen und einen trinken gehen. Dann werde ich mit einer gewissen Dame aus meinem Bekanntenkreis den Kosmos weiter erforschen.
Ach, noch etwas Interessantes: Unser geschätzter Erziehungsminister hegt der Philosophie gegenüber einen derartigen Argwohn, daß in St. Petersburg für diese Disziplin kein Lehrstuhl eingerichtet ist. Ich habe von einem Mann gehört, der heimlich Philosophievorlesungen in der Abteilung für Botanik hält, ein anderer auf seinem Lehrstuhl für Agrikultur. Nur in unserem geliebten Rußland kann die Natur des Universums als eine Art von Agrikultur betrachtet werden!
Es tut mir schrecklich leid, daß Dein Gatte ein solcher Rohling ist. Schreibe mir unverzüglich, ob Du möchtest, daß ich Dich befreie.
Dein Dich stets liebender Serjoscha.

Ein besonders langer Sommer ging zu Ende, die Sonne gab schon herbstliches Licht. Der leichte Wagen klapperte auf der staubigen Straße dahin – gemächlich, denn der alte Suvorin war darauf bedacht, die zahlreichen Fahrrinnen und Schlaglöcher zu vermeiden. Warum auch hätte er sich beeilen sollen, wenn er Ilja Bobrov beförderte?

Drei Tage zuvor waren sie in Rjazan aufgebrochen; morgen würden sie Russka erreichen. »Es hätte schon heute abend sein können, Herr, wenn Sie morgens früher aus dem Bett kämen«, bemerkte der graubärtige Knecht. Worauf Ilja einen Seufzer ausstieß. »Du hast ja recht, Suvorin. Ich weiß auch nicht, warum es mir so schwerfällt.«

Die Bäume lichteten sich, und weite Felder tauchten auf. Wie an vielen Orten dieser Gegend wurde hier Flachs, Gerste und Roggen angebaut. An der ersten *isba* wurden die beiden von einem bellenden Hund und einer großen Frau mit einem Korb voll Pilzen begrüßt. Bald darauf erreichten sie ein Gasthaus.

»Wir müssen die Nacht hier verbringen«, meinte Suvorin mürrisch.

Das Gastzimmer war ein großer Raum mit Tischen, Stühlen und einem großen Ofen in der Ecke. Während Suvorin sich um die Pferde kümmerte, setzte Ilja sich an den Ofen und bestellte Tee bei dem verdrießlichen Schankwirt.

Es war eine erfolgreiche Fahrt gewesen. Ilja war froh, daß Tatjana ihn schließlich doch überredet hatte, den alten Suvorin zu begleiten. Sie hatten den Besitz in Rjazan genauestens überprüft, das Pachtgeld eingezogen, die Ernte und Schnittholz verkauft, und nun kehrten sie mit einer ansehnlichen Summe nach Russka zurück. Da das Gut in Rjazan ihm eines Tages gehören würde – Alexej sollte Russka bekommen –, war es sicher nicht verkehrt gewesen, sich den Ort einmal anzusehen.

Ilja Bobrov war kein Dummkopf. Als Kind hatte er oft krank im Bett gelegen und gierig verschlungen, was es zu lesen gab. Von seinem Vater hatte er die Liebe zur französischen Literatur und zur aufgeklärten Philosophie geerbt. Unglücklicherweise jedoch hatte sich Ilja, auch weil sein Vater in letzter Zeit viele Rückschläge einstecken mußte, ganz unbewußt die Vorstellung angeeignet, daß Versagen und Schwäche unvermeidlich seien. Obwohl er oft das untrügliche Gefühl hatte, daß er sein Leben vergeudete, daß er endlich seine Trägheit abschütteln müsse, blieb alles beim alten. Nun war er mit seinen achtundzwanzig Jahren liebenswert, faul, unverheiratet und ohne jeden Zweifel zu dick.

Diese Reise hatte ihn allerdings aufgerüttelt. Da war ihm doch tatsächlich eine neue Idee gekommen, an die er den ganzen Tag über gedacht hatte. Als Suvorin mit dem Mantelsack erschien und der Wirt ein Glas mit dampfendem Tee brachte, nickte er den beiden nur zu, legte seine Füße auf die Reisetruhe und überlegte mit geschlossenen Augen, während er den Tee schlürfte: Ja, es ist Zeit, daß ich mit diesem Faulenzen Schluß mache. Ich glaube, ich sollte mal ins Ausland reisen. Ich werde nach Frankreich gehen.

Die Reise hätte am folgenden Tag zu Ende sein können, und zwar ohne Zwischenfall, wäre da nicht der Wirt gewesen. Die kleine Taverne machte nur einen bescheidenen Umsatz. Der Wirt hatte nicht die Absicht, einen offenbar wohlhabenden Herrn wie Ilja billig davonkommen zu lassen.

Ilja war begeistert von dem Vorschlag des Wirtes. Nach einem Nickerchen und erfüllt von den neuen Plänen in seinem Kopf, fühlte er sich ungewöhnlich tatendurstig. Also sagte er zum Wirt: »Ja, hole sie her und bringe auch Wein und Wodka!«

Der Wirt lächelte. Er konnte von Glück sagen, daß diese Zigeuner gerade in der Gegend waren. Er hatte mit ihnen abgemacht, daß sie den dicken Herrn unterhalten sollten und mit dem Wirt teilten, was sie dafür bezahlt bekamen. Als es dämmrig wurde, duftete es in dem Gasthaus nach Speisen. Wein und Wodka wurden aufgetragen. Plötzlich erschienen viele Leute, und dann kamen die Zigeuner.

Sie waren zu acht, bunt gekleidet, dunkelhäutig und gutaussehend. Sie sangen, und zwei Frauen tanzten. Ilja schlug grinsend den Takt mit dem Fuß. Für gewöhnlich trank er nicht viel, aber an diesem Abend ... »Noch mehr Wein«, rief er.

Als der Abend endete, hatte Ilja jeden im Gasthaus zu einem halben Dutzend Gläsern eingeladen. Er hatte ausgiebig mit einer Fünfzehnjährigen getanzt und war nun ziemlich verliebt, nicht unbedingt in das Mädchen, sondern in das Leben.

Es war weit nach Mitternacht, als der Wirt notdürftig Ordnung machte und für Ilja auf einer Bank ein Lager richtete, wo dieser sich nun niederlegte. Der Knecht machte es sich leise auf einer anderen Bank bequem und schloß die Augen.

Fünf Minuten später kam Ilja, der immer noch mit offenen Augen dalag, ein Gedanke. Der Mantelsack auf dem Fußboden neben ihm war nicht zu verschließen. Irgendwo in Rjazan hatte er selber den Schlüssel dazu verlegt. In dem Sack befand sich das gesamte Geld. Durch den Schleier des Alkohols gewann dieser Gedanke an Bedrohlichkeit: die Zigeuner! Einer dieser Teufel, wahrscheinlich das Mädchen, würde sich einschleichen und sie berauben – mit Hilfe des Wirtes, natürlich. Ilja setzte sich kerzengerade auf.

»Suvorin, wach auf!« zischte er. Der alte Mann bewegte sich. »Komm her und öffne den Mantelsack.« Suvorin gehorchte. »Nimm das Geld heraus. Den Beutel und das Päckchen. Gut.« Im Beutel befanden sich Silberrubel, im Päckchen die Banknoten, die seit der Regierung Katharinas in Umlauf waren und von den Russen *assignats* genannt wurden. »Behalte sie, Suvorin. Dich werden sie sicher nicht ausrauben!« Der alte Mann zuckte schweigend die Achseln, und beide legten sich wieder zum Schlafen nieder. Ilja schlief auch gleich darauf ein.

Eine Stunde später weckte ihn etwas, vielleicht ein Geräusch oder das Mondlicht draußen vor dem Fenster. Und wieder fiel ihm das Geld ein. Was wäre, wenn alle Zigeuner plötzlich über den armen alten Suvorin herfielen und ihm das Geld entrissen? Nein, er mußte sie überlisten!

Mit einiger Schwierigkeit gelang es ihm, aufzustehen und Suvorin aus dem Schlaf zu schütteln. »Das Päckchen. Gib mir das Päckchen!« Wortlos suchte der Knecht in seinen Kleidern und zog es hervor. Ilja ließ sich schwer auf sein Bett fallen und überlegte, wo man es verstecken könnte. Er sah im Mantelsack zwischen seinen Habseligkeiten nach. Ach ja, das würde genügen. Auf dem Boden lag ein Gedichtband von Derzavin. Leider war der Rücken abgerissen, und Ilja hatte das Buch mit einer Schnur zusammengebunden. Er löste die Schnur, legte das Päckchen zwischen die Buchseiten und band sie wieder zusammen. Ich nehme doch nicht an, daß ein Zigeuner auf die Idee käme, in ein Buch zu schauen, dachte er, während er das Buch in den Mantelsack legte. Suvorin schnarchte bereits. »Ich muß Wache halten«, murmelte Ilja und fiel sogleich in einen tiefen Schlaf, von dem er erst spät am nächsten Morgen erwachte.

Als erstes stellte Ilja zu Haus in seinem Zimmer Derzavins Gedichtband ins Regal zurück. Er erinnerte sich nicht mehr, daß er schlaftrunken das Geld hineingesteckt hatte. Daher war er völlig verwirrt, daß die Hälfte des Geldes fehlte, als er und der alte Suvorin dem Vater die Abrechnungen vorlegten.

»Aber du hattest es doch, Suvorin«, sagte er kläglich zu dem alten Knecht.

»Sie haben die Banknoten in der Nacht an sich genommen, Herr«, war die Antwort.

»Kannst du das beschwören?« fragte Alexander Bobrov scharf.

»Das kann ich, Herr.«

Ilja konnte nur betreten dreinblicken. »Ich erinnere mich nur noch, daß ich dir alles gegeben habe«, sagte er.

Nachdem Tatjana persönlich alle Kleider und den Mantelsack durchsucht hatte und betroffen den Kopf schüttelte, traf Alexander Bobrov seine entsetzliche Entscheidung. »Du hast es gestohlen, Suvorin. Morgen werde ich beschließen, was mit dir geschehen soll.«

Irgendwie war Alexander Bobrov froh. Er hatte es bereut, daß er seiner Frau alle Macht über die Suvorins eingeräumt hatte. Nun, da es immerhin eine Möglichkeit gab, den alten Suvorin für einen Dieb zu halten, wollte er es unter allen Umständen glauben. »Entweder ist er ein Lügner oder dein Sohn«, brauste er auf, als Tatjana sich für den Leibeigenen einsetzte. Als sie ihn darauf hinwies, daß Ilja nach Suvorins Aussage betrunken gewesen war, bemerkte Bobrov lediglich: »Um so einfacher, ihn zu bestehlen.« Am folgenden Tag saß Alexander Bobrov zu Gericht. Er befahl Suvorin zu sich und trat, wie es sein Recht war, als Ankläger, Richter, Geschworener und Vollstrecker auf. Da er Suvorin des schweren Diebstahls für schuldig hielt, gab es ein hartes Urteil. »Ich schicke dich nach Sibirien«, verkündete er.

Alexander Bobrov mußte nicht hinzufügen, was mit diesem Urteil noch verbunden war: Alles, was die Familie Suvorin besaß, ging in seine Hände über. Das Geld, das der alte Suvorin für seine Freiheit bezahlt haben mochte, gehörte nun ohnehin Bobrov. Sein jetzt mittelloser Sohn würde für immer Leibeigener bleiben.

»Aber das kannst du nicht tun«, protestierte Tatjana. »Es ist gegen das Gesetz.« Laut Gesetz durfte ein Herr einen Leibeigenen über fünfundvierzig Jahren nicht nach Sibirien schicken. Suvorin war achtundvierzig. Doch das Gesetz war nicht allzu streng, wenn ein Landeigentümer damit zu tun hatte.

»Ich sende ihn zum Militärgouverneur von Vladimir«, sagte Alexander barsch. »Er ist ein Freund von mir.« Und obwohl Tatjana den ganzen Tag versuchte, seine Meinung zu ändern, hatte sie keinen Erfolg.

Insgeheim triumphierte Bobrov. Er hatte diese schlauen Leibeigenen hinausbefördert und den Wert seines eigenen Besitzes beträchtlich gesteigert.

Es gab zwar Momente, in denen Suvorin ihm auch leid tat. Doch auf diese plötzlichen und willkürlichen Wendungen des Schicksals muß jedermann gefaßt sein, beruhigte er sich selber. Schließlich war es ihm auch so ergangen, als Katharina ihn ins Gefängnis hatte werfen lassen.

Am nächsten Tag wurde Suvorin in Ketten nach Vladimir gebracht, von wo aus regelmäßig kleine Gruppen auf den langen, langen Weg nach Sibirien befördert wurden. An ebendiesem Tag schrieb Tatjana einen Brief.

Savva nahm den kleinen, nachgedunkelten Gegenstand in die Hand. Endlich einmal lächelte er. Er hatte sich diese Kostbarkeit seit langem gewünscht, und nun endlich hatte er das Gefühl, sie sich leisten zu können. Sie waren in Sicherheit. Noch zwei Wochen in Moskau, und er würde genügend Geld für die eigene und seines Vaters Freiheit haben.

»Sie ist schön«, sagte der graubärtige Verkäufer. »Sehr alt. Ich schätze, sie stammt noch aus der Zeit vor Ivan dem Schrecklichen.« Savva nickte. Er wußte es.

Es war eine kleine Ikone, nichts Aufsehenerregendes. Es gab viele hier im Laden, die größer und farbiger waren. Wie auf vielen alten Ikonen war auch bei dieser die Farbe mit den Jahren nachgedunkelt, sie war übermalt und noch dunkler geworden. Warum also war sie Savva so wertvoll?

Er wußte, daß die Kunst der Ikone nur dem geübten Auge sichtbar wurde, und selbst dann konnte sie nur vom Geistigen her erfaßt werden. Eine Ikone war nicht einfach ein Gemälde, sie war ein Gebet. Von frommen Händen gemalt und überarbeitet, sollten diese Ikonen von jenen verehrt werden, die es verstanden. Wie Savva.

Er schob dem alten Mann das Geld über den Tisch. Jetzt war es Zeit zum Aufbruch. Doch es war, wie immer, nicht so einfach. Der alte Kerl hatte sich zwischen Savva und die Tür geschoben. Zwei junge Männer hatten sich zu ihm gesellt. »Man würde Sie herzlich aufnehmen, das wissen Sie«, sagte der Alte ihm zum wiederholten Mal, »wenn Sie sich uns anschließen wollen.«

»Vielen Dank, nein«, antwortete Savva wie schon so oft.

»Wir können Ihnen helfen, Ihre Freiheit zu erkaufen«, meinte der eine der jungen Männer. Doch Savva wollte nichts mit ihnen zu tun haben.

Es waren Altgläubige. Mit diesem Namen bezeichnete man zu jener Zeit die Sektierer, die ehemaligen *raskolniki,* die sich anderthalb Jahrhunderte davor von der Kirche abgespalten hatten. Seit die Kirche in Russka niedergebrannt worden war, hatte es dort keine mehr gegeben, und die meisten waren während der Zeit der Verfolgung in entfernter liegende Provinzen geflohen. Während der Regierungszeit Katharinas waren sie allerdings offiziell anerkannt worden, und nun gab es eine ansehnliche Gemeinde in Moskau.

Die Sekte der Theodosianer war reich und mächtig. Ihren Sitz hatten sie bei ihrem Friedhof in dem ehemaligen Dorf Preobrazenskoje, jetzt ein Vorort der Stadt. Sie hatten zahlreiche Gemeinden innerhalb und außerhalb Moskaus. Sie waren an Industrie- und Handelsbetrieben beteiligt, und aufgrund des durch Katharina zugesagten Monopols brachten die Theodosianer die besten Ikonen auf den Markt. Das Erstaunlichste an der Sekte war allerdings ihre merkwürdige wirtschaftliche Organisation.

Im Grunde bildeten die Theodosianer Genossenschaften. Sektenmitglieder konnten aus den Finanzmitteln der Sekte niedrigverzinsliche Darlehen zum Aufbau eines Geschäfts erhalten. In all ihren Unternehmen, zu denen große Textilfabriken gehörten, wurde durch die Gemeinde für die Armen gesorgt.

Seit Savva die Theodosianer in Moskau kennengelernt hatte, drängten sie ihn, der Sekte beizutreten. Sie hätten ihn sicher finanziell unterstützt. Er aber dachte: nein, ich will frei sein.

Er verließ den Laden der Theodosianer und machte sich auf den Weg zu seiner bescheidenen Unterkunft in Moskau. Es war ein hübsches Holzhaus in einer staubigen Straße. An der Tür war ein kleines Schild mit einem Namen darauf – es war nicht sein Name, sondern der seines Herrn: Bobrov. Bald wird darauf der Name Suvorin stehen. Er trat wohlgemut ein.

Fünf Minuten später brachte ein Bote einen Brief von Tatjana. Sie berichtete ihm alles. Daß sein Vater sich in Ketten auf dem Weg nach Sibirien befinde; daß er all seine Habe verloren habe; daß Bobrov einen Mann schicke, der ihn, Savva, nach Russka zurückbringen solle, wo er wieder als armer Leibeigener leben würde. Der Brief endete mit einem großzügigen Angebot und einem sehr eindeutigen Hinweis.

> Was du auch zu tun gedenkst, das Geld, das ich dir geliehen habe, gehört dir. Ich will es nicht zurückhaben, und ich bin nur froh, wenn ich weiß, daß es dir gutgeht.

Die Frau seines Grundbesitzers sagte ihm, er solle weglaufen und das Geld behalten. Er wußte, daß das für ein Mitglied des Adels eine erstaunliche Geste einem Leibeigenen gegenüber war. Doch er seufzte nur. Wenn ich das Geld nehme und erwischt werde, heißt es doch nur, ich hätte es gestohlen. Ihr Brief hilft mir gar nichts. Sorgfältig wickelte er die Banknoten in Höhe ihres Darlehens ein. Er würde die Summe einem vertrauenswürdigen Händler geben, der sie zu Tatjana bringen sollte. Dann überlegte er, was weiter zu tun sei.

Er würde nicht zurückgehen. Nicht zu den Bobrovs, nach dem, was sie ihm angetan hatten. Lieber wollte er sterben. Er würde verschwinden. Da gab es viele Möglichkeiten. Männer zogen die Lastkähne die Wolga hinunter. Zermürbende Arbeit. Tausende starben dabei jedes Jahr. Aber auf diese Weise konnte man entkommen, weit nach Süden und Osten, ohne daß viele Fragen gestellt wurden. Oder vielleicht gleich zu den fernen sibirischen Kolonien, wo sie immer Leute brauchten. Vielleicht würde er sogar versuchen, seinen Vater zu finden. Zum Glück bin ich stark, dachte er.

Hatte er sein Duell mit den Bobrovs nun doch noch verloren? Selbst wenn das so war, würde er nicht aufgeben, niemals!

An dem Tag, an dem sein Vater den alten Suvorin von Russka fortschickte, machte Alexej Bobrov, weit weg in der nordöstlichen Provinz Novgorod, eine Entdeckung, die ihn beeindruckte.

Es war ein klarer Tag, und ein scharfer Wind blies. Drei junge Offiziere ritten mit ihm. »Auf jeden Fall werde ich alles schlecht finden, was dieser Einfaltspinsel sich ausgedacht hat«, bemerkte einer von ihnen spöttisch. Alexej dagegen war, als er das Tor passiert hatte und die ordentliche Straße entlangritt, voller Neugier. Der Einfaltspinsel war nämlich der berühmte General Araktschejev.

Zu den seltsamen Fügungen während der Regierungszeit des aufgeklärten, um nicht zu sagen poetischen Zaren Alexander gehörte die Wahl General Araktschejevs zu seinem engsten Berater. Vielleicht hatten sich dabei Gegensätze angezogen. Der General war halbgebildet und hatte ein launisches Temperament.

Alexej bewunderte ihn wegen seiner glänzenden Führung der Artillerie im großen Feldzug von 1812. »Er ist vielleicht ein rauher Bursche«, sagte er seinen Kameraden gegenüber, »aber er ist ein treuer Anhänger des Zaren, und er bringt etwas zuwege.«

Hier, in der Provinz Novgorod, hatte der General auf Befehl des Zaren eines der größten sozialen Experimente der russischen Geschichte in Angriff genommen.

Gleich beim Betreten des riesigen Areals fiel Alexej die seltsame Atmosphäre auf. Das war keinesfalls ein russisches Dorf. Die eher zufällige Ansammlung von bäuerlichen *isbas* von ehemals war vollkommen niedergerissen worden; an ihrer Stelle standen Reihen ordentlicher Hütten. Sie sahen alle gleich aus: blau bemalt mit einer roten Veranda und einem weißen Zaun. »Mein Gott«, murmelte Alexej, »die sehen ja aus wie Baracken.« Dann sah er die Kinder.

Die kleinen Jungen waren zum Teil nicht älter als sechs Jahre. Sie zogen unter der Aufsicht eines Sergeanten singend und im Gleichschritt marschierend an ihm vorüber. Sie trugen Uniformen. Alexej stellte fest, daß alle Menschen gleich gekleidet waren und keiner der Bauern einen Bart trug.

»Ja, Sie finden hier alles in bester Ordnung vor«, erklärte der junge Offizier, der sie herumführte. »Wir haben die Uniformen für die Kinder in drei Größen. Sie tragen sie die ganze Zeit. Eiserne Disziplin! Wenn es Zeit ist für die Feldarbeit, wird die Trommel gerührt.« Er grinste. »Sie können eine Wiese fast im Gleichschritt mähen.«

»Wie halten Sie die Disziplin aufrecht?« fragte ein Offizier.

»Der Stock genügt. Ein kleiner Ausrutscher, und sie kriegen Schläge. Der Stock wird übrigens in Salz gesteckt«, fügte er hinzu.

Alexej fiel noch etwas auf. Anders als in einem üblichen Ort gab es anscheinend genauso viele Männer wie Frauen aller Altersklassen.

»Jeder muß heiraten«, erklärte ihr Führer, »ob er will oder nicht. Es gibt hier keine Witwen oder alten Jungfern; wir versorgen sie mit einem Mann. Das System funktioniert perfekt, sehen Sie das? Jeder hat Arbeit, jeder gehorcht, und für jeden wird gesorgt.«

Dies also war General Araktschejevs Militärkolonie. Sie bedeckte ein weites Areal in der Provinz, wo die Armee sich niedergelassen hatte und die ansässigen Bauern zwangsweise zu Reservisten und militarisierten Staatsarbeitern wurden. Weitere Kolonien entstanden bereits unten im Süden, in der Ukraine.

Doch warum hatte der aufgeklärte Zar Alexander seinen Gefolgsmann dazu ermutigt, diese totalitären Distrikte zu schaffen? War es nur der Einfachheit halber? Auf alle Fälle war es eine billige Art, ein stehendes Heer in Friedenszeiten zu beschäftigen und zu verpflegen. Oder machte der Zar dieses Experiment – wie einige vermuteten –, um eines Tages den Zugriff eines konservativen Adels auf Armee und Landbesitz zu lockern, vielleicht schon auf diese Weise? Welche Erklärung der Sache auch am nächsten kommen mochte: Jedenfalls wäre Peter der Große von den Militärkolonien mit ihrer straffen Disziplin, ihrer erschreckenden Gleichförmigkeit und ihrer absoluten Ausrichtung auf den Staat begeistert gewesen.

Für Alexej Bobrov war die Kolonie eine Entdeckung. Araktschejevs Schöpfung war das Vollkommenste, das er je gesehen hatte. Wie weit entfernt war es doch von dem schäbigen Durcheinander Russkas oder von tausend ähnlichen Ansiedlungen! Alexej sah nur, daß die Menschen hier fleißig und wohlgenährt waren – er sah, was er zu sehen wünschte.

Von diesem Tag an setzte sich in seinem Kopf ein einziger, unabweichlicher Leitsatz fest: Dem Zaren mußte in einer perfekten Ordnung gedient werden. Aus diesem Prinzip leitete sich ein nächstes ab: Was der Ordnung förderlich ist, muß auch recht sein.

Im Sommer des folgenden Jahres, als Ilja bereits mit einem Freund der Familie seine Auslandsreise angetreten hatte, nahm Alexej eines Tages während eines Besuches in Russka zufällig den zerrissenen Band mit Derzavins Gedichten aus dem Regal. Als er die Banknoten darin entdeckte, war ihm sofort klar, was geschehen war. Man konnte nichts mehr unternehmen. Suvorin war in Sibirien, sein Sohn war spurlos verschwunden. Und Alexander Bobrov kränkelte.

Außerdem wäre es für die Familie und für ihre Gesellschaftsklasse ungut, jetzt die Verurteilung Suvorins als Fehler einzugestehen. Überdies war es unvereinbar mit der Ordnung. So brachte er das Geld an einen sicheren Platz und schwieg.

1825

Wenn ein Russe nach dem Datum des wichtigsten Ereignisses vor dem 20. Jahrhundert gefragt wird, antwortet er höchstwahrscheinlich: Dezember 1825. In diesem Monat fand der erste Versuch einer Revolution statt.

Die Dekabristen-Verschwörung – so genannt nach dem russischen Wort für Dezember – ist wegen ihres ungewöhnlichen Charakters wohl einmalig in der Geschichte der Menschheit. Sie war der amateurhafte Versuch einer Handvoll Adliger, aus durchaus ehrenhaften Motiven dem Volk die Freiheit zu erobern.

Während der Regierungszeit Katharinas faßten die Ideen der Aufklärung erstmals Fuß in russischen Adelskreisen. Trotz der Erschütterung durch die Französische Revolution und der Angst vor Napoleon hatte der Reformgedanke in Rußland sich unter dem aufgeklärten Zaren Alexander weiter verbreitet. Und es gab in der Tat genügend zu reformieren: ein Rechtssystem, das noch aus dem Mittelalter hätte stammen können, die Einrichtung der Leibeigenschaft, eine Regierung, die trotz der nominellen Existenz eines Gerichtssenats in Wirklichkeit eine primitive Autokratie war.

Was also konnte getan werden? Die von Katharina zusammengerufenen Vertreter des Adels, der Kaufmannschaft und der Leibeigenen hatten untereinander nur gestritten. Es gab keine Institutionen wie im Westen, auf die man hätte aufbauen können. Zar Alexander sah sich vor den gleichen Problemen: großartige Programme wurden erstellt, doch alle Versuche, sie zu realisieren, scheiterten an dem in Rußland üblichen Widerstand und an Unfähigkeit. Der Adel wollte nichts von der Befreiung seiner Bauern wissen. Die Regierung sah, daß sie praktisch nur versuchen konnte, die Ordnung aufrechtzuerhalten und Experimente wie die Militärkolonien zu wagen, neue Wege zu suchen, die das Land aus seiner althergebrachten sozialen Stagnation herausführen könnten.

Es war demnach nicht weiter verwunderlich, daß ein paar liberale junge Adlige im Lauf der Jahre das Gefühl hatten, von ihrem engelgleichen Zaren betrogen worden zu sein. Ihr geistiger Horizont hatte sich durch die Aufklärung erweitert; der bedeutende patriotische Sieg über Napoleon und die Verbindung einiger Adliger mit dem mystischen Freimaurertum hatte sie mit romantischer Inbrunst für ihr Vaterland erfüllt. Während die Heilige Allianz Zar Alexanders sie in ihrem Blick über die Grenzen beflügeln mochte, wurde Rußland im Innern zunehmend beherrscht von dem streng autoritären Regierungssystem des Generals Araktschejev. So kam es, daß sich in den Jahren nach dem Wiener Kongreß eine lockere Gruppe zusammentat, die entschlossen war, Veränderungen, notfalls durch eine Revolution, herbeizuführen.

Sie hatten kein genau vorgefaßtes Ziel. Einige wünschten eine konstitutionelle Monarchie nach englischem Vorbild; andere, im Süden, wollten unter der Führung des hitzigen Offiziers Pestel den Zaren töten und eine Republik ausrufen. In aller Heimlichkeit wurde geplant, wurden Komplotte geschmiedet, wurde gehofft – doch man unternahm nichts.

Da verstarb Ende 1825 Zar Alexander I. Ein plötzliches Fieber raffte ihn dahin. Er hinterließ keinen Sohn. Nach der Thronfolgeregel wäre die Herrschaft an seinen Bruder Konstantin gefallen. Doch dieser Enkel Katharinas, von dem sie gehofft hatte, er werde einst in Konstantinopel herrschen, hatte bereits 1822 auf den Thron verzichtet, und Zar Alexander hatte in einem Manifest Nikolaus, den nächsten Bruder, zum Thronfolger bestimmt. Von diesem Manifest war der Öffentlichkeit allerdings nichts bekannt.

Im Dezember 1825 sollte nun jenem rechtschaffenen, aber völlig phantasielosen Burschen der Treueeid abgelegt werden.

Zu diesem Anlaß beschlossen die Verschwörer, einen Coup zu landen. Sie wollten eine Konspiration zugunsten Konstantins anzetteln, indem sie die Truppen zu überreden versuchten, den Eid auf Nikolaus nicht abzulegen. Es gab zwei Gruppen von Verschwörern: eine in St. Petersburg, die andere, unter Pestel, in der Ukraine. Sie hatten kaum Verbindung miteinander, und außerdem verfolgten sie unterschiedliche Ziele.

Als am Morgen des 14. Dezember die Armee und der Senat den Eid leisten sollten, führte eine Gruppe von Offizieren an die dreitausend ungeordnete Soldaten auf den Senatsplatz. Als sie eintrafen, hatten die Senatoren ihren Eid bereits geschworen.

Nikolaus, der Blutvergießen vermeiden wollte, ließ sie umzingeln, doch als sie sich in der Dämmerung immer noch nicht von der Stelle gerührt hatten, wurden Kartätschen abgefeuert, einige Dutzend Männer starben. Damit war der revolutionäre Spuk vorüber. Bald darauf wurde Pestels Rebellion im Süden im Keim erstickt. Fünf Rädelsführer wurden hingerichtet.

Das war die Dekabristen-Verschwörung – aristokratisch, amateurhaft, absurd. Doch trotz ihrer heroischen Torheit – oder vielleicht gerade deshalb – wurden jene Adligen von den nach ihnen kommenden Revolutionären als Ansporn betrachtet, ähnlich den frühchristlichen Märtyrern.

Für den neuen Zaren Nikolaus war die Revolte ein schwerer Schlag. Er glaubte an die Pflicht des Dienens, und er erwartete dies auch von seinen Adligen. Welchen Grund konnten diese Burschen haben, die heilige Verpflichtung zu verraten? Er ließ alle Geständnisse kopieren und in einem Buch zusammenfassen, das ständig auf seinem Schreibtisch lag und sorgfältig von ihm gelesen wurde. Daraus lernte er, daß Rußland Gesetze, Freiheit und eine Verfassung brauchte. Er war nicht sonderlich klug, aber er dachte über diese Dinge nach. Zuerst einmal mußte Ordnung geschaffen werden.

1827

Der Sommer begann, und Tatjana war froh, denn plötzlich war das Haus voll von fröhlichen Stimmen nach so viel Stille und Traurigkeit. Meine Kinder sind nach Haus gekommen, dachte sie lächelnd.

In den eineinhalb Jahren seit Alexander Bobrovs Tod war sie oft einsam gewesen; nur Ilja hatte ihr Gesellschaft geleistet. Während dieser Zeit war noch zweimal Unglück über die Familie gekommen. Ein Jahr zuvor hatte Olga ihren lieben Mann im Krieg verloren; er ließ sie mit einem Kind und einer neuen Schwangerschaft zurück. Wenigstens war sie gut versorgt, denn der Besitz in Smolensk war groß. Und im letzten Herbst hatte Alexej seine Frau durch eine Cholera-Epidemie verloren, gerade als er mit seinem Regiment ausrücken mußte. An einem Wintermorgen brachte ein Schlitten seinen fünfjährigen Sohn Michail nach Bobrovo, klein, frierend und unglücklich, damit die Großmutter ihn in ihre Obhut nähme. »Nur bis Alexej wieder heiratet«, sagte sie zu Ilja.

Die alte Arina wurde wieder als Kinderfrau eingestellt, und ihre Nichte sollte ihr dabei zur Hand gehen. Unter ihrer Fürsorge wuchs der kleine Michail – sie nannten ihn Mischa – zu einem liebenswerten Abbild seines Vaters heran. Arina fand ein Kind seines Alters von einem Leibeigenen aus dem Dorf, Ivan Romanovs jüngsten Sohn Timofej; bald spielten die beiden Jungen jeden Tag fröhlich miteinander.

Im Frühjahr kamen dann gute Nachrichten. Olga wollte mit ihren beiden Kleinen für die Sommermonate kommen. Eine Woche darauf traf ein Brief von Alexej ein. Ein neuer Feldzug gegen die Türken wurde für den Herbst erwartet, doch im Sommer hatte er drei Monate Urlaub bekommen. »Die möchte ich mit dir und meinem Sohn verbringen«, hieß es in dem Brief.

So würde von all ihren Kindern nur Sergej fehlen. Und Tatjana mußte zugeben, daß das ganz gut so war.

Olga war froh, wieder in dem bescheidenen grünweißen Haus zu sein und vom Hügel aus hinunter zum Flußufer zu schauen, wo die süß duftenden Kiefern wuchsen. Es war eine Rückkehr in die Kindheit und in die Familie. Es tat gut, die beiden kleinen Mädchen in der Obhut der beiden Arinas zu wissen. Ihre alte Kinderfrau hatte nur noch drei Zähne, aber ihre Nichte, die junge Arina, wie sie genannt wurde, war ein hübsches, heiteres Mädchen von sechzehn Jahren, das alles sehr rasch von der älteren Frau lernte. Olga verbrachte schöne Stunden mit ihnen draußen auf der Veranda; auch der kleine Mischa war dabei, und sie hörten den wunderbaren Geschichten der alten Arina zu.

Olgas Schmerz über den Tod ihres Mannes, so schrecklich er auch gewesen war, verflüchtigte sich allmählich, und in dem ruhevollen russischen Sommer fühlte sie sich gesunden. Tatsächlich herrschte jetzt eine freundliche, herzliche Atmosphäre im Haus. Alexej war durch den Verlust seiner Frau sanfter geworden. Obwohl er es nicht sagte, fühlte Olga, wie kostbar ihm jeder Tag war, den er mit seinem kleinen Sohn verbrachte.

Allerdings wurde nicht viel gelacht. Oft dachte Olga an Sergej und seine ansteckende Fröhlichkeit. Sie hatte seit mehreren Wochen keinen Brief von ihm erhalten. Das war ungewöhnlich. Trotzdem war sie froh, daß er nicht auch zu Besuch kam. Denn achtzehn Monate zuvor hatte es bei der Beerdigung des Vaters eine dramatische Auseinandersetzung zwischen Sergej und Alexej gegeben. Der fehlgeschlagene Coup der Dekabristen, der den Zündstoff lieferte, lag damals erst zwei Monate zurück.

Als die trauernde Familie sich im Salon versammelt hatte, behauptete Alexej allen Ernstes, er danke Gott, daß die Verschwörer so rasch zur Strecke gebracht werden konnten. Darauf erwiderte Sergej munter: »Ich kannte ein paar von diesen Burschen. Hätte ich nur gewußt, was sie vorhaben, ich hätte sofort mitgemacht.«

Alexej erbleichte vor Zorn und sagte mit bebender Stimme: »Ich weiß eigentlich nicht, warum du überhaupt hier bist, Sergej. Und es tut mir leid, daß du hier bist.« Von da an wechselten die beiden kein Wort mehr miteinander.

Vielleicht weil jetzt alles so friedlich war, erkannte Olga die Gefahr nicht. Alexej hatte seinen Freund Fjodor Petrovitsch Pinegin für die Urlaubszeit eingeladen. Pinegin war ein ruhiger Mensch, wohl noch nicht dreißig, mit einem schmalen, harten Gesicht, rotblondem Haar und blaßblauen, ausdruckslosen Augen. »Er ist ein guter Kerl, ein bißchen einsam«, hatte Alexej erklärt. »Er war lange in der Armee, aber darüber mag er nicht sprechen.« Während die anderen sich unterhielten, saß Pinegin gewöhnlich still da und zog an seiner kurzen Pfeife. Er hatte eine auffallende Angewohnheit: Er trug ständig einen weißen Uniformrock und Uniformhosen. Nach seiner Lieblingsbeschäftigung befragt, antwortete er sanft: »Jagen.«

Da Alexej mit dem Gut beschäftigt war und Ilja sich selten von seinen Büchern entfernte, fand Olga sich auf ihren Spaziergängen häufig in Pinegins Gesellschaft; dabei erwies er sich überraschenderweise als unterhaltsamer Begleiter.

Olga wußte, daß sie schön war. Sie war jetzt vierundzwanzig, hatte eine hochgewachsene, elegante Figur, große, strahlend blaue Augen, langes braunes Haar und bewegte sich mit stolzer Anmut. Sie ahnte, daß Pinegin sie mochte, doch darüber machte sie sich kaum Gedanken.

Es gab wunderschöne Ausflugsziele. Nicht weit vom Haus führte eine lange schattige Allee in ein Silberbirkenwäldchen. Man konnte auch am Fluß entlangschlendern, wo die Kiefern duftenden Schatten spendeten. Olgas bevorzugter Gang war jedoch zum Kloster. Sie liebte es.

Zweimal ging Olga mit Pinegin zum Kloster und zeigte ihm stolz die kleine Rublev-Ikone, die die Bobrovs vor langer Zeit gestiftet hatten. Obwohl Pinegin wenig sprach, schien er doch beeindruckt.

Das zweitemal nahm Olga den kleinen Mischa mit. Er hatte eine seltsame Scheu vor Pinegin und wollte nicht neben ihm gehen. Auf dem Rückweg aber, als er zu müde zum Gehen war, nahm der Soldat ihn auf die Schultern und trug ihn nach Hause.

So vergingen die Tage: Pinegin war manchmal mit dem Gewehr frühmorgens draußen; Ilja mit einem Buch; spätnachmittägliche Spaziergänge; und abends wurde Karten gespielt. Es war die reinste Sommeridylle. Das einzige, was Olga in diesen Tagen Anlaß zur Sorge gab, betraf den Besitz.

Eigentlich war es mehr eine Folge von Kleinigkeiten, die sich, Olgas Ansicht nach, einfach in Ordnung bringen ließen – wenn Alexej damit einverstanden wäre. War nämlich eine Anschaffung nötig – ein neuer Wagen oder eine Pumpe –, so gab er dem Knecht die schroffe Anweisung, sich mit den alten Sachen mehr Mühe zu geben. Außerdem ließ Alexej rascher abholzen als aufforsten. »Disziplin ist nötig, nicht Geld«, war sein Motto.

»Ich kümmere mich während seiner Abwesenheit um alles«, erzählte

Tatjana ihrer Tochter, »aber er läßt mich keine Verbesserungen vornehmen. Und natürlich wirft das Gut weniger ab, seit die Suvorins nicht mehr da sind«, räumte sie ein.

Zwei Jahre zuvor war aus Sibirien die Nachricht vom Tod Ivan Suvorins eingetroffen. Von Savva hatte man nie wieder etwas gehört. Olga war zwar traurig über diese Anzeichen von Vergänglichkeit in ihrem früheren Zuhause, aber sie machte sich keine übermäßigen Gedanken, sondern genoß die heiteren Sommertage.

Als einen positiven Charakterzug Alexejs betrachtete seine Mutter seinen regelmäßigen sonntäglichen Kirchenbesuch. Es war nur natürlich, daß er erwartete, von allen im Haus begleitet zu werden. Er ging allerdings nicht in die kleine Holzkirche des Ortes, wo einmal wöchentlich ein Priester von auswärts die Messe las, sondern in die alte Steinkirche am Marktplatz in Russka.

»Ich würde ja mitkommen«, meinte Ilja verdrossen, »wenn nicht dieser verdammte Priester wäre.«

Der Priester in Russka, das muß gesagt werden, war kein angenehmer Mensch, groß, aufgeblasen, rothaarig und mit einer Nachkommenschaft, die, so hieß es, auf dem Markt Lebensmittel stahl. Der Priester selbst ließ keine Gelegenheit aus, bei der es um Essen oder Geld ging. Doch Alexej stand jeden Sonntag unerschütterlich die lange Messe durch, um den Segen von der großen, fetten Hand zu empfangen. Olga begleitete ihn natürlich.

Als sie eines Sonntags zurück zur Kutsche gingen, sagte er zu ihr: »Er hat zwar kein Geld, aber wenn du Pinegin heiraten willst – ich habe nichts dagegen.«

»Heiraten?« Sie starrte ihn an. »Wie kommst du denn auf die Idee?«

»Du verbringst doch viel Zeit mit ihm. Sicher denkt er, du seist interessiert.«

»Hat er das gesagt?«

»Nein, aber ich bin ganz sicher.«

»Ich habe nie daran gedacht«, erklärte sie wahrheitsgemäß.

Er nickte. »Nun ja, du bist Witwe, und du bist reich. Du kannst machen, was du willst. Aber spiele nicht mit ihm. Er kann ein sehr gefährlicher Mann sein!«

In der nächsten Woche war sie deshalb vorsichtig. Sie war zwar ebenso freundlich wie früher, doch nun ging sie öfters allein aus, oder sie nahm ihre Mutter oder Alexej mit, wenn Pinegin dabei war. Sie beobachtete ihn die ganze Zeit: War er wirklich gefährlich?

Eines Nachmittags in der ersten Juniwoche saß die Familie beim Tee auf der Veranda, als eine kleine Staubwolke sich näherte; sie kam den Weg herauf und machte vor dem Gartentor halt.

»Mein Gott, eine Troika«, schrie Ilja.

Die Troika, ein Pferdegespann, in dem drei Pferde nebeneinander liefen, war höchst schwierig zu lenken. Andererseits war es momentan in Mode, per Troika zu reisen – es galt als chic.

Drei Männer saßen darin; der prächtig gekleidete Lenker sprang mit einem Schrei herunter – es war Sergej. Nach russischer Art küßte er jeden dreimal und erklärte munter: »Hallo, Olga! Hallo, Mama! Hallo, Alexej! Man hat mich ins Exil geschickt.«

Früher oder später hatte er ja einmal in Schwierigkeiten kommen müssen.

Zu den ersten Handlungen des Zaren Nikolaus zur Sicherung der politischen Ordnung in seinem Reich gehörte die Errichtung eines neuen, ganz speziellen Polizeiamtes, der »Dritten Abteilung«; an ihre Spitze stellte er einen seiner Freunde, den gefürchteten Grafen Alexander Benckendorff. Dessen Aufgabe war klar definiert: Er hatte gründlich durchzugreifen. Der Zar hielt Reformen zur rechten Zeit für durchaus angebracht; doch bis dahin durfte es keine Dekabristen mehr geben. Benckendorffs Gendarmen waren überall präsent. Insbesondere hatte die Abteilung ein wachsames Auge auf enthusiastische junge Herren mit mangelndem Respekt vor der Autorität – wie, zum Beispiel, Sergej.

Tatsächlich hatte alles mit Puschkin, dem Helden aus Sergejs Jugendzeit, begonnen. Puschkin wurde allmählich bekannt. Einige seiner ersten brillanten Schriften waren bereits veröffentlicht. Die »Ode an die Freiheit« hatte den jungen Dichter schon in Schwierigkeiten mit den Behörden gebracht. Der Zar hatte Benckendorff persönlich beauftragt, das Werk Puschkins zu zensieren. Es war nicht weiter verwunderlich, daß Sergej, den es gelüstete, mit seinem Idol im Licht der Öffentlichkeit zu stehen, eilends auch selbst etwas Schockierendes produzierte.

Sergej Bobrovs Gedicht »Der Feuervogel« ging auf Kosten des Dichters in Druck. Dieses Werk war – müßig zu erwähnen – ein Vorbote der Freiheit. Schon nach zwei Tagen, die Tinte war kaum getrocknet, hatte Benckendorff das Gedicht des unbekannten Autors beschlagnahmt.

Das Vorgehen der Dritten Abteilung war derart schnell, daß Sergej eine Woche darauf den Befehl erhielt, sich unverzüglich auf den Familienbesitz in Russka zu begeben und bis auf weitere Anordnungen dort zu verbleiben. Und da war er nun.

»Hier ist ein Brief für dich, Alexej«, sagte Sergej. Er holte ihn aus den Tiefen seines Mantels. Der Brief war von Benckendorff persönlich. Alexej nahm ihn wortlos entgegen. Außer seinem Diener hatte Sergej einen sympathischen jungen Mann namens Karpenko aus der Ukraine mitgebracht, den er in St. Petersburg kennengelernt hatte.

Alexej bemühte sich, freundlich zu sein. Der Brief hatte ihn einigermaßen besänftigt.

> Wir glauben, daß der junge Mann ein harmloser Bursche ist. Es wird ihm jedoch nicht schaden, wenn er sein Mütchen eine Weile auf dem Lande kühlen kann. Ich weiß, mein lieber Alexej Alexandrevitsch, daß Sie ihn in Ihre väterliche Obhut nehmen werden.

Alexej war fest entschlossen, dieser Bitte nachzukommen. Doch gegen Sergejs Fröhlichkeit konnte er nichts unternehmen. Sergej nahm alles auf die leichte Schulter. Niemand konnte seiner guten Laune widerstehen.

Er begann sogleich die alte Arina zu necken. »Meine Liebe, es geht nicht, daß so eine Alte wie du, die den Kopf voll von Märchen hat, sich um den jungen Herrn Mischa kümmert. Er braucht eine englische Gouvernante. Das hat man heutzutage.« Mischa war fasziniert von diesem wunderbaren Onkel, der Verse schrieb und lustige Zeichnungen machte. Sergej nannte ihn »mein kleiner Bär«. Das Kind folgte ihm auf Schritt und Tritt.

Karpenko war zwanzig Jahre alt, klein, dunkel, hatte feine Gesichtszüge und war sehr schüchtern. Offensichtlich war er Sergej sehr zugetan, der liebevoll mit ihm umging. Wenn Sergej ihn dazu ermutigte, konnte er alle Menschen – vom ukrainischen Bauern bis zum Zaren – großartig imitieren. Karpenko brachte Mischa bei, wie ein kleiner Bär zu tanzen.

Dem kleinen Jungen kam es nun so vor, als befinde er sich nach dem kalten Winter und dem Tod seiner Mutter in einer seltsamen neuen Welt voll von herrlichem Sonnenschein, die ihn glücklich machte. Er fand auch die junge Arina mit ihrem eher schwerfälligen Körper schön. Ihre blauen Augen strahlten vor Freude, wenn sie Onkel Sergej oder Karpenko sah. Sergej gegenüber war sie ein wenig schüchtern, aber der dunkle Ukrainer durfte schon einmal den Arm um sie legen. Onkel Sergej war einfach wunderbar, daran gab es keinen Zweifel. Stundenlang unterhielt er sich mit dem schlauen Onkel Ilja, oft auf französisch.

Wenn sie alle durch die Birkenallee hinter dem Haus spazierten, bemerkte Mischa des öfteren, daß Karpenko versuchte, neben Tante Olga zu gehen. Einmal hörte er, wie sie zu Onkel Sergej sagte: »Dein Freund ist in mich verliebt«, und dann lachte sie silberhell. Und da war noch

Pinegin mit seiner Pfeife und in dem weißen Uniformrock. Er war immerzu da, beobachtete schweigend, hin und wieder lächelte er ein wenig. Und doch hatte er etwas an sich, das dem Kind angst machte. Als sie einmal alle miteinander auf der Veranda saßen, fragte Mischa ihn: »Bist du ein Soldat?« Nach der bejahenden Antwort fragte er weiter: »Und Soldaten töten Menschen?« Pinegin nickte. »Er tötet Leute!« erklärte der kleine Kerl den Erwachsenen, die daraufhin in Gelächter ausbrachen.

Zu Olgas Erleichterung verging mehr als eine Woche ohne Zwischenfall. Jeder wußte, daß man Sergej und Alexej voneinander fernhalten mußte. Alle paßten auf.

Sie hatte vergessen, wie amüsant Sergej war. Er erzählte ihr Skandalgeschichten über gefährliche Situationen, Duelle und gesetzeswidrige Angelegenheiten von allen möglichen Leuten in Moskau und St. Petersburg, und dabei schmückte er die Einzelheiten derart aus, daß sie sich lachend an seinen Arm klammerte.

Eines Abends fragte sie ihn neugierig nach seinem Liebesleben. Ob er viele Frauen gehabt habe? Jede Antwort hatte sie erwartet, aber nicht das, was nun kam. Sergej führte sie in eine stille Ecke, zog ein Büchlein aus seiner Tasche und reichte es ihr. Auf jeder Seite gab es zwei Spalten von Namen, jeder mit einem kleinen Kommentar versehen. »Meine Eroberungen«, erklärte er. »Die auf der linken Seite sind platonische Freundschaften, die auf der rechten Seite habe ich wirklich gehabt«, erklärte er.

So offen Sergej im allgemeinen war, so hatte er doch ein Geheimnis, über das er mit niemandem sprechen konnte. Wenige Tage vor seiner Abreise war er mit seinem Diener, einem Leibeigenen vom Gut in Russka, in Moskau unterwegs, als er plötzlich Savva begegnete. Er war so überrascht, daß er, ehe er überhaupt überlegte, schon ein paar unbedachte Worte geäußert hatte, Worte, die unter Umständen großen Schaden anrichten konnten. Er war nicht sicher, wieviel der Knecht davon begriffen hatte. Deshalb sagte er nur: »Was du auch denken magst – du hast nichts gehört, sonst setzt es Prügel. Verstanden?« Dann hatte er dem Mann ein paar Rubel gegeben, um sein Schweigen zu kaufen.

Sergej verliefen die Sommertage ein wenig zu ruhig. Deshalb schlug er vor, sie sollten Theaterstücke aufführen. Er hatte in der Bibliothek französische Übersetzungen von Shakespeare-Stücken entdeckt. »Ilja und ich werden ein paar Szenen ins Russische übertragen«, erklärte er. »Dann können wir sie alle zusammen spielen.« Dann hätten sie endlich etwas zu tun. Selbst Alexej war einverstanden.

Nur Olga hatte ungute Vorahnungen – sie sah Probleme zwischen den so ungleichen Brüdern voraus. Doch zunächst bescherte ihr diese neue Beschäftigung zwei überaus angenehme Überraschungen.

Die erste betraf Ilja. Olga hatte nie viel von ihrem ältesten Bruder gehalten. Vor fünf Jahren hatte die ganze Familie gehofft, seine Europareise werde seine Gesundheit bessern und ihn zu einer Arbeit anregen. Tatsächlich kam er von seinem Aufenthalt in Frankreich, Deutschland und Italien schlanker und zielstrebiger zurück. Er bekam sogar einen guten Posten in St. Petersburg, und es sah so aus, als habe er eine Karriere vor sich. Aber nach knapp einem Jahr war dann alles vorbei: Er kündigte, verließ die Hauptstadt und kam nach Russka zurück. Er hatte zwar versucht, in Angelegenheiten der Provinz tätig zu werden, verlor jedoch bald den Mut. Eine Art Lethargie lähmte ihn. Da war er nun, stand selten vor dem Mittag auf und las den restlichen Tag.

Aber jetzt, bei den Vorbereitungen für die Theateraufführungen, war er von einem Enthusiasmus erfüllt, den Olga nie an ihm gesehen hatte. Stundenlang arbeitete er mit Sergej. Sein sonst so ruhiges Gesicht zeigte verbissene Konzentration. Während Sergej niederschrieb, was er diktierte, watschelte er umher und fuchtelte aufgeregt mit den Händen. »Er übersetzt. Ich poliere«, erklärte Sergej. »Er macht das fabelhaft.« Zum erstenmal bekam Olga eine Ahnung von dem, was Ilja eigentlich hätte sein können.

Das Theaterspielen begann in heiterer Stimmung. An den langen warmen Abenden trafen sie sich unter einem Lindenbaum vor dem Haus und probten ihre Rollen. Ihr erster Versuch waren einige Szenen aus »Hamlet« mit Sergej als Hamlet und Olga als Ophelia. Tatjana kam dazu, und Alexej verkörperte Hamlets bösen Onkel. Karpenko und Pinegin teilten die übrigen Rollen zwischen sich auf.

Die zweite Überraschung freute Olga sogar noch mehr. Ilja hatte zwar die Übersetzung gemacht, doch Sergej hatte sie in russische Verse gebracht, und zwar glänzend. Und Sergejs Stimme klang zudem noch wunderschön. Plötzlich entdeckte Olga unter der frivolen Oberfläche einen anderen Sergej, eine lyrische Natur. »Du mußt weiter schreiben, Serjoscha, du hast Talent.«

Alexejs Spiel war zwar steif, doch nicht allzu schlecht. Aber seine Sprache war miserabel. Während Ilja und Sergej als gebildete Männer gepflegtes Russisch und Französisch sprachen, hatte Alexej, der nie eine höhere Schulbildung genossen hatte und noch fast im Kindesalter ins Regiment eingetreten war, sein Französisch von fünftklassigen Erziehern und Russisch von den Leibeigenen in Russka gelernt. Das Resultat war ziemlich dürftig.

Sergej faßte es so zusammen: »Er spricht Französisch wie einer aus der Provinz und Russisch wie ein Dienstbote.« Sergej mußte Alexejs Grammatik korrigieren, damit ein Satz seinen Sinn bekam.

»Ich spreche gut genug für einen einfachen Soldaten«, grollte Alexej. Olga sah, daß er sich linkisch vorkam.

Trotzdem waren sie zufrieden mit ihrer »Hamlet«-Inszenierung, und nun wollten sie als nächstes »Romeo und Julia« versuchen.

Eines Nachmittags, als Sergej und Ilja an ihrer Übersetzung arbeiteten, beschloß Olga, mit dem jungen Karpenko und Pinegin auf der niedrigen Hügelkette hinter dem Haus spazierenzugehen.

Das Wetter war strahlend schön. Die Silberbirken glänzten in der Sonne und warfen gesprenkelte Schatten. Karpenko schickte Olga zwar bewundernde Blicke hinüber, doch er war zu schüchtern, um viel zu sprechen. Wie üblich trug Pinegin seinen weißen Uniformrock und paffte seine Pfeife. Nach zwei Wochen ständiger Konversation mit Sergej empfand Olga das Schweigen des Soldaten als eher angenehm.

Sie versuchte, Karpenko aus sich herauszulocken, und erfuhr, daß er aus der Provinz Poltava südöstlich von Kiev kam und aus einer alten Kosakenfamilie stammte. Auch er hoffte, sich einen literarischen Namen zu machen. Durch Olga ermutigt, erzählte der junge Kosak schließlich von seiner geliebten Ukraine. »Es ist eine andere Welt dort im Süden«, bekannte er. »Das Leben ist einfacher. Wenn wir Land brauchen, pflügen wir sogar jetzt noch einfach ein Stück der leeren Steppe um, die kein Ende hat.«

Pinegin nickte nachdenklich und bestätigte: »Es ist tatsächlich so. Ich bin selbst dort gewesen.«

»Jetzt sind Sie dran, Fjodor Petrovitsch«, sagte Olga leise. »Sie sagen, Sie sind im Süden gewesen. Was können Sie uns darüber berichten?«

»Ich kam durch die Ukraine«, antwortete er. »Aber ich habe weiter südlich gedient, im Kaukasus. Wollen Sie darüber hören?«

»Aber natürlich«, lächelte sie.

Als er begann, nahm sein schmales, hartes Gesicht einen versonnenen Ausdruck an. Er berichtete über die hohen georgischen Pässe, die nun zu Rußland gehörten, und über jene dahinter liegenden, wo immer noch wilde Stämme lebten. Er beschrieb die Bergziegen, die Schluchten, wo man in dreihundert Metern Tiefe Hirten mit ihren Herden sah, die wogenden Nebel, über denen die Schneegipfel rosa und weiß in den kristallblauen Himmel ragten. »Ich war einmal in der östlichen Steppe«, fuhr er fort, »am Rande der Wüste. Das ist eine merkwürdige Region.«

Während Olga zuhörte, dachte sie über ihn nach. Irgend etwas war an diesem Mann, etwas Fernes, etwas, das man nicht fassen konnte. War er, wie Alexej meinte, gefährlich? Wenn das wirklich so war, fand sie das seltsam reizvoll.

Mitten in diese Gedanken hinein erschien Sergej auf dem Weg. »Die Arbeit ist getan«, rief er. »Ich bin Romeo, und du bist Julia.« Dann flüsterte er, und sie hoffte, daß Pinegin es nicht hörte: »Hat er dich sehr gelangweilt?«

Wenn er es gehört hatte, so reagierte er jedenfalls nicht. Sie gingen zu viert zurück.

Mischa Bobrov beobachtete die Erwachsenen. Die junge Arina war bei ihm. Es war ein heißer Tag gewesen, und alle waren träge. Nun probten sie eine Szene aus »Romeo und Julia«.

Mischa hörte, daß sein Vater sich zweimal versprach. Onkel Sergej mußte ihn verbessern. Aber es war wohl nicht so schlimm, denn Onkel Sergej lachte dabei. Aber sein Vater war rot angelaufen.

»Es ist wunderschön, Serjoscha«, sagte Olga schließlich, »aber genug für heute. Ich muß mich ausruhen.«

»Tee«, rief Sergej der jungen Arina zu. »Wir möchten Tee.«

Während das Mädchen ins Haus ging, trat Mischa zu Onkel Sergej. »Na, mein kleiner Bär? Was können wir für dich tun?« fragte der und fuhr Mischa mit der Hand durch den Schopf.

Da wandte der Vater sich ihm zu. Er hatte unvermittelt gesagt, er wolle einen Spaziergang machen. Da sich ihm niemand anschließen wollte, fragte er seinen Sohn, der gerade neben Sergej stand: »Nun, Mischa, kommst du mit?«

Das Kind blickte zögernd zu Sergej auf, es war nur eine winzige Geste. Aber sie genügte. Olga sah, wie Alexej leicht zusammenzuckte, dann erstarrte. »Du bist also lieber mit deinem Onkel Sergej zusammen als mit mir«, sagte er bitter.

Der Junge merkte, daß er etwas falsch gemacht hatte, und errötete verwirrt. »O nein«, sagte er ernsthaft, »du bist mein Papa.« Dann trat er neben Alexej.

Die beiden gingen miteinander weg, doch Olga sah, daß Alexej den Kleinen nicht an der Hand nahm. Sie dachte daran, daß er bald in den Krieg gegen die Türken ziehen würde, und die beiden taten ihr leid.

Der erste Donnerschlag des großen Sturmes, der über sie hinwegbrausen sollte, kam für alle, auch für Olga, völlig überraschend, und zwar am folgenden Morgen, als Sergej im Badehaus war.

Niemand in Rußland, von der Herrscherfamilie bis zum armseligsten Knecht, konnte sich ein Leben ohne das traditionelle russische Bad vorstellen. Es ähnelte im Prinzip der finnischen Sauna. Im Badehaus befand sich ein Ofen, der ein tiefes Gestell mit großen Steinen beheizte, worauf Wasser gegossen wurde, damit der Raum sich mit Dampf füllte.

Auch Sergej liebte dieses Bad. Im Sommer sprang er danach in den Fluß, im Winter wälzte er sich im Schnee. Als er an diesem Morgen mit wirrem Haar und keuchend aus dem Wasser stieg, kam der kleine Mischa den Hügel heruntergelaufen und schrie: »Onkel Sergej, sie sperren den Priester aus Russka ein!«

Zwei Stunden davor war der große rothaarige Priester von drei Gendarmen in blauen Mänteln der Dritten Abteilung überrascht worden, die sein Haus gründlich durchsuchten. Innerhalb einer Stunde raunte man sich in der Stadt, im Kloster und sogar in Bobrovo die Neuigkeit zu. Was bedeutete das?

Olga ahnte es sofort. »Ach, Serjoscha«, flüsterte sie, »was hast du getan?«

»Nichts Besonderes«, grinste er. Er hatte einen anonymen Brief an die Abteilung geschrieben, in dem es hieß, der Priester betreibe eine illegale Freimaurerpresse und verteile Pamphlete. Auf Olgas Einwand, diese Anschuldigung sei unglaubwürdig, erwiderte Sergej: »Sie ist unglaublich, aber die Gendarmen sehen das anders, nicht wahr?«

»Ach, Serjoscha!« Olga wußte nicht, ob sie weinen oder lachen sollte. Es war bekannt, daß Benckendorffs Abteilung mit falschen Beschuldigungen aus allen Richtungen überschwemmt wurde. »Möge Gott dir beistehen, wenn Alexej das herausfindet«, sagte sie.

Mittags, als die Gendarmen, die nichts gefunden hatten, sich auf den Heimweg machten, kam Alexej von seinem Morgenritt zurück und passierte Russka, wo ihm der arg mitgenommene Geistliche seine Geschichte erzählte. Alexej ahnte, genau wie Olga, die Zusammenhänge sofort.

Als Alexej an jenem Nachmittag Sergej im Kreise der Familie sitzen sah, warf er ihm einen Blick eisiger Verachtung zu. Aber er sagte nur: »Das wirst du noch sehr bereuen, das verspreche ich dir.«

Zu Alexejs Überraschung bat Sergejs Diener am frühen Abend um eine Unterredung mit ihm. Für Bobrovs Leibeigene war Sergejs Position immer undurchsichtig gewesen. Als sein Vater starb, gingen die Besitzungen an seine Brüder; es wurde jedoch allgemein angenommen, daß seine Jugend und seine ungebärdige Art der Grund dafür waren, daß er übergangen wurde. Dennoch stand fest: Wenn die Leibeigenen zwischen ihrem Herrn Alexej und Sergej hätten wählen können, hätte es keinen Zweifel gegeben, auf welche Seite sie sich geschlagen hätten. Die wachsende Kluft zwischen den Brüdern war unverzüglich zur Kenntnis genommen worden. Und auch der jüngste Ärger war nicht unbemerkt geblieben.

Der junge Knecht hatte die Situation sehr sorgfältig geprüft, ehe er am Abend dem älteren Bruder einen genauen Bericht über eine gewisse Begebenheit in Moskau lieferte. Als er geendet hatte, schien der Gutsbesitzer erfreut.

»Es war recht von dir, mir das mitzuteilen«, sagte Alexej. »Du wirst mit niemandem sprechen. Und wenn alles gut ausgeht, erlasse ich deiner Familie ein Jahr lang den *obrok.«* Der Diener war beglückt.

Am selben Tag noch setzte Alexej Nachforschungen in Gang. Am nächsten Tag herrschte eine unerträgliche Spannung im Haus. Alexej sah aus, als werde er jeden Augenblick losdonnern. Während des Essens wurde kaum ein Wort gesprochen. Am Abend gab es nur eine leise Unterhaltung, und Olga fürchtete, daß ein unbedachtes Wort einen Streit zwischen den Brüdern entfachen könnte. Insbesondere Sergej machte den Eindruck, als wollte er seinen älteren Bruder provozieren. Wie konnte sie nur Frieden stiften?

Als sie Karpenko anblickte, kam ihr plötzlich eine Idee. »Warum erzählen Sie uns nicht eine Kosakengeschichte?« schlug sie vor.

Er errötete vor Freude, denn er verstand genau, was Olga wollte. Er war froh, etwas für Olga und Sergej tun zu können, für die beiden Menschen, die er liebte. Also begann er mit leiser Stimme zu sprechen. Karpenko war außerordentlich stolz auf seine Kosakenvorfahren. Er schlug alle in seinen Bann mit Geschichten aus alten Zeiten, von wilden Kosaken, die über die offene Steppe galoppierten, und von den Überfällen vom Zaporoger Lager aus, den mächtigen Dnjepr entlang. Er redete sich selbst in Begeisterung, doch als er zum Schluß kam, seufzte er betrübt: »Die Kosaken sind jetzt alle gute Russen geworden.«

Olga konnte es ihm nicht verdenken, daß er der Vergangenheit nachtrauerte.

Vor allem Ilja war tief beeindruckt. »Mein Gott«, rief er, »du erzählst diese Geschichten so großartig, daß du sie aufschreiben solltest. Damit kannst du dir einen Namen als Schriftsteller machen. Hast du schon darüber nachgedacht?«

Karpenko errötete vor Stolz. Ja, er hatte sich das bereits überlegt. Dann fügte er hinzu: »Wenn überhaupt, dann will ich die Geschichten in ukrainischer Sprache schreiben. Sie klingen dann tatsächlich noch schöner.«

»Auf ukrainisch?« fragte Ilja. »Bist du sicher?« Es gab nämlich keine

Literatur im ukrainischen Dialekt, außer einer lustigen Versdichtung, obwohl der dem Russischen nah verwandt war.

»Verzeih«, warf Alexej ruhig ein, »aber die Ukraine ist ein Teil von Rußland. Du solltest also auf russisch schreiben!« Seine Stimme klang nicht unfreundlich, aber sehr bestimmt. »Außerdem wird Ukrainisch nur von Bauern gesprochen«, fügte er mit einem abschließenden Achselzucken hinzu.

Der kleine Kosak begriff sofort. »Es stimmt – Ukrainisch ist eine Bauernsprache«, räumte er bereitwillig ein. »Aber genau deshalb möchte ich sie verwenden – ich möchte ja über das Landleben schreiben, verstehst du?«

»Ganz recht!« Sergej wollte seinen Freund unbedingt verteidigen. »Schließlich gibt es unsere russische Literatur auch erst seit einer Generation. Warum sollten die Ukrainer sich nicht eine eigene schaffen? Oder betrachtet es der Zar als eine weitere Wohltat für die Ukrainer, wenn er ihre Literatur im Keim erstickt?«

Olga hielt den Atem an: Das war eine Beleidigung. Alexej wurde blaß, doch er bemühte sich, Sergej zu ignorieren. Dagegen richtete er an Karpenko eine heikle Frage: »Lehnt das ukrainische Volk die Herrschaft des Zaren ab?«

Der Kosak lächelte vorsichtig. Er hätte sagen können, die ukrainischen Bauern hegten nicht gerade eine Vorliebe für Rußland; er hätte erwähnen können, daß die Städte durch das Programm der Russifizierung ihre frühere Freiheit einbüßten. Aber er ging diplomatisch vor. »Als Napoleon einmarschierte, hatte der Zar keine loyaleren Truppen als die Kosaken«, erinnerte er. »Und die Landbesitzer östlich des Dnjepr, woher ich komme, waren seit den Zeiten Bohdans froh über den Schutz von russischer Seite. Westlich des Dnjepr aber, wo der polnische Einfluß stärker ist, wird die russische Herrschaft zwar akzeptiert, sie ist jedoch nicht besonders beliebt.« Das war eine objektive Einschätzung, und selbst Alexej hatte keine Einwände. Im Augenblick schwieg er.

Ohne nachzudenken, sprach Karpenko weiter. »Wißt ihr, es ist komisch; ungefähr zehn Meilen von hier gibt es einen Ort, wo meine Familie früher einmal einen Hof besaß. Er hat jetzt einen neuen Namen, aber zur Zeit Peters des Großen hieß er Sumpfloch.«

Niemand hatte je davon gehört. »Es würde mich interessieren, was das für ein Ort ist«, sagte Olga.

Und nun machte Karpenko einen großen Fehler. »Zur Zeit ist es eine Militärkolonie«, erklärte er zögernd. Sofort wußte er, daß er das nicht hätte sagen sollen. Alexej saß stocksteif da. Sergej schnitt eine Grimasse. Da lächelte Alexej plötzlich.

»Eine Militärkolonie«, meinte er triumphierend. »Das ist ein grandioser Fortschritt.«

Bei diesen Worten zuckte der Kosak zusammen. Von allen Neuerungen, die die Regierung des Zaren in der Ukraine vorgenommen hatte, waren die Militärkolonien die am meisten gehaßte. Es gab etwa zwanzig davon, jede groß genug, um ein ganzes Regiment zu beherbergen. Da Karpenko nichts einfiel, was er zugunsten dieser fürchterlichen Einrichtungen hätte sagen können, schwieg er und biß sich auf die Lippen.

Sergej dagegen, der innerlich kochte, hatte keine derartigen Hemmungen. »Wenn es nach Alexej ginge, wäre ganz Rußland eine einzige Militärkolonie«, sagte er sehr ruhig. »Wie Ivan der Schreckliche und seine *opritschnina,* nicht wahr, Alexej?«

Alexejs Gesicht war wie versteinert. »Junge Leute sollten von Dingen reden, die sie verstehen«, sagte er höhnisch, »wie, zum Beispiel, vom Verseschmieden.« Zu Pinegin gewandt, fuhr er fort: »Wenn das ganze Reich wie eine Militärkolonie regiert würde, ginge alles sehr viel reibungsloser.«

Sergejs Stimme klang schneidend. »Du willst doch wohl nicht behaupten, Alexej, daß beim Militär alles reibungslos geht?«

Es folgte Stille. Man hätte fast annehmen können, Alexej hätte diese Bemerkung überhört, doch dann wandte er sich an Pinegin und meinte in gleichgültigem Ton: »Mir ist so, mein Freund, als hätte ich irgendwo einen Hund kläffen hören.«

Sergejs Gesicht lief dunkelrot an; dann brüllte er los: »Wißt ihr, wie unsere elenden Soldaten lernen, eine Salve zu schießen? Ich will es euch sagen: Alle zusammen! Perfekte zeitliche Übereinstimmung. Es gibt nur ein Problem – sie lernen nicht, auf etwas zu zielen. Das ist Tatsache. Ich habe es gesehen. Niemand kümmert sich darum, wohin sie schießen, solange sie nur alle auf einmal feuern. Die Chancen, daß eine russische Salve den Feind trifft, sind gleich Null. Und dies ist die militärische Tüchtigkeit meines Bruders«, schnaubte er verächtlich.

Alexej verlor seine Beherrschung. Es sah so aus, als wolle er Sergej schlagen.

Nun aber sprach Pinegin. Er wirkte gefaßt, doch seine Augen funkelten, und da war etwas Bedrohliches an ihm, als er fragte: »Du beleidigst die russische Armee?«

»Oh, viel mehr als das«, gab Sergej zurück. »Ich kritisiere das gesamte russische Reich, das glaubt, wenn man dem menschlichen Geist nur eine Ordnung aufzwingt – gleichgültig, wie absurd oder grausam diese ist –, so ist etwas erreicht worden. Ich kritisiere den Zaren und diesen üblen

Benckendorff mit seinen idiotischen Gendarmen und seiner Zensur. Ich verachte eure Militärkolonien, wo versucht wird, aus Kindern Maschinen zu machen; ich verachte die Einrichtung der Leibeigenschaft, wo ein Mensch zum Eigentum eines anderen wird. Ja, und auf alle Fälle beleidige ich die Armee, die von den gleichen inkompetenten Leuten geführt wird, die dieses riesige Meer von Dummheit und Verderbtheit befehligen, das sich als russische Regierung bezeichnet.« Sergej wandte sich wieder an Alexej: »Nun sage mir, mein tüchtiger Bruder, wie viele Termine für Zielübungen haben russische Soldaten pro Jahr?« Alexej war zu wütend, um zu antworten. Sergej fuhr fort: »Ich werde es dir sagen. Drei Termine pro Jahr. So werden deine Leute ausgebildet, bevor ihr gegen die Türken loszieht.« Er lachte unbändig. »Zweifellos setzt du diese militärische Organisation sehr wirkungsvoll zum Ruin des Besitzes hier ein, vor allem jetzt, nachdem die Suvorins uns nicht länger stützen!«

»Nun, Bobrov«, warf Pinegin mit einem trockenen Lachen ein, »wenn dein Bruder mir dies in unserem Regiment gesagt hätte, hätte ich wahrscheinlich seinen Kopf als Zielscheibe benützen müssen. Aber lassen wir das! Spielen wir lieber Karten.«

Gott sei Dank, daß Pinegin hier ist, dachte Olga.

Am folgenden Morgen erklärte Alexej, er müsse nach Vladimir reiten und den Gouverneur aufsuchen. Er wollte in einer Woche wieder zurück sein.

»Würdest du hierbleiben, mein Lieber, und auf meinen Bruder aufpassen?« bat er Pinegin.

Mittags war Alexej schon unterwegs. Er hatte einen Brief bei sich, den er vergangene Nacht geschrieben hatte. Er war an den Grafen Benckendorff gerichtet.

Liebte sie ihren Bruder Sergej, fragte sich Olga. Natürlich. Doch der Streit mit Alexej war so unnötig und seine Beleidigungen unverzeihlich gewesen. Am Morgen, als Sergej mit Mischa zum Angeln ging, ließ sie ihn links liegen. Den ganzen Vormittag beschäftigte sie sich mit ihren beiden Kindern.

Am frühen Nachmittag, während die junge Arina die Kinder zu Bett brachte, ging Olga in den Birkenwald oberhalb des Hauses. Da bemerkte sie Pinegin in seiner weißen Uniform allein in der Allee. Sie folgte ihm, und als sie neben ihm war, sagte sie: »Ich schulde Ihnen Dank, Fjodor Petrovitsch.«

Er warf ihr einen kurzen Blick zu. »Ich stehe Ihnen immer zu Diensten.«

Langsam gingen sie durch die Allee. »Ich bin sehr böse auf Sergej«, seufzte Olga schließlich.

»Verzeihen Sie ihm, er ist noch ein Kind«, sagte Pinegin leise.

»Ja, wahrscheinlich haben Sie recht.«

Wieder blickte er sie an. »Aber auch Kinder, Olga Alexandrovna, können gefährlich sein.«

Sergej – gefährlich? Schweigend gingen sie weiter. Ermutigt von der Intimität des Augenblicks sagte sie plötzlich: »Sie haben mir einmal etwas aus Ihrem Leben erzählt, Fjodor Petrovitsch. Aber darf ich Sie fragen, woran Sie glauben? Glauben Sie, zum Beispiel, an Gott? Was hilft Ihnen, wenn Sie sich in Gefahr befinden?«

Er zuckte die Achseln. »Schicksal«, antwortete er. »Wenn man nie weiß, ob nicht irgendein Wilder einem eine Kugel in den Kopf schießt, fängt man an, ans Schicksal zu glauben.« Er lächelte. »Das ist beruhigend.«

»Sie sind anders als meine Brüder, nicht wahr?«

»Ja, das stimmt. Ihre Brüder hoffen immer auf irgend etwas.«

»Und Sie? Hoffen Sie nie?«

»Wie ich schon sagte: Ich glaube an das Schicksal. Die Dinge geschehen so, wie sie vorgesehen sind. Wir müssen unsere Bestimmung nur annehmen.«

Sie war sich bewußt, daß er sie musterte. Sie hatte das merkwürdige Gefühl vollkommener Sicherheit in seiner Nähe, aber sie fühlte auch Gefahr, und die Mischung fand sie faszinierend. »Ich glaube, ich verstehe das ein wenig«, sagte sie.

Er nickte. »Ja, Olga Alexandrovna«, sagte er leise, »wir verstehen einander, glaube ich.«

Sie spürte, daß das als Kompliment gemeint war, und da sie nicht wußte, wie sie sonst darauf reagieren sollte, berührte sie leicht seinen Arm. Dann gingen sie gemeinsam zurück.

Nach diesem Erlebnis war Pinegin innerlich aufgewühlt. Es hielt ihn nicht im Haus. Allein nahm er den Weg nach Russka. Nachdenklich setzte er sich auf einen kleinen Grabhügel am Wegrand. Ja, warum sollte er eigentlich nicht? Er war schließlich ein Herr. Und diese Frau war etwas Besonderes, anders als die anderen. Da er arm war, hatte er sich den adligen Töchtern gegenüber immer ziemlich unbeholfen gefühlt. Und zur eigenen Beruhigung hatte er sich eingeredet, sie seien oberflächlich, fade und ohne Interessen. Olga jedoch war anders. Sie hat gelitten, sagte er sich. Sie kann mich wohl verstehen. Wahrscheinlich werde ich eine wie sie nie mehr finden.

Natürlich war er arm. Aber auch andere arme Männer hatten reiche Frauen geheiratet. Und oft hatten die Leute sogar eine hohe Meinung von ihnen, bewunderten sie sogar. Außerdem hatte er anderes zu bieten: Er konnte für sich selbst sorgen, er hatte allein gelebt. Und er hatte niemals Furcht gekannt.

Alexej würde in einigen Tagen zurückkommen. Dann wollte er, Pinegin, seinen Antrag machen.

Der junge Karpenko blickte Sergej mit einem erstaunten Stirnrunzeln an: Merkwürdiges ging mit seinem Freund vor. Da war eine Erregung in ihm, die Karpenko nicht ergründen konnte. Er wußte, daß sich hinter der Fassade, hinter jenem Sergej, der die üblichen blöden Witze erzählte, hinter dem Moralisten, der so zornig gegen den russischen Staat aufbegehrte, eine stille Poetenseele verbarg. Diesen Sergej liebte er. Nun aber diese seltsame Bitte. Warum bestand Sergej so sehr darauf?

»Ich werde tun, was ich kann«, sagte der Kosak, »obwohl ich nicht weiß, ob das gutgeht. Ich begreife einfach nicht…«

Sergej seufzte. »Mach dir keine Sorgen«, versicherte er seinem Freund. »Tu nur, was ich dir sage, das ist alles.« Er verstand sich ja selbst kaum. Nur eines wußte er: »Es muß sein«, murmelte er, »es muß einfach sein.« Er hatte alles sorgfältig geplant.

Es war der 24. Juni, das Fest des heiligen Johannes. In der vergangenen Woche, seit seinem Streit mit Alexej und dessen Abreise, war jeder von ihnen eher für sich geblieben, und Sergej war sich fast wie ein Ausgestoßener vorgekommen. Ilja war mit seinen Büchern beschäftigt; Pinegin ging häufig allein auf die Jagd. Tatjana sprach kaum mit ihm, und selbst der kleine Mischa hielt sich eher fern. Olga hatte betrübt zu ihm gesagt: »Ich habe wirklich versucht, Frieden zu halten, Serjoscha. Und du hast das kaputtgemacht. Du hast mir weh getan.«

Das bevorstehende Fest hatte die Atmosphäre jedoch entschärft. Es war geplant, daß man nach den Feierlichkeiten an diesem Tag gemeinsam einen Ausflug zu den alten heiligen Quellen machen würde. Es war Sitte, in der Johannisnacht in den Wald zu gehen.

Zum Fest des heiligen Johannes des Täufers kleideten sich alle festlich. Am späten Vormittag erschienen die beiden Arinas, auch sie fein herausgeputzt. Wie prächtig ist doch die Tracht der russischen Landfrauen, dachte Sergej. Heute trugen die beiden bestickte Blusen mit bauschigen Ärmeln, darüber ein bis zum Boden reichendes, ärmelloses Gewand, den bekannten *sarafan,* aus rotem Stoff und nach der Sitte mit geometrischen Vögeln in orientalischem Stil bestickt. Die Krönung des Ganzen bildete der hohe, tiaraartige Kopfschmuck, der *kokoschnik,* ein mit Gold- und Silberfäden und mit Flußperlen verziertes Diadem.

Gegen Mittag gingen alle hinunter ins Dorf, um den Feierlichkeiten zuzusehen. für diesen Tag fertigten die Bewohner von Bobrovo kleine Puppen von Yarillo, dem alten Fruchtbarkeitsgott, und Kupala, seinem weiblichen Pendant. Nachdem sie durchs Dorf getragen worden waren, wurden die Puppen in den Fluß geworfen, eine Verbindung aus Taufe und ritueller Tötung, was in früherer Zeit Wiedergeburt bedeutet hatte.

Dann gingen sie in der warmen Sonne nach Hause, wo ein köstliches Mahl vorbereitet war: *pirozki* aus Fleisch, kalter *schtschi,* die sommerliche Abwandlung der Kohlsuppe; Forelle, Truthahn und *blinis.* Es gab Kirsch-, Apfel- und Himbeerkuchen, begleitet von Bergen saurer Sahne. An Getränken wurden Kwaß, Wein und ein halbes Dutzend unterschiedlich schmeckender Wodkasorten serviert.

Bald darauf erschienen die Frauen aus dem Dorf in ihren wunderschönen Kleidern, stellten sich in einem Kreis auf und sangen die hübschesten russischen Volksmelodien, die alten Kupala-Lieder.

Mischa und die beiden Kleinen waren zu Bett gebracht worden, und die rötliche Sonne schien sanft über dem Wald, als sie sich gemeinsam zu den Quellen aufmachten. Tatjana und Ilja fuhren in einem kleinen Wagen, den ein Knecht lenkte. Die übrigen gingen zu Fuß, nahmen den Weg durch den Wald, der zum Kloster führte. Dann überquerten sie den Fluß unterhalb der Stadt. Bald darauf mußten Tatjana und Ilja den Wagen stehenlassen und folgten dem Pfad, der sich am Fluß entlang bis zu den Quellen hinzog.

Sie gingen paarweise: Olga und Pinegin vorne, dann Karpenko und die junge Arina, dahinter Sergej mit der alten Arina, Ilja und Tatjana schlossen allmählich auf.

Im Mondlicht war der Pfad gut zu erkennen. Sergej beobachtete die übrigen. Da war Pinegin, wie immer in Weiß, neben Olga, und das in gebührendem Abstand. Sergej sah Olgas anmutigen Gang. Karpenko legte verstohlen den Arm um Arina. Sergej bemerkte, wie Ilja über eine Wurzel stolperte, die seine Mutter geschickt umgangen hatte. Jeder ist in Gedanken versunken in dieser Nacht, überlegte er; jeder hat seine geheimen Hoffnungen.

Sergej hatte solche Gefühle noch nie gehabt. Während seiner Kindheit war Olga immer seine Freundin, seine Vertraute gewesen. Sie war wie ein Teil von ihm und er von ihr; jeder kannte die Gedanken des anderen, immer, ohne daß darüber gesprochen wurde. Doch dann wurden sie getrennt, was zu erwarten gewesen war.

Das Leben schien Sergej recht hart. Seine Karriere als Schriftsteller ging nur langsam vorwärts. Das Geld war knapp, und oft war er ziemlich einsam. Abend für Abend machte er sich ans Schreiben. Doch die Verse kamen nur mühsam, und oft gab er auf. Die Hoffnung auf Ruhm schien sich nicht zu erfüllen.

Er entwickelte beim Dichten allerdings eine Methode. Er stellte sich Olga als ständige Zuhörerin vor. Wenn er etwas Bewegendes schrieb, wollte er sie bewegen; war es etwas Lustiges, bedeutete dies, daß er sie zum Lachen bringen wollte. Oft rief er, allein in seiner Wohnung: »Meine Olga, du wenigstens wirst verstehen.« Und so war Olga, ohne daß sie es wußte, in all diesen Jahren Sergejs imaginäre Begleiterin.

Ob es wohl eine Enttäuschung sein würde, hatte er überlegt, wieder mit ihr im Haus der Familie zu leben? Verheiratet, verwitwet, mit Kindern – er dachte, daß sie sich verändert haben müsse.

Er war keinesfalls auf jene überwältigende Entdeckung vorbereitet, die er gleich am ersten Tag machte und die ihn mitunter erzittern ließ: Olga erfüllte seine Gedanken. Alles tat er nur für sie. Seine Shakespeare-Übersetzungen, die sie so liebte, hatte er Wort für Wort für sie verfaßt. Alles andere – die üblichen Witze, der alberne Streit mit Alexej – war nur ein verrücktes Spiel, um sie beide abzulenken, gespielt von einem Mann, der eine Maske tragen mußte, weil seine Liebe verboten war. Niemals zuvor, das wußte er nun, hatte er Leidenschaft empfunden. Er war am Ende. Heute nacht, das hatte er sich gelobt, mußte die Sache bereinigt werden.

Die Quellen stürzten noch immer, wie schon vor Jahrhunderten, in silbernen Kaskaden vom Hochufer in den Fluß. Es war tiefe Nacht. Die Sterne glänzten. Die kleine mondbeschienene Lichtung bildete einen schönen Ruheplatz, und die Gesellschaft setzte sich ins Gras. Sergej wandte sich an die alte Frau: »Komm, Arina, erzähle all deinen Kindern eine Geschichte.«

Mit leiser singender Stimme begann Arina zu sprechen. Sie erzählte von den heiligen Quellen und von den Geistern, die darin wohnten, von den Zauberfarnen und Blumen im Wald, von den Seelen der verlassenen Mädchen, den *rusalki,* die im Fluß lebten.

Als sie geendet hatte und alle zufrieden dasaßen, meinte der kleine Kosak: »Sag uns ein paar von deinen Gedichten auf, Sergej. Du hast kürzlich ein paar wunderschöne verfaßt.«

Als Sergej sich sträubte, schaltete Olga sich liebevoll ein: »Ja, Serjoscha, laß uns etwas hören.«

Er hatte sich sorgfältig darauf vorbereitet. Das erste Gedicht hatte eine alte Sage von der Hexe Baba Jaga zur Vorlage, das die Zuhörer zum Lachen brachte. Das zweite war ein Herbstgedicht und das dritte ein Liebesgedicht.

Es hatte nur ein paar Zeilen, aber Sergej wußte, daß es das Beste war, was er je geschrieben hatte. Es handelte von einem Dichter, der nach langer Abwesenheit eine geliebte Freundin wiedertrifft und spürt, daß seine Liebe sich in Leidenschaft verwandelt hat.

Es beschrieb, wie in den Jahren seines unglücklichen Lebens, während ihrer Trennung, die Erinnerung an die geliebte Frau ihm Kraft gegeben hatte. Und wie beim Wiedersehen mit seinem Engel seine Leidenschaft geweckt wurde. Er fühlte sich neu geboren. Und in seinem Herzen waren »Göttlichkeit, Gedankenflüge, Leben, Tränen, Liebe«.

Keiner blickte zu Olga hin. Sie verstanden nichts. Als Tatjana ihn nach einer Weile fragte, wer diese Dame sei, antwortete er: »Eine Frau, die ich in St. Petersburg kannte.« Ilja murmelte: »Wunderschön, mein lieber Serjoscha. Ausgezeichnet. Was für ein Herz du hast!«

Olga saß ein Stück hinter Tatjana. Sie hatte ihr Gesicht in den Schatten zurückgenommen und neigte den Kopf, doch Sergej hatte vorher, im Mondlicht, Tränen auf ihren Wangen entdeckt. Mein Gott, sie wußte es! Endlich hatte sie es begriffen.

So saßen sie eine Zeitlang, bis Sergej vorschlug, zum Kloster zu gehen. Die Nacht war noch jung. Karpenko griff die Idee sogleich auf. Pinegin schien ebenfalls einverstanden, doch Ilja und die beiden älteren Frauen waren dagegen. »Wir gehen zum Wagen zurück und fahren nach Hause«, erklärte Tatjana, »sollen doch die Jungen gehen.« So trennte sich die Gesellschaft.

Sergej ging voraus, mit ihm die junge Arina und Pinegin. Olga folgte mit Karpenko. Sergej schritt rasch aus. Plötzlich stellte er überrascht fest, daß der Kosak und Olga so weit zurückgeblieben waren, daß sie sich nicht mehr in Sichtweite befanden. »Geht weiter«, sagte er zu Pinegin. »Ich werde sie antreiben.«

Bald darauf gesellte der kleine Kosak sich zu Pinegin und meinte: »Olga unterhält sich mit ihrem Bruder. Sie kommen gleich nach. Hier entlang.«

Als der Weg sich gabelte, war der kleine Kosak sicher, welche Richtung Sergej ihm beschrieben hatte. Doch nach wenig mehr als einer halben Meile hörte der Pfad auf. Karpenko sagte: »Teufel noch eins! Ich muß mich wohl geirrt haben.«

Sergej und seine Schwester standen nebeneinander. Sie waren ans Flußufer gegangen. Eine Weile schwiegen sie. Dann fragte Olga: »Das Gedicht war für mich?«

»Natürlich.«

Sie starrte ins Wasser. »Ich ... hatte ja keine Ahnung. Es war sehr schön. Aber die Worte waren ... nicht für eine Schwester geschrieben. In deinem Gedicht war von einer Liebe die Rede, die ...«

»Von Leidenschaft.«

Sie nahm seine Hand. »Ich bin deine Schwester.«

»Wir wollen niemals mehr davon sprechen«, sagte er. »Aber nur, damit ich es weiß, wenn ich einmal sterbe: Könntest du mich so lieben, wie ich dich liebe?«

Sie zuckte die Achseln. »Ich liebe dich als meinen Bruder.« Sie drückte leicht seine Hand. »Was möchtest du denn, Serjoscha? Möchtest du mich?«

»Das Universum – dich! Für mich ist es ein und dasselbe.«

»Hast du mich hierhergebracht, um mich zu verführen?«

»Du weißt es doch.«

Sie errötete. »Ich weiß es. Unmöglich. Nicht mit meinem Bruder.«

»Weißt du, daß ich nur dein Halbbruder bin?« fragte er leise.

»Ja. Ist das Vergehen deswegen nur halb so schlimm?«

»Ich weiß es nicht. Vielleicht. Es ist stärker als ich. Es ist ein Trieb.«

»Wir können unseren Trieben widerstehen.«

»Können wir das?«

Sie rührte sich nicht von der Stelle. Da legte er den Arm um sie, und sie standen da und starrten schweigend in die flimmernde Nacht. Er spürte, wie sie erschauerte, und er sagte leise: »Ich möchte dich nur einmal im Leben küssen dürfen, nur dieses eine Mal.«

Sie schüttelte langsam den Kopf und seufzte mit einem seltsam traurigen Lächeln. Dann legte sie ihre Arme um seinen Hals.

Als sie wieder an die Weggabelung gelangten, wurde Pinegin unruhig.

»Gehen wir lieber weiter zum Kloster«, meinte Karpenko. »Sie sind wahrscheinlich an uns vorbeigegangen.«

Pinegin war anderer Meinung. »Ich gehe zurück«, sagte er. Zu Karpenkos Schrecken schritt er rasch den Pfad hinunter.

Plötzlich nahm Pinegin eine Bewegung wahr, einen Umriß; er sah zwei Menschen eng umschlungen stehen. Einen Augenblick lang trennten sie sich, so daß er im Mondlicht die Gesichter deutlich erkennen konnte.

Eine Minute lang war Pinegin keiner Bewegung fähig. Olga, um deren Hand er bitten wollte, war mit einem anderen Mann zusammen – mit ihrem verwünschten Bruder. Kalte Wut packte ihn. War sie nicht fast schon sein eigen? Warum sollte er das zulassen? Er verließ den Pfad und wollte zu den beiden hingehen. Dann aber überlegte er es sich. Diese Frau, die er geliebt hatte, war für ihn gestorben.

In diesem Augenblick kam Karpenko heran. »Pinegin! Was tun Sie da?« rief er.

»Nichts!«

»Gehen wir zu den Quellen und warten dort auf sie«, schlug der Kosak laut vor, damit die Geschwister ihn hören konnten. Während die Männer zu den Quellen gingen, war Pinegin sehr still. Kühl zählte er die Minuten. Als er eben zum Schluß gelangte, daß das Fürchterliche geschehen sein müßte, daß Sergej Olga besessen haben müßte, kamen die beiden den Pfad entlang.

»Wir haben überall nach euch gesucht«, sagte Sergej.

»Es ist spät«, murmelte Olga, »wir sollten nach Hause gehen.« Sie trat neben Pinegin.

Auf dem langen Heimweg wurde wenig gesprochen. Als schließlich das Haus in Bobrovo in Sicht kam, dämmerte schon fast der Morgen herauf.

Unterwegs waren Pinegin verschiedene Gedanken gekommen. Was auch Olgas Fehler sein mochte – alle Frauen waren wohl schwach –, Sergej hatte ihn zum Narren gemacht. Er ahnt es, dachte Pinegin, er hat mein Interesse bemerkt. Und nur deshalb hat er das getan! Das einfachste wäre es wohl, Sergej herauszufordern, doch über ein Duell, gleichgültig, wie es ausgehen mochte, würde auf alle Fälle gesprochen werden. Das würde Olga der allgemeinen Verachtung preisgeben. Das wäre unter seiner, Pinegins, Würde. Aber ich werde mich rächen, dachte er.

Die große Kutsche kam die Auffahrt herauf, hielt jedoch nicht vor dem Haupteingang, sondern vor den Ställen an der Seite. Sergej sah zuerst seinen Bruder Alexej mit dem Ausdruck grimmigen Triumphs, dann einen finster dreinblickenden Soldaten aussteigen.

Sergej wurde plötzlich totenblaß. Aus der Kutsche zerrten sie eine bärtige Gestalt, die Hände in Ketten, die, als sie sich aufrichtete, alle überragte. Sie hatten Savva Suvorin gefaßt. Sergej wußte, daß es seine Schuld war. Es hatte nichts genutzt, daß er sein Geheimnis bewahrt hatte!

Dieser winzige Augenblick von Unachtsamkeit damals auf jener Moskauer Straße! Er hatte beim Anblick Savva Suvorins laut seinen Namen gerufen, und da er meinte, Savva habe ihn nicht gehört, hatte er dummerweise die Straße überquert und ihn beim Arm genommen. Erst als er fühlte, wie Suvorin erstarrte, erinnerte er sich, daß der Leibeigene ja ein Entlaufener war.

Sergej war immer empört gewesen über die Behandlung der Suvorins. »Keine Angst, ich verrate dich nicht«, meinte er rasch.

Aber Savva ging kein Risiko ein. »Eine Verwechslung«, murmelte er.

»Ich heiße nicht Savva.« Dann wandte er sich ab und verschwand in einem Toreingang.

Sergej folgte ihm nicht. Er blieb einen Augenblick stehen, bis er plötzlich bemerkte, daß sie nur einige Meter von der Grundstücksmauer der Theodosianersekte entfernt waren. »Die Theodosianer«, murmelte er, »natürlich, das muß es sein.«

Er hatte davon gehört, daß diese Altgläubigen Menschen aufnahmen und ihnen manchmal falsche Namen und Papiere gaben. Sicher war das der Fall mit Savva Suvorin. Nun, soll er Glück haben. Sergej wandte sich um und sah plötzlich seinen Diener neben sich stehen, und da erinnerte er sich, daß dieser einer der Leibeigenen von dem Gut in Russka war. Was hatte der Bursche mitgehört? Er hatte ihm Prügel angedroht, falls er irgend etwas ausplaudern sollte. Offenbar hatte das nicht gewirkt.

Da stand auch eine rundgesichtige Frau; es mußte Savvas Frau sein. auch einen zweijährigen Jungen hatte man aus der Kutsche geholt. Sie standen schweigend da. In diesem Augenblick sah Savva Suvorin Sergej. Sein Gesicht zeigte keinerlei Regung, er starrte ihn nur an. Sergej hatte den dringenden Wunsch, auf ihn zuzugehen und ihm zu erklären, daß er ihn nicht verraten habe. Doch was nützte das? Durch seine Unachtsamkeit, durch seine Dummheit hatte Savva seine Freiheit verloren.

Sergej hörte Alexej sagen: »Nun, Suvorin, morgen wirst du ausgepeitscht.«

Als er sich umwandte, entdeckte er Sergej. »Ach, Sergej! Ich habe Neuigkeiten für dich. Komm herein.«

Niedergeschlagen betrat Sergej das Haus.

Alexej benahm sich sehr geschäftsmäßig. Er kam sofort zur Sache. »Wie du siehst, haben wir einen Entlaufenen eingefangen, Sergej. Es heißt, du habest ihn in Moskau getroffen, dich jedoch außerstande gesehen, mich davon zu informieren. Damit, so vermute ich, hast du dich der Mittäterschaft an einem Diebstahl schuldig gemacht. Das Entscheidende aber ist, daß Graf Benckendorff mich gebeten hat, auf dich aufzupassen. Ich war nach dieser Entdeckung leider nicht in der Lage, einen sehr günstigen Bericht zu erstatten. Der Graf hat demnach bestimmt – ich zeige dir sein Schreiben –, daß du für eine Weile von hier verschwindest. Morgen lasse ich dich zum Militärgouverneur von Vladimir bringen. Er wird das Nötige veranlassen und dich nach Osten schicken – nicht nach Sibirien, nur in den Ural. Du sollst dort drei Jahre bleiben, glaube ich.«

Exil. Drei Jahre Exil im Ural, Hunderte von Meilen jenseits der Wolga.

1844

Das Duell zwischen Savva Suvorin und der Familie Bobrov trat in diesem Jahr ins letzte Stadium.

Savva Suvorin hatte niemals aufgegeben. Nachdem er Tatjanas Brief mit der Nachricht über das Schicksal seines armen Vaters erhalten hatte, floh er aus Moskau und nahm außer etwas Geld, das er in seine Kleider eingenäht hatte, nur die kleine dunkle Ikone mit. Zwei schreckliche Jahre hatte er dann, um unentdeckt zu bleiben, Lastkähne auf der Wolga gezogen. Es war eine zermürbende Arbeit. Viele Männer, die mit ihm arbeiteten, sah er dabei sterben. Gott aber hatte ihn stark gemacht.

Danach ging er auf den großen Jahrmarkt in Niznij Novgorod, doch es war schwierig, ohne gültige Papiere etwas anderes als niedrigste Arbeit zu finden, und so kam er schließlich nach Moskau zurück. Die Gemeinde der Theodosianer nahm ihn freundlich auf und gab ihm falsche Papiere. In Moskau hatte er sich wohl gefühlt. In der Gemeinde gab es viele tatkräftige Geschäftsleute, und bald wurden sie auf Savva aufmerksam. Er heiratete die Tochter eines solchen Mannes, ein stilles Mädchen mit einem erstaunlichen Gespür für das praktische Leben. Sie gaben ihrem Kind den Namen Ivan.

Und da, 1827, war ihm Sergej über den Weg gelaufen. Einen Tag nachdem man ihn zurück nach Russka gebracht hatte, wurde er auf Alexejs Geheiß ausgepeitscht. Als die Peitsche seinen Rücken striemte, konzentrierte er sich mit aller Kraft auf einen Gedanken: Ich werde leben, und eines Tages werde ich frei sein.

Nach dem zwanzigsten Peitschenhieb erschien Tatjana und schrie zornig: »Genug. Schluß damit!« Ihre Wut war so groß, daß selbst Alexej nicht wagte, fortzufahren.

Auch in Zukunft stellte Tatjana sich oft schützend vor Savva und sorgte dafür, daß Alexej seinen Leibeigenen nicht systematisch ruinieren konnte. Zunächst lieh sie Savva Geld für den Neuanfang.

Und Savva Suvorin verlor keine Zeit. Er ging unbeirrbar seinen Weg.

Bereits im Jahre 1830, als Alexej im militärischen Einsatz war, um einen erneuten polnischen Aufstand niederzuschlagen, gründete Savva ein kleines Unternehmen für Baumwolldrucke, das erstaunliche Gewinne abwarf. Als Alexej bei seiner Rückkehr sah, was geschehen war, versuchte er, einen derart hohen *obrok* zu fordern, daß er Savva damit ruiniert hätte. Savva sagte zu seiner Frau: »Dieser Dummkopf will nicht von mir profitieren – er will mich kaputtmachen.«

Tatjana, die während Alexejs Abwesenheit den Besitz geleitet hatte, konnte ihren Sohn allerdings von seinem Vorhaben abbringen, und Savva war in der Lage weiterzuarbeiten. Tatjana war es zu verdanken, daß er nicht nur einen vernünftigen *obrok* zu entrichten hatte, sondern innerhalb von zehn Jahren in Russka eine Tuchfabrik auf die Beine stellen konnte, die ihn reicher machte als je zuvor.

Aber dennoch wurde Alexej von Jahr zu Jahr ein wenig ärmer. Tatjana konnte ihn zwar zu einer halbwegs vernünftigen Leitung des Besitzes bringen, doch gegen seine persönlichen Ausgaben konnte sie nichts unternehmen. Wenn er auch streng war – das gute Leben gefiel ihm. Als Sohn Mischa heranwuchs und für die Garde bestimmt wurde, sorgte Alexej großzügig für ihn. Für die Familienehre, meinte er. Der Extra-*obrok* aus Savvas Tätigkeit, der eigentlich in den Besitz hätte zurückfließen sollen, verleitete ihn zu noch größeren Ausgaben, die häufig seine Einnahmen überschritten.

Dagegen nahm Savva seinen eigenen Sohn hart heran. Der junge Ivan hatte zwar nicht die hochragende Gestalt des Vaters, war jedoch ein schlauer Junge mit einer schönen Singstimme. Savva hatte an sich nichts dagegen, doch er bestimmte, wo das Interesse seines Sohnes an Musik ein Ende haben mußte. Als Ivan im Alter von dreizehn Jahren törichterweise mit einer soeben erworbenen Violine nach Hause kam, nahm Savva sie und zerschlug sie auf dem Kopf des Sohnes, daß dieser fast betäubt wurde. »Dafür hast du keine Zeit«, hieß es.

Neben dem vielen anderen, was Herrn und Knecht einander zum Feind machte, war auch Savvas religiöse Überzeugung. Er war ein Altgläubiger. Seine Verbindung zu den Theodosianern hatte er aufrechterhalten. Wenn er in Gesellschaft aß, tat er es in der Manier der Altgläubigen: Er saß abseits und benützte seine eigene Holzschüssel und einen kleinen Holzlöffel mit einem Kreuz darauf.

Für Alexej war Savvas stilles Bekenntnis zu seinem Glauben höchst verdächtig. »Das ist gegen das Wohl Rußlands«, war seine unumstößliche Ansicht.

Im Jahre 1832 nämlich hatte Zar Nikolaus' Regierung eine Doktrin aufgestellt, die in gewissem Sinn die Weichen des gesamten russischen Verwaltungsapparates für dieses Jahrhundert und darüber hinaus stellte: die berühmte Doktrin des Staatsnationalismus. Darin wurde weithin vernehmbar verkündet, das Wohl Rußlands liege in drei Dingen begründet: Orthodoxie, Autokratie des Zaren und Russentum.

Alexej galt diese Doktrin vom Augenblick ihrer Verbreitung als etwas Heiliges. Deshalb hielt der autoritäre Landbesitzer den unbeugsamen Altgläubigen für hinterhältig, unloyal und ungehorsam.

Im Jahre 1837 fragte Savva seinen Herrn, wieviel es ihn koste, die Freiheit seiner Familie zu erkaufen.

»Nichts, denn ich werde dich niemals freilassen«, war die Antwort.

Im folgenden Jahr erhielt Savva auf dieselbe Frage dieselbe Antwort.

»Darf ich wissen, warum, Herr?« fragte er.

»Selbstverständlich«, erwiderte Alexej. »Weil ich dich lieber dort behalte, wo du bist, Suvorin.«

1839 begann die Hungersnot. Jahrelang hatte es keine Mißernte gegeben. Nun fiel die Ernte zwei Jahre hintereinander aus. Alexej hielt sich in der Ukraine auf. Obwohl Tatjana fast siebzig war, lag die Last auf ihren Schultern.

Für Russka waren die Mißernten und die darauffolgende Hungersnot außerordentlich schlimm. »Das Gut in Rjazan ist völlig am Ende«, jammerte Ilja. »Der Verwalter schreibt, sie haben das Vieh schlachten müssen, weil es kein Futter für den Winter gibt.« Im Winter 1840 war die Situation verzweifelt.

Tagtäglich ging Tatjana in den Ort und von Haus zu Haus. Im Herrenhaus gab es noch einen eisernen Vorrat für Härtefälle.

Zwei Besuche waren ihr besonders wichtig, der eine bei den Romanovs, denn ihr Sohn Timofej war der Spielgefährte des kleinen Mischa gewesen. Der zweite führte sie zu der *isba,* wo die junge Arina nun mit ihrem Mann und den vier Kindern lebte. Daß sie der Nichte half, schuldete sie der alten Arina, die fünf Jahre zuvor gestorben war. Es war eine elende Plackerei. Außer der Ältesten, einem freundlichen Mädchen namens Varja, kränkelten die Kinder, und innerhalb von vier Wochen sah Tatjana drei sterben. Was fast noch schlimmer war – sie konnte Arina nicht überreden, selbst etwas zu essen. Alles, was sie ihr gab, erhielt Varja. Im verzweifelten Versuch, wenigstens eines ihrer Kinder zu retten, opferte die Mutter sich auf. Tatjana war überzeugt, daß Arina sich lange Zeit von einer einzigen Rübe ernährt hatte. Das Leiden dieser Leute, das Tatjana mitgetragen hatte, schwächte auch ihre Gesundheit.

Traurig meinte sie zu Ilja: »Irgend etwas ist in meinem Inneren geschehen. Ich glaube nicht, daß ich noch lang lebe.«

Im Frühjahr 1840, als die Dinge sehr schlecht standen, kam ein merkwürdiges Gerücht in Umlauf. Tatjana hörte es von Ivan Romanov, als sie eines Morgens ihren Besuch in der *isba* machte. »Der Zar«, sagte er, »der Zar kommt hierher.«

»Du meinst Zar Nikolaus?«

»O nein. Der letzte Zar. Alexander. Der Engel.«

Es war eines dieser seltsamen Gerüchte der russischen Geschichte, daß

Zar Alexander I. im Jahre 1825 nicht gestorben sei, sondern als Mönch, meist unter dem Namen Fedor Kuzmich, umherwandere. Tatjana lächelte traurig dazu, aber es ging gegen ihre praktisch ausgerichtete Natur. Da kam ihr jedoch eine neue Idee. Sie ließ Savva Suvorin kommen. »Einen Zaren brauchen wir hier nicht unbedingt, aber neues Saatgut für Wechselanbau«, meinte sie. »Ich möchte, daß du dich erkundigst und herausfindest, was es da gibt.«

Drei Monate später erstattete Suvorin mit einem leichten Schmunzeln Bericht. Er hatte ein Säckchen bei sich, aus dem er etwas Schmutziges, Graubraunes nahm. »Hier haben Sie die Antwort. Die deutschen Siedler bauen diese Dinger seit langem im Süden an, aber wir hier oben haben sie nicht.«

»Was ist das?« fragte sie.

»Eine Kartoffel«, antwortete er.

So baute man eines der wichtigsten Nahrungsmittel der kommenden Zeit, ehe es auf den Privatgütern der Provinz eingeführt wurde, zuerst in Russka an. Obwohl Savva Suvorin die Hungersnot bedauerte, fand er doch ein grimmiges Vergnügen an den Mißernten von 1839 und 1840. »Zwei Jahre lang hat er nun kein Einkommen gehabt«, sagte er zu Frau und Sohn. »Dieser verflixte Alexej Bobrov kann nicht mehr viel länger durchhalten. Es ist Zeit, ihm ein Angebot zu machen, das er nicht ablehnen kann.« Im folgenden Frühjahr bat er Tatjana um einen Paß für einen Moskaubesuch.

Im Mai 1844 trat Savva Suvorin vor Alexej Bobrov hin und machte sein erstaunliches Angebot. »Fünfzigtausend Rubel.«

Selbst Alexej war wie vom Donner gerührt: Das war ein Vermögen!

»Ich komme morgen zurück, Herr, damit Sie es sich überlegen können.« Damit zog Savva sich diskret zurück.

Savvas Plan war höchst ehrgeizig. Er hatte mit den Theodosianern eine gigantische Anleihe ausgehandelt, zinsfrei für die Dauer von fünf Jahren. Damit konnte er sich seine Freiheit erkaufen und mit einer einzigen großen Investition das Unternehmen Suvorin für immer in seinen Besitz bringen.

Zu jener Zeit gab es in Rußland kein besser florierendes Geschäft als die Baumwollproduktion aus importiertem Rohmaterial. Savva plante nicht nur die Umstellung seiner Holzfabrik auf eine Baumwollfabrik, sondern auch die Steigerung der Produktion durch den Kauf einer großen, dampfbetriebenen Feinspinnmaschine aus England. »Ich mache das aber erst, wenn ich frei bin«, erklärte er seiner Familie.

Fünfzigtausend Rubel. Dieses außergewöhnliche Angebot mußte sich der Landbesitzer wohl überlegen. Alexej Bobrov war eine eindrucksvolle Erscheinung, wenn er auch älter aussah als seine einundfünfzig Jahre. Sein graues Haar war kurz geschoren, die Wangen waren mit dem Alter fülliger geworden, was sein ehemals scharf geschnittenes Gesicht veränderte. Auf seiner Uniform trug er zahlreiche Orden und Ehrenzeichen. Da er zum zweitenmal verwitwet war und infolge einer alten Kriegsverletzung leicht hinkte, hatte er in diesem Jahr seinen ehrenvollen Abschied genommen und lebte nun ständig auf seinem Besitz in Bobrovo.

Als er seiner Mutter und dem Bruder Ilja von dem Angebot erzählte, waren sie beide der Meinung, er solle es annehmen.

»Damit könntest du alle Schulden aus den Mißernten tilgen, die nötigen Verbesserungen auf dem Gut vornehmen und eine ganze Menge zurücklegen«, überlegte Tatjana. Für mindestens eine Generation wären die Bobrovs aus allen Schwierigkeiten heraus.

Iljas Antwort war ein wenig anders. Wenn er sich auch nie ganz klar über seinen Fehler mit dem gestohlenen Geld geworden war, fühlte er sich doch schuldig wegen der Art und Weise, wie seine Familie die Suvorins behandelte. Abgesehen davon aber gab es noch eine Überlegung: »Entschuldige, mein lieber Bruder, wenn ich das so ausdrücke, aber tatsächlich hält doch jeder zivilisierte Mensch in Rußland die Leibeigenschaft für abscheulich. Selbst unser Zar, den die meisten Menschen als reaktionär ansehen, denkt offenbar daran, die Leibeigenschaft abzuschaffen. In jeder Saison kommt ein neues Gerücht aus der Hauptstadt, daß etwas unternommen werde. Was wird Suvorin dir anbieten, wenn er glaubt, daß er in ein bis zwei Jahren seine Freiheit ohnehin erhält?«

Alexej ließ sich davon nicht überzeugen. Iljas Argument wies er auf der Stelle von sich. »Seit ich lebe, wird schon von der Befreiung der Leibeigenen gesprochen«, sagte er, »und doch ist nie etwas geschehen. Der Adel gestattet das nicht.« Er war schlau genug, um die Quelle von Savvas Reichtum zu ahnen. Es müssen diese verwünschten Theodosianer sein, dachte er. Er erinnerte sich, was ihm der rothaarige Priester in Russka im vergangenen Jahr erzählt hatte: Wo immer diese Altgläubigen ihre Unternehmen errichten, bekehren sie die ansässigen Bauern, und die orthodoxe Kirche verliert ihre Schäfchen.

Alexej konnte sich ausmalen, was geschehen würde, wenn er Suvorin nicht mehr unter seiner Aufsicht hätte. Die ganze Gegend würde von Schismatikern überschwemmt werden. Als ein Verfechter der Doktrin vom Staatsnationalismus war er entsetzt von dieser Vorstellung. Schließlich, und das war das Wichtigste, sagte er sich insgeheim: Meine Mutter lebt auch nicht ewig; und wenn sie einmal nicht mehr ist, dann presse ich diesen Schismatiker Suvorin aus, bis er aus dem letzten Loch pfeift. Soll er ruhig viel Geld verdienen – ich werde dafür sorgen, daß er dennoch als armer Mann stirbt.

Als Savva am nächsten Tag vorsprach, blickte Alexej Bobrov ihn kühl an und erklärte: »Ich danke dir für dein Angebot, Suvorin, doch die Antwort ist nein.«

Savva wußte, daß diese Entscheidung keinesfalls in Bobrovs Interesse war; deshalb fragte er, wann über das Thema noch einmal gesprochen werden könne.

»Niemals!« war die Antwort.

An jenem Abend erzählte Savva seiner Frau von der Unterhaltung und meinte: »Dieser Dummkopf ist keiner Vernunft zugänglich.« Als sie ihren Mann trösten wollte, daß Alexej eines Tages vielleicht seine Ansicht ändern werde, antwortete Savva grimmig: »Er gibt nicht nach, bis er ruiniert ist.«

Um diese Zeit fing Ilja an, sich merkwürdig zu verhalten. Niemand wußte, was in ihn gefahren sein konnte. Normalerweise saß er, wenn die Tage wärmer wurden, mit seiner Lektüre am Fenster im Salon oder auf der Veranda. Nun aber verbrachte er Stunden in seinem Zimmer und verschloß die Tür hinter sich, so daß das Personal keinen Zugang hatte. Und wenn er auftauchte, murmelte er mit gefurchter Stirn vor sich hin. Er lief stundenlang in der Allee oberhalb des Hauses auf und ab. Wenn Alexej oder Tatjana fragten, was mit ihm sei, bekamen sie nichtssagende Antworten.

Als Ilja wieder einmal ruhelos in der Allee spazierenlief, verspürte Tatjana das erste Anzeichen; es war nicht viel, nur ein plötzlicher Schwindel. Einige Stunden danach, als sie im Salon saß, verlor sie für etwa eine halbe Minute das Bewußtsein. Sie sagte niemandem etwas davon, verrichtete weiterhin ihre tägliche Arbeit, doch von jenem Augenblick an dachte sie, daß ihre Tage gezählt seien. Eine Woche darauf wurde sie wieder ohnmächtig.

Sie war einsam und hatte Angst. Sie wäre gern täglich in die Kirche gegangen, doch der rothaarige Priester in Russka gab ihr wenig Trost. So ging Tatjana ins Kloster und unterhielt sich mit den Mönchen, und das tat ihr wohl. Nach einer Sonntagsmesse kam eine Bäuerin, die sie kaum kannte, freundlich lächelnd auf sie zu und sagte: »Sie sollten den alten Einsiedler aufsuchen.«

Tatjana hatte von dem Mann gehört. Er war einer der Mönche aus dem kleinen Kloster jenseits der Quellen, und er hatte zwei Jahre zuvor die Erlaubnis erhalten, sich tiefer im Wald in eine eigene Einsiedelei zurückzuziehen. Man erzählte sich, daß Vater Basilius ein sehr heiliger Mann sei.

Eine Woche lang schob Tatjana den Gedanken von sich, doch dann wurde sie wieder ohnmächtig und spürte einen Schmerz in der Brust, der sie zusammenzucken ließ. Zwei Tage darauf ließ sie den Kutscher einen kleinen einsitzigen Wagen anspannen und fuhr davon, ohne jemandem zu sagen, wohin.

Die Fahrt dauerte den ganzen Vormittag. Zuletzt mußte sie den Kutscher zurücklassen und das letzte Wegstück zu Fuß zurücklegen. Sie hatte sich den Ort ganz anders vorgestellt. Auf der ziemlich großen Lichtung stand eine einfache, doch solid gebaute Hütte, davor befand sich ein Gemüsegärtchen. Auf einer Seite sah Tatjana zwei Bienenstöcke in hohlen Baumstämmen. Vor der Tür stand ein Tisch mit Büchern und Papieren, und daran saß ein Mönch. Er sah Tatjana freundlich entgegen. Sie hatte gehört, er sei Asket und fünfundsiebzig Jahre alt. Zu ihrer Überraschung wirkte der Mann höchst kultiviert und energisch. Seine braunen Augen blickten sie klar und offen an.

»Oh, mir war so, als spürte ich jemanden kommen«, sagte er. Er nickte höflich, als Tatjana sich vorstellte, und holte einen Schemel für sie.

Es war angenehm warm. Die leichte Brise, die in den Blättern raschelte, war auf der Lichtung kaum zu spüren. Als Tatjana aber den Bären entdeckte, konnte sie kaum einen Schrei unterdrücken. Er trottete über die Lichtung auf sie zu.

»Ach, Mischa«, sagte der Einsiedler sanft. Er lächelte Tatjana zu. »Er kommt, weil er Honig möchte und weiß, daß er nicht an die Bienenstöcke gehen darf.« Er strich dem Bären liebevoll über den Kopf. »Fort mit dir, du böser Bursche«, sagte er freundlich, und der Bär trollte sich.

Nun setzte Vater Basilius sich wieder. Dann begann er leise zu sprechen, ohne Fragen zu stellen.

»Was unser Leben nach dem Tode anbetrifft, hat der orthodoxe Glaube eine sehr klare Vorstellung. Sie müssen nicht fürchten, daß Sie im Augenblick des Todes Ihr Ich-Bewußtsein verlieren. Das ist nicht der Fall. Sie sehen die vertraute Welt um sich herum, sind jedoch nicht fähig, mit ihr in Kontakt zu treten. Gleichzeitig werden Sie den Geistern derer begegnen, die verstorben sind, wahrscheinlich jenen, die Sie gekannt und geliebt haben. Ihre Seele, von der umklammernden Vergänglichkeit des Körpers befreit, wird lebendiger sein als vorher. Zwei Tage lang haben Sie die Freiheit, durch die Welt zu ziehen. Am dritten Tag jedoch müssen Sie sich einem großen, schrecklichen Verhör stellen. Diesen Tag sollen Sie fürchten. Erst wird Ihnen ein böser Geist, dann ein weiterer begegnen;

und das Ausmaß Ihres Kampfes gegen dieses Übel im Leben wird Ihnen Kraft geben – oder auch nicht –, um es zu bestehen. Diejenigen, die versagen, kommen direkt in die Hölle. An diesem Tag bedeuten die Gebete der noch Lebenden eine große Hilfe.«

Tatjana blickte den Einsiedler nachdenklich an. Falls sie auf Trost gehofft hatte, so hatte sie ihn nicht gefunden. Wer würde an jenem Tag für sie beten? Ihre Familie vielleicht, der gestrenge Alexej?

Der Einsiedler lächelte ihr beruhigend zu. »Ich werde dann für Sie beten, wenn Sie das wollen.«

Tatjana neigte den Kopf. »Vielleicht werden Sie von meinem Tod nichts erfahren.«

»Ich werde es erfahren«, antwortete er. »Nach dem dritten Tag werden Sie siebenunddreißig Tage lang durch Himmel und Hölle ziehen, ohne Ihre eigene Bestimmung zu kennen. Dann wird Ihnen Ihr Platz zugewiesen. Ich erzähle Ihnen das, damit Sie wissen, daß Ihre Seele durch den Tod nicht verlorengeht, sondern unverzüglich in einen anderen Zustand übergeht. Ihr Leben ist nur dazu da, um den Geist für diese letzte Reise vorzubereiten. Machen Sie sich also ohne Furcht bereit. Bereuen Sie Ihre Sünden. Bitten Sie um Vergebung. Sorgen Sie dafür, daß Ihr Geist auf der Schwelle zu seiner Reise demütig ist.« Er stand auf.

Tatjana erhob sich ebenfalls. Er segnete sie und reichte ihr ein kleines Holzkreuz.

Eine Woche darauf fuhr eine bescheidene Kutsche, gelenkt von einem schlechtgekleideten, mürrisch dreinblickenden Kutscher, vor. Darin saßen Sergej und seine Frau. Sergej Bobrov war jetzt Anfang vierzig und bot das Bild eines Mannes, dessen Fähigkeiten ihm einen bescheidenen Stand eingebracht haben, der sich aber mehr erhoffte. Die beiden literarischen Genies seiner Generation – sein alter Freund Puschkin und der jüngere Lermontov – waren nach einem kometenhaften Aufstieg in der Blüte ihrer Jahre gestorben. Manche sahen in Sergej den Mann, der in seinen mittleren Lebensjahren fortsetzen könnte, was sie in ihrer Jugend begonnen hatten. Es war ihm bisher noch nicht gelungen, diese Hoffnung zu rechtfertigen, und das mochte ein Grund für die tiefen Falten auf seinem Gesicht sein. Sein dunkles Haar lichtete sich über der Stirn. Der dichte Backenbart ergraute; die Augen wirkten müde. Sergej kam nur selten nach Russka, und Tatjana kannte seine ewigen Geldprobleme; aber er beschwerte sich nie.

Sobald die beiden im Haus waren und die üblichen Höflichkeiten ausgetauscht worden waren, nahm Sergej seine Mutter beiseite und sagte: »Ich bin übrigens gekommen, um euch alle um einen Gefallen zu bitten.«

Sein alter Freund Karpenko, der nun in Kiev lebte, hatte Sergej zu einer Reise durch die Ukraine eingeladen, die schwierig, teilweise zu Pferd geplant und für eine Frau nicht geeignet war. Sergej gedachte in zwei Monaten wieder zurück zu sein. Inzwischen wollte er gern seine Frau bei der Familie lassen.

Tatjana hätte es unhöflich gefunden, abzulehnen.

Am Abendtisch saß eine vergnügte Runde. Tatjana war vor allem froh, Alexej und Sergej miteinander zu beobachten. Sie hatten sich eine eiserne Regel zur Vermeidung von Streitereien zu eigen gemacht: Über gewisse Themen wie das Militär oder Savva Suvorin wurde nie gesprochen. Ilja strahlte. Dieser hochgebildete Mann konnte wenige seiner Gedanken mit Tatjana, geschweige denn mit Alexej teilen. Seit Sergejs Anwesenheit blühte er auf, und vor dem Essen hörte Tatjana ihn murmeln: »Ach, Serjoscha! Wir haben so vieles miteinander zu bereden.«

Die einzige undurchschaubare Person am Tisch war Sergejs junge Frau. Was sollte man nur von ihr halten? Er hatte Nadja drei Jahre zuvor geheiratet. Sie kam aus guter Familie, war die Tochter eines Generals, und wegen ihres blonden Haares und ihrer hübschen Erscheinung galt sie eine Zeitlang in der Gesellschaft als ätherische Schönheit. Um ebendiese Zeit war auch Sergej kurzfristig im Gespräch. Anscheinend hatten das Mädchen und der Lebemann sich auf Grund ihres saisonbedingten Rufs ineinander verliebt.

»Blond ist sie tatsächlich«, bemerkte Ilja nach ihrer ersten Begegnung, »aber etwas Ätherisches kann ich nicht an ihr entdecken.«

Seit der Hochzeit hatte Sergejs Familie kaum etwas von der jungen Frau zu sehen bekommen. Das erste Kind starb schon nach einer Woche, und von einer neuen Schwangerschaft war keine Rede. So saß sie still da, wirkte leicht gelangweilt und unterhielt sich vorwiegend mit Alexej, bei dem sie sich anscheinend wohler fühlte als bei Ilja.

Nach der Mahlzeit zogen Tatjana und Nadja sich zurück, während die Herren sich auf die Veranda begaben, wo sie ihre Pfeifen rauchten und sich unterhielten. Selbst Alexej war in bester Stimmung. Nachdem Sergej den neuesten Klatsch aus der Hauptstadt zum besten gegeben hatte, wandte Alexej sich an Ilja und erkundigte sich: »Nun, Bruder, wo Sergej jetzt hier ist, willst du uns endlich erklären, was zum Teufel dich die letzten Wochen umgetrieben hat?«

Und da gab Ilja sein Geheimnis preis. »Es ist tatsächlich so, daß ich Rußland verlasse«, antwortete er lächelnd. »Ich gehe ins Ausland, um ein Buch zu schreiben, und zwar mit dem Titel ›Rußland und der Westen‹. Es wird mein Lebenswerk.«

Vielleicht war es ein spontaner Einfall gewesen, vielleicht der Höhepunkt jahrelanger Studien. Vielleicht aber war es auch der Anblick von Alexejs Orden, der Ilja plötzlich klarmachte, daß der Bruder sich bereits mit dem Beweis eines lebenslangen Erfolgs in den Ruhestand begeben hatte, während er, Ilja, mit seinen fündundfünfzig Jahren auf dieser Welt absolut nichts vorzuweisen hatte.

Er hatte sein Leben lang studiert; er war ein fortschrittlicher Europäer; was also lag näher, als ein Buch zu schreiben, das sein geliebtes Rußland auf sein Schicksal hinführte, so daß zukünftige Generationen rückblikkend sagen würden: Ilja Bobrov hat uns den Weg gewiesen.

Nun umriß er mit sichtlichem Stolz sein Projekt. »Meine These ist ganz einfach. Rußland war in seiner gesamten Geschichte nicht in der Lage, sich selbst zu regieren. Von außen wurden Ordnung und Kultur in unser Land gebracht. In den Tagen des Goldenen Kiev wurden wir von Nordländern regiert, und die Griechen gaben uns unsere Religion. Jahrhundertelang lebten wir in der Dämmerung des Tatarenjochs; als wir dann erwachten – wer führte uns in die moderne Welt? Nun, es waren englische, holländische und deutsche Wissenschaftler und Techniker, die Peter der Große ins Land holte. Wer gab uns unsere heutige Kultur? Katharina die Große, die uns die Aufklärung aus Frankreich brachte. Und welche Philosophen inspirieren dich und mich, Sergej? Nun, die großen deutschen Denker.

Es muß so sein, denn Rußland selbst hat so wenig anzubieten, und was wir haben, gehört ins Mittelalter. Seht euch nur unsere Gesetzgebung an! Vor ein paar Jahren hat unser edler Speranskij endlich die große Kodifizierung der russischen Gesetze beendet, und was ist dabei herausgekommen? Eine Rechtsauffassung, die den westlichen Ländern schon vor tausend Jahren barbarisch erschienen wäre. Das Individuum hat keine Rechte; es gibt keine unabhängigen Richter, kein Verfahren mit einer Jury. Alles geschieht nach der Laune des Zaren. Und alldem unterwerfen wir Russen uns freudigen Herzens wie orientalische Sklaven. Kein Wunder, daß ein Fortschritt unmöglich ist.

In England, Frankreich und Deutschland werde ich Material für den Entwurf eines neuen Rußland sammeln. Ein Rußland nach dem Vorbild des Westens. Eine vollständige Umstrukturierung unserer Gesellschaft.« Ilja blickte triumphierend in die Runde.

»Mein lieber Bruder«, meinte Sergej lachend, »wenn du so sprichst, denken die Leute, du seist verrückt.«

Ilja war keineswegs verlegen. »Ich werde beweisen, daß der Schlüssel zu unserer geistigen Rettung nicht in der Religion, nicht in der Politik, nicht einmal in der Rechtsprechung, sondern in der Wirtschaft liegt. Und hier«, er lächelte selbstzufrieden, »habe ich meine Bibel und meinen Propheten; ich spreche natürlich von dem großen Schotten Adam Smith und seinem Werk. Eine Untersuchung über Natur und Ursachen des Volkswohlstandes!«

Tatsächlich waren die Schriften von Adam Smith, dem Vater der kapitalistischen Nationalökonomie und des freien Marktes, den russischen Intellektuellen jener Zeit wohlbekannt.

»Daraus entwickelt sich alles«, erklärte Ilja, »sogar die Befreiung der Leibeigenen.«

Alexej wurde plötzlich hellhörig. »Befreiung der Leibeigenen – warum?«

»Weil mehrere russische Ökonomen während der letzten beiden Jahrzehnte schlüssig aufgezeigt haben, daß du selbst besser daran bist, wenn du deinen Leibeigenen die Freiheit gibst«, setzte Ilja ihm auseinander. »Überlege doch: Ein freier Bauer bekommt einen Anreiz, wenn er für das, was er produziert, bezahlt wird. Dein Knecht, der ohne Belohnung zur Arbeit gezwungen wird, tut sowenig wie nur möglich.«

»Du glaubst also tatsächlich, daß der Bauer versuchen wird, so reich wie möglich zu werden, und sich dabei nur auf seine eigene harte Arbeit verläßt?« fragte Alexej.

»Ja, sehr wahrscheinlich.«

»Und wenn sein schwächerer Nachbar zurückfällt, darf der denn leiden?«

»Ja, aber man kann ihn unterstützen.«

»Und wie steht es mit einer Familie wie der unseren? Unsere Rolle in der Geschichte war es seit jeher, dem Zaren und unserem Land zu dienen. Soll ich mich vielleicht zu Hause um den Profit kümmern wie ein Kaufmann?«

»Wir alle wollen einer Sache dienen, Alexej«, erklärte Ilja, »aber ich spreche von Geld und Marktlage.«

»Nein«, erwiderte der andere, »du sprichst von Menschen und ihrer Handlungsweise. Wenn alle Menschen nur für sich selbst handeln, wie du es vorschlägst – wo bleiben da die Religion, die Disziplin, der Gehorsam, die Demut? Ich sehe nur Chaos und Habgier. Tut mir leid, Ilja, wenn das deine Vorstellung von Fortschritt ist – meine ist es jedenfalls nicht. Es ist der unheilvolle, selbstherrliche Weg des Westens. Dagegen hat Rußland jahrhundertelang gekämpft. Ich und unsere Kirche, und ich nehme sogar an, unsere Leibeigenen werden dagegen sein, solange wir einen Funken Leben in uns haben.« Er erhob sich verärgert, wünschte eine gute Nacht und zog sich zurück.

Sergej und Ilja blieben noch lange sitzen. Sie sprachen über Iljas Reise, die er für den kommenden Herbst geplant hatte, über Literatur, Philosophie und viele andere Themen. Spätnachts meinte Sergej schließlich: »Weißt du, lieber Bruder, Alexej hat gar nicht so unrecht, was deine Ideen anbelangt. Du greifst unser armes altes Rußland an, aber du täuschst dich in diesem Land.«

»Wieso?«

Sergej seufzte. »In erster Linie möchtest du, daß Rußland bessere Leistungen erbringt. Ehrlich gesagt, das ist unmöglich. Rußland ist zu groß, das Klima ist zu schlecht. Wir sind das Ödland, das die Römer niemals eroberten. Im Westen sind die Städte durch Straßen verbunden. Und was haben wir? Eine Schotterstraße im ganzen Reich, von Moskau nach St. Petersburg, von Peter dem Großen geplant, doch erst 1830, mehr als hundert Jahre nach seinem Tod, ausgeführt. Europa hat Eisenbahnen. Was haben wir? Man begann mit dem Bau einer Eisenbahn letztes Jahr, und zwar von der russischen zur österreichischen Hauptstadt, doch der Zar selbst erklärte, er halte es für gefährlich, wenn Menschen sich derart rasch fortbewegten. Rußland ist nicht der geschäftige Westen und wird es niemals sein. Rußland wird weiterhin langsam und leistungsschwach sein. Und soll ich dir etwas verraten? Es macht nichts aus. Damit komme ich zum zweiten Einwand. Deine Vorschläge für Rußland entstammen deinem Gehirn. Sie sind logisch, vernünftig, klar umrissen. Deshalb haben sie mit der Sache an sich nichts zu tun. Die Russen werden sich auf diese Weise nie motivieren lassen, und das kann der Westen nicht verstehen. Du mußt Rußlands Herz anrühren. Das Herz, die Seele, Ilja, nicht das Hirn. Inspiration, Verständnis, Sehnsucht, Energie – all das kommt aus dem Herzen. Unser Begriff von Heiligkeit, von wahrer Gerechtigkeit, von Gemeinschaft – das alles kommt aus dem Geist und läßt sich nicht in Gesetze und Regeln zwingen. Wir sind weder Deutsche noch Holländer, noch Engländer. Wir sind Teil des Heiligen Rußland, das all diesen Ländern überlegen ist. Ich, ein Intellektueller, ein Europäer wie du, sagt dir dies.«

»Du gehörst also zu dieser neuen Gruppe, die für Rußland außerhalb des übrigen Europa eine Sonderstellung beanspruchen, die man Slavophile nennt, wenn ich dich recht verstehe?« fragte Ilja.

»Das stimmt«, antwortete Sergej, »und ich sage dir, Ilja, es ist die einzige Möglichkeit.«

Schließlich umarmten sich die beiden Brüder innig, erfüllt von all diesen Gedanken, und gingen zu Bett.

Am nächsten Morgen brach Sergej in die Ukraine auf.

Alexej Bobrov war guter Laute, als er an diesem Augustmorgen durch Vladimir schlenderte. Vor seiner Abreise hatte er einen Brief seines Sohnes Mischa erhalten, in dem jener mitteilte, daß er auf dem Weg von seinem Regiment nach St. Petersburg für zehn Tage nach Russka komme. Also wird er hiersein, wenn ich wieder zurück bin, dachte Alexej.

Der Sommer war gut vorübergegangen. Der verflixte Savva Suvorin hatte sich ruhig verhalten. Arinas Tochter Varja hatte den jungen Timofej Romanov, Mischas Jugendgespielen, geheiratet. Alexej hatte beide gern. Die Romanovs verhielten sich immer respektvoll.

Er war auch im Bezirk tätig gewesen, war dem Adelsmarschall als Beistand zugeordnet, dessen Pflichten weitgehend darin bestanden, die Register des ansässigen Adels auf dem laufenden zu halten. Nun hatte er Zeit übrig, und er machte Besuche bei den benachbarten Landbesitzern – um den Anschluß nicht zu verlieren, wie er es ausdrückte.

Er war außerdem angenehm überrascht von Sergejs Frau. Er fand es erstaunlich, wie eine so sensible junge Frau seinen Bruder hatte heiraten können. Er stellte eine weitgehende Übereinstimmung zwischen ihr und sich fest. Leider schienen Tatjana und Ilja nicht sonderlich gut mit ihr auszukommen. Sie jedoch zeigte sich ihm von ihrer liebenswürdigsten Seite. »Ich finde es schlimm, daß Sergej mich in einem solchen Land zurückläßt«, sagte sie zu Alexej, »wo den ganzen Tag nichts los ist. Ich bin so froh, daß ich Sie zur Gesellschaft habe.«

Alexej war auf dem Weg zu einem mehrtägigen Besuch bei einem benachbarten Landbesitzer über Vladimir gekommen. Er hatte soeben dem Gouverneur einen Besuch abgestattet und wollte die Kathedrale besuchen. Und an niemanden hätte er jetzt weniger gedacht als an die Person, der er in diesem Augenblick seine offenen Arme entgegenstreckte und rief: »Mein lieber Freund! Was machen Sie denn hier? Besuchen Sie uns doch wieder einmal!«

Es war Pinegin.

Die Willkommensfeier war wunderbar. Mischa war froh, wieder daheim zu sein. Er war einige Tage früher als erwartet in Bobrovo eingetroffen und freute sich, Sergejs Frau Nadja dort zu begegnen. Sie war nur ein paar Jahre älter als er, und er fand sie recht schön.

Es war verständlich, warum Mischa Bobrov in seinem Regiment beliebt war. Er sah seinem Vater Alexej ähnlich, allerdings etwas kleiner und stämmiger. Intellektuell war er dem Vater weit voraus. Er unterhielt sich gern mit seinem Onkel Ilja über Lebensfragen. Mischa war optimistisch und temperamentvoll, und er nahm die Dinge leicht. Selbst Alexejs gelegentliche trübe Stimmungen lösten sich in Gegenwart des Sohnes meistens auf.

Wie gewöhnlich widmete Mischa den ersten Tag den Menschen, die ihm am nächsten standen. Eine Stunde lang saß er bei seiner Großmutter, der restliche Vormittag gehörte Ilja. Mischa machte auch Besuche im Dorf, küßte Arina, schaute bei seinem Jugendfreund Timofej Romanov und dessen Frau Varja vorbei. Kurz und gut, Mischa war daheim, und die Welt war im Lot.

Dieser Fremde, Pinegin, interessierte ihn. Er hatte eine vage Erinnerung an den Mann aus seiner frühen Kindheit, der damals schon, wie heute, stets in einem weißen Uniformrock und mit einer Pfeife im Mund zu sehen war. Pinegin war in den Vierzigern, hatte sich jedoch bis auf ein paar Augenfältchen und die Tatsache, daß sein ehemals rötliches Haar ergraut war, kaum verändert. Er begrüßte Mischa mit einem freundlichen, wenn auch zurückhaltenden Lächeln. Pinegin versuchte, sich bei Sergejs Frau Nadja beliebt zu machen, gab für sie und Tatjana auf der Veranda seine Anekdoten zum besten oder begleitete sie auf ihren Spaziergängen in der Allee.

Am zweiten Nachmittag schlenderte Mischa dort hinauf, um die beiden zu treffen. Wie vor den Kopf geschlagen blieb er stehen, als er sie auf der Lichtung neben dem Park in enger Umarmung entdeckte. Mischa verhielt sich ganz still – er konnte es nicht fassen, daß Nadja und Pinegin sich küßten.

Das war denkbar einfach gewesen. Vielleicht, so dachte Pinegin, wäre die Rache noch süßer gewesen, wenn die junge Frau ihren Mann wenigstens ein bißchen lieben würde.

Es war seltsam, wieder in Russka zu sein. »Du mußt sofort kommen, mein Lieber. Ich komme in ein paar Tagen nach. Unterhalte bitte bis dahin die Damen.« Das waren Alexejs Worte gewesen. Während Pinegin die Straße entlangeilte, zuckte er die Achseln. Ihre Begegnung mitten auf der Straße hatte schon etwas Seltsames. Doch wer an ein vorherbestimmtes Schicksal glaubt, den überrascht nichts wirklich.

Siebzehn lange Jahre waren inzwischen vergangen, Jahre der Kämpfe in der Ferne. Oft hatte er sich in Gefahr befunden, doch er war immer ruhig geblieben – dem Schicksal konnte man nicht entgehen. Mancher Mann war zwar ein Held, wurde aber trotzdem vergessen von der Stelle, die die Beförderungen vergab. Ein reicher Mann wie etwa Olgas zweiter Gatte wurde schleunigst befördert, doch er, Pinegin, war immer noch Hauptmann.

Siebzehn lange Jahre waren vergangen. Nach dem Türkenfeldzug von 1827 hatte er jeden Kontakt mit Alexej verloren. Aber auch über die Entfernungen hinweg erhielt er Nachrichten. Er erfuhr, daß Olga wieder geheiratet hatte; er hörte, daß Sergej aus dem Exil zurück war, und las alle seine Werke, kaum daß sie erschienen waren. Ihn erreichte auch die Neuigkeit von Sergejs Heirat mit einer Generalstochter, und es gelang ihm, durch einen Bekannten ein Miniaturbild des Mädchens zu erhalten. Er wußte, daß sie ein Kind verloren hatten. All diese Details über die Familie, von der er sich beleidigt fühlte, bewahrte Pinegin sorgfältig in seinem Gedächtnis auf.

Da er an das Schicksal glaubte, hatte er nichts weiter zu tun, als geduldig auf das Zeichen zu warten, das die Götter ihm beizeiten geben würden; im richtigen Moment wäre er bereit.

Das erwartete Zeichen war nun unbezweifelbar gegeben worden, und Pinegin war eiskalt und berechnend zu Werke gegangen. Wie du mir, so ich dir: Demütigung gegen Demütigung. Er würde Sergejs Frau verführen. Was Alexej vor langer Zeit geäußert hatte, traf zu: Pinegin war gefährlich.

Mischa überlegte fieberhaft, was er tun sollte. Er liebte seinen Onkel Sergej, und er würde diese furchtbare Sache nicht einfach so laufenlassen.

Während die übrigen am Abend auf der Veranda Karten spielten, fand Mischa einen Vorwand, um allein mit Pinegin zur Allee hinaufzugehen. Er bemühte sich, liebenswürdig und höflich zu sein. Als sie aber nahe der Stelle angelangt waren, wo Pinegin Nadja geküßt hatte, sagte Mischa leise: »Ich war heute nachmittag hier, wissen Sie?«

Pinegin antwortete nicht.

»Ich kenne meine Schwägerin kaum«, fuhr Mischa ruhig fort. »Sie war den ganzen Sommer allein hier. Ich habe das, was ich gesehen habe, wahrscheinlich falsch ausgelegt. Sie werden jedoch sicher verstehen, Hauptmann Pinegin, daß ich Sie bitten muß, in Abwesenheit meines Vaters und meines Onkels alles zu unterlassen, was meine Familie entehren könnte.«

Pinegin schwieg immer noch und zog an seiner Pfeife. Mit diesem jungen Mann hatte er nicht gerechnet. Die Tat war das Mittel zum Zweck. Pinegin hatte es sogar dem Schicksal überlassen, ob Sergej diesen Racheakt entdecken würde. Wenn ja – um so besser. Der junge Mischa war jedoch eine von den Göttern eingeführte Nebenfigur. Was war nun zu tun? Er wandte sich um und schlenderte die Allee hinunter, Mischa an seiner Seite.

»Gewiß habe ich keinen Grund, mit Ihnen zu streiten, Michail Alexejevitsch«, sagte er schließlich, »und Sie haben klug gesprochen. Ich glaube, Sie sollten sich keine Gedanken machen wegen dieser Sache. Vergessen Sie sie einfach!«

Mischa war beruhigt. Um so bestürzter sah er früh am nächsten Morgen Pinegin leise aus Nadjas Zimmer kommen. Eine Stunde später forderte Mischa den Hauptmann zum Duell.

»Leider kann ich Ihre Herausforderung nicht annehmen.«

Mischa starrte ihn an. »Wie bitte?«

»Ich weigere mich, gegen Sie anzutreten«, erklärte Pinegin kurz.

»Streiten Sie ab, hier in diesem Haus mit der Frau meines Onkels zu schlafen?«

»Nein.«

»Darf ich fragen, warum Sie meine Herausforderung nicht annehmen?«

»Ich möchte nicht gegen Sie kämpfen.«

Mischa wußte nicht, was tun. »Dann muß ich Sie als Feigling bezeichnen.«

Pinegin verbeugte sich. »Für diese Schmähung, Michail Alexejevitsch, werde ich gegen Sie antreten. Sind Sie damit einverstanden, daß ich die Zeit des Duells bestimme?«

»Wie Sie wünschen. Je eher, desto besser.«

»Ich teile Ihnen mit, wann ich bereit bin. Vielleicht nächstes Jahr.« Und damit ging Pinegin und ließ Mischa in völliger Verwirrung zurück.

Wenig später stieg Ilja Bobrov langsam die Treppe herunter, stülpte sich einen großen, breitkrempigen Hut auf, nahm einen kräftigen Spazierstock und verließ das Haus, ohne jemanden davon zu unterrichten. Kurz darauf sahen die Leute im Dorf ihn dahinkeuchen, auf seinem von der Anstrengung geröteten Gesicht den Ausdruck wilder Entschlossenheit. Niemand hatte Ilja bisher in einer derartigen Verfassung gesehen. Nachdem er den Ort durchquert hatte, nahm er den Weg durch die Wälder zum Kloster.

Nach Monaten intensiver Arbeit an seinem Projekt steckte Ilja nun in einer absoluten Krise und war einem Zusammenbruch nahe. Die letzte Nacht hatte er kein Auge zugetan, und wäre ihm jemand auf seinem Gang durch die Wälder begegnet, hätte er den Eindruck eines verzweifelten Pilgers auf der Suche nach dem Gral gehabt.

Am Mittag – Tatjana war mit Pinegin nach Russka hinübergefahren – wurde Mischa, der allein in dem stillen Haus seinen Gedanken nachhing, durch Gepolter an der Tür und durch fröhliche Stimmen aufgeschreckt. Sergej war aus der Ukraine zurückgekommen, und er hatte seinen Freund Karpenko mitgebracht.

Sergej stürmte in die Diele, braungebrannt, erholt, sprühend voll Lebenslust und guter Laune. Er umarmte Mischa. »Sieh dir das an«, rief er Karpenko zu. »Schau nur, was aus unserem kleinen Bären geworden ist!«

Auch Karpenko war völlig verändert. Das war nicht mehr der nervöse

Junge von einst, der Olga angehimmelt hatte, sondern ein charmanter, selbstbewußter Mann Ende dreißig mit glänzendem schwarzen Bart und sensiblen Augen. Es hieß, er habe großen Erfolg bei Frauen. Und Karpenko war zufrieden mit seinem Leben: Die meisten seiner Hoffnungen hatten sich erfüllt. Er hatte mit drei Bühnenstücken Furore gemacht, die Zeitschrift, die er in Kiev herausbrachte, verkaufte sich blendend. Er hatte auch miterlebt, wie seine geliebte Ukraine literarische Ehren einheimste. Sein ukrainischer Mitbürger, der Satiriker Nikolaj Gogol, hatte sich bereits einen Namen in Rußland gemacht. Und das Wichtigste war: Sein Land hatte endlich einen wahrhaft großen Schriftsteller hervorgebracht, den Dichter Taras Schevtschenko, der herrliche Poesie in ukrainischer Sprache schrieb.

»Wir fahren morgen nach Moskau«, verkündete Sergej fröhlich, »dann nach St. Petersburg. Karpenko und ich haben eine Menge Ideen. Wir werden die Hauptstadt im Sturm nehmen!« Er blickte umher. »Wo, zum Teufel, ist Ilja? Wir wollen ihn unbedingt sehen.« Die Diener wurden ausgeschickt, ihn zu suchen.

Sergej ging nach oben, um seine Frau zu begrüßen, kehrte aber schnell wieder zurück und schien ziemlich verwundert. »Das ist doch merkwürdig«, meinte er zu Mischa. »Ich hatte gedacht, sie haßt das Landleben; nun möchte sie noch ein bis zwei Wochen hierbleiben, während wir nach Moskau fahren.« Er starrte in das bekümmerte Gesicht seines Neffen: »Was ist denn nur mit dir los, Mischa?«

Da hielt Mischa es für angebracht, seinen Onkel über die Wahrheit aufzuklären.

Die Vorkehrungen wurden an jenem Nachmittag diskret getroffen. Als Austragungsort wurde eine kleine Lichtung bei dem Grabhügel neben dem zum Kloster führenden Weg gewählt. In der Morgendämmerung würde dort sicher niemand vorüberkommen. Da Pinegin keinen Sekundanten hatte, hatte Karpenko auf Sergejs Wunsch hin widerstrebend diesen Part übernommen.

Das frühe Abendessen verlief ruhig, wobei Sergej, Pinegin und Karpenko höfliche Konversation führten. Weder Tatjana noch Nadja ahnten auch nur das geringste von dem Bevorstehenden.

Alle rätselten statt dessen über das Verschwinden Iljas, der noch immer nicht zurückgekehrt war. Er war jedoch auf dem Weg nach Russka gesehen worden, und so beruhigten sich alle. Nach dem Essen übernahm Karpenko es, die Damen zu unterhalten, während Sergej sich in sein Zimmer zurückzog, um für den Fall der Fälle die letzten Dinge zu regeln.

Er hatte einige Briefe zu schreiben: einen an Olga, einen an seine Mutter und einen dritten an seine Frau; dieser enthielt keinerlei Vorwürfe; der Brief, der ihm am schwersten fiel, war an Alexej gerichtet.

Als die Sonne bereits hinter dem hohen Wachturm in Russka versunken war, kam Ilja zurück. Er schleppte sich nur langsam vorwärts, weil er so müde war. Aber das war ihm nicht bewußt. Der Ausdruck auf seinem Gesicht ließ sich nur als religiöse Ekstase deuten. Ilja hatte gefunden, wonach er gesucht hatte.

Zusammen mit Sergej machte er an diesem Abend eine wundervolle Entdeckung.

Es war eine seltsame Szene: der eine Bruder angespannt und mit jeder Faser dem nächsten Morgen entgegenfiebernd; der andere, ohne im geringsten zu ahnen, was sich abspielte, mit seinem von Erregung geröteten Gesicht.

Ilja hatte den ganzen Sommer an der Planung seines großen Werkes gesessen und all seine Gedanken darauf verwendet. Schließlich hatte er einen Entwurf für ein neues, modernes Rußland mit westlichen Gesetzen und Institutionen und einem starken Wirtschaftssystem erstellt. Das Projekt war intelligent, praktisch, logisch. Ilja sah es gleichsam vor sich, wie Rußland frei und erfolgreich wie jede andere Nation werden könnte. Doch dann begann Iljas Krise.

Sergej lauschte den erregten Ausführungen seines Bruders. Er verstand Iljas Problem sofort – im wesentlichen war es die Tragödie ihres Landes.

»Das war mein verzweifeltes Problem, Serjoscha: Je plausibler mein Plan aussah, desto klarer wurde mir, daß er nicht realisierbar war. Wenn man den Glauben an sein eigenes Land verliert, an das Land, das man liebt ... zu begreifen, daß ein sinnvoller Plan zum Scheitern verurteilt ist, eben weil er sinnvoll ist ... das ist einfach furchtbar.«

Sergej hatte so manchen klugen Mann gekannt, der unter genau den gleichen Qualen gelitten hatte. Wie viele vor ihm und zweifellos viele nach ihm wurde Ilja, der gebildete »Westler«, vom eigenen instinktiven Verständnis seiner russischen Heimat gelähmt.

Und doch hatte er den ganzen Sommer über nicht aufgegeben. »Das sollte mein Lebenswerk werden, Serjoscha. Ich konnte es nicht plötzlich zum flüchtigen Unterfangen deklarieren.« Woche für Woche hatte er weitergearbeitet, bis schließlich nach einer schlaflosen Nacht an jenem Morgen die Krise ihren Höhepunkt erreicht hatte: Ilja konnte nicht mehr.

Er hatte den Weg zum Kloster eingeschlagen, ohne genau zu wissen, warum: vielleicht eine Kindheitserinnerung, vielleicht eine unbewußte hilflose Hinwendung zum Glauben.

Er wanderte stundenlang in der Gegend des Klosters herum, ohne daß er eine Erleuchtung empfangen hätte. Da kam ihm plötzlich die Idee, zu der kleinen Rublev-Ikone zu gehen, die seine Familie dem Kloster vor vielen Jahrhunderten gestiftet hatte. Zuerst empfand er nichts, doch dann hatte Ilja den Eindruck, daß die Ikone ihre Wirkung auf ihn ausübe. Zwei Stunden lang stand er davor. »Und dann wußte ich endlich, Serjoscha.« Ilja griff aufgeregt nach Sergejs Arm. »Ich wußte, was an meiner Konstruktion falsch war. Genau das hattest du mir schon gesagt: Ich versuchte Rußlands Probleme mit meinem Hirn, mit Logik zu lösen. Ich hätte es mit dem Herzen tun sollen. Jetzt bin ich bekehrt und ein Slavophile!«

»Und was wird mit deinem Buch?«

Ilja lächelte. »Ich brauche jetzt nicht mehr ins Ausland zu reisen. Die Antwort auf Rußlands Probleme liegt hier im Land selbst. Ich denke, die Kirche ist der Schlüssel«, führte er aus. »Ohne die führende Kraft der Religion bleibt das russische Volk teilnahmslos. Wir können zwar westliche Gesetze, unabhängige Richter, vielleicht sogar ein Parlament haben, doch nur, wenn sie allmählich aus der geistigen Erneuerung heraus sich entwickeln. Die muß zuerst kommen.«

»Und Adam Smith?«

»Die Gesetze der Ökonomie gelten immer noch, aber wir müssen unsere Landwirtschaft und unsere Betriebe für die Gemeinschaft, nicht für das Individuum organisieren. Rußland kann dem Westen niemals gleich sein.«

Sergej lächelte. Er wußte nicht, ob sein Bruder recht oder unrecht hatte, doch er war froh, daß Iljas Seelenqualen endlich beendet zu sein schienen. »Es ist sehr spät, ich möchte mich gern ausruhen«, bat er. Bis zur Morgendämmerung blieben ihm noch einige Stunden, die er allein verbringen wollte.

Die kleine Lichtung lag in völliger Ruhe. Die ersten Sonnenstrahlen fingen sich im Tau. In einiger Entfernung war das Kloster zu sehen, dessen Glocke soeben ihr Läuten beendet hatte.

Die beiden Männer legten ihre Jacken ab. Die kühle Morgenluft ließ Sergej leicht erschauern. Karpenko und Mischa, beide sehr bleich, luden die Pistolen und reichten sie den Kontrahenten.

Als sie ihre Plätze einnahmen, war nichts außer dem leisen Rascheln ihrer Füße in dem kurzen feuchten Gras zu hören. Die Duellanten fixierten einander, zwei Schüsse zerrissen die Luft. Die Sekundanten stürzten mit einem Aufschrei hin zu Sergej.

Die Kugel hatte ihn mitten ins Herz getroffen. Seit seiner Jugend war

Pinegin für seine Zielsicherheit bekannt. Das war einer der Gründe, warum Alexej ihn immer für gefährlich gehalten hatte.

Als Alexej an diesem Nachmittag bei seiner Rückkehr nach Russka hörte, was vorgefallen war, brach er weinend zusammen. Auf seinen Wunsch reiste Pinegin sofort ab.

Der Brief des Toten bewegte den älteren Bruder zutiefst. Sergej bat ihn darin um Vergebung, für allen Schmerz, den er der Familie zugefügt habe. Er sagte Alexej offen, wie schwer es ihm gefallen sei, dem Bruder das Exil im Ural, das dieser in die Wege geleitet hatte, zu vergeben, und er dankte ihm für die freundliche Zurückhaltung während der letzten Jahre. Der Brief endete mit der Bitte, Savva Suvorin freizulassen.

> Du stimmst mir wohl nicht zu, denn Du befolgst die gesetzlichen Regeln hinsichtlich der Leibeigenschaft –, aber ich empfinde es als größte Schuld meines Lebens, daß Savva Suvorin meinetwegen wieder ergriffen wurde.
> Ich weiß von unserer Mutter, daß er Dir eine große Summe für seine Freiheit geboten hat. Wenn du mich ein wenig liebhast, Alexej, so bitte ich Dich, nimm das Geld an und lasse den armen Kerl dafür frei.

Alexej las den Brief zweimal. Traurig schüttelte er den Kopf, als er an die Banknoten dachte, die er so viele Jahre zuvor in Iljas Buch entdeckt und versteckt hatte.

Nach jahrzehntelangem vergeblichen Kampf wurde Savva Suvorin an diesem Abend ins Herrenhaus gerufen, und Alexej teilte ihm mit mattem Lächeln mit: »Ich habe mich entschieden, dein Angebot anzunehmen, Suvorin. Du bist ein freier Mann.«

1855

Sevastopol. Mitunter hatte Mischa Bobrov den Eindruck, daß keiner hier jemals wieder herauskommen werde. Wir sind wie auf einer verlassenen Insel ausgesetzt, dachte er oft. Aber ist von all denen, die die Stadt verteidigen, die in diesem verrückten Krimkrieg kämpfen, einer in einer so seltsamen Lage wie ich, überlegte er. Ich kämpfe hier in Sevastopol ums Überleben, und wenn ich herauskomme, erwartet mich wiederum ein fast sicheres Todesurteil. Zumindest danke ich Gott, daß ich einen Sohn hinterlasse. Sein Sohn Nikolaj war im vergangenen Jahr geboren.

Mischas Gefühl, sich in Sevastopol wie auf einer verlassenen Insel zu befinden, war nicht so abwegig. Der große befestigte Hafen lag umgeben von gelbbraunen Hügeln nahe der Südspitze der Krimhalbinsel, nicht weit von der ehemaligen Tatarenhauptstadt Bachtschisaraj entfernt, also ungefähr hundertundfünfzig Meilen außerhalb des russischen Festlandes im Schwarzen Meer. Südlich davon, vor den massiv aufragenden Hafenbefestigungen, lagerten die Streitkräfte dreier europäischer Großmächte – Frankreich, England, Türkei. Seit elf Monaten beschossen sie Sevastopol. Nur die schier grenzenlose Beharrlichkeit und das Heldentum der einfachen russischen Soldaten hatte die Einnahme der Stadt bisher verhindert.

Was war dieser Krimkrieg doch für ein Wahnsinn! Einerseits war er wohl unvermeidlich gewesen, dachte Mischa. Seit Generationen verlor das osmanische Türkenreich an Bedeutung, und bei jeder Gelegenheit erweiterte Rußland seinen Einfluß in der Region des Schwarzen Meeres. Wenn Rußland jemals die Balkanprovinzen kontrollieren könnte, hätte die russische Flotte freie Durchfahrt vom Schwarzen zum Mittelmeer. Kein Wunder also, daß die übrigen europäischen Mächte Rußlands Hinwendung zur Türkei mit wachsendem Argwohn beobachteten.

In seiner selbstgewählten Rolle als Verteidiger der Orthodoxie fand der Zar sich im Widerspruch zum Sultan, als dieser in seinem Reich einige Privilegien der orthodoxen Kirche abschaffte. Als Warnung sandte Zar Nikolaus Truppen in die türkische Provinz der Moldau. Die Türkei erklärte den Krieg, und unverzüglich traten die europäischen Mächte in den Krieg gegen Rußland ein.

Es gab faktisch drei Kriegsschauplätze: einen an der Donau, wo die Österreicher die Russen einkesselten; einen weiteren im Kaukasus, wo die Russen eine wichtige Festung der Türken nahmen, und schließlich die Krimhalbinsel, den russischen Flottenstützpunkt, den die Alliierten angriffen.

Es war im Grunde ein Engpaß, wobei beide Seiten sich auf der Halbinsel festgesetzt hatten. Der Typhus raffte bei weitem mehr Menschen hinweg als die tatsächlichen Kampfhandlungen.

Dieser Krieg war, ob gewonnen oder verloren, vor allem eine Demütigung für Rußland. Waffen und technische Kriegsführung der russischen Armee waren hoffnungslos veraltet. Mit den hölzernen Schiffen konnten zwar die Türken besiegt werden, doch den Franzosen oder Briten gegenüber waren sie eine reine Farce. Das Prestige des Zaren im Ausland nahm ab.

Der Krieg hatte 1854 begonnen. Am Ende dieses Jahres war sich jeder, bis hinunter zum einfachsten Bauern, der Dienst tat, der verheerenden

Tatsache bewußt, daß mit dem Zarenreich, mit dem Heiligen Rußland, etwas nicht stimmte.

Wenn ich hier herauskomme, hatte Mischa beschlossen, werde ich meinen Dienst quittieren und in Russka leben. Sein Vater und Ilja waren tot. Jemand mußte sich um den Besitz kümmern. Und außerdem hatte er einfach genug.

Kaum war er eine Woche in Sevastopol, war er dort auf Pinegin gestoßen. Er hatte den Mann fast vergessen, und da stand er nun plötzlich, kaum verändert; immer noch im Rang eines Hauptmanns, das wettergebräunte Gesicht ruhig wie eh und je, die unvermeidliche Pfeife im Mund.

»Ach, Michail Alexejevitsch«, sagte er, als sei ihre Begegnung das Natürlichste von der Welt. »Wir haben etwas zu klären, glaube ich.«

Ist es möglich, daß Pinegin dies nach all den Jahren ernst meint, überlegte Mischa. Anfangs hatte er die Sache eher als einen makabren Scherz betrachtet. Im Laufe der Monate allerdings wurde ihm bewußt, daß es für Pinegin mit seinem strengen Ehrenkodex keinen anderen Weg gab. Mischa hatte ihn einen Feigling genannt, deshalb stand das Duell zwischen ihnen an. Daß seit der Kränkung Jahre vergangen waren, spielte keine Rolle.

Es war gegen alle militärischen Regeln, solche Angelegenheiten während eines Krieges zu regeln. »Wenn das hier vorüber ist und wir beide noch am Leben sind, werden wir die Sache bereinigen«, meinte Pinegin leichthin. Er wird mich auf alle Fälle töten, dachte Mischa.

Während dieser furchtbaren Belagerungszeit begegneten sie einander ziemlich häufig, und das auf fast freundlicher Basis. Einmal holten sie nach einem schweren Bombardement, in dem Hunderte von Mitsoldaten verwundet worden waren, gemeinsam Leute aus einem brennenden Gebäude. Manchmal sah Mischa, wie Pinegin zwischen Kranken umherging, offenbar nicht auf die Ansteckungsgefahr achtend. Er war, das mußte Mischa zugeben, ein Mann ohne Furcht.

Die Monate vergingen. Anfang jenes Jahres starb Zar Nikolaus I., und sein Sohn Alexander II. bestieg den Thron. Es gab Gerüchte, daß der Krieg zum Ende komme, doch die Verhandlungen platzten, und die Belagerung nahm ihren Fortgang.

Am Morgen des 11. September endlich ging der Befehl zum Rückzug wie ein Lauffeuer durch den Hafen. Alles rüstete sich zum Abmarsch, Packtiere wurden fertiggemacht, Verwundete auf Wagen geladen. Überall herrschte Verwirrung.

Am Vormittag gingen Spezialeinheiten an die Arbeit. Von diesen gab es mehrere. Sie hatten sämtliche noch verbliebenen Verteidigungsanlagen

Sevastopols zu zerstören. »Wenn der Feind die Stadt besetzt, findet er nur noch Ruinen«, war der Kommentar des Kommandeurs. »Ich habe sofort einige Offiziere und Mannschaften abzustellen. Sie haben sich umgehend bei der neunten Kompanie zu melden.«

So kam es, daß Mischa dem Kommando des Hauptmanns Pinegin zugeteilt wurde. Es war ein gefährliches Unternehmen, sich dem ersten Angriffsziel zu nähern. Als sie einen kleinen Platz überquerten, zischte eine Granate über ihre Köpfe weg und detonierte in einem Haus etwa dreißig Meter hinter ihnen. Endlich gelangten sie an einen Mauerabschnitt, hinter dem eine Feuerstellung eingerichtet war. Um diese zu erreichen, mußten die Männer eine ungedeckte Strecke hinter sich bringen, die von einer Gruppe französischer Heckenschützen, verschanzt in Häuserruinen, eingesehen werden konnte. Zweimal riß Pinegin Mischa zu Boden, als die Kugel eines Heckenschützen über sie hinwegsauste. Die Männer stellten Pulverfässer auf. Mischa und Pinegin legten die Zündschnur an der Wand entlang. Die Männer mit den übrigen Sprengkörpern hatte Pinegin weggeschickt.

Während sie an der Arbeit waren, war es plötzlich vollkommen ruhig geworden. Mit Sicherheit lagen die Heckenschützen auf der Lauer und warteten nur darauf, daß die beiden auftauchten. Der Beschuß hatte ausgesetzt.

Mischa Bobrov wurde sich plötzlich bewußt, daß er in diesem Augenblick die Gelegenheit zu einem Mord hatte. Sie waren völlig allein, die anderen Soldaten außer Sichtweite. Pinegin war nicht bewaffnet. Er kniete mit dem Rücken zu Mischa, nestelte an der Zündschnur herum und kroch dann im Schutz der Mauer weiter. Er hätte nur einen Augenblick über der Brustwehr auftauchen müssen, lange genug, um einen Heckenschützen zu einem Schuß zu bewegen. Ein einziger Schuß würde genügen – die Soldaten würden ihn hören. Und dann … Mischas Hand lag an seiner Pistole. Er brauchte nur auf den Hinterkopf zu zielen. Er würde Pinegin liegenlassen, die Stellung in die Luft jagen und den Leuten erzählen, ein Heckenschütze habe den Hauptmann erwischt.

War er, Mischa Bobrov, tatsächlich fähig, einen Mord zu begehen? Vielleicht waren es die Monate in diesem Höllenloch, die ihm das menschliche Leben weniger wert erscheinen ließen. Oder war es vielmehr der bloße Selbsterhaltungstrieb? Pinegin würde ihn kaltblütig töten. Er, Mischa, hatte jetzt die Chance, das gleiche zu tun. Und sein Schuß würde zuerst treffen.

Immer noch zögerte Mischa. Was hielt ihn denn davon ab? Moral? Welche Moral gab es letztlich in einem Duell? Es steht doch fest, daß ein

Mord begangen wird! Nein, entschied Mischa, nichts hielt ihn davon ab, Pinegin zu töten. Höchstens ein gewisser Ehrenkodex, der, bei Licht betrachtet, blödsinnig war. Mischas Hand ruhte auf seiner Pistole. Er hatte sich immer noch nicht von der Stelle gerührt.

Plötzlich wandte Pinegin sich um und sah ihn durchdringend an. Mischa fühlte, daß die blaßblauen Augen erkannten, was in ihm vorging. Doch da lächelte Pinegin, drehte ihm wieder den Rücken zu und fummelte weiter an der Zündschnur. Minuten später entzündeten sie die Schnur und beobachteten, wie der Funke von ihnen weg auf sein Ziel zulief. Kurz bevor er die Fässer erreicht hatte, duckten sich die beiden Männer und hielten den Atem an. Doch es geschah nichts. »Verdammtes Material«, murmelte Pinegin. »Gott weiß, was da schiefgegangen ist. Warte hier«, befahl er. Er rannte los, mit gesenktem Kopf an der Mauer entlang. Er hatte die Fässer fast erreicht, als die Kugel eines Heckenschützen vorüberzischte. Dann flogen die Fässer in die Luft.

1857

Der Krimkrieg war unter demütigenden Bedingungen für Rußland zu Ende gegangen. Es hatte sein Recht auf eine Flotte im Schwarzen Meer eingebüßt. Niemand verspürte mehr Lust auf weitere Feindseligkeiten. Der neue Zar, Alexander II., kündigte zahlreiche Reformen an. Und alle waren auch überzeugt, daß es Veränderungen geben mußte. Von allen Neuerungen, die im Gespräch waren, lag Mischa die mögliche Abschaffung der Leibeigenschaft am meisten am Herzen.

Schon seit dem Vorjahr wurde ganz Rußland von Gerüchten über dieses wichtige Thema überschwemmt. Vom europäischen Ausland aus forderte der radikale Schriftsteller Alexander Herzen den Zaren auf, seine Untertanen freizustellen.

Mitten in all der Erregung blieb Mischa Bobrov, obwohl er persönlich die Befreiung für wünschenswert hielt, zurückhaltend. »Das Volk mißversteht den neuen Zaren«, sagte er zu seiner Frau. »Sie halten ihn für einen Reformer, und vielleicht ist er das in mancher Hinsicht auch. Aber im Grunde ist er ein sehr konservativer Mann, genau wie sein Vater, und ein Pragmatiker. Sein höchstes Ziel wird es sein, die Ordnung aufrechtzuerhalten. Wenn dazu die Abschaffung der Leibeigenschaft nötig ist, wird er sie durchsetzen. Wenn nicht, dann bleibt alles beim alten.«

Viele Landbesitzer waren, anders als Mischa, höchst beunruhigt. »Ich verrate Ihnen einen guten Trick«, sagte ein Gutsherr aus der Nachbarschaft. »Manche von uns rechnen damit, daß wir im Fall des Falles den

Leibeigenen das Land überlassen müssen, das sie bebauen. Nehmen Sie also die Leute von der Landarbeit weg, und bringen Sie sie vorläufig als Hausangestellte bei sich unter. Wenn es zu der befürchteten Entscheidung kommen sollte, können Sie immerhin sagen, daß die Leute nicht auf den Feldern gearbeitet haben. Dann brauchen Sie ihnen vielleicht gar nichts zu geben.«

Was auch an Reformen kommen mochte – Mischa freute sich, daß er wieder zu Hause war. Er hatte nicht nur Bobrovo, sondern auch Iljas Besitz in Rjazan geerbt. »Ich will mich der Landwirtschaft und verschiedenen Studien widmen«, erklärte er. Nach Iljas Tod fünf Jahre zuvor hatte er das umfangreiche unvollendete Manuskript des großen Werkes seines Onkels entdeckt. Vielleicht würde er es abschließen.

Ja, es gab vieles zu bedenken, und trotzdem interessierte ihn am meisten die Sache mit Suvorin und dem Priester. »Wenn ich Suvorin einmal nicht mehr unter Kontrolle habe, weil er frei ist, dann bringt er sicher seine Altgläubigen hierher, und sie fangen an, die Leute zu bekehren. Ich habe dem Priester fest versprochen, daß ich das nicht zulassen werde.«

Beim Militär hatte Mischa nicht mehr daran gedacht. Erkundigungen, die er nach seiner Rückkehr einzog, machten klar, daß sich eine Wandlung vollzogen hatte.

Das Unternehmen der freien Suvorins wuchs rasch. Die aus England importierte Feinspinnmaschine für die Baumwollfabrik war ein großer Erfolg geworden. Savva Suvorin beschäftigte inzwischen die halbe Einwohnerschaft Russkas. Sein Sohn Ivan leitete das Geschäft in Moskau. Wenn Mischa auch nicht wußte, ob alle Angestellten Suvorins Altgläubige waren, so bildeten sie doch zumindest den harten Kern der Belegschaft. Die Tatsache, daß eine kürzlich erfolgte neue Gesetzgebung einige Gruppen der Altgläubigen, darunter auch die radikalen Theodosianer, aufgebrochen hatte, verhinderte offenbar nicht, daß gewisse religiöse Feiern weiterhin praktisch in aller Offenheit zelebriert wurden. Und doch kam keinerlei Protest seitens des Priesters in Russka. Das war es, was Mischa in höchstem Maß verwunderte.

Als er den Priester das erstemal daraufhin ansprach, leugnete der. »Die Gemeinde in Russka ist loyal, Michail Alexejevitsch. Sie sollten sich keine Gedanken darüber machen.«

Da stellte Mischa Savva Suvorin selbst zur Rede. Der hatte nur ein Achselzucken übrig: »Altgläubige in Russka? Darüber weiß ich nichts.«

An einem Sonntagmorgen im Dezember fand Mischa plötzlich die Antwort. Er stand auf dem verschneiten Marktplatz in Russka. Der Gottesdienst war gerade vorüber und war schlecht besucht gewesen. Um diese Zeit kam gewöhnlich der Schlitten mit Zeitungen aus Vladimir, und Mischa blieb noch, in der Hoffnung, die letzten Neuigkeiten zu erfahren.

Da sah er den rothaarigen Priester aus der Kirche kommen und mit großen Schritten seinem Haus zustreben. In seiner Begleitung war ein griesgrämig dreinschauender Bursche, ebenfalls rothaarig, in dem Mischa den Sohn des Priesters erkannte. Pavlo Popov – so hieß er – war Büroangestellter in Moskau und dem Hörensagen nach einer aus der Schar der unterbezahlten Beamten, die zu jener Zeit die Dinge durch allerhand Mauscheleien und Bestechungen regelten.

Da überquerte Savva Suvorin den Platz in der Nähe der beiden. Dabei nickte er dem Priester kurz zu. Sofort verneigten sich Vater und Sohn tief vor dem früheren Leibeigenen. Das war nicht nur eine höfliche Verneigung, sondern eine, wie sie vom Diener zum Herrn, vom Angestellten zum Geldgeber üblich war. Da plötzlich begriff Mischa. In diesem Augenblick bimmelte der langerwartete Schlitten über den Platz.

Mischa beachtete ihn nicht. Er konnte seine plötzliche innere Erregung nicht bezähmen. Er ging quer über den Marktplatz und sprach den Priester in der Mitte des Platzes laut an.

»Sagen Sie, werden Sie von Suvorin und den Altgläubigen dafür bezahlt, daß Sie ihnen Ihre Gemeinde überlassen?«

Der Priester lief dunkelrot an.

Mischa hatte ins Schwarze getroffen. Er bekam jedoch keine Antwort, denn in diesem Augenblick tönte eine aufgeregte Stimme vom anderen Ende des Platzes, wo die Zeitungen abgeladen wurden. »Es ist amtlich. Vom Zaren. Die Leibeigenen werden frei.« Da vergaß Mischa selbst den Priester und eilte über den Platz.

VÄTER UND SÖHNE

1874

Pfeifend und rasselnd näherte sich der Zug der alten Stadt Vladimir, und die beiden unerwarteten Besucher blickten neugierig aus dem Fenster. Es war Frühling. Der Schnee war fast weggeschmolzen, doch da und dort lagen noch Schneeverwehungen oder schmutziggraue Schneestreifen. Alles, von abblätterndem weißen Verputz der Kirchen bis zu den braunen Feldern rund um die Dörfer, machte einen ungepflegten, unsauberen Eindruck. Überall glänzten große Pfützen, und die morastigen Straßen waren fast unpassierbar.

Obwohl die Reise lang gewesen war, waren die beiden Reisenden guter Laune. Nikolaj Bobrov war zwanzig Jahre alt, ein hübscher, schlanker junger Mann mit den regelmäßigen, leicht türkischen Gesichtszügen der Bobrovs. Er hatte einen kleinen, sorgfältig gestutzten Schnurrbart, einen weichen Spitzbart und dichtes dunkelbraunes lockiges Haar. Seine blauen Augen blickten selbstsicher. Sein Begleiter war nur ein Jahr älter, sah jedoch erwachsener aus. Er war schlank, etwas größer als Nikolaj, blickte ziemlich düster drein und hatte einen rötlichbraunen Haarschopf. Sein Gesicht war glatt rasiert. Die Zähne hinter den schmalen Lippen waren klein, gelblich und unregelmäßig. Die Partie um die auffallend grünen Augen schien leicht aufgedunsen. In Vladimir stiegen die beiden aus, und Nikolaj suchte nach einer Fahrgelegenheit. Schließlich kam er mit einem mürrischen Bauern und einem klapprigen, altersschwachen Karren zurück. »Tut mir leid«, meinte er vergnügt, »aber es ist das Beste, was ich finden konnte.« Wenig später waren sie auf dem Weg.

Nikolaj Bobrov besah sich die Gegend. Nichts außer Schlamm und Morast, so weit das Auge reichte. Die Wagenräder blieben oft darin stecken und sanken immer wieder tief ein. Nicht der Schnee hatte Napoleons Kraft auf seinem Rückzug von Moskau gebrochen, sondern der Morast, erinnerte sich Nikolaj.

Obwohl sie nur langsam vorwärts kamen, war der junge Nikolaj freudig erregt. Es war ihm, als sei sein ganzes bisheriges Leben, aber zumindest die letzten beiden Jahre, nur eine Vorbereitung auf diese Reise und diesen Frühling gewesen. Und wie er sich vorbereitet hatte! Wie alle anderen Studenten in ihrem gemeinsamen Haus hatte er gelesen, zugehört, debattiert, wochen- und monatelang. Er hatte sich sogar wie ein Mönch kasteit. Vier Wochen lang hatte er auf einem blanken Brett geschlafen, und gewöhnlich trug er ein härenes Hemd. »Ich bin noch nicht so stark und diszipliniert, wie ich es sein sollte«, gestand er seinen Freunden. Nun endlich kam die Stunde, in der, so hoffte er, er selbst und die ganze Welt neu geboren würden.

Welch ein Glück, dachte Nikolaj und warf seinem Begleiter einen Blick zu, daß ich meine Mission vor allem mit ihm durchführen werde. Er weiß so viel mehr als ich. Der Gedanke an seine ahnungslosen Eltern beeinträchtigte Nikolajs Freude. Was würde aus ihnen werden? Natürlich würden sie leiden, das war unvermeidlich, aber er würde sie vor dem Schlimmsten bewahren können, tröstete er sich. Langsam ratterte der Wagen auf Russka zu.

Timofej Romanov stand an einem kalten Frühlingsmorgen am Fenster der *isba* und starrte seinen Sohn Boris ungläubig an. »Das verbiete ich dir«, schrie er.

»Ich bin zwanzig und bin verheiratet. Du kannst mich nicht davon abhalten.« Boris Romanov blickte in die Runde. Die Gesichter seiner Eltern waren aschfahl, seine Großmutter Arina saß wie versteinert; nur seine fünfzehnjährige Schwester Natalia schien, wie gewöhnlich, auf seiner Seite. »Denke doch wenigstens an deine arme Mutter«, verlegte Timofej sich aufs Bitten. Die Familie Romanov war klein. Im Laufe der Jahre hatten Timofej und Varja vier Kinder durch Krankheit und Unterernährung verloren, doch mit solchen Tragödien hatte man zu rechnen. Gott sei Dank waren wenigstens Natalia und Boris gesund. Arina ebenfalls, obwohl sie sich nie ganz von der schrecklichen Hungersnot von 1839 erholt hatte; sie war klein, schrumpelig, mitunter verbittert, aber nichts konnte sie umwerfen. Alle, auch Boris und seine junge Frau, wohnten zusammen in einer soliden zweistöckigen *isba* mitten im Ort. Timofej war jetzt zweiundfünfzig und hatte sich darauf gefreut, es in Zukunft etwas leichter zu haben.

Diese Hoffnung hatte er bis vor einem Monat gehegt, als Varja ihm sagte, daß sie wieder schwanger sei. »Ich konnte es zuerst nicht glauben«, meinte sie, »doch jetzt bin ich sicher.« Als Antwort auf ihren unsicheren Blick lächelte er tapfer und erklärte, es sei ein Gottesgeschenk. Heute dachte er eher, es sei ein Fluch, denn Boris hatte ihm soeben einen Plan mitgeteilt, der die Familie ruinieren mußte.

Die Befreiung der Leibeigenen hatte das Leben der Romanovs verändert, aber materiell nicht zum Besseren. Während die Bauern, die staatliches Land bewirtschafteten, einen angemessenen Teil erhielten, galt für die Leibeigenen der privaten Grundbesitzer eine andere Regelung. Zunächst wurde nur etwa ein Drittel des Landes tatsächlich an die privaten Leibeigenen verteilt, während die Landbesitzer den Rest behielten. Außerdem mußten die Leibeigenen für dieses Land bezahlen: ein Fünftel in Geld oder in Fronarbeit, die übrigen vier Fünftel durch eine Anleihe in Form von Staatspapieren, rückzahlbar innerhalb von neunundvierzig Jahren. Das bedeutete, daß die russischen Leibeigenen auf ihren Besitz eine Hypothek aufnehmen mußten. Schlimmer noch – die Landbesitzer brachten es zuwege, die Bodenpreise künstlich hochzuschrauben. Außerdem hatten die Bauern Kopfsteuer zu zahlen, von der die Adligen befreit waren. Sie bezahlten weiterhin eine Menge Steuern auf Lebensmittel und Getränke, was die Armen schwer belastete. Daraus ergab sich letztlich, daß der Bauer Timofej nun, nach seiner Befreiung, für sein Land zehnmal soviel an den Staat abführen mußte wie Bobrov, der Herr. Timofej haßte seinen früheren Herrn nicht. Hatten nicht er und Mischa Bobrov als Kinder miteinander gespielt? Aber er wußte, daß der Adlige ein Parasit war. »Es heißt, der Zar habe den Bobrovs ihr Land gegeben«, erklärte Timofej seinen Kindern, »und zwar als Ausgleich für ihre Dienste. Aber der Zar braucht sie nicht mehr. Also wird er ihnen ihr Land bald wieder nehmen und es uns geben.« Diese simple Vorstellung teilten alle russischen Bauern: Habt Geduld! Der Zar wird es schon richten ... So hatte Timofej auf bessere Zeiten gewartet.

Boris Romanov war ein nett aussehender Junge, vierschrötig wie sein Vater, doch sein Haar war heller und lichtete sich bereits über der Stirn. Seine Augen blickten zwar trotzig, aber es waren gute Augen. Er wollte seiner Familie nicht weh tun, aber in den Monaten seit seiner Hochzeit war das Leben unerträglich geworden. Die Aufnahme seiner Frau in den Haushalt – sie war ein lebhaftes, goldhaariges Mädchen – hatte eine neue Rangordnung notwendig gemacht. Während Arina und Varja bis dahin Gehorsam vor allem von Natalia erwartet hatten, konzentrierten sie nun ihre Aufmerksamkeit auf Boris' Frau. Schließlich erreichte die Krise durch die unerwartete Schwangerschaft der Mutter ihren Höhepunkt. »Wir wollen auch eine Familie gründen«, protestierte Boris' Frau. »Wo sollen wir bleiben, wenn dieses neue Kind wichtiger ist?«

Boris kam zu dem Schluß, daß es so nicht weitergehen konnte. Da machte er die schicksalhafte Ankündigung, er wolle ausziehen.

Mehrere seiner Freunde hatten es in den vergangenen Jahren ebenso gemacht. »Es ist hart, wenn du deine eigene *isba* unterhalten mußt«, erklärten sie ihm, »aber es wird leichter. Und es ist wirklich besser so, dann gibt es nicht soviel Streit mit der Familie.« Boris hätte den Bruch schon früher herbeigeführt, aber aus einem Grund hatte er gezögert: Was würde aus seiner kleinen Schwester mit ihrer versteckten Auflehnung werden? »Sie werden sich an ihr schadlos halten, wenn wir nicht mehr da sind«, meinte er bekümmert zu seiner Frau. Er schlug Natalia vor, sie mitzunehmen, doch sie lehnte ab: »Geh nur, Boris. Mache dir keine Sorgen um mich, ich komme schon zurecht.«

Eine Stunde später stand Timofej Romanov ziemlich bleich neben dem Mann, der nun über sein Schicksal entscheiden würde, und starrte über das offene Feld. Der Dorfälteste war ein kleiner, graubärtiger Bauer mit lauter Stimme und entschlossenem Auftreten, den Timofej respektvoll auf die althergebrachte Art mit dem Vaternamen Iljitsch ansprach.

Aufgeregt schilderte Timofej die Situation und fragte atemlos, ob er jetzt ruiniert sei.

Timofej Romanov war frei, und doch auch wieder nicht. So erging es den meisten ehemaligen Leibeigenen in Rußland. Nachdem nämlich die Leibeigenen Land und ihre Freiheit bekommen hatten, tauchte eine neue Frage auf: Was wäre, wenn diese Bauern, die nicht länger einem Herrn gehörten, sich umhertrieben und machten, was sie wollten? Wie konnte man sichergehen, daß das Land bestellt und die Steuern eingetrieben würden? Und so kamen die Behörden in ihrer Weisheit zu einer einfachen Lösung: Obwohl der Bauer rechtlich gesehen frei war, blieb er an seine Scholle gebunden. Das dem Gutsbesitzer abgenommene Land wurde nicht dem Bauern persönlich, sondern der Dorfgemeinde übergeben, die für Steuern und alles übrige verantwortlich war. Wenn, zum Beispiel, Timofej nach Moskau reisen wollte, mußte er bei dem Dorfältesten einen Paß beantragen wie vorher bei Bobrov. Der Dorfälteste nahm regelmäßig die Umverteilung der verstreut liegenden Flurstücke vor – soundsoviel guten, mittleren und schlechten Boden für jede Familie. Kurz und gut, Timofej Romanov war nun im Grunde Mitglied einer mittelalterlichen Dorfgemeinschaft ohne Feudalherrn, mit anderen Worten, einer Umverteilungsgenossenschaft.

Wenn Boris den Ort verließ und sich selbständig machte, würde das Land neu aufgeteilt. Timofejs Anteil würde sich wahrscheinlich verringern. Dabei genügte nicht einmal sein derzeitiger Anteil, um den Unterhalt der Familie zu sichern und den Verpflichtungen nachzukommen.

»Ich muß dein Land verkleinern«, erklärte Iljitsch brüsk.

»Um wieviel?«

Der Ältere überlegte: »Um die Hälfte.« Das war noch schlimmer, als Timofej gefürchtet hatte. »Tut mir leid«, fuhr der Ältere fort, »aber wir haben jetzt mehr junge Leute im Dorf. Wie die Dinge liegen, ist nicht genug Land für alle da.« Er zuckte die Achseln und ging.

Arina war dreiundsechzig. Sie war die älteste Frau der Familie, und das ließ sie jeden spüren. Vor allem aber liebte sie ihre Tochter Varja. »Ich hab' mich im 1839er Jahr nicht fast für sie umgebracht, damit es ihr jetzt schlechtgeht«, war ihre Rede. Mit den Jahren war es deutlich geworden, daß die Narben, die jene schreckliche Zeit bei Arina hinterlassen hatten, nie mehr ganz verschwinden würden. Sie erzählte oft, wie sie in jenem Jahr einen ganzen Monat lang von einer einzigen Rübe gelebt hatte. »Deshalb bin ich auch älter, als ich wirklich bin«, meinte sie.

Und nun würde ihre Tochter noch ein Kind bekommen. Schweigend hatte sie die Entwicklung dieses kleinen Familiendramas mit angesehen. Mehrmals sagte die arme Varja todunglücklich zu ihr: »Es wäre, weiß Gott, ein Segen, wenn ich das Kind verlieren würde, bevor es zur Welt kommt.« Und als Arina nun sah, wie die Dinge ihren bösen Lauf nahmen, kam sie insgeheim zu einem Entschluß. Wenn die Lage nicht besser wird, muß das Kind verschwinden! Das war nichts Ungewöhnliches. Arina kannte eine Frau, die ihr Kind ertränkt hatte. Einfacher und nicht so auffällig war es jedoch, ein Kind auszusetzen. Wenn es sein mußte, würde sie das tun. Sie sprach jedoch mit niemandem darüber.

Als Timofej niedergeschlagen von der Unterredung mit dem Dorfältesten zurückkam und die schlechte Nachricht brachte, sagte er zu seiner Frau: »Vielleicht müssen wir Natalia in die Fabrik stecken. Schick sie zu mir!«

Während Peter Suvorin neben seinem Großvater Savva herlief, setzte sich ein neuer Gedanke in seinem Kopf fest: Vielleicht sollte ich mich umbringen! Eines war sicher – er mußte dieser furchtbaren Falle entrinnen.

Wäre nur sein Vater nicht gestorben! Ivan Suvorin war, wohl in Erinnerung an seine eigene harte Erziehung durch Savva und auch deshalb, weil er seine Frau verloren hatte, als Peter erst zehn Jahre alt war, ein liebevoller Vater gewesen, weise genug, seine Söhne nicht verändern zu wollen. Vladimir, fünf Jahre älter als Peter, war der geborene Geschäftsmann; Ivan übergab ihm die Leitung einer Moskauer Filiale, als er erst siebzehn war. Peter dagegen hatte intellektuelle Neigungen und durfte – zum Ärger des alten Savva – die Universität besuchen. Nun war Ivan sechs Monate zuvor einem schweren Schlaganfall erlegen, und Peters heile Welt war plötzlich zerstört.

Innerhalb einer Woche hatte der Großvater die Kontrolle über das riesige Unternehmen wieder in die Hand genommen. Peter mußte sein Studium unverzüglich aufgeben. Während der junge Vladimir die Moskauer Fabriken weiterführen durfte, beorderte der Großvater den jüngeren Enkel kurzerhand nach Russka zurück. Die Großeltern waren für Peter ferne Gestalten gewesen, denen man bei ihren gelegentlichen Besuchen mit heiligem Respekt zu begegnen hatte. Er hatte nie einen so großen Mann wie seinen Großvater gesehen – ein furchterregender Anblick mit seinem dichten Haar, dem langen grauen Bart und den durchdringenden schwarzen Augen; und ebenso grauenerregend war seine Schweigsamkeit.

Nun aber, nachdem Peter gezwungen war, im Haus seiner Großeltern zu leben, hatten seine Gefühle sich gesteigert. Die Angst aus Kindertagen war geblieben, und dazu gesellte sich so etwas wie Entsetzen. Savva Suvorin war kein gewöhnlicher Sterblicher. Er war ein Gesetz in sich und ein Gesetz vor Gott: unverrückbar, unwandelbar und gnadenlos. Mit seinen zweiundachtzig Jahren hielt er sich aufrecht wie ein Dreißigjähriger. Die Gemeinde der Theodosianer, der er angehört hatte, war 1850 aufgelöst worden, und wie viele andere Kaufleute sah er sich veranlaßt, nominell in die orthodoxe Kirche einzutreten, doch im Innern blieb er ein Altgläubiger.

Russka war niemals schön gewesen, nun jedoch war es ausgesprochen häßlich. Die Häuser an dem zum Fluß steil abfallenden Abhang mit ihren Anbauten und den sie umgebenden Zäunen sahen so aus, als purzelten sie ins Wasser, so wie der Müll aus der Stadt gekippt wurde. Innerhalb der Stadtmauern überragte das große Ziegelsteingebäude der Baumwollspinnerei die Kirche bei weitem, und verglichen mit dem qualmenden Schornstein wirkte der alte Wachturm am Stadttor unscheinbar. Die Tuchfabrik war fast genauso groß. In langen, scheunenartigen Gebäuden war die Leinenfabrik untergebracht. Die Aussicht auf Verdienst lockte Menschen aus dem weiten Umkreis an, und der alte Savva Suvorin herrschte über das Ganze.

Zuerst schien Peter das Leben dort gar nicht so unangenehm. Seine Großeltern wohnten in einem einfachen Steinhaus, das nicht ein Zehntel von der Größe des Moskauer Hauses hatte. Es war mit schweren, ziemlich häßlichen Möbeln eingerichtet. Was aber hatten die alten Leute mit ihm vor? Wenn Savva Peter mit auf seine Rundgänge nahm, machte er keinerlei Andeutung, was den Enkel erwartete. Schließlich hatte Peter den Eindruck, der alte Mann habe seine Gesellschaft satt und werde ihn bald nach Moskau zurückschicken.

Kurz nach Weihnachten jedoch versetzte die Großmutter ihm den

Schlag. »Wir haben beschlossen, daß du in der Leinenfabrik zu arbeiten anfängst«, verkündete sie gelassen. »Auf diese Weise lernst du auch das Dorf kennen.«

Maria Suvorins Gesicht war trotz ihres hohen Alters immer noch rundlich, ihre Nase noch spitzer. Sie lächelte nie. Unter schmalen Lidern blickten kalte graue Augen wie eh und je hervor. Wie die meisten einfachen russischen Frauen trug sie das weiße Haar in der Mitte gescheitelt, straff zurückfrisiert und hinten geknotet. Der einzige Luxus, den sie sich gestattete, waren kostbare Kleider aus Seidenbrokat, die sich nach unten wie eine Glocke weiteten. Um den Kopf schlang sie gern einen großen Schal, der die Schultern und die Oberarme bedeckte und unter dem Kinn mit einer Nadel zusammengehalten wurde, so daß Maria den buntbemalten russischen Püppchen ähnelte – ein freundlicher Anblick, der ihrem kalten Charakter widersprach.

»Aber ich bin für solche Arbeit ganz ungeeignet«, protestierte er. »Und was wird aus meinem Studium?«

»Damit ist es aus«, erklärte sie seelenruhig. »Du wirst doch wohl nicht erwarten, daß dein alter Großvater alle Arbeit für dich tut, nicht wahr?«

An jenem feuchtkalten Frühlingsmorgen nun hatte Peter das Gefühl, daß er es nicht länger ertragen konnte. Er hatte versucht, Interesse zu zeigen und irgend etwas zu entdecken, was seine Phantasie anregen könnte. Wenn etwa Savva ihm berichtete, daß durch den amerikanischen Bürgerkrieg ihr Baumwollvorrat eine Weile nicht aufgestockt werden könne oder daß die Baumwolle nun aus Asien komme, beschwor Peter in sich das Bild ferner Schiffe, die am Horizont der Neuen Welt dahinzogen oder von Karawanen in der Wüste herauf und redete sich ein, das Unternehmen Suvorin sei Teil eines großen, aufregenden Abenteuers. Doch Tag für Tag sah er sich den gleichen endlosen Reihen der Spinnmaschinen gegenüber, und er empfand Russka immer mehr als ein Gefängnis.

An jenem Morgen wurden die Unterkünfte der Arbeiter inspiziert, was Peter mehr haßte als alles andere. Da standen drei lange Reihen Holzhäuser für Arbeiterfamilien, die vielleicht gar nicht so übel gewesen wären, hätte man nicht in jedes Haus drei bis fünf Familien gezwängt. Als Großvater und Enkel einen Schlafraum betraten, wurde Peters Herz schwer. Der lange Raum war peinlich sauber, hell, luftig und warm. Er war weiß gestrichen, in der Mitte eine Reihe Holzpfeiler, links und rechts Betten, die aus breiten, flachen Holzkästen bestanden und zweigeteilt waren, so daß jede Hälfte Platz für eine schmale Matratze und einige Habseligkeiten bot. Also schliefen zwei Menschen, getrennt durch eine niedrige Unterteilung, in je einem Bett, auf jeder Seite des Schlafraumes dreißig Personen. Unter den Betten befanden sich verschließbare Holzkisten, und von der Holzdecke hingen Gestelle für die Kleidung. Männer und Frauen schliefen getrennt. Alles wirkte sehr ordentlich, doch zugleich deprimierend und menschenunwürdig. Die Leute, die hier lebten, waren entweder Bauernkinder aus fernen Dörfern, die ihre Familien regelmäßig besuchten und den bescheidenen Lohn ablieferten. Oder es waren ehemalige Leibeigene, die im Haushalt gearbeitet und durch den Befreiungsstatus ihre Freiheit erhalten hatten. Da sie jedoch keinen Anspruch auf Land hatten, waren sie heimatlos. Diese heruntergekommenen Kreaturen krümmten nun ihren Buckel, als Peter und der Großvater vorbeigingen.

Ich soll hier leben, dachte er, und dieses grausame System weiterführen. Diese traurigen Menschen und diese abscheulichen Fabriken sollen meine Familie ernähren. Nein, es ist unerträglich!

Als sie den Schlafraum schon fast verlassen hatten, wandte Peter sich noch einmal um und sah eine Szene, die nicht für ihn bestimmt war. Am anderen Ende des Raumes war ein junger Mann gerade dabei, Savva Suvorin vor den Umstehenden zu imitieren. Abgesehen davon, daß er klein und mager war, agierte er nicht schlecht. Da sah einer jedoch, daß Peter sie beobachtete, und auf seine Warnung hin brach der Mann die Vorstellung ab. Es war ein Schlag für Peter. Nie zuvor hatte er blanken Haß gesehen. Mein Gott, dachte er, dieser Bursche meint, ich sei wie Großvater. Wenn er nur die Wahrheit wüßte! Aber da wurde ihm schrecklich klar, daß der Junge wohl keinen Wert auf seine Sympathie legte. Es genügte, daß er ein Suvorin war. Eilig entfernte er sich.

Er kannte den jungen Mann flüchtig. Er hieß Grigorij.

Natalia lief rasch den Weg nach Russka entlang. Sobald sie ihren Vater niedergeschlagen von seiner Unterredung mit dem Dorfältesten hatte zurückkommen sehen, war sie hinausgeschlüpft. Sie wußte genau, was sie erwartete. Man würde sie in die Fabrik von Suvorin schicken, wo sie ihren Lohn zum Unterhalt der Familie würde beisteuern müssen – sicher würde sie schließlich eine alte Jungfer sein und Sklavin für immer bleiben. Mischa Bobrov war immer freundlich zu ihrem Vater, und sie durfte als kleines Mädchen zusammen mit Boris drei Jahre lang die Schule in Russka besuchen, wo sie Lesen lernte. Wenn sie auch arm war – diese ungewöhnliche Fähigkeit erfüllte sie mit Stolz.

Obwohl sie wußte, was es für sie bedeuten würde, hatte sie Boris ermutigt, von zu Hause auszuziehen. Sie liebte ihn. Wenigstens er sollte glücklich werden. Für sich sah Natalia nur einen einzigen Ausweg: Sie mußte Grigorij aufsuchen.

Mischa Bobrov und seine Frau Anna strahlten vor Freude. Als eben die Dämmerung hereinbrach, langte die kleine Kutsche auf dem Besitz in Bobrovo an. Zu ihrer Überraschung sprang ihr Sohn Nikolaj heraus, umarmte sie und erklärte: »Man hat mir von der Universität freigegeben, damit ich eher nach Hause komme, und hier bin ich.« Er fügte hinzu, er habe einen Freund mitgebracht. Mischa führte die Besucher ins Haus.

Mischa Bobrov hatte sich immer glücklich geschätzt, daß er so gut mit seinem Sohn auskam. Er erinnerte sich an die lastende Atmosphäre um seinen strengen Vater Alexej und hatte beschlossen, daß es in Bobrovo nie wieder so sein dürfe. Für ihn war das ganz natürlich, denn er war ein gütiger, unbeschwerter Mensch.

Vor allem liebte er die Diskussion mit dem Jungen. »Genau wie der liebe Sergej und der alte Onkel Ilja«, sagte er. Natürlich war er auch stolz auf sein eigenes Geschick im Debattieren. Selbst wenn Nikolaj mitunter hitzig wurde, was bei jungen Menschen vorkommt, hatte Mischa nichts dagegen.

Die beiden Reisenden waren müde, und nach dem Essen baten sie, sich bald zurückziehen zu dürfen. »Ich sehe schon, daß wir großartige Diskussionen mit diesen beiden jungen Männern haben werden«, erklärte Mischa seiner Frau, als sie später im Salon saßen. »Vielleicht ist man nicht mit allen Vorgängen an den Universitäten einverstanden, aber die jungen Leute kommen doch immer voller neuer Ideen zurück.«

Nur eins irritierte ihn: Er hatte das Gefühl, Nikolajs Freund irgendwoher zu kennen. Aber sosehr er sich zu erinnern versuchte, es fiel ihm nicht ein. Jevgenij Pavlovitsch Popov, so wurde der Bursche mit dem rötlichen Haar vorgestellt. »Haben wir uns schon einmal gesehen?« fragte Mischa.

»Nein.«

Damit schien das Thema abgehandelt. Doch in der Nacht ging diese kleine Merkwürdigkeit dem Landbesitzer – neben vielen anderen Dingen – im Kopf herum.

Nicht nur wenn sein Sohn zu Besuch kam, machte Mischa Bobrov sich Gedanken über die Zukunft. Welche Art von Besitz würde er dem Jungen übergeben können? Es war bezeichnend für Mischa Bobrov, daß er überzeugt war, alles laufe insgesamt und in der Zukunft gut, auch wenn es für ihn persönlich eher schlecht gelaufen war. Er erklärte stets, es gebe Gründe, optimistisch in die Zukunft zu blicken. Dies war einer der wenigen Punkte, in denen er und seine Frau nicht übereinstimmten.

Tatsächlich stand es um den Besitz der Bobrovs extrem schlecht. Nicht nur die Bauern waren enttäuscht von den Konsequenzen der Freilassung, die 1861 durch kaiserliches Manifest verfügt worden war – den Landbesitzern erging es kaum anders.

Als die Leibeigenschaft abgeschafft wurde, hatte Mischa Bobrov – wie die meisten Gutsbesitzer in der Gegend – bereits siebzig Prozent seiner Leibeigenen als »Hypothekensicherheit« an die Staatsbank überschrieben. Im ersten Jahrzehnt nach dem Erlaß ging die Hälfte seiner Abfindungszahlungen zur Schuldentilgung an die Bank. Außerdem verloren die Staatspapiere, die er in Teilzahlung erhielt – jene Papiere, deren Tilgung die Bauern so hart ankam –, durch die Inflation rasch an Wert.

Bobrov hatte Schulden und verfügte kaum über Barmittel, also fiel es ihm schwer, die Fronarbeit seiner ehemaligen Leibeigenen zu bezahlen, damit das von ihm verlassene Land bestellt würde. Manche Flurstücke hatte er an Bauern vergeben, andere an Kaufleute verpachtet; er fürchtete, daß er bald weiteres Land verkaufen müsse. So wurde er von Jahr zu Jahr ein bißchen ärmer. Dennoch blieb er optimistisch.

Dafür sah Mischa Bobrov mehrere Gründe, und während er jetzt schlaflos im Bett lag, führte er sie sich einzeln vor Augen: Das russische Reich war gefestigter und stärker als in seiner Jugend. Nach jahrhundertelangen Konflikten schien das riesige Land endlich seine natürlichen Grenzen erreicht zu haben. Das weite Territorium Alaskas war zwar 1867 an die Vereinigten Staaten von Amerika verkauft worden, doch in der Zwischenzeit festigte Rußland seinen Einfluß am fernen Pazifik, an der Eurasischen Ebene, wo der neue Hafen von Vladivostok gegenüber von Japan einen lebhaften Fernosthandel versprach. Im Süden hatte sich Rußland – nach der Katastrophe auf der Krim – erneut die Seerechte auf dem Schwarzen Meer gesichert. Im Südosten verleibte es sich nach und nach die Wüsten jenseits des Kaspischen Meeres ein mit ihren wilden Fürsten und reichen Karawanen. Im Westen war der letzte polnische Aufstand niedergeschlagen worden, und Rußland, nun in enger Allianz mit Preußen, befand sich im Frieden mit seinen westlichen Nachbarn. Und wenn es auch hieß, das preußische Königreich mit seinem brillanten Kanzler Bismarck sei ein wenig zu machthungrig – was bedeutete das schon für das Zarenreich, das ein Sechstel der Landmasse des Globus bedeckte?

Der eigentliche Grund für Bobrovs Optimismus waren jedoch die Vorgänge innerhalb Rußlands. »Wir haben in den vergangenen fünfzehn Jahren mehr Reformen erlebt als jemals seit Peter dem Großen«, meinte er. Zar Alexander II. erkannte die Notwendigkeit von Reformen und machte erstaunliche Fortschritte. Das überkommene brüchige Rechtssystem wurde von Grund auf erneuert. Nun gab es Gerichtshöfe mit unabhängigen und unabsetzbaren Richtern und Staatsanwälten, die Verhandlungen wurden öffentlich abgehalten. Für Strafprozesse gab es sogar

Geschworenengerichte. Auch das Militär wurde reformiert; jedermann, Adliger und Bauer, unterstand der Wehrpflicht, jedoch nicht, wie bis dahin, fünfundzwanzig, sondern nur sechs Jahre. Außer in den Eliteregimentern konnte es auch ein Mann einfacher Herkunft zum Offizier bringen.

Am meisten aber freute sich Mischa Bobrov über die neuen örtlichen Körperschaften. Diese gingen unter dem Begriff der *zemstvos* – »das Land und die Gemeinde betreffend« – in die Geschichte ein. Das waren somit die gesetzlich eingeführten Organe der lokalen Selbstverwaltung. Die *dumas*, hergeleitet von der *duma*, dem früheren Beraterkollegium des Zaren, waren Organe der städtischen Selbstverwaltung. So etwas hatte es in Rußland bis dahin nicht gegeben. In jedem Bezirk, ob Stadt oder Provinz, wurden diese Organe von allen Steuerzahlern, ob Adel, Kaufmann oder Bauer, gewählt. Jetzt also ist Rußland auch in die moderne Welt der Demokratie eingetreten, dachte Mischa zufrieden.

Als er schließlich doch am Einschlafen war, dämmerte ihm plötzlich, mit wem der so vertraut wirkende Gast Ähnlichkeit haben könnte. Hatte der Bursche nicht gesagt, sein Vatername sei Pavlovitsch? Und hatte nicht jener alte Priester in Russka mit dem roten Haar einen Sohn, der Popov hieß? Mischa beschloß, der Sache am nächsten Morgen nachzugehen.

Doch am Frühstückstisch empfing ihn sein Diener mit einer höchst ungewöhnlichen Neuigkeit. »Der junge Herr Nikolaj ging mit seinem Freund schon vor der Dämmerung aus, Michail Alexejevitsch. Sie waren wie Bauern gekleidet, und sie sagten, sie wollten sich Arbeit suchen.«

Mischa Bobrov runzelte die Stirn. Was das wohl bedeuten mochte?

Grigorij war neunzehn, hatte ein hageres Gesicht, langes fettiges schwarzes Haar, das er in der Mitte gescheitelt trug. Er war von eher schwächlicher Statur, und Gott hatte ihn auch sonst nicht gerade mit körperlichen Vorzügen verwöhnt. Doch Grigorij war entschlossen, seinen Weg zu machen. Er stammte aus einer achtköpfigen Familie. Sein Vater hatte als Leibeigener in einem Haushalt gearbeitet und verrichtete nun in Vladimir Gelegenheitsarbeiten. Seine Kinder schickte er, kaum daß sie zehn Jahre alt waren, zur Arbeit. Als Grigorij im Alter von dreizehn sagte, er wolle von zu Hause fort, hatte der Vater nichts dagegen. Einen Rat gab er seinem Sohn noch mit: »Nimm von den Frauen, was du nur kriegen kannst, Grigorij, aber paß auf! Manchmal tun sie freundlich, doch in Wirklichkeit wollen sie dir weh tun. Denk immer daran!«

So zu Mißtrauen angehalten, beobachtete er Natalia Romanovs Werben um ihn höchst skeptisch. Was fand sie nur an ihm? Sie war ein munteres

Geschöpf, ihr Vater hatte ein eigenes Pachtgut. Gemessen an Grigorijs Familie waren die Romanovs reich. Warum nur hatte sie ihn am Abend zuvor gebeten, sie zu heiraten? Er hatte sie argwöhnisch angesehen: »Das muß ich mir überlegen.«

Als die beiden als Bauern verkleideten jungen Männer an jenem Morgen im Dorf erschienen, erkannte sie zuerst niemand, bis auf Arina, die aus dem Haus kam, einen Blick auf sie warf und dann laut rief: »Nikolaj Michailovitsch, wie groß du geworden bist!« Die alte Frau ließ nicht locker, und so saßen sie gleich darauf in der *isba* der Romanovs am warmen Ofen und aßen Konfekt.

Als die Familie hörte, daß Nikolaj und sein Freund im Ort arbeiten wollten, waren sie verblüfft. Als aber Timofej nachfragte, ob sie Lohn dafür verlangten, und sie das verneinten, wurden seine Augen groß – welch glücklicher Zufall!

So fand ein überraschter Mischa Bobrov zwei Stunden später seinen Sohn und den jungen Popov friedlich mit dem Bauern am Rand eines großen Feldes bei der Arbeit. Klugerweise mischte er sich nicht ein, er schüttelte nur belustigt den Kopf über die ausgefallenen Ideen der jungen Leute und ging nach Hause.

Auch Natalia beobachtete die beiden Besucher neugierig. Nikolaj Bobrov hatte sie zum letztenmal gesehen, als sie noch ein kleines Mädchen war. Er sah gut aus mit dem sorgfältig gestutzten Schnurrbart und mit seinen leuchtendblauen Augen, fand sie. Dagegen wußte sie nicht, was sie von dem Freund mit dem rötlichen Haar halten sollte. Er ließ immer Nikolaj reden.

Natalia liebte ihre Familie, vor allem ihren Bruder, und sie wußte, daß ihre Eltern sie brauchten, nun da Boris ausziehen würde. Doch als am Abend zuvor Timofej ihr eröffnet hatte, sie müsse in die Fabrik gehen, war sie verärgert, wie kalt ihr Vater über ihr Leben verfügte. Wenn ich das für sie tue, dann will ich auch etwas für mein eigenes Glück tun, beschoß sie, und damit meinte sie Grigorij. Andere mochten sich vielleicht über ihre Wahl wundern. Doch sie selbst sah ihre Situation realistisch. Ihre Aussichten waren nicht gut im Dorf. Wenn dieses neue Kind geboren würde, könnte ihr Vater ihr sicher keine Mitgift zukommen lassen. Da sie keine Schönheit war, konnte sie von Glück sagen, wenn sie einen der besseren Dorfjungen bekam. Und der kleine Bursche in der Fabrik mit seinem Geschick und seiner verschmitzten Art hatte es ihr angetan. Sein innerer Schwung faszinierte sie. Kein anderer Junge im Ort war so. Ihr »Heiratsantrag« kam also nicht aus purer Berechnung. Als sie Bekanntschaft schlossen, lehrte sie ihn lesen, und sie war erstaunt von seiner raschen

Auffassungsgabe. Er stürzte sich auf jedes neue Thema und ließ nicht locker, bis er es beherrschte.

Entweder kann er bei uns im Dorf leben, dann bringen wir zwei Löhne nach Hause, oder wenn sie ihn nicht aufnehmen wollen, ziehe ich zu ihm nach Russka, dann bekommen sie gar nichts, dachte sie.

Nikolaj war zufrieden; der erste Tag war gut vorübergegangen. Auch Jevgenij sah die Entwicklung positiv. »Sie werden schon Vertrauen zu uns fassen«, meinte er, »aber vergiß nicht, daß wir vorläufig niemandem etwas verraten dürfen.«

Nikolaj sagte sich zum wiederholten Mal, welch ein Glück er mit Popov habe. Auch wenn der manchmal so geheimnisvoll tat, daß man das Gefühl hatte, er halte irgendeine Mitteilung zurück. Nikolaj glaubte, daß ihrer beider Namen eines Tages in den Geschichtsbüchern verzeichnet sein würden.

Mischa Bobrov erwartete die beiden jungen Männer im Salon zum Abendessen. Er war sehr gespannt. »Du wirst sehen, wir haben eine Menge wichtiger Dinge miteinander zu besprechen«, hatte er seiner Frau prophezeit.

Der Salon war ein langgestreckter, freundlicher Raum, möbliert mit Stühlen und Sofas nach französischen Entwürfen. Schwere blaue Vorhängen, in der Mitte geteilt und beidseitig durch große Quasten gerafft, rahmten die Fenster. An einer Wand stand ein schöner Bücherschrank aus Mahagoniholz mit Glastüren. Den Kaminsims krönte eine Uhr aus schwarzem Marmor, einer griechischen Tempelfront nachempfunden. Ein runder Tisch in einer Ecke des Zimmers war mit einem bunten türkischen Teppich bedeckt.

Zahllose Familiengemälde schmückten die Wände. Und auch zu beiden Seiten des Bücherschranks hingen Bilder – farbenfrohe Studien; eines zeigte eine Landschaft bei Sonnenuntergang, das andere das faltige Gesicht eines Bauern. An diesen Gemälden, die aus der neuen Schule, bekannt als »Die Wanderaussteller«, stammten, hatte Mischa große Freude. »Sie sind die ersten wirklichen russischen Maler seit den Ikonenmalern«, sagte er. In seinem Arbeitszimmer hatte er sogar eine kleine Skizze von dem besten dieser Maler, dem hervorragenden Ilja Repin, die einen Treidler an der Wolga zeigte.

Auf dem Tisch lagen mehrere umfangreiche Zeitschriften; das waren die sogenannten dicken Journale, die charakteristisch für das geistige Leben des damaligen Rußland waren. Darin wurden in Fortsetzungen die neuesten Werke der großen Schriftsteller gebracht: Tolstoj, Dostojevskij, Turgenjev. Daneben enthielten sie politische Kommentare der radikalsten Art. Mischa Bobrov hatte sie in seinem Salon aufliegen und zeigte damit, daß er sich über das Tagesgeschehen auf dem laufenden hielt.

An diesem Tisch nun begrüßte der Gutsbesitzer die beiden jungen Männer, als sie herunterkamen. Als werde er nicht von brennender Neugier geplagt, sprach er leichthin über die Hauptstadt, das Wetter, erwähnte, daß seine Frau gleich dasein werde. Doch schließlich kam er auf sein eigentliches Thema – in so betont lässiger Manier, daß Nikolaj fast lachen mußte: »Ich hoffe, ihr habt die Arbeit auf den Feldern heute genossen ... Darf man fragen, was genau ihr gemacht habt?«

Darauf antworteten die jungen Männer, was sie vereinbart hatten.

Man setzte sich zum Mahl, Mischa am Kopfende des Tisches. Im warmen Kerzenschimmer wirkte er sehr zufrieden. Sein Gesicht war leicht gerötet vom köstlichen Rotwein und von der Verve, mit der er sich in die Unterhaltung einließ. Im Grunde war er der einzige, der sprach. Anna, seine Frau, die groß und dunkel das andere Tischende zierte, steuerte hin und wieder Ansichten bei, die zwar durchaus klar waren, aber nicht immer ihrem eigenen Denken entstammten. Die jungen Herren wollten also die Verhältnisse im Dorf kennenlernen. Es war eine ganz neuartige Idee, Seite an Seite mit den Bauern zu arbeiten, doch Mischa fand dies recht löblich. Als Popov erzählte, er sammle Volkserzählungen, war Mischa begeistert. »Ich kenne die meisten von Krylovs Märchen auswendig«, schwärmte er.

Mischa Bobrov war der Meinung, er habe ein gutes Verhältnis zu Studenten. Zuallererst war er an Erziehung interessiert. Er ließ die beiden auch wissen, daß er den Erziehungsminister hasse. Aus irgendeinem Grund war der Zar diesem Mann gewogen, einem gewissen Grafen Dmitrij Tolstoj, entfernt verwandt mit dem großen Romanschriftsteller. Wegen seiner Methoden hieß er im Erziehungsministerium »Unterdrükker«. Und als Mischa erfuhr, daß Popov an der medizinischen Fakultät studiert hatte, wo es einige Jahre zuvor einen großen Studentenstreik gegeben hatte, erklärte er eilends: »Ich kann jeden Studenten verstehen, der bei diesem verfluchten Tolstoj im Ministerium revoltieren will.«

Er sprach mühelos über Literatur, die neuesten radikalen Essays in den Zeitungen und über Politik. Er lieferte einen so eindeutigen Beweis seiner fortschrittlichen Ideen, daß er sicher war, die beiden jungen Männer beeindruckt zu haben, obwohl sie kaum etwas sagten – oder vielleicht gerade deshalb. Doch gegen Ende der Mahlzeit gab es eine peinliche Überraschung für Mischa. Er hatte Jevgenij Popov während des Gespräches aufmerksam beobachtet. In Mischas Jugend waren fast alle Studenten aus seiner eigenen, der Adelsklasse gekommen; doch seit Mitte des

Jahrhunderts trat eine neue Generation gebildeter Menschen auf den Plan: Söhne von Priestern, kleineren Beamten und Kaufleuten – Männer wie der junge Popov. Mischa war ganz damit einverstanden. Bei Popov hatte er zudem das Gefühl, dieser sei überdurchschnittlich intelligent. Was war er nur für ein Mensch? Mischa konnte seine Neugier nicht mehr zügeln. Und als die zweite Flasche Wein schon fast geleert war, erkundigte er sich freundlich: »Ich hörte, lieber Herr, daß Ihr Vatername Pavlovitsch ist. Sind Sie zufällig der Sohn jenes Pavlo Popov, dessen Vater einmal Priester in Russka war?«

Popov sah kaum von seinem Teller auf, während er teilnahmslos antwortete: »Ja.«

In der Meinung, er habe ihn vielleicht beleidigt, fügte Mischa ebenso leutselig wie unehrlich hinzu: »Ein hervorragender Mann, Ihr Großvater.«

»Tatsächlich?«

Mischa bohrte weiter: »Ich hoffe, Ihrem Vater geht es gut.«

»Er ist tot.«

»Das tut mir leid.« Anna Bobrov hatte es einfach so vor sich hin gesagt.

»Nein, das tut es nicht. Wie kann es Ihnen denn leid tun, wenn Sie ihm nie begegnet sind?« Popov sah die Gastgeberin ruhig an.

Anna war verwirrt, und Mischa runzelte die Stirn.

Nikolaj lächelte amüsiert. »Jevgenij haßt Unehrlichkeit und Floskeln. Er ist der Ansicht, man solle nur die Wahrheit sagen.«

»Ganz recht«, stimmte Mischa bereitwillig zu – und erhielt seinerseits einen Verweis.

»Warum sagen Sie dann, mein Großvater, dieser korrupte alte Idiot, sei ein hervorragender Mann gewesen?« kritisierte Popov und verletzte damit die Regeln der Höflichkeit.

»Sie sind mein Gast«, murmelte Mischa und fügte dann verärgert hinzu: »Man sollte der Familie gegenüber etwas Respekt zeigen.«

»Ich sehe nicht ein, warum, wenn es nichts zu respektieren gibt.« Eine peinliche Pause trat ein. Dann sagte Anna: »Familiensinn ist das Wichtigste auf der Welt.«

»Unsinn! Zumindest nicht, wenn es nicht ernst damit ist.«

Annas Mund öffnete sich erstaunt.

»Popov meint, wir müßten mit der Falschheit auf allen Gebieten aufräumen. Schluß machen damit, ganz gleich, worum es geht«, erklärte Nikolaj.

»Sie meinen also«, versuchte Anna das Phänomen zu ergründen, »alles, auch Güte gegen andere, gute Manieren, sollte abgeschafft werden? Was, um alles in der Welt, würde noch bleiben, wenn jeder das tun würde?«

Popov lächelte. »Die Wahrheit«, sagte er schlicht.

Mischa Bobrov lächelte ebenfalls. »Sie sind das, was man einen Nihilisten nennt«, sagte er.

Jeder gebildete Russe wußte über diese radikalen Burschen Bescheid, nachdem Turgenjev sie in seinem berühmten Roman »Väter und Söhne« einige Jahre zuvor beschrieben hatte. Sie folgten dem russischen Philosophen Bakunin, der dafür plädierte, die Verlogenheit der Gesellschaft auszumerzen, da die Zerstörung überkommener Ideen zwar schmerzlich, doch kreativ sei.

»Ich verstehe«, fügte Mischa nach kurzem Schweigen hinzu. »Nein, das tun Sie nicht.« Popov maß ihn mit geringschätzigen Blicken. »Sie sind typisch für Ihre Generation. Sie reden pausenlos, machen ein paar halbherzige Reformen, und in Wirklichkeit geschieht nichts.«

Mischa Bobrov blieb der Atem weg. Als er sein Weinglas heben wollte, bemerkte er, daß seine Hand zitterte. Er schwankte zwischen Empörung über diese Unmanierlichkeit in seinem Haus und dem Gefühl, daß vielleicht doch ein Körnchen Wahrheit in dem steckte, was der junge Mann sagte. »Die Reformen der derzeitigen Regierung wurden verwirklicht«, verteidigte er sich. »Wir haben die Leibeigenschaft abgeschafft, bevor die Amerikaner die Sklaverei abschafften.«

»Theoretisch ja, aber nicht in der Praxis.«

»Diese Dinge brauchen ihre Zeit. Sind Sie tatsächlich der Ansicht, in Rußland sei alles morsch?«

»Natürlich! Sie vielleicht nicht?«

Rußland war in der Tat erbärmlich rückständig. Die Bürokratie war berüchtigt für ihre Korruptheit. Selbst die gewählten *zemstvo*-Verwaltungen, auf die Mischa so stolz war, hatten keinerlei Einfluß auf die Zentralregierung des Reiches, die genauso autokratisch regierte wie in den Tagen Peters des Großen. Natürlich war sein geliebtes Rußland morsch. Aber stellten nicht aufgeklärte, liberal gesinnte Männer wie er bereits eine Veränderung dar? Oder sollte dieser ungehobelte und aggressive junge Mann etwa recht haben?

Da plötzlich ergriff Anna das Wort. Sie hatte dem Wortgefecht genau zugehört. Im Grunde hatte sie nichts verstanden, doch eine Behauptung hatte sich ihr eingeprägt. »Sie sagen, der russische Staat sei morsch, und damit haben Sie absolut recht. Es ist eine Schande.«

Nikolaj wandte sich seiner Mutter überrascht zu. »Und was sollte man dagegen unternehmen, Mutter?« erkundigte er sich.

»Wie soll ich das wissen?« Dann sprach sie unbewußt für die große Mehrheit des russischen Volkes: »Das muß die Regierung entscheiden!«

»Soeben haben Sie das Problem gelöst, Madame«, meinte Popov ironisch. Und das war das Ende der Diskussion. Popovs Worte hatten aber nicht nur Mischa Bobrovs Gefühle verletzt – er hatte nun auch die unangenehme Empfindung, zwischen ihm und seinem Sohn habe sich eine Kluft aufgetan. Nikolaj und sein Freund hatten etwas, das Mischa nicht verstand.

In den kommenden Tagen nahm im Hause Bobrov alles seinen gewohnten Verlauf. Die beiden jungen Männer gingen täglich zur Arbeit mit den Dorfbewohnern und kamen müde zurück. Alle vermieden weitere Diskussionen. Mischa erkundigte sich gelegentlich, ob die Untersuchungen der beiden Fortschritte machten, und die Jungen bejahten.

Nikolaj war von allem sehr angetan. Er genoß die körperliche Arbeit und die Gesellschaft der Bauern, die sich anscheinend an ihn gewöhnt hatten. Obwohl er viele von ihnen seit seiner Kindheit kannte, verstand er erst jetzt, wie sie wirklich lebten mit ihren Hungerlöhnen und dem Mangel an Grund und Boden. Er verstand, daß Boris die erdrückende Enge des Elternhauses nicht länger ertragen konnte, und sah, welch elende Aussichten Natalia in der Fabrik der Suvorins hatte. Es ist unsere Schuld, die des Adels, daß sie so leben müssen, dachte Nikolaj immer öfter.

Wenn er sich im Dorf genau umsah, bemerkte er noch anderes. Aus Büchern hatte er von landwirtschaftlichen Methoden in anderen Ländern erfahren, und so sah er, daß die in Russka angewandten Praktiken mittelalterlich waren. Die Pflüge waren aus Holz, weil Metall zu teuer war. Die Äcker waren außerdem immer noch in Streifen angelegt, dazwischen gab es ungenutzte Bodenwellen. Da diese Flurstücke regelmäßig umverteilt wurden, hatte kein Bauer eine eigene Scholle, die er intensiver hätte bebauen können. »Unser größtes Problem ist allerdings«, vertraute Timofej ihm an, »daß die Ernte jedes Jahr geringer wird. Der Boden ist ausgelaugt.«

Nikolaj befragte seinen Vater. Stimmte das, was Timofej sagte? Mischa zeigte sich erstaunlich gut informiert.

»Wenn du das russische Dorf verstehen willst, mußt du wissen, daß viele Mißstände auf eigene Fehler zurückgehen. Die Ausbeutung des Bodens ist ein gutes Beispiel dafür. Unsere Bauern bauen nach der Dreifelderwirtschaft an: In dreijährigem Turnus wird einmal Sommergetreide angebaut, das nächste Jahr Wintergetreide, und im dritten Jahr liegt das Feld brach. Das rentiert sich einfach nicht. In anderen Ländern ist ein Turnus von vier, fünf oder sechs Jahren üblich, dazu Klee und Brachlandgras zur Anreicherung des Bodens. In ganz Rußland gibt es so etwas nicht. Doch wir hier in Russka haben ein zusätzliches Problem. Savva Suvorin mit seiner Leinenfabrik.«

»Wieso?«

Mischa seufzte. »Weil der die Bauern dazu verführt, Flachs für die Leinengewinnung anzubauen. Es ist ein leicht absetzbares Anbauprodukt. Nun entzieht aber Flachs dem Boden mehr wertvolle Stoffe als sonst eine Anbaupflanze. So ist das in der ganzen Gegend. Außerdem bauen unsere Bauern zwar Brachlandgras zur Anreicherung des Bodens an, aber sie tun das auf einem separaten Feld, und nicht dort, wo der Fruchtwechsel stattfinden soll. Also ist die ganze Mühe umsonst. Außerdem pflügen sie immer neues Weideland um, um die geringeren Ernteerträge auszugleichen. Dadurch reduzieren sie den Viehbestand, den sie auf die Weide schicken könnten – dabei wäre Mist die einzige Möglichkeit – außer der Aussaat von Brachlandgras –, den ausgelaugten Boden wieder fruchtbar zu machen.«

»Das ist ja ein Teufelskreis!« meinte Nikolaj. »Was kann man denn dagegen unternehmen?«

»Nichts. Die Landgemeinden ändern ihre Gewohnheiten nicht.«

»Und die *zemstvo*-Behörden?«

»Ich fürchte, sie haben keinen Plan«, seufzte sein Vater. »Das ist alles zu schwierig.«

Es gab jedoch auch freundliche Unterhaltungen. Oft saßen Nikolaj und Jevgenij mit der Familie Romanov in der *isba*, Jevgenij und Arina erzählten jene Volkssagen, die sie schon Nikolajs Vater als Kind erzählt hatten. Während Jevgenij sich meist schweigsam beiseite hielt – er wurde nicht warm mit der Familie –, hatte Nikolaj seinen Platz neben Arina.

Einmal nach einem solchen vergnüglichen Beisammensein, als Jevgenij gegangen war, nahm Arina Nikolaj beiseite. Sie wirkte ungewöhnlich aufgeregt. »Nikolaj Michailovitsch, vergeben Sie einer armen alten Frau, doch ich bitte Sie, lassen Sie sich nicht mit dem da ein!« Sie deutete zur Tür.

»O nein – mein Freund ist ein toller Bursche.«

Arina aber schüttelte den Kopf. »Bleiben Sie weg von ihm, Nikolaj Michailovitsch. Irgend etwas stimmt nicht mit ihm.«

Nikolaj küßte sie lachend. »Liebe Arina!« Er konnte durchaus verstehen, daß sein Freund ihr seltsam vorkam.

Viele Überlegungen gingen Jevgenij Popov durch den Kopf, während er eines Nachmittags den Weg durch die Wälder nach Russka nahm. Eine davon betraf ein Versteck. Er brauchte eine kleine, abgelegene Stelle. Ein Schuppen würde genügen. Er mußte aber verschließbar sein und durfte von niemandem benutzt werden. In Bobrovo hatte er so etwas nicht gefunden.

Der Gegenstand, um den es ging, befand sich, sorgfältig zerlegt, in einer verschlossenen Kiste in seinem Zimmer. Seinem Gastgeber hatte er erzählt, sie enthalte Bücher. Es würde wohl bald an der Zeit sein, die Kiste zu öffnen. Und Nikolaj könnte seinen, Popovs, Zwecken sehr wohl dienlich sein. Er hielt auch Ausschau nach anderen Personen. Boris Romanov hatte, zum Beispiel, seine Aufmerksamkeit erregt; ein starker Geist, dachte er. Er hatte mit ihm einige Male über allgemeine Themen gesprochen.

Doch ehe er etwas unternehmen wollte, mußte er mehr über die Bedeutung der nahe gelegenen Fabriken und den Einfluß der Suvorins erfahren. So war er über die Brücke in die geschäftige kleine Stadt gelangt. Eine Zeitlang wanderte er umher, besah sich das strenge Gebäude, in dem die Baumwollspinnerei untergebracht war, die Lagerhäuser und die düsteren Reihen der Arbeiterhütten. Eine einsame Gestalt, die niedergeschlagen an den Marktbuden entlangging, fesselte sogleich seine Aufmerksamkeit. Er ging auf sie zu.

Natalia machte Fortschritte, Grigorij hatte sich von ihr küssen lassen, und das war zumindest ein Anfang. Der Kuß hatte salzig geschmeckt, und sie hatte gemerkt, daß der Junge verlegen war und nicht wußte, was er mit seinen Lippen machen sollte. Offenbar hatte er noch nie geküßt. Zwar hatte ihr Vater sie noch nicht in die Fabrik geschickt, doch sie war überzeugt, daß es kurz bevorstand. Boris hatten seinen Entschluß nicht geändert, und die ganze Familie half beim Bau einer neuen *isba* am anderen Ende des Dorfes. Wenn er erst einmal ausgezogen war, stand ihr Schicksal fest. Sie hatte ihrem Vater zwar noch nichts von dem jungen Mann und ihren Plänen erzählt, doch traf sie Grigorij weiterhin alle paar Tage und versuchte seine Zuneigung zu gewinnen. Sie erzählte ihm oft vom Leben in ihrem Dorf, auch von den beiden merkwürdigen jungen Männern.

Grigorij hörte sich die Berichte über Nikolaj und Popov interessiert an. Warum arbeitete jemand auf dem Feld, wenn er es nicht nötig hatte? Er versuchte sich die beiden vorzustellen. Eines frühen Abends deutete Natalia plötzlich über den Marktplatz von Russka und erklärte: »Dort ist er – der Rothaarige. Ich möchte wissen, was er da treibt.« Das hätte Grigorij auch gern gewußt: Der seltsame Fremde war mit Peter Suvorin in ein Gespräch vertieft.

Ein Monat war verstrichen. Der Boden war längst trocken. Der Frühling wich dem Frühsommer. In Bobrovo verlief das Leben ruhig wie immer.

Doch Mischa Bobrov machte sich Sorgen wegen Nikolaj. Zuerst hatte er gesund und fröhlich gewirkt. Jeden Tag kam er erhitzt und müde, doch bester Laune von der Feldarbeit nach Hause. Dann aber trat eine Wende ein.

An einem Wochenende bemerkte Mischa erstmals eine Veränderung an seinem Sohn: Sein Gesicht war blaß und zeigte einen verkniffenen, sorgenvollen Ausdruck; und wenn Vater und Sohn miteinander sprachen, war eine Barriere zwischen ihnen. Es war, als entferne Nikolaj sich bewußt immer weiter von seinen Eltern. In den vergangenen Tagen wurde er auch zunehmend reizbar. Was mochte nur in den Jungen gefahren sein? Mischa fragte Timofej Romanov, doch der Bauer meinte, Nikolaj sei unverändert fröhlich bei der Arbeit.

»Es muß an diesem Freund liegen«, sagte Mischa schließlich. »Ich würde nur zu gern mehr über ihn wissen.«

Die Möglichkeit dazu ergab sich an einem Sonntag. Anna gab den Anlaß. Mischa ging nur an hohen Festtagen in die Kirche, aber seine Frau besuchte die Messe regelmäßig jeden Sonntag, mitunter sogar zweimal, und wenn Nikolaj zu Hause war, begleitete er sie in der Regel. Deshalb war sie traurig, daß er den ganzen Monat über Ausflüchte gebrauchte. Als er sie eines Sonntags auf ihre Frage, ob er sie wieder allein nach Russka gehen lasse, gereizt anfuhr: »Ich habe anderes zu tun, als meine Zeit mit dir und deinem Gott zu vergeuden«, war sie so fassungslos und verletzt, daß Mischa seinen Mantel anzog und mit ihr ging.

Am Spätnachmittag traf er im Salon auf die beiden jungen Männer. Draußen wurde es dämmrig, und Nikolaj, der eine Zeichnung seines Freundes anfertigte, schloß seinen Block, als Mischa leise eintrat. Er zündete die Lampe auf dem runden Tisch an, nahm eine Zeitung und machte es sich im Sessel bequem. Mischa nickte Popov zu und sagte freundlich zu Nikolaj: »Entschuldige, wenn ich das sage, aber du hast deine Mutter heute morgen ziemlich verletzt.«

Nikolaj lachte nervös auf. »Du meinst, weil ich nicht in die Kirche gegangen bin? Die Kirche ist nichts anderes als eine Kneipe, in der die Leute sich an der Religion berauschen.«

Mischa seufzte. Er war keineswegs entsetzt. Seit der Aufklärung gab es kaum einen gebildeten Mann, der nie Zweifel an Gott oder der reglementierten Kirche gehegt hätte. Warum aber mußte Nikolaj so beleidigend sein? »Du kannst an Gott zweifeln, ohne deine Mutter zu kränken«, bemerkte er. »Solange du dich in diesem Haus aufhältst, wirst du dich ihr gegenüber höflich verhalten.« Darauf wandte er sich mürrisch der Zeitung zu.

Nikolaj aber wollte weiterdiskutieren. »Du hast nie von der Philosophie Feuerbachs gehört, nehme ich an?«

Mischa hatte zwar von diesem Philosophen gehört, der bei den Radikalen in Mode war, doch er mußte zugeben, daß er nichts von ihm gelesen hatte.

»Hättest du das getan, wüßtest du, daß euer Gott nichts als ein Spiegelbild menschlicher Wünsche ist«, erklärte Nikolaj eiskalt. »Ihr braucht Gott und die Kirche, denn sie gehören der Gesellschaft der Vergangenheit an wie ihr. In der zukünftigen Gesellschaft brauchen wir keinen Gott mehr. Gott ist tot.«

Mischa legte die Zeitung weg. »Wenn ihr Gott für tot erklärt – wodurch wollt ihr ihn ersetzen?«

»Durch die Wissenschaft, natürlich.« Nikolaj blickte seinen Vater ungeduldig an. »Es ist wissenschaftlich bewiesen, daß das Universum aus Materie besteht. Alles kann durch physikalische Gesetze erklärt werden. Es gibt keinen Gott, der die Fäden in der Hand hat – das ist Aberglaube. Wissenschaft, und nur sie, macht die Menschen frei.«

»Frei?«

»Ja. Herren ihrer selbst. In Rußland stützt eine abergläubische Kirche einen autokratischen Zaren, und die Menschen leben im Dunkel, wie Sklaven. Doch die Wissenschaft wird damit aufräumen, und dann wird es eine neue Welt geben. Eine Welt der Wahrheit und der Gerechtigkeit. Eine Welt, in der die Menschen die Früchte der Erde miteinander teilen, eine Welt, in der kein Mensch den anderen ausbeutet.«

Mischa warf ein, daß ihn der Entwurf dieser neuen Welt ein wenig an den christlichen Himmel erinnere.

»Absolut nicht«, widersprach Nikolaj rasch. »Euer christlicher Himmel ist eine Erfindung. Eure Religion geht von einem Leben nach dem Tod aus. Doch das gibt es nicht.«

»Ihr verachtet also meine Hoffnung auf den Himmel und haltet meine Religion für Betrug?«

»Genau das.«

Mischa überlegte. »Sagt mir eines: Wenn das Universum aus Materie besteht, wenn ich in einem zukünftigen Leben weder die Hölle zu fürchten noch auf den Himmel zu hoffen habe – warum sollte ich mir die Mühe machen, zu meinem Nachbarn freundlich zu sein und die Früchte der Erde mit ihm zu teilen? Würde ich ihn dann nicht so weit wie nur möglich ausbeuten, weil ich ja keine Zukunft vor mir sehe?«

Nikolaj sah Popov an und lachte. »Du verstehst gar nichts. Leider habe ich dir nichts mehr zu sagen.«

Mischa blickte seinen Sohn traurig an. Er und Nikolaj hatten schon früher hitzige Dispute gehabt. Doch nun lag etwas Verächtliches in Nikolajs Stimme, was neu war und Mischa große Sorge machte. Er wandte sich an Popov. »Vielleicht können Sie mich aufklären«, bat er leise.

»Vielleicht.« Popov zuckte die Achseln. »Sie können nicht verstehen, weil Sie das Produkt der alten Welt sind. In der neuen Welt, wo die Gesellschaft sich anders zusammensetzen wird, sind die Leute anders.« Er starrte Mischa kühl an. »Das ist wie in Darwins Evolutionstheorie: Manche Arten passen sich nicht an und sterben deshalb aus.«

»Menschen, die so denken wie ich, wird es also dann nicht mehr geben?«

»Sie sind bereits tot«, antwortete Jevgenij Popov.

Mischa war nach diesem Gespräch derart verstört, daß er wiederholte Male versuchte, mit seinem Sohn allein zu sprechen. Ich kann doch die Dinge nicht so auf sich beruhen lassen, dachte er. Zwei Tage später ergab sich diese Möglichkeit ganz zufällig.

Es war früh am Abend; Popov war nach Russka gegangen, und Nikolaj hatte sich in sein Zimmer zurückgezogen. Zufällig sah Mischa jedoch, wie Nikolaj nach einiger Zeit zu einem Spaziergang in den Wald oberhalb des Hauses aufbrach. Er lief seinem Sohn nach und holte ihn ein, als er den Rücken der Anhöhe erreicht hatte und sich ostwärts wandte. Nikolaj warf ihm einen erstaunten Blick zu, sagte jedoch nichts. Mischa war ihm dafür dankbar und ging schweigend neben ihm her.

Als die Anhöhe eine Biegung nach Süden zu machte, sagte Mischa endlich: »Es tut mir leid, daß du nicht mehr mit mir sprechen kannst. Das ist traurig für einen Vater.«

Obwohl Nikolaj nicht antwortete, spürte Mischa, daß sein Sohn sich etwas beruhigt hatte. Er hatte die Hoffnung, die Zuneigung des Jungen wiederzugewinnen.

Während sie so gingen, wurde Nikolaj von allen möglichen Emotionen hin und her gerissen, und sein Vater hatte nicht zu Unrecht eine Beruhigung in ihm wahrgenommen. Dieser Spaziergang brachte eine Flut von Kindheitserinnerungen mit sich, die schlichte Frömmigkeit der Mutter, die Güte des Vaters. Das konnte Nikolaj nicht leugnen. Und wenn er sich auch in den vergangenen Monaten darauf eingestellt hatte, ihn zu hassen – in Wahrheit empfand er für den Gutsbesitzer Mitleid. Was aber sollte er machen? Konnte er in letzter Minute seinen Vater vor dem kommenden Sturm retten?

Am Ende des Pfades sahen sie dann, was mit dem Wald geschehen war. Es war immer ein hübscher Rastplatz gewesen. Das Gelände fiel steil zum

Fluß hin ab, und man hatte einen reizvollen Blick südwärts über das silbrige Wasser und den Wald. Dieses Bild hatten beide Männer erwartet.

Doch dreihundert Meter vor dem Ende der Anhöhe gab es nun keinen Wald mehr. Vor ihnen dehnte sich eine riesige, häßliche Narbe kahlen Bodens, übersät mit verrotteten Baumstümpfen. Der ehemals bewaldete Abhang war gänzlich abgeholzt, und ein Erdrutsch hatte eine tiefe Furche hinterlassen. Beide starrten entsetzt auf diese verheerende Szene. Dann fragte Nikolaj: »Hast du das getan, Vater?«

Nach Minuten bestürzten Schweigens murmelte Mischa nur: »Es sieht fast so aus.« Er schüttelte den Kopf: »Dieser verdammte Kaufmann!«

Im Grunde wunderte Bobrov sich nicht. Was er da sah, war das Ergebnis eines inzwischen üblichen Verfahrens, das seine Spuren in weiten Teilen Rußlands hinterließ: Verpachtung.

Wie die meisten Landbesitzer hatte Mischa Bobrov nach der Befreiung der Leibeigenen etwas Ackerland, mehr Weideland und den größten Teil des Waldes behalten. Da es ihm an Bargeld fehlte und er sich nicht für immer von dem ihm verbliebenen Land trennen wollte, hatte er als Kompromiß einen Teil des Waldlandes an einen Kaufmann verpachtet. Gegen eine feste Summe, die Hälfte als Vorauszahlung, erhielt der Kaufmann einen Zehnjahresvertrag; in dieser Zeit konnte er nach Gutdünken mit dem Wald verfahren. Um sein Geld zurückzubekommen, ließ der Kaufmann eilends abholzen und verkaufte das Holz. Da er wegen der Kürze der Pachtzeit kein Interesse am Aufforsten hatte, ließ er auf dem gerodeten Grund Vieh weiden, so daß am Ende der Pacht natürliches Nachwachsen bereits unmöglich war.

Die daraus folgende Erosion und Durchfurchung des Bodens gehören zum Schlimmsten, was der russischen Landschaft bis zum 20. Jahrhundert angetan worden ist.

Lange davor hatte Mischa die Wälder des Besitzes in Rjazan verpachtet, und diese waren inzwischen gänzlich zerstört. Vor Jahren hatte er das gleiche mit den Wäldern um Russka gemacht. Bis heute hatte er sich nicht darum gekümmert, was darauf geschah. Als er nun die Zerstörung sah, fühlte er sich tief beschämt. Auch Nikolaj blickte auf die häßliche Furche. Popov hat recht, dachte er. Mit diesen verantwortungslosen Landbesitzern ist nichts anzufangen, nicht einmal mit meinem Vater. Sie sind nutzlose Parasiten.

Langsam gingen die beiden Männer zurück; Mischa fühlte die Verachtung seines Sohnes und war sehr traurig darüber. Unterwegs sprachen sie kein Wort mehr.

Auf seinem Rückweg von Russka überlegte an ebenjenem Abend Jevgenij Popov, daß sich die Dinge alles in allem zu seiner Zufriedenheit entwickelten. Der junge Bobrov war zwar romantisch, aber das schadete nichts. Er würde ihm dennoch von Nutzen sein. Auch Peter Suvorin war eine Hilfe. Ein Idealist, meinte Popov. Vor allem hatte dieser Industriellensohn, genau wie Nikolaj Bobrov, ein schlechtes Gewissen. Erstaunlich, wie man Leute, die sich schuldig fühlen, manipulieren kann, dachte Popov.

Bisher hatte er Peter Suvorin fast nichts erzählt; doch der hatte ihm das Versteck verschafft, nach dem er gesucht hatte: einen Vorratsraum in einem kaum benutzten Lagerhaus, in dem nur Geräte zum Schneeräumen aufbewahrt wurden. Während der Sommermonate kam niemand dorthin. Peter Suvorin hatte Popov den Schlüssel für den Raum gegeben. Popov hatte erklärt, er wolle dort Bücher lagern. Mitte Mai machte er sich dann an die Arbeit.

Die kleine Druckerpresse genügte seinen Bedürfnissen vollauf. Innerhalb weniger Tage hatte er alle Zettel, die er vorerst benötigte, fertiggestellt, die Presse wieder auseinandergenommen und die Teile unter den Bodenbrettern versteckt. Nun konnte es losgehen.

Es war ein Büchlein, eigentlich ein schlecht geschriebener, von irgendeinem obskuren Revolutionär verfaßter Roman, teilweise extrem sentimental – und doch war es für Nikolaj Bobrov wie für Tausende seiner Generation eine Inspiration. Der Titel des Buches lautete: »Was tun?«

Darin war die Rede von den neuen Menschen, die die Gesellschaft ins neue Zeitalter führen würden, in ein Zeitalter, in dem alle Menschen frei wären. Es schuf für den Leser das Bild eines neuen Menschentyps – halb Heiliger, halb Übermensch –, der rein durch seine moralische Kraft seine schwächeren Brüder zum allgemeinen Wohl führen werde. Diesen kühnen neuen Menschen hatte Nikolaj im Sinn, als er mit Popov nach Russka kam.

Natalia beobachtete Nikolaj fasziniert. Er stand auf einem Holzschemel vor der *isba* ihrer Eltern; eine kleine Gruppe hatte sich um ihn geschartt. Mein Gott, wie gut er aussah!

Natalia hatte gerade zwei Wochen in Russka gearbeitet; langweilige Schichten von zehn bis zwölf Stunden in der Baumwollfabrik, die sich die Mädchen durch Singen von Liedern zu verkürzen suchten. Oft begegnete sie Grigorij, ehe sie nach Hause zu ihren Eltern ging – er hatte sich immer noch nicht entschieden. Meist war sie so müde, daß es ihr sogar gleichgültig war, ob er sie heiratete oder nicht.

Nikolaj stand also auf dem Schemel und hielt eine Ansprache. Er fühlte sich albern und unbequem, doch Popov hatte ihm erklärt: »Es ist wichtig, daß du das tust, denn du stehst ihnen näher als ich, Nikolaj. Du mußt Mut fassen und es einfach tun.«

Menschen aus etwa fünf Häusern hatten sich inzwischen versammelt. »Ich bringe euch gute Nachricht, liebe Freunde«, begann Nikolaj. Sie hörten aufmerksam zu, während er ihnen die zahlreichen Schwierigkeiten ihres Daseins vor Augen führte. Als er von der Notwendigkeit sprach, den Ertrag ihrer Felder zu erhöhen und den Raubbau an den Wäldern zu beenden, gab es zustimmendes Kopfnicken. Als er sich für die Rolle entschuldigte, die seine eigene Familie in ihrem elenden Leben spielte, gab es erstaunte Augen, sogar ein Schmunzeln hier und da. Und als er ruhig ankündigte, sie sollten alles Land haben, auch das, was seinem Vater noch gehörte, erfolgte laute Zustimmung.

»Wann gibt er's uns denn?« rief eine Frau.

»Mein Vater wird euch nicht helfen, meine Freunde«, erklärte Nikolaj, »auch kein anderer Landbesitzer. Es sind Parasiten – eine sinnlose Last aus früherer Zeit. Wir treten in ein neues Zeitalter ein, in ein Zeitalter der Freiheit. Und es liegt in eurer Hand, heute dem neuen Zeitalter zum Durchbruch zu verhelfen. Das Land gehört dem Volk. Nehmt also, was euch rechtens zusteht! Wir sind nicht allein. Ich sage euch, daß in diesem Augenblick in ganz Rußland die Leute in den Dörfern sich gegen die Unterdrücker erheben. Folgt mir – wir nehmen den Besitz der Bobrovs. Nehmt alles – es gehört euch!« Er hatte es hinter sich.

Wenige Ereignisse in der russischen Geschichte waren so merkwürdig wie jene des Sommers 1874. Nikolaj und sein Freund waren tatsächlich nicht allein; ihre seltsame Mission bei den Bauern wiederholte sich in anderen Ortschaften in ganz Rußland, eine Bewegung, die als der »Gang ins Volk« in die russische Geschichte eingegangen ist.

Die jungen Leute, Männer und Frauen, waren fast alle Studenten. Einige hatten im Ausland studiert. Etwa die Hälfte waren Nachkommen von Landbesitzern oder hohen Beamten, die übrigen kamen aus Familien von Kaufleuten, Geistlichen oder kleineren Bürokraten. Die Politik folgte den Ideen jener, die, wie der französische Sozialphilosoph Fourier, glaubten, die Bauernkommune auf dem Land sei die beste Art von natürlichem Sozialismus. Tatsächlich waren viele der Ansicht, Rußland sei weit entfernt von seiner Errettung. »Es kann, dank dem natürlichen Kommunismus der Dörfer, unmittelbar vom Feudalismus zum Sozialismus überwechseln«, hieß es. Obwohl wenige das Landleben aus nächster Nähe kannten, waren sie doch überzeugt, daß sie nur in den Dörfern zu arbeiten und das Vertrauen der Bauern zu gewinnen brauchten und schon werde, auf einen Wink hin, eine natürliche Revolution stattfinden.

»Der Bauernstand wird aufstehen und eine neue, einfache Ordnung schaffen, nach der das gesamte russische Reich uneingeschränkt unter der bäuerlichen Bruderschaft aufgeteilt wird«, versicherten sie sich gegenseitig.

Nikolaj fühlte sich von dieser Bewegung magisch angezogen. Viele seiner idealistischen Freunde stellten sich freiwillig zur Verfügung. Anfangs bemerkten die Behörden nicht, was vor sich ging. An die zweieinhalbtausend Studenten schleusten sich in jenem Sommer in Hunderte von Ortschaften ein; einige auf ihren eigenen oder auf nahe gelegenen Besitzungen, viele andere jenseits der Wolga oder in den alten Kosakenländern am Don. Sie erklärten den Kosakenbauern, die Zeit von Pugatschev und von Stenka Razin sei wieder angebrochen. Daraus, so hofften alle, werde eine neue Welt geboren werden.

Nikolaj sah in die Gesichter vor sich. Es war schwer gewesen. Er hatte nie etwas dagegen gehabt, sein Erbe zu opfern – daran lag ihm nichts –, doch seine Eltern würden enteignet werden. Und das wird sie zerbrechen, dachte er. Welche Fehler sie auch haben mochten, er liebte sie immer noch. Doch als er den zerstörten Wald gesehen hatte, hatte er die Überzeugung gewonnen, daß Mischa keine Schonung verdiene. Erhitzt und erregt wartete er auf die Reaktion der Dorfbewohner. »Nun«, rief er, »seid ihr auf meiner Seite?«

Niemand bewegte sich. Es herrschte absolute Stille. Sie schauten ihn einfach nur an. Hatte er sie überzeugt? Was ging in ihren Köpfen vor? Wollte keiner etwas sagen?

Nach längerer Zeit trat schließlich ein kleiner schwarzbärtiger Mann vor. Er sah mißtrauisch zu Nikolaj hoch, bevor er seine Frage stellte: »Sie sagen also, junger Mann, daß der Zar uns das ganze übrige Land gegeben hat?«

Nikolaj starrte ihn an. »Nein«, antwortete er wahrheitsgemäß, »es gehört euch, und ihr müßt es euch nehmen.«

»Ach so«, nickte der Mann. Sein Mißtrauen schien bestätigt worden zu sein. »Nun gut«, er trat zurück, »der Zar hat es nicht gegeben.« Ein verständnisvolles Gemurmel wurde hörbar, das deutlicher als alle Worte sagte: Dieser junge Kerl weiß nicht, wovon er spricht.

Nikolaj spürte, wie er blaß wurde. War das etwa die Revolution – die spontane Erhebung der Kommune? Was war falsch gelaufen? Er forschte in ihren Gesichtern nach einem Zeichen, blickte fragend zu Popov hin, der nur die Achseln zuckte. Nach einer peinlich langen Minute wandten sich einige Dorfbewohner zum Gehen. »Ich spreche morgen wieder«, kündigte Nikolaj an und stieg von seinem Schemel.

Vor ihm standen etwa zehn Personen, darunter die Romanovs. Anscheinend hatten seine Worte ihre Wirkung auf Timofej Romanov nicht verfehlt. Der Bauer wirkte aufgeregt und wollte offensichtlich etwas sagen. »Habe ich recht verstanden, Nikolaj Michailovitsch«, fragte er besorgt, »Sie wollen, daß Ihr Vater sein Land verliert?«

»Ja.«

»Das dachte ich mir.« Er schüttelte den Kopf. »Ich weiß nicht, was heutzutage in euch junge Leute gefahren ist. Mein Sohn tut mir das gleiche an. Warum ist das nur so?«

»Das Land soll an die Kommune gehen, und dann ist genügend für jeden da. Das habt ihr doch immer gewollt.«

»Und das geschieht in ganz Rußland?«

»Ja. Eben jetzt.«

Timofej schüttelte wieder den Kopf. »Das ist furchtbar«, meinte er. »Es wird Blutvergießen geben.« Als er sah, wie verwirrt Nikolaj war, nahm er ihn beim Arm. »Ich nehme an, daß Sie es gut meinen, Nikolaj Michailovitsch«, sagte er freundlich, »und eines gottgefälligen Tages wird man uns das ganze Land geben, genau wie Sie sagen. Der Zar wird sehen, daß wir es brauchen, und er wird es geben. Er wird zu mir sagen: Timofej, dieses Land gehört dir. Und ich werde antworten: Ich danke Eurer Hoheit. Und das ist alles.«

Er sah Nikolaj ernst an. »Aber wir müssen Geduld haben, Nikolaj Michailovitsch. Das ist Gottes Wille, und es ist unsere russische Art. Wir müssen leiden und Geduld haben, bis der Zar entscheidet, daß der Tag gekommen ist.« Und mit einem freundlichen Lächeln drehte er sich um und ging.

Seufzend wandte sich Nikolaj an Boris. »Nun, was denkst du?«

Boris sah nachdenklich aus. »Wenn wir das ganze Land deines Vaters unter uns aufteilen«, überschlug er vorsichtig, »hätte ich genug, um zwei, vielleicht drei Lohnarbeiter anzustellen.« Er grinste. »Also, ein paar solche Jahre, ein paar gute Ernten, und ich könnte sogar reich werden.« Er nickte. »Wenn das die Revolution ist, Nikolaj Michailovitsch, bin ich ganz dafür.«

Nikolaj blickte ihn erstaunt an. Hatte der junge Bursche nichts anderes im Sinn als persönlichen Gewinn und die Ausbeutung anderer? »Leider habe ich das eigentlich nicht gemeint«, sagte er traurig.

Nikolaj und Popov gingen gedankenversunken den Hügel zum Herrenhaus hinauf. Vielleicht, überlegte Nikolaj, hatte er die Ereignisse einfach zu schnell erwartet. Ein paar Ansprachen noch, ein paar Tage, Wochen, sogar Monate, und die Botschaft würde allmählich durchdringen. Er wollte es morgen und übermorgen noch einmal versuchen.

Popov brach das Schweigen. »Wir hätten ihnen sagen sollen, daß der Zar ihnen das Land gibt«, meinte er gedrückt. »Ich hätte sogar eine falsche Proklamation drucken können.«

»Aber das wäre gegen alles, wofür wir einstehen«, widersprach Nikolaj.

Popov zuckte die Achseln. »Aber es hätte möglicherweise gewirkt.«

Wenn Nikolaj dachte, er habe keine Anhänger gewonnen, täuschte er sich.

Natalias Gedanken wirbelten durcheinander. Die Rede vom Abend vorher hatte sie tief berührt. Wie sie nun am frühen Morgen das Dorf verließ, klangen die Sätze noch in ihr nach. Ein neues Zeitalter, das Ende der Unterdrückung! Bis jetzt hatte sie ihrem Vater geglaubt und Vertrauen in den fernen Zaren gehabt. Aber als sie Nikolaj zuhörte, war ihr, als öffnete sich eine ganze Welt. Nikolaj war gebildet. Bestimmt wußte er viele Dinge, die ihr armer Vater nicht verstehen konnte. Und in letzter Zeit hatte sie eine weitere Art der Unterdrückung kennengelernt, so schlimm wie in den Tagen der Leibeigenschaft: Suvorin und seine Fabriken. Hier wurde der Bauer tatsächlich versklavt. Sie verabscheute das; von Grigorij wußte sie, daß sein Haß auf Suvorin schon an Besessenheit grenzte. Ob da wirklich ein neues Zeitalter heraufdämmert, überlegte sie, in dem wir alle frei sein werden? Und wenn das so wäre, würden dann die Bauern in der Fabrik von dieser Revolution nicht auch ihren Nutzen haben? Wenn sie nur den jungen Nikolaj fragen könnte!

Als ihr Weg sie in den Wald führte, sah sie Popov. Er machte einen frühen Spaziergang. Er trug einen breitkrempigen Hut wie ein Künstler, und als sie näher kam, lächelte er ihr freundlich zu. Das ermutigte sie, und weil sie doch Bescheid wissen wollte, fragte sie ihn. »Diese Revolution und das neue Zeitalter, von dem Nikolaj Michailovitsch gesprochen hat – wird das auch etwas in den Fabriken ändern?«

Er lächelte wieder. »Wieso fragst du? Natürlich!«

»Was wird geschehen?«

»Die Fabriken werden alle an die Bauern übergeben«, antwortete Popov rasch.

»Wir müßten nicht mehr so viele Stunden arbeiten, und Suvorin würde man hinauswerfen?«

»So ist es.«

»Ich habe einen Freund, der sicher gern mehr darüber und über Nikolaj Michailovitsch erfahren würde«, meinte sie zögernd, »aber er ist in der Fabrik.«

Da sah Popov sie aufmerksam an. »Ich bin heute nachmittag in Russka, falls dein Freund mit mir sprechen möchte.« Und als er eine Spur des

Zweifels in ihrem Gesicht sah, fügte er hinzu: »Ich kenne eine abgelegene Stelle.«

Am späten Nachmittag, als Nikolaj den Schemel vor Romanovs *isba* wieder bestiegen hatte, stellte er fest, daß sich mehr Menschen eingefunden hatten als am Tag zuvor. Er war erfreut darüber. Popov hatte ihn allein gelassen, weil er nach Russka gehen wollte.

Die Menschenmenge war nicht nur größer, sie war unruhig. Es befanden sich mehrere ältere Dorfbewohner darunter, und der Dorfälteste hielt sich im Hintergrund. Sie hatten schon auf Nikolaj gewartet.

Es kam dem Jungen nicht in den Sinn, daß die Dorfbewohner ihn verhaften wollten. Tatsächlich wollten ein paar Leute den Polizeibeamten aus Russka holen, doch der Dorfälteste hatte das abgelehnt, da es sich immerhin um den Sohn des Gutsbesitzers handelte. Ich will selbst hören, was er sagt, bevor ich in Aktion trete, hatte er beschlossen.

»Wieder stehe ich mit guten Neuigkeiten vor euch, liebe Freunde. Denn heute geschehen überall in unserem geliebten Rußland große Dinge«, begann Nikolaj. »Ich spreche nicht von ein paar Protesten, nicht von hundert Tumulten, noch nicht einmal von einem riesigen Aufstand, wie wir ihn aus der Vergangenheit kennen. Ich spreche von etwas viel Wichtigerem – von der Revolution!« Als die Menge gespannt aufhorchte, sah Nikolaj den Dorfältesten auf sich zukommen. Arina bemerkte er nicht, die sich eilig aus dem Dorf entfernte.

Jevgenij Popov blickte gelassen in das erregte Gesicht Peter Suvorins. Welch ein gutes, empfindsames Gesicht das war! Merkwürdig, daß der Enkel des grimmigen alten Savva Suvorin solch ein romantischer Bursche sein konnte; das Dokument, das Peter mitgebracht hatte, war fast ein Gedicht. Peter wußte das natürlich nicht. Er dachte, er habe einen Aufruf zur Revolution verfaßt.

Schon bald machte Popov sich zu Peters Mentor. Rasch hatte er Peters Haß auf die Fabrik herausgefunden, seine Schuldgefühle wegen der Arbeiter dort, seine poetische Sehnsucht nach einer besseren Welt. Popov gab ihm ein Exemplar von »Was tun?« und sprach mit ihm über seine Verantwortung in der Zukunft. Erst vor kurzem hatte Popov angedeutet, daß er einer größeren Organisation mit einem Zentralkomitee angehöre. Offenbar war Peter davon fasziniert. Popov hatte auch auf die kleine Druckerpresse angespielt. Vor allem aber hatte er Macht über Peter gewonnen durch die einfache Kunst, Lob zu spenden oder mit Lob zu sparen. Es war erstaunlich, wie sehr die Menschen Lob brauchten. Wenn auch der Erbe des großen Suvorin-Unternehmens fraglos ein wichtiger

Fang war, wußte Popov noch nicht genau, wie er ihn einsetzen sollte. Der Bursche war einfach zu konfus und idealistisch.

Der Aufsatz, den er Popov gebracht hatte, war die leidenschaftliche Quintessenz all seiner Gedanken. Es war ein Schrei nach sozialer Gerechtigkeit, eine fast religiöse Beschwörung menschlicher Freiheit. Er sprach eindringlich von der Unterdrückung in Russka – nicht so sehr des Körpers wie der Seele. Der Aufsatz endete mit dem Ruf nach Revolution – einer sanften Revolution. Peter hatte viele Stunden daran gearbeitet, und nun erwartete er voller Spannung das Urteil seines Mentors.

»Du glaubst also, das Volk könnte die Macht ohne Blutvergießen übernehmen?« fragte Popov. »Daß die Unterdrücker einfach aufgeben, wenn die Leute sich weigern mitzumachen?«

»Genau das.«

Popov blickte ihn nachdenklich an. »Ich werde das ans Zentralkomitee weiterleiten. Halte dich inzwischen zur Verfügung.«

Peter Suvorin errötete vor Freude. Popov steckte die Papiere in die Tasche und wandte sich zum Gehen. In Kürze sollte er Natalia und ihren Freund treffen.

Mischa Bobrov langte erhitzt im Dorf an. Arina war so hartnäckig gewesen, daß er sofort zu Fuß hinübergelaufen war. Hätte er Arina nicht ein Leben lang gekannt – er hätte ihrem Bericht nicht geglaubt. Als er nun gerade noch Nikolajs letzte Worte hörte, wurde er blaß. Furchtbare Worte, gesprochen vom eigenen Sohn!

»Erhebt euch! Nehmt Bobrovs Land und alle anderen Güter. Dafür haben wir die Revolution, meine Freunde!«

Es war also wahr. Sein einziger Sohn war ein Verräter. Er hatte vor, seine Eltern zu ruinieren. Mischa fühlte, wie Arina ihn am Ärmel zupfte. »Schauen Sie!«

Da sah er, daß die Dorfbewohner plötzlich alle zum Dorfältesten hinblickten, der in Begleitung zweier älterer Männer auf ihn zukam. »Sie wollen ihn zur Polizei bringen«, flüsterte Arina. »Er wird verhaftet. Sie müssen etwas unternehmen.« Ja, sie hatte recht.

»Nikolaj!« rief Mischa. Die Menge wandte sich ihm überrascht zu. »Nikolaj, mein armer Junge!«

Die Leute wichen zurück, selbst der Dorfälteste zögerte, als der Landbesitzer auf seinen erstaunten Sohn zuging. Nun wandte Mischa sich ärgerlich an die Menge. »Warum hat mir niemand früher Bescheid gesagt?« polterte er los. Dann herrschte er den Dorfältesten an: »Schnell, helft mir, ihn herunterzuholen. Der arme Junge!«

Nikolaj war so verblüfft über das, was da geschah, daß er sich widerspruchslos vom Schemel heben ließ. Sein Vater lächelte ihm mitleidig zu und stieg selbst auf den Schemel.

»Es ist meine Schuld, liebe Freunde. Ich hätte euch warnen sollen.« Er sah leicht verlegen aus. »Mein Sohn leidet an nervösen Störungen. Die Ärzte in Moskau verordneten Landluft und intensive körperliche Betätigung. Deshalb hat er auf den Feldern gearbeitet.« Traurig schüttelte er den Kopf. »Anscheinend hat die Behandlung nicht gewirkt, und die Wahnideen haben sich wieder eingestellt.« Er hob die Hand und ließ sie hilflos wieder fallen. »Eine Familientragödie. Wir können nur für seine baldige Genesung beten.« Höflich wandte Mischa sich an den Dorfältesten: »Vielleicht würden Ihre Leute mir helfen, ihn ins Haus zu bringen.«

»Wir werden ihn verhaften, Herr«, begann der Älteste unschlüssig.

»Mein guter Mann«, gab Mischa scharf zurück, »er braucht keine Polizisten, sondern einen Arzt.«

Der Älteste zögerte. Die Menge wurde unruhig. Da tönte plötzlich Arinas Geplapper aus dem Hintergrund: »Als Kind hat er schon solche Anfälle gehabt. Ich dachte, er habe sie inzwischen hinter sich.«

Ein Gemurmel erhob sich. Das erklärte alles; kein Wunder, daß das Benehmen des jungen Mannes so merkwürdig war.

Nur der Dorfälteste blickte nachdenklich vor sich hin. »Trotzdem muß ich der Polizei Bericht erstatten, mein Herr«, sagte er leise.

»Das wird nicht nötig sein«, erwiderte Mischa ebenso leise. »Der Junge ist harmlos, und ich möchte nicht, daß er sich aufregt.« Dann fuhr er mit einem Seitenblick fort: »Kommen Sie morgen zu mir, dann sprechen wir darüber.«

Der Älteste nickte. Sie waren sich einig, daß dabei eine gewisse Summe den Besitzer wechseln würde. Kurz darauf führten zwei Männer, zusammen mit Bobrov und Timofej, Nikolaj weg.

Der schwieg. Was hätte er auch tun sollen? Die Gleichgültigkeit der Bauern am ersten Tag war ein Schock für ihn gewesen, aber daß sie ihn nun hatten verhaften wollen ... Er konnte es nicht fassen. Und jetzt, dachte er unglücklich, glauben sie tatsächlich, daß ich verrückt bin. Er ließ den Kopf hängen. Vielleicht bin ich's ja wirklich. Er fühlte sich seltsam leer, unfähig, irgend etwas zu tun. Schweigend gingen sie den Hügel hinauf.

Auf halbem Weg kam Timofej Romanov plötzlich ein Gedanke. Er wandte sich an Mischa Bobrov. »Der andere junge Mann, Herr, der ruhige, der mit Ihrem Sohn gekommen ist. Ist er vielleicht Arzt?«

Bobrov lächelte schief. »So etwas wie ein Arzt, ja«, murmelte er.

In der geschützten Atmosphäre des eigenen Hauses geriet Mischa Bobrov außer sich. Die beiden jungen Männer standen vor ihm; sie dachten gar nicht daran, sich zu rechtfertigen.

»Sie, mein Herr, halte ich für ebenso verantwortlich«, schrie Mischa Popov an. »Woran immer Sie glauben mögen – Sie haben meine Gastfreundschaft mißbraucht. Und du«, er wandte sich an Nikolaj, »du hast die Bauern aufgestachelt, deine eigenen Eltern anzugreifen. Hast du nichts dazu zu sagen?«

Nikolaj sah bleich und erschöpft aus. Bei Popov konnte man unmöglich wissen, was er dachte.

»Ihr beide habt mich belogen mit diesen Geschichten, ihr wolltet Folklore sammeln«, fuhr Mischa wütend fort. »Und dabei wagt ihr noch, mir Moral zu predigen!«

Popov lachte. »Armer Michail Alexejevitsch. Was für ein Dummkopf Sie doch sind!« Er seufzte. »Aber ihr *liberch* seid alle gleich. Ihr redet über Freiheit und Reformen. Ihr preist eure lächerlichen *zemstvos.* Nichts als Lüge – ein schmutziger kleiner Kompromiß, um an eurer eigenen Macht, an eurem Reichtum festzuhalten. Wir wissen: Ihr seid schlimmer noch als der Autokrat, denn ihr wollt die Leute zu der Idee verleiten, es gehe aufwärts mit ihnen. Aber man wird euch vernichten. Der Gang der Geschichte ist nicht aufzuhalten.«

»Eure Revolution wird alles vernichten – den Zaren und die Landbesitzer – für das Wohl der Bauern?«

»Für das Allgemeinwohl.«

»Würdet ihr den Bauern sagen, sie sollen die Landbesitzer töten?«

»Wenn es nötig ist.«

»Aber die Bauern folgen euch nicht. Fast hätten sie Nikolaj verhaftet.«

»Die Bauern sind politisch noch nicht reif. Sie wissen nichts vom Allgemeinwohl. Sie müssen erst noch erzogen werden.«

»Von euch?«

»Von den neuen Männern.«

»Die genau wissen, was gut für sie ist. Das bedeutet also, daß die neuen Männer uns allen überlegen sind. Sie, Popov, sind so eine Art Übermensch.«

Popov lächelte leise. »Vielleicht.«

Mischa nickte zornig. »Sie werden uns morgen früh verlassen. Beim Morgengrauen. Und du«, wandte er sich an Nikolaj, »bleibst vorläufig im Haus. Deine ›Nervenkrankheit‹ ist das einzige, was dich vor der Polizei schützt.«

»Ich bleibe noch eine Zeitlang hier«, erklärte Jevgenij unbeeindruckt.

»Sie tun das, was ich Ihnen sage, und verlassen das Haus in aller Frühe«, entgegnete Mischa barsch.

Popov blickte ihn gleichmütig an. »Das glaube ich nicht«, erwiderte er. »Betrachten Sie doch einmal Ihre Position, Michail Alexejevitsch. Ihr Sohn hat die Bauern aufgehetzt zu revoltieren, nicht ich. In den Augen der Behörden ist Nikolaj der Verbrecher. Ihre Position ist somit sehr schwach. Wenn Sie mich zu etwas zwingen wollen, kann ich dafür sorgen, daß die Lage für Sie und Ihren Sohn höchst unangenehm wird. Wenn ich also noch eine Weile hierbleiben möchte, ist es wohl klüger, Sie machen mir keine Schwierigkeiten.«

Mischa war sprachlos vor Empörung. Er blickte vom einen zum anderen. »Und diesen Mann nennst du deinen Freund?« fragte er Nikolaj. Zu Popov sagte er: »Glauben Sie tatsächlich, damit kommen Sie durch?«

»Ja.«

Mischa schwieg. Wahrscheinlich konnte dieser junge Unruhestifter Nikolaj tatsächlich gefährlich werden. Hätte ich nur mehr Information, etwas, das ich diesem Popov anhängen könnte, dachte er. Vielleicht würde sich etwas ergeben. In der Zwischenzeit wollte er vorsichtig sein, beschloß er bei sich. »Nun gut, Sie können eine Zeitlang hierbleiben, aber unter folgenden Bedingungen: Sie haben sich von allen politischen Aktivitäten fernzuhalten, und Sie werden den Leuten sagen, daß Nikolaj krank sei. Wenn Sie jedoch Schwierigkeiten machen oder Nikolaj in Ihre Machenschaften hineinziehen, werden Sie sehen, daß ich mehr Einfluß bei den hiesigen Behörden habe, als Sie denken. Verstanden?«

»Das kommt mir sehr entgegen«, meinte Popov gleichmütig und verließ das Zimmer.

Eine halbe Stunde später kam Nikolaj in Popovs Zimmer, wo er den Freund ruhig, aber nachdenklich vorfand. »Das war ein großartiger Trick von dir, meinem Vater zu sagen, du würdest mich bloßstellen«, sagte Nikolaj. Er hatte seinen klugen Freund nie so bewundert wie jetzt.

»Ja, es hat funktioniert.«

»Aber was sollen wir jetzt machen?« drängte Nikolaj. »Soll ich ins nächste Dorf gehen und versuchen, die Bauern dort anzufeuern?«

Wider Erwarten schüttelte Popov den Kopf. »Im Augenblick möchte ich, daß du im Haus bleibst und dich genauso verhältst, wie es dein Vater will. Ich habe nämlich in Russka etwas zu erledigen, mein Freund, und deine Anwesenheit hier gibt mir die nötige Rückendeckung. Also sei ein guter Junge und unterstütze mich.«

»Wenn du meinst«, gab Nikolaj zögernd nach. »Was hast du vor?«

Popov schwieg einen Augenblick. Dann sagte er: »Er hat natürlich recht, dein Vater.«

»Wirklich? In welcher Hinsicht?«

»Was die Bauern angeht. Sie stehen nicht hinter uns.«

»Vielleicht mit der Zeit.«

Nach einer Weile murmelte Popov: »Mein Gott, wie ich sie hasse.» Er ließ einen ratlosen Nikolaj zurück.

Zwei Wochen waren seit dem vergeblichen Versuch vergangen, die Revolution in Gang zu bringen. In Bobrovo war wieder alles ruhig. Niemand bekam Nikolaj Bobrov zu Gesicht. Es war bekannt, daß er sich im Herrenhaus befand. Die Bediensteten erzählten, er gehe manchmal im Wald oberhalb des Hauses spazieren; in der übrigen Zeit ruhte er wahrscheinlich, oder er las.

Jevgenij Popov sah man in diesen Tagen häufig mit einem Notizbuch und einem Zeichenblock umherwandern. Irgendwo im Hause Bobrov hatte er einen alten, breitkrempigen Hut gefunden, der Ilja gehört hatte und Jevgenij das Aussehen eines Künstlers verlieh. Die Leute in Bobrovo sahen ihn häufig über die kleine Brücke gehen, um den Ort vom Pfad aus zu zeichnen. Oft nahm er auch den Weg durch den Wald nach Russka, wo er das Kloster oder die Stadt zeichnete.

Wenn auch alle anderen sich täuschen ließen, Arina wußte Bescheid. Sie war überzeugt, daß Nikolaj nicht krank war. Und was Popov anbetraf: Was hatte dieser schlimme Mensch nur vor? Vielleicht hatte sie durch die Probleme der eigenen Familie seherische Fähigkeiten entwickelt.

Die Dinge standen schlecht für die Romanovs. Nachdem Boris und seine Frau den Haushalt verlassen hatten, machte sich die Belastung bei Timofej bald bemerkbar. Das Geld, das Natalia aus der Fabrik heimbrachte, war zwar eine kleine Hilfe, aber Arina stellte eine Veränderung bei dem Mädchen fest. Sie überlegte, ob Natalia wirklich zuverlässig sei. Varjas Schwangerschaft war Arina nach wie vor ein Dorn im Auge, und es stand für sie fest, daß man sich des Kindes nach der Geburt entledigen mußte.

Natalia hatte Grund, stolz zu sein: Ihr Werben um Grigorij war endlich erfolgreich gewesen. Bis zum Schluß hatte er sich gesträubt. Seine Zurückhaltung, sein Zögern stellten eine ständige Herausforderung dar. Vom ersten Kuß an hatte sie auf einem langen Weg das zarte Pflänzchen seines Vertrauens, seine Zuneigung gehegt und gepflegt. Was war nun das Resultat all dieser Anstrengungen – war es Liebe, war es Zuneigung? Auf jeden Fall empfand Natalia so etwas wie Besitzerstolz. Er gehört mir, dachte sie.

Für Grigorij sah die Sache ein wenig anders aus: Allmählich hatten die unschuldigen Umarmungen für ihn etwas Erregendes bekommen. Als er mehr Zutrauen faßte, wollte er Natalias Körper näher kennenlernen und sie besitzen. Da sie ihn jedoch nur bis zu einem bestimmten Punkt gehen ließ, wurde ihm deutlich, daß sich nur durch Heirat mit ihr diese neue Wunderwelt öffnen würde. Nun gut, dann heiraten wir eben, dachte er. Sobald wir verheiratet sind, schlage ich sie erst einmal richtig, dann bin ich Herr im Haus. Es war das einzige, was er über die Ehe wußte.

Eines schönen Abends teilte Natalia ihren Eltern die gute Nachricht mit. Nachdem Grigorij ihr den Antrag gemacht hatte, fühlte sie sich so erfolgreich, daß sie nicht damit rechnete, ihre Eltern könnten nicht einverstanden sein. Deshalb war die Reaktion des Vaters eine große Enttäuschung.

»Niemals!« schrie er und war sehr blaß geworden.

»Aber wieso denn nicht?« stammelte sie erschrocken.

»Wieso? Weil er ein Habenichts, ein Fabrikarbeiter ist, deshalb! Er hat kein Stückchen Land. Er hat kein Pferd. Er hat nichts als die Kleider am Leib. Wie, zum Teufel, kannst du erwarten, daß ich einen solchen Schwiegersohn akzeptiere?« Er schlug mit der Faust auf den Tisch. Dann wandte er sich an seine Frau: »Varja, Varja! Zuerst das Kind, dann läuft mein Sohn davon, und nun dieses.« Er vergrub das Gesicht in den Händen.

Natalia blickte ihre Mutter an, die ebenfalls ganz blaß war. Sie schüttelte den Kopf und sagte: »Aber er könnte uns helfen.« Sie hatte blitzschnell einen Plan entworfen, nach dem Grigorij bei ihnen leben und seinen Lohn abliefern sollte.

Nach einer kurzen Denkpause brummte Timofej: »Ja, und dann bekommt sie selbst einen Balg, und wo bleiben wir?«

»Stimmt. Es wäre besser, du hättest dein eigenes Haus, Natalia. Es gibt junge Männer im Dorf, die dich heiraten würden, das weißt du«, lenkte Varja ein.

»Du darfst diesen Jungen nie wiedersehen«, unterbrach Timofej. »Ich sollte dich aus dieser verfluchten Fabrik nehmen, aber ...« Nein, das konnte er sich nicht leisten.

»Es ist doch so«, meinte Natalia leise, »daß ich nach eurem Willen überhaupt nicht heiraten soll, weil ihr meine Unterstützung braucht. Ihr redet davon, daß ihr einen Bauern mit Land für mich finden wollt – ihr könnt mir keine Mitgift geben, wer also soll mich haben wollen? Die Jungen im Ort können unter vielen Mädchen wählen. Aber ich werde heiraten, ob es euch gefällt oder nicht, und Grigorij ist meine einzige Chance.« Sie wandte sich zum Gehen.

»Du bist erst fünfzehn. Ich kann meine Einwilligung verweigern«, schrie Timofej hinter ihr her.

Natalia verließ das Dorf, und als sie ans Flußufer kam, begann sie zu weinen.

Popov stellte fest, daß es einfach war, seinen Geschäften ungestört nachzugehen. Mit Hut und Zeichenblock als Maler getarnt, erregte er keinerlei Argwohn. Selbst der alte Savva Suvorin hatte ihm, als er ihm in der Nähe der Baumwollspinnerei begegnete, lediglich einen kühlen Blick zugeworfen.

Grigorij war eine großartige Entdeckung. Der Bursche war intelligent, wendig – und vor allem verbittert. Außerdem konnte er gut abwägen, fand Popov. Er würde nichts übereilen, so wie Nikolaj Bobrov oder Peter Suvorin. Und wenn es nötig wäre, würde er sogar töten. Popov hatte den Eindruck, daß auf Grigorij eine besondere, wenn nicht sogar große Zukunft wartete.

Natalia schien ihm auch nicht übel. Sie war ebenfalls rebellisch, hatte ihren eigenen Kopf. Anscheinend war sie fest entschlossen, den jungen Grigorij zu heiraten. Ein gutes Gespann, dachte Popov.

Am Tag nach Natalias Streit mit den Eltern trafen sich die drei in dem Lagerhaus, wo die Druckerpresse versteckt war. Popov erzählte ihnen in vertraulichem Ton: »Ich habe eine Nachricht von Bobrov für euch. Er ist beeindruckt von dem, was er über euch hört, und er möchte euch einen Auftrag erteilen. Es gibt in Russka noch jemanden, der Verbindung zum Zentralkomitee hat. Morgen wird er euch Flugblätter geben, die ihr wohlüberlegt verteilen sollt, und zwar an vertrauenswürdige Leute in den Fabriken und im Dorf.« Er musterte sie eingehend. »Aber ihr dürft mit dieser Person nicht sprechen, und ihr dürft niemandem ihre Identität preisgeben.« Dann fügte er ernst hinzu: »Das Zentralkomitee weiß genau, wie es mit Verrätern umzugehen hat.« Offensichtlich hatte er die beiden beeindruckt.

»Keine Sorge. Wir machen das schon«, erklärte Grigorij grinsend.

Am folgenden Tag fand der junge Peter Suvorin sich, wie verabredet, an einer einsamen Stelle in der Nähe von Grigorijs Unterkunft ein. Er übergab dem jungen Mann und Natalia, die ihn dort erwarteten, ein in einfaches weißes Papier gewickeltes Päckchen.

Peter befolgte seine Anweisungen genau. Er hatte keine Ahnung, was das Päckchen enthielt. Er sprach kein Wort mit den beiden, und sie sprachen ihn nicht an. Doch als er das überraschte Pärchen verließ, hüpfte sein Herz vor Freude.

Dazu war Grund genug. Hatte Popov ihm denn nicht erzählt, daß dieser Grigorij Beziehungen zum Zentralkomitee habe? Und waren diese jungen Leute, die allen Anlaß gehabt hätten, ihn zu hassen und zu verachten, jetzt nicht seine Kameraden? Er wurde akzeptiert. Endlich brach er mit seinem furchtbaren Erbe. Das erstemal seit Wochen lächelte er wieder.

Boris blickte seine Schwester liebevoll und zugleich schuldbewußt an. Sie hatten eine ruhige Stelle am Fluß gefunden, wo sie ungestört waren, und erst, als sie sich setzten, wurde ihm plötzlich bewußt, daß sie seit Wochen nicht mehr allein miteinander gewesen waren. Das war wohl seine Schuld: Irgendwie war er in den vergangenen Wochen immer sehr beschäftigt gewesen. Natalia mußte sich sehr einsam gefühlt haben. Lief sie deshalb diesem Grigorij hinterher?

Er hörte ihr aufmerksam zu, während sie ihr Herz ausschüttete. »Ich werde heiraten. Sie mögen Grigorij nicht, aber wenn ich von ihm schwanger werde, bleibt ihnen nichts anderes übrig, als ihn zu akzeptieren, nicht wahr?«

»Liebst du ihn denn?«

»Natürlich.«

Boris sagte nichts, aber überzeugt war er nicht. Im Gegenteil. Wenn wir nur mehr Geld hätten, dachte er. Dann brauchte Natalia nicht in der Fabrik zu arbeiten und könnte im Dorf einen Ehemann finden. Und wer hatte all diese Schwierigkeiten verursacht? Er selbst war es gewesen mit seinem Weggehen. Er legte seinen Arm um Natalia. »Unternimm nichts, wenn du nicht ganz sicher bist«, riet er ihr. So blieben die beiden eine Zeitlang sitzen, genossen ihre Verbundenheit und den Frieden des Flüßchens.

Deshalb war Boris überrascht, als Natalia plötzlich ein Stück Papier aus ihrer Bluse hervorholte. »Lies das«, bat sie ihn.

Es war ein ungewöhnliches Dokument – kurz und bündig. Unter Verwendung der gleichen Ausdrücke, die Nikolaj Bobrov gebraucht hatte, wurden die Bauern aufgefordert, sich auf den Tag vorzubereiten, an dem eine Revolution eine neue Welt einleiten würde. Darin wurde besonders die neue Klasse der Ausbeuter angegriffen, Fabrikbesitzer wie Suvorin, »die euch schlimmer ausbeuten als das Vieh«. Diese Leute müßten ausgemerzt werden. Boris wurde es schwer ums Herz. »Woher hast du das?«

»Das spielt keine Rolle.«

»Aber es ist gefährlich, Natalia.«

»Ich dachte, du seist für die Revolution. Das hast du jedenfalls Nikolaj Bobrov erzählt.«

»Ich möchte mehr Land. Aber dies hier ...« Er schüttelte den Kopf. »Das ist etwas anderes. Du hältst dich da heraus. Hat Nikolaj Bobrov es dir gegeben?«

»Nein.«

»Wer denn?«

»Das errätst du nie! Sag niemandem, daß ich es dir gezeigt habe.«

»Verlaß dich drauf. Ist Grigorij mit im Geschäft? Hat er dich da hineingezogen?«

»Vielleicht, vielleicht auch nicht. Vielleicht habe ich ihn dazu gebracht.«

Boris gab ihr das Flugblatt zurück. »Ich habe dies hier nie gesehen, Natalia. Falls du mehr davon hast, mußt du sie verbrennen.« Damit stand er auf.

Es war seine Schuld, er wußte das – seine Schuld, daß seine Schwester in diese verfluchte Fabrik ging, daß sie sich entschlossen hatte, Grigorij zu heiraten, und daß sie in diese gefährliche Geschichte verwickelt war. Er mußte etwas tun. Aber was?

Savva Suvorin war ein gründlicher Mann. Täglich inspizierte er die Werkstätten, und dabei entging seinen scharfen alten Augen nichts. Allerdings berichtete ihm auch sein Vorarbeiter alles, was geschah. Und selbst die kleinste Neuigkeit aus Bobrovo interessierte Savva.

Der Alte war guter Laune. Zwei Wochen zuvor hatte er sich ernstliche Sorgen um seinen Enkel gemacht. Der Junge war plötzlich so schwermütig, daß er und seine Frau um seine Gesundheit fürchteten. Doch in den letzten Tagen war eine Wende eingetreten; Peters Gesicht war wieder fröhlicher, schien wieder Interesse am Leben zu haben.

Eines Morgens bemerkte Savva, wie Grigorij einem Mitarbeiter ein Blatt Papier zusteckte. Zuerst machte er sich keine Gedanken darüber. Auch als er zufällig sah, wie der Mann kurz darauf das Papier unter seine Maschine schob, stellte er sich nicht vor, daß das irgend etwas Wichtiges sein könnte. Doch er war neugierig geworden und holte am Abend das Papier hervor. So entdeckte er eines von Popovs Flugblättern.

Er bekam einen solchen Zornanfall, daß er seinen dicken Stock überm Knie zerbrach. Einen Augenblick lang wollte er sich Grigorij vornehmen und ihn fix und fertig machen. Es war jedoch eine Maxime des alten Mannes, nie übereilt zu handeln – sein hartes Leben hatte ihn dies gelehrt. Wie kam Grigorij zu diesem Flugblatt, überlegte er. Der mittellose junge Bauer konnte nicht selbst die Initiative ergriffen haben! Savva steckte das Blatt in die Tasche.

Einige Stunden später blickte Timofej Romanov am Rand eines Gerstenfeldes ungläubig auf seinen Sohn, denn der Vorschlag, den Boris seinem

Vater gemacht hatte, traf den alten Mann völlig unvorbereitet. »Wir sollten Bobrov um Geld angehen – genügend, um Natalia eine Mitgift zu geben?«

»Ja, und auch um deine Schulden zu bezahlen.«

»Aus welchem Grund sollte er darauf eingehen?«

»Sagen wir mal, aus Freundschaft zu dir. Habt ihr nicht als Kinder miteinander gespielt? Hat er dir nicht früher auch schon geholfen?«

»Er hat selbst nicht viel«, gab Timofej zu bedenken.« Er wird sicher ablehnen.«

»Vielleicht kann er nicht ablehnen. Er hat eine Schwachstelle. Vergiß nicht, daß Nikolaj fast verhaftet worden ist.«

»Aber der ist krank.«

»Das habe ich auch gedacht, aber es stimmt nicht. In Wirklichkeit bereiten sie eine Revolution vor. Ich bin ganz sicher.«

»Wie kannst du das wissen?«

»Weil ich es weiß. Und wenn Nikolajs Krankheit nur vorgetäuscht ist, können wir Mischa Bobrov drohen, die Wahrheit bekanntzumachen. Dann wird er dir vielleicht doch lieber helfen – begreifst du?«

»Du meinst, ich sollte ihn erpressen?«

Boris schmunzelte. »So ungefähr.«

Timofej schüttelte den Kopf. »Das kann ich nicht«, erklärte er.

»Ich würde dich begleiten«, schlug Boris vor. »Wir fühlen ihm einfach auf den Zahn. Du wirst sehr bald merken, ob er nervös ist.« Als Timofej immer noch unglücklich dreinsah, fügte Boris hinzu: »Überlege es dir, Vater.«

Die Mittagssonne stand am nächsten Tag am Himmel, als die Bewohner von Bobrovo beim Anblick der hohen Gestalt des Savva Suvorin mit dem Zylinder, dem schwarzen Gehrock und dem neuen Spazierstock erzitterten. Suvorin durchquerte jedoch schnurstracks den Ort, ohne links und rechts zu schauen, und ging hinauf zum Hause Bobrov.

Zweiundzwanzig Jahre waren vergangen, erinnerte der alte Mann sich grimmig, daß er mit seinem Vater ebendiesen Pfad hinaufgegangen war, um die Erlaubnis zum Besuch Moskaus zu erbitten. Siebenundvierzig Jahre waren vergangen, seit Alexej Bobrov ihn nach seiner erneuten Festnahme hergebracht und als entlaufenen Leibeigenen hatte auspeitschen lassen. Jede Einzelheit jener Ereignisse war frisch in seinem Gedächtnis geblieben. Savva vergaß nichts.

Nun hatten die Landbesitzer, die ihn wie einen Hund gehalten hatten, natürlich Angst vor ihm. Und eben jetzt hatten sie ihm die Möglichkeit an die Hand gegeben, sie zu ruinieren.

An den grundsätzlichen Tatsachen hegte er kaum einen Zweifel. Er hatte selbstverständlich von den Vorkommnissen in Verbindung mit Nikolaj Bobrov im Ort gehört – wie er mit Romanov zusammengearbeitet hatte, dann die Revolution predigte. Die Geschichte von Nikolajs Krankheit hielt er für nicht wahrscheinlich. Savva hatte auch den rothaarigen Studenten beobachtet, wie er sich in der Nähe der Fabrik herumtrieb; einmal hatte er ihn mit Grigorij zusammen gesehen. Nun verteilte Grigorij plötzlich revolutionäre Flugblätter. Das alles konnte kein Zufall mehr sein. Mit Sicherheit würde die Polizei ohne weiteres eine Verbindung zwischen den beiden feststellen. »Also sind der junge Bobrov und sein Freund Revolutionäre«, murmelte er. Er könnte sie ins Gefängnis bringen; das wäre seine letzte, eine schreckliche Rache.

Mischa Bobrov war vom Besuch des Fabrikbesitzers tatsächlich überrascht. Zufällig hatte Nikolaj sich an diesem Tag wegen Kopfschmerzen ins Bett zurückgezogen; Anna besuchte eine Freundin in der Nähe von Vladimir. Bobrov bat Suvorin sogleich in den Salon, wo der alte Mann den angebotenen Stuhl ablehnte, und so blieb auch der Landbesitzer unschlüssig stehen.

Suvorin kam sofort zum Thema. »Ihr Sohn ist ein Revolutionär«, sagte er rundheraus. Als Mischa einwandte, sein Sohn fühle sich unpäßlich, unterbrach Savva ihn: »Ich fand dies in meiner Fabrik. Es kommt von Ihrem Sohn und seinem Freund.« Er reichte dem Landbesitzer das Flugblatt.

Bobrov las und wurde blaß. Vor sich sah er genau die Phrasen, die sein Sohn in seinen Reden verwendet hatte, allerdings mit einem Unterschied: Hier riefen sie nach Gewalt. Savva töten? Sein Haus niederbrennen? »O mein Gott! Ich hatte ja keine Ahnung. Was werden Sie unternehmen?« fragte Mischa hilflos.

Da kehrte Savva Suvorin seine Machtposition heraus. Er war zweiundachtzig. Zweiundfünfzig Jahre lang hatte er gekämpft, um von der Tyrannei der Bobrovs freizukommen, und dreißig weitere Jahre hatte er Groll gegen sie gehegt. Nun endlich konnte er sie zur Strecke bringen. Aber das würde er nicht tun. Noch nicht. Obwohl er sie haßte und verachtete, brachte ihm ihr Ruin nichts ein. Ein Suvorin rächt sich nicht an kleinen Leuten, dachte er stolz. Er nützt sie aus.

»Erst einmal werden Sie diesem Popov sagen, daß er in Ihrem Haus zu bleiben hat, mit niemandem Verbindung aufnehmen darf und in der Morgendämmerung Russka ein für allemal verlassen muß.«

Mischa nickte kläglich.

»Sie werden auch mit Timofej Romanov sprechen. Seine Tochter ist immer mit diesem Grigorij zusammen, den ich bei der Verteilung der

Flugblätter erwischt habe. Sie können deshalb sicher sein, daß sie auch mit in der Sache steckt. Wir werden also Ihren Freund Romanov davon in Kenntnis setzen, daß er seine Tochter bis auf weiteres im Haus festzuhalten hat. Sie soll den Grund dafür nicht erfahren, außerdem keine Verbindung zu Grigorij haben. Ich werde ihn ein paar Tage beobachten lassen, um herauszufinden, was da noch im Gange ist. Dann werde ich mich mit ihm beschäftigen.« Er blickte kühl auf Mischa herab. Mit Genugtuung stellte er fest, daß sie die Rollen getauscht hatten: Er war der Herr, ein Bobrov war der Diener. »Falls einer von euch diese Anweisung mißachtet, werde ich die ganze Angelegenheit der Polizei übergeben, die gewiß den Beweis für eine Verschwörung erbringen wird, an der Ihr Sohn, Popov und die Romanovs beteiligt sind«, schloß Savva. »Sie werden alle nach Sibirien geschickt, oder noch Schlimmeres wird mit ihnen geschehen.« Damit wandte er dem vor Angst bebenden Landbesitzer den Rücken zu und ging.

Timofej Romanov hatte sich noch nicht entschieden, ob man Mischa Bobrov um Geld angehen solle. Er war deshalb überrascht, als er um Mittag dringend ins Herrenhaus gerufen wurde. »Ich gehe mit dir«, erklärte Boris.

Sie fanden Mischa eingeschüchtert und nachdenklich vor. Er hatte eine halbe Stunde am Krankenbett seines Sohnes verbracht. Mischa war zwar nicht ganz sicher, aber anscheinend wußte Nikolaj wirklich nichts über die neuerlichen Aktivitäten Popovs in Russka. Immerhin gab er zu, über die Druckerpresse des Freundes Bescheid zu wissen. Das genügt, ihn nach Sibirien zu schicken, dachte Mischa.

Bei den beiden Romanovs ging Mischa achtsam vor. »Sage mir, Timofej«, fragte er, »ist deine Tochter befreundet mit einem Jungen namens Grigorij?«

»Ach, Michail Alexejevitsch«, rief dieser, »wäre sie es nur nicht!«

»Dies hier hat Grigorij verteilt.« Mischa las dem Bauern, der des Lesens und Schreibens unkundig war, ein paar Abschnitte aus dem Flugblatt vor. Zuerst sah Timofej verwirrt, dann erschrocken drein, und schließlich wurde er weiß wie die Wand.

Bobrov gab Suvorins Anweisungen an die Romanovs weiter. Wenn er auch keine direkte Anspielung auf die Rolle seines eigenen Sohnes in dieser Verschwörung machte, ließ er sie doch wissen, daß die Person, die hinter alldem stand, Popov war. »Es sieht so aus, als habe er meine Gastfreundschaft mißbraucht und uns alle getäuscht. Er reist in der Morgendämmerung auf Nimmerwiedersehen ab.« Dann fuhr er mit einem Blick auf Boris fort: »Du bist doch damit einverstanden, daß wir hinsichtlich Natalias genau das tun werden, was Suvorin verlangt?« Boris stimmte uneingeschränkt zu.

In diesem Augenblick betrat Jevgenij Popov das Zimmer. Er wirkte fröhlich.

Dabei war es ein unruhiger Tag für ihn gewesen. Er hatte am Morgen einen Brief erhalten, der ihm, wenn auch sorgfältig verschlüsselt, den fehlgeschlagenen Bauernaufstand mitteilte. Überall hatten die Dorfbewohner so reagiert wie in Bobrovo. In mehreren kleinen Ortschaften wurde die Polizei gerufen, und die Nachricht von der Bewegung drang zu den Provinzbehörden vor. Einige junge Idealisten befanden sich bereits in Gewahrsam. Allgemein wurde ein strenges Durchgreifen erwartet.

Der Brief hatte Popov beunruhigt, doch er war es gewohnt, seine Gedanken zu verbergen, und so lächelte er den drei Männern zu.

Voller Abscheu fuhr Mischa Bobrov den jungen Mann an: »Ihr Spiel ist aus. Suvorin hat Ihre Flugblätter entdeckt.» In kurzen Worten schilderte er die Sachlage. »Ihren Kommentar dazu will ich gar nicht hören, denn ich weiß, daß Sie lügen«, schloß Mischa verächtlich. »Aber Sie müssen hier bei Morgendämmerung verschwinden, also rate ich Ihnen, Ihre Reise vorzubereiten.«

»Keineswegs. Ich sagte Ihnen bereits, daß ich gehe, wenn *ich* es für richtig halte«, erklärte Popov.

Wie kaltblütig dieses Scheusal ist, durchzuckte es Bobrov. »Sie werden morgen abreisen. Es bleibt Ihnen keine Wahl. Suvorin läßt Sie sonst verhaften.«

»Vielleicht.« Popov zuckte die Achseln. »Machen Sie sich keine Gedanken. Es wird nichts geschehen.« Er gähnte. »Und entschuldigen Sie mich beim Abendessen – ich bin zu müde. Außerdem habe ich noch Post zu erledigen.«

Einen Moment waren die drei Männer sprachlos. Dann fragte Timofej Romanov hilflos: »Was machen wir nun?«

Jevgenij Popov saß in seinem Zimmer und überlegte. Seine strikte Weigerung abzureisen war zum Teil Großtuerei gewesen. Auf jeden Fall war es nach dem beunruhigenden Brief am Morgen und Suvorins Drohung an der Zeit, weiterzuziehen. Aber er würde nicht zulassen, daß dieser dumme Landbesitzer, diese verdammten Bauern und auch Savva Suvorin meinten, sie könnten so mit ihm umspringen.

Was diese Leute auch planen mochten – Popov war überzeugt, er könnte sie überlisten. Er überlegte eine Zeitlang, dann lächelte er vor sich hin. Aus dem verschlossenen Kasten am Fußende des Bettes nahm er ein handschriftliches Dokument. Er setzte sich an ein Tischchen am Fenster, und während er das Dokument immer wieder zu Hilfe nahm, kopierte er auf einem leeren Blatt Papier Buchstaben und Wörter, bis er schließlich zufrieden war. Dann nahm er ein neues Blatt zur Hand und begann sehr sorgfältig zu schreiben.

Währenddessen hörte er jemand den Gang entlangschleichen und vor seiner Tür haltmachen. Ein Schlüssel wurde ins Schloß gesteckt und leise herumgedreht. Er zuckte nur die Achseln. Sie glaubten also, sie könnten ihn zum Gefangenen machen. Er fuhr fort zu schreiben; zwei Briefe, eine kurze Notiz. Als er alles sorgfältig durchgelesen hatte, stand er auf. Er nahm die Arbeitskleidung aus dem Schrank, die er auf den Feldern getragen hatte, dazu einen Hut, der sein rotes Haar bedeckte. Als er sich umgezogen hatte, versuchte er die Tür zu öffnen, was ihm, wie erwartet, nicht gelang. Das Fenster ließ sich nur so weit öffnen, daß er seinen Kopf und einen Arm durchstecken konnte. Während er hinaussah, stellte er fest, daß das Fenster von Nikolajs Zimmer nicht weit entfernt war. Er nahm eine Münze aus der Tasche und warf sie hinüber, dann noch eine. Nachdem er vier Münzen gegen die Scheiben geworfen hatte, tauchte der wirre Haarschopf seines Freundes auf.

»Hallo Nikolaj«, rief Popov. »Man hat mich eingeschlossen. Laß mich hinaus!«

Zuerst dachte Mischa, es sei klar, was sie zu tun hätten. Doch Boris war für eine andere Lösung. Nach einigen geflüsterten Worten seines Sohnes begriff der verwirrte Timofej endlich, in welcher Gefahr Natalia sich wegen der Flugblätter befand. Es war natürlich in ihrem eigenen Interesse, die Angelegenheit persönlich zu erledigen. Man war deshalb übereingekommen, daß die Romanovs noch vor der Morgendämmerung in ihrem Wagen vorfuhren, den rothaarigen Studenten abholten und nach Vladimir brachten. »Ich habe einen schweren Knüppel«, erklärte Timofej, »und wir binden ihn am Karren fest, wenn nötig.«

»Wenn ihr nach Vladimir kommt, setzt ihr ihn in den Zug nach Moskau und bleibt stehen, bis der Zug abgefahren und nicht mehr in Sicht ist.« Mischa hoffte inständig, daß er diesem abscheulichen jungen Mann nie mehr begegnen würde. In diesem Augenblick kam ihm die Idee, Popov in seinem Zimmer einzuschließen. Dazu brauchte er einige Minuten. Als er wieder herunterkam, hatte er den Eindruck, die beiden Romanovs hätten mittlerweile eine eigene Entscheidung getroffen.

Boris hatte einen schärferen Verstand als die beiden Älteren. Er hatte die Hoffnung noch nicht aufgegeben, aus dem Landbesitzer Geld herauszuholen, aber er sah durchaus auch die Gefahr für sie alle in diesem Plan. »Wir haben schließlich gesehen, was für ein Kerl das ist, Michail Alexejevitsch. Selbst als wir ihm mit dem Gesetz und Savva Suvorin gedroht haben, weigerte er sich abzureisen. Was hilft es, ihn in den Zug nach Moskau zu setzen, wenn er an der nächsten Station einfach aussteigt und in zwei oder drei Tagen wieder hier ist?«

Mischa wußte darauf nichts zu sagen.

»Ich mache mir Sorgen um meine Schwester«, fuhr Boris fort. Sie ist mit diesem Grigorij nur deshalb zusammen, weil sie keine Mitgift hat. Das ist wegen der Schulden unseres Vaters. Sie sind immer sehr gut zu unserer Familie gewesen; Sie haben für Natalias und meine Erziehung gesorgt. Sehen Sie eine Möglichkeit, uns noch einmal zu helfen?«

Mischa runzelte die Stirn. »Woran haben Sie gedacht?«

»Vielleicht könnte ich Popov auf eine lange Reise schicken, so daß er uns hier bestimmt nie mehr belästigt, mein Herr.«

Mischa spürte, daß er zitterte. Der Vorschlag war unerhört, und doch stellte er eine Versuchung dar. In diesem Augenblick wünschte er sich nichts mehr auf der Welt, als Popovs unangenehme Anwesenheit ein für allemal zu beenden. »Ich könnte es niemals zulassen ...« begann er.

»Natürlich, mein Herr, wir tun genau das, was Sie gesagt haben«, erklärte Boris ruhig. »Wir bringen ihn nach Vladimir .... Es erwartet ihn doch niemand, nicht wahr?«

»Nein.« Eine lange Pause trat ein. »Setzen Sie ihn nur in den Zug«, sagte Mischa. »Kommen Sie vor dem Morgengrauen zurück.«

Nachdem die Romanovs gegangen waren, saß Mischa Bobrov eine Zeitlang im Salon. Boris' Argument gab ihm zu denken. Wenn Popov spurlos verschwand, konnten tatsächlich Monate vergehen, ehe Nachforschungen angestellt wurden. Und dann ... Er schüttelte den Kopf. Es sind immer Leute wie ich, dachte er, anständige Menschen, die gegenüber solch üblen Gesellen wie Popov einfach hilflos sind. Wäre er an meiner Stelle, er würde bestimmt keine Sekunde lang zögern.

In diesem Augenblick erschien Boris Romanov wieder. »Popov ist verschwunden«, sagte er. »Er wurde gesehen, als er durch das Dorf in Richtung Russka ging. Was sollen wir jetzt machen?«

Mischa sprang auf. Er lief hinauf, aber als er die Tür öffnete, fand er das Zimmer leer. Dieser Satan! Er ist wahrscheinlich unterwegs, um seine Verbündeten zu warnen oder neue Unruhe zu stiften. Was wird dann Savva Suvorin machen? »Sie müssen ihn aufhalten«, schrie er, »schnell!«

Doch Boris rührte sich nicht von der Stelle. »Wenn wir ihn heute fangen, ist er morgen wieder hier«, erklärte er gelassen. »Was bezwecken Sie also damit, Michail Alexejevitsch? Und was wird aus meiner Schwester, aus meinem Vater?«

Ein paar Augenblicke lang herrschte Stille. Dann murmelte Bobrov: »Ich gebe Ihrer Schwester eine Mitgift. Auch Ihrem Vater werde ich helfen. Genügt Ihnen das?«

»Ja, mein Herr. Ich danke Ihnen. Und machen Sie sich keine Sorgen – wir bringen den jungen Herrn nach Vladimir. Er wird Sie nie mehr belästigen.« Als er sich zum Gehen wandte, blieb er nur noch einmal kurz stehen. »Er wird sein Gepäck benötigen, wenn er auf Reisen geht. Wenn Sie seine Sachen packen könnten, mein Herr, würden wir sie vor Morgengrauen abholen«, meinte er.

Leider kamen die beiden Romanovs zu spät. Als sie das Ende des Waldes erreichten, war Popov schon auf und davon.

»Gott weiß, wo er ist«, murrte Timofej. »Wir kriegen ihn auf dem Rückweg.«

Timofej hatte einen Knüppel, Boris ein Messer. Ihr Plan war unkompliziert. »Wenn wir ihn erledigt haben«, erklärte Boris, »versteckst du dich mit ihm im Wald, während ich sein Gepäck auf den Wagen lade. Dann setzen wir ihn einfach auf die Rückbank, als würde er schlafen, und fahren in Richtung Vladimir. Später vergraben wir ihn und sein Gepäck irgendwo.«

Auf der Strecke gab es nichts außer Wald und ein paar Weiler. »Massenhaft Platz, um ihn zu begraben«, meinte Timofej gutgelaunt.

Die Stelle, wo sie ihn abpassen wollten, war die kleine Lichtung an den alten Grabhügeln mit dem ungehinderten Blick aufs Kloster. Selbst wenn Popov erst in der Dunkelheit zurückkehren würde, konnten sie ihn im Sternenschein auf dem Weg erkennen. So richteten sie sich auf Warten ein.

Jevgenij Popov übte sich nahe den alten Quellen in Geduld. Er wollte nicht bei Tageslicht nach Russka gehen, aber glücklicherweise hatte er am Kloster einen Jungen getroffen, dem er ein paar Kopeken in die Hand drückte, damit er die Mitteilung überbringe. Popov brauchte nur eine Stunde zu warten, da kam der junge Mann, den er herbestellt hatte, in Sicht.

Peter Suvorin war aufgeregt. Was konnte diese dringende Aufforderung bedeuten? Als Popov es ihm in ernstem Ton mitteilte, zitterte er heftig.

»Die Nachricht vom Zentralkomitee war unmißverständlich«, erklärte Popov. »Es bleiben uns nur noch Stunden. Bist du bereit, für die Sache zu leiden?«

»Aber natürlich!«

»Sehr gut.«

Die beiden besprachen die Einzelheiten. Der junge Suvorin hatte Geld. Rasch entwickelte er einen Plan.

Popov stellte mit Genugtuung fest, daß der junge Idealist angesichts der Krise überraschend ruhig und umsichtig blieb. »Wie kommst du von hier fort?« fragte er.

Peter überlegte. »Mein Großvater hat ein Fischerboot. Das nehme ich.«

»Großartig. Fahre in der Dämmerung ab.« Er umarmte Peter. »Wir treffen uns wieder«, versprach er.

Es dämmerte bereits, als Jevgenij zurück nach Russka ging. Als er einen guten Beobachtungsposten entdeckt hatte, ließ er sich nieder und behielt den Fluß im Auge. Währenddessen färbte der türkisfarbene Himmel sich indigoblau. Es war kein Mensch zu sehen.

Da kam das kleine Boot in Sicht; es hielt sich, rasch dahintreibend, dicht am Ufer. Popov beobachtete, wie es sich nach Süden entfernte. Am nächsten Morgen würde es die Oka erreichen. Er lächelte. Peter Suvorin war tatsächlich auf die Geschichte hereingefallen, die Polizei werde sie alle am folgenden Tag verhaften. Er war auch überzeugt, das erfundene Zentralkomitee wolle ihn, Peter, unter allen Umständen retten. Und er hatte ohne Zögern zugestimmt, für einige Monate zu verschwinden. Und nun, da Peter weg war, war es Zeit zu handeln.

Popov zog den Hut tief ins Gesicht, machte einen Bogen um die Stadt und erreichte die Gasse an der dem Fluß zugewandten Seite. Er begegnete ein paar Leuten, doch niemand beachtete ihn auf seinem Weg durch die Dunkelheit.

Wie erwartet lag die schmale Straße einsam da. Zuerst schloß Popov den Vorratsraum auf, wo er die Druckerpresse versteckt hatte. Dann betrat er das Lagerhaus. Nachdem er eine Weile darin herumgelaufen war, wobei er hier und da ein Streichholz anzündete, fand er das, wonach er suchte: An einer Wand lagen Strohballen hoch aufgeschichtet; in einer Ecke lagen ein paar leere Säcke, auf dem einem Regal stand ein Dutzend Lampen, in denen sich noch Öl befand. Ohne Eile nahm Popov Strohballen und schichtete sie an den Wänden auf. Dann drehte er aus den Säcken große Fackeln und füllte das Öl in Behälter. Schließlich verteilte er noch ein paar Strohballen im Vorratsraum. Das alles war in einer halben Stunde erledigt.

Nun holte er die Teile der Druckerpresse und die Flugblätter aus ihrem Versteck. Als er sich vergewissert hatte, daß die Straße leer war, ging er hinaus.

Alles war still. Popov ging an der Kirche am Marktplatz vorüber und auf die breite Straße, die zum kleinen Park und zur Esplanade führte. Von den drei Häusern, die zur Rechten hinter Zäunen lagen, gehörte das erste Savva Suvorin. Die Fenster waren dunkel. Popov öffnete das Tor und ging in den Hof. Das Haus bestand aus Mauerwerk, doch den Eingang bildete eine solide Holztreppe, die etwa zwei Meter hoch ins Stockwerk mit den Wohnräumen führte. In dem Hohlraum unter dieser Treppe wollte Popov seine Sachen deponieren.

Er mußte den Weg zweimal gehen. Das zweitemal brachte er aus dem Vorratsraum einen kleinen Spaten mit. Nun machte er sich ans Werk.

Bisher war alles nach Plan verlaufen. Er hatte tatsächlich nur einen Fehler gemacht, der ihm aber nicht bewußt war. Als er nämlich den Vorratsraum zuletzt verlassen hatte, hatte er vergessen, die Tür abzuschließen. Er blickte nicht zurück und konnte deshalb nicht sehen, daß die Tür wieder aufschwang.

Der Boden unter Suvorins Treppe war ziemlich weich, und so hatte Popov in kurzer Zeit ein Loch von etwa dreißig Zentimetern Tiefe gegraben. Er lächelte. Bald hätten Savva Suvorin und Mischa Bobrov einander den Wind aus den Segeln genommen. Er, Popov, wäre fein heraus. Der junge Peter Suvorin wäre ein Verbrecher, denn die Druckerpresse und die revolutionären Flugblätter waren offensichtlich vor Suvorins Haus vergraben worden.

Nun ja, da gab es noch ein paar Kleinigkeiten. Grigorij und Natalia zum Beispiel. Mit ihnen hatte Popov nichts Spezielles vor, aber sie waren ja auch harmlos.

Als das Loch gut einen halben Meter tief war, stieß der Spaten gegen etwas Hartes, und als Popov nach unten faßte, fühlte er eine weiche, abgerundete Fläche. Neugierig kratzte er die Erde weg und fand wenig später einen Schädel. Gott weiß, was der da zu suchen hatte. Popov besaß genügend medizinische Kenntnisse, um zu bemerken, daß die Form eher auf einen Mongolen als auf einen Slawen hindeutete. Ein Tatar vielleicht? Popov zuckte die Achseln. Er konnte sich nicht vorstellen, wieso der Schädel vor Suvorins Haus vergraben war.

Bald darauf waren Druckerpresse und Flugblätter verstaut, Erde daraufgehäuft und festgeklopft. Popov nahm den Schädel mit, schlich sich hinaus und ging zurück zum Lagerhaus. Kurz davor kam er an einem Brunnen vorüber. Er blieb stehen und warf den Schädel hinein. So fand der Schädel von Peter dem Tataren, dem unbekannten Gründer des Klosters, eine neue Ruhestätte in den Gewässern unter der Stadt.

Natalia und Grigorij hatten sich bei der Wohnbaracke bis in die Dunkelheit unterhalten. Natalia hatte Grigorij vor der Einstellung ihres Vaters gewarnt, aber sie meinte, er komme bald darüber weg. Außerdem merkte sie, daß Grigorij sich aus der Meinung ihres Vaters nichts machte. Sie hatten den jungen Mann so für sich gewonnen, daß er tatsächlich nur noch eines im Kopf hatte – wie er ihren Körper genießen könne. Als er deshalb nach der Abenddämmerung den Vorschlag machte, an einen ungestörten Ort zu gehen, hatte sie keine Einwände.

Sie waren eben unterwegs zu der Straße, die aus Russka führte, als sie bemerkten, daß die Tür des Vorratsraumes offenstand. Innen sahen sie zu ihrer Überraschung die Strohballen liegen; Natalia fand, daß dies ein geeigneter Platz sei. In kürzester Zeit hatte sie in einer Ecke ein Strohlager vorbereitet. Dann winkte sie ihrem Freund zu und schloß die Tür. Bald, das gelobte sie sich, würde sie schwanger und verheiratet sein.

Im Lagerhaus goß Popov das Öl über die Fackeln aus Sackleinwand. Er entzündete eine von ihnen und hielt sie an den größten Strohhaufen. So verfuhr er auch mit den übrigen Haufen. Als er nur noch zwei Fackeln übrig hatte, lief er zum Vorratsraum.

Das Feuer breitete sich rasch aus. Inzwischen leckten die Flammen bereits an den Dachsparren des Lagerhauses. Er mußte sich beeilen. Rasch öffnete er die Tür, entzündete zwei Fackeln und warf sie in die am nächsten liegenden Strohballen. Die beiden jungen Leute in der Ecke, die ein paar Minuten vorher eingeschlafen waren, sah er nicht.

Eilig lief Popov durch die Dunkelheit hinaus aus der Stadt. Es war Zeit, nach Bobrovo zurückzukehren.

Mischa Bobrov saß allein im Wohnzimmer. Oben lag Nikolaj in tiefem Schlaf. Der Landbesitzer hatte ein paar furchtbare Stunden hinter sich. Er hatte den Rat des jungen Boris befolgt und Popovs Sachen eingepackt. Dann hatte er sie im Hof abgestellt. Nun wartete er.

Was hatte er nur getan? Nichts, redete er sich ein. Die Romanovs wollten Popov nur fassen und nach Vladimir bringen. Das hatten sie jedenfalls gesagt. Eine halbe Stunde lang hatte er sich an diese absurde Version geklammert, dann hatte er sich die Wahrheit eingestanden. Er hatte sie bezahlt, damit sie den jungen Mann umbrächten.

Mord. Mischa dachte an Sevastopol. Fast zwanzig Jahre war es her, als er in Versuchung war, Pinegin umzubringen. Damals war er ein Mörder im Herzen; aber er hatte es nicht getan. War er heute ein weniger moralischer Mann? Was bedeutete es, daß er andere die Tat für sich begehen ließ? Voller Furcht murmelte er: »Herr, mein Gott, was habe ich getan?«

Als er nach Mitternacht einen Laut hörte, hochblickte und Popov vor sich stehen sah, spürte er eine Mischung aus Erstaunen, Erleichterung und Schrecken.

Popov war ungehindert aus Russka entkommen. Als er den Fluß erreichte, sah er einen roten Schein über den Dächern und hörte Rufe in der Stadt. Deshalb beschloß er, den Pfad an den Quellen vorbei zu nehmen und schließlich den Steg in Bobrovo zu überqueren.

Als er sich dem Herrenhaus näherte, war er voller Befriedigung, ja Schadenfreude. Alles war geregelt! In der Tasche hatte er die beiden Briefe.

Es war nicht schwierig gewesen, Peter Suvorins Schrift nachzuahmen. Dafür hatte Popov eine Begabung. Stolz jedoch war er auf den Stil der beiden kleinen Schriften. Peters langem revolutionären Essay hatte er nicht nur die Redewendungen entnommen, sondern auch Peters Denkweise.

Die Briefe selbst waren eindeutig. Der eine war an Nikolaj Bobrov gerichtet, seinen angeblichen Mitverschwörer. Darin stand, daß Peter versuchen werde, die Fabrik des Großvaters niederzubrennen, dann verschwinden werde, und daß Druckerpresse und Flugblätter bei Savva Suvorins Haus sicher versteckt seien.

Nun brauchte Popov den Brief nur noch Mischa Bobrov zu geben. Sobald der Landbesitzer Suvorin damit drohte, wäre der zornige alte Industrielle vollkommen machtlos. Falls er mit Nikolajs Verhaftung drohte, mußte auch sein Enkel daran glauben.

Der andere Brief war lediglich eine weitere Sicherheit für Popov selbst, der ihm möglicherweise in Zukunft nützen könnte. Er war von Peter an Popov gerichtet, und darin hieß es, daß er beim Aufbruch sei und ihm für seine Gefälligkeiten danke. Vor allem lieferte er Popov eine großartige Entlastung.

> Du warst Nikolaj und mir ein guter Freund, und ich weiß, daß du ihn, genau wie mich, gebeten hast, nicht vom Wege der Reform abzugehen und unsere Ideen einer Revolution nicht aufzugeben. Aber du begreifst diese Dinge nicht, mein Freund, auch nicht, wie weit sie schon vorangekommen sind. Ich kann nur hoffen, daß wir eines Tages, wenn der neue Morgen anbricht, uns als Freunde wiedersehen, und du wirst merken, daß alles wirklich zum Besten gewesen ist. Adieu.

Popov dachte, er werde noch ein paar Tage in Russka bleiben, den Bobrovs etwas Geld aus der Tasche ziehen und dann abreisen. Doch als er den Hof des Herrenhauses betrat, fand er zu seiner Überraschung sein gesamtes Gepäck vor der Tür. Warum konnte Bobrov nur so sicher sein, daß er in jener Nacht abreisen werde? Und als er nun das Haus betrat, starrte der Landbesitzer ihn sprachlos an wie einen Geist.

Popov betrachtete Mischa nachdenklich. »Überrascht, mich zu sehen?«

Mischa schien erregt. »Nicht im geringsten, mein lieber Junge. Warum sollte ich?«

»Ja, warum?« Warum aber lief Bobrov dunkelrot an und nannte ihn seinen lieben Jungen?

Es fiel Mischa plötzlich ein, daß die Romanovs, nachdem sie Popov nicht gefaßt hatten, jeden Augenblick eintreffen konnten. Was dann? Sollten sie ihn in ihrem Wagen fortschleppen und ihn niedermetzeln? Nein. Erregt blickte Mischa zur Tür.

Das war alles, was Popov wissen wollte. Die Lage war eindeutig. Jemand kam, um ihn zu holen, und der Landbesitzer hatte schreckliche Angst. Nun gut, er, Popov, würde seinen Vorsprung halten.

»Wenn ich Suvorin für Sie völlig ausschalten könnte, was würden Sie dafür geben?« erkundigte er sich sanft. Als Antwort auf Mischas verzweifelt-hoffnungsvollen Blick erzählte er ihm von Peter Suvorins Brief an Nikolaj und dessen Inhalt.

»Sie haben diesen Brief?« fragte Mischa gespannt.

»Er ist versteckt, aber ich kann ihn bekommen – zu einem bestimmten Preis.«

»Wieviel?«

»Zweitausend Rubel.«

»Zweitausend?« Der arme Mann war völlig bestürzt. »Soviel habe ich nicht.«

»Wieviel haben Sie denn?«

»Ungefähr fünfzehnhundert, glaube ich.«

»Nun gut, das reicht.«

Mischa war erleichtert, dann aber wieder voller Angst. »Wenn ich Ihnen das Geld gebe, müssen Sie sofort verschwinden.«

Popov lächelte matt. Es mußte so sein, wie er vermutet hatte. Wenn man sich vorstellte, daß dieser Mann den Mut hatte, ihn umbringen zu lassen! Typisch, daß er schließlich in Panik geriet. Laut sagte er: »Sie müssen mir ein Pferd geben. Holen Sie jetzt das Geld«, befahl er.

Eine Viertelstunde später war Popov bereit zur Abreise. Er ritt Bobrovs bestes Pferd. Er hatte fünfzehnhundert Rubel in der Tasche, und Mischa war im Besitz des wertvollen Briefes. Bevor er das Haus verließ, sah er auf den verstörten Landbesitzer herunter. »Nun, leben Sie wohl bis zur Revolution«, sagte er aufgeräumt, dann war er verschwunden.

Eine Stunde danach erschienen die beiden Romanovs in Bobrovo und fragten, ob Popov dagewesen sei. Um sicherzugehen, daß sie Popov nicht folgen würden, behauptete der Landbesitzer, ihn nicht gesehen zu haben.

Das Feuer in Russka zerstörte die beiden Lagerhäuser und vier kleine

Reihenhäuser, auf deren Dächer Funken gefallen waren. Erst am folgenden Morgen wurde das Verschwinden von Natalia und Grigorij bemerkt. Stunden später wurden ihre verkohlten Überreste gefunden.

Aufgrund einer Unterredung, die am frühen Morgen zwischen Savva Suvorin und Michail Bobrov stattfand, wurde das Feuer niemals polizeilich untersucht. Es wurde als Unfall hingestellt. Wie Natalia und Grigorij drinnen eingeschlossen worden waren, wurde nie geklärt. Es war jedoch festzustellen, daß der örtliche Polizeichef und seine Familie einige Wochen danach alle neue Kleider trugen.

Varja Romanov bekam ihr Kind Ende des Jahres. Das kleine Mädchen wurde auf den Namen Arina getauft. Varja war dem Kind, das ihr die einzige Tochter ersetzte, sehr zugetan. Natürlich konnte es nicht wissen, daß seine Großmutter sich des öfteren über die Wiege beugte und murmelte: »Ich weiß, ich sollte dich aussetzen, aber ich bringe es nicht übers Herz.«

Mischa hatte die Angewohnheit, jedes Frühjahr seine Papiere zu ordnen: Briefe, Notizen, Protokolle der *zemstvo*-Beamten, unbezahlte Rechnungen ... Die Briefe las er noch einmal durch; viele band er in Bündeln zusammen und verstaute sie auf dem Speicher.

Es gab viel zu lesen und nachzudenken über das vergangene Jahr. Mischa hatte sich sogar überlegt, einen Bericht über die außergewöhnlichen Ereignisse des letzten Sommers abzufassen. Das einzige Erinnerungsstück unter den Papieren aus dieser Zeit war der Brief von Peter Suvorin, den Popov ihm gegeben hatte. Diesen mußte er auf alle Fälle aufbewahren. Schließlich wußte man nie, ob er ihm in Zukunft nicht gegen die Suvorins von Nutzen sein konnte, und da dieses merkwürdige Dokument mit keinem anderen Schriftstück zusammenpaßte, knüpfte er ein rotes Band darum, machte den Vermerk: »Suvorin – Feuer« darauf und legte es zu den übrigen Briefen in den Speicher.

Einen Tag nachdem er diese Arbeit erledigt hatte, hatte er einen unerwarteten Besucher – Boris Romanov. Der Landbesitzer hatte den jungen Bauern seit längerem nicht gesehen und war erstaunt, daß er ohne seinen Vater kam. Er ließ ihn jedoch in sein Arbeitszimmer führen, lächelte ihn verbindlich an und erkundigte sich: »Nun, Boris, was gibt es?«

Vorsichtig erinnerte Boris ihn an die Armut der Familie, die dringende Notwendigkeit, mehr Land zu bekommen, und ihre Loyalität den Bobrovs gegenüber. Schließlich kam er zur Sache. »Ich denke an letzten Sommer«, sagte er.

»Ja, und?«

»Wir hatten eine Abmachung, Herr. Es ging darum, meinem Vater zu helfen und meiner Schwester eine Mitgift zu geben. Meine Schwester ist tot. Wie Sie aber wissen, haben wir wieder ein Kind in der Familie. So habe ich mir gedacht, wenn Sie uns wirklich helfen wollen, wie Sie es gesagt haben, könnten Sie Natalias Mitgift der kleinen Arina geben.«

Mischa blickte ihn nachdenklich an. Die Worte des jungen Mannes hatten einen wunden Punkt bei ihm berührt. Seit jener furchtbaren Nacht im vergangenen Sommer war kein Wort mehr über den üblen Handel gefallen, den er mit den Romanovs abgeschlossen hatte; aber schließlich hatte der Mord sich nicht ereignet; die arme Natalia war tot, und Mischa hatte versucht, die ganze Sache aus seinem Gedächtnis zu streichen. Außer ein bißchen Unterstützung aus seinen Rückzahlungen hatte Mischa es nicht für nötig gehalten, Timofej Romanov eine größere Geldsumme zu geben, und der Bauer hatte auch nicht darum zu bitten gewagt. Doch mehr als einmal hatte Mischa insgeheim gedacht: Tatsächlich haben wir Unglück über die Romanovs gebracht. Irgendwann sollte ich etwas für sie tun. Der Vorschlag des jungen Boris, dem Kind ein Geldgeschenk zu machen, gefiel ihm. Da er die Angelegenheit in seinen Gedanken hin und her wälzte, gab er dem Bauern nicht sofort eine Antwort.

Da machte Boris Romanov einen großen Fehler. Weil er Mischas Zögern falsch auslegte, erklärte er plötzlich: »Nachdem meine Schwester schließlich im Feuer umgekommen ist, wollen wir Sie doch nicht in Schwierigkeiten bringen, Herr.«

Mischa starrte ihn verwundert an, dann errötete er. Was, zum Teufel, wußte der Bursche?

In Wirklichkeit wußte Boris gar nichts. Hätte Mischa jedoch eine Vorstellung von dem gehabt, was der junge Bauer argwöhnte, wäre er zutiefst erschüttert gewesen.

Die Behörden hatten das Feuer in Russka als Unfall abgetan; Boris dagegen keinesfalls. Die Erinnerung an seine arme Schwester Natalia verfolgte ihn. Je länger er darüber nachdachte, um so verdächtiger erschien ihm die ganze Angelegenheit. Immer wieder hatte er während des Winters seinen Vater zur Stellungnahme herausgefordert: »Wenn es ein Unfall war, wie kam es dann, daß Natalia und Grigorij drinnen eingesperrt waren? Warum sollte irgend jemand sie umbringen wollen? Vielleicht wußten sie zuviel?« Und die Person des Mörders? »Dieser rothaarige Teufel Popov muß es gewesen sein.« Selbst der alte Timofej räumte ein, daß dies möglich sein könnte.

»Es steckt mehr dahinter«, überlegte Boris weiter. »Denke einmal nach. Bobrov schickt uns hinter Popov her, aber wir fangen ihn nicht. Wer hat diesen Schurken rechtzeitig gewarnt? Vielleicht war's Bobrov selbst, hat einen Diener oder sogar Nikolaj hinterhergeschickt, um ihm einen Wink zu geben. Und wie kommt es, daß Popov entwischt ist, einfach verschwindet? Und kein Wort über das Feuer oder über Nikolaj Bobrov! Da geht etwas vor sich, von dem wir beide keine Ahnung haben. Aber dieser Landbesitzer weiß, wer das Feuer gelegt hat; er weiß, wer meine Schwester umgebracht hat – und nebenbei weiß er noch vieles mehr.«

Darauf erwiderte Timofej: »Selbst wenn es so ist – was kannst du dagegen machen?«

Darauf wußte auch Boris keine Antwort. Er hatte keinen Beweis. Die Behörden würden ihn nicht anhören. Er würde nichts als Schwierigkeiten bekommen. Und doch wurde seine Überzeugung zu einer Obsession. Als endlich der Schnee schmolz, beschloß Boris: Ich werde diesen verdammten Landbesitzer aufsuchen. Ich wette, ich kann ihn in Furcht und Schrekken versetzen.

Obwohl Mischa rot geworden war, hatte er sich rasch wieder in der Gewalt. Seine Gedanken arbeiteten schnell. In völliger Gelassenheit, so hoffte er, blickte er Boris an und erklärte: »Ich habe das Gefühl, daß ich dich nicht verstehe.«

»Ich meine nur, daß Sie und ich wissen, wer es getan hat«, behauptete Boris kühn.

»Weiß ich das? Und wer könnte das sein?«

»Dieser rothaarige Teufel Popov«, erwiderte Boris zuversichtlich.

Gott sei Dank, er wußte nichts! Der überhebliche junge Bauer spielte sich nur auf. »Dann weißt du mehr als ich«, antwortete Mischa gelassen. »Und da du dich unverschämt benimmst, gehst du nun besser.« Er wandte Boris den Rücken zu, der mit hochrotem Gesicht und wütend das Haus verließ.

Dieses Gespräch bezeichnete den Beginn einer unausgesprochenen, doch bleibenden Kluft zwischen den Bobrovs und den Romanovs. Keine weitere Unterstützung kam von Mischa Bobrov, nicht einmal für Timofej; der Landbesitzer zog es vor, die Romanovs zu übersehen. Timofej bedauerte dies, aber er sagte zu seinem Sohn: »Nach dem, was du getan hast, kann ich ihm kaum noch in die Augen sehen.«

Für Boris jedoch hatte dieses Gespräch, obwohl er gedemütigt worden war, seinen Verdacht nicht ins Wanken bringen können. Im Gegenteil: Je länger er über das Thema nachdachte, desto mehr Gründe fand er, die seine Annahme bestätigten. Ich sah, wie er rot wurde, erinnerte er sich. Der weiß auf jeden Fall etwas. Und es schien Boris immer einleuchtender, daß es eine Verschwörung gegeben hatte. Dieser Rotschopf, diese verdammten Bobrovs, vielleicht sogar die Suvorins – sie alle steckten irgendwie mit drin, folgerte er. Sie haben Natalia getötet.

In seiner Wut fällte er zwei Entscheidungen, an denen er sein Leben lang festhalten wollte. Die erste teilte er mit seinem Vater: Eines Tages, wenn ich diesem verfluchten Rotschopf Popov noch einmal begegne, bringe ich ihn um. Die zweite Entscheidung behielt er für sich: Ich ruiniere diesen Bobrov, der auf dem Grund und Boden sitzt, der uns gehört. Bevor ich sterbe, müssen diese Bobrovs davongejagt werden. Und so hatte die Familie Bobrov im Dorf unterhalb ihres Hauses einen Todfeind.

Diese unterschwelligen Strömungen erzeugten jedoch kein Gekräusel auf der friedlichen Oberfläche des Dorflebens. Bald war der rothaarige Student Popov vergessen; und nur gelegentlich fragte einer in Russka, was wohl aus Peter Suvorin geworden sein mochte.

REVOLUTION

1881

Alexander II. war tot – ermordet. Selbst jetzt, Monate danach, mochte das zehnjährige Mädchen es kaum glauben. Warum gab es so böse Menschen auf der Welt? In den vergangenen drei Jahren wurden Leute umgebracht – Polizisten, Beamte, sogar ein Gouverneur. Und nun hatte man durch eine schreckliche Bombe den guten Mann, den Zaren der Reformen, getötet. Rosa konnte es nicht begreifen.

Wer machte bloß so etwas? Anscheinend eine schlimme Gruppe, die sich »Partei des Volkswillens« nannte. Niemand wußte, wer sie waren und wie viele – vielleicht zwanzig, vielleicht zehntausend. Was bezweckten sie? Revolution. Die Zerstörung des gesamten russischen Staatsapparates, der das Volk von oben beherrschte. Und nun, nachdem der arme Zar tot war, hatten sie angenommen, das Volk werde sich erheben.

»Das zeigt, wie wenig diese Revolutionäre wissen«, sagte Rosas Vater. Es war nämlich nichts geschehen. Nicht in einem einzigen Dorf, nicht in einer einzigen Fabrik hatte es eine Erhebung gegeben. Das erschütternde Ereignis wurde nur mit großem russischen Schweigen aufgenommen. Der Zarensohn – der dritte Alexander – trat die Thronfolge an und schaffte unverzüglich Ordnung. Viele der Revolutionäre wurden verhaftet, und der größte Teil des russischen Reiches stand während dieser Zeit unter Kriegsrecht. Rußland war ruhig und friedlich. So schien es jedenfalls, bis diese neue furchtbare Sache begann. »Sie kommen nicht hierher«, versprach Rosas Vater. Was aber, wenn er sich irrte?

Es war früher Nachmittag – eine stille Zeit in diesem friedvollen südlichen Dorf an der Grenze zwischen Wald und Steppe. Rosas Eltern ruhten sich im Obergeschoß des soliden strohgedeckten Hauses aus. Obwohl es Herbst war, war es hier unten in der Ukraine immer noch warm. Rosa war ein schönes Mädchen. Ihr blasses ovales Gesicht, ihr langer Hals, eine gemessene Anmut in ihren Bewegungen hatte ihr im Dorf den Namen »das Schwanenmädchen« eingebracht. Sie trug das rabenschwarze Haar nach hinten zu einem dicken Zopf geflochten. Sie hatte eine gerade Nase und volle Lippen, doch das Auffallendste an ihr waren die Augen: unter dunklen Lidern, überwölbt von dichten schwarzen Brauen, waren sie blaugrau, sehr groß und sehr ernst.

Rosa saß am Klavier. Sie spielte in diesem Augenblick nicht, doch das Stück, das sie am Morgen geübt hatte, es war von Tschaikovskij, klang in ihr nach. Ihr gehörte das einzige Klavier im Ort. Sie würde niemals jenen wundervollen Tag vergessen, an dem es auf einem kleinen Kahn den Fluß heraufkam. Ihr Vater hatte ein Jahr lang gespart, um es zu kaufen und es den ganzen langen Weg von Kiev herzubefördern.

Alle Nachbarn hatten sich versammelt und zugesehen, wie er und Rosas zwei Brüder diese Sensation zu ihrem Haus begleiteten. Rosa war erst sieben Jahre alt gewesen, als ein Vetter, ein Musiker, bei ihnen zu Besuch war und den Eltern sagte, sie sei ein Wunderkind. Im Jahr darauf hatte sie während der Schulzeit bei dieser Familie gelebt, in der großen Stadt Odessa an der Schwarzmeerküste, wo es gute Musikpädagogen gab. Sie war bereits einmal öffentlich aufgetreten, und man sagte ihr eine Musikerkarriere voraus.

»Wenn nur ihre Gesundheit mitmacht«, sagte die Mutter traurig. Die zermürbende Sorge um ihre schwache Lunge verließ sie selten. Mitunter mußte Rosa tagelang ruhen. »Du wirst der Sache entwachsen«, versprach der Vater. Und wie sie darum betete, daß er recht haben möge! Wie sehr sie sich wünschte, für die Musik zu leben!

Aber da war das sonderbare Rätsel, das sie seit Monaten beschäftigte und das sie heute nachdenklich, ja melancholisch stimmte. Wenn es so war, daß Gott sie für ein Leben mit der Musik ausersehen hatte und daß sie für ihn spielen sollte – warum gab es böse Menschen, die vorhatten, sie zu töten?

Am Ostufer des Flüßchens reihten sich die gemütlichen, strohgedeckten Häuser mit ihren getünchten Mauern zu beiden Seiten der breiten, ungepflasterten Straße fast eine Meile lang auf. Einige, darunter ihr Elternhaus, hatten an der hinteren Seite einen kleinen Obstgarten. In der Nähe des Flusses lag ein Marktplatz, etwas weiter flußabwärts befand sich eine Brennerei. Im ärmeren russischen Norden, wo die Siedlungen kleiner waren als in der Ukraine, hätte man einen solchen Ort als Stadt bezeichnet. Durch den blühenden Handel und die natürliche Fruchtbarkeit der Gegend ging es den Bauern gut.

Rosas Großvater war hierhergekommen, um Land zu bebauen. Er war fünf Jahre zuvor gestorben, und ihr Vater hatte den Besitz übernommen. Er war ein unternehmerisch denkender Mann, handelte mit Weizen und war als Handelsvertreter für eine Firma tätig, die in Odessa landwirtschaftliche Geräte herstellte. Inzwischen gehörten sie zu den wohlhabenden Familien des Ortes. Rosa wußte nicht, daß diese Siedlung im Süden in früherer Zeit den Namen »Russka« getragen hatte. Seither hatte sie zwei

Namen gehabt. Aus der Vergangenheit war weniges geblieben. Von dem kleinen Fort auf dem Westufer gab es nur noch Spuren im Grasland. Von der Kirche, die die Mongolen niedergebrannt hatten, war nichts mehr zu sehen. Selbst die Landschaft hatte sich verändert. Der Weiher mit den ehemals dort hausenden Geistern war ausgetrocknet. Selbst der Bienenwald war verschwunden. Das einzige Wahrzeichen aus alten Zeiten war der kleine Hügel des ehemaligen *kurgan* in einiger Entfernung auf der Steppe.

Rosa ging bis zum Ende des Ortes. Sie hatte eine Zeitlang dort gestanden, als ein Wagen in Sicht kam. Zwei Männer saßen darin: ein großer untersetzter Mann mit einem dichten schwarzen Schnurrbart lenkte den Wagen; daneben ein schlanker, hübscher, ebenfalls schwarzhaariger Junge, ein Jahr älter als Rosa. Es waren Taras Karpenko, ein Kosakenbauer, und sein jüngster Sohn Ivan.

Als Rosa ihrer ansichtig wurde, lächelte sie. Seit sie denken konnte, hatte sie mit den Karpenko-Buben und den anderen Dorfkindern gespielt. Ivan war ihr Liebling. Immer schon hatte ihr Vater an Taras gutes Material verkauft, und der stämmige Kosak begegnete der Familie mit Wohlwollen.

Aber auch aus einem anderen Grund hatte Rosas Vater Sympathie bei Taras gefunden. Es war schwer vorstellbar, daß der vierschrötige Bauer der Neffe des illustren Dichters Karpenko war, dessen feine Gesichtszüge aus Zeichnungen oder Drucken in verschiedenen Häusern des Ortes herabblickten. Taras war ungeheuer stolz auf diese Tatsache und erwähnte den Namen seines Onkels im gleichen Atemzug mit dem berühmtesten aller ukrainischen Dichter, dem großen Schevtschenko. Als er feststellte, das Rosas Vater nicht nur eine Ausgabe der Gedichte Karpenkos besaß, sondern sie wirklich schätzte und viele davon auswendig hersagen konnte, klopfte er ihm freundschaftlich den Rücken. Von da ab sagte er jedesmal, wenn von Rosas Vater die Rede war: »Kein übler Bursche», was Rosas Mutter häufig zu der Feststellung veranlaßte: »Dein Vater versteht's mit den Leuten.« Er war tatsächlich klug im Umgang mit Menschen und verhielt sich oft sehr ungewöhnlich – Verbindungen wie die zwischen ihm und dem Kosaken wurden immer seltener.

Die Zarenherrschaft in der Ukraine wurde nämlich mit jedem Jahrzehnt drückender. Die Zaren schätzten Gleichförmigkeit, die verständlicherweise in dem riesigen Reich nicht immer erreicht werden konnte. In Polen und den westlichsten Teilen der Ukraine hatten sie sich mit den Katholiken abzufinden; da das Imperium sich weiterhin bis nach Asien hin ausdehnte, mußten die Zaren steigende Zahlen von Moslems hinnehmen. Doch soweit das möglich war, sollte alles russifiziert werden. Deshalb erließ 1863 die russische Regierung eine Erklärung, der zufolge die ukrainische Sprache, die von einem Großteil der südlichen Bevölkerung gesprochen wurde, nicht existierte. In den kommenden Jahren wurde alles, was sich der ukranischen Sprache bediente – Bücher, Zeitungen, Theater, Schulen, selbst ukrainische Musik –, verboten. Die Werke Schevtschenkos, Karpenkos und anderer ukrainischer Nationalhelden verschwanden aus der Öffentlichkeit. Die Intellektuellen sprachen und schrieben Russisch. Während im Norden die Bildung zunahm, verringerte sie sich im Süden, und im späten neunzehnten Jahrhundert waren achtzig Prozent der Ukrainer Analphabeten.

Als die beiden Kosaken vorbeifuhren, grüßten Rosa freundlich, Ivan mit fröhlichem Grinsen, sein Vater mit einem verbindlichen Kopfnicken. Rosa war beruhigt. Sie werden nicht hierherkommen. Es gibt keinen Grund, sich zu ängstigen, sagte sie sich. Rosa Abramovitsch war Jüdin.

Bis ins letzte Jahrhundert, ehe Katharina die Große fast ganz Polen vereinnahmte, hatte es im russischen Reich kaum Juden gegeben. Mit diesen westlichen Ländern kam jedoch eine große jüdische Gemeine zum russischen Gebiet. Was sollte man mit ihnen anfangen? Manche hielten die Juden für unaufrichtig wie die Katholiken, andere bezeichneten sie als halsstarrig wie die Altgläubigen. Jedenfalls waren sie weder Slawen noch Christen – und aus diesem Grunde verdächtig. Wie jedes andere nonkonforme Element im Zarenreich mußten sie zuerst einmal im Zaume gehalten, dann russifiziert werden. Deshalb hatte der Zar 1833 verfügt, daß die Juden sich hinfort nur in einem bestimmten Areal aufhalten durften: im jüdischen Siedlungsgebiet.

Dieser berühmte Bezirk umfaßte einen weitläufigen Bereich, eingeschlossen Polen, Litauen, die westlichen Provinzen, als Weißrußland bekannt, und einen Großteil der Ukraine mit allen Schwarzmeerhäfen – in anderen Worten die Länder, wo die Juden bereits lebten, und einige andere dazu. Der Zweck dieses Siedlungsgebietes war hauptsächlich der, die Einwanderung der Juden in das traditionelle orthodoxe Nordrußland zu begrenzen.

Die Juden lebten meist in Städten oder in ihren eigenen Dörfern, den althergebrachten, eng ineinander verflochtenen *Schtetl*-Gemeinden. Untereinander sprachen sie gewöhnlich Jiddisch. Einige waren Handwerker oder Händler; viele waren arm und wurden zum Teil von ihren Glaubensgenossen unterstützt. Es gab jedoch auch jene, wie etwa Rosas Großvater, die in gewöhnlichen Dörfern wohnten und das Land bestellten.

Vom Regime wurde ständig Druck ausgeübt. Juden zahlten Sondersteuern; ihr eigenes Regierungssystem in den Gemeinden, *Kahal*, wurde für ungesetzlich erklärt; ihre Vertretung in örtlichen Wahlen durch unfaire Quoten eingeschränkt; noch spitzfindiger wurden sie zu den Schulen zugelassen, dann wurde ihnen die Konversion nahegelegt. Wenn aber ein Jude zum orthodoxen Glauben übergetreten war, galt er als guter Russe.

Zahlreiche Juden traten über. Wichtiger noch: Ein allmählicher Assimilierungsprozeß hatte begonnen, denn unter der jüngeren Generation war eine liberale, geistig-jüdische Bewegung entstanden – die *Haskala*. Sie trat dafür ein, daß Juden aktiver an der nichtjüdischen Gesellschaft teilhaben sollten. Rosas älterer Bruder, der verheiratet war und in Kiev lebte, hatte ihr davon berichtet. »Wenn wir Juden überhaupt etwas im russischen Imperium erreichen wollen, sollten wir auf russische Schulen und Universitäten gehen. Wir müssen dazugehören. Das hindert uns nicht, Juden zu bleiben.« Ihr Vater jedoch war sehr mißtrauisch. Obwohl er nicht die Ansicht vieler strenggläubiger Juden vertrat, die sich so weit wie möglich von der nichtjüdischen Welt fernhielten, war er doch gegen die *Haskala* eingestellt. Wenn Rosas Familie auch auf gutem Fuße mit ihren ukrainischen Nachbarn stand, nahm sie gleichzeitig ihre religiösen Pflichten zusammen mit den übrigen jüdischen Familien der Gegend wahr. Die beiden Brüder Rosas erhielten religiöse Unterweisung, und der ältere erreichte die höchste Stufe, die *Jeschiva*, also die Talmudschule.

In einer Ausnahme jedoch wich der Vater von seiner strengen Einstellung ab, und dafür war Rosa Gott dankbar. »Es ist etwas anderes, wenn man in einer russischen Schule Musik studiert«, war seine Ansicht. Das gefährdete den Glauben nicht. Es war die beste Möglichkeit für einen Juden, in Rußland erfolgreich zu sein.

Rosa wußte, daß es immer Spannungen zwischen ihrem Volk und den Ukrainern gegeben hatte. Die Ukrainer vergaßen nicht, daß die Juden Vertreter der polnischen Landeigner gewesen waren. Für die Juden andererseits waren diese Leute nicht nur Andersgläubige – die verhaßten *Gojim* –, sondern zumeist ungebildetes Landvolk. Trotzdem hätten sie in Frieden miteinander leben können, wäre da nicht das ungleiche Zahlenverhältnis gewesen. Tatsächlich hatte sich in der Ukraine in den vergangenen sechzig Jahren die Bevölkerung um das etwa Zweieinhalbfache erhöht, bei den Juden dagegen um mehr als das Achtfache. Und da wurden Rufe laut wie: »Diese Juden nehmen uns die Arbeit weg und ruinieren uns alle.«

Welche die Gründe dafür auch gewesen sein mochten: Im Jahr der Ermordung des Zaren begannen im gesamten Süden eine Reihe von Unruhen, die die Welt mit einem furchtbaren Begriff konfrontierten: dem Pogrom.

Aber doch nicht hier bei uns! Doch nicht in dem stillen Ort an der Grenze zwischen Wald und Steppe! Mit diesem Gedanken machte Rosa sich auf den Heimweg. Nach dem halben Weg bemerkte sie die kleine Gruppe, nur zwei Nachbarinnen und drei Männer, die ihr unbekannt waren, vor dem Elternhaus. Von weitem sah es so aus, als stritten sie. Nun gesellten sich noch zwei Dorfbewohner dazu. Kurz darauf trat Rosas Vater aus dem Haus.

Er trug einen langen, schwarzen Mantel und seinen runden, breitkrempigen Hut. Die Ringellöckchen zu beiden Seiten des Gesichts waren schwarz, sein gepflegter Bart dagegen grau. Rosa sah, wie er streng den Finger gegen sie erhob. Da scholl plötzlich ein einzelner Ruf durch die Straße, der sie erschauern ließ. »Jude!« Sie begann zu laufen.

Als sie die Gruppe erreichte, wurde ihr Vater bereits bedrängt. Einer der Männer stieß ihm den Hut vom Kopf, ein zweiter spuckte vor ihm aus. Die beiden Männer aus dem Dorf machten nach einem halbherzigen Versuch, sie aufzuhalten, einen Rückzieher. Rosa blickte die Straße hinunter.

Da kamen gerade eben sechs Wagen über die Brücke, und in ihnen saßen etwa fünfzig Mann. Einige trugen Knüppel; ein paar machten einen betrunkenen Eindruck.

Rosa sah zu ihrem Vater hin, der seinen Hut so würdevoll wie möglich aufnahm, während die drei Männer ihn beobachteten. Er war fünfzig Jahre alt, eher von zarter Statur, mit schmalen, feinen Zügen und großen Augen, wie die von Rosa. Sie sah voller Schrecken, daß ihr Vater ebenso große Furcht hatte wie sie. Was sollten sie nur tun? Sich ins Haus zurückziehen? Zwei Männer wollten sich ihnen in den Weg stellen. Die Gruppe kam auf der Straße näher. Rosa bemerkte, wie ihre Mutter aus dem Haus und auf sie zukam. Sie achtete nicht auf ihren Mann, der sie zurückwinkte. Wenn nur die Brüder da wären, dachte Rosa, aber sie waren diesen Monat beide in Kiev. Hilflos standen die drei da und warteten ab.

Die Männer bildeten einen Kreis um die kleine Familie. Manche sahen völlig ungerührt drein, andere hatten den Ausdruck blöden Triumphs auf ihren Gesichtern. Nach einem kurzen Schweigen fragte der Vater: »Was wollt ihr?«

Einer, ein gewaltiger Bauer mit braunem Bart, antwortete: »Nicht viel, Jude. Wir brennen nur dein Haus nieder.«

»Und geben ihm eine Tracht Prügel«, schrie ein anderer.

Rosa, sah, wie ihr Vater zitterte, jedoch versuchte, ruhig zu erscheinen. »Und was habe ich euch getan?«

»Eine Menge!« schrien einige. »Was hast du Rußland angetan, Jude?«

rief einer. »Verdammte jüdische Schieber!« schrie der nächste. »Wucherer!« Da bahnte sich plötzlich ein kleiner alter Mann mit kahlem Schädel und weißem Bart den Weg durch die Menge und grölte: »Du kannst uns nicht zum Narren halten, Jude. Wir wissen, wer du bist: Du bist ein ausländischer Verräter, ein Zarenmörder. Du bist ein Revulutionär!« Es folgte zustimmendes Gebrüll.

Sie wußte über die jüdischen Revolutionäre Bescheid. Einige Jahre zuvor hatten sich ein paar radikale Studenten aus jüdischen Familien jener Bewegung angeschlossen, die in dem berühmten »Gang ins Volk« im Jahre 1874 versucht hatte, den Bauern auf dem Land die Revolution zu bringen. Dies waren die radikalsten Juden, entschlossen, sich dem nichtjüdischen russischen Leben zu assimilieren. Viele waren – Ironie des Schicksals – nicht aus religiöser Überzeugung, sondern um der Landbevölkerung, die sie beeinflussen wollten, näherzustehen, tatsächlich zum orthodoxen Glauben übergetreten. Genau diese jungen Leute wurden von Rosas Vater und den meisten konservativen Juden am meisten verachtet. »Wir sollten immer dem Gesetz folgen und den Zaren unterstützen«, war seine Ansicht. »Er ist immer noch unsere größte Hoffnung.« Tatsächlich hatte der Zar mit seinen Reformen bis zu seinem schrecklichen Ende einige Beschränkungen, die den Juden auferlegt waren, in seinem Reich gelockert.

Die umstehenden Männer hatten in der Woche davor bereits einige jüdische Häuser in Perejaslavl niedergebrannt, und nun zogen sie durch die umliegenden Orte und suchten nach neuer Unterhaltung.

»Es ist Zeit anzufangen«, schrie jemand. Der große Mann mit dem braunen Bart ging in Begleitung des kleinen Alten auf Rosas Vater zu. In diesem Augenblick kam der Wagen, in dem Taras Karpenko und sein Sohn saßen, ratternd die Straße herauf. Die beiden Kosaken sahen sofort, daß etwas vor sich ging.

»Gott sei Dank«, hörte Rosa ihre Mutter flüstern, »er kann uns retten.«

Der Kosak hatte keine Eile. Er fuhr den Wagen gemächlich heran, und die Männer wichen zur Seite, um ihn durchzulassen. Als er den Kreis um die kleine Familie erreichte, hielt er an und blickte fragend auf den braunbärtigen Kerl hinunter. »Guten Tag«, sagte er aufgeräumt, »was tut sich hier?«

Der Bauer sah den Kosaken an und zuckte die Achseln. »Nicht viel; der Jude kriegt nur seine Lektion.«

Karpenko nickte nachdenklich. »Er ist kein schlechter Bursche«, bemerkte er ruhig.

»Er ist immerhin Jude«, wandte ein Bauer ein.

»Das stimmt. Was habt ihr vor?«

»Sein Haus niederzubrennen und ihm eine Tracht Prügel zu verabreichen.«

Karpenko blickte Rosas Vater traurig an. »Ich fürchte, mein Freund, es wird Ihnen ziemlich dreckig gehen.«

Rosa starrte ihn ungläubig an. Der Freund ihres Vaters wollte ihnen nicht helfen? Sie sah, wie der die Zügel aufnahm, das Pferd wendete und davonfuhr.

»Vater!« Das war der junge Ivan. Er stand leichenblaß und zitterte an allen Gliedern. »Vater! Das können wir nicht tun!«

Taras hielt den Wagen an. Langsam, eher unwillig, wandte er sich an den Braunbärtigen. »Sie kommen mit uns«, erklärte er barsch.

»Wir sind fünfzig, Kosak«, schrie der kleine Alte. »Sie können nichts gegen uns machen.«

Doch Karpenko schüttelte nur den Kopf. Dann setzte er dem anderen auseinander, daß er diesem Juden einen persönlichen Dienst schulde. Er winkte Rosa und ihren Eltern zu, damit sie in den Wagen stiegen.

»Sie wollen ein Kosak sein? Judenfreund! Wir kommen und brennen Ihren Hof auch nieder«, schrie der alte Mann. Doch niemand hinderte die Abramovitschs am Einsteigen.

»Ich fürchte, man wird Ihr Haus niederbrennen«, sagte Karpenko zu Rosas Vater. »Aber ich habe Ihnen die Prügel erspart.« Dann ruckte er an den Zügeln, und der Wagen fuhr langsam die Straße hinunter.

Während sie das Dorf verließen, starrte Rosa zurück. Die Männer warfen soeben die Fenster ihres Hauses ein. Sie sah den alten Mann mit einer Fackel hineingehen. Sie verbrennen mein Klavier, dachte sie; das Klavier, für das der Vater ein ganzes Jahr gespart hatte. Sie blickte ihren Vater an. Er saß zitternd im Wagen, in seinen Augen standen Tränen, und die Mutter hatte ihre Arme um ihn gelegt. Rosa hatte ihren Vater nie vorher weinen sehen.

Ivan hatte sie gerettet. Das würde sie ihr ganzes Leben nicht vergessen. Sie würde sich aber auch an seinen Vater, den Freund der Familie, erinnern.

1891

Nikolaj Bobrov sagte sich, daß er sich nicht allzu viele Sorgen machen müsse. Die Nachricht seines Vaters war natürlich beunruhigend. Er fühlte sich auch plötzlich schuldig. Aber sicher würde es nicht so schlimm sein, wenn er nur erst dort wäre.

Es war ein langer Weg, wenn man allein reiste. Während der geschlossene Schlitten ihn durch die breiten Straßen St. Petersburgs trug, blickte Nikolaj hinaus. Er liebte diese mächtige Stadt. Selbst an einem grauen Tag wie dem heutigen lag ein heller Schimmer darüber.

Wie die Herren in der westlichen Welt trug Nikolaj einen hinten geschlitzten Gehrock. Seine ziemlich engen Hosen waren aus dickem Tuch, seine Schuhe poliert, so daß sie blitzten und glänzten. Über seiner Weste hing an einer Goldkette eine Taschenuhr. Sein weißes Hemd hatte einen steifen abnehmbaren Kragen; darum war eine schmale getupfte Seidenkrawatte in einer lockeren Schleife gebunden, die ihm etwas Künstlerisches verlieh. Die beiden einzigen Kleidungsstücke russischen Ursprungs waren der Überzieher mit Pelzkragen und die Pelzmütze, die neben ihm auf dem Sitz lag.

Nikolaj Bobrov war siebenundddreißig Jahre alt. Sein Haar und der gepflegte Spitzbart waren vorzeitig ergraut, doch sein Gesicht war fast faltenlos und hatte oft noch den gleichen offenen Ausdruck wie in seiner Studentenzeit, als er versuchte, die Bauern seines Vaters zu einer neuen Welt zu überreden.

Nikolaj war inzwischen Familienvater geworden. Er hatte eine Tochter, einen älteren Sohn, nach dem Großvater Michail genannt, und im letzten Jahr war noch ein Junge, Alexander, dazugekommen. Nach seiner derzeitigen politischen Einstellung befragt, hätte er, ziemlich allgemein, geantwortet: »Ich bin liberal.«

Es überraschte nicht, daß die revolutionäre Begeisterung der Studentenzeit nicht angehalten hatte. Nikolaj konnte die Demütigung des Jahres 1874 niemals vergessen. »Die Bauern waren ja noch nicht einmal interessiert«, mußte er bald zugeben. Er hatte sich auch von Popov hintergangen gefühlt. »Er war nichts als ein Opportunist, der einen Narren aus mir gemacht hat«, äußerte er seinen Eltern gegenüber. Als die Terroristen einige Jahre später den Zaren ermordeten, schüttelte Nikolaj nur betrübt den Kopf. »Selbst ein Zar ist besser als Chaos«, war seine jetzige Ansicht. Und er fügte hinzu: »Rußland wird eines Tages eine freie Demokratie sein; doch dafür sind wir wirklich noch nicht bereit. Es dauert noch eine Generation, vielleicht zwei.« Bis dahin war es in Rußland, Gott sei Dank, ruhig.

Gleich nach dem Attentat auf seinen reformierenden Vater trat der neue Zar Alexander III. entscheidende Schritte. Der harte Kern der mörderischen Partei des Volkswillens wurde entdeckt und zerschlagen. Der gute alte Reaktionär, Dmitrij Graf Tolstoj, wurde wieder als Innenminister eingesetzt und verfügte bald über eine Sonderpolizeieinheit von nicht weniger als hunderttausend Gendarmen. Der größte Teil des Reiches stand durch die sogenannten Übergangsverordnungen des Zaren unter Kriegsrecht. Sie waren damals seit zehn Jahren in Kraft. Es gab außerdem Zensur und Inlandspässe; auf den Universitäten waren jegliche studentischen Körperschaften verboten; auf dem Land gab es einen neuen Beamtentyp, den sogenannten Landhauptmann, der Regierungsrechtsprechung ohne Beihilfe unabhängiger Gerichte für die Bauern übte. Den besten Ausdruck für die Einstellung dieser Beamten fand der Prokurator des Heiligen Synod, der auf die Frage der Rolle der Regierung in der Erziehung antwortete: »Die Leute müssen daran gehindert werden, etwas zu erfinden.« Rußland war ein Polizeistaat. Und doch ist das vielleicht das Beste, dachte Nikolaj. Es bedeutete zumindest Ordnung. Es hatte zwar ein paar Streiks gegeben, und im Süden hatten Judenpogrome stattgefunden. Das durfte man nicht gutheißen. Aber es hatte keine Bombenanschläge mehr gegeben.

Tatsächlich ist es so, als habe das russische Reich die vergangenen zehn Jahre unter einer Schneedecke geschlummert, war Nikolajs Ansicht. Vielleicht konnte sich Rußland unter dieser Zarenherrschaft allmählich auf eine neue, andere Zukunft in der modernen Welt vorbereiten.

In diesem Augenblick überquerte der Schlitten die eisbedeckte Neva. Auf dem gegenüberliegenden Ufer lag das Winterpalais; zur Linken der schmale Turm der Peter-und-Pauls-Kathedrale in fahlem Licht. Mitten auf dem Eis erhob sich ein hochaufragendes Holzgerüst, über fünfzehn Meter hoch, von dem aus eine steil abfallende, eisbedeckte Bahn nach unten führte. Dies war eins der beliebtesten Wintervergnügen der Stadt – ein Eisberg, wie man die Rutschbahn nannte. Wenige Minuten später befand sich der Schlitten auf dem Südufer, glitt am Palais vorbei, und nach dem Abbiegen kam der großzügig angelegte Nevskij-Prospekt in Sicht. »Straße der Duldung« nannte man ihn damals liebevoll. Dort befanden sich, nahezu Seite an Seite, die Kirchen der holländischen Calvinisten, der deutschen Lutheraner, der römisch-katholischen Gläubigen und der Armenier, ebenso natürlich die der Orthodoxen. In einiger Entfernung vom Prospekt lagen Konzerthallen, Theater und der elegante englische Club.

Nikolaj lebte seit fast zehn Jahren in St. Petersburg. Er war nicht reich, doch er hatte ein einträgliches Amt in einem Ministerium, wo er sich nur einmal wöchentlich zeigte, und kam mit seinen Einkünften gut zurecht. Er war Mitglied des Yachtclubs, wo es einen ausgezeichneten französischen Chef gab. Häufig führte er seine Frau in eines der vier Opernhäuser der Hauptstadt, wo man zu jener Zeit nicht nur die europäischen Genies hören konnte, die unvermittelt während der vergangenen Jahrzehnte die

Welt aufhorchen ließen: Tschaikovskij, Mussorgskij, Borodin, Rimskij-Korsakov. Oder die Bobrovs gingen ins Marjinskij-Theater zu den besten Ballettaufführungen der Welt. Den Sommer verbrachte die Familie in dem hübschen gemieteten Sommerhaus. Einmal im Jahr machte Nikolaj seiner Frau ein Geschenk aus dem Haus des Juweliers Fabergé, der nicht nur die märchenhaften Ostereier für den Zaren herstellte, sondern in seinem Geschäft auch Hunderte entzückender Kleinigkeiten für etwas bescheidenere Geldbeutel wie den des Nikolaj Bobrov bereithielt.

Im St. Petersburg des Jahres 1891 hatte ein liberal gesinnter Mann wie Bobrov kaum einen Grund, sich um die Zukunft zu sorgen. Dennoch beunruhigte ihn die Aufforderung seines Vaters. In der vergangenen Woche hatte Nikolaj Mischas Brief erhalten.

> Ehrlich gesagt, mein lieber Junge, ist die Lage in den hiesigen Ortschaften verzweifelt, und sie verschlimmert sich. Wir tun, was wir können, doch meine Gesundheit ist nicht mehr die, die sie einmal war, und ich kann kaum noch Schritt halten. Wenn du irgend kannst, bitte ich dich in Gottes Namen um Dein Kommen.

So machte sich an diesem grauen Dezembertag Nikolaj Bobrov mit unguten Vorahnungen auf den Weg nach Russka.

Dampfendes Zischen, ein Pfiff, leichtes Knallen wie Trommelwirbel, und der Zug glitt durch die Vorstädte auf die schneebedeckte Ödnis zu. Das war der Expreß von St. Petersburg nach Moskau. In den mit prächtigen Wandbespannungen versehenen und weichgepolsterten Abteilen ließ es sich auf eine derart luxuriöse Weise essen und schlafen wie in keiner anderen Eisenbahn der Welt. Für Nikolaj bedeutete Eisenbahn: Zukunft. In ebendiesem Jahr hatte die Regierung ein kühnes Unternehmen in Angriff genommen – eine Eisenbahnlinie, die sich schließlich über Tausende von Meilen hin von Moskau über die weite eurasische Landmasse bis zum pazifischen Hafen Vladivostok erstrecken sollte: die Transsibirische Eisenbahn.

Dies war das neue Rußland, die kommende Welt. Riesige Kohlenreserven wurden in den fernen Wüsten und Bergen oberhalb der Mongolei gefördert; in den kahlen Gegenden Ostsibiriens gab es Gold. Deutsches und französisches Kapital strömte zur Finanzierung ehrgeiziger Regierungsprojekte ins Land: Die unermeßlichen Bodenschätze des Reiches wurden erstmals angezapft.

Auch Rußlands militärische Macht wurde nicht bezweifelt. Es hatte die Demütigung des Krimkrieges hinter sich gelassen. Obwohl es zwei Jahrzehnte zuvor Alaska an die Vereinigten Staaten verkauft hatte, bedeckte das Reich immer noch den größten Teil der nordeurasischen Ebene zwischen Polen und dem Pazifik. Die Türkei zitterte vor Rußland; das britische Imperium beobachtete die russische Ausdehnung nach Asien hin mit vorsichtigem Respekt; das bröckelnde chinesische Reich in Fernost gab Rußland, was es haben wollte; Japan drängte auf Zusammenarbeit und Handel.

Nikolaj war allein im Speisewagen. Er hatte sich gerade Kaviar, Blini und ein Glas Wodka bringen lassen. Es war für vier Personen gedeckt, doch Nikolaj saß allein am Tisch. Er langweilte sich ein wenig. Als der Kellner fragte, ob er noch zwei Herren dazusetzen dürfe, hatte Nikolaj daher nichts dagegen und blickte neugierig auf. Zwei Männer nahmen ihm gegenüber Platz und beachteten ihn kaum. Doch Nikolajs Blick hing wie gebannt an einem der beiden: Jevgenij Popov.

Nein, es konnte keine Verwechslung sein: die karottenrote Haarmähne, die gleichen grünen Augen. Popov hatte sich kaum verändert, doch in seinem Gesicht zeigte sich eine gewisse Reife, eine ruhige Kraft, die darauf hindeutete, daß er gelitten hatte. Als er Nikolajs Blick bemerkte, sagte er nur: »Nun, Nikolaj Michailovitsch, es ist lange her.«

Wie sonderbar! Auch wenn sie sich siebzehn Jahre lang nicht begegnet waren, hätte Nikolaj bei seinem früheren Freund doch eine Art von Verlegenheit erwartet. Schließlich hatte Popov ihn auf verletzende Weise ausgenützt und von seinem Vater Geld mehr oder weniger erpreßt. Doch Popov sah weder schuldbewußt noch herausfordernd drein; er fragte Nikolaj lediglich, wohin er reise. Und als er es erfuhr, meinte er nachdenklich: »Ach ja, Russka.« Dann wandte er sich an seinen Begleiter: »Die große Fabrik der Suvorins ist dort, weißt du.«

Nun blickte Nikolaj den anderen Mann genauer an. Er schätzte ihn Anfang zwanzig, obwohl sein rötlichbraunes Haar bereits schütter wurde. Der Mann trug einen rötlichen Spitzbart. Kleidung und Haltung ließen auf die Zugehörigkeit zum niederen Provinzadel schließen, und wahrscheinlich war er für eine Karriere als kleinerer Beamter bestimmt.

»Das ist Vladimir Iljitsch Uljanov«, stellte Popov ihn vor. »Er hat gerade sein juristisches Examen in St. Petersburg gemacht und wird nun als Anwalt arbeiten.« Der Mann erwiderte Nikolajs Gruß höflich und ließ ihm ein winziges Lächeln zukommen.

Uljanov? Wo hatte Nikolaj den Namen schon einmal gehört? Wenn sein Haar auch rötlichbraun war, war er unbedingt ein asiatischer Typ von untersetzter Statur, mit gewölbtem Schädel, hohen Backenknochen, Nase und Mund ziemlich breit, unverwechselbar mongolischen Augen. Er sah überhaupt nicht russisch aus. Aber der Name ... warum schien er Nikolaj vertraut?

Alexander Uljanov – natürlich! Vier Jahre zuvor war ein Student dieses Namens in ein dilettantisches Komplott verwickelt gewesen, in dem es um die Tötung des Zaren ging. Es war der tolle Plan verrückter junger Leute gewesen. Jener unglückliche junge Mann hatte es abgelehnt, sich zu entschuldigen, und mußte mit seinem Leben bezahlen.

Uljanov. Eine achtbare Familie, erinnerte sich Nikolaj; der Vater ein Schulinspektor einfacher Herkunft, der sich jedoch so weit hocharbeitete, daß ihm und seiner Familie der erbliche Adelsrang verliehen wurde.

Die Unterhaltung kam nur zögernd in Gang. Nikolaj erkundigte sich nach Popovs Tätigkeiten, dieser jedoch gab ausweichende Antworten. Und Uljanov gab sich damit zufrieden, die beiden schweigend zu beobachten. Nikolaj folgerte aus Andeutungen, daß Popov eine Zeit im Ausland verbracht hatte, aber das war auch alles.

Immerhin wäre es schade gewesen, die Gelegenheit ungenutzt vorübergehen zu lassen. Also fragte Nikolaj schließlich geradeheraus: »Sage mir, Jevgenij Pavlovitsch, arbeitest du immer noch für die Revolution, und wann wird sie stattfinden?« Popov zuckte lediglich die Achseln. Gleich darauf stand Uljanov auf und ging für eine Weile hinaus. »Ein interessanter Mensch«, bemerkte Popov.

»Woher kommt er?«

»Aus einer kleinen Provinzstadt im Osten an der Wolga. Er hat einen Besitz dort, einen kleinen mit ein paar armen Bauern. Er ist Gutsbesitzer und Adliger in einem. Erinnerst du dich denn nicht an den Namen?«

Nikolaj erwähnte den hingerichteten Studenten.

»Genau. Dieser Mann ist sein Bruder.«

»Er würde sich selbst nicht an einer solchen Verschwörung beteiligen?«

Popov lächelte. »Vladimir Iljitsch ist sehr viel vorsichtiger.«

Nikolaj machte eine Andeutung über das asiatische Aussehen des Anwalts, und Popov nickte. »Du hast recht. Tatsächlich ist er von der mütterlichen Seite her, soweit ich weiß, teils deutsch und teils schwedisch, doch die Familie väterlicherseits stammt aus Asien. Sie gehörte dem Tschuvaschen-Stamm an.«

Natürlich! Die Tschuvaschen waren ein alter Stamm asiatischen Ursprungs, an der Wolga angesiedelt, dessen Angehörige häufig rötliches Haar hatten. »Ich war sicher, daß er kein Russe ist«, sagte Nikolaj.

»Ich bezweifle, ob er überhaupt einen Tropfen russisches Blut in den Adern hat.«

»Und welches Interesse hast du an ihm?« erkundigte sich Nikolaj.

Popov schwieg einen Augenblick, bevor er murmelte: »Ich sage dir nur, Nikolaj, wer dieser Typ auch sein mag – ich habe noch nie einen solchen Menschen getroffen.«

In diesem Augenblick kehrte Uljanov zurück, und die interessante Unterhaltung brach ab. Nikolaj bedauerte das. Sein Interesse an diesem schweigsamen Tschuvaschen-Anwalt-Gutsbesitzer war geweckt. Da jedoch wandte Popov sich mit einem leicht ironischen Lächeln an ihn: »Nun, Nikolaj Michailovitsch, du hast mich nach der Revolution gefragt.«

Noch nach Jahren dachte Nikolaj, daß die folgende Stunde die aufschlußreichste seines Lebens gewesen sein könnte.

Popov berichtete ruhig und flüssig. Bald wurde deutlich, daß er großzügiger, weitgespannter in seinen Ideen geworden war im Gegensatz zu früher. Es kamen auch Einzelheiten aus seinem Privatleben zum Vorschein. Er war verheiratet gewesen, aber seine Frau war gestorben. Man hatte ihn für drei Jahre nach Sibirien und für ein weiteres Jahr ins Gefängnis geschickt. Er hatte mehrere europäische Länder, darunter Großbritannien, bereist.

Nikolaj wußte, daß im Laufe der Jahre viele russische Radikale ihr Land verlassen und im Ausland leben mußten. Er hatte eine vage Vorstellung von diesem Leben: ständig unterwegs, oft mit gefälschten Papieren und unterschiedlicher Identität; Teilnahme an revolutionären Zusammenkünften, Abfassung von Artikeln für illegale, nach Rußland eingeschmuggelte Zeitungen, sich einen schmalen Lebensunterhalt durch Stundengeben und Übersetzen verdienen, sich von Sympathisanten Geld leihen und sogar stehlen. Während Nikolaj seinem ehemaligen Freund zuhörte, wurde ihm bewußt, daß Popov viel mehr über die Welt wußte als er. Popov berichtete über die radikalen Bewegungen in Westeuropa, von den Arbeitergewerkschaften bis zu den revolutionären politischen Parteien. Nikolaj war vor allem tief beeindruckt von Popovs Sicherheit. Er bemerkte, daß Popov sprach, als sei alles, was geschah, Teil eines konkreten historischen Prozesses, den er sehr wohl verstand. Als Nikolaj diesen Gedanken äußerte, lächelte der andere.

»Natürlich. Hast du niemals Karl Marx gelesen?«

Nikolaj hatte durchaus von Marx gehört. Er versuchte sich zu erinnern. Es war ein deutscher Jude, der lange Zeit in England gelebt hatte und vor wenigen Jahren gestorben war; ein Wirtschaftswissenschaftler und Revolutionär. Sein enger Vertrauter, Engels, war noch tätig.

Die Werke dieser außerordentlichen Männer erschienen eben erst in Rußland, und Nikolaj mußte gestehen, daß er nichts davon gelesen hatte.

Marx' Theorien, so erläuterte Popov, leiteten sich von dem großen deutschen Philosophen Hegel ab, dessen Schriften seit Anfang des Jahrhunderts vorlagen. »Sicher erinnerst du dich noch aus deiner Studienzeit an das berühmte Hegelsche Weltsystem, nicht wahr?« meinte Popov vorwurfsvoll.

»Ich glaube, ja.« Nikolaj durchforschte eilig sein Gedächtnis. »Das war die Dialektik.«

»Genau. Die Dialektik ist der Schlüssel zu allem.«

Nikolaj erinnerte sich jetzt genau – Hegels kosmisches System, das aufzeigte, daß die Welt sich auf ein letztes Stadium der Vollendung zu entwickelt: auf das Absolute. Und der Prozeß, der dazu führt? Es vollzieht sich alles in Stufen – in einem scheinbar endlosen Widerstreit von Ideen, doch jeder Widerstreit bezeichnet einen Schritt nach vorn. Auf diese Weise trifft auf eine These – eine scheinbare Wahrheit – ihr Gegenstück, die Antithese. Aus diesen beiden entsteht eine neue Idee: die Synthese, besser als die vorhergehende Idee, doch immer noch unvollendet. So wird aus der Synthese eine These, und alles beginnt von vorn. Die Dialektik weist auf Fortschritte hin. Das war zwingend.

»Der größte Meister der Dialektik war Karl Marx«, erläuterte Popov. »Mit ihrer Hilfe hat er die ganze Menschheitsgeschichte – und auch ihre Zukunft – erklärt.«

Nikolaj lauschte fasziniert, während Popov das System des Marxismus umriß. »Nur die Materie existiert«, begann er. »Sie ist die große Wahrheit, die allem zugrunde liegt. Deshalb wird das Marxsche System als Dialektischer Materialismus bezeichnet. Das materielle Produktionsmittel bestimmt nämlich alles«, führte Popov weiter aus, »wie wir uns ernähren, kleiden, wie wir Bodenschätze fördern und wie wir fabrizieren. Das ganze Bewußtsein des Menschen, seine Gesellschaft, seine Gesetze, alles leitet sich von dieser wirtschaftlichen Struktur her, und in jeder Gesellschaft bis auf den heutigen Tag gibt es grundsätzlich zwei Klassen: die Ausbeuter und die Ausgebeuteten. Jene, die die Produktionsmittel besitzen, und jene, die ihre Arbeit verkaufen.«

»Und die Dialektik?«

»Nun, der Klassenkampf – das ist Dialektik. Denke doch einmal nach: Wer besaß das Land im feudalen Europa? Der Adel. Und die ausgebeuteten Bauern bestellten es. Doch allmählich zerfiel diese Struktur, eine neue Welt entstand: die bürgerliche Welt, die zum Kapitalismus in seiner ganzen Größe führte. Nun sind die Fabrikbesitzer die Ausbeuter, und die Ausgebeuteten sind die Arbeiter – das Proletariat. These und Antithese.«

»Und die Synthese?«

»Das ist die Revolution. Die Arbeiter übernehmen die Produktionsmittel. Der Kapitalismus zerstört sich selbst, und wir treten ins neue Zeitalter ein. Das ist unvermeidlich.«

»Was geschieht im neuen Zeitalter?«

»Zuerst gibt es den Sozialismus. Der Arbeiterstaat besitzt die Produktionsmittel. Später gehen wir auf den vollkommenen Kommunismus zu, wo der Staat bekanntlich nicht einmal mehr gebraucht wird.«

»Wir bewegen uns also immer noch auf die neue Welt zu, von der wir als Studenten geträumt haben?«

Popov nickte. »Ja. Es war jedoch ein Fehler, daß wir im Jahre '74 eine Revolution mit den Bauern machen wollten. Die Revolution kann nur vom Proletariat ausgehen. Der große Unterschied ist, daß wir jetzt, dank Marx, wissen, was wir tun. Wir haben ein Gerüst. Die Revolution ist zur Wissenschaft geworden.«

»Gibt es in Rußland viele Marxisten?« wollte Nikolaj wissen.

Popov schüttelte den Kopf. »Bisher nur wenige. Der Führer der russischen Marxisten ist Plechanov, und der lebt meistens in der Schweiz.«

»Und was hat all dies mit der russischen Revolution zu tun?« fragte Nikolaj. »Wie und wann wird sie stattfinden?«

»Es gibt, kurz gesagt, zwei Ansichten darüber. Der formale Marxismus sagt, daß alles zu seiner Zeit geschieht. Zuerst eine feudale Agrarökonomie, dann ein Bürgerstaat. Aus diesem entwickelt sich der Kapitalismus, wird mehr und mehr zentralisiert, bis er schließlich zusammenbricht. Die Arbeiter sprengen ihre Ketten – die sozialistische Revolution findet statt. Eine klare, logische Folge. Rußland ist immer noch rückständig«, fuhr er fort. »Entwicklungsmäßig befindet es sich auf dem Bürgerstadium. Sein Proletariat ist klein. Wenn wir eine eigene Revolution machen würden, würde dadurch wahrscheinlich die Monarchie abgeschafft werden und das Bürgertum an die Macht kommen. Lediglich Europa kann eine sozialistische Revolution führen, und dann könnte Rußland möglicherweise von der neuen, von Europa geschaffenen Weltordnung absorbiert werden.«

»Die Revolution kann also nicht in Rußland beginnen?«

»Dem klassischen Marx nach – nein. Wie ich schon sagte, gibt es zwei Aspekte. Der zweite, den selbst Marx für möglich halten mußte, ist folgender: Was wäre, wenn Rußland tatsächlich einen Sonderfall darstellte? Überlege einmal, Nikolaj – eine morbide Autokratie; ein geschwächter Adelsstand, völlig abhängig vom Zaren und ohne eigene wirtschaftliche Macht; eine kleine, kaum entwickelte Mittelschicht, und ein seit jeher in Kommunen organisierter Bauernstand. Vielleicht könnte in Rußland eine unvermutete Revolution unmittelbar in eine Art Ursozialismus führen. Das weiß keiner.«

»Und wie denkst du darüber?« fragte Nikolaj gespannt.

Popov zuckte die Achseln. »Ich habe kein Vertrauen zu den Bauern, wie du weißt. Ich glaube an die Hauptdoktrin von Marx: Rußland muß zuerst durch einen bürgerlichen und einen kapitalistischen Status. Dann kann die proletarische Revolution folgen.«

»Du glaubst also nicht, daß die Revolution hier ihren Anfang nehmen kann?«

»Nein!«

Nikolaj hatte wohl bemerkt, daß Uljanov sich absichtlich aus der Unterhaltung heraushielt. Nun aber begann er sehr ruhig zu sprechen. »Der Marxismus ist einwandfrei. Wir sollten jedoch daran denken, daß Marx auch ein Revolutionär war, und eine Revolution ist ebenso eine praktische wie theoretische Angelegenheit.« Er nickte Popov zu. »Rußland ist enorm rückständig, natürlich, aber die Industrie ist jetzt auf dem Vormarsch. Die proletarische Klasse wächst. Die marxistischen Grundvoraussetzungen für eine Revolution sind in Rußland vielleicht schon während unserer Lebenszeit gegeben; dann aber muß das Proletariat erzogen und geführt werden. Man wird eine ausgebildete Stammorganisation als Zentrum brauchen, anders ist es nicht zu schaffen.«

»Sagen Sie: Ihre Stammorganisation – sollte sie Mittel zur Förderung einer Revolution einsetzen?«

Der Anwalt strich sich nachdenklich über seinen Bart. »Ich glaube, ja.«

»Auch Terrorismus?«

»Wenn es dem Zweck dient, warum nicht?« fragte Uljanov ruhig zurück.

Nun wechselte das Gespräch auf andere Themen über. Kurz darauf sagte Uljanov, er sei müde und wolle sich zurückziehen. Doch bevor sie sich trennten, kam noch etwas zur Sprache, das für alle Zeit in Nikolajs Gedächtnis haftenblieb. Es war von der Hungersnot die Rede, und er hatte den beiden vom Brief seines Vaters erzählt.

»Es stimmt«, antwortete Popov, »die Situation in den Zentralprovinzen ist schrecklich.«

»Man macht einen großen Fehler«, bemerkte Uljanov, »wenn man versucht, die Hungersnot zu lindern. Wir sollten nicht helfen. Sollen die Bauern doch verhungern! Je schlimmer es kommt, um so mehr wird die zaristische Regierung geschwächt.« Das brachte er völlig sachlich vor.

Nikolaj dachte, daß wohl gerade dieser Mangel an Gefühl den sonderbaren Tschuvaschen so ungeheuer stark mache.

Sie trennten sich freundlich voneinander. Nikolaj ahnte nicht, daß der Anwalt mit dem schütteren Haarwuchs und dem rötlichen Bärtchen einmal an der Spitze einer Revolution stehen würde.

Immer wenn Nikolaj Bobrov sich später an diese wahre Begebenheit erinnerte, dachte er: Das war der Tag, an dem die Revolution begann. Fünf Monate später brach sie tatsächlich aus.

Als Nikolaj zu Hause eintraf, fand er eine verzweifelte Situation vor. Im Jahre 1890 hatte es nicht nur in Russka, sondern auch auf dem anderen Besitz der Bobrovs in der Provinz Rjazan eine Mißernte gegeben. 1891 hatten Mischa Bobrov und die übrigen Mitglieder der *zemstvo*-Kommission versucht, die Situation dadurch zu retten, daß sie die Bauern anhielten, Mischsaat auf die Felder zu bringen.

»Kartoffeln zusätzlich«, war Mischas Ansicht. »Selbst wenn es kein Getreide gibt, haben wir doch etwas zu essen.« Aber die Aktion schlug fehl. Die gesamte Kartoffelernte war verfault, und auch alles übrige war nicht gediehen. Im Herbst war abzusehen, daß eine Hungersnot bevorstand.

Nikolaj wurde rasch klar, daß die Hungersnot für seinen Vater auch eine persönliche Krise bedeutete. Obwohl Mischa bereits siebzig war und seine Gesundheit nicht die beste, hatte er sich mit großem Eifer in neue Aufgaben gestürzt. Er gab zu, daß er als Mitglied des *zemstvo*-Adels sich in diesen Tagen doppelt belastet fühlte.

Nikolaj verstand, was er damit meinte. Seit die *zemstvo*-Versammlungen von Zar Alexander im Zuge seiner Reformen eingerichtet worden waren, hatte die Regierung die Mitgliedschaft reichlich eigenmächtig gehandhabt. Beispielsweise hatte der gegenwärtige Zar es rundweg abgelehnt, gewählte Männer im Amt zu bestätigen, wenn er an ihrer Loyalität zweifelte. Doch der kritische Moment kam 1890, als der Zar kurzerhand beschloß, die Wahlgesetze zu ändern, und zwar derart drastisch, daß die Zahl der Wahlberechtigten sich oft um mehr als die Hälfte reduzierte und der niedere Adel die große Mehrheit der Kommissionsmitglieder bildete. Es war ein Akt purer Willkür, ein gezielter Schlag ins Gesicht des einfachen russischen Bauern. Nikolaj wußte, daß sein liberal gesinnter Vater davon tief betroffen war: Er hatte sich so sehr um Verbesserungen bemüht, doch erreicht hatte er nichts.

Das war nicht mal *sein* Fehler. Der *zemstvo* richtete Getreidevorräte ein; Lebensmittelzuteilungen wurden sorgfältig überwacht; Mischa und andere kontrollierten die Gegend unermüdlich. Und dennoch war es nicht zu verhindern, daß die Vorräte allmählich schwanden.

Die Bobrovs selbst litten zwar keinen Hunger, doch Nikolaj spürte, daß die Not um sie her seine Eltern überforderte. Sein Vater sah grau und eingefallen aus, sein früherer Optimismus war verschwunden. Die sonst so entschlossene Anna wirkte matt und zögernd. Sie nahm ihren Sohn einmal zur Seite und sagte: »Nikolaj, du mußt übernehmen. Dein Vater kann nicht mehr.«

Nikolaj ging durch den Ort. Es war alles wie früher. Zu seiner Freude traf er Arina noch lebend an – eine kleine verhutzelte *babuschka,* deren Augen immer noch durchdringend blickten. Timofej Romanov und seine Frau hießen ihn herzlich willkommen. Ihre Tochter Arina, in Nikolajs Erinnerung ein kleines Kind, war nun ein liebenswertes, breitgesichtiges Mädchen von siebzehn Jahren. Nur Boris zeigte ihm die kalte Schulter, aber dem maß Nikolaj keine besondere Bedeutung zu. Überall im Dorf begegnete er schweigender Resignation. Der Dorfälteste sorgte dafür, daß jede Familie etwas Brot bekam. In manchen *isbas* gab es noch Pökelfleisch. Viele gingen täglich hinaus und versuchten, durch die Löcher im Eis Fische zu fangen.

Die Mönche des Klosters, das Getreidevorräte hatte, verteilten Mehl an die nächsten Bauern. »Unser Vorrat reicht noch neun Wochen«, sagten sie Nikolaj.

»Der Mann, von dem jetzt alles abhängt, ist zur Zeit in Russka«, meinte Mischa Bobrov. »Es ist Vladimir Suvorin.«

Vladimir, der ältere Enkel jenes alten Schreckgespenstes Savva und der Bruder Peter Suvorins. Mischa hatte seinem Sohn niemals von Peters belastendem Brief erzählt, und wie er Savva damit erpreßt hatte. Nikolaj wußte deshalb über Peter nur, daß er weggelaufen und irgendwann wiederaufgetaucht war. »Ich glaube, er ist jetzt Professor in Moskau«, sagte Mischa. »Er kommt niemals hierher.«

Über Vladimir Suvorin dagegen hatte Nikolaj mehr erfahren. Der mächtige Industrielle lenkte seine Unternehmen in Moskau und Russka mit eiserner, aber gerechter Hand. Seine Leute arbeiteten nicht mehr als zehn Stunden täglich; es gab keine Kinderarbeit und keine grausamen Strafen für geringe Vergehen. Anders als bei so manchem führenden Industriellen Rußlands wurde bei ihm nie gestreikt. Nikolaj hatte gehört, daß Vladimir in Moskau ein sehr großes Haus besitze, aber oft nach Russka komme.

Schon am übernächsten Morgen kam Vladimir Suvorin zu einem Besuch ins Haus der Bobrovs. Er war den Beschreibungen entsprechend riesengroß, aber nicht so, wie Nikolaj vermutet hatte. Er war anders als alle Menschen, die Nikolaj bis dahin kennengelernt hatte.

Vladimir Suvorin stieg aus dem Schlitten und ging auf die wartende Familie zu. Ruhig streifte er einen grauen Handschuh ab und streckte Mischa freundlich lächelnd seine große fleischige Hand hin. »Mein lieber Freund«, sagte er mit warmer Stimme.

Man ging ins Haus, und Vladimir legte den Pelzmantel ab. Darunter trug er ein gut geschnittenes Jackett, das den kleinen Bauchansatz geschickt kaschierte. Auch Vladimirs großes, kantiges Gesicht zeigte leichte Rundungen, die auf ein gutes, doch nicht unmäßiges Leben hindeuteten. Sein sich lichtendes Haar war kurz geschnitten, seine Nase groß, doch ebenmäßig.

Der dunkelbraune Schnurrbart und der kurze Bart wirkten höchst gepflegt. Ein leichter, angenehmer Duft von Eau de Cologne umwehte Vladimir.

Nikolaj beobachtete den Mann fasziniert. Wie alle Leute, die in St. Petersburg lebten, nahm auch er Moskau gegenüber eine leicht arrogante Haltung ein. Moskau galt ihm als provinziell, ein Ort für Kaufleute. In St. Petersburg hatte Nikolaj sich in den besten Kreisen bewegt. Er kannte Männer vom Reichsgericht, kosmopolitische Aristokraten. Er kannte Adlige, die ein großes Haus führten. Vladimir dagegen war ein Mann – Enkel eines Leibeigenen der Bobrovs –, der zwar nicht zu den Angehörigen der Oberschicht gehörte, aber trotzdem kosmopolitischer war als sie alle. Er sprach ein gepflegtes Russisch. Aus einigen Andeutungen ging hervor, daß er auch Französisch beherrschte, ebenso war er in Deutsch und Englisch daheim. Wie er sprach und wie er sich bewegte – er strahlte völlige Selbstsicherheit aus.

Er ist wie ein Monarch oder ein östlicher Potentat, dachte Nikolaj. Er hat vollendete Manieren, und dabei sagt und tut er doch genau, was er will – und jeder gehorcht ihm.

Es war nicht zu übersehen: Vladimir hatte sich, obwohl erst einundvierzig Jahre alt, längst an die angenehme Vorstellung gewöhnt, daß es fast nichts gab, was er nicht hätte bekommen können – durch Geld oder andere Mittel.

Nicht nur Nikolaj war vom ersten Augenblick beeindruckt, der imposante Mann hatte im Nu alle für sich eingenommen. Nikolaj behandelte er unverzüglich als einen vertrauenswürdigen Genossen. Mischa gegenüber verhielt er sich höflich und fürsorglich. »Sie haben so viel getan, lieber Freund. Es ist Zeit, daß die jüngere Generation einen Teil der Last übernimmt. Aber ich weiß, daß Sie auf uns alle ein wachsames Auge haben werden. Hier ist eine Nachricht vom Provinzgouverneur«, fügte er hinzu. »Die Regierung will Getreide verteilen. Es wird von der Ukraine geliefert, und wir bekommen es in einem Monat. Wie Sie wissen, haben wir noch für etwa acht Wochen Vorräte. Ich werde selbst mit dem Gouverneur sprechen, damit nichts schiefgeht.«

Vladimir hatte es sich inzwischen auf einem Sessel bequem gemacht.

Nun begann er, einiges über sich zu erzählen. Seine erste Frau war gestorben, aus der zweiten Ehe hatte er einen Sohn. Für gewöhnlich befand er sich zwei Monate des Jahres auf Reisen. Er kannte Paris ebenso gut wie Moskau. Er kannte Künstler wie Renoir und Monet persönlich wie auch den berühmten Schriftsteller Tolstoj, dessen Besitz, Jasnaja Poljana, er vor einiger Zeit besucht hatte. Auch mit Tschaikovskij war er bekannt. Vladimirs Welt war die glitzernde Welt der Literaten, überfüllter Salons, Kennerschaft und kluger Protektion – eine Welt, in die eine hohe Stellung oder großer Reichtum Einlaß verschafften, wo jedoch nur Begabung und außergewöhnliche Persönlichkeit geduldet wurden. Selbstverständlich war Suvorin obendrein ein großartiger Geschäftsmann.

Nikolaj erfuhr weiterhin etwas über die Arbeit, die die *zemstvos* in den vergangenen Monaten geleistet hatten. »Ohne Ihren Vater wäre die örtliche Lebensmittelverwaltung zusammengebrochen«, erklärte Vladimir ganz offen. »Die Leute des *zemstvo* halten in Stadt und Land die Dinge zusammen, nicht die Zentralregierung.«

Nachdem er gegangen war, bemerkte Mischa bewundernd: »Gott sei Dank haben wir ihn auf unserer Seite. Die Behörden wagen es nicht, seine Stimme zu ignorieren.«

Zu ebendieser Zeit war in der *isba* Timofej Romanovs ein heftiger Disput im Gange. Die Streitenden waren die alte Arina und Boris. Timofej und seine Frau sagten wenig; der Gegenstand dieses Streits, das siebzehnjährige Mädchen, die Namensschwester ihrer Großmutter, wurde überhaupt nicht gefragt.

»Das kann man nicht machen«, schrie Boris ziemlich laut. »Diese Leute sind unsere Feinde, ihr seid nur alle zu dumm, um das zu begreifen. Außerdem soll sie hier ihren Eltern helfen.« Doch die alte Arina blieb hart. »Wir hätten einen Mund weniger zu füttern«, meinte Timofejs Frau schließlich.

»Lieber verhungern«, knurrte Boris.

Die Jahre, seit Natalia bei dem Brand einen tragischen Tod gefunden hatte, hatten Boris Romanovs Gefühle keineswegs gemildert. Im Gegenteil: Mit der Zeit wurde seine Vorstellung, die Bobrovs und der gesamte Landadel hätten sich gegen ihn verschworen, immer zwingender. Zehn Jahre zuvor etwa war das Gerücht im Umlauf, die Regierung werde die Zahlungen der Bauern an ihre früheren Besitzer endlich abschaffen, doch kündigte die Verwaltung schließlich nur eine Senkung um klägliche fünfundzwanzig Prozent an. Boris sah darin den klaren Beweis einer Verschwörung gegen ihn. Und als während der Hungersnot Timofej auf das gute Werk Mischa Bobrovs hinwies, war Boris' verächtliche Antwort:

»Was dieser alte Verbrecher kann, kann ein ehrlicher Bauer schon längst.«

Die Entscheidung der Großmutter, Arina solle in den Haushalt der Bobrovs gehen, machte ihn deshalb wütend. Da jedoch Timofej, das Familienoberhaupt, nicht in der Lage war, der entschlossenen alten Frau zu widersprechen, konnte auch Boris nichts unternehmen. Die Alte war unerbittlich. Es war erstaunlich, welch ein starker Wille in diesem kleinen Körper wohnte; merkwürdig auch, wie sich durch ihren Entschluß, das Überleben der Familie zu sichern, all ihre Gedanken von der geliebten Tochter weg auf die nächste Generation konzentrierten. »Ich spreche mit ihnen; sie werden sie aufnehmen«, sagte sie ruhig.

Vladimir Suvorin hatte die Bobrovs gerade verlassen, als Arina und das Mädchen die Familie Bobrov aufsuchte. Die Alte brauchte nicht viel zu sagen, Anna Bobrov verstand sogleich. »Natürlich nehmen wir sie auf«, versprach sie. »Mein Mann ist müde. Er wird froh um eine Hilfe sein.«

Am Nachmittag wurde das Mädchen eingewiesen. »Jetzt bist du sicher«, flüsterte ihr die Großmutter zu, bevor sie ging.

In den kommenden sechs Wochen hatte Nikolaj Bobrov viel zu tun. Die Vorhersage seiner Mutter, das junge Mädchen der Romanovs werde von Nutzen sein, hatte sich schnell als richtig erwiesen: Mischa Bobrov wurde plötzlich krank. Er lag im Bett, zu schwach, sich zu bewegen. Nikolaj dachte, daß sie den Alten wohl verloren hätten, wäre da nicht die ständige Pflege des stillen Bauernmädchens gewesen.

Arina hatte helle Haut und hellbraunes Haar, und wenn man sie auch nicht als hübsch bezeichnen konnte, strahlte ihr eher breites Gesicht eine Ruhe aus, die es sehr anziehend machte. Sie war fromm. Anna und Arina gingen häufig zum Kloster, Tücher um den Kopf geschlungen.

Neben der Pflege genoß Mischa es vor allem, wenn Arina erzählte. Sie hatte von ihrer Großmutter eine Fülle von Volkssagen gelernt; und oft setzte sie sich ans Bett des Kranken und breitete eine bunte Märchenwelt vor ihm aus.

»Wenn dein Vater wieder gesund wird, haben wir es nur diesem Mädchen zu verdanken«, sagte Anna zu ihrem Sohn. Tatsächlich sah es so aus, als komme Mischa allmählich wieder zu Kräften. Drei Wochen später besuchte Nikolaj in St. Petersburg kurz seine Frau und die Kinder und kehrte dann wieder zurück.

Die versprochenen Getreidevorräte trafen nicht ein. »Ich werde erst gesund, wenn sie kommen«, erklärte Mischa. Der *zemstvo* und Suvorin sandten Boten zum Gouverneur. Alle paar Tage hieß es, das Getreide treffe in aller Kürze ein. Mitte Februar kam die Nachricht an den örtlichen *zemstvo:* Bedauerlicherweise könnten die angekündigten Getreidelieferungen aufgrund von Transport- und Lagerungsschwierigkeiten nicht erfolgen.

»Sind diese Leute sich im klaren darüber, was das bedeutet?« keuchte Mischa in seinem Bett. »Die Menschen hier werden sterben. Seit zwei Wochen hat niemand mehr einen Fisch aus dem Fluß geholt. Zwei Drittel des Viehs sind verendet. Ich kann nicht glauben, daß selbst diese einfältigen Bürokraten so etwas tun können.«

In wenigen Stunden hatte sich die Nachricht in der ganzen Gegend verbreitet. Eine Woche verging. Die Bauern waren niedergeschlagen. Noch eine Woche. Viele Getreidespeicher waren inzwischen leer. Stille senkte sich übers Dorf.

Doch dann, eines Morgens, kam das Getreide. Die lange Reihe der Schlitten bot einen erfreulichen Anblick; ein, zwei, drei Dutzend. Es war wie der Nachschub für eine kleine Armee. Die Schlitten fuhren in Russka ein, wo Suvorins Verwalter sie in einem Lagerhaus erwarteten. Ein Dutzend der Schlitten zweigte ab und fuhr durch die Wälder nach Bobrovo hinüber, dort den Abhang hinauf zu Mischa Bobrovs Haus. Als sie sich näherten und die Leute im Haus an die Fenster eilten, sahen sie im ersten Schlitten eine mächtige Gestalt sitzen, die, eingehüllt in Pelz, das Gesicht gerötet von der eisigen Luft, wahrhaftig Ähnlichkeit mit einem riesigen russischen Bären hatte.

Es war der bärenstarke Vladimir Suvorin, der nun mit fröhlichem Schmunzeln aus dem Schlitten stieg und auf Mischa zuging, der es vor Aufregung nicht mehr im Bett ausgehalten hatte und, in eine Bettdecke gehüllt, dastand; Vladimir drückte ihn fest an sich. »Hier bringe ich Ihnen und Ihrem Dorf Getreide, Michail Alexejevitsch. Wir können meinen alten Freund doch nicht hungern lassen!«

»Was habe ich euch gesagt?« rief Mischa seiner Frau und seinem Sohn zu. »Nur Suvorin kann das zuwege bringen! Aber wie, zum Teufel, haben Sie das dem Gouverneur abgeluchst?« fragte er Suvorin.

»Die Behörden haben kein Getreide. Niemand bekommt eine Zuteilung, mein lieber Freund.«

Mischa runzelte die Stirn. »Und dies hier?«

»Das habe ich gekauft. Meine Mittelsmänner haben es entdeckt und es aus dem Süden den ganzen Weg herbefördert. Die Behörden haben damit gar nichts zu tun.«

Zuerst konnte Mischa nicht sprechen. Nikolaj sah, wie Tränen in die Augen des alten Mannes stiegen. Er hielt Suvorin am Ärmel fest, dann murmelte er: »Wie kann ich Ihnen danken, Vladimir Ivanovitsch?«

Doch dann warf er plötzlich den Kopf zurück und schrie in einem Anfall von Enttäuschung, Scham und Verachtung: »Dieser verdammte Gouverneur! Diese verdammte Regierung in St. Petersburg! Ich sage euch, diese Leute nützen uns gar nichts. Sie sollen den örtlichen *zemstvos* Macht geben, da sie nicht fähig sind zu regieren.« Er schrie mit voller Lautstärke, und es machte ihm anscheinend nichts aus, daß Bedienstete, Kutscher und mehrere Dorfbewohner Zeuge waren. Mischa Bobrov, Landbesitzer, Adliger, liberal, loyaler Monarchist, war fertig mit der Regierung. Nikolaj wußte, daß es anderen Landbesitzern und Männern des *zemstvo* in allen zentralen Provinzen in diesem Winter der Hungersnot ebenso erging.

Und so blickte Nikolaj Bobrov nach Jahren auf diesen Tag zurück und dachte: Auch damit begann die Revolution.

Im Frühjahr kam es zum ersten Ausbruch der Krankheit, und zwar in den Hütten, die verstreut am Flußufer unterhalb von Russka lagen. Zuerst, als mehrere Menschen an Durchfall litten, nahm kaum jemand Notiz davon. Nach zwei Tagen erbrach ein Mann plötzlich eine weißlichgelbe, molkeähnliche Masse. Kurz darauf erbrach er wieder heftig, schrie, seine Magengrube glühe wie Feuer und er verbrenne.

Am folgenden Tag litt der Kranke an akuten Krämpfen in den Beinen, sein Körper verfärbte sich blau. Seine Augen lagen tief in den Höhlen, so daß sein Kopf aussah wie ein Totenschädel, und er brachte nur noch ein paar heisere Laute zustande.

Bevor der nächste Morgen dämmerte, starb er.

Nach dem Tod blieb der Körper eine Zeitlang merkwürdig warm. Die Frau des Verstorbenen meinte, er sei sogar noch wärmer geworden und noch nach geraumer Zeit seien Muskelzucken und Krämpfe zu spüren gewesen. Innerhalb weniger Stunden wußte es ganz Russka: Die Cholera war ausgebrochen. »Wenn wir sie nur vom Ort fernhalten können«, war Mischa Bobrovs tägliche Litanei. »Wenn Russka ordentlich verwaltet würde, müßte man das ganze Gebiet abriegeln.« Doch weder die örtliche noch die Provinzverwaltung konnte einen solchen Versuch wagen; die Menschen kamen und gingen. Aufgrund der Bemühungen der beiden Bobrovs und Suvorins wurde eine Art inoffizieller Quarantäne eingeführt, die die Ausbreitung der Cholera zu verhindern schien.

Der Erfolg ihres bescheidenen Versuchs wurde bald von einem jungen Arzt bestätigt, den der *zemstvo* anstellen konnte, damit er sich mit der ausgebrochenen Seuche befasse. »In anderen Teilen des Landes wütet sie so, daß man keine Kontrolle mehr über sie hat«, berichtete er. »Die Hungersnot hat alle Menschen geschwächt und anfällig für Krankheiten gemacht.«

Es gab einige Dutzend Fälle in der Stadt, etliche im Kloster und mehrere in den umliegenden Ortschaften. »Im Grunde kann ich nicht viel tun«, gab der junge Arzt zu, »im Frühstadium verabreiche ich Opium oder Silbernitrat; Senfpflaster und Chloroform, wenn Krämpfe auftreten. Wenn eine Chance auf Heilung besteht, verabreiche ich Kognak oder Ammoniak.«

Dem Doktor gingen bald die Medikamente aus. Wieder sagte die Zentralregierung medizinische Versorgung zu, aber diesmal erwarteten die Bobrovs erst gar nicht, daß diese eintreffen würde. Und so war es auch. Nikolaj fuhr in die Provinzhauptstadt wegen Medikamenten, doch vergeblich. Suvorin dagegen konnte in Moskau Nitrat auftreiben.

»Wie machen Sie es, daß Sie sich selbst nicht anstecken?« fragte Nikolaj den Arzt bei ihrer ersten Begegnung.

»Manche Leute glauben, die Krankheit werde durch die Luft übertragen«, erklärte der Arzt. »Ich aber bin der Ansicht, daß die Ansteckung vor allem durch den Mund erfolgt. Trinken oder essen Sie nichts, das von einem Cholerakranken berührt worden ist. Wenn Erbrochenes oder die Körperflüssigkeit eines Kranken an Ihre Kleider gelangt, ziehen Sie sich um, und waschen Sie sich gründlich, ehe Sie etwas zu sich nehmen.«

Nikolaj befolgte diese Ratschläge genau, und tatsächlich geschah ihm nichts. Eine Woche verstrich, eine zweite, eine dritte. Und immer noch war die Cholera nicht bis Bobrovo vorgedrungen. Während die übrige Welt vor der Krankheit zitterte, erlangte Mischa Bobrov allmählich seine Kräfte zurück. Er ging häufig mit seiner Frau oder Arina durch die Wälder oberhalb des Hauses spazieren. Es war schön, daß sich der alte Mann und sein Sohn nun näherkamen.

Allmählich nahmen die Todesfälle ab. Nach einem Monat schien die Seuche abgeklungen zu sein. »Sie haben Glück gehabt«, meinte der Arzt. »Ich wurde gerade aufgefordert, in eine schwer betroffene Gegend in der Nähe von Murom zu gehen. Leben Sie wohl!«

Mitte Mai beschloß Nikolaj, nach St. Petersburg zurückzukehren. »Ich komme im Juli wieder«, versprach er seinen Eltern. Höchst erleichtert machte er sich nach der Hauptstadt auf. Er reiste nicht allein. Die junge Arina wollte diese Stadt immer schon kennenlernen. Da Mischa inzwischen gesund war und Nikolajs Frau geschrieben hatte, sie könne zeitweilig eine Kinderfrau gebrauchen, kam man überein, daß Arina Nikolaj begleiten und den Sommer bei seiner Familie verbringen solle. Das Mädchen war sehr froh darüber. Und falls sie vor ihrer Abreise wirklich eine unangenehme Unterredung mit ihrem Bruder Boris gehabt hatte, behielt sie das für sich.

Drei Tage danach zeigte Timofej Romanov Krankheitssymptome. Innerhalb einer Stunde erbrach er eine weißliche Masse mit kleinen reisartigen Körnern darin. Er hatte Cholera, die rasch ins letzte Stadium trat. In der Abenddämmerung lag Timofej bereits in Agonie. Gegen Morgen war sein Körper durch das häufige Erbrechen völlig geschwächt und fast purpurrot. Die Augen lagen tief in den Höhlen. Totenblässe stellte sich ein. Timofejs Frau und die alte Arina, die schon ein dutzendmal seine durchweichten Kleider gewechselt hatten, standen in dem bleichen Frühlicht da und blickten ihn voll Trauer an. Die Augen des alten Mannes waren weit aufgerissen, aber er konnte sich nicht mehr äußern.

Zu Mischa Bobrovs Überraschung stand in aller Frühe Boris Romanov vor der Tür. Er konnte sich nicht entsinnen, wann dieser selbstsichere und abweisende Bursche das letztemal in diesem Haus gewesen war. Heute jedoch benahm er sich höflich, fast zuvorkommend. »Leider bringe ich schlechte Nachrichten, mein Herr«, erklärte er. »Mein Vater.« Und nun berichtete er die Einzelheiten.

»Mein Gott!« Nun hatte die Seuche Bobrovo doch noch erreicht. Gott sei Dank bin ich in so guter Verfassung, daß ich damit fertig werde, dachte Mischa. Er schickte unverzüglich nach einem Arzt und ließ die Menschen in Russka vor der Krankheit warnen.

Boris stand immer noch herum. »Es ist so, mein Herr, daß er nach Ihnen gefragt hat. Er will sich verabschieden. Er wird diesen Tag nicht überleben.«

Mischa zögerte. Er hatte keine Lust, in ein Haus zu gehen, in dem die Cholera herrschte. Ich kann es mir nicht leisten, mich anzustecken, dachte er verärgert. Es gibt zuviel zu tun. Doch sogleich schämte er sich seiner Reaktion. »Natürlich«, sagte er und zog den Mantel an.

Es war unerträglich heiß in der *isba* der Romanovs. Obwohl ein Fenster offenstand, war die Luft stickig und verbraucht. Vor Mischa lag der Spielgefährte aus Kindertagen, Timofej – oder das, was von ihm übriggeblieben war. Armer Teufel! Timofej sah Mischa freundlich-erstaunt an, aber sprechen konnte er nicht mehr. Mischa blickte sich im Zimmer um. Die alte Arina und ihre Tochter hielten es peinlich sauber. Tisch und Fußboden waren kürzlich geschrubbt worden. Timofej lag im frischbezogenen Bett neben dem Ofen. Boris nahm Mischa in überraschender Dienstfertigkeit den Mantel ab und bot ihm einen Stuhl an. Doch zog er es vor zu stehen, und zwar in gewissem Abstand vom Patienten, und war sehr darauf bedacht, nichts zu berühren. Da versuchte Timofej ein Lächeln.

Mischa sprach alle Trostworte, die ihm einfielen. Er erinnerte an vergangene Zeiten, an gemeinsame Bekannte, und der alte Bauer hatte allem

Anschein nach Freude daran. Boris schien froh darüber und schlüpfte kurz aus dem Zimmer. Merkwürdig, daß angesichts des Todes Zwistigkeiten von ehedem sich in nichts auflösten.

Boris handelte rasch und lautlos. Sein Vater war beim Anblick des Landbesitzers so überrascht gewesen, daß Boris fürchtete, Mischa könnte daraus schließen, daß Timofej gar nicht nach ihm geschickt habe. Jetzt lief er in den Vorratsraum.

Die Bettwäsche und drei Hemden seines Vaters lagen in einem Winkel. Die alte Arina wollte sie verbrennen, hatte jedoch bisher keine Zeit dafür gefunden. Boris breitete Mischas Mantel aus, legte ihn auf den Wäschehaufen und preßte ihn mehrmals darauf, bis er dachte, die Krankheitserreger müßten sich übertragen haben. Dann trug er den Mantel ins Zimmer zurück.

»Das ist für Natalia«, flüsterte er vor sich hin.

Kurz darauf eilte Mischa nach Hause. Wie schrecklich heiß es doch in dem Krankenzimmer gewesen war! Gott sei Dank habe ich nichts berührt, man kann nicht vorsichtig genug sein, dachte er. Aber er war stolz auf sich. Er hatte das Richtige getan und hatte dem alten Bauern offensichtlich eine Freude gemacht. Anscheinend war er dort drinnen doch stärker ins Schwitzen gekommen, als er vermutet hatte. Als er den Hügel hinaufging, fühlte sich sogar sein Mantel feucht an. Er wischte sich die Stirn und den Schnurrbart mit dem Mantelärmel ab.

Eine Woche später erreichte Nikolaj in St. Petersburg die Nachricht, daß sein Vater die Cholera habe.

1892

In dem Raum war unterschwelliges Stimmengewirr zu hören. Bald würde der bekannte Redner eintreffen. Rosa Abramovitsch spürte eine erwartungsvolle Erregung. Sie war nie vorher auf einer solchen Versammlung gewesen. Die ungefähr dreißig Anwesenden waren alle Anfang zwanzig. Draußen tauchte die sommerliche Abendsonne die litauische Hauptstadt Wilna und ihren alten Schloßberg in sanftes orangefarbenes Licht.

Rosa Abramovitsch, zwanzig Jahre alt, lebte seit zehn Jahren in Wilna. Sie hätte auch in Amerika sein können. Viele Juden waren nach den Pogromen 1881 dorthin ausgewandert, doch in einer Familienbesprechung, die ihr Vater in jenem furchtbaren Jahr einberufen hatte, wurde beschlossen, aus dem jüdischen Gebiet etwa fünfhundert Meilen nach Nordwesten, nach Litauen zu gehen. Erst wenn es Pogrome auch in Wilna gebe, meinte ihr Vater, würden sie Rußland verlassen. Er hatte immer noch Hoffnung.

Rosa liebte ihre neue Heimat. Von der litauischen Hauptstadt war es nur eine Tagesreise zur Ostsee oder in die südwestlich gelegene frühere Hauptstadt Polens, Warschau. Im Norden lagen die Baltischen Provinzen, wo die Letten und Esten zu Hause waren. Obwohl all diese Länder damals einen Teil des wachsenden Zarenreiches bildeten, bedeutete das nicht, daß sie in ihrem Charakter russische Züge hatten. Die litauischen Bauern, die in großen, hübschen Holzhäusern wohnten, erinnerten Rosa an die unabhängigen Kosakenbauern aus der Ukraine. Und Wilna war eine hübsche alte europäische Stadt, eine kosmopolitische Stadt mit einer aufstrebenden jüdischen Gemeinde.

Rosas Vater fand nur einen Makel an diesem Ort: Es gab zu viele von diesen freidenkerischen jungen Juden, die sich von ihrer Religion abgewandt hatten. Trotz aller Anstrengungen war es ihm kaum gelungen, seine beiden Söhne daran zu hindern, sich mit ihnen zusammenzutun. Über die kleine Rosa hatte er allerdings bis zu seinem plötzlichen Tod im vergangenen Jahr streng gewacht. Und nun war es eben eine solch gefährliche Gesellschaft, in die sie an jenem Abend geraten war. Sie fand alles sehr aufregend.

Freunde ihrer Brüder hatten sie hergebracht. Die Hälfte der Menschen im Raum waren junge Männer und Frauen aus der angepaßten jüdischen Mittelklasse, Studenten, ein junger Arzt, ein Anwalt. Die übrigen waren jüdische Arbeiter. Es war eine sympathische, lebhafte Versammlung, doch Rosa kannte niemanden.

Obwohl sie erst zwanzig Jahre alt war, hatte ihr das Leben bereits harte Schläge versetzt. Anfangs hatte ihre musikalische Karriere in Wilna große Fortschritte gemacht; mit sechzehn hatte sie bereits mehrere Klavierkonzerte gegeben und eine kleine Konzertreise hinter sich. Für das Jahr darauf hatte man ihr eine größere Tournee mit einem bedeutenden Dirigenten in Aussicht gestellt. Ihre Eltern waren begeistert, ihre Brüder stolz.

Die letzten drei Jahre waren dagegen ein Alptraum gewesen. Die Krankheit lastete mitunter schwer auf ihrer Brust, und der Husten bereitete ihr Schmerzen. Sie war tagelang so erschöpft, daß sie keine Kraft für irgendeine Tätigkeit hatte. Die Tournee mußte abgesagt werden. Rosa übte kaum noch auf dem Klavier. »Wenn ich nicht vollkommen spielen kann, will ich überhaupt nicht mehr spielen«, erklärte sie ihrem unglücklichen Vater. Sie verfiel in Depressionen.

»Wenn sie nur Freunde hätte, die ihr helfen könnten«, klagte die Mutter.

Leider waren fast all ihre Freunde in Wilna Musiker, und diese wollte sie nicht mehr sehen. Ihr blieb nur einer: der junge Ivan Karpenko in der Ukraine. Seit jenem schlimmen Tag, als er die Familie vor dem Pogrom gerettet hatte, bestand eine besondere Bindung zwischen Rosa und dem Kosakenjungen.

Der plötzliche Tod des Vaters hatte Rosa aus ihrer Lethargie gerissen. Das Familienvermögen war zerronnen; die beiden Brüder mußten die Mutter unterstützen. Rosa war gezwungen, sich zu überlegen, wie sie ihr Leben gestalten wollte. Eine Musikerkarriere stand – zumindest im Moment – nicht zur Debatte. Welche Alternative gab es? Klavierstunden geben – für einen Hungerlohn? Rosa verabscheute den Gedanken. Es gab ein Lehrerseminar in der Stadt, wo jüdische Studenten für den Unterricht an staatlichen Schulen ausgebildet wurden. Ihre Brüder hielten das für besser. Was macht es schon aus, wenn ich ohnehin nicht tun kann, was ich möchte, hatte sie gedacht und sich angemeldet.

Und nun war sie an einem Sommertag auf dieser jüdischen Arbeiterversammlung. Es gab viele solcher Versammlungen, manche davon Studiengruppen, in denen interessierte Arbeiter lesen und schreiben lernen konnten. Auf anderen wurde über die Verbesserung von Arbeits- und Lebensbedingungen diskutiert. Wieder andere hatten umfassende politische Veränderungen zum Thema.

Das heutige Treffen stellte allerdings etwas Besonderes dar. Ein Professor aus Moskau sollte einen Vortrag über Arbeiterbewegungen innerhalb und außerhalb Rußlands halten. »Bestimmt wird es nicht dabei bleiben«, flüsterte ihr ein Nachbar zu. »Der Professor ist Marxist. Ein Revolutionär.«

Ein Revolutionär. Wie mochte so einer aussehen?

Peter Suvorin war ein guter Redner. Anfangs wirkte der Mann mit dem zerstreuten Ausdruck auf dem schmalen Gesicht eher wie ein sanft gearteter Schulmeister. Doch bald zog er die Zuhörer in seinen Bann – und zwar mit genau dieser Sanftheit, seiner geradlinigen Aufrichtigkeit und mit der wunderbaren Klarheit seiner Ausführungen. Mit seinen siebenunddreißig Jahren war Peter Suvorin immer noch der alte. Er gehörte zu jenen reinen und glücklichen Seelen, die in einem einzigen, machtvollen Ideal ihrem Schicksal begegnen. Peters Idee, das Thema seines Lebens, war einfach: Die Menschheit kann und muß einen Status erreichen, wo alle Menschen frei sind und keiner unterdrückt wird. Er hatte das im Jahre 1874 geglaubt, und er glaubte immer noch daran.

Peter hatte ein merkwürdiges Leben hinter sich. 1874 war er nach seinem plötzlichen Verschwinden aus Russka monatelang durch die Ukraine gewandert. Danach hatte er, als er Geld brauchte, sich mit seinem

Bruder Vladimir in Moskau in Verbindung gesetzt, und Vladimir hatte Savva benachrichtigt, daß sein Enkel noch am Leben sei.

War es vielleicht Savva Suvorin gewesen, der Peters Schicksal besiegelt hatte? Den Informationen nach hatte der alte Mann ihm vergeben. Der Brief, angeblich von Peter geschrieben, in dem er sich dazu bekannte, das Feuer gelegt zu haben, war ein furchtbarer Schlag für ihn. Es war schwer zu sagen, was ihn mehr getroffen hatte: der Verrat oder der Feuertod der beiden jungen Menschen. Er hatte zu niemandem, nicht einmal zu Vladimir, davon gesprochen. Als Savva erfuhr, daß Peter lebte, forderte er ihn auf, unverzüglich zurückzukehren und Genugtuung zu leisten für sein furchtbares Verbrechen. Andernfalls werde er für immer aus der Familie ausgeschlossen. Peter weigerte sich zurückzukehren und traf den Alten damit schwer. »Sein Herz ist in Sünde verhärtet«, war seine Ansicht. Er sprach nie wieder von dem jungen Mann. Savva Suvorin starb bald darauf, und sein Testament war eindeutig. Peter hatte keinerlei Mitspracherecht mehr in den Unternehmen der Suvorins, und es wurde ihm lediglich eine bescheidene Summe ausgesetzt. »Du kannst dein Testament anfechten«, erklärte Vladimir, »oder ich gebe dir einen Teil meines Vermögens.«

Doch Peter war jung und stolz. »Ich will überhaupt nichts haben«, war sein Kommentar. Er ging nach Moskau zurück und nahm seine Studien wieder auf. Er entdeckte seine physikalische Begabung, befaßte sich gründlich mit diesem Fachgebiet und schrieb sogar einen Leitfaden dazu, der mit Erfolg veröffentlicht wurde. Unbeirrt hielt er Ausschau nach einer besseren Welt.

In den 1880er Jahren kam er zum Marxismus. Seit seiner ersten Begegnung mit Popov befaßte er sich mit dem revolutionären Gedanken. Der Marxismus zeigte ihm den Weg zu einem stärkeren persönlichen Format. Hier lag die von ihm seit langem angestrebte Utopie, zu der man jedoch durch die Wissenschaft gelangte, nicht durch einen gewaltsamen, verschwörerischen Umsturz, sondern durch einen allmählichen, sozusagen natürlichen historischen Prozeß. Im Innersten war er überzeugt, daß die Fabriken der Suvorins eines Tages in die Hände der Arbeiter übergehen würden, ohne daß dabei ein Schuß fallen müßte. Seltsamerweise hatte sein frühes Interesse am Marxismus die zaristischen Behörden davon überzeugt, daß dieser harmlose Professor dem Staat nicht gefährlich werden könne.

Zwischen den beiden Brüdern, dem reichen Industriellen und dem armen Professor, dem Familienvater und dem einsamen Junggesellen, bestand eine merkwürdige Beziehung. Sie hingen aneinander, wenn auch Spannungen unvermeidlich waren. Diese resultierten vor allem daher, daß Vladimirs zweite Frau, eine hübsche Person, die in Moskau ein großes Haus führte, Mitleid für diesen freundlichen Schwager empfand. Sie betrachtete ihn als armen Unglücklichen. Ihrer Ansicht nach sollte Peter heiraten, doch sie hielt ihn für zu schüchtern.

Wenn die Versammlung jenes Abends auch klein war, war Peter doch von ihrer Bedeutung überzeugt, und es lag ihm daran, sie erfolgreich zu gestalten. Während er sprach, versuchte er die Reaktion der Zuhörer richtig einzuschätzen. Mit größter Genauigkeit gab er diesen jungen Leuten einen Überblick über die Entwicklungen in Europa. Drei Jahre zuvor hatte es eine wichtige Konferenz, die Zweite Internationale, mit Abgeordneten vieler Länder gegeben. Im vergangenen Jahr hatten erstmals Arbeitergruppen in Rußland den Ersten Mai als Zeichen der Solidarität mit der internationalen Arbeiterbewegung gefeiert. Erst als Peter Suvorin sicher war, daß er die Zuhörer auf seiner Seite hatte, schnitt er das für ihn wichtige Thema an. Es handelte sich darum, daß sie Juden waren.

Er begann vorsichtig und geschickt, spielte auf einige Mißstände an: In den vergangenen Jahren hatte sich die zaristische Regierung ganz offen gegen die jüdische Gemeinde gestellt. Es wurde den Juden untersagt, Land zu erwerben, und sie wurden angewiesen, in den Städten zu leben; die Bildungsquoten wurden geregelt, daß nur ein erbärmlich geringer Prozentsatz von jüdischen Studenten zu höheren Studiengängen zugelassen wurde, selbst in den großen Städten im jüdischen Bezirk. Die diesen Bezirk betreffenden Gesetze wurden plötzlich auf eine so hinterhältige Weise verschärft, daß im vergangenen Jahr an die siebzehntausend Juden Moskau verlassen mußten. Schlimmer noch waren die wiederholten Gewaltakte seit den Pogromen von 1881, und die Regierung tat wenig, um diese zu verhindern.

Aus diesen Gründen hatten in den vergangenen Jahren die jüdischen Arbeiter an die Einsetzung eigener unabhängiger Arbeiterkomitees gedacht. Peter konnte ihnen deswegen kaum einen Vorwurf machen.

»Die Arbeiter der Welt müssen sich vereinigen«, sagte er. »Alle Gruppen, alle Nationen sollten sich zusammentun.« Er sah diese Vision ganz klar vor sich. »Außerdem hat eure Stimme, wenn ihr Teil einer größeren Bewegung seid, viel mehr Gewicht«, schärfte er ihnen ein.

Sie hörten ihm höflich zu, aber er merkte, daß sie zweifelten. Da sprach ihn plötzlich ein junger Mann mit wirrem Haarschopf aus den vordersten Reihen an. »Sie sagen, wir sollten Teil einer größeren Bruderschaft werden. Schön und gut. Was aber machen wir, wenn unsere nichtjüdischen Brüder nicht für uns einstehen wollen?«

Auf diese Frage hatte Peter gewartet. Es traf zu, daß die russischen Arbeiter ihren jüdischen Brüdern gegenüber gemischte Gefühle hegten. In Rußland waren sie Ausländer; im jüdischen Bezirk galten sie als Konkurrenz. Im übrigen waren sie sogar Aktivisten und Sozialisten, denen es nicht gelungen war, gegen die Pogrome aufzustehen, aus Furcht, sich die Arbeiter zu entfremden, die sie doch für ihre Sache gewinnen wollten.

Peter war zu ehrlich, um das Problem zu leugnen; aber er sehe darin eine Übergangsphase, versicherte er dem jungen Mann. »Vergessen Sie nicht, daß wir ganz am Anfang stehen. Wenn die Bruderschaft an Größe und Bewußtsein zunimmt, wird sich dieses Problem lösen.«

Eine lange Pause trat ein. Peter war nicht sicher, ob er den jungen Mann überzeugt hatte. Schließlich wurden weitere Fragen gestellt.

Als die Versammlung dem Ende zuging, stand das Mädchen auf. Sie saß ziemlich weit hinten, hinter einem großen jungen Mann, und Peter hatte nur ihre schwarze Haarmähne wahrgenommen. Nun starrte sie ihn plötzlich mit großen, leuchtenden Augen an, einen Ausdruck großer Verwirrung im Gesicht.

Rosa Abramovitsch hatte den Ausführungen Peter Suvorins aufmerksam gelauscht. Als sie jedoch an ihr eigenes Leben dachte und daran, was in der Ukraine geschehen war, stand sie vor einem Rätsel. Wie waren Peters Worte und ihre eigenen Erlebnisse vereinbar? Deshalb fragte sie nun mit sanfter Stimme: »Wenn also die neue Welt sich bildet, wenn der sozialistische Staat entstanden ist – bedeutet das, daß die Juden nicht länger verfolgt werden, daß die Menschen sich geändert haben?«

Peter starrte sie an. Die Frage war von einer derart unerhörten Einfalt, daß er einen Augenblick lang nicht wußte, was er antworten sollte. Er lächelte. »In einem sozialistischen Arbeiterstaat sind alle Menschen gleich. Die Verfolgung von Minderheiten ist unvorstellbar.« Als er sah, daß sie immer noch zweifelte, fügte er hinzu: »Kommen Sie nach der Versammlung zu mir. Ich werde Ihnen verschiedene Bücher als Lektüre empfehlen.«

Rosa setzte sich. Irgend jemand sagte etwas, aber sie hörte nicht zu. Ob sie dem Professor glauben sollte? Sie wußte es nicht. Eines aber wußte sie: Er war der schönste Mann, den sie je gesehen hatte.

Vom ersten Augenblick ihrer Begegnung an hatten Peter Suvorin und Rosa Abramovitsch das Gefühl, sich schon ein Leben lang zu kennen.

»Er ist fast doppelt so alt wie du«, gaben ihre Brüder zu bedenken.

»Er ist ein Revolutionär, und er ist kein Jude«, hatte die Mutter einzuwenden.

Was also zog Rosa so sehr zu Peter Suvorin hin? War es sein Verstand?

Seine brillante Sachkenntnis in bezug auf volkswirtschaftliche Theorien faszinierte sie, selbst wenn sie nicht immer folgen konnte. Doch was sie liebte, waren seine Reinheit, sein leidenschaftlicher Idealismus. Er hatte eine Pilgerseele, war ein Außenseiter, ein Leidender. Er war Junggeselle, hatte in all den Jahren keine Frau gefunden, die ihn hätte verstehen können.

Peter seinerseits war überrascht von diesem poetischen Geschöpf, das wie vom Himmel in sein Leben gefallen zu sein schien. Nun ja, sie war Jüdin, aber das war sie nun eben einmal. Und außerdem sagte er sich, daß er niemandem auf der Welt darüber Rechenschaft schuldig war als sich selbst.

Wenn Peter das Gefühl hatte, ein neues Leben zu beginnen, so hatte Rosa den Eindruck, als habe sich ihr Dasein plötzlich geklärt. Es hatte plötzlich einen Sinn. Selbst ihre Gesundheit besserte sich auf unbegreifliche Weise. Obwohl sie ihre Mutter liebte und das Andenken an ihren Vater in Ehren hielt, fand sie sich nicht verpflichtet, weiterhin ihrer Denkweise zu folgen. Sie hatte die jüngere Generation, die Freunde ihrer Brüder gründlich kennengelernt. Viele von ihnen besuchten kaum noch eine Synagoge.

Rosa war verliebt. Und nichts sonst zählte.

Im September brach sie mit Peter nach Moskau auf. Kurz darauf, ehe sie heirateten, tat sie den nächsten Schritt: Sie ließ sich in der russisch-orthodoxen Kirche taufen. An ihre Brüder schrieb sie:

> Ihr wißt, daß das nichts zu bedeuten hat, aber es macht die Sache hier in Moskau einfacher, vor allem für zukünftige Kinder. Wahrscheinlich müssen wir es Mutter mitteilen.

Als die Mutter einen Monat später tatsächlich davon erfuhr, erklärte sie nur traurig: »Für mich ist Rosa damit gestorben.«

1905

Boris Romanov war jetzt das Familienoberhaupt. Timofej und seine Frau waren der Cholera von 1891 zum Opfer gefallen, die alte Arina war ein Jahr darauf gestorben. Boris hatte eine große Familie, einige Kinder waren schon erwachsen. Dazu hatte er seine Schwester Arina, deren Mann jung verstorben war, und ihren sechsjährigen Sohn Ivan aufgenommen. Ivan vergötterte seinen Onkel Boris. Von ihm hatte er aber auch aufregende Neuigkeiten erfahren. »Dieses Jahr, Ivan, ist das wichtigste in der Geschichte Rußlands. Weißt du auch, warum? Weil die Revolution begonnen hat.«

Revolution. Das klang aufregend, auch wenn der Junge nicht genau wußte, was das bedeutete. Der Onkel erklärte es ihm so: »Es bedeutet, daß wir die Bobrovs hinauswerfen und uns das ganze Land nehmen. Was hältst du davon?« Ivan gab zu, daß sich das wunderbar anhörte. Er wußte natürlich, daß seine Mutter Arina die Bobrovs schätzte und nicht jeder im Ort schlecht über sie sprach. Aber Onkel Boris hatte immer recht.

Die außergewöhnlichen Ereignisse des Jahres 1905 hatten sich seit langem zusammengebraut. Die Regierung Alexanders III. war reaktionär gewesen, und die letzten elf Jahre unter seinem einfallslosen Sohn Nikolaus II. und seiner deutschen Gemahlin hatten eine traurige Fortsetzung der glanzlosen Zustände des früheren Regimes bedeutet. Fast ein Jahrhundert lang war Finnland selbständiges Herzogtum innerhalb des russischen Reiches gewesen. Nun hatte die Regierung plötzlich beschlossen, es zu russifizieren, wie es zuvor der Ukraine geschehen war. Daraufhin begehrten die Finnen auf.

In der Ukraine hatte es inzwischen einen Bauernaufstand und 1903 einen furchtbaren Pogrom gegeben. Die aufgeschreckte Regierung, entschlossen, die Lage in den Griff zu bekommen, handelte kopflos. Ohne jeden Grund wurde auf den Universitäten scharf vorgegangen, und als einige Studenten protestierten, behandelte man sie wie politische Aufwiegler und steckte sie in die Armee. Die Regierung verlor schließlich auch ihre letzten Fürsprecher, als sie die Arbeit des liberalen Adels in den *zemstvos* einengte. Überall gab es Polizeispitzel.

Einen Lichtblick bildeten die Fortschritte, die unter dem brillanten Finanzminister Sergej Witte bei der russischen Eisenbahn und in der Schwerindustrie erzielt worden waren. Die Transsibirische Eisenbahn führte nun bis an den Pazifik. Fremdes Kapital, vor allem aus Frankreich, floß ins Land. Doch so wichtig diese Entwicklungen auch sein mochten, dem einfachen Volk bedeuteten sie vorerst wenig, und tatsächlich war in den vergangenen Jahren eine leichte wirtschaftliche Depression eingetreten.

Doch der Grund der sich abzeichnenden Katastrophe war der Krieg. Es war die gleiche Geschichte wie damals, als Rußland auf so verhängnisvolle Weise in den Krimkrieg hineingezogen worden war. Diesmal handelte es sich um den Fernen Osten. Die Transsibirische Eisenbahn veranlaßte Rußland zur Erweiterung seines Einflußbereichs, wobei es die Chinesen einschüchterte und mit den japanischen Interessen in jenem Gebiet in Konflikt geriet.

In allzu großem Vertrauen in Heer und Flotte hatte das mächtige Landimperium sich auf einen Krieg mit der kleinen Inselnation eingelassen, und nun war es auf verheerende Weise geschlagen worden.

Im Januar dieses Jahres kam es zum Blutsonntag – dem Funken, der nach der allgemeinen Ansicht die große russische Feuersbrunst entfacht hat. Die von einem ukrainischen Geistlichen angeführte Demonstration, die lediglich die Beseitigung von Mißständen forderte, bahnte sich ungeordnet ihren Weg durch die winterlichen Straßen St. Petersburgs. Das Massaker spielte sich nicht vor dem Winterpalais ab, wie immer behauptet wird; der Zar war jedenfalls an jenem Tag nicht in der Stadt. Aus nicht bekannten Gründen feuerten die Soldaten plötzlich in die Menge, wobei mehrere Menschen am Narva-Stadttor den Tod fanden.

Daraufhin brach die Hölle los. Die liberalen *zemstvos* protestierten gegen die Ausschreitungen. Streiks brachen aus. In völliger Verkennung der Situation schloß die Regierung die Universitäten, und die Studenten saßen auf der Straße. Jede unzufriedene Gruppe im Reich sah ihre Chance zum Protest. Es gab Aufstände in Finnland, in den baltischen Staaten, in Polen und in Rußland selbst. Bis zum Sommer verzeichneten die Polizeiberichte 492 ernsthafte Ruhestörungen. Die Arbeiter der großen Textilfabriken in Ivanovo, nördlich von Vladimir, befanden sich in Aufruhr. In Zeitschriften und Broschüren erschienen unter dem Pseudonym V. I. Lenin, das bis dahin nur in revolutionären Kreisen bekannt war, revolutionäre Artikel. Im Mai und im Juni kamen noch vernichtendere Nachrichten aus dem Osten: Die gesamte russische Flotte war versenkt worden. Bald darauf brach im Hafen von Odessa am Schwarzen Meer auf dem russischen Panzerkreuzer Potemkin eine Meuterei aus.

Was geschah mittlerweile in Russka? Bis zu diesem Morgen war es in der Stadt und in der Fabrik der Suvorins ruhig geblieben. Kurz vor Mittag jedoch kam ein Mann aus der Stadt zurück und berichtete: »Irgend etwas geht in den Webereien vor.« Am Nachmittag hieß es, ein Streik sei ausgebrochen. Dann erzählten drei Mädchen aus dem Dorf, die in der Spinnerei arbeiteten, man habe sie nach Hause geschickt. Aus diesen wenigen Anzeichen schloß der kleine Ivan, daß die Revolution nun auch bis Russka gekommen sei. Doch erst am späten Nachmittag fing sein Onkel Boris an, sich merkwürdig zu verhalten.

Tief in Gedanken versunken betrat Alexander Bobrov an diesem Tag den Marktplatz von Russka. Er war ein hübscher blonder Junge von vierzehn Jahren mit dem ersten Flaum auf der Oberlippe. Sobald er von den Schwierigkeiten erfahren hatte, war er in die Stadt geeilt, aber nicht, ehe er mit seinem Vater bestimmte Worte gewechselt hatte – Worte, die nicht ungesagt bleiben konnten. Sie, Vater und Sohn, waren ein seltsames Paar: Äußerlich waren sie sich sehr ähnlich, in ihrem Innern waren sie verschieden wie Tag und Nacht! Als Nikolaj an diesem Morgen seinen Sohn ansah, dachte er, daß manche Leute schon konservativ auf die Welt kommen.

Vor einigen Jahren hatte der traurige Tod von Nikolajs älterem Sohn Alexander zum einzigen Erben gemacht, und der Junge nahm diese Position sehr ernst. Er war religiös und ging gern mit seiner Großmutter Anna zur Kirche; daneben war er außerordentlich stolz auf die alte Verbindung seiner Familie zur Monarchie. Vor allem wollte er unbedingt das Gut übernehmen, und dies war seit langem ein Grund für Spannungen zwischen Vater und Sohn.

Der Besitz in Rjazan war nach und nach verlorengegangen. Nikolaj hatte zahlreiche Angebote für Teile der verbliebenen Wälder und Weiden in Russka gehabt, eines von der Dorfgemeinde und zwei für kleine Parzellen von Boris Romanov. Doch jedesmal hatte er wegen des Einspruchs seiner Mutter Anna und des jungen Alexander abgelehnt. Nun aber konnte er nicht länger durchhalten. Seit der Aufhebung der Leibeigenschaft war weder für ihn noch für die Bauern genügend Land vorhanden, sagte er immer wieder. Es ging ihm damit wie vielen Landbesitzern: Die Hälfte seiner Bekannten hatte in den vergangenen Jahren ihren Besitz veräußert, als der russische Adel allmählich seinen Untergang auf sich zukommen sah. Es hatte jedoch keinen Sinn, dem jungen Alexander dies zu sagen.

Alexander kritisierte den Vater auch in anderer Hinsicht. »Warum stellen denn die Arbeiter solch schlimme Forderungen an den Zaren?« fragte er vorwurfsvoll und gab gleich die Antwort: »Es ist wegen der *zemstvos,* Vater, es ist deinetwegen.«

Nikolaj wußte, daß er den Sohn wegen einer solchen Ungehörigkeit hätte bestrafen müssen. Doch als er ihn so vor sich stehen sah, Tränen des Zorns in den Augen, brachte er es nicht übers Herz. Und es stimmte ja, was der Junge sagte. Vergangenes Jahr, noch vor Ausbruch der Schwierigkeiten, waren er und andere liberale *zemstvo*-Mitglieder in St. Petersburg zusammengekommen und hatten ihren Vorschlag für den Zaren ausgearbeitet, in dem sie die Wahl einer Versammlung, eines Parlaments, zur Unterstützung der Regierung gefordert hatten. Und es traf auch zu, daß die Arbeiter und Revolutionäre die Forderungen der *zemstvo*-Leute aufgriffen und eine gewählte Versammlung forderten.

Wie deutlich zeigt sich doch die Rückständigkeit Rußlands, dachte Nikolaj, daß es selbst heute, im Jahre 1905, für die Regierung an Verrat grenzt, wenn das Volk ein Mitspracherecht in den Angelegenheiten des eigenen Landes fordert. Alexander jedenfalls betrachtete es als Verrat.

Als der Junge den Marktplatz zur Hälfte überquert hatte, sah er die vertraute Gestalt Vladimir Suvorins, und sogleich lächelte er. Die Beziehung zwischen dem jungen Adligen und dem Industriellen ist einfach beschrieben: Suvorin war Alexanders Idol. Der Mann hatte sich im Lauf der Jahre kaum verändert. Er war etwas voller geworden, seine Schläfen waren leicht ergraut, doch seine kräftige, gepflegte Erscheinung war die gleiche geblieben. Der Junge war natürlich von seinem außerordentlichen Charme eingenommen, aber entscheidend war, daß er in Suvorin den überlegenen Geschäftsmann und, vor allem, einen Konservativen sah.

Da Vladimir Suvorin die Loyalität des Jungen dem Zaren gegenüber kannte, meinte er mitunter lachend: »Du solltest nicht zu gut von mir denken, lieber Freund. Meine Liebe zum Zaren ist reiner Egoismus.« Doch selbst diese sehr offenen Äußerungen änderten Alexanders Ansichten über Rußland oder sein Idol nur wenig. Suvorin unterstützte den Zaren, und das allein war wichtig.

Suvorin war eben auf dem Weg zur Baumwollfabrik. Er nickte dem Jungen, der sich ihm wie selbstverständlich anschloß, kurz zu.

»Ist es wirklich ein Streik?« fragte Alexander Bobrov.

»Ja.« Suvorin wirkte ruhig.

»Was werden Sie tun?« flüsterte Alexander. »Holen Sie die Kosaken?« Er hatte gehört, daß mehrere Streiks bereits durch die verwegenen Kavallerie-Schwadronen der Kosaken niedergeschlagen worden waren.

Doch Suvorin schüttelte den Kopf. »Ein solcher Dummkopf bin ich nicht«, antwortete er.

Eine halbe Stunde lang gingen sie in verschiedenen Abteilungen des Suvorinschen Unternehmens umher: in der Spinnerei, in der Weberei, in den Unterkunftsräumen. Alle Maschinen waren abgeschaltet. Die Arbeiter standen meist in Gruppen umher und unterhielten sich leise, und als Suvorin vorbeikam, grüßte man sich gegenseitig höflich.

»Weißt du, der Streik geht nicht gegen mich oder die Arbeitsbedingungen in meinen Betrieben«, erklärte Suvorin Alexander. »Das hier ist etwas anderes. Leute von außerhalb sind gekommen und haben sie zu einem Sympathiestreik überredet. Sie fordern politische Reformen. Wenn ich die Kosaken holen würde, würde das die Lage nur verschlimmern.«

Alexander seufzte. »Das sind diese *zemstvo*-Leute wie mein Vater, nicht wahr?« murmelte er. »Sie haben all diese Schwierigkeiten angezettelt.«

Suvorin schüttelte energisch den Kopf. »Mache deinem Vater keine Vorwürfe«, antwortete er. Darauf schwieg er, bis sie wieder draußen auf der warmen, staubigen Straße waren. »Du verstehst nicht, was da vor sich geht, mein Junge. Rußland ist riesengroß, ungeordnet, es steht an den Anfängen. Ein weites Agrarland, wo eine bloß scheinbare Ordnung von einem autokratischen Zaren, von seiner Armee und Polizei, und von einer Minderheit privilegierter Menschen wie du aufrechterhalten wird. Aber das Ganze ist ein ungeheures Trugbild, siehst du das ein? Und zwar – da liegt der Kern –, weil niemand wirkliche Macht hat. Der Zar hat keine Macht, weil seine Armee im Osten steht und er keine echte Verbindung zu seinem Volk hat. Die Regierung ist gegen das Volk. Du und dein Vater, ihr habt keine Macht: ihr hängt mit all euren Privilegien vom Zaren ab. Ich habe keine Macht; ich hänge vom Zaren ab, um die Ordnung und mein Geschäft aufrechtzuerhalten. Das Volk hat keine Macht, weil es nicht organisiert ist und nicht weiß, was es wirklich will.« Suvorin zuckte die Achseln. »Die gegenwärtige Krise zeigt, daß der Zar nicht in der Lage ist, unsere Gesellschaft zu führen oder zu kontrollieren. Und in diesem unendlichen Durcheinander, das wir Imperium nennen, genügt ein Funke, um ein riesiges Feuer zu entfachen. Jeden Tag kann es eine Revolte geben. Totales, unkontrollierbares Chaos.« Er seufzte. »Deshalb tue ich nichts Unüberlegtes.« Suvorin machte eine Pause und fuhr dann fort: »Es gibt zweierlei organisierte Kräfte dort draußen: Zum einen die Bünde, die sich noch formieren und außer den Eisenbahnern alles Professionelle sind – Ärzte, Lehrer und Anwälte; zum anderen die *zemstvo*-Angehörigen wie dein Vater – die einzigen mit einem Programm. Der Zar muß sich mit ihnen einigen und hoffen, daß das Volk sich wieder beruhigt. Je länger er zögert, desto schlimmer wird es.«

»Aber was ist mit dem Zaren und dem Heiligen Rußland?« rief Alexander. »Die Bauern glauben doch daran!«

Suvorin lächelte. »Das mag an den Feiertagen so sein«, antwortete er, »aber nur zwei Menschen glauben jeden Tag an das Heilige Rußland.«

»Und wer ist das?«

»Einmal der Zar selbst, mein junger Freund«, er schmunzelte, »und dann du!« Er neckte den Jungen gern.

Während sie ihren Rundgang durch die Stadt fortsetzten, bemerkte Alexander, daß Suvorin nach etwas Ausschau hielt, und er fragte, wonach.

Suvorin lächelte. »Ich schaue nicht nach etwas, sondern nach jemandem. Ist dir nicht aufgefallen, daß wir während unseres ganzen Rundgangs keine Spur von den Leuten gesehen haben, die die Sache angezettelt haben? Aber ich habe herausgefunden, wer es ist – ein einzelner. Sie nennen ihn Ivanov.«

»Werden Sie ihn verhaften lassen?«

»Nein. Ich möchte es zwar, aber das würde noch mehr böses Blut geben.«

»Werden Sie mit ihm sprechen?«

»Ich habe es angeboten, aber er ist mir bisher strikt aus dem Weg gegangen. Er ist ein schlauer Fuchs. Ich möchte ihn gern einmal zu Gesicht bekommen, damit ich ihn später wiedererkenne.«

Sie gingen an der Kirche vorbei auf den Marktplatz, und da plötzlich sahen sie ihn. Er stand in etwa hundert Meter Entfernung und sprach mit einigen Männern. Er bemerkte nicht, daß er von Suvorin und dem Jungen beobachtet wurde. Er war ein Mann gegen Ende der Vierzig. Sein Gesicht war glatt rasiert, und die Augenpartie war leicht geschwollen. Das leuchtendrote Haar trug er kurz geschoren.

»Das ist er also«, murmelte Suvorin. »Komischer Kauz!« Er würde ihn auf alle Fälle wiedererkennen. Gleich darauf bemerkte der Fremde die beiden und eilte davon.

Auch Alexander prägte sich das Gesicht genau ein. So sieht also der Feind aus, dachte er.

Ivan beobachtete seinen Onkel Boris fasziniert. Dieser hatte sein Eintreten nicht bemerkt. Seit Boris' Gespräch mit einem Mann aus der Suvorinschen Fabrik draußen waren nur wenige Minuten vergangen. Er hatte dabei ziemlich gleichgültig gewirkt. »Ein rothaariger Kerl, sagen Sie? Keine Ahnung! Etwa mein Alter? Ivanov, sagen Sie? Nie gehört! Und wo soll der Kerl sich aufhalten? Geht Suvorin wahrscheinlich aus dem Weg. Ach ja, außerhalb der Stadt. Viel Glück für ihn und für euch alle!«

Jetzt aber wirkte der Onkel gar nicht mehr gelassen. Ivan hatte ihn nie so erregt gesehen wie jetzt, als er in dem großen Lagerraum auf und ab ging und vor sich hin murmelte. »Also tatsächlich Ivanov. Dieser Teufel. Dieser rothaarige Teufel. Mörder! Diesmal kriege ich dich! Diesmal entkommst du mir nicht! Ach, meine arme Natalia.« Es war ungewöhnlich, daß Onkel Boris in einer Sommernacht auf die Jagd ging. »Ich gehe nach Süden ins Moor«, sagte er ruhig. »Ich suche mir eine gute Stelle und sehe einmal, was die Dämmerung so bringt.« Die Nächte waren kurz und warm. Alle Arten von Wild kamen am frühen Morgen übers Moor. Bei Einbruch der Dunkelheit bereitete Boris sein Gewehr vor. Ivan sah, daß er vor dem Weggehen noch ein großes Jagdmesser in den Gürtel steckte. Als die Nacht kam, nahm er das Boot und ruderte südwärts.

Als Arina Ivan zu Bett brachte, erzählte er der Mutter von Onkel Boris' seltsamem Verhalten und fragte: »Wer war Natalia?«

Wie merkwürdig sich die Leute an diesem Abend verhielten! Warum war seine Mutter so blaß geworden? Und warum war sie, nachdem sie ihm gesagt hatte, sie gehe noch zur Nachbarsfamilie, heimlich aus dem Dorf gelaufen? Er hatte sie vom Fenster aus genau beobachtet. Sie war den Hügel hinauf zum Haus der Bobrovs gegangen.

Als der Morgen dämmerte, wachte Ivan auf und ging hinaus. Da tauchte Boris aus der Dunkelheit auf. Ivan sah, daß sein Onkel wütend war. Die Wut richtete sich offenbar nicht gegen ihn, denn Onkel Boris blieb lächelnd stehen. »Ist irgend jemand letzte Nacht zu den Bobrovs hinaufgegangen?«

»Nur Mama.«

Und nun, als die Familie vor ihm in der *isba* stand, schrie Boris Romanov, vor Zorn zitternd: »Du hast ihn gewarnt, nicht wahr?«

Arina war eingeschüchtert, trotzdem wagte sie aufzubegehren: »Und wenn schon!«

»Wenn schon? Ich werde es dir zeigen!« Mit einem Satz war er bei ihr, stieß sie zu Boden und schlug ihr zweimal hart ins Gesicht. »Du dummes Stück! Du Mordvinin!«

»Nein, nein!« schrie der kleine Junge und wollte seiner Mutter zu Hilfe eilen, doch Boris schleuderte ihn durchs Zimmer, daß er gegen eine Bank krachte.

Diese verdammte Arina! Boris hatte sein Boot flußabwärts am Ufer versteckt und war in der Dunkelheit zurück nach Russka gelaufen. Mit dem langen Jagdmesser bewaffnet, hatte er sich zu dem Haus am Stadtrand geschlichen, wo der verfluchte rothaarige Schuft wohnte. Boris lachte in sich hinein. Er wollte Popovs Mund zuhalten, ihm die Kehle durchschneiden und dabei flüstern: »Denke an Natalia.« Wenn ich ein bißchen Glück habe, wird man annehmen, einer von Suvorins Männern habe das getan, und dann wird auch er eingesperrt, dachte Boris zufrieden. Rache ist so unendlich süß, besonders wenn man dreißig Jahre darauf warten mußte.

Aber da kamen plötzlich zwei Pferde die schmale Straße heraufgetrabt, eines mit einem Reiter, das andere war ein Ersatzpferd. Vor dem Haus, in dem Popov wohnte, sprang der Reiter ab und hämmerte gegen die Tür.

»Jevgenij Pavlovitsch! Popov, verdammt noch mal! Ich weiß, daß du da bist! Komm heraus! Ich bin's, Nikolaj Michailovitsch. Komm schnell!«

Bobrov! Wie, zum Teufel, konnte er das wissen? Und warum sollte er überhaupt die Haut dieses Burschen retten? Verdammt, alle miteinander! Sie steckten alle unter einer Decke. Würde er je wieder eine Möglichkeit zur Rache bekommen?

Er wandte sich wieder an seine Schwester. »Verräterin!« brüllte er. »Weißt du, was du da angerichtet hast?«

»Ja«, schrie sie ebenso zornig zurück, »ich habe Bobrov gebeten, dich von einem Mord abzuhalten. Du kannst nicht einfach herumgehen und Leute umbringen.«

»Auch nicht, wenn er Natalia getötet hat?«

»Nein.«

Er starrte Arina finster an. »Ich sehe, daß du auf der Seite von Bobrov und dem Rothaarigen stehst«, sagte er. »Aber eines verspreche ich dir: Diese Sache werde ich nicht vergessen.«

Zwei Tage darauf vernichtete ein Feuer einen Teil von Nikolaj Bobrovs Wäldern. Die Brandursache wurde nie geklärt.

1906

Es war ein früher Abend im Mai, und in dem großen Moskauer Haus wurden Vorbereitungen getroffen. Unter den Angestellten herrschte eine ungewöhnlich erwartungsvolle Stimmung, denn an diesem Abend würden höchst merkwürdige Gäste anwesend sein.

In dem behaglichen Zimmer im oberen Stock war jedoch alles ruhig. Frau Suvorin saß in einem langen malvenfarbenen Seidengewand, das dichte braune Haar nur locker zusammengesteckt, an ihrem kleinen Pult und schrieb Briefe. Ihre Tochter Nadeschda saß auf einem Empiresessel mit Stickereibezug. Vor ihr stand ein kleiner runder Tisch mit einem quastenbesetzten Tischtuch. Mit aufgestützten Ellbogen saß sie sa und betrachtete ihre Mutter von der Seite. Sie ist wirklich hübsch, dachte die Achtjährige, aber ich wäre für Papa bestimmt eine bessere Ehefrau.

Nadeschda Suvorin hatte große, kluge Augen und wundervolles kastanienbraunes Haar. Sie durfte es offen tragen, und so fiel es in leuchtender Fülle weit über ihre Schultern. In dem Taftkleid, den Seidenstrümpfen, den mit Satinschleifen geschmückten Schuhen und einem großen, breitkrempigen Hut sah sie bezaubernd aus.

Nadeschda wußte für ihr Alter erstaunlich viel. Wie hätte es auch anders sein sollen? Das Schicksal hatte ihr einen wesentlich älteren Bruder beschert – als sie sechs Jahre alt war, studierte er bereits im Ausland. So war es ganz natürlich, daß der Vater sich dieses kluge kleine Mädchen als Vertraute suchte. Sie kannte jedes Gemälde in dem großen Haus. Da gab es zeitgenössische Russen: Repin, Surikov, Seron, Levitan beschworen auf wundervolle Weise die russische Landschaft herauf. Im Eßzimmer hing ein Porträt ihrer Mutter von der Hand des Malers Repin und eines ihres Vaters, gemalt von Vrubel. Am liebsten jedoch führte das Mädchen die Besucher durch jene Räume, die Vladimirs Sammlung europäischer Malerei vorbehalten waren. Erwachsene Russen, die mit diesen Schätzen kaum vertraut waren, hörten sie überrascht vor sich hin plappern: »Das ist ein Monet, und hier ein Cézanne. Renoirs nackte Frauen haben immer die gleichen Gesichter, finden Sie nicht?« Oder: »Das hier ist von Gauguin. Er ist von seiner Frau und seinen Kindern weggegangen und nach Tahiti gefahren.« Von seiner letzten Parisreise hatte der Vater ihr sogar kleine Bilder von zwei jungen Künstlern mitgebracht, von Picasso und Matisse. »Sie stehen erst am Anfang, deshalb habe ich sie für dich gekauft«, meinte er.

Vladimir nahm die Kleine gern mit sich und zeigte ihr seine Welt. Als Förderer der schönen Künste war er viel unterwegs und kannte jeden. Nadeschda war schon in St. Petersburg bei einem Ballettabend der großen Pavlova gewesen; sie hatte den berühmten Tolstoj in seinem Moskauer Haus besucht und kannte alle Schauspieler des Moskauer Theaters.

Nadeschda liebte ihren Vater und fragte sich oft, warum ihre Mutter sich ihm gegenüber so kühl verhielt. Nach außen hin schienen sie einander sehr zugetan, doch das Kind beobachtete sehr genau. Vladimir nahm sie, die Tochter, als Begleitung mit, nicht die Mutter. Nadeschda hatte gesehen, wie die Mutter sich, wenn der Vater sich ihr unauffällig näherte, abwandte. So kam es, daß das Mädchen dachte, es würde dem Vater eine bessere Ehefrau sein.

Nachdem Frau Suvorin den letzten Brief beendet hatte, stand sie auf. Sie war in der Tat eine auffallende Frau. Mit ihrer hohen, kräftigen Gestalt, den Kopf stolz zurückgeworfen, mit ihren braunen Augen gleichsam auf die Welt herabblickend, hatte sie etwas Fürstliches. Wie die Frau eines Kaufmanns sah sie jedenfalls nicht aus. Wenn Männer Frau Suvorin ansahen, und das taten sie immer, bemerkten sie die sanft geröteten Wangen, die blasse Haut ihrer wundervoll gerundeten Schultern, ihre vollendet schönen Brüste, und sogleich fühlten sie die gezügelte Sinnlichkeit, die auch die Eleganz der Erscheinung nicht verbergen konnte. Frau Suvorin stand in der Blüte ihrer Jahre.

Als sie sich erhob, spürte sie Nadeschdas Augen auf sich und blickte ihre Tochter nachdenklich an. Diese wäre überrascht gewesen, hätte sie geahnt, daß ihre Mutter sehr wohl wußte, was in ihrem Kopf vorging. Die Mutter wußte es seit langem, und deshalb fühlte sie sich schuldig. Als sie den forschenden Blick spürte, dachte sie daran, daß es in ihrem Leben Dinge gab, die sie Nadeschda noch nicht erklären konnte. Vielleicht, wenn sie älter war, vielleicht aber auch niemals. Was auch meine Fehler sein mögen, dachte sie betrübt – wenigstens bin ich diskret.

»Ich muß mich jetzt umkleiden«, sagte sie rasch.

Alexander Bobrov hielt den Atem an. Natürlich hatte er immer gewußt, daß sein Idol Suvorin ein reicher Mann war. Dieses Haus entsprach seiner Position; es gehörte zu dem halben Dutzend ehemaliger Fürstenpaläste, die in den vergangenen Jahrzehnten in die Hände neuer Kaufmannspersönlichkeiten wie Suvorin übergegangen waren.

Da sie noch Geschäftliches mit Suvorin zu besprechen hatten, waren Nikolaj und Alexander Bobrov vor den übrigen Gästen gekommen, und während sie auf den Hausherrn warteten, sah Alexander sich aufmerksam in dem Raum um, in den man sie geführt hatte. Er war lang, hoch und wie eine Kirche überwölbt. In der Mitte stand auf einem überdimensionalen Orientteppich ein massiver, mit grünem Tuch bespannter Tisch, auf dem sicher hundert Personen leicht hätten stehen können. Die darüber hängenden Messingleuchter brachten das vergoldete Mosaik des Gewölbes zum Leuchten. An den Wänden, die über und über mit Bildern behängt waren, standen hochlehnige Stühle und Tische aus dunklem Holz aufgereiht. Eines der Bilder zog Alexanders besondere Aufmerksamkeit auf sich. Es zeigte Ivan den Schrecklichen. Seine furchteinflößenden Augen blickten – so schien es Alexander – streng auf Nikolaj Bobrov herunter; recht hat er, dachte Alexander, in Anbetracht des schmachvollen Vorhabens seines Vaters: Nikolaj wollte seinen Besitz Vladimir Suvorin veräußern.

Er war zum Ergebnis gekommen, daß er ihn nicht länger halten konnte. Seit dem letzten Jahr sahen sich zahlreiche Landbesitzer in ganz Rußland zum Verkauf gezwungen. Suvorin hatte Bobrov einen ausgezeichneten Preis geboten. »Mehr, als das Gut wert ist«, hatte Nikolaj seinem erbosten Sohn erklärt. Als er nun das unglückliche Gesicht des Jungen sah, murmelte er: »Es tut mir leid.«

Vladimir Suvorin ließ sie nicht lange warten. Er betrat den Raum mit seinem Anwalt, umarmte Nikolaj herzlich, drückte Alexanders Arm, und gleich darauf war der Tisch vor ihnen mit Papieren bedeckt.

Suvorin war in guter Stimmung. Seit langem hatte er an einen Landsitz in der Nähe seiner Fabriken in Russka gedacht. In den letzten Jahren interessierte er sich auch für das russische Handwerk. »Ich werde Werkstätten für Holzschnitzerei und Keramik auf dem Gut einrichten«, hatte er Nikolaj erzählt, »auch ein kleines Museum für Volkskunde.« Als er nun Vater und Sohn mit finsteren Mienen vor sich stehen sah, verstand er intuitiv, was in ihnen vorging. »Dein Vater hat eine kluge Entscheidung getroffen«, erklärte er Alexander ernst. »Alle klugen Leute verkaufen, liebe Freunde, nur Narren wie ich kaufen.« Und zu Nikolaj gewandt fuhr er fort: »Ich beneide Sie eigentlich. Sie sind jetzt so frei wie ein Vogel. Sie sollten eine Europareise machen. Adlige werden in Paris und Monte Carlo mit großem Respekt behandelt. Sie sollten Ihrem Sohn die Welt zeigen.«

Nicht einmal diese freundlichen Worte konnten Alexander ein Lächeln entlocken. Er wußte nur eines: Die Bobrovs hatten ihre Besitzungen gehalten, seit Rußland bestand; sein Vater dagegen hatte sie mit seinen liberalen Ideen verloren. Er hatte offenbar seine Pflichten nicht erfüllt. Als er bewundernd zu Suvorin hinüberblickte, dachte er wieder: Wenn er nur mein Vater wäre!

Da winkte Vladimir sie heran. »Genug der Geschäfte, meine Freunde. Es ist Zeit, die anderen Gäste zu begrüßen.«

Frau Suvorins Feste waren zu Recht berühmt. Bildende Künstler, Musiker und Schriftsteller verkehrten im Hause Suvorin, aber auch die Aristokratie verschmähte die Gastfreundschaft des Kaufmanns nicht, und selbst ein stolzer Petersburger Intellektueller wie Fürst Schtscherbatov war regelmäßig zu Gast. Der Einfluß Suvorins war allenthalben zu spüren – in den Theatern, den Kunstakademien, im Zeitungswesen. Auch ein merkwürdiger Mann namens Diaghilev, der sich anscheinend zum Fürsprecher der russischen Kunst und Kultur machen wollte, fand Protektion und Unterstützung im Haus Suvorin.

Frau Suvorin pflegte diese Abende unter wechselnde Themen zu stellen. »Heute abend geht es nur um Politik«, flüsterte Vladimir Nikolaj zu, als sie den großen Salon betraten.

Das Motto bot auf jeden Fall reichlich Gesprächsstoff. Erstaunliches hatte sich in den vergangenen neun Monaten auf politischem Gebiet ereignet. Im letzten Sommer hatte sich die Situation verschlimmert, während der Zar weiterhin zögerte. Es hatte ständig terroristische Übergriffe und Schwierigkeiten in der Arbeiterschaft gegeben. Warum, zum Teufel, hört er nicht auf die *zemstvos?* hatte Nikolaj sich gefragt. Da trat im Oktober das Unvorstellbare ein. Es gab einen Generalstreik. Zehn furchtbare Tage bewegte sich nichts im gesamten russischen Reich. Die Regierung war machtlos. Schließlich lenkte der Zar ein. Er sagte dem Volk ein Parlament zu, die Duma. »Endlich ist der arme Mann zur Einsicht gekommen. Wir werden eine konstitutionelle Monarchie wie in England haben.«

Nur mit der Ausnahme, daß es sich hier um Rußland handelte. Diese erste Duma des russischen Staates war folgendermaßen organisiert: Es wurden Wahlen abgehalten, an denen sich die meisten russischen Männer beteiligen konnten. Sie wurden dabei aber in Klassen eingeteilt, und jede Klasse durfte nur eine bestimmte Anzahl von Vertretern entsenden. Nach der Berechnung dieses Systems galt die Stimme eines Adligen wie

Bobrov dreimal soviel wie die von drei Kaufleuten, fünfzehn Bauern oder fünfundvierzig Arbeitern aus den Städten. Gleichzeitig mit den Wahlen verabschiedete die Regierung jedoch ein Programm, das unter der überholten Bezeichnung »Grundrechte« bekannt wurde. Dadurch wurde der ersten Kammer eine zweite vorgesetzt, deren Mitglieder zur Hälfte vom Zaren ernannt, die übrigen durch streng konservative Elemente ausgesucht wurden. Dies lähmte die Duma nachhaltig. Selbst wenn die beiden Parlamente übereinstimmten, hatten sie dennoch keine wirkliche Kontrolle über die Bürokratie, die das Reich tatsächlich regierte. Weiterhin hatte der Zar die Autokratie bestätigt, sich das Recht vorbehalten, die Duma nach seinem Belieben aufzulösen. Ferner hatte er bekräftigt, daß er, wenn die Duma nicht tagte, gemäß einer entsprechenden Notverordnung regieren konnte.

»Mit anderen Worten, diese Maßnahmen sind typisch russisch«, war Nikolajs Resümee. »Es gibt ein Parlament, und auch wieder nicht. Es darf sich äußern, aber nicht handeln. Der Zar gibt, und der Zar nimmt.«

Warum sollte er also fröhlich sein, als er an jenem Abend in Frau Suvorins Wohnzimmer trat? Erst einmal hatten die Sozialisten die gesamten Vorgänge boykottiert und keine Kandidaten aufgestellt; zum zweiten traf die Annahme des Zaren, die Mehrheit des niederen Adels und der Bauern werde loyal sein und konservative Kandidaten wählen, keineswegs zu. Die überwältigende Mehrheit wählte gegen das Regime und führte eine große Anzahl Fortschrittsliberaler zurück.

Nikolaj blickte sich interessiert im Festsaal um. Frau Suvorin begrüßte ihn liebenswürdig. »Ich habe meine Sache gut gemacht«, lächelte sie. »Wir haben von fast jeder politischen Richtung jemanden hier.«

Nikolaj lächelte ebenfalls. Es war typisch für die Lage im zaristischen Rußland, daß im Augenblick nahezu alle politischen Parteien im Grunde illegal waren. Die Duma begann ihre Befreiungsaktionen mit Parteien, die offiziell nicht existierten.

Frau Suvorin hatte nicht zuviel versprochen. Nikolaj erkannte bald einige Herren, die als einwandfreie Konservative ausgewiesen waren und die Duma abschaffen wollten. »Deine Freunde«, sagte er schmunzelnd zu seinem Sohn. Da gab es konservative Liberale, die eine Zusammenarbeit zwischen Duma und Zaren wünschten, und da waren Männer wie er, Konstitutionelle Demokraten, abgekürzt KD, auch »Kadetten« genannt. Sie waren entschlossen, den Zaren zu einer echten Demokratie zu drängen. »Wie steht es mit den Parteien der Linken?« fragte er.

Damals gab es zwei von ihnen, die Sozialistischen Revolutionäre, die den Bauernstand vertraten, leider jedoch teilweise terroristischen Methoden anhingen; weiterhin die Sozialdemokratische, die Arbeiterpartei. »Ich möchte Sie mit meinem Schwager, Professor Peter Suvorin, bekannt machen«, sagte da die Gastgeberin leichthin.

Peter und Rosa Suvorin kamen nicht oft in das große Haus Vladimirs. Die beiden Brüder schätzten einander, doch ihre Wege hatten sich seit langem getrennt. Rosa und Frau Suvorin hatten einander wenig zu sagen. Wäre da nicht die Freundschaft ihrer Kinder gewesen – die beiden Familien wären wohl kaum zusammengekommen.

Rosa hatte drei Kinder geboren, doch nur eines blieb am Leben: Dimitrij, ein dunkelhaariger Junge, drei Jahre älter als Nadeschda. Die Kinder hatten sich an einem Weihnachtsfest kennengelernt, als Nadeschda drei Jahre alt war, und hatten sogleich Sympathie füreinander empfunden. Da das Mädchen unentwegt nach ihm verlangte, wurde Dimitrij häufig eingeladen, doch ließ Frau Suvorin ihre Tochter nie in das bescheidene Haus des Vetters gehen. Dennoch schien sie die beiden Kinder gern zusammen zu sehen.

An diesem Abend jedoch hatte Frau Suvorin besonderen Wert auf die Anwesenheit des marxistischen Professors gelegt. »Er ist meine Verbindung zu all den Leuten von der extremen Linken«, hatte sie ihrem Mann erklärt. »Es wird Zeit, daß ich sie besser kennenlerne.«

Sie wußte ein wenig über die Sozialdemokraten, und sie war sich darüber im klaren, daß sie sich in den vergangenen Jahren in zwei Lager gespalten hatten, von denen das kleinere die extremere Richtung vertrat. »Mit der typischen russischen Ungenauigkeit bezeichnet sich die Mehrheit als die kleine Partei und die Minderheit als die große – die Bolscheviken«, bemerkte Vladimir.

Frau Suvorin hielt es für selbstverständlich, daß der liebe Peter zu der weniger extremen Mehrheit gehören mußte. Sie war neugierig in bezug auf die Bolscheviken, und einige Tage vor der Einladung hatte sie ihn gefragt: »Kennen Sie einen von diesen Burschen? Könnten Sie einen davon zu uns bringen?«

»Ich kenne einen solchen Mann, der sich zur Zeit in Moskau aufhält, aber ich glaube nicht, daß er kommen wird«, war Peters Antwort.

»Fragen Sie ihn trotzdem«, bat sie ihn, und Peter tat es.

Nikolaj Bobrov war gespannt auf die Begegnung mit Peter Suvorin, an den er sich aus seiner Jugend nur dunkel erinnerte. Die beiden Männer waren einander sympathisch. »Wir Kadetten üben so lange Opposition gegen den Zaren, bis er uns eine wirkliche Demokratie gibt«, versicherte Bobrov.

»Wir beide wollen das«, stimmte Peter liebenswürdig zu, »aber wir wollen eine Demokratie, die auf die Revolution hinführt, und Sie wollen eine, um die Revolution zu vermeiden.« Auf Nikolajs weitere Fragen legte er seine Ansichten über die Zukunft offen dar. »Die organisierte Arbeiterschaft ist der Schlüssel zu allem«, erklärte er, »und die Aufgabe der Marxisten ist es, die Arbeiter politisch zu interessieren, sie vorzubereiten auf eine sozialistische Revolution, wenn die Zeit dafür reif ist.«

»Wer wird das übernehmen?«

»In den westlichen Provinzen der jüdische Arbeiterbund«, antwortete Peter. Es tat ihm leid, daß seine früheren Versuche, die jungen jüdischen Reformer von ihrem Weg abzubringen, gescheitert waren, doch der jüdische Bund hatte sich in den Krisenmonaten als solide und stark erwiesen, und die Mitglieder waren gute Marxisten.

»Und das übrige Rußland?«

Peter lächelte. »Die neuen Arbeiterkomitees. Sie haben letztes Jahr ihre Arbeit aufgenommen und sind sehr tüchtig. In jeder Stadt haben sie politische Zellen.«

»Wie heißen sie?« fragte Nikolaj.

»Wir nennen sie Sowjets«, war die Antwort des Professors.

Nikolaj zuckte die Achseln. Er war der Ansicht, daß die Sowjets bald vergessen sein würden, wenn die Duma ihre Aufgabe ordentlich erfüllte.

Während des Gesprächs beobachtete er seine Gastgeber. Frau Suvorin bewegte sich geschickt von Gruppe zu Gruppe mit gemessener Anmut, die den übrigen Damen Respekt abforderte, während alle Herren verstohlen hinter ihr herblickten. Sie flirtet, ohne wirklich zu flirten, dachte Nikolaj.

Vladimir wurde von den Herren offenbar geachtet, aber mit den Damen hatte er, das konnte man sehen, eine ganz besondere Art. Nikolaj fragte sich plötzlich, ob Vladimir seiner Frau wohl untreu sei. Zweifellos wären viele Frauen in diesem Raum einer Affäre mit Suvorin nicht abgeneigt.

Da bemerkte Nikolaj, daß Vladimir sich mit Rosa Suvorin unterhielt. Sein gewohnt angenehmes Lächeln war verschwunden. Sein Gesicht hatte den Ausdruck leichter Unruhe, und er sprach sehr ernst auf Rosa ein. Auch Peter blickte nun erstaunt zu seiner Frau hinüber, die plötzlich sehr blaß und müde aussah, den Kopf in heftiger Ablehnung schüttelte. Daraufhin drückte Vladimir leicht ihren Arm und verließ sie, während sie sich rasch einem Fenster zuwandte. Den beiden Beobachtern Nikolaj und Peter kam die Szene recht seltsam vor.

Nun öffnete sich die Tür, und ein neuer Gast trat ein: Jevgenij Popov.

Alexander Bobrov stand neben Vladimir, gerade als Popov hereinkam, und zum erstenmal hörte er den sonst so überlegenen Industriellen einen

Laut der Überraschung ausstoßen. »Das gibt es doch nicht! Es ist der Kerl, den wir während des Streiks gesehen haben.«

So war es. Der rothaarige Mann, den man Ivanov nannte. »Werden Sie ihn hinauswerfen?« flüsterte Alexander.

»Nein. Erinnern Sie sich nicht, daß ich damals mit ihm sprechen wollte? Und jetzt ist er hier.« Lächelnd und mit ausgestreckter Hand ging Vladimir durch das Zimmer auf den Revolutionär zu. »Willkommen!«

Alexanders Erstaunen über diesen Vorgang war nichts im Vergleich zu dem Schrecken, der ihn überkam, als der Rothaarige einen Moment später auf seinen Vater zuging, ihn herzlich umarmte und auf Frau Suvorins verblüffte Frage, ob sie beide einander kennten, ruhig antwortete: »Aber ja! Wir sind einen langen Weg gemeinsam gegangen.«

Sein Vater war also ein Freund dieses Menschen. Alexander hatte den Eindruck, die Dummheit und Untreue seines Vaters seien grenzenlos.

Die kleine Gruppe, die sich um Popov scharte, beäugte den neuen Gast neugierig. »Sie wollten einen Bolscheviken«, sagte Peter zu Frau Suvorin. »Hier ist er.«

Frau Suvorin lächelte. »Seien Sie herzlich willkommen«, sagte sie, und sie sagte damit sicher die Wahrheit: Denn so ausgesucht die Gesellschaft in ihrem Hause auch immer sein mochte – sie hatte in letzter Zeit etwas vermißt: die echten Revolutionäre. In späterer Zeit bezeichnete man es in privilegierten Kreisen als chic, Revolutionäre nach Hause einzuladen und sogar einen Beitrag zu ihrem Anliegen zu leisten.

Es wurde sogleich offensichtlich, daß Popov bestens unterrichtet war. Er kam gerade vom letzten Sozialistenkongreß in Stockholm zurück. Und obwohl er sehr genau überlegte, was er sagte, beantwortete er Fragen doch sehr bereitwillig. Frau Suvorins Erkundigungen über die Bolscheviken kam er offen entgegen. »Der Unterschied zwischen den Bolscheviken und den übrigen Sozialdemokraten, den Menscheviken, wie wir sie nennen, ist gar nicht so groß. Wir alle wollen eine sozialistische Gesellschaft; wir alle folgen Marx, aber es gibt verschiedene Ansichten über die Taktiken. Und manchmal über Persönlichkeiten.« Er zählte rasch die Namen einiger Menschevikenführer auf: Trotzki, Rosa Luxemburg in Polen, einige mehr. »Es ist jedoch der Bolscheviken-Führer, der tatsächlich die Spaltung herbeiführt.« Er schmunzelte. »Und das ist mein Freund Lenin. Er geht niemals Kompromisse ein.«

»Und wer ist dieser Lenin?« fragte Nikolaj Bobrov.

»Sie sind ihm schon einmal begegnet, vor fünfzehn Jahren, im Zug – erinnern Sie sich?«

»Der Tschuvaschen-Anwalt mit dem Gut an der Wolga?«

»Genau dieser. Er hat die meiste Zeit im Exil gelebt. Er hält sich auch jetzt versteckt, denn anscheinend mag ihn die Obrigkeit nicht. Aber er ist der Mann, der hinter den Bolscheviken steht.«

»Und was macht ihn so anders?«

»Der Schlüssel zu Lenin liegt in seinem Buch«, antwortete Popov. »Es ist sein Manifest.« Und er begann zu erzählen.

Dieses wichtige Werk war erst vier Jahre zuvor geschrieben und von Deutschland nach Rußland geschmuggelt worden. Für die meisten Revolutionäre war es bereits zur Bibel geworden. Lenin hatte den Titel der Schrift gewählt, die die vorhergehende Generation der Radikalen derart beflügelt hatte: »Was tun?« Es war nicht so sehr ein politisches Traktat wie ein Leitfaden, wie eine Revolution zu machen sei. »Der Marxismus sagt, daß die alte Ordnung zusammenbrechen wird.« Popov lächelte. »Lenin sagt uns, wie man ihr einen Stoß versetzen kann. Mit anderen Worten: Unsere Menschevikenfreunde möchten warten, bis die Massen bereit sind, die sozialistische Ordnung für eine neue und gerechte Gesellschaft zu schaffen. Wir Bolscheviken glauben, daß ein kleiner, wohlorganisierter Kader nötig ist, um den großen Wandel in der Gesellschaft durchzusetzen. Wir glauben, daß die Massen eine Führung brauchen.«

»Einige von uns sind der Meinung«, warf Peter Suvorin ein, »daß Lenin die Arbeiter lediglich als Kanonenfutter betrachtet.«

Zu seiner Überraschung nickte Popov. »Das stimmt wahrscheinlich«, antwortete er. »Das ist Teil seiner Größe.«

Ein kurzes Schweigen trat ein. Dann sagte Nikolaj Bobrov langsam: »Ich kann Ihre Überzeugung verstehen, daß die Massen Führer brauchen, aber besteht nicht die Gefahr, daß eine solche Führung zu mächtig, zu einer Art Diktatur wird?«

»Ja, theoretisch gesehen, besteht diese Gefahr. Doch vergessen Sie nicht, daß unser politisches Ziel nicht sehr weit von dem Ihren entfernt ist. Der einzige Weg für Rußland nach vorn, der einzige Weg zum Sozialismus führt über das Volk, über die Demokratie. Alle Sozialisten, eingeschlossen die Bolschevikische Partei, versuchen das gleiche zu erreichen – ein demokratisch gewähltes System. Wir wollen den Zaren nicht stürzen, um einen neuen Tyrannen an seine Stelle zu setzen.«

Das wurde mit großem Ernst und großer Überzeugungskraft geäußert. Alle, die es hörten, schienen den Worten Glauben zu schenken.

Doch dann brach Alexander Bobrov das Schweigen. Er hatte genau zugehört, aber für ihn war der rothaarige Bolschevik ein Feind. Es hatte ihn zornig gemacht, daß die Zuhörer offensichtlich beeindruckt waren von

Popovs Worten. Sind sie denn alle so dumm wie mein Vater, überlegte er. Er spürte das brennende Verlangen, Popov zu demütigen. »Ich habe gehört, daß alle führenden Revolutionäre Jidden sind«, sagte er. »Stimmt das?« Das war eine genau kalkulierte Ungehörigkeit, eine Art genereller Beleidigung, die die Rechtsgerichteten gern aussprachen, um die Juden damit zu kränken, daß man sie alle als Revolutionäre und die Revolutionäre als Juden bezeichnete. Es folgte ein verlegenes Schweigen.

Doch Popov lachte leise. »Nun, natürlich, Trotzki und Rosa Luxemburg sind beide Juden«, antwortete er. »Ein paar andere fallen mir auch noch ein. Aber ich muß Ihnen trotzdem sagen, lieber Freund, daß die Juden in unserer Partei in der Minderheit sind. Im übrigen«, fügte er hinzu, »sagte Lenin, der selbst kein Slave ist, daß die einzigen intelligenten Russen die jüdischen sind. Darauf können Sie sich jetzt selbst einen Reim machen.« Er hatte geschickt pariert, und die Gesellschaft lachte erleichtert.

»Und wie steht es mit dem Terrorismus? Ich höre, daß die Bolscheviken hinter einigen der Bombenleger stehen und daß sie auch Raubüberfälle verübt haben.« Diese Vorwürfe trafen zu. Lenin befürwortete damals beide Methoden, um die Spaltung zu verstärken und Geldmittel für die Bolscheviken zu bekommen – eine Tatsache, die Parteigänger wie Peter Suvorin unangenehm berührte.

»Auch ich habe von diesen Zwischenfällen und Eigentumsdelikten gehört«, antwortete Popov unverbindlich, »aber ich weiß nichts Genaues darüber.«

Da legte Vladimir seine Hand fest auf Alexanders Arm und flüsterte dem Jungen zu: »Genug, mein Freund!«

Aber der war noch nicht zu Ende. »Wissen Sie, daß ich Sie früher schon gesehen habe«, sagte Alexander etwas lauter, »als Sie die Arbeiter des Mannes aufgewiegelt haben, in dessen Haus Sie heute einzutreten wagten? Aber damals sind Sie ihm ausgewichen. Sie haben einen anderen Namen benützt: Ivanov, und haben sich wie ein Hund davongeschlichen. Wie viele Namen führen Sie, Herr Popov?«

Einen Augenblick lang hatten Popovs grüne Augen einen Ausdruck, als starrte er eine Schlange an, dann entgegnete er sehr ruhig: »Es ist eine traurige Tatsache, daß seit langem, da jede Opposition in Rußland unter polizeilicher Überwachung steht, viele Menschen mehr als einen Namen verwenden mußten. Lenin hat, soweit ich weiß, mehr als hundert Namen gebraucht.« Popov war blaß geworden.

»Sie streiten ab, daß Sie ein Dieb und ein Feigling sind?« provozierte Alexander weiter.

Diesmal gab Popov keine Antwort, sondern sah den Jungen nur mit einem kleinen Lächeln an. Frau Suvorin beendete den Schlagabtausch, indem sie Popov mit einem kurzen Auflachen wegführte.

»Du hast dir einen gefährlichen Feind geschaffen«, meinte Alexanders Vater kurz darauf. Worauf der junge Mann nur trotzig erwiderte: »Besser, als ihn zum Freund zu haben.«

Trotz Alexanders peinlicher Attacke war man sich allgemein über den Erfolg des Abends einig. Nikolaj Bobrov blieb dieser Abend im Gedächtnis als der Abend, an dem sein Sohn sich Popov zum Feind gemacht hatte. Für Frau Suvorin war es die Gelegenheit, bei der dieser seltsame rothaarige Bolschevik nach einer gemeinsamen halben Stunde ihr versprochen hatte, bei seinem nächsten Besuch in Moskau wieder in ihrem Salon vorzusprechen.

Nachdem Peter und Rosa Suvorin das Haus Vladimirs verlassen hatten, fragte er neugierig: »Worüber hat Vladimir mit dir gesprochen?«

»Oh, über gar nichts.«

»Du schienst aber ziemlich außer Fassung.«

»So? Nein, eigentlich nicht.«

Warum sah Rosa nach dieser harmlosen Anspielung auf das Gespräch mit Vladimir aus, als würde sie jeden Augenblick in Tränen ausbrechen?

»Ich halte meinen Bruder für einen guten Menschen«, sagte Peter. »Manche halten ihn sogar für weise.«

»Er weiß alles. Das ist ja gerade das Problem.«

Diese Antwort ergab für Peter überhaupt keinen Sinn.

Für Alexander Bobrov kam der Augenblick, der sein Leben ändern sollte, als er hinter seinem Vater durch die große Halle ging. Zufällig blickte er nach oben zu der Marmorgalerie, und da konnte er keinen Schritt mehr tun. Die kleine Nadeschda sah gerne zu, wenn die Gäste sich verabschiedeten. Sie lag den ganzen Abend wach, dann schlüpfte sie im Nachthemd hinaus und spähte zwischen den Marmorsäulen hindurch. Die meisten Gästen waren an diesem Abend schon gegangen, und das Mädchen stand nun hoch aufgerichtet da, ihr kastanienbraunes Haar fiel ihr lang über die Schultern.

So sah Alexander sie. Der junge Mann starrte hinauf zu dem achtjährigen Mädchen. »Das muß Suvorins kleine Tochter sein«, murmelte er. Welch engelgleiches Gesicht! Was für wundervolles Haar! Und sie war Vladimirs Tochter, die Tochter seines Idols. Sofort war er sich ganz sicher. »Eines Tages wirst du mir gehören«, flüsterte er ihr zu, auch wenn sie ihn nicht hören konnte.

Nikolaj Bobrov starrte traurig auf das lange Holzhaus, das ein Leben lang sein Zuhause gewesen war. Er konnte es kaum fassen, daß er Russka vielleicht nie wiedersehen würde. Die restliche Familie war schon im Juni, also vor einem Monat, abgereist – seine alte Mutter Anna, seine Frau und der junge Alexander. Sie waren jetzt alle in Moskau, während er noch einmal zurückgekommen war, um die letzten Reste ihres jahrelangen Aufenthalts hier wegzuschaffen.

Gegen Mittag hatte er alles erledigt. Die drei Karren bei den Ställen waren von den Bauern hoch bepackt worden. Bei einem letzten Durchgang waren nur ein paar alte Kisten mit Papieren auf dem Speicher zum Vorschein gekommen. Nikolaj dachte, sie würden noch auf dem dritten Karren Platz finden.

Er hatte verfügt, daß Arina und ihr Sohn vom Dorf heraufzogen und hier oben als Hausverwalter lebten. Sie würden sich gewissenhaft um alles kümmern. Als er einen Gang durch die Silberbirkenallee oberhalb des Hauses machte, wischte er sich eine Träne ab – was für ein hübscher Platz dies doch war!

Nun jedoch atmete er tief durch und straffte sich. Er war ein Bobrov, und sein Abschied sollte würdevoll sein.

»Es ist Zeit, ein neues Leben zu beginnen«, murmelte er. Nun ja, er war zweiundfünfzig, aber obwohl sein Haar grau war, blickten seine Augen klar, und seine Figur war immer noch ansehnlich. Er hatte vielleicht seinen Besitz verloren, aber es gab ja eine Zukunft.

Die letzten drei Monate waren allerdings kaum vielversprechend gewesen. Die Duma erwies sich bei ihrer Versammlung als heilloses Durcheinander. Nikolaj hatte bei einem Besuch in St. Petersburg nur Streitereien erlebt. Die Mitglieder aus der Landbevölkerung hatten keine Vorstellung von dem, was zu tun war. Einige von ihnen betranken sich und stifteten Unruhe in den Kneipen. Das Verhalten seiner eigenen Partei, der liberalen Kadetten, entsetzte ihn allerdings noch mehr. Nachdem der Zar ihr Verlangen nach Massenumverteilung des Landes an die Bauern nicht berücksichtigt hatte, weigerten sie sich strikt, mit der Regierung zusammenzuarbeiten. Schlimmer noch: Während die Terroristen ihre Kampagnen in ganz Rußland fortsetzten, lehnten die Kadetten es sogar ab, die Gewalt zu verurteilen, bis die Regierung ihren Forderungen nachkam.

»Ich bin Kadett«, beschwerte er sich nach seiner Rückkehr nach Moskau bei Suvorin. »Tausende von Menschen werden getötet. Wir Liberalen sind angeblich dafür verantwortlich – ich verstehe das nicht.«

Suvorin sah das von der philosophischen Warte. »Sie vergessen, lieber Freund, daß wir in Rußland sind«, meinte er. »Während unserer gesamten

Geschichte haben wir nur zwei politische Richtungen gekannt: Autokratie und Rebellion. Die Sache mit der Demokratie und dem Parlament ist ganz neu für uns. Das braucht seine Zeit.«

Nikolaj mußte jetzt gehen. Es waren nur noch die Kisten vom Speicher zu holen. Wenn sie bald aufbrachen, konnten sie bei Einbruch des Abends in Vladimir sein. Nikolaj wollte gerade ins Haus gehen, als er eine Gestalt den Hügel herauf auf sich zukommen sah. Überrascht erkannte er Boris Romanov.

Ihn hatte er am wenigsten erwartet. Als er sich tags zuvor unten im Dorf von den Bauern verabschiedet hatte, war Boris ihm offenbar aus dem Weg gegangen. Seit langem war Nikolaj sich bewußt, daß Boris einen Groll gegen die Familie hegte. Er seinerseits hatte nichts gegen Boris. So ging er ihm entgegen, um ihn zu begrüßen.

Sie trafen sich an der Hausecke. Nikolaj nickte dem Bauern freundlich zu, während Boris einige Schritte von ihm entfernt stehenblieb. Es war einige Zeit her, daß Nikolaj Boris aus der Nähe gesehen hatte. Auch er war ergraut, aber er sah kräftig und gesund aus. Die beiden bildeten äußerlich einen typischen Gegensatz: der Adlige mit Strohhut, offener Leinenjacke, Weste, Taschenuhr, Krawatte, und der russische *muschik* in weiten Hosen, Bastschuhen, rotem Hemd und breitem Gürtel, unverändert seit den alten Zeiten des goldenen Kiev. Zwei Kulturen, beide nannten sich russisch, und doch hatten sie nichts gemeinsam außer ihrem Landbesitz, ihrer Sprache und einer Kirche, die normalerweise keiner von den beiden besuchte.

»Sie gehen also.« Der stämmige Bauer stand da mit hängenden Armen.

»Wie Sie sehen, Boris Timofejevitsch«, antwortete Nikolaj höflich.

Boris betrachtete das Haus, von wo aus Arina und der kleine Ivan herübersahen. Er nickte nachdenklich. »Wir hätten Sie schon längst ausräuchern sollen.« Die Methode, durch Vandalismus und Brandstiftung in den vergangenen Jahren viele Landbesitzer dazu zu bringen, ihr Land an Bauern zu verkaufen, wurde allgemein als »Ausräuchern« bezeichnet. »Jetzt hat Suvorin das Land, nicht wir«, fuhr Boris bitter fort.

»Die Kadetten wollen die Landverteilung. Es gibt hier in der Gegend Staatsland, das Sie kaufen können, und es ist viel besser als meine armen Wälder«, sagte Nikolaj ruhig.

Boris jedoch beachtete ihn nicht. »Die Revolution hat erst angefangen, sie ist noch nicht zu Ende«, sagte er leise. »Wir werden bald alles Land haben.«

»Vielleicht. Ich muß jetzt gehen.«

»Ja. Endlich gehen die Bobrovs. Also, leben Sie wohl, Nikolaj Michailovitsch.« Er tat einen Schritt nach vorn, und es sah so aus, als wolle er sich halbwegs freundlich verabschieden. Als Nikolaj ihm die Hand entgegenstreckte, schnitt Boris eine Grimasse und spuckte aus.

Nikolaj zuckte zurück. Der Bauer zischte: »Gut, dich loszuwerden, du verdammter Bobrov. Und komm ja nicht zurück, sonst bringen wir dich um.«

Mit diesen Worten ging Boris davon.

Nikolaj war so entsetzt, daß er im Augenblick unfähig war, etwas zu tun. Ein Gefühl des Ekels, der Sinnlosigkeit überkam ihn. Er blickte zum Haus zurück und sah, daß Arina und der Junge ihn anstarrten. Die Bauern an den Karren beobachteten ihn ebenfalls gleichmütig. Haßten sie ihn vielleicht wirklich alle? »Wir fahren«, rief er mit aller Würde, die ihm zu Gebote stand. Gleich darauf saß er neben dem Kutscher des ersten Karrens, der den Hügel hinunterratterte. Er zitterte vor ohnmächtiger Wut und sah sich nicht mehr um. Erst als sie schon den halben Weg zum Kloster zurückgelegt hatten, fiel ihm ein, daß er die Kisten auf dem Speicher vergessen hatte. Er zuckte die Achseln. Es war gleichgültig. Sie konnten ebensogut dort bleiben. Und so gaben die Bobrovs den Besitz ihrer Vorväter auf.

1907

Im Alter von zwölf Jahren fand Dimitrij Suvorin die Welt wundervoll, auch wenn es Dinge gab, die er nicht verstand. Insbesondere, was mit seiner Mutter geschah.

Er war ein merkwürdiger Junge, klein und schlank. Sein schmales Gesicht erinnerte Rosa manchmal an ihren Vater. Dimitrij war kurzsichtig wie Peter und trug eine Brille. Seine körperliche Zerbrechlichkeit wurde jedoch wettgemacht durch eine außerordentliche Wachheit in dem blassen Gesicht unter dem wirren schwarzen Haarschopf.

Er war ein glückliches Kind. Obwohl die kleine Familie ganz auf sich bezogen lebte – die Eltern liebten einander sehr –, herrschte nie eine bedrückende Atmosphäre. Die drei wohnten in einer hübschen, ziemlich unordentlichen Wohnung mit hohen Räumen nahe dem Stadtzentrum. Das Gebäude hatte drei Stockwerke, und zur Straße hin war es mit cremefarbenem Stuck verziert. Im Hof, wo die Kinder spielten, stand ein Maulbeerbaum. In der Nähe befand sich die Malakademie und gleich daneben ein merkwürdiges Haus mit Glasdach, wo Fürst Trubetskoj, der Bildhauer, sein Atelier hatte.

Es war herrlich, an warmen Sommerabenden durch die Stadt zu streifen. Das versnobte St. Petersburg mit seinen klassischen Fassaden war wohl das Haupt des Reiches, doch Moskau war immer noch das Herz. Obwohl die Stadt nahezu vierhunderttausend Einwohner hatte, war sie eine kuriose Mischung aus Industrie- und Moskoviter Zeitalter. Dimitrij verbrachte Stunden mit diesen Wanderungen durch die Straßen und auf den breiten, baumbestandenen Boulevards, die einen Ring um den Stadtkern bildeten; vorbei an den Kremlmauern, innerhalb derer man den silbrigen Klang der Kirchenglocken hören konnte. Manchmal kam es dem Jungen so vor, als wäre die ganze Stadt wie eine gigantische Komposition von Tschaikovskij, Mussorgskij oder einem anderen Großen der russischen Musik, die sich hier auf wundersame Weise in Stein verwandelt hatte.

Als er vier Jahre alt war, hatten sich die ersten Anzeichen seines musikalischen Talents gezeigt. Seine Mutter bemerkte sie sofort. Im Alter von sechs Jahren erhielt er auf eigenen Wunsch Unterricht in Klavier und Geige. Als er sieben Jahre alt war, meinte der Vater: »Vielleicht wird er einmal ein Konzertpianist.« Im Lauf der Zeit stellte sich heraus, daß Dimitrij trotz seiner erstaunlichen Begabung fürs Klavier am liebsten selbst komponierte. Nun besuchte er mit seinen zwölf Jahren die ausgezeichnete Fünfte Höhere Schule in Moskau in der Nähe des Arbat-Platzes und übte während seiner Freizeit fast ununterbrochen.

Und bereitete sich auf die Revolution vor. Darüber gab es im Hause von Professor Peter Suvorin keinerlei Frage. Sie alle arbeiteten dafür. Zwei Jahre zuvor blieben sie oftmals die Nächte über auf, und Rosa tippte revolutionäre Artikel; Dimitrij hatte sie dann an die verschiedenen Verteilungsstellen zu bringen. Er fand es aufregend, an der großen Sache mithelfen zu können.

Nun war sein Vater Mitglied der Duma und war nach St. Petersburg gefahren. Es war ein wichtiger Schritt gewesen. Nachdem die Sozialisten die erste Duma boykottiert hatten, beschlossen sie, an der zweiten teilzunehmen. »Wenn wir genügend Sozialisten dazubekommen, können wir dieser Farce ein für allemal ein Ende machen«, erklärte Peter. »Wir benützen die eigene Duma des Zaren, um ihn zu beseitigen.«

»Und dann?«

»Dann gibt es eine Konstituierende Versammlung, die vom ganzen Volk gewählt wird. Eine demokratische Regierung. Alle Sozialisten sind sich darüber einig.«

Freiheit. Demokratie. Die neue Welt nahm ihren Anfang. Und sein Vater, der bekannte Professor Suvorin, war ein Teil davon. Das Leben war wunderbar. Und trotzdem gab es Dinge, die er nicht verstand. Warum, zum Beispiel, war sein Onkel Vladimir so reich, während sie selbst so einfach lebten?

»Dein Vater hat an alldem kein Interesse«, hatte ihm seine Mutter mit einer wegwerfenden Geste erklärt. Doch mit den Jahren genügte ihm diese Erklärung nicht mehr. Obwohl er und Nadeschda wie Bruder und Schwester waren, standen sich ihre Eltern nicht nahe. »Wenn es nach deinem Vater ginge«, hatte das kleine Mädchen einmal bemerkt, »würdet ihr uns alle auf die Straße setzen, sagt Mama.« Dann fuhr sie mit entwaffnender Unschuld fort: »Wenn das passiert, Dimitrij, kann ich dann kommen und bei dir wohnen?« Das versprach er sofort.

Und da war noch seine Mutter. Warum machte sie sich immer so viele Sorgen? Als sein Vater nach St. Petersburg aufbrach, hatte Onkel Vladimir angeboten, Dimitrij zu sich zu nehmen, damit Rosa Peter begleiten könnte. Sie hatte abgelehnt, doch seither hatte sie ständig gejammert: »Glaubst du, daß dein Vater dort sicher ist? Bestimmt wird ihm etwas zustoßen.«

Ende März geschah es dann. Peter Suvorin war noch in der Hauptstadt, und Dimitrij kehrte eines Nachmittags auf Umwegen aus der Schule zurück. Plötzlich befand er sich in einer langen, schmalen Straße. Er hatte sie fast zur Hälfte hinter sich, als er die kleine Gruppe sah: vier junge Männer und zwei Jungen, etwa in seinem Alter. Sie kamen aus einem Hof und gingen ein paar Meter neben ihm her. Da sagte einer der Männer: »Ich glaube, er ist einer. He, du, wie heißt du?«

»Dimitrij Petrovitsch. Suvorin«, fügte er hinzu, so fest er konnte.

»Gute russische Namen, junger Herr Suvorin, aber schaut euch doch mal seine Nase an.«

»Stimmt. Wir mögen deine Nase nicht, Dimitrij Petrovitsch.«

»Dimitrij Petrovitsch, weißt du genau, daß du kein Jude bist?«

»Ganz genau«, antwortete Dimitrij, während sie weitergingen.

»Wie heißt deine Mutter?«

»Rosa Abramovitsch.«

»Aha. Woher kommt sie?«

»Aus Wilna.«

»Eine Rosa Abramovitsch aus Wilna. Dann ist deine Mutter eine Jüdin.«

»Das ist sie nicht«, entgegnete er heftig. »Sie ist Christin.«

Angesichts des echten Zorns des Jungen zögerte die Bande.

Da machte Dimitrij einen Fehler. »Rührt mich nicht an«, schrie er wütend. »Mein Vater ist Abgeordneter in der Duma, und ihr bekommt Ärger.«

»Welche Partei?«

»Sozialdemokraten«, sagte er stolz; doch sogleich erkannte er seinen

Fehler. Er hatte natürlich von den Schwarzen Hundertschaften gehört, diesen rechtsgerichteten Mörderbanden, die Sozialisten und Juden im Namen des Zaren zusammenschlugen.

»Jid! Sozialist! Verräter!«

Der kleine Kerl ging auf der Stelle zu Boden. Man hatte ihm ein blaues Auge und mehrere Tritte in die Rippen verpaßt, als ein Wagen in die Straße einfuhr und die Angreifer flüchteten.

Eine halbe Stunde später war Dimitrij zu Hause, und obwohl er ziemlich durcheinander war, setzte er sich an den Abendbrottisch. »Sie haben gesagt, du seist Jüdin«, erzählte er seiner Mutter und war höchst überrascht, als sie das bestätigte. »Ich bin übergetreten, als ich heiratete.«

Von diesem Tag an schien ihre Unruhe noch zu wachsen. Was diese Ereignisse auch für seine Mutter bedeuten mochten – Dimitrij ließ sich davon nicht beeindrucken. Sein musikalisches Talent half ihm dabei. Seit seiner frühen Kindheit erklärte Dimitrij sich die Welt mit Hilfe der Musik. Noten waren Farben für ihn. Seit Rosa ihm die verschiedenen Tonarten auf dem Klavier erklärt hatte, besaß jede für ihn einen eigenen Charakter, eine eigene Stimmung. Anfangs verband er diese Entdeckungen mit den Instrumenten, die er spielte. Als er neun Jahre alt war, änderte sich das allerdings.

Er war eines Abends in der kleinen Kirche nebenan zum Besuch der Vesper gewesen. Die Kirche hatte einen guten Chor, und die einprägsamen Gesänge gingen ihm nicht aus dem Kopf, als er die Kirche verließ. Gerade ging die Sonne unter, und der Himmel über Moskau war rotgolden. Minutenlang stand Dimitrij da und blickte nach Westen, in die herrlichen Farben. Er versuchte auszudrücken, was er sah, und wählte hierfür einen Akkord in c-Moll. Gleich darauf fügte er einen weiteren hinzu.

Es war seltsam, dachte er; er hatte die Akkorde gewählt, sie diesem Sonnenuntergang zugeordnet. Und doch war es, während er so schaute, als antwortete ihm der Himmel und sagte: Ja, das ist mein Klang. Nun ging Dimitrij in den Hof. Der rötliche Schein fing sich in den oberen Zweigen des Maulbeerbaumes, darunter lag warmer Schatten. Da hörte er einen neuen Akkord und eine kleine Melodie; diesmal kam die Musik so unmittelbar, daß es ihm war, als habe er sie nicht gewählt, sondern er hörte sie einfach. Es war wunderbar! Ein merkwürdig warmes Gefühl durchströmte seinen Magen. Gleich darauf kamen ein paar Kinder in den Hof, aber Dimitrij wollte sich von ihnen nicht ablenken lassen. Er stellte beglückt fest, daß er mit einiger Anstrengung die Akkorde im Kopf behalten konnte.

So fing alles an. Er brauchte sich nur ein wenig zu konzentrieren, und schon konnte er in diesen Traum eintreten, wann immer er wollte. Das ging so weit, daß er sich lange mit Leuten unterhalten konnte und sich danach nicht mehr daran erinnerte.

Bald wurde ihm noch anderes bewußt. Sobald er sich in seine andere Welt begab, war es ihm, als würde nicht er Musik erfinden, sondern ihr einfach zuhören, während die wundervollen Harmonien außerhalb seiner selbst entstanden. Es dauerte nicht lange, da begann dieses musikalische Jenseits ins Diesseits einzufließen. Dimitrijs Gedankenwelt füllte sich mit musikalischen Traumgebilden; die Menschen, die täglich um ihn waren – seine Lehrer, seine Mutter, sein Onkel Vladimir –, wurden zu Singstimmen: sein Vater ein Tenor, der Onkel ein wohltönender Bariton – wie Charaktere in einer Oper, die ihm erst zum Teil offenbar wurde.

Zwei Ereignisse jenes Sommers prägten sich Dimitrij tief ein. Im Juni löste der Zar die Duma auf, und am folgenden Tag wurde ein neues Wahlsystem verkündet. »Der Zar konnte sich nicht mit den Sozialisten abfinden«, erklärte Peter bei seiner Rückkehr. »Dieses neue System ist absurd. Unter den neuen Gesetzen des Zaren zählt die Stimme eines Landbesitzers ungefähr so viel wie die von fünfhundertvierzig Arbeitern. Der konservative Adel bekommt die Mehrheit. Ich bin auf jeden Fall draußen.«

»Aber ist das legal? Darf der Zar die Gesetze einfach so ändern?« fragte Dimitrij.

Peter zuckte die Achseln. »Nach der im letzten Jahr verabschiedeten Verfassung ist es illegal. Aber da der Zar damals die Gesetze gemacht hat, setzt er voraus, daß er sie jetzt ändern darf. Er meint, Rußland sei ein riesiger Familienbesitz, den er seinem Sohn so übergeben muß, wie er ihn von seinem Vater erhalten hat. Es ist schon fast komisch.«

Der neue Ministerpräsident des Zaren, Stolypin, war ein äußerst fähiger Mann, der die Reform des rückständigen Reiches anstrebte. »Reformen können jedoch nur stattfinden, wenn eine Säuberung erfolgt ist«, erklärte er. Diese wurde durchgeführt. Nicht weniger als tausend Personen, denen terroristische Aktivitäten angelastet wurden, hatte man im vergangenen Jahr hingerichtet. Die Russen nannten die Schlinge des Henkers nun »Stolypins Halstuch«. Überall lauerten Polizeispitzel. Popov und andere waren klugerweise verschwunden, hatten sich vielleicht ins Ausland abgesetzt. Zum erstenmal betrachtete Dimitrij die Revolution nicht mehr als einen positiven Zustand, der in Zukunft zwangsläufig eintreten mußte, sondern als eine erbitterte, gefährliche Auseinandersetzung zwischen seinem Vater und dem Zaren. Von da an lag ein Schatten auf dem Leben des Jungen.

Im Spätsommer traf ein Brief aus der Ukraine ein. Er kam von Rosas Jugendfreund Ivan Karpenko und enthielt eine unerwartete Bitte. Er hatte einen Sohn, gerade zwei Jahre älter als Dimitrij, ein begabter Junge, meinte er, der in Moskau studieren wollte. »Ich dachte mir, er könnte vielleicht bei Euch wohnen«, schrieb er. »Ich käme natürlich für seinen Unterhalt auf.«

»Wir haben keinen Platz für ihn«, gab Peter nach kurzem Überlegen zu bedenken.

Doch Rosa wollte nichts von Schwierigkeiten hören. »Das schaffen wir schon«, erklärte sie und schrieb unverzüglich an Karpenko, er solle seinen Sohn nur schicken.

Michail kam Anfang September, und sofort hielt Dimitrij ihn für ein Genie.

Michail Karpenko war ein schmaler, dunkler, hübscher Junge mit blitzenden schwarzen Augen. Er kam gerade in die Pubertät. Es war wirklich erstaunlich, was er schon alles wußte. Sehr bald zeigte es sich, daß er äußerst stolz auf sein ukrainisches Erbe und seinen bekannten Vorfahren, den Dichter, war. »Ihr müßt wissen, daß es in der ukrainischen Kultur in den letzten Jahren einen großen Aufschwung gegeben hat«, erzählte er Rosa, »und ich war dabei«, meinte er großspurig. Er war fasziniert von allem, was mit Kunst und Kultur zu tun hatte, und er nahm sehr rasch neue Anregungen auf. Dimitrij nahm ihn mit zu seiner Kusine Nadeschda, und Michail wurde dort herzlich empfangen. Selbst Vladimir war von dem Jungen beeindruckt. »Du weißt wirklich erstaunlich viel, mein kleiner Kosak«, sagte er schmunzelnd. Oft setzte er sich zu den jungen Leuten, auf der einen Seite seine Tochter und Dimitrij, auf der anderen Karpenko. Er legte die Arme um sie und berichtete von Neuigkeiten in der Kunstwelt.

Es war eine aufregende Zeit in der Familie Suvorin; in diesem Jahr nämlich hatte Vladimir sich entschlossen, zusätzlich zu seinem großen Wohnhaus ein neues Haus, etwa eine Meile entfernt, zu bauen. »Ein kleines Refugium«, erklärte er lächelnd.

Das war reichlich untertrieben. Nur eine Handvoll Männer auf dieser Welt hätten das gewagt, was der russische Industrielle da vorhatte. Es war nichts weniger als ein ganzes Haus im Jugendstil. Der Plan, den er Dimitrij und Karpenko zeigte, war erstaunlich. Lediglich der Baukörper war einfach – ein Quader mit einem Seiteneingang, aber jede Säule, jede Decke zeigte die wirbelnden Kurven des Jugendstils. Das Ganze hatte etwas Magisch-Pflanzenhaftes. Karpenko verglich es mit einer herrlichen Orchidee.

»In unserem neuen Haus wird es die modernsten Errungenschaften geben«, erläuterte Suvorin. »Elektrisches Licht, sogar ein Telefon.«

Dimitrij, seine Kusine Nadeschda und Karpenko wurden bald gute Freunde. Das hochintelligente zehnjährige Mädchen lauschte fasziniert dem hübschen Jungen mit seiner ansteckenden Begeisterung. In diesem Jahr befaßte er sich eingehend mit den neuen russischen Dichtern der Symbolistischen Richtung.

Er wußte ganze Verse des brillanten jungen Alexander Blok auswendig.

Die fröhliche Vertrautheit ihrer gemeinsamen Nachmittage wurde nur gelegentlich durch die Anwesenheit eines recht ernsten Sechzehnjährigen gedämpft. Im November wurde es ihnen zum erstenmal bewußt, daß Alexander Bobrov in ihr Leben getreten war. Sein Vater war zu der Zeit gerade Abgeordneter der liberalen Kadettenpartei in Moskau für die neue konservative Duma des Zaren geworden, was für die Familie ein gewisser Trost war, nachdem sie ihre Besitzungen verloren hatten. Da Dimitrijs Vater kurz zuvor aus der Duma ausgeschlossen worden war, hegte der Junge keine sonderlich freundschaftlichen Gefühle für den anderen. Nadeschda war höflich, weil es sich um Freunde ihres Vaters handelte. Karpenko jedoch, nur zwei Jahre jünger als Alexander, machte aus seiner Ablehnung keinen Hehl.

Alexander sprach selten. Er besuchte Suvorin unter einem Vorwand, betrat mit ihm das Zimmer, sagte ein paar höfliche Worte zu Nadeschda und hörte dem Gespräch der anderen verlegen zu. Bald hatte Karpenko auch einen Spitznamen für ihn gefunden. »Seht«, flüsterte er, »da kommt der russische Kalender.«

Das war ein treffender Name. Peter der Große hatte zwar den Kalender reformiert, aber er hatte das alte Julianische System für die Zählung der Tage übernommen; während das übrige Europa seither zu dem moderneren Gregorianischen System übergegangen war, hatten Rußland und seine Orthodoxe Kirche am Julianischen festgehalten. Infolgedessen war zu Beginn des zwanzigsten Jahrhunderts das riesige Reich dreizehn Tage hinter dem Rest der Welt her. Der grausame Spitzname traf Alexanders konservative Mentalität genau.

Zu Ostern des nächsten Jahres zeigte eine kleine Begebenheit, was im Kopf des jungen Bobrov vorging. Wie überall in Rußland, herrschte auch im Hause Suvorin am Ostertag große Geschäftigkeit. Obwohl weder Vladimir noch sein Bruder Peter fromm waren, wäre es ihnen nie in den Sinn gekommen, die lange Ostervigil in der Vornacht zu versäumen. Am Ostertag selbst stand das Haus für einen nicht abreißenden Besucherstrom offen.

Im Speisesaal waren reiche Speisen aufgetürmt, die nach der Fastenzeit wieder erlaubt waren. In der Mitte befanden sich die beiden traditionellen Ostergerichte: *kulitsch,* das weiche dicke Brot mit dem Ostersymbol, und die weiße Süßspeise in Form einer kleinen Pyramide – die *paskha.* Überall lagen natürlich verzierte Ostereier.

Die Bobrovs kamen gegen Mittag, gleich nach Peter Suvorin und seiner Familie, und so wurden Dimitrij und sein Freund Zeugen der kleinen Szene. Die kleine Nadeschda und ihre Mutter trugen die traditionelle Festtracht der russischen Frauen. Frau Suvorin trug außerdem ein hohes Diadem, den *kokoschnik,* aus Gold und Perlmutt, das ihr noch mehr als sonst ein fürstliches Aussehen verlieh. Wie es der Brauch war, ging jeder Neuankommende von einem zum anderen, küßte jeden dreimal, während der Ostergruß ausgetauscht wurde.

»Christ ist erstanden.«

»Er ist wahrhaft erstanden.«

Als Alexander Bobrov vor Nadeschda stand, holte er ein Päckchen aus der Tasche. »Das ist ein Geschenk für dich«, sagte er feierlich. Überrascht öffnete das Mädchen die Schachtel und fand darin ein wundervolles kleines Osterei aus Silber, mit bunten Steinen verziert. Es kam aus der Werkstatt Fabergés.

»Das ist hübsch. Ist es für mich?«

Er lächelte. »Natürlich.«

Dimitrij und Karpenko beobachteten die Szene erstaunt. Es war zwar eines von Fabergés kleinsten Stücken, aber dennoch ein ungewöhnliches und wohl kaum passendes Geschenk eines Schuljungen.

Mit Adleraugen hatte Frau Suvorin die Sache verfolgt und rauschte heran. »Was für ein entzückendes Präsent.« Sie nahm den Jungen und schob ihn eilends durch den Raum. »Aber mein lieber Alexander«, sagte sie leise, doch bestimmt, »ich kann es nicht gestatten, daß du Nadeschda in ihrem Alter so etwas schenkst. Sie ist wirklich noch zu jung dafür.«

Alexander errötete tief. »Wenn Sie es nicht wünschen ...«

»Ich finde es rührend, daß du daran gedacht hast, aber sie ist solche Geschenke nicht gewöhnt, Alexander. Wenn du willst, kannst du es mir geben, und ich bewahre es für sie auf, bis sie älter ist«, sagte sie freundlich.

Betrübt reichte Alexander ihr das Ei.

Der Hinweis war allzu deutlich. Er wollte sich irgendwie erklären, und Frau Suvorin hatte es ihm verwehrt. Er fühlte sich peinlich berührt und gedemütigt. Selbst als Vladimir seinen Arm liebevoll um den Jungen legte und ihn in die Galerie führte, war das ein geringer Trost.

1908

Im Sommer dieses Jahres sah es so aus, als würde es schließlich doch Frieden in Rußland geben. Die Welle des Terrorismus war vorüber. Stolypins harte Maßnahmen hatten den Revolutionären großen Schaden zugefügt, und die jüngst publizierte Entdeckung, daß der führende sozialrevolutionäre Terrorist seit langem ein Polizeispitzel gewesen war, hatte die Partei in den Augen des Volkes geschwächt. Die neue Duma war nicht, wie einige gefürchtet hatten, das Schoßhündchen des Zaren. Liberale wie Nikolaj Bobrov ergriffen kühn das Wort für die Demokratie, und selbst die konservative Mehrheit stand hinter Ministerpräsident Stolypin mit seinen Plänen für eine gemäßigte Reform. Schließlich versprach in diesem Jahr anhaltend gutes Wetter eine Rekordernte. Auf dem Lande war alles ruhig.

Vladimir hatte die Idee, daß sie nach Russka fahren sollten. Das ganze Frühjahr über hatte Rosa schlecht ausgesehen, und Vladimir wie auch Peter drängten sie, der Stadt in der Sommerhitze zu entfliehen. Schließlich kam man überein, daß auch Dimitrij und seine Freunde im Juni dorthin kommen sollten; Karpenko wollte allerdings nur einen Monat bleiben, bevor er für den Rest der Ferien in die Ukraine zurückkehren wollte, und Rosa hatte vor, mit Peter im Juli nachzukommen.

Dimitrij war begeistert von dem Ort. Der grandiose Plan seines Onkels nahm bereits Gestalt an. Dreißig Meter vor dem alten Haus der Bobrovs entfernt stand nun ein langes, niedriges Holzgebäude, das das Museum beherbergte, und am Ende befanden sich Werkstätten. Hier hatte Vladimir schon einen erfahrenen Holzschnitzer und einen Töpfer untergebracht. Das Museum barg bereits Schätze. Da gab es die traditionellen Spinnrocken, reich geschnitzte und bemalte Holzlöffel, Pressen für die Verzierung von Brot und Kuchen und wundervoll bestickte Stoffe. Vladimir hatte auch mit einer Ikonensammlung begonnen.

Im Wohnhaus gab es eine umfassende Bibliothek und einen Flügel. Frau Suvorin, die vom Leben auf dem Land sichtlich gelangweilt war, saß meistens auf der Veranda und las. Arina führte den Haushalt umsichtig, und ihr kleiner Ivan trieb sich ständig herum in der Hoffnung, einen Spielgefährten zu finden. Er und Nadeschda waren ungefähr gleichaltrig, und die beiden spielten mit Vergnügen Verstecken in den Wäldern oberhalb des Hauses.

Nachmittags nahm Vladimir Nadeschda und die Jungen oft mit an den Fluß zum Baden. Er war noch sehr beweglich und ein erstklassiger Schwimmer. Danach saßen sie auf der Bank und unterhielten sich.

Vladimir war auch ein großartiger Erzähler. Er sprach mit den Kindern über alles, als wären sie Erwachsene. Eines Nachmittags erläuterte er ihnen seine Ansichten über Rußlands Zukunft. »Rußland befindet sich in einem Wettlauf mit der Zeit«, sagte er. »Ich persönlich bin auf der Seite Stolypins, und er weiß, daß er Rußland modernisieren und zugleich die revolutionären Kräfte in Schranken halten muß. Hat er Erfolg, behält der Zar seinen Thron; wenn nicht ... gibt es ein Chaos. Bauern und Städter werden rebellieren.«

»Was muß Stolypin denn tun?« fragte Karpenko.

»Im wesentlichen drei Dinge. Die Industrie muß ausgebaut werden. Mit Hilfe von Fremdkapital geht das gut voran. Als nächstes müssen die Massen erzogen werden. Früher oder später wird es eine Art von Demokratie hier geben, und das Volk ist nicht darauf vorbereitet. Stolypin ist in dieser Hinsicht erfolgreich. Als drittes versucht er, die Landbevölkerung zu reformieren.« Er seufzte. »Aber das, fürchte ich, wird schwierig sein.«

Der Versuch, den russischen Bauern zu ändern, war der Kernpunkt der Reformen Stolypins, das wußte Dimitrij. In den vergangenen zwei Jahren war bereits Wichtiges geschehen. Die Zahlungen an die früheren Landbesitzer waren nicht mehr zu leisten. Den Bauern waren volle bürgerliche Freiheiten zuerkannt worden; sie konnten die gleichen Gerichtshöfe wie jeder andere Bürger in Anspruch nehmen, sie erhielten Inlandspässe für Reisen, ohne die Erlaubnis der Gemeinde einzuholen. Endlich war der Bauer, ein halbes Jahrhundert nach der Befreiung von der Leibeigenschaft, theoretisch und praktisch ein freier Mann. Doch immer noch gab es ein Problem.

»Was aber kann für die Kommune getan werden?« überlegte Vladimir laut. Der unrentable Streifenanbau aus dem Mittelalter hatte sich in der Kommune noch kaum geändert. Die russische Getreideernte betrug nur ein Drittel der westeuropäischen Ernten. Um eine Verbesserung herbeizuführen, versuchte Stolypin die Bauern dazu zu bringen, sich von der Kommune abzusetzen und eigenes Land als unabhängige Landwirte zu bestellen. Günstige Kredite wurden von der Landwirtschaftsbank gewährt. Aber noch ließ der Fortschritt auf sich warten.

»Aber versucht Stolypin denn nicht, aus dem Bauern einen Bürger, einen Kapitalisten zu machen?« wandte Dimitrij ein.

»Natürlich tut er das«, antwortete Vladimir. »Im Gegensatz zu dir bin ich ein Kapitalist. Ich muß allerdings zugeben, daß es sehr schwierig sein wird, das in die Praxis umzusetzen.«

»Ich dachte, es würde einfach sein«, warf Karpenko ein.

»Ja, mein Freund.« Vladimir fuhr dem Jungen liebevoll durchs Haar.

»Du kommst ja auch aus der Ukraine. Dort unten in den westlichen Provinzen Weißrußlands gibt es die Tradition der unabhängigen Landwirtschaft, aber hier in den zentralen Provinzen ist das Kommunesystem festgefügt. Sieh dir doch nur diesen Ort hier an! Sieh dir Boris Romanov, den Dorfältesten, an.«

Dimitrij und Karpenko hatten Romanov bald kennengelernt. Als Dorfältester war er eine einflußreiche Persönlichkeit, was er offensichtlich genoß. Die Familie mit ihren drei kräftigen Söhnen besaß zur Zeit den längsten Feldstreifen des ganzen Dorfes. In jenem Frühjahr aber, als Stolypins Reformen staatliches Land beim Kloster zum Verkauf freigaben und Vladimir zu Romanov beiläufig bemerkte: »Nun, Boris Timofejevitsch, ich denke doch, daß Sie selbst etwas davon kaufen«, hatte dieser mit finsterer Miene geantwortet: »Die Kommune kauft das Land.« Und er fügte zwar leise, doch hörbar hinzu: »Und Sie räuchern wir eines Tages auch noch aus.«

»Nichts wird Romanov davon überzeugen, daß die Wegnahme dieses Besitzes nicht die letzte Antwort ist«, fuhr Vladimir fort. »Und wißt ihr, was das Schönste an der Sache ist? In vielen Provinzen gibt es gar nicht genug Land, um es den Bauern abzutreten. Am besten siedeln sie sich in weniger bevölkerten Gegenden an, was Stolypin übrigens auch fördern möchte. Die Bauern unterstützen also die Sozialrevolutionäre – selbst die Terroristen –, weil diese versprechen, das ganze Land zu verteilen. Der einfache Bauer tut von sich aus wenig, er wartet vielmehr auf ein Wunder – passiv, aber verärgert. Er leidet lieber jahrzehntelang unnötig und greift dann plötzlich zu sinnloser Gewalt. Im Jahre 1905 hatten wir einen Krieg und Lebensmittelknappheit. Das hat schließlich die Revolution verursacht. Ich nehme deshalb an, daß Stolypin zwei Dinge braucht, um das Rennen zu gewinnen: Frieden und gute Ernten. Damit wird Rußlands Schicksal entschieden.«

Sie verbrachten einen friedvollen, glücklichen Sommer. Morgens durchstreifte Karpenko oft das Land, oder er zeichnete; dann wieder dachte er sich phantastische Spiele für Ivan und Nadeschda aus, die voller Verehrung zu ihm aufblickten. Inzwischen übte Dimitrij stundenlang Klavier. Nachmittags gingen sie entweder mit Vladimir zum Baden, oder sie saßen lesend auf der Veranda; manchmal spielten sie mit Frau Suvorin Karten.

Die Abende genoß Dimitrij besonders. Während die anderen in der Bibliothek lachten oder sprachen, saß er am Klavier und wagte zaghaft seine eigenen Kompositionen. Bei dieser Gelegenheit entdeckte er eine weitere besondere Eigenschaft seines Onkels. Manchmal nämlich kam

Vladimir leise herein und setzte sich in eine dunkle Ecke. Wenn Dimitrij eine Pause machte, kam der Onkel herüber und meinte mit seiner wohlklingenden Stimme: »Warum versuchst du es nicht so?« Oder: »Wenn du den Rhythmus hier ändern würdest ...«

Dimitrij stellte fest, daß der Onkel genau das traf, was er selbst hatte ausdrücken wollen. »Woher kennst du meine Gedanken so genau?« fragte er. »Komponierst du oder ich?«

Worauf der Onkel ein wenig traurig erwiderte: »Manchen ist es gegeben, etwas zu schaffen, Dimitrij. Andere dagegen verstehen nur den schöpferischen Akt.«

Dimitrij mußte diesen Mann bewundern, und er spürte, wie das Band, das sie beide verknüpfte, immer stärker wurde.

Einen Tag vor seiner Abreise nahm Karpenko Dimitrij beiseite und sagte: »Machen wir einen Spaziergang zu den Quellen, nur du und ich.«

Es war ein herrlicher Spaziergang. Karpenko hatte ein ansteckendes Lachen, und Dimitrij dachte, was für ein Glück es doch sei, einen solchen Freund zu haben. Karpenko wußte mehr als Dimitrij und gab sein Wissen großzügig weiter wie ein beschützender älterer Bruder, obwohl er, wohl wegen seiner weichen, makellosen Haut, etwas Mädchenhaftes hatte. Nachdem sie eine Weile im Moos der Quellen gerastet hatten, wandte Karpenko sich plötzlich ernst an Dimitrij: »Hast du schon einmal von einer Sache gehört, die man als das ›Außerirdische Argument‹ bezeichnet?«

Dimitrij schüttelte den Kopf.

»Stelle dir vor, daß Lebewesen von einem anderen Planeten zu uns kommen und sehen, wie wir leben – all die Ungerechtigkeit auf unserer Welt. Und sie würden dich fragen: ›Was tut ihr dagegen?‹ Und du müßtest antworten: ›Nicht viel.‹ Was würden sie sagen, Dimitrij? Wie sollten sie einen solchen Wahnsinn begreifen? Was ich sagen will, bevor ich abreise: Sollten wir uns nicht verpflichten, etwas für eine neue, eine bessere Welt zu unternehmen, du und ich?«

»Aber ja!«

»Gut. Ich wußte, du würdest zustimmen.« Langsam zog er eine Nadel aus seiner Tasche; damit stach er sich in den Finger und preßte Blut heraus. Dann reichte er Dimitrij die Nadel. »Wir schließen also einen Pakt«, sagte er. »Blutsbrüder.«

Dimitrij errötete vor Stolz. Es war zu jener Zeit Mode, vor allem zwischen jungen Revolutionären beim Abschluß von Vereinbarungen, die alte Sitte der Blutsbrüderschaft zu vollziehen. Daß Karpenko ihm, Dimitrij, eine solche Ehre antat! Sie vermischten ihr Blut.

Karpenko war erst wenige Tage fort, als Frau Suvorin aus St. Petersburg die Nachricht erhielt, ihre Schwester sei erkrankt; sie fühlte sich verpflichtet, hinzureisen. Nadeschda und Dimitrij blieben noch; unter Aufsicht von Vladimir und Arina konnte ihnen kaum etwas geschehen. So verging eine angenehme Woche.

Es war üblich, daß die Stallburschen täglich die Pferde an den Fluß führten. Wenn sie beobachtet wurden, geschah das auf ordentliche Art und Weise, andernfalls saßen sie ohne Sattel auf und jagten den Abhang hinunter. Immer wenn der kleine Ivan Arinas aufmerksamen Augen entwischen konnte, war er mit von der Partie.

Hätte Nadeschda ihn an diesem warmen Julitag nicht beobachtet, wäre es Dimitrij vielleicht nicht passiert. Als jedoch der neunjährige Ivan fröhlich von einem Pferderücken auf dem Stallhof auf ihn herabblickte, beschloß Dimitrij, der Nadeschda imponieren wollte: Wenn der kleine Kerl das kann, kann ich es auch. Einen Augenblick später war er auf ein Pferd geklettert und ritt auf den Abhang zu.

Zuerst im Schritt, dann im Galopp; die Tiere waren erregt. Hufe stampften auf dem harten Boden, wilde Schreie waren zu hören. Dimitrij klammerte sich an der Mähne fest. Der Boden kam auf ihn zu, bewegte sich wieder von ihm weg. Plötzlich schlug ihm der Schößling eines Baumes ins Gesicht. Dimitrij verlor das Gleichgewicht und fiel vornüber, als ein anderes Pferd an ihm vorbeistob.

Dimitrij hörte, wie sein Bein splitterte. Er war noch bei Bewußtsein, als Nadeschda schon neben ihm kniete.

Er begriff lange Zeit nicht, daß nun nichts mehr so sein würde wie zuvor. Sie hatten sein Bett ins Erdgeschoß in den großen luftigen Raum mit dem Klavier gebracht. Er langweilte sich nicht: Es gab genügend Bücher, Arina sah häufig nach ihm, und Nadeschda saß gern neben ihm und plauderte auf ihre unnachahmliche Weise. Doch am meisten freute er sich auf seinen Onkel Vladimir, der ihm erzählte oder stundenlang vorlas. Nur eines vermißte er – vorläufig konnte er nicht Klavier spielen.

Dann kam seine Mutter. Sie sah nicht wohl aus bei ihrer Ankunft. Ihre großen Augen waren eingesunken, ihr schwarzes Haar mit grauen Strähnen durchzogen, und weil es dicht und lang herabhing, wirkte es ungepflegt. Dimitrij liebte sie, aber gleichzeitig tat sie ihm leid, denn sie war sicher nicht glücklich.

Vladimir deckte eine neue Begabung der Mutter auf. »Du mußt ausruhen, solange du hier bist, Rosa«, drängte er. »Und du mußt spielen«, fügte er entschieden hinzu. »Wir dürfen diesen jungen Mann keinesfalls ohne Musik lassen.« Zu Dimitrijs großem Erstaunen begann seine Mutter gleich am folgenden Tag damit.

Er hatte sie nie vorher spielen hören, aber er wußte, daß sie früher einmal Klavier gespielt hatte. Als er jünger war, hatte sie ihm oft über ein paar Takte hinweggeholfen, wenn er in Schwierigkeiten kam, und daher wußte er, daß sie eine großartige Technik hatte. Aus irgendeinem Grunde jedoch hatte sie sich nie ans Klavier gesetzt. Nun aber begann sie, wenn auch zögernd, mit einfachen Stücken. Dann folgte eine Beethoven-Sonate, eine nächste. Später Stücke von Tschaikovskij, Rimskij-Korsakov und anderen Russen. Sie spielte eine Stunde oder auch zwei. Dimitrij hörte mit wachsender Verwunderung zu. Sie spielt fabelhaft, dachte er; ein großes Talent. Am fünften Tag hatte Rosa eine Verwandlung durchgemacht. Es war, als hätte sie ihre Trauer wie eine ungewollte Haut abgestreift. Ihr Haar war nun ordentlich zurückgekämmt. Die frische Luft und ein paar Nächte Schlaf hatten ihr Gesicht entspannt und die Falten geglättet. Nun warf sie still triumphierend den Kopf zurück, während Beethovens Appassionata aus ihren Fingern strömte.

»Ich wußte nicht, daß du so gut spielst«, bemerkte Dimitrij eines Tages, und dann fügte er rasch hinzu: »Und auch nicht, daß du so schön bist.«

»Es gibt vieles, das du nicht weißt«, erwiderte Rosa heiter und lief lachend mit Vladimir und Nadeschda auf die Veranda.

Und dann war das ebenso plötzlich zu Ende. Es war an einem sonnigen Nachmittag. Rosa war nun zehn Tage da. Am Tag vorher hatte Vladimir ihr einige Partituren des von ihm bevorzugten russischen Komponisten der damaligen Zeit, des brillanten Skrjabin, mitgebracht. Rosa spielte sie, während Vladimir es sich in einem Sessel bequem gemacht hatte.

Dimitrij war ganz gegen seine Gewohnheit eingeschlafen. Als er aufwachte, hatte Rosa aufgehört zu spielen, und Vladimir stand neben dem Klavier. Sie dachten wohl, daß er noch schlafe ... er verstand fast jedes Wort.

»Du kannst nicht so weitermachen. Ich sage dir das seit drei Jahren.« Die Baritonstimme seines Onkel klang sanft beschwörend. »Ich kann es nicht mit ansehen.«

»Man kann nichts dagegen tun. Aber, Volodja ...« Dimitrij hatte niemals jemanden diese Koseform zu seinem Onkel sagen hören. »Volodja, ich habe solche Angst.«

»Du brauchst Schlaf. Höre auf, dich zu quälen. Bleibe wenigstens eine Weile hier bei mir. Ich muß im nächsten Frühjahr nach Berlin und Paris. Komm mit mir! Wir können in ein Bad fahren, und du machst eine Kur. Ich glaube, du weißt, daß du sicher bist bei mir.«

Dimitrij starrte mit weit offenen Augen auf die Szene; seine Mutter berührte liebevoll Vladimirs große Hand. »Ich weiß.«

Dimitrij saß kerzengerade, dann zuckte er schmerzlich zusammen. Beide Gesichter wandten sich ihm zu: das seines Onkels irritiert, das seiner Mutter abwesend. Da sagte Vladimir ruhig: »Ach, du bist aufgewacht. Trinken wir Tee zusammen.« Dimitrij konnte sich keinen Reim auf das machen, was er da eben gehört hatte.

Am nächsten Morgen erklärte Rosa, sie müsse nach Moskau zurückkehren. »Ich bin schon zu lange von deinem Vater getrennt gewesen«, meinte sie. »Ich mache mir solche Sorgen um ihn.« Wieder wirkte ihr Gesicht eingefallen, und das bedeutete, daß sie vergangene Nacht nicht geschlafen hatte.

Wenige Tage später wurde auch Nadeschda von Frau Suvorin nach Moskau zurückbeordert, und da der Arzt Dimitrij keine Bewegung erlaubte, wurde er sozusagen allein in Russka zurückgelassen. Vladimir nahm nun mit ruhiger Entschiedenheit das Leben des Jungen in die Hand.

Zwei Tage nach Rosas Abreise erschien der Onkel mit mehreren Büchern und stapelte sie auf dem Tisch neben dem Bett. »Du spielst gut, mein Freund, und du hast ein paar hübsche Kompositionen zuwege gebracht«, erklärte er. »Aber da du nun ans Bett gefesselt bist, hast du Zeit, auch zu begreifen, was du da tust. Das sind Bücher über Musiktheorie und Kompositionslehre. Lies sie gründlich!«

Zuerst war es harte, ja langweilige Arbeit. Jeden Abend aber ging der Onkel mit ihm die Aufgaben durch: Harmonielehre, Kontrapunkt, die Vielschichtigkeit musikalischer Regeln. Vladimir war zwar ein Amateur, aber er hatte ein beträchtliches Musikverständnis, und er war ein strenger Lehrer. »Jetzt begreife ich, warum deine Fabriken einen hohen Gewinn abwerfen«, meinte Dimitrij lachend.

In nur sechs Wochen machte der Dreizehnjährige erstaunliche Fortschritte. Nun hatte er den brennenden Wunsch, sein neuerworbenes Wissen in Kompositionen anzuwenden.

Als der Arzt im September Dimitrijs Verlegung nach Moskau zustimmte, erklärte er Vladimir: »Weißt du, ich glaube, ich werde tatsächlich Komponist.« Sein Onkel lächelte einfach und sagte: »Natürlich wirst du einer.« Was diese Studienzeit anbetraf, meinte Dimitrij Suvorin später, als er bereits berühmt war: »Der Sturz vom Pferd machte mich zu dem, was ich bin.«

Der Sturz vom Pferd hatte noch eine weitere Folge. Ob es nun ein komplizierter Bruch war oder ob die technischen Kenntnisse des Fabrikarztes nicht ausreichten – Dimitrijs rechtes Bein behielt eine falsche Stellung bei, und der Musiker ging bis an sein Lebensende am Stock.

Nicht nur, daß Alexander Bobrov jeden Vorwand ausnutzte, um in Vladimir Suvorins großem Haus einen Besuch zu machen, oft ging er auch nur daran vorbei, in der Hoffnung, einen Blick von Nadeschda zu erhaschen. Trotz des peinlichen Zwischenfalls an Ostern hatte er nicht für einen Moment seine Idee aufgegeben. »Ich werde sie heiraten«, erklärte er seinem Vater rundheraus.

An diesem Abend im September war es schon spät. Vorhänge und Fensterläden waren alle geschlossen, und nur aus Gewohnheit führte ihn sein Weg an Suvorins Haus vorüber. Ein leichter Nebel lag über allem; die Straßenlaternen bildeten undeutliche gelbe Flecken. Nur wenige Menschen waren unterwegs. Alexander hätte wohl nicht einmal zum Haus hingeblickt, wären nicht leise Schritte zu hören gewesen, die vor der Eingangstür haltzumachen schienen.

Er spähte über die Straße. Vor dem Portikus konnte er eine vermummte Gestalt mit einem breitrandigen Filzhut entdecken. Gleich darauf öffnete sich die Tür ein wenig, und die Gestalt ging rasch hinein. Als die Tür sich schloß, hielt Alexander den Atem an: Der Mann hatte den Hut abgenommen, und das volle rote Haar war ein untrügliches Zeichen: Der Mann war Jevgenij Popov.

Was, zum Teufel, will sie nur mit mir? Diese Frage hatte sich Popov oft gestellt. Sie besaß alles: einen brillanten Ehemann, ein großes Vermögen, alles, was die bürgerliche Welt anzubieten hatte. Natürlich langweilte sich die obere Bourgeoisie manchmal. War das bei ihr der Fall? Er glaubte es nicht. Unglücklich war sie vielleicht, aber nicht gelangweilt.

An der Intelligenz von Frau Suvorin war nicht zu zweifeln. Obwohl er in letzter Zeit erfahren hatte, daß die Behörden ihn verhaften wollten, war es Popov gelungen, in den beiden vergangenen Jahren heimlich in ihr Haus zu gelangen. Jedesmal hatte sie ihn genau nach seinen Überzeugungen gefragt. Obwohl sie es ablehnte, irgend etwas von Marx zu lesen, hatte Popov den Eindruck, sie sei wirklich interessiert an dem, was er ihr berichtete. Es wurde außerdem deutlich, daß sie persönliches Interesse an ihm, Popov, zeigte.

Warum aber? Anfangs kam Popov der Gedanke, Suvorin könnte untreu sein. Falls seine Frau sich jedoch mit einer eigenen Affäre an ihm rächen wollte, hatte sie doch wohl eine Menge ihresgleichen zur Auswahl! Außer natürlich, sie begehrte ihn, weil er die Revolution repräsentierte, die die Welt ihres Gatten zerstören würde. Das wäre freilich eine besondere Art von Affront.

Im Haus herrschte Stille. Sie hatte die Dienerschaft längst zu Bett geschickt. Vladimir wurde erst gegen Ende des Monats in Moskau zurückerwartet. Sie saß in einem blaßblauen Negligé auf einem niedrigen Stuhl vor dem glimmenden Feuer.

»Sagen Sie mir«, fragte sie langsam, »warum Sie hierherkommen.«

Popov ließ sich Zeit mit der Antwort. Es gab natürlich gute Gründe dafür. Zuerst einmal fehlte es der Bolschevikischen Partei an Geld. Ob er von der Frau des Industriellen Geld bekommen konnte, wußte er nicht, aber es lohnte sich, die Lage zu sondieren.

Es steckte jedoch noch mehr dahinter. Popov war wirklich geschmeichelt, daß diese stolze, kluge Frau sich zu ihm hingezogen fühlte, und er mußte zugeben, daß er etwas für sie empfand. Er überlegte tatsächlich, ob sie verschont werden könnte. »Ich finde Sie interessant«, sagte er schließlich.

Sie lächelte. »Sie sind einfach neugierig?«

»Warum nicht?« Natürlich war er neugierig. Suvorin beeindruckte ihn. Der war kein Schwächling wie ein Bobrov, den man einfach beiseite schieben konnte. Suvorin war mächtig und intelligent. Als er im Hause Suvorin eingeführt wurde, spürte er auch, daß hier etwas repräsentiert wurde, das er in seinem bisherigen Leben vermißt hatte. Denn obwohl er auf Reisen gewesen war, Geschichte und Betriebswirtschaft studiert hatte, fehlte ihm das Interesse an der Kunst. In Frau Suvorins Gegenwart mußte er oft seine Unkenntnis zugeben. Er ließ sich von ihr zu den modernen Gemälden ihres Gatten führen und hörte fasziniert ihren Erklärungen zu.

An diesem Abend jedoch musterte sie ihn nachdenklich. »Sagen Sie mir«, meinte sie, »wenn Sie mit Bestimmtheit wüßten, daß es für mindestens hundert Jahre keine Revolution gäbe – was würden Sie tun?«

»Ich glaube tatsächlich, daß Stolypin sich durchsetzen könnte«, räumte er ein. »Ebenso Lenin. Vielleicht findet die Revolution während meines Lebens nicht statt. Wahrscheinlich ist es so«, erklärte er offen, »daß ich immer schon ein Revolutionär war und nicht wüßte, was ich sonst sein sollte. Es ist ein Beruf wie jeder andere.«

»Letzten Endes denken Sie doch, daß dies hier alles verschwinden muß«, wandte sie ein, indem sie auf das kostbare Mobiliar deutete.

»Selbstverständlich. Es gibt keinen Platz für derartige Privilegien. Alle Menschen werden gleich sein.«

»Und wenn wir eine Revolution haben, vernichten Sie die Kapitalisten und ihre Anhänger erbarmungslos.«

»Ja.«

»Dann sagen Sie mir eines«, fuhr sie fort. »Wenn die Revolution tatsächlich bald beginnt und ich mich ihr zu widersetzen gedenke – würden Sie mich ebenfalls töten?«

»Ich nehme nicht an, daß das notwendig wird«, antwortete er. »Ich glaube, man könnte Sie verschonen.« Sie ist wie ein Vogel im Käfig, dachte er, gefangen in diesem überdimensionalen Haus und in ihrer bürgerlichen Welt; und doch noch ein freier Geist.

»Das ist wohl ein Kompliment«, lächelte sie.

»Ja.«

Einige Minuten lang saßen sie schweigend da. Da zischte plötzlich das Feuer im Kamin, und Funken stoben hoch. Das bißchen Glut, das herausflog, hätte ohne weiteres auf den Boden fallen und dort verglühen können, doch zufällig blieb es am Saum von Frau Suvorins Negligé liegen und züngelte sogleich hoch auf. Sie stieß einen kleinen Schrei aus und zerrte an ihrem Negligé, da sprang der Funke auf ihren Schoß. Sie wollte aufstehen und den kleinen Brand austreten, doch Popov sah die Angst in ihrem Gesicht und stürzte, ohne zu überlegen, vorwärts, griff mit bloßen Händen nach der Glut und warf sie zurück in den Kamin.

Als Frau Suvorin sich sozusagen in Popovs Armen fand, sah sie ihm ins Gesicht und entdeckte darin zu ihrem Erstaunen eine Spur von Zärtlichkeit. »Nicht bewegen«, sagte sie nur.

Zwei Stunden später gab Alexander seine einsame Wacht in der feuchten Kälte auf. Er verstand das nicht. Dieser Teufel Popov war bei ihr; dafür konnte es nur einen Grund geben. Was, um alles in der Welt, soll ich nun unternehmen, überlegte er.

1910

Auf den ersten Blick vermittelte das Familienleben von Professor Peter Suvorin den Eindruck vollendeter Harmonie. Es herrschte allenthalben Betriebsamkeit. Dimitrij hatte nun zwei Musiklehrer und machte rasche Fortschritte. Karpenko war in die Kunstakademie eingetreten und hatte bereits den Ruf eines Burschen, dem ständig neue Ideen kommen. Vladimir unterstützte den jungen Mann nach Kräften, lud ihn häufig zu sich, wenn er bekannte Größen aus der Kunstwelt versammelt hatte, und stellte ihn mehreren Künstlern vor. Peter Suvorin selbst war höchst aktiv; in diesen Jahren verfaßte er sein klassisches Lehrbuch, »Physik für Studierende«, das seinen Namen einer ganzen Generation russischer Schüler vertraut machte.

Rußland erlebte eine ruhige Zeit. Das Volk hörte kaum etwas vom Leben des Zaren, seiner deutschen Gemahlin und seinen Kindern in ihren Privatpalästen in St. Petersburg.

Dimitrij wußte, daß Stolypin und die Duma ihren Weg der langsamen

Reform weiterverfolgten. Doch wenn er die Zeitungen las, gewann er den Eindruck, daß der große Minister, obwohl er Frieden und Wohlstand brachte, wenige Freunde hatte. »Die Liberalen hassen ihn wegen seines scharfen Durchgreifens«, erklärte Vladimir, »und die Reaktionäre hassen ihn, weil sein Regierungssystem die Autokratie des Zaren zu schwächen scheint. Aber er wird ans Ziel gelangen«, fügte er hinzu.

Für Dimitrij waren die Abende das Schönste, wenn alle zusammen um den runden Tisch saßen und die Tagesereignisse besprachen. Die Mutter bereitete Tee, der mit Himbeeren serviert wurde, und durch das offene Fenster konnte man den zart türkisfarbenen Himmel sehen. Karpenko wußte immer etwas zu erzählen. Er befand sich ständig in geistiger Hochstimmung, und es verging kaum eine Woche, ohne daß er eine neue kulturelle Entdeckung zur Veränderung der Welt nach Hause gebracht hätte.

Um diese Zeit gab es viele Dichter in Moskau und St. Petersburg. Tatsächlich war Lyrik so populär, daß die Dichter sogar davon leben konnten. Eines Abends brachte Karpenko eine Gedichtsammlung mit, von deren Verfassern Dimitrij noch nie gehört hatte. »Es ist eine neue Schule«, erklärte Karpenko. »Sie benutzen keine Symbole und abstrakten Ideen mehr, sondern sie schreiben unmittelbarer, über ihre Erfahrungen.« Zwei von ihnen gefielen Dimitrij sofort: Ossip Mandelschtam und Anna Achmatova.

Trotz Karpenkos Brillanz lernte Dimitrij während dieser Abende ein anderes Mitglied der engverbundenen Familie mehr und mehr schätzen; das war sein Vater. Peter Suvorin machte nie viele Worte, aber er saß mit seiner goldgeränderten Brille, die immer zur Nasenspitze rutschte, über einem Schriftstück oder sah sein Manuskript durch. Obwohl sein Haar ergraut und sein Gesicht von feinen Linien durchzogen war, wirkte er jünger als seine fünfundfünfzig Jahre. In seiner leisen Art hatte er doch alle Fäden in der Hand.

Peter Suvorin hatte allen Grund, mit seinem zurückhaltenden, stetigen Kurs zufrieden zu sein. Die Bolscheviken hatten in den vergangenen zwei Jahren mit ihrem Extremismus wenig vorzuweisen. Polizeispitzel hatten sich in ihre Reihen eingeschlichen und erschwerten ihre Unternehmungen. Ihr einsamer Führer Lenin war anscheinend zum dauernden Exil in der Schweiz gezwungen, und ihre Mitgliederzahl hatte sich verringert. Dagegen hatten die gemäßigten Menscheviken-Sozialisten ihre Arbeit fortgeführt, sich allmählich Anhängerschaft in den Fabriken gewonnen, Gewerkschaften organisiert und Weiterbildung betrieben – meist ganz legale Aktivitäten. Manche waren auch zu einer Zusammenarbeit mit der Duma bereit. Es war sogar die Rede von einer Änderung des Parteinamens in »Arbeiterpartei«. Peter Suvorin war froh über das, was er seiner Familie gegenüber als Fortschritt bezeichnete.

»Das neue Zeitalter bricht an«, war seine Redeweise, »aber nicht, weil Sie, Karpenko, oder so ein schlauer Bursche wie Popov es wollen. Wir wissen weder wann noch wie. Aber wir wissen, daß der Prozeß nicht mehr aufzuhalten ist.«

Wenn Dimitrij seinem Vater zuhörte, hatte er das wundervolle Gefühl, als stehe alles im Universum wissenschaftlich miteinander in Zusammenhang. Nichts konnte anscheinend den Professor von seinem Weg abbringen. Er lehrte; er schrieb; seine Schüler kamen zu ihm. Sein Leben war ebenso ruhig und geordnet wie seine Gedanken.

Im Sommer 1910 schien es Dimitrij deutlich, daß seine Mutter wahnsinnig wurde.

Nach seinem Unfall hatte es einige Monate lang so ausgesehen, als habe sich Rosas Ängstlichkeit etwas gemildert. Es war, als habe sie etwas Schlimmeres befürchtet und sei nun erleichtert, daß das Schicksal endlich zugeschlagen hatte und alles vorüber war. Doch dann, als Peter gerade anfing sein Buch zu schreiben, ging ein Änderung vor sich. Warum bestand sie darauf, sein Buch selbst zu tippen? Einige Male schlug er ihr vor, die Arbeit jemand anderem zu überlassen, aber immer verharrte sie in starrer Entschlossenheit; und da gab er nach.

Jeden Abend, nachdem das Essen beendet war, stellte sie ihre Schreibmaschine in dem kleinen Eßzimmer auf und machte sich an die Arbeit. Sie weigerte sich, währen des Tages zu schreiben, und behauptete, sie habe keine Zeit. Wieder und wieder schrieb sie die Texte ab, bis sie fand, daß alles fehlerlos sei. Manchmal saß sie nur eine Stunde an der Arbeit, meist jedoch wurde es spätnachts, und sie erschien am nächsten Morgen mit dunklen Ringen um die Augen. Schlimmer noch als dieses zwanghafte Verhalten, das Rosa auslaugte, war das Wiederaufleben ihrer früheren Ängstlichkeit, die überraschend heftig zurückkehrte.

Sie nahm seltsame Formen an. Wenn es draußen nur ein bißchen kühl war, mußte Peter seinen Mantel und eine Pelzmütze tragen; wenn die Sonne warm schien, hatte sie Angst, er könnte sich einen Sonnenstich zuziehen; wenn die Straße vereist war, wußte sie von vornherein, daß er ausgerutscht war und sich verletzt hatte. Diese ständige Besorgnis dehnte sich auch auf Dimitrij aus. Rosa wurde erst wieder ruhiger, wenn ihr Mann und ihr Sohn abends sicher zu Hause waren.

Dann begann sie ihnen zu folgen.

Anfänglich erfand sie absolut glaubhafte Ausreden – den Besuch bei einer Freundin, Einkäufe –, um Peter zur Universität oder Dimitrij zur

Schule zu begleiten. Doch schon nach kurzer Zeit gingen ihr die Ausflüchte aus, und es war offensichtlich, daß sie die beiden lediglich unter schützender Aufsicht haben wollte. Peter entschloß sich, ihr ihren Willen zu lassen, doch Dimitrij ertrug es nicht und bat sie, ihn in Frieden zu lassen.

Unangenehmer noch war ihr Argwohn, völlig unbegründet zwar, aber sie litt darunter. Es kam ihr, zum Beispiel, plötzlich in den Sinn, daß ein befreundeter Nachbar ein Polizeispitzel sei, der die ganze Familie beobachtete. Sie warnte Dimitrij nachdrücklich vor einer geheimen Verschwörung, die mit der Schwarzen Hundertschaft zu tun hatte und alle Juden und Sozialisten beseitigen wollte.

Eines Abends, als Rosa und Dimitrij allein waren, bat sie ihn, sich an den Küchentisch zu setzen. Dann sagte sie eindringlich: »Ich möchte, daß du mir etwas versprichst, Dimitrij. Wirst du das tun?«

»Wenn ich kann«, antwortete er.

»Versprich mir, daß du Musiker wirst, daß du niemals ein Revolutionär wie dein Vater wirst, sondern immer bei der Musik bleibst.«

Dimitrij zuckte die Achseln. Da es seine ganze Hoffnung war, sein Leben der Musik widmen zu können, kam ihm das Versprechen nicht zu schwierig vor.

»Dein Wort?«

»Ja. Aber warum?«

Sie blickte ihn betrübt an. »Nur jüdische Musiker werden in Sicherheit sein«, erklärte sie ihm. »Nur Musiker.«

Auf dieses offensichtliche Zeichen von Wahnsinn wußte er nichts zu erwidern.

Im Frühjahr des Jahres 1910 versuchte Peter Rosa zu einem Arztbesuch zu überreden, doch sie wollte nichts davon wissen. Er besprach die Angelegenheit mit seinem Bruder Vladimir, der zweimal zu ihnen in die Wohnung kam und ihr vorschlug, sie solle nach Russka gehen, um dort Frieden und Ruhe zu finden. Auch dies lehnte sie ab.

»Ich fahre im Mai nach Deutschland«, berichtete Vladimir. »Ich glaube, es gibt dort einen Arzt, der ihr helfen könnte.« Doch Rosa wollte sich nicht einmal Gedanken darüber machen.

Anfang Mai wurde Dimitrij Zeuge einer seltsamen Unterhaltung. Er und Karpenko verbrachten den Abend mit Nadeschda. Wie immer verging die Zeit angenehm, und nach einer langen Diskussion über Musik schlug Dimitrij vor, den beiden Tschaikovskijs »Jahreszeiten« vorzuspielen, stellte jedoch fest, daß die Partitur nicht im Hause war. Er machte sich also auf, sie von zu Hause zu holen.

Er wußte, daß seine Mutter an diesem Abend allein war. Peter befand sich auf einer Versammlung in der Nähe. Deshalb war er überrascht, als er beim Öffnen der Haustür Stimmen aus dem kleinen Salon neben der Diele hörte. Sie gehörten seiner Mutter und Vladimir. Die Stimme seiner Mutter war nur ein leises Murmeln, während Vladimirs sonore Stimme gut zu vernehmen war.

»So kann es nicht weitergehen. Komm doch um Himmels willen mit mir nach Deutschland!«

Dann die schwerverständlichen Worte seiner Mutter. »Ich sage dir ehrlich, der Junge ist zur Zeit hier besser aufgehoben. Es gibt keine besseren Musikpädagogen in der Welt als in Rußland.«

Seine Mutter sagte noch etwas von einem Brief.

Nun wieder die Stimme des Onkels. »Ja, ja. Ich gebe dir mein Wort. Wenn irgend etwas geschieht, bringe ich ihn heraus. Ja, Dimitrij soll nach Amerika gehen, wenn du das willst.«

Danach trat eine lange Stille ein, und Dimitrij glaubte, seine Mutter schluchzen zu hören. Er ging lautlos hinaus, zurück zu seinen Freunden, denen er sagte, er habe die Noten nicht finden können.

Es gab keinen Zweifel – Frau Suvorin konnte einen der größten Erfolge ihrer bisherigen gesellschaftlichen Karriere verbuchen. Es war ein persönlicher Triumph: Mitte Juni 1910 hatte sie den Mönch Rasputin zu Gast.

Er hatte sich zum Nachmittagstee angesagt, und so hatte Frau Suvorin nur eine relativ intime Gesellschaft vorgesehen: Familienmitglieder, ein paar wichtige Freunde und jene Damen, an denen sie sich rächen wollte: Im Lauf der Jahre hatten sie ihre Eitelkeit verletzt, und nun mußten sie wohl oder übel von diesem Besucher beeindruckt sein, der auf bestem Fuße mit der kaiserlichen Familie stand.

Vladimir war noch im Ausland, doch Frau Suvorin lud Peter und Rosa ein, natürlich in Begleitung von Dimitrij und Karpenko. Und so fanden sich die beiden jungen Leute in der Gesellschaft von etwa vierzig Personen, die ungeduldig die Ankunft des seltsamen Mannes erwarteten.

Fünf Jahre zuvor war Rasputin am Zarenhof erschienen. Die Leute bezeichneten ihn als einen heiligen Mann, obwohl er niemals Mönch war, wie manche irrtümlich glaubten. Tatsächlich hatte er Frau und Kinder im fernen Ural, auch wenn er sie selten aufsuchte. Obwohl in der Hauptstadt Stimmen gegen seinen sündhaften Lebenswandel laut wurden, schrieben ihm viele Menschen übernatürliche Kräfte zu. Es hieß, er habe das zweite Gesicht. Außerdem wußte jeder, daß er in der Kaiserin eine ergebene Bewunderin hatte.

Was sie eigentlich in ihm sah, wußte niemand so recht. Der kaiserliche Haushalt war eine Welt für sich, völlig abgetrennt vom Rest der Gesellschaft, und zwar durch eine Phalanx von adligen Höflingen aus alten Soldatenfamilien, die es für ihre Pflicht hielten, die Monarchie so weit wie möglich von dem barbarischen russischen Volk fernzuhalten. Der Zar, seine deutsche Gemahlin, seine Töchter und der kleine Zarevitsch, der Thronerbe, wurden selbst vor prominenten Untertanen so versteckt wie die Familie eines orientalischen Herrschers.

Daß der Thronerbe die entsetzliche, lebensbedrohende Bluterkrankheit hatte und daß dieser außergewöhnliche hypnotische Bauer aus Sibirien ihn anscheinend zu heilen vermochte, ahnte nicht einmal Frau Suvorin.

Der Mann, Vertrauter der kaiserlichen Familie, der das schlimmste medizinische Geheimnis im russischen Reich kannte, war nicht unbedingt eine beeindruckende Gestalt; von mittlerer Größte, eher schmächtig, schmalbrüstig, mit abfallenden Schultern. Sein langes dunkles Haar war in der Mitte gescheitelt; der dichte Bart reichte kaum bis zur Brust. Die stumpfe Nase bog sich stark nach links. Er trug ein einfaches Gewand aus schwarzer Seide, das ihm bis über die Knie reichte. Er hätte ein unbedeutender Priester aus einem der unzähligen Dörfer sein können. Obwohl die Kleidung sauber und der Bart gekämmt war, nahm man einen scharfen Geruch an ihm wahr, der darauf schließen ließ, daß er sich seltener wusch als andere Menschen.

Er verneigte sich höflich vor den Anwesenden und folgte der Aufforderung von Frau Suvorin, auf einem Sofa Platz zu nehmen, wo sie ihm Tee anbot.

Die Gesellschaft ließ sich gut an. Frau Suvorin, zurückhaltender als sonst, führte eine höfliche Konversation mit dem Ehrengast. Die kaiserliche Familie wurde erwähnt, und fromme Wünsche für sie wurden geäußert. Verschiedene Gäste wurden Rasputin vorgestellt, und für jeden schien er freundliche, bescheidene Worte zu haben. Als ihm Nadeschda vorgestellt wurde, meinte er ihrer Mutter gegenüber, das Mädchen habe ein wunderbares Naturell. Zu Peter Suvorin sagte er respektvoll: »Sie studieren die Wunder des göttlichen Universums.«

»Merkst du etwas Besonderes an ihm?« fragte Dimitrij seinen Freund Karpenko und sah enttäuscht aus. Doch als Frau Suvorin ihn wenige Minuten später herbeiwinkte, entdeckte er, Auge in Auge mit Rasputin, das hervorstechendste Merkmal dieses merkwürdigen Menschen. Zuerst hatte Dimitrij diese Augen für listig gehalten; die Blicke schossen unter der breiten Bauernstirn neugierig, aufmerksam, vielleicht sogar verschlagen hierhin und dorthin. Nun aber, als sie fest auf ihn gerichtet waren, empfand Dimitrij ihre starke Wirkung. Sie brannten – es gab keinen anderen Ausdruck dafür. Alles übrige an dem Mann war vergessen, sobald man die erstaunliche, durchdringende Kraft seiner Augen spürte. Erst als Dimitrij ganz nahe kam, schien sich der hypnotische Blick zu mildern.

»Ein Musiker. Ach ja.« Mehr sagte Rasputin nicht zu ihm. Anscheinend war er nicht besonders an Dimitrij interessiert, obwohl der junge Mann ein seltsam prickelndes Gefühl im Rücken spürte, als er auf seinen Platz zurückging.

Der übrige Nachmittag verlief sehr ruhig, und er wäre in Dimitrijs Erinnerung wohl nichts anderes geblieben als ein belangloses gesellschaftliches Ereignis, wären nicht kurz vor Rasputins Weggang zwei kleine Zwischenfälle geschehen.

Rosa war gleich nach Peter vorgestellt worden, doch Rasputin schien sie gar nicht zu bemerken. Er blickte nicht einmal in ihre Richtung, als er sich plötzlich wie unter einem Zwang erhob, rasch auf sie zuging und mit einer Hand ihren Unterarm ergriff; so stand er fast eine Minute lang, schweigend, wie ein Arzt, der den Puls fühlt. Dann ging er wortlos an seinen Platz zurück, wo er das Gespräch mit Frau Suvorin wiederaufnahm, als wäre nichts geschehen.

Der zweite, noch merkwürdigere Zwischenfall ereignete sich, als Rasputin sich verabschiedete. Karpenko hatte Rasputin eine Weile beobachtet und sich dann entschlossen, ihn nicht näher kennenlernen zu wollen. Als es soweit war, daß Frau Suvorin ihn gerade auffordern wollte, schlich er sich in eine entfernte Ecke des Raumes. Rasputin war schon halbwegs an der Tür, als er plötzlich stehenblieb, sich rasch umwandte und direkt auf Karpenko zuging. Er blieb einige Meter vor dem jungen Mann stehen. Die hypnotischen Augen starrten ihn derart an, daß Karpenko gleichsam in sich zusammensank. Das Ganze dauerte einige Augenblicke. Dann lächelte Rasputin. »Nun ja«, meinte er freundlich, »solche wie Sie habe ich schon in Sibirien und in St. Petersburg getroffen.« Dann wandte er sich an Frau Suvorin: »Was für einen klugen jungen Kosaken haben Sie in Ihrem Haus!«

Was, in aller Welt, meinte er damit? Frau Suvorin schien es zu verstehen; sie begleitete Rasputin zur Tür. Die Wirkung auf Karpenko war allerdings verheerend. Als Rasputin gegangen und Dimitrij zu ihm getreten war, war Karpenko totenblaß und zitterte. Dimitrij legte den Arm um ihn. Karpenko konnte nur flüstern: »Er hat durch mich hindurchgesehen. Er sieht alles. Er ist der Teufel selbst.« Dimitrij blickte den Freund verständnislos an, und Karpenko murmelte mit einem betretenen Blick auf Frau Suvorin: »Du begreifst nichts. Du begreifst gar nichts.«

Die feuchtkühle Luft roch leicht nach Rauch, als Rosa die Straße entlangging. Eine Stunde zuvor war es dunkel geworden. Hier und da glühten Lampen auf. An der Ecke blieb sie stehen und blickte zurück. Das Schlafzimmer, das sie mit Peter teilte, ging als einziges Zimmer der Wohnung auf die Straße hinaus, und aus irgendeinem Grund – sie wußte selbst nicht, warum – hatte sie eine brennende Kerze aufs Fensterbrett gestellt. Sie konnte sie gut sehen, ein kleines tropfendes Licht im dunklen Umriß des Gebäudes, ein seltsamer kleiner Wächter. Eine Botschaft vielleicht der Liebe und der Hoffnung. Sie hatte nichts als eine Nachricht hinterlassen, daß sie spazierengehen wolle.

Niemand würde es erfahren; das war tatsächlich das Geschenk ihrer Liebe an sie, daß sie es nie erfahren sollten. Nur Vladimir würde es wissen, und der war gerade mit seinem Sohn in Paris und würde erst in einem Monat zurückkommen. Sie hatte ihm nicht geschrieben, aber er würde ihr Geheimnis bewahren.

Wann hatte alles begonnen? Vielleicht wirklich schon ganz am Anfang: Sie hatte Peter Suvorin geheiratet, als sie noch Depressionen hatte. Das war ihre Schuld. Doch sie hatte ihn leidenschaftlich geliebt. Nein, dachte sie, der wirkliche Anfang lag im Jahr 1900, als Dimitrij fünf Jahre alt war und der Brief aus Amerika eintraf.

Seit ihrer Heirat hatte Rosa wenig Kontakt mit ihrer Familie in Wilna gehabt. Vier Jahre danach verstarb ihre Mutter unerwartet, und der ältere Bruder wanderte mit seiner Familie nach Amerika aus. 1899 folgte ihr zweiter Bruder. Ihr Weggehen hatte Rosa nicht überrascht – viele Juden wanderten damals und in den folgenden Jahren aus. Im Jahre 1914 hatten etwa zwei Millionen Juden Rußland in Richtung Vereinigte Staaten verlassen, und die zaristische Regierung war froh darüber.

Darum kam der Brief ihres zweiten Bruders, der normalerweise ungern schrieb und von dem sie das letztemal einige Monate vor seiner Auswanderung gehört hatte. Nun aber gab er einen genauen Bericht von der Überfahrt und von den Neuigkeiten der Familie. Der Brief schloß mit einem langen Absatz:

> Wir kamen nach Ellis Island. Einen Augenblick lang erschrak ich. Als ich das große, mit Platten verkleidete Gebäude und die Reihen der anderen Einwanderer sah, die zur Überprüfung in der riesigen Halle warteten, dachte ich: Mein Gott, das ist ja wie in Rußland, nur noch

schlimmer. Es ist ein Gefängnis! Aber es war bald überstanden, und wir waren draußen. Und dann ... Deshalb schreibe ich Dir, liebe Rosa. Dann waren wir frei. Es ist schwer zu beschreiben. Zu wissen, daß man frei ist! Keine Gendarmen, keine Polizeispitzel. Man kann gehen, wohin man will. Jeder darf wählen. Und ein Jude hat genauso viele Rechte wie jeder andere.

Deshalb schreibe ich Dir jetzt, liebe Rosa. Ich muß einfach an Dich denken. Natürlich bist du konvertiert und lebst in Moskau. Aber bist zu sicher, daß dir deshalb nichts zustoßen kann? Und der kleine Dimitrij: Nach jüdischer Ansicht ist der Sohn einer Jüdin ein Jude. Ich will damit ja nur sagen, daß Ihr um Gottes willen nach Amerika kommen sollt, wenn die Sache in Rußland schiefgeht. Komm hierher zu uns, ich bitte Dich, wo Deine ganze Familie in Sicherheit sein wird.

Der Brief hatte in Rosa einen bleibenden Eindruck hinterlassen. Wenn sie auch in den vergangenen Jahren, mit ihrem neuen Leben und dem Kind, selten an die Vergangenheit gedacht hatte, brachte der Brief mit seltsamer Intensität alles zurück. Sie dachte an ihren Vater und all das, was er für sie zu tun versucht hatte. Sie dachte ans Klavierspielen, das sie seit ihrer Heirat völlig aufgegeben hatte. Traurig dachte sie an den Kummer, den sie ihrer Mutter verursacht hatte. Sie stellte sich ihre Brüder vor: Wie gern würde sie sie wiedersehen!

Der Brief war außerdem Anlaß zur Beunruhigung. Obwohl ihr Bruder nur die Juden als gefährdet erwähnte, entging ihr doch nicht die versteckte Anspielung auf Polizeispitzel und Regimegegner. Auch Peter mit seiner sozialistischen Betätigung konnte sich in Gefahr befinden. Sie hatte vier Wochen lang über den Brief nachgegrübelt, ehe sie ihn eines Morgens Peter zeigte und fragte, was er darüber denke.

»Schreckliche Idee, Rußland zu verlassen.« Und als sie meinte, es sei vielleicht besser für die Familie, nach Amerika zu gehen, sah er sie nur völlig verständnislos an und empfahl ihr, sich hinzulegen. Rosa hatte festgestellt, daß Peter neben seiner Sanftheit und Güte auch eine seltsame Halsstarrigkeit besaß, die ihn blind machte gegen alles, was nicht in seine Idee vom Universum paßte. Sie würden niemals nach Amerika gehen.

Wie sehr hatte sie das bedauert! Damals hatte sie es nicht geglaubt. Sie liebte Peter; er war so gut und einfach, und obwohl er anfangs fast eine Vaterfigur für sie gewesen war, wurde es ihr im Laufe der Jahre immer deutlicher, wie sehr er von ihr abhing, und das tat er in rührender Offenheit: »Ich kann mir gar nicht vorstellen, wie ich ohne dich hätte leben können«, sagte er manchmal. Und einmal hatte er ihr gestanden: »Als du damals von Amerika gesprochen hast – das war der schlimmste Tag in meinem Leben. Einen Augenblick dachte ich, du hättest mir erklärt, du wollest dich von allem abwenden, was ich liebe, weißt du. Gott sei Dank ist dieser Wahnsinn vorüber.«

Er brauchte sie. Er betete sie an. Wie konnte sie ihm also sagen, was mit ihr geschah?

Im Jahre 1905 hatten die schrecklichen Träume begonnen. Sie kamen plötzlich und ohne Vorwarnung. Das Thema war immer das gleiche: der Pogrom. Nacht für Nacht kamen die Träume, und sie wachte entsetzt, in kalten Schweiß gebadet, auf. Sie waren so grauenhaft, daß sie sich manchmal fürchtete, zu Bett zu gehen. Während des Wachseins begann sich jetzt eine neue schreckliche Vorahnung in ihren Gedanken zu formen, die schmerzliche Überzeugung, daß Peter und Dimitrij etwas zustoßen würde.

Einige Monate nachdem die Träume begonnen hatten, stellte sich ein weiteres Problem ein, das auch nicht weichen wollte: Sie konnte die Berührungen ihres Mannes nicht mehr ertragen.

Nun, fünf Jahre danach, war sie wenigstens auf eines stolz: Peter hatte nie etwas davon bemerkt. Sie liebte ihn. Sie wußte, daß er das nie begreifen würde. Manchmal hatte sie zwar mit ihm geschlafen und dabei unter größter Willensanstrengung ihre Abneigung verheimlichen können. Später hatte sie sich dann immer neue Ausflüchte einfallen lassen, um die nächtlichen Zärtlichkeiten zu umgehen, dafür aber hatte sie ihn tagsüber mit ihrer Zuneigung überhäuft.

In dieser Gemütsverfassung befand sich Rosa, als Dimitrij angegriffen wurde und man entdeckte, daß er Jude war. Nur Vladimir hatte ihr Geheimnis geahnt.

Hatte sie kurzzeitig in ihrer Jugend an Vladimir als an ihren Liebhaber gedacht? Eine unmögliche Liebe, eine Liebe, die nicht sein durfte. Doch auch eine platonische Liebe wie die ihre hatte ihre Freuden und Schmerzen. Was hieß es denn für eine Frau, zu wissen, daß nicht ihr Mann, sondern dessen Bruder sie wirklich verstand? Sie genoß seine Gesellschaft; da war sie glücklich. Und doch fürchtete sie ihn, denn er brachte sie dazu, wieder zu spielen. Er zeigte ihr nur allzu deutlich, was sie vor sich zu verbergen suchte – den quälenden Abgrund, der sie von ihrem Mann trennte. Und so floh sie von Vladimir zurück in ihr Gefängnis.

Vladimir hatte versprochen, Dimitrij nach Amerika zu bringen. Das allein war jetzt wichtig für sie.

Sie ging an einem Zeitungsstand vorüber. Neben der Tür waren auf einer kleinen Tafel die Schlagzeilen zu lesen. Der arme Stolypin, der loyale

Ministerpräsident, war kurz zuvor in Kiev erschossen worden. Nun hatte sich herausgestellt, daß sein Mörder ein Doppelagent war – ein Polizeispitzel, der diese Greueltat nur begangen hatte, da die revolutionäre Gruppe, in die er sich eingeschleust hatte, allmählich Verdacht gegen ihn schöpfte.

»Nur in unserem armen Rußland müssen wir mit solchem Wahnsinn leben«, murmelte sie.

Sie befand sich nun in einer Straße mit Trambahnschienen. Schon vor der Jahrhundertwende hatte es in Moskau Bahnen gegeben, solide, zweistöckige Fahrzeuge, die von zwei Pferden gezogen wurden. Sie gingen einen angenehm leichten Trab. Im letzten Jahr aber waren sie durch elektrische Trambahnen ersetzt worden, die einstöckig waren und sich viel rascher fortbewegten. Die Schienen trafen sich an einer Straßenkreuzung; darauf ging Rosa zu.

Peter Suvorins Buch war natürlich die letzten achtzehn Monate ihre Stütze gewesen. Wie viele Nächte hatte sie bis in die frühen Morgenstunden aufopfernd für ihren Mann geschrieben, während er tief geschlafen hatte! Das war die Art von Aufopferung, die sie von seinem Lager fernhielt. Das Buch war letzte Woche fertig geworden und ging nun in Druck. Es würde ihn wahrscheinlich berühmt machen, und sie war damit ihres Schutzes beraubt worden.

Es war nicht schwierig. Die elektrische Straßenbahn fuhr rasch auf sie zu durch die Nacht, gerade, als sie die Kreuzung erreichte. Rosa hatte die Handschuhe ausgezogen, als wollte sie in ihrer Tasche nach etwas suchen; nun zog sie sie gleichgültig wieder an. Die Trambahn kam näher.

Alle hatten es gesehen. Es gab keinen Zweifel an dem, was geschehen war. Die Frau, die am Randstein stand, hatte in ihrer Tasche gesucht, hatte aufgeblickt und war ausgeglitten. Sie stieß einen kurzen Schrei aus, als sie mit dem einen Fuß auf dem feuchten Stein vergeblich nach Halt suchte. Sie fiel unmittelbar vor die Räder der Straßenbahn. Es gab keinen Zweifel daran, daß es sich bei der unglückseligen Geschichte, auch wenn Rosa unter Stimmungen gelitten hatte, um einen Unfall handelte.

Zwei Monate danach vollendete Dimitrij Suvorin die drei »Etüden« zu ihrem Andenken in Anlehnung an Skrjabin; und man war sich darüber einig, daß sie seine ersten ernsthaften und reifen Kompositionen darstellten.

1913

Als das Jahr seinem Ende zuging, blickte Alexander Bobrov mit einer gewissen Zuversicht in eine angenehme Zukunft. Es waren zwar noch einige Hindernisse zu überwinden, doch er hatte seine persönliche Kampagne sorgfältig vorbereitet. Das Mädchen war jetzt fünfzehn Jahre alt und bereits eine blendend aussehende junge Dame. Bald wäre seine Zeit gekommen.

Alexander war zweiundzwanzig. Er war überdurchschnittlich groß, von kräftiger Statur und besaß das gute Aussehen seines Großvaters, allerdings war Alexej glatt rasiert.

Er war sich seiner Attraktivität bewußt, war jedoch nicht unbedingt eitel. Als letzter Repräsentant einer Adelsfamilie und, trotz der liberalen Einstellung seines Vaters, als Repräsentant einer Ordnung, die dazu diente, den Zaren zu schützen und zu erhalten, sah er es vielmehr als seine Pflicht an, gut auszusehen. Neben sorgfältiger Kleidung war ihm eine militärisch straffe Haltung wichtig. Außerdem ließ er sich, soweit er sich das leisten konnte, an den passenden Orten blicken. Für seine Lebensstellung brauchte er nur zwei Dinge anzustreben: einmal eine Anstellung bei Hofe, zum zweiten die Heirat mit der Erbin Nadeschda Suvorin.

Wenn er an Rußlands Zukunft dachte, hatte Alexander ebenfalls Grund zur Hoffnung. Die dritte Duma hatte ihre ganze Fünf-Jahres-Periode bis zum vergangenen Jahr überstanden, und nun tagte eine neue, die vierte Duma.

Dem Zaren war es gelungen, das konservative Element leicht zu stärken, obwohl sich die Radikalen auf Kosten des Zentrums ebenfalls gesteigert hatten. Im ganzen gesehen, war der neue Staatskörper nicht schlechter als der vergangene. Alexejs unermüdlicher Vater hatte sich wieder wählen lassen. Und, das mußte gesagt werden, die Verhältnisse auf dem Lande waren insgesamt erfreulich.

»Stolypin ist nicht mehr, und an seiner Stelle sitzen Nullen«, erläuterte Nikolaj Bobrov seinem Sohn. »Doch sein Werk lebt fort. Sieh dir die Resultate an.« Dann zählte er sie begeistert an seinen Fingern ab. »Der Handel vervielfacht, ebenso die landwirtschaftlichen Erträge, außerdem haben wir 1911 dreizehneinhalb Millionen Tonnen Getreide exportiert. Die Staatsschulden sind gering. In drei von vier Jahren haben wir Etatüberschüsse erzielt. Auf dem Lande herrscht Ruhe.« Er lächelte zufrieden. Von Revolution war kaum etwas zu hören in jenen Jahren. »Mit ein bißchen Glück haben wir sie vielleicht abgewendet«, beliebte der ältere Bobrov zu sagen.

Tatsächlich gab es nur Wolken am ausländischen Horizont, doch weder die beiden Bobrovs noch einer ihrer Bekannten waren sonderlich beunruhigt. »Die Diplomaten werden die Schwierigkeiten aus der Welt schaffen«, meinte Nikolaj zu seinem Sohn, »dafür haben wir die Allianzen.«

Das weitgespannte Netz der Allianzen sprach eigentlich zugunsten Rußlands. Die Notwendigkeit einer kräftigen Anleihe beim Geldgeber Frankreich und eine bessere Verständigung mit England hatte Rußland mit diesen beiden Nationen zum sogenannten Dreierbündnis zusammengefügt. Deutschland, Österreich und Italien bildeten auf der anderen Seite die Dreierallianz. »Sie halten sich gegenseitig die Waage«, erläuterte Nikolaj des öfteren.

Nur aus der gebirgigen Balkanregion nördlich von Griechenland kamen Anzeichen wirklicher Gefahr. Hier war durch den endgültigen Zerfall des nahezu erloschenen osmanischen Reiches Österreich im Vormarsch. 1908 hatte es die beiden überwiegend von slawischen Serben bewohnten Regionen Bosnien und Herzegovina genommen. Die übrigen Serben fühlten sich bedroht; Rußland, auf seiten seiner Slavenbrüder – außerdem hatte es ein Auge auf diese Region in der Nähe Konstantinopels und des Schwarzen Meeres –, überwachte jede Entwicklung sorgfältig. »Das wird alles geregelt«, sagte Nikolaj voraus. »Niemand hat Interesse, einen Krieg anzufangen.« Nur wenige europäische Staatsmänner hätten ihm hierin widersprochen.

Tatsächlich hatte in den vergangenen fünf Jahren nur ein eher privates Problem Alexanders heitere Welt überschattet und ihm Kopfzerbrechen verursacht: Jevgenij Popov. Was sollte mit ihm geschehen? Alexander war sich durchaus im klaren darüber, daß Frau Suvorins Affären ihn nichts angingen; sein Haß auf Popov war jedoch so groß, seine Achtung vor Vladimir so gewaltig, daß Popovs Liaison ihn in Gedanken quälte. Seit jener nebligen Nacht, als er den Bolscheviken in Suvorins Haus schleichen sah, fühlte er sich persönlich verletzt.

Er hatte es sich angewöhnt, spätabends durch jene Gegend zu laufen; zweimal noch im selben Monat hatte er Popov zum Stelldichein erscheinen sehen. Es bestand kein Zweifel: Die Familie seiner zukünftigen Gattin und die Person seiner zukünftigen Schwiegermutter wurden von dem rothaarigen Sozialisten entehrt. Es war furchtbar.

Aber was sollte er machen? Vladimir war sein Freund. Wenn dieser große Mann hintergangen wurde, war es auf alle Fälle seine Pflicht, ihm ein Zeichen zu geben, überlegte Alexander. Es war auch nicht die Entehrung; man konnte nie wissen, welche Ungelegenheiten ein Mann wie Popov einer geachteten Familie verursachen konnte. Alexander wollte auch Nadeschda schützen.

Aber wie sollte er vorgehen? Es dem alten Mann direkt zu sagen war unangenehm. Wenn Frau Suvorin außerdem herausfand, was er getan hatte, würde er sich ihren immerwährenden Haß zuziehen – keine sehr verlockende Situation im Hinblick auf sein Ziel, künftig ihr Schwiegersohn zu sein.

Endlich fand er die Lösung: Er schickte Vladimir einen anonymen Brief, und zwar aus Zeitungsausschnitten zusammengesetzt und primitiv abgefaßt. Er war stolz auf diese Aktion. Dabei nannte er Popovs Namen nicht, sondern verwies nur auf »einen gewissen rothaarigen Revolutionär«. Danach spazierte er, sooft er konnte, spätabends an Suvorins Haus vorbei, und da er längere Zeit nichts von Popov zu sehen bekam, nahm er an, der Brief habe seine Wirkung getan. Doch einige Monate später sah er seinen Feind wieder dort herumlungern.

Alexander kam ziemlich oft in Suvorins Haus, und teils als Ausrede für die Besuche bei Vladimir, teils um etwas mit Nadeschda gemeinsam zu haben, entwickelte er während dieser Jahre ein fast professionelles Interesse an Malerei.

Sein Universitätsstudium belastete ihn nicht sonderlich. In seiner freien Zeit arbeitete er fleißig. Er studierte von Grund auf die Hauptströmungen der westlichen Malerei, ebenso beschäftigte er sich intensiv mit der alten Kunst der Ikonenmalerei. Wie es seine Art war, ging er dabei methodisch und ernsthaft vor. Mit der Zeit entwickelte er auch ein wirkliches Gefühl für die Thematik. Ehrgeizig wagte er sich in die zeitgenössische Malerei vor. Vladimirs Sohn, der mehr Zeit in Europa als in Rußland verbrachte, hatte kürzlich erstaunliche Werke von Chagall und Matisse geschickt, außerdem von einer seltsamen neuen Figur in der Szene, die anscheinend am Anfang einer neuen Ära der Malerei stand: Pablo Picasso. Alexander befaßte sich so gründlich mit jedem neuen Thema, als handle es sich dabei um die Lösung eines Rätsels, bis er an Kenntnissen allen anderen überlegen war.

Alexander stellte fest, daß Nadeschda ihn aufgrund seines Wissens mit Respekt behandelte, was ihm höchst angenehm war. Sie ließ sogar mit Freuden den stolzen Dimitrij und Karpenko mit ihren Improvisationen am Klavier sitzen und begleitete ihn für ein paar ruhige Minuten durch die Galerien ihres Vaters, während er ihr von irgendeiner interessanten Entdeckung berichtete. »Du weißt eine Menge«, sagte sie dann und sah ihn mit ihren großen, ernsten Augen an.

Sie war jetzt in der Pubertät und bekam eine reizende Figur, wie er erfreut feststellte. Bald würde sie eine junge Frau sein. Alexander ging deshalb mit ihrer Beziehung sehr vorsichtig um, hielt eine freundliche Distanz ein, wartete, daß sie auf ihn zukäme. Im Augenblick gab es nur ein Problem, von dem Alexander hoffte, es werde sich in nicht allzu ferner Zeit von selbst lösen: Nadeschda war in Karpenko verliebt.

Für Dimitrij Suvorin war das Jahr 1913 nicht nur eine vielversprechende, sondern auch eine wildbewegte Zeit. Nie zuvor hatte die russische Kultur sich zu derart schwindelnden Höhen erhoben. Es war, als hätten sich alle außergewöhnlichen Entwicklungen des vergangenen Jahrhunderts plötzlich zusammengetan und sich über die Welt ergossen.

Europa war der russischen Musik bereits verfallen, der Oper und dem herrlichen Baß des legendären Schaljapin. Nun hatte Diaghilevs »Ballet Russe« London, Paris und Monte Carlo im Sturm genommen. Zwei Jahre zuvor hatte der unvergleichliche Nijinski Strawinskys »Petruschka« getanzt; letztes Jahr das hinreißende, heidnisch-erotische Ballett »L'après-midi d'un faune«. Im Mai 1913 übernahm er in Paris die Choreographie jenes Ereignisses, das die Musikgeschichte verändern sollte: Strawinskys »Le sacre du printemps«. Vladimir Suvorin hatte das Glück, sich zu dieser Zeit gerade in Paris aufzuhalten. Er brachte Dimitrij eine Abschrift der Partitur mit, und der junge Mann vertiefte sich tagelang darin, fasziniert von der gigantischen, urwüchsigen Kraft, den nie zuvor gehörten Dissonanzen und den erregenden Rhythmen.

»Rußland steht nicht länger hinter Europa zurück«, erklärte Karpenko bei dieser Gelegenheit. »Wir liegen jetzt vorn.« Nur wenige hätten leugnen wollen, daß Rußland in diesem erregenden künstlerischen Gärungsprozeß die führende Rolle spielte.

Seit Rosas Tod hatten sie die Wohnung umgeräumt, und so hatten Peter, Dimitrij und Karpenko jeder sein eigenes Zimmer; dieses gemeinsame Junggesellenquartier sagte allen sehr zu. Durch Vladimirs Großzügigkeit hatte Karpenko genügend Geld, um sein Studium fortzusetzen und sich ein kleines Atelier nebenbei zu mieten.

Die Avantgarde, die in Rußland erstaunlicherweise von Männern *und* Frauen angeführt wurde, schäumte über von Ideen, und Karpenko hielt Dimitrij und seinen Vater immer über die neuesten Wunder auf dem laufenden: Ein umstürzlerisches abstraktes Ölgemälde von Kandinsky; ein brillantes Bühnenbild von Benois oder Chagall. Und ständig ein neuer -ismus – im Jahre 1913 war vor allem die Rede vom Futurismus. Zweifellos eine bemerkenswerte Strömung. Unter der Führung brillanter junger Leute wie Malevitsch, Tatlin und Majakovskij verbanden die russischen Futuristen mit Vorliebe Malerei und Lyrik; sie veröffentlichten Bücher und Broschüren mit Illustrationen, deren kühne Wirkung nie wieder erreicht wurde. »Der Kubismus Picassos war eine Revolution«, erklärte Karpenko, »doch der Futurismus geht viel weiter.« In der Malerei übernahmen die Futuristen die gebrochenen geometrischen Formen des Kubismus und übersetzten sie in berstende Vorwärtsbewegung. In der

Lyrik wurde die Sprache bis zum einfachen Klang hin zerlegt; durch Abweichungen von der Grammatik entstand etwas Neues, Verblüffendes.

Mit seinen zwanzig Jahren hatte Karpenko sich zu einem auffallend gut aussehenden jungen Mann entwickelt. Er trug keinen Bart, und seine schmale, dunkle Gestalt war so auffallend, daß Dimitrij oft amüsiert feststellte, wie achtbare Damen auf der Straße sich vergaßen und hinter ihm herstarrten. Dimitrij sah ihn in Begleitung kunstbeflissener junger Damen, die offensichtlich sehr von ihm eingenommen waren. Karpenko zog es allerdings vor, Details über sein Liebesleben für sich zu behalten.

Obwohl er so attraktiv war, war er nicht oberflächlich. Mitunter hatte er sich während der vergangenen Jahre kurzzeitig in nachdenkliches Schweigen gehüllt; das waren wohl, so dachte Dimitrij, Perioden schöpferischer Konzentration gewesen. Er hatte nur eines an seinem Freund zu bemängeln; manchmal fand er Karpenkos witzige Bemerkungen ein wenig roh.

Wenn ihr Leben nun auch in verschiedenen Bahnen verlief, gingen die beiden jungen Männer doch häufig miteinander aus. Manchmal besuchten sie Vladimir Suvorin. Das Jugendstilhaus des Industriellen war inzwischen fertiggestellt und glich einem Kunstwerk. Vor allem die große Halle war atemberaubend mit dem Fußboden aus farbigem Marmor und Granit in Spiralmuster, mit fliederfarbenen Wänden, bunten Glasfenstern und einer Treppe aus cremefarbenem Marmor, das Geländer in großzügig schwingenden Formen geschnitzt. Vladimir hatte eine Bibliothek zeitgenössischer Literatur zusammengetragen, in der er viel freie Zeit verbrachte. Karpenko, der ihn beim Sammeln futuristischer Publikationen unterstützte, kam selten ohne ein neues Werk, das immer sehr willkommen war. Und natürlich kam er auch, um Nadeschda zu sehen.

Es waren stets anregende Besuche. Manchmal brachten sie Freunde mit, und es ergaben sich häufig hitzige Diskussionen, an denen Nadeschda, obwohl sie erst fünfzehn Jahre alt war, aktiv teilnahm. Die Themen waren in jenen bewegten Tagen eher künstlerischer als politischer Natur. Meinungen prallten aufeinander; Nadeschda hörte zu und blickte mit leuchtenden Augen auf Karpenko.

Manchmal tauchte auch Alexander Bobrov bei solchen Gelegenheiten auf, und dann fragte Karpenko, wenn die Gesellschaft gerade über den Dichter Ivanov hergefallen war, ganz beiläufig: »Was hältst du von Ivanov, Alexander Nikolajevitsch?« Und wenn Alexander dann, wie er es immer tat, eine unverbindliche Antwort gab, wie etwa: »Nicht schlecht«, sahen sich die übrigen Anwesenden vielsagend an oder brachen in Hohngelächter aus.

»Armer Alexander Nikolajevetisch«, sagte Karpenko dann hinter seinem Rücken. »Er weiß alles und begreift nichts.« Und ins Gesicht sagte er ihm: »Du lernst und lernst, Alexander, aber du liegst immer hinter der neuesten Kunstströmung zurück.«

Warum haßte Karpenko den Bobrov so sehr? »Er ist der Prototyp der sturen Russen«, behauptete der Ukrainer. Eines Tages jedoch gestand er, daß er Alexanders Interesse an Nadeschda nicht ertrage. Aber was wollte er selbst denn von dem Mädchen? Es wurde immer offenkundiger, daß sie in ihn verliebt war. Und er tat nichts, um ihrer Zuneigung entgegenzukommen. »Dir liegt also wirklich an ihr?« fragte Dimitrij eines Tages auf dem Nachhauseweg.

»Ich fühle mich als ihr Beschützer«, antwortete Karpenko geradeheraus. »Ich kann den Gedanken nicht ertragen, daß sie sich an einen Dummkopf wie Bobrov verschwenden soll.«

»Aber was ist denn mit dir?«

Karpenko lachte kurz auf. »Sei nicht albern! Ich bin ein armer Ukrainer.«

»Onkel Vladimir hat dich gern.«

»Seine Frau aber nicht.«

Dimitrij hatte gelegentlich bemerkt, daß Frau Suvorin, wenn sie auch nie darüber sprach, Karpenkos charmanter Art, die ältere Damen gewöhnlich entzückte, mit einer gewissen Arroganz begegnete. »Du hast also nichts dagegen, daß sie dich liebt, nur damit die Sache für Bobrov schlecht ausgeht, nicht wahr?« fragte er.

Zu seiner Überraschung stöhnte Karpenko plötzlich leise auf. »Ach, du begreifst einfach gar nichts. Sie ist anders als alle Mädchen der Welt.«

»Du liebst sie also?«

»Ja, verdammt, ich liebe sie.«

»Dann gibt es ja noch Hoffnung«, meinte Dimitrij fröhlich.

Doch Karpenko schüttelte den Kopf so mutlos, wie Dimitrij ihn noch nie gesehen hatte. »Nein, es gibt keine Hoffnung für mich«, erklärte er.

An einem Dezemberabend des Jahres 1913 kam die Krise, die seit langem zwischen Nadeschda Suvorin und ihrer Mutter schwelte, endlich zum Ausbruch. Der Funke, der die Flamme entfachte, war die Tatsache, daß Frau Suvorin ihre Tochter vor Karpenko warnte. Was denn nicht in Ordnung mit ihm sei, wollte Nadeschda wissen. War er zu arm? Hatte ihre Mutter gesellschaftliche Ambitionen? Frau Suvorin wies diesen Verdacht weit von sich. »Offen gesagt – es ist sein Charakter. Um ehrlich zu sein, ich glaube, er spielt mit dir. Verliere dein Herz nicht an ihn!« Mehr wollte sie nicht sagen.

Nadeschda war entschlossen, ihre Mutter zu hassen. Sie war in Karpenko verliebt. Sie hatte ihn schon als Kind bewundert, aber nun, in der Glut des Heranreifens, durchlitt sie all die Sehnsüchte der ersten Liebe. Sie hätte ihrer Mutter vielleicht die scharfe Kritik verziehen, wäre da nicht etwas anderes gewesen.

Ein Jahr zuvor war sie dem Verhältnis mit Popov auf die Spur gekommen. Sie war einmal spätnachts aufgewacht, und als sie den Flur entlangging, hörte sie ein leises Geräusch in der Diele. Zu ihrer Überraschung sah sie ihre Mutter zur Eingangstür huschen, wo sie einen Fremden einließ. Nadeschda duckte sich auf der Galerie zusammen und sah, wie die beiden die Treppe hinaufgingen. Ihre Mutter und der Rotschopf Popov. Eine Zeitlang konnte sie es nicht fassen. Ihre Mutter und dieser Sozialist? Neben dem Ekel, den sie empfand, dachte sie: Wie kann sie dem armen Papa so etwas antun? Und trotzdem läßt er sie gewähren. Er ist ein Heiliger. Und seither betrachtete Nadeschda ihre Mutter als heimliche Feindin, auch wenn sie nicht darüber sprach. Das Unglück wollte es, daß an ebendiesem Abend, als Frau Suvorin die Bemerkung über Karpenko gemacht hatte, Popov beschlossen hatte, wieder einen Besuch zu machen.

Hätte Nadeschda über Popovs Absicht in jener Nacht Bescheid gewußt, wäre sie wohl noch erstaunter gewesen. Vielleicht sogar mehr noch als Frau Suvorin, als sie sie hörte.

»Würdest du mit mir weglaufen?« fragte er einfach.

In seinen jüngeren Jahren wäre diese Vorstellung undenkbar gewesen, jetzt aber überlegte er, ob er aufgeben solle. Einige Jahre zuvor hatte er gehofft, den Suvorins Geld für das bolschevikische Anliegen zu entlocken. Nach allem, was er wußte, wäre es vielleicht sogar gelungen. Und doch kam es nicht dazu. Die Partei brauchte, weiß Gott, Geld. Vor kurzem war eine neue bolschevikische Zeitung mit Artikeln eines merkwürdigen jungen Burschen aus Georgien erschienen, dessen Stil an den liturgischen Gesang eines Priesters erinnerte. Er nannte sich ganz im Stil der Revolutionäre »Stalin« – ein Mann aus Stahl. Das ganze Jahr über hatte Popov versucht, Geldmittel für die »Pravda« aufzutreiben, aber er hatte nie Frau Suvorin darauf angesprochen. Mit ihr war es inzwischen etwas Besonderes. Er glaubte fast, daß er sie liebte. Und nun hatte er statt dessen vor, sie um die Finanzierung ihrer beider Flucht zu bitten. Im Jahre 1913 fühlte Popov sich erschöpft. Es gab keine Hoffnung auf eine Revolution. Lenins Versuch, die sozialistische Linke wiederzuvereinigen, hatte wenig Erfolg gezeitigt. Es waren neue Verhaftungen erfolgt. Selbst Stalin wurde nach Sibirien verbannt.

»Wir könnten ins Ausland gehen«, schlug Popov vor. Zu ihrer eigenen Überraschung freundete Frau Suvorin sich mit dem Gedanken an. Er war ein außergewöhnlicher Mann. Sie hatte viel von ihm gelernt. Er hatte sie dazu gebracht, lange und intensiv über ihr Leben nachzudenken, und er hatte sogar ihre politischen Ansichten verändert. »Ich glaube tatsächlich, daß wir eine Demokratie brauchen«, hatte sie schließlich zugegeben. »Ich kann mir sonst nichts denken, was gerecht wäre. Ich persönlich möchte zwar den Zaren behalten, aber wir brauchen eine verfassunggebende Versammlung.« Das war eine geheime Passion für sie geworden.

Doch er beunruhigte sie auch. Wenn sie mit ihm über die Revolution sprach, war es mitunter, als habe er sich eine Schutzhülle zugelegt, die alle menschlichen Gefühle ausschloß, die mit der anstehenden Aufgabe in Konflikt geraten konnten. Bei solchen Gelegenheiten dachte sie, daß er töten könne, ohne daß es ihm etwas ausmache. Nun hatte der Revolutionär sich ergeben. Sie wollte ihn in ihre Arme schließen.

Die Tür flog auf, und Nadeschda trat ins Zimmer. Sie zitterte. »Ja«, sagte sie ruhig, »meine Mutter macht sich Gedanken wegen meiner Freunde. Sie hätte es wohl lieber, wenn sie Bolscheviken wären.«

Popov schwieg.

In einem Anflug von Zorn sagte Nadeschda: »Du sollst nur wissen, daß ich weiß, wie du meinen armen Papa behandelst.« Und zu Popov gewandt: »Man müßte Sie einsperren. Vielleicht wird es sogar geschehen.«

»Nadeschda, geh in dein Zimmer«, sagte Frau Suvorin rasch, und Popov flüsterte sie zu: »Du gehst jetzt besser.« Auf seinen fragenden Blick erwiderte sie kopfschüttelnd: »Unmöglich.«

1914

Die Prozession wand sich langsam und feierlich durch die staubige Sommerhitze. Sie wurde angeführt von Priestern in juwelenbesetzten Gewändern und mit schweren Mitren. Manche trugen Ikonen, andere riesige Banner. Ein Chor sang. Als sie vorbeikam, hob sich eine Woge aus Händen, die das Kreuzzeichen machten, während Köpfe und Rücken sich tief verneigten – dies war noch immer das Heilige Rußland. Und Rußland befand sich im Krieg.

Alexander Bobrov sah das alles mit Tränen der Rührung in den Augen. Welch ein Sommer war das gewesen! Zuerst hatte Dürre geherrscht, dann gab es eine totale Sonnenfinsternis. Jeder Bauer in jedem Dorf wußte deshalb, daß wahrscheinlich eine Katastrophe bevorstand. Aber nun, nachdem sie eingetreten war, schien es, als vollziehe sich hier in den

Straßen Moskaus eine wundersame Bekehrung. Plötzlich wurden alle Russen Brüder, vereint in der Verteidigung des Vaterlandes.

Hinter den Ikonen wurde ein großes Bildnis des Zaren getragen. Es war seltsam, daß dieser Mann, der kaum einen Tropfen russischen Blutes in den Adern hatte und seinem Vetter, König Georg V. von England, fast aufs Haar glich, die zentrale Figur in diesem eher orientalischen Gepränge bilden sollte. Sein ernstes, ziemlich gewöhnliches Gesicht mit dem kurzen braunen Bart ließ auf seine Persönlichkeit schließen – ein leicht verwirrter, gutmütiger und unschlüssiger deutscher Prinz, durch sein Schicksal in ein fremdes östliches Reich verschlagen. Aber er war der Zar, Väterchen aller Russen, und während sein Bildnis vorbeigetragen wurde, verneigte sich das Volk.

Alexander verneigte sich ebenfalls. Er trug eine Uniform, und am nächsten Tag würde er in den Kampf ziehen.

Wie hatte diese gigantische Mobilisierung begonnen, die die Welt erschüttern sollte? Ereignisse in den Balkanländern hatten den Konflikt entzündet. Als Österreich 1908, von Deutschland unterstützt, Bosnien und die Herzegovina annektiert hatte, machte es damit seine Expansionsabsichten deutlich, aber es sah so aus, als sei die Bedrohung abzuwenden. Der Sommer des Jahres 1914 machte diese Hoffnung zunichte. Als bosnische Terroristen den österreichischen Erzherzog Franz Ferdinand in Sarajevo ermordeten, behauptete Österreich, dies sei die Schuld des benachbarten Serbien gewesen, und bestand auf einer Entschuldigung unter demütigenden Bedingungen. Serbien hatte sich sogleich gefügt, Österreich dagegen lehnte ab und traf Gegenmaßnahmen. »Es ist gar keine Frage – Österreich und Deutschland haben vor, alle Balkanstaaten zu beherrschen. Das bedeutet, daß sie die Kontrolle über Konstantinopel und das Schwarze Meer haben«, erklärte Alexander seinem Vater. Abgesehen jedoch von einer derart offensichtlichen strategischen Überlegung gab es nach Alexanders Meinung eine weitere, die mindestens ebenso ins Gewicht fiel. Die Serben sind Slaven wie wir, Orthodoxe wie wir«, meinte er. »Das Heilige Rußland muß ihnen zu Hilfe kommen.« Und das tat Rußland denn auch.

Hätte sich der Konflikt nicht doch auf diese Region beschränken können? Auf dem Balkan hatte es seit Jahrhunderten, mit Unterbrechungen, Kriege gegeben. Durch die intensiven diplomatischen Versuche des englischen Lord Grey sah es für kurze Zeit so aus, als könne der Konflikt eingegrenzt werden. Doch es sollte nicht sein. Der einmal in Bewegung gesetzte Kriegsmoloch ließ sich nicht mehr aufhalten. Russische Truppen wurden zur Unterstützung nach Serbien geschickt. Deutschland erklärte

Rußland den Krieg; dann folgten Frankreich und Großbritannien. Im August begann der allgemeine Kampf der zivilisierten Welt.

Gott sei Dank würde es ein kurzer Krieg werden, darüber waren sich alle einig. An ebendiesem Morgen hatte Alexander einen nachdenklichen Brief seines Vaters erhalten, der immer noch Mitglied der Duma in St. Petersburg war.

> Das Ganze läuft auf eines hinaus, mein lieber Junge: Deutschland spielt ein gewagtes Spiel, um einen Zweifrontenkrieg zu vermeiden, und zwar einen gegen Frankreich im Westen und gleichzeitig gegen Rußland im Osten. Der großsprecherische Schlieffen-Plan sieht vor, daß es durch Belgien nach Nordfrankreich vorstößt, Paris einkreist und in weniger als drei Monaten an der Westfront klar siegt, bevor Rußland Zeit zur Mobilisierung hat. Dann erst wendet es sich gegen uns. Ich kann Dir weiterhin mitteilen, daß ich durch gut informierte Personen erfahren habe, es gebe sehr genaue Pläne der Deutschen, was sie mit uns vorhaben: Das Reich wird in verschiedene Regionen aufgeteilt – in baltische Provinzen, die Ukraine, und so fort. Uns läßt man nur das ehemalige Moskoviter Reich. Denke Dir nur – unser mächtiges Imperium zerfallen!
>
> Doch das wird nicht geschehen, denn Deutschland hat einen groben Fehler gemacht. Rußland kann viel schneller mobilisieren, als der Plan es vorsieht. Wenn wir mit unserem großen Potential an Soldaten rasch angreifen, sieht sich Deutschland in ebendiesen Zweifrontenkrieg verwickelt, den es nicht durchstehen kann. Es wird kapitulieren müssen. Nach allgemeiner Überzeugung ist der Krieg nach Weihnachten vorüber.

Alexander hatte sich, ohne zu zögern, freiwillig gemeldet. Als einziger Sohn wäre er sofort freigestellt worden, doch er wollte unbedingt dabeisein. Seinem sozialen Status entsprechend würde er gleich Offizier werden; am folgenden Tag begann seine Ausbildung. Er trug bereits seine Uniform, und darauf war er stolz.

Nur ein Gedanke bedrückte ihn: Er mußte sich bald von Nadeschda verabschieden. Aber würde sie überhaupt noch mit ihm sprechen nach dem, was geschehen war?

Er war zwei Tage zuvor ins Haus der Suvorins gegangen, um Nadeschda mitzuteilen, daß er zur Armee gehe. Dort hatte er Karpenko getroffen.

Er seufzte. Es hatte keinen Sinn, es zu leugnen: Während der letzten sechs Monate hatte Nadeschda sich tief in Karpenko verliebt. Welch eine Ironie des Schicksals! Er, Alexander, war dreiundzwanzig Jahre alt und beendete gerade sein Studium. Nadeschda war sechzehn und eine junge Frau. In jenem Jahr hatte er sich vorgenommen, den Schritt zu wagen. Nun entschloß er sich statt dessen, sie immer noch als Kind zu betrachten, das der Sache mit Karpenko entwachsen würde. Also hieß es noch warten!

Als er ins Zimmer trat, standen die beiden am Fenster. Man sah, daß sie einander sympathisch waren. Da wandte Karpenko sich um und sagte etwas. Was hatte der Kerl eigentlich gesagt? Irgend so etwas wie: »Da kommt ja unser Kriegsheld, Bobrov, der *bogatir.*«

Da hatte Alexander seine Selbstbeherrschung verloren. »Ich wüßte nicht, wie ich als Ukrainer diesen Krieg sehen würde«, meinte er kühl.

Es stimmte, und das wußten sie beide, daß Ukrainer in Österreich lebten, ebenso eine kleine Gruppe ukrainischer Nationalisten, die im kommenden Krieg eine Möglichkeit sahen, die Ukraine von der russischen Herrschaft zu befreien. Es war die Rede davon, daß einige davon interniert werden sollten. Es traf jedoch auch zu, daß Hunderttausende von Ukrainern in der russischen Armee kämpfen sollten.

Karpenko wurde sehr blaß. »Ukrainer sind keine Verräter. Wir kämpfen für den Zaren«, sagte er leise.

Bitter wandte Alexander ein: »Tatsächlich? Wird man dich in Uniform sehen, oder hast du vielleicht keine Lust, der Gefahr ins Auge zu blicken?«

Eine schreckliche Stille trat ein. Die Frage war unfair, denn die meisten Studenten waren freigestellt, und die meisten jungen Männer mit einflußreichen Freunden nutzten diese Chance unverzüglich, um Freistellungen zu erwirken. Diesmal lief Karpenko rot an.

»Ich finde, es ist furchtbar, so etwas zu sagen.« Nadeschdas Augen sprühten Funken. »Und ich meine, Alexander Nikolajevitsch, du solltest uns jetzt verlassen.«

Was hatte er nur getan! Welche Torheit hatte ihn dazu veranlaßt? Konnte er es heute wagen, noch einmal einen Besuch zu machen? Er mußte es. »Ich kann nicht gehen und die Dinge auf sich beruhen lassen«, murmelte er. So war er reichlich nervös auf dem Weg zu dem großen Haus der Suvorins.

Alexander wäre, hätte er davon gewußt, überrascht gewesen von der kurzen Unterredung, die eine Stunde zuvor zwischen Michail und Nadeschda stattgefunden hatte. Frau Suvorin hatte den jungen Mann veranlaßt, dieses Gespräch zu führen. Sie hatte ihn an diesem Morgen rufen lassen. Ruhig und eher beiläufig ging sie die Sache an. »Dieses Mädchen ist in Sie verliebt, und das geht schon zu weit«, meinte sie kurz und bündig. »Sie und ich, wir wissen beide, was Sie zu tun haben.« Karpenko stand leicht verlegen neben einem großen, hochlehnigen Sessel.

Nadeschda stand in einiger Entfernung von ihm. »Ich glaube, du weißt, daß ich dich sehr gern habe«, begann er. Er setzte ihr liebevoll auseinander, wieviel ihm ihre Freundschaft bedeutete, und lenkte allmählich auf seinen Auftrag hin. »Falls ich dich unbeabsichtigt getäuscht haben sollte – es gibt da etwas, das du wissen müßtest.« Er hielt inne. »Unsere Freundschaft kann niemals mehr sein als eben eine Freundschaft.«

Sie wurde blaß, blickte ihn jedoch weiterhin unverwandt an. Dann runzelte sie die Stirn. »Du meinst, es gibt jemand anderen?«

»Ja.«

»Das wußte ich nicht. Schon länger?«

»Ja.«

Sie krauste wieder die Stirn. »Aber du bist nicht verheiratet, nicht wahr?«

»Nein. Aber mein Herz ist anderweitig vergeben«, sagte er und wurde verlegen wegen der geschraubten Ausdrucksweise.

»Danke, daß du es mir gesagt hast«, meinte sie nur. »Du solltest jetzt wohl lieber gehen.«

Für Dimitrij Suvorin hatte dieser warme Augustnachmittag etwas von einem Traum. Vielleicht war es der Klang der Glocken oder der Gesang der Priester; vielleicht auch diese mittelalterlich anmutenden russischen Volksmassen, die sich außerhalb jeglicher Zeit durch die Straßen des zwanzigsten Jahrhunderts bewegten. Möglicherweise waren es auch die Menschen in den Häusern – Tausende von bleichen Gesichtern, an jedem Fenster, auf jedem Balkon, die sich seltsam und wie verloren ausnahmen in dieser mächtigen Stadt, die zum Bühnenbild geworden war.

Im Laufe des Nachmittags kam er zufällig in die Nähe des Hauses der Suvorins, als die Prozession soeben vorüberzog. Er wußte, daß Karpenko an diesem Tag dort einen Besuch machen wollte, und so trat er ein in der Annahme, seinen Freund noch vorzufinden. In dem oberen kleinen Salon traf er auf Nadeschda.

Sie stand am Fenster und starrte auf die Straße, wo die Priester mit den Ikonen die lange Prozession anführten. »Merkwürdig«, sagte sie, »der letzte Krieg, den wir gegen die Japaner führten, kam mir so unwirklich vor. Vielleicht weil ich noch sehr jung war.«

»Das war auch sehr weit weg.«

»Waren die Menschen damals vor dem Krieg auch so patriotisch?«

»Ich glaube nicht.«

»Heiliges Rußland. Es ist schwer vorstellbar, daß Menschen, die man kennt, sterben müssen«, fuhr sie fort.

Dimitrij nickte. Mit seinem steifen Bein würde er niemals die Musterung für den Militärdienst bestehen. »Hast du übrigens Karpenko gesehen?« fragte er.

»Ja, er ist gegangen.«

»Hast du eine Ahnung, wohin?«

»Nein.« Sie schwieg kurze Zeit, dann sagte sie: »Ich bin ziemlich müde, Dimitrij. Komm bald wieder.«

Draußen überkam ihn plötzlich die Laune nachzusehen, ob Karpenko ins neue Haus seines Onkels Vladimir gegangen sei. Auf dem Weg dorthin fand Dimitrij die Nebenstraßen fast menschenleer. Auch das Jugendstilhaus wirkte trübe und verlassen. Er ging die Stufen zum Eingang hinauf und läutete. Nichts rührte sich. Vladimir hielt nur sein Stammpersonal, aber trotzdem war es ungewöhnlich, daß niemand zu Hause sein sollte. Vielleicht sehen sie sich die Prozession an, dachte Dimitrij achselzuckend.

Aus einem Impuls heraus drehte er am Griff der schweren Tür, die sich überraschenderweise öffnen ließ. Anscheinend hatte man vergessen, sie abzuschließen. Da es draußen heiß war und Dimitrij nichts Besseres zu tun hatte, trat er ein.

Die hohe Halle mit der cremefarbenen Treppe lag still da. Wohnzimmer, Eßzimmer und Bibliothek führten alle auf die Halle. Er ging von einem Zimmer ins andere, fand jedoch niemanden.

Er war erst einmal im Obergeschoß des Hauses gewesen. Er wußte, daß sich dort ein Wohnzimmer und ein Arbeitszimmer befanden. Oben an der geschwungenen Treppe angekommen, öffnete er eine Tür nach der anderen, fand ein Wohnzimmer und ein Schlafzimmer, nicht jedoch das Arbeitszimmer. Als er schon wieder hinuntergehen wollte, bemerkte er eine weitere Tür, die er öffnete.

Es war ein großzügiger Raum mit blauen Wänden. Das Jugendstilfenster stellte in buntem Glas eine fremdartige Traumlandschaft dar, mit Bergen in der Ferne und Bäumen voll rotgoldener Früchte im Vordergrund. An einer Wand hing ein Gemälde von Gauguin.

Links gab es einen Schreibtisch, in der Mitte eine Chaiselongue, und im Hintergrund des Raumes befand sich ein großes Bett. Darauf lagen sein Onkel Vladimir und Karpenko. Beide waren nackt. Vladimirs große behaarte Gestalt lag von Dimitrij abgewandt, aber die Situation war eindeutig. Karpenko dagegen hatte den Kopf der Tür zugewandt und sah dem Freund geradewegs in die Augen.

Dimitrij starrte einfach nur. Da lächelte Karpenko ihn merkwürdig schuldbewußt an, als wollte er sagen: Nun weißt du's, nicht wahr?

Dimitrij zog sich lautlos zurück, ging in die stille Halle hinunter und verließ das Haus.

Auf dem Nachhauseweg war er sich über seine Empfindungen nicht im klaren, der Schock und das Entsetzen waren zu groß. Als er den Hof mit dem staubbedeckten Maulbeerbaum betrat, stellte er überraschend fest, daß er für seinen Freund eine neue Art von Fürsorglichkeit empfand. Im Hinblick auf Onkel Vladimir fühlte er sich betrogen, und zugleich dachte er entschlossen, daß Nadeschda das nie erfahren dürfe. Und an diesem traumhaften Tag kam ihm auch zu Bewußtsein, wie vieles in den Menschen verborgen lag, das er nicht begriff.

Am Spätnachmittag betrat Alexander Bobrov nach Aufbietung all seines Mutes das Haus der Suvorins und erfuhr zu seinem Erstaunen, daß Nadeschda bereit war, ihn zu empfangen. Noch ehe er die sorgfältig überlegte Entschuldigung stammeln konnte, berührte sie mit einem Finger leicht seine Lippen und sagte nichts als: »Ist schon gut.« Dann hängte sie sich bei ihm ein und schlug einen Gang durch die Galerie vor.

Als Alexander sie ansah, hatte er den Eindruck, sie habe vorher geweint. Überdies lag eine Weichheit in ihrem Verhalten, die er noch nie an ihr bemerkt hatte.

Als er sich verabschiedete, trat sie auf ihn zu und meinte: »Nun, Alexander, du ziehst in den Krieg. Vergiß nicht, wieder zu mir zurückzukommen, hörst du?« Dann hob sie ihm das Gesicht entgegen und lächelte: »Vielleicht möchtest du mich küssen.« Sie streckte die Arme nach ihm aus.

1915

Gerade hatte es geregnet. Der feuchte Boden dampfte im Sonnenschein, während Alexander mit seinen Männern wartete. Vor ihnen breitete sich ein weites polnisches Feld, dahinter befand sich eine Baumreihe. Der Einsatz der Soldaten stand bevor. Alexander Bobrov überprüfte seine Leute, dreiunddreißig an der Zahl; alle bis auf einen waren unerfahrene Rekruten, in jenem Winter eingezogen, mit einer vierwöchigen Grundausbildung. Den einzigen Veteranen, einen siebenundzwanzigjährigen Reservisten, hatte Alexander als Feldwebel eingesetzt.

Der Graben, in dem sie standen, war nicht sonderlich tief. Als sie ihn noch nicht ganz zwei Meter ausgehoben hatten, erklärte der diensthabende Hauptmann ungeduldig, das genüge; sie seien schließlich hier, um zu kämpfen, nicht, um zu graben. Er war klein und dick, der Hauptmann, ein Offizier der alten Schule, mit einem wilden grauen Backenbart und rotem Gesicht.

»Dauert nicht mehr lange«, hatte er eine Stunde zuvor verkündet. »Seid tapfer, Jungs!« Dann war er verschwunden.

Alexander blickte über das große Schlammfeld. Würden plötzlich irgendwo deutsche Stahlhelme auftauchen? Oder Rauchwölkchen? Wie sollte Alexander das wissen? Es war sein erster Einsatz, seine erste Begegnung mit dem Krieg.

Krieg. Mit dem Operationsziel war das russische Oberkommando erfolgreich gewesen. Die direkten Blitzangriffe im Sommer 1914 hatten den Feind überrumpelt. Im Norden waren die russischen Streitkräfte rasch über Polen vorgedrungen und in Ostpreußen auf die Deutschen gestoßen, die sie dadurch zu einem panikartigen Rückzug zwangen. Im Süden war eine russische Armee von der Ukraine aus westlich in österreichisches Territorium gezogen und wurde gerade noch daran gehindert, durch Schlesien nach Deutschland und in Richtung auf Berlin vorzudringen.

Allerdings hatten diese Anfangserfolge entsetzliche Opfer gefordert. Beim deutschen Gegenangriff waren die Verluste ungeheuer. Eine Viertelmillion Mann fielen in der Augustoffensive im Norden. Ende 1914 betrugen die Verluste auf der russischen Seite, die Kriegsgefangenen mitgerechnet, 1 200 000 Mann.

Deutschland kämpfte jedoch an zwei Fronten. Sein grandioser Plan hatte versagt. Das russische Reich, das in seinen beiden letzten Kriegen – auf der Krim und gegen Japan – derart gedemütigt worden war, hatte sich nun als eine militärische Macht erwiesen, mit der man rechnen mußte. Zu Beginn des Jahres 1915 konzentrierte Deutschland seine ganze Kraft auf Rußland. Im März war dieses Reich für Frankreich und Großbritannien so wichtig geworden, daß diese Alliierten zögernd einwilligen mußten, Rußland nach Kriegsende nicht weniger als die alte Stadt Konstantinopel zuzugestehen. Im Jahre 1915 begannen die Deutschen allerdings mit ihrem Gegenangriff.

Alexander Bobrovs Männer waren leider nicht entsprechend ausgerüstet. Während die Großoffensive von 1914 dramatisch gewesen war, zeigte sich die zweite Runde, im Jahre 1915, von einer ganz anderen Seite. Alexander vergaß nie sein Erstaunen an dem Tag, als Waffen ausgegeben wurden. Als zwanzig seiner Männer Gewehre erhalten hatten, erklärte der diensthabende Offizier, daß es nun genug sei.

»Was ist denn mit den übrigen?« fragte Alexander.

»Die bekommen ihre Gewehre an der Front.«

»Sie meinen also, daß es dort Waffenlager gibt?«

»Sie kriegen Gewehre von ihren Kameraden, von denen, die gefallen sind«, erklärte der Offizier. Bald darauf erfuhr Alexander, daß in einigen Regimentern in diesem Abschnitt fünfundzwanzig Prozent der Soldaten unbewaffnet losgeschickt wurden. Irgendwie war es ihm gelungen, für seine Leute Gewehre zu erbetteln oder zu stehlen, aber er wußte von einer Einheit, in der die Hälfte der Männer mit Mistgabeln ausgerüstet wurden, und er hatte gehört, daß eine Kompanie im Süden dem Feind mit den bloßen Fäusten entgegenzog. Alexander wußte außerdem, daß die Artillerie, die ihnen Feuerschutz gab, lediglich zwei Schüsse pro Feldgeschütz hatte.

Da war noch die Sache mit dem Funkgerät. Zwei Tage zuvor war Alexander beim Gefechtsstand der Kompanie, wo dieses Gerät installiert war. Der Hauptmann war eifrig damit beschäftigt, dem Obersten die genaue Beschreibung ihrer Position und Truppenaufstellung durchzugeben. Etwas allerdings gab Bobrov zu denken. »Geben wir alles auf diese Weise durch, Hauptmann?« fragte er.

»Was meinen Sie?«

»Nun ja, Sie benützen keinen Code. Sie geben alles im Klartext weiter. Was ist, wenn der Feind unsere Funksprüche abfängt? Dann weiß er doch über unsere Dispositionen Bescheid.«

»Seien Sie nicht albern, Bobrov«, grinste der Hauptmann. »Wir funken auf russisch, Mann. Davon verstehen die Deutschen kein Wort.«

Das war die übliche Einstellung. Die Funksprüche über die gesamte russische Armee wurden in Klartext durchgegeben, was, wie der deutsche Oberkommandierende später zugab, die Dinge an der Ostfront wesentlich vereinfachte.

Warum war alles so unzureichend organisiert? Zum Teil kam es daher, das wußte Alexander, daß das Oberkommando von Männern wie dem Hauptmann besetzt war: rückständige Exerzierplatzsoldaten, die moderne Kampfmittel und moderne Methoden kategorisch ablehnten. Der Oberbefehlshaber, General Suchomlinov, war solch ein Mann. Es gab, auch das wußte Alexander, einen Kader von aufstrebenden jungen Offizieren, die unter dieser Obrigkeit litten, doch diese Männer hatten keine Möglichkeit, sich durchzusetzen.

Es waren nicht nur die Generäle. In einem Augenblick der Aufrichtigkeit gestand der Hauptmann: »Das Problem ist, daß wir nur Munition für einen kurzen Krieg hatten, für einen längeren reicht sie nicht aus. Unsere Fabriken produzieren grundsätzlich nicht genug – und angesichts der großen Materialverluste sind sie hoffnungslos im Hintertreffen.«

Es begann ganz plötzlich, und es war anders, als Alexander es erwartet hatte. Da waren keine deutschen Stahlhelme, kein Artilleriebataillon und keine blitzenden Schwerter, da rückten keine geschlossenen Reihen bewaffneter Männer an. Nichts als ein fernes dumpfes Grollen. Und dann die Einschläge. Zuerst fielen die deutschen Granaten in die hinter ihnen liegenden Wälder, dann knallten mehrere in das Feld davor, jagten kleine Schlammfontänen hoch. Der Feind kannte ihre Position offenbar genau. Und während Alexanders Männer erschrocken und verwirrt in dem unzureichenden Schützengraben kauerten, nahm der Geschützdonner seinen Fortgang. Im Frühjahr und Sommer 1915 erlebte die russische Armee das ganze Ausmaß des deutschen Bombardements.

Zwei Stunden nach dem Angriff kam der Hauptmann vorüber; sein bärtiges, schmutzbedecktes Gesicht erschien über dem Graben. Es hatte nur einen direkten Einschlag gegeben.

»Los, Bobrov, kommt raus«, schrie der Hauptmann. »Wir gehen zurück.« Sie kletterten aus dem Graben und folgten ihm durch den Wald, wo keine Granaten einschlugen. Nach einer Weile erreichten sie den Befehlsstand, der dem Erdboden gleich gemacht worden war.

»Diese verdammten Deutschen! Sie verstehen sich aufs Schießen, das muß man ihnen lassen«, meinte der Hauptmann mit schiefem Lächeln.

Er ist gar kein so übler Bursche, dachte Alexander, nur ein bißchen rückständig. Er schaute nach hinten, um sicherzugehen, daß alle seine Leute da waren. Da pfiff eine Granate heran, und noch eine. Dann gab es einen entsetzlichen Knall, und gleißende Helligkeit blendete die Augen.

Er tauchte wie aus einem Nebel auf, und vernahm von ferne die Töne eines Klaviers. Vorsichtig blickte er sich um und wußte sofort, wo er sich befand: Er konnte den vertrauten Baum vor dem Fenster sehen. Dann schloß er die Augen wieder.

Er fühlte, wie Nadeschda sich über ihn beugte. Ihre Stimme klang aufgeregt: »Dimitrij, Dimitrij! Er ist zu sich gekommen.« Die Musik verstummte.

Als Alexander, noch kaum bei Bewußtsein, im Juli nach Moskau zurückgebracht worden war und sein Vater überlegte, was für ihn zu tun sei, hatte Vladimir alles in die Hand genommen. Alexander lag drei Wochen im Delirium, wurde von einem Arzt überwacht und von einer Krankenschwester gepflegt.

Nach und nach erfuhr er, was geschehen war. Die Granate, deren Detonation ihn fast getötet hätte, war Teil eines schweren Bombardements, das die russische Armee in Polen um fast dreihundert Meilen zurückwarf.

»Es ist eine Katastrophe«, berichtete Nadeschda am dritten Tag, als Alexander sich kräftig genug fühlte, um zu sprechen. »Der größte Teil Litauens ist verloren. Sie stoßen über Lettland vor, und unsere Leute sind weiterhin auf dem Rückzug. Der alte General Suchomlinov wurde entlassen. Alle sagen, die Regierung sei unfähig. Es heißt, wir können nur auf die Hilfe des heiligen Nikolaus hoffen.«

Die wirklich aufregenden Nachrichten brachte jedoch sein Vater. Der Zar hatte die Duma Anfang des Jahres aufgelöst und per Dekret regiert. Doch die Rückschläge im Krieg waren so groß, daß er gezwungen war, die Duma wieder zur Sitzung einzuberufen, aus diesem Grund befand Nikolaj Bobrov sich in der Hauptstadt. Die antideutsche Einstellung war seit Kriegsbeginn derart gewachsen, daß die Regierung den Namen der Hauptstadt St. Petersburg, der zu deutsch klang, in Petrograd abänderte.

Nikolajs Briefe waren voll von Informationen. Er beschrieb seinem Sohn den Charakter der wichtigen Männer im Parlament: Rodsjanko, dem ebenso wohlbeleibten wie weisen Duma-Präsidenten; von Kerenskij, dem liberalen Sozialistenführer – »ein guter Redner, doch ohne wirkliches politisches Konzept, außer der Vernichtung des Zaren« –, und von anderen mehr. Rasputin, der Freund der Kaiserin, schrieb der Vater, mache derartige Schwierigkeiten wegen seines ausschweifenden Lebenswandels, daß er zu seiner Familie in Sibirien zurückgeschickt worden sei. Zu Alexanders Erstaunen gab sein Vater sich insgesamt optimistisch.

> Die derzeitige Krise ist unsere letzte und die beste Gelegenheit zur Regierungsumbildung. Wir zwingen den Zaren zu einem gewissen Maß an Demokratie und retten Rußland dadurch. Aus der Niederlage kommt der Sieg, mein lieber Junge.

Alexander blieb noch längere Zeit sehr geschwächt. Seine schwere Verwundung bereitete ihm starke Schmerzen. »Sie sind jung, Sie werden wieder ganz gesund«, meinte der Arzt. Sie richteten ihm ein Zimmer im Erdgeschoß ein, von wo aus er mit dem Rollstuhl auf die Veranda fahren konnte.

Im Haus herrschte rege Betriebsamkeit. Arina, die Haushälterin, war außerordentlich tüchtig. Trotz des Krieges blieben die Werkstätten und das kleine Museum geöffnet. Arinas Sohn Ivan, jetzt sechzehn Jahre alt, ging bei dem dortigen Holzschnitzer in die Lehre.

Während Peter Suvorin und Karpenko in Moskau blieben, hatte sich die übrige Familie aufs Land begeben. Frau Suvorin betätigte sich in einer neuen *zemstvo*-Organisation und half besonders bei der Unterbringung des Flüchtlingsstromes von der Front. Vladimir hatte die Tuchfirma von Russka in eine kleine Waffenfabrik zur Herstellung von Patronen und Granaten umgewandelt. Dimitrij seinerseits übte und komponierte täglich. Ein Dutzend Suiten für Klavier und zwei Sätze seiner ersten Symphonie waren schon zu Papier gebracht. Die Partituren wurden in einem Schrank verschlossen aufbewahrt.

Vladimir hatte in Russka ein kleines Pflegeheim eingerichtet, wo verwundete Soldaten sich erholen konnten, und Nadeschda kümmerte sich täglich um sie. Manchmal wurden diejenigen, die sich schon besser fühlten, zum Tee ins Wohnhaus geholt. So vergingen die Monate Juli und August. Im August gestattete der Arzt Alexander zweimal, sich mit dem Wagen zum Kloster fahren zu lassen. »Der Ort ist großartig«, meinte er zu Vladimir, »ich habe noch nie ein so blühendes Dorf gesehen.«

Während im Sommer 1915 die großen Städte durch den Krieg litten, begann auf dem Land eine Periode des Reichtums. »Wie es in Kriegszeiten oft der Fall ist, bezahlt die Regierung, indem sie Geld druckt; die Folge ist eine Inflation. Was jeder braucht – und nur die Bauern haben es –, ist Getreide. Die Preise dafür sind hoch, und wir haben gerade eine Rekordernte gehabt. So haben die Bauern übermäßig viel eingenommen.« Vladimir machte eine Pause und fuhr dann schmunzelnd fort: »Stell dir vor, Boris Romanov, dieser Schuft, hat sich sogar ein Grammophon gekauft.«

Ende August löste der Zar die Duma auf. Gleichzeitig beschloß er, die Position des Oberkommandierenden des russischen Heeres persönlich einzunehmen. Er wollte sich selbst an die Front begeben.

In der ersten Septemberwoche erhielt Alexander einen langen Brief seines Vaters. Er klang nun nicht mehr optimistisch, und der Schluß war voll böser Vorahnungen.

> Jeder versuchte, den Zaren umzustimmen, aber er ist ein uneinsichtiger Bursche, der es für seine Pflicht hält, Autokrat zu sei. Also ist die Demokratie unter der Zarenherrschaft gestorben, dessen bin ich sicher. Die Versuche des Zaren, die Armee wieder zu stärken, sind zum Scheitern verurteilt. Ich sehe in der Zukunft nur Chaos. Rasputin ist wieder erschienen. Gott helfe uns!

1917

Am 2. März dieses Jahres endete die Herrschaft des Zaren. Rußland war frei!

Nikolaj Bobrov stand am Fenster und blickte gespannt hinaus. Ein Stirnhöhlenkatarrh hatte ihn gezwungen, an diesem Tag zu Hause zu bleiben. An seiner Stelle war sein Sohn Alexander zum Tauridapalast gegangen, wo die Duma tagte, um das Neueste zu erfahren. Er mußte jeden Augenblick zurück sein.

Sicher hatte der Zar bereits seine Abdankung unterzeichnet. »Gott weiß«, murmelte Nikolaj, »daß der Zar nicht so weitermachen kann.« Noch hatten Bobrov und seine Freunde die Macht nicht übernommen; schließlich hatte die Duma den Zaren abgesetzt.

Die Bedenken, die Nikolaj im schicksalhaften Sommer 1915 geäußert hatte, hatten sich bewahrheitet. Der Zar war häufig an der Front gewesen. Die Armee war wirklich nicht ganz erfolglos. Die große Brusilov-Offensive von 1916, die während eines britischen Großangriffs an der Somme gestartet wurde, konnte den Feind zwar nicht schlagen, brachte jedoch einige Vorteile an der Westfront. Vom Kaukasus her waren russische Truppen in die Türkei vorgedrungen. Im Süden allerdings stießen Deutschland und Österreich durch Rumänien bis an die Westküste des Schwarzen Meeres vor, und die Engländer wurden gezwungen, sich aus Gallipoli zurückzuziehen. Dadurch wurde Rußland der Zugang zum Schwarzen Meer weiterhin blockiert, so daß es kein Getreide exportieren konnte. Der Krieg an der russischen wie an der Westfront war ein grimmiges Auf-der-Stelle-Treten.

In Rußland selbst geriet die Lage zu einem Alptraum. Die Kaiserin hielt nun die Zügel der Regierung in der Hand. Sie hatte wohl die Idee, eine zweite Katharina die Große zu sein – zumindest ließ sie dies einen verblüfften Beamten wissen. Und neben der Kaiserin stand – Rasputin.

Es kam Bobrov manchmal vor, als würde jeder, der nur einen Funken Verstand besaß, entlassen. Nur blinder Gehorsam dem Zaren gegenüber wurde belohnt. Die endlose Liste von Berufungen und Entlassungen – über vierzig neue Provinzgouverneure innerhalb eines Jahres! – veranlaßten einen Witzbold in der Duma zu der Bemerkung, die Verwaltung leide unter epileptischen Anfällen. Jedes Vertrauen in die Regierung war geschwunden. Häßliche Gerüchte über die Kaiserin und Rasputin waren bis zu den Fronttruppen vorgedrungen. Es hieß sogar, sie seien insgeheim mit den Deutschen im Bunde. Im Dezember 1916 töteten zwei adlige Patrioten Rasputin, doch dieser Mord konnte den Lauf der Geschichte nicht mehr ändern.

Jede Partei der Duma, selbst die Konservativen, hatte sich gegen den Zaren gewandt. Wenn die Armee auch ihre Stellungen an der Front hielt, gab es doch eine Million Desertierte. In der Hauptstadt herrschte Mangel an Lebensmitteln und Heizmaterial. So konnte es nicht weitergehen. Seit Wochen war die gesamte Duma in Aufruhr. Die dem Zaren Nahestehenden befanden sich in depressiver Verfassung.

Als nach einem harten Winter im Februar 1917 ein zeitiges Frühjahr einsetzte, begaben sich in Petrograd alle auf die Straßen. Das Volk hatte genug. Es gab spontane Demonstrationen; Nicht nur Streiks, auch massive Straßenschlachten fanden statt. Polizei und Kosaken befanden sich hoffnungslos in der Minderzahl. Und da begingen die Behörden einen schweren Fehler: Sie holten die Garnisonen zu Hilfe. Die meisten von diesen waren Rekruten, die aus ihren Dörfern geholt und in Baracken gepfercht worden waren. Sie meuterten und schlossen sich den Protestierenden an.

Am 28. Februar war es vorüber. Der Zar verfügte die Auflösung der Duma bis zum April. »Doch wir weigerten uns«, berichtete Bobrov mit leisem Lächeln. »Wir weigerten uns zu gehen, und plötzlich wurde uns klar, daß wir die Regierung sind.«

Die Deputierten gaben die Erklärung ab. Der Pöbel auf der Straße war anscheinend einverstanden. Was sonst gab es denn außer der Duma? Am folgenden Tag verlangte die Duma die Abdankung des Zaren, und da stellte der russische Monarch fest, daß er auf der ganzen Welt keinen Freund mehr hatte.

Alexander konnte sich inzwischen wieder aus eigener Kraft fortbewegen; er war noch immer Offizier, jedoch für den aktiven Dienst untauglich geschrieben und hatte die beiden letzten Wochen mit seinem Vater in der Hauptstadt verbracht. Obwohl noch immer Monarchist, fand er sich mit den liberalen Ansichten seines Vaters ab. Selbst er war betroffen vom Verhalten der Regierung während der vergangenen Monate.

Wie merkwürdig, dachte Nikolaj. Da bin ich nun, ein Witwer von zweiundsechzig Jahren, der seinen Besitz verloren hat. Mein Land ist in einen schrecklichen Krieg verwickelt, dessen Ende nicht abzusehen ist. Der Monarch ist gestürzt, und doch fühle ich mich heute so, als beginne mein Leben von neuem. Er schüttelte lächelnd den Kopf.

Er hielt den Zaren nicht für ein Ungeheuer, sondern nur für den falschen Mann in der falschen Position. Und er tat ihm eigentlich leid. Nun, nachdem Nikolaus II. gegangen war, merkte Nikolaj, daß er erleichtert war: Endlich konnte die Demokratie in Rußland beginnen.

Die Duma leistete nach seiner Ansicht gute Arbeit. Schließlich stellte sie als einzige Institution ein demokratisches Element in Rußland dar. Sie hatte bereits eine Reihe von Leuten als Provisorische Regierung bestimmt, und fast alle Parteien hatten ihre Unterstützung zugesagt. Nikolaj hatte erfahren, daß mehrere Arbeiterführer und Menscheviken in Petrograd eine Art Arbeiterrat, den sogenannten Sowjet, gegründet hatten. Er kannte zwei der Führer – keine schlechten Kerle. Sie konnten auf jeden Fall dazu beitragen, die Ordnung in den Fabriken wiederherzustellen.

Das Programm der Provisorischen Regierung stand bereits fest: Der Krieg wurde fortgesetzt. Alle, außer den Bolscheviken, waren damit einverstanden, und die Bolscheviken hatten um diese Zeit kein großes Gewicht. Dann sollten möglichst rasch Wahlen für eine neue gesetzgebende Versammlung als Ersatz für die Duma abgehalten werden. Damit wäre eine gut funktionierende Demokratie geschaffen. Die Linken wie die Rechten stimmten dem zu.

Nikolaj fühlte tatsächlich so etwas wie Hoffnung, während er wartend auf die Straße blickte. Und da entdeckte er Alexander.

Der Junge hatte es eilig. Er hielt ein Stück Papier in der Hand, wirkte aufgeregt. Sicher hatte er gute Nachrichten. Mit glücklichem Lächeln ging Nikolaj seinem Sohn entgegen. »Die Abdankung ist also durchgekommen?« erkundigte er sich.

»Nein. Der Zar kann sich nicht zur Unterschrift durchringen. Aber er muß! Er hat keine andere Wahl. Auch die Armeeführer drängen ihn dazu.«

»Was hast du denn da?« Nikolaj deutete auf das Papier.

Alexander reichte es ihm wortlos, und Nikolaj las. Es war nicht lang, gerichtet an die Garnison in Petrograd, und es enthielt sieben knappe Klauseln. Jede Kompanie wurde angewiesen, je ein Komitee zu gründen, das den Offizieren die Kontrolle über Waffen und Ausrüstung abnehmen sollte. Offiziere sollten nicht länger mit Ehrentiteln angesprochen oder außerhalb des Dienstes gegrüßt werden. Die Komitees sollten außerdem Vertreter in den Petrograder Sowjet wählen, der erklärte, daß nur er, und nicht die Provisorische Regierung, die höchste Autorität in allen militärischen Angelegenheiten darstelle. Das Papier war unterschrieben vom Komitee des Petrograder Sowjet. Darüber stand, einfach und ohne nähere Erklärung: »Befehl Nr. 1«.

Nikolaj starrte ungläubig darauf. Dann brach er in schallendes Gelächter aus. »Das ist absurd! Der Petrograder Sowjet ist nur ein inoffizieller Arbeiterrat. Er wurde von niemandem gewählt und hat keinerlei Amtsgewalt. Niemand wird ihm auch nur die geringste Beachtung schenken.«

»Aber sie tun es bereits. Ich bin in einigen Baracken gewesen. Alle wollen mitmachen. Manche haben mich ausgelacht, weil ich eine Offiziersuniform trug.«

»Aber die regulären Truppen, unsere Frontsoldaten ...«

»Der Befehl ist schon unterwegs zu ihnen. Ich sage dir, die meisten Truppen werden ihn befolgen.«

Nikolaj schwieg, wie vom Donner gerührt. »Wer trägt jetzt die Verantwortung?« rief er.

Alexander zuckte die Achseln. »Gott weiß es!«

Es war ein wunderbarer Julitag. Boris Romanov brummte zufrieden vor sich hin, als er von der schattigen Veranda in den Salon ging. Er liebte das Haus mit seinen grünen Wänden, den kleinen weißen Vorbau und das kühle Innere. Er kam seit Wochen jeden Nachmittag herauf und saß auf der Veranda. Früher hatte es den Bobrovs gehört, dann Vladimir Suvorin, und nun gehörte es ihm. Bei diesem Gedanken lächelte er. Die Revolution – seine Revolution – hatte endlich stattgefunden.

Nach Russka, wie in andere Provinzorte, war die Nachricht von der Abdankung des Zaren und von der neuen Provisorischen Regierung mit Verzögerung gekommen. Boris hatte die sichere Bestätigung erst zehn Tage später erhalten.

Die Provisorische Regierung hatte eine gesetzgebende Versammlung zugesagt. Es gab nun völlige Freiheit der Rede und der Zusammenkünfte. Das war jedenfalls kein Schaden. Für Boris bedeutete der Sturz des Zaren aber vor allem eins: »Jetzt bekommen wir das Land!«

Jedermann wußte Bescheid. Die Provisorische Regierung diskutierte das Verfahren. Das ganze Frühjahr über desertierten Soldaten von der Front in ihre Heimatorte, um die Landverteilung nicht zu versäumen. Zwei von diesen waren im Ort aufgetaucht. Aber nichts geschah. Die Provisorische Regierung ging, wie in allen Angelegenheiten, langsam, gesetzestreu und zögernd vor.

Ende April führte Boris die Dorfbewohner auf den Besitz. Niemand hielt sie auf. Als er das Haus betrat, begehrte einzig Arina auf.

»Welches Recht habt ihr dazu?«

»Das Recht des Volkes.« Als sie versuchte, ihm den Weg zu verstellen, schob er sie nur lachend beiseite. »Wir sind die Revolution«, erklärte er.

Theoretisch gehörte der Besitz immer noch Vladimir Suvorin, ebenso wie die Fabriken in Russka. Doch Vladimir hielt sich zur Zeit in Moskau auf. Arina lebte weiterhin in diesem Haus, ebenso wie ihr Sohn Ivan, der sich vorläufig noch mit der Holzschnitzerei beschäftigte. In der Zwischenzeit fällten die Dorfbewohner Suvorins Bäume und ließen ihr Vieh am Abhang vor dem Haus weiden. Die gesetzliche Regelung war nur noch eine Frage der Zeit.

In Boris Romanovs Augen hatte damit die Revolution ihr Ziel erreicht. Für andere stand allerdings mehr dahinter. In ebendiesem Monat wurde versucht, die Provisorische Regierung zu übernehmen. Es gab einen bewaffneten Aufstand seitens der Bolscheviken. Boris wußte Bescheid über sie. Das waren Burschen wie dieser verdammte Rotschopf – Popov. Ihre Anhängerschaft hatte in letzter Zeit zugenommen dank ihres Propagandarufs: »Alle Macht den Sowjets« und dank schriller Leitartikel in ihrem Parteiorgan »Pravda«. Die Revolte wurde jedoch niedergeschlagen. Einer ihrer Führer, Trotzki, befand sich im Gefängnis. Ein zweiter, Lenin, war ins Ausland geflohen. Ein neuer Mann stand an der Spitze der Regierung, ein Sozialist namens Kerenskij. Mit der Wiederherstellung der Ordnung hatte er General Kornilov betraut.

Langsam stieg Boris die Treppe hinauf. Während der letzten drei Monate hatte er voller Interesse das Hausinnere inspiziert. Es gab tatsächlich interessant aussehende Bücher und Gemälde hier. Den imposanten Flügel hatte er schon früher bewundert. Heute aber fiel ihm ein, daß er den Speicher noch gar nicht untersucht hatte.

Der lange niedrige Raum unter dem Dach war fast leer. An einem Ende standen jedoch ein paar verstaubte Schachteln unter einem kleinen runden Fenster. Er öffnete sie, ohne viel zu erwarten. Papiere. Alte Briefe, Rechnungen und anderer Kram der Bobrovs. Boris zuckte die Achseln. Er wollte sich gerade abwenden, als sein Blick auf ein Stück Papier fiel, das zwischen den übrigen Blättern herausragte und mit einem roten Bändchen umschlungen war. Er zog es heraus und fand darin, zusammengefaltet, einen Brief. Er war von Peter Suvorin unterzeichnet.

Es war ein Uhr morgens, und sie waren allein. Während der Moskauer Kreml immer noch standhielt, hatte es in der letzten Nacht, der Nacht zum 2. November, Straßenschlachten gegeben. Jetzt aber war es still in der Stadt. In Petrograd und in Moskau waren Lenin und seine Bolschewiken nun an der Macht. Waren sie es tatsächlich?

Popov lächelte Frau Suvorin zu, und trotz allem, was vorging, lächelte sie zurück. Sie fand, daß er jünger aussah. »Erzähle mir, was wirklich geschehen ist.«

Das welterschütternde Ereignis, bekannt als Oktoberrevolution, war, genaugenommen, alles andere als welterschütternd. Es war der verwegene Bubenstreich einer Minoritätenpartei, von der der größte Teil der Bevölkerung nicht einmal Kenntnis hatte.

Seit der Abdankung des Zaren war Rußland unter einer merkwürdigen Doppelherrschaft durch das Jahr 1917 geschlingert: einer Provisorischen Regierung, die im Grunde wenig Macht hatte, und eines Rätekongresses, der zwar ein wachsendes Netz von örtlichen Basen in Fabriken, Städten und Dörfern, jedoch keine wirkliche Legitimität besaß. Für eine demokratische konstituierende Versammlung wären Wahlen notwendig gewesen, doch die Regierung, selbst als Kerenskij die Führung übernommen hatte, reagierte nur langsam. Mittlerweile brach die Wirtschaft zusammen, es herrschte Lebensmittelknappheit, und die Regierungsmitglieder verloren allmählich den Mut. Die Bolschevikische Partei gewann im Petrograder Rat allmählich an Boden. Anfang September hatten Trotzki und seine Bolscheviken im dortigen Rätekongreß die Mehrheit. Einige Tage später ergab sich die gleiche Situation in Moskau. Aufs ganze Land umgerechnet, waren sie allerdings in der Minderzahl. Es sah so aus, als würden die Bolscheviken mit der Zeit die dominierende Linkspartei werden; dann wiederum hielt man eher das Gegenteil für möglich. In dieser ziemlich unsicheren Situation brachte Lenin seine bolschevikischen Mitstreiter dazu, das Spiel um die unverzügliche Machtergreifung nochmals zu wagen.

Es begann in der Nacht des 24. Oktober und wurde hauptsächlich von Trotzki geleitet, und zwar vom Smolny-Seminar aus – ehemals Kloster und Mädchenschule und nun Sitz der Petrograder Räte.

Den ganzen Abend hatten die Verschwörer eine wichtige Berufung nach der anderen vorgenommen, sie sicherten oder übernahmen Posten, und nur wenige der abgelösten Arbeiter opponierten. Sie hatten alles versucht, um die militärischen Garnisonen auf ihre Seite zu ziehen, aber darum hätten sie sich keine Sorgen zu machen brauchen, denn das Militär hatte wenig Lust zu agieren, und Kerenskij versäumte es, genaue Verteidigungspläne aufzustellen. Gegen Morgen waren fast alle Schlüsselstellungen der Stadt kampflos besetzt worden.

»Kerenskij versuchte außerhalb der Stadt militärische Unterstützung zu bekommen«, erzählte Popov Frau Suvorin, »aber er hatte wenig Glück. Die Minister der Provisorischen Regierung saßen weiterhin im Winterpalais mit einer Kosakenwache und – man stelle sich vor! – dem Frauen-Todesbataillon. Und außerdem, du lieber Himmel, vierzig Kriegsinvaliden.«

»Ich habe gehört, das Winterpalais sei beschossen worden.«

»Das stimmt. Das besorgte der Kreuzer ›Aurora‹. Sie hatten leider keine scharfe Munition, so gaben sie einen blinden Schuß ab.«

»Und dann?«

»Ach, sie gaben schließlich auf, und unsere Leute gingen hinein und plünderten.« Popov lachte leise vor sich hin. »Sicher erzählen wir diese Geschichte in den Geschichtsbüchern ein bißchen anders.«

Frau Suvorin sah Popov nachdenklich an. Sie hatten sich im vergangenen Jahr selten gesehen, fühlten sich aber immer noch zueinander hingezogen. Sie verstand, warum er im Augenblick des Triumphs eine Nachricht gesandt hatte, daß er sie an diesem Abend aufsuchen werde.

Ihr ging Verschiedenes durch den Kopf. Was würde dieser Wechsel politisch bedeuten? Einigen Menschen wurde großes Unrecht zugefügt, das wußte sie. Die Zivilverwaltung, die Banken und eine Anzahl von

Körperschaften hatten sich der widerrechtlichen Machtergreifung der Duma durch Streiks entgegengestellt. Es war immer noch damit zu rechnen, daß Streitkräfte gegen die Bolscheviken eingesetzt werden würden. Die Petrograder Börse hatte überhaupt nicht reagiert; die Preise blieben stabil.

Als erste Maßnahme verkündete die neue Gruppe, daß aller Besitz unter den Bauern aufgeteilt werden solle, doch das stand ja ohnehin schon fest. Frau Suvorin wußte sehr wohl, daß die Bauern den Besitz in Russka bereits besetzt hatten. Damit hatte sie sich abgefunden.

Wie aber stand es mit den beteiligten Männern? Über Lenin wußte sie Bescheid, auch über Trotzki, dachte sie. Sie fürchtete die beiden. Lunatscharskij dagegen, den Kultusminister, hatte sie kennengelernt und fand ihn gebildet und sympathisch. Andere Namen sagten ihr weniger. Einer vor allem, ein gewisser Stalin, Vorsitzender des Kommissariats für Nationalitätenfragen, war ihr gänzlich unbekannt.

Das führte ihre Gedanken zurück zu Popov. Selbst nach nunmehr zehn Jahren kannte sie ihn nicht wirklich. Manchmal hatte sie einen warm empfindenden Menschen in ihm entdeckt, dann wiederum hatte sie das Gefühl, er könnte unbarmherzig töten. Und ohne zu zögern, würde er lügen.

»Was wollt ihr denn gegen die Konstituierende Versammlung unternehmen?«

Er blickte sie überrascht an. »Die Wahlen sind schon anberaumt.«

»Werden sie stattfinden?«

»Selbstverständlich.«

»Nichts ist selbstverständlich. Woher soll ich denn wissen, daß dein Lenin kein Diktator ist?«

»Du hast mein Wort darauf.« Popov sah sie sehr ernst an. »Ich versichere dir, daß die Konstituierende Versammlung einberufen wird. Es ist ein Teil unseres Programms. Alle Entscheidungen dieser Regierung, die Landverteilung und alles andere, hängen von der Ratifizierung durch die Versammlung ab.«

»Kannst du das versprechen?«

»Das tue ich.«

1918

Am 5. Januar dieses Jahres trat die Konstituierende Versammlung in Petrograd zusammen. Da die Wahl gleich nach dem bolschevikischen Putsch stattgefunden hatte, war kaum zu widerlegen, daß die Ergebnisse

Trotz allem glaube ich, daß ich dir in einigen Monaten folgen werde.« Nadeschda hatte trotz der Einwände des Vaters darauf bestanden, bei ihm zu bleiben, und Alexander war gerade eine Stunde zuvor gekommen, um sich von ihr zu verabschieden.

Seit der Zeit in Russka, als er sich dort von seiner Verwundung erholte, waren sie einander sehr nahe gekommen. Zweimal hatte er ihr einen Heiratsantrag gemacht, doch in all den Veränderungen, die um sie her geschahen, hatte sie ihn nur gebeten: »Nicht jetzt!« Alexander rechnete damit, daß sie und Vladimir innerhalb des nächsten Jahres nach Westeuropa kommen würden. »Paß auf dich auf, mein Aljoscha«, sagte sie und gab ihm zum Abschied einen innigen Kuß.

»Hast du 'nen Glimmstengel?« Der Soldat stand vor ihm und sah ihn von unten herauf an.

Alexander nahm nur wahr, daß noch sechs oder sieben weitere Soldaten herumstanden. Rotgardisten, die ihn beobachteten. Derjenige, der ihn angesprochen hatte, hatte ein unangenehmes Gesicht.

»Er will also eine Zigarette?« fragte er irritiert. »Leider, ich rauche nicht.« Und damit wollte er seinen Weg fortsetzen.

Was, zum Teufel, war mit dem Kerl los? Der packte ihn plötzlich am Mantel, und sein anfangs erwartungsvoller Blick war nun böse. Er rief die anderen Gardisten herbei, die auf ihn zukamen, wobei einer sein Gewehr entsicherte.

Da wurde Alexander die Situation klar. Er hatte vergessen, seine Stimme zu verstellen, die die unverwechselbare Färbung der oberen Klasse besaß. Er hatte den Mann mit einer gewissen Arroganz angesprochen. Das schlimmste war, daß er dabei die Anrede »Er« benützt hatte, die zwischen Offizieren und ihren Untergebenen üblich war.

»Ich bin Offizier. Wie heißt du?«

»Ivanov. Ich bin kein Offizier.«

»Aber du warst doch einer, nicht wahr? Ich habe das Gefühl, Jungs, daß wir hier einen Gegner vor uns haben. Du denkst wohl, daß du ein *muschik* bist, oder?«

Alexander krümmte sich vor Schmerzen, als ihm plötzlich der Gewehrkolben in den Magen gestoßen wurde. Er ging zu Boden.

»Was machen wir jetzt mit ihm, Jungs?«

»Vielleicht mal durchsuchen.«

»Ich glaube, du möchtest dich gern mal mit der Tscheka unterhalten«, meinte der erste lachend. »Auf mit dir, Baron. Kommt schon, Exzellenz!«

Alexander rappelte sich hoch. Gott sei Dank hatte er keine Papiere bei sich. »Ich heiße Ivanov«, sagte er schwach.

Da rief einer der Soldaten: »Hier ist der Mann, den wir brauchen. Er ist vom Komitee. Fragen wir ihn doch!«

Als Alexander hochblickte, stand da Jevgenij Popov, der ihn erstaunt ansah.

»Behauptet, er heißt Ivanov«, sagte der erste Soldat.

Ein paar lange Sekunden schwieg Popov. Seine grünen Augen ruhten auf Alexander. Endlich sagte er: »Dieser Mann ist ein guter Bolschevik, Kameraden. Er ist einer von uns.«

»Aber er spricht wie ein feiner Mann«, widersprach der Soldat.

Popov lächelte. »Habt ihr schon einmal Vladimir Iljitsch sprechen hören?«

Es gab immer wieder Anlaß zur Heiterkeit, daß Lenin seine Schmähreden gegen die kapitalistischen Klassen in einer Sprache hielt, die deutlich der oberen Mittelschicht eigen war.

»Außerdem gibt es Offiziere, die in der kaiserlichen Armee gedient haben, Genosse, und jetzt treue Bolscheviken sind. Wir erschießen sie einfach, wenn sie es nicht sind«, fügte Popov aufgeräumt hinzu.

Die Männer sahen ihn voller Zweifel an. »Bist du sicher, Genosse?«

Popov zuckte die Achseln. »Fragt ihn doch«, antwortete er.

Später überlegte Alexander oft, wie er die folgenden Minuten durchgestanden hatte. »Ich heiße Alexander Pavlovitsch Ivanov«, begann er langsam. Er berichtete, daß er im Kampf verwundet worden sei, daß er bei seiner Rückkehr über das alte Regime verärgert war und sich sofort nach der Oktoberrevolution in den Dienst der Bolscheviken gestellt habe. »Ich habe kein Geld bekommen, und leider bin ich immer noch nicht ganz gesund.« Er wollte ihnen seine Verwundungen zeigen.

»Es lebe die Revolution!« sagte Popov leise.

»Es lebe die Revolution!« wiederholte Alexander.

»Ihr habt ihn gehört«, wandte Popov sich an die Soldaten. »Ich bürge für ihn.«

»Na schön, wenn du einer von uns bist«, sagte der erste Soldat, schlug Alexander auf den Rücken, und die Soldaten machten sich davon.

Als Alexander dastand und sich von Popov beobachtet fühlte, wurde ihm übel. Es war nicht nur der Stoß mit dem Gewehrkolben, auch nicht Furcht; es war die Demütigung, sich vor dem Mann, den er am meisten auf der Welt haßte und verachtete, zu diesen pathetischen Lügen erniedrigt zu haben. Widerstrebend trafen sich ihre Blicke. »Warum hast du das getan?« fragte Alexander schließlich.

Popov schwieg. Offensichtlich überlegte auch er. »Erinnerst du dich, daß du mich einmal einen Lügner genannt hast?« fragte er nach einer

Weile. »Ich benützte auch einen falschen Namen. Das hat dich geärgert, weißt du noch? Du hast mich auch als Feigling bezeichnet, fällt mir da ein.« Er nickte langsam. »Und warum hast du eben jetzt so überzeugend gelogen, Alexander Nikolajevitsch? Ich werde es dir sagen. Du hast es nicht für ein bestimmtes Anliegen getan. Du hast kein Anliegen. Du wolltest nur deine Haut retten.«

Alexander konnte es nicht abstreiten.

»Ich wollte es nur mal sehen«, sagte Popov sehr ruhig. »Es war interessant, das zu beobachten. Morgen oder übermorgen oder irgendwann wird man dich kriegen. Und dann rette ich dich nicht. Inzwischen aber wirst du erfahren, daß du nicht besser bist als ich, im Gegenteil, du bist schlimmer. Du bist ein Nichts.« Damit drehte er sich um und ging davon.

Alexander blickte hinter ihm her und überlegte, ob Popov wohl recht habe. Am folgenden Tag brachen die Bobrovs nach Finnland auf.

In den letzten Monaten waren mit Vladimir Suvorin große Veränderungen vor sich gegangen.

Einen Schwächeren hätten die Ereignisse jenes Frühlings wohl zerbrochen.

Eine Woche nach der Abreise seiner Frau wurde er vor die Tscheka gerufen und nach ihrem Aufenthalt gefragt. Er erklärte in aller Offenheit, sie sei nach Finnland gereist. »Wir schätzen Ihr Vermögen auf fünfundzwanzig Millionen Rubel«, bemerkte einer der Männer. »Was haben Sie dazu zu sagen?«

»Ich wußte nicht, daß ich so viel besitze«, antwortete Vladimir höflich und wahrheitsgemäß. »Das wird auch nicht mehr lange so sein.«

Im März des Jahres 1918 wurde Vladimir mitgeteilt, daß sein Jugendstilhaus nunmehr dem Staat gehöre; zwei Tage drauf wurde es zum Museum umfunktioniert. Im April übernahm man Suvorins Fabriken in Russka und Ende Mai seine Moskauer Betriebe. Im Juni hatte Vladimir keinerlei Befugnisse mehr.

Da er nie besonderes Interesse an Geschäften außerhalb Rußlands gehabt hatte, sofern es sich nicht um Kunst handelte, hatte er auch nie im Ausland investiert. Suvorins einzige Standorte befanden sich in London und Paris, wo sein Sohn und er erworbene Kunstgegenstände lagerten. Außerdem gab es im Ausland genügend Mittel, von denen Frau Suvorin eine Zeitlang leben konnte. Nun also war Vladimir ein armer Mann.

Er wurde allerdings nicht persönlich schikaniert. Als sein Haus zum Museum gemacht wurde, erhielt er den persönlichen Besuch von Minister Lunatscharskij, einem zuvorkommenden Mann, der sogleich zur

Sache kam: »Das Museum braucht einen Kustos, mein Lieber. Wer wäre besser geeignet als Sie? Nadeschda kann Ihre Stellvertreterin werden.«

Die Suvorins erhielten die Erlaubnis, die kleine Wohnung an der Rückseite des Hauses zu beziehen, die früher der Hausmeister bewohnt hatte. So kam es, daß Vladimir täglich Arbeitergruppen würdevoll durch die Räume führte. Nadeschda ihrerseits versuchte, Bäuerinnen etwas über Picasso zu erzählen, oder aber sie wischte den Boden.

Die Katastrophen seines Lebens zeigten ihre Spuren auch an Vladimirs äußerer Erscheinung. Er verlor an Gewicht, so daß die Kleider viel zu weit um seine hohe Gestalt hingen, und sein Gesicht schien um Jahre gealtert. Der Unterkiefer wirkte länger, die Augen lagen tiefer in den Höhlen, die Nase wurde länger und zugleich fleischiger. Schließlich sah Vladimir genauso aus wie sein Großvater, Savva Suvorin.

Er beobachtete die Ereignisse sehr genau. Im Frühjahr hatte sich eine wichtige Entwicklung abgezeichnet, die seinen neuen Status stützen oder zerbrechen konnte: Unter Lenins unmittelbarer Leitung war mit Deutschland in Brest-Litovsk ein Friedensvertrag unterzeichnet worden, der alle deutschen Ansprüche erfüllte. Polen, Litauen, Estland und Lettland hatte Rußland abzutreten, ferner mußte man Finnland und die Ukraine als unabhängige Staaten anerkennen. Das war im Hinblick auf landwirtschaftliche Reserven und Erzvorkommen ein verheerender Verlust. Da Rußland nun nicht mehr der tatsächliche Verbündete der Westmächte war, veranlaßte der Friedensvertrag diese zu einem sehr genauen Blick auf die neue sozialistische Regierung, deren Führer sich lange und intensiv mit der Frage einer Weltrevolution beschäftigt hatten. Im Sommer hatte britisches Militär bereits einen Brückenkopf im hohen Norden errichtet, und bald darauf waren japanische Truppen im fernen Vladivostok an der Pazifikküste gelandet. Auch andere Streitmächte waren nicht untätig. Weit unten im Süden bereiteten sich die Don-Kosaken auf einen Widerstand gegen die Bolscheviken vor. Weitere Oppositionsgruppen sammelten sich im Osten jenseits der Wolga. Der sichtlich beunruhigte Lenin war emsig damit beschäftigt, eine neue Rote Armee aufzustellen.

»Es wird zum Bürgerkrieg kommen«, sagte Vladimir zu Nadeschda. Er beobachtete still, sehr aufmerksam. Der Juni ging vorüber, dann der Juli. Ende Juli kam die Nachricht, die auch über Vladimirs Schicksal entschied. Man hatte den Zaren erschossen.

Dimitrij sah nachdenklich von seinem Onkel Vladimir zu seinem Vater. Zum erstenmal spürte er eine Spannung zwischen ihnen. Merkwürdiger noch war, daß sein Vater in fast schneidendem Ton mit seinem Bruder sprach: »Ich bin überrascht, daß du mir vorzuschlagen wagst, ich solle mein Land verlassen.«

Vorsichtig und mit großer Geduld hatte Vladimir seine Absichten deutlich zu machen versucht. Da war einerseits der wachsende Terror seitens der Tscheka, andererseits die Gefahr von außen. »Es gibt nur zwei Lösungen, wenn ein Regime in einer solchen Lage ist«, argumentierte er. »Entweder wird es gestürzt, oder es baut eine Diktatur auf. Wenn du mich fragst: Ich bin jetzt sicher, daß die Bolscheviken an der Macht bleiben. Der Mord am Zaren setzt ein Zeichen für ihre Absichten. Sie werden standhalten und kämpfen. Ich jedenfalls werde dabei zugrunde gehen.«

Professor Suvorin war nicht sonderlich am Schicksal des Zaren interessiert. Vladimir betrachtete seinen Bruder und dachte, daß Peter manchmal überraschend ignorant sei. Was hatte Savva nur aus Peter gemacht? Verglichen mit Vladimirs tiefem, weit gespanntem Geist dachte sein Bruder, wenn auch auf seine Art brillant, eher oberflächlich. Er hatte ihn gründlich über die Ereignisse der vergangenen Monate ausgefragt: über die bolschevikische Machtergreifung, die Amtsenthebung gemäßigter Sozialisten wie des Professors selbst. All das, gab Peter zu, hatte ihn sehr erregt. »Letzten Endes mußte es vielleicht so kommen, sieht du das nicht, Vladimir? Wir haben eine Revolution; das ist doch der entscheidende Punkt.« Sein Lächeln, der kindlich-klare Blick seiner Augen veranlaßte Vladimir zu der mürrischen Bemerkung: »Vielleicht täusche ich mich, aber ich glaube, du siehst nur das, was du sehen willst.«

Warum nur drängt mich Onkel Vladimir dermaßen zur Abreise, obwohl mein Vater dagegen ist? überlegte Dimitrij. Ich habe nicht die geringste Lust fortzugehen.

Die letzten Monate waren aufregend gewesen. In der gärenden Revolution gingen die Künstler der Avantgarde auf die Straße. Plakate und Proklamationen wurden von Dichtern wie Majakovskij unterzeichnet. »Jeder Künstler ist ein Revolutionär, und jeder Revolutionär ist ein Künstler«, hatte einer von Dimitrijs jungen Freunden erklärt. Karpenko malte fleißig, und er, Dimitrij, würde sie alle mit seiner neuen Symphonie überraschen – eine Hymne auf die Revolution. Wie sollte er da den Wunsch haben, abzureisen?

Als Peter schließlich das Zimmer verlassen hatte, erklärte Vladimir offen: »Ich muß dich bitten, mit nach Kiev zu kommen, Dimitrij, denn ich habe es deiner Mutter lange vor ihrem Tod versprochen.«

»Aber warum bestand sie nur darauf?«

Vladimir seufzte. »Sie hatte geträumt, dir werde etwas geschehen, wenn du bleibst.«

Der Junge schüttelte den Kopf. »Ich kann meinen Vater nicht verlassen – ich möchte auch selbst nicht fort von hier. Außerdem hat meine Mutter immer gesagt, daß ich ein Musiker sein werde.«

Vladimir gab auf. Nur Karpenko erklärte sich mit der Abreise einverstanden. Ruhig sagte er: »Ich fahre mit Ihnen nach Kiev. Ich möchte nach Hause.

Am nächsten Tag bat Dimitrij seinen Vater um einen Gefallen. Mit der Symphonie an die Revolution kam er gut voran. In dem langsamen Satz wollte er etwas einbauen, das er bereits komponiert und orchestriert hatte, als er zwei Jahre zuvor auf dem Land gearbeitet hatte. »Wahrscheinlich habe ich es in Russka in Onkel Vladimirs Haus liegengelassen. Wie ich höre, geht kaum jemand dorthin, und so wird es wohl noch dort sein. Aber ich habe keine Zeit hinzufahren.«

Peter lächelte. »Das erledige ich gern für dich.« Nadeschda hatte sich längst an ihr neues Leben gewöhnt. Sie hatte die einfachen Arbeiter gern, die sie im Haus herumführte. Es machte ihr auch nichts aus, wenn sie ihr beim Putzen zusahen. Aus reiner Bequemlichkeit kleidete sie sich häufig wie eine Bäuerin, mit einem Schal um den Kopf. Vor allem war es schön für sie zu wissen, daß sie in der großen Lebenskrise ihres Vaters an seiner Seite war. Sie dachte bitter an ihre Mutter: Ich wenigstens bleibe bei ihm!

Das Erscheinen Jevgenij Popovs verärgerte sie allerdings. Zwei- bis dreimal kam er wöchentlich vorbei, inspizierte neugierig das Haus, warf einen Blick in ihre Wohnung und verschwand mit einem kurzen Nicken. »Ich hätte Lust, ihm die Türe vor der Nase zuzuschlagen«, sagte sie einmal erbost zu ihrem Vater, aber er meinte nur ruhig: »Du darfst einen Mann wie ihn nicht erzürnen. In solchen Zeiten ist er gefährlich.«

Wußte ihr Vater über Popov und ihre Mutter Bescheid? Sie vermutete es, hatte jedoch nie danach gefragt. Wie konnte es dieser Mensch nur wagen, herzukommen und ihren Vater in seiner Armut zu beobachten? Es war also verständlich, daß sie davon träumte, den Eindringling endlich loszuwerden. Und daher freute sie sich auf die Abreise.

Vladimirs Fluchtplan war einfach. Er hatte festgestellt, daß auf dem Bemskij-Bahnhof zu bestimmten Zeiten das reine Chaos herrschte. Von dieser Station fuhren die Züge an die ukrainische Grenze ab. Noch war es nicht allzu schwierig, gefälschte Papiere zu bekommen. Wichtig war, daß Vladimir unerkannt blieb. Der Plan wurde geheimgehalten. Als das Datum feststand, durften es nicht einmal Dimitrij oder Peter erfahren. Am Nachmittag vor ihrer Abreise kam Popov wieder einmal vorbei. Er machte seine übliche Inspektionsrunde, sah sich auch gründlich in der Wohnung um, wo er Nadeschda allein vorfand. Sicher wäre er schnell wieder gegangen, hätte sie nicht diese Bemerkung gemacht: »Willst du wieder wie üblich glotzen? Niemand hat etwas gestohlen, außer natürlich, du hättest gestohlen.«

Er blickte sie erstaunt an. »Vielleicht solltest du zu einem Volkskommissar etwas freundlicher sein. Aber ich weiß ja, du magst mich nicht.«

Sie zuckte die Achseln, und da sie wußte, sie würde abreisen, ließ sie unvorsichtigerweise ihren Gefühlen freien Lauf. »Sicher bist du ein Dieb. Ich kann mir auch vorstellen, daß du ein Mörder wärst. Und du hast versucht, meinem Vater meine Mutter wegzunehmen. Ich kann nicht anders – ich muß dich verachten.«

Popov schwieg längere Zeit und dachte nach. Doch warum sollte dieses unverschämte Mädchen nicht einfach die Wahrheit erfahren? Also erzählte er ihr von Vladimir. Dann ging er.

Nadeschda blieb blaß und wie gelähmt auf ihrem Stuhl sitzen. Das konnte doch nicht wahr sein! Sie hatte natürlich von solchen Dingen schon gehört. Aber ihr Vater – dieser wunderbare Mann, den sie angebetet und zu dem sie ihr Leben lang aufgesehen hatte! Sie war so erschüttert, daß sie nicht einmal weinen konnte.

Sie redete sich ein, daß es nicht wahr sei. Am frühen Abend kam Dimitrij vorbei, und sie fragte ihn mit gespielter Leichtigkeit: »Also, weißt du über meinen Vater und Karpenko Bescheid?«

Die Frage traf ihn so unvorbereitet, daß er rot anlief und heiser hervorstieß: »Wie, zum Teufel, hast du das erfahren?«

Es war Abend. Um das Risiko der Entdeckung zu vermindern, betraten sie den überfüllten Bemskij-Bahnhof einzeln. Vladimir sah mit seinem gegürteten Bauernkittel, einen Sack über die Schulter geworfen, wie ein russischer ***muschik*** aus, genau wie sein Großvater Savva, als er den Bahnsteig entlangschritt. Wenige Minuten später bestieg auch ein schüchternes junges Bauernpärchen den Zug.

Karpenko war freudig erregt. Erstens war die ganze Sache ein Abenteuer; zweitens würde er zum erstenmal seit einem Jahr seine Familie wiedersehen, und drittens kehrte er in die geliebte Ukraine zurück. Es war Zeit, wieder nach Hause zu gehen. Das mit der Revolution war ja ganz in Ordnung. Er hatte sie wie jeder andere unterstützt. Aber wie konnte er gutheißen, wie sie mit seiner Heimat umgingen? Die Bolscheviken hatten weder für das ukrainische Volk noch für seine Sprache etwas übrig. Anfang des Jahres hatte der Chef der Tscheka in Kiev Leute auf der Straße erschossen, wenn er sie Ukrainisch sprechen hörte. Wie hätte ein Karpenko das einfach hinnehmen können?

Es fiel ihm auf, daß Nadeschda angespannt und unruhig wirkte, aber er dachte nicht weiter darüber nach. Schließlich ging er zu Vladimir in den anderen Wagen, um ihm mitzuteilen, daß sie alle sicher im Zug seien. Nadeschda meinte, er solle ruhig bei ihrem Vater bleiben. »Ich möchte heute nacht allein sein«, sagte sie nur. So bemerkte Karpenko nicht, daß das Mädchen einige Minuten vor der Abfahrt den Zug verließ.

Popov hatte es eilig. Er hatte einen Militärwagen organisiert, der ihn zum Haus der Suvorins brachte; nun ließ er sich rasch weiterfahren. Wie hatte er nur so dumm sein können! Nadeschda hatte es nur deshalb gewagt, ihn zu beleidigen, weil sie wußte, daß sie ihn nie wiedersehen würde.

Zwei Möglichkeiten, die Stadt zu verlassen, lagen für die Suvorins auf der Hand. Welche Spur sollte er aufnehmen? Popov warf eine Münze.

Mit tränenblinden Augen ging Nadeschda den Bahnsteig entlang. Seit dem gestrigen Abend hatte sie sich unglaublich beherrscht. Sie hatte den Vater bei seiner Rückkehr wie üblich geküßt. Am Morgen hatte sie noch einige Fabrikarbeiter durchs Museum geführt, abends dann, wie geplant, das große Haus verschlossen, sich wie eine Bäuerin gekleidet und war hinausgeschlüpft, um Karpenko zu treffen. Doch sie wollte nicht mit ihnen abreisen, mit ihrem Vater und seinem Geliebten. Sie würde diese geheime Schande, diesen Betrug nicht mit ihnen teilen, der sich wie ein furchtbar tiefer und dunkler Abgrund vor ihr auftat. Es war entsetzlich – viel schlimmer als der finanzielle Ruin, der sie getroffen hatte. Alles, woran sie geglaubt hatte, war zerbrochen.

Was würde nun aus ihr werden? Vielleicht ließ man sie weiter im Museum arbeiten, oder Onkel Peter und Dimitrij würden ihr helfen. Oder Popov würde sie erschießen lassen. Was auch immer geschehen würde, es war ihr egal.

Sie war am Ende des Bahnsteigs angelangt. Gleichgültig hörte sie das Pfeifen. Da stieß plötzlich jemand sie an, hielt sie fest. Es war Popov. Auch noch Jahre danach begriff sie nicht, was dann geschehen war. Popov, der verhaßte Mann, hielt sie fest in seinen Armen. Popov, erstaunlich sanft und doch bestimmt, drehte sie um, zwang sie, den Bahnsteig wieder zurückzugehen.

Seine Stimme war an ihrem Haar. »Bist du ihnen davongelaufen, schönes Kind? Weil ich dir das erzählt habe, nicht wahr? Ich glaube schon. Sag nichts! Glaub mir, es gibt viel Schlimmeres. Er ist nicht so übel, dein Vater. Da sind wir schon.«

Er führte sie am Zug entlang und sah in jedes Abteilfenster. Er würde die beiden entdecken. O Gott, was hatte sie angerichtet! Sie versuchte sich loszureißen.

»Flieg mir nicht weg, Vögelchen. Ach, da sind sie ja.« Er öffnete die Waggontür. Sie sah wie durch einen Schleier ihren Vater und Karpenko. Popov murmelte etwas. Etwas über ihre Mutter. Was sollte sie ihr ausrichten? Daß er sie liebe?

Da wurde sie in den Waggon, in die Arme ihres Vaters gestoßen, und die Tür schlug geräuschvoll zu. Der Zug setzte sich mit einem Ruck in Bewegung.

Popov blickte mit verlegenem Lächeln hinterher. Monatelang war er in dieses Haus gegangen, um zu sehen, ob das Mädchen sicher war, ob es ihm gutgehe. Es war albern von ihm gewesen, auf sie böse zu sein. Als ihm klar wurde, daß die Suvorins an Flucht dachten, hatte er zunächst beabsichtigt, sie zu verhaften. Doch dann hatte er seine Meinung geändert. Warum sollte er das nicht zugeben? Es war der Anblick dieses verrückten weinenden Mädchens gewesen. Moskau war kein Ort für sie. Sollte sie doch wegfahren; sollte der Vater sie doch dorthin mitnehmen, wohin sie gehörte! Zu Frau Suvorin. Frau Suvorin – jene einzige Insel der Liebe, der er in vielen Jahren auf dem großen Strom begegnet war, auf dem Strom, der ihn mächtig und unerbittlich mit sich führte.

Popov erlaubte sich selten eine Schwäche. Vielleicht würde er nie mehr aus der harten schützenden Hülle heraustreten, die sich wie ein Panzer um ihn herum gebildet hatte. Frau Suvorin und seine letzte Verbindung zu ihr waren aus seinem Leben verschwunden. Jetzt gab es nur noch die Revolution. Schließlich hatte er sein Leben lang dafür gelebt.

Niemand konnte je klären, was mit Peter Suvorin geschehen war. An einem Tag Ende Juli wurde er in Russka gesehen. Von dort ging er ins Dorf und fragte den Dorfältesten, ob man ihn in das große Haus einlasse.

Einige in der Nähe stehende Leute erinnerten sich später an die Überraschung des Ältesten, Boris Romanov, als Suvorin seinen Namen nannte. Romanov zeigte sich dann sofort sehr hilfreich. Er führte Peter ins Haus und half ihm den Stoß Papiere suchen, nach dem er forschte, Noten, die in einem Schrank eingeschlossen waren. Dann begleitete Romanov den Fremden persönlich durch den Wald nach Russka. Danach wurde er nicht mehr gesehen, es wurde auch nie eine Spur von ihm gefunden.

Dimitrij Suvorin vollendete den herrlichen langsamen Satz seiner Revolutionssymphonie aus dem Gedächtnis. Er widmete sie selbstverständlich seinem Vater.

Der kleine Ivan beobachtete die Ankunft der Roten Armee sehr aufmerksam. Sie hatten zwei politische Kommissare dabei, von denen der Ältere ein ziemlich wichtiger Mann zu sein schien. Der Kommissar und sein Onkel Boris. Ivan war gespannt, wer der Stärkere sein würde.

Das Dorf hatte sich sorgfältig vorbereitet. Eine Woche zuvor, Anfang August, hatten Männer und Frauen das Getreide in neue Verstecke gebracht. Weil er mit seiner Mutter oben in dem großen Haus wohnte und sein Onkel Arina haßte, wurden sie nicht aufgefordert, teilzunehmen. Aber Ivan war hinausgeschlüpft und hatte die Vorgänge mit angesehen. Zwei Lager befanden sich unter der Erde am Waldrand. Noch klüger versteckt waren zwei versiegelte Behälter, die man ein Stück flußaufwärts im Wasser versenkt hatte. Ein Rest Getreide lag noch gut sichtbar in einem großen Lagerhaus am Ende des Dorfes. »Das können die Räuber ruhig mitnehmen«, hatte Onkel Boris gemeint.

In ganz Rußland schwelte Empörung auf dem Lande. Eine Woche zuvor hatten die Leute in einem Weiler zwei bolschevikische Beamte mit Mistgabeln verjagt und einen dritten getötet.

Im vergangenen Jahr hatte die Provisorische Regierung verfügt, daß alles überschüssige Getreide zu Festpreisen an die Regierung verkauft werden müsse. Doch da die Preise niedrig waren, hatten die meisten Bauern diese Verordnung ignoriert. Nun behaupteten die Bolscheviken – oder Kommunisten, wie sie sich inzwischen nannten –, das sei Spekulation, und die Tscheka-Offiziere hatten Leute gefangengenommen und erschossen. »Sie bezahlen sechzehn Rubel für ein *pud* Roggen. Wißt ihr, was ich dafür in Moskau bekommen würde? Fast dreihundert Rubel!« wetterte Boris. »Sollen sie nur kommen und sehen, was sie finden können.«

Da kamen sie: dreißig bewaffnete Männer, in ziemlich schmutzigen Uniformen. An ihrer Spitze gingen zwei Gestalten in Ledermänteln, der eine jung, der andere vielleicht sechzig, mit grauem Haar, das einen rötlichen Schimmer hatte. Als sie näher kamen, hörte Ivan seinen Onkel murmeln: »Verdammt, das ist doch dieser verfluchte Rotschopf!«

Popov näherte sich dem Ort ohne sentimentale Regungen. Er kam nur in diese Gegend, weil Lenin persönlich ihm das aufgetragen hatte. Er hatte doppelte Order: Getreide einzukaufen und die Dorfbewohner zur Räson zu bringen. Lenin hatte es präzise formuliert.

Popov lächelte grimmig, als er an seine Erfahrungen hier in früherer Zeit dachte. Wer war ein Kulak – ein erfolgreicher Bauer? Seiner Ansicht nach waren alle Bauern *petits bourgeois.* Es war an der Zeit, mit eisernem Besen zu kehren.

Nun standen Popov und der Dorfälteste einander gegenüber. Falls sie einander tatsächlich erkannten, ließen sie es sich nicht anmerken.

»Wo ist das Getreide?« fragte Popov leise.

»Dort drüben, Genosse Kommissar.« Boris deutete auf das Lagerhaus.

Popov warf nicht einmal einen Blick dorthin. »Durchsucht das Dorf«, befahl er den Soldaten barsch.

Die beiden Kommissare gingen durchs Dorf, inspizierten die Hütten, begleitet von Boris, der sich, so schien es, beeilte, ihnen alles zu zeigen. Ivan hatte seinen stämmigen, arroganten Onkel noch nie in einer solchen Situation gesehen: Er verneigte sich und machte Kratzfüße wie ein Kneipenwirt aus früheren Tagen, und er titulierte Popov »Genosse Kommissar«. Doch Popovs Gesicht glich einer Maske.

»Nichts, Kommissar« berichtete der Feldwebel.

Popov wandte sich an Boris mit der Frage: »Was ist dort oben in dem großen Haus?«

»Nichts Besonderes, geschätzter Genosse Kommissar. Nur seine Mutter.« Damit deutete er auf Ivan.

»Schön. Wir wollen es sehen.«

Sie stiegen den Abhang hinauf. Oben machte Popov einen kurzen Rundgang. Er bestand auf einer Inspektion des Speichers, der Außengebäude und der Werkstätten. Nachdem er sich vergewissert hatte, daß das Gebäude keine Lagerräume enthielt, trat er heraus und forderte die Leute auf, sich vor der Veranda zu versammeln.

Es waren sechs Dorfbewohner, die ihnen aus reiner Neugier gefolgt waren, außerdem Boris, Ivan, Arina und drei Rotarmisten.

Popov wandte sich an Boris. »Du bist der Dorfälteste. Schwörst du, daß ihr kein Getreide habt?«

»Ja, Genosse Kommissar.« Boris nickte bestätigend.

»Sehr schön.« Popov winkte einen der Soldaten herbei. »Kümmere dich um sie!« Dabei deutete er auf Arina. Dann wandte er sich an den kleinen Ivan. »Nun sage mir, wo es versteckt ist«, sagte er freundlich. Als der zweite Behälter mit Getreide aus dem Fluß gezogen worden war, wurde Boris von einem Rotarmisten erschossen. »Und jetzt wird ein richtiges Dorfkomitee aufgestellt«, verkündete Popov.

Es war nicht einfach, die Revolution aufs Land zu bringen, doch der neue Plan, den die Führer ausgearbeitet hatten, besaß eine gewisse brutale Logik. Die Kulaks, die Schwindler, die reichen Bauern, mußten vertrieben werden, und wer konnte das besser tun als die armen Bauern, die Mehrheit also. Komitees der Armen mußten unverzüglich gebildet werden und die Kontrolle über die Dörfer übernehmen.

Was Popov betraf, war dies eine der wenigen Ideen Lenins, mit denen er nicht einverstanden war. »Es ist so«, war sein Argument, »daß die meisten Bauern nicht arm sind, sondern ganz gut zurechtkommen. Sie können zwar meist keine Arbeitskräfte einstellen, aber sie erwirtschaften sich doch immerhin einen bescheidenen Mehrertrag. Die Hälfte der armen Bauern sind einfache Bauern, die zu Trinkern wurden.«

Aber gut, wenn Vladimir Iljitsch seine Armenkomitees wollte, sollte er sie haben. Popov blickte umher. »Du dort«, er deutete plötzlich auf Ivan, »deine Mutter ist Witwe. Welches Land gehört euch im Dorf?«

Als Waise und ohne die Unterstützung seines Onkels besaß Ivan damals tatsächlich das kleinste Stück Land von allen männlichen Bewohnern des Ortes.

»Du übernimmst den Vorsitz des Komitees«, sagte Popov. Das Komitee würde ohnehin nur auf dem Papier existieren. Er war gespannt, wie lange der Junge durchhalten würde.

Am späten Nachmittag kehrte Popov, zufrieden mit seiner Tagesleistung, nach Russka zurück. Unterwegs kam er am Kloster vorüber. Es war jetzt leer. Die Mönche hatten es nach der Konfiszierung im Januar verlassen müssen. In der Hoffnung jedoch, die Regierung möge einlenken oder gestürzt werden, hatten sie alles zurückgelassen. Ein alter Priester, der noch in der Stadt wohnte, kümmerte sich darum. Da er nun einmal hier war, dachte Popov, er könne auch das Kloster inspizieren. »Gehen wir hinein«, befahl er. Es war ganz leer und sehr still. Küche und Lagerraum waren weitgehend geplündert, einige Fenster eingeschlagen, doch ansonsten war das Kloster in gutem Zustand. Popov besichtigte alles sehr genau, allein. Aus dem Kloster in Russka könnte man ein ordentliches kleines Gefängnis oder eine Besserungsanstalt machen, dachte er. Schließlich machte er sich eine kurze Notiz: Tscheka Bescheid sagen.

Am Eingang hatten die Soldaten ein kleines Feuer angezündet. Der junge Kommissar brachte eilig Gegenstände aus dem Kloster, um sie zu verbrennen. Eben waren Ikonen an der Reihe.

»Ich wußte nicht, daß du so antireligiös bist«, meinte Popov freundlich.

»O doch! Sind wir das denn nicht alle?«

Popov zuckte die Achseln. »Wahrscheinlich.« Er warf einen Blick auf die Ikone, die dieser Bursche gerade in die Flammen warf. Sie kam ihm bekannt vor. »Ich finde die hier ziemlich schön.«

»Es gibt keine schönen Ikonen«, erwiderte der Jüngere.

»Vielleicht.« Popov sah zu, wie das kleine Bild Feuer fing. Und so verschwand das größte Geschenk der Bobrovs an das kleine Kloster: die berühmte Rublev-Ikone.

Als die Dunkelheit hereinbrach, löste sich eine einzelne Gestalt vom Wald hinter dem Dorf und ging zum Flußufer, wo Arina mit einem kleinen

Boot wartete. Ivan hatte sich versteckt gehalten, seit die Soldaten abgezogen waren. Nach den Ereignissen des Nachmittags blieb ihm keine Wahl. Würden die Söhne Boris Romanovs es ihm je verzeihen, daß er an ihres Vaters Tod schuld war? Würden die Dorfbewohner es vergessen können, daß er ihr Getreide weggegeben hatte? »Wenn ich am Morgen noch hier bin, bin ich ein toter Mann«, sagte er zu seiner Mutter.

»In welche Richtung fährst du?« fragte sie.

»Nach Süden, hinunter bis zur Oka, dann folge ich ihr bis Murom.«

»Und was wirst du machen?«

Er zuckte die Achseln. »Ich weiß es nicht. Vielleicht gehe ich zum Militär.«

»Hier ist Geld.« Arina küßte ihn. »Du bist mein einziger Sohn«, sagte sie einfach. »Wenn du stirbst, möchte ich es erfahren. Sonst glaube ich, daß du immer noch lebst.«

»Ich werde leben.« Noch einmal umarmte er sie, dann stieg er ins Boot. Fern im Süden stand ein halber Mond. Ivan stieß das Boot vom Ufer ab.

1920

Es war Oktober, und es wurde kalt, aber die Arbeit war fast getan; eine einfache Säuberungsaktion. Der Lastwagen und die Überbleibsel des Geschützes vor ihnen waren nicht viel mehr als geschmolzenes Metall. Ein halbes Dutzend Gefallene lagen umher, einer lebte wohl noch, ein Offizier.

Ivan bewegte sich vorsichtig weiter. Um ihn her dehnte sich die leere Steppe Südrußlands bis zum Horizont. Der Krieg stand kurz vor seinem Ende. Die Weißen und ihre ausländischen Alliierten waren ein- oder zweimal fast erfolgreich gewesen. Eine kurze Zeit hatte es so ausgesehen, als würde Petrograd fallen. Denikin, Wrangel und andere hatten tapfer gekämpft, doch es hatte ihnen immer der Zusammenhalt gefehlt, den es bei den Roten gab, und vielleicht auch die Entschlossenheit. Nun wurde die letzte Weiße Front zurückgenommen, und die kapitalistischen Alliierten – England, Amerika, Japan, Italien – hatten alles aufgegeben.

Und hier lag nun der Kosakenoffizier und lebte noch. Ein hübscher Kerl zwar, aber erledigt.

Karpenko beobachtete, unter halbgeschlossenen Lidern hervor, wie Ivan näher kam. Es war traurig zu sterben. Vor zwei Jahren hätte er es sich nicht träumen lassen, daß er einmal so kämpfen würde. Doch zu seiner großen Überraschung hatte es ihm eine Art Befriedigung verschafft. Die Schmerzen in seinem Magen brannten nun wie Feuer. Irgendwie kam ihm der junge Rote bekannt vor, aber so etwas spielte jetzt keine Rolle mehr. »Na, Genosse, könntest du mich nicht aus diesem Elend befreien?« meinte er.

Ivan tat es, so sanft wie möglich. Er erledigte es mit der letzten Kugel, die ihm geblieben war. Die Revolution hatte gewonnen.

CODA

1937

Obwohl es bereits elf Uhr nachts war, fühlte Dimitrij Suvorin sich frisch und voller Elan. Wenn ihm nur noch genügend Zeit blieb!

Die Feder glitt rasch übers Papier. Es war ein kurzes Stück, die Suite. Programmusik, inspiriert von russischer Folklore. Kinder und Erwachsene werden sich gleichermaßen daran erfreuen, dachte er. Alles bis auf die Coda war fertig komponiert.

Im angrenzenden Zimmer schliefen seine Frau und seine Kinder; ein Junge, der nach seinem Großvater Peter hieß, und ein Mädchen, Marjuschka.

Die Leute sagten, daß der kleine Junge seinem Vater sehr ähnlich sei. Dimitrij lächelte. An diesem Abend war ihm die Idee gekommen, die Suite dem kleinen Peter zu widmen, und er wußte, daß das von Bedeutung war. Wenn der Junge sie später hörte, würde er vielleicht verstehen. Es war die Antwort auf das furchtbare Geheimnis, das sie miteinander teilten.

Die Suite hatte ein reizendes Thema. Es war die Geschichte einiger Jäger, die im Wald einem Bären begegnen. Natürlich haben sie Angst vor ihm, aber sie fangen das riesige Tier und führen es in Ketten weg. Unterwegs erblicken sie im Wald den magischen Feuervogel. Einer der Jäger läuft hinter ihm her und versucht, ihm eine Feder zu rauben, doch vergebens. Der schillernde Vogel fliegt davon, wie immer, spottend, unerreichbar.

Dimitrij war mit der musikalischen Gestaltung zufrieden; dem Bären war ein langsames, getragenes Thema zugeordnet, eine Melodie, die seinen schwerfälligen Gang imitierte; den Feuervogel charakterisierte eine betörende kleine Weise, die plötzlich in ein leuchtendes Stakkato überwechselte.

Die Männer bringen den Bären in die Stadt und richten ihn für den Zirkus ab. Die Musik war pathetisch und humorvoll zugleich. Würde das Publikum sie akzeptieren?

Dimitrij unterbrach seine Arbeit für kurze Zeit. Er blickte hinaus über die Dächer der Nachbarhäuser. Ein fast voller Mond hing hoch im Herbsthimmel. Dimitrij wußte, daß ein paar Meilen entfernt in seinem Arbeitszimmer im Kreml um diese Stunde noch jemand arbeitete.

Es war erstaunlich, was Stalin alles erreicht hatte – daran gab es keinen Zweifel. In den frühen zwanziger Jahren mußte die Führung nach dem verheerenden Bürgerkrieg wenigstens eine Zeitlang im Zuge der Neuen ökonomischen Politik ein gewisses Maß an Kapitalismus zulassen. Dann jedoch setzte Stalin seinen Willen durch: Was Lenin begonnen hatte, würde er vollenden. Die gesamte Landwirtschaft wurde in Staatsgüter und Kollektive verwandelt. Die unabhängigen ukrainischen Bauern wurden massenweise deportiert. Der gewaltige erste Fünfjahresplan für die Industrie wurde in wenig mehr als vier Jahren durchgeführt. Rußland war nun tatsächlich eine industrielle Weltmacht, doch zu welchem Preis! Wie viele Menschen waren verschwunden!

Rußland hatte sich erhoben wie ein riesiger Bär. Es gab offenbar nichts, was dieser Bär mit seiner enormen Kraft nicht hätte vollbringen können, wenn er entsprechend geführt würde.

Dimitrij sehnte sich nach früheren Zeiten. Damals war alles lebendiger gewesen: Schriftsteller wie Bulgakov und Pasternak durften noch sagen, was sie wollten. Eisensteins erstaunliches Filmwerk hatte wie eine Bombe eingeschlagen; die Malerei war die Domäne der Avantgarde gewesen, ehe die gegenwärtige Doktrin des sozialistischen Realismus die gesamte Malerei zu einer tristen Beschreibung idealisierten proletarischen Lebens verpflichtete.

»Ich danke Gott, daß man noch keine Möglichkeit entdeckt hat, Musik zu reglementieren«, meinte Dimitrij. Noch mischte man sich, wie bei Prokofiev und Schostakovitsch, nicht sonderlich in seine Arbeit ein.

Doch auch für ihn galt es grundsätzlich, vorsichtiger zu sein. Der letzte Streich der Gesetzgebung bedrückte ihn zutiefst. Daß Kinder für die sozialistische Welt erzogen werden sollten, das war ja akzeptabel, aber daß Kinder zu Feinden ihrer Eltern gemacht werden sollten – dagegen sträubte sich alles in ihm. Das neue Kindergesetz war eindeutig. Jedes Kind, das bei seinen Eltern konterrevolutionäre Bestrebungen feststellte, hatte dies zu melden. Anfangs hatte Dimitrij darüber geschmunzelt. »Deine Mutter ist Wissenschaftlerin, und ich bin Musiker«, hatte er zum kleinen Peter gesagt, »also brauchst du dir deshalb keine Gedanken zu machen.« Und der Junge hatte darüber gelacht. Er war erst neun Jahre alt, doch Dimitrij sah in seinen dunklen Augen Klugheit, Nachdenklichkeit.

Natürlich war es unbedacht von ihm gewesen, kritische Bemerkungen zu machen, auch wenn es in den eigenen vier Wänden geschehen war. Aber wie sollte man sich denn nicht aufregen? Im vergangenen Jahr hatte die Regierung tatsächlich verfügt, daß einige wissenschaftliche Disziplinen abgeschafft werden sollten: Pädologie, Genetik, Soziologie, Psychoanalyse. Die Basis dafür lieferte die Stalinverfassung, mit der Rußland zum vollkommenen demokratischen Staat erklärt wurde. Da durfte es logischerweise keine Wissenschaftszweige geben, die sich mit armen Kindern, ererbten Abnormitäten, sozialen Problemen oder Menschen mit seelischen Defekten beschäftigten.

Eines Abends hatte sich Dimitrij zu Hause im Kreis von Freunden an Peter gewandt: »Du begreifst doch, daß diese Verfassung eine schändliche Lüge ist?« Mehr hatte er nicht gesagt.

Eine Woche danach wurde ihm bewußt, daß er damit bereits zu weit gegangen war. Er sah es in den Augen seines Jungen. Eines Nachmittags hatte er am Küchentisch gearbeitet und plötzlich den vorwurfsvollen Blick des Kindes unverwandt auf sich gespürt. Als er instinktiv den Arm um ihn legte, wich Peter zurück, schuldbewußt und offensichtlich völlig verwirrt. Dimitrij wußte sofort Bescheid. Und der Junge ahnte, daß der Vater es wußte. Keiner von beiden sagte ein Wort.

Aber es war eine traurige Tatsache. Würde man die Suite überhaupt zur Aufführung zulassen? Schließlich war sie harmlos. Dimitrij glaubte nicht, daß man sie verbieten würde, aber vielleicht war es besser, die Partitur irgendwo zu verstecken, sie jemandem zur Aufbewahrung zu geben. Nur für alle Fälle.

Er arbeitete zügig weiter. Drei Meilen entfernt war auch Stalin, tief im steinernen Herzen des Kreml, bei seiner Arbeit. Es hieß, daß ihm um diese Nachtstunden die Säuberungslisten vorgelegt würden. Viele Personen waren bereits verschwunden.

Allmählich gewann die Coda an Gestalt. Die Synkopen trafen aufeinander, dann trennten sie sich wieder, als die Leute schrien, während der Feuervogel und der Bär ihren wilden Tanz der Freude und Freiheit vollführten, bis sie aus dem Zirkus ausbrachen, in die Nacht hinaus, und dem Wald zustrebten.

Es war eine Stunde nach Mitternacht. Es klopfte an die Tür. Der Feuervogel flog hoch, streifte das Zeltdach.

Das Klopfen verstärkte sich.

Da stand Dimitrijs Frau in der Küche und starrte ihn mit erschrockenen, verständnislosen Augen an. »Der NKWD. Was haben wir denn getan?« Die kleine Tochter war aufgewacht und weinte. Sein Sohn, totenblaß, stand hinter ihnen.

Der Feuervogel stieß herab und rief dem Bären etwas zu, der sich schwerfällig auf den Eingang zubewegte. Noch eine Minute, und sie würden frei sein.

Schläge hämmerten an die Tür. Ärgerliche Stimmen ertönten. Der kleine Peter ging in die Diele. Gleich würde er sie einlassen.

Der Eingang des Zirkuszeltes öffnete sich, und mit einem letzten ungeheuren Knall des Schlagzeugs verschwanden Feuervogel und Bär in die endlose Freiheit des Waldes.

Dimitrij wandte sich um. Sie waren zu dritt. Er durfte seine Frau und das kleine Mädchen küssen. Die Partitur blieb auf dem Tisch liegen. Sie wandten sich zum Gehen.

In der Diele stand der Junge. In der Schule hatte man ihm nicht alles gesagt. Als er nun sah, wie sie seinen Vater mitnahmen, brach er weinend zusammen.

Dimitrij hob ihn auf und nahm ihn fest in die Arme. »Ist ja gut«, flüsterte er. »Ich wußte es, aber es ist schon gut. Die Partitur ist für dich.«

Dann ging auch er hinaus in eine kältere, dunklere Nacht.

1938

Ivanov war der örtliche Parteiführer von Russka. Er machte seine Sache nicht schlecht. Sein Stellvertreter hieß Smirnov. Die beiden sahen die Liste durch. Fünfundzwanzig Namen wurden angefordert. Sie hatten erst dreiundzwanzig; sie suchten noch einen aus, aber der letzte Mann fehlte ihnen.

Er mußte natürlich gefunden werden. Fünfundzwanzig Volksfeinde. Das war das Seltsame an der Säuberung: Die obersten Leute wurden selbstverständlich sorgfältig ausgewählt, aber unten gab es einfach eine Quote, die erfüllt werden mußte. »Es muß doch einen geben«, meinte Ivanov. Da fiel ihm Jevgenij Popov ein.

Das war ein seltsamer Mensch, der seit seiner Pensionierung zurückgezogen in einem Häuschen am Stadtrand lebte. Er zog Kohl und Rettich in seinem Garten, und er hielt sich in Form, indem er täglich in den nahe gelegenen Ort und wieder zurückging. Ivanov fiel ein, daß er ihn in letzter Zeit nicht gesehen hatte.

»Lebt Popov noch?« erkundigte er sich.

Sein Stellvertreter bejahte.

»Der genügt uns«, meinte er.

»Aber er ist in den Achtzigern«, widersprach Smirnov. »Er ist einer von den echten alten Bolscheviken. Ein loyaler Mann.«

Der Chef überlegte. »Wenn das schon so weit zurückgeht, dann muß er eine Menge Leute kennen«, sagte er nachdenklich.

»Er kannte Lenin.«

»Kann sein. Vielleicht kannte er sogar Trotzki.« Es kam Ivanov mit einemmal in den Sinn, daß das Häuschen, in dem Popov wohnte, sehr geeignet wäre für eine Kusine seiner Frau. »Nummer 25: Jevgenij Pavlovitsch Popov«, diktierte er. »Vermutlich Kollaborateur von Trotzki«.

Für den vierundachtzigjährigen Jevgenij Popov kam seine Verschickung in ein Arbeitslager völlig überraschend.

1945

An einem warmen Augustnachmittag ging Ivan an Russka vorbei auf das Dorf zu. Der Himmel war klar. Von den Feldern her kam der angenehme Duft der Heuernte.

Er kehrte heim. Der große patriotische Krieg war vorüber. Ivan hatte tapfer gekämpft, mehrmals war er dem Tod nahe gewesen. Wie jeden anderen Frontsoldaten hielten auch ihn zwei Gedanken aufrecht: Er kämpfte fürs Vaterland, und Genosse Stalin hatte alles in der Hand. Es war zu dieser Zeit allgemeine Meinung, daß der große Führer praktisch jedwedes bewerkstelligen konnte.

Nun also war die Zeit gekommen, heimzukehren und eine neue, glänzende Zukunft aufzubauen.

Ivan lächelte bei dieser Vorstellung und trat aus dem Wald; da sah er vor sich das weite Feld des Dorfes liegen, wo die Frauen sich langsam mit ihren Sicheln bückten, wie sie es seit eh und je getan hatten.

In diesem Moment blickte Arina auf und sah den Sohn. Trotz ihres hohen Alters lief sie mit ausgebreiteten Armen übers Feld auf ihn zu.

Epilog

1992

Das war also der Tag. Paul Bobrov war früh aufgestanden, und vor sechs Uhr war er schon bereit, aus dem Haus zu gehen. Das »Aurora« war gar nicht übel. Es gab zwar bessere Adressen, sogar ein oder zwei Hotels von internationalem Rang, die den Strom westlicher Geschäftsleute aufnahmen, die nach Moskau kamen, um in diesem riesigen, unsicheren und trotzdem reizvollen Land Profit zu machen. Aber es gab auch schlechtere Hotels – die alten stalinistischen Gebäude, deren Hotelhallen wie Kathedralen wirkten und deren endlose Reihen kahler Zimmer wie aus den fünfziger Jahren übriggeblieben schienen.

Das »Aurora« gehörte der mittleren Kategorie an und lag in der Nähe des Roten Platzes. Es war eine relativ moderne, neunstöckige Betonstruktur, deren Räumlichkeiten von einem finnischen Unternehmen entworfen und ausgestattet worden waren. Die Betten waren schmal und hart.

Während Paul auf die Reihe der Aufzüge zuschritt, drang blasses Sonnenlicht durch die Fenster. Er sah auf die Uhr. In fünfzehn Minuten würde er auf dem Weg zum alten Besitz seiner Familie sein.

Paul Bobrov war dreiunddreißig, der zweite der zehn Enkel von Alexander und Nadeschda. Er war mittelgroß, und das leicht türkische Aussehen seiner Vorfahren war bei ihm etwas weicher ausgefallen.

Wie würde Alexander sich freuen, wüßte er von seinem, Pauls, Besuch! Seine Großmutter, mit ihren vierundneunzig Jahren immer noch schön, wenn auch recht gebrechlich, hatte ihm eine genaue Beschreibung des Ortes gegeben und ihm versprochen, sie werde auf keinen Fall sterben, bevor er zurückkäme und ihr berichte.

Die kleine russische Gemeinde, der Paul Bobrov angehörte, lebte in einem Vorort nördlich von New York City. Es gab mehrere davon in der Gegend; ähnliche waren auch in London, Paris und anderen Großstädten zu finden. Aber sie hatten nichts mit der Masse russischer Juden zu tun, die um die Jahrhundertwende in diese Städte gekommen waren, auch nicht mit der nachfolgenden russischen Flüchtlingswelle während des Zweiten Weltkrieges und ebensowenig mit den geflüchteten Sowjets, die sich heutzutage an Orten wie Brighton Beach südlich von New York zusammendrängen. Paul Bobrovs Gemeinde bestand aus den russischen Emigranten der Adelsklasse, der, genaugenommen, sogar Nadeschda nur durch Heirat angehörte.

Sie waren eine eng miteinander verwobene Gruppe. Manche hatten Geld, viele hatten keines. Sie führten das bescheidene Leben der Mittelklasse in schattigen, von Bäumen gesäumten Straßen, und obwohl sie nach außen hin wie durchschnittliche Amerikaner wirkten, heirateten sie normalerweise nur untereinander, sprachen zu Hause Russisch und Englisch und, was selten in Emigrantengemeinden der Fall war: Sie behielten das geistige Leben ihrer Heimat bei.

Ihr Zentrum bildete die Kirche. Für Pauls Großvater Alexander war dies die natürliche Fortsetzung seines Lebens in Rußland. Für andere, die sich in der alten Heimat nicht um Religion gekümmert hatten, war die orthodoxe Kirche nun eine Orientierungshilfe, an der sie sich der eigenen Identität vergewissern konnten. Die orthodoxe Kirche, zu der sich Leute wie die Bobrovs bekannten, hatte bisher die Legitimität des Patriarchen von Moskau nicht anerkannt, da seine Priester jahrzehntelang unter der Knute des KGB standen.

Jeden Samstag brachten Gemeindemitglieder wie Paul, die bereits seit zwei Generationen fern von Rußland lebten, ihre Kinder in die Versammlungshalle der Kirche, wo sie einen halben Tag lang Unterricht in russischer Sprache und Geschichte erhielten.

Sonntags konnte man den Träger eines stolzen alten russischen Namens in der Kirche Kerzen verteilen sehen, oder man konnte ihn mit schöner Baßstimme im Chor singen hören. Die alte Frau, die vor einer Ikone betete, einen Schal um den Kopf geschlungen wie eine *babuschka,* mochte eine russische Prinzessin sein. Die Kinder wurden gründlich getauft – sie wurden dreimal ins Becken getaucht.

Einmal im Jahr führte Paul seine Frau entweder auf einen russischen Adelsball – eine feierliche Angelegenheit, auf der ältere Herren sich mit zaristischen Orden zeigten – oder auf den flotteren Petruschka-Ball.

Auf diese Weise hielt die russische Gemeinde mit bemerkenswerter Zähigkeit weiterhin durch und wartete. Worauf? Auf das Ende des Sowjetregimes? Auf die Wiedereinsetzung des Zaren? Das waren Altherrenträume gewesen – bis zum vergangenen Jahr.

Paul dachte wieder, daß wohl niemand den totalen Umbruch im August 1991 hatte voraussehen können: den Rückzieher des Militärs während des Putsches, den Fall Gorbatschovs, die Abspaltung der Ukraine von Rußland, den Zusammenbruch des gesamten Systems. Bewegte Tage waren das gewesen, gefährliche Tage. »Ganz Osteuropa kehrt zu Modellen zurück, die ich als Kind vor dem Ersten Weltkrieg gekannt habe«, erklärte Nadeschda. Von den vielen Möglichkeiten, die nun in dieser seltsamen neuen alten Welt auftauchten, war für einige Emigranten keine sehnlicher erhofft als der Traum von der Restauration.

Wenn auch die Familie des Zaren Nikolaus ermordet worden war, konnten die noch überlebenden Zweige der Romanov-Dynastie doch einen Erben hervorbringen. Wurde nicht der natürliche Anwärter auf den Thron, der vierundsiebzigjährige Großfürst Vladimir, bei seinem Besuch in dem wieder umbenannten St. Petersburg wie ein Held empfangen? Und nun, nach dem Tod des Großfürsten – hatte Jelzin nicht dessen Beisetzung in der Hauptstadt seiner Vorväter gestattet? Es war erstaunlich. Schloß sich die Geschichte zum Kreis?

»Eine konstitutionelle Monarchie«, sagten die Leute, »so wie in England. Das könnte die Dinge vielleicht ins Lot bringen.« Nun jedoch, da der Großfürst verschieden war, stand es mit der Nachfolge weniger eindeutig.

Paul verfolgte jeden Abend aufmerksam die Nachrichten im Fernsehen und sah, wie Boris Jelzin und die neue Demokratie um ihr Überleben in all der Verwirrung kämpften, und es fiel ihm schwer, sich einen Zaren in irgendeiner Rolle vorzustellen.

Was seine eigene Person und die Gründe für seinen Aufenthalt in Moskau betraf, mußte Bobrov sich eingestehen, daß auch er höchst unsicher war. Wie viele andere Emigranten wollte er in erster Linie nur einmal wieder die Heimat sehen und eine Wallfahrt zum Familienbesitz machen. Aber wollte er nicht doch mehr?

Einen Monat zuvor hatte diese beunruhigende kurze Unterhaltung stattgefunden. Es begann mit der sehr beiläufigen Frage eines Kollegen im Büro: »Würdest du wieder nach Rußland zurückkehren?«

Paul hatte daraufhin über seinen bevorstehenden Besuch gesprochen, aber der Mann hatte den Kopf geschüttelt. »Nein, Paul, ich meine, ob du wieder dort leben möchtest.«

Lächelnd dachte er daran. Hier leben? Sein angenehmes amerikanisches Dasein und seinen gutbezahlten Job aufgeben? Wie immer seine Gefühle für Rußland sein mochten – er war schließlich in dritter Generation Amerikaner. »Wenn sich die Dinge ändern, sich alles wirklich öffnet, dann wäre es wahrscheinlich gut, sich irgendwie zu integrieren«, hörte er sich murmeln. Aber war das die ganze Wahrheit? Oder gab es andere, tiefere Emotionen, die er nicht zugeben wollte?

Welch ein Glücksfall, daß er Sergej Romanov begegnet war! Sie hatten sich auf einer Handelsmesse in New York im letzten Jahr kennengelernt. Der Russe suchte nach Möglichkeiten, in Moskau Software-Programme für westliche Gesellschaften in Lizenz zu entwickeln. Er hatte gute Mitarbeiter, aber wenig Ahnung vom Geschäft, und Paul, der Arbeitsplatzcomputer vertrieb, freute sich, ihm von Nutzen sein zu können. Schon am nächsten Tag hatte Bobrov erwähnt, er hoffe, eines Tages zurückzukommen und den alten Familienbesitz zu besuchen. Die einzige Schwierigkeit bestehe darin, daß er nicht wisse, wie man hinkomme, da er nicht an einer Touristenroute lag. »Ein kleiner Ort namens Russka«, fügte er hinzu.

»Ach, Paul Michailovitsch«, hatte Romanov ausgerufen, »genau von dort ist mein Großvater gekommen. Ich bin selbst nie dort gewesen. Kommen Sie nach Moskau«, sagte er zuvorkommend, »wir fahren gemeinsam hin.«

Und nun war er da, und Romanov würde ihn gleich abholen.

Sie hatten vereinbart, sich um sechs Uhr fünfzehn vor dem Hotel zu treffen. Es war noch zu früh für ein Frühstück im düsteren Restaurant, aber im fünften Stock gab es eine kleine Bar, die laut Plan um sechs Uhr öffnete. Dorthin lenkte Paul jetzt seine Schritte.

Paul war um fünf Minuten nach sechs an der Eingangstür. Er sah, wie drinnen ein hübsches blondes, aber gelangweilt dreinblickendes, etwa zwanzigjähriges Mädchen die verschiedenen Dinge an ihren Platz stellte. Hinter ihr an der Theke prüfte eine große verdrossene Frau in den Fünfzigern das Brot und die Platten mit Käse- und Salamischeiben. Paul wollte die Glastür öffnen, aber sie war verschlossen.

Das Mädchen blickte zu dem frühen Gast hin und sagte etwas zu der älteren Frau. Die fühlte sich nicht einmal bemüßigt, ihm einen Blick zu schenken. Paul sah auf seine Uhr, klopfte an die Scheibe und deutete auf die angegebenen Öffnungszeiten. Die Frau wandte sich um und schrie: *»Zakryt!* Geschlossen!«

Und das Mädchen lächelte. Mir ist langweilig. Sie leierte das täglich, stündlich wie eine Litanei herunter. Ludmilla Suvorin war intelligent; ihr Vater Peter war es ebenfalls gewesen, bis er zu trinken begann; und Peters Vater war der Komponist Suvorin gewesen. Bis vor einigen Jahren durfte man seinen Namen nicht erwähnen, denn er war in ein Arbeitslager deportiert worden. Sein Werk, die letzte Suite eingeschlossen, wurde inzwischen wieder aufgeführt, doch war diese Tatsache für sie eher nachteilig. Peter starb, als Ludmilla fünf Jahre alt war. Ihre Mutter hatte danach einen Eisenbahner geheiratet, und sie wohnten in einer öden Vierzimmerwohnung, die sie mit einer anderen Familie teilten, in einem großen bröckelnden Betonblock in einem tristen Außenbezirk der Stadt.

Ludmilla war faul. Sie hätte etwas Besseres tun können als dies hier, aber das meiste war ihr zu lästig. Sie tanzte gern, sie hatte eine gute Figur, schlank und kräftig. Manchmal hatte sie daran gedacht, ihren Körper zu verkaufen wie die langbeinigen Mädchen in der Hotelhalle. Sie hatte es schließlich nicht getan. Und so war sie hier, mit ihrer Kollegin Varja.

Ludmilla beobachtete den Amerikaner leicht amüsiert. Varja hatte nämlich ihre eigenen Ansichten darüber, wie man eine Bar führte. In zwei Punkten war sie absolut unerbittlich, und der erste Punkt betraf die Öffnungszeiten.

Daß die Bar um sechs Uhr öffnete, bedeutete für Varja, daß sie um diese Zeit erschien. »Man bezahlt uns doch nicht dafür, daß wir zu früh kommen, oder?« meinte sie. »Wir öffnen um sechs, und dann machen wir erst einmal alles fertig.« Während sie die Speisen auf den Platten anordnete und den Kaffee aufbrühte, ließ sie natürlich keine Gäste ein. Deshalb gab sie jeden Morgen etwa zwanzig Minuten lang die gleiche Erklärung ab: »Die Bar ist offen, aber sie ist geschlossen.« Ähnlich verfuhr sie abends; wenn die Bar um neun Uhr schloß, wurden die Gäste zwanzig Minuten vorher nicht mehr bedient.

»Zakryt«, schrie sie deshalb, während Paul verärgert an die Tür klopfte. Erst dreizehn Minuten nach sechs erbarmte Varja sich und erlaubte Ludmilla, die Tür zu öffnen.

Der Amerikaner sprach außerordentlich gut Russisch. Es klang wunderschön. Selbst Varja bemühte sich sehr, seine Aussperrung wieder wettzumachen. Sie servierten ihm eine Tasse Kaffee, Salami und ein Ei. Und Brot.

»Sind Sie Russe?«

»Ja«, lächelte er, »amerikanischer Russe.«

»Sie sind also zurückgekommen, um sich mal umzusehen?« Sie hatte schon einen oder zwei Emigranten im Hotel getroffen. Sie alle sprachen dieses wunderschöne Russisch. »Es ist nicht mehr viel von Ihrem Rußland übriggeblieben, heißt es«, sprach Ludmilla weiter. Es kam ihr nicht in den Sinn, ihn vielleicht noch länger zurückzuhalten. Er trank den Kaffee, biß in ein Stück Brot. Dann runzelte er die Stirn.

Ludmilla lächelte. »Stimmt etwas nicht?«

Er verzog das Gesicht ein wenig. »Nichts Besonderes, nur das Brot ist ein bißchen altbacken. Haben Sie tatsächlich nichts Besseres hier?«

Ludmilla sah zu Varja hinüber. Varja hatte, wie gesagt, noch ein zweites merkwürdiges Prinzip. Irgendwann einmal war abends, als die Bar geschlossen wurde, noch viel Brot übriggeblieben. Jeder andere hätte das Brot mitgenommen oder es am nächsten Tag weggeworfen. Aus einem nur Varja selbst bekannten Grund hatte sie darauf bestanden, das alte Brot am folgenden Tag zu servieren, bis es ganz aufgebraucht war, was zufällig genau beim Schließen der Bar der Fall gewesen war. Das am Morgen jenes Tages gelieferte frische Brot lag deshalb noch unberührt in der Küche – und war nun wiederum altbacken. Am folgenden Tag spielte sich die gleiche Szene ab. In kürzester Zeit hatte sich aus einem kuriosen Vorfall ein System mit eigenen Regeln entwickelt. Niemandem war es gestattet, das Brot zu berühren. Die Regierung und die internationale Finanzwelt mochten von Reform und Veränderung reden, doch Varjas eisernes Regime wurde durch derart flüchtige Marotten nicht beeinflußt. Und so wurde in der Bar im fünften Stock konsequent Brot serviert, das einen Tag alt war.

Paul blieb nur noch zwei Minuten. Dann nickte er Ludmilla zu und eilte davon. Es kam keinem von beiden in den Sinn, daß sie verwandt sein könnten.

Es wurde eine angenehme Reise. Sergej hatte seine Frau Olga mitgebracht, eine zurückhaltende Person um die Dreißig, die einen weiten Pullover trug, der farblich zu ihrem braunen Haar paßte und zarte Hinweise auf die darunter befindliche Körperfülle gab, was Paul durchaus attraktiv fand. Sie saß hinten im Wagen, die beiden Männer vorn. Sergej war bester Laune.

Sie fuhren am Roten Platz vorbei, wo Vorbereitungen für die in Kürze stattfindenden Feiern zum Ersten Mai getroffen wurden.

»Wissen Sie, daß dieses Jahr alles anders wird?« fragte Sergej. »Kein Militär mehr. Eine traditionelle russische Maifeier zur Begrüßung des Frühlings. Keine Tanks. Musik und Tanz.« Er lachte. Paul hatte alles darüber erfahren, selbst von dem erstaunlichen Projekt, anläßlich dieses Tages Reklameflächen auf den Kremlmauern an westliche Firmen zu vermieten.

»Stellen Sie sich das mal vor – kein Militär«, wiederholte Sergej, als ob er es selbst nicht glauben könnte.

»Aber das Militär schaut zu«, warf Olga eigensinnig dazwischen. »Wir sind erst richtig frei, wenn das Militär nicht mehr zuschaut.«

Die breite Straße, die aus Moskau herausführte, ging bald in bescheidene zweispurige Landstraßen über. Innerhalb einer Stunde gab es nur noch eine Straße, breit genug, daß zwei Wagen aneinander vorbeifahren konnten. »Wir haben nicht Ihre Schnellstraßen«, meinte Sergej entschuldigend.

»Sie brauchen sie auch nicht«, antwortete Paul. Tatsächlich herrschte auf dieser Hauptstraße nur geringer Verkehr.

Das Wetter war herrlich, der Himmel klar, blaßblau, wolkenlos, und über dem östlichen Horizont lag ein leichter Dunst. Zu beiden Seiten der Straße standen Birken.

Sergej Romanov hatte ein rundes Gesicht, schütteres, helles Haar. Er war zweimal im Westen gewesen und hoffte, wieder dorthin reisen zu können. Wie viele Russen seines Alters – Paul schätzte ihn auf Ende dreißig – sprach er wenig über sich selbst, wollte jedoch möglichst alles über Bobrov erfahren.

Auch Olga war Akademikerin, ihr Spezialgebiet war die russische Geschichte des Mittelalters. Paul stellte bald fest, daß Sergej und Olga, obwohl zwischen beiden eine echte Liebe bestand, sehr unterschiedliche Charaktere waren. Sergej hatte plötzliche Anwandlungen von Enthusiasmus, die von grüblerischer Nachdenklichkeit bis hin zur Depression, so vermutete Paul, abgelöst wurden. Olga ihrerseits schien, obwohl sie warmherzig und freundlich wirkte, das Leben mit einer Art skeptischer Schwermut zu sehen; von Zeit zu Zeit klang ihre Stimme von hinten wie eine klagende Glocke.

Paul führte eine ungezwungene Unterhaltung mit ihnen, erzählte von seiner Familie, seiner russischen Erziehung, von Kinderreimen und Volkssagen, die ihnen allen bekannt waren. Die beiden wiederum berichteten aus ihrem Leben.

Anscheinend hatten sie eine kränkelnde Tochter. »Sie war immer so müde, so blaß. Und nach Tschernobyl und der Strahlenverseuchung … Man weiß nie genau Bescheid mit den Lebensmitteln, wissen Sie. Wir hatten solche Angst.« Olga schwieg eine Weile, ehe sie fortfuhr: »Aber Sergej traf einen Arzt aus dem Westen hier vor zwei Jahren, einen Kinderspezialisten. Er erklärte sich bereit, unsere Tochter zu untersuchen. Wissen Sie, was er gesagt hat? Sie sei nicht krank, sondern unterernährt. Unsere Ernährung ist sehr schlecht. Und dann sagte der Arzt noch: ›Das gibt es sehr häufig in Ländern der Dritten Welt, wie Ihres eines ist.‹« Sie schüttelte den Kopf. »Dritte Welt – unser großes Rußland. Ich war entsetzt.«

»So schlimm ist das doch nicht«, meinte Sergej.

»Doch. Wirklich, es ist schrecklich.«

Einige Minuten später fuhr Olga fort: »Wissen Sie, ich brauche so viel Zeit, jeden Tag Stunden, um genug zu essen für meine Familie aufzutreiben; das macht mich ganz stumpfsinnig. Ich bin Akademikerin, aber mein einziges Gesprächsthema ist das Essen.« Sie schüttelte resigniert den Kopf. »Wie eine Bäuerin.«

Sie sprachen über anderes: über die Trennung der Ukraine von Rußland, den Streit um die Krim, die Möglichkeit, daß aus dem ehemaligen Königreich Georgien wieder ein souveräner Staat werden könnte. Und natürlich über die stets gegenwärtige Gefahr, daß alles zusammenbrechen und das Militär wieder in Rußland einschreiten könnte. »Man darf sich nicht täuschen«, sagte Sergej, »sie halten sich zwar von der Politik fern, aber die Männer an der Spitze der Armee sind außerordentlich unzufrieden.«

»Es wird einen Bürgerkrieg geben«, ließ Olga sich von hinten vernehmen, »das ist sicher.«

Paul runzelte die Stirn. »Die Leute sagen das, aber ich möchte doch wissen, wer im Fall eines Bürgerkriegs wen bekämpfen sollte – und weshalb.«

Sergej brach in lautes Gelächter aus. »Sie haben zu lange im Westen gelebt. So ist Rußland eben. Wir wissen auch nicht, wer wen bekämpft und warum. Wir wissen nur, daß es zum Kampf kommen wird.«

Eine Zeitlang fuhren sie schweigend dahin, ehe Sergej sagte: »Natürlich wollen wir auch mehr über Sie erfahren, denn wenn Rußland Menschen wie Sie verloren hat, haben wir den größten Teil unserer alten Kultur verloren, und wir wissen kaum, wie wir sie zurückgewinnen können. Wissen Sie, daß die Philosophie, die an russischen Schulen gelehrt wird, aus Hegel, Feuerbach und Marx besteht? Plato, Sokrates, Kant werden kaum erwähnt.« Er schüttelte den Kopf. »Wir wollen vor allem unsere eigene Geschichte«, fuhr er fort. »Stalin hat so vieles umgeschrieben, daß wir die Wahrheit überhaupt nicht kennen. Können Sie sich vorstellen, wie man sich dabei fühlt? Wenn man begreift, daß man keine Ahnung von dem hat, was tatsächlich geschehen ist, wie man zu der Person geworden ist, die man ist? Wir empfinden uns als verlorene Generation. Und wir wollen alles Verlorene zurückhaben.«

»Wie steht es mit der Kirche?« fragte Paul.

»Ich bin Atheist«, erklärte Sergej offen. »Ich kann nicht glauben. Wenn andere das können, soll ihnen nichts im Wege stehen. Olga ist gläubig«, fügte er hinzu, und Paul bemerkte, daß Olga ihren Mann, während er sprach, sehr ernst ansah. Da lächelte Sergej. »Auch meine Mutter war gläubig. Sie besuchte geheime Messen in Privathäusern.«

Paul hatte von dieser verborgenen religiösen Betätigung gehört. Sie war als »Katakombenkirche« bekannt, in Anlehnung an die unterirdischen Gottesdienste der frühchristlichen Zeit. Er wußte aber auch, daß seit den Anfängen des Sowjetstaates Wanderpriester in ganz Rußland heimliche Messen für die Gläubigen lasen, in Hütten, Scheunen oder in Verstecken in den Wäldern.

»Vielleicht werden Sie, falls es wieder eine russische Kultur gibt, auch ein echter Gläubiger«, meinte Paul lächelnd.

»Das bezweifle ich.«

Sie fuhren ziemlich lang in Richtung Vladimir und wandten sich dann nach Süden. Des öfteren schien Sergej sich verfahren zu haben, doch schließlich fand er die schmale Straße nach Russka.

Am späten Vormittag erreichten sie das Städtchen. Es war ein große Enttäuschung. Mit Hilfe der Informationen seiner Großmutter konnte Paul Bobrov Sergej und seine Frau herumführen. Das Städtchen war ziemlich verwahrlost. Der große Wachturm mit seinem hohen Zeltdach stand noch, wie auch die meisten Häuser, wobei Paul bemerkte, daß die größeren Häuser der Kaufleute in Wohnungen umgewandelt worden waren. Die Steinkirche am Marktplatz befand sich in einem traurigen Zustand und war offenbar seit Jahrzehnten nicht benutzt worden.

In einer der Fabriken wurden nun Fahrräder hergestellt. Die Textilfabriken standen noch; eine davon fabrizierte Wolldecken. Nach dem Rundgang durch den traurigen Ort führte Paul Sergej und seine Frau hinunter an den Fluß und weiter zu den Quellen. Hier wenigstens hatte sich nichts verändert, und die drei Besucher saßen eine Weile am moosigen Ufer und lauschten dem herabstürzenden Wasser.

Zuletzt wollte Paul unbedingt das alte Haus der Bobrovs sehen. Sie gingen zum Wagen zurück und fuhren über die Brücke auf der holprigen Straße weiter durch den Wald.

Das Dorf sah fast genauso aus, wie Nadeschda es beschrieben hatte. Es gab hier zwar keine Romanovs mehr, und Sergej hatte keine Ahnung, welches Haus seiner Familie gehört hatte, doch wieder erinnerte Paul sich an die Worte seiner Großmutter, und so konnte er das Ehepaar zu dem hübschen zweistöckigen Haus mit den geschnitzten Giebeln führen, in dem Boris Romanov einst gelebt hatte.

Während des Rundgangs blickte Paul immer wieder den Abhang hinauf, wo er das alte Haus der Bobrovs vermutete. Er konnte es nicht entdecken. Schließlich fragte er einen Ortsansässigen, wo jenes Haus sei.

Der Bursche antwortete: »Die Leute sagen, daß da oben auf dem Hügel mal ein Haus gestanden hat, aber ich habe es nie gesehen.«

Und so war es. Als sie hinaufkamen, fanden sie nichts. Keinen Balken, kein Nebengebäude; nichts als einen schwachen Umriß auf dem Rasen und, etwas höher gelegen, einen überwucherten Weg zwischen Bäumen. Das Haus der Ahnen gab es nicht mehr. Pauls Verbindung zur Vergangenheit war verloren, begraben. Seine Reise war umsonst gewesen. Traurig wandte er sich ab.

Sie fuhren weiter und näherten sich dem Kloster. Von außen wirkte es verlassen. Die Mauern bröckelten ab, der Glockenturm war eingestürzt. Die Gebäude im Inneren sahen aus, als hätten sie keine Fensterscheiben mehr. Doch da tauchten plötzlich zwei Mönche auf.

Sie waren jung und trugen einfache Soutanen. Einer war groß und schlank, hatte einen kleinen hellen Bart. Der andere hatte ein breites, intelligentes Gesicht und leuchtendblaue Augen. Lächelnd blickten sie dem Wagen entgegen.

Sergej hielt an und kurbelte das Fenster herunter. »Sind hier noch Mönche?«

Das berühmte Danilovkloster hatte seine Mönche an verschiedene Orte gesandt, aber Sergej hatte nicht gewußt, daß sie auch bis nach Russka gelangt waren.

»Seit drei Monaten wieder.« Der große Mönch lächelte. »Sind Sie getauft?»

»Selbstverständlich.« Paul Bobrov antwortete vom Beifahrersitz aus, und Olga nickte dazu.

»Gott hat Sie zu einem günstigen Zeitpunkt geschickt«, sagte der Mönch mit den blauen Augen. »Kommen Sie, und sehen Sie selbst!«

Es war ein unerwarteter Anblick. Ein Dutzend Mönche stand neben der Kapelle im Kreis. Außerdem standen etwa vierzig Bauersleute, meist Frauen, ehrerbietig beiseite. Neben dem Eingang zur Kapelle war ein Sarg, mit einem dunkelroten Tuch bedeckt, aufgestellt.

Die drei stiegen aus dem Wagen und standen leicht verlegen da; Sergej wußte nicht, wie er sich verhalten sollte, und Olga war offensichtlich entschlossen, die Kapelle zu betreten.

»Ich fürchte, wir stören«, sagte Paul. Doch die beiden Mönche wollten nichts hören und eilten davon, um gleich darauf mit einem etwa fünfzigjährigen Mann mit klugem Gesicht und forschendem Blick zurückzukehren, der sich, freundlich grüßend, verneigte und sagte: »Ich bin der Archimandrit Leonid. Darf ich fragen, warum Sie gerade jetzt hierher kommen?«

Als Paul ihm den Grund sagte, war der Archimandrit offensichtlich tief bewegt. »Sie sind ein Bobrov? Aus der Familie, die dieses Kloster gegründet hat? Und Sie heißen Paul? Unser Kloster heißt, wie Sie wissen, Peter-und-Pauls-Kloster.« Einen Moment schloß er die Augen. »So etwas betrachten wir als ein Zeichen«, meinte er leise. »Das ist kein Zufall. Bitte bleiben Sie noch ein wenig!«

Paul schien, daß es wirklich ein außergewöhnliches Zusammentreffen sei. Er, ein Bobrov, kam an ein eben wieder geöffnetes Kloster, und das nicht an irgendeinem beliebigen Tag; denn am Tag zuvor hatten die eifrig suchenden Mönche endlich das Grab ihres am meisten verehrten Kirchenältesten entdeckt, und an diesem Tag wurden seine Gebeine in der Kapelle erneut geweiht. Es handelte sich um den Ältesten Basilius, der im letzten Jahrhundert viele Jahre hinter den Quellen in der Gesellschaft eines Bären als Einsiedler gelebt hatte.

Der Ritus dauerte nicht übermäßig lang und wurde einfach gestaltet. Der Sarg mit den sterblichen Überresten des Eremiten wurde in die Nordostecke der Kapelle gebracht. Während der Archimandrit ein Meßgewand trug, waren die übrigen Mönche in einfaches Schwarz gekleidet. Die Leute, die hereindrängten, wirkten ärmlich. Es gab nichts an dieser schlichten orthodoxen Messe, was das Auge hätte erfreuen können.

Ein Psalm und eine Hymne wurden gesungen. Der Archimandrit predigte in schlichten Worten und mit dem Ausdruck großer Güte.

Sie alle sollten dankbar sein für die Zeichen göttlicher Vorsehung, hieß es da, für Zeichen, die ihrer Natur nach unvorhersehbar seien. »Sie erinnern uns daran«, so führte er aus, »daß Gottes Weisheit groß ist und daß wir, selbst wenn wir eine Ahnung davon haben, nicht mehr davon kennen als einen unendlich kleinen Teil des göttlichen Planes. Wie sonst kann es sein«, meinte er, »daß zu dieser Stunde, an diesem Tag ein gewisser Paul, Nachkomme des Gründers dieses Klosters, zufällig an der Pforte erscheint, nachdem er Tausende von Kilometern gereist ist? Und ist es nicht bezeichnend«, fuhr der Archimandrit fort, »daß er auf der Suche nach seinem irdischen Haus, das nicht mehr steht, ohne es zu ahnen, zu seinem geistigen Haus gelangt ist?«

Paul sollte sich aber vor allem an das erinnern, was Leonid über Basilius selbst sagte.

»Viele Jahre lang lebte Basilius in seiner Einsiedelei, betete und gab geistige Anleitung; es werden ihm auch einige Wunder zugeschrieben. Doch heute, da wir seine gesegneten sterblichen Überreste vor uns haben, möchte ich auf den Beginn seines Einsiedlerdaseins zu sprechen kommen. Es wurde immer gesagt, Basilius habe eine besondere Hand für Tiere gehabt. Es ist überliefert, daß oft ein großer Bär bei ihm gewesen sei und der Älteste zu ihm gesprochen habe wie ein gütiger Vater zu seinem Kind. Doch diese Version ist nicht die ganze Wahrheit. Am Anfang seiner Zurückgezogenheit fürchtete Basilius sich sehr, als der Bär das erstemal kam, und zwar derart, daß er die ganze Nacht wach in seiner Klause kauerte. In der folgenden Nacht kam der Bär wieder, und Basilius hatte wieder große Angst. Erst in der dritten Nacht verstand der Älteste, was er zu tun hatte. Er blieb ruhig vor seiner Hütte sitzen. Dann betete er: ›Herr Jesus Christus, Sohn Gottes, erbarme dich deines Sünders.‹ Er bat nicht um leiblichen Schutz. Was konnte ihm dieser Bär denn auch antun, ihm, der durch Gottes Gnade das ewige Leben hatte?

So verlor er die Furcht vor dem Bären. Auch wir, meine Kinder, sind nicht ohne Furcht. Wir wissen, was in vergangenen Jahrzehnten im russischen Reich geschehen ist. Doch wenn wir nun dieses Kloster wiederaufbauen und an Basilius denken, wissen wir, daß wir den Bären nicht zu fürchten brauchen. Wir müssen ihn lieben. Und vollkommene Liebe läßt keine Furcht zu.«

In diesem Augenblick sah Paul zu seiner Überraschung, daß sein Freund Sergej zitterte. Und ihm selbst liefen Tränen über die Wangen.

Die Mönche gaben ihnen etwas zu essen. Sie fuhren am Spätnachmittag ab. Lange Zeit fuhren sie gemächlich und schweigend nach Moskau zurück. Olga schlief ein. Erst nach einer Stunde begann Sergej zu sprechen. »Wir werden es tun. Wir werden Rußland wiederaufbauen. Natürlich müssen wir mit Fremdinvestitionen vorsichtig sein. Ich meine damit, wir dürfen nicht unsere gesamte Grundstoffindustrie in andere Länder geben, nicht wahr?«

»Ich weiß nicht. Es muß ja nicht unbedingt ein Weggeben sein.«

»Ich glaube andererseits nicht, daß wir den reinen Kapitalismus wollen. Meiner Ansicht nach sind eine Menge Leute, die heute in Rußland Geld verdienen, einfach kriminell. Mafia.« Er nickte nachdenklich. »Vielleicht brauchen wir eine Art kombinierter Wirtschaft.«

»Ich glaube schon, daß das erreicht werden könnte«, meinte Paul.

Sergej Romanov lächelte. »Es braucht nur die richtigen Männer an der Spitze«, sagte er. »Dann schaffen wir es.«

Die Sonne ging unter, als Paul Bobrov wieder am Fenster seines Hotelzimmers saß und über die Dächer Moskaus blickte. Zu seiner Linken sah er einen jener hohen klobigen Türme, mit denen Stalin die Stadt während seiner Diktatur hatte schmücken lassen: Symbole eines neuen Zeitalters, Symbole unbeugsamer Macht, wie die kahlen Kremlmauern.

Repräsentierten sie tatsächlich Rußland? Nein, Paul war nicht dieser Meinung. Auch wenn er nicht sagen konnte, was Rußland wirklich war. Es hatte sich durch all die Jahrhunderte einer klaren Definition widersetzt. War es ein Teil Europas, ein Teil Asiens – und was bedeuteten diese Begriffe überhaupt? Kein Kommentar, den er je gelesen hatte, hatte ihm erklären können, was dieses weite Land war oder was daraus werden könnte. Friede und Demokratie. Ein neuer Putsch. Bürgerkrieg. Ein autoritäres Regierungssystem. Anarchie. Niemand wußte es. Der

Westen wußte es nicht, und die Russen wußten es mit Sicherheit auch nicht.

Doch was auch das wirkliche, beständige Rußland sein mochte – Paul dachte, daß er an dem Tag in Russka eine Ahnung davon bekommen habe.

Es war Nacht geworden. Bobrov saß noch immer am Fenster, sah auf die schlafende Stadt und dachte nach. Hoch am sternenübersäten Himmel zogen von Zeit zu Zeit bleiche Wolken vorüber, leuchteten auf im Widerschein des wachsenden Mondes, der nun im Süden aufstieg. Sanft strich der Wind übers Land.